首屆向全國推薦優秀古籍整理圖書

〔宋〕黄庭堅 著
〔宋〕任淵 史容 史季温 注
黄寶華 點校

山谷詩集注

上

上海古籍出版社

圖書在版編目（CIP）數據

山谷詩集注/（宋）黄庭堅著；（宋）任淵，（宋）史容，（宋）史季温注.—上海：上海古籍出版社，2003.12（2023.11重印）
（中國古典文學叢書）
ISBN 978－7－5325－3426－5

Ⅰ.山…　Ⅱ.①黄…②任…③史…④史…
Ⅲ.古典詩歌—作品集—中國—宋代　Ⅳ.I222.744

中國版本圖書館CIP數據核字(2003)第032015號

責任編輯：楊萬里

中國古典文學叢書
山谷詩集注
（全二册）
[宋]黄庭堅　著
[宋]任淵　史容　史季温　注
黄寶華　點校
上海古籍出版社　出版、發行
（上海市閔行區號景路159弄1-5號A座5F　郵政編碼201101）
（1）網址：www.guji.com.cn
（2）E－mail：gujil@guji.com.cn
（3）易文網網址：www.ewen.co
常州市金壇古籍印刷廠有限公司印刷
開本850×1168　1/32　印張47.375　插頁10　字數1,776,000
2003年12月第1版　2023年11月第8次印刷
印數：6,251-6,850
ISBN 978－7－5325－3426－5
I·1620　平裝定價：168.00元
如有質量問題，請與承印公司聯繫

總目

前言……一
山谷詩集注……一
山谷外集詩注……四九七
山谷別集詩注……一〇六一
山谷詩外集補……一一三七
山谷詩別集補……一三四一
附録……一三五五
索引……一

目録

山谷詩集注目録 年譜附

任淵序……（三）
許尹序……（四）
陳三立題辭……（六）

第一卷

元豐元年戊午

是歲山谷在北京。

古詩二首上蘇子瞻 東坡守徐州，山谷教授北京，初通書，并以此二詩寄意，東坡亦有報書及和章。山谷書云：『今日竊食於魏，會閤下開幕府在彭門。』又云：『作古風詩二章賦諸從者』，即此詩是也。以東坡集考之，蓋元豐元年。『魏』即北京，『彭門』即徐州。建炎中，山谷之甥洪炎玉父編其舅文集，斷自退聽堂始，退聽以前蓋不復取，獨取古風二篇冠詩之首，且云：『以見魯直受知於蘇公，有所自也。』今從之。退聽堂在汴京酺池寺南，山谷作館職，寓筆硯於此。贈俞清老詩跋曰：『書於酺池寺南退聽堂下。』然此堂名其後隨所在揭之。……（七）

醇道得蛤蜊復索舜泉 『舜泉』蓋河中府酒名。外集有和王世弼求舜泉詩，首句云：『寒虀薄飯留佳客，盡簡殘編作近鄰。』張淵方回家本置此詩於北京教授時，與詩

意政合。自此詩至未入館前，洪玉父皆不編入，今豫章前集有之，然亦不過數篇爾。方回大父名塤，山谷妹壻也。……（一〇）

元豐三年庚申

是歲春，山谷在京師。蓋罷北京教官後赴吏部改官，得知吉州太和縣。舊有寄李公擇詩序云：『元豐庚申歲，庭堅得邑太和。』其秋自汴京歸江南。外集有曉放汴州詩云：『秋聲滿山河』；末云：『又持三十口，去作江南夢』。

次韻王稚川客舍二首 彭山黃氏有山谷手寫此詩，題云『王紘稚川元豐初調官京師』云云，當是山谷北京解官後至京師所作。後篇欸乃歌有『長安城中花片飛』，蓋春晚時也。……（一〇）

欸乃歌二章戲王稚川 次前篇。……（一一）

詠史呈徐仲車 張方回家本置此篇於太和詩中。按仲車家于楚州，當是山谷赴太和時舟行經途所作。……（一四）

宿舊彭澤懷陶令 彭澤在江州，亦經途所作，以張方回家本編次。按山谷過南康軍，祭劉凝之文云『元豐三年庚申十二月辛酉』，其宿彭澤蓋亦同時，到官或在明年之春夏歟？……（一五）

題山谷石牛洞 舊本有寄李公擇詩序云：『庭堅得邑太和，舅氏李公擇提點淮南西道刑獄，自同安來，相見於皖口，風雨中留十日。』此詩蓋是時所作。同安、皖城，皆隸舒州，石牛洞在舒之三祖山山谷寺，魯直嘗游而樂之，因自號『山谷道人』。……（一六）

題灊峰閣 次前篇。灊山亦在舒州。詩有『梅蘂』之語，蓋冬末所作。……（一七）

次韻公擇舅 次前篇。李常字公擇。……（一七）

元豐四年辛酉至六年癸亥

山谷在太和凡三年，至元豐癸亥移監德州德平鎮。山谷有大孤山詩刻云：是歲癸亥十二月，余自太和移德平。

贛上食蓮有感 贛上即虔州與吉鄰郡，江西外臺所在。山谷或以白事至此。……（一八）

秋思寄子由 是時蘇黄門謫監筠州鹽酒稅。筠、吉皆在江西。山谷嘗有與黄門書云『得邑極南，幸執事在旁郡』；又云『有高安行李，必問動静』。高安即筠州，黄門名轍，字子由。……（一九）

贈别李次翁 以張方回家本編次。……（一九）

演雅 末句云：『江南野水碧於天，中有白鷗閑似我。』當是在太和所作。山房李彤季敵云：『此篇山谷晚年删去。』彤，蓋山谷伯舅之子。……（二一）

戲和答禽語 附前篇。……（二四）

贈鄭交 山谷在荆州為興上人書此詩，跋云『癸亥歲，予解官太和，過武寧，聞清上人當來延恩，因謁鄭子通問消息，題詩子通之壁。草堂，鄭交處士隱處也』云云。予家所藏舊本如此。『老禪』謂延恩長老法安，安死於元豐八年，山谷為之銘。此詩蓋六年所作。……（二四）

元豐七年甲子

是歲山谷監德州德平鎮，有發願文，蓋七年三月過泗州僧伽塔所作，到官當在夏秋也。

平陰張澄居士隱處三詩 張方回家本題云：『王郎求此詩。』王郎即世弼，其詳具後篇。此詩山谷晚年亦删去。……（二五）

留王郎世弼 山谷在德平有與德州太守書云：『客宦不能以家來，官舍蕭然如寄。』 宗室趙子湜彦清家有此録本云。而此詩有『河外吹沙塵，江南水無津』之句，又云『我隨簡書來，顧影將一身』，蓋言身在河北，家在江南。……（二八）

送王郎 豫章集元次前篇，今從之。……（三〇）

次韻劉景文登鄴王臺見思五首 詩有『平原秋樹色，沙麓暮鐘聲』之句，平原即德州。又云『繫匏兩相憶，極目十餘城』，蓋鄴王臺在相州，相與德皆河北郡，相去數驛。……（三二）

次韻吳宣義三徑懷友 以張方回家本編次。……（三六）

送劉季展從軍鴈門二首……（三七）

題宛陵張待舉曲肱亭 從豫章集舊次。……（三八）

第二卷

元豐八年乙丑

春夏山谷在德平。按實録，是歲三月哲廟即位，四月丁丑，以秘書省校書郎召，到京師時當在六七月。

寄裴仲謀 山谷在德平與德州太守書云：『某官局勉以不瘝，幸親老在都下善眠食，兄弟無他。』而此詩有『我家輦轂下，薪桂炊白玉。在官與影俱，衣綻髮曲局。天機行日月，春事勤草木』之句。在德平過春，惟乙丑年爾。……（四〇）

寄黃幾復 舊本於題下注云：『乙丑年德平鎮作。』其詳具元祐二年和篇注。……（四二）

神宗皇帝挽詞三首 按實録，是歲三月戊戌，神宗升遐。此詩及王文恭挽詩，皆因崩薨歲月為次，後多倣此。自此以下詩皆入館後所作。……（四三）

王文恭公挽詞二首 王珪字禹玉，相神宗、哲宗。按實録，元豐八年五月庚戌薨，謚文恭。……（四五）

謝送碾壑源揀牙 詩有『橋山事嚴庀百局』，謂營奉神宗山陵。

又云：『右丞似是李元禮』，謂李清臣邦直。按實録，清臣以元豐六年八月拜右丞，至元祐元年閏二月方遷左丞。……（四七）

以小龍團及半挺贈無咎并詩用前韻為戲 從舊次。晁補之字無咎。……（四九）

和答外舅孫莘老 舊本云：『莘老病起作詩寄同舍』。按莘老名覺。實録本傳云：『元豐八年哲廟即位，自秘書少監除右諫議大夫。』故詩中有『少監巖壑姿』及『寄聲舊僚屬，尚憐費諫紙』之語，而首句則云『西風挽不來』，當是秋初所作。……（五〇）

次韻定國聞子由卧病績溪 蘇黄門欒城集有復病詩云：『病作日短至，病消秋風初。』黄門時為歙州績溪令。王定國名鞏。……（五二）

次韻子由績溪病起被召寄王定國 蘇黄門潁濱遺老傳云：『移知歙績溪，始至而奉神宗遺制，居半年，除秘書省校書郎，明年至京師，除右司諫。』此詩今歲秋冬間所作。……（五四）

次韻李之純少監惠硯 詩有『我亦洗滌與清流』，當是初入館時。之純名周。……（五七）

送舅氏野夫之宣城二首 李莘字野夫。按實録，元豐八年十二月屯田郎中李莘知宣州。然此詩未必是時所作，姑以除官之歲月為次。餘多倣此。……（五九）

元祐元年丙寅

是歲山谷在館中。按實録，十月丙戌除神宗實録檢討官、集賢校理。

送范德孺知慶州 德孺名純粹。按實録，元豐八年八月，直龍圖閣、京東運使范純粹知慶州。此詩云『春風旌旗擁萬夫』，當是今年春初方作此詩爾。趙子湜家有

山谷與晁堯民帖云：『范五詩至今未成，北來幾月四十日，不曾道一句。』『范五』即德孺。……（六〇）

題王黃州墨跡後……（六二）

題王仲弓兄弟巽亭 右二篇並從舊次。……（六四）

寄尉氏倉官王仲弓 附前篇。……（六六）

第三卷

有惠江南帳中香者戲答六言二首……（六七）

子瞻繼和復答二首……（六八）

有聞帳中香以為熬蝎者戲用前韻二首

右六詩答東坡篇中有『喜公新赴朝參』之句，是歲東坡自登州至京師為禮部郎中，而『迎燕』、『潤花』皆春時事。……（六九）

謝公擇分賜茶三首 外集有以潞公所惠揀芽送公擇詩，即此韻，而詩有『國老元年密賜來』及『拚洗一春湯餅睡，亦知清夜有蚊雷』之句，當是元年春末所作。……（七〇）

送碧香酒用子瞻韻戲贈鄭彥能 以類相從，附前篇。子瞻詩蓋守密州時所作，今追用其韻。……（七一）

送鄭彥能知福昌縣 附前篇。……（七二）

顯聖寺庭枸杞 從舊次。……（七三）

次韻子瞻贈王定國 東坡詩所謂『謫仙竄夜郎，子美耕東屯』即此韻，以東坡集考之，是歲春晚所作。……（七四）

次韻張仲謀齋中晚春 從舊次。……（七六）

次韻答晁無咎見贈 用前篇韻。……（七七）

次韻答張文潛惠寄 文潛名耒。按實録，是歲十二月試太學，録張耒為秘書省正字。此詩蓋夏初方到太學供職所作，故詩有『忽復燕哺兒』及『學省得佳士』之句。…………（七八）
同錢志仲飯籍田錢孺文官舍 從舊次。…（七九）
次韻曾子開舍人遊籍田載荷花歸。附前篇子開名肇。…………（八一）
送劉士彦赴福建轉運判官 按實録，元祐元年六月朝請郎劉士彦為福建路轉運判官。此篇後亦删去。…………（八三）
次韻韓川奉祠西太一宮四首 ……（八四）
次韻王荆公題西太一宮壁二首 東坡集亦有此詩，以東坡集考之，當在是年秋。…………（八六）
有懷半山老人再次韻二首 用前韻。……（八七）
和答錢穆父詠猩猩毛筆 ……（八八）
戲詠猩猩毛筆二首 右二篇欒城集有和章，今略依倣以為次。又按山谷此詩舊題云：『前篇奉錢穆父，後篇奉子瞻。』是時二公皆作中書舍人。又有一跋，具詩注中。按東坡是歲九月方遷翰林學士。…………（八九）

第四卷

奉和文潛贈無咎篇末多見及以既見君子云胡不喜為韻 按實録，元祐二年四月乙巳，徐州布衣陳師道充徐州州學教授。觀此詩陳師道之篇以為『逸民』，蓋猶未得官也，而詩又有『紅榴罅多子』之句，宜以為元年秋所作。…………（九一）
次韻答邢惇夫 按實録，元祐元年正月，起居舍人邢恕權發遣隨州。惇夫，恕

之子也，侍親以行。此詩有『夢不到漢東』之句，漢東即隨州。又云『雨作枕簟秋』，蓋元年秋也。……（九五）

和邢惇夫秋懷十首 詩有陳師道篇，如前說。……（九七）

謝公定和二范秋懷五首邀予同作 詩有『黄令』，謂黄幾復也。幾復丁卯歲方至吏部改官，見二年詩，此詩蓋元年所作明矣。詩亦有陳師道篇，如前說。……（一〇三）

送謝公定作竟陵主簿 附前篇。……（一〇六）

奉答謝公静與榮子邕論詩長韻 公静名愔，公定名悰，皆師厚之子。附前篇。……（一〇七）

贈送張叔和 原在送謝公定詩後。……（一〇九）

送顧子敦赴河東三首 子敦名臨。按實録，元祐元年七月，秘書少監顧臨為河東轉運使。此詩有『攬轡都城風露秋，行臺無妄護衣篝』之句，蓋秋晚所作。……（一一一）

第五卷

司馬温公挽詞 是歲九月丙辰，温公薨，而葬以明年二月。欒城集亦有此詩，當是今冬所作。……（一一三）

次韻子瞻武昌西山詩 東坡集此詩序云：『元祐元年十一月二十九日作。』……（一一五）

子瞻詩句妙一世乃云效庭堅體次韻道之 東坡送揚孟容詩即此韻，次武昌西山之後。……（一一七）

柳展如子瞻甥也以桃李不言下自成蹊八字作詩贈之 附前篇。……（一一九）

戲詠蠟梅二首 京師初不以蠟梅為貴，其得名乃自山谷始。今寄此篇於元年之冬。……（一二三）

蠟梅 附前篇。蜀中舊本題下注云：『和王都尉。』當以為正。詩有『埋玉』之句，謂王詵晉卿尚蜀國公主，時主已下世。……（一二四）

從張仲謀乞蠟梅 附前篇。……（一二四）

賈天錫惠寶薰乞詩以兵衛森畫戟燕寢凝清香十字作詩報之 附前篇。山谷有此詩跋云：『余甚寶此香，未嘗與人。城西張仲謀為我作寒計，惠送騏驥院馬通薪二百，因以香二十餅報之。』……（一二五）

次韻張仲謀過酺池寺齋 附前篇。詩有『夜談霜月冷』之句。……（一二八）

第六卷

元祐二年丁卯

是歲山谷在史局。按實録，正月辛未，山谷為著作佐郎。

常父惠示丁卯雪十四韻謹同韻賦之 詩云『春皇賦上瑞』，是歲春所作。……（一三一）

詠雪奉呈廣平公 附前篇。詩有『連空春雪』之句。……（一三四）

次韻宋楙宗僦居甘泉坊雪後書懷 附前篇。……（一三五）

和答子瞻和子由常父憶館中故事 以東坡、欒城集為次。又此詩云：『桃李春晝永。』……（一三六）

雙井茶送子瞻……（一三七）
和答子瞻……（一三八）
子瞻以子夏丘明見戲聊復戲答……（一三九）
省中烹茶懷子瞻用前韻　右四篇當是今歲春送新茶所作。詩有『翰林貽我東南句』，謂東坡先生。按實録，元年九月丁卯，東坡遷翰林學士。東坡集有次韻黄魯直赤目詩，即此韻，而元年十月山谷遷實録院檢討官，今歲又為著作，故有『願載軒轅訖鼎湖』之句。……（一四〇）
以雙井茶送孔常父……（一四一）
常父答詩有煎點徑須煩緑珠之句復次韻戲答……（一四二）
戲呈孔毅父　右三篇皆用前韻，第三篇有『校書著作頻詔除』之句。按山谷今歲正月除著作佐郎。……（一四三）
謝黄從善司業寄惠山泉　亦用前韻。山谷晚年刪去。……（一四四）
次韻劉景文河上見寄　元在酴醾詩前，詩有『煮春茗』之句。……（一四四）
見諸人唱和酴醾詩輒次韻　欒城集中有次韻孔文仲舍人酴醾，即此韻。此後有和曾子開扈從詩，見外集。以欒城詩考之，蓋四月一、二日也。（一四五）
次韻秦覯過陳無己書院觀鄙句之作　無己來京師，寓居陳州門，見於所作秋懷詩。書院當在此地，而此詩有『墻陰老春薺』之句。（一四六）
陳留市隱　附前篇。此詩并序蓋陳無己先作。……（一四七）
晁張和答秦覯五言予亦次韻　次前篇過陳無己書院之後。

……（一四八）

劉晦叔許洮河緑石硯 因後篇附見。……（一四九）

以團茶洮硯贈無咎文潛 次和答秦觀篇。按實録，元祐元年十二月試太學，録張耒、試太學正晁補之並為秘書省正字，而此詩有『道山延閣』之句，蓋今歲所作。……（一五〇）

謝王仲至惠洮礪印材 因洮硯附見。……（一五一）

次韻文潛同遊王舍人園 次前篇文潛詩，有『濃緑張夏帷』之語。……（一五二）

卧陶軒 附前篇，詩云：『城南晁正字。』……（一五四）

次韻寄晁以道 附前篇。……（一五五）

次以道韻寄范子夷子默 前篇附。……（一五七）

僧景宣相訪寄法王航禪師 從舊次。……（一五八）

次韻子瞻送顧子敦河北都運二首 以東坡詩為次。按實録，元祐二年四月癸巳，給事中顧臨為河北路都轉運使。……（一五九）

慈孝寺餞子敦席上奉呈孔經父八韻 次前篇。……（一六一）

次韻張昌言給事喜雨 以東坡、欒城詩為次，欒城詩云『已收蠶麥無多日』，蓋四月間。昌言名問。……（一六二）

第七卷

送李德素歸舒城 因後篇附見。……（一六三）

詠李伯時摹韓幹三馬次子由韻簡李伯時兼寄李德素 東坡集有此詩，在喜雨後。伯時名公麟。……（一六四）

次韻子瞻和子由觀韓幹馬 次前篇。……（一六六）
次韻答王眘中 從舊次。……（一六八）
子瞻子由相繼入侍邇英次韻四首 東坡有此詩，在韓幹馬後。……（一六九）
再次韻四首 次前篇。……（一七〇）
次韻子瞻題郭熙畫秋山 以東坡詩為次。東坡詩所謂『玉堂畫掩春日閑』即此韻，在入侍邇英詩後。……（一七二）
題郭熙山水扇……（一七三）
題惠崇畫扇……（一七四）
題鄭防畫夾五首……（一七四）
戲題小雀捕飛蟲畫扇……（一七六）
題畫孔雀……（一七六）
睡鴨……（一七七）
小鴨……（一七八）
題劉將軍鴈二首……（一七八）
題劉將軍鵝……（一七九）
題晁以道雪鴈圖 右十詩，並附前篇。……（一八〇）
次韻子瞻題無咎得與可竹二首 東坡集此詩，在郭熙秋山後。……（一八〇）
次韻文潛休沐不出二首 從舊次。……（一八一）
奉同子瞻韻寄定國 東坡玉堂獨坐懷王定國詩即此韻，在題無咎竹後。……（一八三）

次韻王定國揚州見寄……（一八四）
有自淮南來者道揚州事戲以前韻寄王定國二首 右二詩附前篇。……（一八五）
次韻錢穆父贈松扇……（一八六）
戲和文潛謝穆父松扇 東坡和張耒松扇詩在懷王定國後。……（一八七）
謝鄭閎中惠高麗畫扇 附前篇。……（一八八）

第八卷

次韻王炳之惠玉版紙 附前篇。……（一九〇）
謝王炳之石香鼎 附前篇。……（一九二）
次韻柳通叟寄王文通 從舊次。……（一九三）
送張天覺得登字 東坡此詩在松扇後。按實錄，元祐二年七月，開封府推官張商英提點河東路刑獄。商英，字天覺。……（一九四）
次韻徐文將至國門見寄二首 詩有『槐催舉子著花黃』之句，蓋是歲秋試。……（一九五）
博士王揚休碾密雲龍同事十三人飲之戲作……（一九六）
答黃冕仲索煎雙井并簡揚休……（一九七）
再答冕仲……（一九八）
戲答陳元輿……（一九九）
再答元輿……（二〇〇）
次韻冕仲考進士試卷 右六篇皆武成宮試闈所作，詩中自了然。

……（二〇一）

王聖美三子補中廣文生附前篇。……（二〇三）

次韻游景叔聞洮河捷報寄諸將四首按實録，元祐二年八月，禽西蕃首領鬼章青宜結，檻送闕下。……（二〇四）

和游景叔月報三捷與前詩同時作。……（二〇六）

次韻崔伯易席上所賦因以贈行二首按實録，元祐二年十月，將作少監崔公度知潁州。又按本傳，公度字伯易，高郵軍人。此詩十月後作。……（二〇六）

同子瞻韻和伯充團練從舊次。……（二〇八）

戲答趙伯充勸莫學書及為席子澤解嘲附前篇。……（二〇八）

謝景叔惠冬笋雍酥水梨三物……（二一〇）

再答景叔右二篇並以時序為次。……（二一一）

次韻幾復和答所寄山谷舊跋此詩云：『丁卯歲，幾復至吏部改官，追和予乙丑在德平所寄詩也。』詩有『夜寒同對短檠燈』之句，當是冬時所作。……（二一二）

寄上叔父夷仲三首夷仲名廉，元祐初為都大提舉成都府路榷茶兼陝西路買馬。張方回家本前一篇題云『寄上叔父夷仲』，後二篇題云『叔父夷仲入奏，近寄此詩，用前韻』。今以蜀中題名考之，廉奉使在元祐元年八月，而三年正月除右司郎中，則入奏蓋在二年之冬也。此詩第一篇因後詩同見於此。……（二一三）

第九卷

元祐三年戊辰

是歲山谷在史局，其春東坡知貢舉，山谷與

李公麟等皆為其屬。

考試局和孫元忠博士竹枝歌三章……(二一五)

觀伯時畫馬 東坡集有和篇，題云：『試院中作。』……(二一六)

題伯時畫揩痒虎……(二一七)

題伯時畫觀魚僧……(二一七)

題伯時畫頓塵馬……(二一七)

題伯時畫嚴子陵釣灘……(二一八)

題伯時畫松下淵明 右皆試院中作。舊本畫觀魚僧題云：『子瞻畫枯木，伯時作清江游魚，有老僧映樹身觀魚而禪，筆法甚妙，予為名曰玄沙畏影圖，并題數語。』而頓塵馬有『亦思歸家洗袍袴』之句，為試院處作無疑。揩癢虎、子陵灘蓋從其舊次。……(二一八)

出禮部試院王才元惠梅花三種皆妙絕戲答三首 山谷有此詩跋，甚詳，具詩注中。……(二二〇)

王立之承奉詩報梅花已落盡次韻戲答 立之名直方，即才元之子。今附前篇。……(二二一)

乞姚花二首 附前篇。……(二二二)

效王仲至少監詠姚花用其韻四首 附前篇。……(二二三)

寄杜家父二首 從舊次。……(二二四)

王才元舍人許牡丹求詩……(二二五)

謝王舍人剪送狀元紅 右二篇從舊次。……(二二五)

戲答陳季常寄黃州山中連理松枝二首 山谷有太平興國寺浴室院題名云：『故人陳季常，林下士也，寓棋簞於此。蘇子瞻、范子功數來從

之。元祐三年六月丁亥書。』然此詩未必是時所作，姑以物色附見。……（二二六）
次韻子瞻送李豸 李豸字方叔，是歲下第而歸，東坡此詩在次韻黃魯直畫馬後。……（二二七）
次韻宋楙宗三月十四日到西池都人盛觀翰林公出遨 『翰林公』謂東坡。東坡有和宋肇遊西池，即此韻，在送李方叔詩後。……（二二八）
韓獻肅公挽詞三首 韓絳字子華，事神宗，再為宰相。按實録，元祐三年三月薨，諡獻肅。東坡有韓康公挽詞，在遊西池後。康公即獻肅。……（二二九）
次韻子瞻寄眉山王宣義 東坡有慶源宣義王丈求紅帶詩，即此韻，在康公挽詞後，此後有送高士敦鈐轄詩，見外集。……（二三一）
聽宋宗儒摘阮歌 從舊次。……（二三三）
自門下後省歸卧酺池寺觀盧鴻草堂圖 欒城集有此圖詩，當同時所作。按欒城集次於韓康公挽詞後。……（二三四）
題子瞻寺壁作小山枯木二首 『寺壁』即酺池寺，附前篇。……（二三五）
題子瞻枯木 附前篇。……（二三六）
次韻子瞻詠好頭赤圖 東坡詩在紅帶詩後。……（二三六）
詠伯時虎脊天馬圖……（二三七）
詠伯時象龍圖……（二三八）
題竹石牧牛 右三詩附前篇，而天馬圖有『歲在執徐同』之句，蓋戊辰歲也。……（二三九）
題伯時天育驃騎圖二首 附前篇。……（二三九）

姨母李夫人墨竹二首 附前篇。……（二四〇）

次韻子瞻子由題憩寂圖二首 ……（二四一）

第十卷

次韻答曹子方雜言 曹輔字子方。東坡有送曹輔赴閩漕詩，在好頭赤詩後。按實録，元祐三年九月，太僕寺丞曹輔權發遣福建路轉運判官。山谷此詩，蓋輔未出使以前所作，今寄于此。……（二四二）

次韻子瞻和王子立風雨敗書屋有感 東坡此詩在送曹輔後。……（二四四）

嘲小德 東坡有和章，次前篇。……（二四五）

戲答張秘監饋羊 詩有『留與兒童駕小車』之句，今附小德詩後。……（二四六）

戲答王定國題門兩絶句 東坡嘲小德詩後有和王定國會飲清虚堂詩，時定國歸自揚州。……（二四六）

清人怨三首 略從舊次，元在嘲小德之後。……（二四七）

呈外舅孫莘老二首 詩意喜莘老得歸。按實録，元祐三年九月御史中丞孫覺提舉醴泉觀。本傳云：『以疾堅請外，提舉舒州靈仙觀。』此詩九月以後所作，今寄於此。……（二四九）

以天壇靈壽杖送莘老 從舊次。……（二五〇）

戲答俞清老道人寒夜三首 趙彦清家有山谷跋此詩，其末云：『東坡屢哦此詩，以為妙也。元祐四年歸自門下省，書於酺池寺南退聽堂上。』此跋四年所書，而詩則三年冬所作，蓋四年之冬，東坡在杭州也。……（二五一）

秘書省冬夜宿直寄懷李德素 附前篇。……（二五二）

歲寒知松柏 此詩效進士體，元有兩篇，『知』字韻一篇見外集。東坡所和乃『知』字韻，在嘲小德詩後。……（二五三）

東觀讀未見書……（二五五）

被褐懷珠玉……（二五六）

款塞來享 右三篇未必同時所作，然皆效進士體以教兒姪，今附見。東坡雜記云：『元祐三年十二月二十八日，上御延和殿，奏范鎮新樂。時西夏方遣使款延州塞，故進士作延和殿奏新樂賦款塞來享詩云。』……（二五七）

憶邢惇夫 山谷跋惇夫集有『國馬不及奉輿，蹩於皂櫪』之語，蓋元祐三年十一月庚戌也。此詩宜附見於此。……（二五八）

次韻和秦少章晁適道贈答詩 詩有『陰風雪塞盧』之句，當是此年冬所作，蓋明年冬少章從東坡在杭州矣。……（二五九）

次韻答秦少章乞酒 附前篇。詩有『水餅嚼冰蔬』之句，亦冬時作。……（二六〇）

第十一卷

元祐四年己巳至八年癸酉夏

四年至六年夏，皆在史局。按實録，元祐六年三月癸亥，進神宗實録，為起居舍人，以中書舍人韓川有言，詔行秘書省著作佐郎。是歲六月，特封母壽康縣太君為安康郡太君，乞以轉官恩回授也。山谷在京師多與東坡唱和。四年夏，東坡出知杭州，遂無詩伴，而山谷常苦眩冒。有與王長原詩跋云：『相見於京師，匆匆不得盡平生朋友之意。長原告行，會小人年來頭眩，不能苦思，因以廢詩，輒以舊詩十許贈長原。』又有書老杜詩跋云：『老夫今年四十五，不復能作詩，他文亦懶下筆。欲學詩，觀老杜足矣。』又與俞清老、曹荀龍書皆云：『某自去年三月，已不作詩。』山谷生於乙酉，至元祐四年己巳，四十有五。又多在史局，山谷嘗有詩云：『日歷如山不到詩。』多侍母夫人醫藥，至六年六月，遂丁家艱。陳無己作山谷母李夫人墓銘曰：『元祐六年，卒于東都。』又以山谷與洪駒父書考之，云：『六月十八日，郡太棄背諸孤。』而洪玉父作退聽堂詩序云：『辛未歲試禮部，寓舅氏僦舍。後一年，魯直丁母夫人憂。』『辛未』即元祐六年，其云『後一年』，誤矣。山谷護喪抵家，以明年正月八日，具書帖中。故此數年之間作詩絕少。頤軒詩及寄題郭功甫潁州西齋東坡有和篇，而山谷此詩見於外集。送秦少章從東坡於杭州、范蜀公挽章，皆四年詩之可考者；其他諸詩，多不可考。又於前卷無可傳著，姑寄寓於此，以俟異時或遇其真也。

頤軒詩六首 并序 張方回家本有此詩序云：『元祐四年正月癸酉黃某序。』……（二六二）

寺齋睡起兩首 後詩云『桃李無言一再風』，蓋春時作；又有『人言九事八為律』之句。是時東坡為臺諫所攻，求出補外，而山谷亦不容於時，故云。……（二六五）

記夢 附前篇。……（二六六）

同元明過洪福寺戲題 略從舊次。元在寺齋睡起詩後。……（二六七）

戲答晁深道乞消梅二首 右二篇以時序為次。（二六七）

以梅饋晁深道戲贈二首……（二六八）
次韻孫子實題少章寄寂齋因後有送少章詩附於此，此篇後亦刪去。……（二六九）
次韻孫子實寄少游……（二七一）
戲書秦少游壁……（二七二）
贈秦少儀……（二七四）
送少章從翰林蘇公餘杭右四詩略從舊次。按實録，東坡出知杭州在四年，而行以五月，陳無己至南京見東坡，從登後樓詩云：『五月池無水』，又送行詩云：『一雨五月涼。』……（二七五）
題淨因壁二首……（二七六）
六月十七日晝寢右二篇亦以時序為次。……（二七七）
北窗從舊次。……（二七七）
青奴二首附前篇。……（二七八）
范蜀公挽詞二首東坡作蜀公誌銘云：元祐三年閏十二月薨，葬以四年八月。此詩蓋四年夏秋間所作。……（二七九）
宗室公壽挽詞二首……（二八〇）
出城送客過故人東平侯趙景珍墓……（二八一）
黄潁州挽詞三首……（二八二）
樂壽縣君挽詞二首右八篇附前詩。……（二八三）
叔父給事挽詞十首按實録，元祐七年五月丙申，給事中黄廉卒。是時山谷持母喪僅一年。（山谷有與洪駒父書云：『比經祥練，又聞給事叔父之訃。』）而葬以明年九月。（山谷與宇文伯修書云：『九月之末方畢叔父給事葬事。』又云：『欲乞一宮觀。』時已免喪矣。）

……………………………………（二八四）

紹聖元年甲戌 四月改元

按實録，元祐八年七月，吕大防言神宗正史欲差前實録院檢討官黄庭堅秘書省正字秦觀充編修官，從之。山谷以疾辭，乞宫觀。予家有山谷辭免狀。至甲戌歲，授宣、鄂兩郡，皆未赴。跋東坡磨衲贊云：『紹聖元年五月甲子，新宣城假守黄某書。』繼除宫祠。按實録，紹聖元年六月丁亥，新知鄂州黄庭堅管勾亳州明道宫於開封府界居住，就近報國史院取會文字。山谷遂寓家於太平州之蕪湖，事具與王瀘州書。與其兄元明俱來陳留，山谷與梁大夫書云：『伯氏越州司理，相送至府畿』。『伯氏』即元明。止東寺之净土院。事具與趙伯充書，且云：『一室明暖，容膝有餘。』舟行時與東坡相遇於江上，山谷有東坡真贊曰：『紹聖之元，吾見東坡於彭蠡之上，其貌不爾。』又與佛印書云：『惠州偶阻風，相會三日。』與黄門相遇於貴池。其後山谷在荆州，黄門與書云：『貴池相别，於今八年。』

寂住閣……………………（二八八）

深明閣右二篇陳留净土院作。元注云：『陳留宿一殯堂，因書為寂住閣。』……………………（二八八）

第十二卷

紹聖二年乙亥

是歲山谷謫黔州。先是，紹聖元年章惇為相，蔡卞修國史，七月，山谷與范龍學祖禹、趙尚書彥若於開封府界居住，就近應報文字。卞至史院，以前史官直書王安石事，欲中傷以抵誣神考之罪，簽出千餘條，以為皆無證據。紹聖二年正月，范公安置永州，趙公澧州，山谷黔州：事具范公家傳。按實録，紹聖元年十二月甲午，黄庭堅謫涪州別駕、黔州安置，而范公家傳乃云『二年正月』，蓋據受命時日也。山谷既被命，與其兄元明出尉氏、許昌，由漢、沔

趨江陵，上夔峽，山谷書萍鄉廳壁言之詳矣。三月辛亥至下牢關，具黔南道中行記。四月二十三日到黔州，具謝表。寓開元寺。寺有摩圍閣。山谷與張叔和書云：『下處在南寺摩圍閣。』又有怡偲堂，當是山谷以知命同處為名。按楊明叔草書跋尾云：『黔中怡偲堂，丁丑二月晦。』

竹枝詞二首并跋 ……（二八九）

夢李白誦竹枝詞三疊 並黔南道中作。前詩有跋語，且云『四月甲申』，蓋十九日也。 ……（二九〇）

和答元明黔南贈別 山谷書萍鄉廳壁曰：『元明送余安置於摩圍之下，淹留數月，不忍別。』而此詩有『急雪』、『驚風』之語，當是冬時所作。 ……（二九二）

紹聖三年丙子

是歲山谷在黔南。初，山谷既未能以家來，二年之秋，其弟知命自蕪湖登舟，山谷與秦世章書云：『叔達附蘇伯固船自蕪湖登舟。』攜一妾，所謂李慶，具知命家書。今趙彥清家有録本。一子，名椙，小字韓十，蓋仲子也，具家書及與秦世章、宋子茂書。及山谷之子相，小名小德，小字四十。并其所生母俱來。知命中道生一女，又與其從兄嗣直會於夔州。山谷書云：『知命居士得三月二十八日書，知慶兒已免娠，入夔州，已回客次，俱無恙。嗣直又適得相會，何慰如之！』嗣直名叔向，給事之子也。是歲五月六日，抵黔南。山谷五月書云：『初五日宿太浩，初六日可來趁疊石早飯。』又云：『今日甚思汝輩同剥粽子也。』

題驢瘦嶺馬鋪知命 ……（二九三）

行次巫山宋楙宗遣騎送折花廚醖知命 ……（二九三）

次韻楙宗送別二首知命 ……（二九四）

戲答劉文學知命 ……（二九四）

外姪李光祖往見尚垂髫今觀寄嗣直小詩已可愛因次韻知命 ……（二九五）

上南陵坡知命 ……（二九五）

題小猿叫驛知命 ……（二九六）

馬上口號呈建始李令知命 建始屬施州。……（二九六）

次浮塘驛見張施州小詩次其韻知命 ……（二九七）

將次施州先寄張十九使君三首知命 ……（二九七）

和仲謀送別二首 知命 ……（二九八）

次韻答清江主簿趙彥成 知命 清江即施州治。趙彥成名肯堂，嘉州人。……（二九九）

宋楙宗寄夔州五十詩三首 知命右二十詩，皆知命來黔州時所作。知命名叔達，山谷之弟。數詩附見集中，殊有家法，當由山谷潤色，因以成其弟之名，今不復刪去。……（二九九）

題蘇若蘭回文圖 元雜置知命詩中。……（三〇〇）

紹聖四年丁丑

是歲山谷在黔南。其春知命往見嗣直於涪州，生一子，是為小牛，秋冬間還黔。具山谷與知命、嗣直書。

次韻楊明叔四首 ……（三〇〇）

再次韻 楊皓字明叔，眉之丹稜人，官於黔中，時在山谷遷謫後。（與明叔書帖可考）此欒詩蓋黔中所作，故有『我已魑魅禦』之句。黔中詩絶少，姑附於今歲。……（三〇三）

謫居黔南十首 右摘樂天句。元題云『謫居黔南』，今附于此，蓋明年又遷於戎州云。……（三〇四）

元符元年戊寅 六月改元。

是歲春初山谷在黔南，以避外兄張向之嫌遷戎州。按實録，紹聖四年三月，知宗正丞張向提舉夔州路常平，十二月壬寅，詔涪州別駕、黔州安置黄庭堅移戎州安置，以避使者親嫌故也。山谷三月間離黔，六月初抵戎州。山谷有與楊明叔大字跋尾云：『紹聖五年二月哉生明涪翁將還于僰道，治舟開元寺江曲之間。』僰道即戎州，戎今為敘。按是歲六月方改元，故猶稱『五年』。又有與王觀復書云：『泝流在道，幾三月。』又有瀘州木龍巖題名云：『紹聖五年五月晦。』故知到戎州在六月初。寓居南寺，作槁木寮、死灰庵，故址尚存。其後僦居城南。

贈黔南賈使君山谷初到黔南，曹譜伯達、張皝茂宗為守貳，待之頗厚。（山谷與張叔和書云：『某至黔州將一月矣，曹守、張倅相待如骨肉。』又與楊明叔書云：『守倅皆京洛人，好事尚文，不易得也。』）今賈使君蓋與曹伯達為代者，未知此詩何時所作，姑附於離黔之歲。……………………（三〇六）

元符二年己卯

是歲山谷在戎州，九月知命如成都，至明年二月，還戎。具山谷與知命書及答勾宗禹書，又與範長老書云：『知命顛倒屨足，二月七日，乃到戎州。

次韻雨絲雲鶴二首蜀中舊本此詩序云：『代史夫人和石信道。』按信道名諒，時作瀘州江安令，史夫人蓋山谷外兄張祺子履之妻，張祉介卿之嫂，緑菜贊所謂『維女博士，史君炎玉』者也。此詩蓋在戎州所作。（山谷有答蘇大通書曰：『頃見外兄張子履家嫂具道才德之美。』又曰『昨史嫂過僰道』云云。）當是夫人與其子俱來乞子履墓銘時也。（山谷作子履墓銘曰：『葬以元符己卯之四月。』又曰：『史夫人博學能文。』）雨絲、雲鶴皆春時景物，宜見於今年春。……………………（三〇七）

從斌老乞苦筍當是今歲夏初所作。元年夏初猶未至戎也。此篇元在戎州詩中，但詮次不倫爾。山谷有苦筍賦云：『僰道苦筍，冠冕兩川。』僰道即戎州。……………………（三〇九）

次韻黃斌老所畫橫竹……（三〇九）

次韻謝斌老送墨竹十二韻……（三一〇）

用前韻謝子舟為予作風雨竹……（三一二）

再用前韻詠子舟所作竹……（三一三）

戲詠子舟畫兩竹兩鸜鵒……（三一五）

第十三卷

次韻答斌老病起獨游東園二首……（三一六）

又和二首……（三一七）

又答斌老病愈遣悶二首……（三一八）

次韻黃斌老晚游池亭二首 右與黃斌老唱和諸詩，並因苦筍篇附見，當是同時所作。池亭詩有『黃菊拒霜殊未秋』之句，必今歲所作，明年秋晚山谷蓋在青神矣。……（三一九）

戲答史應之三首 應之名鑄，眉人，客瀘、戎間。山谷有應之真贊曰：『江安食不足，江陽酒有餘。』江安屬瀘州，漢江陽縣地也。……（三二一）

也足軒 軒在簡州，為師範道人作，山谷有與範帖云：『知命欲往成都看藥市。』又云：『別作一篇竹軒頌，似可觀，已付密師去，可種竹於六祖，即用之。』是歲範公自簡州受成都六祖之請云。（範在簡州時，山谷有種竹頌云『往在江南住竹山，道人兩歲三來訪』云云，故今云『別作一篇』。）……（三二二）

寄題榮州祖元大師此君軒 山谷有此詩跋云：『元符二年閏月初吉書贈榮州琴師祖元。』按是歲閏九月，又有一篇亦此韻，見於外集。……（三二三）

答李任道謝分豆粥 詩有『豆粥能驅晚瘴寒』之句，似是冬時所作。……（三二五）

元符三年庚辰

是歲山谷在戎州。五月徽考即位，五月復宣德郎，監鄂州在城鹽稅。見於山谷辭免吏部員外郎狀。山谷既得放還，以江漲未能下峽。西塡題名云爾。七月自戎舟行，省其姑於青神。山谷之姑，張祉介卿之母，介卿時為眉州青神尉，以七月二十一日解舟，八月十一日抵青神，具與張介卿書。今中岩多有八九月間題字。十月改奉議郎、簽書寧國軍節度判官，亦見辭免狀。十一月自青神復還戎，有十一月二十日與嘉州至樂山王子厚書云：『到家悲苦滿懷。』蓋知命歸江南，死於荆州，當是初聞其計時也。十二月發戎州，亦具山谷免吏部員外郎狀。過江安，為石信道挽留，遂作歲於此。石諒信道本眉人，家於江津，女嫁山谷之子相，是歲十二月成親，其詳具建中靖國元年注，并具與杜拙翁書。

贈知命弟離戎州……（三二五）

姪相隨知命舟行 是歲知命自戎歸江南。山谷與範長老帖云：『知命留此兩月，三月十三日解舟去。』故與相詩有『燕子日長宜讀書』之句。知命竟死荆南。（見山谷祭文）……（三二六）

次韻文少激推官紀贈二首 因後篇附見。少激名抗，臨卬人，時為戎州幕官，予嘗見其家山谷諸詩真迹。……（三二六）

次韻文少激祈雨有感 此詩真本云：『伏承少激惠示夏日祈雨有感之詩。』末句云『愛民天子似仁宗』，時徽考初即位。……（三二七）

次韻李任道晚飲鎖江亭 詩有『西來雪浪如炰烹』之句，當是夏中

所作。……（三三一八）

再次韻兼簡履中南玉三首 次前篇。……（三三一九）

次韻任道食荔支有感三首 山谷有戎州鎖水磨崖留題云：『元符三年五月戊寅，太守劉廣之率賓僚來嘗鎖江荔支。』（山谷與姪㯶書云：『初到戎，彭道微作守，甚有親親之意。道微既去，劉滋崇儀作守』云云。）此詩當同時所作，詩有『六年惆悵』之句，蓋自紹聖二年乙亥入蜀至元符三年庚辰，凡六見荔支。……（三三二一）

廖致平送緑荔支王公權送荔支緑酒 附前篇。……（三三二二）

謝楊履道銀茄四首 以時序為次。……（三三二三）

送石長卿太學秋補 詩有『漢文新覽天下圖』，謂徽考初立。山谷有試張通筆帖云：『戎州城南僦舍中眉山石長卿觀書。』……（三三二四）

次韻文少激甘露降太守居桃葉上 當是秋時所作，詩語皆及徽考新政。……（三三二五）

借景亭 八月在青神尉廳作。『尉』即張祉介卿也，祉父閫，雅州人，娶山谷之姑，卒官太常卿。（見於山谷所作張子履墓誌）……（三三二五）

戲贈家安國 從舊次。……（三三二六）

次韻楊君全送酒……（三三二七）

次韻君全送春花……（三三二八）

謝楊景山送酒器 君全名琳，景山名嵒，皆青神人。山谷有中巖題字云：『元符三年九月己巳，王元直携酒帥楊君全、景山酌張子謙介卿、黄魯直於慈姥之東堂。』此詩蓋是時所作，故有『秋入園林花老眼』之句，綵花及酒當是重陽所送，春花言其象春時之花爾。……（三三二八）

史彥升送春花 附楊君全送花後，詩有『千林搖落照秋空』之句。……（三三九）
題石恪畫嘗醋翁 舊次在借景亭後，似是青神作。……（三三九）
謝應之 即史應之也。應之往歲見山谷於戎，嘗有詩戲之。此篇當是應之自眉來青神，再見山谷，敘述往事，故有『去年席上蛟龍語，未委先生記得無』之句。（山谷在青神，有與眉山程信孺帖云：『應之在館，時接從容，賓主相樂也。』是歲來自眉山可知。）……（三四〇）

第十四卷

走筆謝王朴居士拄杖 王朴字子厚，隱居嘉州至樂山，此詩當是自青神回舟經途所作，詩有『六年流落放歸時』之語。……（三四一）
戲答王居士送文石 次前篇。……（三四一）
次韻楊明叔見餞十首 序云：『予蒙恩東歸，明叔作十詩見餞。』按實録，元符三年十一月癸亥朔，黃庭堅知舒州，故此詩有『老作同安守』之句。同安即舒州。……（三四二）
次韻石七三六言七首 詩云『老境五十六翁』，又云『欲行水繞山圍』，蓋元符三年將去蜀所作。石七三當是石信道家兒。……（三四八）

建中靖國元年辛巳

是歲正月解舟江安 山谷有瀘州中壩葛氏竹林留題云：『江南黃某自僰道蒙恩放還，元符三年十二月道出江安，江安宰石諒信道以親親見留作。歲建中靖國元年正月丙寅，置酒中壩葛氏之竹林。』三月至峽州，改知舒州。四月至荊南，泊家沙市，又召以為吏部員外郎。時病癰初愈，辭免恩命，乞知太平州，具辭免恩命狀。留荊南待命，遂踰冬焉。

萬州太守高仲本宿約遊岑公洞而夜雨連明戲作二首……（三五〇）
萬州下巖二首……（三五一）
又戲題下巖 山谷有萬州西山磨崖題名，載高仲本置酒，蓋建中靖國元年二月辛酉。……（三五二）
戲題巫山縣用杜子美韻 詩有『江陵換袷衣』之句，江陵即荆南，山谷度自巫山，至此時已初夏矣。……（三五三）
和王觀復洪駒父謁陳無己長句 王蕃字觀復，沂公之裔，官閬中時，多以書尺至戎州從山谷問學，至是自京師改官，復入蜀，會山谷于荆州。時山谷病癰初愈。（答觀復簡云：『卧病二十餘日，幾死者數矣，忽奉手誨，歡喜如從天上落也。』）陳無己元符三年冬為秘書省正字，故此詩有『集賢學士見一角』之語。……（三五四）
以銅壺送王觀復 附前篇。……（三五五）
病起荆江亭即事十首 詩有『大聖天子初元年』及『西風吹淚古藤州』之句，又是歲七月，東坡卒於常州，而此詩猶未及之，當是秋初所作。……（三五六）
鄒松滋寄苦竹泉橙麴蓮子湯三首 松滋隸荆南，詩有『新收千百秋蓮菂』之句。……（三六〇）
次韻答黃與迪……（三六一）
次前韻謝與迪惠所作竹五幅 右二篇從舊次。……（三六三）

第十五卷

戲簡朱公武劉邦直田子平五首 朱、劉、田皆荆南人，詩有『葵莧秋』之語。……（三六六）

次韻益修四弟詩有『霜晚菊未花』之句。……（三六七）
以峽州酒遺益修復繼前韻附前篇。……（三六八）
謝益修四弟送石屏附前篇。……（三六九）
戲答王觀復酴醾菊二首……（三六九）
戲答王子予送凌風菊二首右四篇以時序為次。子予名雩，王獻可補之之次子也，時僑寓荆州。……（三七〇）
謝王子予送橄欖……（三七〇）
以椰子小冠送子予附前篇。……（三七一）
呈楊康國……（三七一）
又戲呈康國二詩皆言黄柑未熟。……（三七二）
次韻馬荆州詩有『茱糝菊英同送秋』之句。……（三七二）
和中玉使君晚秋開天寧節道場徽考以十月十日誕降為天寧節，開啓蓋九月十日。……（三七三）
入窮巷謁李材叟翹叟兼簡田子平三首詩有『紫冠黄鈿網絲窠』之句。……（三七四）
次韻答馬中玉三首詩有『黄花過後早梅前』之句。……（三七五）
次韻中玉早梅二首……（三七六）
次韻中玉水仙花二首……（三七六）
王充道送水仙花五十枝……（三七八）
吴君送水仙花并二大本……（三七九）
劉邦直送早梅水仙花四首右十一詩多從舊次，惟王充道送水仙花一詩附見。……（三七九）

謝檀敦信送柑子 附前篇。……（三八一）

贈李輔聖 元在劉邦直詩後。……（三八一）

和高仲本喜相見 從舊次，詩有『雪滿荊州喜再逢』之句。（三八二）

戲詠暖足瓶二首 以時序為次。……（三八三）

戲呈聞善二兄 詩有『草上階除雪衮風』之句。……（三八三）

次韻聞善 詩有『張羅門帶雪』之句。……（三八四）

謝答聞善二兄九絶句……（三八五）

戲呈聞善 右十詩附前篇。……（三八八）

題子瞻畫竹石 舊題云『題全天粹所收云云』。全璧字天粹，山谷在荊州時有與天粹帖，又有字說云：『全璧，長林人。』長林屬荊門軍，此詩當附於荊州詩中。（三八八）

戲贈米元章二首 米芾字元章，為發運司屬官，在江、淮間。建中靖國之秋，東坡北還，嘗有手帖與之，此詩似亦當時所作，蓋詩有『滄江書畫船』之句，今附於荊州詩中。……（三八九）

第十六卷

崇寧元年壬午

是歲春初在荊南，既而經岳鄂路歸洪州分寧，正月與蘇子由書云：『某三兩月即挐舟下巴陵，出陸至雙井六日爾。』遂往袁州萍鄉省其兄元明，具於書萍鄉廳壁記。還至江州，與其家相會。山谷與洪龜父書曰：『四十及新婦在荊南，已遣十六節推弟往取船來會江州矣。』六月赴太平州，謝上表云：『六月初九。』九日而罷，管句洪州玉隆觀，山谷與徐師川書曰：『老舅六月九日領太平事，十七日奉朝旨送吏部，即日解船至江口。』

九月至鄂州，寓居踰年。崇寧二年，山谷有南樓詩寄方公悅序云：『某以去歲九月至鄂。』

次韻答高子勉十首 高荷字子勉，荊州人，而此詩有『春從細草回』之句，當是春初所作。……（三九〇）

贈高子勉四首 附前篇。……（三九五）

再用前韻贈子勉四首 附前篇。詩有『鳥語花中管弦』之句，春稍動矣。……（三九六）

荊南簽判向和卿用予六言見惠次韻奉酬四首 附前篇。……（三九八）

蟻蝶圖 從舊次。……（三九九）

謝人送栗鼠尾畫維摩二首 從舊次。……（三九九）

次韻向和卿行松滋縣與鄒天錫夜語二首 詩有『提壺』及『思歸樂』之句，當在二月間。以上詩皆未離荊南所作。……（四〇〇）

戲答荊州王充道烹茶四首 詩有『落花春日長』之句。……（四〇一）

雨中登岳陽樓望君山二首 往分寧時經途岳州所作。……（四〇二）

自巴陵略平江臨湘入通城無日不雨至黃龍謁清禪師繼而晚晴作長句呈戴道純 巴陵、平江、臨湘，皆屬岳州，通城屬鄂州，黃龍山在洪州武寧。李彤季敵書豫章集後云：『先生自巴陵取道通城入黃龍山，為清禪師徧閱南昌集，自有去取。』即此時也。……（四〇三）

題徐氏書院 徐禧德占，洪州人。此詩歸洪州時所作。……（四〇四）

贈石敏若 從舊次。……（四〇四）

題胡逸老致虛庵……（四〇五）

題蓮華寺 右兩篇元在逍遥觀前。……（四〇六）

衝雨向萬載道中得逍遥觀遂託宿戲題

此詩往萍鄉時所作。萬載亦屬袁州。山谷有跋陳日休所收舊字云：『崇宿元年三月己卯，自分寧宿萬載之廣慧道場。』按長曆，己卯蓋二十四日。……（四〇六）

題竹尊者軒 從舊次。當是廣慧道場。……（四〇七）

送密老住五峰 從舊次。山谷有為密公作草書跋尾云：『元年三月壬午，旅寓宜春之開元，飯崇勝密公之堂。』即此僧也。壬午，蓋二十七日，宜春屬袁州。……（四〇八）

新喻道中寄元明用觴字韻 元明作萍鄉宰，山谷來省觀。書萍鄉廳壁記曰：『來以崇寧元年四月乙酉，而去以是月之己亥。』乙酉，蓋四月朔，至己亥，凡十五日。此詩蓋別後所作。新喻屬臨江軍，去萍鄉未遠。……（四〇九）

第十七卷

拜劉凝之畫像 劉凝之家於南康。此詩當是還自萍鄉往江州經途所作，或云赴太和時作。……（四一〇）

追和東坡壺中九華 按此詩序，五月二十日繫舟湖口所作，湖口屬江州。……（四一一）

罷姑熟寄元明用觴字韻 六月十七日罷姑熟，（即太平州。）解船至江口，會洪駒父奉其大母來，又為之留七日。閏六月十一日分手，將家到荊南謀居。（具與徐師川書，且云：『衝東風至蕪湖矣。』駒父大母李氏，山谷之從母也。山谷又有太平州後園石室聽楊姝彈琴題名云：『與郭功甫、高大忠同酌桂漿，實季夏之丁未。』蓋六月二十二日也。）……（四一二）

次韻子瞻和太白潯陽紫極宮感秋詩韻　潯陽今江州。山谷罷太平後徘徊於江州，（初欲自此趨荆南，然竟留於鄂州。）此詩江州所作，有『蟹肥酒醅熟』之句，蓋八月也。而蜀中雙井後集有此詩，跋云崇寧元年八月乙卯』，蓋初三日。……（四一二）
瓊芝軒……（四一四）
龜殼軒……（四一五）
秋聲軒　右三篇皆紫極宮作。……（四一五）
戲效禪月作遠公詠　遠公道場即今江州廬山東林寺。是歲八月庚申，山谷有東林題名，此詩當是同時所作。庚申，蓋初八日。……（四一六）
跋子瞻和陶詩　元在紫極宮詩前，今附見。……（四一六）
題李亮功戴嵩牛圖　從舊次。……（四一七）
追和東坡題李亮功歸來圖　當是與前篇同時作。……（四一八）
次韻徐仲車南郭篇四韻……（四一八）
次韻仲車為董元達置酒……（四一九）
次韻仲車因妻行父見寄之詩　右三篇元在紫極觀詩後，詩有『萬里遠歸來，煩公問健否』之句，蓋晚年所作。……（四一九）
武昌松風閣　山谷九月至鄂，已具前注。此詩經途所作，（今尺牘中有跋與李德叟書云：『崇寧元年九月甲申，繫舟樊口題。』）時張文潛再謫黃州，猶未至也，故詩有『張侯何時到眼前』之句。黃與武昌隔江相望云。……（四二〇）
次韻文潛……（四二一）
和文潛舟中所題　右二詩並次前篇，時文潛已到黃，山谷自鄂往見之。前

詩有『風雪牖户勤塞向』之句，蓋冬深所作。……（四二三）
題君子泉 泉在黄州，次前篇。……（四二四）
宿黄州觀音院鍾樓上 元在次韻文潛後，詩有『潘何』之語，今遷於此，為後詩張本。……（四二四）
謝何十三送蟹 從舊次。何十三當是何頡之斯舉或其弟兄，頡之蓋黄州人，事具曾慥端伯詩選。……（四二四）
又借答送蟹韻并戲小何……（四二五）
代二螯解嘲……（四二五）
又借前韻見意 右三詩見於修水集，今附見。……（四二六）
次韻文潛立春日三絶句……（四二七）
再次韻 按長曆，是歲十二月二十一日立春。明年春時山谷已歸鄂，故詩有『已發黄州首更回』之句。……（四二八）

第十八卷

崇寧二年癸未

是歲山谷在鄂州，既而謫宜州，十二月十九日發鄂渚，見於發鄂渚詩序。至岳陽作歲。過湖以明年二月，見於過洞庭青草湖詩。初，山谷在荆州作承天院塔記，轉運判官陳舉承執政趙挺之風旨，摘其間數語以為『幸災謗國』，遂除名，編隸宜州。

夢中和觴字韻 序云：『崇寧二年正月己丑。』蓋初九日。……（四三〇）
次韻吴可權題餘干縣白雲亭 從舊次。……（四三一）

次韻廖明略陪吴明府白雲亭宴集次前篇。……（四三三）
病來十日不舉酒二首詩有『回施青春與後生』之句，春時所作。……（四三四）
題小景扇從舊次。……（四三五）
鄂州南樓書事四首詩有『我亦來追六月涼』之語，山谷在鄂州作夏，惟此年爾。……（四三五）
南樓畫閣觀方公悦二小詩戲次韻附前篇。……（四三六）
鄂州南樓寄方公悦附前篇。……（四三七）
養鬭雞……（四三八）
顏徒貧樂齋二首右三詩並從舊次。……（四三八）
和涼軒二首以時序為次，詩有『西風』之語。……（四四〇）
題默軒元在涼軒前。……（四四〇）
次韻文安國紀夢……（四四一）
寄賀方回右二篇元在畫閣詩後。……（四四二）
文安國挽詞二首因前篇紀夢附見。……（四四二）
和陳榮緒崇陽道中六詩（自頭陀寺至晚發咸寧。）榮緒蓋鄂州節推（見於詩序），詩有中秋山行之篇。……（四四四）
陳榮緒惠示之字韻次韻三首附前篇。……（四四七）

第十九卷

德孺五丈和之字詩韻輒復和呈附前篇。范德孺名純粹。

按實録，崇寧元年十月，管勾南京鴻慶宮范純粹鄂州居住。二年正月，又責常州別駕、鄂州安置。……(四五〇)
次韻德孺新居病起……(四五一)
次韻德孺感興二首……(四五二)
次韻德孺惠貺秋字之句 並從舊次。……(四五三)
求范子默染鴉青紙二首 從舊次。子默蓋德孺之子。……(四五四)
謝榮緒惠貺鮮鯽……(四五四)
謝榮緒割麞見贈二首……(四五五)
吴執中有兩鵝為余烹之戲贈 右四詩並從舊次。……(四五六)
秋冬之間鄂渚得蟹戲成小詩三首 以題中時序為次。……(四五六)
甯子與追和予岳陽樓詩復次韻二首……(四五七)
和甯子與白鹿寺 從舊次。……(四五八)
謝人惠貓頭笋 從舊次。詩有『鸚鵡洲前人未知』，蓋未離鄂州也，『鞭笋』當謂冬時作。……(四五九)
短韻奉乞蠟梅 從舊次。……(四五九)
以酒渴愛江清作五小詩寄廖明略初和父 詩有『將發沔鄂間』之句。……(四五九)
四休居士詩三首 從舊次，蓋在鄂州所作。……(四六二)

十二月十九日夜中發鄂渚曉泊漢陽親舊追送　此以後詩赴宜州貶處時所作。山谷有與人帖云：『某治行已有緒，既嫁女，別無一事，移舟漢陽，留數日，待親識之在近者耳。』……（四六三）

次韻陳榮緒別後明日見寄之作　詩中有『青草』、『枯松』之句，皆岳州事，蓋榮緒送山谷至岳，時尚未過湖也。……（四六四）

崇寧三年甲申

是歲二月過洞庭，經潭、衡、永、桂等州，五六月間至宜州貶所。山谷有跋李資深書卷云：『崇寧三年十一月，余謫處宜州半歲矣，官司謂余不當居關城中，乃以是月甲戌，抱被入宿子城南。』其家寓於永州。山谷與長沙崇寧平老帖云：『骨肉寓永州。』

過洞庭青草湖　詩有『乙丑越洞庭，丙寅渡青草』之句。按長曆，二月二十一日乙丑，二十二日丙寅。……（四六五）

過土山寨　按張舜民南行録：『湖中有土山，巡檢司去黃陵廟十五里。』……（四六五）

晚泊長沙示秦處度范元實五首　長沙即潭州，在洞庭之南。……（四六六）

次韻元實病目　從舊次。……（四六九）

勝業寺悅亭　從舊次。按南行録：『勝業寺在南嶽廟東，屬衡州衡山縣，有柳子厚般舟和尚第二碑。』……（四七〇）

離福巖　從舊次。按南行録：『福巖在南嶽，依巖架空為之。』蓋思公道場有三生塔，亦屬衡山縣。……（四七〇）

花光仲仁出秦蘇詩卷　從舊次。花光寺在衡州，經途所作。

……（四七一）
題花光畫……（四七二）
題花光畫山水……（四七三）
所住堂……（四七三）
戲詠高節亭邊山礬花二首 右五篇並次前詩。……（四七四）

第二十卷

贈惠洪 從舊次。詩有『眼橫湘水暮』之句。……（四七六）
戲詠零陵李宗古居士家馴鷓鴣二首 零陵即永州，經途所作。……（四七七）
李宗古出示二頌作二詩奉呈 從舊次。……（四七八）
書磨崖碑後……（四七八）
浯溪圖……（四八〇）
太平寺慈氏閣……（四八一）
題淡山巖二首……（四八二）
明遠庵……（四八三）
玉芝園 并序……（四八四）
游愚溪 并序 右七詩皆永州三月間作，詩中可見。愚溪詩序云『三月辛丑』，蓋二十八日也。……（四八六）
代書寄翠巖新禪師 從舊次。雖有『早梅開』之句，不可作時節會。……（四八七）
戲答歐陽誠發謝送茶歌 從舊次。……（四八八）
到桂州 從舊次。……（四九〇）

答許覺之惠桂花椰子茶盂二首 因後篇附見。……（四九〇）
以椰子茶瓶寄德孺二首 元在到桂州詩後。……（四九一）
寄黃龍清老三首 有『中秋月』之句，秋時所作。……（四九二）
崇寧四年乙酉
是歲山谷在宜州九月三十日卒 事具別傳。
宜陽別元明用觴字韻 是歲山谷年六十一，有為元明書草庵歌圖跋尾曰：『時山谷年六十一，元明自宜歸湖南時。』而此詩有『千林風雨鶯求友』之句，蓋春時作。……（四九三）
和范信中寓居崇寧遇雨二首 信中名寥。山谷有跋范寥所收東坡詩云：『實崇寧四年之五月丙午，山谷老人謫居宜州二年矣。』山谷又有宜州游山記，蓋四年六月辛巳，而信中掛名其間，此詩亦四年夏所作歟？……（四九四）
乞鍾乳於曾公袞 依舊次。公袞名紆，曾布子宣之子，時編置永州三年矣。豫章後集有與公袞書云『鍾乳何時再成』，又云『嶺南秋暑殊未解』，此詩蓋秋時所作，或遂絕筆於此篇歟？……（四九五）

山谷外集詩注目録

錢文子序……（四九九）
史容自序……（五〇一）
卷一
賦
劉明仲墨竹賦……（五〇二）

放目亭賦……（五〇六）

詩

嘉祐六年辛丑　是歲山谷從其母舅李公擇游學淮南。

溪上吟　元注云：『時年十七。』……（五〇七）

清江引……（五一〇）

治平三年丙午　是歲山谷再貢于鄉，俱為首選。

次韻叔父聖謨詠鶯遷谷……（五一〇）

次韻十九叔父臺源……（五一二）

叔父釣亭……（五一三）

巖下放言五首……（五一四）

治平四年丁未　是歲神廟登極，山谷登第，調汝州葉縣尉。

寄傅君倚同年……（五一六）

答德甫弟……（五一七）

贈元發弟放言……（五一八）

熙寧元年戊申　是歲山谷赴葉縣尉，九月到汝州。

清明……（五一八）

何造誠作浩然堂陳義甚高然頗喜度世飛昇之説築屋飯方士願乘六氣遊天地間故作浩然詞二章贈之……（五一九）

徐孺子祠堂……（五二一）

思親汝州作……（五二二）

次韻戲答彦和……（五二三）

熙寧二年己酉 是歲在葉縣。
次韻裴仲謀同年……（五二四）
流民歎……（五二四）
熙寧三年庚戌 是歲在葉縣。
次韻寄滑州舅氏……（五二六）
熙寧四年辛亥 是歲在葉縣。
張仲謀家堂酴醾委地……（五二七）
和答登封王晦之登樓見寄……（五二八）
和答孫不愚見贈……（五二八）
睡起……（五二九）
還家呈伯氏……（五二九）
次韻時進叔二十六韻……（五三二）
寄黃從善……（五三五）

卷二

薛樂道自南陽來入都留宿會飲作詩餞行……（五三六）
戲詠江南土風……（五三九）
弈棋二首呈任公漸……（五四〇）
謝曉純送衲襪……（五四一）
衝雪宿新寨忽忽不樂……（五四一）
聽崇德君鼓琴……（五四二）
郭明甫作西齋于潁尾請予賦詩二首

……（五四三）

勸交代張和父酒……（五四四）

過平輿懷李子先時在并州……（五四五）

熙寧五年壬子 是歲試中學官，除北京國子監教授。

以金沙酴醿送公壽……（五四五）

寄懷公壽……（五四六）

武陵 年譜作雜詩八首，今七首刪去。……（五四七）

熙寧八年乙卯 是歲在北京。

呻吟齋睡起五首呈世弼……（五四七）

奉答子高見贈十韻……（五四九）

招子高二十二韻兼簡常甫世弼……（五五〇）

次韻謝子高讀淵明傳……（五五二）

奉和王世弼寄上七兄先生用其韻（五五三）

送吴彦歸番陽……（五五九）

熙寧九年丙辰 是歲在北京。

二月丁卯喜雨吴體為北門留守文潞公作……（五六二）

李右司以詩送梅花至潞公予雖不接右司想見其人用老杜和元次山詩例次韻……（五六三）

熙寧十年丁巳 是歲在北京。

次韻外舅喜王正仲三丈奉詔相南兵回至襄

陽捨驛馬就舟見過三首……（五六三）
次韻正仲三丈自衡山返命舍驛過外舅師厚贈答……（五六五）

卷三

次韻子瞻春菜……（五六七）
元豐元年戊午是歲在北京。
閏月訪同年李夷伯子真於河上子真以詩謝次韻……（五六八）
戲答李子真河上見招來詩頗誇河上風物聊以當嘲云……（五六九）
和答李子真讀陶庾詩……（五六九）
丙寅十四首效韋蘇州并序……（五七〇）
催公静碾茶……（五七四）
用前韻戲公静……（五七五）
對酒歌答謝公静……（五七五）
種決明……（五七七）
同世弼韻作寄伯氏在濟南兼呈六舅祠部……（五七八）
伯氏到濟南寄詩頗言太守居有湖山之勝同韻和……（五七八）
次韻寄李六弟濟南郡城橋亭之詩……（五七九）
用明發不寐有懷二人為韻寄李秉彝德叟

……（五八一）
陪師厚遊百花洲十首……（五八四）
百花洲雜題……（五八七）
竹下把酒……（五八七）
砌臺晚思……（五八八）
和師厚接花……（五八八）
和師厚栽竹……（五八九）
次韻師厚雨中晝寢憶江南餅麴酒……（五八九）
次韻師厚萱草……（五九〇）
次韻謝外舅病不能拜復官夏雨眠起之什……（五九〇）
次韻師厚病間十首……（五九二）

卷四

次韻奉送公定……（五九七）
和謝公定河朔謾成八首……（六〇四）
次韻謝公定王世弼贈答二絕句……（六〇七）
次韻公定世弼登北都東樓四首……（六〇七）
和謝公定征南謠……（六〇九）
和師厚秋半復官分司西都……（六一三）
和師厚郊居示里中諸君……（六一四）
寄南陽謝外舅……（六一四）
和外舅夙興三首……（六一八）

和答師厚黃連橋壞大木亦為秋雹所碎 ……（六二〇）
世弼惠詩求舜泉輒欲以長安酥共泛一盃次韻戲答 ……（六二一）
送蛤蜊與李明叔諸君 ……（六二一）
戲贈世弼用前韻 ……（六二二）
世弼病方家不善論蛤蜊之功戲答 （六二二）
次韻師厚食蟹 ……（六二三）
次韻謝外舅食驢腸 ……（六二四）
次韻師厚答馬著作屢贈詩 ……（六二五）
次韻子瞻與舒堯文禱雪霧豬泉唱和 ……（六二六）

卷五

薄薄酒二章 并引 ……（六二八）
戲贈彥深 ……（六三〇）
竹軒詠雪呈外舅謝師厚并調李彥深 ……（六三三）
賦未見君子憂心靡樂八韻寄李師載 ……（六三四）
次韻張秘校喜雪三首 ……（六三七）
次韻寅菴四首 ……（六三八）

元豐二年己未 是歲在北京。

以同心之言其臭如蘭為韻寄李子先……（六四〇）
見子瞻粲字韻詩和答三人四返不困而愈崛奇輒次韻寄彭門三首……（六四二）
再和寄子瞻聞得湖州……（六四六）
次韻答堯民……（六四八）
春遊……（六四九）
次韻感春五首……（六五〇）
聖東將寓于衛行乞食於齊有可憐之色再次韻感春五首贈之……（六五三）

卷六

次韻蓋郎中率郭郎中休官二首……（六五七）
次韻郭右曹……（六五八）
送楊瓘鴈門省親二首……（六五九）
次韻答張沙河……（六六〇）
送張沙河遊齊魯諸邦……（六六四）
和張沙河招飲……（六六五）
同堯民游靈源廟廖獻臣置酒用馬陵二字賦詩二首……（六六六）
八音歌贈晁堯民……（六六九）
八音歌贈晁堯民……（六七一）
次韻師厚五月十六日視田悼李彥深

……（六七二）
次韻晁補之廖正一贈答詩……（六七三）
再次韻呈廖明略……（六七五）
走答明略適堯民來相約奉謁故篇末及之……（六七六）
答明略并寄無咎……（六七八）
再次韻呈明略并寄無咎……（六七九）
再答明略二首……（六八一）
次韻無咎閻子常携琴入村……（六八四）
定交詩效鮑明遠體呈晁無咎……（六八五）
贈無咎八音歌……（六八七）
二十八宿歌贈別無咎……（六八八）

卷七

林為之送筆戲贈……（六九一）
再和答為之……（六九三）
再和答為之……（六九五）
贈趙言……（六九七）
次韻題粹老客亭詩後……（六九九）
贈張仲謀……（六九九）
乞貓……（七〇一）
謝周文之送貓兒……（七〇一）
謝張泰伯惠黃雀鮓……（七〇二）

贈答晁次膺……（七〇三）
楊朴墓……（七〇四）
次韻孔著作早行……（七〇五）
次韻孔四著作北行滹沱……（七〇七）
和陳君儀讀太真外傳五首……（七〇七）
讀曹公傳并序……（七〇九）
雜詩……（七一一）
衛南……（七一一）
酒……（七一二）
次韻答柳通叟求田問舍之詩……（七一三）
書扇……（七一三）

元豐三年庚申　是歲山谷入京改官，授吉州太和縣。

次韻答叔原會寂照房呈稚川……（七一四）
同王稚川晏叔原飯寂照房……（七一六）
次韻叔原會寂照房得照字……（七一七）
次韻稚川得寂字……（七一八）
都下喜見八叔父……（七一九）
次韻叔父夷仲送夏君玉赴零陵主簿……（七二二）
病起次韻和稚川進叔唱酬之什……（七二三）
稚川約晚過進叔次前韻贈稚川并呈進叔……（七二三）

汴岸置酒贈黄十七……(七二四)

卷八

曉放汴舟……(七二六)
次盱眙同前韻……(七二七)
外舅孫莘老守蘇州留詩斗野亭庚申十月庭堅和……(七二七)
十月十三日泊舟白沙江口……(七二八)
發白沙口次長蘆……(七二九)
阻風入長蘆寺……(七三〇)
次韻伯氏長蘆寺下……(七三一)
金陵……(七三二)
贈別李端叔……(七三三)
阻風銅陵……(七三四)
阻水泊舟竹山下……(七三五)
池口風雨留三日……(七三五)
貴池……(七三六)
大雷口阻風……(七三七)
庚寅乙未猶泊大雷口……(七三九)
乙未移舟出……(七四〇)
丙申泊東流縣……(七四一)
書石牛溪旁大石上……(七四二)
題山谷大石……(七四三)

同蘇子平李德叟登擢秀閣……（七四三）
靈龜泉上……（七四四）
從丘十四借韓文二首……（七四五）
發舒州向皖口道中作寄李德叟……（七四六）
庭堅得邑太和六舅按節出同安邂逅於皖公
溪口十首……（七四七）
題馬當山魯望亭四首……（七五一）
泊大孤山作……（七五四）
題落星寺四首……（七五五）

卷九

玉京軒……（七五八）
過致政屯田劉公隱廬……（七五九）
壽聖觀道士黃至明開小隱軒太守徐公為題
曰快軒庭堅集句詠之……（七六二）
駐輿遣人尋訪後山陳德方家……（七六三）
題李夫人偃竹……（七六三）
次韻章禹直開元寺觀畫壁兼簡李德素
……（七六四）

元豐四年辛酉 是歲山谷自鄉井赴太和，考試舉人于南安軍。

豐城……（七六六）
上蕭家峽……（七六七）
何蕭二族……（七六七）

魏夫人壇……（七六八）
隱梅福處……（七六八）
蕭子雲宅……（七六九）
避秦十人……（七七〇）
黄雀……（七七〇）
到官歸志浩然二絶句……（七七〇）
題吉州承天院清凉軒……（七七一）
次韻答楊子聞見贈……（七七二）
聞致政胡朝請多藏書以詩借書目……（七七三）
戲贈南安倅柳朝散……（七七四）
題槐安閣并序……（七七五）
洪範以不合俗人題廳壁二絶句次韻和之……（七七六）
發贛上寄余洪範……（七七七）
次元明韻寄子由……（七七八）
再次韻奉答子由……（七七九）
再次韻寄子由……（七八〇）
次韻寄上七兄……（七八〇）
和七兄山蓣湯……（七八一）
同韻和元明兄知命弟九日相憶二首……（七八二）
代書……（七八三）

雙澗寺二首……（七八七）
睡起……（七八七）
奉送周元翁鎖吉州司法廳赴禮部試……（七八八）
飲潤父家……（七九〇）
次韻寄潤父……（七九一）
送酒與周法曹用前韻……（七九二）

卷十

出迎使客質明放船自瓦窑歸……（七九三）
次韻和答孔毅甫……（七九三）
再用舊韻寄孔毅甫……（七九五）

元豐五年壬戌　是歲山谷在太和。

二月二日曉夢會於廬陵西齋作寄陳適用……（七九六）
長句謝陳適用惠送吴南雄所贈紙……（七九九）
寄陳適用……（八〇一）
寄懷元翁……（八〇三）
對酒次前韻寄懷元翁……（八〇四）
侯尉之吉水覆按未歸三日泥雨戲成寄之……（八〇五）
侯尉家聽琵琶……（八〇六）
寄袁守廖獻卿……（八〇六）

廖袁州次韻見答并寄黃靖國再生傳次韻寄之……（八〇七）
袁州劉司法亦和予摩字詩因次韻寄之……（八〇八）
次韻奉答吉老并寄何君庸……（八〇八）
次韻奉答廖袁州懷舊隱之詩……（八〇九）
上權郡孫承議……（八一〇）
奉和孫奉議謝送菜……（八一一）
和孫公善李仲同金櫻餌唱酬二首……（八一一）
答余洪範二首……（八一三）
三月乙巳來賦鹽萬歲鄉且蒐獮匿賦之家晏飯此舍遂留宿是日大風自採菊苗薦湯餅二首……（八一四）
題高君正適軒……（八一五）
寄李次翁……（八一六）
四月戊申賦鹽萬歲山中仰懷外舅謝師厚……（八一七）
癸丑宿早禾渡僧舍……（八一九）
宿觀山……（八二〇）
上大蒙籠……（八二一）
勞坑入前城……（八二二）
乙卯宿清泉寺……（八二二）

丙辰仍宿清泉寺……（八二四）
丁巳宿寶石寺……（八二五）

卷十一

己未過太湖僧寺得宗汝為書寄山
　蕷白酒長韻寄答……（八二七）
庚申宿觀音院……（八三一）
辛酉甜刀坑口……（八三三）
金刀坑迎將家待追獎坑十餘户山農不至因
　題其壁……（八三五）
次韻漢公招七兄……（八三六）
寄題安福李令適軒……（八三六）
寄題安福李令先春閣……（八三七）
寄題安福李令愛竹堂……（八三八）
題安福李令朝華亭……（八三九）
登快閣……（八四〇）
和李才甫先輩快閣五首……（八四〇）
八月十四日夜刀坑口對月奉寄王子難子聞
　適用……（八四二）
彫陂……（八四三）
幾復寄檳榔且答詩勸予同種次韻寄之
　……（八四四）
黄幾復自海上寄惠金液三十兩且曰唯有德

之士宜享將以排蕩陰邪守衛真火幸不以
凡物畜之戲答……………………（八四四）
幾道復覓檳榔……………………（八四五）
次韻幾復答予所贈三物三首……（八四六）
送酒與畢大夫……………………（八四八）
喜太守畢朝散致政………………（八四八）
次韻道輔雙嶺見寄三疊…………（八四九）
次韻章禹直魏道輔贈答之詩……（八五〇）
次韻道輔旅懷見寄………………（八五二）
和答魏道輔寄懷十首……………（八五三）
倉後酒正廳昔唐林夫謫官所作十一月己卯
余納秋租隔墻芙蓉盛開…………（八五八）
吉老受秋租輒成長句……………（八五八）
再次韻和吉老……………………（八五九）
招吉老子範觀梅花………………（八五九）
子範徼巡諸鄉捕逐羣盜幾盡輒作長句勞苦
行李………………………………（八六〇）
送徐隱父宰餘干…………………（八六一）

卷十二

次韻君庸寓慈雲寺待詔惠錢不至……（八六三）
次韻奉答存道主簿………………（八六四）
從時中乞蒲團……………………（八六五）

奉送時中攝東曹獄掾……（八六五）

奉答茂衡惠紙長句……（八六七）

雜言贈羅茂衡……（八六八）

寄晁元忠十首……（八六九）

次韻晁元忠西歸十首……（八七四）

元豐六年癸亥 是歲在太和，十二月移監德平鎮。

食筍十韻……（八七九）

蕭巽葛敏修二學子和予食筍詩次韻答之……（八八〇）

胡朝請見和復次韻……（八八二）

立春……（八八三）

寄舒申之户曹……（八八三）

次韻杜仲觀二絶……（八八四）

再次韻……（八八五）

社日奉寄君庸主簿……（八八五）

觀王主簿家酴醾……（八八六）

酴醾……（八八七）

元翁坐中見次元寄到和孔四飲王夔玉家長韻因次韻率元翁同作寄溢城……（八八八）

再次孔四韻寄懷元翁兄弟并致問穀甫……（八八九）

次韻元翁從王夔玉借書……（八九〇）
學元翁作女兒浦口詩……（八九一）
去歲和元翁重到雙澗寺觀余兄弟題詩之篇總忘收録病中記憶成此詩……（八九一）
次韻周法曹遊清原寺……（八九二）
次韻曾都曹喜雨……（八九四）
戲題曾處善尉廳二首……（八九四）
寄上高李令懷道……（八九五）

卷十三

謝文灝元豐上文稾……（八九八）
讀方言……（八九九）
次韻秋郊晚望……（九〇〇）
次韻周德夫經行不相見之詩……（九〇二）
歐陽從道許寄金橘以詩督之……（九〇四）
次韻吉老十小詩……（九〇五）
次韻吉老寄君庸……（九〇八）
聞吉老縣丞按田在萬安山中……（九〇八）
次韻喜陳吉老還家二絶……（九〇九）
再次韻答吉老二首……（九〇九）
太和奉呈吉老縣丞……（九一〇）
次韻知命永和道中……（九一一）
次韻吉老知命同遊青原二首……（九一二）

次韻知命入青原山口……（九一三）
次韻吉老遊青原將歸……（九一三）
喜知命弟自青原歸……（九一四）
寄張宜父……（九一五）
送彥孚主簿……（九一六）
寄餘干徐隱甫……（九一九）
奉答李和甫代簡二絶句……（九二一）
贈王環中……（九二二）
戲和于寺丞乞王醇老米……（九二三）
答永新宗令寄石耳……（九二三）
贈朱方李道人……（九二五）
題前定録贈李伯牖……（九二五）
靜居寺上方南入一徑有釣臺氣象甚古而俗傳謬妄意嘗有隱君子漁釣其上感之作詩……（九二六）
高至言築亭於家園以奉親總其觀覽之富命曰溪亭乞余賦詩余先君之弊廬望高子所築不過十牛鳴地爾故余未嘗登臨而得其勝處……（九二七）
題息軒……（九二八）
題神移仁壽塔……（九二九）
題海首座壁……（九三〇）

題仁上座畫松……（九三〇）
摩詰畫……（九三一）
追憶予泊舟西江事次韻……（九三一）
宫亭湖……（九三二）
元豐癸亥經行石潭寺見舊和栖蟾詩甚可笑
因别和一章……（九三四）

卷十四

夜發分寧寄杜澗叟……（九三五）
題杜槃澗叟冥鴻亭……（九三六）
過家……（九三七）
上冢……（九三八）
明叔知縣和示過家上冢二篇復次韻
……（九三九）
次韻郭明叔長歌……（九四二）
詠清水巖呈郭明叔并序……（九四四）
次韻清水巖……（九四五）
題章和甫釣亭……（九四五）
銅官縣望五松山集句……（九四六）
元豐七年甲子 是歲山谷過揚州、泗州，赴德平鎮，到官當在夏秋之間。
自咸平至太康鞍馬間得十小詩寄懷晏叔原
并問王稚川行李鵝兒黃似酒對酒愛新鵝此
他日醉時與叔原所詠因以為韻（九四七）

寄家……(九四九)
古風次韻答初和甫二首……(九五〇)
次韻答和甫盧泉水三首 并序……(九五一)
和甫得竹數本於周翰喜而作詩和之……(九五四)
寄耿令幾父過新堂邑作廼幾父舊治之地……(九五六)
放言十首……(九五八)
送伯氏入都……(九六二)
渡河……(九六三)
送呂知常赴太和丞……(九六四)
別蔣穎叔……(九六四)
平原宴坐二首……(九六七)
同劉景文遊郭氏西園因留宿……(九六八)

卷十五

奉送劉君昆仲……(九六九)
元豐八年乙丑 哲廟登極。是歲春，山谷猶在德平，四月丁丑，以秘書省校書郎召，其到京師在六七月間。
和答莘老見贈……(九七〇)
元祐元年丙寅 是歲山谷在秘書省，十月丙戌除神宗實録院檢討官，集賢校理。
以潞公所惠揀芽送公擇次舊韻……(九七三)
吏部蘇尚書右選胡侍郎皆和鄙句次韻道謝

……………………………………(九七三)
奉同公擇作揀芽詠……………(九七四)
今歲官茶極妙而難為賞音者戲作兩詩用前韻……………………………(九七四)
公擇用前韻嘲戲雙井…………(九七五)
又戲為雙井解嘲………………(九七六)
奉同六舅尚書詠茶碾煎烹三首…(九七六)
與李公擇道中見兩客布衣班荆而坐對戲弈秋因作一絶………………(九七七)
六舅以詩來覓銅犀用長句持送舅氏學古之餘復味禪悦故篇末及之………(九七七)
奉和公擇舅氏送吕道人研長韻…(九七八)
再和公擇舅氏雜言……………(九八〇)
次韻答王四……………………(九八二)
戲答仇夢得承制………………(九八三)
戲答仇夢得承制二首…………(九八四)
和任夫人悟道…………………(九八五)
暮到張氏園和壁間舊題………(九八五)
從人求花………………………(九八六)
贈陳師道………………………(九八六)
送六十五弟賁南歸……………(九八八)
贈吴道士………………………(九八八)

同謝公定携書浴室院汶師置飯作此……（九八九）
謝人惠茶……（九八九）
懋宗奉議有佳句詠冷庭叟野居庭堅於庭叟有十八年之舊故次韻贈之……（九九〇）
古意贈鄭彥能八音歌……（九九一）
子瞻題狄引進雪林石屏要同作……（九九二）
送張材翁赴秦簽……（九九二）
元祐二年丁卯 是歲在秘書省兼史局，正月辛未除著作佐郎。
題陽關圖二首……（九九四）
題歸去來圖二首……（九九四）
題畫鵝鴈……（九九五）
題老鶴萬里心……（九九五）
題韋偃馬……（九九六）
答王道濟寺丞觀許道寧山水圖……（九九七）

卷十六

和劉景文……（一〇〇〇）
奉謝劉景文送團茶……（一〇〇二）
謝景文惠浩然所作廷珪墨……（一〇〇三）
同景文丈詠蓮塘……（一〇〇四）
送劉道純……（一〇〇四）
送薛樂道知鄖鄉……（一〇〇六）

寄朱樂仲……(一〇〇八)
贈陳元輿祠部……(一〇〇九)
元祐三年戊辰 是歲在秘書省兼史局，正月東坡知貢舉，山谷為參詳，五月詔新除著作郎黄庭堅依舊著作佐郎，以御史趙挺之所論故也。
松下淵明老杜浣花谿圖引……(一〇〇九)
戲和舍弟船場探春二首……(一〇一二)
次韻舍弟題牛氏園二首……(一〇一三)
急雪寄王立之問梅花……(一〇一三)
又寄王立之……(一〇一四)
王立之以小詩送並蔕牡丹戲答……(一〇一四)
從王都尉覓千葉梅云已落盡戲作嘲吹笛侍兒……(一〇一五)
次韻李士雄子飛獨遊西園折牡丹憶弟子奇二首……(一〇一五)
和曹子方雜言……(一〇一六)
謝曹子方惠二物二首……(一〇一八)
送高士敦赴成都鈐轄二首……(一〇一九)
次韻子瞻送穆父二絶……(一〇二〇)
和子瞻内翰題公擇舅中丞山房……(一〇二一)
題子瞻書詩後……(一〇二二)
戲贈高述六言……(一〇二二)
戲題大年防禦蘆鴈……(一〇二二)

避暑李氏園二首……（一〇二三）
次韻胡彥明同年羇旅京師寄李子飛三章一章道其困窮二章勸之歸三章言我亦欲歸耳胡李相甥也故有檳榔之句…（一〇二三）
與胡彥明處道飲融師竹軒……（一〇二五）
謝送宣城筆……（一〇二六）
王彥祖惠其祖黃州制草書其後…（一〇二七）
送徐景道尉武寧二首……（一〇二八）
杜似吟院兩首……（一〇二九）
歲寒知松柏……（一〇二九）
效進士作觀成都石經……（一〇三〇）
送曹子方福建路運判兼簡運使張仲謀……（一〇三一）

卷十七

戲贈曹子方家鳳兒……（一〇三四）
次韻子瞻書黃庭經尾付蹇道士…（一〇三五）
何氏悅亭詠柏……（一〇三六）
次韻答少章聞鴈聽雞二首……（一〇三六）
伯父祖善耆老好學於所居紫陽溪後小馬鞍山為放隱齋遠寄詩句意欲庭堅和之幸師友同賦率爾上呈……（一〇三七）

元祐四年己巳　是歲在秘書省兼史局。

題李十八知常軒……（一〇三八）

次韻奉答吉鄰機宜……（一〇三八）

題劉氏所藏展子虔感應觀音二首……（一〇三九）

李濠州挽詞二首……（一〇四〇）

元祐五年庚午 是歲在秘書省兼史局。

寄忠玉提刑……（一〇四一）

紹聖元年甲戌 元祐六年六月山谷在館中，丁母憂，至八年七月除神宗正史編修官，九月服除，具辭免。除知宣州，又除知鄂州，十二月以臺諫官言實録院修先帝實録詆熙寧以來政事，乞行竄黜，詔黃庭堅責授涪州別駕、黔州安置，二年四月到黔州。

次韻元日……（一〇四四）

題大雲倉達觀臺二首……（一〇四四）

元符元年戊寅 是歲山谷在黔州。是春以避外兄張向之嫌遷戎州。

送曹黔南口號……（一〇四六）

元符三年庚辰 是歲徽廟登極。山谷在戎州，五月復宣義郎，監鄂州在城鹽税。

十四弟歸洪州賦莫如兄弟四章贈之……（一〇四七）

以虎臂杖送李任道二首……（一〇四八）

題王居士所藏王友畫桃杏花二首……（一〇四八）

碾建溪第一奉邀徐天隱奉議并效建除體……（一〇四九）

再作答徐天隱……（一〇五〇）
重贈徐天隱……（一〇五二）
以十扇寄天隱……（一〇五三）
建中靖國元年辛巳 是歲正月自江安出峽，三月準告復奉議郎，知舒州，四月至荆南，又準尚書省劄子，已降告命，除吏部員外郎，乘馬遞發來赴闕，再具辭免，乞太平州。
戲呈田子平六言……（一〇五四）
荆州即事藥名詩八首……（一〇五四）
崇寧元年壬午 是歲山谷在荆南待命，六月領太平州事，九日而罷。
太平州作二首……（一〇五六）
送昌上座歸成都……（一〇五七）
崇寧三年甲申 崇寧二年十一月山谷以荆南所作承天塔記謫宜州。是歲自潭州歷衡、永、全州、静江府以趨貶所。
長沙留别……（一〇五八）
贈花光老……（一〇五八）
題花光老為曾公卷作水邊梅……（一〇五九）

山谷别集詩注目録

卷上

濂溪詩 并序……（一〇六三）
牧童……（一〇六七）
送人赴舉……（一〇六八）
嗣深尚書弟晬日……（一〇六九）

讀謝安傳……（一〇七〇）
酌姨母崇德君壽酒……（一〇七一）
謝五開府番羅襖……（一〇七二）
雜吟……（一〇七二）
海棠……（一〇七三）
壓沙寺梨花……（一〇七三）
和早秋雨中書懷呈張鄧州……（一〇七四）
絶句……（一〇七五）
臨河道中……（一〇七五）
和范廉……（一〇七七）
從舅氏李公擇將抵京輔以歸江南初自淮之西猶未秋日思歸……（一〇七八）
翌日阻雨次前韻……（一〇七八）
五老亭并序……（一〇七九）
答余洪範……（一〇八〇）
即來……（一〇八一）
奉答固道……（一〇八二）
奉答聖思講論語長句……（一〇八三）
題學海寺……（一〇八四）
梅花……（一〇八四）
題太和南塔寺壁……（一〇八五）
和答君庸見寄别時絶句……（一〇八六）

寄劉泗州……（一〇八六）
平原郡齋二首……（一〇八七）
題邢敦夫扇……（一〇八八）
絶句贈初和甫……（一〇八九）
次韻清虚同訪李園……（一〇八九）
次韻清虚……（一〇九〇）
次韻清虚喜子瞻得常州……（一〇九一）
次韻公秉子由十六夜憶清虚……（一〇九二）
訪趙君舉……（一〇九三）
和王明之雪……（一〇九三）
題子瞻墨竹……（一〇九四）

卷下

觀秘閣蘇子美題壁及中人張侯家墨跡十九紙率同舍錢才翁學士賦之……（一〇九六）
題文潞公黄河議後……（一一〇二）
題宗室大年畫二首……（一一〇二）
題燕邸洋川公養浩堂畫……（一一〇三）
題劉法直詩卷……（一一〇四）
送莫郎中致仕歸湖州并引……（一一〇五）
雜詩……（一一〇七）
明叔惠示二頌……（一一〇七）
與黔倅張茂宗……（一一〇九）

次韻任道雪中同游東皋之作……（一一一〇）
戲用題元上人此君軒詩韻奉答周彦起予之
作病眼空花句不及律書不成字（一一一一）
和蒲泰亨四首……（一一一三）
奉謝泰亨送酒……（一一一四）
和東坡送仲天貺王元直六言韻（一一一五）
元師自滎州來追送余於瀘之江安綿水驛因
復用舊所賦此君軒詩韻贈之并簡元師法
弟周彦公……（一一一七）
木龜亭留題……（一一一九）
題羅公山古松菴二首……（一一二〇）
書東坡畫郭功父壁上墨竹……（一一二一）
史天休中散挽詞……（一一二二）
宋夫人挽詞……（一一二三）
贈法輪齊公……（一一二四）
與成之書并二詩并引……（一一二五）
題周昉畫美人琴阮圖……（一一二六）
信中遠來相訪且致今歲新茗又枉任道寄佳
篇復次韻呈信中兼簡任道……（一一二六）
和柳子玉官舍十首……（一一二七）
心適堂
思山齋
小池

新泉
竹塢
土榻
怪石
茴香
蜜蜂
芭蕉
黄子耕跋……（一一三四）
楊守敬跋……（一一三四）

山谷詩外集補目録

卷一

流水　三章章四句　熙寧元年赴葉縣作……（一一三九）
虎號南山　二章章八句一章十句……（一一三九）
采菊　三章章八句……（一一四〇）
新涼示同學　治平三年作……（一一四一）
宿山家效孟浩然　元豐六年太和作……（一一四一）
病懶　治平四年作……（一一四二）
宿靈湯文室　元祐八年丁母喪居家作……（一一四二）
戲贈諸友　時詔下治平三年作……（一一四三）
午寢　戊申作　方綱按：熙寧元年戊申，先生年二十四，不應云二十二年。非也。此蓋題下戊申有誤。子耕譜中元未的指在何年也……（一一四三）
題徐氏姑壽安君壽梅亭　元豐六年赴德平作……（一一四四）
次韻叔父臺源歌　治平三年作……（一一四四）

息暑巖……（一一四五）
博山臺……（一一四五）
潯陽江口阻風三日 元豐三年改官太和作……（一一四六）
過百里大夫冢 熙寧四年葉縣作 冢在南陽縣界，公往鄧州經此……（一一四六）
蒲城道中寄懷伯氏……（一一四七）
舟子 并序 熙寧四年葉縣作……（一一四七）
思賢 并序……（一一四八）
漫尉 并序 熙寧三年葉縣作……（一一四九）
按田 并序 熙寧四年葉縣作……（一一五〇）
送蘇太祝歸石城……（一一五三）
寄季張……（一一五三）
贈陳公益 并序……（一一五四）
將歸葉先寄明復季常 熙寧三年葉縣作……（一一五五）
送張仲謀……（一一五五）
擬君子法天運 熙寧四年葉縣作……（一一五七）
傷歌行四首……（一一五七）
行行重行行贈別李之儀 元豐三年改官太和作。端叔名之儀，寓居蕪湖……（一一五九）
春思 熙寧四年葉縣作……（一一六〇）
戲答公益春思二首……（一一六〇）
衆人觀俳優……（一一六二）

次韻任公漸感梅花十五韻……（一一六三）
答王晦之見寄……（一一六四）
寄懷藍六在延平崇寧二年赴宜州作……（一一六五）
送焦浚明熙寧四年葉縣作……（一一六五）
新寨餞南歸客……（一一六六）
曉起臨汝……（一一六七）
答閻求仁……（一一六八）
送陳季常歸洛……（一一六九）
雨晴過石塘留宿贈大中供奉……（一一七〇）
次韻答薛樂道……（一一七〇）
戲贈陳季張……（一一七一）
寄別陳氏妹……（一一七二）
戲贈王晦之……（一一七三）
觀崇德墨竹歌并序……（一一七三）
送陳蕭縣……（一一七五）
致政王殿丞逍遥亭……（一一七六）
送何君庸上贛石醉中作　時元豐五年君庸太和簿……（一一七七）
寄懷趙正夫奉議元豐八年德平作……（一一七八）
四月丁卯對雨寄趙正夫方綱按：一本無此題，而前題云二首……（一一七八）

卷二

賦陳季常北軒杏花得酒字　熙寧四年葉縣作……（一一八〇）
送蒲元禮南歸熙寧四年葉縣作……（一一八一）
即席……（一一八二）
贈李彥深元豐元年北京作。李原字彥深，厚之弟，居南陽……（一一八二）
再和答張仲謀陳純益兄弟……（一一八三）
飲城南即事元豐二年北京作……（一一八四）
宣九家賦雪元豐八年秘書省作。『宣九』謂宗室宣州院第九家者……（一一八五）
和舍弟中秋月元豐二年北京作　方綱按：元豐二年先生年三十五。此首句與題注不合，必有一誤，蓋注誤也……（一一八五）
和世弼中秋月詠懷熙寧八年北京作……（一一八六）
次韻答常甫世弼二君不利秋官鬱鬱初不平故予詩多及君子處得失事熙寧八年北京作……（一一八七）
送魏君俞知宿遷……（一一八八）
秋懷二首熙寧八年北京作……（一一八九）
和李文伯暑時五首文伯字去華，公之婿李楶德素之子，雖納婿在後，而公與龍眠李氏為素交……（一一八九）
送錢一杲卿杲卿乃穆父内翰長子，黄師是之妹夫。時師是為河北漕，錢時在外舍。師是名實……（一一九二）

觀道二篇……（一一九二）
送朱貺中允宰宋城 元豐元年北京作宋城屬南京……（一一九三）
送醇父歸蔡 熙寧三年葉縣作……（一一九四）
次韻七兄青陽驛西阻水見寄 元豐元年北京作……（一一九五）
酌别世弼 熙寧八年北京作……（一一九六）
庭誨惠鉅硯 熙寧八年北京作……（一一九七）
叔誨宿邀湖上之遊以故不果往……（一一九七）
次韻子真會靈源廟下池亭 元豐元年北京作……（一一九八）
幾復讀莊子戲贈 治平三年作……（一一九八）
次韻坦夫見惠長句 熙寧二年葉縣作……（一一九九）
奉和慎思寺丞太康傳舍相逢并寄扶溝程太丞尉氏孫著作二十韻 元豐元年北京作……（一二〇〇）
次韻晉之五丈賞壓沙寺梨花 元豐元年北京作……（一二〇一）
答王道濟寺丞觀許道寧山水圖 元祐二年秘書省作……（一二〇二）
觀王熙叔唐本草書歌……（一二〇三）
擬古雜言 元豐元年北京作……（一二〇四）
古豪俠行贈魏鄰幾 元豐元年北京作……（一二〇四）

拘士笑大方……（一二〇五）
擬古樂府長相思寄黄幾復 治平三年作……（一二〇六）
古樂府白紵四時歌……（一二〇六）
韓信 治平三年元注：為黄幾復作……（一二〇八）
淮陰侯 精華無此題，而前題下云韓信二首……（一二〇九）
顔闔 治平三年作……（一二一〇）
贈希孝 熙寧元年葉縣作……（一二一〇）
侯元功問講學之意 治平三年作 元功名蒙，政和六年為中書侍郎……（一二一一）
戲贈張叔甫 集句。熙寧元年葉縣作……（一二一一）
以右軍書數種贈邱十四 元豐三年太和作……（一二一二）
李君貺借示其祖西臺學士草聖并書帖一編二軸以詩還之……（一二一三）
三至堂 元豐三年太和作……（一二一四）
玉照泉 玉照泉與灊山之玉照峰相直。舅氏李公擇始坎石采而名之……（一二一四）
延壽寺僧小軒極蕭灑予為名曰林樂取莊生所謂林樂而無形者并為賦詩 元豐六年太和作……（一二一五）
吉老許惠李北海石室碑以詩促之 元豐六年太和作

……………………（一二一六）

吉老兩和示戲答……（一二一六）

題羅山人覽輝樓（元豐八年德平作）……（一二一七）

古風寄周元翁 三言（元豐六年太和作）……（一二一七）

西禪聽戴道士彈琴（熙寧八年北京作）……（一二一八）

題安石榴雙葉（元豐五年太和作）……（一二一九）

絶句（元豐五年太和作）……（一二一九）

題虔州東禪圓照師新作御書閣（元豐四年太和作）……（一二二〇）

送權郡孫承議歸宜春（元豐五年太和作）……（一二二〇）

戲題……（一二二一）

戊午夜宿寶石寺視寶石戲題……（一二二一）

戲題承天寺法堂前柏（元豐四年太和作）……（一二二二）

陳吉老縣丞同知命弟游青原謁思禪師予以簿領不得往二公雨久不歸戲作百家衣一首二十韻招之……（一二二三）

同吉老飲清平戲作集句（即普覺）……（一二二四）

效孔文舉贈柳聖功三首（元豐四年太和作）……（一二二五）

藥名詩奉送楊十三子問省親清江（元豐五年太和作）……（一二二六）

次韻舍弟喜雨（元豐六年太和作）……（一二二七）

答何君表感古冢（元豐四年太和作）……（一二二七）

會稽竹箭為蘄春傅尉作……(一二二八)
還深父同年兄詩卷 元豐四年太和作……(一二二九)
次韻答宗汝為初夏見寄 元豐六年太和作……(一二二九)
答周德夫見寄……(一二三一)
招隱寄李元中 元豐四年太和作元中名沖元……(一二三二)
送晁道夫叔姪 元豐五年，時公到太和已二載……(一二三二)
戲贈潘供奉 熙寧四年葉縣作……(一二三三)
次韻惜范生……(一二三四)
和晁仲觀試進士 元祐二年秘書省作……(一二三四)

卷三

漁父二首 熙寧元年葉縣作……(一二三六)
古漁父……(一二三七)
題楊道人默軒 崇寧二年戎州作……(一二三七)
用幾復韻題伯氏思堂 治平三年作……(一二三八)
贈別幾復……(一二三八)
趙令許載酒見過 熙寧元年葉縣作……(一二三九)
和答趙令同前韻……(一二三九)
趙令答詩約攜山妓見訪……(一二三九)
謝趙令載酒 熙寧元年葉縣作……(一二四〇)
次韻賞梅……(一二四〇)
次韻答李端叔 元豐三年太和作……(一二四一)
春近四絶句 熙寧二年葉縣作……(一二四一)

戲題葆真閣 熙寧元年葉縣作 ……（一二四二）
戲贈惠南禪師 惠南即江西老禪，號積翠菴清隱，亦在分寧 ……（一二四三）
寄新茶與南禪師 熙寧元年葉縣作 ……（一二四三）
讀晉史 熙寧元年葉縣作 ……（一二四四）
讀書呈幾復二首 治平三年作 ……（一二四四）
阻水戲呈幾復二首 ……（一二四五）
寄別説道 熙寧三年葉縣作 ……（一二四五）
學許氏説文贈諸弟 治平四年北京作 ……（一二四六）
李大夫招飲 元祐三年秘書省作 ……（一二四六）
南康席上贈劉李二君 元豐三年改官太和作 ……（一二四六）
問漁父 熙寧元年葉縣作 ……（一二四七）
光山道中 治平四年赴葉縣作 ……（一二四七）
過方城尋七叔祖舊題 元豐元年北京作 祖諱注，字夢升，終南陽主簿。方城屬唐州 ……（一二四七）
早行 熙寧元年赴葉縣作 ……（一二四八）
新息渡淮 治平四年 公是歲得官葉縣。新息屬蔡州，渡淮乃自京回江南之路 ……（一二四八）
初望淮山 ……（一二四八）
宿廣惠寺 元豐七年赴德平作 ……（一二四九）
初至葉縣 熙寧元年作 ……（一二四九）

觀化十五首 并序 熙寧元年罷太平州後自荊州居家作 ……（一二五〇）
和答王世弼 熙寧八年北京作 ……（一二五五）
朱道人下世 元豐六年太和作 ……（一二五六）
陳氏園詠竹 熙寧四年葉縣作 ……（一二五六）
和裴仲謀雨中自石塘歸 熙寧二年葉縣作 ……（一二五六）
次韻裴尉過馬鞍山 ……（一二五七）
題蘇才翁草書壁後 并序 ……（一二五七）
哀逝 熙寧三年葉縣作 ……（一二五七）
迎醇甫夫婦 公之妹適陳槩，醇甫其字也 ……（一二五八）
河舟晚飲呈陳説道 ……（一二五八）
次韻任君官舍秋雨 ……（一二五九）
題樊侯廟二首 ……（一二五九）
題南寺王髯題名處 熙寧三年葉縣作 ……（一二六〇）
和答任仲微贈別 元豐五年太和作 ……（一二六〇）
和仲謀夜中有感 熙寧二年葉縣作 ……（一二六一）
睡起二首 熙寧三年葉縣作 時蒲城佚盗郡以校見督 ……（一二六一）
書睢陽事後 熙寧四年葉縣作 ……（一二六二）
漫書呈仲謀 熙寧二年葉縣作 ……（一二六二）
登南禪寺懷裴仲謀 ……（一二六三）
次韻答任仲微 元豐五年太和作 ……（一二六三）
夏日夢伯兄寄江南 熙寧四年葉縣作 ……（一二六三）

同孫不愚過昆陽（昆陽正屬葉縣，即光武破王尋之地）……（一二六四）
寄頓二主簿時在縣界首部夫鑿石塘河……（一二六五）
次韻答蒲元禮病起……（一二六五）
春祀分得葉公廟雙鳧觀（廟觀皆在葉縣）……（一二六六）
戲招飲客解酲（熙寧四年葉縣作）……（一二六六）
送陳氏女弟至石塘河……（一二六六）
戲贈頓二主簿（不置酒）……（一二六七）
孫不愚引開元故事請為移春檻因而贈答……（一二六七）
陳說道約日送菜把（熙寧三年葉縣作）……（一二六八）
答和孔常父見寄……（一二六八）
次韻伯氏謝安石塘蓮花酒……（一二六八）
題雙鳧觀……（一二六九）
從陳季張求竹竿引水入厨……（一二六九）
呈王明復陳季張……（一二七〇）
曉從任大夫祖行過石橋寄粹甫（熙寧四年葉縣作）……（一二七〇）
飲南禪梅下戲題（熙寧二年葉縣作）……（一二七〇）
次韻邵之才將流民過懸帛嶺均田（熙寧四年葉縣作）……（一二七一）
陳季張有蜀芙蓉長飲客至開輒剪去作詩戲

之……（一二七一）
再贈陳季張拒霜花二首……（一二七二）
送杜子卿歸西淮……（一二七三）
雪中連日行役戲書簡同僚……（一二七三）
離汝寄張子（熙寧四年葉縣作）……（一二七三）
次韻元禮春懷十首……（一二七四）
再和元禮春懷十首并序……（一二七七）
次韻奉和仲謨夜話唐史（熙寧四年葉縣作）……（一二八一）
書舞陽西寺舊題處并序（熙寧二年葉縣作）……（一二八一）
飲李氏園三首（元豐元年北京作）……（一二八二）
宿黃山（熙寧四年葉縣作）……（一二八三）
題季張竹林村……（一二八三）
次韻答邵之才……（一二八三）
呈李卿……（一二八四）
六月閔雨（熙寧七年北京作）……（一二八四）
既作閔雨詩是夕遂澍雨夜中喜不能寐起作
喜雨詩……（一二八四）
公益嘗茶（元豐元年北京作）……（一二八五）
予既不得葉遂過洛濱醉遊累日（熙寧四年葉縣作）……（一二八五）

雜詩 元豐二年北京作 ……（一二八六）
曹村道中 元豐二年北京作 ……（一二八六）
漫書呈幾復三首 治平三年作 ……（一二八六）
留幾復飲 治平三年作 ……（一二八七）
再留幾復 ……（一二八八）
謝陳正字送荔支三首 元豐四年太和作 …（一二八八）

卷四

答龍門潘秀才見寄 熙寧四年葉縣作 ……（一二九〇）
寄張仲謀次韻 ……（一二九〇）
客自潭府來稱明因寺僧作靜照堂求予作 ……（一二九一）
雜詩七首 熙寧四年葉縣作 ……（一二九一）
飲韓三家醉後始知夜雨 ……（一二九四）
張仲謨許送河鯉未至戲督以詩…（一二九四）
和答張仲謨泛舟之詩 ……（一二九四）
食瓜有感 ……（一二九五）
道中寄公壽 熙寧五年自葉赴北京作 ……（一二九五）
行邁雜篇六首 ……（一二九六）
去賢齋 熙寧四年葉縣作 ……（一二九八）
粹老家隔簾聽琵琶 元豐二年北京作 …（一二九八）
江南 元豐元年北京作 ……（一二九九）
道中寄景珍兼簡庾元鎮 熙寧五年北京作

……………………………………………（一二九九）
次韻景珍酴醾……………………………（一二九九）
呈馬粹老范德孺 元豐二年北京作 ………（一三〇〇）
謝張仲謀端午送巧作 熙寧四年葉縣作 …（一三〇〇）
送張子列茶…………………………………（一三〇〇）
三月壬申同堯民希孝觀淨名寺經藏得弘明
集中沈炯同庾肩吾諸人游明慶寺詩次韻
奉呈二公 鷲道三層塔，菴固一重堂。馴鳥逐齋磬，狎獸繞禪床。摘菊山無酒，然松夜有香。幸得聞高勝，於此憲空王 元豐二年北京作 ………（一三〇一）
雨過至城西蘇家 元祐元年秘書省作 ……（一三〇二）
謝仲謀示新詩 熙寧四年葉縣作 ………（一三〇二）
十月十五早飯清都觀逍遥堂……（一三〇二）
紅蕉洞獨宿 熙寧三年葉縣作 …………（一三〇三）
春雪呈張仲謀 熙寧四年葉縣作 ………（一三〇三）
和答劉太傅攜家遊廬山見寄 元豐三年赴太和道中作
……………………………………………（一三〇四）
次韻伯氏戲贈韓正翁菊花開時家有美酒
熙寧四年葉縣作 ……………………………（一三〇四）
答李康文 元豐二年北京作 ……………（一三〇四）
送彭南陽……………………………………（一三〇五）
送鄧慎思歸長沙 熙寧四年葉縣作 ……（一三〇五）
從時中乞蒲團 元豐五年太和作 ………（一三〇六）

戲答諸君追和予去年醉碧桃……（一三〇六）
雪後登南禪茅亭簡張仲謀二首 熙寧四年葉縣作……（一三〇六）
景珍太博見示舊倡和蒲萄詩因而次韻 熙寧五年北京作景珍名令嬪……（一三〇七）
喜念四念八至京 元豐八年都下改官作 念四即非熊，念八諱仲堪，字覺民，公從弟……（一三〇七）
次韻伯氏寄贈蓋郎中喜學老杜詩 元豐二年北京作……（一三〇八）
蓋郎中惠詩有二强攻一老不戰而勝之嘲次韻解之……（一三〇八）
和吕秘丞 元豐二年北京作……（一三〇九）
雜詩四首 元豐二年北京作……（一三〇九）
次韻子高即事 熙寧八年北京作……（一三一〇）
次韻寄藍六在廣陵 崇寧二年自鄂赴宜州作……（一三一一）
再和寄藍六……（一三一一）
戲書效樂天 熙寧四年葉縣作……（一三一二）
余成詩 并序 熙寧四年葉縣作……（一三一二）
寄張仲謀 熙寧四年葉縣作……（一三一三）
次韻春遊別説道二首 熙寧三年葉縣作……（一三一三）
講武臺南有感 元豐二年北京作……（一三一四）
孫不愚索飲九日 二字一作有 酒已盡戲答一篇

熙寧四年葉縣作……（一三一四）
辱粹道兄弟寄書久不作報以長句謝不敏……（一三一五）
和知命招晁道夫叔姪元豐五年太和作……（一三一五）
再次韻戲贈道夫……（一三一六）
秋思……（一三一六）
希仲招飲李都尉北園元豐二年北京作……（一三一七）
過西山……（一三一七）
夜聞鄰舟崔家兒歌……（一三一七）
重答……（一三一八）
鴻溝此詩止子產廟，乃和李秀才四絕山谷晚年獨取楊朴墓一首……（一三一八）
裴晉公書堂……（一三一八）
子產廟……（一三一九）
見二十弟倡和花字漫興五首……（一三一九）
九日對菊有懷粹老在河上四首後二首為琵琶女奴作……（一三二一）
贈謝敞王博喻元豐二年北京作……（一三二二）
和答郭監簿詠雪元豐元年北京作……（一三二三）
直舍寄陳子惠……（一三二三）
和庭誨雨後熙寧八年北京作……（一三二三）
和庭誨苦雨不出……（一三二四）
次韻庭誨按秋課出城……（一三二四）

大風熙寧八年北京作……（一三二五）
題司門李文園亭熙寧八年北京作……（一三二五）
次韻和臺源諸篇九首治平三年作……（一三二六）
南屏山
七臺峰
七臺溪
疊屏巖
靈壽臺
仙橋洞
靈椿臺
雲濤石濤一作溪
羣玉峰
寄題瑩中野軒元豐六年太和作瑩中係陳瓘……（一三二九）
觀叔祖少卿弈棋治平二年作少卿諱淳，字元之，官太常少卿……（一三二九）
窗日元祐八年丁母艱家居作……（一三三〇）
次韻郭明叔登縣樓見思長句元豐六年赴德平作……（一三三〇）
銅官僧舍得尚書郎趙宗閔墨竹一枝筆勢妙天下為作小詩二首元豐三年改官太和經途作……（一三三〇）
曉出祥符趨府熙寧八年北京作……（一三三一）

夜觀蜀志 熙寧八年北京作 ……（一三三一）
戲答龍泉余尉問禪二小詩 元豐五年太和作 龍泉，太和鄰邑 ……（一三三二）
戲贈元翁 元豐六年太和作 ……（一三三二）
行役縣西喜雨寄任公漸大夫 熙寧四年葉縣作 ……（一三三三）
戲題水牯菴 元豐五年太和作 ……（一三三三）
癸亥立春日煮茗於石池寺見庚戌中盛二十舅中叔為縣時題名歎此寺不日而成哀縣學弊而不能復 元豐六年太和作 ……（一三三三）
招戴道士彈琴 熙寧八年北京作 ……（一三三四）
延壽寺見紅藥小魏揚州號為醉西施 元豐六年太和作 ……（一三三四）
臨江寺僧以金線猿皮蒙棐几 元豐四年太和作 ……（一三三五）
送君庸 元豐五年太和作 ……（一三三五）
北園步折梅寄君庸 ……（一三三五）
一夕風雨花藥都盡唯有稀薟一叢濯濯得意戲題 元豐六年太和作 ……（一三三六）
漫興 元豐五年太和作 ……（一三三六）
寄劉泗州 元豐七年德平作 ……（一三三六）
次韻答任仲微 元豐五年太和作 ……（一三三七）

何主簿蕭齋郎贈詩思家戲和答之……（一三三七）
次韻和魏主簿 元豐五年太和作……（一三三八）
南安試院無酒飲周道輔自贛上攜一榼時時對酌惟恐盡試畢僕夫言尚有餘樽木芙蓉盛開戲呈道輔 元豐四年太和作……（一三三八）
贈清隱持正禪師 熙寧元年葉縣作……（一三三九）
次韻公擇雨後 元豐三年改官太和道中作……（一三三九）

山谷詩別集補目錄

四月末天氣陡然如秋遂御裌衣游北沙亭觀江漲 熙寧元年……（一三四三）
同宋景瞻分題汴上行 熙寧五年……（一三四三）
梨花 元豐二年……（一三四四）
題醒心軒 元豐六年……（一三四四）
承示中秋不見月及憫雨連作恐妨秋成奉次元韻 元豐七年……（一三四四）
書王氏夢錫扇 元祐二年……（一三四五）
謝王炳之惠茶 元祐二年……（一三四五）
和答劉中叟殿院 元祐二年……（一三四五）
伯時彭蠡春牧圖 元祐三年……（一三四六）
題伯時馬 元祐三年……（一三四七）
題東坡竹石 元祐三年……（一三四七）

觀劉永年團練畫角鷹 元祐三年 ……（一三四七）
題王晉卿平遠 元祐三年 ……（一三四八）
大暑水閣聽晉卿家昭華吹笛 元祐三年 ……（一三四八）
癸酉八月同百丈肅禪師温湯作小詩呈九仙舜公長老 元祐八年 ……（一三四九）
竹枝詞二首 紹聖二年 ……（一三四九）
詠子舟小山叢竹 元符二年 ……（一三五〇）
次韻斌老冬至書懷示子舟篇末見及之作因以贈子舟歸 元符二年 ……（一三五〇）
戲題斌老所作兩竹梢 元符二年 ……（一三五一）
奉次斌老送癭木棋局八韻 元符二年 ……（一三五一）
題石恪畫機織圖 元符三年 ……（一三五一）
以皮鞢底贈石推官三首 元符三年 ……（一三五二）
次韻錢德循鹿苑灘艤舟有作 建中靖國元年 ……（一三五三）
范德孺須筆哀諸工佳者共成十枝分送 崇寧三年 ……（一三五三）
予去歲在長沙數與處度元實相從把酒自過嶺來不復有此樂感歎之餘戲成一絕 崇寧四年 ……（一三五三）
謝啟昆跋……（一三五四）

附録

豫章黄先生退聽堂録序　〔宋〕洪炎……（一三五七）
閩憲刊山谷外集詩注跋　〔宋〕史季温……（一三六〇）
豫章外集詩注序　〔宋〕洪咨夔……（一三六一）
注黄詩外集序　〔宋〕魏了翁……（一三六三）
弘治刊本黄文節公詩注序　〔明〕張元禎……（一三六四）
山谷黄先生詩集後序　〔明〕楊廉……（一三六五）
嘉靖刊黄詩内篇序　〔明〕蔣芝……（一三六七）
四庫全書山谷集詩注提要……（一三六九）
刻黄詩全集序　〔清〕翁方綱……（一三七一）
山谷詩注外集補跋　〔清〕孫星華……（一三七二）
四部叢刊續編影印元本山谷外集詩注跋　張元濟……（一三七三）

前言

黄庭堅，字魯直，自號山谷道人，晚號涪翁，宋洪州分寧（今江西修水）人，生於宋仁宗慶曆五年（一〇四五），卒於宋徽宗崇寧四年（一一〇五）。他於英宗治平四年（一〇六七）登進士第，從此一生糾結於由王安石變法肇始的黨爭之中，兩遭貶斥，歷盡坎坷。在歷任地方官期間，他對變法持抵制態度；『元祐更化』之後，他入朝為文學之臣，先後擔任過秘書省校書郎、集賢校理、著作佐郎等職，參與撰修神宗實録，但又不滿執政者對新法的一概廢斥，主張參酌新舊，擇善而從。紹聖二年（一〇九五）被指控修史失實，貶為涪州别駕、黔州安置；元符元年（一〇九八）為避親嫌，又移置戎州；元符三年，徽宗即位，被赦放還，待命荆南；崇寧元年（一一〇二），除領太平州事，僅九天即罷免，遂流寓鄂州。前此在荆州時，他曾寫過承天院塔記一文，為此被羅織『幸災謗國』之罪，遂被除名而流放至宜州（今屬廣西），直至崇寧四年卒於貶所。

在詩歌史上，黄庭堅與蘇軾並稱『蘇黄』，其詩風衣被後世，開創了『江西詩派』，被奉為一代詩宗。其作品在生前已有結集，流傳於文人學子中，這類集子既有他自編手定者，也有為仰慕他的後學所輯集者。前者見於記載的有敝帚、焦尾、退聽堂録。『退聽堂』乃庭堅於元祐年間供職京師時自名的居所，退聽堂録則是此時手編自定的詩集，這是其詩歌結集之始。其甥洪炎豫章黄先生退聽堂録序云：『炎元祐戊辰、辛未歲（即三年與六年）兩試禮部，皆寓舅氏魯直廨中，魯直出詩一編，曰退聽堂録，云：「余作詩至多，不足傳，所可傳者，皆百餘篇而已。」』（翁方綱校訂樹經堂本黄詩全集附録）此集洪炎嘗手自鈔録。黄罃勞山谷年譜卷一『嘉祐六年』下引趙伯山中外舊事稱庭堅『後以史事待罪陳留，偶自編退聽堂詩』，其説雖異洪炎，但也説明他一直在斟酌作品的去取，誠如其題王子飛所編文後云：『鄙文不足傳世，既多傳者，因欲取所作詩文為内篇，其不合周孔者為外篇』（内集卷二十六），其用意固不排除政治上全身避禍的考慮。

迨至南宋高宗建炎二年（一一二八），洪炎始受江南西路安撫使、知洪州胡直孺（字少汲）之請，為庭堅編集，並刻板傳世。時距庭堅辭世已二十四年。其序云：『今斷自「退聽」而後，雜以他文……「退聽」以前蓋不復取，獨取古風二篇冠詩之首，以見魯直受知於蘇公，有所自也。』洪炎蓋以其抄録的作品為基礎，增益他文，編為此集，其上限為元豐末庭堅赴任京師，但又冠以元豐元年所作之古詩二首上蘇子瞻，以明其淵源所自。是所謂内集，又稱『前集』、『正集』，即豫章黄先生集。然山谷年譜所述與洪炎序又有出入。年譜引中外舊事云『胡直孺少汲建炎初帥洪州，首為先生類詩文為豫章集，命洛陽朱敦儒、山房李彤編集，而洪炎玉父專其事，遂以「退聽」為斷』，然則洪炎實為山谷集的主編，朱、李二人乃襄助其事者。年譜又稱：『嘗考洪氏、李氏舊編，洪氏則以古風二首為首，不及古賦、楚辭，而李氏所編文集（按：指内集）則第一卷首載古賦、楚辭，第二卷方及古詩，乃以贈別李次翁為首，而古風二首反置之卷末。』據此，則黃㽦所見到的内集有洪、李兩種本子，李本已為改編本，今傳世的内集其目次正與李本相一致，已非洪本之舊。

内集之外，復有外集與別集。外集為李彤所編次。年譜卷一『嘉祐六年』下引李彤為外集所作跋云：

> 彤曩聞先生自巴陵取道通城入黃龍山，盤礴雲窗，為清禪師（按：指庭堅方外交靈源惟清）遍閱南昌集，自有去取，仍改定舊句。彤後得此本於交游間，用以是正。其言『非予詩者』五十餘篇，彤亦嘗見於它人集中，輒已除去；其稱『不用』者，後學安敢棄遺？今外集十一卷至十四卷是也。

由此我們了解到外集乃李彤據南昌集編定，又史容山谷外集詩注序謂『焦尾、敝帚即外集詩文』，而此二集所收乃元豐三年前的作品。據此可知李彤是在傳世的山谷詩文集的基礎上删汰偽作，並保留了山谷原欲剔除的十一至十四卷的詩作纂輯而成此外集的，其編定的時間已不能確指，四庫提要推定為孝宗時，今人祝尚書認為『應在建炎或紹興間』（宋人別集敘録卷十一豫章黃先生文集）。值得注意的是，黃㽦在述其所見時將内、外集相提並論，可以推斷李彤改編的内集與其所編外集是合刊的，南宋的諸家著録可以支持這一推斷。晁公武郡齋讀書志（衢州本）卷十九著録：『黃魯直豫章集三十卷、外集十四卷。』陳振孫直齋書録解題卷十七『別集類』中著録：『豫章集五十卷、外集十四卷。』按此『五十卷』當為『三十卷』之誤，文獻通考、宋志均作『三十卷』。又直齋書録解題還著録『豫章集四十四卷』，屬蘇門六君子集之一，『四十四卷』適為内集三十卷加外集十四卷之數，是為山谷内外集合刊之又一證據。

别集為黄㽦所編。㽦字子耕，號復齋，黄埜之子，黄叔敖之孫，山谷叔父黄廉即為其曾祖。子耕道德文章，名重一時，嘗列朱熹之門墻，於搜輯山谷遺文用力至勤，别集之外，還有年譜之撰，可説是大有功於黄門的賢子孫。其别集跋述其編集過程云：

> 右先太史别集，皆今豫章前後集未載，蓋李氏所編多循洪氏定次舊本……㽦不肖，竊聞先訓，用是類次家所傳集，博求散亡，得八百八十一首……合二十卷。凡真蹟藏於士大夫家及見諸石刻者，咸疏於左，一時裒集，尚懼遺闕，嗣是有得，當附益之。

末署『淳熙壬寅二月』，是為孝宗淳熙九年（一一八二），上距洪炎編定内集已有五十五年了。

至此，内、外、别集構成了能反映山谷創作全貌的一個詩文集體系，但在南宋，三者並未合為一帙。直齋書録解題中，别集乃於内、外集之外另行著録；郡齋讀書志則未加著録，只是在後來趙希弁的讀書附志别集類三中有所著録。此三集乃為其後各種山谷詩文合集的祖本，其流變沿革因非關本書主旨，姑置不論，但以下三種與本書校勘有關，當在此提及。

其一是明嘉靖刻本豫章先生文集。由寧州（治所即今江西修水）周季麟、周季鳳伯仲搜得書稿，州守葉天爵付梓，事未竟而於弘治十八年（一五〇五）丁憂去官。其事擱置二十餘年，後蜀人徐岱以監察御史巡按江西，重理其事，先後由攝州事余載仕及新守喬遷續刻成書，時在嘉靖六年（一五二七）。此書包括内集三十卷、外集十四卷、别集二十卷、詞一卷、簡尺二卷、年譜三十卷，後附山谷父黄庶伐檀集二卷，以示淵源所自。此本是山谷集在經歷長期沉晦後的一次新的結集，基本上囊括了他的作品，對於山谷集的流布具有重大意義。四庫全書所收就是這一本子（惟易書名為山谷集，原附伐檀集二卷析出），提要稱其『尚為不失宋本之遺』，誠為確論。

其二是明萬曆間所刊重刻黄文節山谷先生文集。此本内集由方沆、周希令刊刻，外集、别集由李友梅續刻。方沆，莆田人，謫知寧州時，受門下士周希令等的鼓動，率先為重刻山谷集捐資，父老子弟翕然響應，於萬曆三十一年（一六〇三）刻成内集。李友梅，滇南人，萬曆四十一年知寧州，發起續刻外集與别集，在地方人士的贊助下，歷時近十月而告成，時在萬曆四十二年。此本卷數與嘉靖本基本相同，内集在篇目編排上卻有所變動，外集與别集則一仍其舊。内集書前有『義例』，對其編排作了具體説明。此本分類雖較舊本明晰，但已失宋本原貌。

其三為清緝香堂本宋黄文節公文集。此本由宋調元刊刻於乾隆三十年（一七六五）。宋於乾隆二十七年知義寧州，嘆山谷著作之散佚，遂致力搜羅舊刻古本，攜歸京師，與同好校刻成書。此書在同治與光緒間又有重刻。乾隆版毁於咸豐間兵火，同治七年（一八六八）黄氏後裔重刻，是為義寧沖和堂刊本。其版後來也毁佚，遂又有二十餘年後黄菊秋之重刻，時在光緒二十年（一八九四）春，是為義寧州署重刻本。緝香堂本雖由嘉靖、萬曆本出，然卷數與編次已有較大變動，計有正集三十二卷，外集二十四卷，别集十九卷，伐檀集二卷，序傳目次等四卷，凡八十一卷。光緒本在舊版之外又益以刀筆及傳世墨蹟、石刻等，輯為續集。對於緝香堂本之變易體例，則譽毀各異。

至於黄庭堅詩作之别出單行，今可考者最早為收録於南宋淳熙間程叔達所刊刻之江西詩派叢書中之詩集。程叔達於淳熙九年至十四年（一一八二—一一八七）任江南西路安撫使，江西詩派即刻印於此期間，楊萬里為之作序，署『淳熙甲辰（十一年）十月三日』。陳振孫直齋書録解題卷十五著録：『江西詩派一百三十七卷……自黄山谷而下二十五家』；卷二十『詩集類』山谷集下載：『江西所刻詩派，即豫章前後集中詩也。别集者，慶元中莆田黄汝嘉增刻。』據此，則收入江西詩派總集中的山谷集是原集中的詩歌部分，即内集卷二至卷十二，外集卷一至卷七及卷十一至卷十四，而别集之增入則是慶元間黄汝嘉重刻詩派總集時的事了，陳氏著録蓋為此重刻本。

黄庭堅詩的注本，有任淵的内集詩注、史容的外集詩注及史季温的别集詩注，其詩分别出自山谷的内、外、别三種集子。

任淵字子淵，蜀新津人，嘗以文藝類試有司第一，仕至潼川憲，有訢庵集四十卷（見陳振孫直齋書録解題卷十八，文獻通考經籍考卷六十七作沂庵集）；新津有山名天社，因以為號。他在詩注自序中説：『始山谷來吾鄉，徜徉於巖谷之間，余得以執經焉。暇日因取二家（指山谷與後山）之詩，略注其一二，第恨寡陋，弗詳其秘，姑藏於家，以待後之君子有同好者相與廣之。政和辛卯重陽日書。』據此則其注二家詩當在政和元年（一一一一）之前，其時正是元祐黨禁甚嚴之時，當然無法公諸於世。據許尹為此書所作的序，其問世應在紹興乙亥（二十五年，一一五五），序云：任君子淵，博極羣書，尚友古人，暇日遂以二家詩為之注解，且為原本立意始末，以曉學者，非若世之箋訓但能標題出處而已也。』此次的付梓乃是山谷與後山二家詩注合刊，陳振孫直齋書録解題卷二十著録為『注黄山谷詩二十卷、注後山詩六卷』，就是證明。此書從寫成初稿到刊行問世相隔了四十多年，想必經過了反復的琢磨增益，其價值是不可磨滅的，儘管它留下了不少尚可補苴修正之處，作為開創之作這些缺點在所難免。這兩種詩注都用了編年體例，因此其價值就在於不僅注出了詞語出處，而且揭示了創作背景，正如陳振孫所評『大抵不獨注事，而兼注意，用功為深』。内集注在理宗紹定五年（一二三二）又經黄埒重刻，其跋稱：

> 先太史詩編，任子淵為之集注，板行於蜀，惟閩中自坊本外未之見，豈非以平生轍跡未嘗至閩故耶？埒家藏重刻有年，試郡延平，以鋟諸梓，且憩寂圖二詩，舊本亦僅著其目，參考家集，遂成全書。

從其所述可知此次重刻經過了他的修訂。檢今本内集注卷九次韻子瞻子由題憩寂圖二首題下注曰：『任氏舊注元無此詩，但存其目爾。今以楊氏補注增入。』而楊氏究為何人就難考了。再看目録所附年譜，其中幾處提到『舊本』、『蜀中舊本』，很可能就是指的蜀中初刻的内集注；而跋中所稱『家集』也可能就是年譜及注中反復提到的『張方回家本』：這些都是黄埒對原注本修訂的痕跡。黄埒跋中又説：『句裏宗風，埒豈識其趣，獨念高曾規矩，百工猶究心焉，手披口吟，不敢廢墜，世之登詩壇者，相與共之，以壽斯派，亦先太史之志也。』這裏所謂的『高曾規矩』很可能指黄庶、庭堅的詩法，如此則黄埒當為庭堅的曾孫輩，而且他道出了重刻此書的目的是為了大張江西詩派之軍，使之宗風不墜，後繼有人。

據跋尾所署，可知黄㙟當時為軍器監主簿兼權知南劍州軍州兼管内勸農事節制本州屯戍軍馬。外集注為史容所撰。史容字儀甫，號薌室居士，眉州青神人，仕至太中大夫。外集注卷首有錢文子序，末署『嘉定元年（一二〇八）十二月』，此時史容已年七十餘。這裏需要指出的是，通行的十七卷本已非外集注的最初面貌，了解這一點是很重要的。這個問題到元至元年間（一二六四——一二九四）建安重雕蜀本的發現才得以澄清。此本被收入了四部叢刊續編，張元濟在跋中述及民國十七年冬偕中華學藝社社友赴日本訪書，獲見此本，『因從借印，以彌中土書林之缺憾焉』。此本雖為元刻，但它是翻刻宋之蜀本，保留了宋刻的原貌，彌足珍貴。全書共十四卷，每二卷相當於李彤所編原外集的一卷，其所注詩實為原外集的卷一至卷七，其篇目編次悉依外集原本，卷一至卷十為古體詩，卷十一至卷十四為律詩。而通行的外集注則為編年體，這又是怎麽回事呢？史容之孫史季温為淳祐本所作的跋交代了變化的由來：

> 先大父薌室先生所注山谷外集詩，脱稿之日，永嘉白石錢先生文季為之序引，鋟木於眉，蓋嘉定戊辰歲也。是書已行於世，其後大父優游林泉者近十年，復參諸書為之增注，且細考山谷出處歲月，別行詮次，不復以舊集古律詩為拘。……蜀板已燬，遺稿幸存，今刻之閩憲治。

末署『淳祐庚戌』，是為理宗淳祐十年（一二五〇），時史季温任福建路提點刑獄公事。然則編年本也是經史容手訂。明了這一點就可解開這樣的疑惑：在通行的編年體外集注中，有的注文稱見某卷注，但查至該卷，卻無此注。原來這是編年本中留下的修訂不嚴密的痕跡，所云『見某卷』的卷數其實是原分體本的卷次。如編年本卷四和謝公定河朔漫成八首之二注『機器』曰：『見第一卷下同堯民游靈源廟詩注。』此詩在分體本的第二卷，亦即『第一卷下』（因分體本的兩卷相當於編年本外集的一卷）。若將分體本與編年本對勘，可以發現後者增益、修改處不在少數。如寄耿令幾父過新堂邑作，分體本載卷三，題下注『當是大名解官經行此地，解官是元豐二年』；編年本載卷十四，繫於元豐七年，時山谷赴德州德平鎮任。又過致政屯田劉公隱廬分體本載卷九，繫於崇寧元年，謂由萍鄉往江州經途所作；編年本載卷九，改為元豐間作，題注改為：『按蜀本拜劉凝之畫像詩置之崇寧元年。時山谷自荆入岳，遵陸至萍鄉，回途自筠陽豫章山行，由東林太平觀至江州，初不經南康；且道純已卒於元祐前，而詩中有「少子似公賢」之句，則是詩作於元豐無疑。』

張元濟在四部叢刊續編本之跋中稱此本所據之宋本『蓋即今行四庫十七卷本容孫季温跋中所云嘉定戊辰鋟梓眉山之蜀本。蜀版毁於宋世，當時傳本已罕，此為至元翻刻，世無人知』。元刻本在錢文子序及史容引後有元羅嘉績刻書識語，云『得蜀中外集善本』，未若張氏結論之明確。筆者在校勘過程中發現分體本與編年本之若干異文，頗啟人疑竇。如分體本卷十一王彦祖惠其祖黄州制草書其後『董狐常直筆』句下注：『左宣元孔子曰：董狐古之良史也，書法不隱修。』按：孔子語當至『隱』字止。據編年本，『隱』字下多：『修太祖實録，禹偁直書其事，執政以禹偁輕重其間，出知黄州。』由此可知『修』字屬下句，然則元刻本所據底本也經過了删削，已非初刻之原貌，上述例子即是删削不慎之證。再如分體本卷五元翁坐中見次元寄到和孔四飲王夔玉家長韻因次韻率元翁同作寄溢城有注云：『王逢云：「別後竹窗風雪夜，一燈明滅覆吴圖。」』編年本則作：『杜牧送國棋王逢云：……』文意方順。史容原注不當若此分體本之粗疏，也讓人懷疑此分體本已經删削。故筆者對張元濟的結論只能存疑。儘管如此，元至元本還是保存了編年本之前的分體本面貌，其價值不可低估。又，從分體本的一些題注來看，其篇目的安排在分體的大框架下尚有編年之序，其例證在此就不贅述了。

別集注由史季温撰。季温字子威，舉進士，寶祐中官秘書少監。書分上下兩卷，共收録詩六十一題（八十二首），其中有四十五題出自黄罃所編的別集原本，另有十六題為史季温所增益，采自詩話、筆記、墨跡、石刻等材料。故史季温此書雖稱為別集注，事實上有近四分之一的詩作為其新增，而原本別集共收詩七十題，故有二十五題（二十八首）為其所剔除。新增詩的最後一題為和柳子玉官舍十首，分別題詠了十處景觀，其實這組詩乃山谷父黄庶的作品，載於伐檀集，其中怪石一詩更是選家常采的黄庶的代表作。這組詩的闌入説明其別擇不精。

下面將山谷詩注各時期刊本的情況略作叙述。

宋刊任淵内集注稱山谷黄先生大全詩注，黄丕烈百宋一廛書録著録此本，謂：『余往歲游京師，得一本於琉璃廠，自卷一至卷十八，共裝一册，後皆失之。然書後有夾籤一條云：「一本永樂二年七月二十五日蘇叔敬買到。」知此為明時内府珍藏舊物。』汪士鍾藝芸書舍宋元本書目宋板書目集部載：『山谷詩注，存一之十八卷。』此本即隨黄丕烈藏書歸入汪士鍾手者。傅增湘藏園羣書經眼録卷十三集部二載：『山谷黄先生大全詩注二十卷，存卷一至四、六至十一、十四至十八，計十五卷。宋刊本。……有「永樂二年七月二十五日蘇叔敬買到」墨書一行，又有黄丕烈手跋，鈐有汪士鍾藏印。』是即汪氏所著録的一本，不知為何又佚去三卷。張金吾愛日精廬藏書志卷三十著録此本的殘本六卷：『原二十卷，今存序目（七卷下闕）及卷二至卷七六卷。』所幸宋刊内集詩注還有完帙存世。陸心源皕宋樓藏書志卷七十六别集類十著録此書稱：『此宋季閩中重刊紹興本……宋諱自惇、廓以上皆缺避，蓋宋寧宗時刊本。』此本後流入日本，藏静嘉堂文庫。傅增湘藏園羣書經眼録載：『山谷黄先生大全詩注二十卷，末有「永樂二年七月二十五日蘇叔敬買到」墨書識語一行。日本静嘉堂文庫藏書，己巳十一月十三日閲。』從墨書識語看，以上三本源出同一藏家。值得一提的是國家圖書館藏有宋刊内集詩注二十卷的殘本五卷（卷四至五，十五至十七），為宋紹定五年黄埒刻本，吉光片羽，彌足珍貴。此外，日本寬永六年（一六二九）大和田意閑刻本據宋紹定本重刊，日本慶安五年（一六五二）野田彌兵衛覆刻宋紹興本（現存宋人别集版本目録）；日本求古樓藏舊刻覆宋本（澀江全善、森立之經籍訪古志卷六），沈德壽抱經樓藏書志卷五十四著録的影宋抄本，都有相當的參考價值，能藉以窺見宋本的舊貌。

宋本的外集詩注有宋淳祐閩憲本，莫友芝宋元舊本書經眼録著録：『半葉九行，行大小字均十九。烏程蔣氏瑞松堂所藏。……翁（方綱）本第五卷和子瞻粲字韻詩闕注者數行，此本此數行適空木未刊，知翁本即從此本出也。』翁氏校刻内集注、外集注當據此本。翁方綱另曾批明覆宋淳祐刻本，今藏上海圖書館。沈德壽抱經樓藏書志卷五十四還著録外集注的影宋抄本。

明代刊本首推弘治間陳沛刻本。弘治丙辰（九年，一四九六）張元禎序曰：『（分寧）縣閭右有陳鳳岐者，知重先生，圖刻其詩文，以諗於予，予遍為訪之莫得。斯集乃今提學僉憲莆田黃未齋仲昭家故所有者，未齋愛之，每笥以自隨。行縣次寧勸督暇，因出之示諸生。時鳳岐已物故，其沛、浩二子躍然跽請：「茲先人嘗圖刻於張東白內翰（按：張元禎，字廷祥，號東白，分寧人，南京翰林院侍講學士，故稱），弗得而卒，公幸賜焉。……」公喜而亟與之，更躬為校正，以成二美。』由此可知其刊刻的始末。後於弘治己未（十二年）又有楊廉後序。清代的聚珍版即從此本出（丁丙善本書室藏書志卷二十七）。

清刻本重要者有乾隆五十三年謝啟昆樹經堂刻黃詩全集五十八卷，包括內集注二十卷，外集注十七卷，別集注二卷，外集補四卷，別集補一卷，年譜十四卷。此本的底本即翁方綱所校勘的內、外、別三集注本及寧州新刻本。翁氏為四庫全書纂修官，山谷詩注的『提要』即出其手，其刻黃詩全集序云：『乾隆壬寅（四十七年，一七八二）冬，方綱校黃詩三集注上之，詔刊入聚珍板，於是數百年未合之足本廣布藝林矣。後四年奉命視學江西，攜其草稿於篋。而寧州新刻本外集之後八卷，即舊本豫章先生外集之四卷也，又其別集與史季溫注者不同，而寧新刻分體失其舊式，爰合寫為一本，附以黃子耕譜，通為五十八卷。』又別集補目錄後所附謝啟昆跋云：『按此別集詩與史季溫注者不同，今以任、史注三集所無者二十八首抄為一卷，題下注依分寧新刻本。』據此，則樹經堂本在三集注之外又益以外集補四卷（即原外集卷十一至十四的四卷詩，山谷生前主張刪去但為李彤所保留者）及別集補一卷（即史季溫別集注所未收的原別集中的二十八首詩），而且這一增補是翁方綱與謝啟昆根據寧州新刻本共同作出的。此後遞刻的聚珍版黄詩全集也是根據樹經堂本翻刻的，並收入了叢書集成初編。

晚清光緒間黄詩的注本又經過一次刊刻，這就是陳三立刻本。陳三立為晚清同光派巨子，崇仰山谷，他在題辭中記述了刊刻的緣起：『光緒十九年，方侍余父（其父陳寶箴）官湖北提刑，其秋攜友游黄州諸山，遂過楊惺吾廣文書樓，遍覽所藏金石秘籍，中有日本所得宋槧黄山谷内外集……念余與山谷同里閈，余父又嗜山谷詩，嘗憾無精刻，頗欲廣其流傳，顯於世。當是時，廣文意亦良厚，以為然，乃從假至江夏，解梓授刊人。廣文復曰：「吾其任督校。」越七載而工訖。』此本扉頁題：『光緒乙未（二十一年，一八九五）開雕，己亥（二十五年，一八九九）八月成。』題辭末署『光緒二十六年二月』，從十九年算起，歷時七年。事實上這次刊刻是陳三立與楊守敬共同完成的，楊守敬早在光緒甲申（十年，一八八四）即寫下跋語，稱其内集注『為日本古時翻雕宋本』（據傳春官山谷詩跋，此即日本寬永己巳翻宋紹定本，其時相當於明萬曆間），『其外集、别集則朝鮮活字本，行款稍異，然遇宋帝皆空格，亦原於宋本也』。據傅跋，陳三立『慨出重資，刻諸鄂中，當時印行無多，其後吏部（陳三立）僑寓白門（南京），攜板自隨，久未付印』。但後來此本續有翻刻（宣統二年重印本，民國四年石印本），成為近代流傳較廣的一個版本。

此次整理山谷詩注，以陳三立光緒刻本為底本，校以翁方綱、謝啟昆樹經堂刻黄詩全集本（簡稱『樹經堂本』），山谷黄先生大全詩注元刻本（簡稱『元大全本』），山谷外集詩注元至元刻本（簡稱『元至元本』），明弘治九年南昌陳沛刻本（簡稱『弘治本』）。詩作正文部分又校以明弘治葉天爵刻、嘉靖六年喬遷、余載仕重修全集本（簡稱『嘉靖本』），明萬曆方沆、周希令、李友梅刻全集本（簡稱『萬曆本』），清光緒義寧州署重刻緝香堂全集本（簡稱『緝香堂本』），四庫全書全集本（簡稱『四庫本』）。以上四種全集本中的內、外、別集在校記中簡稱内集、外集、別集，以別於詩集注本。校記中引及校本文字，一般不加標點，若文字較長，則酌加標點，以便閱讀。正文與目録不一致的地方，一般按尊重原著的原則，不輕易改動，涉及正誤者除外。

山谷詩的三集詩注以其廣徵博引、抉幽闡微享有盛名，但疏訛也在所難免。筆者在校勘過程中盡量追本溯源，擇善而從，凡屬史實性的錯誤均仔細核校予以改正，引文中的異文則一仍其舊，只有那些與原文出入過大者方予改動。筆者相信肯定還有錯訛之處未被發現改正，只有留待方家不吝指教了。由於本人近年來課務繁重，已不可能專注於學問之道，故此書的整理拖延了很多時日，雖不無遺憾，但我還是不敢懈怠，謹慎從事，力求完善，不辜負上海古籍出版社多年來對我的扶持與信任，並以此報答廣大讀者對我的厚望。楊萬里先生在此書的編輯過程中一絲不苟，認真審稿，提出了許多寶貴意見，我皆盡量予以采納，在此特表誠摯的謝忱。衷心期待着讀者與方家的教正。

黄寶華二〇〇三年元月

山谷詩集注

黄陳詩集注序

大凡以詩名世者，一句一字，必月鍛季鍊，未嘗輕發，必有所考。昔中山劉禹錫嘗云：『詩用僻字，須要有來去處。』宋考功詩云：『馬上逢寒食，春來不見餳。』嘗疑此字僻，因讀毛詩有瞽注，乃知六經中唯此注有此『餳』字。而宋景文公亦云：『夢得嘗作九日詩，欲用「餻」字，思六經中無此字，不復為。』故景文九日食餻詩云：『劉郎不肯題餻字，虚負人間一世豪。』前輩用字嚴密如此，此詩注之所以作也。

本朝山谷老人之詩，盡極騷雅之變，後山從其游，將寒冰焉。故二家之詩，一句一字有歷古人六七作者，蓋其學該通乎儒釋老莊之粤，下至於醫卜百家之説，莫不盡摘其英華，以發之於詩。始山谷來吾鄉，徜徉於巖谷之間，余得以執經焉。暇日因取二家之詩，略注其一二，第恨寡陋，弗詳其秘，姑藏於家，以待後之君子有同好者相與廣之。政和辛卯重陽日書。

序

六經所以載道而之後世，而詩者，止乎禮義，道之所存也。周詩三百五篇，有其義而亡其辭者，六篇而已。大而天地日星之變，小而虫鳥草木之化，嚴而君臣父子，别而夫婦男女，順而兄弟，群而朋友，喜不至瀆，怨不至亂，諫不至訐，怒不至絶：此詩之大略也。古者登歌清廟，會盟諸侯，季子之所觀，鄭人之所賦，與夫士大夫交接之際，未有舍此而能達者。孔子曰：『為此詩者，其知道乎！』又曰：『不學詩，無以言。』蓋詩之用於世如此。周衰，官失學廢，大雅不作久矣。由漢以來，詩道浸微，陵夷至于晉、宋、齊、梁之間，哇淫甚矣！曹、劉、沈、謝之詩，非不工也，如刻繒染縠，可施之貴介公子，而不可用之黎庶。陶淵明、韋蘇州之詩，寂寞枯槁，如叢蘭幽桂，可宜於山林，而不可置於朝廷之上。李太白、王摩詰之詩，如亂雲敷空，寒月照水，雖千變萬化，而及物之功亦少。孟郊、賈島之詩，酸寒儉陋，如蝦蟆蜆蛤，一啖便了，雖咀嚼終日，而不能飽人。唯杜少陵之詩，出入今古，衣被天下，藹然有忠義之氣，後之作者，未有加焉。

宋興二百年，文章之盛，追還三代，而以詩名世者，豫章黄庭堅魯直，其後學黄而不至者，後山陳師道無己。二公之詩，皆本於老杜，而不為者也。其用事深密，雜以儒、佛、虞初、稗官之説，雋永、鴻寶之書，牢籠漁獵，取諸左右，後生晚學此秘未覩者，往往苦其難知。三江任君子淵，博極群書，尚友古人，暇日遂以二家詩為之注解，且為原本立意始末，以曉學者，非若世之箋訓，但能標題出處而已也。既成，以授僕，欲以言冠其首。予嘗患二家詩興寄高遠，讀之有不可曉者，得君之解，玩味累日，如夢而寤，如醉而醒，如痿人之獲起也，豈不快哉！雖然，論畫者可以形似，而捧心者難言；聞絃者可以數知，而至音者難説。天下之理，涉於形名度數者，可傳也；其出於形名度數之表者，不可得而傳也。昔後山答秦少章云：『僕之詩，豫章之詩也。然僕所聞於豫章，願言其詳；豫章不以語僕，僕亦不能為足下道也。』嗚呼！後山之言殆謂是耶？今子淵既以所得於二公者筆之於書矣，若乃精微要妙，如古所謂味外味者，雖使黄、陳復生，不能以相授，子淵尚得而言乎？學者宜自得之可也。子淵名淵，嘗以文藝類試有司，為四川第一，蓋今日之國士、天下士也。紹興乙亥冬十二月，鄱陽許尹謹敘。

題辭

光緒十九年，方侍余父官湖北提刑，其秋，携友游黄州諸山，遂過楊惺吾廣文書樓，偏覽所藏金石秘籍，中有日本所得宋槧黄山谷内、外集，為任淵、史容註。據稱不獨中國未經見，於日本亦孤行本也。念余與山谷同里閈，余父又嗜山谷詩，嘗憾無精刻，頗欲廣其流傳，顯於世。當是時，廣文意亦良厚，以為然。乃從假至江夏，解資授刊人。廣文復曰：『吾其任督校。』越七載而工訖，至其淵源識别，略具於廣文昔年所為跋語云。光緒二十六年二月，義寧陳三立題。

山谷詩集注卷第一

豫章黃庭堅　魯直

庭堅字魯直，號山谷老人。

古詩二首上蘇子瞻

前篇『梅』以屬東坡。東坡報山谷書云：古風二首，託物引類，得古詩人之風。其推重如此，故置諸篇首云。

江梅有佳實，託根桃李場。文選古詩云：冉冉孤生竹，結根太山阿。此句傚其體。老杜有江梅詩，又有詩云：欲發照江梅。吴淑事類梅賦云：亦果中之嘉實。文選趙景真與嵇茂齊書曰：北土之性，難以託根。『場』謂場圃。寒山子詩：昨晚何悠悠，場中可憐許。上為桃李逕，下作蘭蓀渚。此句並摘其字。山谷詩律妙一世，用意高遠，未易窺測，然置字下語，皆有所從來。孫莘老云：『老杜詩無兩字無來歷〔一〕。』劉夢得論詩亦言無來歷字前輩未嘗用。山谷屢拈此語，蓋亦以自表見也。第恨淺聞，未能盡知其源委，姑隨所見箋於其下，庶幾因指以識月，象外之意，學者當自得之〔二〕。**桃李終不言，朝露借恩光。**漢書李廣傳贊曰：桃李不言，下自成蹊。此借用，言江梅為桃李所忌。文選樂府曰：入門各自媚，誰肯相為言？此用其意。白樂天有木詩曰：風烟借顏色，雨露助華滋。文選江淹上書曰〔三〕：大王惠以恩光，顧以顏色。此用其字。下皆倣此。詩意謂：東坡見嫉於當世，獨為人主所知耳。**孤芳忌皎潔，冰雪空自香。**退之詩：異質忌處群，孤芳難寄林。文選顏延年祭屈原文云：物忌堅芳，人諱明潔。鮑明遠詩：艷陽桃李節，皎潔不成妍。樂府陳蘇子卿梅花落曰：只言花是雪，不悟有香來。**古來和鼎實，此物升廟廊。**老杜詩：古來才大難為用。文選潘安仁詩：王生和鼎實。書曰：若作和羹，爾惟鹽梅。文選古詩曰：此物何足貢，但感別經時。慎子曰：廊廟之材，蓋非一木之枝。

歲月坐成晚，煙雨青已黃。

文選古詩曰：思君令人老，歲月忽已晚。玉臺新詠鮑照雜詩曰：煙雨交將夕，從此遂分形。周處風土記云：夏至前雨名黃梅雨。初學記曰：梅熟而雨曰梅雨，江東呼為黃梅雨。

得升桃李盤，以遠初見嘗。

韓退之李花詩：冰盤夏薦碧實脆。韓詩外傳田饒曰：黃鵠無五德，君猶貴之，以其所從來者遠矣。東坡蓋蜀人。

終然不可口，擲置官道傍。

選詩：終然謝夭伐。老杜病橘詩：紛然不適口，豈只存其皮？莊子曰：柤梨橘柚，皆可於口。李賀詩：擲置黃金解龍馬。『官道傍』用世說王戎不趣道傍苦李意。詩意謂東坡棄置於外郡也。

但使本根在，棄捐果何傷？

君子之於世，視其所立何如，不在遇不遇也。左傳曰：葛藟猶能庇其本根。文選古詩曰：棄捐勿復道，努力加餐飯。左傳曰：一抶女，庸何傷！

又

後詩『松』以屬東坡，『茯苓』以屬門下士之賢者，『菟絲』以自況。

青松出澗壑，十里聞風聲。

文選左太沖詠史詩：鬱鬱澗底松，離離山上苗。顏延年詩：松風遵路急。宋玉高唐賦曰：不見其底，虛聞松聲。詩意謂東坡以大材而沈下僚，其蓋世之名，則不可掩也。

上有百尺絲，下有千歲苓。

淮南子說山訓曰：千年之松，下有茯苓，上有兔絲。注云：茯苓，千歲松脂也，兔絲生其上而無根，一名女蘿。又按頍弁詩：蔦與女蘿，施于松柏。注云：女蘿，兔絲，松蘿也。正義則曰：陸璣疏云〔四〕：今菟絲蔓連草上生，非松蘿。松蘿自蔓松上生。事或當然。陶隱居注本草『菟絲』條亦云：舊言下有茯苓，上有菟絲〔五〕，今未必爾。讀山谷此句，當不以辭害意也。

自性得久要，為人制頹齡。

此句指茯苓。按本草木部『茯苓』陶隱居注曰：為藥無朽蛀，嘗得昔人所埋，計三十年而色理無異，明其真全不朽矣〔六〕。而本經言：久服安魂養神，不飢延年。

圓覺經曰：圓覺自性，非性性有。魯論曰：久要不忘平生之言。陶淵明詩：菊為制頹齡。

小草有遠志，相依在平生。

此句以下並指菟絲。按，菟絲在本草草部。世說：桓温問謝安：『遠志又名小草，何以一物而有二名？』郝隆曰：『處則為遠志，出則為小草。』此特借用，以指菟絲，言其不依附凡木，所志遠矣。左傳曰：輔車相依。『平生』見上注。

醫和不並世，深根且固蔕。人言可醫國，何用太早計？

本草『菟絲』條掌禹錫注引抱朴子云：菟絲之草，下有伏兔之根，無此兔，則絲不生。然實不屬也〔七〕。此詩借用。而本經言：菟絲久服明目，輕身延年。詩意謂：依附賢者，足以自樂；至其不為當世所知，則亦自重難進，而未嘗汲汲也。晉語：平公有疾，秦伯使醫和視之。文子曰：『醫及國家乎？』對曰：『上醫醫國，其次疾人〔八〕，固醫官也。』老子曰：是謂深根固蔕，長生久視之道。史記孔子弟子傳曰：孔子皆後之，不並世。莊子曰：且汝亦太早計。

小大材則殊，氣味固相似。

左傳曰：今譬於草木，寡君在君，君之臭味也。明皇雜録高力士詠薺詩曰：夷夏雖有殊，氣味終不改。

〔一〕『兩字』樹經堂本作『一字』。

〔二〕『得』元大全本作『知』字。

〔三〕『曰』原無，據元大全本及樹經堂本增。

〔四〕『璣』原作『機』。正義所引當為三國吴陸璣毛詩草木鳥獸蟲魚疏。十三經注疏毛詩正義亦作『陸機』，誤。

〔五〕『菟絲』原作『兔絲』，據元大全本改。重修政和經史證類備用本草卷六草部菟絲子引陶隱居曰：『舊言下有茯苓，上生菟絲，今不必爾。』（人民衛生出版社一九五七年版）

〔六〕『真全』政和本草引陶隱居作『貞全』。

〔七〕『然』原無，據元大全本、樹經堂本及政和本草增。

〔八〕『疾人』原作『醫人』，據元大全本及國語晉語八平公改。

醇道得蛤蜊復索舜泉舜泉已酌盡官醖不堪不敢送〔一〕

青州從事難再得，墻底數樽猶未眠。商略督郵風味惡，不堪持到蛤蜊前。

世說：桓公有主簿，善別酒，有酒輒令先嘗，好者謂青州從事，惡者謂平原督郵。注云：青州有齊郡，平原有鬲縣，『從事』謂到齊下，『督郵』謂到鬲上住也。漢書李夫人傳曰：佳人難再得。張籍詩：酒盡卧空瓶。開天傳信記曰〔二〕：麴生風味不可忘也。此反而用之。世說：孫興公、許玄度共在白樓亭商略先往名達〔三〕。

〔一〕『官醖』內集卷十一題中作『官酒』。

〔二〕『天』原作『元』，據元大全本及樹經堂本改。按唐鄭綮有開天傳信録。

〔三〕『白樓亭』原作『白亭樓』，據世說新語賞譽第八改。

次韻王稚川客舍二首

彭山黄氏有山谷手書此詩云：王谹稚川元豐初調官京師，寓家鼎州，親年九十餘矣，嘗閲貴人家歌舞，醉歸，書其旅邸壁間云：『鴈外無書為客久，蛩邊有夢到家多。畫堂玉佩縈雲響，不及桃源欸乃歌。』余訪稚川於邸中而和之。

五更歸夢常苦短，一寸客愁無奈多。孟郊詩：一夕九起嗟，夢短不到家。文選短歌行曰：來日苦短，去日苦長。庾信愁賦曰：且將一寸心，能容萬斛愁。『五更』字從黃氏本，而別本或作『五湖』。慈母每占烏鵲喜，家人應賦扊扅歌。黃氏本作『慈母不嗔烏鵲語，閨人應賦扊扅歌。』元注曰：百里奚仕秦，其妻歌曰：『百里奚，五羊皮，憶別時，烹伏雌，炊扊扅，今日富貴忘我為。』又按西京雜記陸生曰：乾鵲噪而行人至。老杜詩：浪傳烏鵲喜。

又

身如病鶴翅翎短，心似亂絲頭緒多。王介甫折翼鶴詩云：每憐今日長垂翅，却悔當時誤剪翎。退之南山有高樹行曰：路遠翅翎短，不能持汝歸。樂府華山畿曰：腹中如亂絲。老杜詩：玉壘題詩心緒亂。太白詩：繰絲憶君頭緒多。坡詩：病後空驚鶴瘦。此曲朱門歌不得，湖南湖北竹枝歌。老杜詩：為公歌此曲。歐公詩：朱門歌舞爭新態。『竹枝歌』見下注。

王稚川既得官都下有所盼未歸予戲作林夫人欸乃歌二章與之竹枝歌本出三巴其流在湖湘耳欸乃湖南歌也〔一〕

『欸』音襖，『乃』音藹。黃氏本有山谷手寫舊本題云：余復代稚川之妻林夫人寄稚川，時稚川在都下，有所顧盼留連，未歸也。

花上盈盈人不歸，棗下纂纂實已垂。黄氏本前章曰：花上盈盈人不歸，棗下纂纂實已垂。尋師訪道魚千里，蓋世功名黍一炊。按初學記歌門載劉敬叔異苑曰：臨川聶包死數年，忽詣南豐相沈道襲歌笑(二)，每歌輒作：『花上盈盈正閒行(三)，當歸不聞死復生。』文選潘岳笙賦歌曰：棗下纂纂，朱實離離。宛其死矣(四)，化為枯枝。人生不能行樂，死何以虛諡為？李善注引古咄唶歌曰：棗下何攢攢，榮華各有時。棗欲初赤時，人從四邊來。棗適今日賜，誰能仰視之？什邡張氏有山谷手書此詩，與今本正同，唯一二字稍異，『實已垂』作『實已稀』，又有跋云：宋時有鬼女至人家，歌『花上盈盈』曲，聲悲怨不可聽。潘岳閑居賦中歌曰『棗下纂纂』云云，所援引小有抵牾，蓋隨所記憶，略舉大概耳。臘雪在時聽馬嘶，長安城中花片飛。張氏本作『聽嘶馬』。老杜詩：一片花飛減却春，風飄萬點正愁人。『長安』蓋借言汴京。

又

從師學道魚千里，蓋世成功黍一炊。黄氏本後章曰：卧冰泣竹慰母飢，天吳紫鳳補兒衣。臘雪在時聽嘶馬，長安城中花片飛。四句蓋舊所作，後方改定，今附見於此，庶知前輩有日新之功也。後漢李固傳：步行尋師，不遠千里。晉書夏侯湛傳曰：古之人厥乃千里尋師。漢書項羽傳曰：力拔山兮氣蓋世。莊子曰：功蓋天下而似不自已。張氏本有山谷跋云『魚千里』，蓋陶朱公養魚法：凡魚遠行則肥，池中養魚慮其瘦，故於池中聚石作九島，魚繞之，日行千里。『黍炊』即淳于棼夢富貴百年於蟻穴中，破夢起坐，舍中炊黃粱猶未熟也。山谷之説如此。予按齊民要術載陶朱公養魚經曰以六畝地為池，池中有九州、六谷，求鯉魚内池中云云。又按吴越春秋范蠡曰：會稽之山有魚池，水中有三江四瀆之流，九溪六谷之廣。山谷本引用此説，特以意加損爾。然詩意則謂：千里訪道，如魚之回旋往復，徒自苦耳，不若歸而求之有餘師。劉向新序丘吾子曰：吾有三失：少好學問，周遍天下，還後吾親亡，一失也。山谷蓋用此意。又按異聞集：道者吕翁經邯鄲道上，邸舍中有少年盧生自歎其貧困，言訖思寐。時主人方炊黃粱為饌，翁乃探懷中枕以授生，枕兩端有竅，生夢中自竅入其家，見其身富貴，五十年老病而卒。欠伸而悟，顧吕翁在傍，主人炊黃粱尚未熟。山谷所引蟻穴夢自是一事，亦見異聞集，當是記憶不審耳。詩意則謂功名政復蓋世，豈若菽水奉親之樂耶？

日日倚門人不見，看盡林烏反哺兒。

戰國策齊王孫賈之母謂賈曰：汝朝出而晚來，則吾倚門而望；暮出而不還，則吾倚閭而望。錢起詩：曲終人不見。文選束晳補南陔詩曰：嗷嗷林烏，受哺于子。李善注云：純黑而反哺者，烏也。老杜詩：舟鵲排風影，林烏反哺聲。

〔一〕『得官』内集卷五題中作『待官』，『待』字下小字注：『一作「得」』。

〔二〕『相』原作『見』，據樹經堂本及初學記卷十五歌第四改。

〔三〕『閒』原作『聞』，據初學記卷十五歌第四改。

〔四〕『宛其死矣』文選卷十八潘岳笙賦作『宛其落矣』，李善注引毛詩曰：『宛其死矣。』

詠史呈徐仲車

元注曰：仲車以聵棄官。哲宗實録曰：徐積楚州人，治平四年擢進士第，事母孝篤，鄉閭化之。積字仲車，山谷同年生也。

諸葛見益州，釋耒答三顧。蜀志諸葛亮傳：亮躬耕壠畝，先主詣亮，三往乃見。上疏後主曰：先帝不以臣卑鄙，猥自枉屈，三顧臣於草廬之中。先主傳曰：建安十九年，復領益州牧。文選沈休文安陸王碑曰：農夫釋耒。按鹽鐵論曰：儒者釋耒耜而學不驗之語。川流恨未平，武功原上路。諸葛亮傳：建興十二年據武功五丈原，與司馬宣王對於渭南，其年八月卒。老杜武侯廟詩曰：功蓋三分國，名成八陣圖。江流石不轉，遺恨失吞吳。此借用，以不得滅魏為恨。杜微對諸葛，輿致但求去。傾心倚經綸，坐上漫書疏。蜀志杜微傳：微字國輔。先主定蜀，微嘗稱聾，閉門不出。丞相亮領益州牧，選迎皆妙簡舊德，以微為主簿，固辭，輿而致之。亮以微不聞人語，坐上與書，微自乞老病求歸，亮又與書曰〔一〕：『君但當以德輔時耳，不責君軍事。』拜為諫議大夫，以從其志。仲車並聾〔二〕，故以此事戲之。白鷗渺蒹葭，霜鶻在指呼。借問諸葛公，何如迎主簿〔三〕？老杜詩：白鷗没浩蕩，萬里誰能馴？又詩：莫作翻雲鶻，聞呼向禽急。按通典選舉門：陳依梁制，諸州迎主簿，得未壯而仕。何遜詩：可憐雙白鷗，朝夕水上遊。『蒹葭』字見詩。

〔一〕『亮又與書曰』元大全本作『亮又與書答曰』。

〔二〕『並』元大全本作『病』。

〔三〕『何如』原作『如何』，據元大全本及内集卷四改。

宿舊彭澤懷陶令

彭澤令屬江州，故城在縣東四十里。昭明太子作陶淵明傳，謂親朋曰：『聊欲弦歌以為三徑之資，可乎？』執事者以為彭澤令，歲終，會郡遣督郵至縣，淵明即日解印綬去職。南史隱逸傳曰：陶潛字淵明，或云字深明，名元亮。

潛魚願深眇，淵明無由逃。彭澤當此時，沉冥一世豪。莊子曰：鳥獸不厭高，魚鼈不厭深。夫全其形生之人，藏其身也，不厭深眇而已矣。正月詩曰：魚在于沼，亦匪克樂。潛雖伏矣，亦孔之炤。箋云：池魚之所樂而非能樂，其潛伏於淵，又不足以逃，甚炤炤易見。以喻時賢者在朝廷，道不行，無所樂；退而窮處，又無所施也。揚子曰：蜀莊沉冥。宋子京詩云：虛負詩中一世豪。司馬寒如灰，禮樂卯金刀。東晉司馬氏末年，禮樂征伐自劉裕出。范文正公作狄梁公碑云：武暴如火，李寒如灰。漢書王莽傳曰：夫劉之為字，卯金刀也。歲晚以字行，更始號元亮。淒其望諸葛，骯髒猶漢相〔二〕。老杜詩：淒其望呂葛。蜀志：建安二十五年，傳聞漢帝見害，先主發喪制服。二十六年四月即皇帝位，改元章武，以諸葛亮為丞相。後漢趙壹傳曰：伊優北堂上，抗髒倚門邊。注云：抗髒，高亢婞直之貌也。時無益州牧，指揮用諸將。『益州牧』見上注。老杜詩：指揮若定失蕭曹。字出陳平傳。平生本朝心，歲月閱江浪。南史陶潛傳曰：自以曾祖晉世宰輔，恥復屈身後代，自宋武帝王業漸隆，不復肯仕，所著文章，皆題其年月，義熙以前，明書晉氏年號，自永初以來，唯云甲子而已。漢書：蕭望之雅意本朝。文選孔文舉論盛孝章書云：歲月不居，時節如流。空餘詩語工，落筆九天上。謂非世間語也。太白詩：欬唾落九天，隨風生珠玉。此句頗采其意。孫子曰：善攻者動於九天之上。向來非無人，此友獨可尚。孟子曰：以友天下之善士，為未足，又尚論古之人？頌其詩，讀其書，不知其人，可乎？是以論其世也，是尚友也。

屬予剛制酒，無用酌杯盎。書曰：矧汝剛制于酒。欲招千載魂〔二〕，斯文或宜當。楚辭宋玉有招魂篇。王介甫詩云：狂言豈宜當？按韓退之詩：吁嗟苦駑緩，但懼失宜當。

〔一〕『骯髒』內集卷四作『抗髒』。

〔二〕『載』原作『歲』，據樹經堂本及內集卷四改。

題山谷石牛洞

石牛洞在舒州三祖山。皇祐中王荊公通守舒州，嘗題詩云：水泠泠而北出〔一〕，山靡靡以旁圍。欲窮源而不得，竟悵望以空歸。故山谷亦擬作。

司命無心播物，祖師有記傳衣。灊山在舒州懷寧縣北，有九天司命真君祠，山谷寺在縣西，有三祖僧璨大師塔。漢書賈誼賦曰：大鈞播物，坱圠無垠〔二〕。傳燈録達磨傳：以袈裟授慧可曰：『內傳法印，以契證心，外付袈裟，以定宗旨。汝今受此衣，用以表明其化無礙。吾滅後二百年，衣止不傳，法周沙界。』白雲橫而不度，高鳥倦而猶飛。韓退之詩：雲橫秦嶺家何在？老杜詩：野留行地日，江入度山雲。漢書韓信傳曰：高鳥盡，良弓藏。淵明歸去來辭曰：鳥倦飛而知還。

〔一〕『泠泠』原作『冷冷』，據樹經堂本改。

〔二〕『圠』原作『北』，據樹經堂本及漢書賈誼傳改。

題灊峰閣 閣在舒州提刑司。

徐老海棠巢上，元注云：徐佺樂道隱於藥肆中，家有海棠數株，結巢其上，時與客巢飲其間。王翁主簿峰庵。元注云：王道人參禪四方，歸結屋於主簿峰上，嘗有毛人至其間問道。梅蕊破顏冰雪〔一〕，綠叢不見黃柑〔二〕。樂天詩：一放狂歌一破顏。東坡和李公擇梅花詩云：何人慰流落，嘉蕊天為種。又懷公擇詩云：我有同舍郎，官居在灊岳，遺我三寸柑，照坐光卓犖。時公擇作淮西憲使，治所在舒州。

〔一〕『梅蕊』内集卷十二作『梅蕋』。

〔二〕『黃柑』内集作『黃甘』。

次韻公擇舅

昨夢黃粱半熟，立談白璧一雙。『黃粱』見上注。史記虞卿傳曰：說趙孝成王，一見，賜黃金百鎰、白璧一雙。唐人王建六言詩曰：再見封侯萬户，立談賜璧一雙。嵇康絕交書曰：禽鹿志在豐草。驚鹿要須野草，鳴鷗本願秋江。

贛上食蓮有感

蓮實大如指，分甘念母慈。爾雅：荷，芙蕖，其華菡萏，其實蓮，其根藕，其中的，的中薏。注曰：蓮，謂房也；的，蓮中子也〔一〕。南山有臺詩疏引陸璣草木疏云〔二〕：枸樹似白楊，有子著樹端，大如指。此借用其字。詩意謂拇指也。唐本草亦曰：丹砂其次大者如拇指。晉書王羲之傳曰：率諸子，抱弱孫，有一味之甘，割而分之，以娛目前。『念母』字見詩渭陽。共房頭䚢䚢，更深兄弟思。王子年拾遺記曰：西王母見穆天子，進素蓮，一房百子。詩曰：其角䚢䚢。此借用。實中有么荷，拳如小兒手。令我憶衆雛〔三〕，迎門索梨棗。『么荷』謂小葉。太白詩曰：初拳幾枝蕨。圖經本草曰：菰根歲久者，中心生白臺如小兒臂，謂之菰手。此句頗采其意。禰正平鸚鵡賦曰：憫衆雛之無知。淵明歸去來曰：稚子候門。又責子詩曰：通子垂九齡，但覓梨與栗。公詩有『蕨芽已作小兒拳』之句，張閣見之云：『此忍人也。』時閣為河内推官，與通判葛繁皆蔬食誦經，故有此語。王直方云：今此亦云么荷拳如小兒手，兩用皆有妙處。蓮心政自苦，食苦何能甘？甘飡恐腊毒，素食則懷慚。爾雅『的中薏』注曰：中心苦。陸璣草木疏曰：里語云『苦如薏』是也。晉書謝安傳曰：正自不能不爾耳。國語曰：厚味實腊毒。伐檀詩曰：不素飡兮。蓮生淤泥中〔四〕，不與泥同調。維摩經曰：譬如高原陸地，不生蓮華；卑濕淤泥，乃生此華。選詩曰：異代可同調。食蓮誰不甘？知味良獨少。中庸曰：人莫不飲食也，鮮能知味也。晉書桓伊歌曰：為臣良獨難。吾家雙井塘，十里秋風香。安得同袍子，歸製芙蓉裳。雙井在洪州分寧縣。詩曰：豈曰無衣，與子同袍。此借用王介甫和俞秀老詩，亦曰：解我葱珩脱孟勞，暮年甘與子同袍。離騷曰：製芰荷以為衣，集芙蓉以為裳。

〔一〕『子』原作『實』，據元大全本及十三經注疏爾雅注疏卷八釋草改。

〔二〕『璣』原作『機』，據樹經堂本改。下同。

〔三〕『憶』原作『念』，據大全本、樹經堂本及内集卷三改。

〔四〕『淤』原作『於』，據内集卷三改。

秋思寄子由

黄落山川知晚秋，小蟲催女獻功裘。禮記月令曰：草木黄落。春秋考異郵曰：立秋促織鳴。宋均注曰：趣織，蟋蟀也。立秋，女功急，故趣之。周禮司裘『季秋獻功裘』注云：人功微麤，謂狐青麛裘之屬。老松閲世卧雲壑，挽著滄江無萬牛。老杜詩：雲壑布衣鮐背死。又古柏行：大厦如傾要梁棟，萬牛回首丘山重。

贈别李次翁

利欲薰心，隨人翕張。國好駿馬，盡為王良。韓退之送高閑序曰：利欲鬬進，有得有喪。易艮之『九三』曰：艮其限，列其夤，厲，薰心。老子曰：將欲張之，必固翕之。『盡為王良』言流俗之隨逐世好，不能特立獨行也。不有德人，俗無津梁。莊子：苑風曰：『願聞德人。』張湛注列子曰：體道窮宗，為世津梁。江文通詩曰：道喪涉千載〔一〕，津梁誰能了？世説：庾亮嘗入佛寺，見卧佛，曰：『此子疲於津梁。』于時以為名言。德人天遊，秋月寒江。莊子曰：天之穿之，日夜無降，人則顧塞其竇。胞有重閬，心有天遊。室無空虛，則婦姑勃谿；心無天遊，則六鑿相攘。寒山子詩曰：吾心似秋月，碧潭清皎潔。

映徹萬物，玲瓏八窗。言心之虛明如此。韻書曰：玲瓏，明貌。禮記明堂位疏引孝經援神契曰：明堂八窗四闥。

於愛欲泥，如蓮生塘。處水超然，出泥而香。孔竅穿穴，明冰其相。維乃根華，其本含光。圓覺經曰：愛欲為因，愛命為果。維摩經曰：示有妻妾婇女，而常樂遠離五欲淤泥〔二〕。又曰：譬如高原陸地，不生蓮華；卑濕淤泥，乃生此華。超日經曰：如蓮華不着水，心清淨超於彼。詩曰：金玉其相。注云：相，質也。『竅穴』、『冰相』，皆謂藕。文選崔子玉座右銘曰：在涅貴不緇，曖曖内含光。

大雅次翁，用心不忘。日問月學，旅人念鄉。能如斯蓮，汔可小康〔三〕。漢書河間獻王贊曰：夫惟大雅，卓爾不羣。孟子曰：必有事焉，而勿正，心勿忘，勿助長也。『旅人念鄉』言不忘也，如鍾儀、莊舄之類是已。詩曰『汔可小康』，此借用，言僅可居安耳。

在俗行李，密密堂堂。唐有『密密堂堂』之謡，此借用。傳燈録：坦然問慧安國師曰：『如何是自己意？』師曰：『當觀密作用。』又誌公頌曰：『丈夫運用堂堂，逍遥自在無妨。』左傳：行李之往來，供其困乏。

觀物慈哀，莅民愛莊。魯論曰：臨之以莊則敬。又云：不莊以莅之，則民不敬。

成功萬年，付之面墻。草衣石質，與世低昂。欲成遠大事業，當如少林之面壁，自求己事也，雖草衣木食，鐵石其心，然未嘗違世，亦與之俯仰，聊同其波耳。唐黄蘗禪師傳心法要曰：勲苦修行，草衣木食。又權德輿有草衣禪師宴坐記。漢書司馬遷書曰：故且從俗浮沈，與時俯仰。楚辭曰：服偃蹇以低昂。

〔一〕『載』原作『歲』，據大全本、樹經堂本及文選卷三十一江淹雜體詩三十首改。

〔二〕『離』原作『利』，據樹經堂本及鳩摩羅什譯維摩詰所説經佛道品第八改。按經云：『示有妻妾采女，而常遠離五欲淤泥。』

〔三〕『汔』原作『訖』，據元大全本、樹經堂本及內集卷二改。

演雅

桑蠶作繭自纏裹，蛛蝥結網工遮邏。樂天詩：燭蛾誰救護？蠶繭自纏縈。呂氏春秋湯祝網曰：蛛蝥作網，今人學之〔一〕。符子曰：公子重耳遊大澤之中，見蜘蛛布網，曳繩執豸而食之，顧舅犯曰〔二〕：『此蟲也，德薄矣，而猶役其智。』云云。燕無居舍經始忙，蝶為風光勾引破。詩曰：經始勿亟。老杜詩：傳語風光共流轉。又落花詩云：影遭碧水潛勾引。樂天柳詩：勾引春風無限情。老鶬銜石宿水飲，稚蜂趨衙供蜜課。司馬相如上林賦『雙鶬』下注云：鶬，鴰也。梅聖俞詩：不比西池老禿鶬。樹萱録曰：嘗見數鳥銜山間碎石，登於樹杪，俄復入水，又銜石登樹者數四。處士楊存素曰：『是鸛伏卵多入水，其體冷濕，還取礜石耳。』按博物志云：鸛，水鳥也，伏卵時卵冷則不沸，取礜石，用繞卵，以助燥氣。陶隱居注本草『礜石』條亦引此說。又按陳藏器本草云：鸛巢中以泥為池，含水滿池，中養魚及蛇，以哺其子。山谷以為老鶬，未諭。禆雅曰：蜂有兩衙應潮。唐書食貨志曰：主户內有課口者為課户。鵲傳吉語安得閑，鷄催晨興不敢臥。陸賈新語曰：乾鵲噪而行人至。漢書陳湯傳曰：不出五日，當有吉語聞。炙轂子云：鷄一名司晨。氣陵千里蠅附驥，枉過一生蟻旋磨。後漢書曰：蒼蠅之飛，不過十步，若附驥尾，日馳千里。晉書天文志周髀家云：譬之於蟻行磨石之上，磨左旋而蟻右去，磨疾而蟻遲，故不得不隨磨以左迴焉。蝨聞湯沸尚血食，雀喜宮成自相賀。淮南子曰：湯沐具而蟣蝨相弔，大厦成而燕雀相賀。晴天振羽樂蜉蝣，空穴祝兒成蜾蠃。蜉蝣詩曰：蜉蝣之羽，衣裳楚楚。注：蜉蝣，渠略也，朝生夕死。七月詩曰：七月莎鷄振羽。法言曰：螟蠕之子殪而逢蜾蠃，祝之曰『類我，類我』，久則肖之矣。注謂：螟蠕，蟲也；蜾蠃，蒲盧也。桑蟲子始生而蒲盧取之於木空中，七日祝而化之，以變為己子。

蛣蜣轉丸賤蘇合，飛蛾赴燭甘死禍。莊子齊物論注曰：蛣蜣之智在於轉丸，而笑蛣蜣者乃以蘇合為貴。按爾雅：蛣蜣，蜣蜋也。南史傅亮傳：直宿禁中，覩夜蛾赴燭，作感物賦以寄意。

井邊蠹李螬苦肥，枝頭飲露蟬常餓。孟子曰：井上有李，螬食實者過半矣。徐廣雜注曰：侍臣加貂蟬，取飲露而不食也。

天螻伏隙録人語，射工含沙須影過。本草：螻蛄一名蟪蛄，一名天螻。陶隱居注曰：此物頗協神鬼，昔人獄中得其力者，今人夜忽見出，多打殺之，言為鬼所使也。博物志曰：江南山溪水中有射工蟲(三)，長一二寸，口中有弩形，氣射人影，不治則殺人。春秋莊公十八年『有蜮』疏謂：含沙射人影。

訓狐啄屋真行怪，蠨蛸報喜太多可。退之射訓狐曰：有鳥夜飛名訓狐，矜凶挾狡誇自呼。乘時陰黑止我屋，聲勢慷慨非常粗。禮記中庸曰：素隱行怪(四)。『行』音下孟反。東山詩注曰：蠨蛸，長踦也(五)。疏云：河內人謂之喜母，此虫來著人衣，當有親客至，有喜也。嵇康絶交書曰：足下旁通，多可而少怪。

鸕鷀密伺魚蝦便，白鷺不禁塵土涴。涅槃經曰：如人有怨，逐伺其便。詩義疏曰：鷺，水鳥也，好而潔白，謂之白鷺。退之詩：願書巖上石，勿使塵泥涴。老杜詩：冷蘂疏枝恐不禁。

絡緯何嘗省機織，布穀未應勤種播。炙轂子曰：莎雞，古今注一名促織，一名絡緯，謂其鳴如紡績織緯也。老杜詩：布穀處處催春種。按爾雅『鳲鳩鴶鵴』注曰：今布穀也。孟子曰：稷降播種(六)。

五技鼯鼠笑鳩拙，百足馬蚿憐鱉跛。荀子曰：鼯鼠五技而窮。歐公詩：衆鳥笑鳴鳩，爾拙固無匹，不能取巧婦，以共營家室。博物志曰：百足一名馬蚿。莊子曰：蚿憐蛇。楚辭曰：驅跛鱉而上山，吾固知其不能升。荀子曰：豈若跛鱉之與六驥足哉！

老蚌胎中珠是賊，醯雞瓮裏天幾大？三輔決録：孔融見韋元將與其父，書曰：『不意雙珠出於老蚌。』淮南子曰：明月之珠，蚌之病而我之利。莊子田子方篇曰：孔子見老聃，告顏回曰：『丘之於道也，其猶醯雞與，微夫子之發吾覆也，吾不知天地之大全也。』注云：醯雞者，甕中之蠛蠓。比吾全於老聃，猶醯雞之與天地矣。談苑劉師道詩：醯雞舞甕天。

螳蜋當轍恃長臂，熠燿宵行矜照火。『恃』一作『怒』。莊子曰：猶螳蜋之怒臂以當車，軼則必不勝任矣。音義曰：『軼』音轍。詩曰：熠燿宵行。注云：熠，燐也，螢火也。

提壺猶能勸沽酒，黃口只知貪飯顆。提壺，鳥名。梅聖俞四禽言云：提壺蘆，沽美酒，風為賓，樹為友。山花撩亂目前開，勸爾今朝千萬壽。家語：孔子見羅雀者所得皆黃口小雀，曰：『大雀善驚而難得，小雀貪食而易得。』摭言李白詩：飯顆山頭逢杜甫。

伯勞饒舌世不問，鸜鵒纔言便關鎖。七月詩曰：七月鳴鵙。注云：鵙，伯勞也。劇談録白居易玉蘂花詩曰：不緣啼鳥春饒舌，青瑣仙郎何得知。曲禮曰：鸚鵡能言，不離飛鳥。劉夢得和樂天鸚鵡詩曰：誰遣聰明好顏色，事須安置入深籠。

春蛙夏蜩更嘈雜，土蚓壁蟫何碎瑣！七月詩曰：五月鳴蜩。注：蜩，螗也。『嘈雜』疑作『嘈囋』。文選東京賦云：奏嚴鼓之嘈囋〔七〕。音才達反。孟子曰：夫蚓，上食膏壤，下飲黃泉。酉陽雜俎曰：張周封言壁上白瓜子化為白魚。韻書曰：『蟫』音淫，衣白魚也。韓孟聯句：竹影金瑣碎。

江南野水碧於天，中有白鷗閑似我。盧仝詩：水泛碧天色。老杜詩：飄零何所似，天地一沙鷗。萊公詩：野水無人渡。

〔一〕『今』原作『令』，據呂氏春秋卷十一異寶改。按呂氏春秋曰：『湯收其三面，置其一面，更教祝曰：「昔蛛蝥作網罟，今之人學紓。」』所引與原文有出入。

〔二〕『舅犯』大全本及樹經堂本作『咎犯』，亦通。按：舅犯即狐偃，字子犯，春秋時晉文公舅，故稱。又作咎犯，呂氏春秋卷四勸學：『晉文公師咎犯、隨會。』

〔三〕『山』字原無，據大全本及樹經堂本增。按博物志卷三作『江南山谿中水射上蟲』。

〔四〕『素』原作『索』，據大全本、樹經堂本及十三經注疏禮記正義卷五十二中庸改。

〔五〕『踦』原作『跂』，據大全本、樹經堂本及十三經注疏毛詩正義卷八之二東山改。

〔六〕『稷降播種』按語出書周書呂命。

〔七〕『噴』文選卷三張衡東京賦作『嗽』。

戲和答禽語

南村北村雨一犁，新婦餉姑翁哺兒。田中啼鳥自四時，催人脱袴著新衣。著新替舊亦不惡，去年租重無袴著。東坡樂府曰：歸去、歸去，江上一犁春雨。晉書列女傳謝安曰：王郎，逸少子，不惡，汝何恨也？前漢食貨志曰：租挈重。注云：收田租之約令也。東坡在黄州日，效梅聖俞體作五禽言，布穀云：南山昨夜雨，西溪不可渡。溪邊布穀兒，勸我脱布袴。不辭脱袴溪水寒，水中照見催租瘢。東坡自注云：土人謂『布穀』為『脱卻布袴』。先生此詩，大相類也。

贈鄭交〔一〕

山谷有招清公詩跋云：草堂鄭交處士隱處，小塘芙蕖盛開，使雞伏鴛鴦卵，與人馴狎不驚畏。老禪延恩長老法安師懷道遯世，清公少時蓋依之數年。今觀跋意即此詩，但題不同爾。鄭交字子通，見於山谷書尺及題跋。

高居大士是龍象，草堂丈人非熊羆。『大士』謂靈源叟惟清，清蓋晦堂之法嗣。山谷與歐陽元老帖云：清師歸所受業院武寧之高居，想甚得所也。武寧屬洪州。

蓮華經曰：文殊師利語彌勒及諸大士：『如我惟忖，今佛世尊欲說大法。』傳燈録達磨傳曰：波羅提法中龍象。按智度論云：龍象言其力大。龍水行中力大，象陸行中力大，故今以負荷大法者比之龍象。史記齊世家曰：吕尚年老，以漁釣于周西伯。西伯將獵，卜之曰：『所獲非龍非彲，非虎非羆，所獲覇王之輔。』果遇於渭水之陽，載與俱歸，立為師。按六韜以『非虎』為『非熊』。不逢壞衲乞香飯，唯見白頭垂釣絲。上句謂清公未至延恩，下句指鄭交。四分律云：一切上色衣不得畜，當壞作迦沙色。智度論云：五比丘曰：『佛當著何等衣？』佛言：『應著衲衣。』金剛經曰：爾時世尊食時著衣持鉢，入舍衛大城乞食。維摩經曰：化菩薩以滿鉢香飯與維摩詰。老杜詩：江邊老病雖無力，强擬晴天理釣絲。鴛鴦終日愛水鏡，菡萏晚風彫舞衣。襄陽記曰：司馬德操為水鏡。晉書樂廣傳：衛瓘曰：此人之水鏡也。趙嘏詩曰：紅衣落盡渚蓮愁。書曰：胤之舞衣。開徑老禪來煮茗，還尋密竹逕中歸。江淹擬陶淵明詩云：開徑望三益。老杜寄贊上人詩云：柴荆具茶茗，逕路通林丘。謝靈運詩：連巖覺路塞，密竹使徑迷。

〔一〕『贈鄭交』内集卷三此詩題作『贈鄭郊』。

平陰張澄居士隱處三詩

仁亭

無心經世網，有道藏丘山。選詩曰：世網嬰我身。養生息天黥，藝木印歲寒。莊子大宗師篇：意而子曰：庸詎知造物之不息我黥而補我劓？管子曰：十年之計，樹之以木。『印』謂驗其信然，必相符合也。論語：歲寒，然後知松柏之後凋。

德人墻九仞，强學窺一斑。

莊子曰：德人者，居無思，行無慮，不藏是非善惡。禮記儒行曰：夙夜强學以待問。晉書王獻之傳：客曰：此郎管中窺豹，時見一斑。論語：夫子之墻數仞。書：為山九仞。孟子：掘井九仞。

張侯大雅質，結髮闖儒關。

『大雅』見上注。李廣傳曰：臣結髮而與匈奴戰。董仲舒傳曰：太學賢士之關。『闖』音丑甚反。韻書注云：馬出門貌。退之詩：闖然入其戶，三稱天之言。

奇贏忽諧偶，老大嘗艱難。

漢書食貨志曰：操其奇贏，日游都市。霍去病傳曰：常留落不耦。左傳曰：險阻艱難，備嘗之矣。詩意謂：張君少年進取，如射利者，往往逢時遇合；既老，知世故之多艱，遂絕意於仕進也。

築亭上雲雨，日月轉朱欄。

文選頭陁寺碑曰：層軒延袤，上出雲霓。西都賦曰：軼雲雨於天半，虹霓迴帶於棼楣。

牀敷聽萬籟，我家頗寬閑。

寶積經偈云：亦不為求天玉女及諸衣食床敷事。又云：床敷彩女資坐具。張拙頌云：凡聖含靈共我家。退之書云：耕於寬閑之野。

牧牛有坦途，亡羊自多端。

傳燈録大安禪師曰：安在溈山三十年，只看一頭水牯牛。若落路入草，便牽出；若犯人苗稼，即鞭撻。調伏既久，可憐生受人言語，如今變作個露地白牛，常在面前，終日露迴迴地，趁亦不去也。退之詩：近來自說尋坦途，猶上青雲跨騄駬。列子曰：楊子之鄰人亡羊，既率其黨，又請楊子之竪追之。楊子曰：『嘻！亡一羊，何追者之衆？』鄰人曰：『多歧路〔二〕。』既反，問：『獲羊乎？』曰：『亡之矣。』曰：『奚亡之？』曰：『歧路之中，又有歧焉。吾不知所之，所以反也。』心都子曰〔三〕：『大道以多歧亡羊，學者以多方喪生。』楚辭曰：多端膠加。莊子問臧何事，則挾筴讀書；問穀何事，則博塞以遊：其為亡羊則一也。

市聲鏖午枕，常以此心觀。

世故紛紜，能亂人意，以此心觀之，當不戰而勝也。漢書霍去病傳曰：合短兵，鏖皋蘭下。注云：世俗謂盡死殺人為鏖糟。音意曹反。

復庵

春糧出求仁，行李彌宇宙。莊子曰：適百里者宿舂糧。魯論曰：求仁而得仁。『行李』見上注。詩曰：久客渺愁人，馬飢僕夫瘦。我馬瘏矣，我僕痡矣，云何吁矣！歸來一丘中，萬事不改舊。漢書叙傳班嗣曰：漁釣於一壑，則萬物不奸其志；栖遲於一丘，則天下不易其樂。傳燈録曰：不改舊時人，只改舊時行履處。此詩大抵與後卷贈柳展如第八首同意。禾黍鋤其驕，牛羊鞭在後〔三〕。甫田詩：無田甫田，維莠驕驕。莊子曰：養生者如牧羊，視其後者而鞭之。隱几天籟寒，六鑿忽通透。莊子齊物論曰：南郭子綦隱几而坐，曰：『汝聞人籟，而未聞地籟；汝聞地籟，而未聞天籟夫。』又外物篇：胞有重閬，心有天游。室無空虚，則婦姑勃谿；心無天游，則六鑿相攘。司馬彪云：謂六情攘奪。鑿音在報反。

亨泉

水德通萬物，發源會時亨。伏坎非心願，成川且意行。易蒙卦曰：山下出泉，蒙。又曰：蒙亨，以亨行時中也。又坎卦曰：有孚唯心，亨。行有尚。彖曰：唯心亨，乃以剛中也。東坡易傳云：所遇有難易，然而未嘗不志於通，是水之心也。物之窒我者有盡，而是心無已，則終必勝之。故水之所以至柔而能勝物者，維不以力爭而以心通也。不以力爭，故柔外；以心通，故剛中。劉禹錫詩：腰斧上高山，意行無舊路。此借用。栖遲林丘下，欲濯無塵纓。『栖遲』見前注。杜詩：石門斜日到林丘。孟子曰：滄浪之水清兮，可以濯我纓。文選北山移文曰：今見解蘭縛塵纓。沈休文新安江水詩曰：紛吾隔泥滓，豈假濯衣巾。願以潺湲水，沾君衣上塵。杖藜逢載酒，一瓢酌餘清。莊子曰：原憲杖藜而出。漢書揚雄傳曰：時有好事者，載酒肴從游學。逸士傳：許由隱箕山，以手捧水飲之，人遺一瓢，得以操飲。選詩：密林含餘清。

〔一〕「多歧路」原作「多歧」，據列子説符增補。

〔二〕「心」原作「公」，據樹經堂本及列子説符改。

〔三〕「在」萬曆本作「其」。

留王郎世弼

王純亮字世弼，山谷之妹婿，見於黃氏世譜。

河外吹沙塵，江南水無津。言南北相望之遠。文選謝靈運詩：河洲多沙塵，風悲黃雲起。書曰〔一〕：若涉大水，其無津涯。骨肉常萬里，寄聲何由頻？角弓詩序曰：骨肉相怨。漢書趙廣漢傳曰：界上亭長寄聲謝我。我隨簡書來，顧影將一身。詩曰：畏此簡書。曹子建責躬表曰：形影相弔，五情愧赧。資治通鑑晉李密言：吾獨立於世，顧影無儔。退之詩：念汝將一身，西來曾幾年？何晏行步顧影，見魏志。留我左右手，奉承白頭親〔二〕。晉書邵續傳：續諫成都王穎討長沙王乂曰〔三〕：「兄弟如左右手。」小邦王事略，蟲鳥聲無人。「小邦」謂德平鎮〔四〕。詩曰：王事靡盬。謝靈運詩曰：虛館絶諍訟，空庭來鳥雀。退之琴操曰：四無人聲。王甥解鞍馬，夜語雞喚晨。爾雅曰：姊妹之子為甥。母慈家人肥，女惠男垂紳。禮記禮運曰：父子篤，兄弟睦，夫婦和，家之肥也。王介甫作鄞女墓誌曰：吾女生，惠異甚。按：「惠」與「慧」同。禮記玉藻曰：童子之節也，緇布衣，錦緣，錦紳。又曰：紳垂足。有田為酒事，豚韭及秋春。「酒事」謂麴糵事，見下「茗事」注。禮記王制曰：庶人春薦韭，秋薦黍。韭以卵，黍以豚。**生涯得如此，舊學更光新。**莊子曰：吾生也有涯。易曰：君子以篤實輝光，日新其德〔五〕。**索去何草草，小留慰艱勤。**老杜詩：問君適萬里，取別何草草！**百年才一炊，六籍經幾秦？**『百年一炊』用邯鄲夢事，見上注。文選東都賦〔六〕曰：蓋六籍所不能談。李善注引封禪書曰：六經載籍之傳。王介甫虔州學記曰：『周道微，不幸而有秦，燒詩書，殺學士。然是心非獨秦也，當孔子時，既有欲毀鄉校者矣。』介甫又有桃源行曰：天下紛紛經幾秦！**要知胸中有，不與迹同陳。**莊子曰：機心存於胸中。又天運篇老子曰：六經，先王之陳迹也，豈其所以迹哉？**郢人懷妙質，聊欲運吾斤。**莊子曰：莊子過惠子之墓，謂從者曰：『郢人堊漫其鼻端，若蠅翼，使匠石斲之。匠石運斤成風，聽而斲之，盡堊而鼻不傷，郢人立不失容。宋元君聞之，召匠石曰：「嘗試為我為之。」匠石曰：「臣則嘗能斲之。雖然，臣之質死久矣。」自夫子之死也，吾無以為質矣。』

〔一〕『書』原作『河』，據大全本、樹經堂本及十三經注疏尚書正義卷十商書微子改。

〔二〕『白頭』萬曆本詩後注：『「白頭」一作「白髮」。』

〔三〕『穎』原作『頴』，據樹經堂本及晉書邵續傳改。

〔四〕『平』原作『安』，據樹經堂本改。

〔五〕『易曰……日新其德』樹經堂本作『易大畜：剛健篤實輝光，日新其德。』

〔六〕『東都賦曰』原作『東京賦注曰』，今據大全本、樹經堂本及文選卷一班固兩都賦東都賦改。所引文非注文，故『注』字刪。

送王郎

酌君以蒲城桑落之酒，庾信詩：蒲城桑落酒(一)，灞岸菊花秋。按續古今注云：索郎酒桑落時美，故因以為名。齊民要術載釀桑落酒法，亦以九月。或云桑落，河名。非也。杜詩：坐開桑落酒。泛君以湘纍秋菊之英，漢書揚雄作反騷曰：欽弔楚之湘纍。注謂屈原赴湘死，故曰湘纍。楚辭曰：夕飡秋菊之落英。贈君以黟川點漆之墨，『黟』音伊，漢舊縣，今屬歙州。墨譜云：江南黟歙之地有李廷珪墨，尤佳。廷珪本易水人，唐末渡江居歙，造墨有名。蕭子良答王僧虔書云：仲將之墨，一點如漆。送君以陽關墮淚之聲。王維詩：勸君更盡一杯酒，西出陽關無故人。李商隱詩：斷腸聲裏唱陽關。『墮淚碑』見晉書羊祜傳。酒澆胸次之磊隗，世說王遜問王忱：阮籍何如司馬相如？忱曰：阮籍胸中磊隗，故須澆之。言同相如，唯有酒異。莊子曰：喜怒哀樂不入於胸次。菊制短世之頹齡。淵明詩：菊為制頹齡。班固幽通賦：道修長而世短。墨以傳萬古文章之印，『印』如釋氏所謂『傳佛心印』。詩曰：以寫我憂。王仲宣詩：冀寫憂思情。歌以寫一家兄弟之情(二)。江山千里俱頭白(三)，骨肉十年終眼青(四)。山谷此對極有妙處，前輩多使之。老杜詩云(五)：別來頭併白，相對眼終青。東坡云：讀書頭欲白，相對眼終青。又曰：身更萬事已頭白，相對百年終眼青。又曰：看鏡白頭知我老，平生青眼為君明(六)。又曰：故人相見尚青眼，新貴如今多白頭。又曰：江山萬里將頭白，骨肉十年終眼青。其用『青眼』對『白頭』非一，而工拙各有異耳。連床夜語雞戒曉，書囊無底談未了。文選趙景真答嵇茂齊書曰：鳴雞戒旦，則飄爾晨征。顏師古注：急就章曰：『有底曰囊，無底曰橐。』世說：衛玠與謝鯤達旦微言。太白詩：語笑未了風吹斷。有功翰墨乃如此，何恨遠別音書少。選詩：粲粲翰墨場。炊沙作糜終不飽〔七〕，楞嚴經曰：若不斷淫修禪定者，如蒸砂石欲成其飯，經百千劫，祇名熱砂。何以故？此非飯，本砂石成故。世說曰：賓客詣陳太丘，使元方、季方炊，二人聽客議論，忘著箄，皆成糜。佛書又云：譬如說食，終不能飽。鏤冰文章費工巧〔八〕。鹽鐵論曰：内無其質而外學其文，若畫脂鏤冰，費日損功。考工記曰：工有巧。要須心地收汗馬，孔孟行世日杲杲。謂道義戰勝，胸中開明，乃曉然見聖賢用心處。史記晉世家文公曰：矢石之難，汗馬之勞，此復受次賞。孟子曰：子夏、子張、子游以有若似聖人，欲以所事孔子事之。曾子曰：『不可。江漢以濯之，秋陽以暴之，皜皜乎不可尚已〔九〕！』注曰：秋陽，周之秋，夏之五月、六月，盛陽也。皜皜，甚白也，『皜』音杲。詩曰：其雨其雨，杲杲出日。山谷答王雩書曰：想以道義敵紛華之兵，戰勝久矣。古人云：『并敵一向，千里殺將。』要須心地收汗馬之功，讀書乃有味。有弟有弟力持家，婦能養姑供珍鮭。老杜同谷歌云：有弟有弟在遠方。古樂府曰：健婦持門户。南史庾杲之傳任昉戲曰：誰謂庾郎貧？食鮭常有二十七種。鮭音户佳反。切韻曰：魚名，出吳志。兒大詩書女絲麻〔一〇〕，公但讀書煮春茶〔一一〕。禮記曰：治其絲麻。

〔一〕『桑落酒』樹經堂本作『桑葉落』。按：詩句出庾信就蒲州使君乞酒詩，原作『桑葉落』，見逯欽立輯校先秦漢魏晉南北朝詩北周詩卷四。

〔二〕『一家』内集卷二本詩作『從來』。

〔三〕『江山千里俱頭白』内集作『江山萬里頭將白』。萬曆本作『江山萬里頭俱白』。

〔四〕『終眼青』内集作『眼終青』，句下小字注：『一作「終眼青」』。

〔五〕原無『詩』字，據樹經堂本增補。

〔六〕「君」樹經堂本作「誰」。

〔七〕「炊」原作「炒」，據內集及樹經堂本改。

〔八〕「章」內集作「字」。

〔九〕「已」原作「矣」，據樹經堂本及十三經注疏孟子注疏卷五下滕文公章句上改。

〔一〇〕「書」內集作「禮」，內集「絲」字下小字注「一作『桑』」。

〔一一〕「煮春茶」內集句下小字注：「一作『遮眼花』」。

次韻劉景文登鄴王臺見思五首

劉孝孫字景文，其父平死於趙元昊之難。鄴中記：魏武於銅雀園立三臺。

黃濁歸大壑，漣漪遶重城。郭璞注爾雅曰：河所受渠多，衆水溷淆，宜其濁黃。漢書谷永傳：黃濁四塞。此借用其字。列子曰：渤海之東，不知幾億萬里，有大壑焉，實惟無底之谷，名曰歸墟，八紘九野之水，莫不注之。詩曰：河水清且漣漪。西風一橫笛，金氣與高明。杜牧之詩：深秋簾幕千家雨，落日樓臺一笛風。漢書五行志曰：金氣病則木沴之。老杜詩：大火運金氣，荊揚不知秋。劉禹錫秋螢引曰：夜光寂寥金氣靜。文選嘯賦李善注引淮南子曰〔一〕：甯戚擊牛角而疾商聲歌曲。商，金聲清，故以為曲。王逸注楚辭九辯曰：秋天高朗，氣清明也。歸鴉度晚景，落鴈帶邊聲。老杜詩：輕鳥度層陰。文選李陵書曰：邊聲四起。平生知音處，別離空復情。「知音」見後篇注。老杜詩：遠送從此別，青山空復情。按謝玄暉詩：嬋娟空復情。

又

舊時劉子政，憔悴鄴王城。把筆已頭白，見書猶眼明。漢書：劉向字子政。用以比景文。寰宇記：故鄴城在相州鄴縣東，魏武帝受封於此，呼為『北都』。平原秋樹色，沙麓暮鐘聲。用老杜寄李白詩『渭北春天樹，江東日暮雲』句律。平原今德州，山谷是時監德州德平鎮。寰宇記：沙麓在魏州元城縣東，即漢書元后傳王翁孺徙居之地，今為北京，與相州相接。歸鴈南飛盡，無因寄此情。管子桓公曰：夫鴻鴈春北而秋南，不失其時。楚辭曰：鴈雝雝而南飛。漢書蘇武傳：天子射上林中，得鴈，足有繫帛書。老杜詩：相憶無南鴈，何時有報章？

又

繫匏兩相憶，極目十餘城。『繫匏』見魯論。文選古詩云：下有長相憶(二)。楚辭曰：目極千里兮傷心悲。按德與相俱在河北。漢書吾丘壽王傳曰：連十餘城之守。積潦干斗極，山河皆夜明。劉禹錫詩：積潦搜山趾。司馬相如子虛賦曰：上干青雲。杜牧詩：觚稜拂斗極。左傳曰：恒星不見，夜明也。白璧按劍起，漢書鄒陽傳曰：明月之珠，夜光之璧，以闇投人於道，衆莫不按劍相盼者，何則？無因而至前也。朱絃流水聲。記曰：朱絃疏越，一倡而三歎，有遺音者矣。呂氏春秋：伯牙鼓琴，意在山，鍾子期曰：『巍巍乎！』意在水，子期曰：『湯湯乎！』鍾子期死〔三〕，伯牙遂絶絃，以世無知音。**乖逢四時爾，木石了無情。**達人之於窮通，猶木石之於寒暑，初無喜慍也。莊子曰：古之得道者，窮亦樂，通亦樂，所樂非窮通也。道得於此，則窮通為寒暑風雨之序矣。樂天李夫人詩曰：人非木石皆有情。名士傳曰：阮籍了無愧色。

又

茗花浮曾坑，陸羽茶經曰：沫餑者湯之華也。華之薄者曰沫，厚者為餑，輕細者曰花。東坡和曾仲錫詩云：君家新致雪坑茶。自注云：近得曾坑茶。**酒泛酌宜城。**周禮酒正『泛齊』注曰：泛者成而滓浮，泛泛然如宜城醪矣。疏云：宜城説以為地名，故曹植酒賦曰：『宜城醴醪，蒼梧縹清。』劉杳以為酒名〔四〕，未知孰是。**路尋西九曲，**此篇以末句考之，蓋追記汴京州西舊游，而此句述其經行之地。按宋次道東京記：閶闔門外福昌坊有九曲子巷。山谷所指或當謂此。**人似漢三明。**後漢段熲傳：熲字紀明，與皇甫威明、張然明並知名顯達，京師稱為『涼州三明』。范曄贊曰：山西多猛，三明儷蹤。**千户非無相，**後漢：班超詣相者，相者曰：『燕頷虎頭，飛而肉食，萬里侯相。』後封定遠侯。景文將家子，故用『三明』及此事。**五言空有聲。**退之石鼎聯句序曰：校書郎侯喜，新有能詩聲。**何時郭池晚，照影寫閑情？**蜀中舊本雙井前集絶句中有景文見招會宿州西郭園詩。文選王仲宣詩曰：日暮遊西園，冀寫憂思情。曲池揚素波，列樹敷丹榮。陶淵明有閑情賦，此借用其字。

又

公詩如美色，未嫁已傾城。漢書李夫人傳李延年歌曰：北方有佳人，絶世而獨立。一顧傾人城，再顧傾人國。嫁作蕩子婦，寒機泣到明。言其中年之詩多哀傷也。選詩曰：昔為倡家女，今為蕩子婦。北夢瑣言徐月英送人詩云：枕前淚與階前雨，隔箇閑窗滴到明。唐人吴融作寒機曉猶織賦，此引用。緑琴蛛網遍，絃絶不成聲。傅玄琴賦序曰：蔡邕有緑綺琴，天下名器也。玉臺新詠徐悱贈内詩曰：網蟲生錦薦。禮記檀弓：子夏既除喪而見予之琴，彈之而不成聲。想見鴟夷子，江湖萬里情。言未逢知己也。杜牧之詩：西子下姑蘇，一舸逐鴟夷。史記載范蠡佐越王，既覇，乃乘扁舟浮江湖，自號『鴟夷子』。

〔一〕『嘯』原作『笙』，據樹經堂本及文選卷十九成公子安嘯賦李善注改。

〔二〕『下』樹經堂本作『上』，按文選卷二十九古詩十九首之十七作：『上言長相思。』古樂府飲馬長城窟行作：『下言長相憶。』

〔三〕『鍾子期』原作『鍾期』，據樹經堂本及吕氏春秋卷十四孝行覽增補。

〔四〕『杳』原作『香』，據樹經堂本及十三經注疏周禮注疏卷五天官冢宰下酒正疏改。

次韻吴宣義三徑懷友

佳眠未知曉，屋角聞晴哢。王羲之帖云：向宅上靜，佳眠都不知足下來門。老杜詩：紅稠屋角花。退之送鄭校理詩曰：鳥哢正交加，楊花共紛泊。廣記：鄭郊謁友人於陳蔡，路逢一家，有竹兩竿，鄭為詩曰：冢上兩竿竹，風吹常裊裊。冢中賡之曰：下有百年人，長眠不知曉。又古詩：春眠不覺曉，是處聞啼鳥〔一〕。萬事頗忘懷，猶牽故人夢。老杜夢李白詩曰：故人入我夢，明我長相憶。又詩：春渚日落夢相牽。采蘭秋蓬深，汲井短綆凍。香草蔽於蓬艾，洌井窮於短綆，言薦引之難也。老杜詩：君不見才士汲引難，恐懼棄捐忍羈旅。又詩：露井凍銀床。莊子曰：綆短不可以汲深。起看冥飛鴻，乃見天宇空。法言曰：鴻飛冥冥，弋人何慕焉？選詩曰：昭昭天宇闊。甚念故人寒，誰省機與綜〔二〕？史記范雎傳須賈曰：范叔一寒如此哉！又云：以綈袍，戀戀有故人之意。韻書云：綜，機縷也。在者天一方，日月老賓送。文選蘇子卿詩曰：良友遠離別，各在天一方。書堯典曰：寅賓出日，寅餞納日。注云：賓，導也；餞，送也。往者不可言，古柏守翁仲。水經注曰：鄗南千秋亭壇廟之東，枕道有兩石翁仲，南北相對。又按魏志明帝景初元年：鑄銅人二，號曰『翁仲』。此引用，言塚間石人也。

〔一〕　按此為唐孟浩然春曉詩中句。

〔二〕　『機』内集卷四本詩作『杼』。

送劉季展從軍鴈門二首 鴈門今代州。

劉郎才力能百戰[一]，蒼鷹下韝秋未晚。東觀漢記曰：趙勤字孟卿，太守桓虞署為督郵。於是貪令自責，還印綬去。虞歎曰：『善吏如使良鷹，下韝命中。』

千里荷戈防犬羊，十年讀書厭藜莧。詩曰：荷戈與殳[二]。文選劉越石表曰：敢肆犬羊。李善注引漢名臣奏曰：應劭議以為鮮卑隔在漠北，犬羊為群。南史沈攸之曰：早知窮達有命，恨不十年讀書。退之詩：肚腸集藜莧。

試尋北産汗血駒，莫殺南飛寄書鴈。兩句皆用鴈門事。左傳曰：冀之北土，馬之所生。史記蘇秦傳說秦惠王曰：北有代馬。索隱云：代郡兼有胡馬之利。後漢書王符傳：有以貨得鴈門太守者，皇甫規問：『卿前在郡，食鴈，美乎？』老杜詩：汝休枉殺南飛鴻。史記漢使謂單于曰：天子射上林中，得鴈，足有繫帛書。老杜詩[三]：驊騮作駒已汗血。

人生有禄親白頭，何能一日無甘饌[四]！禮記內則曰：由命士以上，父子皆異宮，昧爽而朝，慈以旨甘。謂有親而不可無甘旨之奉也。禮記曰：七十非肉不飽。『一日無甘饌』之句，非取此意耶？

又

石趺谷中玉子瘦，金剛窟前藥草肥。寰宇記：仙人山在代州五雲縣東南，石巖上有人坐跡，山腹石上有手跡，山下石上有雙脚跡，皆西向立。張天覺清涼傳曰：

夢游五臺山金剛窟。按，寰宇記五臺山在代州五臺縣東北，内經以為清涼山。東坡送天覺河東提刑詩曰：西登太行嶺，北望清涼山。餘光入巖石，神草出茅菅，能令墜指兒，虬鬢茁冰顏。又詩曰：憑君説與埋輪使，速寄長松作解嘲。皆謂此草也。

仙家耕耘成白璧，道人煮掘起風痱。絳囊璀璨思盈斗，竹畚香甘要百團。搜神記曰：陽雍伯嘗設義漿以給行旅。一日有人飲訖，懷中取石子一斗與之，曰：『種此可生美玉。』遂得白璧一雙。『痱』音肥，韻書曰：風病也。『百團』謂百束。到官莫道無來使，日日北風鴻鴈歸。老杜詩：欲問平安無使來。禮記：仲秋之月鴻鴈來。

〔一〕『能』樹經堂本及内集卷四作『耐』。

〔二〕『殳』大全本、樹經堂本作『祋』。按：詩曹風候人：『何戈與祋。』『何』通『荷』，『祋』通『殳』。

〔三〕『老杜詩』原作『杜詩』，據樹經堂本改。

〔四〕『何能一日無甘饌』樹經堂本句下有小字注：『方綱按：「何能」一作「可令」。』

題宛陵張待舉曲肱亭

仲蔚蓬蒿宅，宣城詩句中。三輔決録注曰：張仲蔚平陵人，所居蓬蒿没人。淵明詩曰：仲蔚愛窮居，遶宅生蓬蒿。齊書：謝朓為宣城郡守，善詩。文選贈答詩中多有朓宣城所作。宛陵即今宣州，故用此事。人賢忘巷陋，境勝失途窮。論語子曰：飯蔬食，飲水，曲肱而枕之，樂亦在其中矣！亭名蓋取之。山谷此句使『顏子在陋巷，人不堪其憂〔一〕，回也一簞食，一瓢飲，不改其樂。夫子曰：「賢哉回也」事，蓋用此以盡『曲肱』之意。晉書阮籍傳率意獨駕，不由徑路，車迹所窮，輒慟哭而反。顏延之五君詠曰：途窮能無慟。此借用。寒葅書萬卷，零亂剛直胸。言胸中所有，惟蔬飯與書相雜。新序：楚惠王食寒葅而得蛭，因吞之。偃蹇勳業外，嘯歌山水重。後漢書蔡邕傳董卓曰：我力能族人，蔡邕遂偃蹇者，不旋踵矣。晉書謝鯤曰：猶不廢我嘯歌。『嘯歌』字出毛詩：其嘯也歌。晨雞催不起，擁被聽松風。姚嗣宗詩：崆峒山叟笑不語，靜聽松風春晝眠。南史：陶弘景特愛松風。

〔一〕『人不堪其憂』原無『人』，據樹經堂本增。

山谷詩集注卷第二

寄裴仲謀〔一〕

交游二十年〔二〕，義等親骨肉。禮記曰：交遊稱其信也。退之詩：譬如親骨肉，寧免相可否〔三〕？呂氏春秋曰：父母之於子也〔四〕，此之謂骨肉之親〔五〕。老杜詩：義均骨肉地。風雨漂我巢，公亦未有屋。鴟鴞詩曰：予室翹翹，風雨所漂搖。箋云：巢之翹翹而危，以其所託枝條弱也。寄聲來問安，足音到空谷。漢書趙廣漢傳曰：寄聲謝我。禮記文王世子：問內豎之御者曰：『今日安否，何如？』莊子曰：逃虛空者〔六〕，聞人足音，跫然而喜。詩曰：在彼空谷。我家輦轂下，薪桂炊白玉。司馬遷書曰：待罪輦轂下。戰國策蘇秦曰：使臣食玉炊桂。張志和曰：樵青使薪蘭蘇桂〔七〕，竹裏煎茶。在官與影俱〔八〕，衣綻髮曲局。曹子建上責躬詩表曰：形影相弔。『綻』音丈莧切，衣縫解也。采綠詩曰：予髮曲局。天機行日月，春事勤草木。文選潘安仁詩曰：曜靈運天機，四節代遷逝。注云：曜靈，日也。按，莊子曰：天其運乎？地其處乎？日月其爭於所乎？孰主張是？孰維綱是？孰居無事推而行是？意者有機緘而不得已邪？意者其運轉而不能自止邪？老杜詩：溪邊春事幽。念公篤行李，野飯中道宿。

說文云：篤，馬行頓遲。左傳曰：亦不使一介行李告于寡君〔九〕。注曰：行李，行人也。又云：行李之往來，供其乏困〔一〇〕。

驚沙卷旍旗，烏尾城角謏〔一一〕。

一作『烏尾訛城角』。文選王子淵四子講德論曰：甲士寢而旍旗仆。又魏都賦曰：旍旗躍竿。按『旍』與『旌』同。後漢靈帝紀注云：桓帝之初，京都童謡曰：『城上烏，尾畢逋。』儀禮士虞禮曰：祝入尸謏。注云：謏，起也，音縮。老杜詩：城頭烏尾訛。

騷騷家治具，夫子且歸沐。

言治具之忽速也〔一二〕。禮記檀弓曰：騷騷爾則野。注謂太疾。漢書灌夫傳曰：魏其夫妻治具。注謂辦具酒食。萬石君傳曰：每五日洗沐，歸謁親。

作書寄後乘，為我遣臣僕。

孟子曰：後車數百乘。書曰：我罔為臣僕。

起居太夫人，並問相與睦。

元注云：相、睦，兒女名〔一三〕。老杜詩：起居八座太夫人。按後漢書岑彭傳曰：大長秋以朔望問太夫人起居。漢書文帝紀注云：列侯妻稱夫人。列侯死，子復為列侯，乃得稱太夫人。相字瞭然，小字小德；睦行第三十三，後嫁舒城李去華文伯。

〔一〕『謀』樹經堂本及內集卷三作『謨』，內集題下有小字注：『綸』，蓋裴仲謀之名。
〔二〕『二』樹經堂本作『三』。
〔三〕『寧免相可否』句原無，據大全本及樹經堂本增補。
〔四〕『也』字原無，據大全本、樹經堂本增。
〔五〕『此之』的『之』字原無，據大全本及樹經堂本增。
〔六〕『虛空』原作『空虛』，據大全本、樹經堂本及莊子徐無鬼改。
〔七〕『蘇』字原無，據樹經堂本增。
〔八〕『俱』內集作『居』。

〔九〕『介』原作『个』，據樹經堂本及左傳襄公八年改。

〔一〇〕『供』左傳作『共』。『乏困』原作『匱乏』，據樹經堂本及左傳僖公三十年改。

〔一一〕『城角謑』內集作『訛城角』。

〔一二〕『也』字原無，據大全本及樹經堂本增。

〔一三〕『女』原無，據大全本及樹經堂本增。

寄黃幾復　元注云：乙丑年德平鎮作。

我居北海君南海，寄鴈傳書謝不能。山谷嘗有跋云：幾復在廣州四會，予在德州德平鎮，皆海濱也。按輿地廣記，四會舊屬廣州，熙寧六年割隸端州。此詩元豐末所作，猶云廣州，蓋欲表見南海之意爾。山谷古詩亦云：四會有黃令。左傳曰：君處北海，寡人處南海，惟是風馬牛不相及也。劉禹錫詩：謫在三湘最遠州，邊鴻不到水南流。按楚辭招魂巫陽曰：謝不能。王逸注頗失其義，若漢書項籍傳『陳嬰謝不能』，則此詩所用之意。**桃李春風一杯酒，江湖夜雨十年燈。**兩句皆記憶往時游居之樂，今既十年矣。晉書張翰傳曰：使我有身後名，不如即時一杯酒。**持家但有四立壁，治病不蘄三折肱。**漢書司馬相如傳曰：家徒四壁立。左傳齊高彊曰：三折肱知為良醫。此借用，言其諳練世故，不待困而後知也。**想得讀書頭已白，隔溪猿哭瘴溪藤〔一〕。**東坡詩：讀書頭欲白，相對眼終青。老杜詩：殊方日落玄猿哭，故國霜前白鴈來。四會在廣東，故云瘴溪。

〔一〕『溪』內集卷九，此詩作『烟』。

神宗皇帝挽詞三首

文思昭日月，神武用雷霆。堯典曰：聰明文思。易曰：神武而不殺。制作深垂統，憂勤減夢齡。禮記曰：周公制禮作樂。孟子曰：君子創業垂統，為可繼也。禮記文王世子篇：武王曰：『夢帝與我九齡。』文王曰：『我百，爾九十，吾與爾三焉。』注云：文王以憂勤損壽。孫謀開二聖，末命對三靈。詩曰：貽厥孫謀〔一〕，以燕翼子。『二聖』謂宣仁太后、哲宗皇帝。元結中興頌曰：二聖重歡。書顧命曰：導揚末命〔二〕。文選班固典引曰：荅三靈之蕃祉。李善注謂『三靈』天、地、人，出春秋元命苞。今代誰班馬，能書汗簡青？『班馬』謂遷、固。樂天行韓愈制曰：立詞措意，有班馬之風。後漢吳祐傳注曰：殺青者以火炙簡，令汗，取其青易書，後不蠹，謂之『殺青』，亦謂之『汗簡』。

又

釣築收賢輔，天人與聖能。杜牧華清宮詩曰：釣築乘時用〔三〕。易曰：人謀鬼謀，百姓與能。『釣築』用太公釣渭濱、傅説築傅嵓事，蓋言帝用人如商高宗、周文王也〔四〕。

輝光唐六典，度越漢中興。百世神宗廟，千秋永裕陵。元豐三年初改官制，至五年頒行。上句謂官制一新，有光於唐之六典；下句言政事法度過於漢宣帝中興也。六典，唐玄宗時所撰，李林甫等所注，蓋一代官制也。書首載玄宗勑曰：法以周令，作為唐典，取諸簡易，所貴易從。漢書宣帝贊曰：功光祖宗，業垂後嗣，可謂中興，侔德商宗、周宣矣。揚雄傳贊曰：則必度越諸子矣。『永裕』，神宗陵名。帝鄉無馬跡，空望白雲乘。莊子曰：千歲厭世，去而上仙〔五〕，乘彼白雲，至于帝鄉。左傳曰：周穆王周行天下，將必有車轍馬跡。

又

昔在基皇極，師臣論九疇。『師臣』謂王介甫〔六〕，以武王訪箕子比之也。洪範曰：皇建其有極。又曰：天乃錫禹洪範九疇。丘陵忽為谷〔七〕，天地不藏舟。上句言丘山之頽，人將安仰；下句言大化推移，有形者所不得遯，然聖人未嘗喪其存也。詩曰：高岸為谷，深谷為陵。莊子曰：藏舟於壑，藏山於澤，謂之固矣，然而夜半有力者負之而走，昧者不知也。藏小大有宜，猶有所遯〔八〕，若夫藏天下於天下而不得所遯，是恒物之大情也。故聖人將遊於物之所不得遯而皆存〔九〕。河洛功無憾，幽燕策未收。神廟元豐二年四月，命宋用臣導洛，通汴，以代河渠，謂之清汴，漕輓遂無留滯，嘗有收復幽燕之謀，既開端緒，而未收功也。張舜民小說云：神廟於崇政殿後設二十四庫以儲金帛，諸路分將，置都作院，河北設五都倉，講好高麗，然功未施而上賓，是天未欲幽薊之民歸中國乎？嗣皇朝萬國，任姒正興周。『嗣皇』謂哲宗初立。『任姒』謂宣仁太后垂簾聽政。思齊詩曰：思齊太任，文王之母。思媚周姜，京室之婦。太姒嗣徽音，則百斯男。

〔一〕『貽』原作『胎』，據大全本、樹經堂本改。

〔二〕『揚』原作『楊』，據元大全本改。書顧命作『道揚末命』。

〔三〕此條下元大全本及樹經堂本有：『「釣築」謂起王介甫於金陵，如得呂望、傅說。』

〔四〕『釣築用太公……周文王也』此條大全本、樹經堂本無。

〔五〕『去而上仙』原作『而去』，據樹經堂本及莊子天地改。

〔六〕『謂』大全本、樹經堂本均作『亦謂』，蓋呼應前所言『釣築謂起王介甫』云云。
〔七〕『忽』原作『或』，據樹經堂本及内集卷十二改。
〔八〕原無『有宜』及『所』，據樹經堂本及莊子大宗師增補。
〔九〕『遊於』原作『遊之於』，據大全本、樹經堂本及莊子大宗師改。

王文恭公挽詞二首 王珪字禹玉，實録有傳。

先皇憑玉几，末命寄元勳。謂神廟顧託。書顧命曰：皇后憑玉几，導揚末命〔一〕。後漢書陳俊傳注：賜俊璽書曰：『將軍元勳大著。』元豐八年春，神廟寢疾；二月，珪於御榻前，請建東宫；三月甲午，立哲宗為皇太子；戊戌，珪宣遺制，皇太子即皇帝位。事具實録。

賓日行黄道，攀髯上白雲。上句謂策立哲宗，下句謂未幾而公亦薨也。堯典曰：寅賓出日。注云：賓，導也。晉天文志曰：黄道，日之所行。王介甫作韓魏公挽詩云：親扶日轂上天衢。漢郊祀志：黄帝鑄鼎於荆山下，既成，有龍垂胡髯下迎黄帝，黄帝上騎，群臣後宫從上龍七十餘人，小臣不得上，乃悉持龍髯。『白雲』見上注。

四時成歲律，五色補天文。上句言藏用，下句言補衮。莊子曰：四時殊氣，天不私，故歲成。五官殊職，君不私，故國治。此借用。列子曰：女媧練五色石以補其闕〔二〕。

不謂堂堂去，今為馬鬣墳〔三〕。『堂堂』見魯論。薛能詩：青春背我堂堂去。禮記檀弓曰：從若斧者焉〔四〕，馬鬣封之謂也。注云：封，築土為壟。

又

宥密深黃閣，光輝極上台。昊天有成命詩曰：夙夜基命宥密〔五〕。注云：宥，寬；密，寧也。行寬仁安靜之政。然前輩多作『機密』用之。沈約宋書云：朱門洞啓，當陽之正色。三公與天子禮秩相亞，故黃閣以示謙。晉書天文志：西近文昌二星曰上台。

藏舟移夜壑，華屋落泉臺。『藏舟』見上注。曹子建詩：生存華屋處，零落歸山丘。劉禹錫酬樂天詩曰：華屋坐來能幾日？夜臺歸去便千秋。李嘉祐哭韋給事詩：仁兄與恩舊，想爾泣泉臺。

雨紼誰為挽？寒笳故作哀。儀禮曰：弔於葬者必執引，若從柩及壙皆執紼。注云：廟中曰紼，在塗曰引。庾中丞昭君辭曰：朔障裂寒笳。韓退之詩：逾梁下坂笳鼓咽。老杜吹笛詩：故作發聲微。

傷心具瞻地，無復袞衣來。節南山詩：赫赫師尹，民具爾瞻。九罭詩曰〔六〕：是以有袞衣兮，無以我公歸兮。注云：謂成王所賚來袞衣。

〔一〕『導揚末命』原作『導楊末命』，據大全本、樹經堂本改。

〔二〕『其』原作『天』，據樹經堂本及列子湯問改。元大全本作『以補青天』。

〔三〕『為』原作『成』，據樹經堂本及內集卷十二改。

〔四〕『從若斧者焉』『從』原作『往』，據大全本、樹經堂本及禮記檀弓上改。

〔五〕原作『夙夜基命而宥密』，據大全本、樹經堂本及詩周頌昊天有成命改。

〔六〕『九罭』原作『破斧』，據十三經注疏毛詩正義卷八之三九罭改。

謝送碾壑源揀牙〔一〕

矞雲從龍小蒼璧，元豐至今人未識。西京雜記曰：雲外赤内青謂之矞雲。雲二色曰矞，亦瑞雲也。矞音以律反。易曰：雲從龍。按張舜民小說云：熙寧末，神廟有旨下建州製密雲龍，其品又高於小團。壑源包貢第一春，緗奩碾香供玉食。『第一春』謂元豐元年。建州茶以北苑壑源為上，沙溪為下。書曰：厥包橘柚錫貢。又曰：惟辟玉食〔二〕。睿思殿東金井欄，甘露薦椀天開顔。『睿思』蓋神宗便殿，在垂拱殿後。太白詩：絡緯秋啼金井欄。按戴延之西征記曰：太極殿上有金井闌、金博山，鹿盧蛟龍負山於井上。陸羽顧渚山記載王智深宋録曰：豫章王子尚訪曇濟道人於八公山，道人設茶茗，子尚味之曰：『此甘露也，何言茶茗焉？』老杜詩：天顔有喜近臣知。選詩：開顔披心胸。橋山事嚴庀百局，補袞諸公省中宿〔三〕。史記『黄帝葬橋山』注曰：橋山在上郡。此句謂作神宗裕陵也。孟子注曰：事嚴喪事急。左傳曰：官庀其司〔四〕。老杜詩：諸公袞袞登臺省。魏都賦曰：禁臺省中，連闥對廊〔五〕。詩：袞職有闕，惟仲山甫補之。中人傳賜夜未央，雨露恩光照宮燭。庭燎詩曰：夜如何其？夜未央。又蓼蕭箋曰：露者，天所以潤萬物，喻王者恩澤不為遠則不及也。老杜詩〔六〕：氣得神仙迥，恩承雨露低。退之詩：宮燭驪山醒。按周禮宮正曰：宮中廟中則執燭。右丞似是李元禮，好事風流有涇渭。『右丞』謂李清臣。後漢書黨錮傳序學中語曰：天下模楷李元禮。元禮名膺，事具本傳。晉書王徽之傳曰：似是馬曹。老杜詩：偶坐似是商山翁。『好事』見孟子及漢書揚雄傳。『風流』謂得前賢之流風遺俗，故前漢書趙充國等贊曰：風聲氣俗，自古而然，今之歌謠，慷慨風流猶存耳。嵇康琴賦亦曰：體制風流，莫不相襲。而李善注引淮南子及仲長統昌言似非佳語。善又注沈休文所作謝靈運傳論曰：在下祖習，如風之散，如水之流。蓋此兩字，或美或惡，隨所用之意何如耳。任彥昇詩：伊人有涇渭，非余揚濁清。按谷風詩注曰：涇渭相入而清濁異。**肯憐天祿校書郎，親敕家庭遣分似。**漢書揚雄傳：校書天祿閣上。『敕』謂戒敕也。退之詩曰：寫吾此詩持送似。**春風飽識太官羊，不慣腐儒湯餅腸。**『春風』謂茶。國史職官志：太官令屬光祿寺，掌膳羞割烹之事。老杜詩：百年粗糲腐儒飧。又云：老樹飽經霜。漢紀高祖曰：腐儒幾敗乃翁事。**搜攪十年燈火讀，令我胸中書傳香。**盧仝茶歌曰：三椀搜枯腸，惟有文字五千卷。退之詩曰：炎風日搜攪。南史沈攸之傳曰：早知窮達有命，恨不十年讀書。退之詩：燈火稍可親，簡編可卷舒。北史崔㥄傳鄭伯猷歎曰：胸中貯千卷書，使人那得不畏服？史記趙奢傳曰：括徒能讀其父書傳。**已戒應門老馬走，客來問字莫載酒。**莊子曰：杖藜而應門。晉李密陳情表曰：內無應門五尺之僮。又文選司馬遷書曰：太史公牛馬走。李善注云：『走』猶僕也，言為太史公掌牛馬之僕。漢書揚雄傳：劉棻嘗從雄學作奇字。又曰：時有好事者載酒肴從游學〔七〕。

〔一〕內集卷三此詩題作『謝送碾賜壑源揀牙』。

〔二〕『又』元大全本作『範』，樹經堂本作『洪範』。按引文出尚書洪範。

〔三〕補衮　內集作『衮司』。

〔四〕『官庀其司』　大全本、樹經堂本此下有：『補衮見上注。』

〔五〕『連』原作『建』，據大全本、樹經堂本及文選卷六左思魏都賦改。

〔六〕『老杜詩』原作『杜詩』，據大全本、樹經堂本改。

〔七〕『時有』原作『有時有』，據大全本、樹經堂本及漢書揚雄傳改。

以小團龍及半挺贈無咎并詩用前韻為戲

談苑曰：建州茶，李氏別令取其乳作片，或號曰金挺。

我持玄圭與蒼璧，以暗投人渠不識。

書曰：禹錫玄圭。周禮曰：以蒼璧禮天。柳子厚新茶詩：圓方麗奇色，圭璧無纖瑕。『暗投』見鄒陽傳，具上注。『渠』猶晉人言『伊』，蓋粱、陳以來語。庾信詩有『無事教渠更相失』之句。老杜憶弟詩亦云：吟詩正憶渠。

城南窮巷有佳人，不索賓郎常晏食。

『佳人』謂無咎。山谷後詩有云：城南晁正字。南史：劉穆之少貧，好往妻兄江氏家乞食，食畢求檳榔。江氏戲之曰：『檳榔消食，君乃常飢，何忽須此？』穆之為丹陽尹，乃令厨人以金柈貯檳榔一斛，以進妻兄弟。戰國策顏斶曰：晚食以當肉。

赤銅茗椀雨斑斑，銀粟翻光解破顏。

韓孟聯句曰：茗椀纖纖捧。歐公詩：輕寒漠漠侵駝褐，小雨斑斑作燕泥。『銀粟』謂茗花。老杜詩：將軍且莫破愁顏。樂天詩：一放狂歌一破顏。

上有龍文下棋局，探囊贈君諾已宿〔一〕。

『棋局』謂團茶下隱隱有此文，蓋篾痕也〔二〕。莊子曰：胠篋探囊。此借用其字。魯論曰：子路無宿諾。

此物已是元豐春，先皇聖功調玉燭。

易蒙卦曰：蒙以養正，聖功也。爾雅曰：四氣和謂之玉燭。注云：道光照。

晁子胸中開典禮，平生自期莘與渭。

易繫辭曰：觀其會通，以行其典禮。此借用，言典章文物開陳於胸次也。孟子曰：伊尹耕於有莘之野。史記齊世家：西伯遇太公於渭之陽。老杜詩：自比稷與契。

故用澆君磊隗胸，莫令鬢毛雪相似〔三〕。

『澆胸』見上注。老杜詩：更憶鬢毛斑。退之詩：兩鬢雪白趨埃塵。劉禹錫詩：今宵帝城月，一望雪相似。

曲几團蒲聽煮湯，煎成車聲繞羊腸。

柳子厚有斬曲几文。王介甫詩：獨坐隱團蒲。文選魏武苦寒行曰：羊腸阪詰曲，車輪為之摧。注引呂氏春秋九山曰：太行羊腸，其山盤紆如羊腸，在太原晉陽北。樂天詩：夢尋來路繞羊腸。王立之詩話曰：東坡見山谷此句，云：『黄九恁地怎得不窮！』故晁無咎復和云：『車聲出鼎繞九盤，如此佳句誰能識！』 雞蘇胡麻留渴羌，不應亂我官焙香。本草：水蘇一名雞蘇，胡麻一名巨勝。東坡云：即今油麻也。俗人煮茶，多以此二物雜之。拾遺記曰：晉有羌人姚馥，但言渴於酒，群輩呼為『渴羌』。 肥如瓠壺鼻雷吼〔四〕，幸君飲此勿飲酒！蜀志張裔傳雍闓假鬼教曰：張府君如瓠壺，外雖澤而內實粗〔五〕。退之石鼎聯句序曰：道士倚墻，鼻息如雷鳴。元稹詩：鼻息吼春雷。

〔一〕『探囊』內集作『檐（當為「擔」）囊』。萬曆本亦作『擔囊』，詩末注：『「擔囊」一本作「探囊」』。

〔二〕原無『也』字，據大全本及樹經堂本增。

〔三〕『雪』萬曆本作『霜』。

〔四〕『瓠壺』原作『匏壺』，據元大全本改。注文同此，據三國志蜀志張裔傳改。

〔五〕『實』原作『賓』，據三國志張裔傳改。

和答外舅孫莘老〔一〕

西風挽不來，殘暑推不去。晉書鄧攸傳吳人歌曰：紞如打五鼓，鷄鳴天欲曙。鄧侯挽不留，謝令推不去。 出門厭韡帽，稅駕喜巾屨。史記李斯曰：吾未知所稅駕。方言曰：舍車曰稅。老杜詩：松下丈人巾屨同，偶坐似是商山翁。柳子厚詩：室空無侍者，巾屨喜掛壁。 道山鄰日月，清樾深牖户。『道山』見上注。『鄰日月』謂在天上。字林曰：樾，樹陰也。淮南子曰：鹽汗交流〔二〕，喘息薄喉，當此之時，茠越下，則脱然而喜矣。注云：楚人樹，上大本小，如車蓋狀，為『越』言多蔭也〔三〕。詩曰：綢繆牖户。 同舍多望郎，閑官無窘步。漢書直不疑傳：誤持同舍郎金去。孫樵作康郎中誌曰：駕行望郎，錦川星使。離騷曰：何桀紂之猖披兮〔四〕，夫惟捷徑以窘步。注云：窘，急也。劉禹錫詩：悠悠關塞內，來往無閑步。此反而用之。少監巖壑姿，宿昔廊廟具。晉書謝鯤傳曰：或問：『論者以君方庾亮何如？』答曰：『端委廟堂，使百僚準則，鯤不如亮；一丘一壑，自謂過之。』謝靈運詩：巖壑寓耳目。阮嗣宗詩：宿昔同衣裳。老杜詩：當今廊廟具，創廈豈云缺？行趨補衮職，黼黻我王度。詩：衮職有闕，仲山甫補之。左氏：思我王度，式如玉，式如金。此引用〔五〕。歸休飲熱客，觴豆愆調護。莊子許由曰：歸休乎君！予無所用天下為。此借用，以言休假。啓顔録程季明有嘲熱客詩曰：今代愚癡子，觸熱到人家。禮記曰：七十觴酒豆肉。漢書張良傳曰：煩公幸卒調護太子。此亦借用。浩然養靈根，勿藥有神助。孟子曰：我善養吾浩然之氣〔六〕。太玄經曰：藏心於淵，美厥靈根。易曰：無妄之疾，勿藥有喜。老杜詩云：詩應有神助。寄聲舊僚屬，訓告及匕箸〔七〕。如古詩『上有加餐食』之意。漢書趙廣漢傳曰：界上亭長寄聲謝我。蜀志先主傳曰：先主方食，失匕箸。尚憐費諫紙，玉唾灑新句。樂天詩：月慚諫紙二百張，歲愧俸錢三十萬。『玉唾』見上注。北焙碾玄璧，谷簾煮甘露。『北焙』即建溪高品。文選劉越石詩：握中有玄璧，乃自荊山璆。張又新煎茶水記云：陸羽以廬山康王谷水第一。陳舜俞廬山記曰：康王谷有水簾飛泉，被喦而下。『甘露』見上注。何時臨書几，剝芡談至暮？韓信傳：大王乃肯臨臣！退之詩：水果剝菱芡。東觀漢記曰：尹敏與班彪相厚，每相與談，常晏暮不食，晝即至冥，夜徹旦。世說孫安國往殷中軍許共論，往反精苦，賓主遂至暮忘食。

〔一〕萬曆本題下有『病起寄同舍』五字。

〔二〕『鹽』原作『盥』，據淮南子精神訓改。

〔三〕『越』大全本、樹經堂本均作『樾』。按：淮南子作『越』，通『樾』。

〔四〕『何』原無，據大全本、樹經堂本及離騷增。『狷披』原作『披狷』，據離騷改。

〔五〕『詩衮職有闕……此引用』大全本、樹經堂本作：『「補衮」見下注，謂作諫議。「黼黻」蓋衮衣之章。「王度」亦見下注。』

〔六〕『我』原作『吾』，據元大全本及孟子公孫丑上改。

〔七〕萬曆本『告』作『誥』。

次韻定國聞蘇子由卧病績溪

炎洲冬無冰，十月雷虺虺。東方朔十洲記曰：炎洲在南海中。此借用。績溪隸歙州，蓋江南之地。左傳襄公二十八年：春無冰。梓慎曰：『今兹宋鄭其饑乎？』終風詩曰：虺虺其雷。注云：暴若震雷之聲虺虺然。及春瘧癘行，用人祭非鬼。老杜詩：瘧癘三秋孰可忍？按周禮疾醫曰：四時皆有癘疾。注謂氣不和之疾。『用人』蓋楚俗如此，如左傳所謂『宋公使邾文公用鄫子于次睢之社』，注謂殺人而用祭也。魯論曰：非其鬼而祭之，諂也。巫師司民命，藥石不入市。退之譴瘧鬼詩：詛師毒口牙，舌作霹靂飛。符師弄刀筆，丹墨交横揮。史記扁鵲傳曰：其在骨髓，雖司命無奈之何。此借用。周禮曰：髻墾薜暴不入市〔一〕。溪弩潛發機，土風甚不美。博物志曰：江南山谿水中有射工蟲〔二〕，長一二寸，口中有弩形，氣射人影，不治則殺人。傳曰：千鈞之弩不為鼷鼠而發機。左傳：鍾儀樂操土風。荀子曰：人情甚不美。蘇子卧江南，感歎中夜起。陸士衡詩：中夜起歎息。老杜詩：中夜起坐萬感集。又詩：身欲奮飛病在牀。按李令伯表曰：劉嬰疾病，常在牀蓐。劉子曰：人之將疾者，必不甘魚肉之味。學記曰：雖有嘉肴，勿食，不知其旨也。聞道病在牀，食魚不知旨。

寒暑戰胸中，士窮有如此。老杜詩：瘧癘三秋孰可忍？寒熱百日相交戰。韓非子喻老篇子夏曰：兩者戰於胸中，未知勝負，故臞。此借用。禮記儒行曰：其特立有如此者。此公天機深，爵禄心已死。莊子曰：嗜欲深者天機淺。此反而用之。列子曰：黄帝與容成子居空桐之上，同齋三月，心死形廢。養生遺形骸，觀妙得骨髓。莊子曰：外其形骸。文選何敬祖詩曰：奚用遺骨骸？忘筌在得魚。老子曰：常無欲以觀其妙。傳燈録達磨傳謂：門人道育得吾骨，慧可得吾髓。后皇蒔嘉橘，中歲多成枳。士不變於熙豐者鮮矣。楚辭橘頌曰：后皇嘉樹，橘徠服兮。受命不遷，生南國兮。注云〔三〕：橘受命於江南，不可移徙，種於北地，則化而為枳也。考工記曰：橘踰淮而北為枳。東京賦曰：蓂莢為難蒔也，故曠世而不覿。佳人何時來，為天啓玉齒？楚辭曰：聞佳人兮召予。神異經曰：玉女投壺，天為之笑則電。故老杜詩云：每蒙天一笑，長使物皆春。郭璞游仙詩曰：靈妃顧我笑，粲然啓玉齒。湔祓瘴霧姿，朝趨去天咫。戰國策汗明説春申君曰：今僕居鄙俗之日久矣，君獨無湔祓僕也？退之詩：纔開還落瘴霧中。左傳曰：天威不違顔咫尺。唐書：城南韋杜，去天尺五。諸公轉鴻鈞，國器方薦砥。老杜詩：八荒開壽域，一氣轉洪鈞。漢書王褒頌曰：賢者，國家之器用也。所任賢，則趨舍省而功施普；器用利，則用力少而就效衆。故工人之用鈍器也，勞筋苦骨，終日矻矻。及至巧冶鑄干將之樸，清水淬其鋒，越砥斂其鍔，水斷蛟龍，陸剸犀革，忽若彗泛畫塗。矢詩寫予心，莊語不加綺。詩云：矢詩不多，維以遂歌。文選張茂先詩：寫心出中誠。莊子曰：以天下為沉濁，不可與莊語。佛氏口之四業，有所謂妄言綺語。退之城南聯句亦云：綺語洗晴雪。

〔一〕『薜』原作『薛』，據樹經堂本及周禮冬官考工記旊人改。

〔二〕『蟲』原作『蠱』，據樹經堂本及博物志校證卷三異蟲（中華書局一九八〇年版）改。

〔三〕『云』原作『言』，據樹經堂本改。

次韻子由績溪病起被召寄王定國

蘇子由欒城集中有答王定國問疾詩云：『五年竄南荒，頑質不伏病。』即此韻也。

種萱盈九畹，蘇子憂國病。嵇叔夜養生論曰：合歡蠲忿，萱草忘憂。離騷曰：予既滋蘭之九畹。注云：十二畝為畹。此句言種萱雖多，不足以解蘇子之憂，蓋所憂在天下也。文選江淹擬潘岳詩曰：消憂非萱草，永懷寧夢寐？炎蒸臥百戰，山立有餘勁。老杜詩：吾老抱疾病，家貧臥炎蒸。又詩：瘧癘三秋孰可忍？寒熱百日相交戰。孫子曰：百戰百勝，非善之善者也。禮記玉藻曰：山立時行。選詩曰：石梁有餘勁。斯人廊廟器，不合從遠屏。蜀志許靖傳評曰：蔣濟以為大較廊廟器也。禮記曰：屏之遠方。歐公表曰：亂國之讒已遠屏。蒙於江湖搖歸心，毛髮侵老境〔一〕。左傳曰：三國敗，諸侯之師乃搖心矣。又史記蘇秦傳曰：心搖搖然，如縣旌而無所終薄。禮記曰：六十耆指使。疏引賀瑒云：耆，至也，至老之境也。杜詩：人生五馬貴，莫受二毛侵。艱難喜歸來，如晴月生嶺。春秋閔公元年書：季子來歸。公羊傳云：其曰『來歸』，何喜之也。初晴之月，人所喜見。淵明詩：素月出東嶺。禮記曰：月生於西。仍懷阻歸舟〔二〕，風水蛟鰐橫。選詩：天際識歸舟。杜詩：蛟之橫，出清泚。又：蛟螭深作橫。補袞諫官能，用儒吾道盛。詩曰：袞職有闕，仲山甫補之。唐垂拱二年，置補闕二員，掌供奉諷諫。揚子曰：如用真儒，無敵於天下。論語曰：參乎，吾道一以貫之。上書詆平津，蠹藁初記省。漢書汲黯傳：面觸公孫弘徒懷詐飾智以阿人主取容。按弘封平津侯。又息夫躬傳：上疏歷詆公卿大臣。王介甫執政，領三司條例，上以子由為之屬。介甫欲遣八使，子由以書抵介甫及陳陽叔，指陳其決不可者，且請補外。介甫大怒，將加以罪，陽叔止之。奏除河南推官，會張文定知淮陽，以學官辟云。事見潁濱遺老傳。至今民社計，非事頰舌競。魯論曰：有民人焉，有社稷焉。易咸卦之『上六』

曰：咸其輔頰舌。象曰：滕口說也。漢書張良傳曰：此難以口舌爭。

方來立本朝，獻納繼晨暝。

易困卦曰：朱紱方來。注謂能招異方。此用其字，言自遠方來也。孟子曰：立乎人之本朝。班固兩都賦序曰：日月獻納。

人材包新舊，王度濟寬猛。

『新舊』謂欲兼用熙豐人材也。嘉祐、治平之政近於寬，熙寧、元豐之政近於猛：要當相濟。易泰卦曰：包荒用憑河。左傳曰：思我王度，式如玉，式如金。又曰：寬以濟猛，猛以濟寬，政是以和。王直方詩話云：先生嘗有詩云：『人材包新舊，王度濟寬猛。』建中初又曰：『閉姦有要道，新舊隨宜收。』又云：『不須要出我門下，實用人材是至公。』大抵言朝廷用人也。

必開曲突謀，滿慰傾耳聽。

漢書霍光傳：人為徐生上書曰：『客有過主人者，見其竈直突，傍有積薪。客謂主人更為曲突，遠徙其薪，不者且有火患。』漢書伍被傳曰：天下引領而望，傾耳而聽。

斯文呂與張，泉下亦蘇醒。

『呂』謂中丞呂誨獻可，『張』謂監察御史裏行張戩天祺。按實錄王安石傳，呂誨、劉述、劉琦、錢顗、孫昌齡、范純仁、呂公著、孫覺、李常、胡宗愈、張戩、王子韶、陳襄、程顥，皆論列變法非是，以次罷去。山谷詩意謂：元祐初召用諸人，而獻可、天祺皆前死矣。然朝廷選用諫官，時政一新，亦可伸其憤懣之氣於泉下也。獻可熙寧四年五月卒，天祺亦相繼去。老杜詩：斯文崔魏徒，以我似班揚。淮南子注云：泉下有黃壚山。退之作王適墓誌曰：櫛垢爬痒，民獲蘇醒。

天聰四門闢，國勢九鼎定。

書說命：惟天聰明，惟聖時憲。舜典：闢四門，達四聰。史記周紀太史公曰：武王管洛邑，成王使召公卜居，居九鼎焉。左傳曰：武王定鼎於洛邑。

身得遭太平，分甘守閑冷。

山谷自謂也。退之詩：太平時節身難遇。孟子曰：分定故也。晉書謝道韞曰：為天分有限耶？『分』字蓋取此。

天津十年面，想見頎而整。

謂子由也。劇談錄：裴晉公度微時，羈寓洛中，常乘蹇驢入皇城。方上天津橋，時淮西不庭已數年矣，有二老人傍橋柱而立，云：『適憂蔡州未平，須待此人為將。』僕者聞之，具述其事，裴公曰：『見我龍鍾，相戲耳。』其後竟平淮西。詩曰：猗嗟昌兮，頎而長兮。注云：頎，長貌。整，謂秀整。見下注。

何時及國門，休暇過煮茗？

屈原九章哀郢曰：出國門而軫懷。其字本出周禮。元次山醉歌曰：因休暇則載酒於湖上。

燒燈留夜語，鴻鴈看對影。

『對影』謂東

坡。老杜詩：鴻鴈影來連峽內。太白詩：對影成三人。此借用。但恐張羅地，頗復多造請。漢書鄭當時傳曰：先是，下邽翟公為廷尉，賓客亦填門。及廢，門外可設雀羅。張湯傳：造請諸公，不避寒暑。維此禮部公，寒泉甃舊井。謫去久羸瓶，召還汲修綆。東坡元豐八年秋，召為禮部郎中。易井卦曰：汔至，亦未繘井，羸其瓶，凶。『初六』曰：井泥不食，舊井無禽。『九五』曰：井洌寒泉(三)食。太史公屈原傳亦引此說。退之詩曰：汲古得修綆。太任决齋宮，陛下天統慶。『太任』謂宣仁。思齊詩曰：思齊太任，文王之母。漢書刑法志曰：宣帝常幸宣室，齋居而决事。『陛下』謂哲廟。漢書高帝紀贊曰：協于火德，自然之應，得天統矣。蔡邕曰：群臣與天子言，不敢指斥，呼『陛下』者，言因卑達尊之意也。日月進亨衢，經緯寒耿耿。『日月』以言二聖。易曰：何天之衢，亨。老杜詩曰(四)：日月繼高衢。單襄公曰：經緯不爽，天之象也。選詩云：秋河曙耿耿。西走已和戎，南遷無哀郢。『和戎』謂不用兵於西夏(五)。左傳魏絳曰：和戎有五利。『無哀郢』謂遷客皆還也。楚辭屈原九章有哀郢，曰：去故鄉而就遠兮，遵江夏以流亡。又曰：楫齊揚以容與兮(六)，哀見君而不再得。郢蓋楚所都也。誰言兩逐臣，朝轡天街並。文選君子行曰：逐臣尚何有？字本出法言。晉書天文志曰：昴畢之間為天街。按實録，元豐八年子由自績溪召還，為右司諫，而東坡亦以是時被召。此句蓋喜二公得還朝。王子竄炎洲，萬死保軀命。『王子』謂定國。『炎洲』謂嶺表。東方朔十洲記曰：炎洲在南海中。此借用，言定國嘗謫賓州。柳子厚詩：萬死投荒十二年。還家頰故紅，信亦抱淵靜。東坡與定國書曰：君實嘗云：『王定國瘴煙窟裏五年，面如紅玉，不知道，能如此乎？』山谷後詩有『遥憐鬒鬢緑』之句，亦同此意。文選謝靈運詩曰：兼抱濟物性。莊子曰：抱神以靜，形將自正。又曰：其居也，淵而靜。税屋待車音，掃門親帚柄。文選曹子建應詔書曰：爰暨帝室，税此西墉。李善注云：税猶舍也。孟子曰：百姓聞王車馬之音。『掃門』用漢書魏勃事。淮南子曰：彗出而授殷人其柄。行當懷書傳，載酒求是正。『載酒』見上注。後漢安帝紀：詔五經博士是正文字。端如嘗橄欖，苦過味方永。歐公詩：又如食橄欖，真味久愈在。王立之詩話曰：歐陽公謂梅聖俞詩始讀之則歎莫能及，後數日乃漸有味，何止橄欖回味，久方覺永。按陸羽茶經注曰：味長謂之雋永。雋，味也；永，長也。

〔一〕『毛髮』内集卷三作『白髮』。

〔二〕『歸舟』内集卷三作『行舟』。

〔三〕『井冽』原作『井列』，據大全本、樹經堂本及易井卦改。

〔四〕『老杜詩』原作『杜詩』，據大全本及樹經堂本增。

〔五〕『和戎謂不用兵於西夏』，原無此句，據大全本及樹經堂本增。

〔六〕『楫齊揚』原作『楫齊楊』，據大全本及樹經堂本改。

次韻李之純少監惠硯〔一〕

黃公山下黃雞秋，持節恤刑曾少休。寰宇記曰：汝州葉縣有黃城山。太白詩：黃鷄啄黍秋正肥。書曰：惟刑之恤哉！小人負弩得開道，掃葉張飲林巖幽。山谷熙寧間嘗為葉縣尉。漢書司馬相如傳曰：縣令負弩矢先驅。又曹參傳曰：乃取酒張坐飲。相傳有石非地產，列仙持來自羅浮。周禮曰：以地產作陰德。此借用。漢書司馬相如傳曰〔二〕：列仙之儒。羅浮山記曰：羅浮二山合體，在曾城、博羅二縣之境。茅君内傳曰：羅浮山之洞周迴五里，名曰『朱明曜真天』。酒酣步出雲雨上，南撫方城西嵩丘。史記藺相如傳：秦王飲酒，酒酣。孟郊遊終南龍池寺詩曰：步出白日上，坐依清溪邊。列子曰：化人之宮，出雲雨之上，而不知下之。據寰宇記，葉縣有方城山。左傳所謂『楚國方城以為城』，即此也。嵩山在西京，與汝州西北之境相接。**林端乃見石空洞，猛獸贔屭踞上頭。**晉書周顗傳曰：此中空洞無物。吳都賦曰：巨鼇贔屭，首冠靈山。此借用，以言石之狀。古樂府陌上桑曰：東方千餘騎，夫婿居上頭。老杜詩：東山氣濛鴻，宮殿居上頭。**鳥道兔迒謀挽致，萬牛不動五丁愁。**南中八志云：交趾郡治龍編縣〔三〕，自興古鳥道四百里。李白蜀道難曰：西當太白有鳥道。爾雅曰：兔子，嬔〔四〕。其跡，迒。迒音岡。老杜詩：萬牛回首丘山重。蜀王本紀曰：秦王欲伐蜀，以路不通，乃刻五石牛，置金其後。蜀人以為便金，王使五丁力士拖牛成道。**道家蓬萊見仙伯，我亦洗湔與清流。**『蓬萊』見上注。『仙伯』謂之純。老杜詩：諸公乃仙伯。漢書昌邑王賀傳曰：以湔灑大王。退之詩：懼終莫洗湔。吳志賀邵傳曰：遂使清流變濁。北夢瑣言：朱全忠賜裴樞等自盡，李振曰：『此輩自謂清流，宜投黃河，永為濁流。』**探囊贈研頗宜墨，近出黃山非遠求。乃知此山自才美，物欲致用當窮搜。**魯論曰：如有周公之才、之美。易曰：備物致用，立成器，以為天下利，莫大乎聖人。**迷邦故令成器晚，不琢元非匠石羞。**魯論曰：懷其寶而迷其邦。老子曰：大器晚成。莊子曰：匠石之齊，至乎曲轅。

〔一〕內集卷二此詩題下有小字『周』，蓋李之純之名。

〔二〕『曰』原無，據元大全本增。

〔三〕『交趾』原作『交跙』，據樹經堂本改。

〔四〕『嬔』原作『抛』，樹經堂本作『娩』，今據爾雅釋獸改。

送舅氏野夫之宣城二首〔一〕

籍甚宣城郡，風流數貢毛。寰宇記曰：宣城本漢舊縣，漢順帝立宣城郡，即今宣州。漢書陸賈傳：名聲籍甚。注云：狼藉甚盛。左傳芋尹無宇曰：食土之毛〔二〕，誰非君臣？霜林收鴨脚，春網薦琴高。歐公有謝梅聖俞寄銀杏詩云：鴨脚雖百箇，得之誠可珍。又云：霜野摘林實，京師寄時新。聖俞即宣州人。『琴高』，鯉魚也。列仙傳：琴高為宋舍人，後乘赤鯉，見其弟子。歐公亦有琴高魚詩。後山嘗有句云：霜林堆鴨脚，春味薦貓頭。今山谷乃有此句，雖各極其妙，豈非傚此耶？共理須良守，今年輟省曹。漢書循吏傳宣帝曰：庶民所以安其田里而亡歎息愁恨之心者〔三〕，政平訟理也；與我共此者，其唯良二千石乎？後漢志曰：世祖分尚書凡六曹。平生割雞手，聊試發硎刀。魯論曰：割雞焉用牛刀？莊子曰：刀若新發於硎〔四〕。

又

試說宣城郡，停盃且細聽。晚樓明宛水，春騎簇昭亭。寰宇記：宣州漢為宛陵縣。按地理，今有宛溪水。耙稏豐圩户，桁楊卧訟庭。杜牧之詩：罷亞百頃稻，西風吹半黃。自注云：罷亞，稻名。按切韻，兩字皆從禾。東坡録奏單鍔吳中水利狀曰：諸縣高原陸野之鄉，皆有塘圩，或三百畝、五百畝為一圩，蓋古人停蓄水以灌民田。按今宣州有化成、惠民圩等人户。莊子曰：桁楊椄槢〔五〕。音義云：械夾頸及脛者。謝靈運詩：虚館絶諍訟，空庭來鳥雀。謝玄暉詩：高閣常晝掩，荒堦少諍辭。按玄暉嘗守宣城，故山谷用此事。

謝公歌舞處，時對换鵝經。

言以燕處易榮觀之樂。齊書：謝脁字玄暉，為宣城郡太守。太白廬山謠曰：謝公行處蒼苔没。老杜詩：回首可憐歌舞地〔六〕。按文選鮑照蕪城賦曰：歌堂舞閣之基。晉書王羲之傳：山陰有道士，養好鵝，云：『為寫道德經，當舉群相贈耳。』

〔一〕内集卷九題下有小字『李莘』，蓋野夫之姓名。
〔二〕『土』原作『士』，據大全本及左傳昭公七年改。
〔三〕『亡』原作『忘』，據大全本、樹經堂本及漢書循吏傳改。
〔四〕『硎』原作『刃』，據樹經堂本及莊子養生主改。
〔五〕『椄槢』原作『接摺』，據莊子在宥改。
〔六〕大全本、樹經堂本此句下多：『秦中自古帝王州。』

送范德孺知慶州〔一〕

乃翁知國如知兵，塞垣草木識威名。

『乃翁』謂文正公仲淹。仁廟時趙元昊反，公自請守鄜延，徙知慶州，又為環慶路經略安撫使，决策取横山，復靈武，而元昊稱臣請和。慶曆中為參知政事。揚子法言曰：使知國如知葬，則吾以樗里疾為蓍龜。漢書陳勝傳曰：今假王驕，不知兵權。老杜詩：一寄塞垣深。唐書張萬福傳德宗曰：朕謂江淮草木亦知爾威名。『乃翁』見漢書項羽傳。

敵人

開户玩處女，掩耳不及驚雷霆。孫子曰：始如處女，敵人開户；後如脱兔，敵不及拒。唐書李靖傳曰：兵機事，以速為神，震霆不及掩耳。『震霆』魏志作『疾雷』。

平生端有活國計，百不一試薶九京。文選孫楚與孫皓書曰：愛民活國。俗本多作『治國』，非是。又按南史，王廣之子珍國為南譙太守，高帝手勑云：卿愛人活國，甚副吾意。柳子厚作呂衡州誄曰：萬不試而一出焉，猶為當世甚重。禮記晉獻文子曰：從先大夫於九京。注謂：晉卿大夫之墓地，在九原。『京』蓋字之誤。

阿兄兩持慶州節，十年騏驎地上行。『阿兄』謂文正仲子忠宣公也。忠宣名純仁，字堯夫。神宗熙寧七年十月，知慶州。元豐八年，哲宗即位，又自河中徙慶。事具實録及曾子開所作公墓誌。南史張融哭張緒曰：阿兄風流頓盡。老杜詩：肯使騏驎地上行(二)？

潭潭大度如卧虎，邊頭耕桑長兒女(三)。後漢書鄧禹傳：沉深有大度。退之詩：潭潭府中居。此借用。『卧虎』言不動聲色，為敵人所畏，如北史王羆傳所謂『老羆當道卧，貉子安得過』者也。後漢書董宣傳曰：京師號為『卧虎』。此借用。老杜詩：邊頭公卿仍獨驕。又詩：別家長兒女。前漢書藝文志曰：勸耕桑以足衣食。食貨志曰：為吏者長子孫。高帝紀呂公曰：此非兒女子所知。

折衝千里雖有餘，論道經邦政要渠。晏子春秋：范昭謂晉平公曰：『齊未可并。吾欲試其君，晏子知之；吾欲犯其樂，太師知之。』於是輟伐齊謀。孔子聞之曰：『不出樽俎之間，而折衝千里之外，晏子之謂也。』書曰：茲惟三公，論道經邦。老杜憶弟詩：吟詩正憶渠。

妙年出補父兄處，公自才力應時須(四)。文選曹植求自試表曰：終軍以妙年使越。楞嚴經彌勒菩薩言：今得授記，次補佛處。漢書司馬遷傳曰：願竭其不肖之才力。老杜詩：竇氏撿察應時須。

春風旍旗擁萬夫，幕下諸將思草枯。『旍』與『旌』同。文選王子淵四子講德論曰：甲士寢而旍旗仆。文選李陵書曰：涼秋九月，塞外草衰。王維詩：草枯鷹眼疾(五)。按禮記月令：孟夏行冬令，則草木早枯。

智名勇功不入眼，可用折箠笞羌胡。孫子曰：善戰者無智名，無勇功。世説：謝安問殷浩：『眼往屬萬形，萬形入眼否？』後漢書鄧禹傳光武曰：赤眉來東，吾折箠笞之。竇融傳曰：河西斗絶在羌胡中。漢書：張良字子房，無智名勇功。

〔一〕内集卷二題下小字『純粹』，蓋范德孺之名。

〔二〕大全本及樹經堂本此句前有：『近聞下詔喧都邑。』

〔三〕『邊頭』内集作『邊人』。

〔四〕樹經堂本句下有注：『後漢朱穆傳：更選海内清淳之士明達國體者以補其處。』

〔五〕『王維』原作『張祐』。按引詩出王維觀獵詩，今據以改。

題王黄州墨跡後

王禹偁字元之，咸平中自西掖謫知黄州。

掘地與斷木，智不如機舂。聖人懷餘巧，故為萬物宗。易繫辭曰：斷木為杵，掘地為臼，臼杵之利，萬民以濟。傅暢晉諸公贊曰：杜預作連機水碓，由此洛下穀米豐賤。孟郊城南聯句曰：機舂潺湲力。考工記曰：智者創物，巧者述之。老子曰：淵兮似萬物之宗。世有斲泥手，或不待郢工。言匠手雖巧，亦必待能受之質也。莊子曰：莊子過惠子之墓，謂從者曰：『郢人堊漫其鼻端，若蠅翼，使匠石斲之。匠石運斤成風，聽而斲之，盡堊而鼻不傷，郢人立不失容。宋元君聞之，召匠石曰：「嘗試為我為之。」匠石曰：「臣則嘗能斲之。雖然，臣之質已死久矣。」自夫子之死也，吾無以為質矣，吾無與言之矣！』此篇上六句蓋言黄州鋒穎太甚，惜其不能藏用也。『郢人』漢書音義作『獿人』〔一〕，服虔云：獿人，古之善塗堊者。往時王黄州，謀國極匪躬。漢書昭帝紀詔曰：往時令民共出馬。禮記『四郊多壘』注曰：辱其謀人之國，不能安也。易曰：王臣蹇蹇，匪躬之故。晉書傅玄傳：玄天性峻急，每有奏劾或值日暮，捧白簡，整帶竦踊不寐，坐而待旦，於是貴游懾氣，臺閣生風。此句頗采其意。書曰：何畏乎巧言令色孔壬！注謂：甚佞也。朝聞不及夕，百壬避其鋒。漢書王商傳張匡曰：百姦之路塞。梅福傳曰：莫敢觸其鋒。九鼎安盤石，一身轉孤蓬〔二〕。謂國安而身危。『九鼎』見上注。荀子富國篇曰：國安于盤石，壽于箕翼。注云：盤石，盤薄大石也。文選曹子建詩：轉蓬離本根，飄飄隨長風。又鮑照蕪城賦曰：孤蓬自振。元之嘗作三黜賦，謂貶商、滁、黄也。在黄州作竹樓記曰：四年之間，奔走不暇，未知明年又在何處？東坡作元之畫像贊亦曰〔三〕：元之以雄文直道，獨立當世。方是時，朝廷清明，無大姦慝，然公猶不容於中，耿然如秋霜夏日，不可狎玩，至於三黜以死。蓋元之初為司諫，知制誥，疏雪徐鉉，貶商州副團，召歸，為翰林學士。孝章后崩，不成服，元之以為非，坐訕謗，出守滁州。召還，知制誥，撰太祖徽號玉册，語涉輕詆〔四〕，時相不悦，奏黜黄州，未幾，徙蘄州，遂卒。

浮雲當日月，白髮照秋空。淮南子曰：日月欲明，而浮雲蓋之。蘭芝欲修，而秋風敗之。文選古詩曰：浮雲蔽白日，遊子不顧反。諸君發蒙耳，汲直與臣同。漢書〔五〕汲黯傳：淮南王謀反，憚黯，曰：『黯好直諫，守節死義。至説公孫弘等如發蒙耳。賈捐之傳曰：置之争臣則汲直。注汲黯方直，故世謂之『汲直』。東坡畫贊亦引汲黯、公孫弘事。太宗嘗面戒元之曰：卿文章不下韓柳，但剛不容物，人多沮卿，使朕難芘。

〔一〕『獶人』原作『擾人』，據漢書揚雄傳改，漢書揚雄傳作『獿人』。按『獶』為『獿』之或字。

〔二〕『孤蓬』内集卷二作『秋蓬』。

〔三〕原無『亦』，據樹經堂本增。

〔四〕『詆』樹經堂本作『謗』。

〔五〕原無『書』，據樹經堂本補。

題王仲弓兄弟巽亭〔一〕

大隗七聖迷，莊子曰：黃帝將見大隗乎具茨之山，方明為御，昌寓驂乘，張若謵朋前馬〔二〕，昆閽、滑稽後車。至於襄城之野，七聖皆迷，無所問途。疏云：大隗至人也。按寰宇記，大隗山在許州長社縣，具茨山在許州陽翟縣址。仲弓蓋許人。許田連城重。春秋：鄭伯以璧假許田。文選魏文帝與鍾大理送玉玦書曰：價越萬金，貴重連城。寰宇記：魯城在許州長社縣，鄭伯請以太山之祊易許田，即此城也。

里中多佳樹，與世作梁棟〔三〕。漢書陳平傳曰：里中社平為宰。左傳曰：季孫氏有嘉樹。老杜古柏行：大厦如傾要梁棟，萬牛回首丘山重。市門行清渠，潩水可抱甕。史記貨殖傳：刺繡文不如倚市門。老杜詩：清渠一邑傳。按：文選蜀都賦曰：哢吭清渠〔四〕。按水經曰：潩水出河南密縣大隗山，東南入于潁。說文：『潩』音與職反。玉篇：『潩』音夷記反。莊子曰：漢陰丈人抱甕灌畦。翬飛城東南，隱几撫群動。斯干詩：如翬斯飛。莊子曰：南郭子綦隱几而坐。又曰：俛仰之間而再撫宇宙。淵明詩：日入群動息。人境要俱爾，我乃得大用。傳燈録：涿州紙衣和尚問臨濟：『如何是人境俱不奪？』曰：『王登寶殿，野老唱歌。』師曰：如何是人境俱奪？』曰〔五〕：『并汾絕信，獨處一方。』師於言下領旨，深入三玄三要之門。又仰山云：『百丈得大用，黃檗得大機。』烏衣之雲孫，昆弟不好弄。世說王導曰：元規若來，吾角巾還烏衣。注引丹陽記曰：烏衣之起吳時，烏衣管，處所也。江左初立，琅琊諸王所住。按寰宇記，烏衣巷在今建康上元縣。爾雅曰：仍孫之子為雲孫。注云：言輕遠如浮雲。左傳曰〔六〕：夷吾弱不好弄。木末風雨來，卷箔醉賓從。離騷曰：搴芙蓉於木末。王勃滕王閣序：珠簾暮捲西山雨。事常超然觀，樂與賢者共。老子曰：雖有榮觀，燕處超然。南有嘉魚詩序曰：太平之君子至誠，樂與賢者共之。此借用。人登斷壠求，我目歸鴻送〔七〕。孟子曰：有賤丈夫焉，必求龍斷而登之，以左右望而罔市利。注云：『龍斷』謂堁斷而高者也。文選嵇康詩曰：目送歸鴻，手揮五絃。溪毛亂錦纈，侯蟲響機綜。左傳曰：澗溪沼沚之毛。退之詩：風蟬碎錦纈。鮑照白紵曲曰：寒光蕭條侯蟲急。劉禹錫秋聲賦曰：夜蟲鳴兮機杼促。韻書曰：綜，機縷也。世紛甚崢嶸，胸次欲空洞。文選顏延年作陶淵明誄曰：遂乃解體世紛，結志區外。李善注引嵇康詩：世務紛紜。廣雅曰：崢嶸，高貌。楚辭曰：下崢嶸兮無地。莊子曰：喜怒哀樂不入於胸次。晉書周顗傳：王導嘗枕顗膝而指其腹曰：『卿此中何所有也？』答曰：『此中空洞無物，然足容卿輩數百人。』讀書開萬卷，謀國妙百中。老杜詩：讀書破萬卷。史記：養由基射楊葉，百發百中。儻無斲鼻工，聊付曲肱夢。『斲鼻工』見上注。魯論曰：曲肱而枕之，樂亦在其中矣。

〔一〕內集卷二此詩題下有小字『寔』，蓋王仲弓名。

〔二〕『謵朋』原作『習朋』，據樹經堂本及莊子徐無鬼改。

〔三〕『梁』內集作『楹』。

〔四〕此條按語據大全本、樹經堂本增補。

〔五〕原無『曰』，據大全本、樹經堂本補。

〔六〕原無『曰』，據大全本、樹經堂本增。

〔七〕『目』樹經堂本及內集作『自』。

寄尉氏倉官王仲弓

嘯臺有佳人，玄髮鑑笄珥。寰宇記：阮籍臺在開封陳留縣東南。籍每追名賢，携酹長嘯登此。左傳曰：昔有仍氏女，生鬒黑而甚美，光可以鑑，名曰玄妻，樂正后夔取之。列子曰：正蛾眉，設笄珥。登高歌一曲，聽者傾城市。漢書李夫人傳李延年歌曰：北方有佳人，絶世而獨立。一顧傾人城，再顧傾人國。門無行媒迹，草木倚憔悴。禮記曰：男女非有行媒不相知名。老杜詩：絶代有佳人，幽居在空谷，自云良家子，零落依草木。又云：天寒翠袖薄，日暮倚修竹。史記屈原傳：顔色憔悴。人物方眇然，誰能委圭幣？王羲之帖曰：蔡公遂委篤，深可憂。當今人物眇然，而艱疾若此，令人短氣！左傳曰：鄭徐吾犯之妹美，公孫楚聘之矣，公孫黑又使強委禽焉。晉禮志：太康八年有司奏：大婚古者以皮馬為庭實，天子加以穀圭，諸侯加大璋。漢書文帝詔曰：朕獲執犧牲珪幣。此借用其字。

山谷詩集注卷第三

有惠江南帳中香者戲答六言二首〔一〕

洪駒父香譜有『江南李主帳中香法』，以鵝梨汁蒸沉香用之。

百鍊香螺沉水，寶薰近出江南。一穟黄雲繞几，深禪想對同參。選詩：豈意百鍊剛，化作繞指柔。此借用。『香螺』謂螺甲，見下篇注。唐本草注曰：沉水香出天竺、單于二國，木似櫸柳，重實黑色沉水者是。傳燈録：第二十二祖摩拏羅至西印土焚香，而月氏國王忽覩異香成穗。按韻書，『穗』亦作『穟』。法華經曰：皆得深妙禪定。傳燈録又曰：馬祖同參九人。

螺甲割崑崙耳，香材屑鷓鴣斑。欲雨鳴鳩日永，下帷睡鴨春閑。唐本草曰：蠡類生雲南者大如掌，青黄色，取靨燒灰用之，今合香多用，謂能發香，復來香煙。按韻書，『蠡』亦作『螺』。韓鄂四時纂要載『修甲香方』曰：取大甲香如崑崙耳者〔二〕，酒煮蜜熬，入諸香等用。倦游録云：高竇等州産生結香，山民見香木曲幹斜枝，以刀斫成坎，經年得雨水漬，復鋸取之，刮去白木，其香結為斑點，亦名『鷓鴣斑』。禮記月令：鳴鳩拂其羽。李商隱詩：睡鴨香爐換夕薰。

〔一〕『戲答六言二首』內集卷十二題作『戲贈二首』。

〔二〕『香』大全本、樹經堂本作『者』。

子瞻繼和復答二首

置酒未容虛左，論詩時要指南。迎笑天香滿袖，喜公新赴朝參。史記滑稽傳曰：齊威王置酒後宮。史記魏公子無忌傳曰：無忌從車騎，虛左，自迎侯生。東京賦曰：幸見指南於吾子。李善注引桓譚上便宜曰：管仲，桓公之指南。老杜詩：頗怪朝參懶。樂天詩：時暑放朝參。

迎燕温風旎旎，潤花小雨班班。一炷煙中得意，九衢塵裏偷閑。禮記月令：季夏之月，温風始至。此借用。韻書曰：旖旎，旌旗從風貌。此亦借用。歐公詩：輕寒漠漠侵駝褐，小雨班班作燕泥。樂天詩：馬入九衢塵。又詩：聞健偷閑且勤飲。

有聞帳中香以為熬蝎者戲用前韻二首

海上有人逐臭，天生鼻孔司南。吕氏春秋曰：人有大臭者〔一〕，其親戚、兄弟、妻妾無能與居焉，自苦而居海上。人有悦其臭者，晝夜隨而不去。曹子建與楊德祖書曰：海畔有逐臭之夫。列子曰：海上有人好鷗鳥者。傳燈録南泉云：父母已生了，鼻孔在什麽處？韓非子曰：先王立司南車以端朝夕。注云：指南車也。但印香嚴本寂，不必叢林徧參。楞嚴經香嚴童子白佛言：見諸比丘燒沉水香，香氣寂然，來入鼻中。我觀此氣，非木非空，非煙非火，去無所着，來無所從，由是意銷，發明無漏，如來印我，得香嚴號。塵氣倏滅，妙香密圓，我從香嚴得阿羅漢。祖庭事苑曰：梵語『貧婆』，此云叢林。大論云：譬如大樹叢聚，是名為林，諸比丘和合，故僧聚處得名叢林。傳燈録玄沙傳：雪峰召曰：『備頭陁何不徧參去？』師曰：『達摩不來東土〔二〕，二祖不往西天。』雪峰肯之。

我讀蔚宗香傳，文章不減二班。誤以甲為淺俗，却知麝要防閑。南史：范曄字蔚宗，撰和香方序曰：麝本多忌，過分必害，沉實易和，盈斤無傷，棗膏昏鈍，甲煎淺俗，惟無助於馨烈，乃彌增於尤疾也。詩意謂：蔚宗之論失於甲而得於麝。詩序曰：魯桓公不能防閑文姜。『二班』謂彪、固。後漢書班彪傳贊曰：二班懷文，裁成帝墳。

〔一〕原無『大』字，據大全本、樹經堂本及吕氏春秋遇合改。

〔二〕『達摩』原作『達麽』，據樹經堂本改，元大全本作『磨』。

謝公擇舅分賜茶三首

外家新賜蒼龍璧，北焙風煙天上來。明日蓬山破寒月，先甘和夢聽春雷。

『外家』謂母家。史記呂后紀曰：呂氏皆以外家惡而幾危宗廟。『北焙』謂建溪北苑官焙。後漢書竇章傳〔一〕：學者稱東觀為老氏藏室，道家蓬萊山。盧仝茶歌曰：手閲月團三百片。退之詩：新月憐半破。又石鼎聯句序云：道士倚墻睡，鼻息如雷鳴。元稹詩：鼻息吼春雷。

文書滿案惟生睡，夢裏鳴鳩喚雨來。乞與降魔大圓鏡，真成破柱作驚雷。

漢書刑法志曰：文書盈於几閣。文選嵇康書曰：人間多事，堆案盈机。『魔』以言睡，『鏡』以比茶。『降魔』見佛書。如楞嚴經優波離言『親見如來降服諸魔，制諸外道』是也。楞嚴經又曰：立大圓鏡，空如來藏。世説曰：夏侯玄嘗倚柱讀書，時暴雨霹靂，破所倚柱，玄色無變。楚辭曰：凌驚雷，軼駭電。『乞』字作去聲讀。梁元帝金楼子：有人讀書，握卷即睡。梁人謂書為『黄妳』，言其怡神養性，如乳媪也。東坡詩：引睡文書信手翻。

細題葉字包青箬，割取丘郎春信來。拚洗一春湯餅睡，亦知清夜有蚊雷〔二〕。

隋蕭大圜竹花賦曰：縹枝承露，緗箬來風。説文注曰：楚謂竹皮曰箬，音而勺反。玉篇云：竹葉也。秦少游作李公擇行狀曰：次女適郊祀齋郎丘楫。詩言此茶本欲留遺其婿，今乃見分也。退之詩：割取乖龍左耳來。選詩：清夜游西園。漢書中山靖王傳曰：聚蚊成雷。柳子厚詩：青箬裹鹽歸峒客〔三〕。

〔一〕原無『書』字，據元大全本增。

〔二〕内集卷九此詩篇末有小字注：『丘子進外家婿。』

〔三〕『峒客』原作『洞客』，據全唐詩卷三百五十二柳宗元柳州峒氓詩改。

送碧香酒用子瞻韻戲贈鄭彥能

便羅王丞送酒來。王詵晉卿尚蜀國公主，其家酒名『碧香』。彥能名僅。

食貧好酒嘗自嘲，日給上尊無骨相。詩曰：三歲食貧。漢賜丞相上尊酒，糯米二斗，酒一斗，為上尊。『骨相』見上注。大農部丞送新酒，碧香竊比主家釀。漢書食貨志曰：桑弘羊請置大農部丞數十人，分部主郡國。東坡詩：碧香近出帝子家。漢書衛青傳曰：季與主家僮衛媼通。老杜詩：主家陰洞細烟霧〔一〕。晉書何充傳云：令人欲傾家釀。應憐坐客竟無氈，更遭官長頗譏謗。老杜戲簡鄭廣文詩：廣文到官舍，繫馬堂階下，醉則騎馬歸，頗遭官長罵。才名四十年，坐客寒無氈，賴有蘇司業，時時與酒錢。文選孔文舉書：今之少年喜謗前輩，或能譏評孝章。銀杯同色試一傾，排遣春寒出帷帳。晉書王衍傳：每捉玉柄麈尾，與手同色。此借用其字。老杜詩：乾愁要排遣。漢書文帝贊曰：帷帳無文繡。浮蛆翁翁盃底滑，坐想康成論泛盎。周禮酒正辨『五齊』之名：一曰泛齊，二曰醴齊，三曰盎齊。鄭康成注云：泛者成而滓浮泛泛然，如今宜成醪。『盎』猶翁也，成而翁翁然，葱白色，如今酇白。翁音烏動反。重門著關不為君，但備惡客來仇餉。周易曰：重門擊柝，以待暴客。漢書陳遵傳曰：每大飲，賓客滿堂，輒關門。元次山集：以不飲者為惡客。孟子曰：葛伯率其民，要其有酒食黍稻者奪之，不授者殺之。有童子以黍肉餉，殺而奪之。書曰：葛伯仇餉。此之謂也。

〔一〕『烟霧』原無，據樹經堂本及杜甫鄭駙馬宅宴洞中詩增補。

送鄭彥能宣德知福昌縣

往時河北盜橫行，白晝驅人取城郭。『往時』見上注。『橫行』見孟子。漢書賈誼曰：白晝大都之中剽吏而奪之金。唯聞不犯鄭冠氏，犬卧不驚民氣樂。冠氏縣屬大名府。後漢岑熙遷魏郡太守，人歌曰：狗吠不驚，足下生氂。漢書賈誼傳曰：德教洽而民氣樂。秖今化民作鋤耰，田舍老翁百不憂。老杜詩：秖今年纔十六七。賈誼過秦論曰：鉏耰棘矜。漢書注云〔二〕：耰，摩田器也。南史宋武帝紀孝武曰：田舍翁得此已為過矣。老杜詩：吾知徐翁百不憂。唐太宗以鄭公為田舍翁。銅章去作福昌縣，山中讀書民有秋。漢官儀曰：縣令秩六百石，銅章墨綬。福昌縣屬西京。書曰：乃亦有秋。詩意謂：使民安於田裏，無飢寒之戚，必非文俗吏所能也。退之詩曰：出宰山水縣，讀書松桂林〔三〕。福昌愛民如父母，當官不擾萬事舉。詩曰：豈弟君子，民之父母。左傳曰：當官而行，何强之有？用才之地要得人，眼中虛席十四五。不知諸公用心許，魯恭卓茂可人否？退之詩：侍從近臣有虛位，公今此去何時歸？後漢魯恭為中牟令，專以德化為理，後至侍中。司徒卓茂為密令，吏人親愛而不忍欺，光武以茂為太傅。

〔一〕『漢書』原無，據大全本及樹經堂本補。

〔二〕『桂』大全本及樹經堂本作『竹』。

題聖寺庭枸杞

仙苗壽日月，佛界承露雨〔一〕。誰為萬年計，乞此一抔土？管子曰：百年之計，樹之以木。漢書張釋之傳曰：假令愚民取長陵一抔土，何以加其法乎？注云：抔音步侯反，謂手掬之也。『乞』字去聲讀。　本草：枸杞一名地仙。扶疏上翠蓋，磊落綴丹乳。漢書劉向傳曰：梓樹生枝葉，扶疏上出屋。蜀志先主傳曰：桑樹童童如小車蓋。　陸璣詩疏云〔二〕：枸杞子秋熟正赤。　文選宋玉風賦：枳句來巢。　李善注引司馬彪曰：桐子似乳，著其葉而生。　此借用。去家尚不食，出家何用許？本草『枸杞』條陶隱居注曰：俗諺云：『去家千里，勿食蘿摩枸杞。』言其強盛陰道也。政恐落人間，采剥四時苦。言在僧坊則不用食此，故免采剥之害。　東坡先生後杞菊賦曰：吾方以杞為粮，以菊為糗，春食苗，夏食葉，秋食花實，而冬食根，庶幾乎西河南陽之壽。養成九節杖，持獻西王母。本草：枸杞一名仙人杖，一名西王母杖。　老杜詩：安得仙人九節杖，拄到玉女洗頭盆。　按真誥，楊羲夢蓬萊仙翁拄赤九節杖而視白龍。

〔一〕『露雨』原作『雨露』，據樹經堂本及内集卷三改。　按此詩押上聲韻，作『露雨』是。

〔二〕『陸璣』原作『陸機』，據樹經堂本改。

次韻子瞻贈王定國〔一〕

遠志作小草，蛙衣生陵屯。但為居移氣，其實何足言。『遠志』『小草』見上注。列子曰：若蛙為鶉，得水土之際，則為蛙蠙之衣；生於陵屯，則為陵舃。注云：隨所生之處而變者也。孟子曰：居移氣，養移體。詩意謂：士當特立獨行，不以窮達所居之異而易其操。定國本貴公子，嘗坐東坡累遷謫賓州，頗能自處云。名下難為人〔二〕，醜好隨手翻。言名士未必有其實〔三〕，往往隨世俯仰，乍賢乍佞也。史記范蠡曰：大名之下，難以久居。國史纂異：閻立本見張僧繇舊畫，曰：『名下定無虛士。』列子曰：賢愚好醜，成敗是非，無不消滅。老杜詩：時來展材力，先後無醜好。又詩：翻手作雲覆手雨。漢書韓信傳曰：公隨手亡矣。百年炊未熟，用異聞集邯鄲枕中夢事，見上『蓋世成功黍一炊』注。一垤蟻追奔。異聞集載南柯太守淳于棼事云：棼沉醉致疾〔四〕，夢見二使者扶生入宅南古槐穴中，前行數十里，有大城門樓，題曰『大槐安國』。其王以女瑤芳妻生，使為南柯郡守，在郡二十年。有檀蘿國來伐，王命生征之，敗績，生妻病死。王謂生：『可暫歸。』生上車行，俄出一穴，見本里閭巷，入其門，見己身卧堂廡下〔五〕，發悟如初，夢中倏忽若度一世矣。遂呼二客尋古槐下穴，見大穴洞然明朗，有積土壤，以為城郭臺殿之狀，有蟻數斛，隱聚其中，中有小臺，二大蟻處之，即槐安國都邑也。又窮一穴，直上南枝，亦有土城小樓，即南柯郡也。宅東一里澗側，有大檀樹，藤蘿擁織，旁有蟻穴，檀蘿之國，豈非此邪？山谷喜用此事，故具載之。東山詩注曰：垤，螘塚也。『追奔』用莊子蝸角蠻觸相戰，伏尸逐北之意。文選李陵書曰：追奔逐北。

夏日蓬山永，戎葵茂墻藩。後漢書竇章傳：學者稱東觀為老氏藏室，道家蓬萊山。爾雅：菺〔六〕，戎葵。注云：今蜀葵也，似葵華，如木槿華。歐陽詹詩云：芭蕉一葉妖，戎葵一花妍，異無材實資，手植堦墀前。漢書揚雄甘泉賦曰：電倏忽於墻藩。注云：藩，籬也。王子吐佳句，如蠒絲出盆。晉書胡母輔之傳王澄曰：彥國吐佳言，如鋸木屑。又孫綽傳：作天台山賦示范榮期，每至佳句輒云：『應是我輩語。』歐公詩：問其別後學，初若蠒抽緒。禮記曰：夫人繅三盆手。**風姿極灑落，雲氣畫罍樽。**晉書王衍傳：風姿詳雅。江淹擬許徵君詩曰：五難既灑落。周禮司尊彝注曰：山尊也，罍也，亦刻而畫之，為山雲之形。**屬有補袞章，自當寵頻煩。**司馬温公嘗薦定國，句或指此。『屬』音之欲反，近也。左傳曰：屬有宗祧之事於武城。詩曰：袞職有闕，仲山甫補之。老杜詩：三顧頻煩天下計。按漢書王莽傳注曰：鄭重猶頻煩也。**鄙夫無它能，上車問寒温。**老杜詩：鄙夫行衰謝。字出魯論。史記孟嘗君傳：代舍客馮驩無他伎能〔七〕。通典曰：秘書郎自齊梁之末，多以貴游子弟為之，無其才實，當時諺曰：『上車不落則著作，體中何如即秘書。』事本出顏氏家訓。山谷時在館中，故用此事。**惟思窮山去，抱犢長兒孫。**漢書嚴安傳曰：窮山通谷。又文選王康琚反招隱詩曰：放神青雲外，絶迹窮山裏。唐人王維歸山歌曰：入雲中兮養雞，上山頭兮抱犢，媿不才兮妨賢，嫌既老兮貪禄。山谷蓋采此意。按神仙傳，王烈入河東抱犢山中，見一石室，有素書兩卷，與嵇康共往讀之。而寰宇記載潞州壺關縣有抱犢山。道書福地紀云：抱犢山在上黨東南乙地，有石城高十丈，有草名玉照，取其葉服之，二三日不飢。又按山水志云：抱犢山，北嶽佐命之山也。後魏葛榮亂，百姓抱犢於山上，因名。寒山子詩曰：丈夫莫守困，無錢即經紀。養得一牸牛，生得五犢子，犢子又生兒，積數無窮已。寄語陶朱公，富與君相似。陸龜蒙詩曰：五年重到舊山村，樹有交柯犢有孫。老杜詩：自從盛酒長兒孫。

〔一〕內集卷二題下有小字注『鞏』。
〔二〕『人』原作『久』，據樹經堂本及內集改。
〔三〕『其』字原無，據大全本、樹經堂本增。
〔四〕『沉醉致』原無，據大全本、樹經堂本增補。
〔五〕『己身』大全本、樹經堂本作『身己』。
〔六〕『萷』原作『蒷』，據樹經堂本及爾雅釋草改。

〔七〕『馮驩』大全本、樹經堂本作『馮讙』。按戰國策齊策四作『馮諼』，史記孟嘗君列傳作『馮驩』。

次韻張詢齋中晚春（詢字仲謀。）

學古編簡殘，懷人江湖永。非無車馬客，心遠境亦靜。（書曰：學古入官。漢書劉歆傳曰：經或脱簡，傳或間編。詩曰：嗟我懷人，寘彼周行。選詩：門有車馬客。淵明詩：心遠地自偏。）挽蔬夜雨畦，煮茗寒泉井。（老杜詩：夜雨剪春韭。易曰：井洌寒泉，食。）春去不窺園，黃鸝頗三請。（漢書董仲舒傳：三年不窺園。老杜詩：隔葉黃鸝空好音。周禮司儀曰：及出車送，三請，三進，再拜。）立朝無物望，補外儻天幸〔一〕。（孟子曰：立乎人之本朝。後漢第五倫傳曰：有損事望。注云：望，物望也。唐書馬周傳曰：或京官不稱職，始出補外。莊子漁父篇孔子曰：今者丘得遇也，若天幸然。漢書伍被傳曰：儻可以僥幸。）想乘滄浪舡，濯髮晞翠嶺。（楚辭漁父：鼓枻而去，歌曰：『滄浪之水清兮，可以濯吾纓。滄浪之水濁兮，可以濯吾足〔二〕。』又遠遊曰：朝濯髮於湯谷兮，夕晞余身乎九陽。文選張平子思玄賦曰：且余沐於清源兮，晞余髮於朝陽。李善注云：晞，乾也。山東曰朝陽。老子：新沐晞髮於庭。）

〔一〕『補外』萬曆本此詩末小字注云：『「補外」一作「得邑」』。

〔二〕『吾』樹經堂本作『我』。按王逸楚辭章句作『吾』，注曰：『「吾」，一作「我」』。

次韻答晁無咎見贈〔一〕

翕翕一日炎， 謂權門炙手可熱，曾不幾時。世說：謝安在東山，兄弟已有富貴者集翕家門，傾動人物。韓退之作鄭羣誌曰：不為翕翕熱。詩云：翕翕訿訿。 **眈眈萬年永。** 言守正而寡欲，可為不朽計也。易頤之『六四』曰：虎視眈眈，其欲逐逐，無咎。注：觀其自養則履正，察其所養則養陽。頤爻之貴，斯為盛矣。 **四海仰首觀，** 一作『榮名嚮六合』。 **頃復歸根靜。** 榮華之不可恃如此。老子曰：萬物並作，吾以觀其復。夫物芸芸，各歸其根。歸根曰靜，靜曰復命。 **時雨瀉玉除，** 周禮小祝：逆時雨。禮記孔子曰：天降時雨，山川出雲。老杜詩：雨瀉暮簷竹。『除』謂殿階。選詩曰：凝霜依玉除。陸士衡詩曰：豊注溢修霤，潢潦浸階除。 **潢流漲天井。** 左傳曰：潢汙行潦之水。退之詩曰：是時新晴天井溢，誰把長劍倚太行？『天井』蓋水名，乃水經注所謂經堯城西流入汾水者也。此借用。 **性不耐衣冠，** 世說：王丞相性不耐酒。南史張敷曰：臣性不耐雜。 **人門疏造請。** 『造請』見上注。 **煮餅卧北窗，保此已徼幸。** 陶淵明與子疏曰：常言五六月中，北窗下卧，遇涼風暫至，自謂是羲皇上人。意識淺罕〔二〕，謂斯言可保；日月逝往，機巧好疏，緬求在昔，眇然如何！世說：劉真長為丹陽尹，許玄度就劉宿，床帷新麗，飲食豊甘。許曰：『若此保全〔三〕，殊勝東山。』劉曰：『卿若知吉凶由人，吾安得保此？』此詩兼采其意。崔寔四民月令曰：立秋無食煮餅及水溲餅。禮記問喪曰：徼幸復反也。 **空餘見賢心，忍渴望梅嶺。** 蜀志諸葛亮傳亮答先主曰：將軍總攬英雄，思賢如渴。世說曰：魏武帝行失道，三軍皆渴。帝令曰：『前有大梅林，饒子甘酸，可以解渴。』士卒聞之，口皆水出。後漢書鍾離意傳曰：孔子忍渴於盜泉之水。白氏六帖曰：大庾嶺上梅，南枝落，北枝開。老杜詩：短日行梅嶺。

〔一〕內集卷二題下小字注：『補之』，蓋晁無咎之名。

〔二〕『意識淺罕』陶淵明與子儼等疏作『意淺識罕』，見龔斌陶淵明集校箋卷七（上海古籍出版社一九九六年版）。

〔三〕『若此保全』世說新語言語作『若保全此處』。

次韻答張文潛惠寄

文潛有初到都下供職寄黃九詩，即此韻。文潛名耒。

短褐不磷緇，甯戚飯牛歌曰：短褐單衣適至骭〔一〕。列子力命篇北宮子曰：朕衣則短褐。世說注：蔡洪與周俊書曰：『張暢居磨涅之中，無緇磷之損。』其字本出魯論。老杜詩亦云：但取不磷緇。文章近楚辭。老杜詩：縱使盧王操翰墨，劣於漢魏近風騷。史記屈原傳曰：原既死之後，楚有宋玉、唐勒、景差之徒，皆好辭而以賦見稱。漢書地理志曰：故世傳楚辭。未識想風采，退之詩：吾未識子時，已覽贈子篇。寤寐想風采，於今已三年。按漢書霍光傳：天下想聞其風采。世說謝太傅云：安北見之乃不使人厭，然出户去不復使人思。安北，王坦之也。此反其意而用之。別去令人思。老子曰：五色令人目盲。斯文已戰勝，凱歌偃旍旗〔二〕。謂文潛試中學官。魯論曰：天之未喪斯文也。韋應物詩曰：决勝文場戰已酣。周禮大司馬：若師有功則左執律，右秉鉞，以先，愷樂獻于社。注謂兵樂曰愷。司馬法曰：得意則愷歌，示喜也。按字書，『愷』與『凱』同，『旍』與『旌』同，見上注。晉書石勒載記曰：偃藏旗幟，寂若無人。君行魚上冰，忽復燕哺兒。月令孟春：魚上冰。文選潘安仁詩：我來冰未泮，時暑忽隆熾。學省得佳士，催來費符移。文潛元祐初為太學博士。文選沈休文有學省愁卧詩，注云：學省，國學也。晉書任愷傳：子倫以淑行致稱〔三〕，為清平佳士。王猛傳：郡縣已被符管攝。漢書劉歆傳：移書太常博士。方觀追金玉，如許遽言歸。棫樸詩：追琢其章，金玉其相。此引用，以言學省作成人材也。後漢左慈傳：老羝人立而言曰：『遽如許。』詩云：言旋言歸。文潛元韻曰：五日長安塵，故山夢中歸。故此句廣其意。

南山有君子，握蘭懷令姿。

此句當以屬二蘇，文潛蓋其門下士也。小雅曰：南山有臺，北山有萊。樂只君子，邦家之基。漢官儀：尚書郎懷香握蘭。東坡元祐初為禮部郎中，故山谷用此事。謝靈運詩云：想見山阿人，薛蘿若在眼。握蘭勤徒結，折麻心莫展。李善注曰：握蘭以相贈問也。末句蓋終此意。選詩云：煌煌發令姿。

但應潔齋俟，勿詠無生詩。

宋玉登徒子好色賦秦章華大夫曰：臣嘗從容鄭衛溱洧之間，羣女出桑，臣觀其麗者，因稱詩曰：遵大路兮攬子袪，贈以芳華辭甚妙。於是處子含喜微笑，竊視流眄。復稱詩曰：寤春風兮發鮮榮，潔齋俟兮惠音聲，贈我如此兮不如無生。因遷延而辭避。李善注：謂贈以芍藥欲結恩情，而女不受。詩曰：知我如此，不如無生。恨之辭也。山谷引用，意謂蘭草之芳馨非芍藥凡草之比，知我者必以是為好，姑修潔以俟之可也。士之于世政如女之從人〔四〕，不可自獻。故山谷以此為況。龐居士頌：大家團欒頭，共說無生話。

〔一〕『短褐單衣適至骭』史記鄒陽傳集解引應劭注載此歌，作『短布單衣適至骭』。

〔二〕『旗』原作『旂』，內集卷二亦作『旂』，此據樹經堂本改。按詩韻，作『旗』是。

〔三〕『子』原作『孫』，據晉書任愷傳改。按：任愷之子名罕，字子倫。此處所引乃稱任罕語。

〔四〕『于』原作『千』，據大全本、樹經堂本改。

同錢志仲飯籍田錢孺文官舍〔一〕

帝籍開千畝，農功先九州。

禮記月令曰：藏帝籍之收於神倉。國語曰：宣王即位，不籍千畝。五經要義曰：天子籍田千畝，率公卿親耕，所以先百姓而致孝敬。左傳曰：政如農功。

王孫守耒耜，吏隱極風流。錢氏蓋吴越王錢鏐之後。漢書韓信傳曰：吾哀王孫而進食。禮記月令：孟春之月，天子親載耒耜，躬耕帝籍。汝南先賢傳曰：鄭欽吏隱于蟻陂之陽。老杜詩：吏隱適情性，兹焉其窟宅。『風流』見上注。

永夏豐草木，五雲衛郊丘。書曰：日永星火，以正仲夏。屈原懷沙曰：陶陶孟夏兮，草木莽莽。孝經援神契曰：德至山陵則景雲出。景雲，五色雲也。『郊丘』謂南郊之圓丘。文選石闕銘曰：興建庠序，啓設郊丘。

牛羊卧籬落，賓客解衣裘。汲井羞熱啜，挽溪供甘柔。退之詩：欲將層級壓籬落。謝靈運詩：激澗代汲井。史記張儀傳：趙襄子與代王飲，陰告厨人曰：『即酒酣樂進熱啜。』國語曰：公父文伯飲南宫敬叔酒，羞鼈焉。左傳曰：澗溪沼沚之毛。退之詩：野蔬拾新柔。又祭女挐文曰：飲食柔甘。

倒靫收蓮的，剖蚌煮鴻頭。韻書曰：靫韊，弓箭室也，音叉。爾雅曰：荷，芙蕖，其實蓮，其中的。注云：的，子也。周禮注：芡，雞頭，一名鴈頭。退之聯句云：鴻頭排刺芡。歐公食雞頭詩云：剖蚌得珠從海底。按蜀志秦宓奏記曰：剖蚌求珠。

野日草光合，水風荷氣浮。老杜詩：野日荒荒白。選詩：風光草際浮。韋應物詩：雨微荷氣涼。

稻畦下白鷺，林樾應鳴鳩。李嘉祐詩曰：漠漠水田飛白鷺，陰陰夏木囀黄鸝。『林樾』見上注。

主人發清賞，况復佳同遊。歸扇障小雨，真成一賜休。『障』字作平聲讀。南史劉祥傳：褚彦回以腰扇障日。退之詩：天街小雨潤如酥。漢律有賜告，有予告，見漢書馮野王傳。又薛宣出教曰：日至，吏以令休，所由來久。老杜詩：真成浪出遊。

〔一〕内集卷二題下有小字『及景祥』。

次韻曾子開舍人游籍田載荷花歸〔一〕

維王調玉燭，時夏雨我田。爾雅曰：四氣和謂之玉燭。注云：道光照。詩曰：雨我公田，遂及我私。壁掛蒼龍骨，溜渠故濺濺。『龍骨』謂水車。王介甫詩曰：龍骨長乾掛梁梠。李商隱詩：伊水濺濺相背流。三推勸根本，百穀收早堅。禮記月令：孟春之月，天子親載耒耜，躬耕帝籍，天子三推。漢書文帝詔曰：農，天下之本也。其開籍田，朕親率耕。大田詩曰：既方既皁，既堅既好。注：實未堅者曰皁。官司極齊明，崇丘見升煙。左傳曰：分之官司彝器。禮記曰：齊明盛服。又月令：孟春，以元日祈穀于上帝。注謂以上辛郊祭天也。甘泉賦：崇崇圜丘，隆隱天兮。周禮大宗伯注曰：燔燎而升煙，所以報陽也。繫馬西門柳，憶聽去夏蟬。文選劉琨詩：繫馬山下松。陸機詩：寒蟬鳴高柳。剥芡珠走盤，鉤魚柳貫鮮〔二〕。退之詩：水果剥菱芡。博物志曰：鮫人泣而成珠滿盤。杜牧注孫子序曰：猶丸之走盤。石鼓文曰：其魚維何？維鱮與鯉。何以貫之？維楊與柳。六一居士雞頭詩：剖蚌得珠從海底。掃堂延枕簟，公子氣翩翩。自爾欲繼往，阻心如壅泉。禮記內則云：斂枕簟簟席。史記太史公曰：平原君翩翩濁世之佳公子也。退之詩：水紋浮枕簟。紫微樂暇日，披襟詠風漣。唐開元五年改中書為紫微省。元祐初子開為中書舍人。宋玉風賦曰：有風颯然而至，王乃披襟而當之。詩曰：河水清且漣漪。注云：風行水上，成文曰：漣。孟子：壯者以暇日修其孝悌忠信。紅粧倚荷蓋，水鏡寫明蠲。文選古詩曰：娥娥紅粉粧。玉臺新詠梁武擣衣詩曰：弱翠低紅粧。青箱雜紀曹修古詩〔三〕：荷葉罩芙蓉，圓青映嫩紅。佳人南陌上，翠蓋立春風。退之詩：曲江千頃秋波静，平鋪紅蕖蓋明鏡。『水鏡』見上。梁元帝從軍行曰：山虛和鐃管，水净寫樓舡。美物有佳實〔四〕，翦房助加籩。國語曰：三女為粲。夫粲，美物也，衆以美物歸汝，而何德以堪之？周禮籩人曰：加籩之實，菱芡㮚脯〔五〕。此以借用。珠宮紫貝闕，足此水府仙。楚辭九歌曰：紫貝闕兮珠宮。文選木玄虛海賦曰：水府之內，極深之庭。樂府題解：伯牙作水仙操。鬱鬱冠蓋宅，追奔易彫年。文選古詩曰：洛中何鬱鬱，冠帶自相索。長衢羅夾巷，王侯多第宅。又左太沖詩曰：冠蓋蔭四術，朱輪竟長衢。『追奔』見上注。鮑照舞鶴賦曰：急景彫年。能從物外賞，真是區中賢。文選張平子歸田賦曰：苟縱心於物外，又焉知榮辱之所如。退之詩：窮探極覽頗恣横，物外日月本不忙。漢書司馬相如大人賦曰：迫區中之隘狹兮，舒節出乎北垠。仍聞載後乘，籠燭照嬋娟。孟子曰：後車數十乘。李商隱詩：蠟照半籠金翡翠。文選西京賦曰：增嬋娟以跐豸〔六〕。注云：姿態妖蠱也。王立之詩話載此詩一本云：令君誠重客，食前頗加籩。西漢足膴仕，東觀多臞仙。何時載尊俎，坌入觀少年。及此歸沐早，少休從事賢。傳觴定可醉，下箔出嬋娟。

〔一〕內集卷二題下有小字『肇』。

〔二〕『鈎』樹經堂本作『釣』。

〔三〕『古』原作『巳』，據宋史與宋詩紀事改。李裕民點校青箱雜記（中華書局一九八五年版）卷八作『曾修古』。

〔四〕『美物有佳實』樹經堂本及內集作『美物亦有實』。

〔五〕『菱』周禮籩人作『蔆』。

〔六〕『跐豸』文選卷二西京賦作『此豸』。

送劉士彥赴福建轉運判官

秋葉雨墮來，冥鴻天資高。樂天詩：葉聲落如雨。孟郊詩：商葉墮乾雨。揚子曰：鴻飛冥冥，弋人何慕焉？零陵先賢傳：諸葛亮謂劉巴曰：『足下天資高亮。』車馬氣成霧，九衢行滔滔。此已下四句，大率用文選左太沖詠史詩意，所謂『濟濟京城內，赫赫王侯居。冠蓋蔭四術，朱輪竟長衢。寂寂揚子宅，門無卿相輿』是也。史記天官書曰：車氣乍高乍下，騎氣卑而布。漢官典職曰：正旦作樂，漱水成霧。樂天詩：馬入九衢塵。『滔滔』見魯論。中有寂寞人，靈府扃鎖牢(一)。文選郭景純游仙詩曰：青溪千餘仞，中有一道士。漢書揚雄傳：京師為之語曰：『惟寂寞，自投閣。』莊子曰：不可入于靈府。注云：靈府者，精神之宅。淵明詩曰：形迹憑化往，靈府長獨閑。淮南子曰：中扃外閉(二)，何事之不節？歐公詩：始知文景基扃牢。西風持漢節，騎從嚴弓刀。漢書蘇武傳曰：杖漢節牧羊。唐人詩云：大雪滿弓刀，單于夜遁逃。維閫七聚落，娉獨困吏饕。周禮：職方氏掌七閩之人民。莊子曰：九落之事。疏云：九州聚落之事。書曰：無虐煢獨而畏高明。按『娉』與『煢』同。縉雲氏有不才子，天下之民以比三凶(三)，謂之『饕餮』。注曰：貪財為饕，貪食為餮。土弊禾黍惡，水煩鱗介勞。漢書溝洫志曰：且溉且糞，長我禾黍。退之祭文曰：覬鱗介之驚透。按周禮大司徒曰：川澤宜鱗物，墳衍宜介物。汝墳詩注曰：魚勞則尾赤。樂記：土弊則草木不長，水煩則魚鼈不大。山谷此兩句蓋本諸此。南驅將仁氣，百城共一陶。禮鄉飲酒曰：天地温厚之氣始於東北，而盛於東南，此天地之仁氣也。後漢書賈琮傳曰(四)：為冀州刺史，百城聞風，自然竦震。崔駰達旨：坏冶一陶。察人極涇渭，問俗及豚羔。文選任彥升哭范僕射詩云：伊人有涇渭，非余揚濁清。李善注引孫綽曰：涇渭殊流，雅鄭異調。禮記：入境問俗(五)。周禮庖人曰：春行羔豚膳膏香。末句謂求民疾苦，委曲詳盡。官閒〔六〕得勝日，杖屨之林皋。晉書衛玠傳曰：遇有勝日，親友時請一言。曲禮曰：君子欠伸撰杖屨。莊子曰：山林歟，皋壤歟，使我欣欣然而樂此歟！人間閱忠厚，物外訪英豪。上句一作『功名付簪紱』。英豪之士，往往隱約於山林。

〔一〕『鎖』內集作『鑰』。

〔二〕『閉』原作『閑』，據大全本、樹經堂本及淮南子主術訓改。

〔三〕『三』原作『四』，據左傳文公十八年改。按『三凶』謂饕餮以外之渾敦、窮奇、檮杌，合稱『四凶』。

〔四〕原無『書』字，據大全本、樹經堂本增。

〔五〕『入境問俗』大全本、樹經堂本均作『入境而問俗』。按禮記曲禮上：『入竟而問禁，入國而問俗。』

〔六〕『閒』原作『間』，據樹經堂本及全集改。

次韻韓川奉祠西太一宮四首

春明退朝錄曰：天聖中，建西太一宮。

萬靈未對甘泉，五福間祀迎年。漢書郊祀志曰：黃帝接萬靈於明廷。明廷者，甘泉也。又曰：武帝定郊祀之禮，祠泰一於甘泉，就陽位也。詩意謂：皇家未接萬靈而特祀五福，以為民祈年之故爾。『五福』謂五福太一，蓋十神之一，太一金鏡經具載其詳。郊祀志又曰：立泰畤壇，秋及臘間祠。又曰：黃帝為五城十二樓，以候神人，名曰『迎年』。注謂：若云祈年也。又曰：為伐南越，告禱泰一。以牡荊畫幡，象泰一三星，為泰一鋒旗〔一〕，命曰『靈旗』。顏氏家訓曰：按說文，勿者州里所建之旗，象其柄及三游之形。禮樂志郊祀歌曰：靈之車，若玄雲。靈之下，若風馬。旍旗三斿半偃，風馬雲車闖然。退之詩：闖然入其戶，三稱天之言。字出公羊哀公六年傳〔二〕。

白髦下金神節，青祝携御鑪香。百禮盡修亳祀，九歌不取沅湘。晉語曰：虢公夢在廟，有神人面白毛，虎爪執鉞，立於西阿。公覺，召史嚚占之，對曰：『如君之言，則蓐收也。』注云：西方白虎金正之官。『青祝』謂内出青詞，以香薰之，乃授祠官，使祭告也。詩曰：以洽百禮。漢書郊祀志曰：亳人謬忌奏祠泰一方，曰：『天神貴者泰一，泰一佐曰五帝。』於是，天子令太祝立其祠長安城東南郊。王逸楚辭章句曰：九歌者，屈原所作。沅湘之間俗信鬼而好祠，歌舞之樂，其辭鄙陋，因為作九歌之曲。文選運命論曰：屈原以之沅湘。楚辭九歌有東皇太一，有湘君、湘夫人，豈獨取東皇太一耶？

紫府侍臣鳴玉，霜臺御史生風。官燭論詩未了，知秋自屬梧桐。抱朴子曰：項曼都自言到天上，過紫府，金牀几晃晃昱昱。禮記曰：行則鳴佩玉。崔篆御史箴曰：簡上霜凝，筆端風起。後漢巴祇與客暗坐，不然官燭〔三〕。末句意謂論詩得趣，不覺其為秋夕也。世説鄭玄語服子慎曰：吾久欲注春秋傳，尚未了。王介甫詩：只聽蟲聲已無夢，五更桐葉强知秋。

泰壇下瑞雲黃，雨師灑道塵香。禮記曰：燔柴于泰壇，祭天也。『下瑞』謂降瑞也。退之詩：生祥下瑞無時期。漢書郊祀志：武帝迎鼎至甘泉〔四〕，至中山，晏温，有黃雲焉。東都賦曰：雨師汎灑，風伯清塵。唐史：天子之行，風伯清塵，雨師灑道。

便面猶承墜露，金鉦半吐東墻。『便面』謂扇，見漢書張敞傳。西都賦曰：抗仙掌以承露。離騷曰：朝飲木蘭之墜露。東坡詩：樹頭初日掛銅鉦。老杜詩：初日翳復吐。

〔二〕『鏠』原作『縫』，據漢書郊祀志改。

〔二〕原無『公』字，據樹經堂本增。

〔三〕『後漢巴祇』，三國志魏志卷八陶謙傳注引謝承後漢書載巴祇為徐州刺史，但此條注不知何從出。

〔四〕『泉』原作『衆』，據大全本、樹經堂本及漢書郊祀志改。

次韻王荊公題西太一宮壁二首

風急啼烏未了，雨來戰蟻方酣。楊大年詩：風來玉宇烏先覺。按淮南子曰：烏鵲識歲之多風，去喬木而巢扶枝。老杜詩：啼烏爭引子。太白詩：語笑未了風吹斷。錢昭度詩：白蟻戰酣山雨來。按焦贛易林曰〔一〕：蟻封穴户，大雨將至。韓非子曰：楚晉戰于鄢陵，酣戰之時，子反渴而求飲。真是真非安在？人間北看成南。莊子曰：彼亦一是非，此亦一是非。果且有彼是乎哉？果且無彼是乎哉？楞嚴曰：如人以表表為中時〔二〕，東看則西，南觀成北，表體既混，心應雜亂。在熙豐則荊公為是，在元祐則荊公為非，愛憎之論，特未定也。

晚風池蓮香度，曉日宮槐影西。白下長干夢到，青門紫曲塵迷。言荊公厭京洛風塵而思金陵山水。公詩蓋云：三十六陂煙水，白頭想見江南。法華經曰：如清净池，蓮花莊嚴。涅槃經曰：如日垂没，山陵堆阜，影現東移，理無西逝。此詩采其意，反而用之。王摩詰輞川有宮槐陌。寰宇記曰〔三〕：白下縣故城在金陵上元縣城西，本江乘縣白石壘，齊武帝移琅邪居之。文選吴都賦曰：長干延屬。李善注云：江東謂山岡間為『干』。建鄴之南有山，其間平地，吏民居之，故號為干。按今金陵城南門外有長干寺。荊公詩有『白下長干何可見，風塵愁殺庾蘭成』之句，故此詩引用。唐人樂府云：紫陌青門，三十六宮春晝永。三輔黃圖曰：長安城東出南頭第一門曰霸城門，民見門色青，名曰『青城門』。

〔一〕『焦贛』原作『焦貢』，據四庫全書総目卷一〇九子部術數類二著録之易林改。

〔二〕『如人』句原作『如人以表為中時』，元大全本及樹經堂本作『如人以表表中時』，今據楞嚴經卷一改。

〔三〕原無『曰』，據元大全本及樹經堂本增。

有懷半山老人再次韻二首 荆公所居在鍾山之半，故號半山。

短世風驚雨過，成功夢迷酒酣。 追念熙寧間一時建立之事，今已墮渺茫，如醉鄉夢境〔一〕。至其所可傳，則有不朽者在。後兩句終此意。班固幽通賦曰：道修長而世短。文選運命論曰：風驚塵起，散而不止。老杜詩：村晚驚風度，庭幽過雨霑。左太冲詩：酒酣氣益振。

草玄不妨準易，論詩終近周南。 上句謂其經學，下句謂其詩。漢書揚雄傳曰：雄方草創太玄，有以自守。贊曰：以為經莫大於易，故作太玄。文選左太冲詩曰：寂寂揚子宅，門無卿相輿。言論準仲尼，辭賦擬相如。魯論曰：人而不為周南、召南，其猶正墻面而立也歟？

啜羹不如放麑，樂羊終愧巴西。 韓非子曰：樂羊為魏將而攻中山，中山之君烹其子而遺之羹。樂羊坐於幕下而啜之，盡一杯。文侯謂堵師贊曰〔二〕：『樂羊以我故，而食其子之肉。』答曰：『其子而食之，且誰不食？』樂羊罷中山。文侯賞其功而疑其心。韓非子又曰：孟孫獵得麑。使秦西巴載之持歸，其母隨之而啼。秦西巴弗忍而與之。孟孫大怒，逐之。居三月，復召以為子傅，曰：『夫不忍于麑，又且忍吾子乎？』故曰巧詐不如拙誠，樂羊以有功見疑，秦西巴以有罪益信。按吕惠卿叛荆公，發其私書，有『勿使上知』之語。山谷意謂：惠卿之忍政如樂羊，荆公之過當與西巴同科也。蘇子由彈惠卿章蓋云：放麑違命也，推其仁則可以託國，食子徇君也，推其忍則至於弑君。『西巴』他書或作『巴西』，非是。（編者按：詩中作『巴西』，為押韻故。）**欲問老翁歸處，帝鄉無路雲迷。**莊子曰：千歲厭世，去而上仙〔三〕，乘彼白雲，至於帝鄉。神考眷遇荆公，終始不衰，升遐之一年而公亦薨。詩意謂：神考威靈在天，公當從之，非讒邪所能間也。

〔一〕『境』字原無，據元大全本增。
〔二〕『堵』原作『褚』，據樹經堂本及韓非子說林上改。
〔三〕『去而上仙』原作『而去』，據樹經堂本及莊子天地改。

和答錢穆父詠猩猩毛筆

雞林志云：高麗筆，蘆管黃毫，健而易乏，舊云猩猩毛。或言是物四足，長尾，善緣木，蓋狖毛或鼠鬚之類耳。

愛酒醉魂在，能言機事疏。猩猩事通典於哀牢國言之甚詳，蓋出於華陽國志及水經注。唐文粹載裴炎猩猩說，大率本此，其略云：阮研使封溪〔一〕，見邑人云猩猩在山谷間，數百為羣，人以酒設於路側。又愛着屐，里人織草為屐〔二〕，更相連結。猩猩見酒及屐，知里人設張，則知張者祖先姓字，乃呼名罵云：『奴欲張我。』捨之而去，復自再三，相謂曰：『試共嘗酒。』及飲其味，逮乎醉，因取屐而著之，乃為人所擒獲。刺其血，染毳罽，隨鞭箠輸之，至於一斗。退之詩：愁狖酸骨死，怪花醉魂馨。曲禮曰：猩猩能言，不離禽獸。易曰：幾事不密則害成。**平生幾兩屐〔三〕，身後五車書。**上句已具前注。晉書阮孚傳曰：未知一生能着幾兩屐。下句謂作筆寫書。晉書張翰傳曰：使我有身後名，不如即時一杯酒。莊子曰：惠施多方，其書五車。**物色看王會，勳勞在石渠。**列仙傳曰：關令尹知老子當過，物色而留之。昭明太子集、文選諸賦有物色門，若『雪』、『月』之類是也。汲冢周書有王會篇。鄭玄曰：王城既成，大會諸侯及四夷也。唐書黠戛斯傳李德裕上言：貞觀時顏師古請如周史臣集四夷朝事為王會篇。令黠戛斯大通中國，宜為王會圖以示後世。以松扇詩考之，猩毛筆蓋穆父使高麗所得。禮記曰：昔者周公旦有勳勞於天下。班固西都賦曰：天祿、石渠，典籍之府。

拔毛能濟世，端為謝楊朱。

孟子曰：楊氏為我，拔一毛而利天下不為也。列子楊朱篇：禽子問楊朱曰：『去子體之一毛以濟一世，汝為之乎？』楊子曰：『世固非一毛之所濟。』選詩：端為誰苦辛？

〔一〕『研』裴炎猩猩銘序作『汧』。

〔二〕『屐』原作『履』，據大全本、樹經堂本及裴炎猩猩銘序改。

〔三〕『兩』內集卷九作『量』。

戲詠猩猩毛筆〔一〕

山谷有此詩跋云：錢穆父奉使高麗，得猩猩毛筆，甚珍之。惠予，要作詩。蘇子瞻愛其柔健可人意，每過予書案，下筆不能休。此時二公俱直紫微閣，故予作二詩，前篇奉穆父，後篇奉子瞻。

桄榔葉暗賓郎紅，朋友相呼墮酒中。

花間集歐陽炯南鄉子詞曰：路入南中，桄榔葉暗蓼花紅。本草：桄榔生嶺南山谷，賓郎生南海。『墮酒中』見上注。

政以多知巧言語，失身來作管城公。

老杜鸚鵡詩：紅嘴漫多知。退之詩：惜哉此子巧言語。又毛穎傳曰：封諸管城，號管城子。易曰：臣不密則失身。按劉夢得和樂天鸚鵡詩曰：誰遣聰明好顏色，爭須安置入深籠？與此詩意同，而山谷語尤工。

明窗脫帽見蒙茸，醉着青鞋在眼中。

謂去其管弢，覩蒙茸之狀，如見其飲酒著屐時。老杜詩：脫帽露頂王公前。此借用。如退之毛穎傳所謂『免冠謝』也。詩曰：狐裘蒙茸。『著鞋』見上注。老杜詩：青鞋布襪從此始。選詩：薜荔若在眼。老杜詩：漢武旌旗在眼中。

束縛歸來儻無辱，逢時猶作黑頭公。意謂東坡起自謫籍也。鮑叔牙曰：使管仲無忘束縛於魯時。毛穎傳曰：聚其族而加束縛焉。晉書：諸葛恢名亞，王導、庾亮謂曰：『明府當作黑頭三公。』又王珣傳桓温曰：王掾當作黑頭公。按北史古弼傳：弼頭尖，帝常名之曰『筆頭』，時人呼為『筆公』。故山谷於筆詩參用此事。

〔一〕內集卷九第二首題為客有和予前篇為猩猩解嘲者復戲作咏。

山谷詩集注卷第四

奉和文潛贈無咎篇末多以見及以既見君子云胡不喜為韻

山谷嘗寫答邢居實詩及此詩與徐師川，曰：後八詩頗得意者，故漫録往，或與潘、洪諸友讀之。

龜以靈故焦，雉以文故翳。

老杜詩：漆有用而割，膏以明自煎。此用其意。周禮：天龜曰靈屬。左傳曰：衛侯將如五氏卜，過之，龜焦。爾雅：素質，五采皆備成章曰翬。注云：翬亦雉屬。潘安仁射雉賦序曰：習媒翳之事。李善注曰：翳者，所隱以射者也。

本心如日月，利欲食之既。

孟子曰：此之謂失其本心。寒山子詩：吾心似秋月，碧潭清皎潔。退之送高閑序曰：利欲鬪進，有得有喪。春秋桓公四年、襄公二十四年皆書：日有食之既。杜預注云：既，盡也。劉原父請觀歐陽永叔五代史詩曰：仲尼日月也，薄食為之既。論語曰：君子之過也，如日月之食焉〔一〕。東坡謂：本心者，道心也。

後生玩華藻，照影終沒世。

魯論曰：後生可畏。揚子曰：今之學也〔二〕，非獨為之華藻也，又從而繡其鞶帨。文選潘正叔詩云：玩爾清藻，味爾芳風。博物志曰：山雞有美毛，自愛其色，終日映水，目眩則溺死。漢書司馬遷書曰：鄙沒世而文采不表於後。『沒世』字本出魯論。

安得八紘罝，以道獵衆智。

文選張平子思玄賦曰：結典籍而為罟兮，敺儒墨以為禽〔三〕。此用其意。曹子建與楊德祖書曰：吾王設天網以該之，頓八紘以掩之。揚子曰：獵德而得德。蓋學道者惡衆智之為害，故欲獵而去之。

談經用燕說，束棄諸儒傳。此句指熙寧經學穿鑿之弊。韓非子曰：先王有郢書，而後世多燕說。又曰：郢人有遺燕相國書者〔四〕。夜書火不明，因謂持燭者曰『舉燭』云，而過書『舉燭』。『舉燭』非書意也。燕相受書而說之，曰：『舉燭者，尚明也。尚明者，舉賢而用之。』燕相白王，大說，國以治，治則治矣，非書意也。今世學者多此類。退之詩：春秋五傳束高閣。

濫觴雖有罪，末泒瀰九縣。言非特荆公之罪〔五〕，諸儒穿鑿，遂至失其本源。明皇孝經序曰：濫觴於漢。按家語曰：夫江始出於岷山其源可以濫觴；及其至江津，不舫舟，不避風，不可以涉。非惟下流多故耶？退之詩：東都漸瀰漫，泒别百川導。後漢書光武贊曰：九縣飆回，三精霧塞。

張侯真理窟，堅壁勿與戰。晉書劉惔傳簡文帝曰：張憑勃窣為理窟。漢書項羽傳：漢王堅壁不與戰。

難以口舌争，水清石自見。漢書張良傳曰：此難以口舌争也。古樂府艷歌行曰：夫婿從門來，斜倚西北眄。語卿且勿眄，水清石自見。

野性友麋鹿，君非我同群。潘岳關中記曰：辛孟年七十，與麋鹿同群遊，世謂之『鹿仙』。唐人陸暢詩曰〔六〕：野性從來偏愛月。劉孝標絕交論：懽與麋鹿同群。

文明近日月，我亦不如君。言張侯文采可以入侍。易曰：文明以止，人文也。漢書蕭曹贊曰：依日月之末光。蜀志龐統傳曰：陶冶世俗，甄綜人物，吾不及卿；論帝王之秘策，攬倚伏之要最，吾似有一日之長。

十載長相望，逝川水沄沄。『逝川』見魯論。退之詩：浪波沄沄去，松柏在高崗。此頗采其意。

何言談絕倒〔七〕，茗椀對鑪薰。選詩：何言相遇易，此歡信可珍。晉書衛玠傳：王澄每聞玠言，輒歎息絕倒，語曰：『衛玠談道，平子絕倒。』韓孟聯句曰：茗椀纖纖捧。應劭漢官儀曰：尚書郎入直，女侍史二人執香爐，燒薰以從。

北寺鎖齋房，塵鑰時一啓。晁張跫然來，連璧照書几。『北寺』謂汴京酺池寺，山谷寓几研於此。『酺池』見下注。金縢曰：啓鑰見書。莊子曰：夫逃虛空者，藜藋柱于鼪鼬之徑，踉位其空〔八〕，聞人足音，跫然而喜矣，又況乎昆弟親戚之謦欬其側者乎？晉書夏侯湛傳：湛與潘岳同輿接茵，時謂『連璧』。

庭柏鬱葱葱，紅榴罅多子。後漢光武紀曰：氣佳哉，鬱鬱葱葱！蜀都賦曰：榛栗罅發。此借用其字。北史魏收傳曰：石榴房中多子。

時蒙吐佳句，幽處萬籟起。『吐佳句』見上注。唐人常建詩：竹徑通幽處。莊子齊物論：子游曰：『敢問天籟。』子綦曰：『夫吹萬不同，而使其自已也。咸其自取，怒者其誰耶？』老杜詩：萬籟真笙竽。

先皇元豐末，極厭士淺聞。實録呂公著傳曰：時科舉專用王安石經義，士無自得學，而朝廷文詞之官，漸艱其選。神宗以答高麗書不稱旨，蓋嘗以為言。又東坡答張文潛書亦曰：近見章子厚言先帝晚年甚患文字之陋，欲稍變取士法，特未暇爾。漢書儒林傳序曰：小吏淺聞，弗能究宣。

只今舉秀孝，天未喪斯文。元祐元年四月，詔執政大臣各舉文學政事行誼之臣可充館閣之選者三人，於是畢仲游及晁補之、張耒等，皆召試學士院。晉書孔坦傳曰：秀孝到，不策試，普加除署。『秀孝』謂秀才、孝廉也。此借用。魯論曰：天之未喪斯文也。老杜詩：只今未醉已先悲。

晁張班馬手〔九〕，崔蔡不足云。『班馬』謂遷、固，『崔蔡』謂瑗、邕。劉禹錫作柳子厚集序云：韓退之曰：『雄深雅健似司馬子長，崔蔡不足多也。』文選沈休文恩倖傳論曰：西京許史，蓋不足云。

當令橫筆陣，一戰靜楚氛。法書衛夫人有筆陣圖。老杜詩：筆陣獨掃千人軍。左傳曰：一戰而霸。又曰：楚氛甚惡。

張侯窘炊玉，僦屋得空壚。戰國策曰：蘇秦之楚，三日乃得見王，曰：『楚國之食貴於玉，薪貴於桂。今使臣食玉炊桂。』漢書司馬相如傳注曰：賣酒之處，累土為壚，以居酒器，形如鍛壚。據張文潛集，有初到都下供職寄黃九詩，曰：僦舍酒家樓，椎壚卷其旗。鼠壤敗晨炊，守翁噪群兒。

但見索酒郎，不見酒家胡。此句以戲文潛。老杜詩：馬上誰家白面郎？臨階下馬坐人床。不通姓字粗豪甚，指點銀瓶索酒嘗。玉臺新詠載辛延年羽林詩曰：昔有霍家姝，姓馮名子都，依倚將軍勢，調笑酒家胡。胡姬年十五，春日獨當壚。

雖肥如瓠壺，胸中殊不

粗。漢書張蒼傳曰：身長大，肥白如瓠。蜀志張裔傳：雍闓假鬼教曰：『張府君如瓠壺，外雖澤而內實粗，不足殺，令縛與吳。』晉書王湛傳王濟曰：臣叔殊不癡。何用知如此？文采似於菟。穀梁曰：何用見其是齊侯也？又後漢鄧晨傳光武曰：何用知非僕耶？漢書司馬遷傳曰：鄙沒世而文采不表於後。左傳曰：楚人謂虎『於菟』。

荆公六藝學，妙處端不朽。王安石字介甫，元豐三年封荆國公。初，熙寧六年三月，命知制誥呂惠卿修撰經義，以安石提舉，子雱同修撰。八年，所撰詩、書、周禮義成，送國子監鏤板頒行之。元豐三年八月，安石又上，改定誤字焉。世說：司馬太傅問謝車騎：『惠子五車，何以無一言入玄？』謝曰：『當是妙處不傳。』左傳叔孫豹曰：其次立言，雖久而不廢，此之謂不朽。諸生用其短，頗復鑿户牖。世說曰：周弘叔巧於用短，杜方叔拙於用長。此借用其字。孔安國注魯論曰：吾黨之小子於大道妄作穿鑿，以成文章。明皇孝經序曰：希升堂者必自開户牖。注云：言穿鑿也。譬如學捧心，初不悟己醜。莊子師金曰：西施病心而矉其里，其里之醜人見而美之，歸亦捧心而矉其里。其里之富人見之，堅閉門而不出；貧人見之，挈妻子而去之。玉石恐俱焚，公為區別不？書曰：火炎崑崗，玉石俱焚。魯論曰：譬諸草木，區以別矣。

吾友陳師道，抱獨門掃軌。陳師道字履常，一字無己，徐州人，文行甚高。來京師，樞密章惇欲一見之而不可。退之詩曰：吾友柳子厚，其人藝且賢。淵明詩曰：顧我抱茲獨，僶俛四十年。後漢書杜密傳曰：劉勝閉門掃軌，無所干及。晁張作薦書，射雉用一矢。易旅之『六五』曰：射雉，一矢亡，終以譽命。王弼注云：射雉以一矢而復亡之，明雖有雉，終不可得矣。此云『用一矢』，言為國之有人材，猶射雉之有矢也。世說注引虞預晉書：陸機薦戴淵於趙王倫曰：『蓋聞繁弱登御，然後高墉之功顯。孤竹在肆，然後降神之樂成。』按易，公用射隼于高墉之上，獲之，無不利。繁弱，弓名也。山谷蓋用此意，但改『射隼』為『射雉』、『繁弱』為『一矢』耳。吾聞舉逸民，故得天下喜。魯論曰：舉逸民，天下之民歸心焉。雲漢詩：天下喜於，王化復行。兩公陣堂堂，此士可摩壘〔一〇〕。『兩公』謂晁、張。孫子曰：勿擊堂堂之陣。左傳曰：致師者御靡旌，摩壘而還。注云：摩，近也。老杜詩：氣摩屈賈壘，目短曹劉墻。

〔一〕『食』原作『蝕』，據樹經堂本及論語子張改。

〔二〕『也』原作『者』，據樹經堂本及法言寡見改。

〔三〕『毆』原作『歐』，據大全本、樹經堂本及文選卷十五思玄賦改。

〔四〕按：此句下原有『當是時』三字，據元大全本、樹經堂本及韓非子外儲説左上删。

〔五〕『特』原無，據大全本、樹經堂本增。

〔六〕『唐人』、『曰』原無，據大全本、樹經堂本改。

〔七〕『何言』萬曆本作『何當』。

〔八〕『跟』原作『跟』，據樹經堂本改。按莊子徐無鬼作『良位其空』，陸德明音義：『「良」或作「跟」，音同。』

〔九〕『手』大全本、樹經堂本作『首』。

〔一〇〕『士』原作『事』，據樹經堂本及内集卷二改。

次韻答邢惇夫

惇夫名居實，邢恕和叔之子，少能文，諸公多稱之。

為山不能山，過在一簣止。魯論曰：譬如為山，未成一簣，止，吾止也。注云：簣，土籠也。渥洼騏驎兒，墮地志千里。漢書：元鼎四年，馬生渥洼水中。韻書曰：騏驎，白馬黑脊。傅玄豫章行曰：男兒當門户，墮地自生神。此借用。東坡作王大年哀詞云：驥墮地走，虎生而斑。魏武帝歌曰：老驥伏櫪，志在千里。岷江初濫觴，入楚乃無底。書禹貢曰：岷山導江。『濫觴』見上注。列子曰：渤海之東，有大壑焉，實惟無底之谷。將升聖人堂，道固有廉陛。魯論曰：由也升堂矣，未入於室也。漢書賈誼傳曰：陛九級上，廉遠地，則堂高。意謂學者不當躐等而升，進道必以漸也。邢敦夫好大略小，幼日便為塗遠之計，山谷書其文卷，論之詳矣。邢子好少年，如世有源水。南史何妃傳曰：楊郎好年少。此借用。孟子曰：源泉混混〔一〕，不舍晝夜，盈科而後進，放乎四海，有本者如是。注云：有原本也。方求無津涯，不作蛙井喜。書曰：若涉大水，其無津涯。莊子秋水篇公子牟曰：子獨不聞夫埳井之蛙乎？謂東海之鼈曰：『擅一壑之水，而跨跱埳井之樂，此亦至矣。』兒中兀老蒼，趣造甚奇異〔二〕。退之詩：田巴兀老蒼，憐汝矜爪觜。晉書向秀傳曰：發明奇趣。過閱王公門，袖中有漫刺。漢書鄒陽傳：何王之門，不可曳長裾？後漢禰衡傳：陰懷一刺，既無所之適，至於刺字漫滅。別來阻河山，望遠每障袂。淵明詩：情通萬里外，形迹滯江山。宋玉高唐賦曰：其少進也，若姣姬揚袂障日而望所思。斯文向千載〔三〕，有志常寡遂。陶淵明詩曰：道喪向千載。魏文帝與吳質書曰：德璉才學，足以著書，美志不遂，良可痛惜。漢書武帝策董仲舒曰：群生寡遂。後生文楚楚，照影若孔翠。言玩末而忘本。詩曰：蜉蝣之羽，衣裳楚楚。『照影』見上注。楚辭曰：孔蓋兮翠旌。注云：孔雀之羽為車蓋。不應太玄草，晞價咸陽市。漢書揚雄傳曰：雄方草太玄，有以自守，泊如也。史記呂不韋傳：著呂氏春秋，布咸陽市門，懸千金其上，有能增損一字者，予千金。雨作枕簟秋，官閑省中睡。夢不到漢東，茗椀乃為祟。柳子厚詩：清泠集濃露，枕簟凄已知。文選沈休文有學省愁臥詩，此借用。左傳：漢東之國隨為大。時和叔謫隨州，敦夫侍焉。左傳：楚昭王有疾，卜之曰：『河為祟。』聞君肺渴減，頗復佳食寐。讀書得新功，來鴈寄一字。敦夫病肺嘔血，山谷嘗有詩云：肺熱今好否？微涼生井桐。樂府伊州歌曰：征人去日殷勤囑，歸鴈來時早寄書。老杜詩：親朋無一字。東坡詩：一哦肺渴減，再讀頭風痊。

〔一〕『源』原作『原』，據大全本、樹經堂本及孟子離婁下改。

〔二〕『異』内集卷三作『偉』，句下小字注：『一作異』。

〔三〕『向』原作『尚』，據大全本、樹經堂本及内集改。

和邢惇夫秋懷十首

殘暑已俶裝，好風方來歸。張平子思玄賦曰：簡元辰而俶裝。李善注云：俶，始也。春秋閔公元年書：季子來歸。左傳曰：嘉之也。未能疏團扇，班婕妤怨歌行曰：裁為合歡扇，團圓似明月〔二〕。常恐秋節至，涼風奪炎熱〔三〕。棄捐篋笥中，恩情中道絶。且復製秋衣〔一〕。豳詩曰：七月流火，九月授衣。楚辭曰：製芰荷以為衣。高蟬遽如許，長吟送落暉。後漢左慈傳老羝人語曰：遽如許。文選陸士衡擬古詩曰：大耋嗟落暉〔四〕。相戒趣女功〔五〕，莎蟲能表微。春秋考異郵曰：立秋促織鳴。宋均曰：趣織，蟋蟀也。立秋女功急，故趣之。豳詩曰：五月斯螽動股，六月莎雞振羽，十月蟋蟀入我床下。箋云：言此三物之如此，著將寒有漸，非卒來也。檀弓曰：季武子寢疾，蟜固不説齊衰而入見，曰：『斯道也，將亡矣！士唯公門説齊衰。』武子曰：『不亦善乎！君子表微。』注云：表，猶明也。此詩借用，言莎蟲戒寒，如履霜之辨早。曩時高唐客，暮雨朝行雲。宋玉高唐賦曰：先王嘗游高唐〔六〕，夢見一婦人，曰：『妾巫山之女也，為高唐之客，聞君游於高唐，願薦枕席。』王因幸之，去而辭曰：『妾在巫山之陽，高丘之阻，且為朝雲，暮為行雨，朝朝暮暮，陽臺之下。』

陰居懷天匹，楚觀夢紛紜。

文選洛神賦曰：雖潛處於太陰，長寄心於君王。李善注云：太陰，衆神之所居。　賦又云：歎匏瓜之無匹兮，詠牽牛之獨處。謝惠連詩：雲漢有靈匹，彌年闕相從。高唐賦曰：楚襄王與宋玉遊於雲夢之臺。又曰：上至觀側，地蓋底平。本草『人參』條注：藥性論云：『患人虛而多夢紛紜。』

我欲覩光儀，齋明炷爐薰。

選詩曰：脈脈阻光儀。禮中庸曰：齊明盛服。劇談録曰：唐昌觀有女子，折玉蘂花騰空而去。嚴休復有詩曰：終日齋心禱玉宸，魂銷眼冷未逢真。

天高萬物肅，誰為帝子魂？

文選張景陽雜詩曰：龍蟄暄氣凝，天高萬物肅。楚辭湘夫人曰：帝子降兮北渚，目渺渺兮愁予。李善注高唐賦引襄陽耆舊傳：赤帝女曰姚姬，未行而卒，葬於巫山之陽。山谷此詩意若思古人而不得見，故託興於此。

七均師無聲，五和常主淡。

唐志：祖孝孫定律：一宮，二商，三角，四變徵，五徵，六羽，七變宮，其聲由濁至清為一均。淮南子曰：無音者聲之大宗也。又曰：無聲而五音鳴焉，無味而五味和焉。禮記王制曰：五味異和。『和』音胡卧反。揚雄解嘲曰：大味必淡。

芸芸觀此歸（七），一德貫真濫。

老子曰：夫物芸芸，各歸其根。又曰：萬物並作，吾以觀其復。魯論曰：一以貫之。退之詩：古聲久埋没，無由見真濫。

夢臨秋江水，魚蝦避窺瞰。明月本無心，誰令作寒鑑？

言本無意於當世，人忌其照見之也（八），如明月之鑑物，豈其心哉？退之鏡潭詩：魚蝦不用避，只是照蛟龍。又寄盧仝詩：每騎屋山下窺瞰，渾舍驚怕走折趾。東坡晚年詩亦曰：明月本自明，無心孰為境？挂空如水鑑，寫此山河影。

王度無畦畛，包荒用馮河。

『王度』見上注。漢書韓安國傳曰：聖人以天下為度。莊子曰：彼且無町畦，亦與之為無町畦。又曰：汎汎乎其若四方之無窮，其無所畛域。退之詩：丈夫終莫生畦畛。易泰卦之『九二』：包荒，用馮河，不遐遺，朋亡，得尚于中行。注謂：包含荒穢，受納馮河者也。用心弘大，無所遐棄，故曰『不遐遺』也。

秦收鄭渠成，晉得楚材多。

亦前詩『人材包新舊』之意。漢書溝洫志：韓聞秦之好興事，欲罷之，無令東伐，使水工鄭國間說秦，令鑿涇水以溉田。中作而覺，秦欲殺鄭國。鄭國曰：『始臣為間，然渠成亦秦之利也。』秦以為然，卒使就渠。左傳：聲子使於晉，還如楚，令尹子木與之語，問：『晉大夫與楚孰賢？』對曰：『雖楚有材，晉實用之。』子木曰：『夫獨無族姻乎？』對曰：『雖有而用，楚材實多。』

用人當其物，不但軸與薖。

莊子曰：言而當物，則終日言而盡道。此借用。考槃詩曰：考槃在阿，碩人之薖。注云：薖，寬大貌，一云飢意。又曰：考槃在陸，碩人之軸。注云：軸，進也，一云病也。

六通而四闢，玉燭四時和。

莊子曰：六通四闢於帝王之德。此借用，以言當如舜之闢四門，廣致衆賢也。『玉燭』見上注。漢書劉向傳曰：衆賢和於朝，則萬物和於野。

相如用全趙，留侯開有漢。

史記藺相如傳曰：事趙惠文王。留侯世家曰：漢六年，封張良為留侯。

名登太山重，功略天下半。

史記藺相如傳太史公曰：藺相如名重太山，其處智勇，可謂兼之矣。留侯世家高帝曰：運籌帷幄中〔九〕，決勝千里外〔一〇〕，此子房功也。吴都賦曰：灌注乎天下之半。此借用。

讓頗封韓彭，事成群疑泮。

相如傳曰：相如為上卿，位在廉頗之右〔一一〕。廉頗宣言曰：『我見相如，必辱之。』相如聞，不肯與會，每朝時，常稱病，不欲與廉頗爭列。相如出，望見廉頗，引車避匿，曰：『吾所以為此者，以先國家之急而後私讎也〔一二〕。』留侯世家曰：漢王問良：『吾欲捐關以東棄之，誰可與共功者？』良曰：『黥布、彭越，此兩人可急使。韓信可屬大事。即欲捐之，捐之此三人，則楚可破。』卒破楚者，此三人力也。易曰：遇雨之吉，群疑亡也。北史儒林傳序曰：積滯群疑，渙然冰釋。詩曰：迨冰未泮。

天道當曲全，小智驚後患。

老子曰：曲則全，枉則直。莊子曰：小智間間。又曰：不忍一時之傷，而驚萬世之患。此詩與前篇皆救朋黨之漸。

慶州名父子，忠勇横八區。『慶州』謂范德孺，見上注。漢書蕭育傳：以育名父子，著材能。文選辯亡論曰：忠勇百世。又左太沖詠史詩曰：英名擅八區。老杜詩：直氣横乾坤。

許身如稷契，初不學孫吴。老杜詩：許身一何愚，自比稷與契。晉書山濤傳：不學孫吴而闇與之合。

荷戈去防秋，面皺鬢欲疏。『荷戈』見上注。老杜寄董嘉榮詩曰：聞道君牙帳，防秋近赤霄。楞嚴經波斯匿王曰：迫於衰耄，髮白面皺。

雖折千里衝，豈若秉事樞。『折衝』見上注。退之南海廟碑詩曰：胡不均弘，俾執事樞。范文正公篤於忠亮，雖喜功名而不為朋黨。早歲排吕申公，勇於立事，其徒因之，矯厲過直，公不喜也。自睦州還朝，出領西事，恐申公不為之地，無以成功，乃為書自咎，解仇而去。其後以參知政事安撫陝西，申公既老，居鄭，相遇於塗，文正身歷中書，知事之難，有悔過之語，於是申公欣然相與語終日。申公問：『何為亟去朝廷？』文正言：『欲經略西事耳。』申公曰：『經制西事，莫如在朝廷之便。』文正為之愕然。事見蘇黄門龍川志。知此然後知山谷之詩有味也。

謝公藴風流，詩作鮑照語。『謝公』當是師厚，師厚名景初，南陽人。南史：鮑照字明遠，文辭贍逸，嘗為古樂府，文甚遒麗。

絲虫縈草紙，筆力挾風雨。言遺藁雖為蛛絲所縈，而翰墨英特之氣，終不可掩。西京雜記：淮南王著鴻烈，自云：『字中皆挾風霜。』老杜詩：筆落驚風雨。

萬里投諫書〔一三〕，石交化豺虎。世方用賢髦，先成泉下土。師厚為成都路提刑，坐燕飲事，為言者所攻。熙寧五年遂以罪廢。觀此詩語，似有所因。蘇秦傳曰：此所謂棄仇讎而得石交者也。班固漢書張耳陳餘述曰：張陳之交游如父子，據國争權，還如豺虎。文選張孟陽七哀詩曰：昔為萬乘君，今為丘山土。

今日呂虢州，堂堂古遺直。『虢州』未詳。左傳孔子曰：叔向古之遺直。許國輸九死，補天鍊五色。晉書周札傳：王導議『札與臣等便以身許國，死而後已』。文選曹子建表曰：輸能於明君。楚辭曰：雖九死其猶未悔。列子曰：天地亦物也，物有不足，故昔者女媧鍊五色石以補其闕。頗修諫員缺，人壽無金石。文選古詩曰：人生非金石，豈能長壽考？西風壯夫淚〔一四〕，多為程顥滴。韓絳作明道程先生墓誌曰：伯淳諱顥，元豐八年六月卒。自元豐以來論賢士大夫宜在天子左右者，君必預焉。實録曰：御史中丞呂公著薦顥授太子中允，權監察御史裏行，後謫監汝州酒税。哲宗即位，召為宗正丞，未行，以疾卒。顥深有經濟之意，不幸早死，士大夫識與不識，莫不哀傷。按實録，顥與李常、孫覺熙寧中嘗言青苗不便，皆外任云。

吾友陳師道，抱瑟不吹竽〔一五〕。退之詩曰：吾友柳子厚，其人藝且賢。又答陳商書曰：齊王好竽，有求仕於齊者操瑟而往，立王之門，三年不得入。客罵之曰：王好竽，而子鼓瑟，瑟雖工，如王不好何？文章似揚馬，欬唾落明珠。謂揚雄、司馬相如。後漢趙壹歌曰：勢家多所宜，欬唾自成珠。固窮有膽氣，風壑嘯於菟。『固窮』見上注。退之送張道士詩曰：臣有膽與氣，不忍死茅茨。老杜詩：將軍膽氣雄。歐公病暑賦云：陰壑慘慘多悲風。秋來入詩律，陶謝不枝梧。老杜詩曰：詩律群公問，儒門舊史長。又曰：陶謝不枝梧，風騷共推激。『陶』謂淵明，『謝』謂靈運。

邢子卧北窗，吟秋意少悰。『卧北窗』見上注。漢書廣陵厲王胥傳歌曰：出入無悰為樂亟。注云：悰，亦樂也。讀書用意苦，嘔血驚乃翁。老杜詩：更覺陰何苦用心，左傳曰：伏弢嘔血。漢書項籍傳高祖曰：必欲烹乃翁，幸分我一杯羹。安得和扁輩，為浣學古胸？醫和見左傳。扁鵲見史記扁鵲傳，曰：上古俞跗湔浣腸胃，滌洗五藏。書曰：學古入官。肺熱今好否？微涼生井桐。鮑照詩：時危各奔命〔一六〕，終然肝肺熱。老杜詩：高秋蘇肺氣。魏明帝詩：雙桐生空井。

〔一〕『且復』内集作『頗復』。

〔二〕『團圓』樹經堂本作『團團』，『明月』元大全本作『秋月』。

〔三〕『涼風』元大全本作『涼飈』。

〔四〕『大耋』大全本、樹經堂本作『大耄』。

〔五〕『相戒趣』内集卷四作『相教促』。

〔六〕『先王嘗游高唐』原作『先王嘗游在於高唐』，據大全本、樹經堂本及文選卷十九高唐賦改。

〔七〕『芸芸觀此歸』内集作『芸芸歸此妙』。

〔八〕『人忌』大全本、樹經堂本作『世人忌』。

〔九〕『中』樹經堂本作『之中』。

〔一〇〕『外』樹經堂本作『之外』。

〔一一〕『之』原無，據大全本、樹經堂本及史記廉頗藺相如列傳增。

〔一二〕『以』原無，據大全本、樹經堂本及史記增。

〔一三〕『書』萬曆本作『言』。

〔一四〕『西風壯夫淚』内集作『西風壯士淚』，『士』下小字注：『一作夫』。

〔一五〕『瑟』萬曆本作『琴』。

〔一六〕『時危』大全本、樹經堂本作『危時』。

謝公定和二范秋懷五首邀予同作〔一〕

西風一葉脱，迹已不可掃。淮南子曰：見一葉落而知歲之將暮。謝莊月賦曰：洞庭始波，木葉微脱。文選北山移文曰：或飛柯以折輪，乍低枝而掃迹。此引用，言秋葉之變衰，不復可掃迹也。

巷有白馬生，朝回焚諫草。後漢書張湛傳〔二〕：湛常乘白馬〔三〕，光武每見湛，輒言：『白馬生且復諫矣。』老杜詩：朝回日日典春衣。又詩：避人焚諫草，騎馬欲雞棲。唐書：馬周焚章表曰：『管晏暴君之過，取身後名，吾不為也。』魏志陳群傳注曰：前後密陳得失，每上封事，輒削其草。袁子曰：『夫仁者愛人，施於君謂之忠，施於親謂之孝，其本一也。故君親有過，諫而不入，求之反覆，不得已而言，不忍宣也。君子謂陳群於是乎長者矣。』

誰云事君難？是亦父子間。所要功補衮，不言能犯顔。意已見上注。禮記檀弓曰：事親有隱而無犯，事君有犯而無隱。注云：『隱』謂不稱揚其過失，『無犯』謂不犯顔而諫。語曰：為君難，為臣不易。又曰：事君難進而易退。詩曰：衮職有闕，惟仲山甫補之。

四會有黃令，學古著勳多。謂有功於此道也。四會縣隷端州。黃令名介，字幾復，山谷為作墓誌銘〔四〕。書説命曰：學于古訓乃有獲。曹子建書曰：豈徒以翰墨為勳績？此反其意而用之。風俗通曰：蓋、嚴、楊惲，勳著王室。

白頭對紅葉，奈此搖落何！宋玉九辯曰：悲哉！秋之為氣也，蕭瑟兮草木搖落而變衰。古詩：水流何太急，深宮盡日閑。殷勤謝紅葉，好去到人間。

雖懷斲鼻巧，有斧且無柯。『斲鼻』見上注。伐柯詩注曰：柯，斧柄也。安得五十絃，奏此寒士歌？言其聲之悲也。漢書郊祀志曰：黃帝命素女鼓瑟，帝悲不止，故破五十絃為二十五絃。莊子曰：曾子居衛，捉衿而肘見，納屨而踵決，曳屨而歌商頌，聲滿天地，若出金石。南史劉祥傳褚彥回曰：寒士不遜。

采蓮涉江湖，采菊度林藪。言用心之苦也。古樂府詩曰：江南可采蓮。選詩曰：涉江采芙蓉。淵明詩曰：采菊東籬下。班固典引曰：餚核仁義之林藪。插鬢不成妍，誰憐飛蓬首？言無知己也。老杜佳人詩。曰：摘花不插髮，采柏動盈掬。選詩曰：皎潔不成妍。詩曰：自伯之東，首如飛蓬。豈無膏沐？誰適為容？山谷受知於謝師厚，從之學詩，作此詩時師厚已死。平生耦耕地，風雨深稂莠。『耦耕』字見魯論。南史陶淵明傳：夫耕於前，妻耡於後。山谷前娶師厚之女，先死矣。詩云：不稂不莠。劉向封事：稂莠與蓬蒿並興。謝公遂如此，永袖絕絃手。王羲之帖云：蔡公遂委篤。晉書：王廙字世將，廙卒，明帝曰：『世將復至於此！』退之祭子厚文曰：大匠傍觀，縮手袖間。呂氏春秋曰：鍾期死，伯牙遂絕絃，以世無知音。

往日孫陽翟，才可任遺補。張方回家本有山谷自注云：孫賁字公素。陽翟縣屬許州。唐書百官志：武后置左右補闕、拾遺，掌供奉諷諫。溫造傳舒元褒曰：遺補雖卑，侍臣也。擊强如摧枯，食蘖不知苦。後漢龐參傳曰：拔薤欲吾擊强宗。漢書異姓侯王表曰：摧枯朽者易為力。樂天詩：三年為刺史，飲冰復食蘗。屬者缺諫垣，時論或未許。漢書李尋傳曰：屬者頗有變改。注云：『屬者』謂近時也，音之欲反。舊唐書元稹傳：既居諫垣，不欲碌碌自滯。退之會合聯句曰：君才誠倜儻，時論方洶溶。儻可假一邦，使民作鄒魯。『一邦』見魯論。秘閣法帖有李斯篆曰：使父子為鄒魯。按修水集有山谷跋孫陽翟公素十詩云：世笑予詩論公素不實，曰：『公素能擊强，則請聞命；至於使民作鄒魯，則吾不知也。』予告之曰：『公素之擊强，亦以其害善良、奪長吏之柄耶？將不及問皂白，并擊無罪爾？然則以今之偷，一切以規自免，萬事決於老吏之口者，為能使斯民作鄒魯邪？

用智常恨耄，用決常恨早。用人要當及其壯時。元祐之用諸老，熙寧之用新進，皆不免有遺恨也。十二國史曰：齊子奇年十八，齊君任為東阿。既行矣，而君悔焉，使人追之。使者不追，還曰：『臣見子奇所與同載者白首矣。夫老者之智，少者之決，此必能理東阿。』左傳劉子曰：諺所謂『老將至而耄及之』者，其趙孟之謂乎？

推轂天下士，誠心要傾倒。漢書鄭當時傳曰：其推轂士及官屬丞史，誠有味其言也。世說庾公謂孫興公曰：衛永風韻雖不及卿，諸人傾倒處亦不近。

海宇日清明，廟堂勤洒掃。書曰：永清四海。詩曰：會朝清明。又曰：子有廷內，弗洒弗掃。此借用。 語曰：洒掃進退抑末也。

何為陳師道，白髮三徑草？『陳師道』已見上注。嵇康高士傳曰：蔣元卿還杜陵，荊棘塞門，舍中有三徑，不出。按三輔決錄：蔣詡字元卿。

〔一〕內集卷三題下小字注『悰』，蓋謝公定之名。

〔二〕『傳』原無，據大全本、樹經堂本補。

〔三〕『湛』原無，據大全本、樹經堂本補。

〔四〕『墓』字原無，據樹經堂本補。

送謝公定作竟陵主簿 竟陵縣隸復州

謝公文章如虎豹，至今斑斑在兒孫。

『謝公』謂師厚，公定蓋其子也。東坡作王大年哀詞曰：驥墮地走，虎生而斑。視其父子，以考我言。文選七命曰：拉虎摧斑。李善注云：斑，虎文也。上林賦曰：被斑文。老杜詩：終老無兒孫。論語：棘子成曰：『君子質而已矣，何以文為〔一〕？』子貢曰：『虎豹之鞹，猶犬羊之鞹。』晉書：此郎管中窺豹，時見一斑。歐公歸田録云：時號『文中虎』。

竟陵主簿極多聞，萬事不理專討論。

『多聞』見魯論。後漢書胡廣傳：萬事不理問伯始。魯論曰：世叔討論之。此借用，以言專意問學。

澗松無心古須鬣，天球不琢中粹温。

文選張景陽詩：鬱鬱澗底松。酉陽雜俎曰：松言五粒者，『粒』當言『鬣』，自有一種名鬣，皮無鱗甲而結實多。書曰：天球，河圖在東序。禮記曰：大圭不琢。『琢』音篆，刻也。文選顔延年陶徵士誄曰：貞夷粹温。

落筆塵沙百馬奔，劇談風霆九河翻。

老杜詩：觀我落筆中書堂。又詩：塵沙立暝途。又詩：奔騰獻荔支，百馬死山谷。文選七發曰：沌沌渾渾，狀如奔馬。漢書揚雄傳曰：口吃不能劇談。晉書郭象傳王衍每云：聽象語，如懸河瀉水，注而不竭。退之詩：淚如九河翻。

胸中恢疏無怨恩，當官持廉且不煩〔二〕。

老子曰：天網恢恢，疏而不失。此摘其字用之。史記范雎傳：一飯之德必償，睚眦之怨必報。退之聽琴詩：昵昵兒女語，恩怨相爾汝。左傳曰：當官而行，何强之有？退之盧丞誌銘曰：能持廉名。漢書翟方進傳：居官不煩苛。

吏民欺公亦可忍，慎勿驚魚使水渾。

漢書曹參傳：屬其後相曰：『以齊獄市為寄，慎勿擾也。』淮南子曰：使葉落者，風搖之；使水濁者，魚撓之。老杜詩：汲多井水渾。

漢濱耆舊今誰存？駟馬高蓋徒紛紛。安知四海習鑿齒，拄笏看度南山雲。

襄陽在漢上。習鑿齒作襄陽耆舊傳云：漢末嘗有四郡守、七都尉、二卿、兩侍中，朱軒高蓋會山下，因名冠蓋山，里曰冠蓋里。按晉書，習鑿齒襄陽人，為桓温主簿。温曰：『徒三十年讀書，不如一詣習主簿。』桑門釋道安與鑿齒初相見，道安曰：『彌天釋道安。』鑿齒曰：『四海習鑿齒。』人謂佳對。又王徽之傳：以手板拄頰，云：『西山朝來，致有爽氣。』此借用。漢書于公曰：少高大門閭，令容駟馬高蓋車。老杜詩：世上餘子徒紛紛。

〔一〕『何』原作『奚』，據樹經堂本及論語顏淵改。

〔二〕『且』樹經堂本作『庭』，句下有小字注：『「庭」字精華作「且」。』萬曆本亦作『庭』。

奉答謝公静與榮子邕論狄元規孫少述詩長韻〔一〕

謝公遂如此，宰木已三霜！『謝公』謂謝師厚，已見上注。公羊傳曰：若爾之年者，宰上之木拱矣。注云：宰，冢也。老杜詩：十暑岷山葛，三霜楚户砧。無人知句法，秋月自澄江。老杜詩：佳句法如何？山谷作黄氏二室墓誌云：庭堅之詩：卒從謝公得句法。按謝玄暉詩云〔二〕：澄江静如練。故用以屬師厚。盧仝詩曰：謝朓澄江今夜月，也應憶着此山夫。

二子學邁俗，窺杜見牖窗。『二子』謂狄、孫。文選石季倫思歸引序曰：余少有大志，夸邁流俗。元稹作杜子美墓誌曰：李白尚不能歷其藩翰，况堂奥乎！魯論曰：窺見室家之好。舒元輿悲剡藤文曰：今九牧士人，自言能見文章户牖者，其數與麻竹相多。試斲郢人鼻，未免傷手創。言二子猶未極其妙手也。『斲鼻』見上注。退之祭子厚文曰：不善為斲，血指汗顔。老子曰：代大匠斲者，希不傷其手矣。蠏胥與竹萌，乃不美羊腔。言二子尚有好奇之病，如嗜異饌而棄常珍也。周禮庖人：共祭祀之好羞。注曰：謂若荆州之鮺魚，青州之蟹胥。按説文曰：胥，蟹醢也。爾雅曰：筍，竹萌。退之詩：酒壺綴羊腔。

自往見謝公，論詩得濠梁。

『往』謂往日，『得濠梁』言有所悟入也。晉書王坦之傳謝安曰：常謂君粗得鄙趣者，猶未悟之濠上邪！按：莊子與惠子遊於濠梁之上，莊子曰：『鯈魚出游從容，是魚樂也。』惠子曰：『子非魚，安知魚之樂？』莊子曰：『子非我，安知我不知魚之樂？』惠子曰：『我非子，固不知子矣。子固非魚也，子之不知魚之樂，全矣。』莊子曰：『請循其本。子曰「汝安知魚樂」云者，既已知吾知之而問我，我知之濠上也。』杜詩：谷口應相得，濠梁同見招。

世方尊兩耳，未敢築受降。

張平子東京賦曰：客所謂末學膚受，貴耳而賤目者也。李善注引桓子新論曰：世咸尊古卑今，貴所聞，賤所見。漢書曰：武帝遣公孫敖築塞外受降城。又按唐書：張仁愿築三受降城。

丹穴鳳凰羽，風林虎豹章。

言文章有種性也。蜀志秦宓曰：虎生而文炳，鳳生而五色，豈以五采自飾畫哉？山海經曰：丹穴之山有鳥，名曰鳳凰。老杜詩：風林纖月落。易曰：雲從龍，風從虎。

小謝有家法，聞此不聽冰。

後漢書儒林傳序曰：各以家法教授。『不聽冰』言其不疑也。述征記曰：河冰合，須狐聽而行。漢書文帝紀注曰：狐之為獸，其性多疑，每渡冰河，且聽且渡，故言疑者稱『狐疑』。『冰』字韻與『章』字韻不協，蓋詩人旁用他韻，如退之此日足可惜詩是也。又按玉臺新詠徐幹雜詩曰：沉陰結愁憂，愁憂為誰興？念與君生別，各在天一方。良會未有期，中心摧且傷。不聊憂飡食，慊慊常飢空。端坐而無為〔三〕，髣髴君容光。此詩『興』與『方』『空』皆不同韻，蓋古詩多如此。

相思北風惡，歸鴈落斜行。

言無因寄書也。文選古詩：客從遠方來，遺我一書札。上言長相思，下言久離別。唐人王建詩：就中一夜東風惡。老杜詩：落鴈浮寒水。張祜詩：萬人齊指處，一鴈落寒空。

〔一〕『謝公静』原作『謝公定』，據内集卷二一、萬曆本改。

〔二〕『謝』原無，據樹經堂本增。

〔三〕『而』原作『論』，據大全本、樹經堂本及四部叢刊本玉臺新詠改。

贈送張叔和

塤字叔和，洛中人，張燾龍圖之後，娶山谷季妹。

張侯温如鄒子律，能令陰谷黍生春。劉向別録曰：燕有谷，地爽而寒，不生五穀。鄒衍吹律而温至黍生，今名黍谷。有齊先君之季女，十年擇對無可人。山谷父名庶，字亞夫，終於大理寺丞，有四女，嫁叔和者其季也。采蘋詩：有齊季女。注云：齊，敬也。左傳曰：則猶有先君之適，若而人。後漢書梁鴻傳：孟光擇對不嫁。禮記孔子曰：管仲遇盜，取二人焉，上以為公臣，曰：『其所與遊辟也，可人也。』又見蜀費禕、晉桓温傳。箕帚掃公堂上塵，家風孝友故相親。漢書（二）高帝紀：吕公曰：臣有息女，願為箕帚妾。後漢曹世叔妻傳遺令曰：執箕箒於曹氏。注云：言主賤役，事舅姑。詩曰：張仲孝友。廟中時薦南澗蘋，兒女衣袴得補紉。召南采蘋序曰：大夫妻能循法度也。其詩曰：于以采蘋，南澗之濱。又曰：于以奠之，宗室牖下。注云：宗室，大宗之廟也。左傳曰：蘋蘩蘊藻之菜，可薦於鬼神。禮記内則曰：衣裳綻裂，紉箴請補綴。兩家俱為白頭計，察公與人意甚真。言以歲寒相期。漢書鄒陽傳曰：有白頭如新，傾蓋如故。老杜詩：甚知丈人真。退之詩：與人常不款。吏能束縛老姦手，要使鰥寡無顰呻。退之上李實書曰：老姦宿贓，消縮摧沮。『顰呻』謂蹙頞愁歎。退之韓弘碑曰：察其嚬呻（二）。但回此光還照己，平生倦學皆日新。世出世間，本無二致，能束縛老姦者竟是誰耶？傳燈録雲居義能曰：回光返照，看身心是何物？書曰：德日新。我提養生之四印，君家所有更贈君。宗門有三印，謂印空、印水、印泥。山谷作雲峰悦禪師語録序云：不受然燈記別，自提三印正宗。今云『四印』，亦猶此意，謂忍、默、平、直也。黄庭經曰：子能守一，萬事畢；子自有之，持勿失。此云『君家所有』，亦其意也。先德蓋云：是汝屋裏事。百戰百勝，不如一忍。孫子曰：百戰百勝，非善之善者也。晉書朱伺傳曰：兩敵共對，惟當忍之。彼不能忍，我能忍，是以勝耳。老蘇先生權書曰：一忍可以支百勇。書曰：必有忍，其乃有濟。萬言萬當，不如一默。史記龜策傳曰：十言十當，十戰十勝。傳曰：十語九中，不如一默。無可簡擇眼界平，三祖信心銘曰：至道無難，唯嫌簡擇。但莫憎愛，洞然明白。心經曰：無眼界，乃至無意識界。圓覺經云：譬如眼光，照了前境，其光圓滿，得無憎愛。不藏秋毫心地直。楞嚴經曰：十方如來，同一道故。出離生死，皆以直心。心言直故，如是乃至終始地位，中間永無委曲諸相〔三〕。傳燈録十七祖偈曰：心地本無生。『秋毫』見孟子。我肱三折得此醫，自覺兩踵生光輝。言涉世既久，始信此理，自覺入道有漸也。左傳曰：三折肱為良醫。華嚴經夜摩天宫偈贊品曰：爾時世尊，從兩足趺上，放百千億光明。李長者論曰：『十信足下輪中放光，十住足指端放光，此十行之中足趺上明，次第隨位昇進。』一本『踵』作『種』，或引乾峰示衆云：法身有三種病，二種光，須是一一透得，始解穩坐。殊失此詩本意。文選范彦龍詩：傳瑞生光輝。莊子：真人之息以踵。東坡詩：八部猶光輝。團蒲日静鳥吟時〔四〕，爐薰一炷試觀之。欲其清心，以觀四印之妙用。『團蒲』見上注。傳燈録宗永禪師頌曰：南臺静坐一爐香，亘日凝然萬慮忘。歐公詩：宴坐忘言一炷香。

〔一〕 原無『書』字，據樹經堂本增。

〔二〕 『喫』原作『頻』，據元大全本及昌黎先生集卷三十二司徒兼侍中中書令贈太尉許國公神道碑銘改。

〔三〕 『委曲諸相』原作『委曲之諸相』，據大全本、樹經堂本删『之』字。按楞嚴經卷一作：『中間永無諸委曲相。』

〔四〕 『日静』萬曆本詩後注：『「日静」一作「風静」。』

送顧子敦赴河東三首

頭白書林二十年，印章今領晉山川。後漢儒林傳序曰：孝和亦數幸東觀，覽閱書林。河東古晉地也。紫參可掘宜包貢，青鐵無多莫鑄錢。本草云：人參主補五藏，安精神，定魂魄，生上黨山谷。注云：潞州太行山所出，謂之紫團參。按潞州即上黨，屬河東。又按河東大通監西冶，歲煉青鐵十餘萬，事見韓魏公家傳。紫參，按本草別載一條，功用極少。上注乃言人參，故指為潞州所產。又紫團參乃牡蒙之一名也。勸課農桑誠有道，折衝樽俎不臨邊。後漢張堪為漁陽守，勸農桑。『折衝樽俎』見晏子春秋，具上注。文中子曰：折衝樽俎可矣，何必臨邊也！要知使者功多少，看取春郊處處田。欲其務本業以厚民。

家在江東不繫懷，愛民憂國有從來。月斜汾沁催驛馬，雪暗岢嵐傳酒杯。左傳曰：有自來矣。水經曰：汾水出太原汾陽縣北管涔山。又曰：沁水出上黨沮縣謁戾山。按輿地廣記：管涔山在今憲州，沁水縣在今澤州。漢書文帝紀：詔太僕見馬遺財足，餘皆給傳置。注云：傳置驛也。退之詩：翻翻走驛馬。輿地廣記：河東有岢嵐軍，蓋因岢嵐山水為名。老杜詩：舊日重陽日，傳杯不放杯。塞上金湯唯粟粒，胸中水鏡是人才。漢書食貨志晁錯言神農之教曰：有石城十仞，湯池百步，帶甲百萬，而亡粟，弗能守也。後漢書光武贊曰：金湯失險。杜牧之阿房宮賦曰：釘頭磷磷，多於在庾之粟粒。『水鏡』見上注。遥知更解青牛句，一寸功名心已灰。言學道有得，忘懷於功名也。老子曰：功成，名遂，身退，天之道。按關令內傳曰：尹喜嘗登樓望東極，有紫氣，曰：『應有聖人過京邑。』果見老君乘青牛車來過。張文潛感遇詩亦曰：我師青牛書，不爭忌處先。『灰心』見莊子。杜詩：丹心一寸灰〔一〕。

攬轡都城風露秋，行臺無妄護衣篝。後漢范滂傳：滂為清詔使，登車攬轡，慨然有澄清天下之志。應劭漢官儀曰：尚書郎入直臺中，女侍史二人執香爐，燒薰以從入，臺中給使護衣服。説文曰：篝，落也，可薰衣。北魏有行臺尚書，謂在外，不在朝廷也。

虎頭墨妙能頻寄〔二〕，馬乳蒲萄不待求。老杜詩：何年顧虎頭，滿壁畫滄洲？按歐陽詢藝文類聚引世説：顧愷之為『虎頭將軍』。然今世説不載，而歷代名畫記云：愷之小字虎頭。未知孰是。晉書愷之傳云：尤善丹青。江文通別賦云：淵、雲之墨妙，嚴、樂之筆精。退之蒲萄詩：若欲蒲盤堆馬乳，莫辭添竹引龍鬚。按本草『蒲萄』注：蜀本圖經云：『子有似馬乳者。』白樂天云：燕姬酌蒲萄。謂太原出蒲萄酒也。

上黨地寒應强飲，兩河民病要分憂。上黨今潞州。周禮考工記曰：强飲强食。『兩河』謂河東、河北。

猶聞昔在軍興日，一馬人間費十牛。元豐四年，陝西用兵，河東困於征調，故十耕牛之費僅給一戰馬。淮南子曰：殺罷牛可以贖良馬之死，莫之為也。殺牛必亡之數。山谷略采此意，亦欲子敦愛惜民力。

〔一〕『丹心』原作『舟心』，據大全本、樹經堂本改。

〔二〕『虎頭墨妙能頻寄』樹經堂本作『虎頭妙墨頻能寄』。

山谷詩集注卷第五

司馬文正公挽詞四首

元祐開皇極，功歸用老成。詩曰：雖無老成人，尚有典刑。惟深萬物表，不令四時行。魏志曹爽傳注引魏氏春秋：何晏嘗曰：『惟深也，故能通天下之志，夏侯太初有焉。』按此語本出易繫辭。孟郊詩：迥出萬物表。按文選北山移文曰：亭亭物表。魯論曰：其身正，不令而行。又曰：天何言哉？四時行焉。按晉書褚裒傳謝安曰：裒雖不言，而四時之氣亦備。

日者傾三接，天乎奠兩楹。言入對未久，遽爾夢謝，為可哀也。左傳曰：日衛不睦。注云：往日也。漢書高帝紀立吳王詔曰：日者荆王兼有其地。易晉卦曰：晉，晝日三接。左傳姜氏哭而過市曰：天乎！仲為不道。禮記檀弓子夏曰：天乎！予之無罪也。檀弓又載孔子曰：予夢坐奠兩楹之間，予殆將死也。堂堂寧復有，埋玉慟佳城。東坡祭韓魏公文曰：魏巍堂堂，寧復有之！晉書庾亮傳：將葬，何充歎曰：『埋玉樹於土中，使人情何能已！』西京雜記：滕公駕至東都門，馬不肯前，以足跑地。滕公使掘地，得石槨，有銘曰：『佳城鬱鬱，三千年見白日。吁嗟滕公居此室！』

國在多艱日，人如大雅詩。訪落詩曰：未堪家多難。漢書贊曰：夫惟大雅，卓爾不群，河間獻王近之矣。注謂明哲保身，此引用，蓋以仲山甫比公，非特取明哲保身而已。

毛詩：國步多艱。忠清俱没世，孝友是生知。『没世』言至死不改。哲廟題温公碑首曰：『清忠粹德之碑。』加璧延諸老，櫜弓撫四夷。公為宰相，招聘諸儒，如程頤等自布衣為講讀，又戒勑西鄙不生邊事。漢書申公傳：上使使束帛加璧迎申公。詩曰：載櫜弓矢。漢書王陵傳曰〔一〕：宰相外鎮撫四夷諸侯〔二〕，内親附百姓。公身與宗社，同作太平基。謂宗廟社稷之靈相之於幽，而公助之於明也。南山有臺詩序曰：得賢則能為邦家立太平之基。

獻納無虛日，居然迹已陳。班固兩都賦序曰：日月獻納。左傳曰：府無虛月。三都賦曰：居然而辨八方。按文子云：形之與名，居然别矣。王羲之蘭亭序曰：俛仰之間，已為陳迹。清班區玉石，寶曆順星辰。上言流品不雜，下言燮理有方。書胤征曰：玉石俱焚。魯論曰：區以别矣。堯典曰：曆象日月星辰。更化思鳴鵙，遺書似獲麟。漢書董仲舒曰：更化則可善治。豳詩曰：七月鳴鵙。此引用，言以農桑為王業根本。『遺書』謂資治通鑑，言可配春秋也。杜預春秋左傳序曰〔三〕：余以為感麟而作，作起獲麟，則文止於所起。易名無異論，今代兩三人。『易名』謂作謚。檀弓曰：請所以易其名者。本朝謚『文正』，惟王曾、范仲淹及公爾。温公嘗駁夏竦謚云：文正謚之至美，無以復加，雖以周公之才，不敢兼取，況如竦者，豈易克當？

毁譽蓋棺了，于今名實尊。言人死則毁譽亦隨而泯，獨公死後，其名尤重。老杜詩：丈夫蓋棺事始定。孟子淳于髡曰〔四〕：先名實者為人也。哀榮有王命，終始酌民言。朝廷用公於久外，恤公於既殁，皆取天下之公論也。魯論子張問子貢曰：夫子之得邦家者〔五〕，其生也榮，其死也哀。禮記曰：上酌民言。蟬冕三公府，深衣獨樂園。公心兩無累，憂國愛元元。言公無窮達之異，其心一於憂國愛民而已。選詩曰：咄此蟬冕客。按漢官云：侍中冠惠文冠，加金貂，附蟬為文，貂尾為飾，謂之貂蟬。公依禮記作深衣，每出，朝服乘馬，用皮篋貯深衣隨其後，入獨樂園則衣之。事具邵氏聞見録。公有獨樂園記曰：熙寧四年，迂叟始家洛，六年，買田二十畝於尊賢坊北，闢以為園，命之曰『獨樂』。戰國策蘇秦曰：制海內，子元元。

〔一〕『王陵傳』原作『陳平傳』，誤。按以下引文出漢書卷四十張陳王周傳。

〔二〕『諸侯』原無，據大全本、樹經堂本及漢書增補。

〔三〕『曰』原無，據樹經堂本增。

〔四〕『淳于髡』原無，據樹經堂本及孟子告子下增。

〔五〕『者』元大全本下有『云云』。

次韻子瞻武昌西山

東坡集此詩序云：元祐元年十一月二十九日，與翰林承旨鄧聖求會宿玉堂，偶話舊事，聖求嘗作元次山窪樽銘，刻之巖石，因為此詩，請聖求同賦。

漫郎江南酒隱處，古木參天應手栽。元次山自釋曰：始自稱猗玗子，將家瀼濱，乃自稱浪士。及有官時，人以為浪者亦漫為官乎？蒙呼為漫郎。及家樊上，漫遂顯焉。又自注曰：言『郎』者為作尚書郎。樊在武昌縣西五里。按寰宇記：武昌今屬鄂州。孟郊詩：隱士多隱酒，此言信難刊。文選曹子建詩：荊棘上參天。石坳為尊酌花鳥，自許作鼎調鹽梅。元次山抔樽銘曰〔一〕：郎亭西乳有聚石，石臨樊水。漫叟創石顛以為亭，石有窊顛者，因修之以藏酒，命為『抔樽』，作銘云云。老杜詩：春來花鳥莫深愁。書曰：若作和羹，爾惟鹽梅。平生四海蘇太史，酒澆不下胸崔嵬。東坡嘗為直史館，故云太史。晉書習鑿齒傳曰：四海習鑿齒。『酒澆』見上注。黃州副使坐閑散，諫疏無路通銀臺。東坡嘗責授黃州副團。退之進學解曰：投閑置散，乃分之宜。國朝會要云：銀臺司掌受天下奏狀。東京記云：淳化四年八月置知銀臺通進司。鸚鵡洲前弄明月，江妃起舞襪生埃。寰宇記：鸚鵡洲在鄂州江夏縣大江之東。按黃州與鄂州相望。小説載鬼詩曰：城市多囂塵，還山弄明月。文選蜀都賦曰：娉江妃與神游。曹子建洛神賦曰：凌波微步，羅襪生塵。史記項羽傳：項莊拔劍起舞。次山醉魂招仿佛，步入寒溪金碧堆。退之詩：怪花醉魂馨。楚辭有宋玉招魂。寰宇記云：樊山在鄂州西，山東十步有岡，岡下有寒溪。文選陸機連珠曰：金碧之巖必辱鳳舉之使。盧仝詩：青空鑿出黃金堆。洗湔塵痕飲嘉客，笑倚武昌江作罍。誰知文章照今古，野老争席漁争隈。莊子曰：舍者與之争席。爾雅『隩隈』郭璞注云：今江東呼為浦。淮南子曰：漁者不争隈。鄧公勒銘留刻畫，刳剔銀鉤洗緑苔。鄧潤甫字聖求，後更名溫伯，嘉祐中為武昌令。樂天詩：題詩此巖壁，雲覆莓苔封。退之石鼓歌：剜苔剔蘚露節角。琢磨十年煙雨晦，摸索一讀心眼開。『琢磨』謂聖求所刻銘。晉賢書曹娥碑後云：漢議郎蔡邕聞之來觀，夜闇，手摸其文而讀之。國史纂異許敬宗曰：若遇曹劉沈謝，暗中摸索亦可識。後漢書王常傳曰：聞陛下即位河北，心開目明。歐公石篆詩曰：見之但覺心眼開。謫去長沙憂服入，歸來杞國痛天摧。東坡謫黃州凡七年，元豐八年召還，時裕陵已成。漢書：賈誼為長沙傅三年，有鵩飛入誼舍，不祥鳥也。誼既已適居，自傷悼，乃為賦以自廣。列子曰：杞國有人憂天地崩墜。玉堂却對鄧公直，北門喚仗聽風雷。翰林志：凡當直之法著為條例，題于北廳之西門。唐書百官志曰：乾封以後始號北門學士。五代史李琪傳曰：唐故事：御紫宸殿乃自正衙喚仗，由閤門而入，百官隨以入見，謂之入閤。『風雷』以言號令，見周易。山川悠遠莫浪許，富貴峥嵘今鼎來。穆天子傳：西王母為天子謠曰：『白雲在天，山陵自出。道里悠遠，山川間之。將子無死，尚能復來。』天子答之曰：『予歸東土[二]，和理諸夏，萬民均平，吾願見汝。比及三年，將復而野。』此句頗采其意。朝野僉載唐咸亨中謠曰：莫浪語，阿婆瞋。老杜亦云：將詩莫浪傳。漢書匡衡傳曰：無説詩，匡鼎來。注云：鼎，方也。又賈捐之傳曰：石顯鼎貴。**萬壑松聲如在耳，意不及此文生哀。**萬壑松聲何豫富貴者事，情因文生，自爾感慨。言東坡詩語之妙，足以動蕩如此也。蓋東坡首章曰：請公作詩寄父老，往和萬壑松風哀。左傳曰：言猶在耳。又曰：孤始願不及此。世説：孫楚除婦服〔三〕，作詩示王武子，王曰：『未知文於情生，情於文生？』覽之悽然增伉儷之重。』此用其意，謂情於文生也。

〔一〕『抔』原作『杯』，據元大全本及元次山集卷八（孫望校元次山集，中華書局上海編輯所一九六〇年版）抔尊銘改。下同。

〔二〕『予歸東土』原作『子歸來東土』，據大全本、樹經堂本及穆天子傳卷三改。按：以下數句，穆天子傳作：『和治諸夏，萬民平均，吾顧見汝。……』

〔三〕『婦』原無，據樹經堂本及世説新語文學增。

子瞻詩句妙一世乃云效庭堅體蓋退之戲效孟郊樊宗師之比以文滑稽耳恐後生不解故次韻道之

子瞻送楊孟容詩云『我家峨眉陰，與子同一邦』即此韻〔一〕。

我詩如曹鄶，淺陋不成邦。鄭氏詩譜云：周武王封叔振鐸於曹，今濟陰定陶是也。檜國居溱、洧之間。祝融氏名黎，其後八姓，惟妘姓檜者處其地焉。左傳：季子觀樂，自鄶以下無譏焉。注曰：季子聞鄶、曹二國歌，不復譏之，以其微也。周禮大宗伯注云：子男不執圭者，未成國。衡門詩注曰：言淺陋也。**公如大國楚，吞五湖三江。**周禮職方氏：揚州，其川三江，其浸五湖。左太冲吴都賦曰：或吞江而納漢。伽藍記王肅曰：羊比齊魯大邦，魚比邾莒小國。此詩略用其意。

赤壁風月笛，玉堂雲霧窗。謂東坡無窮達之異也。東坡謫黄州凡五年，嘗游赤壁，有前後賦。按鄂州蒲圻縣有赤壁山，黄州亦有之。杜牧之詩：何人教我吹長笛，與倚春風弄月明。元祐元年，東坡自中書舍人遷翰林學士。『玉堂』見上注。太白詩：歸來桃花巖，得憩雲窗眠。退之詩：雲窗霧閣事恍惚。山谷題東坡贊曰：東坡之酒，赤壁之笛。又東坡赤壁賦曰：客有吹洞簫者。赤壁之笛，意取此乎？

句法提一律，堅城受我降。老杜詩：覓句新知律。退之樊宗師銘曰：由漢迄今用一律。此借用其字，言自提一家之軍律也。『受降城』見上注。

枯松倒澗壑，波濤所舂撞。萬牛挽不前，公乃獨力扛。『枯松』以自況。太白蜀道難曰：枯松倒掛倚絶壁。退之詩：洪濤舂撞禹穴幽。按禮記學記注曰：舂容謂重撞擊也。老杜古柏行曰：大厦如傾要梁棟，萬牛回首丘山重。漢書鄒陽傳曰：使有自悔不前之心。退之詩：龍文百斛鼎，筆力可獨扛。

諸人方嗤點，渠非晁張雙。老杜戲為絶句曰：今人嗤點流傳賦，不覺前賢畏後生。按干寶晉紀總論曰：蓋共嗤點以為灰塵，而相垢病矣〔二〕。晁無咎、張文潛，皆蘇公門下士。

袒懷相識察，牀下拜老龐。選詩：一心抱區區，懼君不識察。蜀志龐統傳注引襄陽記曰：諸葛孔明為卧龍，龐士元為鳳雛，司馬德操為水鏡，蓋皆龐德公題品之語也。德公襄陽人，孔明每至其家，獨拜於牀下。

小兒未可知，客或許敦厖。誠堪婿阿巽，買紅纏酒缸。終上句相知之意，且欲為其子求婚於蘇氏，抑東坡或嘗以此許之也。山谷在黔中與王瀘州帖云：「小子相今年十四，骨氣差厖厚。」以此帖觀之，在京師時三四歲矣。阿巽蓋蘇邁伯達之女，東坡之孫。山谷雖有此言，其後契闊，竟不成婚。嫁范子功之孫潩，潩字箕叟。敷文學士蘇符仲虎，伯達之子也，其言云爾。左氏成十六年傳曰：民生敦厖。漢書匈奴傳曰：願婿漢氏以自親。説文曰：缸，瓶也。老杜詩：茗飲蔗漿携所有，瓷罌無謝玉為缸。今人定婚者，多以紅綵纏酒壺云。

〔二〕此數句原在題中，據元大全本及内集卷二詩題改。

〔一〕『而』字上原有『則可以』，據大全本、樹經堂本及文選卷四十九晉記總論刪。

柳閎展如蘇子瞻甥也其才德甚美有意於學故以桃李不言下自成蹊八字作詩贈之

柳君文武甚〔一〕，睨視萬人豪〔二〕。公羊傳：伍子胥挾弓而去楚，以干闔廬。闔廬曰：『士之甚，武之甚。』左傳楚子西曰：光又甚文。老氣鼓不作，卷旗解弓刀。老杜詩：老氣橫九州。左傳曰：一鼓作氣。退之送鄭尚書序曰：府帥必左握刀，右屬弓矢。上為朝陽桐，下為澗溪毛。言必為世用，隨所遇何如耳。『朝陽桐』謂可作琴瑟，以薦清廟。卷阿詩曰：梧桐生矣，于彼朝陽。注曰：梧桐本生山岡，太平而後生朝陽。左傳曰：澗溪沼沚之毛，可薦于鬼神，可羞于王公。囊中有美實，期子種蟠桃。期之以遠大，不欲其汲汲於人知也。東坡和山谷詩蓋云：期君蟠桃枝，千歲終一嘗。山海經曰：東海有度索山，上有大桃樹，屈盤三千里，曰蟠桃。漢武帝故事：西王母以桃七枚獻帝，帝欲留核種之，王母笑曰：『此桃一千年生華，一千年結實。』浮陽愧嘉魚，荀子曰：鯈、䱁者，浮陽之魚也，胠於沙而思水，則無逮矣。注云：謂此魚好浮於水上，就陽也。說苑：宓子賤為單父宰，陽晝謂曰：『夫扱綸錯餌〔三〕，迎而吸之者，陽橋也，其為魚也，薄而不美。若存若亡，若食不食者，魴也，其為魚也，厚味。』宓子賤曰：『善。』於是未至單父，有軒蓋迎之者交接於道。子賤曰：『車驅之，車驅之。夫陽晝之所謂陽橋者至矣。』詩曰：南有嘉魚，烝然罩罩。道傍多苦李。晉書王戎傳：戎與群兒戲於道側，見李樹多實，等輩競趣，戎獨不往，曰：『樹在道邊而多子，必苦李也。』世說以『道邊』為『道傍』。

古來賢達人，不争咸陽市。老杜詩：古來賢達士，寧受外物牽？『咸陽市』用史記呂不韋著呂氏春秋事，見上注。

吾子富春秋，儀禮冠禮曰：願吾子之教之也。注云：吾子，相親之辭；子，男子之美稱。漢書齊襄王傳曰：皇帝春秋富。注云：比之於財，方未匱竭。

日月東趨水。言年少當惜日也。孔文舉論盛孝章書曰：歲月不居，時節如流。尚書大傳曰：百川趨於東海。一本作『東逝水』。按老杜詩：不見堂前東逝波。蓋用魯論逝川意。

潛聖有玉音，聞道而已矣。『潛聖』謂孔子。易曰：潛龍勿用，下也。王弼注曰：龍潛而勿用，必窮處於下也。文王明夷，則主可知矣；仲尼旅人，則國可知矣。正義亦曰：言聖人於此潛龍之時，在卑下也。孟子曰：孔子之謂集大成，金聲而玉振之。司馬相如長門賦曰：得尚君之玉音。魯論曰：朝聞道，夕死可矣。詩曰：無金玉爾音，而有遐心。

霜威能折綿，風力欲冰酒。太白詩：天霜下嚴威。醫書謂：大寒唯酒不冰。西京雜記曰：漢天子以酒為書滴，取其不冰。此詩謂綿可折而酒可冰，霜風之慘可知也。

勤子來訪道〔四〕，枵然我何有。『勤』謂勞煩。左傳曰：子毋勤，姑歸。惠子謂莊子曰：剖之以為瓢，則瓠落無所容，非不呺然大也，吾為其無用而掊之。

寢興與時俱，由我屈伸肘。傳燈録大寂禪師曰：只如今行住坐卧，應機接物。盡是道。又法眼禪師曰：出家人但隨時及節便得，寒即寒，熱即熱，欲知佛性義，當觀時節因緣。又僧問棗山，請師直指，師乃垂足曰：『舒縮一任老僧。』此詩皆采其意。詩曰：載寢載興。

飯羹自知味，如此是道不？中庸曰：人莫不飲食也，鮮能知味也。傳燈録道明禪師曰：如人飲水，冷暖自知。

任世萬鈞重，載言以為軒。魯論曰：士不可以不弘毅，任重而道遠。漢書司馬遷傳：子曰：『吾欲載之空言，不如見之行事之深切著明也。』揚子曰：天之道不在仲尼乎？仲尼駕説者也。左傳注曰：軒，大夫車。

空文誤來世，聖達欲無言。魯論子曰〔五〕：予欲無言。左傳曰：聖達節。

咸池浴日月，深宅養靈根。

淮南子曰：日出於暘谷，浴於咸池。黃庭曰：後有密户前生門，出日入月呼吸存。灌溉五華植靈根，七液洞流衝廬間。唐史：取日虞淵，洗光咸池。

胸中浩然氣，一家同化元。

『浩然氣』見孟子。張拙悟道於石霜，作頌曰：光明寂照遍河沙，凡聖含靈共我家。莊子曰：同於大通，此謂坐忘。注云：與變化為體而無不通也。太白詩：心將元化并。盧仝詩：盤礴化元搜萬類。按楞嚴經曰：研究化元。

陸沉百世師，寄食魯柳下。

莊子曰：方且與世違，而心不屑與之俱，是陸沉者也。注云：人中隱者，是無水而沉也。孟子曰：聖人百世之師也，伯夷、柳下惠是也。唐書宰相世系表曰：柳氏出自姬姓，魯孝公子夷伯展孫無駭生禽〔六〕，字季，為魯士師，謚曰惠，食采於柳下，遂姓柳氏。

我今見諸孫，風味窺大雅。

老杜詩：且復尋諸孫。穀梁僖元年傳江熙曰：風味之所期，古猶今也。又世説注高逸沙門傳曰：支遁居會稽，晉哀帝欽其風味。漢書贊曰：夫惟大雅，卓爾不群。

大雅久不作，圖王忽成霸。

太白詩：大雅久不作，吾衰竟誰陳！王風委蔓草，戰國多荊榛。桓譚新論曰：圖王不成，亦可以霸。

偉哉居移氣，蘭鮑在所化。

莊子曰：偉哉！夫造物者將以予為此拘拘也。『居移氣』見孟子。家語子曰：與善人居，如入芝蘭之室，久而不聞其香，即與之化矣。與不善人居，如入鮑魚之肆，久而不聞其臭，亦與之化矣。

聖學魯東家，恭惟同出自。

邴原別傳曰：原遊學詣孫崧，崧曰：『君捨鄭君，所謂以鄭為東家丘也。』原曰：『君謂僕以鄭為東家丘，必以為西家愚夫邪？』左傳曰：則我周之自出。老杜贈盧五丈詩：恭惟同自出，妙選異高標。此借用。

乘流去本遠，遂有作書肆。

賈誼鵩鳥賦曰：乘流則逝。莊子曰：悲夫百家，往而不返，必不合矣。揚子曰：好書而不要諸仲尼，書肆也。

日中駕肩來，薄晚常掉臂。

史記孟嘗君傳馮驩曰：朝趨市者，平旦側肩争門而入，日暮之後，掉臂而不顧，所期物忘其中。文選鮑照蕪城賦曰：車掛轊，人駕肩。

徒囂終無贏，歸矣求己事。

後句言奔走勢利之途終無所得，不如講求為己之學也。左傳曰：賈而欲贏而惡囂乎？孟子曰：子歸而求之，有餘師。傳大士十勸曰：生死己事須汲汲。傳燈録：僧問道：『吾己事未明，乞和尚指示。』師良久曰：『不如且各合口，免相累及。』

清潤玉泉冰，選詩：清如玉壺冰。晉書衛玠傳曰：婦翁冰清，女婿玉潤。十洲記：瀛洲有玉膏山，出泉如酒味。**高明秋景晴。**宋玉九辯曰：泬寥兮天高而氣清。王逸注云〔七〕：秋天高朗〔八〕，體清明也。**妙年勤翰墨，銀鉤爛縱橫。**晉書索靖草書狀曰：草書之為狀也，婉若銀鉤，漂若驚鸞。**藍田生美璞，未琢價連城。思為萬乘器，柱下貴晚成。**京兆記曰：藍田出美玉如藍，故曰藍田。江表傳：孫權見諸葛恪，奇之，謂其父瑾曰：『藍田生玉真不虛也。』漢書鄒陽傳曰：蟠木根柢，輪囷離奇，而為萬乘器者，以左右先為之容也。老子曰：大器晚成。按神仙傳，老子周武王時為柱下史。『連城』見上注。

八方去求道，渺渺困多蹊。淮南子曰：天地之間，九州八極。注云：八方之極也。列子曰：大道以多歧亡羊，學者以多方喪生。**歸來坐虛室，夕陽在吾西。**孟子曰：子歸而求之，有餘師。莊子曰：虛室生白。此借用其字。法眼禪師金剛經四時般若頌曰：理極忘情謂，如何有喻齊。到頭霜夜月，任運落前溪。果熟兼猿重，山長似路迷。舉頭殘照在，原是住居西。此用其意，謂道在邇而求之遠也。**君今秣高馬，夙駕先鳴雞。**漢廣詩：言秣其馬。老杜詩：高馬勿捶面。定之方中詩：星言夙駕。箋云：夙，早也。退之盤谷序云：膏吾車兮秣吾馬。**慎勿取我語，親行乃不迷。**趙州語云：自作活計，莫取我語。陶淵明詩曰：願君取我言。此反而用之，欲其躬行而允蹈也。退之祭田橫文曰：苟余行之不迷。

〔一〕『文武甚』樹經堂本及内集卷二作『文甚武』。按公羊傳定公四年曰：『士之甚，勇之甚。』

〔二〕『睨視』内集作『睥睨』。

〔三〕按語出説苑卷七政理，向宗魯説苑校證（一九八七年中華書局版）『扱』作『投』。

〔四〕『子』內集作『君』，『來』樹經堂本作『能』。

〔五〕『子』原作『又』，據樹經堂本及論語陽貨改。

〔六〕『孫』原無，據新唐書卷七十三宰相世系表三上增。

〔七〕『王逸注』原作『李善注』，據文選卷三十三九辯注改。

〔八〕『高』原作『氣』，據大全本、樹經堂本及文選卷三十三九辯注改。

戲詠蠟梅二首

山谷書此詩後云：京洛間有一種花，香氣似梅花，五出而不能晶明，類女功撚蠟所成。京洛人因謂蠟梅，木身與葉乃類蒴藋，竇高州家有灌叢，能香一園也。王立之詩話云：蠟梅，山谷初見之，戲作二絶，緣此盛於京師。

金蓓鎖春寒，惱人香未展。集韻曰：蓓蕾始華也，蓓音倍，蕾音磊。樂天詩：愁鎖鄉心掣不開。老杜詩：韋曲花無賴，家家惱殺人。雖無桃李顔，風味極不淺。『桃李顔』本作『桃杏紅』，後改之。太白詩：松柏本孤直，難為桃李顔。『風味』見上注。晉書庾亮曰：老子於此處興復不淺。

體薰山麝臍，色染薔薇露。披拂不滿襟，時有暗香度。林逋梅詩：小園煙景正凄迷，陣陣寒香壓麝臍。陶隱居注本草云：麝形似麞，食柏葉，或有夏食蛇蟲多，至寒香滿，入春患急痛，自以脚剔出，人有得之者，此香絶勝。雷公云：用蹄尖彈臍，此香價與明珠同。楊文公談苑云：金陵宫中人挼薔薇水染生帛，一夕忘收，為濃露所漬，色倍鮮翠。按今嶺南薔薇露染衣輒黄。莊子曰：風起北方，一西一東，孰居無事而披拂是？文選陸士衡詩：循形不盈衿。林逋梅花詩：暗香浮動月黄昏。『披拂不滿襟』一本作『不盈懷』。按文選古詩云：馨香盈懷袖，路遠莫致之。

蠟梅

天公戲剪百花房，『剪花房』謂其作蠟。樂天詩：點綴花房小樹頭。末句蓋有所寄。駙馬都尉王詵晉卿尚蜀國公主，公主下世，故有『埋玉』之句。『新粧』用壽陽公主梅花粧之意。風俗通云：張伯偕、仲偕兄弟形貌相類，仲偕妻新粧，鏡中忽見伯偕，問曰：『今日粧飾好否？』此略采其意。奪盡人工更有香。埋玉地中成故物，折枝鏡裏憶新粧。

從張仲謀乞蠟梅

聞君寺後野梅發，『寺』謂官寺。老杜詩：江路野梅香。傳燈録：僧問藥山：『為什麼看經？』師曰：『我只圖遮眼』。老杜詩：皇天無老眼。謝靈運詩：池塘生春草。此引用，言仲謀當有詩興。香蜜染成宮樣黄。不擬折來遮老眼，欲知春色到池塘。

賈天錫惠寶薰乞詩予以兵衛森畫戟燕寢凝清香十字作詩報之 「十字」蓋韋應物詩。山谷云：天錫作意和香，自然有富貴氣，覺諸人家香殊寒乞也。

險心游萬仞，躁欲生五兵。隱几香一炷，靈臺湛空明。莊子曰：人心險於山川。陸士衡文賦曰：精鶩八極，心游萬仞。詩意謂躁欲之害，攻伐正性，故曰「生五兵」。周禮夏官：司兵掌五兵五盾。注謂：戈、盾、戟、酋(二)矛、夷矛。莊子曰：南郭子綦隱几而坐。又曰：不可內於靈臺。注云：心也。陶淵明詩云：夜景湛虛明。退之祭文云：航北湖之空明。

晝食鳥窺臺，宴坐日過砌。俗氛無因來，煙霏作輿衛。『鳥窺臺』謂作生臺以施食，『日過砌』謂僧律過中即不食也。文選謝靈運詩：兼抱濟物性，而不纓垢氛。李善注：謂世事訾惡，不相纓繞，不雜塵霧。劉孝標廣絕交論曰：煙霏雨散。注引陸機賦：騰煙霧之霏霏。易大畜之『九三』：曰閑輿衛，利有攸往。山谷意謂：香煙隔去俗氛，便足以當兵衛耳。『輿』猶衆也，不用古易師說。

石蜜化螺甲，榠櫨煮水沉。博山孤煙起，對此作森森。山谷有此十詩跋云：賈天錫意和香(三)，其法：斫沉水如小博，投以榠櫨液，漬之三日乃煮，去其液，温水沐之，螺甲磨去齟齬，以胡麻膏熬之，色正黃，則以蜜湯劇洗，又屑紫檀青木香，稍入婆律膏及麝，以棗肉合之，作摹如龍涎香狀。按本草『石蜜』條陶隱居注云：即崖蜜也。唐本草云：蠡類生雲南者大如掌，青黃色，取厴燒灰用之，今合香多用，謂能發香，復來香煙，須酒蜜漬方可用。本草『木瓜』條陶隱居注曰：榠櫨大而黃，可進酒。圖經云：道家生壓汁，和甘松等作濕香。唐本草注曰：沉水香出天竺、單于二國，與青桂、雞骨、馢香同是一樹，葉似橘，經霜不凋，木似欅柳，重實、黑色、沉水者是。漢故事曰：諸王出閤，則賜博山香爐。呂大臨考古圖云：爐象海中博山，下盤貯湯，使潤氣蒸香，以象海之四環。古詩云：博山爐中百和香，鬱金蘇合與都梁。『對此作森森』謂博山百和之香與此寶薰對燒，有森然畏敬之意。歐公詩：孤煙起晴嵐。文選懷舊賦：柏森森以攢植。

輪囷香事已，郁郁著書畫。誰能入吾室，脱汝世俗械。漢書天文志曰：若煙非煙，若雲非雲，郁郁芬芬，蕭索輪囷，是謂慶雲。此借用，以言香之煙。莊子大宗師篇：子桑户死，孔子曰：『彼又烏能憒憒然為世俗之禮(三)，以觀衆人之耳目哉！』子貢曰：『然則夫子何方之依？』孔子曰：『丘，天之戮民也。』注云：以方内為桎梏。韻書云：械，桎梏也。

賈侯懷六韜，家有十二戟。天資喜文事，如我有香癖。『賈侯』當是將家子。按太公兵法有六韜。凡戟，天子二十四，諸侯十二，唐制三品已上，門列棨戟。史記商君贊曰：天資刻薄人也。穀梁云：有文事者必有武備。晉杜預有左傳癖。

林花飛片片，香歸銜泥燕。閉閤和春風，還尋蔚宗傳。老杜詩：林花着雨燕支落。又詩：風吹花片片。鄭谷燕詩曰：閑几硯中窺水淺(四)，落花徑裏得泥香。選詩曰：思為雙飛燕，銜泥巢君室。山谷書小宗香云：南陽宗茂深閉閤焚香。『蔚宗傳』見上注。

公虚采蘋宫，行樂在小寢。香光當發聞，色敗不可稔。上句言其悼亡。采蘋，詩序曰：大夫妻能循法度也。禮記玉藻曰：大夫退，然後適小寢釋服。注云：小寢，燕寢也。公羊注亦云：諸侯皆有三寢：一曰高寢，二曰路寢，三曰小寢。漢書楊惲傳曰：人生行樂耳。楞嚴經大勢至法王子云：如染香人，身有香氣，此則名曰香光莊嚴，我本因地。『發聞』，字見書呂刑。左傳萇弘曰：毛得必亡，是昆吾稔之日也。注云：稔，熟也。惡積，與桀同誅。此借用，以言聲色之禍。

床帷夜氣馥，衣桁晚煙凝。瓦溝鳴急雪，睡鴨照華燈。孫子曰：夜氣歸。此借用。老杜詩：悲翠鳴衣桁。樂天詩：倏如瓦溝霜。李商隱詩：睡鴨香爐換夕薰。楚辭：華燈錯些。

雉尾映鞭聲，金鑪拂太清。班近聞香早，歸來學得成。退之元日朝回詩曰：金鑪香動螭頭暗，玉珮聲來雉尾高。古今注曰：殷高宗有雉雊之徵，服飾多用翟尾，故有雉尾扇。『鞭聲』謂警蹕。道家有三清，太清其一也。老杜詩：朝罷香煙攜滿袖。樂天詩：十三學得琵琶成。

衣篝麗紈綺，有待乃芬芳。當念真富貴，自薰知見香。說文曰：篝，落也，可薰衣。樂府梁王筠行路難曰：已繅一繭催衣縷，復擣百和薰衣香。漢書班固自叙曰：在於綺襦紈袴之間。『麗』謂香氣附著之。莊子曰：列子御風，此雖免乎行，猶有所待者也。選詩云：言笑吐芬芳。樂天詩：為報高蓋車，恐非真富貴。圓覺經曰：自薰成種。佛書有解脱知見香。

〔一〕『茜』原作『苜』，據樹經堂本及周禮夏官司兵注改。

〔二〕『香』原無，據大全本、樹經堂本加。

〔三〕『憒憒然』原作『憤憤然』，據莊子大宗師改。

〔四〕『几』原作『机』，據樹經堂本及鄭谷燕詩改（嚴壽徵等鄭谷詩集箋注卷二，上海古籍出版社一九九一年版）。

次韻張仲謀過酺池寺齋　詢

十年醉錦幄，酴醾照金沙。欹眠春風底，不去留君家。王介甫詩云：酴醾一架最先來，夾水金沙次第栽。濃緑扶疏雲對起，醉紅撩亂雪爭開。是時應門兒，紫蘭茁其牙。只今將弟妹，嬉戲牽羊車〔一〕。『應門兒』見上注。退之馬少監誌曰：幼子娟好靜秀，瑤環瑜珥，蘭茁其牙。退之詩：少長聚嬉戲，不殊同隊魚。晉書衛玠傳：總角乘羊車入市。忽書滿窗紙，整整復斜斜。劉禹錫詩：小兒弄筆不能嗔，涴壁書窗且賞勤。盧仝添丁詩：閑來案上翻墨汁，塗抹詩書如老鴉。杜牧之臺城曲云：整整復斜斜，隋旗簇晚沙〔二〕。平生悲歡事，頭緒亂如麻〔三〕。太白詩：繅絲憶君頭緒多。漢書天文志：死人如亂麻。苟禄無補報，幾成來食嗟。荀子曰：偷合苟容，以持禄養交。漢書貢禹傳曰：非復能有補益，所謂素餐尸禄之臣也。禮記檀弓曰：齊大飢，黔敖為食於路，以待餓者而食之。有餓者蒙袂輯屨，貿然來，黔敖左奉食，右執飲，曰：『嗟！來食。』揚其目而視之，曰：『予唯不食嗟來之食，以至於斯也。』從而謝焉，終不食而死。喜君崇名節，青雲似有涯〔四〕。漢書樓護傳：論議常依名節。又後漢書許劭傳：少峻名節。選詩：努力崇明德。史記范雎傳須賈曰：賈不意君能自致於青雲之上。莊子曰：吾生也有涯。我夢江湖去，釣船刺蘆花。莊子曰：漁父刺船而去，延緣葦間。江濱開園宅，畦蔗蒔梨柤。周禮載師曰：以場圃任園地，以宅田任近郊之地。張平子南都賦曰：其園圃則有藷、蔗、薑、蟠〔五〕。莊子曰：柤、梨、橘、柚皆可於口。夢驚如昨日，炊玉困京華。文選潘安仁詩：念此如昨日。郭璞詩：京華游俠窟。『炊玉』見上注。公來或藜羹，愛我不疵瑕。莊子曰：

孔子窮於陳、蔡之間，藜羹不糝。左傳曰：予取予求，不汝疵瑕。

深念煩鄰里〔六〕，忍窮禁貸賒。言不欲稱貸以治具。退之詩：枚皐即召窮且忍。周禮泉府曰：凡賒者，祭祀無過旬日，喪紀無過三月。凡民之貸者以國服為之息。

夜談簾幕冷，霜月動金蛇。張璠漢記曰〔七〕：永昌太守鑄黃金為蛇，獻梁冀。此借用，以形容簾之篩月也。東坡詩：夜談空說劍。

即是桃李月，春蟲語交加。言談笑之歡〔八〕，溫然似春。選詩：艷陽桃李節。退之送鄭校理詩：鳥哢正交加，楊花共紛泊。

我亦無酒飲，一室可盤蝸。魏志邴原傳注魏略曰：焦先作一瓜牛廬，淨掃其中，營木為床，布草蓐其上。裴松之云：『瓜』當作『蝸』。蝸牛，螺蟲之有角者也，俗或呼為黃犢。

要公共文字，朱墨勘舛差。退之詩：不如覷文字，丹鉛事點勘。按北史：蘇綽制文案程式朱出墨入之法。此借用。文選蜀都賦曰：舛錯縱橫。

非復少年日，聲名取娉姱。漢書韓安國傳：娉鄙小縣。注曰：娉，夸姹也。

諸阮有二妙，能詩定自嘉。何時來煮餅，蟹眼試官茶？晉書阮咸傳曰：諸阮居道北。此詩用其字。『二妙』謂阮渾、阮咸，以比仲謀子姪也。按阮籍之子渾，少慕通達，籍曰：『仲容已豫此流〔九〕，汝不得復爾。』咸字仲容，籍之兄子也。又衛瓘傳云：與索靖俱善草書，時號『一臺二妙』。此借用。世說：王含作廬江〔一〇〕，王敦曰〔一一〕：『家兄在郡定佳〔一二〕。』又謝太傅舉酒勸謝景重曰：故自佳，故自佳。東坡煎茶詩：蟹眼已過魚眼生。

〔一〕『牽』原作『索』，據萬曆本改，內集卷三作『挽』。

〔二〕『隋』原作『隨』，據杜牧臺城曲改，見樊川詩集卷四。

〔三〕『亂如麻』樹經堂本及內集卷三作『如亂麻』。

〔四〕『似』內集作『自』。萬曆本作『似可涯』。

〔五〕『鐇』原作『蕃』，據樹經堂本及文選卷四張衡南都賦改。
〔六〕『鄰里』萬曆本作『鄉里』。
〔七〕『璠』原作『蟠』，據大全本、樹經堂本改。
〔八〕『言』字原無，據樹經堂本加。
〔九〕『已』原作『兄』，據樹經堂本改。
〔一〇〕『盧』原作『盧』，據樹經堂本及世說新語方正改。
〔一一〕『敦』原作『教』，據樹經堂本及世說新語改。
〔一二〕『佳』原作『嘉』，據樹經堂本及世說新語改。

山谷詩集注卷第六

常父惠示丁卯雪十四韻謹同韻賦之

春皇賦上瑞，來寧黃屋憂。王子年拾遺曰：伏犧以木德稱王，故曰春皇，是謂太昊。文選謝惠連雪賦曰：盈尺則呈瑞於豐年。漢書高帝紀曰：紀信乘王車，黃屋左纛。注謂：天子車以黃繒為蓋裏。文選范曄詩〔一〕：黃屋非堯心。又漢書：堯以天下為憂。

下令走百神，大雲庇九丘。史記管仲傳曰：下令如流水之源〔二〕。詩云：懷柔百神。佛經曰：慈意妙大雲。又京房易飛候曰：視西方有大雲五色，其下賢人隱也。書序曰：九州之志，謂之九丘。丘，衆也。

風聲將仁氣，艷艷生瓦溝〔三〕。『仁氣』見禮記。退之詩：威風挾惠氣。又詩：屋角月艷艷。樂天詩：富貴來不久，倏如瓦溝霜。

寒花舞零亂，表裏照皇州。韓詩外傳曰：凡草木花多五出，雪花獨六出。宋書曰：大明中，元日，雪花降殿庭，上以為嘉瑞。太白詩：我舞影凌亂。選詩曰：春色滿皇州。

千門委圭璧，曉日不肯收。文選謝惠連雪賦曰：既因方而為圭，亦遇圓而成璧〔四〕。

元年冬無澤，穴處長螟蟊。後漢明帝詔曰：冬無宿雪，春不奧沐。桓帝詔曰：頃雨澤不沾。漢書五行志曰：辟不思導利，茲謂無澤。此借用其字。翼奉傳曰：巢居知風，穴處知雨。大田詩注曰〔五〕：食心曰螟，食根曰蟊，食葉曰螟，食節曰賊。

兩宮初旰食，補衮獻良籌。『兩宮』謂宣仁太后及哲廟〔六〕。漢書灌夫傳曰：辟睨兩宮間。左傳伍員曰：楚君大夫，其旰食乎！詩曰：衮職有闕，仲山甫補之。有道四夷守，無征萬邦休。左傳曰：天子有道，守在四夷。書曰：萬邦咸休。耆年秉國論，涇渭極分流。書文侯之命曰：罔或耆壽，俊在厥服，予則罔克。文選王元長曲水序曰：耆年闕市井之遊。此借用。漢書薛宣傳曰：謀王體，斷國論。元祐初，宰輔多老成，故云爾。『涇渭分流』言流品不雜也。已見上注。老杜詩：濁涇清渭何當分？輟耒入班品，逸民盡歸周。『輟耒』謂起自田里，如莘野之事。楚辭九辯曰：農夫輟耕而容與。皇甫湜祭柳子厚文云：驟閱班品。按通典，自魏以下官有九品，而梁又更定十八班。『歸周』用伯夷、太公事，見孟子。股肱共一體，間不容戈矛。文選王褒四子講德論曰：君為元首，臣為股肱，明其一體，相須而成。前漢枚乘書曰：間不容髮。晉書閻纘傳曰：一日不朝，其間容刀。書費誓曰：鍛乃戈矛。人材如金玉，同美異剛柔。金柔玉剛，要皆美材，當兼收而並用也。政須衆賢和，乃可疏共吺。漢書劉向曰〔七〕：衆賢和於朝，則萬物和於野。『共』謂共工，『吺』謂驩兜。古文『驩』作『鴅』，『兜』作『吺』。書舜典曰：流共工于幽州，放驩兜于崇山。改弦張敝法〔八〕，病十九已瘳。漢書董仲舒曰：琴瑟不調，甚者必解而更張之，乃可鼓也。為政而不行，甚者必變而更化之，乃可理也。退之詩：癘疫忽潛遘〔九〕，十家無一瘳。王指要不匿，蝕非日月羞。盤庚曰：王播告之修，不匿厥指。孟子曰：古之君子，其過也如日月之食，民皆見之；及其更也，民皆仰之。桑林請六事，河水問九疇〔一〇〕。呂氏春秋曰：昔殷湯尅夏而大旱，湯乃身禱於桑林，剪其髮，劘其手，自以為犧，用求福於上帝。淮南子注曰：桑山之林能興雲致雨，故禱之。後漢書周舉傳曰：成湯遭災，以六事尅己。注引帝王紀曰：湯伐桀，後大旱七年，使人持三足鼎祝於山川曰：『政不節邪？使人疾邪？苞苴行邪？讒夫昌邪？宮室榮邪〔一一〕？女謁行邪？何不雨之極也！』書洪範：王訪于箕子，箕子乃言曰：我聞在昔，鯀陻洪水，汩陳其五行。鯀則殛死，禹乃嗣興，天乃錫禹洪範九疇。天意果然得，玄功與吾謀。漢書息夫躬傳曰：

民心説而天意得矣。吴融雪詩曰：自憐曾未至，聊復賦玄功。

此物有嘉德，占年在麥秋。左傳曰：謂其上下皆有嘉德。無羊詩曰：大人占之，衆維魚矣，實維豐年。禮記月令：孟夏麥秋至。

近臣知天喜，玉色動冕旒。儒館無他事，作詩配崇丘。老杜詩：天顏有喜近臣知。『玉色』見禮記玉藻。詩小雅曰：崇丘，萬物得極其高大也，有其義而亡其辭。文選束皙有補亡崇丘詩。

〔一〕『范曄』樹經堂本作『范蔚宗』。

〔二〕『如』原作『於』，據樹經堂本及史記管晏列傳改。

〔三〕樹經堂本此句下有小字注：「『艷』精華録作『灧』。」（按：此精華録指黄太史精華録，題宋任淵編，疑為偽託。下同）

〔四〕『亦』原作『復』，據樹經堂本及文選卷十三雪賦改。

〔五〕『大田詩注』原作『爾雅釋虫』，據樹經堂本改。

〔六〕『哲廟』樹經堂本作『哲宗』。

〔七〕『劉向』樹經堂本作『劉向傳』。按漢書卷三十六楚元王傳附劉向傳，所引為劉向奏疏中語。

〔八〕樹經堂本此句下有小字注：「『敝』精華作『弊』。」内集卷三亦作『弊』。

〔九〕『忽』原作『每』，據樹經堂本及韓愈赴江陵途中寄贈王二十補闕李十一拾遺李二十六員外翰林三學士詩（全唐詩卷三三六）改。

〔一〇〕『河水』，樹經堂本作『洪水』，句下小字注：「『洪』精華録作『河』。」

〔一一〕『滎』原作『營』，據後漢書卷六十一周舉傳改。

詠雪奉呈廣平公　宋盈祖

連空春雪明如洗，忽憶江清水見沙。上句舊作『春空晴碧來飛雪』〔一〕，沙以喻雪。劉禹錫浪淘沙辭曰：卷起沙堆似雪堆。退之詩：山淨江空水見沙。夜聽疏疏還密密，曉看整整復斜斜。淵明詩：密密堂前柳。杜牧之栽竹詩云：歷歷羽林影，疏疏煙露姿。又臺城曲云：整整復斜斜，隋旗簇晚沙〔二〕。風回共作婆娑舞，天巧能開頃刻花〔三〕。『共』字舊作『解』，又作『乍』。曹子建洛神賦曰：飄颻兮若流風之回雪〔四〕。老杜詩：急雪舞回風。詩東門之枌注云：婆娑，舞也。本事詩陸暢雪詩曰：天人寧底巧，翦水作飛花〔五〕。沈玢續仙傳殷七七詩云〔六〕：解醞逡巡酒，能開頃刻花。政使盡情寒至骨，不妨桃李用年華。退之詩：無心花裏鳥，更與盡情啼。又詩：感謝情至骨。歐公雪詩：應憐鐵甲冷徹骨，四十餘萬屯邊兵。

〔一〕樹經堂本句下有：『方綱按：精華録「春空」作「春寒」。』

〔二〕『隋』原作『隨』，據杜牧臺城曲改。

〔三〕『天巧』內集卷九作『天乃』。萬曆本下注：『「乃」一作「功」。』

〔四〕『飄颻』原作『飄飄』，據樹經堂本及文選卷十九洛神賦改。

〔五〕按：此詩不載孟棨本事詩，載計有功唐詩紀事卷三十五，『飛花』作『花飛』。

〔六〕『玢』通行作『汾』，文獻通考經籍考卷五十二子部神仙家著録：『續仙傳三卷。陳氏曰：唐溧水令沈汾撰，或作「玢」。

次韻宋楙宗僦居甘泉坊雪後書懷

漢家太史宋公孫，漫逐班行謁帝閽。揚雄甘泉賦曰：選巫咸兮叫帝閽。燕頷封侯空有相，蛾眉傾國自難昏。後漢班超傳相者曰：生燕頷虎頸，飛而食肉，萬里侯相也。離騷曰：衆女嫉余之蛾眉兮，謠諑謂余以善淫。漢書李延年歌曰：北方有佳人，絕世而獨立。一顧傾人城，再顧傾人國。家徒四壁書侵坐〔一〕，馬聳三山葉擁門〔二〕。漢書司馬相如傳曰：家徒四壁立。元稹望雲騅歌曰：胯聳三山尾株直。山谷此句用『官清馬骨高』之意。僧無可詩：開門落葉深。劉禹錫詩：風驅葉擁階。安得風帆隨雪水，江南石上對窪尊！老杜詩：一日過海收風帆。『雪浪』見上『雪水』注。元結有窪尊銘，今在武昌，其詳具上注。

〔一〕『徒』内集卷九作『移』。

〔二〕『聳』内集作『瘦』。

和答子瞻和子由常父憶館中故事〔一〕

東坡詩序大抵謂：近歲館中，同舍不復飲酒賦詩之樂。詩用『屏』字韻。

二蘇上連璧，三孔立分鼎。二蘇時分掌内外制，『連璧』見上注。『三孔』謂文仲經父、武仲常父、平仲毅父，元祐間俱進用。三孔新淦人，兄弟皆有名當世。漢書蒯通傳曰：三分天下，鼎足而立。此借用。東坡詩蓋云：自君兄弟還，鼎立知有補。柳子厚文：叔仲鼎列天下。少小看飛騰，中年嗟遠屏。選詩曰：少小嬰憂患。老杜詩：飛騰無那故人何。『遠屏』見上注。風撼鶺鴒枝，波寒鴻鴈影。常棣詩曰：鶺鴒在原，兄弟急難。禮記：兄弟之齒鴈行。老杜詩：鴻鴈影連來峽内，鶺鴒聲急到沙頭。天不椓斯文，俱來集臺省。魯論曰：天之未喪斯文也。正月詩曰：夭夭是椓。注謂：椓，破之。老杜詩：諸公袞袞登臺省。日月黃道明，桃李春晝永〔二〕。晉天文志云：黃道，日之所行也。老杜詩：閶闔開黃道，衣冠拜紫宸。時平少犴獄，地禁絕鼃黽。晉書張載榷論曰：時平則才伏。韓詩外傳曰：鄉亭之獄曰犴，朝廷之獄曰獄。退之釋言曰：職親而地禁。國語范蠡對王孫曰：吾鼃黽之與同渚。周禮：蟈氏掌去鼃黽。頗懷修故事，文會陳果茗。漢書魏相傳曰：好觀漢故事。魯論曰：以文會友。晉書陸納傳：謝安詣納，納所設惟茶果而已。當時群玉府，人物殊秀整。穆天子傳曰：群玉山，先王之所謂策府。世説曰：李元禮風格秀整，高自標持。柳子厚文：森然炳然，若開群玉之府。下直馬闐闐，杯盤具俄頃。『下直』見上注。蜀都賦曰：車馬雷駭，轟轟闐闐。老杜送王評事詩曰：家貧無供給，客位但箕帚。俄頃羞頗珍，寂寥人散後。共醉凌波襪，誰窺投轄井？『凌波襪』見上注。漢書陳遵傳：每大飲，賓客滿堂，輒關門，取客轄投井中。天網極恢疏，道山非簿領。何曾歸閉門，燈火坐寒冷〔三〕。老子曰：天網恢恢，疏而不失。文選劉公幹詩曰：沉迷簿領書，回回自昏亂。蓬萊道山，天帝圖書之府也。欲觀太平象，復古望公等。唐書牛僧孺傳曰：太平無象。詩曰：車攻，宣王復古也。史記平原君傳曰：公等録録。老杜詩：致君堯舜付公等。賤子託後車，當煩煮湯餅。漢書樓護傳：王邑稱『賤子上壽』。文選魏文帝與吳質書曰：文學託乘於後車。老杜詩：賤子請具陳。

〔一〕內集卷三此詩題末多一『詩』字。

〔二〕『春晝』內集作『清晝』。

〔三〕『寒冷』內集作『閑冷』。

雙井茶送子瞻

雙井在洪州分寧縣，山谷所居也。

人間風日不到處，天上玉堂森寶書。梁四公記曰：羅子春為梁武帝入龍洞求珠，得食如花蘂膏飴，食之香美。齎食至京師，得人間風日，乃堅如石，不可食。此句全用其字。龍濟頌云：日月不到處，特地好乾坤。『玉堂』見上注。文選江淹擬休上人詩曰：寶書為君掩。李善注引道學傳曰：夏禹撰真靈之玄要，集天官之寶書。想見東坡舊居士，揮毫百斛瀉明珠。蘇公元豐三年謫黃州，築室於東坡，自號東坡居士。老杜八仙歌曰：揮毫落紙如雲煙。盧綝四王遺事曰〔一〕：張方刼晉帝西遷，輦真珠百餘斛。我家江南摘雲腴，落磑霏霏雪不如。神仙傳太真夫人曰：九轉丹四名朱光雲碧之腴。文選苦寒行：雪落何霏霏。李善注引詩曰：雨雪霏霏。老杜詩：新詩錦不如。為君喚起黃州夢，獨載扁舟向五湖。老杜詩：衆鷄爛漫睡，喚起霑盤飧。杜牧詩：十年一覺揚州夢，贏得青樓薄倖名。越語曰：范蠡乘輕舟，以浮於五湖。此云『獨載』，言不與西子俱也。

〔二〕『四王遺事』原作『四注起事』。按盧綝有晉四王遺事，今有黄奭輯本，見中國叢書綜録史部雜史類著録。現據以改。

和答子瞻

一月空回長者車，報人問疾遺兒書。文選陶淵明詩：窮巷隔深轍，頗回故人車。顔延年詩：林閭時晏開，亟回長者轍。按漢書陳平傳曰：門多長者車轍。山谷以病目不出，故云。維摩經曰：佛告文殊師利：『汝行，詣維摩問疾。』老杜詩：愛竹遺兒書。翰林貽我東南句，窗間默坐得玄珠。静女詩云：貽我彤管。『玄珠』以比東坡之詩。東坡謝山谷餽雙井茶詩末句云：明年我欲東南去，畫舸何時宿太湖？莊子曰：黄帝遊乎赤水之北，還歸，遺其玄珠，使知索之而不得，使離朱、喫詬索之而不得也〔一〕，乃使象罔，象罔得之。故園溪友膾腹腴，遠包春茗問何如。禮記少儀曰：羞濡魚者進尾，冬右腴。注曰：腴，腹下也。老杜設鱠歌曰：偏勸腹腴愧年少。玉堂下直長廊静，為君滿意説江湖。翰林誌曰：每下直出門，相謔謂之『小三昧』；出銀臺，乘馬，謂之『大三昧』。西京賦曰：長廊廣廡。退之書云：敢避其煩黷，懷不滿之意於受恩之地哉？

〔一〕『喫』原作『謑』，據莊子天地改。

子瞻以子夏丘明見戲聊復戲答

子瞻詩云：誦詩得非子夏學，紬史正作丘明書。天公戲人亦薄相，故遣幻翳生明珠。

化工見彈太早計，端為失明能著書。史記賈誼傳曰：造化為工。莊子曰：且汝亦太早計，見卵而求時夜，見彈而求鴞炙。漢書司馬遷書曰：左氏失明，厥有國語。史記曰：虞卿非窮愁，亦不能著書。

邇來似天會事發，淚睫見光能隕珠〔一〕。盧仝月蝕詩曰：蝦蟇敢將天眼瞎。又云：當時常星没，星雨如拼漿。似天會事發，叱喝誅姦强。桓子新論曰：孟嘗君淚下承睫。博物志曰：鮫人泣而成珠。老杜詩：目眩隕雜花。

喜公新賜紫琳腴，上清虛皇對久如。真誥詩曰：漱此紫瓊腴。又曰：玉華餞琳腴。黄庭内景經曰：上清紫霞虛皇前，太上大道玉晨君。務成子注云：虛皇者，紫清太素高虛洞曜三元道君内號也〔二〕。『對久』如謂奏對久之。南有嘉魚詩箋曰〔三〕：烝，塵也；塵然，猶言久如也。維摩經曰：舍利弗言：『天止此室，其已久如。』王介甫詩：看雲坐久如。

請天還我讀書眼，願載軒轅訖鼎湖。雲溪友議載王梵志詩曰：還爾天公我，還我未生時。東坡詩：讀書眼如月，罅隙靡不照。『軒轅』謂神宗，時山谷修實録。史記封禪書曰：黄帝鑄鼎於荆山之上，鼎既成，有龍垂胡髯下迎黄帝。後代因名其處曰鼎湖。漢書司馬遷傳贊曰：接其後事，訖于天漢。揚雄傳曰：太史公記六國，歷楚漢，訖麟止。

〔一〕『能』内集卷三作『猶』。

〔二〕『三元道君』原作『三光元道君』，據上清黄庭内景經上清章第一務成子注删『光』字。

〔三〕『箋曰』原無，據樹經堂本增。

省中烹茶懷子瞻用前韻

閤門井不落第二，竟陵谷簾定誤書。舊本云：閤門井似谷簾水，可憐不載竟陵書。東京記曰：文德殿兩掖有東西上閤門。予嘗聞故老云：東上閤門之東有井絶佳。傳燈録溈山曰：思而知之落在第二頭。唐書陸羽傳：羽字鴻漸，復州竟陵人。羽嗜茶，著經三篇。陳舜俞廬山記曰：康王谷有水簾飛泉，被巖而下者二三十派，其高不可計，其廣七十餘尺。陸鴻漸茶經嘗第其水為天下第一。按張又新煎茶水記載，為李季卿論水次第有二十種，以廬山康王谷水第一。歐公作大明水記，頗疑其與羽經相反云。

思公煮茗共湯鼎，蚯蚓竅生魚眼珠。退之集彌明石鼎聯句曰：時於蚯蚓竅，微作蒼蠅鳴。茶經：候湯有三沸，如魚目，微有聲，為一沸。選詩：魚目笑明月。李善注引雒書曰：秦失金鏡，魚目入珠。

置身九州之上腴，争名燄中沃焚如。『上腴』謂京師。班固西都賦曰：華實之毛，則九州之上腴。法華經曰：澍甘露法雨，滅除煩惱焰。夫朝市争名之士，肝肺内熱，何異為烈焰焚炙哉？易離卦之『九四』曰：突如，其來如，焚如。

但恐次山胸磊隗，終便酒舫石魚湖。原注云：元次山石魚湖歌曰：石魚湖，似洞庭，夏水欲滿君山青。疾風三日作大浪，不能廢人運酒舫。詩意謂：東坡無争名之病，不用飲茶，而胸中磊隗政須以酒澆之耳。『磊隗』用阮籍事，見上注，『便』字作平聲讀。

以雙井茶送孔常父〔一〕

校經同省並門居，無日不聞公讀書。故持茗椀澆舌本，要聽六經如貫珠。按實録：元祐元年五月，以秘書省正字孔武仲為校書郎。古樂府東飛伯勞歌曰：誰家女兒對門居？晉書殷仲堪傳曰：三日不讀道德經，便覺舌本間强。樂記曰：歌者纍纍乎端如貫珠。心知韻勝舌知腴，何似寶雲與真如。史記吕不韋傳曰：子楚心知所謂。文選頭陁寺碑曰：道勝之韻，虛往實歸。歐公雙井茶詩曰：寶雲日注非不精，争新棄舊世人情。柳文：脱細故於胸中，味道腴於舌端。湯餅作魔應午寢，慰公渴夢吞江湖。『作魔』謂睡魔也。傳燈録降魔藏禪師傳秀師曰：此無山精木怪，汝翻作魔耶？唐文粹有何諷夢渴賦曰：奔九江，走五湖。末句曰：以吾此夕之一夢，見自古不足者之心。左太冲吴都賦曰：或吞江而納漢。

〔一〕內集卷三題下有小字『武仲』，蓋孔常父之名。

常父答詩有煎點徑須煩緑珠之句復次韻戲答

小鬟雖醜巧粧梳〔一〕，掃地如鏡能檢書。老杜詩：檢書燒燭短。欲買娉婷供煮茗，我無一斛明月珠。老杜詩曰：喚人看騕褭〔二〕，不嫁惜娉婷。嶺表録異曰：昔梁氏女有容貌，石季倫為交趾採訪使，以真珠三斛買之，即緑珠也。此句以答緑珠之戲，用韻極工。知公家亦闕掃除，但有文君對相如。「掃除」謂箕帚妾。漢書司馬遷書曰：為掃除之隸。樂府題解云：司馬相如將聘茂陵人女為妾，文君作白頭吟以自絶，相如乃止。政當為公乞如願，作牋遠寄宫亭湖〔三〕。戲謂當求之於神。録異傳曰：廬陵歐陽明從賈客道經彭澤湖，每以舟中所有投湖中〔四〕，後忽見一人來候明，云是青洪君。明甚怖，吏曰：『無可怖，青洪君感君前後有禮，故要君，必有重遺，君勿取，獨求「如願」爾。』明既見青洪君，乃求『如願』，使逐明去。如願者，青洪君婢也。明將歸，所願輒得，數十年大富。荆州記曰：宫亭即彭蠡澤也，謂之彭澤湖。初學記載查道元與天公牋言『其奴高安』云云。此借用。秘閣王獻之帖云：政當隨事豁之。

〔一〕『巧』内集卷三作『頗』。

〔二〕『騕褭』原作『騕裊』，據樹經堂本及杜甫秦州見勅目薛三據授司議郎畢四曜除監察與二子有故遠喜遷官兼述索居凡三十韻改。

〔三〕『作牋』内集作『作書』。

〔四〕『舟中』原作『船中』，據樹經堂本改。按録異傳此段文字載初學記卷十八富第五，作『舟』字。

戲呈孔毅父〔一〕

管城子無食肉相，孔方兄有絶交書。退之毛穎傳曰：秦皇帝使蒙恬賜之湯沐，而封諸管城，號管城子。後漢班超傳相者曰：飛而食肉，萬里侯相。晉書魯褒錢神論曰：親之如兄，字曰孔方。文選有嵇康與山濤絶交書。文章功用不經世〔二〕，何異絲窠綴露珠。文選應璩百一詩曰：文章不經國。史記伯夷傳曰：功用既興，然後授政。莊子曰：其不可與於經世亦遠矣。退之聯句云：絲窠掃還成。文選別賦曰：秋露如珠。校書著作頻詔除，猶能上車問何如。按實録：山谷元豐八年四月為校書郎，元祐二年正月為著作佐郎。漢書谷永傳曰：免不正之詔除。「上車何如」見上注。忽憶僧床同野飯〔三〕，夢隨秋鴈到東湖。曾子固徐孺子祠堂記曰：按豫章圖記，章水北歷南塘，其東為東湖。豫章蓋山谷鄉里。

〔一〕內集卷三題下小字注：「平仲」，蓋孔毅父之名。

〔二〕「文章」樹經堂本作「文書」，「經世」內集作「濟世」。

〔三〕「僧床」內集作「僧房」。

謝黄從善司業寄惠山泉 從善名降，一名隱。

錫谷寒泉橢石俱，并得新詩蠆尾書。張又新煎茶水記載劉伯芻較水之與茶宜者凡七等，以無錫惠山寺石泉為第二。法書苑：索靖草書絶代，名曰『銀鈎蠆尾』。『橢』音妥，圓而長曰橢。橢石所以澄水也。山谷有從人乞楊華店井水帖云：取井傍十數石置瓶中，令水不濁。急呼烹鼎供茗事，晴江急雨看跳珠。晉書孔群曰：今年田得七百石米，不足了麴蘖事。此云『茗事』，亦其比也。東坡詩：白雨跳珠亂入船。是功與世滌羶腴，令我屢空常晏如。唐常景使西蕃，烹茶帳中，謂蕃人曰：滌煩療渴，所謂茶也。『屢空』見魯論。漢書揚雄傳：無儋石之儲，晏如也。安得左轓清潁尾，風爐煮餅卧西湖。漢書景帝紀：長吏千石至六百石，朱左轓。注云：轓，車之蔽也。漢書灌夫傳曰：潁水清，灌氏寧。左傳：楚子次于潁尾。杜預注云：潁水之尾。按今潁州有西湖。陸羽茶經曰：風爐以銅鑄之，如古鼎形，凡四窗，以備通飆漏燼之所。

次韻奉酬劉景文河上見寄

省中岑寂坐雲窗，忽有歸鴻拂建章。『省中』謂秘書。退之詩：雲窗霧閣事恍惚。『建章』漢宮名。選詩曰：玉繩低建章。珍重多情惟石友，琢磨佳句問潛郎。老杜詩：領客珍重意。文選潘岳詩曰：投分寄石友。淇澳詩注云：如玉石之見琢磨。張平子思玄賦曰：尉厖眉而郎潛。遥憐部曲風沙裏，不廢平生翰墨場。『部曲』『翰墨場』並見下注。老杜詩：縞素漠漠開風沙。想見哦詩煮春茗，向人懷抱絶關防。晉書劉惔傳曰：今日作此面向人耶？劉禹錫詩曰：心術去機關。老杜詩：延州秦北户，關防猶未已。

見諸人唱和酴醿詩輒次韻戲詠

梅殘紅藥遲，此物共春歸。謝玄暉詩：紅藥當階翻。名字因壺酒，風流付枕幃。王立之詩話云：酴醿本酒名也，世所開花，本以其顏色似之，故取其名。按唐書百官志：良醞署令進御，則供酴醿、桑落之酒。韻書曰：幃，囊也。今人或取落花以為枕囊。墜鈿香徑草，飄雪淨垣衣。玉臺新詠吴均採蓮詩：錦帶雜花鈿。酉陽雜俎辨瓦松曰：博雅云：在屋曰昔耶〔一〕，在垣曰垣衣。玉氣晴虹發，沉材鋸屑霏。虹氣及沉香，皆見上注。晉書胡毋輔之傳曰：彦國吐佳言，如鋸木屑霏霏不絶。直知多不厭，何忍摘令稀！老杜詩：不厭傷多酒入唇。又詩：可忍醒時雨打稀。李泌傳曰：種瓜黄臺下，瓜熟子纍纍。一摘使瓜好，再摘使瓜稀。『摘稀』字取此也。常恨金沙學，顰時正可揮。謂金沙俗惡，如里人效西施之顰也。王介甫詩：故作酴醿架，金沙祇漫栽。似矜顏色好，飛度雪前開。揚子曰：倚門墻則麾之。『揮』與『麾』同。

〔一〕『耶』原作『邪』，據樹經堂本及酉陽雜俎前集卷十九草篇改。

次韻秦觀過陳無己書院觀鄙句之作

觀字少章，即少游之弟。無己，蓋陳後山舊字。

陳侯大雅姿，四壁不治第。漢書司馬相如傳曰：家徒四壁立。霍去病傳曰：上為治第，令視之。『大雅』見上注。碌碌盆盎中，見此古罍洗。儀禮士冠禮注曰：洗，承盥洗者，棄水器也。水器尊卑皆用金罍，及大小異。東坡詩：置之盆盎間。薄飯不能羹，墻陰老春薺。王介甫詩：薄飯午不羹，空爐夜無炭。又詩：獨飯墻陰轉。本草：薺味甘。陶隱居注曰：葉作菹羹亦佳。詩云『誰謂荼苦，其甘如薺』是也。惟有文字性〔一〕，萬古抱根柢。維摩經曰：文字性離。此借用，言其天資能文，蓋自夙世也。漢書鄒陽傳曰：蟠木根柢，輪囷離奇。我學少師承，坎井可窺底。范曄後漢書儒林傳序曰：若師資所承，宜標名為證者，乃著之云。圭峰禪師作禪門師資承襲圖亦云：若要辨諸宗師承，須知有傍有正。莊子曰：子獨不聞夫埳井之蛙乎？音義云：埳音坎。何因蒙賞味，相享當牲醴？言秦君賞味其詩，如享之以牲醴也。南史謝覽傳：武帝目送良久，自此仍被賞味。左傳曰：王享有體薦。又曰：王享晉侯醴。試問求志君，文章自有體。無己有求志齋。文選魏文帝典論曰：文以氣為主，氣之清濁有體，不可以力强而致。後漢書伏湛侯霸傳論曰：誠知宰相自有體。玄鑰鎖靈臺，渠當為君啓〔二〕。文選頭陁寺碑曰：玄關幽鍵，感而遂通。莊子曰：不可內於靈臺。注云：靈臺者，心也。書金縢曰：啓籥見書。劉禹錫贈會禪師詩曰：靜見玄關啓，欣然與心會。

〔一〕『性』內集卷三作『工』。

〔三〕『君』内集卷三作『公』。

陳留市隱 并序

陳留江端禮季共曰：陳留市上有刀鑷工，年四十餘，無室家，子姓惟一女，年七歲矣。日以刀鑷所得錢與女子醉飽，醉則簪花吹長笛〔一〕，肩女而歸，無一朝之憂，而有終身之樂。疑以爲有道者也。陳無己爲賦詩，庭堅亦擬作〔二〕。

市井懷珠玉，往來人未逢〔三〕。乘肩嬌小女，邂逅此生同。『懷珠玉』見下注。『往來』一本作『賈胡』。按後漢書馬援傳曰：伏波類西域賈胡。談苑曰：江南掘得石記，有詩云：東鄰嬌小女，騎虎踏河冰。養性霜刀在，閲人清鏡空。時時能舉酒，彈鑷送飛鴻。漢書梅福傳：常讀書，養性爲事。又蓋寬饒傳：仰視屋而歎曰：『此如傳舍，所閲多矣。』陸士衡歎逝賦曰：世閲人而爲世。又演連珠曰：鏡無畜影，故觸形則照。『清鏡』見上注。嵇康詩曰：目送歸鴻，手揮五弦。

〔一〕『醉』原無，據樹經堂本加。

〔二〕内集卷九之序與此序文字有出入，其序作：『陳留市中有刀鑷工，與小女居，得錢，父子飲于市，醉則負其子行歌。不通名姓，江端禮傳其事，以爲隱者，吾友陳無己爲賦詩，庭堅亦擬作。』

〔三〕『人』内集作『終』。内集篇末又有小字注：『「往來終」一作「斯人初」』。

晁張和答秦覯五言予亦次韻

山林與心違，日月使鬢換。文選沈休文詩：江海事多違。嵇叔夜幽憤詩：事與願違，遘茲淹留。儒衣相詬病，文字奉娛玩。禮記儒行篇：魯哀公問孔子曰『夫子之服，其儒服歟』云云，孔子曰：『衆之命儒也妄，常以儒相詬病。』漢書司馬遷書曰：文史星曆，近乎卜祝之間，主上所戲弄，倡優畜之。自古非一秦，六籍蓋多難。見上『六籍經幾秦』注。漢書陳勝傳曰：秦未亡而誅趙王將相家屬，此生一秦。左傳司馬侯曰：或多難以固其國。詩書或發冢，熟念令人惋。莊子曰：儒以詩禮發冢。晉書王羲之傳遺殷浩書曰：此可熟念。後漢書馮衍傳曰：愁令人不賴生。王羲之帖亦云：令人短氣。韓非子曰：外內悲惋。老杜詩：感時撫事增惋傷。秦君銳本學，驥子已血汗。山谷有答少章帖云：學問之本，以自見其性為難。老杜詩：別養驥子憐神俊。又詩：驊騮作駒已汗血。按顏延年天馬狀曰：降靈驥子。又按漢書：大宛國多善馬。汗血言其先天馬子也。相期驂天衢，伯樂嘗一眄。易曰：何天之衢，亨。春秋後語曰：蘇代欲見齊王，謂淳于髡曰：『人有駿馬，欲賣之，見伯樂曰：「比三旦立於市，人莫與言，願子還而視之，去而顧之，臣請獻一朝之價。」伯樂如其言，一旦而馬價十倍。今臣欲以駿馬見於王，莫臣先後。足下有意為臣伯樂乎？』士為欲心縛，寸勇輒尺懦。魯論曰：根也慾，焉得剛？老子曰：不敢進寸而退尺。要當觀此心，日照雲霧散。扶疏萬物影，宇宙同璀璨。易云：聖人以此洗心，退藏於密。楞嚴經：不知色身外洎山河虛空大地咸是妙明中所現物。而圓覺經亦有『六塵緣影』之說。司馬相如傳曰：雲布霧散。又曰：垂條扶疏。文選：琦樹璀璨。置規豈惟君，亦自警弛慢。楚語曰：其以規為瑱也。又曰：吾憖寘之於耳〔一〕。文選嵇叔夜書曰：吾自以不如嗣宗之賢而有慢弛之闕〔二〕。

〔一〕『慭』原作『憖』，據國語楚語上改。樹經堂本作『憖』，誤。

〔二〕『慢弛』原作『弛慢』，據樹經堂本及文選卷四十三與山巨源絶交書改。

劉晦叔洮河緑石研〔一〕

晦叔名昱。洮州唐臨洮郡，後陷吐蕃，熙寧中收復。

久聞岷石鴨頭緑，可磨桂溪龍文刀。莫嫌文吏不知武，要試飽霜秋兔毫。

岷州本臨洮縣地。太白詩：遥看漢水鴨頭緑。桂溪在閩越境上。曹毗魏都賦曰：劍則龜文龍藻。漢書曰：可謂文吏。老杜鵰賦曰：至如千年孽狐，三窟狡兔，恃古冢之荆棘，飽荒城之霜露。法書苑曰：歐陽通以象牙犀角為筆管，狸毫為心，覆以秋兔翰。鮑照飛白書銘曰：秋毫精勁，霜素凝鮮。法書苑王羲之題筆陣圖後曰：紙者，陣也；筆者，刀稍也。故此詩暗用以足上句之意。

〔一〕内集卷五題作劉晦叔許洮河緑石研。

以團茶洮州緑石研贈無咎文潛

晁子智囊可以括四海，張子筆端可以回萬牛。漢書：晁錯號智囊。賈誼過秦論曰：囊括四海。韓詩外傳：避文士之筆端。老杜古柏行曰：萬牛回首丘山重。自我得二士，意氣傾九州。言足以强人之意。歐公詩：自吾得二生，粲粲獲雙珙。史記晏嬰傳曰：意氣揚揚，甚自得也。此借用其字。道山延閣委竹帛，清都太微望冕旒。『道山』見上注。劉歆七略曰：武帝廣獻書之路，百年之間書積如丘山，故外有太常博士之藏，内則延閣、廣内、秘室之府。列子曰：穆王以為清都紫微，鈞天廣樂，帝王之居。史記天官書曰：太微三光之廷，其内五星五帝座。貝宮胎寒弄明月，天網下罩一日收。楚辭九歌曰：貝闕兮珠宮。左思吳都賦曰：蚌蛤珠胎，與月虧全。太平廣記鬼詩：還山弄明月。文選曹子建與楊德祖書曰：人人自謂握靈蛇之珠，家家自謂抱荆山之玉。又曰：吾王設天網以該之，頓八紘以掩之。老子曰：天網恢恢，疏而不失。詩曰：烝然罩罩。此地要須無不有，紫皇訪問富春秋。『此地』謂館閣。晉書杜預傳：朝野稱美，號曰『杜武庫』，言其無所不有也。『紫皇』謂哲廟。晉書天文志曰：紫微宮，鈎陳口中一星曰天皇大帝。漢書齊襄王傳曰：皇帝春秋富。注云：比之於財，方未匱竭。晁無咎，贈君越侯所貢蒼玉璧，可烹玉塵試春色，澆君胸中過秦論，斟酌古今來活國。『越侯』謂建州守臣，建州即閩越之地。『蒼璧』謂團茶。周禮春官曰：以蒼璧禮天。樂天詩曰：新茶碾玉璧。『澆君胸中』見上注。過秦論見賈誼新書。詩曰：酌先祖之道以養天下。周語曰：而後王斟酌焉。班固典引曰：斟酌道德之淵源。『活國』見上注。張文潛，贈君洮州緑石含風漪，能淬筆鋒利如錐，請書元祐開皇極，第入思齊訪落詩。退之篁詩曰：卷送八尺含風漪。此借用，言洮研之温潤。樂天詩曰：紫毫筆尖如錐兮利如刀。晉書祖納傳曰：汝潁之士利如錐。山谷作温公挽詞云：元祐開皇極，功歸用老成。『思齊』以比宣仁太后，『訪落』以比哲宗。按思齊詩曰：思齊太任，文王之母。訪落序曰：嗣王謀於廟也。箋謂：成王始即政，故於廟中與群臣謀政事。班固西都賦曰：第從臣之嘉頌。

謝王仲至惠洮州礪石黃玉印材 仲至名欽臣。

洮礪發劍虹貫日，印章不琢色蒸栗。莊子曰：刀刃若新發於硎。漢書鄒陽傳曰：荊軻慕燕丹之義，白虹貫日。禮記曰：大圭不琢。魏文帝與鍾繇書曰：玉書稱玉，黃侔蒸栗。磨礲頑鈍印此心，佳人持贈意堅密。漢書梅福傳曰：爵禄者，天下之底石，高祖所以厲世磨鈍也。此借用。觀佛三昧海經曰：住念佛者，心印不壞。傳燈録曰：馬祖密受心印。漢書鼂錯傳曰：甲不堅密，與袒裼同。見上。佳人鬢彫文字工，藏書萬卷胸次同。日臨天閑豢真龍，新詩得意挾雷風。歐公表曰：風霜所迫，鬢髮彫殘。劉禹錫詩：會書團扇上，知君文字工。周禮校人：天子十有二閑，馬六種。國語史墨曰：古有豢龍氏。此借用，以言群牧。老杜驄馬行曰：天廄真龍此其亞。西京雜記：淮南王著鴻烈〔一〕，自云字中皆挾風霜。我貧無句當二物，看公倒海取明月。太白詩曰：回山倒海不作難。退之詩：婆娑海水南，簸弄明月珠。

〔一〕『鴻烈』原作『鴻列傳』，據樹經堂本及西京雜記卷三删『傳』字。

次韻文潛同遊王舍人園 王舍人名棫，字才元。

移竹淇園下，買花洛水陽。漢書溝洫志曰：下淇園之竹以為揵。按淇澳詩曰：綠竹猗猗。說詩者以為王芻，非今竹，蘇子由作詩傳，從漢書說。歐陽公有洛陽風俗記，載牡丹事甚詳。風煙二十年，花竹可迷藏。樂天詩：等閑栽樹木，隨分占風煙。老杜詩：山扉花竹幽。樂天又有詩云：十三行坐事調品，不肯迷頭白地藏。玉溪生有美一人賦曰：豈不懷於羞澀，恐致恨於迷藏。九衢流車馬，相值各怱忙。樂天詩：舟辭三峽雨，馬入九衢塵。後漢馬后傳曰：車如流水，馬如游龍。老杜詩：無乃太怱忙？豈有道邊宅，靜居如寶坊，後漢曹褒傳明帝曰：諺言：『作舍道邊，三年不成。』楞嚴經曰：譬如人靜居。華嚴合論云：大集經在於欲界上、色界下，安立寶坊，集諸人天。幅巾延客酒，妙歌小紅裳。後漢苻融傳：幅巾奮袖，談辭如雲。主人有班綴，衣拂御爐香。歐公詩：玉殿霜清綴曉班。賈至詩：衣冠身染御爐香〔二〕。常恐鶗鴂鳴，百草為不芳。離騷曰：使鶗鴂之先鳴兮，百草為之不芳。故作龜曳尾，頗深漆園方。莊子曰：莊子釣於濮水，楚王使大夫二人往先焉，曰：『願以境內累子矣。』莊子曰：『楚有神龜，死已三千歲矣，王巾笥而藏之廟堂之上。此龜者，寧其死為留骨而貴乎？寧其生而曳尾於塗中？』二大夫曰：『寧生而曳尾塗中。』莊子曰：『往矣！吾將曳尾於塗中。』按史記莊子傳：嘗為蒙漆園吏。莊子雜篇曰：天下之治方術者多矣。初開蝸牛廬，中置師子牀。『蝸牛廬』用焦先事。智度論云：佛為人中師子，凡佛所坐，若牀若地，皆名師子座。楞嚴經云：即時如來將罷法座於師子牀，攬七寶几。維摩經云：其室廣博，悉皆包容三萬二千師子座。舍利佛言：『如是小室，乃容受此高廣之座。』買田宛丘間，江漢起濫觴。『宛丘』今陳州。『濫觴』見上注，言為歸老之漸也。今此百畝宮，冬温夏清凉。記曰：儒有一畝之宮。東坡超然臺記：夏凉而冬温。身閑閲世故，宇静發天光。漢書：蓋寛饒仰視屋，歎曰：『此如傳舍，所閲多矣！』文選潘正叔迎大駕詩云：世故尚未夷。莊子曰：宇泰定者發乎天光。安肯聲利場，牽黄臂老蒼。言不獵取聲利也。文選鮑明遠詩：五都矜財雄，三川養聲利。南史：張充，方出獵，左臂鷹，右牽狗〔二〕，遇張緒船至，便放紲韝〔三〕。東坡樂府曰：老夫聊發少年狂，左牽黄，右擎蒼。史記李斯謂子曰：牽黄犬，出上蔡東門。張侯筆瑞世，三秀麗齊房〔四〕。作詩盛推賞，明珠計斛量。掃花坐晚吹，妙語益難忘。楚辭九歌曰：采三秀於山間。注云：芝也。漢志齊房歌曰：齊房産草〔五〕，九莖連葉。王立之詩話云：張文潛先與李公擇輩來予家，作長句，後數日再同東坡來，東坡讀其詩，歎息云：『此不是喫煙火食人道底言語。』蓋其間有『汲井消午醉，掃花坐晚凉。衆緑結夏帷，老紅駐春粧』之句也，故山谷次韻亦云『掃花坐晚吹，妙語益難忘』。立之名直方，棫之子也。文選劉公幹詩：投翰長歎息，綺麗不可忘。玉臺新詠：相逢狹路間，易知復難忘。重游樊素病，捧心不能粧。晁無咎謝王立之送蠟梅詩：芳菲意淺姿容淡，憶得素兒如此梅。自注云：立之家小鬟。雲溪友議云：白居易有妓樊素善歌，小蠻善舞，為詩曰：櫻桃樊素口，楊柳小蠻腰。此借用，以比素兒。『捧心』見上注。曾端伯詩選載李商老云：工直方高貲，有園在城南，事諸名流，具杯盤，出聲妓，以娱客。故山谷詩云：『重來樊素病，捧心不能粧。』張文潛云：『執板歌一聲，坐客無留觴。』皆為皓齒蛾眉設。來日猶可追，聽我歌楚狂。楚狂接輿歌曰：往者不可諫，來者猶可追。此特借用其語。

〔一〕『染』樹經堂本作『惹』。按全唐詩卷二百三十五賈至早朝大明宮呈兩省僚友作『惹』，下有小字注：『一作染』。

〔二〕『左臂鷹，右牽狗』南史張充傳作『右臂鷹，左牽狗』。

〔三〕『放紲韝』南史張充傳作『放紲脱韝』。

〔四〕『齊』原作『齋』，據樹經堂本及内集卷四改。按：『齊』通『齋』。

〔五〕『齊』原作『芝』，據漢書禮樂志改。按漢書禮樂志載郊祀歌十九章，十三為齊房，『元封二年芝生甘泉齊房作』，歌曰『齊房産草』云云。詩注中『齊』原亦作『齋』，今據以改。

卧陶軒

元注云：為晁無咎作。

陶公白頭卧，宇宙一北窗。但聞窗風雨，平陸漫成江。淵明與子儼等疏曰：吾年過五十，少而窮苦。又曰：五六月中，北窗下卧，遇涼風暫至，自謂是羲皇上人。『平陸成江』謂陵谷變遷，當晉宋之際乎？淵明停雲詩曰：八表同昏，平陸成江。卯金扛九鼎，把菊醉胡床。劉裕盜晉之神器，故曰『扛九鼎』。左傳：楚子問鼎大小輕重。漢書曰：項羽力能扛鼎。昭明太子作淵明傳曰：嘗九月九日出宅邊菊叢中坐，久之，滿手把菊，忽值王弘送酒至，即便就酌而醉歸。晉書桓伊傳：下車踞胡床。城南晁正字，國器無等雙。漢書韓安國傳曰：天子以為國器。史游急就章曰：像飾刻畫無等雙。日月麗宸極，大明朝萬邦。易曰：日月麗乎天。文選劉越石勸進表曰：宸極失御。禮記曰：大明生于東。書曰：協和萬邦。假版未通班，曉嚴夢逢逢〔一〕。晉書華譚傳曰：謹奉還所假左丞相軍諮祭酒版。文選陸機有謝内史表，李善注云：凡王封拜，謂之板官。又按隋百官志：陳有板諮議參軍、板長史之類。『假板』蓋班品之卑者。隋志又言：梁武帝定九品十八班，此詩言『未通班』蓋列於隔品也。老杜詩：通籍微班忝。劉子玄史通忤時篇曰：僕少小從仕，早躡通班。『曉嚴』謂戒曉嚴警之鼓。樂天詩曰：閶闔曉嚴旗鼓出。退之詩：不踏曉鼓朝，安眠聽逢逢。萬卷曲肱裏，胸中湛秋霜。文選袁陽源詩云：義分明於霜。李善注引仲長統昌言曰〔二〕：絜若清冰，嚴若秋霜。亦有好事人，叩門提酒缸。用揚雄事，見上注。欲眠不遣客，佳處更難忘〔三〕。南史淵明曰：我醉欲眠，卿可去。東坡作醉眠亭詩曰：醉中有客眠何害，須信淵明苦未賢。

〔一〕『逢逢』原作『逄逄』，據樹經堂本及內集卷四改。下引韓愈詩同。

〔二〕『統』樹經堂本作『子』。按文選卷三十一袁淑效曹子建樂府白馬篇李善注作『仲長子』。

〔三〕『佳處』內集作『真處』。

次韻寄晁以道 以道名說之，濟北人。

河漢牛與女，咫尺不得語。驩然共秋盤，以茲不忘故。文選古詩云：迢迢牽牛星，皎皎河漢女。又云：盈盈一水間，脉脉不得語。左傳：天威不違顏咫尺。前漢董仲舒傳：驩然有恩以相愛。北史楊椿傳曰：吾兄弟同盤而食。我友在天末，問天許見否？雲雨隔九關，日月不我與。上八句言：以道流落於外〔一〕，相望不啻牛女之遠，安得見之也？文選陸士衡詩曰：借問歎何為？佳人眇天末。楚辭招魂曰：虎豹九關，啄害下人些。盧仝茶歌曰：天上群仙司下土，地位清高隔風雨。魯論陽虎曰：日月逝矣，歲不我與！注謂：年老歲月已往。念公坐臞禪〔二〕，守心如縛虎。此以下言以道從事禪學，未能超脫也。魏志呂布傳：縛虎不得不急。老杜詩：身猶縛禪寂。遺教經：心之可畏，甚於惡獸。頗思携法喜，舉案饁南畝。維摩經曰：有菩薩問維摩詰言：『居士！父母妻子，親戚眷屬，悉為是誰？』維摩詰以偈答曰：『智度菩薩母，方便以為父。一切衆導師，無不由是生。法喜以為妻，慈悲心為女。善心成實男，畢竟空寂舍。』肇法師注云：『法喜』謂見法生内喜也。世人以妻色為悦，菩薩以法喜為悦。後漢梁鴻傳：妻子為具食，不敢仰視，舉案齊眉。左傳曰：冀缺耨，其妻饁之，相敬如賓。詩曰：同我婦子，饁彼南畝。

不聞犯齋收，猶聞畫眉詡。後漢：周澤字穉都〔三〕，為太常，卧疾齋宫。其妻哀澤老病，闚問所苦，澤大怒，以為干犯齋禁，收送詔獄。漢書張敞傳：為婦畫眉，長安中傳『張京兆媚嫵』。孟康注云：嫵音詡，北方人謂媚好為詡。

良為鼻祖來，渠伊為伴侶。漢書揚雄傳反離騷曰：有周氏之蟬嫣兮，或鼻祖於汾隅。注云：鼻，始也。此句借用，言心為萬法之祖，而以道於法喜愛着之深，若曰『與心俱生，不可棄去』，然不知為法所縛，則有人有法，二見未忘，未免於封執之病。故末句為破除之，使超然獨立，不與萬法為侶也。詹玠唐宋遺史曰：張崇帥瀘州，計口率『渠伊錢』。楞伽經偈曰〔四〕：心如工技兒，意如和技者。五識為伴侶，妄想觀技衆。按寒山子詩云：我貴天然物，獨一無伴侶。覔他不可見，出入無門户。故學道者要當不存一法〔五〕，乃可。

我有桂溪刀，聊憑東風去。斷其法執，故以刀為喻。婆娑論曰：佛言我聖弟子，能以慧刀斷諸結縛。文選李陵書曰：時因北風，復惠德音。樂天枯樹詩：幸有西風易憑仗。

〔一〕『流』原作『留』，據樹經堂本改。

〔二〕『公』内集作『君』。

〔三〕『穉』原作『雉』，據樹經堂本及後漢書儒林列傳改。

〔四〕『楞伽經』原作『楞嚴經』，據樹經堂本及楞伽經卷四一切佛語心品第四改，『心如工技兒』楞伽經作『心為工伎兒』，餘同。

〔五〕『要』樹經堂本作『更』，『存』作『有』。

次以道韻寄范子夷子默 正平、正思二范，蓋文正公諸孫。

鼓缶多秦聲，琵琶作胡語。是中非神奇，根器如此故。言范君根器不同，有所從來也。史記藺相如傳曰：趙王聞秦王善為秦聲，請奉盆缻秦王，以相娛樂。又漢書楊惲傳曰：家本秦也〔一〕，能為秦聲，仰天拊缶而歌『烏烏』〔二〕。劉熙釋名曰：琵琶本胡中馬上所鼓。老杜古跡詩曰：千載琵琶作胡語〔三〕，分明怨恨曲中論。莊子曰：神奇化為臭腐，臭腐復化為神奇。『根器』字出釋氏書，如守護國界主陁羅尼經云：如來悉知彼衆生種種根器。范公秉文德，斷國極可否。『范公』謂文正公。詩曰：濟濟多士，秉文之德。漢書薛宣傳曰：謀王體，斷國論。『極可否』此謂獻可替否，不詭隨也。至今管樞機，大度而少與。此句當屬忠宣公。按實録：元祐元年二月，范純仁同知密院。『少與』言其不黨。漢書蓋寬饒傳曰：多仇少與。蟬嫣世有人，風壑嘯兩虎。『兩虎』謂二范君，『蟬嫣』見前篇注。應劭曰：蟬嫣，連也，言與周氏相連也。楚辭曰：虎嘯而谷風至。歐公病暑賦曰：陰壑慘慘多悲風。史記陳軫傳：兩虎方且食牛。小心學忠孝，鄙事能壠畝。魯論曰：吾少也賤，故多能鄙事。漢書嚴助傳曰：朔、皋持論不根。持論不籧篨〔四〕，奉身謝誇詡。新臺詩箋云：籧篨口柔，常觀人顏色而為之辭，故不能俯。左傳曰：臣之禄，君實有之，義則進，否則奉身而退。漢書揚雄傳曰：尚泰奢麗誇詡。頗知城南園，文會英俊侶。魯論曰：以文會友。漢書枚臯傳曰：與英俊並游。又張安世傳曰：休沐未嘗出。老杜詩：强飯蓴添滑，端居茗續煎。何當休沐歸，懷茗就煎去？

〔一〕『本』原作『故』，據大全本、樹經堂本及文選卷四十一楊惲報孫會宗書改。

〔二〕『烏烏』樹經堂本作『嗚嗚』。按『歌烏烏』文選作『呼嗚嗚』。

〔三〕『載』原作『歲』，據樹經堂本及杜甫咏懷古迹五首之三改。

〔四〕『籧篨』原作『蘧篨』，據樹經堂本及詩邶風新臺改，下注文同，參見十三經注疏毛詩正義卷二一。

僧景宣相訪寄法王航禪師

抱牘稍退鳧鶩行，倦禪時作槖駝坐。退之藍田丞廳壁記曰：文書行吏抱成案詣丞，鳧鶩行以進。東陽夜怪録云：王洙避雪佛廟，見一老僧着阜裘，背及肋有搭白補處，明旦視之，乃槖駞也。

忽憶頭陁雲外人，閉門作夏與僧過。文選王簡棲有頭陁寺碑，李善注云：頭陁，斗藪也，言斗藪煩惱也。前人詩云：頭陁雲外僧氣多。圓覺經曰：若經夏首，三月安居。

一絲不掛魚脱淵，萬古同歸蟻旋磨。傳燈録南泉問陸亘：十二時中作麽生？陸云：寸絲不掛。師云：猶是階下漢。老子曰：魚不可脱於淵。此特借用其語，以言航游戲自在，如魚之脱於釣絲也。晉書天文志周髀家云：天旁轉如推磨而左行，故日月實東行，而天牽之從西没，譬之於蟻行磨石之上，磨左旋而蟻右去，磨疾而蟻遲，故不得不隨磨以左回焉。山谷借用，意謂沉迷世故，隨物所牽，如蟻之旋磨，今古皆然，視雲外超脱之人，良可歎也。

山中雨熟瓜芋田，唤取小僧休乞錢。張方回家本山谷自注云：智航道人住嵩山法王寺，數遣小僧景宗到都城，因宗還寄之。景宣蓋法王化主。老杜詩：楊枝晨在手，豆子雨已熟。言贊公道力深妙，楊枝揮洒，便能致雨以熟豆田。山谷意謂法王亦當如是，不必遣化也。蜀都賦曰：瓜疇芋區。老杜詩：徑轉山田熟。

次韻子瞻送顧子敦河北都運二首〔一〕

儒者給事中，顧公甚魁偉。漢書百官表曰：給事中亦加官，所加或大夫、博士、議郎，掌顧問應對。史記張良世家太史公曰：予以為其人計魁梧奇偉。經明往行河，商略頗應史。漢書平當傳曰：以經明禹貢，使行河。又薛宣傳曰：湛自知罪臧皆應記。世說：孫興公、許玄度共商略先往名達。勞人又費之〔二〕，國計安能已？元豐中，河决大吳，神宗知故道不可復，因導之北流，水性已順。至元祐初，文潞公、呂汲公主回河之議，勞民費財，竟無益也。事具蘇子由潁濱遺老傳。荀子富國篇曰：上下俱富交，無所藏之，是知國計之極也。成功渠有命，得人斯可喜。孟子曰：若夫成功，則天也。似聞阻飢餘，惡少驚邑里。書曰：黎民阻飢。漢書尹賞傳曰：雜舉長安中輕薄少年惡子〔三〕。退之詩：隔墻惡少惡難似。啓鑰探珠金，奪懷取姝美。南史：陳方泰與諸惡少年群聚游逸無度云。『啓鑰』見上注。莊子曰：將為胠篋、探囊、發匱之盜而為守備，則必攝緘縢，固扃鐍。穀梁傳云：猶曰取之其母之懷中而殺之云爾。詩曰：静女其姝。注云：姝，美色也。部中十盗發，一二書奏紙。漢書咸宣傳曰：盜發覺而弗捕，吏恐不能得，坐課累府，府亦使不言。西連魏三河，東盡齊四履。史記貨殖傳曰：昔唐人都河東，殷人都河内，周人都河南。夫三河在天下之中，若鼎足，王者所更居也。文選宣德皇后令曰：地狹乎四履。李善注引左傳管仲曰：賜我先君履，東至于海，西至于河，南至于穆陵，北至于無棣。此豈小事哉！何但行治水。使民皆農桑，乃是真儒耳。魏志荀彧傳注引獻帝春秋太祖曰：此豈小事，而吾忘之？前漢書地理志曰：豳詩言農桑衣食之本甚備。揚子曰：用真儒無敵於天下。

今代顧虎頭，骨相自雄偉。『顧虎頭』見上注。退之詩：自歎虞翻骨相屯。不令長天官，亦合丞御史。唐光宅元年，改吏部為天官。漢書百官表曰：御史有兩丞，秩千石，一曰中丞。能貧安四壁，無慍可三已。左傳曰：貴而能貧。魯論曰：令尹子文三仕為令尹，無喜色；三已之，無慍色。司馬相如家徒四壁立。昨來立清班，國士相顧喜。樂天詩：早接清班登玉陛。左傳曰：國士在，且厚，不可當也。何因將使節，風日按千里。周禮掌節曰：凡邦國之使節。老杜詩：六月風日冷。漢書魏相傳曰：按治郡國。汲黯不居中，似非朝廷美。漢書汲黯傳曰：以數直諫，不得久留內。又曰：臣願為中郎，出入禁闥，補過拾遺，臣之願也。太任録萬事，御坐留諫紙。『太任』見上注。舜典曰：納于大麓。注云：麓，録也。納舜使大録萬機之政。樂天詩：諫紙忽盈箱，對之終自愧。發政恐傷民，天步薄冰履。孟子曰：今王發政施仁。又曰：文王視民如傷。『天步』『履冰』並見毛詩〔四〕。蒼生憂其魚，南畝多被水。左傳曰：微禹，吾其魚乎！詩曰：饁彼南畝。公行圖安集，信目勿信耳。鴻鴈詩序曰：萬民離散，不安其居，而能勞來還定安集之。高士傳孔子曰：吾之信顏回，非獨今日所信者，目目猶不可信。漢書趙充國傳曰：百聞不如一見。

〔一〕內集卷三題下有小字：『臨』，蓋顧子敦名。

〔二〕『勞人』內集作『勞民』。

〔三〕『雜舉』原作『舉雜』，據漢書尹賞傳改。

〔四〕『履』樹經堂本作『薄』。『毛詩』原作『詩』，據大全本、樹經堂本補。

慈孝寺餞子敦席上奉同孔經父八韻〔一〕

日永知槐夏，雲黃喜麥秋。歐陽公詩話載趙師民詩云：麥天晨氣潤，槐夏午陰清。王介甫詩：繰成白雪桑重緑，割盡黃雲稻正青。禮記月令：麥秋至。同朝國士集，賜沐吏功休。孟子曰：得侍同朝甚喜。漢書薛宣傳曰：日至，吏以令休。祇園冠蓋地，清與耳目謀。梵云『祇園』，此言『勝氏』；梵云『僧伽藍摩』，此云『衆園』，由祇陁太子園造佛精舍，因以為名。柳子厚小丘記曰：清泠之狀與目謀，瀯瀯之聲與耳謀。晴雲浮茗椀〔二〕，飛雹落文楸。陸羽茶經曰：沫餑者湯之華也，如晴天爽朗，有浮雲鱗鱗然。『茗椀』見上注。『飛雹』謂棋聲，『文楸』謂棋局。北夢瑣言：日本國王子入貢，出本國如楸玉局〔三〕、冷暖棋子，蓋玉之蒼者如楸木色。一客衆主人，醉此顧虎頭。禮記曾子問曰：衆主人、卿、大夫、士、房中，皆哭，不踊。此借用其字。虎頭持龍節，排河使東流。周禮掌節曰：澤國用龍節。孟子曰：排淮泗而注之江。厥田惟上上，桑麻十數州。禹貢：雍州，厥田惟上上。左傳曰：諸侯言時計功。計功不汗馬，可封萬户侯〔四〕。漢書蕭何傳曰：上以何功最盛，先封為酇侯，食邑八千户。功臣皆曰：『蕭何未有汗馬之勞，顧居臣等上，何也？』又李廣傳曰：令當高祖世，萬户侯豈足道哉！

〔一〕內集卷三此詩題作『餞子敦席上奉同孔經父八韻』，題下小字注『文仲』，蓋孔經父之名。

〔二〕『浮』內集作『泛』。

〔三〕『局』原作『扃』，據樹經堂本及北夢瑣言卷一改。

〔四〕『封』内集及樹經堂本作『致』。

次韻張昌言給事喜雨

三雨全清六合塵，詩翁喜雨句凌雲。爾雅注曰：雨三日以上為霖。文選潘岳閑居賦曰：微雨新晴，六合清朗。東都賦曰：雨師汎灑，風伯清塵。司馬相如賦：飄飄然有凌雲之氣。垤漂戰蟻餘追北，柱擊乖龍有裂文。學記曰：蛾子時術之。注云：蛾，蚍蜉也，微虫爾，時術其功，乃成大垤也。東觀漢記曰：沛獻王輔善易。永平五年少雨，上以易林占之，其繇曰：『蟻穴封户，大雨將至。』上以問輔云云。古今五行記曰：後魏顯宗天安元年，兗州有黑赤蟻鬭，赤蟻斷頭而死，時齊明帝自立，大為魏軍所破。賈誼過秦論曰：追亡逐北。世説：夏侯泰初倚柱作詩，霹靂破柱，神色無變。退之樹雞詩云：割取乖龍左耳來。北夢瑣言曰：世言乖龍苦於行雨，而多竄匿，為雷神捕之，或在古木及簷楹之内〔一〕。孟郊詩：厚冰無裂文。減去鮮肥憂玉食，偏宗河嶽起鑪薰。上句謂朝廷以旱故減常膳。孟郊詩：豪人飫鮮肥。書曰：惟辟玉食。下句謂徧走群望以禱雨。雲漢詩曰：靡神不宗。聖功惠我豐年食，未有涓埃可報君。老杜詩：未有涓埃答聖朝。

〔一〕『簷楹』太平廣記卷四百二十五引此作『楹柱』。

山谷詩集注卷第七

送李德素歸舒城

李楶字德素，隱舒州龍眠山。

僧夏莫問途，麥秋宜煮餅。『僧夏』他本或作『槐夏』，非是。韋應物詩曰：安居同僧夏，清夜諷道言。莊子曰：七聖皆迷，無所問途。北寺旬休歸，長廊六月冷。簟翻寒江浪，茶破蒼璧影。『北寺』即酺池寺。退之簟詩曰：卷送八尺含風漪。坡詞：簟紋如水帳如煙。山谷謝送碾壑源揀芽：矞雲從龍小蒼璧。李侯為我來，遽以歸期請。青衿廢詩書，白髮違定省。荒畦當鉏灌，蠹簡要籤整。挽衣不可留，決去事幽屏〔一〕。此數句大抵用退之送張道士詩意。退之又有詩云：胡為久無成？使以歸期告。子衿詩注云：青衿，青領也，學子之所服。禮：父母在，衣純以青。曲禮曰：昏定而晨省。莊子曰：漢陰丈人方將為圃畦，鑿隧而入井，抱甕而出灌。穆天子傳曰：暴蠹書於羽陵。老杜詩：書籤藥裹封蛛網。天恢獵德網，日饎養賢鼎。老子曰：天網恢恢。揚子曰：獵德而得德。此借用，言網羅賢俊也。易鼎卦曰：聖人大亨，以養聖賢。泂酌詩曰：可以餴饎。注云：饎，酒食也，音熾。此士落江湖，熟思令人癭。南史劉之遴傳曰：之遴時落侯景所。

孟郊詩：長安日下影，又落江湖中。漢書趙充國傳曰：但思惟兵利害至熟悉也。魏志賈逵傳注曰：逵與典農校尉争公事，不得理，乃發憤生癭。**胸中吉祥宅，膜外榮辱境。**莊子曰：瞻彼闋者，虚室生白，吉祥止止。又曰：辨乎榮辱之境。又德充符注：夫至足者，不以憂患驚神，若皮外而過去。醫書曰：膈膜自心肺之下與脊腹相着，以遮蔽濁氣。『膜外』一本作『券外』。莊子曰：券内者行乎無名，券外者志乎期費。注云：券，分也。華嚴經云：瞻仰吉祥宅。**婆娑萬物表，藏刀避肯綮。**『萬物表』見上注。莊子：庖丁為文惠君解牛，曰：『批大郤，導大窾，因其固然，技經肯綮之未嘗，而況大軱乎！』又曰：提刀而立，為之四顧，為之躊躇滿志，善刀而藏之。音義曰：肯綮猶結處也，綮音苦挺反。**人生要當學，安宴不徹警。**左傳曰：宴安酖毒，不可懷也。又曰：軍衛不徹警。**古來惟深地，相待汲修綆。**易繫辭曰：夫易，聖人之所以極深而研幾也。惟深也，故能通天下之志。『修綆』見上注。

〔一〕『決去』原作『決云』，據内集卷三改。

詠李伯時摹韓幹三馬次蘇子由韻簡伯時兼寄李德素

太史瑣窗雲雨垂，試開三馬拂蛛絲。『太史』當謂子由作起居郎，居左史之任。文選鮑照詩：玉鉤隔瑣窗。老杜趙公堂詩：落架垂雲雨。此引用，言其在天上也。文選江淹擬張華詩云：玉臺生網絲。李善注引論衡曰：蜘蛛經絲〔一〕，以網飛蟲。**李侯寫影幹翰墨〔二〕，自有筆如沙畫錐。**書訣墨藪褚河南曰：用筆當如印印泥，如錐畫沙，欲其藏鋒〔三〕，畫乃沉著，當其用鋒，常欲透過紙背。**絶塵超日精爽緊，若失其一望路馳。**西京雜記：文帝有良馬九匹，一名絶塵。王子年拾遺曰：

周穆王八龍之駿，四名越影，逐日而行。老杜詩：魏侯骨聳精爽緊。莊子徐無鬼曰：天下馬有成材，若卹若失，若喪其一，若是者，超軼絶塵，不知其所。選詩：四牡向路馳。

馬官不語臂指揮，乃知仗下非新羈。

言其馴服如此〔四〕，必非新自西極來者。老杜詩：馬官厮養森成列。『臂指揮』即無羊詩所謂『麾之以肱』。莊子徐無鬼曰：吾相馬，直者中繩，曲者中鉤，方者中矩，圓者中規：是國馬也，而未若天下馬也。山谷蓋用此意。唐書李林甫傳曰：不見立仗馬乎？終日無聲而飫三品芻豆。『新羈之馬』見文選。

吾嘗覽觀在坰馬，駑駘成列無權奇。

史記封禪書曰：後有君子得以覽觀焉。駉詩曰：駉駉牡馬，在坰之野。漢書天馬歌曰：志俶儻，精權奇，籋浮雲，晻上馳。

緬懷胡沙英妙質，一雄可將十萬雌。

漢書天馬歌曰：天馬來，從西極，涉流沙，九夷服。文選西征賦曰：終軍山東之英妙。此借用。老杜天育驃騎歌曰：當時四十萬疋馬，張公歎其材盡下。故獨寫真傳世人，見之座右久更新。

決非皁櫪所成就〔五〕，天驥生駒人得之。

元次山詩曰：豈欲皁櫪中，爭食秕與蕡？漢書：元鼎四年，馬生渥洼水中，作天馬之歌。顔延之赭白馬賦曰：漢道亨而天驥呈才。漢書西域傳曰：大宛國多善馬，馬汗血，言其先天馬子也。孟康注曰：言大宛國有高山，其上有馬，不可得，因取五色母馬置其下，與集生駒，皆汗血，因號曰『天馬子』云。家語孔子曰：人遺弓，人得之。此借用。詩意若曰：老於中朝之士與來自釣築者，其英傑之氣故自不同，如仗下馬與渥洼之驥也。

千金市骨今何有？士或不價五羖皮。

戰國策郭隗謂燕昭王曰：古之人君遣使者齎千金，市千里馬於他國，未至，馬已死，買其首五百金以歸。天下知君之好也，於是期年而千里之馬至者三焉。王誠欲致士，先從隗始。隗且見事，況賢於隗者乎！文選孔文舉書曰：燕君市駿馬骨，乃欲以招絶足也。史記秦本紀曰：繆公聞百里奚賢，欲重贖之，恐楚人不與，乃請以五羖羊皮贖之，楚人遂與之。

李侯畫隱百僚底，初不自期人誤知。

老杜詩：有才無命百僚底。王維詩：夙世謬詞客，前身應畫師。不能捨餘習，偶被時人知。

戲弄丹青聊卒歲，亦如閲世老禪師〔六〕。

謂其得游戲三昧。文選謝惠連詩：丹青暫雕煥。李善注引張綱集曰：圖形丹青。詩曰：優哉游哉，聊以卒歲。漢書蓋寬饒傳曰：此如傳舍，閲人多矣！老杜詩：勢閲人代速。『代』即『世』也，避諱故云。

〔一〕『經絲』原作『輕絲』，據元大全本及文選卷三十七江淹擬張華詩李善注引論衡改。

〔二〕『幹翰墨』内集及樹經堂本作『韓幹墨』。

〔三〕『欲』大全本、樹經堂本作『使』。

〔四〕『服』大全本、樹經堂本作『伏』。

〔五〕『阜櫪』樹經堂本及内集作『厮養』。

〔六〕『亦如』樹經堂本及内集作『身如』。

次韻子瞻和子由觀韓幹馬因論伯時畫天馬

于闐花驄龍八尺，看雲不受絡頭絲。西河驄作蒲萄錦，雙瞳夾鏡耳卓錐。東坡三馬圖贊引云〔一〕：元祐初，熙河游師雄擒猾羌大首領鬼章青宜結以獻。時西域貢馬，首高八尺，龍顱而鳳膺，虎脊而豹章，出東華門，入天駟監，振鬣長鳴，萬馬皆瘖。明年羌温溪心有良馬，願以饋太師潞國公，詔許之。蔣之奇為熙河帥，西蕃有貢駿馬汗血者，之奇為請乞不以時入事，下禮部。軾時為宗伯，判其狀云：朝廷方却走馬以糞正復，汗血亦何所用？事遂寢。軾嘗私請於承議郎李公麟畫當時三駿馬之狀，而使鬼章青宜結效之，藏於家。伯時，公麟字也。按漢書西域傳：于闐國王治西域。通典云：在葱嶺之北二百餘里。『西河』當謂熙河之地。周禮曰：馬八尺以上為龍。老杜高都護驄馬行曰：青絲絡頭為君老，何由却出横門道？謝莊舞馬賦曰：養雄神於綺文。西京雜記曰：霍光妻遺淳于衍蒲萄錦。顏延之赭白馬賦曰：雙瞳夾鏡，兩權協月。傳燈録仰山傳香嚴曰：去歲無卓錐之地。

長楸落日試天步，知有四極無由馳。

選詩：走馬長楸間。詩曰：天步艱難。爾雅『四極』注曰：四方極遠之國。老杜天育驃騎歌曰：嗚呼健步無由騁。

雷行山立氣深穩，可耐珠韉白玉羈？

崔豹古今注曰：秦始皇有名馬躡景、追電。顔延之赭白馬賦曰：異體峰生，殊相逸發。『山立』字見禮記玉藻。老杜畫馬圖引曰：顧視清高氣深穩。談苑曰：劉鋹自結真珠鞍勒，為戲龍之狀。

李侯一顧歎絶足，領略古法生新奇。

春秋後語蘇代曰：人有駿馬欲賣之，見伯樂曰：『比三旦立於市，人莫與言。願子還而視之，去而顧之，臣請獻一朝之價。』伯樂如其言，一旦而馬價十倍。魏文帝與孫權書曰：中國雖多馬，其知名絶足亦少。世説：康僧淵忽往殷淵源許〔二〕，遂及義理，語言辭旨自若，領略粗舉，一往參詣。又曰：支道林才藻新奇，花爛映發。

一日真龍入圖畫〔三〕，在坰群雄望風雌。

老杜丹青引贈曹霸云：詔謂將軍拂絹素，意匠慘澹經營中。斯須九重真龍出，一洗萬古凡馬空。『真龍』蓋用新序葉公事。

曹霸弟子沙苑丞，喜作肥馬人笑之。

丹青引云：弟子韓幹早入室，亦能畫馬窮殊相。幹惟畫肉不畫骨，忍使驊騮氣彫喪。張彦遠畫記曰：韓幹官至太府丞，尤工鞍馬，初師曹霸，後自獨擅。此云『沙苑丞』，未詳。

李侯論幹獨不爾，妙畫骨相遺毛皮。

晉書王獻之傳：謝安問：『君書何如君家尊？』答曰：『故當不同。』安曰：『外論不爾。』答曰：『人那得知。』高僧支遁傳謝安曰：九方歅之相馬，略其玄黄而取其駿逸。退之詩：自歎虞翻骨相屯。又詩：未能去毛皮。

翰林評書乃如此，賤肥貴瘦渠未知。

老杜詩云：書貴瘦硬方通神。而東坡詩曰：杜陵評書貴瘦硬，此論未公吾不憑。

況我平生賞神駿〔四〕，僧中云是道林師。

高僧傳：支遁字道林，嘗養馬，人有譏之者，曰：『愛其神駿，聊復畜爾。』亦見世説〔五〕。

〔二〕『三』原作『九』，據東坡七集後集卷九改。

〔二〕「淵」原作「深」，據大全本、樹經堂本及世説新語文學改。
〔三〕「圖畫」樹經堂本作「畫圖」。
〔四〕「平生」樹經堂本作「生平」。
〔五〕「亦」原無，據樹經堂本增。

次韻答王眘中〔一〕

有身猶縛律，傳燈録誌公歌曰：律師持律自縛。老杜詩〔二〕：身猶縛禪寂。無夢到行雲。宋玉高唐賦曰：昔者先王嘗游高唐，晝寢，夢見婦人曰：『妾在巫山之陽，高丘之阻。朝為行雲，暮為行雨，朝朝暮暮，陽臺之下。』俗裏光塵合，老子曰：和其光，同其塵。胸中涇渭分。退之與崔群書曰：懼足下以為吾不致黑白於胸中。『涇渭』見上注。老杜詩：濁涇清渭何當分？我搴江南秀，一見空馬群。離騷曰：朝搴阰之木蘭。注云：搴，取也。退之送温造序云：伯樂一過冀北之野，而馬群遂空。夸士慕鍾鼎，言所見之偏也。漢書賈誼鵩鳥賦曰：夸者死權。文選劉孝標廣絶交論曰：書玉牒而刻鍾鼎。左傳臧武仲曰：作彝器以銘其功烈。注謂：鍾鼎為宗廟之常器。此句引用，言夸士徇功名也。寒儒守典墳。文選江文通擬鮑照詩曰：豎儒守一經。左傳曰：左史倚相能讀三墳五典。〔三〕吾欲超萬古，乃如負山蚊。莊子曰：猶涉海鑿河而使蚊負山也。能來商略此，趺坐對爐芬？『商略』見上注。蓮華經云〔四〕：結加趺坐。文選江文通擬古詩云：膏爐絶沉燎。注云：爐，薰爐也，取其芬香，故加之膏。

〔一〕内集卷二題下小字注：『寅』，蓋王眘中名。

〔二〕『老』原無，據大全本、樹經堂本增。

〔三〕『能』原無，據大全本、樹經堂本及左傳昭公十二年加。

〔四〕『華』原無，據樹經堂本補。

子瞻去歲春夏侍立邇英子由秋冬間相繼入侍作詩各述所懷予亦次韻四首〔一〕

仁宗乾興初，日御殿之西廡，詔孫奭、馮元等勸講。祖宗故事：以雙日延見儒臣，至此，雖隻日亦令執經入侍。景祐二年正月癸丑，詔置邇英、延藝二閣，書無逸篇于屏。邇英在迎陽門之北，東向，事具實録。東京記曰：崇政殿西有邇英閣，東有延藝閣，講諷之所。又按：國朝春二月至端午，秋八月至冬至，遇隻日，邇英閣輪官講讀。

赤壁歸來入紫清，堂堂心在鬢彫零。太白春日行曰：深宮高樓入紫清。按上皇玉帝吟玉清之隱書曰：上景發晨暉，金霄鬱紫清。翰林志云：時以居翰苑者，謂凌玉清、遡紫霄。漢書蕭望之贊曰：望之堂堂，折而不撓。歐公表曰：風霜所迫，鬢髮彫殘。

江沙踏破青鞋底，却結絲絇侍禁庭。寒山子詩曰：浪行朱雀門，踏破麻鞋底。老杜詩：青鞋布襪從此始。周禮屨人注曰：屨有絇，有繶，有純者，飾也〔二〕。絇謂之拘，著舃屨之頭，以為行戒。按經筵中皆繫絲鞋，故云。樂天詩：却着青袍侍玉除。

胸蟠萬卷夜光寒，筆倒三江硯滴乾。言筆力有餘，傾倒三江之水不足以供其翰墨。如漢書朱安世所謂『南山之竹，不足受我辭』也。禹貢曰：三江既入。西京雜記曰：以玉為研，以酒為滴。隋書鄭譯傳：上令李德林立作詔書，高熲戲謂譯曰『筆乾』。劉禹錫詩：莫怪詩成無淚滴，盡傾東海也須乾。

大似不蒙稽古力，只今猶着侍臣

冠。言其猶未大用。後漢：桓榮為太子少傅，大會諸生，陳其車馬印綬，曰：「今日所蒙，稽古之力也。」

對掌絲綸罷記言，職親黃屋傍堯軒。「絲綸」謂中書令、舍人、翰林學士，取禮記「王言如絲，其出如綸」之意。「記言」謂起居郎及舍人，即古之左右史。禮記曰：動則左史書之，言則右史書之。又曰：左史記言，右史記事。東坡自右史遷中書舍人，翰林學士相繼。子由自左史為舍人。唐昭宗時封舜卿從子渭對掌內外制。文選范曄詩：黃屋非堯心。杜牧之詩：几席延堯舜，軒墀立禹湯。鴈行飛上猶回首，不受青雲富貴吞。劉禹錫寄楊給事詩曰：青雲直上無多地，却要斜飛取勢回。盧仝月蝕詩：奈何萬里光，受此吞吐厄。

樂天名位聊相似，却是初無富貴心。只欠小蠻樊素在，我知造物愛公深。東坡詩云：定似香山老居士，世緣終淺道根深。自注曰：出處老少大略似樂天。雲溪友議載樂天詩曰：櫻桃樊素口，楊柳小蠻腰。蓋其家二姬也。

〔一〕「春夏」原作「春」，據內集卷九詩題補。「邇英」內集作「延英」。

〔二〕「飾」原作「節」，據大全本、樹經堂本及周禮屨人注改。

再次韻四首

隆儒殿閣對橫經，咫尺清都雨露零。春明退朝録曰：隆儒殿在邇英閣後叢竹中。謝承後漢書曰：董春橫經捧手。李白上裴長史書曰：橫經籍書。左傳曰：天威不違顏咫尺。列子曰：穆王及化人之宮以為清都紫微，鈞天廣樂，帝之所居。『雨露』見上注。詩曰：零雨其濛。又曰：零露泥泥。

見說文星環北極，人間無路仰天庭。

老杜詩：南斗避文星。史記天官書曰：中宮天極星，環之匡衛十二星，藩臣。皆曰紫宮。曹子建詩：衆星環北辰。漢書揚雄解嘲曰：未仰天庭。又法言曰：仰天庭而知天下之居卑也哉！

風檽倒影日光寒，堯日當中露正乾。

退之詩：暑夕眠風檽。揚雄甘泉賦曰：歷倒景而絕飛梁。注云：在日月之上，日月返從下照，故其影倒。史記堯紀曰：就之如日。詩曰：湛湛露斯，匪陽不晞。注云：晞，乾也。諸侯唯天子賜爵，肅敬承命，有似露見日而晞。

殿上給扶鳴漢履，螭頭簪筆見秦冠。

兩句皆紀述經筵事。『給扶』謂當時元老。『簪筆』謂左右史。退之作韓弘碑曰：進見上殿，拜跪給扶贊(一)。漢書鄭崇傳：每見曳革履，哀帝笑曰：『我識鄭尚書履聲。』唐百官志云：起居郎及舍人，若仗在紫宸內閤，則夾香案分立殿下，直第二螭首，和墨濡筆即坳處，時號『螭頭』。漢書趙充國傳曰：張安世持橐簪筆。『秦冠』見『杜後惠文』注。後漢志：法冠一曰柱後，執法者服之，或謂之『獬豸冠』。此借用耳。

萬國歸心天不言，諸儒爭席異臨軒。

魯論曰：天何言哉？四時行焉，百物生焉。又曰：天下之民歸心焉。後漢戴憑傳：光武正旦朝會畢，令群臣說經者更相難詰，有不通者輒奪其席以益通者。憑遂重坐五十餘席。莊子曰：舍者與之爭席矣。『異臨軒』言講道雍容，非若軒陛之嚴分也。漢書史丹傳曰：天子自臨軒檻上，隤銅丸以擿鼓。又晉書輿服志曰：臨軒大會，則陳乘輿車輦於殿庭。

聖功典學形歌頌，更覺曹劉不足吞。

書說命：念終始典于學。『歌頌』指二蘇詩。曹植、劉楨皆魏文帝時文士。元稹作老杜墓銘序曰：言奪蘇李，氣吞曹劉。老杜詩：犬戎何足吞！

延和西路古槐陰，不隔朝宗夙夜心。

東京記曰：崇政殿南有延和殿。東坡作延和殿奏新樂賦曰：邇英傍矚，念故老之不來。又謝賜御書詩注云：邇英閣前有雙槐，樛枝屬地如龍形。書曰：江漢朝宗于海。詩云：夙夜匪懈，以事一人。詩意謂講筵親近，可傾盡忠赤之心也。

公有胸中五色線，平生補袞用功深。杜牧之郡齋獨酌詩曰：平生五色線，願補舜衣裳。退之書曰：用功深者，其收名也遠。

〔一〕『拜跪給扶贊』，按此處所引破句。韓愈許國公神道碑銘作：『拜跪給扶，贊無經體。』『贊』字屬下句。

次韻子瞻題郭熙畫山〔一〕

郭若虛圖畫見聞誌云：郭熙，河陽溫人，熙寧初為御書院藝學，工畫山水寒林。

黃州逐客未賜環，江南江北飽看山。元豐二年東坡責授黃州團練副使，本州安置。史記李斯傳曰：乃除逐客之令。荀子曰：聘人以珪，問士以璧，召人以瑗，絕人以玦，反絕以環。陶淵明詩：飢寒飽所更。

玉堂卧對郭熙畫，發興已在青林間。鑾坡遺事：淳化二年十月，太宗飛白書『玉堂之署』，賜學士承旨蘇易簡。按翰林誌，時以居翰苑者謂凌玉清、遡紫霄，亦曰登玉署、玉堂焉。元祐元年秋，東坡遷翰林學士。老杜詩：雲山已發興，玉佩仍當歌。歐公詩：行歌招野叟，共步青林間。

郭熙官畫但荒遠，短紙曲折開秋晚。江村煙外雨脚明，歸鴈行邊餘疊巘。山谷有跋惠崇九鹿圖云：得意於荒寒平遠，亦翰墨之秀也。『短紙』言所畫但小景，未盡江南之勝，故下句云云。漢書李廣傳：欲上書報天子曲折。老杜詩：錦里煙塵外，江村八九家。又詩：雨脚如麻未斷絕。選詩：連鄣疊巘崿。公劉詩注曰：巘，小山，別於大山也。

坐思黃柑洞庭霜，恨身不如鴈隨陽。米芾書史曰：唐人模王右軍一帖云：『奉橘三百顆，霜未降，未可多得。』韋應物詩云：書後欲題三百顆，洞庭更待滿林霜。蓋謂此也。老杜詩：君看隨陽鴈，亦有稻粱謀〔二〕。按書禹貢注曰：隨陽之鳥，鴻鴈之屬。熙今頭白有眼力，尚能弄筆映窗光。孟郊詩：傾盡眼中力，抄詩過與人。歐公詩：眼力雖已疲，心意殊未倦。退之寄盧仝詩：往年弄筆嘲同異，謗辭驚衆怪不已。韓偓詩：窗裏日光飛野馬。畫取江南好風日，慰此將老鏡中髮〔三〕。『江南』蓋山谷鄉里。樂天詩：春城好風日。退之詩：白髮忽滿鏡。但熙肯畫寬作程，十日五日一水石〔四〕。老杜戲題山水圖歌曰：十日畫一水，五日畫一石，能事不受相促迫，王宰始肯留真跡。

〔一〕內集卷二此詩題作『次韻子瞻題郭熙畫秋山』，萬曆本同此。

〔二〕『亦』樹經堂本作『自』。按杜甫同諸公登慈恩寺塔作：『各有稻粱謀。』

〔三〕『老』樹經堂本作『衰』。

〔四〕『十日五日』內集作『五日十日』。

題郭熙山水扇

郭熙雖老眼猶明，便面江山取意成。漢書張敞傳：以便面拊馬。注云：若今沙彌所持竹扇。一段風煙且千里，解如明月逐人行。言扇雖小，而畫有風煙千里之勢，扇中江山常與人俱，如月在天，處處皆逢也。老杜詩：烱如一段清冰出萬壑。又詩：風煙含越鳥。西都賦：閭閻且千。蘇味道詩：明月逐人來。

題惠崇畫扇

郭若虛圖畫見聞誌云：僧惠崇，建陽人，工畫鵝鴈鷺鷥，尤工小景，善為寒汀煙渚、蕭灑虛曠之象。

惠崇筆下開江面，萬里晴波向落暉。梅影橫斜人不見，鴛鴦相對浴紅衣。

老杜丹青引曰：將軍下筆開生面。『向落暉』謂日將暮。林逋梅詩曰：疏影橫斜水清淺，暗香浮動月黃昏。錢起詩：曲終人不見。杜牧之齊安後池絕句曰：鴛鴦相對浴紅衣。山谷意謂：此清絕之境人所不到，雙鴛擅而有之。

題鄭防畫夾五首

惠崇煙雨歸鴈，坐我瀟湘洞庭。欲喚扁舟歸去，故人言是丹青。

王介甫詩：畫史紛紛何足數，惠崇晚出吾最許。旱雲六月漲林莽，移我倏然墮洲渚。老杜山水障歌曰：悄然坐我天姥下，耳邊已似聞春猿。柳惲詩曰〔一〕：汀州采白蘋，日落江南春。洞庭有歸客，瀟湘逢故人。『丹青』見上注。

能作山川遠勢，白頭惟有郭熙。欲寫李成驟雨，惜無六幅鵝溪。

南史：竟陵王子良之孫賁扇上圖山水，咫尺之內便覺萬里為遥。『郭熙』見上注。名畫評曰：李成，營丘人，世業儒，能畫山水林木，當時稱第一。有於曹武惠王第見成山水圖，愛之不已，作詩曰：『六幅冰綃挂翠屏，危峰疊嶂鬬崢嶸。』山谷跋郭熙山水曰：熙因為蘇才翁家摹六幅李成驟雨，從此筆墨大進。鵝溪在今潼川，畫絹所出。

徐生脱水雙魚，吹沫相看晚圖。莊子曰：魚不可脱於淵。莊子曰：泉涸，魚相與處於陸，相呴以濕，相濡以沫，不若相忘於江湖。老矣箇中得計，作書遠寄江湖。山谷託以自況。莊子曰：於魚得計。古樂府曰：枯魚過河泣，何時復還入？作書與魴鱮，相教慎出入！

折葦枯荷共晚，紅榴苦竹同時。睡鴨不知飄雪，寒雀四顧風枝。老杜詩：菱荷枯折隨風濤。莊子曰：為之四顧。退之竹詩：風枝未飄吹，露粉先含淚。又柳子厚詩：風枝散陳葉。

子母猿號槲葉，山南山北危機〔二〕。世説曰：桓公入蜀，至三峽中，部伍有得猿子者，其母緣岸哀號。集韻曰：槲，樕木名，音縠。後漢法真傳曰：將在北山之北、南山之南矣。文選趙景真書曰：常恐風波潛駭，危機密發。蕭大圜云：北山之北，棄絶人間，南山之南，超踰世網。世故誰能樗里？彀中皆是由基。『世故』見下注。史記樗里子傳：滑稽多智，秦人號曰『智囊』。淮南子説山訓曰：楚王有白蝯，王自射之，則搏矢而熙。使養由基射之，始調弓矯矢，未發而蝯擁柱號矣。莊子曰：遊於羿之彀中，中央者，中地也，然而不中者，命也。

〔一〕『惲』原作『渾』，據樹經堂本改。

〔二〕樹經堂本句下有小字注：『「號」精華録作「嗁」』。

戲題小雀捕飛蟲畫扇

小蟲心在一啄間，得失與世同輕重。莊子曰：澤雉十步一啄，百步一飲。丹青妙處不可傳，輪扁斲輪如此用。世說：司馬太傅問謝車騎：『惠子五車，何以無一言入玄？』謝曰：『當是妙處不傳。』莊子曰：桓公讀書於堂上，輪扁斲輪於堂下，曰：『以臣之事觀之，斲輪，徐則甘而不固，疾則苦而不入，不徐不疾，得之於手，而應之於心〔一〕，口不能言，有數存焉於其間。古之人與其不可傳也，死矣。然則君之所讀者，古人之糟粕已〔二〕。』

〔一〕『之』原無，據樹經堂本及莊子天道增。

〔二〕『已』樹經堂本作『已矣』。按莊子天道作『已夫』。

題畫孔雀

桄榔暗天蕉葉長，終露文章嬰世網。歐陽炯南鄉子曲曰：路入南中，桄榔葉暗蓼花紅。老杜古柏行：不露文章世已驚。選詩：世網嬰我身。故山桂子落秋風，無因雌雄青雲上〔一〕。文選謝靈運詩：故山日已遠，風波豈還時！樂天詩注曰：杭州天竺寺，每歲中秋，月中有桂子墮。玉臺新詠吳邁遠樂府曰：可憐雙白鶴，雙雙絶塵氛，連翩弄光景，交頸遊青雲，逢羅復逢繳，雌雄一旦分。又按李太白白紵詞曰：願為天池雙鴛鴦，一朝飛去青雲上。

〔一〕『雌雄』内集卷五作『雄雌』，『青雲』作『碧雲』。

睡鴨〔一〕

山雞照影空自愛，孤鸞舞鏡不作雙〔二〕。博物志曰：山雞有美毛，自愛其色，終日映水，目眩則溺死。王介甫詩：山雞照緑水，自愛一何愚〔三〕！異苑曰：罽賓國王得一鸞，三年不鳴，夫人懸鏡照之，覩影悲鳴，中宵一奮而絶。言孤鸞見影，以謂其雌，乃歌舞。庾信詩曰：青田樹上一黄鶴，相思樹下兩鴛鴦。無事教渠更相失，不及從來莫作雙。天下真成長會合，兩鳧相倚睡秋江。徐陵鴛鴦賦曰：山雞映水那相得？孤鸞照鏡不成雙〔四〕。天下真成長會合，無勝比翼兩鴛鴦。山谷非蹈襲者，以徐語弱，故為點竄以示學者爾。至其末語，用意尤深，非徐所及。唐人吴融池上雙鳧詩曰：可怜翡翠歸雲髻，莫羨鴛鴦入畫圖。幸是羽毛無取處，一生安穩老菰蒲。意雖佳而語陋。山谷兼用二人之長，政如臨淮王用郭汾陽部曲，一經號令，氣色益精明云。

〔一〕樹經堂本題下小字注：『方綱按：精華録此題作「題畫睡鴨」。』

〔二〕『舞鏡』内集卷五作『對鏡』。樹經堂本此句下小字注：『方綱按：「照影」一作「臨水」，「舞」一作「對」。』

〔三〕『一』樹經堂本作『亦』。

〔四〕『鏡』樹經堂本作『影』。

小鴨

小鴨看從筆下生，幻法生機全得妙。王維畫山水墨訣曰：春夏秋冬生於筆下。樂天畫竹詩曰：不根而生從意生，不笋而成由筆成。楞嚴偈曰：非幻成幻法。列子曰：萬物皆出於機，皆入於機。注云：生於此者，或死於彼，死於彼者，或生於此。楞嚴經曰：生機全破。此借用其字。自知力小畏滄波，睡起晴沙依晚照。老杜小鵝詩：翅開遭宿雨，力小困滄波。又詩：前軒頹晚照。

題劉將軍鴈二首

滕王蛺蝶雙穿花，東丹胡馬歕長沙〔一〕名畫記曰：嗣滕王湛然善畫蝴蝶。王建宮詞云：『內中數日無呼喚，寫得滕王蛺蝶圖。』蓋謂此也。老杜詩：穿花蛺蝶深深見。劉道醇聖朝名畫評曰：古今為蕃馬者亦數，胡瓌得其肉，東丹得其骨。注云：東丹王贊華，契丹人。郭若虛圖畫見聞誌曰：東丹王善畫本國人物、鞍馬，然而馬尚豐肥，筆乏壯氣。按五代史四夷附録曰：契丹阿保機攻勃海，取其扶餘一城，以為東丹國，以其長子突欲為東丹王，後奔于唐。明宗賜其姓為東丹，而更其名曰慕華，後賜姓李，名贊華。工畫，頗知書。穆天子傳時人歌曰：黃之池，其馬歕沙，皇人威儀〔二〕。祁連將軍一筆鴈，生不並世俱名家。漢書匈奴傳有祁連將軍田廣明。又按霍去病傳注曰：祁連山即天山也，匈奴呼天為『祁連』，今引用以比劉君。退之詩曰：吾與東野生並世，如何復躡二子蹤？按史記孔子弟子傳曰：孔子皆後之，不並世。漢書藝文志云：傳齊論者，唯王陽名家。

將軍一矢萬人看，雪灑晴空碎羽翰。乞與失群沙宿鴈，筆間千頃暮江寒。言劉君悔其射鴈，有慈哀不忍之心，寓於丹青以見意焉。『乞』字作去聲讀。張祜詩〔三〕：萬人齊指處，一鴈落寒空。班固西都賦曰：風毛雨血，灑野蔽天。戰國策曰：鴈從東方來，更羸以虛發而下之〔四〕，曰：『飛徐者，故瘡痛也；鳴悲者，久失群也。』老杜詩：宿鴈聚圓沙。又詩：波濤萬頃堆琉璃。

〔一〕『長沙』內集卷五作『胡沙』。

〔二〕『皇』原作『黃』，據樹經堂本及穆天子傳卷五改。

〔三〕『張祜』原作『張祐』，據樹經堂本改。

〔四〕『更羸』樹經堂本作『更嬴』。按戰國策楚策四作『更嬴』。亦作『更羸』，見文選卷六左思魏都賦。

題劉將軍鵝

箭羽不霑春水，籀文時印平沙。樂天放鴈詩云：拔汝翅翎為箭羽。大篆蓋周宣王時史籀所作。談藪吳均詩：鴈足印黃沙。老杜詩：平沙列萬幕。想見山陰書罷，舉群驅向王家。晉書王羲之傳：山陰道士好養鵝，羲之求市之，道士云：『為寫道德經，舉群相贈爾。』羲之欣然寫畢，籠鵝而歸。

題晁以道雪鴈圖

飛雪灑蘆如銀箭，前鴈驚飛後回眄。憑誰說與謝玄暉，莫道澄江靜如練〔一〕。李太白烏棲曲：銀箭金壺漏水多。此借用。又詩：解道澄江靜如練，令人長憶謝玄暉。此反而用之，言不若於此景物中道出一句也。

〔一〕『莫道』樹經堂本及内集卷六作『休道』。

次韻子瞻題無咎所得與可竹二首粥字韻戲嘲無咎人字韻詠竹

十字供籠餅，一水試茗粥。晉書何曾傳：蒸餅上不坼作十字不食〔一〕。朝野僉載曰：侯思止食籠餅，必令縮葱加肉。籠餅即饅頭。蔡君謨茶録曰：建安鬬茶，以水痕先者為負，耐久者為勝，故較勝負之說曰相去一水、兩水〔二〕。又云：茶古不聞，晉宋已降，吳人採葉煮之，名『茗粥』。忽憶故人來，壁間風動竹。唐李益竹窗聞風詩：開簾風動竹，疑是故人來。舍前粲戎葵，舍後荒苜蓿。『戎葵』見上注。漢西域傳：漢使采蒲萄、苜蓿種歸。閩川名士傳薛令之詩曰：初日上團團，照見先生盤。盤中何所有？苜蓿長闌干。此郎如竹瘦，十飯九不肉。東坡詩：可使食無肉，不可使居無竹。無肉令人瘦，無竹令人俗。晉書王獻之傳：此郎管中窺豹。

地下文夫子，風流絶此人。能和晚煙色，幻出歲寒身。文同字與可，妙於墨竹。老杜詩：地下蘇司業。又哭李嶧詩：一代風流盡，修文地下深。傳燈録七佛偈曰：身從無相中受生，猶如幻出諸形象。馬鬣松成拱，鵝溪墨尚新。禮記檀弓子夏曰〔三〕：昔者夫子言之曰：『吾見封之若堂者矣，見若坊者矣，見若覆夏屋者矣〔四〕，見若斧者矣，從若斧者焉。』馬鬣封之謂也。左傳曰：爾墓之木拱矣！與可嘗有詩曰：擬將一段鵝溪絹，掃取寒梢萬尺長。『鵝溪』見上注。應懷斲泥手，去作主林神。『斲泥』見上注。華嚴經世主妙嚴品有十主林神，所謂布華如雲主林神及擢幹舒光、生芽發耀、吉祥淨業、垂布燄藏、清淨光明、可意雷音、光香普遍、妙光迴曜、華葉光味主林神。論曰：主林神是法王子住，主力波羅密，明説法如林，廣多覆蔭，故是法師位也。

〔一〕『拆』原作『拆』，據樹經堂本及晉書何曾傳改。
〔二〕『曰』原無，據蔡襄茶録補。
〔三〕『記』原無，據樹經堂本加。
〔四〕『見若』原無，據禮記檀弓加。

次韻文潛休沐不出二首

風塵車馬逐，得失兩關心。惟有張仲蔚，門前蓬藋深。『仲蔚』見上注。莊子曰：夫逃虛空者藜藋拄乎鼪鼬之徑。『藋』音徒弔反。

自公及歸沐，畢願詩書林。詩曰：退食自公。晉書魏舒傳叔父衡歎曰：舒堪數百户長，我願畢矣。揚雄長楊賦曰：并包書林〔一〕。墻東作瘦馬，萬里氣駸駸。張方回家本有山谷自注云：文潛喜畫馬。周生烈子曰〔二〕：伯樂相馬，採之於瘦；聖人相士，取之於疏。詩曰：載驟駸駸。

與世自少味，閉關非有心。退之詩：吾老世味薄。後漢馬援傳曰：過是欲少味矣。文選顏延年五君詠曰：劉伶善閉關，懷情滅聞見。文中子：或問陶元亮，子曰：『放人也，歸去來有避地之心焉，五柳先生傳則幾於閉關矣。』喻藏身也〔三〕。戎葵一笑粲，露井百尺深。上句並見上注。古詩曰：桃生露井上。盧仝詩：轆轤無繩井百尺。著書灑風雨，枯筆束如林。老杜詩：筆落驚風雨。又詩：世亂戟如林。蘇公歎妙墨，逼人太駸駸。法帖衛夫人書云：衛有弟子王逸少，甚能學衛真書，咄咄逼人，筆勢洞精，字體遒媚。南史王僧虔傳：子敬謂中令云：弟書如騎騾，駸駸常欲度驊騮前。

〔一〕『包』原作『苞』，據樹經堂本及文選卷九長楊賦改。

〔二〕『周』原作『用』，據樹經堂本改。『烈』樹經堂本作『列』。按三國志魏書王肅傳載『魏初徵士燉煌周生烈』，裴松之注謂『此人姓周生，名烈』，今據以改。

〔三〕『喻藏身也』樹經堂本作：『注謂閉關以喻藏身也。』按引文出王通文中子立命篇。

奉同子瞻韻寄定國

風雲開古鏡，淮海熨冰紈。退之詩：長安雨洗新秋出，極目古鏡開塵函。言天宇開明也。謝玄暉詩：澄江静如練。樂天繚綾詩曰：金斗熨波刀剪紋。漢書地理志曰：齊地織作冰紈。書曰：淮海惟揚州。定國時為揚倅。王孫醉短舞，羅襪步微瀾。楚辭曰：王孫遊兮不歸。陶岳零陵記曰：長沙定王入朝，於上前自為短舞，曰：『臣國小地狹，不足回旋。』曹子建洛神賦曰：淩波微步，羅襪生塵。老驥心雖在，白鷗盟已寒。魏武帝歌曰：老驥伏櫪，志在千里。烈士暮年，壯心不已。文選謝玄暉詩：翻浪揚白鷗。列子曰：海上有人好鷗鳥者，旦而之海上，從鷗鳥游，鷗鳥至者百數。其父曰：『吾聞鷗從汝游，試取來，吾從玩之。』曰：『諾。』明旦之海上，鷗鳥舞而不下。文選江文通雜體詩曰：亹亹玄思清，胸中去機巧。物我俱忘懷，可以狎鷗鳥。而李白鳴皋歌曰：白鷗兮飛來，長與君兮相親。山谷諸詩多用此意。左傳曰：盟若可尋，亦可寒也。斯人氣金玉，視世一鼠肝。漢書天文志曰：下有積泉、金寶上，皆有氣，不可不察。地鏡圖曰：黄金氣赤黄，千萬斤以上光大若鏡盤。禮記曰：君子於玉比德焉。氣如白虹，天也。莊子曰：偉哉！造化將以汝為鼠肝乎？以汝為虫臂乎？南歸脱蟲蠱，入對隨孔鸞。退之永貞行曰：蠱虫群飛夜撲燈。又和張十一憶昨行曰：踐蛇茹蠱不擇死，忽有飛詔從天來。又詩：明庭集孔鸞，曷取於梟鷩？按司馬相如上林賦曰：道孔鸞，促鵕鸃。又按山海大荒南經曰：南方有鸞鳥，有翠鳥，有孔鳥。注云：孔雀也。忽以口語去，鼓船下驚湍。東坡以十科薦定國，其後言者謂定國諂事東坡，遂自宗正丞出倅揚州。事具東坡奏議。漢書司馬遷傳曰：僕以口語遇遭此禍。文選褚淵碑曰：鼓棹則滄波振蕩。潘安仁詩：驚湍激巖阿。收身薄冰釋，置枕太山安。退之詩：收身歸關東，期不到死迷。詩曰：如履薄冰。老子曰：渙若冰將釋。楚辭曰：故高枕而自適。漢書枚乘傳曰：易於反掌，安於太山。后土花蘂麗，海門天水寬。王禹偁瓊花詩序云：揚州后土廟有花一株，潔白可愛，俗謂之瓊花。東坡樂府云：后土祠中玉蘂，蓬萊殿後鞓紅。淵明時運詩云：花蘂分別。此借用其意。張舜民南遷録云：潤州甘露寺東眺海門，北見揚州。退之詩：天水漭相圍。伐木思我友，知人良獨難。伐木詩見小雅。『知人』見皐陶謨。晉書桓伊傳：撫箏歌怨詩曰：『為君既不易，為臣良獨難。』蓋曹子建所作。遥憐鬒鬢緑，猶復耐悲歡。孟郊詩：酒人皆倚春鬢緑，病叟獨藏秋髮白。文選任彦昇詩：悲歡不自持。

次韻王定國揚州見寄

清洛思君晝夜流，北歸何日片帆收？未生白髮猶堪酒，垂上青雲却佐州。神廟元豐中導洛水入汴河，謂之清汴，揚州水所過之地也。詩意謂相思之心與水無極。盧仝聞貶韓職方有感詩曰：力小垂垂上，天高又不登。飛雪堆盤鱠魚腹，明珠論斗煮雞頭。老杜設鱠歌曰：無聲細下飛碎雪，有骨已剁嘴春葱。偏勸腹腴愧年少，軟炊香飯緣老翁。落砧何曾白紙濕，放筯未覺金盤空。退之詩：火齊磊落堆金盤。本草：雞頭實一名芡。圖經曰：其形類雞頭，故以名之。劉夢得泰娘歌曰：斗量明珠鳥傳意。樂天詩：夜船論鋪貨〔一〕。平生行樂自不惡，豈有竹西歌吹愁？『行樂』『不惡』並見上注。杜牧之詩：斜陽竹西路，歌吹是揚州。

〔一〕『樂天詩：夜船論鋪貨』原無，據樹經堂本增。

往歲過廣陵值早春嘗作詩云春風十里珠簾卷髣髴三生杜牧之紅藥梢頭初蠒栗揚州風物鬢成絲今春有自淮南來者道揚州事戲以前韻寄王定國二首

杜牧之贈別詩：娉娉嫋嫋十三餘，荳蔻梢頭二月初。春風十里揚州過，卷上珠簾總不如。又有詩云：觥船一棹百分空，十載青春不負公。今日鬢絲禪榻畔，茶煙悠颺落花中〔一〕。『紅藥』謂揚州芍藥。禮記王制曰：祭天地之牛角繭栗。此借用，以言花苞之小。末句謂風物如此，惜其身之老也。

淮南二十四橋月，馬上時時夢見之。揚州屬淮南。杜牧之寄揚州韓判官詩曰：二十四橋明月夜，玉人何處教吹簫？文選樂府曰：遠道不可思，夙昔夢見之。

想得揚州醉年少，正圍紅袖寫烏絲。『醉年少』謂定國。開元天寶遺事曰：申王冬月令宮女密圍而坐，謂之『妓圍』。異聞集霍小玉傳云：取朱絡縫綉囊中，出越姬烏絲欄素段三尺〔二〕，以授李生，生素多才思，援筆成章。

日邊置論誠深矣，聖處時中乃得之。言不必求入帝城，第日飲無何可也。劉昭幼童傳曰：晉明帝紹元帝子，元帝問長安何如日遠，答曰：『日遠。不聞人從日邊來，只聞人從長安來，居然可知。』帝異之。明日又以日為近，帝問何故，答曰：『舉頭不見長安，只見日，以是知近。』『置論』謂置而不論。莊子曰：言之淺矣，不言深矣。魏志徐邈傳：趙達問以曹事，邈曰：『中聖人。』達言之太祖，太祖甚怒，鮮于輔進曰：「平日醉客謂清者為聖人，濁者為賢人。邈性修慎，偶醉言耳。」後文帝幸許昌，問邈曰：「頗復中聖人否？」邈對曰：「時復中之。」帝大笑。退之詩：不到聖處寧非癡？孟子曰：以意逆志，是為得之。

莫作秋蟲促機杼，貧家能有幾絇絲？欲其緩於追科也。王介甫促織詩：只向貧家促機杼，幾家能有一絇絲？

〔一〕「茶煙悠颺落花中」樹經堂本作「茶煙輕颺落花風」，與杜牧題禪院詩末句同。

〔二〕「素段」太平廣記卷四百八十七霍小玉傳作「素縑」。

次韻錢穆父贈松扇

穆父名勰。按本傳，元豐七年使高麗，松扇蓋奉使時所得。王雲雞林志云：高麗松扇揭松膚柔者緝成，文如椶，心亦染紅間之，或言水柳皮也。

銀鉤玉唾明璽紙，松箑輕涼并送似。「銀鉤」見上注。太白詩：欬唾落九天，隨風生珠玉。法書要録：王羲之蘭亭序用蠶繭紙、鼠鬚筆。揚雄方言曰：扇自關而東謂之箑。退之誰氏子詩曰：寫吾此詩持送似。

可憐遠度幘溝婁，魏志東夷傳曰：高句麗，漢時賜鼓吹伎人，常從玄菟郡受朝服衣幘。高句麗令主其名籍，後稍驕恣，不復詣郡，於東界築小城，置朝服衣幘其中，歲時來取之。今胡猶名此城為幘溝婁。「溝婁」者，句麗名城也〔一〕。

適堪今時褦襶子。初學記載程曉伏日詩云：今世褦襶子，觸熱到人家。搖扇臂中疼，流汗正滂沱。李白贈王屋山人魏萬詩亦云：五月造我語，知非儓儗人。按「儓儗」謂癡人，而「褦襶」謂不曉事人。「褦」音耐，「襶」音戴，見集韻。此句山谷以自道。

丈人玉立氣高寒，文選桓溫薦譙元彥表曰：抗節玉立，誓不降辱。退之作劉統軍碑曰〔二〕：仍世北邊，樂其高寒。

三韓持節見神山。使高麗必從海道。通典曰：馬韓後漢時通焉，有三種：一曰馬韓，二曰辰韓，三曰弁韓，其後皆為百濟、新羅所并。史記封禪書曰：

自威、宣、燕昭使人入海求蓬萊、方丈、瀛洲，此三神山者，其傳在海中〔三〕，諸僊人及不死之藥皆在焉。

合得安期不死藥〔四〕，使我蟬蛻塵埃間。薛能詩：賴有詩情合得嘗。封禪書又云：李少君言上曰：『臣嘗游海上，見安期生。』後漢書逸民傳論曰：蟬蛻囂埃之中。按史記屈原傳曰：蟬蛻於濁穢。退之詩：未免捶楚塵埃間。

〔一〕『也』原無，據樹經堂本加。

〔二〕『碑』原作『墓誌』，樹經堂本作『墓誌銘』，今據昌黎先生文集卷二十七劉統軍碑改。按：注文所引為劉統軍碑中文字，韓愈另有統軍劉公墓誌銘，載文集卷二十九，有云：『再世宦北方，樂其土俗』，故改。

〔三〕『傳』原作『傅』，據史記封禪書改。按史記作『其傳在勃海中』。

〔四〕『合』内集卷二作『應』，『藥』内集及樹經堂本作『草』。

戲和文潛謝穆父松扇

猩毛束筆魚網紙，松柎織扇清相似。山谷有猩毛筆詩，蓋亦穆父高麗所得。雞林志云：高麗有楮紙，光白可愛，號白硾紙。博物志曰：漢桓帝時，蔡倫始擣魚網造紙。此借用。『柎』當作『柹』，説文『削木札樸』者也，音芳廢反。

動摇懷袖風雨來，想見僧前落松子。文選班婕妤怨歌行曰：出入君懷袖，動摇微風發。老杜雙松圖歌曰：葉裏松子僧前落。

張侯哦詩松韻寒，六月火雲蒸肉山。謂詩雖清寒如松風之韻，而體則肥熱如肉山之蒸。退之藍田丞廳壁記曰：對樹兩松，日哦其間。此因松扇故及之。初學記載盧思道納涼賦曰：火雲赫而四舉。楞嚴經曰：為綻為爛，為大肉山，有百千眼，無量咂食〔一〕。文潛頗肥，故山谷詩有『雖肥如瓠壺』，陳後山詩有『詩人要瘦君則肥』之句〔二〕。傳燈録載一通判禮一僧，問宗旨，僧曰：

『不要你肉山倒地。』

持贈小君聊一笑，不須射雉彀黃間。戲謂文潛之肥如賈大夫之陋。漢書東方朔傳：歸遺細君。注曰：朔自比於諸侯，謂其妻曰小君。左傳曰：昔賈大夫惡取妻三年不言不笑，御以如臯，射雉獲之，其妻始笑。文選潘安仁射雉賦曰：捧黃間以密彀。注云：黃間，弩名。

〔一〕『吘』原作『呃』，據楞嚴經卷八改。

〔二〕『詩』原無，據元大全本補。

謝鄭閎中惠高麗畫扇二首

閎中名穆。雞林志云：高麗疊紙為扇，銅獸鐶，加以銀飾，亦有畫人物者。

會稽內史三韓扇，分送黃門畫省中。晉書〔一〕：王述、王羲之皆為會稽內史。按職官志，諸王國以內史掌太守之任。此引用以屬閎中，閎中元豐三年守越州〔二〕，告老，元祐初入為國子祭酒，事具實録本傳。越州即會稽也。『三韓』見上注。晉志曰：給事黃門侍郎與侍中俱管門下衆事〔三〕，或謂之門下省。蔡質漢官典職曰：尚書省中皆以胡粉塗壁，畫古賢列女。此借用。按實録，元祐五年十月詔移秘書省國史案就見今置局處，專掌國史實録，編修日曆，以國史院為名，隸門下省。山谷時為史官，故云。

海外人煙來眼界，全勝博物注魚蟲。文選曹子建詩：千里無人煙。心經曰：乃至無眼界。退之詩：爾雅注虫魚，定非磊落人。

蘋汀游女能騎馬，傳道蛾眉畫不如。詠扇中所畫如此。柳惲詩〔四〕：汀州采白蘋。碩人詩曰：螓首蛾眉。王介甫詩：眉目分明畫不如。

寶扇真

成集陳隼，史臣今得殺青書。『陳隼』見上注。劉向戰國策叙曰：皆定以殺青，書可繕寫。應劭風俗通按劉向别録曰：殺青者，直用青竹簡書耳。

〔一〕『書』原無，據大全本、樹經堂本增。

〔二〕『閎中』原無，據大全本、樹經堂本增。

〔三〕『與侍中』原無，據樹經堂本及晉書職官志加。

〔四〕『柳惲』原作『柳渾』，據樹經堂本改。

山谷詩集注卷第八

次韻王炳之惠玉版紙〔一〕

王侯鬚若緑坡竹，哦詩清風起空谷。王褒髯奴辭曰：離離若緑坡之竹，鬱鬱若春田之苗。王立之詩話曰：潘十云炳之得此詩，大以為憾。古田小紙惠我百〔二〕，信知溪翁能解玉。古田隸福州。晉書何曾傳：人有小紙為書者，敕記室勿報。唐舒元輿弔剡藤文曰：剡溪上多古藤，溪中多紙工，刀斧斬伐無時。嗚碪千杵動秋山，裹糧萬里來輦轂。『裹糧』一作『裹囊』。『碪』與『砧』同，擣繒石也。詩曰：乃裹餱糧，于橐于囊。司馬遷書曰：待罪輦轂下。儒林丈人有蘇公，相如子雲再生蜀。晉書王沉傳：裴秀為儒林丈人。『蘇公』謂東坡。漢書：司馬相如、揚雄皆蜀郡成都人。往時翰墨頗橫流，此公歸來有邊幅。南史庾肩吾傳曰：文章橫流，一至於此！李陽冰作李白集序曰：盧黄門云陳拾遺橫制頹波，天下質文，翕然一變。左傳曰：富如布帛之有幅。後漢公孫述傳論曰〔三〕：坐飾邊幅。小楷多傳樂毅篇〔四〕，法書苑云：右軍樂毅論，智永以為正書第一，梁世模出，天下珍之。高詞欲奏雲門曲。退之詩：高詞媲皇墳。周禮大司樂注曰：雲門，黄帝之樂。莊子曰：黄帝張樂於洞庭之野，其卒無尾，其始無首，變化齊一，不主故常，天機不張，而五官皆備，此之謂天樂。

不持去掃蘇公門，乃令小人今拜辱。漢書高五王傳：魏勃常獨早掃齊相舍人門外〔五〕，舍人怪之，勃曰：『欲以求見相君。』曲禮注云：自外來而拜，拜見也；自內來而拜，拜辱也。

去騷甚遠文氣卑，畫虎不成書勢俗。老杜詩：縱使盧王操翰墨，劣於漢魏近風騷。魏文帝典論曰：文以氣為主。又曰：孔融體氣高妙。此反而用之。後漢馬援傳曰：畫虎不成反類於狗。晉書衛恒傳：為四體書勢。退之石鼓歌曰：羲之俗書趁姿媚。

董狐南史一筆無，誤掌殺青司記録。左傳：太史書曰：『趙盾弑其君。』孔子曰：『董狐，古之良史也，書法不隱。』又崔杼弑莊公，太史書曰：『崔杼弑其君。』崔子殺之，其弟嗣書，而死者二人。南史氏聞太史盡死，執簡以往，聞既書矣，乃還。『一筆無』猶摭言載皇甫湜書所謂『詩未有駱賓王一句』也。風俗通曰：殺青作簡書之新竹有汗，後皆蠹，故作簡者於火上炙乾之。山谷時為史官，故云。

雖然此中有公議，或辱五鼎榮半菽。言史之所書富貴者或辱，而貧賤者反榮。漢書主父偃傳曰：丈夫生不五鼎食，死則五鼎烹耳。注謂牛、羊、豕、魚、麋。項羽傳曰：卒食半菽。

願公進德使見書，不敢求君米千斛〔六〕。退之答元稹書曰：足下年尚强，嗣德有繼，將大書特書，不一書而已也。易曰：君子以進德修業。文選張景陽詩：君紳宜見書。晉書：陳壽謂丁儀丁廙子曰：『可覓千斛米，當為尊公作佳傳。』

〔一〕內集卷二題下有小字注：『伯虎』，蓋王炳之名。

〔二〕『小紙』內集作『小牋』。

〔三〕『公孫述』原作『隗囂』，據元大全本及後漢書卷十三隗囂公孫述列傳改。按：此為合傳，而所引為公孫述傳後之論，故以元大全本為是。

〔四〕『篇』内集作『論』。

〔五〕『常獨早掃齊相舍人門外』原作『常獨掃齊相國舍人門外』，據樹經堂本及漢書卷三十八高五王傳改。

〔六〕『君』原作『公』，據樹經堂本及内集改。

謝王炳之惠石香鼎

薰鑪宜小寢，鼎製琢晴嵐。香潤雲生礎，煙明虹貫巖。江文通擬休上人詩曰：膏鑪絶沉燎。李善注云：鑪，熏鑪也。歐公詩曰：孤煙起晴嵐。淮南子曰：山雲蒸，柱礎潤。傳燈録慧忠國師化去，有白虹貫于巖壑。吕温詩：空巖起白虹。

法從空處起，人向鼻端參〔一〕。宗鏡録曰：若離此真空之門，無有一法建立。楞嚴經：香嚴童子言：見諸比丘燒沉水香，香氣寂然，來入鼻中。我觀此氣，非木非空，非煙非火，去無所著，來無所從。由是意銷，發明無漏，如來印我，得香嚴號。又孫陁羅難陁言：世尊教我觀鼻端白。此借用。

一炷聽秋雨，何時許對談？維摩經曰：令二大士文殊師利、維摩詰共談，必説妙法。雪竇頌『前三三』話曰：誰謂文殊是對談？按傳燈録語僧問法眼禪師云：維摩與文殊對談何事？

〔一〕『鼻端』萬曆本作『鼻頭』。

次韻柳通叟寄王文通

故人昔有凌雲賦，何意陸沉黄綬間！『凌雲賦』見上注。後漢景丹傳曰：何意二郡良為我來！莊子則陽篇仲尼曰：是陸沉者也。注曰：人中隱者，譬無水而沉也。漢書朱博傳注曰：丞尉職卑，皆黄綬〔一〕。**頭白眼花行作吏，兒婚女嫁望還山。**老杜詩：頭白眼暗坐有胝，肉黄皮皺命如綫。又詩：眼花落井水底眠。嵇康絶交書曰：一行作吏，此事便廢。後漢書：向長字子平，男女婚嫁畢，遂恣意游五岳名山。**心猶未死杯中物〔二〕，春不能朱鏡裏顔。**上句言飲興未衰也。淵明詩曰：天運苟如此，且進杯中物。樂天詩：白髮逐梳落，朱顔辭鏡去。又云：獨有病眼花，春風吹不落。此用其意。**寄語諸公肯湔祓，割雞令得近鄉關。**文選廣絶交論曰：翦拂使其長鳴。李善注云：與『湔祓』同。『割雞』謂為令宰。北史庾信傳：常有鄉關之思。『割雞』字見魯論。

〔一〕『皆黄綬』原作『皆黄綬云』，據樹經堂本及漢書注删。

〔二〕『死』内集卷九作『老』。

送張天覺得登字

張侯起巴渝，翼若垂天鵬。莊子曰：鵬之背不知其幾千里也，怒而飛，其翼若垂天之雲。古樂有巴渝舞，巴渝，蜀地也，天覺蓋蜀人。歷詆漢諸公，霜風拂觚稜。漢書伍被傳：上疏歷詆公卿大臣。『霜風』謂天覺熙寧中嘗為監察御史裏行。崔篆御史箴曰：簡上霜凝，筆端風起。西都賦曰：設璧門之鳳闕，上觚稜而棲金爵。去國行萬里，淡如雲水僧。天覺自御史得罪，監荊南商稅。周易流演題曰『雲水僧仁英撰』，又僧問鷲嶺：『如何是境中人？』師云：『大殿毗盧佛堂中雲水僧。』歸來頭益白〔一〕，小試不盡能。天覺除開封推官，議役法不合，乞外任，乃除河東路提刑。史記孫武傳曰：可以小試勒兵乎？湖海尚豪氣，有人議陳登。魏志張邈傳曰：陳登字元龍，劉表與劉備共論天下人，許汜曰：『陳元龍湖海之士，豪氣不除。』持節三晉邦，典刑寄哀矜〔二〕。『三晉』謂韓、魏、趙，河東蓋晉之故地。書曰：象以典刑。注謂：法用常刑。魯論曰：如得其情，則哀矜而勿喜〔三〕。公家有閑日，禪窟問香燈。左傳曰：公家之利，知無不為。法華經：經行禪窟。因來敘行李，斬寄老崖藤。肇法師答劉遺民書曰：君與法師當數有文集，因來何少？又曰：冀行李數有承問。舒元輿悲剡谿古藤文曰：剡谿多古藤，谿中多紙工，刀斧斬伐無時。

〔一〕『益』原作『亦』，據樹經堂本及內集卷四改。萬曆本『益』下注：『一作「亦」。』

〔二〕二句內集作：『持節上三晉，邦刑寄哀矜。』

〔三〕『則』原無，據樹經堂本及論語子張補。

次韻徐文將至國門見寄二首

槐催舉子著花黃，來食邯鄲道上粱。秦中歲時記云：進士下第，當年七月復獻新文求解，故語曰：『槐花黃，舉子忙〔一〕。』邯鄲事見上注。漢書文帝指視慎夫人新豐道曰〔二〕：『此走邯鄲道也。』便欲掃床懸麈尾，正愁喘月似燈光。上句謂拂榻以待共談，故懸麈尾也。世說：滿奮畏風，在晉武帝坐上，有琉璃屏，實密似疏，奮有寒色，帝笑，奮答曰：『臣如吳牛，見月而喘。』謂吳牛畏熱，見月疑是日，所以喘也。老杜詩：今夕復何夕，共此燈燭光。世說：殷中軍為庾公長史，下都，王丞相自起解帳帶麈尾，語殷曰：『身今自當與君共談析理。』既共清言，遂達三更，丞相歎曰：『正始之音，正當爾耳！』山谷意謂欲與文將夜語，恐其觸暑而來，畏見燈光，如見月而喘也。

千頭剖蚌明珠熟〔三〕，百尺垂絲鱠縷長。歐公食鷄頭詩云：剖蚌得珠從海底。『千頭』借用襄陽記李衡千頭甘橘事。潘岳西征賦曰：華魴躍鱗，素鱮揚鬐。饔人縷切，鸞刀若飛。應刀落俎，靃靃霏霏。柳下石門君有此，可能衝熱厭清涼？意謂徐君何苦舍林泉之樂，奔走於名利之途？孟子曰：不賢者雖有此，不樂也。此用其字。

〔一〕『子』原作『人』，據樹經堂本改。

〔二〕『視』原無，據漢書張馮汲鄭傳補。

〔三〕『剖』内集卷九作『割』。

博士王揚休碾密雲龍同事十三人飲之戲作

亂雲蒼壁小盤龍〔一〕，貢包新樣出元豐。並見上注〔二〕。王郎坦腹飯牀東，太官分物來婦翁。晉書王羲之傳：郗鑒使門生求女婿於王導，導令就東廂徧觀子弟門生，歸曰：『一人在東牀坦腹食，獨若不聞。』鑒曰：『正此佳婿邪！』訪之，乃羲之也，遂妻之。國史職官志：翰林司掌供果實茶茗，屬太官令。棘圍深鎖武成宮，談天進士雕虛空。國朝試進士多在武成王廟，熙、豐間進士高談性命，溺於虛無，元祐初其習猶在。史記荀卿傳曰：騶衍之術迂大而閎辯，騶奭文具難施，故齊人頌曰：『談天衍，雕龍奭。』佛氏婆沙論曰：欲畫虛空，令成五色，只益自勞。鳴鳩欲雨喚雌雄，南嶺北嶺宮徵同〔三〕。言程文聲調一律也。歐公詩曰：天將陰，鳴鳩逐婦鳴中林，鳩婦怒啼無好音。午窗欲眠視濛濛，喜君開包碾春風，注湯官焙香出籠。『官焙』即建谿北焙。非君灌頂甘露椀，幾為談天乾舌本。蓮經偈云：世尊慧燈明，我聞受記音，心歡喜充滿，如甘露見灌。華嚴經頌云：則蒙十方一切佛手以甘露灌其頂。『甘露』及『舌本』並見上注。晉書蔡謨傳謝尚曰：卿讀爾雅不熟，幾為勸學死〔四〕。

〔一〕『亂』萬曆本及樹經堂本作『乿』。

〔二〕『並見上注』樹經堂本作：『並見上第二卷謝送碾壑源揀芽注。』

〔三〕『徵』原作『祉』，據大全本、樹經堂本及内集卷四改。

〔四〕『勸』原作『勤』，據樹經堂本及晉書蔡謨傳改。

答黃冕仲索煎雙井并簡揚休 冕仲名裳。

江夏無雙乃吾宗，同舍頗似王安豐。後漢黃香傳：博學能文章，京師號曰『天下無雙，江夏黃童』。老杜詩：吾宗老孫子。李邕詩亦云：吾宗固神秀。漢書直不疑傳曰：其同舍有告歸。晉書王戎封安豐侯，善發談端，賞其要會。此引用以屬王揚休。能澆茗椀湔祓我，風袂欲挹浮丘翁。『湔祓』見上注。文選郭璞游仙詩云：左挹浮丘袖，右拍洪崖肩。李善注引列仙傳曰：浮丘公接王子喬以上嵩高山。吾宗落筆賞幽事，秋月下照澄江空。『落筆』見上注。老杜詩：幽事頗相關。又云：幽事亦可悅。『秋月』『澄江』言詩之清絕如此。家山鷹爪是小草，敢與好賜雲龍同。山谷家於雙井，歐公雙井茶詩云：西江水清江石老，石上生茶如鳳爪。此云『鷹爪』亦其比也。『小草』見上注。周禮天官玉府曰：凡王之好賜，共其貨賄。注謂：有所善則賜予之。不嫌水厄幸來辱，寒泉湯鼎聽松風，夜堂朱墨小燈籠。伽藍記曰：王濛好茶，人至輒飲之，士大夫甚以為苦，每欲候濛，必云：『今日有水厄。』東坡試院煎茶詩曰：蟹眼已過魚眼生，颼颼欲作松風鳴。北史：蘇綽制文案程式朱出墨入之法。此借用。南史宋武帝紀：壁上掛葛燈籠。惜無纖纖來捧椀，惟倚新詩可傳本。韓孟聯句云：茗椀纖纖捧。

再答冕仲

丘壑詩書雖數窮，田園芋栗頗時豐。老子曰：多言數窮。此借用。老杜詩：錦里先生烏角巾，園收芋栗不全貧。小桃源口雨繁紅，春溪蒲稗没鳧翁。小桃源在雙井，山谷所居之地。李賀詩：桃花亂落如紅雨。選詩云：蒲稗相因依。史游急就章云：春草雞翹，鳧翁濯顔。師古注曰：鳧者，水中之鳥；翁，頸上毛也。東坡詩：新苗未没鶴。投身世網夢歸去，摘山鼓聲雷殷空〔一〕。選詩曰：世網嬰我身。秋堂一笑共燈火，與公草木臭味同。左傳曰：今譬於草木，寡君在君，君之臭味也。安用茗澆磊隗胸，他日過飯隨家風，買魚貫柳雞著籠。『磊隗胸』見上注。漢書鮑宣傳曰：俱過宣，一飯去。晉書夏侯湛傳：潘岳作家風詩。老杜詩：稱家隨豐儉。『魚貫柳』見上注。更當力貧開酒椀，走謁鄰翁稱子本。『力貧』猶言力疾。魏志曹爽傳注：司馬宣王謂李勝曰：『今當與君別，因欲自力，設薄主人。』退之祭李使君文曰：雖掾俸之酸寒，要拔貧而為富。世説：江虜奴直喚人取酒，自飲一椀。老杜詩：邊酒排金盌。『稱子本』謂稱貸於鄰家以治具。孟子曰：又稱貸而益之。漢書貨殖傳曰：齎貸子錢家。退之作柳子厚墓誌曰：其俗以男女質錢，約不時贖，子本相侔，則没為奴婢。

〔一〕『殷』原作『隱』，據内集卷四改。

戲答陳元輿

實録：元祐二年八月，陳軒為主客郎中。軒字元輿。

平生所聞陳汀州，蝗不入境年屢豐。漢書高帝紀曰：平生所聞劉季奇怪，當貴〔一〕。後漢魯恭、公沙穆皆蝗蟲避境。周頌桓詩曰：屢豐年〔二〕。東門拜書始識面，鬢髮幸未成老翁。退之送石洪序曰：拜受書禮於門内〔三〕。此借用，當是拜誥於東上閤門。魏文帝與吳質書曰：志意何時復類昔日？已成老翁，但未白頭耳！官饔同盤厭腥膩〔四〕，茶甌破睡秋堂空。周禮天官外饔：掌賓客飧饔之事。自言不復蛾眉夢，枯淡頗與小人同。詩曰：螓首蛾眉。退之詩：旅宿夢婉娩。藥山云：一切處放教枯淡去。但憂迎笑花枝紅，夜窗冷雨打斜風，秋衣沉水換薰籠。太白詩：妾似井底花，開花向君笑。樂天詩：蕭蕭暗雨打窗聲。顏師古注急就章曰：篝一名笿，亦以為薰籠。銀屏宛轉復宛轉，意根難拔如薤本。樂天長恨歌曰：珠箔銀屏迤邐開。釋氏有『六根』之説，意根其一也。後漢龐參傳曰：拔大本薤者，欲吾擊强宗也〔五〕。

〔一〕『當貴』原作『富貴』，據漢書卷一高帝紀改。

〔二〕『屢豐年』周頌桓作『婁豐年』，左傳宣公十三年引作『屢豐年』。

〔三〕『書禮』原作『書札』，據樹經堂本及韓愈送石處士序（昌黎先生集卷二十一）改。

〔四〕『腥膩』内集卷四作『羶膩』。

〔五〕『也』原無，據樹經堂本及後漢書龎參傳增。

再答元輿

君不能入身帝城結子公，又不能擊强有如諸葛豐。漢書陳咸傳與陳湯書曰：幸蒙子公力，得入帝城，死不恨。又諸葛豐傳：為司隸校尉，刺舉無所避。『擊强』見前篇注。法當憔悴百僚底，五十天涯一禿翁。晉書石勒載記：勒嘗聞酈食其勸立六國後，大驚曰：『此法當失，何得遂成天下！』老杜詩：冠蓋滿京華，斯人獨顦顇。『百僚底』見上注。漢書灌夫傳曰：與長孺共一禿翁。注謂：無官位版授。問君何自今為郎？便殿作賦聲摩空〔一〕。漢書馮唐傳文帝曰：父老何自為郎？李賀高軒過曰：殿前作賦聲摩空。偶然樽酒相勞苦，牛鐸調與黃鍾同。漢書張敖傳曰：勞苦如平生歡。晉書荀勗傳：及掌樂，乃曰：『得趙之牛鐸則諧矣。』北史長孫紹遠傳曰：聞浮屠上鐸鳴，雅合黃鍾。『牛鐸』，山谷以自況；『黃鍾』以比元輿，謂貴賤雖異，調韻則同。安得朱轓各憑熊，江南樓閣白蘋風，勸歸啼鳥曉窗籠。『朱轓』見上注。後漢輿服志曰：公、列侯，安車、朱班輪〔二〕，倚鹿較〔三〕，伏熊軾。柳惲詩曰：汀洲採白蘋，日落江南春。宋玉風賦曰：風起於青蘋之末。古樂府前溪歌曰：當曙與未曙，百鳥啼窗前〔四〕。男兒邂逅功補衮，鳥倦歸巢葉歸本。意謂功名之會，時來則偶為之，初不必經意，至於稅駕之地，則不可不早計也。詩曰：邂逅相遇，適我願兮。陶淵明歸去來辭曰：鳥倦飛而知還。韓詩外傳曰：詩云『代馬依北風，飛鳥棲故巢』，皆不忘本之謂也。文選鮑明遠詩：別葉早辭風。李善注引翼氏風角曰：木落歸本，水流向東。

〔一〕『作』内集卷四作『奏』。

〔二〕『班』原作『斑』，據大全本及後漢書輿服志改。

〔三〕『較』原作『轂』，據大全本、樹經堂本及後漢書輿服志改。

〔四〕『前』原作『籠』，據大全本、樹經堂本及樂府詩集卷四十五前溪歌改。

次韻晁仲考進士試卷

少年迷翰墨〔一〕，無異蟲蠹木。智論云：佛言善說，無失無過；佛語諸外道中，設有好語，如蟲蝕木，偶然成文。諸生程藝文，承詔當品目。文選韋弘嗣博弈論曰：設程試之科。李善注引說文曰：程，品也。前漢書有藝文志。文選沈休文恩倖傳論曰：品目少多，隨事俯仰。牀敷設箱篚，賦納忽數束。『牀敷』見上注。書曰：敷納以言。左氏僖公二十七年傳作『賦納以言』〔二〕，注云：賦猶取也。退之詩：止携一束書。變名溷甲乙，謄寫失句讀。謂糊名謄録，莫知其某甲某乙也〔三〕。史記任少卿曰：某子甲何為不來乎？漢書藝文志曰：俗師失其讀。公羊序亦曰：失其句讀。晝窗過白駒〔四〕，夜几跋紅燭。莊子曰：人生天地之間，如白駒之過郤，忽然而已。『郤』亦作『隙』。曲禮曰：燭不見跋。劉禹錫詩：最宜紅燭下。鉤深思嘉魚，攻璞願良玉。易曰：鉤深致遠。詩曰：南有嘉魚。又曰：它山之石，可以攻玉。漢書董仲舒傳曰：良玉不瑑。談天用一律，呻訊厭重複〔五〕。一作『佔畢厭重複』。『談天』見上注。退之樊宗師銘曰：由漢迄今用一律。學記曰：今之教者，呻其佔畢，多其訊。注謂：今之師自不曉經之義，但吟其所視簡之文，多其難問也。絲布澀難縫，快意忽破竹。樂府緑珠懊儂歌曰：絲布澀難縫，令儂十指穿。史記李斯傳曰：快意當前，適觀而已矣。晉書杜預傳曰：譬如破竹，數節之後，皆迎刃而解。聖言裨曲學，割袞綴邪幅〔六〕。漢書轅固傳曰：無曲學以阿世。采菽詩曰：赤芾在股，邪幅在下。南史陸厥傳沈約曰：以洛神比陳思他賦，有似異手之作，士衡雖云煥若縟錦，寧有濯色江波，其中復有一片是衛文之服。此句用其意。注金無全巧〔七〕，竊發或中鵠。莊子曰：以金注者昏。考工記『梓人』注曰：鵠，所射也，以皮為之。射義曰：射者各射己之鵠，射中則得為諸侯。翟公辟雍老，薪槱茂棫樸。棫樸詩序曰：棫樸，文王能官人也。詩曰〔八〕：芃芃棫樸，薪之槱之。注謂山林茂盛〔九〕，萬民得而薪之，賢人衆多，國家得用蕃興。御史威降霜，行私不容粟。崔篆御史箴曰：簡上霜嚴，筆端風起。漢書孫寶謂侯文曰：今鷹隼始擊，以成嚴霜之威。吏部提英鑒，片善蒙采録。唐書：高季輔為吏部侍郎，帝賜金背鏡一，以況其清鑒。退之進學解曰：占小善者率以録。博士刈其楚，銓量頗三復。漢廣詩曰〔一〇〕：言刈其楚。注謂：以喻取女之尤高潔者。『三復』見魯論。因人享成事，賤子真碌碌。史記平原君傳毛遂曰：公等碌碌，所謂因人成事者也。漢書樓護傳：王邑稱『賤子上壽』。

〔一〕『年』內集卷四作『來』。
〔二〕『公』原無，據樹經堂本加。
〔三〕『其』原無，據元大全本、樹經堂本加。
〔四〕『過』內集作『愛』。
〔五〕『呻訊』內集作『佔畢』。
〔六〕『袞』內集作『裘』。
〔七〕『巧』內集作『功』。
〔八〕『曰』原無，據大全本及樹經堂本加。

〔九〕『注』原無，據元大全本增。

〔一〇〕『曰』原無，據樹經堂本加。

王聖美三子補中廣文生聖美名子韶。

王家人物從來遠，今見諸孫總好賢。王氏最盛於江左。三級定知魚尾進，一鳴已作鴈行連。三秦記：河津一名龍門，兩傍有山，水陸不通，江海大魚薄集龍門下，上則為龍，不得上，點額暴腮。魏志鄧艾傳：將士魚貫而進。北里志：名妓萊兒呼趙光遠為『一鳴先輩』。按史記滑稽傳齊威王曰：此鳥不飛，一飛沖天；此鳥不鳴，一鳴驚人。禮記曰：兄弟之齒鴈行。雪竇頌：三級浪高魚化龍，癡人猶戽野塘水。愧無藻鑑能推轂，頋卷囊書當贈鞭〔一〕。老杜詩：持衡留藻鑑。按晉太康制云：藻鑑銓衡。漢書鄭當時傳曰：其推轂士，誠有味其言也。歸去雄誇向兒姪，舍中犢子臢狂顛〔二〕。老杜詩：憶年十五心尚孩，健如黃犢走復來。晉書石季龍載記：少時數彈人，石勒將白母，王殺之，王曰：『快牛為犢子時，多能破車，汝當小忍之。』青箱雜記張師錫老兒詩曰：長思當弱冠，悔不臢狂顛。

〔一〕『鞭』原作『錢』，據元大全本及內集卷九改。

〔二〕『臢』原作『䁏』，據樹經堂本改。注同。

次韻游景叔聞洮河捷報寄諸將四首

景叔名師雄。張舜民作种誼墓誌云：初，王師拓土至枹罕，始建州縣，唃氏餘種獨董氊尚存，退保青唐，其首領鬼章誘殺知河州景思立，董氊遂復其國，王師亦不復西。神宗命李憲攻鬼章，十餘年不能得，竟以漢爵縻之，歲有廩賜。元祐初，鬼章有窺覬故土之心，與夏國陰相結連，約分其地，自引兵城洮州，結屬羌為内應。知岷州种誼刺得其情，條具攻取十利，聞于朝。朝廷遣將作監丞游師雄就商利害，師雄議與誼合，帥臣劉舜卿不得已從之，乃遣總管姚兕統熙河軍趨講朱城，誼出哥龍嵹，敗賊于邦令谷，追奔至洮州，賊入城拒守，晨霧蔽野，誼親鼓之，鬼章坐佛寺，拱手就執。捷報至，遣近侍奏告裕陵，命以鬼章檻車送京師。

千仞溪中石轉雷，漢家萬騎擣虛回。孫子曰：如轉圓石於千仞之山者，勢也。太白蜀道難曰：崩崖轉石萬壑雷。史記衛青傳曰：去病將萬騎出隴西有功。孫武傳孫臏曰：批亢擣虛。呂氏春秋：決積水於千仞之溪。定知獻馬胡雛入，看即稱觴都護來〔一〕。禮記曰：獻車馬者執策綏。晉書石勒載記王衍曰：向者胡雛，吾觀其聲視有奇志。後漢書班超傳上疏曰：臣超竊冀西域平定，陛下舉萬年之觴。其後超為都護。

中原日月九夷知，不用禽胡釁鼓旗〔二〕。書曰：通道于九夷八蠻。老杜詩：禍轉亡胡歲，勢成禽胡月。左傳知罃曰：二國治戎，臣不才，不勝其任〔三〕，以為俘馘。執事不以釁鼓，使歸即戮，君之惠也。更向天階舞干羽〔四〕，降書剩破一年遲。鬼章雖就擒，其子孫部族猶足以陸梁於邊，阿里骨及温溪心皆未臣順，恐諸將狃勝邀功，故欲以文德來之也。東坡奏議述其事甚詳。書曰：舞干羽于兩階，七旬，有苗格。楚辭曰：攀天階而下視。樂天詩：此中來較十年遲。

漢得洮州箭有神，斬關禽敵不逡巡。後漢書耿恭傳：以毒藥傅矢，虜中矢者，瘡皆沸，大驚，曰：『漢兵神，真可畏也！』孫子曰：小敵之堅，大敵之禽也。賈誼過秦論曰：秦人開關延敵，九國之師逡巡而不敢進。將軍快上屯田計，要納降胡十萬人。漢書趙充國傳為蒲類將軍，先零反，充國願馳至金城，圖上方略，上屯田奏曰：『萬人留田，順天時，因地利，以待可勝之虜，此坐支解羌虜之具也。』明年，充國奏言：『羌本可五萬人軍，凡斬首七千六百級，降者三萬一千二百人〔五〕，請罷屯兵。』振旅而還。後漢書皇甫規傳曰：高可以滌患，下可以納降。

遥知一炬絶河津，生縛青宜不動塵。張舜民作游師雄墓誌云：分兵為兩道，姚兕將而左攻講朱城斷黄河飛橋，青唐十萬之衆不得度；种誼將而右破洮州，禽鬼章及大首領九人。此詩所云『青宜』，即鬼章青宜結也。晉書王濬傳：吴人以鐵鏁絶江，濬作火炬燒之，融液斷絶，船無所礙。漢書曹參等傳皆有絶河津之語。老杜詩：黄門飛鞚不動塵。付與山河印如斗〔六〕，忍為鼠子腹心人！言鬼章嘗受爵命，乃與夏國相結，有窺故土之意。晉書周顗傳曰：取金印如斗大，繫肘。吴志孫權傳注魏文帝詔曰〔七〕：此鼠子自知不能保爾許地也。後漢書寇恂傳曰：隗囂將高峻遣皇甫文出降，恂斬之，曰：『文，峻之腹心，殺之，則峻亡其膽。』

〔一〕『看即』元大全本作『即看』。

〔二〕『禽胡』内集卷九作『降胡』。

〔三〕『臣不才不勝其任』原作『臣不勝其任』，據樹經堂本及左傳成公三年補。

〔四〕『天階』内集卷九作『天街』。

〔五〕『二』原作『三』，據樹經堂本及漢書卷六十九趙充國傳改。

〔六〕『山河』内集作『山川』。

〔七〕『文』原無，據元大全本補。

和游景叔月報三捷

漢家飛將用廟謀，復我匹夫匹婦讎。漢書李廣傳：匈奴號為『飛將軍』。孟子曰：湯居亳，與葛為鄰，葛伯仇餉，為其殺是童子而征之，四海之内皆曰：『非富天下也，為匹夫匹婦復讎也。』真成折箠禽胡月，不是黄榆牧馬秋。『折箠』已見上卷注。老杜北征詩曰：勢成禽胡月。賈誼過秦論曰：胡人不敢南下而牧馬。史記云：秦卻匈奴，樹榆為塞。幄中已斷匈奴臂，軍前可飲月氏頭。漢書張良傳曰：運籌帷幄之中。西域贊曰：通西域以斷匈奴右臂。張騫傳：匈奴破月氏王，以其頭為飲器。願見呼韓朝渭上，諸將不用萬户侯。漢宣帝甘露三年，呼韓單于來朝，上登渭橋，咸稱萬歲。李廣傳文帝曰：令廣當高祖世，萬户侯豈足道哉！老杜詩：願見北地傅介子，老儒不用尚書郎。

次韻崔伯易席上所賦因以贈行二首

別本云：次韻潁守崔伯易席上贈別諸同舍。

迎新與送故，渠已不勝勤。別本云：傾城迎五馬，財力已三勤。漢書黄霸傳曰：數易長吏，送故迎新之弊及姦吏緣絶簿書盜財物，所易新吏又未必賢。『三勤』見穀梁，謂民勤於力，勤於財，勤於食。法言曰：民有三勤。此借用其字。民賣腰間劍，公寬柱後文。漢書龔遂傳：為渤海太守，民有帶持刀劍者，使賣劍買牛，賣刀買犢，曰：『何為帶牛佩犢？』又張敞傳：弟武曰：『吏民彫敝，且當以柱後惠文治之耳。』秦時獄法吏冠柱後惠文，武意欲以刑法治梁。

諸郎投賜沐，高會惜臨分。別本云：同僚欣賜沐，張飲惜臨分。漢書石奮傳曰：長子建為郎中令，少子慶為內史，每五日，洗沐歸謁親，入子舍。『高會』見上注。謝承後漢書曰：王奐為漢陽太守，范丹於道候別之。奐曰：『可共到前亭宿息，以叙分隔。』退之詩：臨分不汝誑，有路即歸田。去國雖千里，分憂即近君。別本云：看即追嚴助，還疑借寇君。能為天子分憂，即與在朝廷無異。老杜同元使君春陵詩序曰：當天子分憂之地。劉禹錫詩：受讒時方久，分憂政未成。

又

老惜交情別，追隨車馬勤。老杜詩：惜別到文場。漢書鄭當時傳翟公曰：一死一生，乃知交情。『追隨』見上注。臨朝思共理，治郡復斯文。漢書成帝紀曰：臨朝淵默。黃霸傳：功名損於治郡時。『共理』字見上注。『斯文』謂以儒雅飾吏。訟息常休吏〔一〕，民貧更勸分。漢書薛宣傳曰：及日至休吏。左傳曰：振廩勸分。西湖十頃月，自比漢封君。歐公自揚遷潁〔二〕，有詩曰：都將二十四橋月，換得西湖十頃秋。史記貨殖傳曰：齊、魯千畝桑麻，渭川千畝竹，此其人皆與千户侯等。又曰：今有無秩禄之奉、爵邑之入，而樂與之比者，命曰『素封』。漢書貨殖傳曰：秦漢之列侯封君食租税，千户之君則二十萬。

〔一〕『常』萬曆本『常』下注：『一作「當」。』樹經堂本作『當』。

〔二〕『公』原作『陽』，據大全本及樹經堂本改。

同子瞻韻和趙伯充團練

金玉堂中寂寞人，仙班時得共朝真。言伯充宗室子，居富貴而自處如寒素也。老子曰：金玉滿堂，莫之能守；富貴而驕，自遺其咎。兩宮無事安磐石，萬國歸心有老臣。『兩宮』謂宣仁、哲廟〔一〕。漢書竇嬰傳曰：有如兩宮奭將軍。『老臣』謂文呂諸公。『萬國歸心』用孟子『二大老』意。『磐石』見上注。家釀可供開口笑，侍兒工作捧心顰。晉書何充傳劉惔云：見次道飲，令人欲傾家釀。莊子盜跖曰：其中開口而笑者，一月之中，不過四五日而已矣。『捧心顰』見上注。醉鄉乃是安身處，付與升平作幸民。『醉鄉』見上注。左傳曰：善人在上，則國無幸民。此借用。樂天詠興詩序曰：頹然自適，蓋河洛間一幸人也。

〔一〕『哲廟』元大全本作『哲宗』。

戲答趙伯充勸莫學書及為席子澤解嘲 叔盎、延賞。

平生飲酒不盡味，五鼎餽肉如嚼蠟。選詩：賓飲不盡觴。孟子曰：繆公之於子思也，亟問，亟餽鼎肉，子思不悦。楞嚴經曰〔二〕：當横陳時，味如嚼蠟。我醉欲眠便遣客，三年窺墻亦面壁。南史陶潛傳曰：潛若先醉，便語客云：『我醉欲眠，卿可去。』宋玉登徒子好色賦曰：此女登墻闚臣三年，至今未許也。傳燈録：達磨寓止嵩山少林寺，面壁而坐，終日默然。此借用。

空餘小來翰墨場，松煙兔穎傍明窗(二)。選詩：粲粲翰墨場。鮑照飛白書銘曰：沾此瑤液，染彼松煙。『兔穎』見退之毛穎傳也。

偶隨兒戲灑墨汁，衆人許在崔杜行。漢書周亞夫傳文帝曰：鄉者覇上、棘門如兒戲耳！盧仝示添丁云：忽來案上翻墨汁，塗抹詩書如老鴉。按王子年拾遺記云：浮提國獻神通善書二人，出肘間金壺，壺中有墨汁如淳漆，灑地及石，皆成篆隸科斗之字。羅叔景、趙元嗣者與張伯英並時見稱於西州(三)，而矜巧自與，衆頗惑之，故伯英自稱『上比崔、杜不足，下方羅、趙有餘』。『崔』謂崔瑗，『杜』謂杜度。晉書王羲之傳：自稱：『我書比鍾繇當抗行，比張芝草猶當鴈行也。』老杜詩：沈鮑得同行。

晚學長沙小三昧，幻出萬物真成狂。國史補曰：長沙僧懷素自言『得草聖三昧』。傳燈録毗婆尸佛偈曰：身從無相中受生，猶如幻出諸形像。

龍蛇起陸雷破柱，自喜奇觀繞繩床。陰符經曰：地發殺機，龍蛇起陸。世説曰：夏侯玄嘗倚柱讀書(四)，時暴雨霹靂，破所倚柱，衣服焦然，玄色不變，讀書如故。此並借用，以言草書之變態。墨藪云：蔡邕得用筆法，大叫歡喜。晉書劉毅傳：嘗聚樗蒲，擲雉大喜，褰衣繞床叫。太白作懷素草書歌曰：吾師醉後倚繩床，須臾掃盡數千行。

家人罵笑寧有道，污染黃素敗粉墻。書斷曰：張芝字伯英，性好書，凡家之衣帛，皆書而後練。北史盧詢祖於黃素楷書動簿(五)。東坡詩：書窗涴壁常遭罵。任華懷素草書歌曰：粉壁搖晴光，素屏凝曉霜，待師揮灑兮不可忘。

誠不如南鄰席明府，蛛網鎖硯蝸書梁。席君蓋京師醫者，與山谷寓舍相鄰，山谷書帖中所謂『席三』，即其人也。文選左太冲詩：南鄰擊鍾磬。漢書龔遂傳曰：明府且止，願有所白。文選張景陽詩曰：蜘蛛網四屋。杜牧之詩：蝸涎蠹畫梁。老杜詩云：虫書玉佩蘚。

懷中探丸起九死，才術頗似漢太倉。漢書尹賞傳曰：相與探丸為彈。此借用。史記扁鵲傳曰：臣非能生人也，此當生者，越人能使之起耳。楚辭曰：雖九死其猶未悔。史記太倉公淳于意受公乘陽慶禁方，為人治病，決死生多驗。

感君詩句喚夢覺，邯鄲初未熟黃粱。『喚夢覺』、『熟黃粱』並見上注。

身如朝露無牢强，玩此白駒過隙

光。漢書蘇武傳曰：人生如朝露，何久自苦如此！維摩經曰：是身如芭蕉，中無有堅。遺教經曰：世實危脆，無牢强者。柳子厚書曰：前過三十七年，與瞬息無異；後所得者，其不足把翫，亦已審矣。從此永明書百卷，自公退食一爐香。傳燈録：杭州永明寺智覺禪師延壽著宗鏡録一百卷，其序曰：舉一心為宗，照萬法如鏡，編聯古製之深義，撮略寶藏之圓詮云云。羔羊詩曰：自公退食。傳燈録守安禪師頌曰：南臺静坐一爐香，亘日凝然萬慮忘。

〔一〕『經』原無，據大全本、樹經堂本增。

〔二〕『明』原作『門』，據大全本、樹經堂本及内集卷四改。

〔三〕『張』原無，據大全本及樹經堂本增。

〔四〕『嘗』原作『常』，據大全本、樹經堂本及世説新語雅量改。按『讀書』世説作『作書』。

〔五〕『北史云云』任注作盧詢祖事，誤。據北史卷三十，實為盧同上表中語，同檢核吏部勳書，發現竊階者，遂提出『即於黄素楷書大字，具件階級數』。

謝景叔惠冬笋雍酥水梨三物

玉人憐我長蔬食，走送廚珍自不嘗〔一〕。晉書衛玠傳：見者以為玉人。老杜詩：鳴鞭走送煩漁父。又詩：御廚絲絡送八珍。此借用。魯論曰：不敢嘗。

秦牛肥膩酥勝雪，漢苑甘寒梨得霜。『秦牛』謂旄牛也，見漢書西南夷傳。三秦記曰：漢武帝御宿園，有大梨如五升瓶，落地則破，名含消梨。老杜詩：紅梨迥得霜。

冰底斲春生筍束〔二〕，豹文解籜饌寒玉。退之詠筍詩：看皮虎豹存。選詩云：初篁苞綠籜。樂天詩：聲聲麗曲敲寒玉。老杜詩：分明饌玉恩。按左思吳都賦云：矜其宴居，則珠服玉饌。見他桃李憶故園，嚵獠應殘遶窗竹。古今詩話唐人詩曰：見他桃李樹，思憶故園春。山谷此詩舊本云：惠文綠籜包一束，園丁破凍取寒玉。堅冰封節春未回，不怕南風吹作竹。蓋用樂天食筍詩「且食勿踟蹰，南風吹作竹」之意。

〔一〕「自不嘗」內集卷四作「不自嘗」。

〔二〕「冰底斲春生筍束」內集同，大全本、樹經堂本作「冰底斲生春筍束」。

再答景叔

女三為粲當獻王，三珍同盤乃得嘗。國語周語曰：三女奔密康公，公母曰：「必致之王。夫粲，美物也。衆以美物歸女，而何德以堪之？」周禮曰：獻賢能之書于王。世說桓公曰：同槃時尚不相助，況復危難！此借用其字。薛能詩：賴有詩情合得嘗。甘泉下澆藜莧腸〔一〕，令我詩句挾風霜。「甘泉」「藜莧」並見上注〔二〕。小人食珍敢取足？都城一飯炊白玉。左傳曰：願以小人之腹，為君子之心，屬饜而已。禮記曰：庶人無故不食珍。前漢食貨志曰：錢、金以鉅萬計，皆取足大農。退之答元稹書曰：勤己取足。「炊玉」見上注。賜錢千萬民猶飢，雪後排簷凍銀竹。實錄：元祐二年十二月乙酉，以大雪寒，出錢百萬，令開封府賜貧民。亦見蘇子由奏議。太白詩：白雨映寒山，森森似銀竹。

〔一〕『泉』原作『寒』，據大全本及樹經堂本改。按内集卷四此句作『甘寒下繞藜莧腸』。

〔二〕『甘泉』『藜莧』原無，據元大全本補。

次韻幾復和答所寄

海南海北夢不到，會合乃非人力能。退之送李正字序曰：離十三年，幸而集處，得燕而舉一觴，此天也，非人力也。孟子曰：非人之所能為也。地褊未堪長袖舞，夜寒空對短檠燈。漢書長沙定王傳注曰：景帝後二年，諸王來朝，有詔更前稱壽歌舞，定王但張袖小舉手，左右笑其拙，上怪問之，對曰：『臣國小地狹，不足回旋。』史記范睢傳贊曰：長袖善舞。退之有短檠歌，言書生寒苦之狀也。相看鬢髮時窺鏡，曾共詩書更曲肱。作箇生涯終未是，故山松長到天藤。言其未能歸隱。文選謝靈運詩：故山日月遠。

寄上叔父夷仲三首

少年有功翰墨林，中歲作吏幾陸沉。選詩：寄辭翰墨林。『陸沉』見上注。庖丁解牛妙世故，監市履豨知民心。『解牛』言其游刃有餘地也，見莊子。晉書桓石秀傳：謝安訪以世務，嘿然不答，或問之，石秀曰：『世事此公所諳，吾尚何言哉！』文選潘正叔迎大駕詩曰：世故尚未夷。莊子曰：正、獲之問於監市履豨也，每下愈況。注云：豨，大豕也；監市之履豕以知其肥瘦者，愈履其難肥之處，愈知豕肥之要。此借用，言知民之肥瘠也。萬里書來兒女瘦〔一〕，十月山行冰雪深。夢魂和月繞秦隴，漢節落毛何處尋？楊文公談苑載菩薩蠻詞，有『月和殘夢圓』之句。漢書蘇武傳：杖漢節牧羊，卧起操持，節旄盡落。蔡琰胡笳曰：生死不相知兮何處尋！

艱難聞道有歸音，部曲霜行壁月沉。漢書李廣傳曰：無部曲行陳。南史張貴妃傳：壁月夜夜滿。王春正月調玉燭，使星萬里朝天心。春秋書『春王正月』，杜預注曰：周王之正月也。『玉燭』見上注。後漢李郃傳：和帝遣二使到益部，投候館吏李郃舍，郃問：『二君發京師時，知朝廷二使耶？』問何以知之，郃指星云：『前有二星，向益州分野。』頗令山海藏國用，乃見縣官恤民深。漢書吳王濞贊曰：擅山海之利。韓詩外傳曰：王者藏於天下。按漢昭帝時，賢良文學願罷鹽鐵，無與民爭利，桑弘羊以為家人有寶器，尚猶柙而藏之，況天地之山海乎？文學曰：『庶人藏於家，諸侯藏於國，天子藏於海內：是以王者不蓄，下藏於人。』『縣官』謂天子，見漢書霍光傳注。禮記曰：冢宰制國用必於歲之杪。經心隴蜀封疆守，必有人材備訪尋。晉書謝道韞傳：嘗譏謝玄學殖不進，曰：『為塵務經心，為天分有限邪？』又退之書曰：前古之興亡，未嘗不經於心。史記天官書曰：中國山川，其維，首在隴、蜀。

關寒塞雪欲嗣音，燕鴈拂天河鯉沉。老杜詩：天寒關塞深。詩曰：子寧不嗣音？『燕鴈』用蘇武事，見上注。老杜詩：長歌燕鴈燈前落。『河鯉』用文選古詩『呼童烹鯉魚，中有尺素書』之意。詩曰：豈其食魚，必河之鯉？東都賦曰：旌旗拂天。

百書不如一見面，幾日歸來兩慰心。終上句之意。漢書趙充國傳曰：百聞不如一見。世傳退之與大顛帖曰：所示廣大深迥如此，讀來一百遍，不如親面而對之。詩曰：以慰我心。

弓刀陌上望行色，兒女燈前語夜深。退之送鄭尚書序曰：府帥必戎服，左握刀，右屬弓矢，帕首袴韡，迎于郊。古樂府有陌上桑。莊子曰：車馬有行色。老杜詩云：廚人語夜闌。退之詩：悄悄深夜語。

更懷父子東歸得，手種江頭柳十尋。漢書疏廣傳：謂兄子受曰：『豈如父子相隨出關，歸老故鄉！』晉書桓溫傳：見少時所種柳，皆已十圍，慨然曰：『木猶如此，人何以堪！』沈懷遠南越志曰：宋昌縣有棘竹，長十尋。

〔一〕『書』樹經堂本作『歸』。

山谷詩集注卷第九

考試局與孫元忠博士竹間對窗夜聞元忠誦書聲調悲壯戲作竹枝歌三章和之

劉禹錫竹枝辭引曰：余來建平，里中兒聯歌竹枝，吹笛擊鼓以赴節，含思宛轉，有淇濮之艷，昔屈原居沅湘，其民迎神，辭多鄙陋，乃為作九歌，故余亦作竹枝辭九篇。

南窗讀書聲吾伊，北窗見月歌竹枝。古樂府東飛伯勞歌曰：南窗北牖桂月光。樂録曰：諸調曲皆有辭、有聲，辭者，其歌詩也，聲者，若『羊吾』、『羊吾』、『夷伊』、『那何』之類也。近世郭茂倩編樂府，於相和歌辭叙引中亦載此語。我家白髮問烏鵲，他家紅粧占蛛絲。山谷太夫人於時無恙，故東坡試院中詩有云：羡君懷中雙橘紅。西京雜記陸生云：乾鵲噪而行人至，蜘蛛結而百事喜。老杜詩：浪傳烏鵲喜，深負脊令詩。

屋山啼烏兒當歸，玉釵罥蛛郎馬嘶。去時燈火正月半，階前雪消萱草齊。退之寄盧仝詩：每騎屋山下窺瞰。蜀志姜維傳注孫盛雜記曰：維得母書，令求當歸。老杜詩：螢鑑緣帷徹，蛛絲罥鬢長。麗情集鶯鶯傳楊巨源詩曰：清潤潘郎玉不如，中庭蕙草雪銷初。

勃姑夫婦喜相喚，街頭雪泥即漸乾。已放游絲高百尺，不應桃李尚春寒。歐公詩曰：病識陰晴似勃姑。又曰：天雨止，鳩呼婦還鳴且喜。老杜詩：街頭酒價常苦貴。庾信燕歌行曰：洛陽游絲百丈連，黃河春冰千片穿。又云：數尺游絲即横路。

觀伯時畫馬禮部試院作

儀鸞供帳饕蝨行，翰林溼薪爆竹聲，風簾官燭淚縱横。上三句言供擬之寒陋也。供張弊壞，卒徒以為卧具，故有貪饕之蝨，行於其間。國朝會要曰：儀鸞司在拱宸門外嘉平坊，掌奉供帳之事；翰林司在大寧門內，掌供御酒、茗、湯、菓及游幸宴會、內外延設。神異經曰：山臊畏爆竹聲。後漢巴祇與客暗坐，不燃官燭。李商隱詩曰：風簾殘燭隔霜清。老杜詩曰：四座淚縱横。木穿石槃未渠透，坐窗不遨令人瘦，貧馬百藖逢一豆。言鏁宿甚久，出院未有期，鬱鬱自苦，如貧馬之得瘦。真誥曰：太極老君與傅先生木鑽，使穿一石磐，厚五尺許，積四十七年而石穿，遂得神丹。庭燎詩注曰：夜未央，猶言夜未渠央也。音義曰：渠音其遽反。元次山詩曰：豈欲皁櫪中，争食麧與藖？自注云：麧，糠中可食者，下没反；牛馬食餘草節曰藖，下諫反。按集韻，藖音何間反，莝餘草也，又侯襉反。眼明見此玉花驄〔一〕，徑思着鞭隨詩翁，城西野桃尋小紅。老杜詩：吾與汝曹俱眼明。又丹青引曰：先帝天馬玉花驄，畫工如山貌不同。一本作『五花驄』。按老杜高都護驄馬行曰：五花散作雲滿身。晉書劉琨傳曰：常恐祖生先吾著鞭。『詩翁』謂東坡。老杜詩：點注桃花舒小紅。

〔一〕『玉』內集卷三作『五』。

題伯時畫揩痒虎

猛虎肉醉初醒時，揩磨苛痒風助威。俗言虎食狗則醉。禮記内則曰：疾痛苛痒。注云：苛，疥也。退之畫記：馬有痒磨樹者。枯楠未覺草先低，木末應有行人知。老杜有枯楠詩。樂府敕勒歌曰：風吹草低見牛羊。老杜詩：我行已水濱，我僕猶木末。此詩謂行人居高，見風生草低，因覺其有虎也。

題伯時畫觀魚僧

横波一網腥城市，日暮江空煙水寒。退之詩：長網横江遮紫鱗。歐公作蘇子美墓誌載御史劉元瑜語曰：為相公一網打盡。當時萬事心已死，猶恐魚作故時看。列子曰：同齋三月，心死形廢。山谷舊跋此畫為玄沙畏影圖。按傳燈録：玄沙宗一大師姓謝氏，幼好垂釣，年甫三十，忽慕出塵，乃棄釣舟，落髮，後得法於雪峰。

題伯時頓塵馬

竹頭槍地風不舉，文書堆案睡自語。戰國策秦王謂唐且曰：布衣之怒，免冠徒跣，以頭槍地耳。司馬遷書亦曰：見獄吏則頭槍地。元稹詩：滿眼文書堆案邊，眼昏偷得暫時眠。元次山寱論曰：寐中寱言，非所知也。韻書云：寱，睡語也。

忽看高馬頓風塵，亦思歸家洗袍袴。老杜詩：高馬勿捶面。韋應物詩：亂髮思一櫛，垢衣思一换。時山谷在試院中，故有思歸之語。

題伯時畫嚴子陵釣灘

後漢書逸民傳：嚴光字子陵，少與光武同游學，及光武即位，使聘之，三反而後至，除為諫議，不屈，乃耕於富春山，後人名其釣處為嚴陵瀨焉。

平生久要劉文叔，不肯為渠作三公。魯論曰：久要不忘平生之言，亦可以為成人矣。注云：久要，舊約也。後漢帝紀：光武諱秀，字文叔。能令漢家重九鼎，桐江波上一絲風。汲黯曰：夫以大將軍有揖客反不重耶？此句蓋用此意。漢書宣帝曰：漢家自有制度。史記平原君傳曰：毛遂使趙重於九鼎、大吕。嚴光傳注曰：桐廬縣南有嚴子陵漁釣處。按桐廬今屬嚴州。東漢多名節之士，賴以久存。迹其本原，政在子陵釣竿上來耳。

題伯時畫松下淵明〔一〕

此篇與上卷卧陶軒詩大抵同意。洪州本無「山」字一韻，而以「彈」字為第二韻，疑脱誤也。

南渡誠草草，長沙慰艱難〔二〕。「南渡」謂晉元帝渡江。太白金陵詩曰：晉家南渡日，此地舊長安。退之桃源行曰：羣馬南渡開新主。晉書陶侃傳蘇峻平，改封長沙郡公，薨後成帝下詔曰：作藩于外，八州肅清；勤王于內，皇家以寧。昭明太子作陶淵明傳曰：曾祖侃，晉大司馬。又云：自以曾祖晉世宰輔，恥復屈身後代，自宋武帝王業漸著，不復肯仕。**終風霾八表，半夜失前山**〔三〕。張淵方回家本有此兩句，蓋言晉宋市朝之變也。詩曰：終風且霾。注謂：終日風為終風；霾，土雨也。淵明詩曰：八表同昏，平陸成江。莊子曰：藏山於澤，夜半有力者負之而走。蜀中舊本元作：平生夢管葛，採菊見南山。言淵明初名元亮，本慕諸葛孔明，有當世志，晚年恥屈身異代，始自放於山林也。蜀志諸葛亮傳曰：自比管仲、樂毅。淵明詩曰：採菊東籬下，悠然見南山。**遠公香火社，遺民文字禪。**高僧傳曰：彭城劉遺民、豫章雷次宗等依遠遊山，遠乃於精舍無量壽像前建齋立社，共期西方，乃令遺民著其文。又陳舜俞廬山記曰：遺民與什、肇二師好揚搉經論，文義之華，一時所挹。樂天詩：本結菩提香火社。維摩經曰：有以音聲語言文字而作佛事。傳燈録達磨傳道副曰：如我所見，不執文字，不離文字，而為道用。東坡寄辯才詩，有『臺閣山林況無異，故應文字不離禪』之句〔四〕。**雖非老翁事，幽尚亦可觀。**下句蜀中舊本作：幽況亦可觀。今本當是後來所改，蓋詩意謂陶雖不入社，然常往來其間，以諸人志尚幽遠，亦有可觀故也。廬阜雜記曰：遠師結白蓮社，以書招陶淵明，陶曰：『弟子性嗜酒，若許飲，即往矣。』遠許之，遂造焉，因勉令入社，陶攢眉而去。廬山記曰：陶元亮居栗里山阿，陸修靜亦有道之士，遠師嘗送此二人，與語道合，不覺過虎溪。淵明傳又曰：時周續之入廬山，事釋惠遠，彭城劉遺民亦遁迹匡山，淵明又不應徵命，謂之『潯陽三隱』。退之詩：豈敢尚幽獨，與世實參差。魯論曰：雖小道必有可觀者焉。**松風自度曲，我琴不須彈。**用左太冲招隱詩『非必絲與竹，山水有清音』之意。文選顏延年詩：松風遵路急。漢書元帝贊曰：自度曲，被歌聲。淵明傳曰：不解音律，而蓄無弦素琴一張，每酒酣適，輒撫弄以寄意。**客來欲開說**〔五〕，**觴至不得言。**漢書曹參傳曰：度客欲有言，復飲酒，終不得開說。梁孝王傳曰：有所關說於帝。

〔一〕 內集卷三題作：『題松下淵明』。

〔二〕『慰』內集作『想』。

〔三〕此聯內集無，內集第二聯作『松風自度曲，我琴不須彈』，即本詩第五聯。

〔四〕按此非東坡寄辯才詩，乃辯才之詩為東坡所引用者，見蘇軾書辯才次韻參寥詩（孔凡禮點校蘇軾文集卷六十八題跋）。

〔五〕『開說』大全本、樹經堂本及內集作『關說』。萬曆本詩後注：『「關」一作「問」』。

出禮部試院王才元惠梅花三種皆妙絶戲答三首〔一〕

邵氏辨誣云：王棫，京師人，有口辯，與刑恕共謀誣造諸人廢立事，其子直方不以父為然，每與士大夫言父晚年病心云。棫字才元，直方字立之。

城南名士遺春來，三月乃見臘前梅。定知鎖著江南客，故放綠陰春晚回〔二〕。山谷有此詩跋云：州南王才元舍人家有百葉黃梅妙絶，禮部鎖院，不復得見，開院之明日，才元遣送數枝，蓋是歲大雨雪，寒甚，故梅亦晚開耳。又一跋云：元祐初鎖試禮部，阻春雪，還家已三月，王才元舍人送紅黃多葉梅數種，為作三詩，付王家素素歌之。宗室趙子湜家有此録本，惜其翰墨不可復見，因附于此。鄭谷詩曰：坐中亦有江南客，莫向春風唱鷓鴣。

舍人梅塢無關鎖，攜酒俗人來未曾。用韓退之竹洞詩意。嚴維詩：柳塘春水慢〔三〕，花塢夕陽遲。元稹崔徽歌曰：吏感徽心關鎖開。文選嵇康書曰：不喜俗人。

舊時愛菊陶彭澤，今作梅花樹下僧。此句山谷自道，言其持律不飲，無復把菊待酒之意。元稹詩：禪僧偶向花前定，滿樹狂風滿樹花。

病夫中歲屏杯杓，百葉緗梅觸撥人。拂殺官黃香有思〔四〕，滿城桃李不能春〔五〕。史記項籍紀曰：沛公不勝杯杓，不能辭。説文『緗』字注云：帛淺黄色也。『觸撥』一本作『料理』〔六〕。王立之詩話曰：『觸撥』字初作『故惱』，其後改焉。按樂天榴花詩：香塵擬觸坐禪人；又詩：撑撥詩人興，勾牽酒客歡。『官黃』謂黄本官書。退之詩：杏花兩株能白紅；又曰：廉纖晚雨不能晴。

〔一〕内集卷五此詩題無『出禮部試院』五字。

〔二〕『緑陰』内集作『緑梢』。

〔三〕『慢』樹經堂本作『漫』，歐陽修六一詩話引作『漫』。按嚴維酬劉員外見寄詩作『漫』。

〔四〕『香』原作『春』，據内集改。

〔五〕『能』元大全本作『成』。

〔六〕『觸撥』原作『觸撥字』，據樹經堂本删『字』。

王立之承奉詩報梅花已落盡次韻戲答

南枝北枝春事休，榆錢可穿柳帶柔。白氏六帖云：大庾嶺頭梅，南枝落，北枝開。漢書食貨志注應劭曰：漢鑄莢錢，今民間『榆莢錢』是也。定是沈郎作詩瘦〔一〕，不應春能生許愁。南史沈約傳：謝玄暉善為詩，任彦昇工於筆，約兼而有之。約以書陳情於徐勉，言已老病，百日數旬，革帶常應移孔，以手握臂，率計月小半分。欲謝事，求歸老之秩。本事詩李白戲杜甫曰：借問別來太瘦生，總為從前作詩苦。庾信愁賦云：攻許愁城終不破，盪許愁門終不開。

〔一〕內集卷五『是』作『自』。萬曆本詩後注：『「沈郎」一作「瘦郎」』。

乞姚花二首

歐公牡丹釋名曰：姚黃者，千葉黃花，出於民姚氏家。

正是風光嬾困時，姚黃開晚落應遲。老杜詩：春光嬾困倚微風。東坡梅詩曰：也知早落坐先開。此句反其意用之。欲雕好句乞春色，日曆如山不到詩。言方修史，未暇苦思雕刻詩語也。文選任彥昇作王文憲集序曰：豈直雕章縟采而已哉！唐貞元之末，朝廷政令著於日曆。國史職官志云：著作郎及著作佐郎掌修撰日曆〔一〕。凡宰執時政記、左右史起居注所書，會集修纂，以為一代之典。按實録章惇言：先帝日曆，始自熙寧二年正月，至三年終，係元祐中秘書省官孔武仲、黃庭堅、司馬康修纂。劉歆七畧曰：武帝廣獻書之路，百年之間，書積如丘山。

青春日月鳥飛過，汗簡文書山疊重。樂天詩：百年青天過鳥翼。下句意見前篇注。後漢吳祐傳注曰：殺青者，以火炙簡，令汗，取其青易書，復不蠹，謂之殺青，亦謂之汗簡。文選沈休文詩：山嶂遠重疊。笛賦曰：密櫛疊重。乞取好花天上看，宮衣黃帶御爐烘〔二〕。『天上』謂史局。李賀詩：宮衣水濺黃。賈至詩：衣冠身惹御爐香〔三〕。『烘』音呼公反，說文：燎也。

〔一〕『日暦』原無，據大全本及樹經堂本加。

〔二〕『烘』内集卷九作『風』。

〔三〕『惹』原作『染』，據樹經堂本及賈至早朝大明宫呈兩省僚友詩改。

效王仲至少監詠姚花用其韻四首

映日低風整復斜，緑玉眉心黄袖遮。古樂府王僧孺朱鷺曲曰：映日上金堤。又敕勒歌曰：風吹草低見牛羊。杜牧之詩云：整整復斜斜，隋旗簇晚沙〔一〕。庾信武媚娘詩云：眉心濃黛直點，額角輕黄細安。大梁城裏雖罕見，心知不是牛家花。『大梁』即汴京。歐公牡丹釋名曰：牛黄亦千葉，出於民牛氏家，比姚黄差小。史記吕不韋傳曰：子楚心知所謂。

九疑山中萼緑華，黄雲承韈到羊家。真筌虫蝕詩句斷，猶託餘情開此花。真誥曰：萼緑華降羊權家，云是九疑山得道女羅郁也。『黄雲』非本事，止以形容此花，如前詩『黄袖』、後詩『黄鵠』爾。文選謝靈運擬阮瑀詩曰：風悲黄雲起。李善注引淮南子曰：黄泉之埃，上為黄雲。

仙衣襞積駕黄鵠，草木無光一笑開。司馬相如上林賦曰〔二〕：鄭女曼姬，被阿緆〔三〕，揄紵縞，襞積褰縐，鬱橈谿谷。注謂：即今之裙襵。漢書烏孫公主歌曰：願為黄鵠兮歸故鄉。樂天長恨歌曰：回眸一笑百媚生，六宫粉黛無顔色。人間風日不可奈，故待成陰葉下來。『人間風日』見上注。杜牧之詩：緑葉成陰子滿枝〔四〕。

湯沐冰肌照春色，海牛壓簾風不開。後漢百官志：公主所食湯沐曰國縣。莊子曰：肌膚若冰雪。郭璞爾雅注曰：冰雪，脂膏也。長恨歌曰：春寒賜浴華清池，温泉水滑洗凝脂。杜牧之詩：金槃犀鎮帷。直言紅塵無路入，猶傍蜂須蝶翅來。蓋以戲仲至。老杜詩：花蘂上蜂須；又詩：塵沙傍蜂蠆。

〔一〕『隋』原作『隨』，據杜牧臺城曲改。

〔二〕『上林賦』，按引文實出子虛賦，然二賦在史記漢書中皆作一篇，至文選始分為二，故仍其舊。

〔三〕『緆』原作『錫』，據文選卷七子虛賦改。

〔四〕『枝』原作『林』，據大全本、樹經堂本改。按詩句出杜牧嘆花，一作悵詩，載清馮集梧注樊川詩集注樊川外集（上海古籍出版社一九七八年版），其本事見唐摭言。

寄杜家父二首

紅紫争春觸處開，九衢終日犢車雷。言看花者之多，車聲如雷。漢書雋不疑傳曰：有一男子乘黄犢車。司馬相如長門賦曰：雷隱隱而響起，聲象君之車音。閑情欲被春將去，鳥喚花驚只麽回。淵明有閑情賦。退之詩：鳥喚昏不醒。傳燈録永嘉證道歌曰：不可得中只麽得〔二〕。

風塵點汙青春面，自汲寒泉洗醉紅。徑欲題詩嫌浪許，杜郎覓句有新功。上兩句謂插花水中。老杜詩：畫圖省識春風面。又示宗武詩：覓句新知律。山谷答洪駒父書曰：想鈎深素隱，有日新之功。

〔一〕『得』字後原有『雲』，據大全本、樹經堂本及玄覺永嘉證道歌删。

王才元舍人許牡丹求詩

聞道潛溪千葉紫，主人不翦要題詩。欲搜佳句恐春老，試遣七言賒一枝。歐陽牡丹釋名曰：潛溪緋以地著；又云：左花千葉紫花，出民左氏家。末句言詩成倉卒，未足以當此花之價。李涉詩：冥搜得詩窟。

謝王舍人剪送狀元紅〔一〕狀元紅亦牡丹名。

清香拂袖剪來紅，似繞名園曉露叢。老杜詩：名園依緑水。欲作短章憑阿素，緩歌誇與落花風。王立之詩話曰：山谷與余詩云：欲作短歌憑阿素，丁寧誇與落花風。其後改『歌』字作『章』字，改『丁寧』字作『緩歌』字。按顔延之五君詠曰：頌酒雖短章，深衷自此見。樂府隋丁六娘十索詩曰：寄語落花風，莫吹花落盡。『阿素』謂王立之家小鬟素素也，已見上注。退之詩：清歌緩送感行人。

〔一〕『送』原無，據内集卷九補。

戲答陳季常寄黄州山中連理松枝二首

龍丘子陳慥季常本眉山人，家於黄州岐亭。

故人折松寄千里，想聽萬壑風泉音。老杜詩：萬壑樹聲滿，千崖秋氣高〔一〕。文選頭陁寺碑曰：崖谷共清，風泉相喚。誰言五鬣蒼煙面，猶作人間兒女心。酉陽雜俎曰：世言松五粒者，粒當言鬣，自有一種名鬣，皮如鱗甲而結實多，新羅多此種。史記吕公謂吕媪曰：非兒女所知。

老松連枝亦偶然，紅紫事退獨參天。退之詩：黄黄蕪菁花，桃李事已退。老杜古柏行曰：黛色參天二千尺。金沙灘頭鏁子骨，不妨隨俗暫嬋娟。傳燈録僧問風穴如何是佛，穴曰：『金沙灘頭馬郎婦。』世言觀音化身，未見所出。按續玄怪録：昔延州有婦人，頗有姿貌，少年子悉與之狎昵，數歲而歿，人共葬之道左。大曆中，有胡僧敬禮其墓，曰：『斯乃大慈悲喜捨，世俗之欲，無不徇焉，此即鎖骨菩薩，順緣已盡爾。』衆人開墓，以視其骨，鈎結皆如鏁狀，為起塔焉。馬郎婦事大率類此。

〔一〕『崖』原作『巖』，據樹經堂本及杜甫王閬州筵奉酬十一舅惜别之作詩改。

次韻子瞻送李豸

李豸字方叔，陽翟人，素為東坡所知。元祐三年，東坡知貢舉，得程文異之，謂必方叔，擢置第一。既開榜，非是，東坡悵然，作詩送方叔，有『與君相從非一日，筆勢翩翩疑可識』之句。

驥子墮地追風日，未試千里誰能識？東坡作王大年哀詞曰：驥墮地走，虎生而斑。崔豹古今注曰：秦始皇七馬，有追風、躡景。習之實録葬皇祖，斯文如女有正色。李翺字習之，作皇祖楚金實録，乞銘於韓退之，其文瑰奇，具見於集中。山谷引李氏事，以比方叔。法言曰：女有色，書亦有色乎？曰：『有。女惡華丹之亂窈窕也，書惡淫辭之淈法度也。』莊子曰：孰知天下之正色哉！今年持橐佐春官，遂失此人難塞責。漢書趙充國傳：張安世本持橐簪筆。唐書王勃傳：武后見駱賓王檄曰：『宰相安得失此人！』漢書公孫弘傳曰：終無以報德塞責。雖然一鬨有奇偶，博懸於投不在德。射利於市，得失有命，如六博之投，勝負偶然，初不豫人之賢否也。法言曰：一鬨之市，必立之平。漢書李廣傳：大將軍陰受上指，以為李廣數奇。注云：言命隻不耦合也。史記蔡澤曰：博者或欲大投，或欲分功。注引班固弈指云：博懸於投，不必在行。君看巨浸朝百川，此豈有意潢潦前。莊子曰：大浸稽天而不溺。書曰：江漢朝宗于海。退之詩：潢潦無根源，朝滿夕已除。老杜詩：此豈有意仍騰驤。願為霧豹懷文隱，莫愛風蟬蛻骨仙。言無以速化為事。列女傳陶答子妻曰：南山有玄豹，霧雨七日，不下食者，何也？欲以澤其毛衣而成其文章，故藏以遠害。選詩：蕭瑟含風蟬。夏侯湛東方朔畫贊曰：蟬蛻龍變，棄俗登仙。

次韻宋楙宗三月十四日到西池都人盛觀翰林公出遨

『翰林公』謂東坡。東坡詩中有和宋肇遊西池，即此韻。

金狨繫馬曉鶯邊，不比春江上水船。『金狨』謂狨毛金色。國朝禁從皆跨狨鞍。老杜詩曰：百丈誰家上水船？又按摭言：朱梁時姚洎為學士，一日梁祖問及裴延裕，曰：『頗知其人思敏。』洎曰：『向在翰林，號下水船。』梁祖曰：『卿便是上水船也。』洎甚慚。此詩頗用其意。人語車聲喧法曲，花光樓影倒晴天。唐書禮樂志：初，隋有法曲，其聲清而近雅，玄宗酷愛法曲，選坐部伎子弟三百，教於梨園。文選天台賦序曰：或倒影於重溟。李善注謂：山臨水而影倒。老杜渼陂臺詩曰：顛倒白閣影。宋子京詩：樓影壓池天。人間化鶴三千歲，海上看羊十九年。神仙傳：蘇仙公者，桂陽人，有數十白鶴降于門，遂昇雲漢而去。後有白鶴來止郡城東北樓上，人或挾彈彈之，鶴以爪攫樓板，似漆書云：『城郭是，人民非，三百甲子一來歸。吾是蘇君，彈我何為！』按洞仙傳，『仙公』即蘇耽，此引用，以言東坡蓋神仙中人。漢書蘇武傳：匈奴徙武北海上，武杖漢節牧羊，留匈奴凡十九歲〔一〕。此引用以言東坡黄州之謫。老杜詩：蘇武看羊陷賊庭。還作遨頭驚俗眼，風流文物屬蘇仙。蜀人喜游樂，謂成都帥為『遨頭』，此借用。東坡樂府云：身閑誰有酒？試問遨遊首。老杜詩：文采風流今尚存。左傳曰：文物以紀之。『蘇仙』見前注。今郴州之東有蘇仙山。

〔一〕『凡』原無，據樹經堂本及漢書蘇武傳加。

韓獻肅公挽詩三首

獻肅其先真定人，其祖魯公葬於許，父忠憲公始居太廟之通衢，事具李清臣所作韓太保墓表。

鬱鬱高陽里，生才世不孤。後漢書光武紀曰：氣佳哉，鬱鬱葱葱！又荀淑傳有八子，時人謂之八龍，苑康改其里曰高陽里，謂高陽氏有才子八人也。獻肅蓋忠憲公億之子，忠憲八子曰：綱、綜、絳、繹、維、縝、緯、紘，多為聞人，絳、縝皆為宰相〔一〕，維為門下侍郎。魯論曰：德不孤，必有鄰。晉書：轅門之德不孤。八龍歸月旦，三鳳繼天衢。『八龍』見首句注。後漢書許劭傳曰：與從兄靖共覈論鄉黨人物，每月輒更其品題，汝南俗有『月旦評』焉。『三鳳』謂絳、縝、維也。唐書薛收傳元敬收德音號河東三鳳。易曰：何天之衢亨。梁壞吾安仰？人亡道固臞。檀弓：子貢曰：『泰山其頹〔二〕，則吾將安仰；梁木其壞，哲人將萎〔三〕，則吾將安放！夫子殆將病也。』蓋寢疾七日而沒。下句謂老成云亡，後生無所師法，利欲戰於胸中，而道不勝，故如子夏之臞也。韓非子曰：子夏見曾子，曾子曰：『何肥也？』對曰：『戰勝，故肥也。吾入見先王之義則榮之〔四〕，出見富貴之樂又榮之，兩者戰於胸中，未知勝負，故臞。今先王之義勝，故肥。』空令湖海士，愁絶奠生芻。『湖海士』山谷自謂。魏志徐邈傳曰：陳元龍湖海之士，豪氣不除。後漢書徐穉傳：郭林宗母死，穉往弔之，置生芻一束於廬前而去。林宗曰：『詩不云乎，「生芻一束，其人如玉」。吾無德以堪之。』老杜詩：放歌頗愁絶。

物産元希世，風流更折衝。決疑京兆尹，富國大司農。文選魏都賦曰：山川之卓詭，物産之魁殊。靈光殿賦曰：邈希世而特出。『折衝』見上注。漢書：雋不疑為京兆尹，有一男子自謂衛太子。不疑曰：『昔蒯聵違命出奔，輒拒而不納，春秋是之。衛太子得罪先帝，此罪人也。』遂送詔獄。獻肅英宗朝權知開封府，浹日除三司使。按范純仁所作公墓誌云：公任開封府推官，有男子冷清自稱皇太子，言其母常得幸掖庭，有娠，出而生清。都人聚觀洶洶，吏收捕不敢急，一府驚疑，莫知所決，清竟止流近郡。公上疏引方遂詐稱戾太子事，論奏甚切。天子遣中使獨以問公，追清伏誅。**遠業終三事，仁聲達九宗。** 後漢書伏湛等贊曰：中興以後，台相以任職取名者〔五〕，豈非先遠業後小數哉？『三事』謂三公。詩曰：三事大夫。獻肅哲宗即位，檢校太傅，進封康國公。『仁聲』見孟子。左傳曰：懷姓九宗。注云：懷姓，唐之餘民。九宗，一姓為九族。太玄經：聚首亦曰九宗之好。此引用，蓋取莊子『澤及三族』之意。又按拾遺記，漢王溥積粟十庾，九族宗親皆仰其衣食。**方祈酌周斗，何意輟秦春！** 行葦詩：酌以大斗，以祈黃耇。史記商鞅傳趙良曰：五羖大夫死，秦國春者不相杵。選詩任昉哭范雲曰：輟春哀國鈞。後漢書景丹傳曰：何意二郡良為吾來〔六〕？

淚盡才難日，斯人遽隕傾。冰枝憂木稼，食昴恨長庚。 漢書五行志：春秋成公十六年雨木冰。或曰：今之長老名木冰，為『木介』。舊唐書寧王卧疾，引諺語曰：『「木稼達官怕。」必大臣當之，吾其死矣！』已而果然。春秋佐助期曰〔七〕：蕭何稟昴星而生。漢書鄒陽傳曰：衛先生為趙畫長平之事，太白食昴 韓魏公將薨，京師木稼，陝西道中山崩，覆居民數十家，今於上有翻山大王祠是也。故荊公作魏公挽詩有曰：『木稼惟聞達官怕，山頹果見哲人萎。』最為絕唱。今公詩亦曰：『冰枝憂木稼』，同記此事也。惟『梁壞吾安仰』，亦必有記，特人不知耳。**名與具茨重，心如潁水清。** 具茨山及潁水皆在今許州。『具茨』見上注。太白郎官湖詩曰：風流若未減，名與此山俱。漢書灌夫傳曰：潁水清，灌氏寧。又鄭崇傳曰：臣心如水。**堂堂萬夫表，直作閉佳城。** 並見上注。老杜詩：直作鳥窺籠。

〔一〕『宰相』原作『丞相』，據大全本及樹經堂本改。

〔二〕『泰山』原作『太山』，據樹經堂本及禮記檀弓上改。

〔三〕『將萎』原作『其萎』，據禮記檀弓上改。

〔四〕『先王』原作『先生』，據元大全本及韓非子喻老改。下同。

〔五〕『台』原作『名』，據後漢書伏侯宋蔡馮趙牟韋列傳改。

〔六〕『二』原作『三』，據大全本、樹經堂本及後漢書景丹傳改。

〔七〕『助』原作『命』，據太平御覽卷五所引改。按任注即出御覽所引春秋佐助期。史記蕭相國世家索隱引春秋緯語相類。

次韻子瞻以紅帶寄王宣義〔一〕

王淮奇字慶源，眉之青神人，東坡叔丈人也，晚以累舉恩得官。

參軍但有四立壁，初無臨江千木奴。『四壁』見上注。襄陽記：李衡於武陵龍陽洲上種橘千樹〔二〕，臨死敕兒曰：『吾州里有千頭木奴，不責汝衣食，歲上一匹絹，亦足用矣。』白頭不是折腰具，桐帽棕鞵稱老夫。老杜詩：黃帽映青袍，非供折腰具。郭若虛圖畫見聞誌曰：隋朝用桐木黑漆為巾子，裹於幞頭之內。曲禮曰：大夫七十而致仕，若不得謝，適四方乘安車，自稱曰『老夫』。嘗見山谷答蜀人楊明叔簡云：桐帽本蜀人作，以桐木作而漆之，如今之帽，三十年前猶見之。棕鞵本出蜀中，今南方叢林亦作。蓋野夫黃冠之意。明叔寫此詩質於山谷，故其言云爾。

按蘇叔黨所作王元直墓表云：季父慶源官於雅州，以論事不合，取官長怒，憂以罪去，謀於公，公笑曰：古人不肯束帶見督郵，彼何人哉！慶源服其語，即謝病去。滄江鷗鷺野心性，陰壑虎豹雄牙須。言山林之遂性，不受制於人也。文選任彥昇詩：滄江路窮此。老杜詩：盤渦鷺浴底心性。又詩云：陰壑生虛籟，月林散清影。退之詩：又嘗疑龍蝦，果誰雄牙鬚。鸘鷞作裘初服在，猩血染帶鄰翁無。西京雜記：司馬相如以鸘鷞裘貰酒。說文云：鸘鷞，西方神鳥。離騷曰：進不入以離尤兮，退將復修吾初服。唐文粹裴炎猩猩說云：刺其血，染毳罽，隨鞭箠輸之，至於一斗。其説出於華陽國志。**昨來杜鵑勸歸去，更待把酒聽提壺〔三〕。**梅聖俞四禽言子規云：不如歸去，春山云暮，萬木兮參雲，蜀天兮何處？人言有翼可歸飛，安用空啼向高樹。又提壺云：提壺蘆，沽美酒，風為賓，樹為友。山花撩亂目前開，勸爾今朝千萬壽！**當今人材不乏使，天上二老須人扶。**時文潞公、呂中公皆以大老平章軍國重事。左傳曰：日君乏使，使臣斯司馬。老杜詩云：此生已愧須人扶。韓弘碑〔四〕：進見上殿，拜跪給扶。**兒無飽飯尚勤書，婦無複褌且着襦。**退之詩云：詩書勤乃有。世說韓康以絹與范宣云：人寧可使婦無褌？晉書韓伯傳：伯數歲，母為作襦，令捉熨斗而謂之曰：『且着襦，尋當作複褌。』伯曰：『不復須。火在斗中而柄尚熱，今既着襦，下亦當暖。』**社甕可漉溪可漁，更問黃雞肥與癯。**杜牧之詩：社甕爾來嘗。昭明太子陶淵明傳曰：取頭上葛巾漉酒。太白詩：白酒初熟山中歸，黃雞啄黍秋正肥。**林間醉着人伐木，猶夢官下聞追呼。**聞伐木喧譟之聲，猶以為追呼也。唐人詩云：漁翁醉着無人喚。史記郅都傳曰：身固當奉職死節官下。**萬釘圍腰莫愛渠，富貴安能潤黃壚！**隋書楊素傳：賜萬釘寶帶。列子曰：死後餘名，豈足潤枯骨？淮南子曰：上際九天，下契黃壚。高誘注云：泉下有壚山。

〔一〕內集卷四題作『次韻子瞻寄眉山王宣義』。

〔二〕『橘』大全本及樹經堂本作『甘』。按三國志卷四十八吳書孫休傳引襄陽記作『種甘橘千株』。

〔三〕『更待』內集作『更得』。

〔四〕『弘』原作『洪』，據昌黎先生集卷三十二許國公神道碑銘改。

聽宋宗儒摘阮歌

唐書元行沖傳：有人破古冢，得銅器似琵琶，身正圓。行沖曰：「此阮咸所作器也。」命易以木，弦之，其聲清亮。樂家遂謂之阮咸。

翰林尚書宋公子，文采風流今尚爾。「翰林尚書」當是宋景文公。老杜丹青引曰：文采風流今尚存。自疑耆域是前身，囊中探丸起人死（一）。高僧傳：耆域，天竺人，周流華竺，靡有常所，神奇任性，迹行不常。汝南滕永文兩脚攣屈，不能起行，域取淨水一杯，楊柳一枝，拂水舉手向永文而呪，如此者三，因以手搦永文膝，令起，即行如故。老杜詩：囊中藥未陳。餘見上注。貌如千歲枯松枝，落魄酒中無定止。盧仝與馬異詩曰：此骨縱横奇又奇，千歲萬歲枯松枝。樂天詩曰：貌將松共瘦，心與竹俱空。漢書酈食其傳：家貧落魄，無衣食業。得錢百萬送酒家，一笑不問今餘幾。昭明太子作陶淵明傳曰：顏延之留二萬錢與淵明，淵明悉遣送酒家，稍就取酒。漢書疏廣傳：問其家金餘尚有幾所，趣賣以共具。手揮琵琶送飛鴻，促絃聒醉驚客起。嵇康詩曰：目送歸鴻，手揮五弦。寒蟲催織月籠秋，獨鴈叫群天拍水。此以下四韻，皆形容曲聲。爾雅『蟋蟀』『蛬』注云：今促織也。杜牧之詩曰：煙籠寒水月籠沙。退之詩：一一叫群猿。又云：海氣昏昏水拍天。楚國羇臣放十年，漢宮佳人嫁千里。史記屈原傳曰：令尹子蘭短屈原，頃襄王怒而遷之。楚辭大招序曰：屈原放流九年。漢書匈奴傳：元帝以後宮良家子王嬙字昭君賜單于。按琴曲有沉湘及昭君云。深閨洞房語恩怨，紫燕黃鸝韻桃李。文選江文通別賦云：慚幽閨之琴瑟。楚辭曰：姱容修態亘洞房。退之聽穎師琴詩：昵昵兒女語，恩怨相爾汝。樂天琵琶引曰：間關鶯語花底滑，幽咽泉流冰下難（二）。楚狂行歌驚市人，漁父挐舟在葭葦。魯論曰：楚狂接輿歌而過孔子。莊子曰：漁父杖挐而引其船。又曰：刺船而去，延緣葦間。孔子待水波定，不聞挐音而後敢乘。問君枯木著朱繩，何能道人意中事？樂天琵琶引曰：低眉信手續續彈，說盡心中無限事。後漢禰衡傳黃祖曰：處士此正得祖意，如祖腹中之所欲言也。君言此物傳數姓，玄璧庚庚有橫理。文選劉越石詩：握中有玄璧，乃自荊山璆。『橫理』謂若琴之斷文。漢書文帝紀曰：代王卜之，兆得大橫。占曰：『大橫庚庚，予為天王。』注云：庚庚，橫貌。閉門三月傳國工，身今親見阮仲容。周禮考工記輪人曰：可規可萬，謂之國工。注云：國之名工。此借用，謂傳於教坊樂工也。晉書：阮咸字仲容。我有江南一丘壑，安得與君醉其中，曲肱聽君寫松風！〔三〕『一丘壑』見上注。按琴曲有風入松。

〔一〕內集卷四『人』字下有小字注：『一作「九」』。

〔二〕『難』元大全本及樹經堂本作『灘』。

〔三〕萬曆本詩後注：『「琵琶」一作「阮咸」。』

自門下後省歸臥酺池寺觀盧鴻草堂圖

元豐八年以門下、中書、外省為後省。唐書隱逸傳：盧鴻字顥然，廬嵩山，玄宗備禮徵之，辭還山，賜隱居服，官營草堂。

黃塵逆帽馬辟易，歸來下簾臥書空。不知綉鞍萬人立，何如盧郎駕飛鴻？『逆』謂迎也。漢書項籍傳曰：人馬俱驚，辟易數里。注云：開張而易其本處。王吉傳敘曰：嚴君平得百錢，足自養，則閉肆下簾而授老子。晉書殷浩傳：雖被放黜，口無怨言，但終日書空，作『咄咄怪事』四字而已。談苑曰：宰相、使相賜綉寶相花韉，參政、副樞繡盤鳳雜花韉。文選陸士衡詩曰：思駕歸鴻羽。郭璞游仙詩曰：赤松臨上游，駕鴻乘紫煙。

題子瞻寺壁小山枯木〔一〕

張方回家本云題子瞻酺池寺予書齋旁畫木石壁兩首。

爛腸五斗對獄吏，白髮千丈濯滄浪。金樓子殷洪遠云：周旦腹中有三斗爛腸。此云『五斗』，未詳，或字誤耳。漢書周勃傳曰：安知獄吏之貴？『對獄吏』謂東坡元豐間下御史臺獄。太白詩：白髮三千丈，緣愁似個長。『濯滄浪』見上注，謂謫黃州時。却來獻納雲臺表，小山桂枝不相忘。文選謝玄暉詩：獻納雲臺表，功名良可收。李善注引後漢書：肅宗詔賈逵入講尚書南宮雲臺。楚辭淮南王劉安有招隱士序曰：淮南小山之所作也。其詞曰：攀援桂枝兮聊淹留。

又

海内文章非畫師，能回筆力作枯枝。豫章從小有梁棟，也似鄭公雙鬢絲。老杜詩：海内文章伯。又詩：溟漲與筆力。唐書閻立本傳：閣外傳呼畫師閻立本。文選曹顏遠詩曰：棲鳥去枯枝。南史王儉傳：袁粲見之曰：『栝柏豫章，雖小已有棟梁氣矣。』老杜贈鄭虔詩：鄭公樗散鬢成絲，酒後猶稱老畫師。詩意謂東坡豫章梁棟之材，亦效鄭公樗櫟之散木，游戲於小筆也。

〔一〕第一首内集載卷五，作古詩，第二首載卷九，題作『子瞻寺壁作小山枯木』，作律詩。

題子瞻枯木

折衝儒墨陣堂堂，書入顔楊鴻鴈行。『折衝』見上注。荀子禮論曰：儒者使人兩得之也。墨者使人兩喪之也：是儒墨之分也。孫子曰：勿擊堂堂之陣。『顔』謂魯公，『楊』謂凝式。晉書王羲之傳：自稱『我書比鍾繇當抗行，比張芝草猶當鴈行也』。第一句原作『文章日月與争光』，後改焉。胸中原自有丘壑，故作老木蟠風霜。此兩句原作『筆端放浪有江海，臨深枯木飽風霜』。晉書謝鯤傳曰：或問：『論者以君方庾亮何如？』答曰：『端委廟堂，使百僚準則，鯤不如亮；一丘一壑，自謂過之。』漢書鄒陽傳曰：蟠木根柢，輪囷離奇。世説注引支氏逍遥論曰：至人乘天正而高興，遊無窮於放浪。

和子瞻戲書伯時畫好頭赤〔一〕

李侯畫骨不畫肉〔二〕，筆下馬生如破竹。老杜丹青引曰：幹惟畫肉不畫骨。此反而用之。『破竹』言其神速。晉書杜預傳曰：今兵威已振，譬如破竹，數節之後，皆迎刃而解。秦駒雖入天仗圖〔三〕，猶恐真龍在空谷。『立仗馬』見上注。岑參詩云：曉隨天仗入，暮惹御香歸。老杜丹青引云：斯須九重真龍出，一洗萬古凡馬空。白駒詩曰：皎皎白駒，在彼空谷。精神權奇汗溝赤，有頭赤烏能逐日〔四〕。後漢馬援傳注：銅馬相法曰：汗溝欲深長。前漢書渥洼馬歌曰：霑赤汗，沫流赭，志俶儻，精權奇。薛綜赤烏頌曰：赫赫赤烏，惟日之精。此借用，言馬頭赤如日中烏，故能逐日也。王子年拾遺記曰：周穆王八駿，四名越影，逐日而行。東坡詩序言：御馬好頭赤。安得身為漢都護，三十六城看歷歷。後漢西域傳曰：武帝時，西域内屬，有三十六國，漢置使者校尉領護之，宣帝改曰都護。退之詩：歷歷想行店。『歷』字韻東坡：莫教優孟卜葬地，厚衣薪櫁入銅歷〔五〕；黃門：黃金絡頭依圉人，俛聽北風懷所歷。山谷詩又如此，興寄各異而奇。

〔一〕内集卷三題作『次韻子瞻詠好頭赤圖』。

〔二〕内集作『李侯畫骨亦畫肉』。

〔三〕『仗』内集作『馬』。

〔四〕『有頭』内集作『自有』。

〔五〕『薪櫁』原作『薪樵』，據樹經堂本及蘇軾戲書李伯時畫御馬好頭赤詩改。

詠伯時畫太初所獲大宛虎脊天馬圖〔一〕

漢書禮樂志天馬歌曰：天馬徠，出泉水，虎脊兩，化若鬼。

筆端那有此，千里在胸中。四蹄雷電去〔二〕，一顧馬群空。老杜畫馬贊曰：四蹄雷電，一日天地。崔豹古今注曰：秦始皇有馬名追電。退之送温造序曰：伯樂一過冀北之野，而馬群遂空。誰能乘此物，超俗駕長風？世説注：魏氏春秋曰：『時謂王戎未能超俗也。』南史宗慤曰：願乘長風破萬里浪。逸材歸轡勒，歲在執徐同。漢武帝太初三年，貳師將軍李廣利伐宛，得其善馬；四年春，還京師。按是歲庚辰。爾雅：歲在辰曰執徐，故天馬歌云：天馬徠，執徐時。伯時畫此馬，蓋在元祐三年戊辰。

〔一〕內集卷三題作『詠伯時虎脊天馬圖』。

〔二〕『雷電』內集作『雷雹』。

詠伯時畫馮奉世所獲大宛象龍圖〔一〕

上黨良家子，挽强如屈肘。三十學春秋〔二〕，豈為莎車首？漢書：馮奉世，上黨良家子，選為郎，年三十餘，學春秋。本始中，擊莎車，莎車王自殺，傳其首長安，得其名馬象龍而還。周勃傳注曰：如今挽强司馬。左傳『戟手』注曰：屈肘如戟形。誰言馮光禄，不如甘延壽？雖無千户封，宣帝議封奉世，蕭望之獨以其矯制違命不宜受封，上以奉世為光禄大夫。奉世死後，甘延壽以誅郅支單于封為列侯，於是杜欽上疏，追訟奉世前功，上以先帝時事不復録。漢志渥洼馬歌曰：今安匹，龍為友。乃得六龍友。易乾卦曰：時乘六龍，以御天也。

〔一〕內集卷三題作『詠伯時象龍圖』。

〔二〕『學』內集作『讀』。

題竹石牧牛 并引

子瞻畫叢竹怪石，伯時增前坡牧兒騎牛，甚有意態，戲詠。

野次小崢嶸，幽篁相倚緑。阿童三尺箠，御此老觳觫。楚辭曰：余處幽篁兮。晉書羊祜傳：阿童復阿童。此借用。莊子曰：一尺之捶，日取其半，萬世不竭。『觳觫』見孟子。石吾甚愛之，勿遣牛礪角。牛礪角尚可，牛鬬殘我竹！左傳子皮曰：愿吾愛之，不吾叛也。此用其語律。退之石鼓歌曰：牧童敲火牛礪角。唐人李涉詩云：無奈牧童何，放牛喫我竹。

題伯時天育驃騎圖二首 老杜有天育驃騎歌，天育，唐廄名也。

玉花照夜今無種，櫪上追風亦不傳。明皇別傳曰：上乘照夜白、玉花驄。老杜丹青引曰：先帝天馬玉花驄，畫工如山貌不同。又觀畫馬圖引曰：曾貌先帝照夜白。又徒步歸行曰：須公櫪上追風驃。想見真龍如此筆，蒺藜沙晚草迷川。丹青引曰：斯須九重真龍出，一洗萬古凡馬空。末句歎此物埋没於沙草荒凉之地。蒺藜蓋同州沙苑監所出，本草所謂『生馮翊平澤或道傍』，馮翊即今同州。老杜詩：沙晚鶺鴒寒。

明窗槃礴萬物表，寫出人間真乘黃。邂逅今身猶姓李，可非前世江都王？『畫史槃礴』見上注。老杜觀畫馬圖引曰：國初已來畫鞍馬，神妙獨數江都王，將軍得名三十載，人間又見真乘黃。按名畫記，江都王緒，霍王元軌之子。伯時與王皆李姓。王維詩曰：夙世謬詞客，前生應畫師。

姨母李夫人墨竹二首

米芾畫史云：朝議大夫王之才妻，南昌縣君李氏，尚書公擇之妹，能臨松竹木石等畫，見本即為之，卒難辨。山谷，蓋公擇甥也。

深閨靜几試筆墨，白頭腕中百斛力。老杜詩：三尺角弓兩斛力。榮榮枯枯皆本色，懸之高堂風動壁。文選魏都賦曰：英辯榮枯。又顏延年詩：俛仰見榮枯。唐書柳仲郢傳曰：醫有本色官。老杜山水圖歌曰：挂君高堂之素壁。張彥遠畫記言：僧宗偃畫樹石，曰：『重質隱地，清飈滿堂。』此言『風動壁』亦兼用李益竹窗聞風詩『開門風動竹』之意。文選阮嗣宗詩：回風吹四壁。

小竹扶疏大竹枯，筆端真有造化鑪。漢書司馬相如賦曰：垂條扶疏。後漢五行志桓帝初童謡曰：小麥青青大麥枯。此用其語律。韓詩外傳曰：避文士之筆端。老杜詩：勝決風塵際，功安造化鑪。按莊子曰：今一以天地為大鑪，造化為大冶。人間俗氣一點無，健婦果勝大丈夫。退之王仲舒墓誌曰：公所為文章無世俗氣。僧貫休東林寺詩曰：田地更無塵一點。古樂府隴西行曰：健婦持門户，勝一大丈夫。老杜詩：縱有健婦把鋤犂。

次韻子瞻子由題憩寂圖二首〔一〕 任氏舊注元無此詩，但存其目爾。今以楊氏補注增入。

松含風雨石骨瘦，法窟寂寥僧定時。楊曰：圓覺經曰：深禪定窟。李侯有句不肯吐，淡墨寫出無聲詩。補注：詩意謂伯時寄詩於畫，用東坡『韓幹丹青不語詩』之意。

龍眠不似虎頭癡，補注：伯時自號龍眠居士。顧愷之小字虎頭，時稱『癡絶』。東坡詩：誰知癡虎頭。楊曰：山谷題伯時憩寂圖云：或言子瞻目伯時為前身畫師，流俗人不領，便是語病。伯時一丘一壑，不減古人，誰當作此癡？計子瞻此語是真相知。筆妙天機可並時。楊曰：杜詩：劉侯天機精，愛畫入骨髓。按王維畫思入神，至山水平遠，雲勢石色，繪工以為天機所到，學者不及。補注：吴沈友善屬文，有口辯，兼武事，時言其筆之妙，舌之妙。力之妙。蘇仙漱墨作蒼石，應解種花開此詩。補注。借用仙傳蘇仙翁字，以言東坡。

〔一〕此詩大全本及樹經堂本無。

山谷詩集注卷第十

次韻答曹子方雜言〔一〕

酺池寺，湯餅一齋盂，曲肱懶著書。寰宇記曰：酺池在開封府浚儀縣西北古大梁城内，梁孝王作。按浚儀後更名祥符。束皙餅賦曰：充虚解戰，湯餅為最。時山谷持戒律甚嚴，故有「齋盂」之句。「曲肱」用邊韶晝眠意。史記虞卿傳曰：非窮愁，亦不能著書。論語：飯蔬食，飲水，曲肱而枕之，樂亦在其中矣。騎馬天津看逝水，滿船風月憶江湖。按東京記，崇濟坊西有天漢橋，橋南朱雀門與宣德門相直。此詩云「天津」，蓋唐之洛都有天津橋，因借用爾。傳燈録船子和尚詩云：滿船空載月明歸。往時盡醉冷卿酒，侍兒琵琶春風手。「冷卿」如因話録以祠部為「冰廳」，老杜以廣文為「冷官」之類。以下句考之，謂光禄卿也。按實録，元祐三年十月，文及為光禄少卿，及蓋潞公之子，此詩所指，豈其人耶？漢書爰盎傳注曰：侍兒，婢也。王介甫明妃曲曰：黄金捍撥春風手。豫章外集又有和子方雜言，亦及此事，或云冷姓也。竹間一夜鳥聲春，明朝醉起雪塞門。「鳥聲春」謂琵琶啄木聲也。録異傳曰：大雪丈餘，洛陽令至袁安門，無有行路。退之詩：藍田十月雪塞關。當年聞説冷卿客，黄鬚鄴下曹將軍。魏志：任城威王彰，太祖之子，大破烏丸，歸功諸將，太祖喜，持彰鬚曰：『黄鬚兒竟大奇也〔二〕。』老杜有觀曹將軍畫馬圖引，此借用。曹植居鄴下，一時從其游者，名鄴下之學。

挽弓石八不好武，讀書卧看三峰雲。唐書張弘靖傳：士挽兩石弓。左傳：顔高之弓六鈞。注云：六鈞百八十斤。老杜詩：挽弓當挽强。又詩：將軍不好武，稚子總能文。蘇子美詩：卧看青天行白雲。華山記云：其三峰直上，晴霽可覩〔三〕。

誰憐相逢十載後，釜裏生魚甑生塵。退之詩：樽酒相逢十載後，我為壯夫君白首。後漢書：范丹字史雲，為萊蕪長，所止單陋，有時絶粒，窮居自若。閭里歌之曰：『甑中生塵范史雲，釜中生魚范萊蕪。』

冷卿白首太官寺，樽前不復如花人。按通典，太官掌百官之饌，屬光禄卿。太白詩：金屏笑坐如花人。

曹將軍，江湖之上可相忘，舂鋤對立鴛鴦雙，無機與游不亂行。何時解纓濯滄浪？莊子曰：魚相忘於江湖。爾雅曰：鷺，舂鋤。文選江淹擬張綽詩曰：亹亹玄思清，胸中去機巧，物我俱忘懷，可以狎鷗鳥。蓋用列子事。莊子山木篇曰：孔子逃於大澤，入獸不亂群，入鳥不亂行。『濯纓』見上注。

喚取張侯來平章，烹茶煮餅坐僧房。『張侯』似是張仲謀，言欲與之共往僧房商略歸計也。按外集有送曹子方兼簡張仲謀詩。唐書郭正一傳曰：平章事自正一等始。此借用其字。老杜詩：隨意宿僧房。

〔一〕內集卷三此詩題下注『輔』，蓋曹子方名。

〔二〕『大』原作『太』，據大全本、樹經堂本及三國志魏書任城王傳改。

〔三〕『覩』樹經堂本作『觀』。

次韻子瞻和王子立風雨敗書屋有感

王適字子立，蘇子由婿，從其婦翁學。

婦翁不可撾，王郎非嬌客。後漢第五倫傳光武戲謂倫曰：聞君為吏篣婦公(一)，寧有之耶？魏志武帝紀令曰：第五伯魚三娶孤女，謂之撾婦翁。按今俗間以婿為嬌客。十年為從學，苦淡共堙厄。漢書叔孫通傳曰：呂后與陛下攻苦食淡。左傳曰：困窮堙厄。燕雀嗤鴻漸，犬羊睨麟獲。此以下指子由。漢書陳勝傳曰：燕雀安知鴻鵠之志！易曰：鴻漸于木。春秋：哀公十四年，西狩獲麟。遇逢涇渭分，昨夢春冰釋(二)。『涇渭』『春冰』並見上注。東坡亦有此詩，『釋』字韻云：我琴終不絃，無攫故無釋。各極其妙也。平生五車書，才吐二三策。莊子曰：惠施多方，其書五車。『二三策』見孟子。已作謗薰天，金朱果何益？子由在臺諫數論事，不為當世所喜。老杜詩：北里富薰天。按揚雄甘泉賦曰：燎薰皇天。此借用其字。法言曰：紆朱懷金之樂，不如顏氏子之樂。君窮一窗下，風雨更削跡。此以下述子立。莊子山木篇孔子曰：吾再逐於魯，伐木於宋，削跡於衛。又見盜跖篇。詩工知學進，詞苦見意迫。庾信哀江南賦序曰：不無危苦之詞，惟以悲哀為主。俗情傲秦贅，婦舍不暖席。漢書賈誼傳曰：秦人家貧，子壯則出贅。老杜詩：倚著如秦贅。淮南子曰：墨突不暇黔，孔席不及暖。南冶從東家，不聞被嘲劇。魯論：南容三復『白圭』，孔子以其兄之子妻之。又曰：子謂公冶長可妻也，以其子妻之。『東家』見上注。蜀都賦曰：劇談戲論。南史謝靈運傳：輕薄少年，凡人士並為題目，皆加苦言劇句。師儒並世難，日月過箭疾。周禮天官曰：師以賢得民，儒以道得民。史記仲尼弟子列傳曰：孔子數稱臧文仲、柳下惠(三)，然皆後之，不並世。樂天詩：年光同激箭。老杜詩：破敵過箭疾。公今未有田，把筆耕六籍。後漢班超傳注曰：安能久事筆耕乎！

〔一〕『公』原作『翁』，據大全本、樹經堂本及後漢書第五倫傳改。

〔二〕『昨』內集卷四作『瞼』。

〔三〕『臧』原作『藏』，據元大全本改。

嘲小德

中年舉兒子，漫種老生涯。晉書王羲之傳謝安曰：中年以來，傷於哀樂。史記孟嘗君傳曰：君所以不舉五月子者何？莊子曰：吾生也有涯。學語囀春鳥，塗窗行暮鴉。一作：學語春蟲聒，書窗秋鴈斜。老杜詩：驥子好男兒，前年學語時。樂府柳顧言陽春歌曰：春鳥一囀有千聲。按周禮：羅氏仲春羅春鳥。劉禹錫詩：小兒弄筆不能嗔，涴壁書窗且賞勤。盧仝示添丁云：忽來案上翻墨汁，塗抹詩書如老鴉。『行』音胡剛反。欲嗔王母惜，稍慧女兄誇。爾雅：父之妣為王母。時山谷母夫人無恙。解著潛夫論，不妨無外家。一作：待渠能小艇，伴我釣煙沙。後漢王符傳曰：安定俗鄙庶孽，而符無外家，為鄉人所賤，隱居著書以譏當世失得，不欲章顯其名，故號曰潛夫論。

戲答張秘監饋羊

細肋柔毛飽卧沙，煩公遣騎送寒家。同州沙苑監有佳羊，俗謂之「細肋卧沙」。曲禮羊曰柔毛。老杜詩：大官喜我來，遣騎問所須。文選魏文帝書曰：今遣騎到鄴。世說王經母曰：汝本寒家子。

忍令無罪充庖宰，留與兒童駕小車。孟子曰：若無罪而就死地，則牛羊何擇焉？韓孟鬪雞聯句曰：義肉恥庖宰。晉書衛玠傳：總角乘羊車入市，見者以為玉人。漢書車千秋傳：朝見得乘小車。法華經火宅喻〔二〕：長者語其子：有鹿車、羊車、大白牛車。

〔二〕『法華經火宅喻』云云『火宅喻』當為『譬喻品』，所引出妙法蓮華經卷二譬喻品，文中以『火宅』為喻，父設方便，令諸子出離此宅，故云：『如此種種羊車、鹿車、牛車，今在門外，可以游戲。汝等于此火宅，宜速出來，隨汝所欲，皆當予汝。』

戲答王定國題門兩絶句

非復三五少年日，把酒償春頰生紅。摭言薛逢語新進士曰：老婆三五少年時，也曾東塗西抹來。退之嘲少年曰：直把春償酒，都將命乞花。又華山女云：白咽紅頰長眉青。

白鷗入羣頗相委，不謂驚起來賓鴻。莊子曰：入獸不亂羣。『委』謂諳識也。世說司馬徽：人有委認徽猪者。退之與柳中丞書亦曰：與賊不相諳委。禮記月令：季秋，鴻鴈來賓。此句當是山谷往見定國不遇，而姬妾有避之者，來鴻或是其名字。

頗知歌舞無竅鑿，我心塊然如帝江。山海經曰：天山有神，狀如黃囊，赤如丹火，六足四翼，渾沌無面目，是識歌舞，實惟帝江。或作『鴻江』也。莊子曰：日鑿一竅，而渾沌死。又曰：彫琢復樸，塊然獨以其形立。花裏雄蜂雌蛺蝶，同時本自不作雙。李義山柳枝詞曰：花房與蜜脾，蜂雄蛺蝶雌。同時不同類，那復更相思！老杜詩：並蒂芙蓉本自雙。此反其意。『不作雙』見上注。

清人怨戲效徐庾慢體三首

秋水無言度，荷花稱意紅。選詩曰：涉江采芙蓉。王介甫詩：荷花稱意紅。按漢書倪寬傳：奏事稱意。主人敬愛客，催喚出房籠。選詩云：公子敬愛客，終宴不知疲。老杜詩：遣人向市賒香粳，喚婦出房親自饌。梁元帝巫山詩：無因謝神女，一為出房籠。一斛明珠曲，何時落塞鴻？『一斛明珠』見上注〔一〕。禮記曰：歌者纍纍乎端如貫珠。鮑照京洛篇：霜歌落塞鴻。莫藏春笋手〔二〕，且為剝蓮蓬〔三〕。杜牧之微吟曰：骰子逡巡裏手拈〔四〕，無因得見玉纖纖。東坡樂府曰：指尖露春笋纖長。

翡翠釵梁碧，石榴裙褶紅。庾信蕩子賦：珮珠翠的，釵梁粟鈿。樂府黃門歌曰：點黛方初月，縫裙學石榴。隙光斜斗帳，香字冷薰籠。樂府魏收永世樂曰：綺窗斜影入，上客酒須添。又吴融秋閨怨曰：斜光影西壁〔五〕，暮雀上南枝。又長樂佳曰：紅羅複斗帳，四角垂明璫。『香』字謂香篆。『薰籠』見上注。王建宮詞曰：紅顔未老恩光斷，斜倚薰籠坐到明。

聞道西飛燕，將隨北固鴻。古樂府曰：東飛伯勞西飛燕，黄姑阿母時相見。江總歌：南飛烏鵲北飛鴻，弄玉蘭香時會同。按寰宇記：北固山在潤州丹徒縣北，此云『北固鴻』未詳，恐字誤。今按月令『鴈北鄉』，『鄉』與『向』通，恐當作『北向鴻』，『固』蓋『向』字之誤〔六〕。

鴛鴦會獨宿，風雨打船篷。終上句之意。東山詩：敦彼獨宿。老杜詩：雨來霑席上，風急打船頭。杜牧之詩：春半平江雨，圓多破蜀羅，聲眠篷底客，寒過釣來蓑〔七〕。老杜詩：合歡尚知時，鴛鴦不獨宿。

障羞羅袂薄，承汗領巾紅。南史劉瑀傳曰：羞面見人，扇障何益？玉臺新詠雜詩曰：舉袖且障羞，回梳理亂髪。文選洛神賦曰：抗羅袂以掩涕。方言曰：帍裱謂之被巾。注云：婦人領巾。帍，乎古反〔八〕。退之詩：白布長衫紫領巾。

晚風斜蠆髪，逸艷照窗籠。都人士詩曰：卷髪如蠆。注云：蠆，螫虫也，尾末捷然似婦人髪末曲上卷然。文選鮑照詩：蛾眉蔽珠櫳，玉鉤隔瑣窗。

胡琴抱明月，寶瑟陣歸鴻。劉禹錫泰娘歌曰：低鬟緩視抱明月，纖指破撥生胡風。言其善琵琶也。此借用。文選沈休文詩曰：象筵鳴寶瑟。劉禹錫傷秦姝行言其善箏曰：玫瑰寶柱秋鴈行。按瑟亦有柱，文子所謂『膠柱調瑟』是也〔九〕。

倚壁生蛛網，年光如轉蓬。言琴瑟久不御也。文選江淹擬張司空詩曰：蘭徑少行迹，玉臺生網絲。淮南子曰：聖人觀轉蓬而為車。此借用，以言年運而往，如車轂之轉，傷美人之遲暮也。

〔一〕『明』字原無，據樹經堂本加。

〔二〕『莫藏』内集卷九作『試煩』。

〔三〕內集「且為」作「聊為」，句末有小字注：「一作『撥萍蓬』。」

〔四〕「逡巡」原作「巡巡」，據樹經堂本改。

〔五〕「影」原作「隱」，據樹經堂本改。

〔六〕按：此段注文據樹經堂本補入。

〔七〕按：此數句詩出杜牧江上雨寄崔碣，「圓多」作「圓文」，「寒過」作「寒濕」。

〔八〕「帍乎古反」原無，據大全本及樹經堂本補。

〔九〕「所」原無，據大全本及樹經堂本加。

呈外舅孫莘老二首

九陌黃塵烏帽底，五湖春水白鷗前。三輔舊事曰：長安城中八街九陌。退之詩：子雲秖自守，奚事九衢塵？又詩：雖有九陌無塵埃。樂府讀曲歌曰：不知烏帽郎是誰？越語曰：范蠡遂乘輕舟以浮於五湖〔一〕。老杜詩：時危兵甲黃塵裏，日短江湖白髮前。此頗用其語律。

扁舟不為鱸魚去，收取聲名四十年。晉書張翰傳：齊王冏辟為掾，因見秋風起，乃思吳中菰菜、蓴羹、鱸魚鱠，曰：「人生貴得適志，何能羈宦數千里，以要名爵乎！」遂命駕而歸。俄而冏敗，人謂見機〔二〕。老杜詩：夫子獨聲名。又贈鄭虔詩：才名四十年。

甓社湖中有明月，淮南草木借光輝。沈存中筆談曰：嘉祐中揚州有一珠甚大，天晦多見，初出于天長縣陂澤中，後轉入甓社湖，後又在新開湖中。九十餘年居民行人常常見之，珠大如拳，爛然不可正視，十餘裏間林木皆有影，如日初照。此詩引用，以比莘老。按莘老高郵軍人，高郵本屬揚州云。漢書鄒陽傳曰：明月之珠，夜光之璧。故應剖蚌登王府〔三〕，不若行沙弄夕霏〔四〕。用莊子龜寧曳尾之意。蜀志秦宓奏記曰：剖蚌求珠。周禮鄉大夫曰：登于天府。又：天府掌共王之佩玉珠玉。書曰：王府則有。歐公鸚䳍螺詩曰：紅螺行沙夜生光。又曰：一螺千金價誰量。豈若泥下追含漿？文選謝靈運詩曰：雲霞收夕霏。李善注：霏，日氣也。

〔一〕『浮』原作『泛』，據元大全本及國語越語下改。樹經堂本作『游』。

〔二〕『機』原作『幾』，據大全本、樹經堂本及晉書張翰傳改。

〔三〕『王府』內集卷九作『王室』。

〔四〕『行沙』內集作『含沙』。

以天壇靈壽杖送莘老

王屋千霜老紫藤，扶公休沐對親朋。異時駟馬安車去，拄到天壇願力能。王屋山在絳州垣曲縣，『千霜』謂經千歲之星霜。老杜詩：三霜楚户砧。禮記：大夫七十而致仕，適四方，乘安車，自稱曰老夫。老杜詩云：安得仙人九節杖，拄到玉女洗頭盆。太白寄王屋山人孟大融詩曰：願隨夫子天壇上，閑與仙人掃落花。圓覺經曰：皆依無始清淨願力。李通玄華嚴論曰：地前菩薩是凡夫故，故有地前。成佛者推為誓願力能，非本法故。詩言老而益健，能為方外之游，蓋由願力所致。

戲答俞清老道人寒夜三首

王立之詩話：山谷云：『金華俞清老字子中，二十年前與余共學於淮南，元豐甲子相見於廣陵。自云荆公欲使之脱逢掖，着僧伽梨，奉香火於半山寺，予之僧名紫琳，字清老。清老無妻子之累〔一〕，云去作半山道人似不為難事，然生龜脱筒，亦難堪忍。後數年見之，儒冠自若也，因嘗戲和清老詩云云。按山谷跋此詩云：子瞻屢哦此詩，以為妙也。

索索葉自雨，月寒遥夜闌。樂天詩：乾葉不待黄，索索飛下來。又云：葉聲落如雨，月色白似霜。楚辭曰：覿杪秋之遥夜。老杜詩：夜闌更秉燭。『雨』當如春秋『雨螽』之『雨』，從去聲，非葉落聲如雨〔二〕，故前輩論『深院無人杏花雨』非四雨數。馬嘶車鐸鳴，群動不遑安。晉書荀勗傳：逢趙賈人牛鐸，識其聲。淵明詩曰：日入群動息。文選束晳南陔詩曰：心不遑安。有人夢超俗，去髮脱儒冠。言其未能忘形也。『超俗』見上注。退之詩：猶思脱儒冠。又詩：脱冠翦頭髮。平明視清鏡，政爾良獨難。項羽傳：平明漢軍乃覺之。樂天詩：晨興照清鏡，形影兩寂寞。曹子建集怨歌行曰：為臣良獨難。

聞道一稊米，出身縛簪纓。莊子河伯曰：聞道百，以為莫己若者，我之謂也。又北海若曰：計四海之在天地，不似稊米之在太倉乎〔三〕？音義曰：小米也；一曰：稊，草也。北山移文曰：今見解蘭縛塵纓。文選詩云：出身蒙漢恩。懷我伐木友，寒衾夢丁丁。伐木丁丁，見詩小雅。富貴但如此，百年半曲肱。退之詩：人生但如此，朱紫安足惜。下句用邯鄲夢事，見上注。『曲肱』見魯論。早晚相隨去，松根有伏苓。唐趙嘏詩：早晚粗酬身事了，水邊歸去一閑人。老杜詩：知子松根長伏苓，遲暮有意來同煮。』

牧羊金華山，早通玉帝籍。神仙傳曰：皇初平年十五，家使牧羊，有道士將至金華四十餘年。其兄初起見之，問羊何在，初平叱白石皆起，成羊數萬頭。『皇』字他書或作『黃』。山谷先世居金華，故云。漢元帝紀：令從官給事宮司馬中者，得為大父母、父母、兄弟通籍。樂天詩：但恐長生須有籍，仙臺試為檢名看。漢書：通籍金閨。至今風低草，䚬䚬見白石。樂府敕勒歌曰：天蒼蒼，野茫茫，風吹草低見牛羊。無羊詩曰：爾羊來思，其角䚬䚬。注曰：聚其角而息，䚬䚬然。字書曰：䚬音阻立反〔四〕，角堅貌，亦作濈。金華風煙下，亦有君履迹。金華屬婺州，清老亦金華人。班婕妤賦曰：思君兮履綦。注云：綦，履迹也。西都賦曰：紅塵四合。樂天詩：滿頷白髭鬚。何為紅塵裏，頷鬚欲雪白？

〔一〕『清老』原無，據樹經堂本增。

〔二〕『非葉落聲如雨』原作『非葉聲落如雨』，據元大全本改。

〔三〕『似』原作『以』，據元大全本及莊子秋水改。

〔四〕『注曰……字書曰䚬』此段文字原無，據大全本及樹經堂本補。

秘書省冬夜宿直寄懷李德素

山谷有題薛醇老家李西臺書云：德素，舒城李棨也，浮沉於俗，操行如古人，往時隱龍眠山，駕青牛往來皖公三祖，自燒古松作墨云云。故此詩末句有『占少微』之語。

曲肱驚夢寒，皎皎入牖下。文選古詩：明月何皎皎。又詩：安寢北堂下，明月入我牖。出門問何祥，岑寂省中夜。左氏僖十六年傳：隕石于宋五，六鷁退飛過宋都。宋襄公曰：『是何祥也？吉兇焉在？』文選舞鶴賦：去帝鄉之岑寂。漢書昭帝紀：共養省中。注引蔡邕云：本為『禁中』，孝元皇后父名禁，改曰『省中』。姮娥携青女，一笑粲萬瓦。李商隱詩：青女素娥俱耐冷，月中霜裏鬬嬋娟。王充論衡曰：羿請不死之藥於西王母，羿妻姮娥竊以奔月，託身於月，是為蟾蜍。淮南子曰：至秋三月，青女乃出，降以雪霜。注曰：青女，天神青媄玉女，主霜雪也。穀梁傳曰：軍人粲然皆笑。注云：粲然，盛笑貌。宋景文筆記云：粲，明也，知萬衆皆啓齒，齒既白，以粲義包之。懷我金玉人，幽獨秉大雅。晉書王戎傳：戎目山濤如璞玉渾金，人皆欽其寶，莫知名其器。楚辭曰：幽獨處乎山中。『大雅』見上注。古來絶朱弦，蓋為知音者。見上注。同床有不察，而況子在野。文選張華女史箴曰：苟違斯義，則同衾以疑。此句略采其意，言世無知音，雖在傍近，猶不識察，况遠外乎。山谷作羅漢贊又曰：我觀閻浮提衆生，同床猜忌若冰炭。史記田叔傳曰：田仁與任安二人同床卧。書曰：君子在野。獨立占少微，長懷何由寫！魯論曰：他日又獨立。隋書天文志：少微四星在太微西，士大夫之位也，一名處士，明大而黄則賢士舉。楚辭曰：情慨慨而長懷。文選張茂先詩：寫心出中誠。

歲寒知松柏〔一〕

魯論曰：歲寒然後知松柏之後凋也。

群陰彫品物，松柏尚桓桓。易曰：品物流形。書曰：勗哉，夫子尚桓桓。注云：桓桓，武貌。老去惟心在〔二〕，相依到歲寒〔三〕。文選陸機演連珠曰：勁陰殺節，不彫寒木之心。歐公詩：老去自憐心尚在。霜嚴御史府，雨立大夫官。漢書：朱博為御史大夫，其府列柏樹。崔篆御史箴曰：簡上霜凝，筆端風起。文選嘯賦曰：騁羽則嚴霜夏彫。應劭漢官儀：秦始皇封太山，逢暴雨，賴得抱樹，因封其樹為五大夫松。史記滑稽傳優旃曰：陛楯郎，汝雖長，何益，幸雨立。

犧象溝中斷，徽弦爨下殘。

莊子曰：百年之木破為犧尊，青黃而文之，其斷在溝中，美惡有間矣，其於失性一也。左傳曰：犧象不出門謂犧尊象尊也。後漢書蔡邕傳〔四〕：吳人有燒桐以爨者，邕聞火烈之聲，知其良木，請而為琴，時號焦尾琴。晉書陶潛傳：畜素琴一張，絃徽不具。莊子曰：純樸不殘，孰為犧尊？退之木居士詩：為神詎比溝中斷，遇賞還同爨下餘。

光陰一鳥過，剪伐萬牛難〔五〕。

文選別賦曰：明月白露，光陰往來。杜牧之詩：長空碧杳杳，萬古一飛鳥。選詩：人生瀛海內，忽如鳥過目。老杜詩：身輕一鳥過。甘棠詩曰：勿翦勿伐。老杜古柏行：大廈如傾要梁棟，萬牛回首丘山重。

春日輝桃李，蒼顏亦豫觀〔六〕。

言老成坐閱新進也。太白詩：松柏本孤直，難為桃李顏。歐公醉翁亭記曰：蒼顏白髮，頹然乎其間。

〔一〕按：由此以下四詩原為一組作品，內集載卷九，惟第一首為東觀讀未見書，題下小字注：『已下擬省題四首。』其餘次序同。

〔二〕『老去』內集作『老至』。

〔三〕『相依』內集作『相將』。

〔四〕『書』原無，據樹經堂本增。

〔五〕『剪伐』內集作『斬伐』，詩末小字注：『「斬」一作「剪」』。

〔六〕『豫』內集及大全本、樹經堂本均作『預』。

東觀讀未見書

後漢黄香傳：京師號曰『天下無雙，江夏黄童』，肅宗詔香詣東觀讀所未嘗見書。

漢規群玉府，東觀近宸居。穆天子傳曰：群玉山，先王之所謂策府。通典曰：後漢圖書在東觀。按和帝紀，永元十三年幸東觀，覽書林，閱篇籍。文選曰：景屬宸居。漢書東方朔傳曰：今規以為苑。

詔許無雙士，來觀未見書。見題注。

皇文開萬卷，家學陋三餘。魏略曰：董遇字季真，善左氏傳。從學者云『苦渴無日』，遇言『當以三餘』，或問『三餘』之意，遇言：『冬者歲之餘，夜者日之餘，陰雨者時之餘〔一〕。』

竹帛森延閣，星辰繞直廬。文選曹子建求自試表曰：名稱書於竹帛。李善注：字出墨子。漢書藝文志注引七略曰：内則有延閣，廣内，秘室之府；外則有太常，太史，博士之藏。老杜詩：聽履上星辰。又云：乾坤繞漢宫。西都賦曰：周廬千列。注云：直宿曰廬。

諸生起孤賤〔二〕，天子自吹噓〔三〕。後漢班超傳：相者曰：祭酒布衣諸生耳，而當封侯萬里之外。黄香上疏曰：江淮孤賤愚蒙小生。老杜詩：唯待吹噓送上天。按魏志鄭渾曰：孔公緒能清談高論，噓枯吹生〔四〕。柳子厚詩〔五〕：雲風相吹噓。

願以多聞力，論思補帝裾。說命曰：王人求多聞，時惟建事。班固兩都賦序曰〔六〕：朝夕論思，日月獻納。『補帝裾』用補衮意。魏志辛毗傳：言冀州民不可徙，帝不答，起入内，毗隨而引其裾。此借用其字。

〔一〕『時』原作『又月』，據樹經堂本及三國志魏書王肅傳引魏略改。

〔二〕『孤賤』内集作『微賤』。

〔三〕『自』内集作『賜』。

〔四〕按此段文字出三國志魏書鄭渾傳引張璠漢紀，為鄭渾兄鄭泰對董卓語，故「鄭渾」加書名號。

〔五〕「柳子厚詩」樹經堂本作「韓退之詩」。

〔六〕「兩」原作「西」，據元大全本改。

被褐懷珠玉

文選阮籍詠懷詩曰：被褐懷珠玉，顏閔相與期。按家語，子路問孔子曰：「有人於此，被褐而懷玉，何如？」孔子曰：「國無道，可也；國有道，則衮冕而執玉。」

國士懷珠玉，通津不易扛。「國士」見史記豫讓傳。「不易扛」言其重慎之至也。禮記曰：執玉不趨。又曰：受珠玉者以掬。淵明詩：彈冠乘通津，但懼時我遺。櫝藏心有待，褐短義難降。子貢曰：有美玉於斯，韞匵而藏諸？求善賈而沽諸？子曰：沽之哉，沽之哉，我待賈者也。「義難降」言不可屈。孟子：雖褐寬博，吾不惴焉。甯戚歌：短布單衣長止骭。寶唾歸青簡，晴虹貫夜窗。韓孟城南聯句曰：寶唾拾未盡。按後漢趙壹傳曰：欬唾自成珠。又吳祐傳：父恢守南海，欲殺青簡以寫經書。禮記曰：君子於玉比德〔一〕。氣如白虹，天也。直言方按劍〔二〕，豈是故迷邦？「按劍」見上注。魯論陽貨謂孔子曰：懷其寶而迷其邦，可謂仁乎？彈雀輕千仞，連城買一雙。莊子曰：以隋侯之珠，彈千仞之雀，世必笑之。選詩曰：連城既偽往，荆玉亦真還〔三〕。謂秦以十五城易趙璧也。史記虞卿説趙孝成王，一見賜白璧一雙。安知藍縷底〔四〕，明月弄寒江。左傳曰：莫敖篳路藍縷，以啓山林。「明月珠」見上注。漢志曰：日月如合璧。莊子曰：藏珠於淵。左傳曰：子犯投其璧於河。

〔一〕按：「君子於玉比德」，出禮記玉藻；「氣如白虹，天也」出禮記聘義，此句前有「君子比德於玉焉」，任注誤以玉漢中句竄入。

〔二〕『方』內集作『防』。

〔三〕『亦』原作『以』，據樹經堂本及文選卷二十一盧諶（子諒）覽古詩改。

〔四〕『藍』原作『籃』，據樹經堂本及左傳宣公十二年改。注原亦作『籃』，據左傳改。元大全本作『篳輅藍縷』，樹經堂本作『蓽輅襤褸』。

款塞來亨

元祐三年，夏人遣使謝封册，故以命題。按漢書宣帝紀曰：款塞來享。注云：叩塞門來服從也。

前朝夏州守，來款塞門西。五代史李仁福傳：唐僖宗時，有拓跋思敬者為夏州偏將。後以與破黃巢功，賜姓李氏，拜夏州節度使。思敬卒，弟思諫立。思諫卒，子彝昌立。彝昌為其將所殺，軍中迎仁福立之，不知其於思諫為親疏也，其子彝超、彝興繼立，世有夏、銀、綏、宥、靜等五州之地。至元祐元年，夏國主秉常卒，子乾順承襲。

聖主敷文德〔一〕，降書付狄鞮。書曰：帝乃誕敷文德，舞干羽于兩階，七旬，有苗格。禮記王制曰：西方曰狄鞮，北方曰譯。注云：狄之言知也。

氈裘瞻日月，剺面帶金犀。史記蘇秦傳曰：燕必致旃裘狗馬之地。後漢耿秉傳：匈奴聞秉卒，舉國號哭，或至黎面流血。注云：『黎』即剺，割也，音力私反，此借用以言祈哀請命。漢書匈奴傳：文帝遺單于黃金犀毗一。注云：要中大帶也。法言：被我純繢，帶我金犀，不亦享乎？

殿陛閑干羽，邊亭息鼓鼙〔二〕。『干羽』見上注。後漢書祭肜傳論曰：卧鼓邊亭。樂記曰：君子聽鼓鼙之聲，則思將帥之臣。

永輸量谷馬，不作觸藩羝。史記貨殖傳曰：至用谷量牛馬。此借用以言夏人入貢。易大壯卦曰：羝羊觸藩，羸其角。此借用以言不犯塞。

聲勢常相倚，今聞定五溪。退之平淮西碑

曰：凡叛有數，聲勢相倚，吾強不支，汝弱奚恃？『定五溪』謂南夷底定也。後漢馬援傳劉尚擊武陵五溪蠻夷。注云：武陵有五溪，謂雄溪、樠溪〔三〕、酉溪、潕溪〔四〕、辰溪。

〔一〕『聖主敷文德』內集卷九作『聖上開皇極』。

〔二〕『邊亭』內集作『邊庭』。

〔三〕『樠溪』原作『滿溪』，據大全本、樹經堂本及後漢書馬援傳李賢注改。

〔四〕『潕』原作『撫』，據後漢書馬援傳李賢注改。

憶邢惇夫

惇夫本末具上注，有呻吟集行於世。東坡云：惇夫自為童子，所與交皆諸公長者，百不一見，遂與草木共盡。

詩到隨州更老成，江山為助筆縱橫。

惇夫父恕，為起居舍人，坐教高公繪為書忤太后意，元祐元年正月謫知隨州，惇夫侍焉。老杜詩：毫髮無遺恨，波瀾獨老成。唐書張說傳：謫岳州，而詩益悽惋，人謂得江山助云。老杜詩：凌雲健筆意縱橫。

眼看白璧埋黃壤，何況人間父子情！

晉書庾亮傳：將葬，何充，歎曰：『埋玉樹於土中，使人情何能已！』世說注王愆期謂陶侃曰：賢子越騎酷沒，天下為公痛心，況慈父情耶〔一〕！漢書張禹傳曰：不勝父子私情。

〔一〕按此段文字不見世說新語劉孝標注，或為別家之注。

次韻秦少章晁適道贈答詩

二子論文地，陰風雪塞廬。後漢袁安傳注曰：大雪積地，洛陽令至袁安門，無有行路。退之詩：藍田十月雪塞關。寧穿東郭履，不遺子公書。史記滑稽傳：東郭先生貧困飢寒，行雪中，履有上無下，足盡踐地。莊子曰：衣敝履穿。漢書陳萬年傳：子咸予陳湯書曰：『即蒙子公力，得入帝城〔一〕，死不恨〔二〕。』士固難推挽，時聞有詔除。上句用鄭當時推轂士之意。退之誌云：無相知有氣力得位者推挽。漢書谷永曰：免不正之詔除。劉禹錫詩：金門通籍真多士，黃紙除書每日聞。左傳襄十四年臧武仲見衛侯曰：二子者或輓之，或推之，欲無入，得乎？又晉書：鄧侯挽不來，謝令推不去。蓋參而用之。負暄真得計，獻御恐成疏。列子曰：宋有田父，曁春東作，自曝於日，顧謂其妻曰：『負日之暄，人莫知者〔三〕，以獻吾君〔四〕，將有重賞。』莊子曰：於魚得計。退之詩：食芹雖云美，獻御固已癡。

〔一〕『入』原作『入於』，據樹經堂本及漢書陳萬年傳改。

〔二〕『恨』原作『恨也』，據樹經堂本及漢書改。

〔三〕『人莫知者』原無，據大全本、樹經堂本及列子楊朱補。

〔四〕『以獻吾君』原作『獻之吾君』，據大全本、樹經堂本及列子楊朱改。

次韻答秦少章乞酒〔一〕

朝事鞍馬早，吏曹文墨拘。

文選鮑明遠詩曰：日晏罷朝歸，鞍馬塞衢路。劉公幹詩曰：職事相填委，文墨紛消散。漢書司馬相如傳曰：豈特委瑣齷齪，拘文牽俗。

初無尺寸補，但於朋友疏〔二〕。

漢書李廣傳曰：終無尺寸功。諸葛豐傳曰：獨恐未有云補。魯論曰：朋友數斯疏矣。此借用。

豈如簞瓢子〔三〕，卧起一床書。

『簞瓢』見魯論。漢書蘇武傳曰：杖漢節牧羊，卧起操持。寒山子詩曰：家中何所有〔四〕？惟見一床書。

炙背道堯舜，雪屋相與娛。

文選嵇康絕交書曰：野人有快炙背而美芹子者，欲獻之至尊。注引列子曰：宋有田父，負日之暄云云。孟子道性善，言必稱堯舜。

步出城東門，野鳥吟廢墟。

梁甫吟曰：步出齊東門，遙望蕩陰里，里中有三墳，纍纍正相似。

頗知富貴事，勢窮心亦舒。

因見廢墟，知富貴之不可常，故雖處窮而其心休然也。退之王承福傳曰：吾操鏝以入於富貴之家有年矣，有一至者焉，又往過之，則為墟矣。又曰：雖勞無愧，吾心安焉。楚辭哀郢曰：聊以舒吾憂心。老杜詩：坦然心神舒〔五〕。

詩來獻窮狀，水餅嚼冰蔬。

左傳曰：晉文公使曹人獻狀。南史何戢傳：高帝好水引餅，戢每設上焉。

斗酒得醉否？枵腹如瓠壺。

漢書楊惲傳曰：烹羊炰羔，斗酒自勞。老杜詩：百年渾得醉。莊子曰：魏王大瓠之種，非不呺然大也。音義曰：虛大曰呺。『瓠壺』見上注。

亦可召西舍，侯嬴非博徒。

史記魏公子無忌傳：魏有隱士曰侯嬴，年七十，家貧，為大梁夷門監者。公子從車騎，虛左，自迎侯生。又曰：公子聞趙有處士毛公藏於博徒，薛公藏於賣漿家，公子乃閑步往從此兩人游，甚歡。

〔一〕内集卷四題下有小字注『靚』。

〔二〕『朋友』内集作『友朋』。

〔三〕『豈如』内集作『豈知』。

〔四〕『有』原作『見』，據元大全本及全唐詩卷八百六寒山子詩改。按次句全唐詩作『唯有一床書』。

〔五〕『神』原作『伸』，據大全本、樹經堂本及杜甫五盤詩改。

山谷詩集注卷第十一

頤軒詩六首 并序

高君素作頤軒，請予賦詩，予為説其義曰：在易之頤：『觀頤，自求口實。』其傳曰：『觀頤，觀其所養也；自求口實，觀其自養也。』單豹巖棲谷飲，有孺子之色，而虎攻其外。張毅擎跽曲拳，養人間之譽，而疾攻其内。養虎者不以全物與之，牧羊者去其敗羣，視其後者而鞭之，養鷹者飢之：是謂觀其所養，盡物之性也〔一〕。庖丁不以肯綮嬰其解牛之刀，痀僂丈人不以萬物易蜩之翼。匹夫之志，不可奪於三軍之帥：是謂觀其自養，盡己之性也〔二〕。詩云『如切如磋，如琢如磨』，求盡性而已。君素樂善能貧〔三〕，將求學問日新之功，故作頤軒以養其正吉，乃以『觀頤自求口實』六字作詩，以勸戒之。

金石不隨波，松竹知歲寒。王充論衡曰：湍瀨之回沙轉石，而大石不動者，是石重而沙輕。大儒、俗吏並在世俗，有似於此。魯論曰：歲寒然後知松柏之後彫也。冥此芸芸境，回向自心觀。老子曰：夫物芸芸，各歸其根。華嚴經有十回向。老杜詩：回向心地初。四十二章經曰：斷去欲愛，識自心源。

知足是靈龜，無厭乃朵頤。老子曰：知足不辱。易頤之『初九』曰：舍爾靈龜，觀我朵頤，凶。注云：朵頤者，嚼也。居養賢之世，不能貞其所履，以全其德，而舍其靈龜之明兆，羨我朵頤而躁求，凶莫甚焉。虛心萬物表，寒暑自四時。老子又曰：虛其心，實其腹。魯論曰：天何言哉？四時行焉，百物生焉。

無外一精明，六合同出自。楞嚴偈曰：諸幻成無性，六根亦如是。元依一精明，分成六和合。一處成休復，六用皆不成。公能知本原，佛亦不相似。傳燈録永嘉證道歌曰：本源自性天真佛。又雲居禪師曰：若是思大佛亦不作。又南陽忠國師廣語云：僧問：『既無纖毫可得，名為何物？』師曰：『本無名字。』曰：『還有相似者否？』師曰：『無相似者。世號無比獨尊。』

辱莫辱多欲，樂莫樂無求。楚辭曰：悲莫悲兮生别離，樂莫樂兮新相知。此用其律。禮記儒行曰：夙夜强學以待問。人生强學耳，萬古一東流。老杜詩：不廢江河萬古流。此借用其字，言逝川之速如此，不可不惜日也。杜牧之詩：萬古一飛鳥。樂天詩：年光東流水。

樞機要發遲，飲食戒味厚〔四〕。漁人溺於波，君子溺於口。易曰：言行君子之樞機。樞機之發，榮辱之主也。國語曰：厚味實腊毒。頤卦之大象曰：君子以慎言語，節飲食。故此句及之。禮記曰：小人溺於水，君子溺於口，大人溺於民，皆在其所褻也。此詩舊本云：小人溺於水，君子溺於口。古來犯時幾，惟此没梁斗。按秦再思紀異録曰：高駢命酒，佐薛濤改一字令，駢曰：『口有似没梁斗。』濤曰：『川有似三條椽〔五〕。』

涇流不濁渭，種桃無李實。養心去塵緣，光明生虛室。谷風詩曰：涇以渭濁，湜湜其沚。傳云：涇渭相入而清濁異。箋云：涇水以有渭，故見渭濁。湜湜，持正貌。俗諺曰：種李不成桃，種禾不生豆。近出圓悟禪師克勤嘗以此兩語作頌〔六〕。孟子曰：養心莫善於寡欲。圓覺經曰：妄認四大為自身相，六塵緣影，為自心相。又曰：此虛妄心，若無六塵，則不能有，四大分解，無塵可得，於中緣塵，各歸散滅，畢竟無有緣心可見。莊子曰：虛室生白。

〔一〕『盡物之性也』內集卷五此句無，移置于下文，見校記〔二〕。

〔二〕『盡己之性也』內集此句前有：『觀其所養，盡物之性也；觀其自養。』

〔三〕『貧』內集作『賢』。

〔四〕『戒』內集作『減』。

〔五〕『椽』原作『掾』，據樹經堂本改。

〔六〕『出』樹經堂本作『聞』，『圓』作『圜』。按：『出』疑為『世』之誤。『圓悟』亦作『圜悟』，宋代禪僧佛果克勤。

寺齋睡起二首〔一〕

小黠大癡螳捕蟬，有餘不足夔憐蚿。

退之送窮文曰：驅我令去，小黠大癡。莊子曰：莊周覩異鵲，執彈而留之；覩一蟬，方得美蔭而忘其身。螳蜋執翳而搏之，見得而忘其形，異鵲從而利之，見利而忘其真。又曰：夔憐蚿，蚿憐蛇，蛇憐風，風憐目，目憐心。音義云：夔，一足獸；蚿，馬蚿蟲，多足。詩意謂：巧詐之相傾，智愚之相角，與此數蟲何異？得失竟安在哉？老子：有餘者損之，不足者補之。

退食歸來北窗夢，一江風月趁魚船〔二〕。

羔羊詩曰：自公退食。『北窗夢』見上注。林逋秋江寫望詩曰：最愛蘆花經雨後〔三〕，一篷煙火飯漁船。東坡樂府：一竿風月釣江湖。

桃李無言一再風，黃鸝惟見綠怱怱〔四〕。

桃李一再經風，無復顏色，紅紫事退，遽成綠陰。意謂卒卒京塵中，未嘗得細見春物也。漢書李廣贊曰：桃李不言，下自成蹊。漢書司馬相如傳曰：為鼓一再行。

人言九事八為律，儻有江船吾欲東。

漢書主父偃傳曰：所言九事，其八為律。又韓信傳高祖曰：吾亦欲東耳，安能鬱鬱久居此乎！此皆借用，謂世途狹隘，動觸法令，寧自放於江海也。退之詩：法吏多少年〔五〕，磨淬出角圭。將舉汝愆尤，以為己階梯。妝身歸關東，期不到死迷。左傳襄十五年：余馬首欲東。

〔一〕按：第一首內集載卷五，屬古詩，題下小字注：『原酺池寺睡起二首，其一東字韻。』第二首載內集卷九，屬律詩。

〔二〕『風月』内集作『春月』。

〔三〕『蘆花』樹經堂本作『梨花』。按林逋詩作『蘆花』。

〔四〕『怱怱』元大全本作『葱葱』。

〔五〕『法吏』原作『法令』，據元大全本及韓愈南内朝賀歸呈同官改。

記夢

洪駒父詩話曰：予嘗聞山谷云：此篇記一段事也。嘗從一貴宗室携妓女游某寺，酒闌，諸妓皆散入僧房中，主人不怪也，故有『曉然夢之非紛紜』之語。僧慧洪冷齋夜話以為：山谷元祐初晝卧酺池寺，夢與一道士游蓬萊，覺而作此詩。頃與余同宿湘江舟中，親為言之。兩説未知孰是。

衆真絶妙擁靈君，曉然夢之非紛紜。真誥真胄世譜云：興寧三年衆真降楊羲家。漢書公孫弘傳曰：愚心曉然，見治道之可以行也。『夢紛紜』見上注。窗中遠山是眉黛，席上榴花皆舞裙。文選謝玄暉詩曰：窗中列遠岫。西京雜記曰：文君姣好，眉色如望遠山。樂府黄門倡曰：佳人俱絶世，握手上春樓。點黛方初月，縫裙學石榴。借問琵琶得聞否？靈君色莊妓摇手。文選曹子建樂府云：借問誰家子？『色莊』見魯論。漢書許后傳曰：且使妾摇手不得。僧慧洪冷齋夜話曰：山谷夢有兩道人導升殿，主者衣絳衣，仙女擁侍，中有一女，方整琵琶。山谷極愛其風韻，顧之忘揖主者，主者色莊，故其詩曰：『試問琵琶可聞否？靈君色莊妓摇手。』今山谷集語不同，蓋復更易之耳。李靖謁越國公楊素，有妓執紅拂立於前。是夕，妓遂奔靖，靖將歸太原，行次靈石旅舍。妓方理髮，髮長委地，有虬鬚客乘驢而來，投革囊於前，取枕欹卧，看妓理髮。靖方刷馬，怒甚，未决，妓熟觀其面，一手握髮，一手映身摇示靖，令勿怒，急梳頭拜客，以兄呼之。見太平廣記，此借用。

兩客爭棋爛斧柯，一兒壞局君不呵。述異記：晉王質詣信安石室山伐木，見數童弈棋而歌，俄頃謂質曰：『何不去？』質起，視斧柯爛盡。既復歸，無復時人矣。亦見水經漸江水注。魏志王粲傳：觀人圍棋，局壞，粲為覆之。漢書李廣傳：霸陵尉醉呵止廣。杏梁歸燕語空多〔一〕，奈此雲窗霧閤何！司馬相如長門賦曰：飾文杏以為梁。樂天詩：翩翩兩玄鳥，本是雙飛燕。彼矜杏梁貴，此嗟茅棟賤。退之華山女詩云：雲窗霧閣事恍惚，重重翠幔深金屏。樂府有燕歸梁之名。

〔一〕『語空多』內集卷三作『空語多』。

同元明過洪福寺戲題

洪福僧園拂紺紗，舊題塵壁似昏鴉。洪福在汴京。東坡詩曰：玉仙洪福花如海。摭言王播詩曰：三十年前塵撲面，如今始得碧紗籠。法書苑曰：鄔彤善草書，如寒林棲鴉。老杜詩：有待至昏鴉。春殘已是風和雨，更著游人撼落花。舊本有山谷序云：三月中同呂元明、畢公叔至洪福寺，見元明壁間舊題云：與晉之醉後使騎升木撼花，以為笑，戲題。樂天詩：颯颯風和雨。

戲答晁深道乞消梅二首

王立之詩話云：消梅京師有之，不以為貴，因余摘遺山谷，山谷作數絕，遂名振于長安。晁深之字深道，後改名詠之，字知道。

青莎徑裏香未乾，黃鳥陰中實已團。驚物化之速也。唐人劉滄詩：莎徑晚煙凝竹塢。歐公詩：綠陰黃鳥春歸後。蒸豆作烏鹽作白，屬聞丹杏薦牙盤。齊民要術有作白梅與作烏梅法，此用其字。今人作糖梅，雜以蒸豆，取其色黑。圖經本草『梅實』條曰：以鹽殺白梅入藥用。漢書谷永傳曰：屬聞以特進領城門兵。注云：屬，近也，音之欲反。退之李花詩曰：冰盤夏薦碧實脆。盧氏雜説曰：御厨進饌用九飣食，以牙盤九枚裝食味於其間。詩意謂當梅實槁悴失性之時，丹杏方蒙獻御之寵，與老成屏棄而新進見用何異哉？

北客未嘗眉自顰，南人誇説齒生津。筆談載沈存中茶論詩云：誰把嫩香名雀舌，定知北客未曾嘗。按唐獨孤及有招北客文。世説曰：南人學問如牖中見日。顰眉謂梅酸使人攢眉也。世説又載魏武帝行失道，三軍皆渴，帝令曰：『前有大梅林，饒子甘酸，可以解渴。』士卒聞之，口皆水出。磨錢和蜜誰能許？去蔕供鹽亦可人。今人漬蜜梅法：磨一二銅錢置其下，顔色益鮮。『誰能許』謂寒家不辦此也。漢書食貨志曰：或盜摩錢質而取鋊。蜀志費禕傳曰：君信可人，必能辦賊者也。字出禮記，此借用，謂悦可人意。

以梅饋晁深道戲贈二首

帶葉連枝摘未殘，依稀茶塢竹籬間。陸羽顧渚山記曰：漫石塢巨石中生紫茗，赭石塢生卷茶。相如病渴應須此，莫與文君蹙遠山。『相如』『遠山』及魏武事並見上注。『蹙遠山』即前詩顰眉之意。

渴夢吞江起解顔，詩成有味齒牙間。唐文粹有何諷夢渴賦曰：奔九江，走五湖，手不暇於斡運，心不息於躊躇。吴都賦曰：或吞江而納漢。列子曰：老商始一解顏而笑。漢書鄭當時傳曰：誠有味乎其言也。叔孫通傳曰：何足置齒牙間哉。**前身鄴下劉公幹，今日江南庾子山。**以終上句『詩成』之意。文選謝靈運擬魏太子鄴中集有劉楨詩。按魏志王粲傳，劉楨字公幹。魏文帝與吳質書曰：公幹五言詩妙絕當時。梁江淹雜體詩序曰：關西鄴下既已罕同〔一〕，河外江南頗為異法。北史文苑傳：庾信字子山，事梁，與徐陵並為抄撰學士，文並綺艷，故世號『徐庾體』。後留長安，作哀江南賦。梁顧總始為縣吏，一夕遇二人，稱是王粲、徐幹，云：『昔與公同府。』公，劉楨也，仍誦其遺文。總悟，以遺文數篇投令，令待之甚厚。時謂死劉楨猶庇得生顧總。見太平廣記。

〔一〕『罕』原作『早』，據文選卷三十一江淹雜體詩三十首序改。樹經堂本作『罕』。

次韻子實題少章寄寂齋

虛名誤壯夫，今古可笑閔。文選古詩曰：虛名復何益？老杜詩：從來禦魑魅，多為才名誤。法言曰：壯夫不為也。退之答崔立之書曰：君子小人之所憫笑。**屍裹萬里歸，書載五車稛〔一〕。安知衡門下，身與天地準。**後漢馬援傳曰：要當以馬革裹屍還葬爾。莊子曰：惠施多方，其書五車。齊語曰：垂槖而往，稛載而歸。注言：重而歸也，稛，絭也。陳詩曰：衡門之下，可以棲遲。注謂：橫木為門，言淺陋也。繫辭曰：易與天地準。**秦晁兩美士，內行頗修謹。**漢書鄭當時傳曰：內行修。石奮傳曰：馴行孝謹。**余欲造之深，抽琴去其軫。**退之詩：吾欲盈其氣，不令見麾幢。此用其律。孟子曰：君子深造之以道。韓詩外傳曰：孔子南游適楚，至於阿谷之隧，有處子佩瑱而浣者，孔子抽琴去其軫，以授子貢，曰：『善為之辭，以觀其語。』此借用，以明『寄寂』之意。**寄寂喧闃間，此道有汲引〔二〕。**莊子曰：冥冥之中，獨見曉焉。無聲之中，獨聞和焉。故深之又深，而能物焉。注云：視聽而不寄之於寂，則有闇昧而不和，窮其原而後能物物。山谷蓋用此意。老杜詩：無生有汲引。又劉向封事：禹稷臯陶，傳相汲引，不為比周。**獄户聞笞榜，市聲雜嘲䫲。**文選江淹上書曰：含憤獄户。漢書張敖傳曰：吏榜笞數千。『榜』音彭。魏文帝典論曰：孔融理不勝詞，至乎雜以嘲戲。退之詩亦云：初喧或紛争，中静雜嘲戲。莊子曰：齊桓公䫲然而笑。『䫲』音勑忍反。**二生對曲肱，圭玉發石蘊。**文選王褒四子講德論曰：美玉蘊於碔砆，凡人視之怢焉，良工砥之〔三〕，然後知其和寶也。**小大窮鵬鷃，短長見椿槿〔四〕。**莊子曰：冥海有鳥焉，其名為鵬，背若太山，翼若垂天之雲，搏扶摇羊角而上者九萬里，絶雲氣，負青天，然後圖南。且適南冥也，斥鷃笑之曰：『彼且奚適也！我騰躍而上，不過數仞而下，翱翔蓬蒿之間，此亦飛之至，而彼且奚適也！』此小大之辨也。又曰：朝菌不知晦朔，蟪蛄不知春秋。上古有大椿者，以八千歲為春，以八千歲為秋。音義曰：菌朝生暮落。潘尼云：木槿也。**欲聞寂時聲，黄鍾在龍筍。**鍾雖未擊，聲音歷然。楞嚴經曰：佛語阿難：聲銷無響，汝説無聞。若實無聞，聞性已滅，同于枯木。鍾聲更擊，汝云何知，知有知無，自是聲塵或無或有，豈彼聞性為汝有無，聞實云無，誰知無者？陸機文賦曰：扣寂寞以求音。吕氏春秋曰：黄鍾宫，律之本也。禮記曰：夏后氏之龍簨虡。韻書『簨』亦作簴。東坡法雲寺鍾銘曰：鳴寂寂時鳴。

〔一〕『稇』内集卷四作『攟』。下首同。

〔二〕萬曆本『此道』下有小字注：『一作「鉤深」。』

〔三〕『砥』樹經堂本作『𥐘』。按文選卷五十一王褒四子講德論作『砥』。

〔四〕『見椿槿』萬曆本下有小字注：『一作「付椿槿」。』

次韻孫子實寄少游〔一〕

一本云『用寄寂齋韻』。秦觀字少游，高郵軍人。

薛宣欲吏雲，季氏或招閔。漢書朱雲傳：薛宣為丞相，雲往見之，宣謂曰：『在田野亡事，且留我東閤，可以觀四方奇士。』雲曰：『小生廼欲相吏邪？』宣不敢復言。東坡詩：薛宣真欲吏朱雲。魯論曰：季氏使閔子騫為費宰，閔子騫曰：『善為我辭焉。如有復我者，則吾必在汶上矣。』注謂重來召我。此公胸中秋，萬物欲收稛。『此公』指少游。莊子曰：正得秋而萬寶成。賣藥偶知名，草玄非近準。後漢逸民傳：韓康字伯休，賣藥長安市。時有女子從康買藥，康守價不移，女子怒曰：『公是韓伯休耶？乃不二價乎！』康歎曰：『我本欲避名，今小女子皆知有我，何用藥為！』下句見上『草玄不妨準易』注。才難不易得，志大略細謹。『才難』及『不易得』，皆見魯論。史記酈食其傳曰：舉大事，略細謹。少游嘗教授蔡州，顧官妓婁婉及陶心兒者，詞中往往寄意。王立之詩話秦少儀云：少游極怨山谷此句，謂言蔡州事少人知者，魯直詩語重，人既見此語，遂使吹毛耳。士生要弘毅，天地為蓋軫。魯論曰：士不可以不弘毅，任重而道遠。考工記曰：蓋之圓也，以象天也；軫之方也，以象地也。驥來鹽車驂，井下短綆引。言賢材難識拔而深遠者未易汲引也。戰國策汗明見春申君曰：夫驥之齒至矣，服鹽車上大行，中坂遷延，負轅不能上。伯樂遭之，下車攀而哭之，解紵衣而冪之，於是俯而噴，仰而鳴，聲造於天，欣伯樂之知己也。莊子曰：褚小者不可以懷大，綆短者不可以汲深。難甘呼爾食，聊寄粲然囅。孟子曰：嘑爾而與之，行道之人弗受。注云：『嘑爾』猶呼爾咄啐之貌也。『粲然』見上注。誰能借前箸〔二〕，還婦用束緼。漢書張良傳，臣請借前箸以籌之。退之詩：茲道誠可尚，誰能借前籌？蒯通傳：客謂通曰：『先生知梁石君、東郭先生，何不進之於相國乎？』通曰：『里母非談說之士也，束緼乞火非還婦之道也。然物有相感，事有適可，臣請乞火於曹相國。』韓非子：人有亡其豚肩者，意其婦而逐之。鄰嫗聞之，束葦而詣之，曰：『昨夜狗爭骨，須火以燭之。』主母悟，乃還其婦。

吾聞調羹鼎，異味及枌堇〔三〕。左傳鄭子家曰：他日我如此，必嘗異味。禮記內則曰：堇、荁、枌、榆、免、薧，滫瀡以滑之。注云：荁，堇類也，冬用堇，夏用荁，榆白曰枌。堇音謹。

豈其供王羞，而棄會稽筍？退之詩：幸當擇珉玉，寧有棄珪瑁！此用其意。詩曰：豈其食魚，必河之魴？周禮：膳夫掌王之食飲膳羞。醢人曰：加豆之實，筍菹魚醢。爾雅曰：笋，竹萌。又曰：東南之美者有會稽之竹箭焉。

〔一〕內集卷四題下有小字注：『端』，蓋孫子實之名。

〔二〕『籌』萬曆本作『箸』。

〔三〕『堇』內集作『槿』。

戲書秦少游壁

觀此詩意，當是少游過南京有所盼，主翁待少游厚，欲令從歸，而其家難之也。此篇因有『秦氏烏』故事，遂皆寄言衆禽以為戲。『丁令威』以指少游，『鸛鴿』以指所盼者，『秦氏庭烏』以指少游之細君，『雅烏之兄』言其所生子已長矣。宋都今南京，宋父指南京主翁。末句戲謂少游異時富貴，雖有姬妾何傷，以開廣細君之意也。

丁令威，化作遼東白鶴歸，朱顏未改故人非。續搜神記遼東華表柱有鶴歌曰：有鳥有鳥丁令威，去家千年今來歸。城郭猶是人民非，何不學仙冢纍纍！

微服過宋風退飛，宋父擁篲待來歸，誰饋百牢鸛鴿妃〔一〕？孟子曰：孔子微服而過宋。春秋僖公十六年：六鷁退飛過宋都。左傳曰：風也。昭公二十五年：鸛鴿來巢，師己曰：『異哉！吾聞文成之世童謡曰〔二〕：「鸛鴿之巢，遠哉遥遥。稠父喪勞，宋父以驕。」』注謂：稠父，昭公，死外故喪勞；宋父，定公，代立故以驕。此詩皆用宋事，但摘取『宋父』『鸛鴿』及

『百牢』字用之，不取其意也。史記孟軻傳曰：騶子如燕昭王，擁篲先驅，請列弟子之坐而受業。『來歸』見上注。左傳哀公七年吳人曰：宋百牢我，魯不可以後宋。注云：吳過宋，得百牢。此詩引用，謂南京主翁以所盼者代百牢而饋之也。蓋老杜嘗有詩云：有鳥名鸜鵒，肉味不足充鼎俎。故用以戲之。妃，匹也。退之猛虎行曰：朝怒殺其子，暮還食其妃。

秦氏烏生八九子〔三〕，雅烏之兄畢逋尾。

古樂府云：烏生八九子，端坐秦氏桂樹間。爾雅曰：鸒斯〔四〕，鵯鶋。注云：雅烏也，小而多羣。後漢靈帝紀注：童謡曰：『城上烏，尾畢逋。』

憶炊門牡烹伏雌，未肯增巢令女棲。

顔氏家訓云：樂府載百里奚妻辭曰：『百里奚，五羊皮，憶別時，烹伏雌，炊扊扅，今日富貴忘我為。』案蔡邕月令章句曰：鍵關，牡也，所以止扉，或謂之剡移。此詩引用，言少游細君亦必怨望，不肯增烏巢以容鸜鵒也。

莫愁野雉疏家雞，但願主人印纍纍。

恐以新間舊也。法書苑云：庾翼字稚恭，善草隸。在荆州與都下書云：小兒輩乃輕家雞，愛野鶩，皆學逸少。漢書石顯傳民歌之曰：牢邪，石邪，五鹿客邪！印何纍纍，綬若若邪！注云：纍纍，重積也。『主人』謂少游。

〔一〕『百牢』內集卷四作『伯勞』。
〔二〕『鸜鵒來巢……童謡曰』此段文字原無，據樹經堂本增。
〔三〕『烏生』內集作『庭烏』。
〔四〕『鸒』原作『鸞』，據爾雅釋鳥改。

贈秦少儀

少儀名覿，少游之弟。　王直方詩話：少儀好為詩，初不甚工，既而以所業見山谷。山谷贈此詩，當時交游間多以言為過，然少儀緣此詩思大發，非復往時，交游亦刮目視之。

汝南許文休，馬磨自衣食。但聞郡功曹，滿世名籍籍。蜀志：許靖字文休，汝南平輿人。少與從弟劭俱知名，而私情不協。劭為郡功曹，排擯靖，不得齒敘，以馬磨自給。漢書陸賈傳：名聲籍甚。又劉屈氂傳曰：事籍籍如此，何謂秘也。此借用。渠命有顯晦，非人作通塞。文選有『寧顯寧晦』之語。易曰：知通塞也。

秦氏多英俊，少游眉最白。蜀志：馬良字季常，兄弟五人，並有才名，鄉里為諺曰：『馬氏五常，白眉最良。』良眉中有白毛，故以稱之。頗聞鴻鴈行，筆皆萬人敵。禮記〔一〕：兄之齒鴈行。項羽傳〔二〕：劍一人敵，不足學，學萬人敵。杜詩：麒麟閣畫鴻鴈行。吾早知有覯而不知有覿。少儀袖詩來，剖蚌珠的皪〔三〕。覯字少章。『剖蚌』見上注。文選舞賦曰：珠翠的皪而照耀。李善注引說文曰：的皪，珠光也。乃能持一鏃，與我箭鋒直。文選射雉賦曰：擘牙低鏃。列子曰：紀昌學射於飛衛，既盡衛之術，乃謀殺衛，相遇於野，二人交射，中路矢鋒相觸而墜於地，而塵不揚，於是二子泣而投弓，相拜於塗，請為父子。其後叢林有『箭鋒相拄』之語，蓋出於此。洪覺範僧寶傳載曹山寶鏡三昧曰：羿以巧力，射中百步，箭鋒相直，巧力何預？自吾得此詩，三日卧向壁。世說：王東亭轉卧向壁，歎曰：『人固不可以無年。』此借用，自恨知少儀之晚，向壁愧歎也。挽士不能寸，推去輒數尺。左傳曰：夫二子者，或輓之，或推之。此句止用其字。老子曰：不敢進寸而退尺。孟子曰：賢不肖之相去，其間不能以寸。才難不其然，有亦未易識〔四〕。魯論曰：才難不其然乎？史記范雎傳曰：人固不易知，知人亦未易也。

〔一〕『記』原無，據樹經堂本補。

〔二〕『傳』原無，據樹經堂本補。

〔三〕『的皪』內集卷四作『的歷』。

〔四〕萬曆本詩後有小字注：『「此詩」一作「此士」，「挽士」一作「挽來」』。

送少章從翰林蘇公餘杭

東南淮海惟揚州，國士無雙秦少游。周禮職方氏：東南曰揚州。禹貢曰：淮海惟揚州。高郵軍屬淮南路。漢書韓信傳蕭何曰：諸將易得，至如信，國士無雙。欲攀天關守九虎，但有筆力回萬牛。楚辭曰：攀天階而下視。招魂曰：虎豹九關，啄害下人些。注謂：天門九重，使虎豹執其開閉，啄齧欲上之人也。歐公詩曰：興來筆力千鈞重。老杜古柏行曰：萬牛回首丘山重。文學縱橫乃如此，故應當家有季子。後漢周舉傳曰：五經縱橫周宣光。老杜詩：凌雲健筆意縱橫。樂天詩：當家美事堆身上，何啻林宗與細侯。『當』音去聲。時來誰能力作難，鴻鴈行飛入道山。樂府孫綽碧玉歌曰：感郎不作難。又太白詩曰：回山倒海不作難。又老杜詩：麒麟閣畫鴻鴈行。『鴈行』『道山』皆見上注。南史：膺時來之運。坡詩『時來』或作『鵬騫』。斑衣兒啼真自樂，從師學道也不惡。事親從師皆有可樂者。列女傳曰：老萊子孝養二親〔一〕，行年七十，嬰兒自娛，着五色綵衣，嘗取漿上堂，跌仆，因卧地為小兒啼。史記循吏傳曰：老人兒啼。晉書謝道韞傳謝安曰：王郎，逸少子，不惡，汝何恨也？但使新年勝故年〔二〕，即如常在郎罷前。言少章儻從蘇公問學日新，即所謂以志養志者，何必以不遠其親為孝哉？王立之詩話謂山谷此句蓋有深意。玉臺新詠丘遲雜詩曰：惟見君行久，新年非故年。唐人顧況有囝哀閩曰：郎罷別囝，吾悔生汝。囝別郎罷，心摧血下。隔地絶天，及至黄泉，不得在郎罷前！青箱雜記云：閩人謂父為郎罷，謂子為囝。

〔一〕「孝」原作「老」，據樹經堂本改。按藝文類聚卷二十引列女傳作「孝」。

〔二〕「但使新年勝故年」萬曆本下注：「『但』一作『自使新年勝故年』。」

題淨因壁二首

瞑倚團蒲挂鉢囊，舊作「晝夢長」。半窗疏箔度微涼。傳燈録雲門傳曰：高掛鉢囊，拗折拄杖。蕉心不展待時雨，葵葉為誰傾太陽〔一〕？唐餘録路德延芭蕉詩云：心似倒抽書。退之詩：升堂坐階新雨足〔二〕，芭蕉葉大梔子肥。「時雨」見上注。曹子建表曰：若葵藿之傾太陽，雖不為之回光，然終向之者，誠也。蓋用淮南子意。文選鮑明遠詩：端為誰苦辛？唐詩：芭蕉不展丁香結，同向東風各自愁。

門外黄塵不見山，此中草木亦常閑。劉禹錫詩：門外黄塵人自走，甕頭清酒我初開。莊子曰：北面而不見冥山。履聲如度薄冰過，催粥華鯨吼夜闌。「履聲」見漢書鄭崇傳。詩曰：如履薄冰。「華鯨」謂齋魚之藻飾者。釋氏要覽曰：今寺院木魚或取鯨魚，一擊，蒲牢為之大鳴也。按文選東都賦曰：發鯨魚，鏗華鍾。又潘岳西征賦曰：華魴躍鱗。又老杜詩：夜闌更秉燭。

〔一〕『太』内集卷九作『夕』。

〔二〕『足』原作『定』，據樹經堂本及韓愈山石詩改。

六月十七日晝寢

紅塵席帽烏韡裏，想見滄洲白鳥雙。選詩曰：復協滄洲趣。又老杜詩：河間雙白鷗。馬齕枯萁諠午枕，夢成風雨浪翻江。聞馬齕草聲遂成此夢也。楞嚴經曰：如重睡人眠熟床枕，其家有人，於彼睡時，擣練春米。其人夢中聞春擣聲，別作他物，或為擊鼓，或為撞鐘。此詩略采其意，以言江湖之念深，兼想與因，遂成此夢。文選馬汧督誄曰：其稈空虛。

北　窗

生物趨功日夜流，園林才夏麥先秋。莊子曰：生物之以息相吹。文選孔文舉論盛孝章書曰：歲月不居，時節如流。禮記月令：孟夏麥秋至。綠陰黃鳥北窗簟，付與來禽安石榴。末句蓋有所寄，言物化各用事於一時，姑聽其自然耳。歐公詩：綠陰黃鳥春歸後。尚書故實曰：王內史書帖有與蜀郡太守書：求櫻桃來禽，日給藤子。『來禽』言味甘來衆禽，俗作林禽。博物志云：張騫使西域，還，得安石榴。蘇子美詩：別院深深夏簟清，石榴花發透簾明。

趙子充示竹夫人詩蓋涼寢竹器憇臂休膝似非夫人之職予為名曰青奴并以小詩取之二首〔一〕

青奴元不解梳粧，合在禪齋夢蝶牀。公自有人同枕簟，肌膚冰雪助清涼〔二〕。文選嵇康琴賦序曰：似元不解聲音。『夢蝶』見上注。山谷鼓盆已久，故用莊子夢蝶事。退之詩：水紋浮枕簟。莊子曰：藐姑射之山有神人焉，肌膚若冰雪。東坡樂府曰：冰肌玉骨，自清涼無汗〔三〕。

穠李四弦風拂席，昭華三弄月侵床。我無紅袖堪娛夜，政要青奴一味涼。元注云：冬夏青青〔四〕，竹之所長，故命曰青奴。穠李、昭華，貴人家兩女妓也〔五〕。昭華蓋王晉卿駙馬家吹笛妓。老杜詩：紅袖泣前魚。歐公詩：欲將何物招嘉客？唯有新秋一味涼。

〔一〕『青奴』萬曆本『青』字下注：『一作「竹」』。

〔二〕內集卷九詩末有小字注：『「青奴」一作「竹奴」』。

〔三〕『無汗』原無，據樹經堂本及蘇軾洞仙歌詞補。

〔四〕『青青』內集原注作『長青』。

〔五〕『女妓』內集原注作『女奴』。

范蜀公挽詞二首〔一〕

蜀公諱鎮，字景仁，東坡為作墓誌，今採掇以證此詩。

信道雖常爾，知人乃獨亨。言公篤於信道，蓋其常德至於知人之明，獨心通意曉，乃得之於天也。易曰：有孚，維心亨。公事神宗，復為翰林學士，知通進銀臺司。王介甫為政，欲改常平為青苗法，公三上疏爭之，其後議論益不合，年六十三即致仕。此詩所謂『知人』，蓋指介甫。書林身老大，諫紙字攲傾。公在仁宗朝已為學士。『書林』見上注。退之詩曰：莫道官閑身老大。樂天與元稹書曰：身是諫官，月請諫紙。又老杜詩：作詩呻吟內墨淡字攲傾。鼇去三山動，人危五鼎烹。言公既去，國本自此搖矣。方公請致仕時，介甫自草制，極口詆公，聞者皆為公懼。列子曰：歸墟中有五山，帝使巨鼇十五戴之，五山始峙而不動。龍伯國之大人，一釣連六鼇，於是二山流於北極。漢書主父偃傳曰：大丈夫生不五鼎食，死則五鼎烹耳。保全天子聖，几杖送餘生。言神宗終覆護之，使得終其壽考。又老杜詩：淺把涓涓酒，深憑送此生。選詩：餘生幸已多。

公在昭陵日，文章近赤墀。空嗟伏生老，不侍邇英帷。永昭，仁宗陵名。公事仁宗，已掌內外制。蓋先朝舊臣獨不見容於當世，此詩所歎也。漢書梅福傳曰：涉赤墀之塗。又儒林傳：伏生故為秦博士，孝文時求能治尚書者，欲召之，時伏生年九十餘，不能行。邇英閣經筵所在。公在神宗時兼侍讀，已而致仕。去國幾三虎，聞韶待一夔。韓子曰：龐共與太子質於邯鄲，謂魏王曰：『夫市無虎明矣，然而三人言成市虎。今夫邯鄲去魏遠於市，議臣者過三人，願王察之。』誰言蓋棺了？新樂鎖蛛絲。

公與劉几論樂不合，既而請太府銅，自為新樂，比李照樂下一律有奇。二聖御延和殿，召執政同觀，賜詔嘉獎，樂奏三日而公薨。『聞韶』見魯論。呂氏春秋：魯哀公問於孔子，曰：『樂正夔一足矣。』又老杜詩：書籤藥裹封蛛網。『蓋棺了』見上注。詩意謂公以新樂卒不見用為恨也。

〔一〕內集卷十二題為『范忠文公挽詞二首』。

宗室公壽挽詞二首

山谷嘗有贈宗室景道字跋云：余與宗室越宮有葭莩故，曩與宣州院公壽景珍嘗共文酒之樂。

昔在熙寧日，葭莩接貴游。漢書中山靖王傳曰：葭莩之親。注云：葭，蘆葉也；莩者，其筩中白皮至薄者也，喻相著。周禮師氏曰：凡國之貴遊子弟學焉。注云：王公之子弟。

題詩奉先寺，橫笛寶津樓。東京記曰：奉先資福禪院在明義坊，寶津樓在天苑坊，與金明池心亭榭相直。

天網恢中夏，賓筵禁列侯。言禁網雖云疏闊，至宗室獨加嚴密，故賓客不復往來如向時，但聞其白首清修之賢而已。文選任彥昇表曰：值齊網之弘，弛賓客之禁。李善注引用後漢書：建武中禁網尚寬，諸王既長，各招引賓客。漢書高帝紀注云：通侯舊曰徹侯，後改曰列侯。劉向字子政，漢宗室也，七十二卒。

但聞劉子政，頭白更清修。魏志陳矯傳陳登曰：清修疾惡，有識有義，吾敬趙元達矣。老子曰：天網恢恢，疏而不失。又詩有賓之初筵。

昧旦鳴珂路，春朝禁殿班。書曰：先王昧爽丕顯，坐以待旦。唐書車服志曰：三品以上珂九子，四品七子，五品六子。又張嘉祐傳：弟嘉貞為相，嘉祐任金吾將軍，時號所居坊曰嗚珂里。周禮：春見曰朝。裴度未遇時絶句：不然鳴珂游帝都，不然絶粒升天衢。**方看分寶玉，何意作丘山！**書旅獒曰：分寶玉于伯叔之國，時庸展親。文選張孟陽七哀詩曰：昔為萬乘君，今為丘山土。**燕入風櫳舞，花開日笑顏。**選詩曰：風簾入雙燕。儀禮注曰：櫳，屋翼也。太白詩：妾似井底花，開花向君笑。**空餘杜陵淚，一為漢中潸。**老杜集中多有與漢中王瑀往還詩，瑀蓋唐宗室。

出城送客過故人東平侯趙景珍墓〔一〕

朱顏苦留不肯住〔二〕，白髮政爾欺得人。樂天詩：鏡裏朱顏看已失。又詩：留春不肯住。薛能詩曰：青春背我堂堂去，白髮欺人故故生。王直方詩話云：魯直常言少時誦薛能詩云：『青春背我堂堂去，白髮欺人故故生。』孫莘老問云：『此何人詩？』公曰：『老杜。』莘老云：『杜詩不如此。』後公云：『庭堅因莘老之言遂曉老杜詩高雅大體。』此句所以鍼薛能之膏肓尔。**嬋娟去作誰家妾？意氣都成一聚塵。**文選西京賦曰：增嬋娟以此豸〔三〕。注云：姿態妖蠱也。樂天詩：歌舞教成心力盡，一朝身去不相隨。史記晏子傳：意氣揚揚，甚自得也。寒山子詩云：始憶八尺漢，俄成一聚塵。黃泉無曉日，青草自知春。**今日牛羊上丘隴，當時近前左右嗔。**古樂府曰：繡幕圍香風，年節朱絲桐。不知理何事，淺立經營中。護惜加窮絝，隄防託守宮。今日牛羊上丘壟，當時近前面發紅。老杜麗人行云：慎莫近前丞相嗔。**花開鳥啼荊棘裏，誰與平章作好春？**樂天勸令公開宴詩曰：宜須數數謀歡會，好作開成第二春。

〔一〕內集卷四題下小字注：「令嬪」蓋趙景珍名。

〔二〕「苦留」萬曆本「苦」字下注：「一作『欲』。」

〔三〕「此」原作「跐」，據文選卷二張衡西京賦改。

黃穎州挽詞三首

恭惟同自出，累世復通家〔一〕。老杜贈盧五丈詩曰：恭惟同自出，妙選異高標。此借用，言族姓同出也。後漢孔融傳謂李膺曰：與君累世通家。惠沫霑枯涸，忠規補過差。莊子曰：泉涸，魚相與處於陸，相呴以濕，相濡以沫。文選左太沖詩曰：塊若枯池魚。陸士衡辨亡論曰：忠規武節。宋玉登徒子好色賦曰：揚詩守禮，終不過差。胸中明玉石，仕路困風沙。「玉石」見上注。尚有平生酒，秋原洒菊花。

臨民次公老，論事長輿通。魯論曰：居敬而行簡，以臨其民。漢書：黃霸字次公，為潁川守。晉書：和嶠字長輿。潘安仁閑居賦序曰：昔通人和長輿之論予也，固謂拙於用多。袖有投虛刃，時無斲鼻工。文選天台山賦曰：投刃皆虛。按莊子「庖丁解牛」注曰：遊刃於空。「斲鼻」見上注。風流前輩近，名實後人公。文選孔融論盛孝章書曰：今之少年喜謗前輩。歐公詩：後世苟不公，至今無聖賢。晉書：孫綽風流為一時之冠。不謂三日別，今成萬事空！吳志呂蒙傳曰：士別三日，即刮目相待。樂天詩：百年隨手過，萬事轉頭空。

公與汝陽守，人間孝友稀。脊令鳴夜雨，棠棣倚春暉。『脊令』見上注。棠棣詩曰：棠棣之華，鄂不韡韡。凡今之人，莫如兄弟。粉省雙飛入，泉臺相與歸。蔡質漢官典職曰：尚書郎奏事明光殿省，省中皆以胡粉塗壁，畫古賢列女。又老杜哭李嶧詩云：青瑣陪雙入。『泉臺』見上注。禮記曰：死者如可作也，吾誰與歸？唐人謂不由員外而至郎中者為『土山頭』，其詩曰：誰知粉署裏，翻作土山頭。哀笳宛丘道，衰涕不勝揮！老杜詩：哀挽青門道。宛丘今陳州。家語：公父文伯卒，敬姜曰：『二三子無揮涕。』王肅曰：揮涕者，淚以手揮之。選詩：淚下不可揮。

〔一〕『累世』內集卷十二作『數世』。

樂壽縣君呂氏挽詞二首

歸裝衣楚楚，家世印纍纍。詩曰：蜉蝣之羽，衣裳楚楚。漢書石顯傳曰：印何纍纍，綬若若邪。劉滋未第時夢人持印滿匣，令吞之，至十四枚止，見印纍纍，出於腹上。來作箕帚婦，不忘蘋藻詩。漢書高帝紀呂公曰：臣有息女，願為箕帚妾。采蘋詩序曰：大夫妻能循法度也。其詩曰：于以采蘋，南澗之濱。于以采藻，于彼行潦。居然成萬古，何翅謁三醫。列子曰：季梁得疾，七日大漸，其子謁三醫：一曰喬氏，二曰俞氏，三曰盧氏。騎省還秋直，霜侵鬢脚衰。文選潘岳秋興賦序曰：余春秋三十有二，始見二毛，以太尉掾兼虎賁中郎將寓直于散騎之省。岳又有悼亡詩三首。

剪髻賓筵盛，齊眉婦禮閑。老杜送王評事詩云：自陳剪髻鬟，鬻市充杯酒。謂王珪母也，蓋用晉書陶侃母事。退之祭裴太常文曰：方丈之食，每盛於賓筵。後漢書梁鴻傳曰：孟光舉案齊眉。『閑』謂閑習也。謂宜偕白髮〔一〕，忽去作青山。詩曰：君子偕老。選詩：今為丘山土。大夢驚胡蝶，何時識佩環〔二〕？莊子曰：且有大覺而後有大夢。『胡蝶』見上注。列女傳齊孝孟姬曰：妾聞妃后踰閾〔三〕，必乘安車輜軿，下堂必從傅母保阿，進退則鳴玉佩環。後漢皇后紀論曰：動有環佩之響。此詩引用，蓋古之婦容皆如此，不特后妃也。哀歌行欲絶，丹旐雨班班〔四〕。老杜詩：丹旐飛飛日，初傳發閬州。『雨班班』見上注。

〔一〕『偕』原作『俱』，據樹經堂本及内集卷十二改。
〔二〕『佩環』内集作『珮環』。
〔三〕『踰閾』原作『踰國』，據劉向列女傳（叢書集成初編）卷四齊孝孟妃改。
〔四〕『班班』内集作『斑斑』。

叔父給事挽詞十首

給事名廉，字夷仲，實録有傳。

元祐宗臣考十科，公居八九未為多。功名身後無瑕點，孝友生知不琢磨。『宗臣』謂温公。漢書蕭曹贊曰：為一代之宗臣。温公為相，乞以十科舉士：一曰行義純固，可為師表；二曰節操方正，可備獻納；三曰智勇過人，可備將帥；四曰公正聰明，可備監司；五曰經術精通，可備講讀；六曰學問該博，可備顧問；七曰文章典麗，可備著述；八曰善聽獄訟，盡公得實；九曰善治財賦，公私俱便；十曰練習法令，能斷請讞。論語：生而知之。詩云：如切如磋，如琢如磨。

平生治獄有陰功，忠孝臨民父母同。贛上樵夫談卓令，宣城老吏識于公。『贛上』今虔州，宣城今宣州。據廉傳：中進士第，調宣州司理參軍，移虔州會昌令。後漢卓茂傳：茂為密令，吏人親愛而不忍欺之。漢書于定國傳于公曰：我治獄多陰德，未嘗有所寃，子孫必有興者。

三晉山河數十州，頻年水旱不能秋。我公出把司農節，粟麥還於地上流。王安石薦廉為司農寺勾當公事，神宗召見稱旨，遂命體量河東、河北災傷，除本寺丞，推行荒政十二事。漢書地理志曰：晉為韓、魏、趙所滅，三家自立為諸侯，是為『三晉』。唐書劉晏傳曰〔一〕：自言如見錢流地上。

更生苦訟石中書，宰掾非人欲引裾。兩猾論兵幾敗國〔二〕，同時御史更誰如？廉嘗為監察御史裏行，此詩中事傳所不載。杜牧之作李給事詩曰：可憐劉校尉，曾訟石中書。按漢書，劉向本名更生，中書宦官弘恭、石顯弄權，更生使其外親上變事，又上封事云云。魏志辛毗傳：文帝欲徙冀州士家十萬户實河南〔三〕，毗以為非，帝不答，起入内，毗隨而引其裾，帝遂徙其半。漢書張良傳漢王罵曰：豎儒，幾敗乃公事！老杜詩：論兵遠壑静。王介甫作王侍御墓碣曰：其言多同時御史所不能言者。

曾發公家鉅萬錢，溝中襁褓却生全。三齊水後皆禾稼，不殺耕牛更可傳。河决曹村，廉充京東體量安撫，活飢民二十五萬人。漢書食貨志曰：京師之錢累百鉅萬。又田儋傳曰：田榮盡并三齊之地。注謂齊及濟北、膠東。『可傳』見孟子。

晉地無戎卧賊曹，民兵賜笏解弓刀。六年講武儒冠在，不踏金門着戰袍。元豐三年，團教三路民兵，廉以提點河東刑獄兼提舉。明年秋，上親召閱澤州保甲，補官者五十八人，進秩一等。七年十月，罷提刑，專領保甲。元祐初，召為户部郎中。左傳曰：無戎而城讎必保焉。通典曰：兩漢有決曹、賊曹掾，主刑法，曆代或謂之賊曹，或為法曹、墨曹。漢書揚雄傳曰：歷金門，上玉堂有日矣。古樂府木蘭詩曰：脱我戰時袍，着我舊時裳。

軍容百萬轉風雷，獨料王師不戰摧。三篋飛書公對獄，元豐天子照姦回。王師伐夏國，命廉兼河東轉運判官。王中正將兵，調發倉卒，廉上言師必無功。既而中正軍潰，以轉運乖方歸罪於廉，奏之，上遣中貴人就詰狀，廉謝不辯，乃下潞獄。月餘上察其情，止奪一官。中正宦官，故用魚朝恩觀軍容事。史記甘茂傳：樂羊返而論功，文侯示之謗書一篋。漢書張安世傳曰：亡書三篋。後漢書廣陵思王荆傳曰：作飛書，封以方底。漢書劉向傳曰：恭、顯白令蕭望之詣獄置對。泰誓曰：崇信姦回。注云：回，邪也。

隴上千山漢節回，掃除民蜮不為災。蜀茶總入諸蕃市，胡馬常從萬里來。廉為吏部郎中，會御史論陸師閔榷茶六害，請通商，復券馬如舊制，遣廉按其實。廉請熙河、秦鳳、涇原如故勿改，以制蕃市；而許東路通商，禁南茶無侵陝西，以利蜀賈；定撥馬，歲以萬八千為額。所奏皆可，即拜都大提舉茶馬公事。『漢節』見上注。詩曰：為鬼為蜮。左傳曰：有蜚不為災。

廊廟從來不在邊，黃扉青瑣慶登賢。除書未試回天筆，何意佳城到馬前！元祐六年十一月，廉自陝西都轉運召拜給事中，論議引大體，朝廷稱焉。左傳曰：五大不在邊，五細不在庭。唐郭承嘏為給事中，文宗謂宰臣曰：『承嘏久在黃扉。』漢書：故事：黃門郎日暮入對青瑣門，故謂之夕郎。注云：刻為連瑣文而青塗也。唐書張玄素傳魏徵曰：張公論事，有回天之力。後漢書馬后傳曰：何意老志復不從哉！『佳城』見上注。白樂天詩：黃紙除書無我名。

榮祿常思澤九宗，山摧梁壞併成空。百年遺恨誰昭洗？他日諸郎有父風。莊子曰：鄭人緩為儒，河潤九里，澤及三族。『九宗』見上注。文選謝朓詩：中區咸已泰，輕生諒昭洒。按『洒』與『洗』同。廉之四子：叔豹、叔向、叔夏、叔敖。禮記：泰山其頹乎！梁木其壞乎！

〔一〕『書』原無，據樹經堂本補。

〔二〕『兩猾』内集卷十二作『兩帥』，詩末有小字注：『「帥」一作「猾」』。

〔三〕『士家』原作『土豪』，據樹經堂本及三國志魏書辛毗傳改。

寂住閣

元注云：陳留宿一殯堂，因書爲寂住閣。

莊周夢爲胡蝶，胡蝶不知莊周。莊子曰：昔者莊周夢爲胡蝶，栩栩然胡蝶也。俄然覺，則蘧蘧然周也。不知周之夢爲胡蝶歟？胡蝶之夢爲周歟？當處出生隨意，急流水上不流。楞嚴經曰：一切浮塵，諸幻化相，當處出生，隨處滅盡。文選頭陁寺碑李善注曰：意生身謂菩薩，言能變化生死，隨意往生。文選古詩曰：淮泗馳急流。肇法師物不遷論云：仲尼曰：『回也見新，交臂非故。如此，則物不相往來，明矣。既無往返之微朕，有何物而可動乎？然則旋嵐偃嶽而常静〔一〕，江河競注而不流，復何怪哉！』

〔一〕『嵐』原作『風』，據樹經堂本及僧肇物不遷論改。

深明閣

象踏恒河徹底，日行閻浮破冥。若問深明宗旨，風花時度窗櫺。上兩句言『深』與『明』。涅槃經云：聲聞緣覺及大菩薩同在佛所，聞佛説一味之法，然其所證，各有淺深，譬象、馬、兔三獸渡河，兔渡則浮，馬渡及半，唯大香象徹底截流。華嚴經曰：譬如日出於閻浮提，先照一切須彌山等，然後普照一切大地。如來亦爾，大智日光，無所分别。又頌曰：譬如日出閻浮提，光明破闇悉無餘。傳燈録：壽禪師曰：『欲識永明旨，門前一湖水。日照光明生，風來波浪起。』又達摩傳曰：外付袈裟以定宗旨。説文曰：櫺，楯間子也。

山谷詩集注卷第十二

竹枝詞二首 并跋〔一〕

撐崖拄谷蝮蛇愁，入箐攀天猿掉頭。言山路險絕如此，即後詩所謂『蛇倒退』、『胡孫愁』也。郭璞注爾雅云：蝮蛇細頸，大頭，焦尾，一名反鼻。楚辭曰：攀天階而下視。元稹樂府有夢上天詩曰：攀天上天攀未得。太白蜀道難曰：黄鶴之飛尚不得過〔二〕，猨猱欲度愁攀緣。老杜詩：巢父掉頭不肯住。鬼門關外莫言遠，五十三驛是皇州。鬼門關在峽州路。寰宇記云：黔州東北至東京三千八百六十五里。杜牧之詩：故鄉七十五長亭。謝玄暉詩：春色滿皇州。

浮雲一百八盤縈，落日四十八渡明〔三〕。一百八盤及四十八渡，皆自峽州往黔中路名。山谷書萍鄉縣廳亦曰：略江陵，上夔峽，過一百八盤，涉四十八渡。詩本或作『四十九渡』，非是。鬼門關外莫言遠，四海一家皆弟兄。子夏曰：君子敬而無失，與人恭而有禮，四海之内，皆兄弟也。荀子曰〔四〕：四海之内若一家。

古樂府有『巴東三峽巫峽長，猿鳴三聲淚霑裳』〔五〕，但以抑怨之音和為數疊，惜其聲今不傳。予自荆州上峽入黔中，備嘗山川險阻，因作二疊與巴娘，令以竹枝歌之。前一疊可和云：『鬼門關外莫言遠，五十三驛是皇州。』後一疊可和云：『鬼門關外莫言遠，四海一家皆弟兄。』或各用四句入陽關，小秦王亦可歌也。紹聖二年四月甲申。

〔一〕『并跋』　萬曆本此詩跋置于詩前作序。內集卷五同注本，作跋。

〔二〕『過』原無，據李白蜀道難補。

〔三〕『四十八渡』內集卷五作『四十九度』。

〔四〕『曰』原無，據樹經堂本加。

〔五〕『猿鳴』原作『猿啼』，據樹經堂本及水經注卷三十四江水注改。下首注同。

予既作竹枝詞夜宿歌羅驛夢李白相見於山間曰予往謫夜郎於此聞杜鵑作竹枝詞三疊世傳之不予細憶集中無有請三誦乃得之

一聲望帝花片飛，萬里明妃雪打圍。蜀記曰：昔人有姓杜名宇，號曰望帝。宇死，俗說云化為子規。子規，鳥名也，又謂之杜鵑。李商隱詩：莊生曉夢迷胡蝶，望帝春心託杜鵑。楚辭曰：恐鶗鴂之先鳴兮，使百草為之不芳。顏師古注揚雄反離騷云：一名子規，一名杜鵑。『花片飛』見上注。『明妃』即王昭君，避晉氏諱，後人因改焉，亦見上注。五代史四夷附録耶律德光言：我在上國，以打圍食肉為樂。按虜人以游獵為打圍。

馬上胡兒那解聽，琵琶應道不如歸。劉熙釋名云：琵琶，胡中馬上所鼓，推手前曰琵，引手卻曰琶，因以為名。傅玄琵琶賦序曰：故老云：漢送烏孫公主〔一〕，念其行道思慕，使知音者於馬上奏琵琶以慰之。此詩以琵琶為明妃事，蓋承前人之誤。子規聲若云『不如歸去』，此引用以終上句之意。

竹竿坡面蛇倒退，摩圍山腰胡孫愁。『蛇倒退』『胡孫愁』皆峽路地名。摩圍山屬黔中。杜鵑無血可續淚，何日金雞赦九州？老杜杜鵑行曰：其聲哀痛口流血，所訴何事常區區。李賀詩亦曰：杜鵑口血老夫淚。韓非子曰：卞和泣盡，繼之以血。太白詩：我愁遠謫夜郎去，何日金雞放赦回？談苑曰：杜鎬言肆赦樹金雞不知起於何代。關東風俗傳云：司馬膺之曰：按海中星占，天雞星動為有赦，蓋王者以天雞為度。隋書刑法志：北齊肆赦日，令武庫設金雞及鼓於闕門。或云起於西涼呂光〔二〕。未知孰是？究其旨，西方主兑，兑為澤；雞者巽之神；巽為號令。故合是二物，制其形，揭於長竿，使衆人覩之也。

命輕人鮓甕頭船，日瘦鬼門關外天。北人墮淚南人笑，青壁無梯聞杜鵑。『人鮓甕』在歸州岸下。老杜無家別云：久行見空巷，日瘦氣慘悽。文選琴賦曰：青壁萬尋。張湛列子注曰：班輸為梯，可以凌雲。

〔一〕『送』原無，據初學記卷十六琵琶引傅玄琵琶賦序增，宋書樂志引作：『漢遣烏孫公主嫁昆彌。』

〔二〕『西涼』原作『西京』，據樹經堂本改。

和答元明黔南贈別

山谷書萍鄉縣廳曰：初元明自陳留出尉氏、許昌，渡漢、沔，略江陵，上夔峽，過一百八盤，涉四十八渡，送余安置于摩圍山之下。淹留數月，不忍別，士大夫共慰勉之，乃肯行，揜淚握手，為萬里無相見期之別。

萬里相看忘逆旅，三聲清淚落離觴。老杜詩：相看俱衰年。左氏僖公二年傳曰：保於逆旅。注云：客舍也。古樂府曰：巴東三峽巫峽長，猿鳴三聲淚沾裳。

朝雲往日攀天夢，夜雨何時對榻涼？上句謂與元明同來巫峽也。『朝雲夢』見上注。元稹樂府有夢上天詞曰：攀天上天攀未得。韋應物詩：寧知風雨夜，復此對床眠。東坡詩：夜雨何時聽蕭瑟？

急雪脊令相並影，驚風鴻鴈不成行。上句謂元明同憂患，下句言其別去。詩曰：脊令在原，兄弟急難。老杜詩：急雪舞回風。又詩：沙晚脊令寒。選詩云：驚風扶輪轂。又沈休文詠湖中鴈詩曰〔一〕：亂起未成行。唐宋遺史有女子作詩送兄云：所嗟人異鴈，不作一行飛。

歸舟天際常回首，從此頻書慰斷腸。謝玄暉詩：天際識歸舟。王仲宣詩：回首望長安。蔡琰胡笳曰：日東月西兮徒相望，不得相隨兮空斷腸。文選魏文帝燕歌行曰：念君客游思斷腸。

〔一〕『湖』原作『胡』，據樹經堂本改。

題驢瘦嶺馬鋪〔一〕　知命

老馬飢嘶驢瘦嶺，病人生入鬼門關。後漢書班超傳上疏曰：但願生入玉門關。此借用。病人甘作五溪卧，老馬猶思十二閑。後漢書馬援傳：劉尚擊武陵五溪蠻夷。注云：武陵有五溪。按通典：黔中通謂之五溪。注云：謂酉、辰、巫、武、沅等溪也。魏武帝歌曰：老驥伏櫪，志在千里。周禮校人曰：天子十有二閑，馬六種。

〔一〕『驢瘦嶺』内集卷五題中作『瘦驢』。

行次巫山宋楙宗遣騎送折花廚醞　知命

攻許愁城終不開，青州從事斬關來。庾信愁賦曰：攻許愁城終不破，盪許愁門終不開。『青州從事』見上注。左傳曰：犯門斬關。喚得巫山强項令，插花傾酒對陽臺。後漢董宣傳曰：敕强項令出。宋玉高唐賦曰：朝朝暮暮，陽臺之下。謂巫山神女也。東坡詩：任子折花插滿頭。

次韻楙宗送別二首 知命〔一〕

一百八盤天上路，去年明日送流人。小詩話別堪垂淚，却道情親不得親。『一百八盤』見上注。盧仝寄外兄詩云：何處堪惆悵？情親不得親。

別駕柴門閑一春〔二〕，艱難顛沛不忘君。何時幽谷回天日，教保餘生出瘴雲？山谷謫涪州別駕。唐書杜甫傳：當寇亂，挺節無所汚，為歌詩傷時撓弱，情不忘君。魯論曰：顛沛必於是。易曰：入于幽谷。老杜詩：願枉長安日，光暉照北原。文選嵇康書：欲離事自全，以保餘年。老杜詩：瘴雲終不滅。

〔一〕『知命』原無，據樹經堂本及内集卷十增。

〔二〕『閑』内集作『閉』。

戲答劉文學 知命

人鮓甕中危萬死，鬼門關外更千岑。『人鮓甕』『鬼門關』見上注。漢書趙后傳曰：今兒安在？危殺之矣！注云：猶今人言險不殺爾。問君底事向前去？要試平生鐵石心。顔師古匡謬正俗云：問曰：『謂何物為底，音丁兒反，底義何訓？』答曰：『此本言何等物，其後遂省促言，直云等物爾，音都禮反，又轉音丁兒反。』應璩百一詩云：用等稱才學。以是知去『何』而稱『等』其來已久。今人不詳根本，乃作『底』字，非也。老杜詩：生死向前去。魏武帝令長史王必曰：忠能勤事，心如鐵石，國之良吏也。

外姪李光祖往見尚垂髫今觀寄嗣直小詩已可愛因次韻 知命

昔別長安未裹頭，如今詩句可消愁。老杜詩：昔別君未婚。又詩：去時里正與裹頭。又詩：更有澄江銷客愁。外家未覺風流遠，他日相期到益州。自注云：李公擇終於益州帥。言異時當造益州之閫域。老杜詩：習池未覺風流盡。

上南陵坡 知命

風餐水宿六千里，蛇退猨啼百八盤。選詩：風餐委松柏。又詩：水宿淹晨暮〔一〕。上得坡來總歡喜，摩圍依約見峰巒。摩圍山在黔州。老杜詩：青惜峰巒過。

〔一〕『暮』樹經堂本作『昏』。按文選卷二十二謝靈運遊赤石進帆海詩作『暮』。

題小猿叫驛 知命

大猿叫罷小猿啼，箐裏行人白晝迷。惡藤牽頭石齧足，嫗牽兒隨淚録續，我亦下行莫啼哭。

退之琴操曰：涉其淺兮，石齧我足。元稹連昌宫辭曰：色管龜兹轟録續。

馬上口號呈建始李令 知命

驛亭新似眼波明〔一〕，箐路開如掌樣平。誰與長官歌美政？風揺松竹是歡聲。

老杜詩：今日明人眼，臨池好驛亭。宋玉招魂曰：娭光眇視〔二〕，目曾波些。王逸注云：目采盼然，若水波而重華。老杜詩：秦川對酒平如掌。

〔一〕『眼波』内集卷十作『眼般』。

〔二〕『娭光』樹經堂本作『娭光』。按洪興祖楚辭補注卷九招魂作『娭光』，王逸注：『娭，一作嬉，一作娱。』故不改。

次浮塘驛見張施州小詩次其韻　知命

歎息施州成老醜，當年玉雪瑩相照。退之馬少監墓誌曰：姆抱幼子立側，肌肉玉雪可憐。舊時去天一尺五，今日萬里聽猿叫。老杜詩自注云：城南韋杜，去天尺五。

將次施州先寄張十九使君三首　知命

書來日日覺情親，今信施州是故人。老杜詩：情親獨有君。許我投名重入社，放狂作惱未應嗔。東坡詩：投名入社有新詩。

收拾從來古錦囊，今知老將敵難當。唐書李賀傳：從小奚奴背古錦囊，遇所得，書投囊中。漢書韓信傳曰：其鋒不可當。囊中尚有毛錐子，花底樽前作戰場。五代史弘肇傳：恨蘇吉等，因曰：『安朝廷，定禍亂，直須長槍大劍，若毛錐子，安足用哉！』史記平原君傳曰：賢之處世，譬若錐之處囊中，其末立見。老杜詩：花底山蜂遠趁人。又詩：下馬古戰場。丁晉公有詩戰詩云：物華如陣筆如鋒，沈謝曹劉是七雄。

一別施州向十霜，傳聞佳句望風降。空拳不易當堅敵，振臂猶思起病瘡。老杜詩：十暑岷山葛，三霜楚戶砧。漢書李陵傳：矢盡道窮，士張空拳。注云：弓弩拳也。又匈奴傳曰：真中國之堅敵。按孫子曰：小敵之堅，大敵之禽也。李陵書：振臂一呼，創病皆起。

和張仲謀送別二首〔一〕 知命

夜郎自古流遷客，聖世初投第一人。不是施州肯回首，五溪三峽更誰親？唐書李白傳：長流夜郎。夜郎即今之珍州，其地與黔中相接。江淹恨賦曰：遷客海上，流戍隴陰。『五溪』見上注。峽程記曰：三峽者，即明月峽、巫山峽、廣澤峽，其瞿塘、灩澦、燕子、屏風之類，皆不係三峽數。

五溪三峽漫經春，百病千愁逢故人。何處看君歲寒後？欲將兒女更論親。肯與黨錮連姻，其氣節亦可尚矣。

〔一〕『張』內集卷十無。

次韻答清江主簿趙彥成 知命

日轉溪山幾百遭，厭聞虎嘯與猿號。劉禹錫詩：百匝千遭繞郡城。此用其字。老杜詩：熊羆咆我東，虎豹號我西。淮南子：虎嘯而谷風至。又曰：白猨擁柱而號。笙歌忽把二天酒，風雨猶驚三峽濤。後漢蘇章傳：遷冀州刺史，故人為清河太守，為設酒肴甚歡，太守喜曰：『人皆有一天，我獨有二天。』已作齊民尋要術，安能痛飲讀離騷？後魏賈思勰作齊民要術，言田家種植之事。世說王孝伯言：痛飲讀離騷，自可稱名士。看君自是青田質，清唳猶堪徹九皋。永嘉郡記：沐溪去青田九里，中有一雙白鶴，多云神所養。晉書陸機傳曰：華亭鶴唳，豈可復聞乎？詩云：鶴鳴于九皋。

宋楙宗寄夔州五十詩三首 知命

五十清詩是碎金，試教擲地有餘音。方今臺閣稱多士，且傍江山好處吟。老杜詩云：清詩近道要。晉書謝安傳：桓溫以安所作簡文謚議示坐賓，曰：『此謝安石碎金也。』又孫綽傳：作天台山賦以示范榮期，云：『卿試擲地，當作金石聲。』通典曰：後漢事歸臺閣。史記屈原傳曰：行吟澤畔。

五十清詩一段冰，持來恰得慰愁生。自張壁間行坐看，更教兒誦醉時聽。老杜詩：炯如一段清冰出萬壑。又詩：江草日日喚愁生。又詩：行坐白頭吟。又有醉時歌。

碑同峴首千年石，詩到夔州十絶歌。他日巴人懷叔子，時時解着手摩挲。晉書羊祜傳：祜字叔子，襄陽百姓於峴山建碑，望者莫不流涕。杜預因名為墮淚碑。老杜有夔州歌十絶句。退之石鼓歌曰：誰復着手為摩挲。

題蘇若蘭回文錦詩圖

千詩織就回文錦，如此陽臺莫雨何！亦有英靈蘇蕙手，只無悔過竇連波。晉書：竇滔妻蘇氏名蕙，字若蘭。滔苻堅時為秦州刺史，被徙流沙，蘇氏思之，織錦為回文旋圖詩，以贈滔，宛轉旋環以讀，詞甚悽惋也。

次韻楊明叔四首〔一〕

楊明叔惠詩，格律詞意，皆薰沐去其舊習，予為之喜而不寐。文章者，道之器也；言者，行之枝葉也。故次韻作四詩報之，耕禮義之田而深其耒。明叔言行有法，當官又敏於事而卹民，故予期之以遠者、大者。

魚去游濠上，鶂來止坐隅。『濠梁』見上注。漢書賈誼傳曰：誼為長沙傅三年，有鵩飛入誼舍，止於坐隅，鵩似鶂，不祥鳥也，誼迺為賦以自廣。吉凶終我在，憂樂與生俱。上句終鶂來之意，下句終魚樂之意。鵩賦曰：禍兮福所倚，福兮禍所伏。憂喜聚門，吉凶同域。書曰：惟吉凶不僭在人。莊子至樂篇曰：人之生也，與憂俱生，壽者惛惛，久憂不死，何之苦也！涅槃經：摩耶臨終，佛至其所慰諭曰：『身所經處，與苦樂俱，當修涅槃，永離苦樂。』詩意謂：吉凶憂樂，皆因我有，苟能無我，彼何從生？山谷與王子飛書曰：人固與憂樂俱生者也，於其中有簡擇取捨，以至於六鑿相攘，日尋干戈。古之學道者深探其本，以無諍三昧治之，所以萬事隨緣，是安樂法。決定不是物，方名大丈夫。圓覺經曰：生決定信。傳燈録南泉廣語云：大德莫認心認佛，設認得，是境，被他喚作所知愚。故江西大師云：『不是心，不是佛，不是物，且教你後人恁麼行履。』孟子曰：此之謂大丈夫。同安禪師十玄談曰：丈夫皆有衝天氣，不向如來行處行。今觀由也果，老子欲乘桴。並見魯論。『由也』以比明叔，『老子』山谷自謂，言明叔志趣勇決，必能相從浮於東海也。後漢馬援傳云：頗哀老子，使得遨遊。山谷和楊明叔隅字韻七詩皆謂之頌，今彭山黃氏有此真蹟。二頌此集所無，當是晚年刪去。

道常無一物，學要反三隅。老子曰：道常無名。傳燈録六祖偈曰：菩提本非樹，明鏡亦非臺。本來無一物，何假拂塵埃？『反三隅』見魯論。喜與嗔同本，嗔時喜自俱。嗔喜雖殊，本同一性，衆狙喜怒即可見矣。傳燈録龍樹偈曰：於法心不澄，無嗔亦無喜。心隨物作宰，人謂我非夫[二]。心隨物轉，物反為主，非大丈夫事也。楞嚴曰：一切衆生，從無始來，迷已為物，失於本心，為物所轉。傳燈録第二十二祖付法偈曰：心隨萬境轉，轉處實能幽，隨流認得性，無喜亦無憂。圓覺經曰：由有無始，本起無明，為己主宰。傳燈録玄沙廣語曰：如許多田地，教誰作主宰？左傳僖子曰：命為軍帥，而卒以非夫。注云：非丈夫也。利用兼精義，還成到岸桴。易曰：精義入神，以致用也。利用安身，以崇德也。

佛書以『波羅密』為到彼岸。

全德備萬物，大方無四隅。莊子曰：而况全德之人乎？孟子曰：萬物皆備於我矣，反身而誠，樂莫大焉。老子曰：大方無隅。淮南子曰：經營四隅。高誘注云：隅，方也。

身隨腐草化，名與太山俱。謂聞道而死，雖與草木俱腐，固有不亡者存。謝靈運詩：一隨往化滅，安用空名揚？此反而用之。禮記月令曰：腐草化為螢。此借用。史記藺相如傳太史公曰：相如名重太山。選詩曰：名與天壤俱。

道學歸吾子，言詩起老夫。禮記中庸曰：尊德性而道問學。注云：道，猶由也。問學，學誠者也。魯論曰：起予者商也，始可與言詩已矣。

無為蹈東海，留作濟川桴。史記魯連傳曰：則連有蹈東海而死爾。此借用，言不必乘此桴以浮於海，留為濟川之具可也。書説命曰：若濟巨川，用汝作舟楫。

匹士能光國，三孱不滿隅。禮記曰：匹士太牢而祭，謂之攘。文選辨亡論曰：風雅則諸葛瑾、張承、步騭，以名聲光國。晏子春秋曰：五子不滿隅，一子滿朝。按黃氏本有山谷自注，亦引此語，但以『五』為『三』爾。詩意謂豪傑之士雖少，足以為邦家之光；孱懦之夫雖衆，曾不足充滿一隅也。

竊觀今日事，君與古人俱。黃氏本作『今者事』，此云『今日』，當是晚年所改。言士之可以光國者今世未見，獨明叔可期以古人也。左傳曰：今日之事我為政。此借用。老杜詩：生還今日事。莊子曰：成而上比者與古為徒。禮記：古人與稽，今人與居。

氣類鶯求友，精誠石望夫。文選任彥升作王文憲集序曰：許與氛類。伐木詩曰：嚶其鳴矣，求其友聲。詩人相承以『嚶』為『鶯』。莊子曰：真者精誠之至也，不精不誠，不能動人。又注曰：鄭人緩精誠之至，故死為秋柏之實。劉義慶幽明録曰：武昌北山上有望夫石，狀若人立。古傳云：昔有貞婦，其夫從役，携弱子餞送此山，立望夫而化為石，因以名焉。

雷門震鶩手，待汝一援桴。黃氏本山谷自注曰：禮運曰『簣桴而土鼓。』説者曰：桴，鼓椎也。然則枹亦通于桴〔三〕。望其振發聲名於當世也。荀子曰：聲名之剖，發於天地之間，豈不如日月雷霆然哉？漢書王尊傳曰：毋持布鼓過雷門。注云：雷門，會稽城門也，有大鼓。越擊此鼓，聲聞洛陽。易曰：震驚百里。史記司馬穰苴傳曰：援枹鼓之急，則忘其身。『枹』亦作『桴』。按禮運疏引皇氏云：桴謂擊鼓之物。左傳曰〔四〕：右援桴而鼓。音義云：桴，鼓椎也。

〔一〕内集卷六無此詩題，徑以下小序為題。

〔二〕『謂』内集作『為』，下小字注：『一作「謂」』。

〔三〕『黄氏本……枹亦通于桴』此段文字原無，據樹經堂本補。

〔四〕『左傳曰』原無，據樹經堂本補。

再次韻 并引〔一〕

庭堅老懶衰墮，多年不作詩，已忘其體律，因明叔有意於斯文，試舉一綱而張萬目。蓋以俗為雅，以故為新，百戰百勝，如孫吴之兵，棘端可以破鏃，如甘蠅飛衛之射：此詩人之奇也，明叔當自得之。公眉人，鄉先生之妙語震耀一世，我昔從公得之為多，故今以此事相付。

窮奇投有北，鴻鵠止丘隅。我已魑魅禦，君方燕雀俱。『窮奇』『魑魅』之語山谷以自況，『鴻鵠』『燕雀』之語以屬明叔。退之詩：我來禦魑魅，自宜味南烹。按左傳太史克曰：少皞氏有不才子，謂之窮奇，舜臣堯，流四凶族渾敦、窮奇、檮杌、饕餮，投諸四裔，以禦魑魅。巷伯詩曰：取彼譖人，投畀豺虎。豺虎不食，投畀有北。綿蠻詩曰：綿蠻黄鳥，止于丘隅。注云〔二〕：綿蠻，小鳥貌。此借用，言〔三〕丘隅非鴻鵠所宜止也。漢書陳勝傳曰：燕雀安知鴻鵠之志！**道應無蔕芥〔四〕，學要盡工夫。**漢書賈誼服鳥賦曰：德人無累，知命不憂，細故蔕芥，何足以疑！子虛賦注曰：蔕芥，刺鯁也。南史王僧虔云：宋文帝書天然勝於欣，功夫少於欣。此並借用。孔毅甫雜録曰：『工夫』或作『功夫』。魏志王肅傳：泰極已前，功夫尚大。**莫斬猿狙杙，明堂待楝桴〔五〕。**黃氏本山谷自注曰：靈光殿賦云：荷楝桴之高驤。言當養成其材，勿小用之也。莊子曰：宋有荊氏者，宜楸柏桑，其拱把而上者，求狙猴之杙者斬之。音義云：杙音以職反，欲以栖戲狙猴也。班固西都賦曰：列棼橑以布翼〔六〕，荷楝桴以高驤。注引爾雅：楝謂之桴。山谷以『西都』為『靈光』，誤。

〔一〕内集卷六無此詩題，徑以小序為題。

〔二〕『云』原無，據樹經堂本補。

〔三〕『此借用言』原無，據樹經堂本增。

〔四〕『蔕芥』内集卷六作『芥蔕』，樹經堂本作『芥蒂』。

〔五〕『楝』原作『棟』，據内集改。按注文所引語出班固西都賦，注文據以改。

〔六〕『棼』原作『芬』，據樹經堂本及文選卷一班固西都賦改。

謫居黔南十首〔一〕

摘樂天句　近世曾慥端伯作詩選，載潘邠老事云：張文潛晚喜樂天詩，邠老聞其稱美輒不樂，嘗誦山谷十絶句，以為不可跂及。其一云：『老色日上面，歡悰日去心。今既不如昔，後當不如今。』文潛一日召邠老飯，預設樂天詩一帙〔二〕，置書室牀枕間。邠老少焉假榻，翻閱良久，纔悟山谷十絶詩盡用樂天大篇裁為絶句。蓋樂天長於敷衍，而山谷巧於剪裁，自是不敢復言。端伯所載如此，必有依據，然敷衍剪裁之説非是。蓋山谷謫居黔南時，取樂天江州、忠州等詩，偶有會於心者，摘其數語，寫置齋閣，或嘗為人書，世因傳以為山谷自作，然亦非有意與樂天較工拙也。詩中改易數字，可為作詩之法，故因附見於此。前五篇今豫章集有之，後五篇得之修水集。

相望六千里，天地隔江山。十書九不到，何用一開顏？此樂天集第十卷中寄行簡詩，元作：相去六千里，地絕天邈然，十書九不達，何以開憂顏？

霜降水反壑，風落木歸山。冉冉歲華晚，昆蟲皆閉關。此十一卷中歲晚詩，後兩句元作：冉冉歲將晏，物皆復本源。

泠淡病心情，暄和好時節。故園音信斷，遠郡親賓絕。此十一卷中花下對酒詩。

山郭燈火稀，峽天星漢少。年光東流水，生計南枝鳥。此十一卷中西樓夜詩。

冥懷齊遠近〔三〕，委順隨南北。歸去誠可怜，天涯住亦得。此十一卷中委順詩。

老色日上面，歡悰日去心。今既不如昔，後當不如今。此十一卷中東城尋春詩。『歡悰』元作『歡情』。

嘖嘖雀引雛，梢梢笋成竹。時物感人情，憶我故鄉曲。此第十卷中孟夏思渭村舊居詩。

苦雨初入梅，瘴雲稍含毒。泥秧水畦稻，灰種畬田粟。與前篇同。

輕紗一幅巾，小簟六尺床。無客盡日靜，有風終夜涼。此十一卷中竹窗詩。

病人多夢醫，囚人多夢赦。如何春來夢，合眼在鄉社？一本作：秋來何所夢？合眼見鄉社。樂天集第十卷寄行簡詩元作：渴人多夢飲，饑人多夢餐〔四〕。春來夢何處〔五〕？合眼到東川。

〔一〕內集卷五題作『謫居黔南五首』，下有小字注：『摘樂天句。』按內集五首即此十首之前五首。

〔二〕『帙』原作『秩』，據元大全本改。

〔三〕『冥懷』內集作『冥性』。

〔四〕『饑人』原作『肌人』，據元大全本改。

〔五〕『夢何處』大全本及樹經堂本作『何處夢』。

贈黔南賈使君

綠髮將軍領百蠻，橫戈得句一開顏。孟郊詩：酒人皆倚春髮綠〔一〕，病叟獨藏秋髮白。通典曰：後漢有領烏桓校尉。詩曰：因時百蠻。南史檠垣祖傳曰：曹操、曹丕上馬橫槊，下馬談論。元稹作老杜墓誌，敘曰：曹氏父子往往橫槊賦詩。戰國策曰：衛行人燭過免冑橫戈而進。老杜詩：今代橫戈矛。謝靈運詩：開顏披心胸。少年圯下傳書客，老去空同問道山〔二〕。別本注云：信臣家世有北園，在崆峒山下，氣象雄壯，花木茂密。漢書張良傳：游下邳，圯上有一老父，出一編書，曰：『讀是則為王者師。』旦日視其書，迺太公兵法。莊子曰：黃帝聞廣成子在於空同之上，往見之，曰：『敢問至道之精？』按寰宇記云：禹跡之內山名崆峒者三：其一在臨洮，其二在安定，其三在汝州〔三〕。黃帝問道之山專指汝州，然此詩所用，未必汝州也。春入鶯花空自笑，秋成梨棗為誰攀？兩句皆言故園無主之意。老杜詩：鶯花隨世界。又詩：庭前八月梨棗熟。文選謝靈運詩：攀林摘葉卷。鮑明遠詩：端為誰辛苦？何時定作風光主？待得征西鼓吹還。言使君平定西夏，功名已立，始歸故園也。老杜詩：傳語風光共流轉，暫時相賞莫相違。退之詩：山公自是林園主〔四〕。魏志注曹公令曰：欲望封侯，作征西將軍。南史曹景宗傳：破魏師，振旅凱入，賦詩曰：『去時兒女悲，歸來笳鼓競〔五〕。借問行路人，何如霍去病？』吳志諸葛恪傳：孫權令恪備威儀，作鼓吹，導從歸家。

〔一〕『倚』大全本作『同』。

〔二〕『空同』内集卷十作『崆峒』。

〔三〕『其二在安定，其三在汝州』元大全本『二』、『三』均作『一』。按太平寰宇記卷八『二』作『一』，無『其三』云云。

〔四〕『林園』大全本及樹經堂本作『園林』。

〔五〕『笳鼓』大全本作『鼓角』。按南史曹景宗傳作『笳鼓』。

次韻雨絲雲鶴二首

二詩代史夫人和石信道作〔一〕。晉張協詩：騰雲似涌煙，密雨如散絲。

煙雲杳靄合中稀，霧雨空濛密更微。舊作：隔雲朝日看餘輝，六合空濛密更微。歐公峴山亭記曰：草木雲煙之杳靄，出没於空曠有無之間。退之詩：杳靄深谷攢青楓。楚辭曰：霧雨淫淫。選詩：空濛如薄霧。園客蠒絲抽萬緒，蛛蝥網面罩群飛。『蠒絲』舊作『蠒盆』。神仙傳曰：園客者，種五色香草，忽有五色蛾集其上。有一女自來助客養蚕，得蠒大如瓮，繅訖，此女與客俱仙去。文選張茂先詩：將抽厥緒。列子曰：擾擾萬緒起矣。『蛛蝥』見演雅注。論衡曰：蜘蛛紬絲〔二〕，以網飛虫。退之祭柳子厚文曰：羣飛刺天。『罩』字如詩所謂『烝然罩罩』。風光錯綜天經緯，草木文章帝杼機。謝玄暉詩：風光草際浮。『錯綜』見易繫辭。又左傳序曰：進不成為錯綜經文，以盡其變。國語云：經緯不爽，天之象也。北史祖瑩傳曰：文章須自出機杼，成一家風骨。文選郭泰機詩曰：不得秉杼機。願染朝霞成五色，為君王補坐朝衣。杜牧之詩曰：平生五色線，願補舜衣裳。詩曰：衮職有闕，惟仲山甫補之。

又〔三〕

幾片雲如薛公鶴，精神態度不曾齊。老杜詩：洮雲片片黃。又詩：薛公十一鶴，皆寫青田真。低昂各有意，磊落如長人。按張彥遠名畫記，薛稷字嗣通，善花鳥、人物、雜畫，畫鶴知名。孟子曰：物之不齊，物之情也。安知隴鳥樊籠密，便覺南鵬羽翼低〔四〕。禰衡鸚鵡賦曰：閉以雕籠。注云：隴坻出此鳥〔五〕。淵明詩：久在樊籠裏，復得反自然。莊子曰：鵬翼若垂天之雲，海運則將徙於南溟。風散又成千里去，夜寒應上九天栖。相鶴經曰：飛則一舉千里。唐摭言楊衡詩：一一鶴聲飛上天。孫子曰：善攻者動於九天之上。廣雅：有九天，名亦曰九野。坐來改變如蒼狗，試欲揮毫意自迷。老杜詩：天上浮雲似白衣，須臾改變如蒼狗〔六〕。又曰：危時暫相見，衰白意都迷。按列子曰：穆王意迷心喪。

〔一〕『二詩代史夫人和石信道作』原無，據樹經堂本題下注補。

〔二〕『紬』原作『細』，據樹經堂本改。

〔三〕『又』原作『右二』，据全書統一体例改。

〔四〕『便覺』樹經堂本作『更覺』。

〔五〕『隴坻』原作『壠坻』，據文選卷十三禰衡鸚鵡賦注改。

〔六〕『須臾』樹經堂本作『坐來』。按杜甫可嘆詩作『斯須』。

從斌老乞苦笋

黃斌老，文湖州之妻姪，見於山谷題跋。

南園苦笋味勝肉，籜龍稱冤莫採録。盧仝寄男詩曰：籜龍正稱冤，莫殺入汝口，丁寧囑託汝，汝活籜龍不？煩君便致蒼玉束〔一〕，明日風雨皆成竹。禮記玉藻曰：大夫佩水蒼玉。樂天食笋詩：且食勿踟躕，南風吹作竹。

〔一〕『便致』元大全本及内集卷六作『更致』。

次韻黃斌老所畫橫竹

酒澆胸次不能平，吐出蒼竹歲崢嶸。『酒澆胸次』見上注。退之送高閑序曰：酣醉無聊不平，有動於心，於草書發之。鮑明遠舞鶴賦曰：歲崢嶸而愁暮。注云：歲之將暮，猶物之高。此引用以言歲寒。臥龍偃蹇雷不驚，公與此君俱忘形。蜀志諸葛亮傳：徐庶謂先主曰：『孔明，臥龍也。』此借用，以比竹。『偃蹇』見上注。莊子曰：疾雷破山，風振海而不能驚。晉書：王徽之寄居空宅，便令種竹，曰：『何可一日無此君耶？』老杜詩：忘形到爾汝，痛飲真吾師。按莊子曰：養志者忘形。

晴窗影落石泓處，松煤淺染飽霜兔。

退之毛穎傳：以瓦硯為弘農陶泓。此云『石泓』，即石硯可知。歐公詩：谷泉含石泓。『飽霜兔』見上注。

中安三石使屈蟠，亦恐形全便飛去。

名畫記云：張僧繇於金陵安樂寺畫四龍，不點眼睛，每云『點之即飛去』，人以為誕妄，因請點之。須臾，雷霆破壁，二龍上天，二龍不點眼者見在。此借用以終『卧龍』之意。南史卞彬傳，袁嘏曰：我詩須大材迮之，不爾便飛去。此云『三石』，即借用大材之意。莊子曰：形全精復，與天為一。老杜詩：沉吟屈蟠樹。

次韻謝黃斌老送墨竹十二韻

古今作生竹，能者未十輩。

東坡先生作文與可畫偃竹記曰：竹之始生，一寸之萌耳，而節葉具焉，自蜩腹蛇蚹以至於劍拔十尋者，生而有之也。今畫者乃節節而為之，葉葉而累之，豈復有竹乎？漢書婁敬傳曰：使者十輩來。

吳生勒枝葉，筌宷遠不逮。

山谷有道臻師畫墨竹序曰：墨竹出於近世〔一〕，不知其所師承。初，吳道子作畫，運筆作卷，不加丹青，已極形似，故世之精識博物之士多藏吳生墨本，至俗子乃衒丹青耳。意墨竹之師近出於此。山谷又跋臻師墨竹云〔二〕：嫩篁翠篠，極難為工，能妙者惟吳生耳，所以文與可多作老竹枯木，霜風寒雀，挾帶煙雨，以助其筆勢。江南李氏勒圈作竹葉，其畫與褚、柳正書同法。劉道醇名畫評曰：黃筌字要叔，蜀中人，善丹青，尤好花竹翎毛，凡所操筆，皆迫於真。與其子居宷從孟昶歸朝。居宷字伯鸞，亦善畫竹，有父風。蘇易簡得筌墨竹圖，李宗諤作贊，其序曰：『工丹青花竹者，必用五色，惟筌以墨染竹，獨得意於寂寞間。』魯論曰：耻躬之不逮也。

江南鐵鉤鎖，最許誠懸會。

山谷自注曰：世傳江南李主作竹，自根至梢極小者一一鉤勒成，謂之『鐵鉤鎖』，自云『惟柳公權有此筆法』。按唐書，公權字誠懸。劉道醇名畫評曰：南唐後主李煜好金索書，有唐希雅者嘗學之，乘興縱奇，因其戰掣之勢以寫竹樹〔三〕。與山谷之說小異。今因附見。燕公灑墨成，落落與時背〔四〕。國朝燕肅侍郎雅善墨竹。米芾畫史曰：肅字穆之，師李成。後漢耿弇傳光武曰：將軍前在南陽，建此大策，常以為落落難合。班固答賓戲曰：功不得背時而獨彰。樂天詩：性將時共背。譬如刳心松，中有歲寒在。寒山子詩曰：有樹先林生，計年逾一倍。根遭陵谷變，葉為風霜改。咸笑外彫殘，不憐內文彩。皮膚既脱落，唯有真心在。蓋用涅槃經語也。此句頗采其意。『歲寒』見魯論。湖州三百年，筆與前哲配。文同字與可，元豐二年出守湖州，未至而卒。詩言與可追配柳誠懸於三百年也。退之感二鳥賦曰：盍求配於古人？規模轉銀鉤，幽賞非俗愛。言與可以褚、柳正書之法變而作竹。『銀鉤』見上注。披圖風雨入，咫尺莽蒼外。漢志芝房歌曰：披圖按諜。南史齊竟陵王子良孫賁常於扇上圖山水，咫尺之內，便覺萬里為遥。老杜詩：咫尺應須論萬里。莊子音義曰：莽蒼，草野色也。上莫浪反，下七蕩反。吾宗學湖州，師逸功已倍。李邕詩：吾宗固神秀。禮記學記曰：善學者師逸而功倍。有來竹四幅，冬夏生變態。雝詩曰：有來雝雝。司馬相如子虛賦曰：殫覩衆物之變態〔五〕。張衡西京賦曰：命般、爾之巧匠，盡變態乎其中。李善注云：變，奇也。態，巧也。預知更入神，後出遂無對。畫品曰：吳道子才通思遠，下筆如有神助。易曰：精義入神。世説習鑿齒曰：樂令無對於晉世。吾詩被壓倒，物固不兩大。摭言曰：楊汝士於楊嗣復坐上，詩後成而最佳，元、白歎服，汝士醉歸，語其子弟曰：『吾今日壓倒元、白。』左傳周史曰：物莫能兩大。

〔一〕『出』原作『始』，據大全本、樹經堂本及內集卷十六所載山谷此序文改。

〔二〕『云』原作『以』，據大全本及樹經堂本改。

〔三〕『寫』原作『為』，據大全本、樹經堂本及劉道醇聖朝名畫評卷三花竹翎毛門改。

〔四〕『落落』內集卷六作『落筆』。

〔五〕『覩』原作『觀』，據大全本、樹經堂本及子虛賦改。

用前韻謝子舟為予作風雨竹

子舟詩書客，畫手睨前輩。退之詩：借問讀書客，胡為在京師？老杜詩：畫手看前輩，吳生遠擅場。挹袂拍其肩，餘力左右逮。山谷自注引郭璞詩云：左挹浮丘袖，右拍洪崖肩。論語：行有餘力。漢志：民有餘力。摩拂造化鑪，經營鬼神會。『造化鑪』見上注。謝赫畫品謂畫有六法，五曰『經營位置』。老杜詩：意匠慘淡經營中。老杜閬山歌曰：那知根無鬼神會，已覺氣與嵩華敵。光煤疊亂葉，世與作者背。謂俗工如此。看君回腕筆，猶喜漢儀在。言得前輩筆法也。墨藪載筆髓云：須手腕輕虛。索靖叙草書曰：命杜度運其指，使伯英回其腕。後漢光武紀曰：不圖今日復見漢官威儀。歲寒十三本，與可可追配。東坡王元之畫像贊引曰：足以追配此六君子者。小山蒼苔面，突兀謝憎愛。『小山』謂竹下山石也。盧仝石請客詩曰：竹弟雖讓客，不敢當客恩。自慚埋没久，滿面蒼苔痕。又石答竹曰：蒼蘚印我面，雨露皴我皮。此故不嫌我，突兀蒙相知。文選嵇康養生論曰：愛憎不施於情。風斜兼雨重，意出筆墨外。謂絶去翰墨畦逕也。老杜詩：輕燕受風斜。又雨詩：曉看紅濕處〔一〕，花重錦官城。畫斷曰：王宰畫山水樹石，出於象外。吾聞絶一源，戰勝自十倍。此句以下言胸中高勝，則游戲筆墨自當不凡。陰符經曰：絶利一源，用師十倍。說者謂：至静之極，不為死生所亂，故戰則必勝也。榮枯轉時機〔二〕，生死付交態。選詩曰：俛仰見榮枯。山谷此句言『轉時機』，謂視窮達若物之榮枯各隨時盛衰，任天機自運爾。

漢書鄭當時傳翟公曰：一死一生，乃知交情；一貧一富，乃知交態。山谷此句言處死生之變，我初無心從彼世情，自作異見。狙公倒七芧〔三〕，勿用嗔喜對。莊子：狙公賦芧曰：『朝三而暮四。』衆狙皆怒。曰：『然則朝四而暮三。』衆狙皆悅。名實未虧而喜怒為用，亦因是也。『嗔喜』見上注。高僧支遁傳喻道論曰：道林識清體順，而不對於物。此物當更工，請以小喻大。漢書：司馬相如上書諫獵云：鄙諺曰：『家累千金，坐不垂堂。』此言雖小，可以喻大。

〔一〕『看』原作『來』，據樹經堂本及杜甫春夜喜雨改。

〔二〕『時機』內集卷六作『發機』。

〔三〕『倒』內集作『賦』。

再用前韻詠子舟所作竹

森萷一山竹，壯士十三輩。元次山訟木魅曰：見榛梗之森梢。楚辭曰：萷櫹槮之可哀。集韻：萷音宵，萷槮，草木茂貌。『壯士』蓋用杜牧之『十萬丈夫』之意。熟觀此詩，子舟所作竹必十三枝，故前篇有『歲寒十三本』今又有『壯士十三輩』之語。自干雲天去〔一〕，草芥肯下逮〔二〕？司馬相如子虛賦曰：交錯糾紛，上干青雲。樛木詩注曰：木枝以下垂，故葛藟得纍而蔓之，喻后妃能以意下逮衆妾。虛心聽造物，顛沛風雲會〔三〕。詩意謂竹君無心，但聽命於造物，雖風雨之變，顛沛偃仆，亦任其自然爾。莊子子輿曰：其心閒而無事，跰𨇤而鑑于井曰：『嗟乎！造物者又將以予為此拘拘也。』注謂：任自然之變。班固答賓戲曰：彼皆躡風塵之會〔四〕，履顛沛之勢。文選季重牋曰〔五〕：值風雲之會。又選詩曰：藹藹風雲會。此並借用。按魯論注曰：造次，急遽；顛沛，偃仆。雖急遽偃仆，不違仁。詩云：顛沛之揭，本實先撥。榮枯偶同時，終不相棄背。『榮枯』見上注。氓詩序曰：華落色衰，復相棄背。誰云湖州没〔六〕？筆力今尚在。老杜詩：溟漲與筆力。阿筌雖墨妙，好以桃李配〔七〕。黃筌多作夾竹桃李。文選別賦曰：淵、雲之墨妙。國工裁主意，冷淡恐不愛。黃筌蓋孟蜀時待詔。『國工』見上注。『裁』謂量度。摭言曰：裴度夜宴聯句，白樂天曰：『笙歌鼎沸，勿作此冷淡生活。』子舟落心畫，榮觀不在外。『落』謂落筆。法言曰：書，心畫也。老子曰：雖有榮觀，燕處超然。耆年道機熟，增勝當倍倍。維摩經天女答舍利佛曰：我止此室，如耆年解脱。柳子厚詩：老僧道機熟。李通玄華嚴論：多有倍倍增廣之語。祖述今百家，小紙弄姿態。禮記曰：仲尼祖述堯舜。『小紙』見何曾傳，具上注。後漢李固傳曰：固獨胡粉飾貌，搔頭弄姿，槃旋偃仰，從容冶步。宋玉神女賦曰：瑰姿瑋態。世説注文士傳曰：張華為人少威儀，多姿態。雖云出湖州，卷置懶開對。謂失與可本意。非公筆如椽，孰能為之大？晉書王恂傳曰：夢人以大筆如椽與之，既覺，語人云『此當有大手筆』事。魯論曰：赤也為之小，孰能為之大？』此借用。

〔一〕『去』內集卷六作『出』。

〔二〕『芥』內集作『莽』。

〔三〕『雲』內集作『雨』。

〔四〕『塵』原作『雲』，據大全本、樹經堂本及文選卷四十五班固答賓戲改。

〔五〕『季』原作『李』，據樹經堂本及文選卷四十吳季重（質）答魏太子牋改。

〔六〕『云』內集作『言』。

〔七〕『桃李』内集作『竹鶴』。

戲詠子舟畫兩竹兩鸜鵒

風晴日暖搖雙竹，竹間相語兩鸜鵒。鸜鵒之肉不可肴，人生不材果為福。老杜冬狩行：有鳥名鸜鵒，力不能高飛。逐走蓬肉味，不足登鼎俎，胡為見羈虞羅中？莊子山木篇弟子問於莊子曰：昨日山中之木，以不材得終其天年。淮南子曰：塞上之人，馬無故亡而入胡，人皆弔之，其父曰：『此何遽不為福乎？』

子舟之筆利如錐〔一〕，千變萬化皆天機。樂天詩曰：紫毫筆尖如錐兮利如刀。晉書祖納傳曰：汝潁之士利如錐。列子云：千變萬化。老杜歌曰：劉侯天機精，愛畫入骨髓。

未知筆下鸜鵒語，何似夢中蝴蝶飛？真假夢覺，為一為二，達者必能辨之〔二〕。莊子曰：昔者莊周夢為蝴蝶，栩栩然蝴蝶也，自喻適志與〔三〕。俄然覺，則蘧蘧然周也。不知周之夢為蝴蝶與，蝴蝶之夢為周與？

〔一〕『利』樹經堂本作『力』。

〔二〕『之』原無，據大全本及樹經堂本加。

〔三〕『與』原無，據元大全本及莊子齊物論加。樹經堂本作『歟』(下二字同)，通。

山谷詩集注卷第十三

次韻答斌老病起獨游東園二首

萬事同一機，多慮乃禪病。楞嚴曰：雖見諸根動，要以一機抽。傳燈録僧亡名息心銘曰：無多慮，無多知。多知多事，不如息意。多慮多失，不如守一。圓覺經曰：大悲世尊，快説禪病。

排悶有新詩，忘蹄出兔徑。老杜詩云：排悶强裁詩。莊子曰：蹄者所以在兔，得兔而忘蹄。言者所以在意，得意而忘言。僧肇注維摩經曰：曷為回龍象於兔徑。又傳燈録永嘉證道歌曰：大象不游於兔徑。

蓮花生淤泥，可見嗔喜性。維摩經曰：譬如高原陸地，不生此花，卑濕淤泥，乃生此花。山谷此句意謂：花與泥俱出於一池，非泥外有花；喜與嗔俱出於一性，非嗔外有喜。因所見以示人，蓋得夫觀物之妙也。

小立近幽香，心與晚色静〔一〕。王立之詩話曰：山谷詩云：『小立佇幽香』，『儂家能有幾絇絲』，韻聯與荆公頗相同，當是暗合耳。按介甫詩云：月映林塘淡，空涵笑語涼。俯窺憐緑淨，小立佇幽香。然亦本於老杜『稀疏小紅翠，駐屐近微香』之句。老杜詩又曰：水花晚色静，庶足充淹留。

主人心安樂，花竹有和氣。時從物外賞，自益酒中味。國語晉文公曰：人生安樂，孰知其他？張平子歸田賦曰：苟縱心於物外。淵明詩：酒中固多味。斸枯蟻改穴，掃籜筍迸地。『斸』音株玉切，斫也。老杜詩：藥許鄰人斸〔二〕。樂天筍詩曰：穿墻迸路不依行。萬籟寂中生，乃知風雨至〔三〕。『萬籟』見上注。

〔一〕『静』内集卷六作『净』。

〔二〕『許』原作『任』，據元大全本及杜甫正月三日歸溪上有作簡院内諸公詩改。

〔三〕『知』内集作『見』。

又和二首

西風壓殘暑，如用霍去病。漢書霍去病傳曰：合短兵鏖皋蘭下。疏溝滿蓮塘，掃葉明竹逕。魏都賦曰：疏通溝以濱路。注曰：疏，通也。中有寂寞人，自知圓覺性。圓覺經曰：無上法王有大陁羅尼門，名為圓覺。心猿方睡起，一笑六窗静。高僧求那跋摩傳曰：知彼所依處，從心猿猴起，業及業報果，依緣念念滅。按遺教經曰：此五根者心為其主，譬如猿猴得樹，難可禁制。傳燈録中邑禪師傳：仰山問：『如何得見性？』師云：『譬如有屋，屋有六窗，内有一獮猴，東邊喚山山，山山應如是，六窗俱喚俱應。』仰山云：『只如内獮猴困睡，外獮猴欲與相見，如何？』師即下繩床，執仰山手作舞云：『山山與汝相見了。』

外物攻伐人，鍾鼓作聲氣。莊子曰：外物不可必。劉子曰：目愛緑色，命曰伐性之斤。耳樂淫聲，命曰攻心之鼓。左傳曰：凡師有鍾鼓曰伐，無曰侵。又曰：金鼓以聲氣也。

又曰：一鼓作氣。待渠弓箭盡，我自味無味。傳燈録：僧問巖頭：「弓折箭盡，如何？」師曰：「去。」老子曰：為無為，事無事，味無味。宴安衽席間，蛟鰐垂涎地。左傳曰：宴安酖毒，不可懷也。莊子曰：夫畏途者，十殺一人，則父子兄弟相戒也。人之所最畏者〔一〕，衽席之上，飲食之間，而不知為之戒者，過也。歐公乞致仕表曰：不虞暗禍陷臣於風波必死之淵，上賴至仁，脱臣於蛟鰐垂涎之口。文選枚叔七發曰：往來游醼，縱恣乎曲房隱間之中。此甘餐毒藥，戲猛獸之爪牙也。君子履微霜，即知堅冰至。言外物之來，當辨於早也。楚辭東方朔七諫曰：微霜下而夜降。易坤卦曰：履霜堅冰至。

〔一〕「最」樹經堂本作「取」。按莊子達生作「人之所取畏者」，舊注謂「取」通「最」。

又答斌老病愈遣悶二首

百痾從中來，悟罷本誰病〔一〕？黄庭經：百痾所鍾存無英〔二〕。説文曰：痾，病也。文選短歌曰：憂從中來，不可斷絶。維摩經曰：維摩詰言：「今我此病，皆從前世妄想顛倒諸煩惱生，無有實法，誰受病者？所以者何？四大合故。假名為身，四大無主，身亦無我。」西風將小雨，凉入居士徑。苦竹遶蓮塘，自悦魚鳥性。唐人常建詩曰：山光悦鳥性，潭影空人心。紅粧倚翠蓋，不點禪心静〔三〕。青箱雜記曹修古詩云：荷葉罩芙蓉，圓青映嫩紅。佳人南陌上，翠蓋立春風。太白詩：花將色不染，心與水俱閑。

風生高竹涼，雨送新荷氣。老杜詩：旁舍連高竹。韋應物詩：雨微荷氣涼。魚游悟世網，鳥語入禪味。選詩曰：世網嬰我身。阿彌陀經云：水鳥樹林及與諸佛所出音聲，皆演妙法，與十二部經合。維摩經曰：雖復飲食，而以禪悅為味。又按涅槃經：有出家味，讀誦味，坐禪味。柳子厚詩云：世網難嬰每自珍。南史虞寄云：魚游沸鼎。一揮四百病，智刃有餘地。病來每厭客，今乃思客至。維摩經曰：是身為災，百一病惱。僧肇注曰：一大增損，則百一病生；四大增損，則四百四病同時俱作。經又曰：以智慧劍破煩惱賊。文選頭陀寺碑曰：智刃所游，日新月故。莊子曰：恢恢乎其於游刃必有餘地矣。退之詩：清琴試一揮。

〔一〕「誰」内集卷六作「非」。

〔二〕「百痾所鍾存無英」按黄庭内景經肝部章第十一作：「百痾不鍾存無英」。

〔三〕「静」内集作「浄」。

次韻黄斌老晚游池亭二首

路入東園無俗駕，忽逢佳士喜同遊。文選北山移文曰：請回俗士駕，為君謝逋客。緑荷菡萏稍覺晚，黄菊拒霜殊未秋。山有扶蘇詩注曰：荷華，扶渠也，其花菡萏。陶岳零陵記曰：拒霜花，樹叢生，葉大而歧，花甚紅，九月霜降時開，故謂之拒霜。文選江文通詩曰：佳人殊未來。客位正須懸榻下，主人自愛小塘幽。禮記冠義曰：醮於客位。後漢書徐穉傳曰：太守陳蕃不接賓客，唯稚來特設一榻，去則懸之。文選沈休文詩：賓至下塵榻。老杜詩：主人為卜林塘幽。老夫多病蠻江上，頗憶平生馬少游。後漢馬援傳曰：吾從弟少游常哀吾慷慨多大志，曰：『致求盈餘，但自苦耳。』當吾在浪泊、西里間，毒氣熏蒸，仰視飛鳶跕跕墮水中，卧念少游平生時語，何可得也！

岑寂東園可散愁，膠膠擾擾夢神遊。『岑寂』見上注。老杜詩：暄和散旅愁。莊子天道篇堯曰：膠膠擾擾乎！注云：自嫌有事。列子曰：黃帝夢遊於華胥氏之國，非舟車足力之所及，神游而已。萬竿苦竹旌旗卷，一部鳴蛙鼓吹秋〔一〕。南史孔珪傳：門庭内草萊不剪，中有蛙鳴，曰：『我以此當兩部鼓吹』雨後月前天欲冷，身閑心遠地常幽。淵明詩：心遠地自偏。杜門謝客恐生謗，且作人間鵬鷃游。漢書申公傳：終身不出門，復謝賓客。又按唐書陸贄傳〔二〕：既放荒遠，常闔户，人不識其面。又：避謗不著書。此詩反其意。世説注：向子期、郭子玄逍遥義曰：夫大鵬之上九萬，尺鷃之起枋榆，小大雖殊，各任其性，苟當其分，逍遥一也。而山谷作莊子内篇解則曰：鵾鵬之大、鳩鷃之細，均為有累於物而不能逍遥，唯體道者乃能逍遥耳。然此詩用向、郭之意。

〔一〕『秋』萬曆本及樹經堂本作『休』。

〔二〕『書』原無，據大全本、樹經堂本補。

戲答史應之三首

先生早擅屠龍學，袖有新硎不試刀。歲晚亦無雞可割，庖蛙煎鱔薦松醪。嘗聞長老云應之，眉山人，落魄無檢，喜作鄙語，人以屠膾目之〔一〕，故此詩多用屠家事。莊子曰：朱泙漫學屠龍於支離益，單千金之家，三年技成而無所用其巧。『新硎』、『割雞』皆見上注。前輩詩曰：來朝為送先生飯，一夜沿溪捉鱔魚。應之授館於人，為童子師，故云爾。舊本『煎鱔』作『煬蜢』，蓋眉之野人或食蚝蜢，故鄉諺因以為戲。唐人郭受詩：松醪酒熟旁看醉。又傳奇曰：鄭德鄰居江上，遇一賣菱叟，每以佳酒『松醪春』與之。

老萊有婦懷高義，不厭夫家苜蓿盤。列女傳：老萊子逃世，耕於蒙山之陽，楚王駕至其門，曰：『守國之孤願變先生。』老萊曰：『諾。』妻曰：『妾聞之，居亂世，為人所制，能免於患乎？妾不能為人所制者。』委畚而去，老萊乃隨而隱閩川。名士傳：薛令之開元中為右庶子，時宮僚清淡，令之為詩曰：『朝日上團團，照見先生盤。盤中何所有？苜蓿長闌干。』收得千金不龜藥，短裙漂絖暮江寒。莊子曰：宋人有不龜手之藥者，世世以洴澼絖為事。客聞之，請買其方百金。與越人水戰，大敗越人，吴王裂地而封之。注云：其藥能令手不拘拆，故常漂絮於水中也。

甑有輕塵釜有魚，漢庭日日召嚴徐。後漢范丹傳：所止單陋，有時絶粒，閭里歌之曰：『甑中生塵范史雲，釜中生魚范萊蕪。』漢書主父偃傳曰：是時徐樂、嚴安亦俱上書言世務，上召見三人，謂曰：『公皆安在？何相見之晚也！』田叔傳曰：漢廷臣無能出其右者。不嫌藜藿來同飯，更展芭蕉看學書。『藜藿』見上注。法書苑陸羽作懷素傳曰：貧無紙可書，常於故里種芭蕉萬餘，以供揮洒。

〔二〕『膾』樹經堂本作『儈』。

題也足軒〔一〕并序

簡州景德寺覺範道人種竹於所居之東軒，使君楊夢貺題其軒曰『也足』，取古人所謂『但有歲寒心，兩三竿也足』者也，仍為之賦詩，余輒次韻。此詩以石本校過，改正『種』、『愛』、『若』、『曇』四字。

道人手種兩三竹〔二〕，使君忽來唾珠玉。『手種』誤作『手插』。太白詩：咳唾落九天，隨風生珠玉。不須客賦千首詩，若是賞音一夔足。杜牧之詩：何人得似張公子，千首詩輕萬户侯。吳志周瑜傳注江表傳：瑜謂蔣幹曰：『吾雖不及夔、曠，聞弦賞音，足知雅曲。』呂氏春秋魯哀公問於孔子曰：樂正夔一足矣。此借用，以屬楊使君。世人愛處屬同流〔三〕，一絲不掛似太俗。『愛處』誤作『同處』。傳燈録石頭和尚草庵歌曰：世人住處我不住，世人愛處我不愛。又豐干告寒山子曰：『汝與我游五臺，即我同流；若不與我去，非我同流。』曰：『我不去。』豐干曰：『汝不是我同流。』又南泉問陸亘：『十二時中作麽生？』陸曰：『寸絲不挂。』師云：『猶是階下漢。』又南泉坐次，一僧叉手而立，南泉曰：『太俗生。』僧合掌，南泉曰：『太僧生。』詩意謂愛竹開軒，聊同世好，於佛法初無所妨也〔四〕。客來若問有何好〔五〕，道人優曇遠山緑〔六〕。『若問』誤作『問我』、『優曇』誤作『優波』。晉書孟嘉傳桓温問：酒有何好而卿嗜之？貫休詩：夜雨山草滋，爽籟雜枯木。閑吟竺仙偈，清絶過於玉。蟋蟀鳴壞墻，苟免悲局促。道人優曇華，迢迢遠山緑。按法華經云：佛告舍利弗：『如是妙法，諸佛如來時乃說之，如優曇鉢華，時一現耳。』又偈曰：『是人甚希有，過於優曇華。』疏云：優曇鉢名瑞應，三千年一現，現則金輪王出。此詩引用，言竹之所以可愛，政由道人難得耳。山谷與周元翁書曰：範上坐是簡州人，爲山喆老門人也，其人聞道已久，多見前輩，道機純熟，知慮深遠，於士大夫中求之未易得。

〔一〕此詩内集載卷六，題作『筇竹』，無小序。

〔二〕『手種』内集作『手插』。

〔三〕『世人愛處屬同流』内集作『世人同處但同流』。樹經堂本『屬』作『但』。

〔四〕『所妨』樹經堂本作『相妨』。

〔五〕『若問』内集作『問我』。

〔六〕『優曇』内集作『優波』。萬曆本詩後注：『石本「問我」作「莫問」，「優波」作「優曇」。』

寄題榮州祖元大師此君軒

王師學琴二十年〔二〕，響如清夜落澗泉。琴曲有幽澗泉。老杜詩：藍水遠從千澗落。滿堂洗盡箏琶耳，請師停手恐斷絃。東坡詩：歸家且覓千斛水，浄洗從前箏笛耳。張籍詩：爲出二侍女，合彈琵琶箏。退之聽穎師琴詩曰：推手遽止之，濕衣淚滂滂。又詩：杯行到君莫停手。琴家有『彈欲斷絃下指淺，按欲入木力不見』之語。神人傳書道人命，死生貴賤如看鏡。『道』讀如『樂道人之善』之『道』。史記龜策傳曰：卜者虛高人禄命以説人志。退之作李虛中誌曰：最深於五行書，以人之始生年月日所直日辰支干相生勝衰死相王，斟酌推人壽夭、貴賤、利不利，輒先處其年時，百不失一二〔二〕。

晚知直語觸憎嫌，深藏幽寺聽鍾磬。言不復以談天為事。漢書谷永傳曰：瞽言觸忌諱。退之詩：僻寺境還幽。

有酒如澠客滿門，不可一日無此君。左傳曰：有酒如澠，有肉如陵。『此君』見上注。

當時手栽數寸碧，聲挾風雨今連雲。韓、孟城南聯句云：遙岑出寸碧。此借用。『挾風雨』見上注。文選潘岳秋興賦曰：高閣連雲。

此君傾蓋如故舊，骨相奇怪清且秀。漢書鄒陽傳語曰：有白頭如新，傾蓋如故。按家語，孔子遇程子，傾蓋而語終日，甚相悅，顧謂子路：『取束帛以贈之。』魯論曰：故舊不遺，則民不偷。『骨相』見上注。

程嬰杵臼立孤難，伯夷叔齊採薇瘦。言竹之勁且瘦如此。史記趙世家：趙屠岸賈殺趙朔，朔妻成公姊，有遺腹，走公宮匿。趙朔客曰：公孫杵臼謂朔友人程嬰曰：『立孤與死孰難？』程嬰曰：『死易，立孤難耳。』杵臼曰：『子强為其難者，吾為其易者，請先死。』伯夷傳曰：伯夷、叔齊義不食周粟，隱於首陽山，采薇而食之，遂餓死於首陽山〔三〕。

霜鍾堂上弄秋月，微風入絃此君說。『霜鍾』蓋蔡邕秋思，琴曲之一也，此僧因以名其堂。

公家周彥筆如椽〔四〕，此君語意當能傳。王庠字周彥，榮州人，東坡嘗稱之。『筆如椽』見上注。

〔一〕『二十年』內集及樹經堂本作『三十年』。

〔二〕『二』原無，據樹經堂本及昌黎先生文集卷二十八殿中侍御史李君墓誌銘增補。

〔三〕『山』原無，據樹經堂本及史記伯夷列傳補。

〔四〕『公家』內集作『君家』。

答李任道謝分豆粥

豆粥能驅晚瘴寒，與公同味更同餐〔一〕。安知天上養賢鼎？且作山中煮菜看。後漢馮異傳：光武曰：昨得公孫豆粥，飢寒俱解。世説孫長樂作王長史誄云〔二〕：同此玄味。易鼎卦曰：聖人，大亨以養聖賢。

〔一〕『與公』樹經堂本作『與君』。

〔二〕『誄』原作『詩』，據世説新語輕詆改。

贈知命弟離戎州

道人終歲學陶朱，西子同舟泛五湖。船窗卧讀書萬卷，還有新詩來起予。知命頗落魄不羈，此詩蓋鐫誨之也。山谷嘗有書與人云：知命不樂静居，數出。又答宋子茂書云：知命將一妾一子相同來。史記貨殖傳：范蠡適齊，為鴟夷子皮；之陶，為朱公。國語曰：范蠡遂乘輕舟以浮於五湖。杜牧之詩云：西子下姑蘇，一舸逐鴟夷。『起予』見魯論。

姪相隨知命舟行

相字惟深，小字韓十，知命第二子。

莫去沙邊學釣魚，莫將百丈作轆轤。盧仝詩：轆轤無繩井百尺。老杜又有燕子來舟中詩云：湖南為客動經春，燕子啣泥兩度新，暫語船檣還起去，穿花落水益霑巾。清江濯足窗下坐，燕子日長宜讀書。老杜詩：百丈牽江色。

次韻奉答文少激紀贈二首〔一〕

詩來清吹拂衣巾，句法詞鋒覺有神。詩曰：吉甫作誦，穆如清風。廬山記載王喬之詩曰：常聞清吹空。文選沈休文詩：豈假濯衣巾。晉書潘岳贊曰〔二〕：詞鋒景絢〔三〕。又老杜詩云：詩成覺有神。今日相看青眼舊，他年肯作白頭新？青箱雜記范諷詩：惟有南山與君眼，相逢不改舊時青。漢書鄒陽傳曰：白頭如新，傾蓋如故。文如霧豹容窺管，氣似靈犀可辟塵。『霧豹』見上注。晉書王獻之傳門生曰：此郎管中窺豹，時見一斑。李商隱詩：心有靈犀一點通。述異記曰：却塵犀，海獸也，其角辟塵。南山有玄豹，霧雨十日，不下食，欲以澤其毛羽，成其文章。慚愧相期在臺省，無心枯木豈能春？老杜詩：諸公衮衮登臺省。劉禹錫詩：病樹前頭萬木春。

文章藻鑑隨時去，人物權衡逐勢低。少激登元祐三年進士第，時東坡知舉，山谷為其屬，故於此詩寄一嘆之意。『藻鑑』見上注。後漢許劭傳：覈論鄉黨人物。

揚子墨池春草遍，武侯祠廟曉鶯啼。揚子雲墨池、諸葛忠武廟，皆在今成都。老杜蜀相祠堂詩云：映階碧草自春色，隔葉黃鸝空好音。山谷意謂東坡竄謫，岷峨悽愴，無復振起前人氣象也。

書帷寂寞知音少，幕府留連要路迷。漢書董仲舒傳：下帷講誦。『知音少』見上注。漢書李廣傳曰：幕府省文書。注云：幕府者，以軍幕為義。選詩云：何不策高足，先據要路津？

顧我何人敢推輓，看君桃李合成蹊。並見上注。

〔一〕內集卷十此詩題為『次韻奉答少微紀贈二首』。

〔二〕『書』原無，據樹經堂本補。

〔三〕『詞鋒景絢』晉書潘岳傳史臣曰：『詞鋒景煥。』

次韻文少激推官祈雨有感〔一〕

少激名抗，臨卭人，時在戎州。諸本或作『少微』，誤。予嘗見其家藏此詩真本，有序云：『竊聞太守齋潔奉祠，當獲嘉應。』

窮儒憂樂與民同，何況朱輪職勸農！終日齏鹽供一飯，幾時膚寸冒千峰？文氏真本『民』作『人』。按晉書謝安傳簡文帝曰：安石既與人同樂，必不得不與人同憂。退之送窮文曰：太學四年，朝齏暮鹽。公羊曰：觸石而出，膚寸而合，不崇朝而徧雨乎天下者，唯泰山耳。注云：側手為膚，按指為寸。文選潘安仁詩：川氣冒山嶺。詩意謂少激之窮如此，安能澤加於民？**未須丘垤占鳴鸛，只要朝廷起卧龍**〔二〕。言調燮陰陽在得人也。東山詩：鸛鳴于垤。注云：鸛，水鳥也，將陰雨則鳴。『丘垤』見孟子。蜀志諸葛亮傳徐庶謂先主曰：諸葛孔明者，卧龍也，將軍豈願見之乎？蘇黄門詩：雷雨連年起卧龍。**從此滂沱遍枯槁，愛民天子似仁宗。**文氏真本上句作『從此滂沱三十六』，後改此句。按春秋説題辭曰：一歲三十六雨，天地之氣宣，十日小雨應天文，十五日大雨以斗運也。又按京房易候云：太平之時十日一雨，凡歲三十六雨，此休徵時若之應。

〔一〕內集卷十此詩題為『次韻文少微判官祈雨有感』。

〔二〕『朝廷』內集及樹經堂本作『雷霆』。

次韻李任道晚飲鎖江亭

此詩前有贈惠洪一篇，編次不倫，前輩以為非山谷所作。曾慥詩選記俞秀老事亦嘗及之，今刪去。鎖江亭在戎州之東，戎今為叙州。山谷與王觀復書云：有李仔任道，本梓人而寓江津二十餘年，其人言行有物，參道得其要，老成人也。

西來雪浪如炰烹，兩涯一葦乃可横。東坡樂府曰：江漢西來，猶自帶岷峨雪浪、錦江春色。退之詩：具此煎炰烹。莊子秋水篇曰：兩涘渚涯之間。詩曰：誰謂河廣？一葦杭之。楚辭曰：横大江兮揚靈。**忽思鍾陵江十里，白蘋風起縠紋生。**劉禹錫詩：令人忽憶瀟湘渚。輿地廣記：唐改豫章曰鍾陵，又改曰南昌，今屬洪州。山谷鄉里也。『白蘋』見上注。宋玉風賦曰：風起于青蘋之末。劉禹錫竹枝歌曰：瀼西春水縠紋生。**酒杯未覺浮蟻滑，茶鼎已作蒼蠅鳴。**張平子南都賦曰：酒則九醖甘醴〔一〕，十旬兼清，醪敷徑寸，浮蟻若萍。退之集載彌明石鼎聯句曰：時於蚯蚓竅，微作蒼蠅鳴。

歸時共須落日盡，亦嫌持蓋僕屢更。老杜詩：落盡高天日，幽人未遣回。又云：清江白日落欲盡。禮記儒行曰：遽數之，不能終其物；悉數之，乃留更僕，未可終也。

〔一〕『九醞』原無，據樹經堂本及文選卷四張衡南都賦補。

再次韻兼簡履中南玉三首

李侯詩律嚴且清，諸生賡載筆縱橫。禮記緇衣篇曰：昔吾有先正，其言明且清。書皐陶：乃賡載歌。注云：賡，續；載，成也。續歌以成其義。東坡詩：敢將詩律鬪清嚴。

句中稍覺道戰勝，胸次不使俗塵生。淵明詩：貧富常交戰，道勝無戚顏。按韓非子子夏曰：今先生之義勝，故肥。其詳具上注。楚辭屈平漁父曰：安能以皓皓之白，蒙世俗之塵埃乎！

山繞樓臺鍾鼓晚，江觸石磯碪杵鳴。退之詩：青春白日映樓臺。老杜詩：寒江觸石喧。寰宇記曰：鄂州江夏縣有鷩磯山，俯臨大江，下有石磯，波濤迅急，商旅驚駭，因以為名。此用其字。樂天詩：月苦風清砧杵悲。

鎖江主人能致酒，願渠久住莫終更。李賀有致酒行曰：零落棲遲一杯酒，主人奉觴稱客壽。漢書叚會宗傳曰：終更亟還，亦足以復鴈門之踦。注云：邊吏三歲更。

江津道人心源清，不繫虛舟盡日橫。四十二章經曰：佛言沙門者，斷去愛欲，識自心源。莊子曰：泛乎若不繫之舟，虛而遨遊者也。寇萊公詩：野水無人渡，孤舟盡日横。江津屬渝州，渝今為恭。**道機禪觀轉萬物，文采風流被諸生。**柳子厚贈江華長老詩：老僧道機熟，默語心皆寂。圭峰禪源序曰：至於念佛求生淨土，亦須修十六觀禪。楞嚴曰：若能轉物，即同如來。老杜詩：文采風流今尚存。前漢朱雲傳曰：時出乘牛車從諸生。**與世浮沉唯酒可，隨人憂樂以詩鳴**〔一〕。杜詩：濁醪有妙理，庶用慰沉浮。史記游俠傳序曰：豈若卑論儕俗，與世沉浮而取榮名哉！晉書顧榮傳曰：唯酒可以忘憂。蔡琰胡笳十八拍曰：絲竹微妙兮，均造化之功。哀樂各隨人心兮，有變則通。退之送孟東野序曰：東野始以其詩鳴。此引用，言隨其心之所感，或憂或樂，皆於詩焉發之。**江頭一醉豈易得，事如浮雲多變更**〔二〕。老杜詩：每日江頭盡醉歸。又詩：天上浮雲似白衣，須臾改變如蒼狗。

鎖江亭上一樽酒，山自白雲江自横。

文選沈休文詩：勿言一樽酒，明日難重持。**李侯短褐有長處，不與俗物同條生。**左傳曰：盧蒲嫳髪短而心甚長。此句頗采其意。『短褐』見上注。漢書丙吉傳曰：人各有所長。浮盃和尚語曰：別有長處，不妨拈出。晉書王戎傳阮籍曰：俗物已復來敗人意。傳燈録巖頭曰：雪峰雖與我同條生，不與我同條死。要識末後句，只這是。**經術貂蟬續狗尾，文章瓦釜作雷鳴。**此句指當世之士。晉書趙王倫傳：每朝會，貂蟬盈坐，時人諺曰：『貂不足，狗尾續。』史記屈原傳曰：黄鍾毀棄，瓦釜雷鳴。**古來寒士但守節，夜夜抱關聽五更。**漢書汲黯傳曰：守節死義。又蕭望之傳：署小苑東門候，王仲翁顧謂望之曰：『不肯録，反抱關為？』望之曰：『各從其志。』注云：門候謂主候時而開關也。孟子曰：抱關擊柝。夏竦詩：卧聽元戎報五更。

〔一〕『人』内集卷六作『時』。

〔二〕『多變更』內集句下小字注：「一作『喜變更』。」

次韻任道食荔支有感三首

一錢不直程衛尉，萬事稱好司馬公。兩句皆山谷自道。漢書灌夫傳：夫罵灌賢曰：『平生毀程不識不直一錢，今乃效女曹兒呫囁耳語〔二〕！』田蚡曰：『程、李俱東西宮衛尉，今衆辱程將軍，仲孺獨不為李將軍地乎？』世説載司馬徽別傳曰：徽字德操，括囊畏慎，人有以人物問徽者，初不辯其高下，每輒言『佳』，其婦諫之，徽曰：『如君所言，亦復佳。』白髮永無懷橘日，六年怊悵荔支紅。吳志：陸績年六歲，於九江見袁術。術出橘，績懷三枚去，拜辭墮地，術謂曰：『陸郎作賓客而懷橘乎？』績跪答曰：『欲遺母。』術大奇之。按山谷入蜀，凡六見荔支。宋玉高唐賦曰：怊悵自失。怊，耻驕反。

今年荔子熟南風，莫愁留滯太史公。漢書司馬遷傳曰：太史公留滯周南。注云：司馬談為太史令，遷尊其父，故謂之為『公』。山谷嘗為神宗實録院檢討官云。五月照江鴨頭緑〔三〕，六月連山柘枝紅。太白詩：遙看漢水鴨頭緑。老杜詩：連山晚照紅。山谷與王觀復書云：今年戎州荔子盛登，一種柘枝頭出於過臘，平大如雞卵，味極美。

舞女荔支熟雖晚，臨江照影自惱公。『舞女』亦謂柘枝。樂府天與蹙羅裝寶髻，更挼猩血染殷紅。

雜録曰〔三〕：柘枝舞因曲為名，用二女兒，帽施金鈴，抃轉有聲。後漢書宦者傳論曰：歌童舞女之翫。李賀詩有惱公篇，蓋艷體也。其首章曰：宋玉愁空斷，嬌嬈粉自紅〔四〕。歌聲春草露，門掩杏花叢。『猩血』見上注。老杜詩：象床玉手亂殷紅。殷音烏閑反。

〔一〕『呫』原作『沾』，據樹經堂本及漢書灌夫傳改。

〔二〕『五月』内集作『三月』。『照江』元大全本作『臨江』。

〔三〕『樂府雜録』，按以下引文不出樂府雜録，實引自郭茂倩樂府詩集卷五十六柘枝詞解題。解題首引樂府雜録，次引樂苑，此段引文出樂苑，任注引用，蓋承上文之出樂府雜録而致誤。

〔四〕『嬈』原作『鐃』，據樹經堂本及李賀惱公詩改。

廖致平送緑荔支為戎州第一王公權荔支緑酒亦為戎州第一

王公權家荔支緑，廖致平家緑荔支。試傾一杯重碧色，快剥千顆輕紅肌。老杜宴戎州東樓詩云：重碧酤春酒，輕紅擘荔支。撥醅蒲萄未足數，堆盤馬乳不同時。太白詩：遙看漢水鴨頭緑，有似蒲萄新撥醅。退之蒲萄詩曰：若欲滿盤堆馬乳，莫辭添竹引龍鬚。漢武帝曰：恨不得與此人同時！誰能同此勝絶味？唯有老杜東樓詩。世説孫長樂作王長史誄云：余與夫子〔一〕，交非勢利，心猶澄水，同此玄味。老杜東樓詩首句曰：勝絶驚身老，情忘發興奇。

〔一〕『子』原作『人』，據樹經堂本及世說新語輕詆改。

謝楊履道送銀茄四首

藜藿盤中生精神，珍蔬長蔕色勝銀。朝來鹽醯飽滋味，已覺瓜瓠漫輪囷。家語子路曰：由也事二親之時，嘗食藜藿之實。老杜詩：顏色白勝雪。禮記月令曰：薄滋味毋致和。漢書鄒陽傳曰：蟠木根柢，輪囷離奇。注云：委曲盤戾也。此借用。

君家水茄白銀色，殊勝埧裏紫彭亨。蜀人生蔬不下箸〔二〕，吾與北人俱眼明。玉篇云：蜀人謂平川曰埧，音必駕反。彌明石鼎聯句曰：家腹脹彭亨。黃庭經曰：五岳之雲氣彭亨。『生蔬』蓋用俗語。晉書何曾傳曰：日食萬錢，猶曰『無下箸處』。老杜詩：吾與汝曹俱眼明。

白金作顆非椎成，中有萬粟嚼輕冰。戎州夏畦少蔬供，感君來飯在家僧。後漢韓稜傳：肅宗賜三人以寶劍，自手署其名曰：『韓稜楚龍淵，郅壽蜀漢文，陳寵濟南椎成。』以寵敦朴，善不見外，故得椎成。此借用。孟子曰：病于夏畦。集福德三昧經曰：若有菩薩作是三昧，雖在家，當說是人名為出家。山谷持律頗嚴，故自謂『在家僧』。東坡和食笋詩云：一飯在家僧。

畦丁收盡垂露實，葉底猶藏十二三。老杜摘蒼耳詩曰：畦丁告勞苦。莊子馬蹄篇曰：馬之死者，十二三矣。待得銀包已成穀，更當乞種過江南。茄之老者，其子堅黑如穀，北人謂之穀子茄。

〔一〕『蔬』原作『疏』，據內集卷六改。

送石長卿太學秋補

長卿家亦但四壁，文君窺之介如石。借用司馬長卿事。『四壁』見上注。易豫卦之『六二』曰：介于石，不終日，貞吉。繫辭曰：介如石焉〔一〕，寧用終日，斷可識矣。胸中已無少年事，骨氣乃有老松格。晉書阮裕傳曰：人云裕骨氣不及逸少，而兼有諸人之美。盧仝詩曰：此骨縱橫奇又奇，千歲萬歲枯松枝。漢文新覽天下圖，詔山採玉淵獻珠。徽宗時初即位。東都賦曰：天子受四海之圖籍，膺萬國之貢珍。再三可陳治安策，第一莫上登封書。漢書賈誼傳曰：因陳治安之策，試詳擇焉。司馬相如傳：長卿為一卷書，言封禪事。南史：陳後主從隋文帝東巡，賦詩曰：『太平無以報〔二〕，願上東封書。』樂天詩：鴈鴈汝飛向何處？第一莫飛西北去。

〔一〕『如』原作『於』，據樹經堂本及易繫辭改。
〔二〕『無』原作『何』，據樹經堂本及南史陳本紀下改。

次韻少激甘露降太守居桃葉上〔一〕

金莖甘露薦齋房，潤及邊城草木香。漢武帝故事：作承露盤以取雲表之露。班固西都賦曰：抗仙掌以承露，擢雙立之金莖。漢志郊廟歌曰：齋房產草。東坡詩：十里南風草木香。

蕡實葉間天與味，成蹊枝上月翻光。蜀都賦曰：蕡實時味，王公羞焉。按桃夭詩注云：蕡，實貌。漢書李廣贊曰：桃李不言，下自成蹊。劉禹錫棼絲瀑詩曰：翻光破夕曛。

羣心愛戴葵傾日，萬事驅除葉隕霜。國語祭公謀父曰：庶人不忍欣戴武王。『葵傾日』見上注。漢書王莽贊曰：帝王之驅除云爾。春秋僖公二十三年書：隕霜不殺草。公羊注曰：陰假陽威之應。山谷意謂徽考踐阼，羣心傾戴，如日之方升，姦回屏斥，如霜之肅殺也。

玉燭時和君會否？舊臣重疊起南荒。時放臣皆得北還。選詩：慶泰欲重疊。陸機辯亡論曰：輶軒騁於南荒。爾雅：四氣和謂之玉燭。

〔一〕『少激』內集卷十題中作『少微』。

借景亭〔一〕 并序

青神縣尉廳葺城頭舊屋，作借景亭，下瞰史家水竹〔二〕，終日寂然，了無人迹。又當大木綠陰之間〔三〕，戲作長句，奉呈信孺明府、介卿少府。

青神縣中得兩張，愛民財力惟恐傷〔四〕。漢書賈山傳曰：君有餘財，民有餘力，而頌聲作。二公身安民乃樂，勸葺城頭五月涼〔五〕。用孟子『賢者而後樂此』之意。亭在縣墻上，故曰『城頭』也。竹鋪不涴吳綾襪，東西開軒蔭清樾。淮南子曰：武王蔭暍人於樾下。退之詩：守縣坐深樾。當官借景不傷民〔六〕，恰似鑿池取明月。月影分身，何傷本體。杜牧之盆池詩云：鑿破蒼苔地，偷他一片天〔七〕。此用其意。

〔一〕內集卷六無此詩題，徑以小序為題。

〔二〕『史家水竹』內集作『史家園水竹』。

〔三〕『大木』萬曆本作『大本』。

〔四〕『財力』內集作『財物』。

〔五〕『勸葺城頭五月涼』內集作『新葺城頭六月涼』。

〔六〕『不』內集作『未』。

〔七〕『他』原作『生』，據大全本（作『它』）、樹經堂本及杜牧盆池詩改（樊川詩集卷四）。

戲贈家安國

安國眉山人，字復禮。

家侯口吃善著書，常願執戈王前驅。史記韓非傳：非為人口吃，不能道說，而善著書。詩曰：伯也執殳，為王前驅。山谷此詩皆舉實事。按復禮上相府書云：某不佞，後長卿、子雲生千有五百年，著書明道，摛辭立論，才得其緒餘，而口吃之病同之。復禮初以武進，後入左選，故東坡贈之詩云：夜談空説劍，春夢猶横經。又云：初聞編簡香，稍覺鋒鏑腥。而復禮謝改官啓云：三陪籌幄，笑談當十萬戎行；兩席師筵，排闥應三千門弟。皆此意也。

朱紱蹉跎晚監郡，吟弄風月思天衢。易困卦曰：朱紱方來，利用享祀。老杜寄高適詩：聞君已朱紱，且得慰蹉跎。漢書百官表曰：監御史秦官，掌監郡。樂天與元九書曰：梁陳間率不過嘲風雪、弄花草而已。『天衢』見上注。

二蘇平生親且舊，少年筆硯老杯酒。『二蘇』謂東坡、黄門，亦眉人。漢書張安世傳曰：彭祖又小與上同席研書〔一〕。司馬遷書曰：未嘗銜盃酒、接殷勤之歡。東坡贈之曰：吾儕便歸老，亦足慰餘齡。黄門則曰：白髮弟兄驚我在，喜君遊宦亦天倫。『親且舊』之意概可見矣。

但使一氣轉洪鈞〔二〕，此老矍鑠還冠軍。老杜詩：一氣轉洪鈞。按選詩：洪鈞陶萬類。後漢馬援傳曰：矍鑠哉，是翁也。漢書項羽傳：宋義號『卿子冠軍』。

〔一〕『小』原作『少』，據大全本、樹經堂本及漢書張安世傳改。

〔二〕『一氣』内集卷六及樹經堂本作『一公』。

次韻楊君全送酒〔一〕

扶衰却老世無方，唯有君家酒未嘗。漢書食貨志曰：酒所以扶衰養疾。史記漢武帝紀：李少君以却老方見上。退之詩：斷送一生唯有酒。左傳：潁谷封人曰：未嘗君之羹。

秋入園林花老眼，茗搜文字響枯腸。圓覺經曰：譬彼病目，見空中花。『老眼』見上注。盧仝茶歌云：三椀搜枯腸，惟有文字五千卷。

醡頭夜雨排簷滴，盃面春風繞鼻香。玉篇：醡與酢同音，側射反。切韻云：壓酒具也。不待澄清遣分送，定知佳客對空觴。

歐公詩：寒醅美新醡。老杜詩：簷雨細隨風。盧仝詩：一片新茶破鼻香。

〔一〕內集卷十及萬曆本此詩題作『次韻楊君全送酒長句』。

次韻楊君全送春花

化工能斡大鈞回，不得東君花不開。誰道纖纖緑窗手，磨刀剪綵喚春來〔一〕。漢書賈誼賦曰：造化為工。又曰：大鈞播物。詩云：摻摻女手。注云：纖纖也。景龍文館記曰：景龍四年立春，內出綵花樹，人賜一枝。杜牧之詩：骰子逡巡裹手拈，無因得見玉纖纖。又樂天詩：緑窗貧家女，寂寞二十餘。隋煬帝在江都宮時，冬月剪綵為花；唐人吳融嘗為作剪綵賦云。此皆參而用之。『喚春來』字亦老杜『江雲日日喚愁生』意也。

〔一〕樹經堂本此句後有小字注：『「磨」一作「金」』。

謝楊景山送惠酒器〔一〕

楊君喜我梨花盞，却念初無注酒魁。矲矮金壺肯持送，挼莎殘菊更傳盃。蜀之酒魁，蓋詩人所謂『酌以大斗』之遺制，象北斗有魁柄也。許慎説文曰：匜似羹魁，柄中有道可以注水。玉篇：𥐒，音蒲楷切，短也；矮，音於解切，不長也。曲禮：共飯不澤手。注曰：澤謂挼莎也。老杜詩：傳杯不放杯。

〔一〕内集卷十此詩題作『謝楊景仁承事送惠酒器』。

史彦升送春花〔一〕

彦升名會，青神人，乃紹封之子。山谷有書柏學士山居詩跋云：史紹封之子會與余外甥張協於蘇氏為友婿也。

千林摇落照秋空，忽散穠花在眼中。蝶繞蜂隨俱入座，君家女手化春風。宋玉九辯曰：悲哉！秋之為氣也，蕭瑟兮草木摇落而變衰。『女手』見上注。又禮記曰：執女手之卷然。

〔一〕内集卷十此詩題作『應之送春花』。

題石恪畫嘗醋翁

名畫評曰：石恪，成都郫人。性輕率，常為嘲謔之句〔一〕。學張南本畫，數年已出其右，多為古僻人物，詭形殊狀，以蔑辱豪右。

石媪忍酸喙三尺，石皤嘗味面百摺。洪覺範僧寶傳載寶峰洪英禪師偈曰：阿家嘗醋三尺喙，新婦洗面摸着鼻。按莊子徐無鬼篇仲尼曰：丘願有喙三尺〔二〕。宋景文筆記曰：蜀人謂老曰『皤』，取『皤皤黄髮』義。『皤』音婆，『百摺』言其面皺。切韻云：摺，疊也，音之涉反。

誰知聳膊寒至骨，圖東坡外集記夢中見宫人裙帶間有六言詩云〔三〕：百疊猗猗縠皺。

畫不減吴生筆。國朝雜記：長孫無忌嘲歐陽詢曰：『聳髆成山字，埋肩不出頭。』王介甫詩：北風蕭蕭寒到骨。老杜詩：畫手看前輩，吴生遠擅場。『吴生』謂道子也。頃嘗見此圖，益知此詩得游戲三昧，曲盡其情狀云。

〔一〕『常』原作『嘗』，據大全本、樹經堂本及劉道醇聖朝名畫評卷一人物門能品改。

〔二〕『願』原作『頗』，據大全本、樹經堂本及莊子徐無鬼改。

〔三〕『外』原作『小』，據樹經堂本改。

謝應之

昨夜風雷震海隅，天心急擬活焦枯。去年席上蛟龍語，未委先生記得無？當是應之往在戎州，謂山谷必非池中物，至是復官，有進用之漸，其言頗有證也。老杜詩：未委適誰門。

山谷詩集注卷第十四

走筆謝王朴居士拄杖

投我木瓜霜雪枝，六年流落放歸時。千巖萬壑須重到，脚底危時幸見持。詩曰：投我以木瓜。晉書顧愷之傳曰：千巖競秀，萬壑争流。魯論曰：危而不持，顛而不扶，則將焉用彼相矣！退之赤藤杖歌曰：性命造次蒙扶持。老杜詩：氣味濃香幸見分。陶隱居云：俗人拄木瓜杖，云利筋脛。

戲答王居士送文石

南極一星天九秋，自埋光景落江流。是公至樂山中物，乞與衰翁似暗投。老杜詩：南極一星朝北斗。按晉書天文志曰：老人一星在弧南，一曰南極，常以秋分之旦見于丙(二)，春分之夕而没于丁。此借用，以言星隕為石也。文選謝靈運詩：心契九秋榦。李善注引古樂府有歷九秋妾薄相行。莊子曰：是自埋於民。謝靈運詩：日月垂光景。至樂山在嘉州凌雲之側。『暗投』見上注。柳子厚詩：看成古木對衰翁。

〔一〕『丙』原作『景』，據晉書天文志上改。

次韻楊明叔見餞十首 并序〔一〕

楊明叔從予學問，甚有成，當路無知音，求為瀘州從事而不能得。予蒙恩東歸，用『蛟龍得雲雨，鵰鶚在秋天』作十詩見餞，因用其韻以別。山谷辭免吏部員外郎狀云：元符三年十二月發戎州貶所。建中靖國元年二月至峽，又改知舒州；四月至荆南，又召以為吏部員外郎。此詩未出蜀所作，已有『同安守』『吏部銓』之語，當是據邸報也。山谷將發戎州，時十二月癸卯，有書梁甫吟跋語亦云：時聞復朝奉郎、知舒州，而未被受。

平津善牧豕，佽飛能斬蛟。漢書：公孫弘家貧，牧豕海上，年四十餘乃學春秋雜說，武帝以賢良徵，後封平津侯。宣帝紀：發佽飛射士。注引吕氏春秋曰：荆有佽飛者，得寶劍，還涉江，蛟夾繞其船，佽飛拔劍赴江，斬蛟殺之。荆王聞之，仕以執珪。武帝改秦左弋官曰佽飛官，蓋取古勇力人以名官也。終藉一汲黯，淮南解兵交。平津之鄙，佽飛之勇，皆無益於漢家，所可賴者，汲黯輩爾。漢書汲黯傳：淮南王謀反，憚黯，曰：『黯好直諫，守節死義。至說公孫弘等，如發蒙耳。』左傳注曰：兵交，使在其間。楊子有直氣，未忍死草茅。退之送張道士詩曰：臣有膽與氣，不忍死茅茨。漢書鼂錯傳曰：昧死上狂惑草茅之愚臣言云云。引之入漢朝，誰為續弦膠？東方朔十洲記曰：鳳麟洲仙家煮鳳喙及麟角，合煎作膠，名之為續弦膠，或一名連金泥。此膠屬弓弩已斷之弦，連刀劍斷折之金。山谷引用，謂疏遠之於朝廷，其合甚難，必有為之固結於其間者。

楊君清渭水，自流濁涇中。涇、渭見上注。今年貧到骨，豪氣似元龍。老杜詩：已訴徵求貧到骨。『元龍』見上注。男兒生世間，筆端吐白虹。言文章有光焰也。鮑照行路難曰：丈夫生世能幾時。退之詩：是夕吐焰如長虹。禮記曰：君子於玉比德焉。氣如白虹，天也。何事與秋螢，争光蒲葦叢？維摩經曰：無以日光，等彼螢火。史記屈原傳曰：雖與日月争光，可也。

事隨世滔滔，心欲自得得。魯論曰：滔滔者，天下皆是也。注云：滔滔，周流之貌。孟子曰：君子深造之以道，欲其自得之也。莊子曰：吾所謂聰者，非謂其聞彼也，自聞而已矣。吾所謂明者，非謂其見彼也，自見而已矣。夫不自見而見彼，不自得而得彼者，是得人之得，而不自得其得者也。楊君為己學，度越流輩百〔二〕。魯論曰：古之學者為己。退之與崔群書曰：況足下度越此等百千輩。按漢書揚雄傳曰：必度越諸子矣。老杜詩：清峻流輩百〔三〕。坐捫故衣蝨，垢襪春汗黑。晉書前秦載記：王猛詣桓温，面談當世之事，捫蝨而言，旁若無人。老杜詩：垢膩脚不襪。摭言高逢休書云：顧雲樹將一尺三寸汗脚踏他燒殘龍尾道〔四〕。嘗聞長老云山谷此句蓋譏明叔垢汙不濯足。睥睨紈袴兒，可飲三斗墨。漢書灌夫傳注曰：睥睨，旁視也。班固叙傳曰：班伯在於綺襦紈袴之間，非其好也。通典曰：北齊策秀才，書有濫劣者，飲墨水一升。此云『三斗』，蓋甚言之，猶唐史謂『寧食三斗葱』、『寧食三斗艾』爾。老杜詩：紈袴不餓死。

清静草玄學，西京有子雲。漢書揚雄傳解嘲曰：爰清爰静，游神之廷。惟寂惟寞，守德之宅。『草玄』見上注。太尉死宗社，大鳥泣其墳。後漢楊震傳：為樊豐等所譖，策收震太尉印綬，遣歸本郡。行至城西，慷慨謂諸子曰：『疾姦臣狡猾而不能誅，惡嬖女傾亂而不能禁，何面目復見日月！』遂飲酖而卒。先葬十餘日，有大鳥高丈餘，集震喪前，俯仰悲鳴，淚下霑地。葬畢，乃飛去。

寂寞向千載，風流被仍昆。爾雅曰：來孫之子為昆孫，昆孫之子為仍孫。

富貴何足道，聖處要策勳。退之詩：屈原離騷二十五，不肯餔啜糟與醨。惜哉此子巧言語，不到聖處寧非癡。左傳曰：反行飲至，舍爵策勳焉，禮也。注云：書勳勞於冊，言速紀有功也。

桑輿金石交，既別十日雨。子輿裹飯來，一笑相告語。莊子曰：子輿與子桑友，淋雨十日，子輿裹飯而往食之。至子桑之門，則若歌若哭。子輿入曰：『子之歌詩，何故若是？』曰：『吾思夫使我至此極者而弗得也。』漢書韓信傳武涉曰：足下自以為與漢王為金石交。注云：取其堅固。

楊子困簞瓢〔五〕，諸公不能舉。『簞瓢』見魯論。又：臧文仲知柳下惠之賢而不與立。注謂知賢而不能舉。按孟子曰：悦賢不能舉。

儻可從我歸，沙頭駐鳴艣。用乘桴之意。明叔家真本作『沙頭』，其家云山谷原約明叔同住荆南之沙頭，故云爾。今本作『江頭』非是。韻書云：艣，所以進舟也。

山圍少天日，狐鬼能作妖。劉禹錫詩：山圍故國周遭在。杜牧阿房宫賦：覆壓三百餘里，隔離天日。

睒閃載一車，獵人用鳴梟。說文曰：狐妖獸鬼所乘。退之詩：狐鳴梟噪争署置，跳踉睒閃相嫵媚〔六〕。易睽卦曰：見豕負塗，載鬼一車。梟亦妖鳥，獵狐者當用鷹隼，今乃用梟，以言小智淺陋。

小智窘流俗，蹇淺不能超。莊子曰：大智閑閑，小智間間。賈誼曰：小智自私，賤彼貴我。孟子曰：同乎流俗，合乎污世。莊子又曰：弊精神於蹇淺。世説注曰：時謂王戎未能超俗也。

安得萬里沙，晴天看射鵰〔七〕！史記漢武帝紀：乃禱萬里沙。注曰：沙徑三百餘里。漢書李廣傳曰：見匈奴三人，與戰，廣曰：『是必射鵰者也〔八〕。』注云：鵰，大鷙鳥。故使善射者射之〔九〕。又北史斛律光傳邢子高曰：此射鵰手也。此借用，以言所見廣遠。

元之如砥柱，大年若霜鶚。王禹偁字元之。見上注。楊億字大年，建安人，年十一舉神童，事真宗，為內翰，立朝蹇諤。劉禹錫詩：世道劇頹波，我心如砥柱。山谷為楊明叔書魏鄭公砥柱銘，嘗引此語。又有一跋遺王觀復曰：余觀砥柱之屹中流，閱頹波之東注，有似乎君子，士大夫立於世道之風波，可以託六尺之孤，寄百里之命，不以千乘之利奪其大節，則可以不為此石羞矣。按書禹貢注曰：砥柱，山名，河水分流，包山而過，山見水中，若柱然。後漢孔融薦禰衡曰：鷙鳥累百，不如一鶚，使衡立朝，必有可觀。其語本出於史記趙簡子。朝野僉載：蘇味道高爽，張元一曰：『蘇如九月得霜鷹。』

王楊立本朝，與世作郛郭。孟子曰：立乎人之本朝。法言曰：虐政虐世，然後知聖人之為郛郭。此借用，言其忠義為世大閑，隱然如城郭也。

觀公有膽氣，自可繼前作〔一〇〕。退之送張道士詩曰：臣有膽與氣。又云：自笑平生誇膽氣。

丈夫存遠大，胸次要落落。左傳曰：君子務知大者遠者〔一一〕。莊子曰：喜怒哀樂不入於胸次。後漢耿弇傳注曰：落落猶疏闊也〔一二〕。

虛心觀萬物，險易極變態。非篤實之士，鮮不以夷險而易操，虛心者觀之，真偽了然。老子曰：虛其心，實其腹。又曰：萬物並作，吾以觀其復。繫辭曰：卦有大小，辭有險易。『變態』見上注。

皮毛剝落盡，惟有真實在。馬祖問藥山：『子近日見處作麼生？』藥云：『皮膚脫落盡，唯有一真實。』按涅槃經云：如大村外有娑羅林，中有一樹，先林而生，足一百年。是時林主灌之以水，隨時修治，其樹陳朽，皮膚枝葉悉皆脫落，唯真實在。山谷與王子飛書亦云：老來枝葉皮膚枯朽剝落，惟有心如鐵石，益厭俗文密而意疏也。

侍中乃珥貂，御史則冠豸〔一三〕。應劭漢官儀：侍中冠武弁大冠，加金璫，附蟬為文，貂尾為飾，謂之貂蟬。選詩云：七葉珥漢貂。胡廣漢官儀云：御史四人持書，皆法冠，一名柱後，一名獬豸冠。

照影

或可羞(一四)，短蓑釣寒瀨。不稱其服，則顧影自羞，寧蓑笠而無愧也。退之詩：峨峨進賢冠，耿耿水蒼佩。服章豈不好？不與德相對。顧影聽其聲，赬顏汗漸背。太白詩：三事或可羞，匈奴哂千秋。嚴陵瀨見上注。

松柏生澗壑，坐閱草木秋。選詩曰：鬱鬱澗底松。禮記：季秋之月，草木黃落。金石在波中，仰看萬物流。『金石』見上注。

抗髒自抗髒(一五)，伊優自伊優。後漢趙壹歌曰：伊優北堂上，抗髒倚門邊。注云：伊優，屈曲佞媚之貌。抗髒，高亢婞直之貌。言佞媚者見親，婞直者見棄(一六)。但觀百歲後(一七)，傳者非公侯。夷、齊、景公是也(一八)。

老作同安守，蹇足信所便。同安郡即舒州。山谷以足病，故便於外郡。有辭免吏部員外郎狀曰：重以累年脚氣(一九)，拜起艱難，全不堪事。文選謝宣遠詩：四達雖平直，蹇步愧無良。李善注引左傳曰：孟縶之足不良能行。又謝靈運詩曰：拙疾相倚薄(二〇)，還得靜者便。老杜詩：遭亂到蜀江，臥痾遺所便。胸中無水鏡，敢當吏部銓？東坡詩：道人胸中水鏡清。按蜀志龐統傳注：司馬德操為『水鏡』。晉書樂廣傳衛瓘曰：此人之水鏡也，見之瑩然。唐書百官志曰：吏部尚書以三銓之法，官天下之材。時山谷以疾辭吏部郎之召。恨此虛名在，未脫世糾纏。文選古詩曰：虛名復何益？賈誼鵩鳥賦曰：禍之與福，何異糾纆？注云：如糾絞繩索相附會也。纆，索也，音墨。此云『糾纏』，特用其意耳。夢作白鷗去(二一)，江南水如天。莊子曰：且汝夢為鳥而厲乎天，夢為魚而沒於淵。南史梁武烈世子方等傳(二二)：嘗著論曰：『吾嘗夢為魚，因化為鳥。方其夢也，何樂如之！及其覺也，何憂斯類(二三)！』柳子厚詩：洞庭春盡水如天。山谷舊有和謝師厚詩云：夢作白鷗去(二四)，江南水黏天。又作演雅云：江南春盡水如天，中有白鷗閑似我。亦此意也。

〔一〕『并序』原無，據樹經堂本加。內集卷六無此詩題，經以小序為題。

〔二〕『流輩』內集作『輩流』。

〔三〕『清峻流輩百』，按出杜甫送李校書二十六韻，『百』作『伯』。

〔四〕『摭言……龍尾道』，按：語出唐摭言卷十二，顧雲欲交結劉子良，請高逢休為之先客，逢休修書一幅，中云：『羊昭業等擬將一尺三寸汗腳踏他燒殘龍尾道。』注文中有誤，一仍其舊。

〔五〕『楊子』內集作『楊君』。

〔六〕『踉』原作『浪』，據元大全本、樹經堂本及韓愈永貞行詩改。按全唐詩卷三百三十八韓愈永貞行作：『睗睒跳踉相嫵媚。』『睗睒』別本亦作『睒閃』。

〔七〕『晴天』內集作『霜晴』。

〔八〕『者』原無，據大全本、樹經堂本補。

〔九〕『使』原無，據大全本、樹經堂本及漢書李廣傳文穎注補。

〔一〇〕『自可』內集作『似可』。

〔一一〕『大者遠者』原作『遠者大者』，據樹經堂本及左傳襄公三十一年改。

〔一二〕『猶疏闊也』原作『猶疏闊者也』，據大全本、樹經堂本及後漢書耿弇傳注刪『者』。

〔一三〕『則』內集作『即』。

〔一四〕『照影』內集作『顧影』。樹經堂本此句下有小字注：『「照」精華作「顧」。』

〔一五〕『抗』樹經堂本及內集作『骫』。

〔一六〕『婞』原作『好』，據樹經堂本及後漢書趙壹傳注改。

〔一七〕『歲』內集作『世』。樹經堂本此句下有小字注：『「歲」精華作「世」。』

〔一八〕『夷齊』，元大全本作『伯夷叔齊』。

〔一九〕『氣』原作『疾』，據大全本、樹經堂本及黄庭堅戎州辭免恩命奏狀（内集卷二十）改。

〔二〇〕『疾』樹經堂本作『病』。

〔二一〕『夢作』内集作『念作』。

〔二二〕『武』原作『忠』，據南史卷五十四武烈世子方等傳改。

〔二三〕『斯』原作『如』，據南史改。按大全本及樹經堂本均作『何憂如之』。

〔二四〕『作』元大全本作『化』。

次韻石七三六言七首〔一〕

從來不似一物，妄欲貫穿九流。傳燈録南嶽懷禪師傳：六祖曰：『什麼物恁麼來？』師曰：『説似一物即不中。』後漢班彪傳曰：司馬遷貫穿經傳，至廣博也。班固傳曰：博貫載籍，九流百家之言無不窮究。漢書藝文志曰：諸子十家，其可觀者九家而已，蓋不數小説家也。謂儒、道、陰陽、法、名、墨、縱横、雜、農，凡九家。穀梁序曰：九流分而微言隱。

骨硬非黄閤相〔二〕，眼青見白蘋洲。『骨硬』謂如虞翻骨體不媚也。退之詩：豈是虞翻骨相屯？王介甫松詩：天骨老硬無皮膚。衛宏漢儀：丞相聽事閤曰黄閤。柳惲詩：汀洲採白蘋，日落江南春。柳子厚寄盧衡州詩：非是白蘋洲畔客，還將遠意問瀟湘。

生涯一九節笻，老境五十六翁。不堪上補黼黻，但可歸教兒童。真誥曰：楊羲夢蓬萊仙人拄赤九節杖而視白龍。元符三年山谷年五十六。王羲之傳：猶欲教子孫以敦厚退讓。

萬里草荒先壟，六年蟲蠹群經。柳子厚謫永州，與許孟容書曰：先墓在城南，無異子弟為主。懼便毀傷松柏，芻牧不禁，以成大戾。家有賜書三千卷，尚在善和里舊宅，宅今已三易主，存亡不可知〔三〕。老喜寬恩放去，心似驚波不停。言歸心如流也。西京賦曰：散似驚波。劉禹錫詩：流水淘沙不暫停，前波未滅後波生。

為君試講古學，此事可嶘天公。君看花梢朝露，何如松上霜風？魯論曰：學之不講是吾憂也。又曰：古之學者為己。蘇子美愛愛歌曰：此樂亦可嶘天公。『嶘天公』見上注，謂可質諸天地。下兩句言古學之有根本，如經霜之松與浥露之花，固自不同也。謝靈運詩：花上露猶泫。

幽州已投斧柯，崇山更用憂何？言大姦已誅，餘黨不足憂。時宰相章惇安置潭州。書曰：流共工于幽州，放驩兜于崇山。又曰：何憂乎驩兜？按後漢馮勤傳：帝賜侯霸璽書曰：『崇山、幽都何可偶，黄鉞一下無處所。』注云：鉞，斧也，所以戮人。魏都賦曰：蕭斧戢柯以柙刃。蓋言不用也。且喜龔鄒冠豸〔四〕，又聞張董上坡。按舊録：元符三年三月，龔夬為殿中侍御史，鄒浩為右正言。四月，張舜民為右諫議大夫，董敦逸為左諫議大夫。夬字彦和，浩字志完，舜民字芸叟，皆著直聲。『冠豸』見前注。李宗諤先公談録云：唐諫議大夫班在給舍上，一遷為給事，再遷為中書舍人。有自他官為諫議者，班給舍上，故班中戲語曰：『饒他上坡，却須下坡。』言遷給舍，班復在下也。

看着莊周枯槁，化為胡蝶翾輕。人見穿花入柳，誰知有體無情。此篇山谷自道。老杜詩：穿花蛺蝶深深見。韻書云：翾翾，小飛也。荀子曰：喜則輕而翾。莊子曰：有人之形，無人之情。有人之形，故群於人。無人之情，故是非不得於身。

欲行水遶山圍，但聞鯤化鵬飛。上句言未即出蜀，下句言遷除者衆。孟郊詩：山水千萬遶，中有君子行。劉禹錫詩：山圍故國周遭在。女憂鬢髮盡白，兄歎江船未歸。山谷女嫁李德素之子去華文伯，時在淮南舒州。兄謂元明。退之書曰：兩鬢半白，頭髮五分，亦白其一。老杜詩：獨立見江船。

〔一〕內集卷十二此詩題中無『六言』二字。

〔二〕『硬』原作『鞕』，據大全本、樹經堂本及內集改。注同。

〔三〕『存亡不可知』原作『存亡不可知者』，據元大全本及柳宗元集卷三十寄許京兆孟客書刪。按柳集作：『書存亡不可知。』

〔四〕『且喜』內集作『早喜』。

萬州太守高仲本宿約游岑公洞而夜雨連明戲作二首

肩輿欲到岑公洞，正怯衝泥傍險行。老杜詩：虛疑皓首衝泥怯。定是岑公閟清境，春江一夜雨連明。柳子厚石潭記曰：以其境過清，不可久居，乃記之而去。劉禹錫含輝洞述曰：先是斯境，翳于榛薄。閟其清光，有待而發。

蓬窗高卧雨如繩〔一〕，恰似糟牀壓酒聲。老杜詩：賴知禾黍收，已覺糟牀注。今日岑公不能飲，吾儕聞健且頻傾。樂天詩：聞健偷閑且勤飲。又云：園林亦要聞閑置。其義猶今人之言『聞早』也。

〔一〕『高卧』内集卷十作『高枕』。

萬州下巖 并序〔一〕

萬州之下巖，唐末有劉道者，定州無極人，聞道於雲居膺禪師，為開巖第一祖，法號道微。自鑿石龕，曰：『死便藏龕中，不用日時。』門人奉其命。二百年矣〔二〕，遊者題詩不可勝讀〔三〕，莫能起此開巖者，故予作二篇表見之，其一用楊子安韻，其一用王定國韻〔四〕。

空巖静發鍾磬響，古木倒掛藤蘿昏。老杜詩：翠木蒼藤日月昏。莫道蒼崖鎖靈骨，時應持鉢到諸村〔五〕。言至人隱顯不可測。傳燈録漸源在石霜覔先師靈骨。金剛經曰：世尊食時，着衣持鉢，入舍衛大城乞食。

寺古松楠老，巖虚塔廟開。法華經曰：各起塔廟，高千由旬。僧緣鬻麥去，官數荔支來。上句言僧徒趁熟乞食，下句言寺有荔支，為官所榷。漢書昭帝紀詔曰：往年災害多，今年蠶麥傷。**石室無心骨，金鋪稱意苔。**司馬相如長門賦曰：擠玉户以撼金鋪。注云：以金為門之鋪首。王介甫詩：荷花稱意紅。**若為劉道者，拽得鼻頭回？**傳燈録石鞏禪師傳：一日在廚作務次，馬祖問曰：『作什麽？』曰：『牧牛。』祖曰：『作麽生牧？』曰：『一回入草去，便把鼻孔拽來。』祖曰：『子真牧牛師。』便休去。山谷借用，意謂山野殘僧不遵軌轍，安得道者復生，鞭繩之也？『若為』猶言『如何』，古樂府隔谷歌曰：食糧乏盡若為活？

〔一〕内集卷十載此詩無此詩題，經以小序為題。

〔二〕『矣』内集卷十作『來』。

〔三〕『遊者』元大全本作『來遊者』。

〔四〕内集卷十小序後有小字注：『用楊子安韻一篇，在古詩第五卷。』

〔五〕『應』原作『將』，據内集卷五及大全本、樹經堂本改。

又戲題下巖

往往携家來託宿，裙襦參錯佛衣巾。未嫌滿院油頭臭，蹋破苔錢最惱人。言兒女子混雜，汙此淨坊也。莊子曰：未解裙襦。文選謝靈運詩：臨圻阻參錯。東坡記曆公詩：滿院秋光濃欲滴，老僧倚杖青松側。只怪高聲問不譍〔一〕，瞋余踏破蒼苔色。文選沈休文詩：賓階緑錢滿，客位紫苔生。按崔豹古今注：苔蘚一名緑錢。

〔一〕『不』原作『下』，據大全本及樹經堂本改。

戲題巫山縣用杜子美韻

老杜有巫山題壁詩，即此韻，所謂『卧病巴東久，今年强作歸』是也。

巴俗深留客，吴儂但憶歸。直知難共語，不是故相違。 老杜詩：翠柏深留景。類篇曰：儂，我也，吴語。東坡樂府曰：語音猶自帶吴儂。『難共語』謂夷俗之陋。老杜亦有夔州戲作云：異俗可吁怪，斯人難並居。魯論曰：互鄉難與言。又按晉書石勒載記：勒諱『胡』尤峻。程翥曰：『向有醉胡乘馬馳入，甚呵禦之，而不可與語。』勒笑曰：『胡人正自難與言。』老杜詩：杖藜妨躍馬，不是故離羣。又詩：請公臨深莫相違。按左傳曰：非相違也，而相從也。　按巫山石刻：『深留客』作『殊親我〔一〕』，『但』作『暫』字〔二〕。

東縣聞銅臭，江陵換裌衣。 舊見山谷跋云：『銅臭』乃退之『照壁喜見蝎』之意，蓋過巫山用銅錢也。按巫山江上有二石，俗謂之銅錢、鐵錢堆，蓋與歸州巴東縣相接，荆、夔自此分界。後漢崔寔傳曰：從兄烈入錢五百萬，得為司徒，其子鈞曰：『論者嫌其銅臭。』江陵即荆南。山谷度至此時已初夏矣。潘岳秋興賦曰：藉莞蒻，御袷衣。注云：袷衣無絮也，音古洽反。

丁寧巫峽雨，慎莫暗朝暉。 漢書谷永傳注云：丁寧謂再三告示。『巫峽雨』見上注。老杜詩：久雨巫山暗。『朝暉』謂神女。宋玉神女賦曰：其始來也，耀乎若白日初出屋梁。文選日出東南隅行曰：扶桑升朝暉。

〔一〕『深留客』原作『巴俗深留客』，據元大全本删。

〔二〕『但作暫字』，此句前原有『吴儂但忆歸』，據元大全本删。

和王觀復洪駒父謁陳無己長句

王蕃字觀復，沂公之裔，官閬中時多以書從山谷問學，至是自京師來會山谷於荊州。洪芻字駒父，山谷之甥也。無己元符三年冬為祕書正字〔一〕。

陳君今古焉不學，清渭無心映涇濁。魯論子貢曰：夫子焉不學，而亦何常師之有？涇、渭，見上注。退之詩：清溝映污渠。漢官舊儀重九鼎，集賢學士見一角。上句並見上注，意謂無己有前輩典刑，足為士林之重。下句言無己人中之瑞，世所少有。老杜詩：集賢學士如堵墻，觀我落筆中書堂。北史文苑傳序曰：學者如牛毛，成者如麟角。春秋感精符曰：麟一角，明海内共一主也。史記：毛先生一行，使趙重於九鼎大呂。王侯文采似於菟，洪甥人間汗血駒。並見上注。相將問道城南隅，無屋正借船官居。老杜詩：仙老暫相將。莊子：黃帝見廣成子曰：『敢問至道之精。』南史張融傳：武帝問融住在何處，答曰：『陸處無屋，舟居無水。』後融從兄緒言融未有居止，權牽小船於岸上住〔二〕。帝大笑。漢書地理志：京兆有船司空。注曰：本主船之官，遂以為縣。世說：陶公作荊州時，勑船官悉録鋸木屑。有書萬卷繞四壁，樵蘇不爨談至夕。文選應休璉書曰：幸有袁生，時步玉趾，樵蘇不爨，清談而已。『談至夕』見上『談至暮』注。主人自是文章伯，鄰里頗怪有此客。老杜詩：海内文章伯，湖邊意緒多。晉書謝安傳桓温問左右：頗嘗見我有如此客不〔三〕？食貧各仕天一方，佳人可思不可忘。詩曰：三歲食貧。選詩曰：各在天一方。按漢書西域傳烏孫公主歌曰：吾家嫁我兮天一方。世説謝太傅云：『安北，見之乃不使人厭，然出户去，不復使人思。』此反而用之。詩曰：有匪君子，終不可諼兮。注云：諼，忘也。河從天來砥柱立，愛莫助之涕淋浪。言無己獨立於頹波之間，惜其不能助之也。王介甫詩：老工取河天上落。『砥柱』見上注。烝民詩曰：人亦有言，德輶如毛。民鮮克舉之，我儀圖之，維仲山甫舉之，愛莫助之。楚辭曰：擥茹蕙以掩涕兮，霑余襟之浪浪。嵇叔夜琴賦曰：紛淋浪以流離。漢張騫尋河源，與銀河相連屬，故曰『河從天來』。

〔一〕樹經堂本此下有小字注：『一本「以書從」作「以書尺從」』。

〔二〕『牽』原作『索』，據元大全本及南史卷三十二張融傳改。『於』原作『方』，據南史改。

〔三〕『如此客不』原作『如此之客不』，據大全本、樹經堂本及晉書謝安傳刪。

以古銅壺送王觀復

隨俗易汩沒，從公常糾紛。子虛賦曰：交錯糾紛。我觀王隆化，入蕕不改薰。隆化隸南平軍。左傳曰：一薰一蕕，十年尚猶有臭。注云：薰，香草；蕕，臭草。此引用，言觀復不為從俗及作吏所移。未見蛇起陸，已看豹成文。陰符經曰：天發殺機，龍蛇起陸。『豹成文』見上注。愛君古人風，古壺投贈君。魏志毛玠傳：太祖以素屏風、素馮几賜玠，曰：『君有古人之風，故賜君古人之服。』酌酒時在旁，可用弭楚氛。『楚氛』喻俗惡之氣。左傳曰：楚氛甚惡。周禮：小祝弭災兵。注云：弭，讀曰敉。敉，安也。按弭與彌同〔一〕。問君何以報？直諒與多聞。文選四愁詩曰：美人贈我金錯刀，何以報之英瓊瑤。魯論曰：益者三友：友直，友諒，友多聞。

〔一〕按周禮卷二十五正文與注文『弭』均作『彌』。

病起荆江亭即事十首

翰墨場中老伏波，選詩云：粲粲翰墨場。後漢劉尚擊五溪蠻，伏波將軍馬援年六十二，據鞍顧眄，以示可用。樂天詩曰：政事堂中真宰相，制科場裏舊將軍。柳子厚獻弘農公詩：鋒摇翰墨場。菩提坊裏病維摩。華嚴經：佛在菩提道場始成正覺。涅槃經云：造僧坊招提，則生不動國。維摩經曰：毗耶離城中有長者名維摩詰，其以方便現身有病。兩句皆山谷自道。近人積水無鷗鷺，時有歸牛浮鼻過。文選魏都賦曰：回淵漼，積水深。老杜詩：年衰鷗鷺群。北夢瑣言陳詠詩曰：隔岸水牛浮鼻渡，傍溪沙鳥點頭行。此本陋句，一經妙手，神彩頓異。

山谷此句當有所指，或云運判陳舉頗以為憾，其後遂有宜州之行。

維摩老子五十七，山谷生於慶曆五年乙酉，逮建中靖國元年辛巳，五十有七。大聖天子初元年〔二〕。是歲正月徽考初改元建中靖國。宋庠紀年通譜於漢文帝後元元年注曰：班固追書『後』字以别初元。老杜詩云：扈蹕上元初。亦謂肅宗之初元年也。退之送李端公序云：天子大聖。傳聞有意用幽仄〔三〕，病着不能朝日邊。文選沈約恩倖論曰：明揚幽仄〔三〕，唯才是與。注引尚書曰：明明揚仄陋。老杜詩曰：朝覲從容問幽仄，勿云江漢有垂綸。又云：明光起草人所羨，肺病幾時朝日邊。『日邊』用幼童傳中晉明帝語。晉書亦載其事，具上注。山谷辭免吏部外郎狀曰：臣到荆南，即苦癰疽發於背脇，今方少潰，欲乞除臣江淮一合入差遣。

禁中夜半定天下，元符三年正月己卯，哲廟上昇。黎明，欽聖太后召徽考自端邸入立大策，先定於禁中矣。後漢安帝紀曰：太后定策禁中，其夜使鄧騭迎帝。蘇子由作宣仁謚册文：策自中定，與天為謀。亦此類也〔四〕。仁風義氣徹修門。後漢肅宗詔曰：仁風翔于海表，威靈行乎鬼區。禮記鄉飲酒曰：此天地之義氣也。宋玉招魂曰：魂兮歸來，入修門些。注：修門謂郢城門也。按今江陵縣故楚郢都之地，山谷適寓此邦，因以寄意，言遷客皆得歸，無復屈原沉湘之歎也。十分整頓乾坤了，老杜洗兵馬行：整頓乾坤濟時了。復辟歸來道更尊。元符三年正月，欽聖權同處分軍國事，七月歸政，下書曰：皇帝聖智日躋，萬機益習，况山陵營奉就緒，引發有期，或不知止，則豈不蹈古人所戒，而失復子明辟之義哉！老子曰：道之尊，德之貴，莫之爵而常自然。

成王小心似文武，詩曰：惟此文王，小心翼翼。老杜洗兵馬行：成王功大心轉小。蓋指唐之成王，非周成王。山谷此句語同而意異，專以周成比徽廟也。周召何妨略不同。漢書孫寶傳曰：周公上聖，召公大賢，猶有不相說，著於經典，兩不相損。今每有一事，群臣同聲，得無非其美者？意欲調停黨人也。不須要出我門下，實用人材即至公。韓退之作柳子厚誌曰：諸公貴人，争欲令出我門下。退之詩曰：得就閑官即至公。

司馬丞相昔登庸〔五〕，詔用元老超群公。哲廟初温公以知陳州過闕，拜門下侍郎，遂為右僕射。書曰：疇咨若時登庸。詩曰：群公先正。楊綰當朝天下喜，唐書：肅宗相楊綰，制下，士相賀於朝。斷碑零落卧秋風。温公在政府一年而薨，歸葬陝府夏縣，賜碑額曰『清忠粹德』。紹聖初，以監察御史周秩言，追所贈官及所賜神道碑額，仍磨毀碑文，事具實録。』

死者已死黃霧中，紹聖竄謫諸人，如呂大防、劉摯、梁燾、范祖禹，皆前死於瘴霧之鄉矣。老杜詩：死者長已矣〔六〕。東漢馬后傳曰：黃霧四塞。三事不數兩蘇公。徽考初政，相韓忠彥，又相曾布，於時蘇東坡歸自昌化，子由歸自循州。詩曰：三事大夫。注謂三公。豈謂高才難駕御〔七〕，空歸萬里白頭翁。魏志劉表傳注零陵先賢傳曰：周不疑有異才，魏太祖心忌不疑，欲除之。文帝諫，以為不可，太祖曰：「此人非汝所能駕御也。」漢書車千秋傳曰：臣嘗夢見一白頭翁。此篇屬東坡

文章韓杜無遺恨，杜牧之詩曰：杜詩韓集愁來讀，似倩麻姑癢處抓。謂子美、退之也。老杜詩：毫髮無遺恨，波瀾獨老成。草詔陸贄傾諸公。唐書：陸贄為德宗學士，從狩奉天，書詔日數百，它學士筆閣不得下，而贄沛然有餘。玉堂端要直學士，須得儋州禿鬢翁。昌化即漢儋耳郡，唐嘗立儋州。東坡舊有詩曰：張顛醉素兩禿翁。特用灌夫傳中語耳。〔八〕東坡歸自嶺海，鬢髮盡脫。「直學士」一本作「真學士」。

閉門覓句陳無己，對客揮毫秦少游。二君實録也。無己名師道，少游名觀。老杜詩云：覓句新知律。又云：揮毫落紙如雲煙。正字不知温飽未〔九〕？西風吹淚古藤州〔一〇〕。無己坐黨廢錮，既而自棣學除秘書省正字。少游自雷州貶所北歸，至藤州，卒於光化亭上。初少游夢中得長短句，有「醉卧古藤陰下」之語，殆若讖云。後漢皇甫規傳曰：退不得温飽以全命。」

張子耽酒語蹇吃，聞道潁州又陳州。張文潛素嗜酒，晚有末疾。建中靖國元年除秘書少監，兼史職，以御史陳次升言其疾病，出知揚州，尋改陳州，又改潁州。

老杜詩：平生老耽酒。世説載頭責秦子羽云〔一一〕：此數子者，或謇吃無宮商〔一二〕，或尫陋希言語。唐人薛能詩曰：何處避煩憂？徐州又許州。**形模彌勒一布袋**〔一三〕，文潛素肥，晚益甚。傳燈録：明州布袋和尚形裁腲脮，蹙額皤腹，蓋彌勒化身也。彌明石鼎聯句曰〔一四〕：形模婦女笑。**文字江河萬古流。**老杜詩：王楊盧駱當時體，輕薄為文哂未休。爾曹身與名俱滅，不廢江河萬古流！

魯中狂士邢尚書，吏部尚書邢恕也。孟子曰：孔子在陳，何思魯之狂士？恕為人喜進取，故云。**本意扶日上天衢。**王介甫作韓魏公挽詩曰：親扶日轂上天衢。言援立英廟。恕附離蔡確，妄以策立之功自任，誣謗宣仁太后，起黨錮禍，至是以左正言陳瓘論列，罷知荆南，分司西京，均州居住云。此意用取日虞淵洗光咸池。**惇夫若在鑴此老，不令平地生崎嶇**〔一五〕。恕於無事中造出許事，可謂平地生崎嶇矣。恕之子居實，字惇夫，少有俊聲，知所慕向，計其人必不陷父於不義，死時纔二十七。薛宣傳曰：故使掾平鐫令。注謂琢鑿也。孟郊詩：小人智慮險，平地生太行。文選張平子南都賦曰：上平衍而曠蕩，下蒙蘢而崎嶇。李善注引廣雅曰：崎嶇，傾側也。

〔一〕『大聖天子』內集卷七作『天子大聖』，又於詩後有小字注：『一作「大聖天子」』。

〔二〕『仄』樹經堂本作『側』，注文同。

〔三〕『揚』文選卷五十沈約恩倖傳論作『敭』，注引尚書同。按『敭』通『揚』。

〔四〕『亦此類也』樹經堂本作『大抵亦此類也』。

〔五〕『昔登庸』內集卷七此詩後有小字注：『「昔登庸」一作「驟登庸」』。

〔六〕『死者長已矣』元大全本作：『死者即已休。』按：二者出處不同。底本所引出杜甫石壕吏，元大全本所引出枯椶。

〔七〕『豈謂』內集卷七作『豈為』，詩後小字注：『「為」一作「謂」。』

〔八〕『特用灌夫傳中語耳』原作『借用灌夫傳中語』，據元大全本、樹經堂本改。大全本『特』作『持』，當為字誤。

〔九〕『未』內集卷七作『味』。

〔一〇〕內集句下有小字注：『「吹」一作「揮」。』

〔一一〕『截頭責』原作『戴顚責』，據元大全本及世說新語排調改。

〔一二〕『謇吃』原作『蹇吃』，據世說新語改。

〔一三〕『形模』內集卷七作『形容』。

〔一四〕『彌明』原作『彌勒』，據元大全本改。

〔一五〕內集與樹經堂本此句下有小字注：『一云「或崎嶇」，一云「作崎嶇」。』

鄒松滋寄苦竹泉橙麴蓮子湯三首

鄒永年字天錫，其名姓見於山谷所作江陵承天院浮圖記。松滋縣隸江陵府。

松滋縣西竹林寺，苦竹林中甘井泉。巴人謾說蝦蟇培〔一〕，試裹春芽來就煎。張又新水記曰：扇子峽石中突而洩水，獨清泠石狀如龜頭〔二〕，俗謂之蝦蟇石，其水煎茶為第一。東坡詩：忽憶尋蟇培，方冬脫鹿裘。

天將金闕真黃色，借與洞庭霜後橙。史記曰：燕昭王使人求蓬萊、方丈、瀛洲，此三山黃金白銀為宮闕。『洞庭霜』見上注。老杜詩：霜橙壓香橘。松滋解作逡巡麴，壓倒江南好事僧。續仙傳殷七七詩曰：解醞逡巡酒，能開頃刻花。『江南僧』當是山谷自謂：『壓倒』見上注。

新收千百秋蓮菂，剥盡紅衣擣玉霜。『蓮菂』見上注。唐人趙嘏詩曰：紅衣落盡渚蓮愁。裴鉶傳奇載樊夫人詩曰：一飲瓊漿百感生，玄霜杵盡見雲英。黃庭內景經云：子丹進饌肴正黃，乃曰琅膏及玉霜。

不假參同成氣味，跳珠椀裏緑荷香。後漢魏伯陽有周易參同契，演丹經之奧旨。此借用，言不雜以它物。樂天詩：露荷珠自傾，風竹玉桐戞。晏元獻公雨後詩曰：裛淚凝疏槿，跳珠亂碧荷。

〔一〕『培』元大全本及内集卷七作『焙』，注同。

〔二〕『獨清泠石狀如龜頭』元大全本作：『獨清泠石之狀有如龜頭。』

次韻答黃與迪

和氏有尺璧，楚國無人知。青山抱國器，歲月忽如遺。但使玉非石，果有遭逢時。韓非子曰：楚人卞和得玉璞於楚山，獻厲王，使玉人相之，曰『石也』。王以和為謾，刖右足。及武王即位，又獻之，復相曰『石也』。刖左足。及文王即位，和乃抱其璞而哭於楚山，三日三夜，泣盡繼之以血。王使玉人治之，得寶玉焉，名曰『和氏之璧』。漢書韓安國傳曰：唯天子以為國器。谷風詩：棄予如遺。箋云：如人行道遺忘物，忽然不省存否。

吾宗固神秀，天迺晚成之。李邕歷下亭詩曰：吾宗固神秀，體物寫謀長。老子曰：大器晚成。

蘭芳深九畹，露味挹三危。家語曰：芝蘭生於深林，不以無人而不芳。楚辭曰：予既滋蘭之九畹。注云：十二畝為畹。呂氏春秋伊尹説湯曰：水之美者，有三危之露。洞酌詩云：挹彼注兹。退之詩：樹蘭盈九畹，栽竹逾百箇。

流俗不顧省，古人可前追。孟子曰：同乎流俗。退之韓府君墓誌曰：崔圓狎愛州民丁某，至顧省其家。蜀志呂凱傳曰：古人不難追。

胸中凌雲賦，自貴知音稀。漢書司馬相如傳曰：相如既奏大人賦，天子大説，飄飄有凌雲氣，游天地之間意。文選古詩曰：不惜歌者苦，但傷知音稀。

淵源學未淺，孝友家正肥。漢書董仲舒贊曰：考其師友淵源所漸，猶未及乎游、夏。禮記禮運曰：父子篤，兄弟睦，夫婦和，家之肥也。

與世殊軌轍，三黜理亦宜。吳都賦曰：兹乃顛覆之軌轍。『三黜』見魯論。退之詩：殺却理亦宜。

吳溪浣紗女，不用朱粉施。寰宇記載越州會稽縣事曰：按會稽記，縣東六里有土城山，勾踐索美女獻吳王，得諸暨賣薪女鄭旦，先習禮於土城山，山邊有石，是西施浣紗石。宋玉登徒子好色賦曰：東家之子，著粉則太白，施朱則太赤。

豈伊風塵子，市門自夸毗。史記貨殖傳曰：刺繡文不如倚市門。板詩曰：天之方懠，無為夸毗。注云：夸毗，以體柔人也。

我作僰道囚，三年始放歸。僰道即戎州，戎今為敘。

邂逅終日語，貽我五字詩。詩曰：邂逅相遇，適我願兮。

句如秋雨晴，遠峰抹修眉。言其高秀。選詩曰：遠峰隱半規。退之南山詩：天宇浮修眉。按西京雜記：文君眉色如望遠山。曹子建洛神賦曰：雲髻峩峩，修眉連娟。

老馬甘伏櫪，坐看天驥馳。魏武帝歌曰：老驥伏櫪，志在千里。顏延之赭白馬賦曰：漢道亨而天驥呈才。

灑掃清樾下，當為果茗期。並見上注。

光陰去易失，日月轉兩儀。文選江文通別賦曰：明月白露，光陰往來。漢書韓信傳曰：時者難值而易失。繫辭曰：易有太極，是生兩儀。疏云：不言天地而言兩儀，指其物體。

仲氏有東園，花竹深可依。寸步不往來，千里常夢思。詩曰：仲氏吹篪。退之詩：寸步難往始知命。

老杜詩：雲雨荒臺豈夢思。太白詩：君留洛北方夢思。幾時開後户？扶策方自兹〔一〕。劉禹錫詩：見擬移居作鄰里，不論時節請開關。又連州謝表曰：扶策在道，不敢停留。文選任彦昇詩：湍險方自兹。

〔一〕『自』内集卷七作『知』。

次前韻謝與迪惠所作竹五幅

吾宗墨修竹，心手不自知。枚乘兔園賦曰：修竹檀欒夾池水。莊子輪扁曰：得之於手而應於心，口不能言，有數存焉於其間。天公造化鑪，攬取如拾遺。『造化鑪』見上注。漢書梅福傳曰：舉秦如鴻毛，取楚若拾遺。風雪煙霧雨，榮悴各一時。此物抱晚節〔二〕，君又潤色之。淵明詩：草木有常理，霜露榮悴之。樂天栽松詩曰：愛君抱晚節，憐君含直文。魯論曰：東里子產潤色之。抽萌或發石，懸筆有阽危。爾雅曰：笋，竹萌。彌明石鼎聯句曰：凍芋强抽萌。『懸筆』謂引鞭也。前漢食貨志賈誼曰：安有為天下阽危者若是，而上不驚者！注云：阽音閻〔二〕，欲墜之意。林梢一片雨，造次以筆追。魯論注云：造次，急遽也。東坡作文與可畫竹記曰：振筆直遂，以追其所見。猛吹萬籟作，微涼大音稀。老子曰：大音希聲。柳公權詩：殿閣生微涼。霜兔束毫健，松煙泛硯肥。法書苑鮑照飛白書銘曰：秋毫精勁，霜素凝鮮，沾此瑶液，染彼松煙。盤桓未落筆，落筆必中宜。『盤桓』蓋用莊子畫史解衣槃礴裸之意。易屯卦曰〔三〕：

盤桓，利居貞。

今代捧心學，取笑如東施。『捧心』見上注。雲溪友議朱澤嘲郭素詩曰〔四〕：借問東鄰效西子，何如郭素擬王軒？按寰宇記，越州諸暨縣有西施家，東施家。

或可遺巾幗，選耎如辛毗。晉書宣帝紀：帝與諸葛亮對壘，朝廷命帝持重以候其變。亮遺帝巾幗婦人之飾，帝怒，表請決戰，天子不許，乃遣辛毗杖節為軍帥，以制之。漢書杜欽説王鳳曰：恐議者選耎，復守和解。注云：選耎，怯懦不前之意。選，息兗反；耎，人兗反。

生枝不應節，亂葉無所歸。東坡作文與可畫偃竹記曰：竹之始生，一寸之萌耳，而節葉具焉，自蜩腹蛇蚹，以至于劍拔十尋者〔五〕，生而有之也。今畫者乃節節而為之，葉葉而累之，豈復有竹哉？

非君一起予，衰疾豈能詩〔六〕？『起予』見上注。老杜詩：湯休起我病，微笑索題詩。

憶君初解鞍，新月挂彎眉。夜來上金鏡，坐歎光景馳。鮑明遠玩月詩：始見西南樓，纖纖如玉鈎〔七〕。末映東北墀〔八〕，娟娟似蛾眉。李賀詩：長眉對月鬬彎環。太白詩：月上飛天鏡。曹子建箜篌行曰：光景馳西流。

我有好東絹，晴明要會期。老杜雙松圖歌曰：我有一匹好東絹，重之不減錦繡段。已令拂拭光凌亂，請公放筆為直幹。樂天詩曰：晴明好天氣。後漢書蔡琰詩曰：念別無會期。按戰國策魏文侯曰：豈可不一會期哉？

猗猗淇園姿，此君有威儀。淇奧詩曰：瞻彼淇奧，緑竹猗猗。又曰：瑟兮僩兮，赫兮咺兮。注云：咺，威儀宣著也。『淇園』見上注。

願作數百竿，水石相因依。選詩云：蒲稗相因依。

它年風動壁，洗我別後思。唐人李益竹窗聞風寄司空曙詩：開門風動竹，疑是故人來。此用其意。文選阮嗣宗詩：回風吹四壁。淵明送龐參軍詩序曰：且為別後相思之資。退之詩：勉率作歌詩，慰子別後覽。又云：寧懷別時苦，勿作別後思。

開圖慰滿眼，何時遂臻茲？老杜詩：君來慰眼前。漢書霍去病傳曰：遂臻小月氏。司馬相如傳曰：符瑞臻茲。

〔一〕『晚節』内集卷七及元大全本作『明節』。

〔二〕『閻』原作『鹽』，據樹經堂本及漢書食貨志注改。
〔三〕『屯』原作『比』，據樹經堂本及周易改。
〔四〕『朱澤』原作『朱擇』，據唐范攄雲溪友議卷一改。
〔五〕『拔』原作『脊』，據大全本及樹經堂本改。
〔六〕『衰疾』大全本及樹經堂本作『衰病』。
〔七〕『如』原作『似』，據樹經堂本及鮑照翫月城西門廨中詩改。
〔八〕『末』原作『未』，據樹經堂本及鮑照詩改。

山谷詩集注卷第十五

戲簡朱公武劉邦直田子平五首

不趨吏部曹中版，且鱠高沙湖裏魚。

山谷辭吏部郎之命，故不持手版以趨省曹。渚宮舊事曰：王琳為鮑表以刺時，有曰：『高沙老母非有意於綺羅〔一〕，白鮪女兒豈期心於珠翠？』注云：江陵西二十里，有高沙湖，其中多魚。

雖無季子六國印，要讀田郎萬卷書。

史記蘇秦傳：秦過雒陽，其嫂謝曰：『見季子位高金多也。』秦喟然嘆曰：『使我有雒陽負郭田二頃，吾豈能佩六國相印乎！』譙周注云：秦字季子。三輔決録注曰：田鳳為尚書郎，容儀端正，靈帝目送之，回題柱曰：『堂堂乎張，京兆田郎。』此借用，以屬子平。

歡伯可解藜藿嘲，孔方定非金石交。

『歡伯』『藜藿』皆見上注。漢書揚雄有解嘲，此借用。晉書魯褒錢神論曰：親之如兄，字曰『孔方』。『金石交』亦見上注。

君看劉郎最多智，昨者火事幾焚巢。

言禍患之來，非智慮所及，況貧富有定數，安可以智力求之耶？『劉郎』謂邦直。劉禹錫詩曰：前度劉郎今又來。此借用。魏志武帝紀注魏書曰：曹公非有四目兩口，但多智耳。維摩經曰：火事如故而不為害。易旅卦之『上九』：鳥焚其巢，旅人先笑後號咷。

劉郎好詩又能文，方我奔竄義甚敦。『奔竄』謂赴黔中，時取道荊南，此詩蓋追記往事也。文選曹子建詩曰：親交義在敦。退之江漢答孟郊詩云：嗟我與夫子，此義每所敦。為親未葬走人門，閉門却掃不足論。為親之故，未免俯仰世間，此外皆不足道，閉門却掃可也。文選江文通恨賦曰：至乃敬通見抵，罷歸田里，閉關却掃，塞門不仕。李善注引司馬彪續漢書曰：趙壹閉門却掃，非德不交。

朱家塤篪好兄弟，陋巷六經葵莧秋。詩曰：伯氏吹塤，仲氏吹篪。我卜荆州三畝宅，讀田家書從之游。楚辭屈原有卜居篇。東坡詩：勸我試尋三畝宅，從公已恨十年遲。王介甫作杜甫畫像詩云：願起公死從之游。按文選沈休文詩：所願從之游，寸心於此足。退之送諸葛覺詩云：今子從之游，學問得所欲。

朱公趨朝瘦至骨，歸來豪健踞胡床。日看省曹閽者面，何如田家侍兒粧？列子曰：子貢七日不食，以至骨立。晉書桓伊傳：下車踞胡床，作三調。『田家侍兒』蓋紀實事，見下卷水仙花注。

〔一〕『母』樹經堂本作『嫗』。

次韻益修四弟

黃友益字益修，侍御史昭之第三子也。

霜晚菊未花，節物亦可嘉。文選陸士衡擬古詩：踟躕感節物，我行已永久〔一〕。欣欣登高侶，畏雨占暮霞。山谷自注：諺云：『朝霞不出門，暮霞行千里。〔二〕』漢書：登高能賦，可為大夫。費長房九日登高飲。**楚人醞菉豆，輕碧自相誇。**山谷時在荆州，荆州即楚地，故後詩有『渚宮』之句。謂以菉豆為麴而釀酒也，其色青碧，今人謂之竹光酒云。**老夫不舉酒，嚥嗽鳴兩車。**黄庭經曰：口為玉池太和官，嗽咽靈液灾不干。『兩車』謂頰車也。左傳曰：輔車相依。**良辰與美景，客至但成嗟。**文選謝靈運擬魏太子鄴中集詩序曰：天下良辰、美景、賞心、樂事四者難并。淵明九日閑居詩序云：余閑居，愛重九之名。秋菊盈園，而持醪靡由，空服九華，寄懷於言。

〔一〕『永久』原作『永乂』，據大全本、樹經堂本及文選卷三十陸機擬古詩擬明月何皎皎改。

〔二〕『行千里』内集卷七自注作『走千里』。

以峽州酒遺益修復繼前韻

令節不把酒，新詩徒拜嘉。退之聽彈琴詩序曰〔一〕：肇置三令節，詔群有司飲酒以樂。按舊唐書貞元四年詔：正月晦日、三月三日、九月九日三節日，任百僚追賞為樂。退之詩：把酒對南山。左傳曰：敢不拜嘉。**頗憶宋玉賦，登高氣成霞〔二〕。**宋玉有高唐、神女賦。漢書藝文志曰：登高能賦，可以為大夫。『氣成霞』言文章之氣蔚然如此。荆州蓋楚地，而宋玉楚人，故因九日登高，遂及此事。曹子建七啓曰：慷慨則氣成虹蜺。蜀都賦曰：舒丹氣而為霞。**渚宮但衰柳，朝雲為誰誇？**杜佑通典曰：江陵縣有楚渚宮。『朝雲』見宋玉高唐賦，已具上注云。**吾宗懷古恨，流涎過麴車。一壺澆往事，聊送解愁嗟。**『解』一作『耐』。李邕詩：吾宗固神秀。東京賦曰：望先帝之舊墟，慨長思而懷古。老杜歌曰：道逢麴車口流涎。又詩：吟詩解歎嗟。謝靈運詩：三江事多往。

〔一〕樹經堂本無『彈』字。按昌黎先生集卷十九有上巳日燕太學聽彈琴詩序，即此序。

〔二〕『氣』內集卷七作『意』。

謝益修四弟送石屏

石似滄江落日明，鸕鷀烏鵲滿沙汀。小兒骨相能文字，乞與斑斑作硯屏。文選任彥昇詩：滄江路窮此。老杜詩：山頭落日半輪明。又詩：鸕鷀西日照，曬翅滿魚梁。嘗見山谷在荆州與檀敦禮帖：乞硯山，欲與同惜試晬旦云。同惜，知命幼子小字也。此詩所指，豈此郎耶？『骨相』見上注。

戲答王觀復酴醾菊二首

誰將陶令黃金菊，幻作酴醾白玉花？小草真成有風味，東園添我老生涯。『小草』見上注。

呂園未肯輕沽我，且寄田家砌下栽。它日秋花媚重九，清香知自故人來。山谷在荆州與歐陽元老帖曰：城東呂氏園竹木已老，又寬敞，有經行之地，甚欲得之。然託人往問，語輒再三，難共語也。又有與人帖云：檀敦禮惠蘭數本，皆曄曄成叢，但不花耳。方送田子平家，令植之〔一〕。魯論曰：求善賈而沽諸。注云：沽，賣也。

〔一〕『令』樹經堂本作『壇』。

戲答王子予送凌風菊二首

病來孤負鸕鷀杓，禪板蒲團入眼中。太白詩：鸕鷀杓，鸚鵡杯。傳燈録龍牙禪師傳：師在翠微時問：『如何是祖師意？』翠微曰：『與我過禪板來。』師遂過禪板，翠微接得便打。又問臨濟：『如何是祖師意？』臨濟曰：『與我過蒲團來。』師遂過蒲團，臨濟接得便打。老杜詩：江村野堂争入眼。浪説閑居愛重九，黄花應笑白頭翁。陶淵明九日閑居詩序曰：余閑居，愛重九之名。秋菊盈園，而持醪靡由，空服九華，寄懷於言。下句大似東坡詩『人老簪花不自羞，花應羞上老人頭』之意。

王郎頗病金瓢酒，不耐寒花晚更芳。瘦盡腰圍怯風景，故來歸我一枝香。晉書王導傳周顗曰：風景不殊，舉目有江河之異〔一〕。春秋書：鄭伯使宛來歸祊。又書：齊人歸我濟西田。

〔一〕『江河』樹經堂本作『山河』。按世説新語言語作『山河』，晉書王導傳作『江河』。

謝王子予送橄欖

方懷味諫軒中果，忽見金盤橄欖來。元注云：戎州蔡次律家軒外有餘甘，余名之曰味諫。『味諫』言餘甘，初苦而終有味。南史劉穆之傳：以金柈貯檳榔一斛。『橄欖』見下注。

想共餘甘有瓜葛，苦中真味晚方回。陳藏器本草曰：菴摩勒人食其子，先苦後甘，故曰餘甘。晉書王悅傳：導之子也。導與弈棋爭道，笑曰：『相與有瓜葛，那得為爾耶？』歐公詩曰：又如食橄欖，真味久愈在。東坡橄欖詩云：待得微甘回齒頰〔二〕，已輸崖蜜十分甜。

〔二〕『微甘』樹經堂本作『餘甘』。

以椰子小冠送子予

漿成乳酒醺人醉，肉截鵝肪上客盤。有核如匏可雕琢，道裝宜作玉人冠。交州記曰：椰子中有漿，飲之得醉。圖經本草曰：椰子出嶺南州郡，實大如瓠，殼圓而堅，裏有膚至白，如猪肪，厚半寸許，味亦似胡桃，膚裏有漿如乳，飲之冷而氣醺。老杜詩：山瓶乳酒下青雲。退之詩：鵝肪截珮璜。

呈楊康國

君家秋實羅浮種，已作纍纍半拂墻。莫遣兒童酸打盡，要看霜後十分黃。唐盧氏雜説云：唐玄宗、德宗、僖宗幸蜀年，浙西奏羅浮山柑子皆不結子，此甚異也。按太湖中亦有羅浮山。魏志邢顒傳：劉楨諫曹植書曰：將謂君侯采庶子之春華，忘家丞之秋實。按韓詩外傳曰：秋得食其實。老杜詩云：兒童莫信打慈鴉。

又戲呈康國

整冠行客莫先嘗，楊子家無數仞墻。假借肅霜令弄色，勾添寒日與争黃。古樂府曰：君子防未然，不處嫌疑間。瓜田不納履，李下不整冠。豳詩曰：九月肅霜。老杜詩：柳條弄色不忍見。『勾添』蓋黃冶家語云。

次韻馬荆州 馬瑊字中玉。

六年絶域夢刀頭，判得南還萬事休。山谷謫黔戎凡六年。漢書耿育上書訟陳湯曰：討絶域不羈之君。古樂府云：何當大刀頭？破鏡飛上天。吴兢題解云：刀頭有環，問何時當還也。『夢刀頭』借用王濬夢三刀事。柳子厚詩云：一生判却歸休，謂着南冠到頭。劉禹錫詩：黃髮相看萬事休。誰謂石渠劉校尉，來依絳帳馬荆州。漢書劉向傳講論五經於石渠，元帝時廢十餘年，成帝以向為中壘校尉。山谷自館閣遷貶，故用以自況。後漢書馬融傳曰：桓帝時為南郡太守。又曰：常坐高堂，施絳帳，前授生徒，後列女樂。按南郡即今荆南。霜髭雪鬢共看鏡，茱糝菊英同送秋。它日江梅臘前破，還從天際望歸舟。老杜有江梅詩：梅蘂臘前破，梅花年後多。謝朓詩：雲中辨江樹，天際識歸舟。中玉維揚人，官當滿，明年之冬道出當塗，於時山谷已赴太平州矣，故有『望歸舟』之語。山谷紹聖初跋關中雪景圖曰：維揚馬中玉觀於上藍寺。

和中玉使君晚秋開天寧節道場

江南江北盡雲沙，車騎東來風旆斜。倒影樓臺開紫府，得霜籬落賸黃花。文選謝靈運詩：江南倦歷覽，江北曠周旋。漢書司馬相如傳曰：時從車騎，雍容閑雅。『倒影』見上注。退之詩：青春白日映樓臺。荊南有紫府觀。抱朴子曰：項曼都自言到天上〔一〕，過紫府，金牀玉几〔二〕，晃晃昱昱。樂府盧思道神仙篇曰：雲軒游紫府，風馭立舟梯。禮記月令：季秋之月，鞠有黃華。淵明詩：采菊東籬下。抱朴子曰：葛洪籬落頓缺。

釣溪築野收多士，航海梯山共一家。尚書中候曰：呂望即磻溪水，釣其涯，得玉璜。書曰：『說築傅巖之野。』詩曰：濟濟多士。後漢書：梯山棧谷，望風弭從。文選顏延年曲水詩序曰：棧山航海、踰沙軼幕之貢。禮記曰：聖人耐以天下為一家。

想見星壇祝堯壽，步虛聲裏靜無譁。孟郊詩：囚怪星宿壇〔三〕。按南斗經曰：修設兩極二斗，同醮一壇，各象斗星。莊子曰：堯觀乎華〔四〕，華封人曰：『嘻！聖人。請祝聖人，使聖人壽。』本事詩許渾詩曰：天風吹下步虛聲。按吳兢樂府題解曰：步虛詞道觀所唱，備言衆仙縹緲輕舉之美。書曰：嗟人無譁。

〔一〕『都』原作『卿』，據樹經堂本及抱朴子內篇卷四袪惑改。

〔二〕『玉』原無，據樹經堂本及抱朴子袪惑補。

〔三〕『囚』原作『因』，據大全本、樹經堂本及孟郊送無懷道士遊富春山水（一作送別吳逸士歸山）詩改（全唐詩卷三百七十八）。

〔四〕「華」原作「華封」，據莊子天地刪「封」。

入窮巷謁李材叟翘叟戲贈兼簡田子平三首

紫冠黃鈿網絲窠，蝶繞蜂圍奈晚何！元注云：紫冠，雞冠；黃鈿，黃菊〔一〕。集韻云：鈿，金花飾也，音田，又音電。退之城南聯句云：絲窠掃還成。二叟家居如避世，開門自少俗人過。退之竹洞詩：俗客不曾來。此用其意〔二〕。

只可闋中安止止，誰能鐵裏鬪錚錚？田多穀少無人會，匹似無田過一生。莊子曰：瞻彼闋者，虛室生白，吉祥止止。後漢書劉盆子傳：徐宣等叩頭曰：「今日得降，猶去虎口歸慈母。」光武曰：「卿所謂鐵中錚錚、庸中佼佼者也〔三〕。」北夢瑣言馮藻應二十五舉，姻親勸令罷舉求官，藻曰：「譬如一生無成，更應五舉。」樂天詩：匹如元是九江人。

田郎杞菊荒三徑，文字時追二叟游。萬卷藏書多未見，老夫端擬乞荊州。陸龜蒙有杞菊賦。田子平荊南人，其家多書。「未見書」具上注。南史：王僧孺聚書至三萬卷〔四〕。

〔一〕「黃鈿」原作「金鈿」，據內集卷十及元大全本改。

〔二〕『退之竹洞詩……此用其意』原作：『用退之竹洞詩意。』據元大全本改。

〔三〕『庸』原作『傭』，據大全本、樹經堂本及後漢書改。

〔四〕按南史卷五十九王僧孺傳：『僧孺好墳籍，聚書至萬餘卷。』

次韻答馬中玉三首

雨入紗窗風簸船，菊花過後早梅前。錦江春色薰人醉，也到壺公小隱天。老杜詩：浪簸船應拆，杯乾瓮即空。又云：錦江春色來天地。『壺公』見上注。文選王康琚詩曰：小隱隱陵藪，大隱隱朝市。太白詩：壺中別有日月天。山谷時旅寓沙市，故有『小隱』之句。

卷沙成浪北風顛，銜尾千艘不敢前。匝岸水居皆有酒，行人得意買江天。劉禹錫詩：卷起沙堆似雪堆。老杜詩：曉來急雨春風顛。漢書武帝紀曰：舳艫千里。注云：言其船多，前後相銜。東坡樂府曰：船尾涷相銜。文選王仲宣詩：連舫踰萬艘。李善注引六韜云云。西京雜記：滕公馬不肯前。老杜詩：藩籬無限景，恣意買江天。

仁氣已蒸全楚盡，同雲欲合莫江前。争春梅柳無三月，對雪樽罍屬二天。上句以指中玉，『仁氣』見禮記鄉飲酒。孟浩然洞庭詩：氣蒸雲夢澤，波撼岳陽城〔一〕。詩曰：上天同雲，雨雪雰雰。老杜詩：天邊梅柳樹，相見幾回新。『二天』見上注。

〔一〕『撼』原作『動』，據樹經堂本及孟浩然望洞庭湖贈張丞相詩改。

次韻中玉早梅二首

梅蘂争先公不嗔，知公家有似梅人。何時各得自由去，相逐揚州作好春〔一〕？莊子曰：見似人者而喜。老杜詩：東閣官梅動詩興，還如何遜在揚州。此時對雪還相憶，送客逢花可自由？樂天詩：好作開成第二春。

折得寒香不露機，小窗斜日兩三枝。羅帷翠幕深調護〔二〕，已被遊蜂聖得知。此詩亦以戲中玉之歌舞者。李賀將進酒曰：羅帷綉幕圍春風。漢書張湯傳：調護之尤厚。退之盆池詩：夜半青蛙聖得知。

〔一〕『相逐』内集卷十詩後小字注：『「逐」一作「趁」。』萬曆本注於『逐』字下。

〔二〕『調護』内集作『遮護』。

次韻中玉水仙花二首

借水開花自一奇，水沉為骨玉為肌。暗香已壓酴醾倒，只比寒梅無好枝。漢書吳王濞傳曰：亦一奇也。老杜詩：秋水為神玉為骨。退之馬少監墓誌曰：肌肉玉雪可憐。『壓倒』見上注。水仙叢生，故云『無好枝』。

淤泥解作白蓮藕，糞壤能開黃玉花。可惜國香天不管，隨緣流落小民家。元注云：時聞民間一事如此〔一〕。

柳子厚詩：糞壤擢珠樹，莓苔插瓊英。左傳曰：蘭有國香，人服媚之。秦少游樂府亦有『惱殺人，天不管』之句。此詩蓋山谷借以寓意也。按高子勉所作國香詩序云：國香，荆渚田氏侍兒名也。黃太史自南溪召為吏部副郎，留荆州，乞守當塗待報，所居即此女子鄰也。太史偶見之，以謂幽閑姝美，目所未覩，後其家以嫁下里貧民〔二〕，因賦此詩以寓意，俾予和之。後數年，太史卒於嶺表，當時賓客雲散。此女既生二子矣，會荆南歲荒，其夫鬻之田氏家。田氏一日邀予置酒，出之，掩抑困悴，無復故態。坐間話當時事，相與感歎。予請田氏名曰國香，以成太史之志。政和三年春，京師會表弟汝陰王性之，問太史詩中本意，因道其詳，乃為賦之詩曰：『南溪太史還朝晚，息駕江陵頗從款。綵毫曾詠水仙花，可惜國香天不管。將花託意為羅敷，十七未有十五餘。宋玉門墻迂貴從，藍橋庭户怪貧居。十年目色遥成處，公更不來天上去。已嫁鄰姬窈窕姿，空傳墨客慇懃句。聞道離鸞別鵠悲，藁碪無賴鬻蛾眉。桃花結子風吹後，巫峽行雲夢足時。田郎好事知渠久，酬贈明珠同石友。憔悴猶疑洛浦妃，風流固可章臺柳。寶髻犀梳金鳳翹，樽前初識董嬌饒〔三〕。來遲杜牧應須恨，愁殺蘇州也合銷。却把水仙花說似，猛省西家黃學士。乃能知妾妾當時，悔不書空作黃字。王子初聞話此詳，索詩裁與漫凄涼。只今驅豆無方法，徒使田郎號國香。』此詩和者甚衆，故併録之。

〔一〕『一』原無，據內集卷十及樹經堂本增。

〔二〕『里』原作『俚』，據樹經堂本改。

〔三〕『董嬌饒』『饒』樹經堂本作『嬈』。按樂府詩集卷七十三載東漢宋子侯董嬌饒。

王充道送水仙花五十枝欣然會心為之作詠

凌波仙子生塵襪，水上輕盈步微月〔一〕。洛神賦曰：凌波微步，羅襪生塵。此云『微月』，蓋言襪如新月之狀。詩曰：彼月而微。是誰招此斷腸魂，種作寒花寄愁絶？『招魂』見上注。陶淵明九日閑居詩：寒華徒自榮。老杜北風詩：愁絶付摧枯。含香體素欲傾城，山礬是弟梅是兄。應劭漢官儀：尚書郎含雞舌香。此借用。淵明詩曰：君其愛體素。『傾城』見漢書李延年歌，已具上注。『山礬』即瑒花，山谷律詩叙述頗詳。坐對真成被花惱，出門一笑大江横。老杜詩：江上被花惱不徹，無處告訴只顛狂。山谷在荆州與李端叔帖云：數日來驟暖，瑞香、水仙、紅梅皆開，明窗静室，花氣撩人，似少年都下夢也。但多病之餘，懶作詩爾。山谷時寓荆渚沙市，故有『大江横』之句。老杜詩：雞虫得失無了時，注目寒江倚山閣〔二〕。山谷句意類此。

〔一〕樹經堂本此句下有小字注：『方綱按：「輕盈」精華作「盈盈」』。

〔二〕『山』大全本及樹經堂本作『秋』。

吴君送水仙花并二大本

折送南園栗玉花，并移香本到寒家。何時持上玉宸殿，乞與宮梅定等差？魏文帝與鍾繇玉玦書曰：黃侔烝栗。唐書禮樂志：康崑崙奏琵琶於玉宸殿。按宋次道東京記：後苑有玉宸殿。山谷所指當謂此。宋書曰：武帝女壽陽公主人日卧於含章簷下，梅花落額上，成五出之花，自後有梅花粧。詩人用宮梅事，蓋取此也。退之李花詩：長姬香御四羅列，縞裙練帨無等差〔一〕。此反其意。按漢書游俠傳序曰：卿大夫以至于庶人，各有等差。

〔一〕『帨』原作『幌』，據樹經堂本及韓愈李花詩改。

劉邦直送早梅水仙花四首〔一〕

簸船綪纜北風嗔，霜落千林憔悴人。欲問江南近消息，喜君貽我一枝春。『簸船』見上注。『綪』音爭。儀禮士喪禮注曰：綪讀為縥，縥，屈也。江沔之間謂縈收繩索為縥。荆州記：陸凱與范曄相善，自江南寄梅花一枝詣長安與曄，并贈詩曰：『折花逢驛使，寄與隴頭人。江南無所有，聊贈一枝春。』

探請東皇第一機，水邊風日笑横枝。鴛鴦浮弄嬋娟影，白鷺窺魚凝不知。『探請』蓋俗語，猶言預借。東坡嘗有六言詩：探支八月涼風。又有樂府曰：探借今年三月暖。雲門問臥龍：『長連床上學得底是第幾機？』龍曰：『第二機。』門云：『作麼生是第一機？』龍曰：『緊峭草鞋。』林逋梅詩：雪後園林纔半樹，水邊籬落忽横枝。『凝』音牛孕反〔二〕。

離騷經有東皇太一。

得水能仙天與奇，寒香寂寞動冰肌。仙風道骨今誰有？淡掃蛾眉簪一枝。太白大鵬賦序曰：余昔於江陵見天台司馬子微，謂余有仙風道骨，可與神遊八極之表。今借用。老杜詩：却嫌脂粉污顔色，淡掃蛾眉朝至尊。樂府沈約江南曲曰：墮馬碧玉簪。集韻：簪，音作紺切，綴也。

錢塘舊聞水仙廟〔三〕，荊州今見水仙花。暗香靚色撩詩句，宜在林逋處士家。元注云：錢塘有水仙王廟，林和靖祠堂近之，東坡先生以為和靖清節映世，遂移神像配食水仙王云。按處士名逋，字君復，居錢塘西湖孤山，有詩名於咸平、景德間。既死，謚和靖先生。所作梅詩有『疏影横斜水清淺，暗香浮動月黄昏』之句，為世傳誦。王介甫詩云：物華撩我有新詩。

〔一〕『四首』内集卷十題作『三首』。按第四首載内集卷七，屬古詩。

〔二〕樹經堂本此句下多：『注云：止水也，又結固也，又蒸勺。』

〔三〕『舊聞』内集卷七及樹經堂本作『昔聞』。

謝檀敦信送柑子

色深林表風霜下，香著尊前指爪間。書後合題三百顆，頻隨驛使未應慳。文選謝玄暉詩：林表吳岫微。老杜詩：破柑霜落瓜〔一〕。米芾書史載右軍一帖云：奉橘三百顆，霜未降，未可多得。韋應物詩云：書後欲題三百顆，洞庭更待滿林霜。謂此也。陸凱詩『折梅逢驛使』〔二〕，見上注。老杜詩：玉粒未吾慳。

〔一〕『柑』原作『甘』，據杜甫孟冬詩改。按元大全本作『相』，當為『柑』之誤。

〔二〕『折梅』樹經堂本作『折花』。按事類賦梅賦引作『折梅』。

贈李輔聖

交蓋相逢水急流，八年今復會荆州。言卒然相遇，不容少停，如流波之急也。文選樂府詩：日中市朝滿，車馬若川流。楞嚴經曰：如急流水，望如恬靜，流急不見，非是無流也。

已回青眼追鴻翼，肯使黃塵没馬頭？上句用嵇康詩『目送歸鴻』之意。文選陸士衡詩：願假歸鴻翼，翻飛曲江汜〔一〕。下句謂不復浮沉京洛風塵間也。樂天詩：舟辭三峽雨，馬入九衢塵。杜詩：馬寒防失道，雪没錦鞍韉。古樂府日出東南隅行曰：黃金絡馬頭。

舊管新收幾粧鏡，流行坎止一虛舟。『舊管新收』本吏文書中語，山谷取用，所謂『以俗為雅』也。賈誼鵩賦曰：乘流則逝，得坎則止。莊子曰：汎若不繫之舟，虛而遨遊者也。易曰：乘木舟虛。劉子：虛舟觸人，人不知怨。

相看絶歎女博士，筆研管絃成古丘。

原注云：『女博士』謂輔聖後房孔君也，於文藝無所不能，能皆妙絶〔二〕。世說：殷中軍問劉尹云云，一時絶歎，以為名通。又云：袁虎作露布，手不輟筆，王東亭絶歎其才。魏志甄后傳曰：后年九歲，喜書，輒用諸兄筆硯。兄言：『當作女博士邪？』太白詩：晉代衣冠成古丘。

〔一〕按文選卷二十四陸機為顧彥先贈婦詩云：『翻飛浙江汜。』

〔二〕『能』字原無，據樹經堂本及內集卷十此詩後之小字注補。萬曆本注『孔君』作『孔居』，以下作：『於文藝無不妙絶。』

和高仲本喜相見

雨昏南浦曾相對，雪滿荆州喜再逢。有子才如不羈馬，知公心是後凋松。

山谷自蜀放還，過萬州，時仲本為太守，有約遊岑公洞詩。萬州即唐南浦郡〔一〕。漢書司馬遷書曰：少負不羈之才。論語：歲寒然後知松柏之後凋。

閑尋書册應多味，老傍人門似更慵。

退之送石洪序曰：戒行李，載書册。班固敘傳曰：味道之腴。樂天詩：好是老身消日處，誰能騎馬傍人家？近世盧秉詩云：但得有錢留客醉，也勝騎馬傍人門。蓋出於此。

何日晴軒觀筆硯？一樽相屬要從容。

漢書灌夫傳曰：夫起舞屬田蚡。注云：屬，付也，音之欲反。退之詩曰：一杯相屬君當歌。戰國策曰：犀首從容談三國之相怨。

〔一〕『即』原作『郎』，據大全本及樹經堂本改。

戲詠暖足瓶二首

小姬暖足卧，或能起心兵。邪念忽起，甚於用兵不戢之禍。退之詩：詰曲避語穽，冥茫觸心兵。俗以暖足瓶為鐵婆。千金買脚婆〔一〕，夜夜睡天明。老杜詩：客睡何曾着，秋天不肯明。此反用之。又詩：天明登前途。

脚婆元不食，纏裹一衲足。天明更傾瀉，頮面有餘燠。書顧命注：洮盥頮面。

〔一〕『千金』内集卷七作『千錢』。

戲呈聞善二兄

黄友聞字聞善，侍御史昭之第二子。

匏懸籬落鵶窺井，草上階除雪衮風。北史：獨孤信因獵日暮馳馬入城，其帽微側。詰旦，吏人慕信而側帽焉。想得尊前欹醉帽，渾家兒女笑山公。晉書山簡傳童兒歌曰：山公出何許？往至高陽池。日夕倒載歸，茗艼無所知〔一〕。時時能騎馬，倒著白接䍦〔二〕。舉鞭向葛彊〔三〕，何如并州兒？南唐近事史虚白詩曰：風雨揭却屋，渾家醉不知。

〔一〕『茗艼』大全本及樹經堂本作『酩酊』。

〔二〕『䍦』原作『籬』，據晉書山簡傳改。按世説新語任誕引作『接籬』。

〔三〕『向葛强』世説新語任誕引作『問葛彊』，『彊』通『强』。今校點本晉書作『向葛彊』。

次韻聞善

扶醉三竿日，題詩一研埃。杜牧之詩：醉頭扶不起，三丈日還高。劉禹錫竹枝歌：日出三竿春霧消。按南齊書永明五年十一月丁亥，日出三竿，朱色，黃色，赤暈。東坡密州謝上表曰：塵埃筆硯，漸忘舊學之淵源。東坡詩：酒醒門外三竿日。又樂府：紅日三竿。張羅門帶雪，投轄井生苔。漢書鄭當時傳曰：翟公門外可設爵羅。『門帶雪』用袁安事，見上注。漢書陳遵傳：每大飲，賓客滿堂，輒關門，取客車轄投井中。老杜詩：君不見雨時秋井塌，古人白骨生青苔，如何不飲令心哀。東坡詩亦云：我如廢井久不食，古甃缺落生陰苔。待得成丘隴，誰能把酒盃？李賀將進酒曰：勸君終日酩酊醉〔一〕，酒不到劉伶墳上土。楚辭東方朔七諫曰：封比干之丘壟。常應黃菊畔，悵望白衣來。檀道鸞續晉陽秋曰：陶潛九月九日無酒，於宅邊菊叢中摘盈把，坐其側久，望見白衣人，乃王弘送酒，即便就酌而後歸。

〔一〕『終日』原作『莫惜』，據元大全本及李賀將進酒詩改。

謝答聞善二兄九絕句

此篇大概以聞善與柳氏兄弟杯酒相失，因為開廣之。聞善蓋山谷族人，山谷有與聞善帖云：久聞晦甫伯父負天下大名，常恨不見其子孫，今乃得識面。又與黃顏徒帖云：晦甫自閩漕以侍御史召。按黃氏世譜，晦甫名昭。

身入醉鄉無畔岸(一)，心與歡伯為友朋。唐書王績傳曰：績著醉鄉記。詩曰：淇則有岸，隰則有泮。箋云：泮讀為畔。焦贛易林坎卦之兑曰(二)：酒為歡伯，除憂來樂。

更闌罵坐客星散(三)，午過未蘇髮鬅鬙。蔡琰胡笳曰：更深夜闌兮夢汝來思。漢書灌夫傳曰：有詔劾夫罵坐不敬。蜀志姜維傳曰：星散流離，死者甚衆。切韻曰：鬅鬙，被髮也，朋僧二音。廣燈録：僧問洞山守初曰：『不昧宗乘，請師舉唱。』師云：『頭鬅鬙，耳猲朔(四)。』

未嘗頃刻可去酒，無有一日不吟詩。詩狂克念作酒聖，意態忽如年少時。皇甫湜作韓文公神道碑曰：未嘗一日不對客。書曰：惟狂克念作聖。樂天詩曰：不知老將至，猶自放詩狂。酒譜曰：李白每醉為文，未嘗差誤，人目為『醉聖』。

群猪過飲尚可醉，疥手轑甕庸何傷？晉書阮咸傳：諸阮皆能飲酒，咸至宗人間共集(五)，以大盆盛酒。時有群豕來飲其酒，咸直接去其上，便共飲之。曾慥集仙傳曰：張開光嘗與母及弟出游，獨留嫗守舍。俄有道士敝衣冠，疥癬被體，直入裸浴酒甕中，嫗不能拒。既暮，出游歸，渴甚，聞酒芳烈，亟就盎中飲。嫗心惡道士，不敢白，而但不飲。居數日，開光與母及弟拔宅而去。此事與葛洪神仙傳李八百事略同。漢書楚元王傳曰：嫂厭叔與客來，陽為羹盡轑釜。注云：轑音勞。轑，轢也。左傳：一抶女，庸何傷？

柳家兄弟太迫窄，狂欒不容人發狂。文選西京賦增九筵之迫脅。五臣注曰：迫脇，迫窄也。晉書裴楷傳：孫季舒與石崇酣燕，慢傲過度，崇欲表免之，楷曰：『足下飲人狂藥，責人正禮，不亦乖乎？』乃止。老子曰：馳騁田獵，令人心發狂。

莫作囂號驚四鄰，甕中有地可藏真。蕩詩曰：式號式呼，俾晝作夜。北山詩曰：或不知叫號。此借用。樂天詩：今宵醉有興，狂詠驚四鄰。陸羽作懷素傳曰：飲酒以養性，草書以暢志。酒酣興發，靡不書之。按懷素字藏真。此借用，言全其天真於酒中。高僧傳醋頭和尚頌：揭起醋甕見天下，天下元來在甕中，甕中元來有天下。

淵明醉握遠公手，大笑絕倒人不嗔。廬山記：遠公與陶元亮、陸修靜談道，不覺過虎溪，因相與大笑，故作三笑圖。

阮籍醉睡不論婚〔六〕，劉伶雞肋避尊拳。晉書阮籍傳：文帝欲為武帝求婚於籍，籍醉六十日，不得言而止。劉伶傳：嘗醉與俗人相忤，其人攘袂奮拳，伶曰：『雞肋不足以安尊拳。』其人笑而止。

至今凜凜有生氣，飲酒真成不愧天。世說庾道季曰：廉頗、藺相如雖千載尚凜凜有生氣。太白詩曰：天地既愛酒，飲酒不愧天。

公擇醉面桃花紅，人百忤之無慍容。李常字公擇，南康軍建昌人。元祐間為户部尚書，御史中丞，山谷之舅也。樂府高陽樂人歌曰：何處碟觴來，兩頰色如火？自有桃花容，莫言人勸我。朝野僉載張元一嘲武懿宗曰：未見桃花面皮，謾作杏子眼孔。魯論曰：三已之，無慍色。崔護詩『人面桃花相映紅』云。

莘老夜闌傾數斗，焚香默坐日生東。孫覺字莘老，高郵人。元祐初為諫議，遷給事、吏侍，擢御史中丞，山谷之婦翁也。抱朴子曰：管輅頓傾三斗而清辯綺粲〔七〕。貫休詩：靜只焚香坐，詠懷悲歲闌。退之詩：默坐念語笑。又詩：杲杲寒日生於東。

椎牀破面棖觸人，作無義語怒四鄰。玉臺新詠焦仲卿妻詩：阿母得聞之，槌床便大怒。東坡跋老蘇送石昌言北使引云：彭任聞富彥國當使不測之虜，憤憤椎酒床，拳皮裂。南史：沈昭略以甌投徐孝嗣面，曰：『使為破面鬼。』朝野僉載楊廷玉回波詞曰：阿姑婆見作天子，旁人不得棖觸。陸龜蒙蠹化曰：人或棖觸之，輒奮角而怒。維摩經香積品曰：是無義語，是無義語報。**尊中歡伯笑爾輩，我本和氣如三春。**樂天家醖詩曰：飲似陽和滿腹春。酉陽雜俎：酒曰歡伯。

陶令舍中有名酒，無日不為父老傾。四座歡欣觀酒德，一燈明暗又詩成。淵明飲酒詩序曰：偶有名酒，無夕不飲，顧影獨盡，忽焉復醉，既醉之後，輒題數句自娱。樂天詩：對雪畫寒灰，殘燈明復滅。晉書：劉伶作酒德頌。

阮籍劉伶智如海，人間有道作糟丘。晉書阮籍傳：本有濟世志，屬魏晉之際，天下多故，名士少有全者，遂不與世事，酣飲為常。劉伶見上注。本傳又云：常以細宇宙、齊萬物為心。張彥遠名畫記云：董伯仁鄉里號為『智海』。按華嚴經頌云：不動如山智如海。南史陳暄傳與兄子書曰：速營糟丘，吾將老焉。按紂為酒池糟丘。此借用。**酒中無諍真三昧，便覺嵇康輸一籌。**金剛經曰：佛説我得無諍三昧，人中最為第一。亦見維摩經。晉書嵇康傳：鍾會造康，康不為之禮。會謂文帝曰：『嵇康卧龍也，不可起。公無憂天下，顧以康為慮耳。』遂遇害。御史臺記曰：楊纂怒尹君不同己判，遽命筆，復沉吟，少選，乃判曰：『纂輸一籌，餘依近世。』倦游録胡旦亦有此語。柳子厚西亭夜飲詩云：共傾三昧酒。

〔一〕『身入』内集卷七、元大全本作『自入』。

〔二〕『贛』原作『貢』，據四庫全書總目卷一〇九子部術數類二改。

〔三〕『罵坐』内集作『夜坐』。

〔四〕『朔』大全本及樹經堂本作『愬』。

〔五〕『間』原作『家』，據大全本、樹經堂本及晉書阮咸傳改。

〔六〕『婚』原作『昏』，據大全本改。按：『昏』通『婚』。

〔七〕『頓傾三斗』元大全本作『頗傾二斗』。按：抱朴子外篇酒誡作『傾仰三斗』。

戲呈聞善

堆豗病鶴怯雞群，見酒特地生精神。歐公詩云：三日不出門，堆豗類寒鴉。晉書嵇康傳：或曰昨於稠人中始見嵇康，昂昂然若野鶴之在雞群。退之詩：春半邊城特地愁。坐中索起時被肘，亦任傍人嫌我真。老杜遭田父泥飲詩：高聲索果栗，欲起時被肘。又詩：不愛入州府，畏人嫌我真。

題子瞻畫竹石

趙子湜家本云：題全天粹東坡竹。

風枝雨葉瘠土竹，龍蹲虎踞蒼蘚石。東坡老人翰林公，醉時吐出胸中墨。李太白永王東巡歌曰：龍蟠虎踞帝王州。『胸中墨』謂其藻翰之餘。退之代張籍書曰：一吐出胸中之奇。東坡題呂申公扇詩：雨葉風枝曉自勻，綠陰青子淨無塵。

戲贈米元章二首

米芾字元章，以能書知名，喜蓄書畫，有米氏書、畫史行於世。

萬里風帆水著天，麝煤鼠尾過年年。滄江盡夜虹貫月，定是米家書畫船。謝靈運詩：「苕苕萬里帆。」老杜詩：「一日過海收風帆。」退之詩：「海氣昏昏水拍天。」又祭張署文曰：「洞庭漫汗，粘天無壁。」李西臺題楊少師大字壁後云：「枯杉倒檜霜天老，松煙麝煤風雨寒。」『鼠尾』謂栗鼠尾，可為筆。杜牧之詩：「廣文遺韻留樗散，雞犬圖書共一船。自説江湖不歸去〔一〕，阻風中酒過年年。」詩含神霧曰：「瑤光如虹蜺貫月正白，感女樞生顓頊。」此借用，言船中有寶氣。崇寧間元章為江淮發運，揭牌於行舸之上，曰『米家書畫船』云。

我有元暉古印章，印刓不忍與諸郎。虎兒筆力能扛鼎，教字元暉繼阿章。漢書藝文志曰：「摹印章，書幡信。」漢舊儀曰：「銀印龜鈕，其文曰章。」漢書韓信傳曰：「項王刻印，刓忍不能予。」『虎兒』即元章之子，名友仁，近歲擢工部侍郎。退之詩曰：「龍文百斛鼎，筆力可獨扛。」兩章字義不同，故得重用。以元章為『阿章』，猶晉人以王平子為『阿平』。元暉謂謝玄暉也。

〔一〕杜牧鄭瓘協律詩云：『自説江湖不歸事。』

山谷詩集注卷第十六

次韻高子勉十首〔一〕

高荷字子勉，江陵人，上山谷長篇，警句云：蜀天何處盡，巴月幾回彎？因此得名。後知涿州而死，自號還還先生，事見曾慥詩選。

雪盡虛簷滴，春從細草回。

文選王元長曲水詩序曰：虛檐雲架。按『檐』字俗作『簷』。老杜詩：更覺春從沙際歸。文選謝玄暉詩：風光草際浮。丘希範詩：細草藉龍騎。

德人泉下夢，俗物眼中埃。

『德人』當謂東坡、少游。莊子曰：德人者，居無思，行無慮，不藏是非善惡。此借用其字。老杜詩：眼前無俗物，多病也身輕。

久立我有待，長吟君不來。

曾慥集仙傳載呂洞賓題汴都峨眉院法堂屋山云：明月斜，秋風冷，今夜故人來不來，教人立盡梧桐影。老杜詩：有待至昏鴉。退之詩：長吟慰我思。按洛神賦曰：超長吟以永慕。盧仝詩：鶯花爛熳君不來。

重玄鎖關鑰〔二〕，要待玉匙開〔三〕。

言高君可發古人之秘也。文選陸機功臣頌曰：重玄非奧。頭陁寺碑曰：玄關幽楗，感而遂通。同安和尚十玄談曰：金鎖玄關留不住，行於異類且輪回。黃庭經曰：玉匙金鑰常完堅。

掃雪我三日，御風君過旬。

上句用袁安事。退之詩：閉門長安三日雪。莊子曰：列子御風，旬有五日而後反。易曰：過旬灾也。天寶遺事載：王仁裕每大雪，則自所居至坊巷口掃雪開徑，迎接賓客至所居處飲宴，謂之『暖寒會』。

言詩今有數，下筆不無神。魯論曰：始可與言詩已矣。老杜詩：神仙才有數。又詩：下筆如有神。又詩：樂罷不無悲。

行布佺期近，飛揚子建親。『行布』字本出釋氏，而山谷論書畫數用之。按釋氏言華嚴之旨曰：行布則教相施設，圓融乃理性即用。楞伽經曰：名身與句身及字身差別，解者曰：『名者是次第行列，句者是次第安布。』唐書宋之問傳曰：魏建安後詩律屢變，及之問、沈佺期加靡麗，學者宗之，號為『沈宋。』老杜贈李白詩：飛揚跋扈為誰雄？蓋借用北史齊神武紀中語。老杜詩又曰：詩看子建親。謂曹植也。可憐金石友，去不待斯人。『金石友』見上注。亦謂東坡、少游于時已死，恨不見子勉。南史王琳傳：時謂銓錫二王，玉昆金友。

峴南羇旅井，灞上獵歸亭。日繞分魚市，風回落鴈汀。老杜詩：應同王粲宅，留井峴山前。按魏志王粲傳：山陽人，以西京擾亂，乃之荆州，依劉表。漢書李廣傳：屏居藍田南山中射獵，嘗夜從人田間飲，還至亭，霸陵尉醉，呵止廣。筆由詩客把，笛為故人聽。上句言久不作詩，因高君可與論此事，故復援筆。下句謂追懷東坡。晉書向秀傳作思舊賦序云：經嵇康、吕安舊廬，鄰人有吹笛者，發聲寥亮，追想曩昔游宴之好，感音而嘆，故作賦云。但恐蘇耽鶴，歸時或姓丁。終上句之意，亦指東坡，言其不可測識也。蘇耽、丁令威並見上注(四)。

君不居郎省(五)，還應上諫坡。蔡質漢官典職曰：尚書郎省中皆以胡粉塗壁。『諫坡』見李宗諤先公談録，見上注。才高殊未識，歲晚喜無它。說文曰：上古草居，患它，故相問『無它乎』，音託何切。徐鉉注云：今俗作『蛇』，音食遮反。櫪馬羸難出，鄰雞凍不歌。老杜詩曰：盍簪喧櫪馬。退之書曰：

泥水馬弱不敢出。『鄰雞』見孟子。東坡雜説曰〔六〕：予來黄州，聞黄人群聚謳歌，宛轉其聲，往反高下，如雞唱爾。漢官儀：『汝南出長鳴雞，衛士候朱雀門外，專傳雞鳴。』應劭曰：『今雞鳴歌也。』余今所聞，豈亦雞鳴之遺聲乎？老杜詩：林鶯遂不歌。

寒爐餘幾火，灰裏撥陰何。

言作詩當深思苦求，方與古人相見也。傳燈録：百丈謂溈山曰：『汝撥鑪中有火否？』師撥云：『無火。』百丈躬起，深撥得火，舉以示之，云：『此不是火？』師發悟，禮謝。呂蒙正詩：撥盡寒爐一夜灰。老杜詩：試學陰何苦用心。謂陰鏗、何遜。

荆渚樓中賦，南陽壠底吟。誰言小隱處，頻屈故人臨。

上兩句皆述荆州渚宫，見上注。文選王粲有登樓賦，李善注引盛弘之荆州記曰：當陽縣城樓，王仲宣登之而作賦。蜀志諸葛亮傳：躬耕壠畝，好為梁父吟。注引漢晉春秋曰：亮家于南陽之隆中。按後漢志，南陽屬荆州。文選王康琚詩曰：小隱隱陵藪，大隱隱朝市。漢書灌夫傳曰：將軍旦日蚤臨。

經笥難窺底，詞源幸汲深。思君眠竹屋，雪月冰寒衾。

後漢邊韶傳曰：腹便便，五經笥。老杜詩：詞源倒流三峽水。劉禹錫涵碧圖詩序曰：碧流貫于庭中，冰澈射人。自注云：冰音去聲。集韻：冰音逋孕反，冷迫也。莊子曰：綆短者不可以汲深。

驚人得佳句，或以傲王公。

用杜牧之『千首詩輕萬户侯』之意。老杜詩：為人性僻耽佳句，語不驚人死不休。又詩：故人得佳句，獨贈白頭翁。荀子曰：道義重則輕王公。

處世要清節，滑稽安足雄？

言當慕伯夷之清，不當如東方朔之陸沉也。法言：或問東方朔『達惡比』，曰：『非夷尚容，依隱玩世，其滑稽之雄乎？』〔七〕又曰：『古者高餓顯，下禄隱。』

深沉似康樂，簡遠到安豐。

晉書：謝玄封康樂縣公，為叔父安所器重，有經國才略。王戎封安豐縣侯。裴楷傳鍾會曰：裴楷清通，王戎簡要。漢書王嘉傳曰：計謀深沉。元稹作老杜墓銘叙曰：

蘇李五言，辭意簡遠。謝靈運雖襲封康樂公，然此詩以『深沉』言之，必非指靈運也。

一點無俗氣，相期林下同。僧貫休題東林寺詩：田地更無塵一點。退之王仲舒墓誌曰：公所為文章，無世俗氣。晉書王戎傳：與阮籍為竹林之游，戎嘗後至，籍曰：『俗物已復來敗人意。』又王凝之妻謝氏傳曰：王夫人神情散朗，故有林下風。

志士難推轂，將如高子何？心期誠不淺，餘論或相多。『志士』見魯論。『推轂』見上注。文選任彥昇詩曰：中道遇心期。王介甫作韓魏公挽詩曰：心期自與衆人殊，骨相知非淺丈夫。南史謝朓傳曰：士子聲名未立，應共獎成，無惜齒牙餘論。戰國策：或說張相國曰：『君安能少趙人，而令趙人多君？』漢書何武傳注曰：多，重也。

欲向滄洲去，還能小艇麼？鸕鷀西照處，相並曬漁蓑。言欲與之同往江海也。選詩：復恊滄洲趣。老杜詩：閑引老妻乘小艇。又詩云〔八〕：鸕鷀西日照，曬翅滿魚梁。東坡樂府曰：仍傳語、江南父老，時與曬漁蓑。

鑿開混沌竅，窺見伏羲心。言伏羲作易，發太極之蘊也。莊子曰：儵與忽謀報混沌之德，日鑿一竅，七日而死。易曰：復其見天地之心乎？

有物先天地，含生盡陸沉。老子曰：有物混成，先天地生。雪竇頌曰：曹溪波浪如相似，無限平人被陸沉。詩意謂：大道坦然，人自迷謬，平地上沒溺而不自知也。『陸沉』見莊子，已具上注，此借用。

伐山成大厦，鼓橐鑄祥金。上句欲其積學以成廣大之規模。下句欲其鍛煉以盡精微之極致。漢書地理志曰：楚地以漁獵山伐為業。注云：山伐謂伐山取竹木。文選四子講德論曰：大厦之材非一丘之木。淮南子曰：鼓橐吹埵。注云：橐，冶炉排橐也。莊子曰：今大冶鑄金，金踴躍曰：『我且必為鏌鋣！』大冶必以為不祥之金。此反而用之。

三尺無絃木，期君發至音。

無絃琴用淵明事，見上注。劉禹錫與柳子厚書曰：嗟夫，箏郭師與不可傳者死矣！絃張柱差，枵然貌存，中有至音，含糊弗聞。噫！人亡而器存，布方册者是已。

少年基一簣，長歲足三餘。『一簣』『三餘』並見上注。忽作飛黃去，頓超同隊魚。退之詩：少長聚嬉戲，不殊同隊魚。又云：飛黃騰踏去，不能顧蟾蜍。『飛黃』，古良馬名。詩曰：乘彼乘黃〔九〕。尊前八采句〔一〇〕，窗下十年書。北史盧思道傳：朝士作文宣帝挽歌十首，擇其善者用之。魏收陽休之等不過得一二篇〔一一〕，唯盧思道得八篇，故時號『八采盧郎。』此借用。『十年書』見南史沈攸之傳，具上注。定作牛腰束，傳抄聽小胥。太白詩云：詩禿千兔毫，書載兩牛腰。老杜詩云：抄詩聽小胥。

沙上步微暖，思君剩欲招。蔓蒿穿雪動，楊柳索春饒。高適詩：談經剩欲翻。陸龜蒙鴉詩：亂和殘照紛紛舞，應索陽烏次第饒。枉駕時逢出，新詩若見撩。『若』一作『苦』。退之詩：猿鳥莫相撩。王介甫詩：物華撩我有新詩。樽前遠湖樹，來飲莫辭遥。老杜詩：水有遠湖樹，人今何處船？蓋指江陵府而言。山谷時寓居于此。老杜又有詩：他鄉惟表弟，還往莫辭遥。

〔一〕內集卷十題為『次韻答高子勉十首』。

〔二〕『關』萬曆本作『鎮』。

〔三〕『要待』內集作『要是』。

〔四〕『並』原無，據大全本、樹經堂本加。

〔五〕『居』内集作『登』。

〔六〕『東坡雜説』按蘇軾文集卷六十七題跋此文題爲『書鷄鳴歌』。

〔七〕按：語出法言淵騫。宋治平國子監刻本揚子法言作：『非夷齊而是柳下惠，戒其子以尚容，首陽爲拙，柱下爲工，飽食安坐，以仕易農，依隱玩世，詭時不逢，其滑稽之雄乎？』或以爲此乃司馬光將漢書東方朔傳贊中語與揚雄語雜糅而成。任注所引爲法言之歸文。參見韓敬法言注卷十一（中華書局一九九二年版）。

〔八〕『詩』原無，據元大全本加。

〔九〕『乘彼乘黄』，按：詩鄭風大叔于田：『叔于田，乘乘黄。』無『彼』字。

〔一〇〕『八采句』内集卷十作『八米句』。按：作『八米』亦通。姚寬西溪叢語卷下：『盧思道挽詩獨八首，比時人最盛，時人謂之「八米盧郎」。八米，關中語，歲以六米、七米、八米分上中下，言在穀取八米，取數之多也。』

〔一一〕『陽』原作『楊』，據元大全本改。

贈高子勉四首

文章瑞世驚人，學行刳心潤身。老杜詩：語不驚人死不休。莊子曰：夫道，覆載萬物者也。洋洋乎大哉！君子不可以不刳心焉。禮記曰：富潤屋，德潤身。沅江求九肋鼈，荆州見一角麟。摭言曰：盧肇袁州人，初赴舉，先達曰：『袁州出舉人邪？』答曰：『袁州出舉人〔一〕，亦猶沅江出鼈甲，九肋者稀。』『一角麟』見上注。又傳燈録清原行思傳希遷曰：衆角雖多，一麟足矣。

張侯海内長句，晁子廟中雅歌。原注云：無咎樂府於今第一。高郎少加筆力，我知三傑同科。『張侯』謂文潛。退之潮州謝表曰：作為歌詩，薦之郊廟。後漢：祭遵投壺雅歌。干寶晉紀曰：顧榮與陸機兄弟同入洛，時號『三傑』。魯論曰：為力不同科。山谷與李端叔帖曰：比得荆州一詩人高荷，極有筆力，使之凌厲中州，恐不減晁張。嘗聞之長老云：文潛見此句殊不樂。

妙在和光同塵，事須鈎深入神。上句欲其韜晦涵養，與世同波。下句欲其學之精微，即事觀理。老子曰：和其光，同其塵。易曰：探賾索隱，鈎深致遠。又曰：精義入神，以致用也。聽它下虎口著，我不為牛後人。上句謂無若世人行險僥倖，如弈棋而置子於虎口。下句欲其特立獨行，不落人後也。史記蘇秦傳曰：寧為雞口，無為牛後。

拾遺句中有眼，彭澤意在無絃。謂老杜之詩眼在句中，如彭澤之琴意在絃外也。老杜以上元二年拜右拾遺，事具唐書本傳。顧我今六十老，付公以二百年。南史謝朓傳：長五言詩。沈約云：二百年無此詩也。晉書陳壽傳張華謂曰：當以晉書相付。此借用，言以一代之詩付之也。

〔一〕『出』原無，據唐摭言卷十二補。

再用前韻贈子勉四首

胸中有度擇人，事上無心活身。上句欲口不臧否人物，而胸中自有準則也。退之書曰：懼足下以吾不致黑白於胸中。禮記曰：進退有度。左傳吳公子札見叔孫穆子曰：子好善而不能擇人。傳燈録德山語曰：汝但無事於心，無心於事，則虛而靈，空而妙。樂天詩：勿信人虛語，君當事上看。莊子曰：烈士為天下，見善矣，未足以活身。只麼情親魚鳥，儻然圖畫麒麟。言本志在於山林，恐或不免富貴也。傳燈録證道歌曰：不可得中只麼得。世說：簡文帝在華林園，謂左右曰：『會心處不必在遠，翛然林水，便有濠、濮間之趣，覺鳥獸禽魚，自來相親。』莊子曰：儻然立於四虛之道。漢書蘇武傳：宣帝甘露三年，思股肱之美，乃圖畫霍光等十一人於麒麟閣。

行要争光日月，詩須皆可絃歌。史記屈原傳曰：雖與日月争光可也。又按孔子世家曰：詩三百五篇，孔子皆絃歌之，以求合韶、武、雅、頌之音。柳子厚簡吳武陵詩：惜無協律者，窈眇絃吾詩。老杜詩：謝朓每篇堪諷詠。東坡、山谷嘗論詩可絃歌者，米芾曰：『某明月堂賦便可。』坡未應，山谷曰：『可謂落大石調也。』見王定國聞見録云。着鞭莫落人後？百年風轉蓬科。言當汲汲追逐古人，恐年歲之不吾與也。『着鞭』用劉琨事，見上注。太白詩：風流肯落他人後？『轉蓬』見上注。太白詩又曰：蓬科馬鬣皆已平。

句法俊逸清新，詞源廣大精神。老杜詩：清新庾開府，俊逸鮑參軍。又云：詞源倒流三峽水。禮記曰：致廣大而盡精微。建安才六七子，開元數兩三人。文選謝靈運擬魏太子鄴中集詩有魏太子、王粲、徐幹、劉楨、應瑒、阮瑀、平原侯植八人，序曰：建安末，予時在鄴宮云云。又魏文帝典論曰：今之文人，孔融、陳琳、王粲、徐幹、阮瑀、應瑒、劉楨，斯七子者，於學無所遺，於辭無所假。唐書文藝傳曰：玄宗好經術，群臣稍厭雕琢。索理致則燕、許擅其宗。『六七人』見魯論。老杜詩：野航恰受兩三人〔二〕。韓退之薦士詩：建安能者七，卓犖變風操。

醉鄉閑處日月，鳥語花中管絃。『醉鄉』見上注。唐人皇甫嵩所著小説號『醉鄉日月』。樂天詩：閑中日月長。劉禹錫詩：蘿密鳥韻如簧言〔二〕。漢書曰：鍾鼓管絃之音未衰。

有興勤來把酒，與君端欲忘年。文士傳：禰衡與孔融作爾汝交，衡年二十餘，融年五十，敬衡秀才而忘年也。又南史江總傳：張纘等雅相推重，為忘年友。

〔一〕『恰受』原作『纔受』，據樹經堂本及杜甫南鄰詩改。

〔二〕『言』原作『音』，據樹經堂本及劉禹錫唐侍御寄游道林岳麓二寺詩并沈中丞姚員外所和見征繼作詩改。

荆南簽判向和卿用予六言見惠次韻奉酬四首

仕宦初不因人，富貴方來逼身。上句言其自樹立。劉禹錫連州謝表曰：出身入仕，並不因人。下句用謝安『恐不免富貴』之意。僧貫休與錢鏐詩曰：貴逼身來不自由。

要是出群拔萃，乃成威鳳祥麟。孟子公孫丑篇有若曰：麒麟之於走獸，鳳凰之於飛鳥，類也。聖人之於民，亦類也。出於其類，拔乎其萃，自生民以來，未有盛於孔子也。漢書宣帝紀詔曰：威鳳為寶。注云：鳳之有威儀者。左傳哀公十四年注曰：麟者仁獸，王者之嘉瑞。退之獲麟解曰：麟之為靈，雖婦人小子，皆知其為祥也。

向侯賦我菁莪，何敢當不類歌？向以教育之意望於山谷。詩曰：菁菁者莪。樂育材也。左傳晉侯曰：歌詩必類。齊高厚之詩不類。顧我乃山林士，看君取將相科。漢書王吉傳贊曰：山林之士往而不能反。王沂公言行録云：公為參政，或議以進士登科擢堂吏。公曰：『我朝設此科，謂之將相科，豈當屈以趨走吏邪？』衆皆歎服而止。

覆却萬方無準，安排一字有神。言不為物役，詩思乃凝於神也。莊子曰：視舟之覆，猶其車却也，覆却萬方陳乎前而不得入其舍。文選陸佐公漏刻銘曰：盈縮之度無

（準。前輩詩曰：吟安一个字。老杜詩：下筆如有神。）更能識詩家病，方是我眼中人。（李淑詩苑類格云：梁沈約曰：詩病有八：一平頭，二上尾，三蜂腰，四鶴膝，五大韻，六小韻，七旁紐，八正紐。此借用。文選陸士龍答張士然云：感念桑梓城，髣髴眼中人。老杜王司直短歌行曰：青眼高歌望吾子，眼中之人吾老矣。丁晉公曰：水底日為天上日。楊文公應口曰：眼中人是面前人。）覓句真成小技，知音定須絶絃。（『覓句』見上注。老杜詩：文章真小技，於道未為尊。『絶絃』見上注。）景公有馬千駟，伯夷垂名萬年。（事見魯論，蓋期之以遠者、大者。）

蟻蝶圖

胡蝶雙飛得意，偶然畢命網羅。群蟻争收墜翼，策勳歸去南柯。（此篇蓋有所屬。陸龜蒙蠹化曰：橘之蠹蜕為胡蝶，翩旋軒虛，曳颺粉拂，甚可愛也。須臾犯蟊網而膠之，引絲環纏，人雖甚憐，不可解而縱矣。文選七啓曰：公叔畢命於西秦。『策勳』及『南柯』並見上注。）

謝胡藏之送栗鼠尾畫維摩二首〔一〕

貂尾珍材可筆，虎頭墨妙疑神〔二〕。（後漢書輿服志曰：武冠貂尾為飾。注引應劭漢官曰：貂内勁悍而外温潤。老杜詩：虎頭金粟影，神妙獨難忘。謂顧愷之所畫維摩也。莊子曰：用志不分，乃凝於神。東坡嘗言古本『凝』作『疑』。

頗知君塵外物，真是我眼中人。分屬前兩句。選詩：肅此塵外軫。晉書王戎傳曰：王衍如瑤林瓊樹，自然是風塵表物。『眼中人』見上注。

丹青貌金粟影，毛物宜管城公。老杜有丹青引，又詩：畫工如山貌不同。『金粟影』見上注。文選頭陁寺碑李善注：發迹經曰：『浄名大士，是往古金粟如來。』又按祖庭事苑曰：十門辯惑論云：『維摩是金粟如來。』吉藏法師謂出思惟三昧經，自云未見其本。今據諸經目録，無此經名。周禮曰：其動物宜毛物。『管城公』見上注。揚子：丹青初則炳，久則渝。只今為君落筆，它日聽我談空〔三〕。亦分屬上兩句。文選北山移文云：談空空於釋部。劉夢得詩：與師相見便談空。

〔一〕『胡藏之』內集卷十二題中作『人』，題下小字注：『謝胡藏之』。

〔二〕『疑神』內集作『凝神』。

〔三〕內集詩後有小字注：『一作「畫圖見金粟佛」』。

次韻向和卿行松滋縣與鄒天錫夜語南極亭二首

雪泥滑滑到山郭，提壺勸沽亦不惡。林中解道不如歸，家人應念思歸樂。梅聖俞四禽言曰：泥滑滑，苦竹崗。雨蕭蕭，馬上郎。『提壺』、子規並見上注。樂天詩曰：山中不栖鳥，夜半聲嚶嚶。似道思歸樂〔一〕，行人掩泣聽。陶岳零陵記曰：思歸樂狀如鳩而慘色，三月則鳴，其音云『不如歸去』。

衝風衝雨走七縣，唯有白鷗盟未寒。退之詩：不衝風雨即衝埃。『寒盟』見上注。坐中更得江南客，開盡南窗借月看。鄭谷詩：坐中亦有江南客，莫向春風唱鷓鴣。孟郊詩：徹文北山外，借月南樓中。

〔一〕『似』原作『以』，據樹經堂本及白居易和思歸樂詩（全唐詩卷四二五）改。

戲答荊州王充道烹茶四首

舊本云：居士酒徒不喜茗飲，故多戲句。

三徑雖鋤客自稀，醉鄉安穩更何之？老翁勸把春風椀〔一〕，靈府清寒要作詩。老杜詩：草茅無徑欲教鋤。又詩：幕下郎官安穩無？又詩：舍此復何之？『靈府』謂心也，見上注。退之李花詩曰：清寒瑩骨肝膽醒，一生思慮無由邪。

茗椀難加酒椀醇，暫時扶起藉糟人。何須忍垢不濯足，苦學梁州陰子春？『茗椀』見上注。世說：江盧奴直喚人取酒，自飲一椀。老杜詩：間道暫時人。晉書劉伶傳酒德頌曰：枕麴藉糟。充道不喜茗飲，無從洗濯塵昏，故以陰子春戲之。按南史陰子春傳：身服垢汙，脚數年一洗，言每洗則失財敗事，云在梁州以洗足致梁州敗。曹子建責躬詩表曰：忍垢苟全，則犯詩人胡顏之譏。

香從靈堅壟上發，味自白石源中生。為公喚覺荊州夢，可待南柯一夢成！黃庭内景經曰：鼻神玉齏字靈堅。又曰：呼吸元氣以求仙，朱鳥吐縮白石源。蓋言舌與齒也。杜牧之詩：十年一覺揚州夢，贏得青樓薄倖名。『南柯』見上注。

龍焙東風魚眼湯，箇中即是白雲鄉。更煎雙井蒼鷹爪，始耐落花春日長。趙飛燕外傳成帝曰：不能傚武皇帝求白雲鄉也。春晝多睡，故末句云爾。王隨詩：一聲啼鳥禁門靜，滿地落花春日長。

〔一〕『勸把』原作『更把』，據内集卷十及樹經堂本改。

雨中登岳陽樓望君山二首

岳陽樓即岳州城西門。據圖經，經始於張燕公，慶曆中滕宗諒謫守，始加增飾，規制宏敞。

投荒萬死鬢毛斑〔一〕，生出瞿塘灩澦關〔二〕。未到江南先一笑，岳陽樓上對君山。

柳子厚詩曰：萬死投荒十二年。老杜詩：更益鬢毛斑〔三〕。後漢班超傳上疏曰：臣不敢望到酒泉郡，但願生入玉門關。瞿塘峽灩澦堆在今夔州，灩澦即水經注所謂『淫澦石』也，冬出水二十餘丈，夏則没。水經注又曰：峽中有瞿塘、黄龕二灘，夏水洄洑，沿泝所忌。又曰：洞庭湖中有君山，湘君之所游處，故曰君山。

滿川風雨獨憑欄，綰結湘娥十二鬟。可惜不當湖水面，銀山堆裏看青山〔四〕。山海經曰：洞庭之山，帝之二女居焉。王逸注九歌曰：堯二女娥皇、女英隨舜不及，没於湘水之渚，因為夫人。按君山狀如十二螺髻。北夢瑣言曰：湘江北流至岳陽，達蜀江。夏潦後，蜀江漲勢高，遏住湘波，讓而退溢為洞庭湖，凡數百里，而君山宛在水中，秋水歸壑，此山復居于陸，惟一條湘川而已。劉禹錫詩：遥望洞庭山水翠，白銀盤裏一青螺。貫休詩：五湖大浪如銀山。

〔一〕『斑』原作『班』，據内集卷十一及樹經堂本改。

〔二〕『出』内集作『入』。

〔三〕『益』原作『憶』，據杜甫涪江泛舟送韋班歸京得山字詩改。『斑』原作『班』，據樹經堂本及杜甫詩改。

〔四〕内集詩末小字注：『「結」一作「髻」』。

自巴陵略平江臨湘入通城無日不雨至黄龍奉謁清禪師繼而晚晴邂逅禪客戴道純款語作長句呈道純

山行十日雨霑衣，幕阜峰前對落暉。史記禹本紀曰：山行乘檋。禮記曰：雨霑服失容則廢。説苑曰：孺子不覺露之霑衣。『幕阜』即黄龍山之别峰。輿地廣記曰：在洪州武寧縣。東坡詩：放鶴亭前送落暉。野水自添田水滿，晴鳩却唤雨鳩歸。歐公詩：陂田遶郭白水滿。又詩：天雨止，鳩呼婦歸鳴且喜。靈源大士人天眼，雙塔老師諸佛機。惟清禪師自號靈源叟，即雙塔之法嗣，已具贈鄭交詩注。初，晦堂祖心禪師得法於黄龍山惠南，南死，塔於山中，其後心亦葬南公塔東，號雙塔，事具洪覺範僧寶傳。山谷嘗參問晦堂，為之塔銘，其於靈源待以師友，嘗與徐師川書曰：平生所見士大夫，人品未有出此公之右者。傳燈録靈樹如敏禪師書一帖云：人天眼目，堂中上座。蓋謂雲門文偃和尚也。佛偈曰：若人生百歲，不善諸佛機，未若生一日而得決了之。

白髮蒼顔重到此，問君還是昔人非？　歐公醉翁亭記曰：蒼顔白髮，頽然其間者，太守醉也。肇法師物不遷論云：梵志出家，白首而歸，鄰人見之，曰：『昔人尚存乎？』梵志曰：『吾猶昔人，非昔人也。』鄰人皆愕然。所謂有力者負之而趨，昧者不覺，其斯人之謂歟？

題徐氏書院

元注云：德占羨魚亭故基也。徐禧字德占，洪州分寧人，娶山谷從妹。

學書但學溪老鵝，讀書可觀樵父歌。　言不必作功名之想也。山谷舊有詩云：駕鵝引頸回，似我胸中字。右軍數能來，不為口腹事。『樵父歌』謂負薪能談王道。老杜詩：夷歌是處起漁樵。

紫髯將軍不復見，空餘巖桂緑婆娑〔一〕。　『紫髯』借用孫權事，『巖桂』用淮南小山招隱事，並見上注。晉書殷仲文傳：顧大司馬府中老槐樹而歎曰：『此樹婆娑，無復生意。』按實録元豐五年，禧以直龍圖閣節制西師，與沈括等城永樂，夏人來攻，城陷，禧與內侍李舜舉、轉運使李稷皆死。

〔一〕內集卷十一詩後小字注：『「老」一作「姥」，「歌」一作「柯」。』

贈石敏若

石忞字敏若。

才似謫仙惟欠酒，情如宋玉更逢秋。相看領會一談勝，注目長江天際流。　文選向秀思舊賦曰：託運遇於領會。注云：領會，冥理相會也。老杜詩：注目寒江倚山閣。

題胡逸老致虛庵

藏書萬卷可教子，遺金滿籯常作災。漢書韋賢傳曰：賢為丞相，少子玄成以明經歷位至丞相，故鄒魯諺曰：『遺子黃金滿籯，不如一經。』老子曰：金玉滿堂，莫之能守。富貴而驕，自遺其咎。能與貧人共年穀，必有明月生蚌胎。東觀漢記：梁商因年穀貴，多有飢者，輒令蒼頭以牛車致米鹽菜錢於四城門外給貧民，不告主姓名。莊子曰：使物不疵癘而年穀熟。『蚌胎』用韋誕事，見上注。山隨宴坐畫圖出，水作夜窗風雨來。觀水觀山皆得妙〔一〕，更將何物污靈臺？一作：莫將世事侵兩鬢，小庵觀靜鎖靈臺。太白詩：丹青畫出是君山。老杜詩：飛閣卷簾圖畫裏。王介甫詩：芭蕉一枕西窗雨，復似當年水遶床。老子曰：常無欲以觀其妙。『靈臺』見上注。

〔一〕『觀水觀山』內集卷七及樹經堂本作『觀山觀水』。

題蓮華寺

狂卒猝起金坑西，脇從數百馬百蹄。漢書谷永傳曰：將有驕臣悍妾醉酒狂悖卒起之敗。注云：卒讀曰猝。書曰：脇從罔治。史記貨殖傳曰：牧馬二百蹄。所過州縣不敢誰，肩輿虜載三十妻。賈誼過秦論曰：陳利兵而誰何。注云：問之為誰。伍生有膽無智略，謂河可憑虎可搏〔一〕。退之詩：臣有膽與氣。史記田叔傳褚先生曰：今取富人子，又無智略。魯論曰：暴虎馮河〔二〕，死而無悔者，吾不與也。孟子曰：馮婦善搏虎。身膏白刃浮屠前，此鄉父老至今憐。文選潘安仁關中詩曰：周殉師令，身膏氏斧。老杜詩：到今耆舊悲。按漢書項籍傳曰：楚人憐之至今。

〔一〕「憑」内集卷七與樹經堂本作「馮」。

〔二〕「馮」原作「憑」，據樹經堂本及論語述而改。

衝雨向萬載道中得逍遥觀遂戲題〔一〕

逍遥近道邊，憩息慰憊懣。晴暉時晦明，譆語諧讜論。「道邊」見上注。老杜詩：平生憩息地。韻書：懣與悶同。東都賦曰：讜言弘說。李善注引字林曰：讜，美言也，音黨。草萊荒蒙蘢，室屋壅塵坌。漢書晁錯傳曰：草木蒙蘢枝葉茂〔二〕。按韻書云：坌，塵也，蒲悶反。法華經云：糞土塵坌，汙穢不净。僕僮侍偪仄，涇渭清濁混。上林賦曰：偪側泌瀄。注云：相迫也。老杜詩有偪仄行。又詩：濁涇清渭何當分？

〔一〕『遂戲題』内集卷七題中作『遂記宿戲題』。

〔二〕『蘢』原作『籠』，據樹經堂本及漢書晁錯傳改。按：任注所引破句，漢書作：『草木蒙蘢，枝葉茂接。』

題竹尊者軒

平生脊骨硬如鐵，聽風聽雨隨宜説。傳燈録巖頭云：德山老人一條脊骨硬如鐵，拗不折，於唱教門中猶較些子。法華經曰：諸佛隨宜説法，意趣難解。王建宮詞：聽風聽水作霓裳。

百尺竿頭放步行，更向脚跟參一節。傳燈録長沙景岑禪師偈曰：百丈竿頭不動人〔一〕，雖然得入未為真〔二〕。百丈竿頭須進步，十方世界是全身。玄沙傳曰：老和尚脚跟猶未點地。叢林舉前人一段語謂之一則。『一節』與『一則』同。『竹尊者』當是竹根形狀如此。

〔一〕『百丈』原作『百尺』，據景德傳燈録卷十長沙景岑禪師改。

〔二〕『得入』原作『得地』，據景德傳燈録卷十長沙景岑禪師改。按：景岑偈曰：『百丈竿頭不動人，雖然得入未為真。』樹經堂本作『人』，當為『入』之誤。

送密老住五峰 密老蓋法昌之嗣。

我穿高安過萍鄉，七十二渡遶羊腸。一本此下有兩句云：去時擷茗春風香，歸來秧稻夏日長〔一〕。高安屬筠州，萍鄉屬袁州。『羊腸』見上注。山谷書萍鄉縣廳壁曰：庭堅杭荆江，略洞庭，涉修水，徑七十二渡，出萬載，來宜春，省伯氏元明於萍鄉。按元明時為萍鄉令。水邊林下逢衲子，南北東西古道場。蘇子由筠州聖壽院法堂記曰：洞山有价、黄蘗有運、真如有愚、九峰有虔、五峰有觀，高安雖小邦而五道場在焉。前漢書南粵傳曰：南北東西數千里。五峰秀出雲雨上，中有寶坊如側掌。文選張景陽七命曰：嶢榭迎風，秀出中天。李善注引國語曰：秀出於衆。列子曰：化人之宮出雲雨之上。『寶坊』見上注。老杜詩：秦川對酒平如掌。此變其語用之。去與青山作主人，不負法昌老禪將。倚遇禪師三十年單丁住法昌山。法昌在洪州分寧之北，事具洪覺範僧寶傳。法華經曰：佛賜戰魔賢聖諸將以禪定解脱。無漏根力，諸佛之財。栽松種竹是家風，莫嫌斗絶無來往。僧寶傳又載：南禪師至〔二〕，遇方栽松。南公曰：『小院子栽許多松作麼？』遇曰：『臨濟道底。』南公指石曰：『這裏何不栽？』遇曰：『功不浪施。』南公曰：『也知無下手處。』遇却指石上松曰：『從什麼處得來？』南公大笑曰：『蒼天！蒼天！』漢書匈奴傳曰：匈奴有斗入漢地，直張掖郡。注云：斗，絶也。後漢書竇融傳曰：河西斗絶在羌胡中。五峰高峻，故云。但得螺師吞大象，從來美酒無深巷。法昌有法身頌云：螺師吞大象，石虎咬蕃馬。驚起假家龍，踏落雲屋瓦。古語曰：美酒無曲巷。言酒之美者，雖在深僻之地，人必就沽。五峰雖險絶，但解法昌宗旨，何患不為人之所知哉？

〔一〕『夏』原作『春』，據内集卷七題下小字注改。

〔二〕『南禪師至』原作『南禪師至止』。按惠洪禪林僧寶傳卷二十八法昌遇禪師作『南禪師至』，『止』為衍文，故删。

新喻道中寄元明用觴字韻

中年畏病不舉酒，孤負東來數百觴。喚客煎茶山店遠，看人穫稻午風涼。晉書顧榮傳曰：惟酒可以忘憂，但無如作病何！文選李陵書曰：孤負陵心區區之意。歐公詩：快哉天下樂，一釂宜百觴。老杜詩：野店引山泉。樂天詩：泥秧水畦稻。

但知家裏俱無恙，不用書來細作行。別本云：不用書來細作行，想李炳文極相肯也。風俗通曰：恙，毒蟲也，喜傷人。古人草居露宿，故相勞問必曰『無恙』。老杜詩：來書細作行。按後漢書循吏傳序曰：光武以手迹賜方國，皆一札十行，細書成文。

一百八盤攜手上，至今猶夢遶羊腸。『一百八盤』路謂元明相送黔中時。樂天詩：夢尋來路遶羊腸。『羊腸』見上注。

山谷詩集注卷第十七

拜劉凝之畫像

棄官清潁尾，買田落星灣。 陳舜俞廬山記曰：劉涣字凝之，筠州人，天聖八年擢進士第，居官有直氣，不屑，輒棄去，卜居落星渚，嘗乘黄犢往來廬山中。張文潛水玉堂記云：凝之年五十餘為潁上令，即致仕，歸隱於廬山，年八十一卒。『清潁尾』見上注。寰宇記云：落星石在江州廬山東，周回一百五步，高丈許。圖經云：昔有星墜水化為石，當彭蠡灣中，俗呼為落星灣。

身在菰蒲中，名滿天地間。 建康實録云：殷禮與張温使蜀，諸葛亮見而嘆曰：『江東菰蘆中生此奇才！』謝靈運詩：菰蒲冒清淺。老杜詩：詩卷長留天地間。

誰能四十年，保此清静退？ 老子曰：保此道者不欲盈。漢書揚雄解嘲曰：爰清爰静，游神之庭。文選盧子諒詩序曰〔一〕：用安静退。

往來澗谷中，神光射牛背。 見首句注。晉書：王衍引王導共載而去，曰：『吾目光乃在牛背上矣。』

〔一〕『詩』原無，據樹經堂本增。按文選卷二十五盧諶贈劉琨一首并書：『用安静退。』

湖口人李正臣蓄異石九峰東坡先生名曰壺中九華并為作詩後八年自海外歸過湖口石已為好事者所取乃和前篇以為笑實建中靖國元年四月十六日明年當崇寧之元五月二十日庭堅繫舟湖口李正臣持此詩來石既不可復見東坡亦下世矣感歎不足因次前韻〔一〕

有人夜半持山去，頓覺浮嵐暖翠空。莊子曰：藏舟於壑，藏山於澤，謂之固矣，然而夜半有力者負之而走，昧者不知也。下句謂失此石之清寒，遂覺瘴嵐暖氣浮動於太虛耳。埤蒼曰：嵐，山風也。摭言載趙嘏詩云：何必清樓倚翠空。試問安排華屋處，何如零落亂雲中？曹子建詩曰：生存華屋處，零落歸山丘。此借用其字。能回趙璧人安在？已入南柯夢不通。史記藺相如傳：度秦王負約不償城，使從者懷其璧，從間道亡，歸璧于趙。『南柯』見上注，謂東坡已死，此段陳迹遂成幻境，不可復追尋也。賴有霜鍾難席卷，袖椎來聽響玲瓏。晉書石勒載記曰：賴有此耳。『霜鍾』謂石鍾山也。水經曰：彭蠡之口有石鍾山焉。東坡作石鍾山記載唐李渤記曰：得雙石於潭上，扣而聆之，南聲函胡，北音清越，枹止響騰，餘韻自歇。山海經曰：豐山有鍾，九月霜降則鳴。此用其字。漢書賈誼過秦論曰：有席卷天下之心。史記信陵君傳：朱亥袖四十斤鐵椎。揚雄甘泉賦曰：和氏玲瓏。

〔一〕『過』原無，據內集卷十一補。

罷姑熟寄元明用觴字韻

通典曰：當塗縣即晉姑熟城。按當塗今為太平州。

追隨富貴勞牽尾〔一〕，準擬田園略濫觴。上句言世人用力於富貴之地，如曳牛尾，徒自苦也。文選曹子建詩：冠蓋相追隨。俗本「勞」或作「榮」，非是。按太玄經：勤首曰勞，牽不其鼻于尾弊。范望注曰：牽牛不其鼻而尾，故勞弊也。老杜詩：春來準擬開懷久。漢書汲黯傳：隱於田園。「濫觴」見上注云云。本與江鷗成保社，聊隨海燕度炎涼。南越志曰：江鷗一名海鷗。「保社」謂保伍同社。傳燈録興化存獎禪師傳克賓曰：我不入女保社。「海燕」以言去來無定。梁吴筠詠燕詩曰：一燕海上來，一燕高堂息。老杜雙燕詩：應同避燥濕，且復過炎涼。未栽姑熟桃李徑，却入江西鴻鴈行。「江西」謂洪州，山谷鄉里。謝莊月賦曰：隔千里兮共明月。別後常同千里月，書來莫寄九回腸。司馬遷書曰：腸一日而九回。

〔一〕「勞」内集卷十一作「榮」，詩後小字注：「「榮」一作「牢」」。

次蘇子瞻和李太白潯陽紫極宮感秋詩韻追懷太白子瞻

元豐七年東坡自黄移汝，往筠州見子由，過江州，道士胡洞微示以太白詩石本，蓋其師卓玘之所刻，因和其韻，且云：「玉芝一名瓊田草，洞微種之七八年矣。」

不見兩謫仙，長懷倚修竹。唐書李白傳賀知章歎曰：子謫仙人也，『兩謫仙』謂蘇、李。老杜詩云(一)：日暮倚修竹。南史云：會稽山有人姓蔡，不知名，時人謂之謫仙。行邁紫極宮，明珠得盈掬。老杜詩：道州手札適復至，紙長要自三過讀。盈把那須滄海珠，入懷本倚崑山玉。禮記曰：受珠玉者以掬。詩曰：不盈一掬。平生人欲殺，耿介受命獨。老杜無李白消息詩曰：世人皆欲殺(二)，吾意獨憐才。離騷曰：彼堯舜之耿介兮，既遵道而得路。莊子曰：受命於地，唯松柏獨也，在冬夏青青。受命於天，唯舜獨也正。山谷跋東坡和陶詩云：子瞻謫嶺南，時宰欲殺之。亦此意也。往者如可作，抱被來同宿。禮記檀弓趙文子曰：死者如可作也，吾誰與歸？注云：作，起也。退之送殷侑序曰：抱被入直。樂天詩：官曹冷似水，誰肯來同宿？砥柱閱頹波，不疑更何卜！劉禹錫詩：世道劇頹波，我心如砥柱。詳見上注。詩意謂蘇李介特自信也。按楚辭屈原卜居曰：往見太卜鄭詹尹曰：『余有所疑，願因先生決之。寧昂昂若千里之駒乎？將泛泛若水中之鳧乎？與波上下，偷以全吾軀乎？』詹尹謝曰：『用君之意，龜策誠不能知事。』此詩用其意。左傳鬪廉云：卜以決疑，不疑何卜？此詩用其語。王維歸山歌亦云：聊解印兮相從，何詹尹兮可卜？但觀草木秋，葉落根自復。『草木秋』見上注。老子曰：萬物並作，吾以觀其復。夫物芸芸，各歸其根，歸根曰靜，靜曰復命。唐人詩：梧桐葉落滿庭陰。古詩：一葉落知天下秋。我病二十年，大斗久不覆。山谷作發願文戒酒肉，蓋元豐甲子歲，至崇寧壬午，幾二十年。行葦詩曰：曾孫維主，酒醴維醹。酌以大斗，以祈黃耇。注云：大斗長三尺。正義謂從大器挹之於樽，用此勺。隋書天文志曰：天市垣斗五星在宦者南，仰則天下斗斛不平，覆則歲穰。此借用，以言挹酒而注之，則當覆斗；久不飲，故斗不覆也。因之酌蘇李，蠏肥社醅熟。別本注云：予以病不能食(三)，暫開酒肉，故云。文選江文通擬休上人云：桂水日千里，因之平生懷。林逋詩：水痕初落蠏螯肥。李商隱詩：旗高社酒香。按世說畢茂世云：一手持蟹螯，一手持酒杯，拍浮酒池中，便了足一生也。今按山谷此詩元有跋云(四)：子瞻詩所記胡道士『玉芝一名瓊田草』者，俗號其葉為唐婆鏡，葉底開花，故號羞天花。以予考之，其實本草之鬼臼也。歲生一臼如黃精而堅瘦，滿十二歲可為藥，就土中生根取一臼，勿令大本知也。煮麪如餫飩皮，裹一臼吞之，數日不飢，啗三臼可辟穀也。黄龍山老僧多採而斷食，令人體臞而神王。今方家所用鬼臼乃鬼燈檠耳，如蜀人用鬼箭，但用一草根，不知何物也。鎮陽趙州間，道傍叢生三羽者，真鬼箭。俗醫用藥如此，而責古方不治病，可勝歎哉！因論玉芝，故并記之〔五〕，以遺胡道士。道士胡君洞微，卓君，玘之弟子。卓君之時，欲崇飾宮觀而俗緣薄，規摹甚遠而不成就。及胡君而宮殿崇成，便齋曲房，松竹薈蔚，觀其軒窗開塞，宜冬而愜夏，智慮通物者也。又好文多藝，能治賓客具，至者忘歸。此東坡先生所以每至而留連者歟？

〔一〕『云』原無，據元大全本加。

〔二〕『世人』原作『衆人』，據樹經堂本及杜甫不見詩改。

〔三〕『以』原作『少』，據樹經堂本改。

〔四〕『今按』二字原無，據元大全本補。

〔五〕『之』原無，據樹經堂本及内集卷七瓊芝軒詩所附山谷此跋加。按山谷此跋以小字置于瓊芝軒詩後。元大全本此跋亦在瓊芝軒詩後。

瓊芝軒

卓僊在時養瓊芝，深根固蔕活人命。憧憧來問此何草，但告渠是唐婆鏡。易咸卦之『九四』曰：憧憧往來，朋從爾思。王弼云：憧憧，往來不絶貌。詩意謂俗人聞此草能使人長生，未必信之，但以凡草告之，可也。老子曰：深根固蔕，長生久視之道。

龜殼軒

紫極宫中三百楹，道人獨藏一神屋。開軒納息星月明，時有白雲來伴宿。道家以形骸為屋宅，神之所舍也，吞噉日月華，如龜之納息。黄庭經曰：後有密户前生門，出日入月呼吸存。史記龜策傳曰：龜能行氣導引。太白紫極宫詩曰：白雲南山來，就我簷下宿。退之詩：月明伴宿玉堂空。按本草，龜殼一名神屋。舊注引道家事，誤矣。

秋聲軒

誰居空閑扇橐籥，情與無情並時作。莊子曰：風起北方，一西一東，有上彷徨。孰噓吸是？孰居無事而披拂是？老子曰：天地之間，其猶橐籥乎？又曰：萬物並作，吾以觀其復。法界觀頌曰：情與無情共一體。

是聲皆自根極來，更莫辛勤問南郭。傳燈録：鏡清問僧：『門外什麼聲？』曰：『雨滴聲。』師曰：『衆生顛倒，迷己逐物。』此詩用其意。莊子繕性篇曰：不當時命而大窮乎？天下則深根寧極而待。大宗師篇：真人之息以踵。郭象注曰：乃在根本中來。齊物論曰：南郭子綦隱几而坐，顔成子游立侍乎前。子綦曰：『汝聞人籟，而未聞地籟，汝聞地籟，而未聞天籟夫？』子游曰：『敢問其方。』云云。

戲效禪月作遠公詠 并序

遠法師居廬山下，持律精苦，過中不受蜜湯，而作詩換酒飲陶彭澤；送客無貴賤不過虎溪，而與陸道士行過虎溪數百步，大笑而別。故禪月作詩云：『愛陶長官醉兀兀，送陸道士行遲遲。買酒過溪皆破戒，斯何人斯師如斯。』故效之。禪月師名貫休，其詩見於集中。陳舜俞廬山記曰：遠師送陶元亮、陸修靜，不覺過虎溪，因相與大笑。今世傳三笑圖，蓋起於此。

邀陶淵明把酒椀，送陸修靜過虎溪。胸次九流清似鏡，人間萬事醉如泥。陳舜俞廬山記曰：簡寂觀，宋陸先生之隱居也，隱居名修靜，明帝召至闕，設崇虛館、通仙堂以待之，仍會儒釋之士，講道於莊嚴佛寺。『九流』見上注。東坡詩曰：道人胸中水鏡清。後漢周澤，時人語曰：一日不齋醉如泥。

跋子瞻和陶詩

東坡和陶淵明詩凡一百有九篇，追和古人自東坡始〔一〕。

子瞻謫嶺南，時宰欲殺之。飽喫惠州飯，細和淵明詩。東坡知揚州，初和淵明飲酒詩二十首，歸田園居以下皆謫惠州後所作。東坡以紹聖元年安置惠州，時章惇為宰相。老杜歌曰：但使殘年飽喫飯，只願無事長相見。彭澤千載人，東坡百世士。出處雖不同，風味乃相似。

唐人張旭有帖云：賀八清鑒風流，千載人也。孟子曰：伯夷、柳下惠奮乎百世之上，百世之下，聞者莫不興起。山谷作王持字說曰：世無千歲之人，安得千歲之士！蓋其德可以經盛衰云耳。易曰：君子之道，或出或處，或默或語。二人同心，其利斷金；同心之言，其臭如蘭。子由作和陶集序亦曰：區區之迹，蓋未足以論士也。

〔一〕按：注采蘇軾與蘇轍書（東坡續集卷三）中述和陶詩意，此書內集卷七以小字附于詩後。

〔二〕『風味』樹經堂本作『氣味』。

題李亮功戴嵩牛圖

張彥遠名畫記載戴嵩事曰：韓晉公滉之鎮浙右，署為巡官，師晉公之畫，不及它物，惟善水牛而已，田家川原亦有意思。李亮功名公寅。

韓生畫肥馬，立仗有輝光〔一〕。老杜丹青引云：弟子韓幹早入室，亦能畫馬窮殊相。幹惟畫肉不畫骨，忍使驊騮氣彫喪。『立仗馬』見上注。文選阮嗣宗詩：灼灼有輝光。

戴老作瘦牛，平田千頃荒〔二〕。韓生作富貴想，戴老作田野觀，言胸懷異趣也。

觳觫告主人，實已盡筋力。孟子注曰：觳觫，牛當到死地處恐貌。老杜病馬詩：塵中老盡力。蓋用田子方事。『筋力』見曲禮。

乞我一牧童，林間聽橫笛。南史陶弘景傳：梁武帝屢加禮聘，並不出，唯畫作兩牛，一牛散放水草之間，一牛着金籠頭，有人以杖驅之。武帝笑曰：『此人豈有可致之理！』此詩頗採其意。山谷於時政以軒冕為累也。

〔一〕『立仗』內集卷七作『伏仗』。

〔二〕『平田』內集及樹經堂本作『平生』。

追和東坡題李亮功歸來圖

今人常恨古人少，今得見之誰謂無？南史張融傳常歎云：不恨我不見古人，所恨古人又不見我。晉書王衍傳王戎曰：當從古人中求耳。漢書劉平傳：嘗聞烈士，乃今得之。欲學淵明歸作賦，先煩摩詰畫成圖。陶淵明集有歸去來賦序云：彭澤去家百里，公田之利足為酒，故便求之。及少日，眷然有歸歟之情。唐書王維傳：維字摩詰，別墅在輞川，地奇勝。畫斷曰：王維畫輞川圖，山谷盤鬱，雲水飛動。小池已築魚千里，隙地仍栽芋百區。齊民要術載陶朱公養魚經曰：以六畝地為池，池中有九洲，求懷子鯉魚二十頭，牡鯉魚四頭，内池中。魚在池中周遶九洲無窮，自謂江湖也。其詳已見上注。左思蜀都賦曰：瓜疇芋區。氾勝之書曰：種芋區方深皆三尺。朝市山林俱有累，不居京洛不江湖。世傳退之與大顛書云：著山林與著城郭無異。

次韻徐仲車喜董元達訪之作南郭篇四韻

徐積字仲車，見上注。元達名逵。

董侯從軍來，意望名不朽。王粲詩：從軍有苦樂。『不朽』見上注。款門拜徐公，在德不在酒。魏志徐邈傳盧欽著書稱邈曰：世人無常而徐公有常。退之詩：何人有酒身無事，誰家多竹門可款？左傳王孫滿曰：在德不在鼎。此用其語律。徐公雖避俗，對客輒粲然。耳不聞世事，時誦陶令篇。老杜詩：陶潛避俗翁。鄭氏注詩旄丘篇曰：人之耳聾，常多笑而已。仲車有此疾，故以為戲。『粲然』見上注。

次韻仲車為元達置酒四韻

射陽三萬家，莫貴徐公門。楚州山陽縣本漢射陽縣地，仲車家於楚，故云。誰能拜牀前？況乃共酒尊！襄陽記曰：諸葛孔明每至龐德公家，獨拜牀下。惟此酒中趣〔一〕，難為醒者論。晉書孟嘉傳：桓溫問：『酒有何好，而卿嗜之？』嘉曰：『公未得酒中趣耳。』漢書司馬遷傳曰：事未易一二為俗人言也。陶淵明詩：但得醉中趣，勿與醒者傳。山谷豈體此耶？盜臥月皎皎，鷄鳴雨昏昏。明月皎然，盜所畏忌，此古人所以自晦於酒，世間萬事付之一醉，而胸中了了自有常度，如鷄鳴之不為風雨所廢也。然鷄鳴雨中，其聲往往難辨，亦因以戲仲車之聾。東坡和仲車詩蓋云：蒼蠅莫亂遠雞聲，世上誰如公覺早？文選潘安仁詩：皎皎窗中月。齊詩云：風雨如晦，雞鳴不已。退之詩：海氣昏昏水拍天。

〔一〕『酒』內集卷七作『醉』。

次韻仲車因婁行父見寄之詩

前朝老諸生，大半正丘首。仲車與山谷同登治平四年第，於時同年生零落大半矣。檀弓曰：狐死正丘首，仁也。投荒萬里歸，煩公問健否？柳子厚詩：一身去國三千里，萬死投荒十二年。往時望江宰，今為夏津吏。望江屬舒州，夏津屬北京。樂天有立碑詩曰：我聞望江縣，麴令撫惸嫠〔一〕。在官有仁政，名不聞京師。當是借用此事，以言婁君之循良，或嘗為此縣也。它日可教之，玉音尚無棄。謂婁君有受道之質〔二〕，欲仲車教之也。司馬相如長門賦曰：願賜問而進兮，得尚君之玉音。注引詩曰：無金玉爾音，而有遐心。老子曰：常善救人，故無棄人。

〔一〕『撫』原作『憮』，據樹經堂本改。

〔二〕『受』樹經堂本作『愛』。

武昌松風閣 武昌今鄂州縣。

依山築閣見平川，夜闌箕斗插屋椽，我來名之意適然。老松魁梧數百年，斧斤所赦今參天，風鳴媧皇五十弦，洗耳不須菩薩泉。『魁梧』『參天』並見上注。禮圖曰：庖犧氏作瑟五十弦，此云『媧皇』，未詳。東坡聽琴詩曰〔一〕：歸家且覓千斛水，净洗從前箏笛耳。東坡菩薩泉銘序曰：寒溪少西數百步別為西山寺，有泉出於嵌竇間，色白而甘，號菩薩泉。建昌李常謂余：『豈昔阿育王所鑄文殊金像之所在乎？』金像事見陳舜俞廬山記。嘉二三子甚好賢，力貧買酒醉此筵。夜雨鳴廊到曉懸，相看不歸卧僧氈。泉枯石燥復潺湲，山川光輝為我妍。野僧早飢不能饘，曉見寒谿有炊煙。『二三子』見魯論。東坡詩：嘉我二三子。楚辭曰：觀流水兮潺湲。寰宇記曰：樊山在鄂州武昌縣西，山東十步有岡，岡中有寒溪。張舜民南遷録曰：寒溪即元次山故居。王介甫詩：暝煙孤起隔林炊。東坡道人已沉泉，張侯何時到眼前？東坡謫黃州時多往來武昌溪山間，建中靖國元年還自海外，七月歿于常州。東都賦曰：沉珠於泉。此借用。『張侯』謂文潛。崇寧元年七月言者謂文潛知潁州日，聞蘇軾卒，飯僧縞素而哭，遂自管勾亳州明道宮責授房州別駕、黃州安置。老杜詩：多病秋風落，君來慰眼前。釣臺驚濤可晝眠，怡亭看篆蛟龍纏。元次山樊上漫歌曰：叢石橫大江，人言是釣臺。按水經，樊山北背大江，江上有釣臺，孫權嘗極飲其上。歐公集古録跋曰：怡亭銘，李陽冰篆，裴虯撰銘。在武昌江水中有小島，亭在其上，銘刻于島石。老杜觀薛稷書畫壁詩曰：鬱鬱三大字，蛟龍岌相纏。安得此身脱拘攣，舟載諸友長周旋！漢書鄒陽上書曰：能越攣拘之見，超域外之議。魏晉間多以交游為周旋。又蜀志後主傳注諸葛亮曰：吾周旋陳元方、鄭康成間。又世説曰：郗嘉賓開庫得錢，一日乞與親友，周旋略盡。韓退之送文暢師詩云：粗淺事輗軏，攣拘屈吾身〔二〕。

〔一〕『琴』原作『瑟』，據元大全本及蘇軾聽賢師琴詩改。

〔二〕『退之』句，按韓愈送文暢師北游詩作：『粗識事輗軏，攣拘屈吾真。』任注所引為六、七兩句，非為一聯。

次韻文潛

武昌赤壁弔周郎，寒溪西山尋漫浪。吳志周瑜傳：吳中皆呼為『周郎』。建安十三年九月，曹公入荆州，孫權遣瑜等與劉備并力逆曹公，遇於赤壁，黃蓋放諸船，同時發火，曹公軍馬燒溺死者甚衆，軍遂大敗。按赤壁山在今鄂州蒲圻縣，而山谷所引，蓋指黃州赤壁，與武昌對岸者。東坡題赤壁賦後所謂『黃州少西，山麓斗入江，石色如丹』，即此地也。元次山自釋曰：將家瀼濱，乃自稱『浪士』。

及有官時，人以為『浪者亦漫為官乎』，遂呼為『漫郎』〔一〕。及家樊上，漫遂顯焉。又曰：以近文多『漫浪』之稱，故設之以自釋。

忽聞天上故人來，呼船凌江不待餉。老杜詩：天上張公子，宮中漢客星。退之詩：遂凌大江極東陬。按孔稚圭大雷舉帆詩云：凌江及濤涌，挂帆追風翻。

我瞻高明少吐氣，君亦歡喜失微恙。東都賦曰：咸含和而吐氣。老杜春陵行序曰：萬姓吐氣。又詩：蘇侯得數過，歡喜每傾倒。文潛時有末疾，故云『微恙』。後漢孔融傳李膺曰：高明祖父與僕有恩舊乎？

年來鬼祟覆三豪，詞林根柢頗搖蕩。『三豪』當是東坡先生及范淳夫、秦少游，於時皆死矣。蘇與秦，山谷之師友；范蓋修史時同僚。老杜八哀詩曰：憶昔李公存，詞林有根柢。莊子曰：搖蕩人心。

天生大材竟何用？只與千古拜圖像〔二〕。太白詩：天生我材必有用。此反而言之。老杜詩：古來材大難為用。文選王元長策秀才文曰：敷化一時，餘烈千古。退之孔子廟碑曰：像圖孔肖。

張侯文章殊不病，歷險心膽元自壯。言其文章無衰薾之氣。家語曰：歷險致遠，馬力盡矣。魏武帝樂府歌曰：烈士暮年，壯心不已。老杜詩：天河元自白。

汀洲鴻鴈未安集，風雪牖户當塞向。有人出手辦茲事，政可隱几窮諸妄。鴻鴈詩序曰：萬民離散，不安其居，而能勞來還定安集之。孟子曰：國家閑暇，明其政刑，雖大國必畏之矣。詩云：『迨天之未陰雨，徹彼桑土，綢繆牖户。今此下民，或敢侮予？』孔子曰：『為此詩者，其知道乎！能治其國家，誰敢侮之？』詩意謂徽廟躬攬之初，安民修政，自有廟堂諸人身任此責，吾曹但當學道山林爾。七月詩云：塞向墐户。傳燈録雲巖答藥山曰：與和尚共出隻手。圓覺經曰：於諸妄心，亦不息滅。

經行東坡眠食地，拂拭寶墨生楚愴。法華經曰：經行林中，勤求佛道。晉書郗超傳〔三〕：大損眠食。文選謝靈運擬鄴中詩序曰：撰文懷人，感往增愴。世説注婦人集載：阮氏與許允書，辭甚酸愴〔四〕。元豐三年，東坡謫居黄州，放浪溪山間，凡所遊覽，見於賦詠，人皆刻之石，東坡集中俱載之，今不復録出。山谷作是詩時，文潛亦謫於此，故有『經行東坡眠食地』之句。文潛聞東坡之喪，縞素而哭，拂拭寶墨，得毋生楚愴耶？此兩句非獨盡文潛之方寸，又見其師友戀慕，片言隻字，不敢頃刻忘也。

水

清石見君所知，此是吾家秘密藏。『水清石見』具上注。圓覺經曰：為諸菩薩開秘密藏。詩意謂：賢愚邪正，久而自明，自古皆然，非世俗所知也。涅槃經曰：愚人不解，謂之秘藏；智者了達，則不名藏。西清詩話載杜少陵詩云：作詩用事，要如釋語水中着鹽，飲水乃知鹽味，此說詩家秘密藏也。

〔一〕『遂』樹經堂本作『蒙』。

〔二〕『圖』內集卷八作『閣』。內集詩後又有小字注：『「閣像」一作「遺像」』。

〔三〕『書』原無，據樹經堂本加。

〔四〕『愴』原作『楚』，據元大全本及世說新語賢媛注引婦人集改。

和文潛舟中所題

舊本題云：乘武昌小舟過黃岡木門間，觀張文潛次韻和李文舉詩，是日冒大風刺舟，對赤鼻磯而渡江，亦次文舉韻。

雲橫疑有路，天遠欲無門。謂文潛初在朝路，疑若自致青雲；然竟流落，望君門而不可入也。老杜詩：雲橫雉尾高。文選沈休文詩：唯使雲路通。楚辭九歌曰：廣開兮天門，紛吾乘兮玄雲。招魂曰：虎豹九關，啄害下人。注謂：天門九重，虎豹啄齧天下欲上之人而殺之也。信矣江山美，懷哉譴逐魂。王粲登樓賦曰：雖信美而非吾土。『譴逐魂』借用屈原事，以言東坡舊謫黃州。王逸楚辭章句曰：宋玉憐屈原忠而斥棄，魂魄放佚，故作招魂。詩曰：懷哉，懷哉！曷月予還歸哉！長波空淮記，佳句洗眵昏。漢書揚雄傳反離騷曰：因江潭而淮記兮，欽弔楚之湘纍。注云：淮，往也，音于放反。退之詩：皇甫作詩止睡昏。又詩：兩目眵昏頭雪白。玉篇：眵，音充支切，目傷眥也。誰奈離愁得？村醪或可尊。

題君子泉

雲夢澤南君子泉，水無名字託人賢。『雲夢澤南』謂黃州。杜牧之詩曰：平生睡足處，雲夢澤南州。黃州通判孟震亨之朝中，謂為『孟君子』，公宇中有泉出甚清，東坡因以名泉，子由為之記。東坡在常州有詩曰：忽見東平孟君子，夢中相對說黃州。兩蘇翰墨相為重，未刻他山世已傳。詩曰：它山之石，可以攻玉。

宿黃州觀音院鍾樓上

鍾鳴山川曉，露下星斗濕。老夫梳白頭，老杜詩：老夫清晨梳白頭，玄都道士來相訪。潘、何塤篪集。張文潛集中有同潘何小酌詩。『潘』當是邠老，名大臨，本閩人，後家于黃，文潛嘗為集序。『何』當是斯舉，斯舉名頡之，黃岡人，山谷嘗與書，取『色斯舉矣』為之字，事見曾慥詩選。詩曰：伯氏吹塤，仲氏吹篪。

謝何十三送蟹〔一〕

山谷出峽後以病故，頗開葷酒之戒。

形模雖入婦女笑，彌明石鼎聯句曰：形模婦女笑。列子曰：老商始一解顏而笑。風味可解壯士顏。寒蒲束縛十六輩，已覺酒興生江山。退之毛穎傳曰：聚其族而加束縛焉。老杜詩：雲山已發興，玉佩仍當歌。羅研論蜀亂：束縛之使，旬有二三。

〔一〕內集卷八題下小字注『䪿』。

又借答送蟹韻并戲小何

三首皆見修水集，今附于此。

草泥本自行郭索，玉人為開桃李顏。林逋詩：草泥行郭索，雲木叫鈎輈。按太玄銳首曰：蟹之郭索，後蚓黃泉〔一〕。測曰：蟹之郭索，心不一也。范望注云：郭索，多足貌。李太白詩：松柏本孤直，難為桃李顏。恐似曹瞞說雞肋，不比東阿舉肉山。魏志武帝紀云：帝小字阿瞞。後漢楊修傳：曹操平漢中，出教，唯曰『雞肋』而已，外曹莫能曉，修獨曰：『夫雞肋，食之則無所得，棄之則如可惜，公歸計決矣。』文選曹植子建與吳季重書曰：願舉太山以為肉，傾東海以為酒。按魏志植傳：徙封東阿王。

〔一〕『後蚓黃泉』原作『復後蚓黃泉』，『復』字衍，據揚雄太玄卷二刪。

代二螯解嘲

仙儒昔日卷龜殼，蛤蜊自可洗愁顏。淮南子曰：盧敖遊乎北海，至蒙穀之上，見處士者方倦龜殼而食蛤蜊〔一〕，敖與之語，處士囂然笑曰〔二〕：『子中州之人，不宜而遠至此。』漢書司馬相如曰：列仙之儒，居山澤之間，形容甚臞。

不比二螯風味好，那堪把酒對西山！荀子曰：蟹六跪而二螯。退之詩：我來無一事，把酒對南山。此言『西山』謂武昌。

〔一〕『倦』原作『卷』，據淮南子道應訓改。高誘注：『楚人謂「倨」為「倦」。』『蛤蜊』淮南子作『蛤梨』。

〔二〕『囂』淮南子道應訓作『蠶』。

又借前韻見意

招潮瘦惡無永味，海鏡纖毫只强顏。想見霜臍當大嚼，夢回雪壓摩圍山。

海物異名記曰：蟹之小者，每潮欲來，出穴舉螯迎之，名招潮子。文選郭景純江賦曰：王珧海月〔一〕，土肉石華。注引臨海水土物志曰〔二〕：海月，大如鏡，白色，正圓，常死海邊，其柱如搔頭大，中食。曹子建書曰：過屠門而大嚼，雖不得肉，貴且快意。此詩末句謂：往在黔南，雪中睡起時嘗作霜蟹之想，如昔人思蓴鱸也。

〔一〕『珧』原作『洮』，據文選卷十二郭璞江賦改。

〔二〕『臨』字原無，據文選江賦注所引改。

次韻文潛立春日三絶句

渺然今日望歐梅，已發黃州首更回。試問淮南風月主，新年桃李為誰開？王羲之帖云：當今人物渺然。山谷此詩在黃州所作，蓋東坡舊謫之地。東坡舉進士時，歐陽文忠公、梅聖俞愛其文，置之異等，後在黃州，嘗有帖云：江山風月，本無常主，閑者便是主人。此引用以屬文潛。老杜詩：西江首獨回。樂天詩：村杏野桃繁似雪，行人不醉為誰開？

誰憐舊日青錢選，不立春風玉笋班。唐書張薦傳：祖鷟能文，員半千稱鷟文詞猶青銅錢，萬選萬中，時號『青錢學士』。文潛舊為起居舍人。鄭谷九日寄張起居詩曰：渾無酒泛金英菊，謾道官居玉笋班。按北夢瑣言曰：唐末朝士中有人物者，時號『玉笋班』。又：外郎班清緊不雜，亦號『玉笋班』者也。

傳得黃州新句法，老夫端欲把降幡〔一〕。『黃州句法』亦謂東坡。老杜詩：佳句法如何？長安薛氏有皇甫湜手帖云：鄆塘特高古風，敢樹降旗。謂退之谿堂詩也。又孫樵與王霖書曰：誠謂足下怪於文，方舉降旗，且大誇朋從間。退之元和聖德頌曰：降幡夜豎。杜牧之詩：擬把一麾江海去。

江山也似隨春動，花柳真成觸眼新。清濁盡須歸甕蟻，吉凶更莫問波臣。老杜詩：天邊梅柳樹，相見幾回新?『清濁酒』用徐邈事,見上注。屈原卜居曰:往見太卜詹尹,詹尹乃端策拂龜。屈原曰:『此孰吉孰凶,何去何從?』莊子曰:周顧視車轍中,有鮒魚焉。周問之,對曰:『我東海之波臣也。』此借用,以言龜。蓋莊子又載宋元君夢龜為清江使,故爾。

〔一〕内集卷十一詩後小字注:『「把」一作「豎」。』

再次前韻

春工調物似鹽梅,一一根中生意回。『鹽梅』見書說命。晉書殷仲文傳曰:此樹婆娑,生意盡矣。風日安排催歲換,丹青次第與花開。樂天詩:百果參雜種,千枝次第開。

久狎漁樵作往還,老杜詩:萬里狎樵漁。又詩:他鄉惟表弟,還往莫辭遥。文選顏延年詩:萬古陳往還。曉風宫殿夢催班。鄰娃似與春争道,史記荆軻傳曰:魯勾踐與荆軻博争道。又漢書吴王濞傳:吴太子侍皇太子飲,博争道,不恭。此借用,猶言争勝也。酥滴花枝綵剪幡。元絳春帖子詞曰:幡字玲瓏玉,花房點滴酥。續翰林志:立春賜鏤銀飾彩勝之物。

酒有全功筆有神,可將心付白頭新。樂天詩曰:湛湛樽中酒,春盤一任人争席,莫道前銜是近臣。

有功不自伐。文選阮元瑜書曰：喜得全功。老杜詩：下筆如有神。又詩：春日春盤細生菜。『争席』見上注。樂天詩：十年不改舊官銜。老杜詩：宜居漢近臣。

山谷詩集注卷第十八

夢中和觴字韻 并序(一)

崇寧二年正月己丑，夢東坡先生於寒溪、西山之間，予誦寄元明『觴』字韻詩數篇，東坡笑曰：『公詩更進於曩時。』因和予一篇，語意清奇，予擊節賞歎，東坡亦自喜。於九曲嶺道中連誦數過，遂得之。

天教兄弟各異方，不使新年對舉觴。退之送李正字序曰：得燕而舉一觴，此天也，非人力也。文選李陵答蘇武書曰：異方之樂，祇令人悲。又劉琨書云：時復相與舉觴對膝。作雲作雨手翻覆，得馬失馬心清涼。老杜詩：翻手作雲覆手雨，紛紛輕薄何須數！淮南子曰：近塞上之人有善術者，馬無故亡而入胡，人皆弔之，其父曰：『此何遽不為福乎？』居數月，其馬將胡駿馬而歸，人皆賀之，其父曰：『何遽不能為禍乎(二)？』家富良馬，其子好騎，墮而折其髀，人皆弔之，其父曰：『何遽不為福乎？』居一年，胡人入塞，丁壯死者十九，此獨以跛之故，父子相保。仙人過末曲曰：觸來勿與競，事過心清涼。何處胡椒八百斛，誰家金釵十二行？唐書元載傳：籍其家，胡椒至八百石。樂府梁武帝河中之水歌曰：河中之水向東流，洛陽女兒名莫愁，頭上金釵十二行，足下絲履五文章。蓋言其首飾之盛爾，而白樂天酬牛思黯戲贈詩有『鍾乳三千兩，金釵十二行』之句，注言思黯之妓頗多，與樂府意異云。一丘一壑可曳尾，晉書謝鯤傳：或問：『論者以君方庾亮何如？』答曰：『端委廟堂，使百僚準，則鯤不如亮；一丘一壑，自謂過之。』『曳尾』見上注。三沐三釁取刳腸。齊語曰：莊公束縛管仲以予齊使，齊使受之而退，比至，三釁三浴之，桓公親逆之于郊。注云：以香塗身曰釁，亦或為薰。此借用，以言墮於世網也。按史記龜策傳：宋元王二年江使神龜使於河，漁者豫且得之，元王刑白雉、驪羊，以血灌龜於壇中央〔三〕，以刀剝之，橫其腹。莊子曰：神龜知能七十二鑽而無遺策，而不能避刳腸之患。

〔一〕內集卷八載此詩，無此題，徑以小序為題。

〔二〕『能』原無，據樹經堂本及淮南子人間訓改。

〔三〕『央』原作『史』，據史記龜策列傳改。

次韻吳可權題餘干縣白雲亭 餘干今隸饒州

曩誰築孤亭〔一〕？勝日有感遇。永懷劉隨州，因榜白雲句。遺老不能談，歲月忽成屢〔二〕。綠陰斤斧盡，華屋風雨仆。『勝日』見衛玠傳，具上注。文選江淹擬盧諶詩曰：羈旅去舊鄉，感遇喻琴瑟。唐書陳子昂傳：為感遇詩三十八章。文選陸機辯亡論曰：招攬遺老。唐人劉長卿字文房，嘗為隨州刺史，其集中有同姜濬題裴式微餘干東齋亭詩八韻，其首章四句云：世事終成夢，生涯欲半過。白雲心已矣，滄海意如何？曹子建詩：生存華屋處，零落歸山丘。吳侯七閩英，宰縣有真趣。『七閩』見上注，謂福建也。退之詩：出宰山水縣。選詩：悠悠蘊真趣。絃歌解民愠，根節去吏蠹。魯論曰〔三〕：子之武城聞弦歌之聲。注云：子游為武城宰。帝王世紀曰：舜彈五絃琴，歌南風詩曰：『南風之薰兮，可以解吾民之愠兮。』退之鄆州溪堂詩曰：孰為邦蟊，節根之螟？又祭馬總文曰：去其螟蟊。材收佛宮餘，工有子來助。靈臺詩曰：經始勿亟，庶民子來。廈成燕雀賀，水滿鳧鴈翥。淮南子曰：大廈成而燕雀相賀。文選沈休文詩曰：白水滿春塘，旅鴈每回翔。劉公幹詩曰：方塘含白水，中有鳧與鴈。曹子建七啓曰：翔爾鴻翥，濈然鳧没。四海名士來，一笑佳客聚。老杜宴歷下亭詩曰：海右此亭古，濟南名士多。雲興碧山留〔四〕，雲散清江去〔五〕。斯須成蒼狗，皆道不如故。雲之或留或去，其狀如山與江也。老杜詩：天上浮雲似白衣，斯須改變如蒼狗。古樂府曰：持縑來比素，新人不如故。至人觀萬物，誰有安立處？萬物虛幻，皆如浮雲之無根也。傳燈録天台語曰：至人以是獨照，能為萬物之主。圓覺經曰：見聞覺知，無處安立。寄語吴令君，但遣糟床注。老杜詩：賴知禾黍收，已覺糟床注。

〔一〕『誰』樹經堂本作『時』。

〔二〕『歲月』内集卷八作『新陳』。

〔三〕『論』原作『語』，據樹經堂本改。

〔四〕『興』内集作『與』。

〔五〕『散』内集作『隨』。

次韻廖明略同吳明府白雲亭宴集〔一〕

廖正一字明略，安陸人，元祐中召試館職，東坡大奇之，俄除正字，紹聖初貶信州玉山監稅〔二〕。有詩文，號白雲集。

白雲亭在饒州餘干縣。

江净明花竹，山空響管絃。謝玄暉詩：澄江静如練。老杜詩：山扉花竹幽。後漢書皇甫規等贊曰：谷静山空。古樂府孔稚圭白紵歌曰：山虛弓響徹。漢書曰：鍾鼓管絃之音未衰。

風生學士麈，雲繞令君筵。『學士』謂廖明略，『令君』謂吳明府。太白詩：水閑明鏡轉，雲繞畫屏移。又云：作詩掉我驚逸興，白雲遶筆窗前飛。

百越餘生聚，三吳遠接連。輿地記曰：饒州餘干縣即干越之地。漢書賈誼過秦論：南取百越之地。地理志臣瓚注曰：自交趾至會稽七八千里，百粤雜處，各有種姓。通典曰：吳郡與吳興、丹陽為三吳〔三〕。左傳伍員曰：越十年生聚而十年教訓。退之詩：周楚仍連接。老杜詩：野水春來更接連。

庖霜刀落鱠，執玉酒明船。上句舊作：鱠魴刀落雪。韓、孟、城南聯句曰：庖霜鱠玄鯽。曲禮曰：執玉不趨。『船』謂玉酒船。老杜詩：月朗自明船。此借用。

葉縣飛來舄，壺公謫處天。上句以屬吳，下句以屬廖。選詩：王喬飛舄。按後漢王喬傳：顯宗世為葉令，每月朔，嘗自縣詣臺，帝令太史伺望之，言其臨至，輒有雙鳧從東南飛來。於是候鳧至，舉羅張之，但得一隻履焉，則所賜尚書官屬履也。又費長房傳曰：市中有老翁賣藥，懸一壺於肆，翁乃與長房俱入壺中，唯見玉堂嚴麗，旨酒甘肴盈衍其中。太白詩：壺中別有日月天。

酌多時暴謔，舞短更成妍。漢書蓋寬饒曰：毋多酌我。左太沖吳都賦云：鄱陽暴謔。蓋取詩所謂『善戲謔兮，不為虐兮』之意。鄱陽今饒州。陶岳零陵記曰：長沙王發於上前，自請短舞，人笑其拙。選詩曰：皎潔不成妍。

唯我孤登覽，觀詩未究宣。空餘五字賞，文似兩京然〔四〕。

謂觀明略詩，未能究景物之詳，然賞歎其五字律如兩漢蘇、李、曹、劉之作也。漢書儒林傳序曰：小吏淺聞，弗能究宣〔五〕。後漢書張衡傳：擬班固兩都作二京賦。孟子曰：道若大路然。醫是肱三折，官當歲九遷。『肱三折』見上注，言經憂患之多。退之上張僕射書曰：一歲九遷其官。老夫看鏡罷，衰白敢爭先？老杜詩：功業頻看鏡。又詩：衰白已光輝。

〔一〕內集卷十二『同』作『陪』。

〔二〕玉山原作『王山』，據樹經堂本改。

〔三〕吳興原作『長興』，據元大全本及通典卷一百八十二州郡十二吳郡改。

〔四〕內集卷十一詩後小字注：『「文」一作「大」。』

〔五〕『弗』原作『未』，據樹經堂本及漢書儒林傳改。

病來十日不舉酒二首

病來十日不舉酒，回施青春與後生。滿袖東風愜人意，見君詩與字俱清。王羲之帖云：官奴小女玉潤病來十餘日，了不令民知。『回施』蓋用佛家語。楊凝式詩：無限歡娛榮樂事，一時回施少年人。劉禹錫詩：分付鶯花與後生。老杜詩：幽意忽不愜。

病來十日不舉酒，獨卧南床春草生。承君折送袁家紫，令我興發郎官清。南史：謝惠連族兄靈運嘗於永嘉西堂思詩，忽夢見惠連，即得『池塘生春草』。『袁家紫』當是牡丹名。『郎官清』蓋酒名。國史補云：酒則京城之郎官清。

題小景扇

草色青青柳色黄，桃花零落杏花香。文選古詩：青青河畔草。太白詩：柳色黄金嫩。春風不解吹愁却，春日偏能惹恨長。

鄂州南樓書事四首

四顧山光接水光，憑欄十里芰荷香。莊子曰：為之四顧，為之躊躇。常建詩：山光悦鳥性(二)。歐公詩：惟有新秋一味涼。退之詩：曲江荷花蓋十里。又太平廣記鬼詩：明月清風，良宵會同。清風明月無人管，併作南樓一味涼。

畫閣傳觴容十客，透風透月兩明軒。南樓槃礴三百尺，天上雲居不足言。文選郭璞江賦曰：荆門闕竦而槃礴。李善注云：廣大貌。退之詩：火燒水轉掃地空，突兀便高三百尺。江南諺曰：天上雲居，地上歸宗。蓋雲居在山之絶頂，舊屬洪州，今屬南康軍。三國志：陳登字元龍，劉備曰：『如小人欲卧百尺樓上。』今云『三百尺』，蓋增言之耳。

勢壓湖南可長雄，胸吞雲夢略從容。北船未嘗覩巨麗，複閣重樓天際逢。前漢鮑宣傳曰：上黨少豪俊，易長雄。退之祭鱷魚文亦曰：争為長雄。『胸吞雲夢』見上注。子虛賦曰：君未覩夫巨麗也。文選景福殿賦曰：複閣重闈。謝玄暉詩：天際識歸舟。

武昌參佐幕中畫，我亦來追六月涼。老子平生殊不淺，諸君少住對胡床。『武昌』蓋用庾亮事，見下注。世説注：劉弘謂陶侃曰：『昔吾為羊太傅參佐。』文選謝宣遠詩曰：婉婉幕中畫。後漢仲長統傳曰：濯清水，追涼風。老杜詩：憶昔好追涼，故遶池邊樹。

〔一〕常建原作『杜甫』，誤。詩句乃出常建題破山寺後禪院詩，故據以改。

南樓畫閣觀方公悅二小詩戲次韻

十年華屋網蛛塵，大旆重來一日新。五鳳樓中修造手，箇中餘刃亦精神。文選曹子建詩曰〔二〕：生存華屋處。張景陽雜詩曰：蜘蛛網四屋。楊文公談苑曰：韓浦、韓洎咸有詞學。洎意嘗輕浦，語人曰：『吾兄為文，譬繩樞草舍；予之為文，是造五鳳樓手。』莊子曰：恢恢然其於游刃必有餘地者矣。

重山複水繞深幽〔二〕，不見高賢獨倚樓。手拂壁間留恨句，凌波微步有人愁。老杜詩：不見高人王右丞。又詩：行藏獨倚樓。洛神賦曰：凌波微步，羅襪生塵。李太白樂府云：有人樓上愁。

〔一〕『曹子建』原作『曹顏遠』，據樹經堂本及曹植野田黃雀行改。

〔二〕『繞深幽』『幽』內集卷十一及元大全本作『秋』。

庭堅以去歲九月至鄂登南樓歎其制作之美成長句久欲寄遠因循至今書呈公悅〔一〕

江東湖北行畫圖，鄂州南樓天下無。老杜詩：閬州城南天下稀。高明廣深勢抱合，表裏江山來畫閣。左傳曰：表裏山河，必無害也。筆談載盧宗回慈恩塔詩云：百二山河表裏觀。雪筵披襟夏簟寒，胸吞雲夢何足言！言冬暖而夏涼也。『雪筵』用文選謝惠連雪賦意。宋玉風賦曰：有風颯然而至，王乃披襟而當之，曰：『快哉，此風！』江文通別賦曰：夏簟清兮晝不暮。漢書司馬相如傳曰：吞若雲夢者八九於其胸中，曾不蔕芥。庾公風流冷似鐵，誰其繼之方公悅。晉書庾亮傳：在武昌，諸佐吏乘秋夜共登南樓，亮至，諸人將起避之，亮曰：『諸君少住，老子於此處興復不淺！』便據胡床談詠。老杜詩：布衾多年冷似鐵。左傳曰：子產而死，誰其嗣之？公悅名澤。

〔一〕內集卷八題下有小字注：『澤』，蓋方公悅之名。

養鬬雞

峥嶸已介季氏甲，更以黄金飾兩戈。左傳曰：季、郈之雞鬬，季氏介其雞，郈氏為之金距。注云：擣芥子播其羽也。或曰以膠沙播之為介雞。韓、孟鬬雞聯句曰：峥嶸顛盛氣，洗刷凝鮮彩，既取冠為冑，復以距為鐓。雖有英心甘鬬死，其如紀渻木雞何！韓、孟鬬雞聯句曰：英心甘鬬死，義肉恥庖宰。列子曰：紀渻子為周宣王養鬬雞，十日而問：『雞可鬬乎？』曰：『未也。方虛驕而恃氣。』十日又問之，曰：『未也，猶疾視而盛氣〔一〕。』十日又問之，曰：『幾矣，雞雖有鳴者，已無變矣，望之似木雞矣，異雞無敢應者，反走耳。』

〔一〕『而』原作『其』，據大全本、樹經堂本及列子黄帝改。

顔徒貧樂齋二首

顔徒姓黄名友顔，侍御史昭之第三子〔二〕，山谷有手帖叙宗盟之好。

衡門低首過，環堵容膝坐。詩云：衡門之下，可以棲遲。注云：衡門，横木為門，言淺陋也。禮記曰：儒有一畝之宫，環堵之室。韓詩外傳北郭先生妻曰：結駟列騎，所安不過容膝。淵明歸去來詞：矧容膝之易安。四旁無給侍，百衲自纏裹。考工記曰：夏后氏世室四旁兩夾窗。維摩經曰：文殊師利言：『居士此室，何以空無侍者？』維摩詰言：『諸佛國土，亦復皆空。』涅槃經曰〔二〕：佛告文殊：汝已朽邁，當須使人，云何方欲為我給侍？』樂天詩：百衲頭陁任運僧。

論事直如絃，觀書曲肱卧。

後漢五行志順帝之末京都童謡曰：直如弦，死道邊。曲如鉤，反封侯。『曲肱』見魯論。

飢來或乞食，有道無不可。

飢而乞食，如陶淵明之徒，不害其真也。淵明有乞食詩曰：飢來驅我去，不知竟何之。列子曰：子列子窮，容貌有飢色，客有言之鄭子陽者，曰：『列禦寇蓋有道之士也。』子陽遺之粟，子列子再拜而辭。孔子曰：『我則異於是，無可無不可。』

小山作友朋，義重子輿桑。

盧仝詩：草石是親情。此句頗采其意。莊子曰：子輿與子桑友，而淋雨十日，子輿曰：『子桑殆病矣！』裹飯而往食之。

香草當姬妾，不須珠翠粧。

王逸離騷序曰：善鳥香草以配忠貞。樂天詩：緑桂為佳客，紅蕉當美人。曹子建七啓曰：山鷄斥鷃，珠翠之珍。

鳥烏窺凍硯，星月入幽房。

左傳曰：鳥烏之聲樂。鄭谷燕詩曰：閑机硯中窺水淺，落花徑裏得泥香。文選陸機詩：安寢北堂下，明月入我牖。潘安仁哀永逝文曰：撫靈櫬兮訣幽房〔三〕。退之詩：幽房無人感蛜蝛。此借用。

兒報無炊米，浩歌繞屋梁。

舊唐書韓愈傳：雖晨炊不給，怡然不介意。老杜詩：長歌激屋梁。按列子曰：韓娥東之齊，匱糧，過雍門，鬻歌假食，既去而餘音繞梁欐，三日不絕。此借用以言能傲貧賤也。楚辭九歌曰：臨風怳兮浩歌。宋玉神女賦曰：耀乎若白日初出屋梁。

〔一〕『昭』原作『照』，據大全本及樹經堂本改。
〔二〕『曰』原無，據樹經堂本加。
〔三〕『櫬』原作『襯』，據大全本、樹經堂本改。

和涼軒二首

打荷看急雨，吞月任行雲。夜半蚊雷起，西風為解紛。『蚊雷』見上注。史記滑稽傳曰：談言微中，可以解紛。梁元帝與武陵王紀書：大智！季月煩暑，流金爍石，聚蚊成雷，封狐千里。

茗椀夢中覺，荷花鏡裏香。涼生只當處，暑退亦無方。退之詩：平鋪紅蕖蓋明鏡。楞嚴經曰：當處出生，隨處滅盡。維摩經曰：來者無所從來，去者無所至。易曰：神無方，易無體。

題默軒和遵老

平生三業净，在俗亦超然。攝論云：菩薩戒以身、口、意三業為體。老子曰：雖有榮觀，燕處超然。佛事一盂飯，橫眠不學禪。傳燈録大安禪師傳云：安在溈山三十年，喫溈山飯，不學溈山禪。慈明和尚因事頌曰：時來開鉢展巾單(一)，飯了收盂困即眠。松風佳客共，茶夢小僧圓。傳燈録：溈山謂仰山云：『我適來得一夢，汝試為我原看。』仰山取一盆水，與師洗面，少頃，香嚴乃點一椀茶來。師云：『二子見解過於鶖子。』『原夢』或作『圓夢』。按南唐近事馮僎舉進士，時有徐幼文能圓夢云云(二)。漫續山家頌，非詩莫浪傳。老杜詩：將詩莫浪傳。

〔一〕『巾』原作『布』，據大全本、樹經堂本。

〔二〕『徐幼文』原作『徐文幼』，據南唐近事卷一（四庫全書本、叢書集成初編本）改。

次韻文安國紀夢

蘇子由欒城後集第一卷亦載此詩，但更其題云『贈姚道人』，當細考之。

道人偶許俗人知，法喜非妻解養兒。『法喜』見上注。夜久金莖添沆瀣，室虚璧月映琉璃。班固西都賦曰：抗仙掌以承露，擢雙立之金莖。楚辭曰：餐六氣而飲沆瀣兮，嗽正陽而食明霞。大人賦注云：北方夜半氣也。『室虚』及『璧月』並見上注。楞嚴經曰：反流全一，六用不行，十方國土，皎然清浄，譬如琉璃，内懸明月，身心快然，妙圓平等。遠來醉俠忽忽去，近出詩仙句句奇。獨怪區區踐繩墨，相逢未省角巾欹。『醉俠』『詩仙』似指吕洞賓。後漢郭泰傳：嘗行遇雨，巾一角墊。老杜詩：數語欹紗帽。

寄賀方回

賀鑄字方回，少為武吏，換文資，善長短句。

少游醉卧古藤下，誰與愁眉唱一盃？解作江南斷腸句，只今唯有賀方回。秦少游好事近曲曰：醉卧古藤陰下，了不知南北。賀方回青玉案曲曰：彩筆新題斷腸句。兩曲皆知名於世，時少游已死矣。

文安國挽詞二首

文勛字安國。

七閩家舉子，百粵海還珠。「七閩」「百粵」皆見上注。魏志鄭渾傳：遷邵陵令，民生子率皆不舉，渾重去子之法，民畏罪，無不舉贍，所育男女多以「鄭」為字。後漢書孟嘗傳：遷合浦太守，浦出珠寶，先時宰守貪穢，珠遂潛徙交趾，嘗到官，革易前弊，曾未踰歲，去珠復還，稱為神化。

往日推忠厚，窮年領轉輸。莊子曰：所以窮年也。此借用。漢書主父偃傳曰：天下飛芻輓粟，轉輸北河。

一牀遺杖屨，萬事委錙銖。「遺杖屨」言其但有虛座。曲禮曰：君子欠伸，撰杖屨。「委錙銖」，言輕視之也。禮記儒行曰：雖分國，如錙銖。注云：言君分國以禄之，視之輕如錙銖矣。八兩曰錙，十參為銖。

豈有蒼茫恨，歸巢未拮據。退之獨孤申叔哀辭曰：衆萬之生，誰非天邪〔一〕？胡喜厚其所可薄而常不足於賢邪〔二〕？抑蒼茫無端而暫寓於其間邪〔三〕？此引用以言安國樂天委命，不復恨造物之眇茫，所遺憾者，獨未有家，為終焉之計爾。鴟鴞詩曰：予手拮據，予所捋荼，予所蓄租。予口卒瘏，曰予未有室家。注云：拮据，撠挶也，言作之至苦，故能攻堅。

平生翰墨學，空走使臣車。安國善小篆。詩曰：皇皇者華。君遣使臣也。瞿令能蒼史，歸公好古書。元次山陽華巖銘序曰：江華縣大夫瞿令問藝兼篆籀，併依石經刊之〔四〕。法書苑曰：古文篆者，黃帝史蒼頡所作。退之科斗書後記曰：愈為四門博士，識歸公，歸公好古書，能通之。按歸公名登，唐書有傳。秦山刊日月，周鼓頌畋漁。按史記秦始皇紀二十八年刻石泰山及琅邪臺，二十九年刻石之罘，三十七年刻石會稽，皆李斯篆。石鼓舊在鳳翔府孔子廟，世傳以為周宣王鼓，其詞云：我車既攻，我馬既同。又云〔五〕：其魚維何？維鱮與鯉。何以貫之？維楊與柳。易繫辭曰：以佃以漁。不見龍蛇筆，新乾研滴蜍。『龍蛇筆』見上注。西京雜記：廣川王去疾發爰盎冢〔六〕，得玉蟾蜍一枚，腹空容五合水，王取以盛書滴。

〔一〕『邪』原作『耶』，據韓愈獨孤申叔哀辭（昌黎先生集卷二十二）改。

〔二〕『可』字原無，據韓愈文補。

〔三〕『寓』原作『遇』，據元大全本及韓愈文改。

〔四〕『併依石經刊之』，按元歡山集卷九陽華巖銘序作：『俾依石經，刻之巖下。』

〔五〕『又云』原無，據大全本及樹經堂本加。

〔六〕『發爰盎冢』，按：據西京雜記卷六，注文所云『玉蟾蜍』非出自爰（袁）盎冢，乃得自晉靈公冢。任注蓋因上下省文致誤。

鄂州節推陳榮緒惠示沿檄崇陽道中六詩老懶不能追韻輒自取韻奉和

頭陁寺

頭陀全盛時，宮殿梯空級。『頭陁』義見上注。退之詩：梯空上秋旻。城中望金碧，雲外僧軄軄。前人詩云：頭陁雲外僧氣多。『軄軄』見上注。魯宗道詩：殿古寒爐空，流塵暗金碧。人亡經禪盡，屋破龍象泣。荀子曰：其器存，其人亡。文選陸機演連珠云：道繫於神，人亡則滅。圭峰禪師禪源集序曰：經是佛語，禪是佛意。退之詩：破屋數間而已矣。智度論云：龍象言其力大，龍水行中力大，象陸行中力大。維摩經云：龍象蹴踏，非驢所堪。今以負荷大法者比之龍象。傳燈録達磨傳曰：波羅提法中龍象。老杜山寺詩：如聞龍象泣，足令信者哀。惟有簡棲碑，文字巋然立。文選有王簡棲頭陁寺碑，注引姓氏英賢録曰：王巾字簡棲，碑在鄂州，題云『齊録事參軍琅邪王巾製〔一〕』。文選王文考靈光殿賦序曰：自西京未央、建章之殿皆見隳壞〔二〕，而靈光巋然獨存。李善注：巋然，高大堅固貌〔三〕。音丘軌切。

〔一〕『國』字原無，據大全本及樹經堂本補。
〔二〕『見』原無，據文選卷十一魯靈光殿賦序加。
〔三〕『也』原無，據元大全本及文選李善注加。

道中聞松聲

蟠空作風雨，發地鳴鼓吹。老杜四松詩曰：勿矜千載後，慘澹蟠穹蒼。又後漢公孫瓚傳曰：梯衝舞吾樓上〔一〕，鼓角鳴於地中。東坡殘臘獨出詩云：風松獨不靜，送我作鼓吹。以松聲為鼓吹，非得幽隱之趣者，果能道此耶？日晴四無人，聲在高林際。退之履霜操曰：四無人聲，誰與兒語？歐陽秋聲賦：四無人聲，聲在樹間。意蓋類此。伊優兒女語，蹇淺市井議。言二者皆不足聽。『伊優』見上注。退之詩：呢呢兒女語。莊子曰：弊精神於蹇淺。揚子曰：市井相與言，則以財與利。張平子西京賦曰：街談巷議。我欲抱七絃，寫此以卒歲。琴有風入松曲。文選嵇康書：抱琴行吟，弋釣草野。歐公詩：攜琴寫幽泉。詩曰：優哉游哉，聊以卒歲。

〔一〕『吾』原作『于』，據大全本、樹經堂本及後漢書公孫瓚傳改。

中秋山行懷子興節判

俗物常堛塞，令人眼生白。『俗物』見上注。退之南山詩曰：堛塞生怐愗。晉書阮籍傳：能為青白眼，見禮俗之士，以白眼對之。莊子曰：虚室生白。此借用。永懷洛陽人，談詩論畫壁。洛陽當是榮緒鄉里。賈誼傳曰：洛陽之人年少初學。青山吐秋月，阻作南樓客。老杜詩：四更山吐月，殘夜水明樓。鄂州有南樓，蓋因庾亮故事。但歌靡盬詩，賞此無瑕璧。北山詩序曰：已勞於從事，不得養其父母。詩曰：王事靡盬，憂我父母。南史陳後主沈后附傳曰：其玉樹後庭花等，其略云：『璧月夜夜滿，瓊枝朝朝新。』史記藺相如傳曰：璧有瑕，請指示王。此反而用之，以言月也。

再登蓮落嶺懷君澤知録〔一〕

邑下羹不和，幕中往調護。左傳曰：和如羹焉，宰夫和之，齊之以味，濟其不及，以洩其過。漢書張良傳曰：煩公幸卒調護太子。紛争非士則，各使捐細故。退之詩：初喧或紛争，中静雜嘲戲。郭有道作陳太丘碑曰：言為世範，行為士則。老杜詩：深衷見士則。又云：記憶細故非高賢。按漢書匈奴傳文帝詔曰：皆捐細故，俱蹈大道。頗憶郗參軍，能令公喜怒。晉書郗超傳：桓温辟王珣為主簿，超為參軍，荆人語曰：『髯參軍，短主簿，能令公喜，能令公怒。』此引用，以指君澤。應知鞅掌車，歷盡崔嵬路。北山詩曰：或棲遲偃仰，或王事鞅掌。傳云：鞅掌，失容也。箋云：鞅猶何也，掌謂捧之也。負何捧持以趨走，言促遽也。卷耳詩曰：陟彼崔嵬，我馬虺隤。

〔一〕『蓮落』内集卷八題中作『蓮荷』，然目録中題目作『蓮落』，萬曆本亦作『蓮落』。

崇陽道中

崇陽縣隸鄂州。

張公少為令，愍俗有遺書。張詠字復之，嘗為崇陽縣令。漢書司馬相如傳：家無遺書。左販洞庭橘，右擔彭蠡魚〔一〕。左傳曰：三苗氏之國，左洞庭，右彭蠡。歌奔中夜女，歸抱十年雛。元注云：借一韻。近歲多儒學，仁風似有初。言風俗之美自張公始也。檀弓曰：夫魯有初。

〔一〕『擔』原作『檐』，據大全本、樹經堂本及內集卷八改。

晚發咸寧行松徑至蘆子

咸寧走蘆子，終日喬木陰。太丘心灑落，古松韻清深。聊持不俗耳，靜聽無絃琴。後漢陳寔為太丘長。此引用以比榮緒。文選江文通雜體詩曰：五難既灑落，超迹絕塵網。『無弦琴』見上注。非今胡部律，而獨可人心。唐書樂志：開元二十四年，升胡部於堂上。又詔：道調、法曲與胡部新聲合作。大方便報恩經曰：善友太子善巧彈琴，其音和雅悅可，衆心悉得充足。退之王適墓誌曰：惟此翁可人意。

陳榮緒惠示之字韻詩推奬過實非所敢當輒次其韻三首〔一〕

紛紛不可耐，君子有憂之。老杜詩：紛紛輕薄何須數。梁武帝評書曰：王子敬書如河朔少年，舉體沓拖而不可耐。孟子曰：聖人有憂之。按山谷前和榮緒詩有云：邑下龔不和，幕中往調護。紛爭非士則，各使捐細故。此句亦指其事。鞅掌誠莊語，賢勞似怨詩。北山詩曰：或王事鞅掌。其詳見上注。又曰：大夫不均，我從事獨賢。注云：賢，勞也。莊子曰：以天下為沉濁，不可與莊語。魯論曰：詩可以怨。晉書桓伊傳：撫箏而歌怨詩。

頳波閱砥柱，濁水得摩尼。元注曰：杜子美云：唯有摩尼珠，可照濁水源。『砥柱』見上注。上句言獨立不改，下句言心地圓明。

知我無枝葉，剞心只有皮。見上次韻楊明叔古詩注，但其意微異。退之枯樹詩曰：老樹無枝葉，風霜不復侵。腹穿人可過，皮剝蟻還尋。

太丘胸量闊，一葦莫杭之。後漢陳寔傳曰：天下服其德，後除太丘長。許劭傳曰：太丘道廣，廣則難周。詩曰：誰謂河廣？一葦杭之。此借用，蓋取黃叔度『汪汪如萬頃陂』之意。

萬事不掛眼，四愁猶有詩。退之詩：吾老嗜讀書，餘事不掛眼。文選張衡四愁詩序曰：陽嘉中出為河間相，天下漸弊，鬱鬱不得志，為四愁詩。

狀閑聊闒茸，心潔似毗尼。元注云：僧律也。司馬遷書曰：在闒茸之中。注云：闒，下也；茸，細毛也，言非豪楚也。佛氏以『修多羅』為經，『毗尼』為律，『阿毗曇』為論，皆梵語也。

早晚同舟去，煙波學子皮。史記貨殖傳曰：范蠡乘扁舟浮於江湖，變名易姓，適齊，為鴟夷子皮，之陶，為朱公。唐史：張志和自號為『煙波釣徒』。

十家有忠信，江夏可無之？魯論曰：十室之邑，必有忠信如丘者焉。江夏即鄂州。榮緒時為幕官。

政苦寄賣友，忽聞衡說詩。漢書贊曰：天下以酈寄為賣友。又匡衡傳諸儒語曰：匡說詩，解人頤。

飢蒙青籸飯，寒贈紫陁尼。元注曰：蕃褐。『籸』當作『䭀』。按道藏清虛真人王君傳載太極真人青精乾石䭀飯。上仙靈方云：服之使人顏童聰明，延年無病。按道藏經音義云：籸音信，又音峻，亦有作𩚵字。

酬報矜難巧，深慚陸與皮。元注云：再和之字韻，非以作難得巧為工，亦欲見意之無窮爾〔二〕退之詩：發難得巧意氣麤。北夢瑣言皮日休與陸龜蒙為文友。按二人皆能詩，有松陵唱和集。

〔一〕『其』原作『高』，『高』當為『其』字之誤，逕改。

〔二〕按：此段元注内集卷十一置于第二首詩後，注文中『韻』字原無，據内集補。『意』内集及元大全本作『詩』。

山谷詩集注卷第十九

德孺五丈和之字詩韻難而愈工輒復和成可發一笑

范德孺見上注。

且然聊爾耳，得也自知之。詩意謂：唱酬之作聊且遣興，不必甚工，至其自得之妙，蓋未易與俗人言也。老杜所謂『文章千古事，得失寸心知』。又云：『同調嗟誰惜，論文笑自知。』山谷蓋用此意。莊子曰：且然無間謂之命。晉書阮咸曰：未能免俗，聊復爾耳。老子曰：自知之謂明。此並借用。獨笑真成夢，狂歌或似詩。『狂歌』謂如楚接輿之流，語言過差，恐其似詩，為人捃拾，不可不戒。亦終上句之意。按實録：元祐四年四月，吴處厚言蔡確昨謫安州，作車蓋亭十絶句皆涉譏訕，其詩有云：『紙屏石枕竹方床，手倦抛書午夢長。睡起莞然成獨笑，數聲漁唱在滄浪。』今朝廷政事清明，上下和樂，不知蔡確獨笑何事？詔確責授英州別駕、新州安置。范忠宣公純仁時為右相，乞薄確之罪，不從，遂出知潁昌府。忠宣即德孺之兄也，故此詩及之，其事逮今已十餘年，故云『成夢』。唐人劉長卿詩：世事終成夢。老杜詩：狂歌託聖朝。照灘禽郭索，燒野得伊尼。元注云：鹿名，出佛書。『郭索』謂蟹，見太玄，具上注。般若經曰：世尊三十二相，第八相名雙腨纖圓，如伊尼延鹿王。早晚來同醉，僧窗卧虎皮〔二〕。老杜詩：遥聞出巡守，早晚遍遐荒。禮曰：虎豹之皮示服猛也。左傳盧蒲嫳曰：譬之如禽獸，吾寢處之矣。注云：能殺而席其皮。

〔一〕『僧窗』萬曆本作『僧床』。

次韻德孺新居病起〔一〕

潭潭經略府，寂寂閉門居。退之詩：一為公與相，潭潭府中居。南史王融傳曰：為爾寂寂，鄧禹笑人。德孺嘗為西帥，今乃遷謫，言無窮達之異觀。京洛聖賢宅，江湖魚鼈瀦。選詩：京洛多風塵。『京洛』蓋古帝都。書洛誥曰：召公既相宅。德孺家在潁昌，本西洛王畿之地，今與魚鼈同居，言無遐邇之異觀也。越語范蠡曰：吾先君改濱於東海之陂，黿鼉魚鼈之與處，而鼃黽之與同渚。書禹貢曰：大野既瀦〔二〕。官如一夢覺〔三〕，話勝十年書。上句用邯鄲夢事。退之祭柳子厚文云：人之生世，如夢一覺。下句用前輩詩『共君一夜話，勝讀十年書』之意。稍喜過從近，扶筇不駕車。劉禹錫詩：官班高後少過從。

〔一〕『德孺』内集卷十一作『德孺五丈』。下二首内集題同。

〔二〕『大野既瀦』原作『大野既瀦云』，據大全本、樹經堂本及尚書禹貢删『云』。『瀦』尚書作『豬』。

〔三〕『官』樹經堂本作『宦』。

次韻德孺感興二首

於此吾忘我，從誰尺直尋？莊子齊物篇南郭子綦曰：今者吾喪我，汝知之乎？注云：我自忘矣，天下有何物足識哉！孟子曰：枉尺而直尋者，以利言也。注謂：陳代欲使孟子屈己伸道。東坡客位假寐詩：今我亦忘吾。事來千萬種，人有兩三心。世變無常，而人心亦異。當元祐、紹聖、崇寧之間，士全其守者鮮矣。文選南都賦曰：百種千名。法華經偈曰：施佛及僧，千萬億種。史記田叔傳褚先生曰：武帝以任安坐觀成敗，有兩心。孔叢子載〔一〕：孔子不見晏子，曰：『晏子事三君而得順焉，是有三心，所以不見也。』自守藩籬小，猶能井臼任。賈誼過秦論曰：使蒙恬北築長城而守藩籬。此借用。文選宋玉對楚王問曰：夫藩籬之鷃，豈能與之料天地之高哉！又顏延年作陶淵明誄曰：少而貧病，居無僕妾，井臼弗任，藜菽不給。李善注引列女傳〔二〕：周南大夫之妻謂其夫曰：『親探井臼〔三〕，不擇妻而娶。』過時雖不采，吾與菊花斟。此語蓋有所寄。文選古詩曰：傷彼蕙蘭花，含英揚光輝，過時而不采，將隨秋草萎。此借用。淵明詩：酒能驅百慮，菊為制頹齡。老杜詩：坐開桑落酒，來把菊花枝。

眼前嘗廢忘〔四〕，事往更追尋。言目前事猶不記憶，往事可復尋繹耶？『往事』謂紹聖黨禍。法華經曰：而尋廢忘，不知不覺。樂天詩：舊游多廢忘。文選阮嗣宗詩曰：高蔡相追尋。王羲之帖曰：追尋傷悼，但有痛心。愛酒陶元亮，著書王仲任。昭明太子作陶淵明傳曰〔五〕：性嗜酒，或置酒招之，造飲輒盡。後漢書：王充字仲任，閉門潛思，著論衡。寒蒲雖有節，枯木已無心。言有自守之節，而無向榮之心。老杜詩：風斷青蒲節。文選陸機連珠曰：勁陰殺節，不彫寒木之心。此反其意。客至還須飲，逢歡起自斟。淵明詩：酒熟吾自斟。

〔一〕『載』原作『謂』，據大全本、樹經堂本改。
〔二〕『列』原作『烈』，據元大全本及文選卷五十七顔延之陶徵士誄注改。
〔三〕『探』原作『操』，據元大全本及文選注改。
〔四〕『嘗』大全本及樹經堂本作『常』。
〔五〕『陶』字原無，據元大全本補。

次韻德孺惠貺秋字之句

少日才華接貴游，老來忠義氣横秋。周禮師氏曰：凡國之貴游子弟學焉。文選北山移文云：霜氣横秋。未應白髮如霜草，不見丹砂似箭頭。言未應鬢髮遽白，豈不見有却老之丹砂耶？本草圖經曰：丹砂生石上，狀若芙蓉頭、箭鏃，連床者紫黯若鐵色，而光明瑩徹，真辰砂也。老杜詩：本無丹竈術，那免白頭翁？此反而用之。顧我今成喪家狗，期君早作濟川舟。史記孔子世家曰：孔子適鄭，與弟子相失，獨立郭門，鄭人謂子貢曰：『東門有人，纍纍然若喪家之狗。』書説命曰：若濟巨川，用汝作舟楫。漢家宗廟英靈在〔一〕，定是寒儒浪自愁。言區區憂國之心徒過計耳。

〔一〕『宗庙』内集作『宗社』。

求范子默染鴉青紙二首

學似貧家老破除，古今迷忘失三餘。極知鵠白非新得，謾染鴉青襲舊書〔一〕。魏志文帝紀評注曰：人少好學則思專，長則善忘。退之詩：破除萬事無過酒。『三餘』見上注。莊子曰：鵠不日浴而白，烏不日黔而黑。此引用，言天真本性，非因學而有得，然舊書亦不可棄也。闞子曰：革匱十重，緹巾十襲。

深如女髮蘭膏罷，明似山光夜月餘。『女髮』『山光』皆取其青色。楚辭曰：蘭膏明燭。為染溪藤三百箇，待渠湔拂一床書。唐舒元輿有吊剡藤文，謂剡溪以藤為紙。語林云：王右軍為會稽，庫中有牋紙九萬枚。枚即箇也。李善注文選廣絕交論云：『剪拂』與『湔祓』同。

〔一〕內集卷十一詩後有小字注：「『老』一作『免』。」

謝榮緒惠貺鮮鯽

偶思暖老庖玄鯽，公遣霜鱗貫柳來。老杜詩：暖老思燕玉〔一〕。退之城南聯句云：庖霜鱠玄鯽。石鼓文曰：其魚維何？維鱮維鯉。何以貫之？維楊與柳。

齏臼方看金作屑，鱠盤已見雪成堆。蔡邕題邯鄲淳所作曹娥碑後曰：『黃絹幼婦，外孫齏臼』，謂『絕妙好辭』也。『齏臼』，受辛，受辛即『辭』字。金屑謂以橙為齏也。隋唐嘉話有『金虀玉鱠』，此借用。老杜設鱠歌曰：無聲細下飛碎雪。又云：放筯未覺金盤空。退之雪詩：凸處已成堆〔二〕。

〔一〕『暖老思燕玉』杜甫獨坐二首作：『暖老須燕玉。』

〔二〕『凸』元大全本作『亞』。按韓愈咏雪贈張籍詩作：『垤處遂成堆。』

謝榮緒割麞見貽二首

何處驚麏觸禍機？煩君遣騎割鮮肥。文選沈休文詩曰：驚麏去不息。李善注云：江東人呼鹿曰麏。班彪王命論曰：探禍福之機。文選陳琳檄豫州曰：動足觸機陷。老杜詩：大官喜我來，遣騎問所須。班固西都賦曰：割鮮野食。孟郊詩：豪人飫鮮肥。秋來多病新開肉，糲飯寒菹得解圍。樂天詩：月終齋滿誰開素？老杜詩：百年麤糲腐儒飡。『寒菹』見上注。『解圍』言有所救助也。晉書謝道韞傳曰：為小郎解圍。

又

舊本云：榮緒見酬割鮮詩，有『要見無拘礙』之句，戲答。

二十餘年枯淡過，病來筯下割甘肥〔一〕。『枯淡』見上注。果然口腹為災怪，夢去呼鷹雪打圍。

孟子曰：肥甘不足於口歟？襄陽耆舊傳：劉表任荊州刺史，築臺名呼鷹打圍，見上注。

〔一〕『割』樹經堂本及内集卷十一作『劇』。

吳執中有兩鵝為余烹之戲贈

學書池上一雙鵝，宛頸相追筆意多。皆為涪翁赴湯鼎，主人言汝不能歌。上兩句用王羲之事。曾子固作墨池記曰：臨川新城之上，有池窪然而方以長，曰王羲之之墨池者，荀伯子臨川記云也。羲之嘗慕張芝臨池學書，池水盡黑，此為其故跡。換鵝見晉書本傳。西京雜記鶴賦曰：宛修頸而顧步。下用莊子烹鴈意以戲之〔一〕。世以婢子為鴨，謂吳貴鴨而賤鵝，烹之也〔二〕。山谷嘗有樂府，其略曰：聞道君家有翠娥，施朱施粉總嫌多，為君寫就黃庭了，不要山陰道士鵝。山谷亦號涪翁。

〔一〕『下用』樹經堂本作『下句蓋用』。

〔二〕『烹之也』大全本及樹經堂本無『烹之』。

秋冬之間鄂渚絕市無蟹今日偶得數枚吐沫相濡乃可憫笑戲成小詩

三首

怒目橫行與虎爭，寒沙奔火禍胎成。晉書劉伶酒德頌曰：怒目切齒。文選丘希範詩：析析寒沙漲。奔火，如退之叉魚詩所謂『迷火逃翻近』是也。漢書枚乘傳曰：福生有基，禍生有胎。雖為天上三辰次，未免人間五鼎烹。陰陽家以井鬼之分為巨蟹宮。左傳曰：三辰旂旐昭其明也。『次』謂日月之會。漢書律曆志曰：凡十二次。又主父偃傳曰：死則五鼎烹。

勃窣媻跚烝涉波，草泥出沒尚横戈〔一〕。也知觳觫元無罪，奈此尊前風味何！漢書司馬相如子虛賦曰：媻姍勃窣而上金隄。注云：匍匐上也。媻音盤，姍音先安切，窣音先忽切。詩曰：有豕白蹢，烝涉波矣。『横戈』見上注。孟子曰：吾不忍其觳觫。又曰：無罪而就死地。此借用。『風味』見上注。

解縛華堂一座傾，忍堪支解見薑橙。東歸却為鱸魚鱠〔二〕，未敢知言許季鷹。老杜縛雞行曰：吾叱奴人解其縛。文選嵇康琴賦曰：華堂曲宴。漢書司馬相如傳曰：一座盡傾。趙充國傳曰：此坐支解羌虜之具。晉書：張翰字季鷹見秋風起，思吴中菰菜、蓴羹、鱸魚鱠，遂命駕而歸。孟子曰：我知言。

〔一〕『草泥』大全本及樹經堂本作『黄泥』。

〔二〕『却為』元大全本作『却憶』。

甯子與追和予岳陽樓詩復次韻二首〔一〕

去年新霽獨憑欄，山似樊姬擁髻鬟。箇裏宛然多事在，世間遥望但雲山。文選高唐賦曰：遇天雨之新聲。趙飛燕外傳序曰：伶玄買妾樊通德，有才色，頗能言趙飛燕姊弟故事，顧視燭影，以手擁髻，悽然泣下。此詩末句自掃除幻妄之想，言世之無知者但見山是山、水是水，反無心外之念，殊覺省事也。蓋山谷前詩有『綰結湘娥十二鬟』之語。蔡琰胡笳曰：雲山萬重兮歸路遐。

軒皇樂罷拱朝班〔二〕，天地為家不閉關。惟有金爐紫煙起，至今留作御前山。莊子曰：黃帝張樂於洞庭之野。君山在洞庭中，故引用此事。禮記曰：聖人能以天下為一家。此詩末句以君山比薰鑪。賈至詩：衣冠身染御爐香。選詩：駕鴻乘紫煙。蜀道有御愛山。

〔一〕『與』內集卷十一作『興』。下同。

〔二〕『朝班』內集卷十一及樹經堂本作『清班』。

和甯子與白鹿寺

寺在潭州。

谷朗巖開見佛燈，雲遮霧掩碧層層。青山得意看流水，白鹿歸來失舊僧。『白鹿』蓋寺中故事，未詳。

謝人惠貓頭笋

長沙一月煨鞭笋，鸚鵡洲前人未知。長沙即潭州。鸚鵡洲在武昌。走送煩公助湯餅，貓頭突兀想穿籬。退之詩：薔薇蘸水笋穿籬。

短韻奉乞蠟梅

卧雲莊上殘花笑，香似早梅開不遲。老杜詩：花殘步屐遲。淺色春衫弄風日，遣來當為作新詩。退之送鄭校理詩云：歸騎春衫薄。

以酒渴愛江清作五小詩寄廖明略學士兼簡初和父主簿〔一〕

老杜詩：酒渴愛江清，餘酣漱晚汀。

將發沔鄂間，盡醉竹林酒。漢水入江處謂之沔口，在今漢陽軍，漢陽與鄂隔江相望。廖明略安陸人，自號『竹林居士』。初虞世字和父。二三石友輩，未肯棄老朽。文選潘安仁詩曰〔二〕：投分寄石友，白首同所歸。南史沈慶之詩曰：朽老筋力盡，徒步還南崗。借問坐客誰？盧溪紫髯叟。文選郭景純詩曰：借問此何誰〔三〕？云是鬼谷子。『盧溪』蓋初和父所居山谷，有盧泉詩。吳志孫權傳注獻帝春秋曰：張遼問吳降人：『向有紫髯將軍是誰？』答曰：『是孫會稽。』此翁今惜醉，舊不論升斗。老杜遭田父泥飲歌曰：月出遮我留，仍嗔問升斗。

平生思故人，江漢不解渴。蜀志諸葛亮傳曰：思賢如渴。老杜詩：閉目踰十旬，大江不止渴。誰言放逐地，燒燭飲至跋。退之詩：孤臣昔放逐。曲禮曰：燭不見跋。注云：跋，本也，燭盡則去之嫌若燼多有厭倦。憂予先狗馬，勸以愛膚髮。揚雄美新文曰：臣常有顛眴病，恐一旦先狗馬填溝壑。『髮膚』見孝經。有罪當竄流，但懼不得活。退之詩：潮州底處所，有罪乃竄流。又黃陵廟碑曰：懼不得脫死。莊子曰：先生不得飽，弟子雖飢不忘天下，日夜不休，曰：『我必得活哉。』山谷時有宜州之行，故云。

廖侯勸我酒，此亦雅所愛。退之詩：人皆勸我酒，我若耳不聞。中年剛制之，嘗懼作災怪。酒誥曰：矧汝剛制于酒。北史齊文宣帝紀曰：唯數飲酒，麴蘖成災，因而致斃。連臺盤拗倒，故人不相貸。唐書五行志：龍朔中，時人酒令曰：『子母相去離，連臺拗倒。』俗謂『盃盤』為『子母』，又名『盤』為『臺』。老杜詩：共指西日不相貸。誰能知許事？痛飲且一快！南史王融傳沈昭略云：不知許事，且食蛤蜊。世説王孝伯曰：痛飲讀離騷，便足稱名士。又庾冰卒曰：常患不得快飲酒。曹子建書曰：雖不得肉，貴且快意。東坡海外詩：焰火生薪聊一快。

竹林文章伯，國士無與雙。比來少制作，非以弱故降。老杜詩：每語見許文章伯。按吴志張紘傳曰：此間率少文章，易為雄伯。

景陽機中錦，猶衣被丘江。南史江淹傳：淹夢一人自稱張景陽，謂曰：『前以一匹錦相寄〔四〕，今可見還。』淹探懷中，得數尺，與之。此人大恚，曰：『那得割截都盡！』顧見丘遲，曰：『餘此數尺，既無所用，以遺君。』自爾淹文章躓矣。按晉書，張載字景陽。

時時能度曲，秀句入新腔。漢書元帝傳曰：自度曲，被歌聲。注謂：自隱度作新曲，以為歌詩聲也。音大各反。一説謂：歌終，更授其次，謂之度曲。老杜詩：最傳秀句寰區滿。

斯人絶少可，白眼視公卿。每與俗物逢，三沐取潔清。『斯人』謂明略。『白眼』『俗物』並見上注。『三沐取潔清』謂其浼我也。韓文：三沐而三熏之。

我亦漫浪者，君何許同盟？『漫浪』用元次山事，見上注。孟子曰：桓公葵丘之會，束牲載書而不歃血，曰：『凡我同盟之人，既盟之後，言歸于好。』

試問盧溪叟，猶得多可名。言和父尤耿介，尚以明略為多可也。嵇康與山濤絶交書曰：足下旁通，多可而少怪〔五〕。

〔一〕內集卷八題下小字注：『正一』、『虞世』，蓋分別為廖明略與初和父之名。

〔二〕『安』原作『晏』，據樹經堂本改。

〔三〕『何』原作『阿』，據樹經堂本及文選卷二十一郭璞遊仙詩改。

〔四〕『匹』原作『四』，據大全本、樹經堂本改。

〔五〕『怪』原作『不』，據元大全本及文選卷四十三嵇康與山巨源絶交書改。

四休居士詩 并序

太醫孫君昉字景初，為士大夫發藥多不受謝，自號四休居士。山谷問其說。四休笑曰：『粗茶淡飯飽即休，補破遮寒暖即休，三平二滿過即休，不貪不妬老即休。』山谷曰：『此安樂法也。夫少欲者，不伐之家也；知足者，極樂之國也。』四休家有三畝園，花木鬱鬱，客來煮茗傳酒，談上都貴游、人間可喜事。或茗寒酒冷，賓主皆忘〔一〕。其居與予相望，暇則步草徑相尋，故作小詩，遺家僮歌之，以侑酒茗。其詩曰：

太醫診得人間病，安樂延年萬事休。禮記文王世子注

富貴何時潤髑髏？列子曰：死後榮名豈足潤枯骨？又曰：子列子適衛，食於道，從者見百歲髑髏。後漢馬援傳曰：凡殖財，貴能賑施，否則守錢虜耳。又古今五行記：估客謂鄧彪曰：終不如臨沮鄧生，平生不用，為守錢奴耳。退之詩：守官類拘囚。守錢奴與抱官囚。

曰：文王以憂勤損壽，武王以安樂延年。此借用。盧仝詩：但有樽中物，從他萬事休。

無求不着看人面，有酒可以留人嬉。欲知四休安樂法，聽取山谷老人詩。樂天詩曰：不看人面免低眉。傳燈録興化見魏府大覺禪師曰：願與存獎個安樂法門。

一病能惱安樂性，四病長作一生愁。「一病」謂疾苦，「四病」謂反上所陳。法華經：問訊言：「世尊，少病少惱，安樂行不？」涅槃經：出家之人有四種病。此效其語。司馬池詩：畫成應遣一生愁。

借問四休何所好？不令一點上眉頭。文選樂府云：借問汝安居。晉書孟嘉傳：桓溫問嘉：「酒有何好，而卿嗜之？」庾信愁賦云：欲眠眼睫未嘗槮〔三〕，强戲眉頭那得伸！又抒情集李廷璧愁詩曰：潘岳愁絲生鬢裏，婕妤悲色上眉頭。

〔一〕「賓主皆忘」内集卷八作「賓主皆忘倦」。樹經堂本詩序下小字注：「「皆忘」下一本有「倦」字。」

〔三〕「欲」原作「欹」，「槮」原作「慘」，據樹經堂本改。

十二月十九日夜中發鄂渚曉泊漢陽親舊携酒追送聊為短句

陳繹漢陽軍鳳棲山藏經記曰：漢水東南合大江，夾江而城，左武昌，右漢陽。按武昌即鄂渚。

接淅報官府，敢違王事程？宵征江夏縣，睡起漢陽城。孟子曰：孔子之去齊，接淅而行。注云：淅，漬米也，不及炊，避惡亟也。

詩曰：王事靡盬。劉禹錫詩：萬里王程三峽外。又詩：園蜂速去恐違程。小星詩曰：肅肅宵征。謝靈運詩：宵濟漁浦潭，旦及富春郭。江夏縣即鄂州治所。盧綸晚次鄂州詩：雲開遠見漢陽城。**鄰里煩追送，杯盤瀉濁清。祇應瘴鄉老，難答故人情！**謝靈運有鄰里相送至方山詩。文選孫子荊詩：傾城遠追送，餞我千里道。『清濁』謂酒，見魏志徐邈傳。老杜詩：傾榼濁復清。『瘴鄉』謂宜州。

次韻陳榮緒同倚鍾樓晚望別後明日見寄之作

天外僧伽塔，斜暉極照臨。憑欄隨處好，殘雪向來深。泗州僧伽大師見傳燈錄〔一〕。張舜民南遷錄曰：洞庭湖中有扁山，上有小塔，望之巋然，曰『啞女塔』。昔有士人女，生數歲不能言，一日涉湖，見塔，輒語其父母。書曰：若日月之照臨。**青草無風浪，枯松半死心。**元注云：所謂城南老樹精。張舜民南遷錄曰：洞庭湖西岸有沙洲，堆阜隆起，即青草廟下，一湖之內，中有此洲〔二〕，南名青草，北名洞庭，所謂重湖也。又曰：岳陽樓有碑極大，乃前知州李觀所紀呂洞賓事迹，言呂憇於岳州白鶴寺前松下，有老人自松梢冉冉而下，致恭於呂，問之為何，乃曰：『某，松之精也，見先生過，禮當候見。』呂因書二絕句於寺門壁間，其一云：『獨自行兮獨自坐，無限世人不識我。惟有城南老樹精，分明知道神仙過。』郡人於松下創亭，名曰『呂仙』。樂天詩：未夜黑巖昏，無風白浪起。文選枚乘七發曰：龍門之桐，其根半死半生。**衡陽有回鴈，他日更傳音。**衡山有回鴈峰。古詩：鴈拖秋色入衡陽。

〔一〕『大』原作『人』，據大全本及樹經堂本改。

〔二〕『一湖之内，中有此洲』張舜民畫墁集卷八郴行録作：『下有一湖，湖之中有此洲。』因注有省文，故『下』字權屬上句。

過洞庭青草湖

乙丑越洞庭，丙寅渡青草。似為神所憐，雪上日杲杲。青草湖一名洞庭湖。荆州記云：因青草山為名。詩曰：其雨其雨，杲杲出日。樂天詩：杲杲冬日出，照我屋南隅。我雖貧至骨，猶勝杜陵老。『杜陵老』謂子美也，嘗有詩云：杜陵有布衣，老大意轉拙。又云：少陵野老吞聲哭。大曆四年，子美自公安上岳陽，有泊岳陽樓下等詩，其上水遣懷詩云：驅馳四海内，童稚日餬口。但遇新少年，少逢舊知友。憶昔上岳陽，一飯從人討。史記范雎傳：一飯之恩必報。行矣勿遲留，蕉林追猲獠。時山谷赴宜州貶所，嶺南多蕉林，其地與夷獠相接。前漢外戚傳曰：行矣强飯勉之。選詩：遲留法豈輕？五祖謂六祖曰：汝廣南猲獠，有甚佛性？近世本和尚作白雲端真贊云：假饒親見，楊岐也是湖南猲獠。

過土山寨

南風日日縱篙撑，時喜北風將我行。張籍祭退之詩曰：移船入南溪，東西縱篙撑〔一〕。蔡琰胡笳曰：將我行兮向天涯。湯餅一杯銀線亂，蔓蒿數筋玉簪橫。『湯餅』見上注。漢書項籍傳曰：幸分我一杯羹。老杜詩：鮮鯽銀絲鱠。此效其語。蔓蒿菜狀如玉簪。樂天詩：秋風一筋鱸魚鱠。西京雜記曰：武帝過李夫人，就取玉簪搔頭。

〔一〕『樽』原作『根』，據全唐詩卷三百八十三張籍祭退之詩改。按：樹經堂本作『根』。

晚泊長沙示秦處度湛范元實温用寄明略和父韻五首　處度，少游之子也，當是護少游喪留長沙而元實來會於此。山谷在宜州有答長沙平老帖云：秦處度遂不成歸淮南，得安居否？

昔在秦少游，許我同門友。文選古詩曰：昔我同門友，高舉振六翮。按鄭玄注魯論曰：同門曰『朋』。掘獄無張雷，劍氣在牛斗。晉書張華傳曰：斗、牛之間常有紫氣，雷煥曰：『此寶劍之精，上徹於天，當在豫章豐城。』華即補煥為豐城令，煥到縣，掘獄屋基，得一石函，中有雙劍，一曰龍泉，一曰太阿。今來見令子，文似前哲有。退之祭文曰：幸隨令子。詩曰：惟其有之，是以似之。『澆潑』用阮籍事，見上注。何用相澆潑？清江淥如酒。王介甫詩：白髮望東南，春江淥如酒。按太白詩：遙看漢水鴨頭緑，恰似葡萄新醱醅〔二〕。坡詩：清江淥漲葡萄醅。

范公太史僚，山立乃先達。范祖禹字淳夫，元祐初為著作佐郎，充神宗實録檢討官兼修撰，知國史院，與山谷同僚。得罪本末已具前注。禮記玉藻曰：山立時行。注云：不動摇也。此借用，以言其正色立朝，屹然如山。『先達』見世説。**發揮百代史，管以六經轄。**淳夫登第後從司馬温公修通鑑，凡十五年。元祐初進唐鑑。易曰：六爻發揮，旁通情也。趙岐孟子題辭曰：論語者，五經之錧轄。音義曰：錧，音管，車釭也；轄，音黠，車轄也。此引用，言以經義是非褒貶。**投身轉嶺海，就木乃京洛。**紹聖二年，淳夫坐史事安置永州，三年移賀州，四年移賓州，元符元年九月再移化州，十月病卒。三年徽考即位，有旨許歸葬西京。退之潮州謝表曰：經涉嶺海，水陸萬里。左傳季隗曰：我二十五年矣，又如是而嫁，則就木焉。注：言將死入木。『京洛』見上注。**仲子見長沙，且用慰飢渴。**元實蓋范公仲子。長沙今潭州。文選潘正叔贈陸機詩云：醪澄莫饗，孰慰飢渴？李善注引孔叢子子思謂穆公曰：君若飢渴待賢。

秦郎水江漢，范郎器鼎鼐。逝者不可尋，猶喜二子在。相逢唾珠玉，貧病問薪菜。王介甫贈曾子固詩曰：曾子文章世無有，水之江漢星之斗。詩曰：鼐鼎及鼒。『唾珠玉』見上注。『貧病』山谷自道。老杜詩：吾老日貧病。列子伯樂曰：臣有所與共擔纆薪菜者〔二〕。漢書淮南厲王傳曰：給薪菜鹽炊。**豫愁帆風船，目極别所愛。**退之詩：嚴程迫風帆。楚辭曰：目極千里兮傷春心！涅槃經曰：愛别離苦。淵明詩曰：老夫有所愛，思與爾為鄰。

往時高交友，宰木已摐摐〔三〕。『高交友』言其不下交也。老杜詩：徐庶高交友。『宰木』見上注。退之詩：扶機導之言，曲節初摐摐〔四〕。東坡樂府曰：摐摐〔五〕、疏雨過，風林舞破，煙蓋雲幢。**今我二三子，事業在燈窗。**『二三子』見魯論。孫樵集曰：曉窗夜燭〔六〕。**秦范波瀾闊，笑陸海潘江。**老杜詩：文章曹植波瀾闊。晉書潘岳傳贊曰：機文喻海，岳藻如江。『機』謂陸機也。按鍾嶸詩品云：予嘗言陸才如海，潘才如江。**願兹秉經術，出仕榮家邦。**退之詩：勉哉戒徒御，家國遲子榮。書曰：邦之榮懷。詩曰：以御于家邦。

少游五十策，其言明且清。筆墨深關鍵，開闔見日星。少游初應制科，有進卷五十篇。禮記緇衣篇詩云：昔吾有先正，其言明且清。文選張茂先詩：周任有遺規〔七〕，其言明且清。退之詩：金石出聲音，宮室發關鍵。禮記曰：天秉陽，垂日星。山谷答洪駒父書有曰：凡作一文，皆須有宗有趣，終始關鍵，有開有闔。**陳友評斯文，如鍾磬鼓笙。**『陳友』謂無已。下句謂八音克諧，無相奪倫。**誰能續鳳鳴？洗耳聽兩甥。**元注云：秦、范相謂為甥。漢書律曆志曰〔八〕：黃帝使伶倫制十二筩以聽鳳之鳴，其雄鳴為六〔九〕，雌鳴亦六，比黃鍾之宮而皆可以生之，是為律本。曹子建七啓曰：敬滌耳以聽玉音。皇甫謐高士傳曰：巢父臨池而洗耳。此借用。元實蓋少游之婿。爾雅曰：妻之晜弟為甥。又注云：謂我舅者，吾謂之甥，然則亦宜呼婿為甥。

〔一〕『葡萄』原作『蒲桃』，據樹經堂本及李白襄陽歌（王琦注李太白全集卷七）改。『醱』原作『潑』，據李白詩改。

〔二〕『纓』原作『纏』，據元大全本及列子説符改。

〔三〕『摐摐』原作『樅樅』，據内集卷八改。

〔四〕『摐摐』原作『樅樅』，據韓愈病中贈張十八詩改。

〔五〕『摐摐』原作『樅樅』，據蘇軾東坡樂府卷上滿庭芳改。

〔六〕『曉窗夜燭』元大全本作『晚窗夜燈』，樹經堂本作『曉窗夜燈』。

〔七〕『周任』原作『周仲』，據文選卷二十四張華答何劭詩改。按：周任見論語。

〔八〕『律曆志』原作『禮樂志』。按以下引文出漢書律曆志，今據以改。

〔九〕『為』原作『亦』，據漢書律曆志改。

次韻元實病目

道人嘗恨未灰心，儒士苦愛讀書眼。言為學者與為道者異。莊子曰：形固可使如槁木而心固可使如死灰乎？東坡詩：讀書眼如月，罅隙靡不照。要須玄覽照境空，莫作白魚鑽蠹簡。老子曰：滌除玄覽，能無疵乎？韻書曰〔一〕：蟫，衣白魚也。退之詩：豈殊書蠹虫，生死文字間。傳燈録古靈禪師傳云：其師一日在窗下看經，蜂子投窗紙求出，師覩之，曰：『世界如許廣闊〔二〕，不肯出，鑽他故紙驢年去！』閲人朦朧似有味，看字昏澀尤宜懶。陸士衡歎逝賦曰：世閲人而為世。『朦朧』謂不甚了了，所見多俗人，不若不見之愈也。按韻書：朦朧，月將入。范侯年少百夫雄，言行一一無可揀。文選王仲宣詠史詩曰：生為百夫雄，死作壯士規。按黄鳥詩注曰：百夫之中，最雄俊也。『無可揀』，孝經所謂『口無擇言，身無擇行』。退之詩云：吾愛其風骨，粹美無可揀。看君眸子當瞭然，乃稱胸次常坦坦。孟子曰：胸中正，則眸子瞭然。易曰：履道坦坦。魯論曰：君子坦蕩蕩。如何有物食明月，淚睫隕珠衣袖滿。盧仝月蝕詩曰：此時怪事發，有物吞食來。『淚珠』見上注。金篦刮膜會有時，湯熨取快術誠短。老杜詩：金篦刮眼膜，價重百車渠。按涅槃經曰：有盲人為治目故，造詣良醫，是時良醫即以金錍刮其眼膜。又按法苑珠林曰：後周張元，其祖失明，元讀經然燈，夢一翁以金篦療之，後三日果差〔三〕。史記扁鵲傳曰：疾之在腠理也，湯熨之所及也。目惡點濯，故云術短也。君不見岳頭懶瓚一生禪，鼻涕乘頤渠不管。潭州南嶽福嚴寺有懶殘巖。按唐高僧號懶瓚，隱居衡山之頂石窟中，德宗遣使詔之，寒涕垂膺，未嘗答，使者笑之，且勸拭涕，瓚曰：『我豈有工夫為俗人拭涕耶！』竟不能致而去。山谷時在潭州，故引用衡山事，言當遺外形骸，不必以病目戚戚，且終首句之意。

〔一〕『曰』原作『書』，據樹經堂本改。

〔二〕『廣闊』原作『寬闊』，據大全本、樹經堂本及景德傳燈録卷九古靈神讚禪師改。

〔三〕『差』元大全本作『瘥』。按二字通。

勝業寺悅亭

苦雨已解嚴，諸峰來獻狀。左傳曰：秋無苦雨。『解嚴』言人喜雨止，如罷兵也。魏志趙儼傳曰：曹仁解嚴。左傳：晉侯入曹，數之以其不用僖負羈，而乘軒者三百人也，且曰：『獻狀。』注云：責其功狀。此借用。王介甫詩：木落岡巒因自獻。不見白頭禪，空倚紫藤杖。『白頭禪』謂文政禪師，師蓋雪竇法嗣也，有題悅亭詩云：山鳥無俗聲，山雲無俗狀，引得白頭翁，時時來倚杖。山谷此詩乃和其韻。退之有赤藤杖歌。

離福嚴

寺在衡山。張舜民南遷録云：舊名般若寺，陳泰建中思公道場，唐懷公磨塼之地。

山下三日晴，山上三日雨。不見祝融峰，還泝瀟湘去。南嶽有七十二峰，祝融其一也。南嶽記及荆州記云：南嶽衡山，赤帝館其嶺，祝融託其陽。退之謁衡嶽廟詩：須臾静掃衆峰出，仰見突兀撑青空〔一〕，紫蓋連延接天柱，石廩騰擲堆祝融。此退之南遷得歸之祥也。山谷意謂不見祝融峰，歸期未可卜耳。

〔一〕『撑』原作『凌』，據大全本、樹經堂本及韓愈謁衡嶽廟遂宿嶽寺題門樓詩改。

花光仲仁出秦蘇詩卷思兩國士不可復見開卷絶歎因花光為我作梅數枝及畫煙外遠山追少游韻記卷末 仲仁蓋衡州花光山長老，山谷為作天保松銘云。

夢蝶真人貌黄槁，籬落逢花須醉倒。『夢蝶真人』謂莊子，今以屬秦少游，取游戲花間之意。『夢蝶』見上注。莊子列禦寇篇曹商曰：夫處窮閭巷，槁項黄馘者，商之所短者也。『籬落逢花』用陶潛把菊事，見上注。雅聞花光能畫梅，更乞一枝洗煩惱。扶持愛梅説道理，自許牛頭參已早。盧仝詩：石公説道理，句句出凡格。傳燈録法融禪師入牛頭山幽棲寺北巖之石室，有百鳥銜花之異。長眠橘洲風雨寒，今日梅開向誰好？少游北歸至藤州，卒於江上，其子處度護喪藁殯于潭，故有『長眠橘洲』之語。張舜民南遷録記潭州事云：橘洲在湘江中，南北與州城等。老杜詩：所謂『橘洲田土能膏腴』者也。華嚴經曰：一切衆生，隨業所繫，長眠生死。太平廣記載冢中人對鄭生詩云：長眠不知曉。何況東坡成古丘，不復龍蛇看揮掃。太白詩：吴時花木埋幽徑〔二〕，晉代衣冠成古丘。老杜詩：龍蛇動篋蟠銀鈎。我向湖南更嶺南，繫船來近花光老。歎息斯人不可見，喜我未學霜前草。山谷自言其未死。文選阮嗣宗詩：凝霜被野草，歲暮亦云已。寫盡南枝與北枝，更作千峰倚晴昊。白氏六帖云：大庾嶺上梅，南枝落，北枝開。老杜詩：雷聲急送千峰雨。又詩：亂插繁花向晴昊。

〔一〕『吴時花木埋幽徑』，按李白登金陵鳳凰臺詩作：『吴宫花草埋幽徑。』樹經堂本『時』作『宫』。

題花光畫

湖北山無地，湖南水徹天。雲沙真富貴，翰墨小神仙。元注云：此平沙遠水〔一〕，筆意超凡入聖法也。每率此意而為之〔二〕，當冠四海而名後世。楚辭曰：下峥嶸而無地，上寥廓而無天。晉書張華傳雷煥曰：寶劍之精上徹於天。唐張謂長沙土風碑曰：遁甲所謂沙土之地，雲陽之墟，可以長往，可以隱居者焉。老杜湘夫人祠南夕望詩云：興來猶杖屨，目斷更雲沙。『真富貴』見上注。魏野詩：有名閑富貴，無事小神仙。

〔一〕『此』原無，據内集卷十一此詩末小字注補。

〔二〕『每率此意而為之』内集作：『每率此為之。』

題花光畫山水

花光寺下對雲沙，欲把輕舟小釣車。更看道人煙雨筆，亂峰深處是吾家。『雲沙』見上注。元次山詩：醉裏長歌揮釣車。

所住堂

此山花光佛所住〔一〕，今日花光還放光。天女來修散花供，道人自有本來香。法華經曰：佛告舍利弗：汝於未來世當得作佛，號曰『華光』。傳燈録古靈禪師傳受業師因澡身，命師去垢，師乃拊背曰：『好所佛堂而佛不聖。』其師回首視之，師曰：『佛雖不聖，且能放光。』第二句『花光』謂仲仁老。按維摩經曰：有一天女，以天華散諸菩薩大弟子上。天問舍利弗：『何故去華』云云。又曰：若入此室，但聞佛功德之香，不樂聞聲聞辟支佛功德香也。楞嚴經大勢至法王子云：此則名曰香光莊嚴，我本因地〔二〕。其詳見上注。

〔一〕內集卷十二『此山』下小字注：『一作「昔日」』。

〔二〕『我本因地』，按此處所引破句。楞嚴經卷五云：『我本因地以念佛心入無生忍。』

戲詠高節亭邊山礬花二首〔一〕

江湖南野中有一種小白花，木高數尺，春開極香，野人號為『鄭花』〔二〕。王荆公嘗欲求此花栽〔三〕，欲作詩而陋其名，予請名曰『山礬』。野人采鄭花葉以染黃，不借礬而成色，故名山礬。海岸孤絶處補陁落伽山〔四〕，譯者以謂小白花山〔五〕，予疑即此山礬花爾〔六〕，不然，何以觀音老人堅坐不去耶〔七〕？此詩及序皆以山谷手跡校過。近世曾慥端伯作高齋詩話云：唐人有題唐昌觀玉蘂花詩云：『一樹瓏璁玉刻成，飄廊點地色輕輕。』今瑒花即玉蘂花也，介甫以比瑒，謂當用此『瑒』字，蓋瑒玉名，取其白耳。山谷又更其名為山礬，謂可以染也。廬陵段謙叔家有楊汝士與白二十三一帖云：『唐昌玉蘂以少故見貴耳。自來江南山山有之，土人取以供染事，不甚惜也。』則知瑒花之為玉蘂，斷無疑矣。

北嶺山礬取意開〔八〕，輕風正用此時來〔九〕。平生習氣難料理，愛着幽香未擬回。『取意開』猶王胄所謂『庭草無人隨意緑』。『取意』或作『取次』，非是。後漢書劉玄傳韓夫人曰：帝方對我飲，正用此時持事來乎！晉書王徽之傳桓沖嘗謂曰：卿在府日久，此當相料理。

高節亭邊竹已空，山礬獨自倚春風。二三名士開顔笑，把斷花光水不通。言花光老定力堅固，獨不為花所惱也。傳燈録樂普云：末後一句始到牢關，把斷要津，不通凡聖。禪門語曰：德山門下，水洩不通。　退之記夢詩：神官見我開顔笑。

〔一〕『戲詠』内集卷十一此詩題中『戲詠』作『題』，詩題下有『并引』二字。

〔二〕『號為』内集作『謂之』。

〔三〕『求此花栽』内集序中無。

〔四〕『落伽』内集無。

〔五〕『山』内集無。

〔六〕『山礬』内集無。

〔七〕『堅坐』内集作『端坐』。按内集詩序後有小字注：『世作「瑒花」，山谷寫為「鄭」。』

〔八〕『取意』内集作『取次』。

〔九〕『輕風』内集作『清風』。

山谷詩集注卷第二十

贈惠洪

惠洪字覺範，筠州彭氏子，祝髮為僧。

數面欣羊胛，論詩喜雉膏。上句言每見輒移頃，久而益親。下句言得詩之膏腴。陶淵明答龐參軍詩序曰：諺云『數面成親舊』，况情其過此者乎！唐書夷狄傳曰：骨利幹日入烹羊胛熟東方已明，蓋近日出處也。歐公詩云：歲月纔如熟羊胛。玉篇：胛音古狎切，背胛也。易鼎卦之『九三』曰：雉膏不食。此借用。南史謝瀹傳〔一〕：武帝問王儉：『誰能五言？』儉曰：『謝朏得父膏腴，江淹有意。』眼橫湘水暮，雲獻楚天高。言湘波如眼之明澈。文選傅毅舞賦曰：目流睇而橫波。按宋玉神女賦曰：望余帷而延視兮，若流波之將瀾。李善注云：流波，目視貌。王介甫詩〔二〕：暮林搖落獻南山。下句頗采其意，言亂雲脱壞，呈露天宇之高明。楚辭九辯曰：泬寥兮天高而氣清〔三〕。老杜詩：天高雲去盡。墮我玉麈尾，乞君宮錦袍。晉書孫盛傳：詣殷浩談論，對食，奮擲麈尾，毛悉落飯中。又王衍傳：手捉玉麈尾。唐書李太白傳：嘗乘月自采石至金陵，著宮錦袍坐舟中，旁若無人。東坡以玉帶施元長老詩曰：錦袍錯落知相稱，乞與佯狂老萬回。此句參用其事。乞音氣。東坡中山松醪賦曰：淋漓宮錦袍。月清放舟舫，萬里渺雲濤。老杜詩：落日放船好。退之詩：一瀉百里翻雲濤〔四〕。東坡中山松醪賦曰：渺翻天之雲濤。

〔一〕『謝灡』原作『謝瀟』，據南史本傳改。『灡』大全本及樹經堂本作『瀹』。
〔二〕『詩』原作『云』，據樹經堂本改。
〔三〕『泬』原作『沈』，據元大全本改。
〔四〕『百』原作『萬』，據大全本、樹經堂本及韓愈貞女峽詩改。

戲詠零陵李宗古居士家馴鷓鴣二首

元注云：李惟一妻一女，垂老病足，養鷓鴣、鸚鵡以樂餘年。零陵今湖南永州。

山雌之弟竹雞兄，乍入雕籠便不驚。此鳥為公行不得，報晴報雨總同聲。法言曰：山雌之肥，其意得乎？北夢瑣言醫工梁新曰：竹雞食半夏。陶岳零陵記曰：竹雞狀如鶉，尾少長。張籍謝裴晉公遺馬詩曰：乍離華廄移蹄澀，初到貧家舉眼驚。此反而用之，言其馴也。禰衡鸚鵡賦曰：閉以雕籠。又曰：逼之不懼，撫之不驚。鷓鴣之聲若云：『行不得，哥哥！』故末句及之。老杜詩：不勞鍾鼓報新晴。

真人夢出大槐宮，萬里蒼梧一洗空。『真人』謂舜。史記曰：舜南巡狩，崩於蒼梧之野，葬於江南九疑，是為零陵。莊子曰：羊肉不慕蟻，蟻慕羊肉，羊肉羶也。舜有羶行，百姓悦之。堯聞舜之賢，舉乎童土之地，年齒長矣，聰明衰矣，而不得休歸。又曰：真人於蟻棄智，於魚得計，於羊棄意。此詩用大槐蟻穴事，意蓋出於此，謂舜厭天下，不異蟻垤之陋，故超然方外，喜於雲山之一洗也。老杜詩：一洗萬古凡馬空。

終日憂兄行不得，鷓鴣應是鼻亭公。漢書昌邑王傳曰：舜封象於有鼻。顏師古注曰：有鼻在零陵，今鼻亭是也。又按柳子厚有斥鼻亭神記，蓋在道州，道與永實相接云。舜至蒼梧，不復能巡狩，而孟子謂象以愛兄之道來。故此詩因鷓鴣之聲以寄意。陶岳零陵記王伸聞思歸樂詩云：聲聲相勸教歸去，莫是陶潛化作君？山谷當是戲效其體。

李宗古出示謝李道人苕幕杖從蔣彥回乞葬地二頌作二詩奉呈

提携禪客扶衰杖，斷當姻家葬骨山。因病廢棋仍廢酒，鷓鴣鸜鵒伴清閑。『扶衰』見上注。淳化法帖中有王羲之帖云：想及理斷當。斷，音短。今俗間猶作此語，意謂剖判其事也。東坡嘗有詩云：是處青山堪葬骨。按班婕妤自傷賦曰：願歸骨於山足。

詩書傳女似中郎，杞菊同盤有孟光。退之詩：中郎有女能傳業。謂蔡邕之女文姬也。文姬名琰，與孟光並見後漢書。陸龜蒙有杞菊賦。『同盤』見上注。今日鷓鴣鳴蹇蹇，他年鸜鵒恨堂堂。上句終扶杖意，下句終乞葬地意。易曰：王臣蹇蹇，匪躬之故。此借用其字以言足蹇。文選謝宣遠詩：蹇步愧無良。李善注引說文曰：蹇，跛也。薛能詩曰：青春背我堂堂去，白髮欺人故故生。此亦借用，言其棄世而去也。

書磨崖碑後

春風吹船著音斫。浯溪，扶藜上讀中興碑。浯溪在今永州。中興頌元結次山所作，顏魯公書，磨崖鑱刻，蓋言安禄山亂，肅宗復兩京事。平生半世看墨本，摩挲石刻鬢成絲。言垂老方見真刻。退之石鼓歌曰：誰復着手為摩挲？老杜詩：鄭公樗散鬢成絲。明皇不作包桑計〔一〕，

顛倒四海由禄兒。易否卦之『九五』曰：其亡其亡，繫于苞桑。注云：心存將危，乃得固也。元稹連昌宮詞曰：廟謀顛倒四海搖。唐書安禄山傳：玄宗以禄山為范陽節度，禄山請為貴妃養兒。

九廟不守乘輿西，萬官已作烏擇栖〔二〕。『烏』字或作『鳥』，非。唐書玄宗紀天寶十四載十一月，禄山反；十五載六月，行在望賢宮；七月次蜀郡。又按禮樂志開元十年，太廟為九室。蔡邕獨斷曰：天子至尊，不敢褻瀆言之，故託於乘輿也。楚語曰：五物之官〔三〕，陪屬萬為萬官。古樂府有烏栖曲。史記世家曰：鳥能擇木，木豈能擇鳥乎？禄山之反，宰相陳希烈等皆臣賊。

撫軍監國太子事，何乃趣取大物為？左傳：太子從曰撫軍，守曰監國。唐書肅宗紀：禄山反，天寶十五載，玄宗避賊行至馬嵬，父老請留太子討賊，玄宗許之。太子治兵于朔方，七月即帝位于靈武，尊皇帝曰上皇。天帝。本紀贊曰：肅宗雖不即尊位，亦可以破賊。莊子曰：夫有土者，有大物也。趣音促。莊子：天下，大物也。

事有至難天幸爾，上皇跼蹐還京師。中興頌曰：事有至難，宗廟再安，二聖重歡。漢書霍去病傳曰：軍亦有天幸，未嘗困絶也。文選謝玄暉詩：勑躬每跼蹐。正月詩云：謂天蓋高，不敢不局。謂地蓋厚，不敢不蹐。注云：局，曲也。蹐，累足也。上下皆可畏怖之言也。肅宗紀：至德二載十二月，上皇天帝至自蜀郡。

内間張后色可否，外間李父頤指揮。唐書肅宗廢后張氏傳曰：后與李輔國謀徙上皇西内，肅宗内制於后，不敢謁西宮。又宦者李輔國傳曰：李揆以子姓事之，號『五父』。輔國妄言：『太上皇居近市，交通外人，願徙太上皇入禁中。』太上皇曰：『吾兒用輔國謀，不得終孝矣。』怏怏不豫，至棄天下。退之炭谷湫詩曰：群怪儼伺候，恩威在其顏。漢書賈誼傳曰：力制天下，頤指如意。

南内凄凉幾苟活，高將軍去事尤危。唐書玄宗紀：至自蜀郡，居于興慶宮，上元元年，徙居西内。興慶即南内也。宦者高力士傳曰：先天初為右監門衛將軍，加累驃騎大將軍，從玄宗幸蜀，上皇還，徙西内，居十日，為李輔國所誣，長流巫州。按李輔國傳曰：輔國詐請上皇按行官中，射生官遮道，上皇驚，幾墜馬。力士厲聲曰：『五十年太平天子，輔國欲何事！』叱使下馬，上皇執力士手曰：『微將軍，朕且為兵死鬼！』

臣結春陵二三策〔四〕，臣甫杜鵑再拜詩。『春陵』或作『春秋』，非是。元結春陵行序曰：漫叟授道州刺史，道州舊四萬餘户，經賊已來，不滿四千，到官未五十日，承諸使徵求符牒二百餘封。吾將守官，静以安人，待罪而已。此州是春陵故地，故作春陵行以達下情。孟子曰：吾於武成取二三策。此借用。杜甫杜鵑行曰：我見常再拜〔五〕，重是古帝魂。北征詩曰：臣甫憤所切。

安知忠臣痛至骨，世上但賞瓊琚詞。舊作：豈知忠臣心憤切，後世但賞瓊琚詞。史記荆軻傳曰：每念之，痛於骨髓。漢書杜周傳注曰：深刻至骨。老杜詩：世上兒子徒紛紛。木瓜詩曰：報之以瓊琚。同來野僧舊作「殘僧」。六七輩，亦有文士相追隨。曹子建詩曰：清夜遊西園，冠蓋相追隨。

斷崖蒼蘚對立久，涷雨為洗前朝悲！老杜詩：斷崖當白鹽。楚辭九歌曰：使涷雨兮灑塵。涷音東，暴雨也。

〔一〕「包」大全本及樹經堂本作「苞」。

〔二〕「烏」内集卷八作「鳥」。

〔三〕「官」原作「屬」，據樹經堂本及國語楚語下改。

〔四〕「春陵」内集卷八作「春秋」。按：作「春秋」是，「春陵」當為任淵臆改。宋袁文甕牖閒評卷五云：「余親見太史（黄庭堅）寫此詩於磨崖碑後者，作『臣結春秋二三策』，詎庸改耶！」足為定論。

〔五〕「常」原作「當」，據大全本、樹經堂本及杜甫杜鵑詩改。按：杜鵑詩為五古，杜甫另有兩首七古杜鵑行。任注此處不確，將五古杜鵑誤題為杜鵑行。

浯溪圖

陶岳零陵記曰：浯溪在永州北，水路一百餘里流入湘江。此溪口水石奇絶，唐上元中容管經略使元結罷任居焉。

成子寫浯溪，下筆便造極。世説：佛經以為祛練神明，則聖人可致。簡文云：「不知得登峰造極不？」空濛得真趣，膚寸已千尺。

文選謝玄暉觀雨詩曰：空濛如薄霧。江淹詩：悠悠蘊真趣。『膚寸』見上注。

只今中宮寺，在昔漫郎宅。更作老夫船，檣竿插蒼石。『漫郎』謂元結，見上注。結有浯溪銘序曰：浯溪在湘水南，北匯于湘。愛其勝異，遂家溪畔，溪世無名稱者也，為自愛之故，名曰浯溪。埤蒼曰：帆柱曰檣。唐獨孤及招北客文曰：摧檣折竿。老杜詩：前臨洪濤寬，却立蒼石大。

太平寺慈氏閣

元注云：晚與曾公袞同登。

青玻瓈盆插千岑，湘江水清無古今。何處拭目窮表裏？太平飛閣暫登臨。退之詩：豁呀巨壑頗黎盆。文選楊德祖牋曰：觀者駭視而拭目。『表裏山河』見上注。文選謝靈運有登臨海嶠與從弟惠連詩。按楚辭宋玉九辯曰：登山臨水送將歸。**朝陽不聞皂蓋下，愚溪但見古木陰。**元結朝陽巖銘序曰：永泰丙午中，自春陵至零陵，愛其郭中有水石之異，泊舟尋之，得巖與洞，此邦之形勝也。以其東向，遂以『朝陽』命之。續漢志曰：中二千石皂蓋朱轓。元結時為春陵郡刺史。柳子厚愚溪詩序曰：灌水之陽有溪焉，東流入于瀟水。或曰冉氏嘗居也，故姓是溪為冉溪。余以愚觸罪，謫瀟水上，愛是溪，入二三里，得其尤絕者家焉。更之為愚溪，嘉木異石錯置，皆山水之奇者，以余故，咸以『愚』辱焉。按愚溪在永州，子厚嘗謫為司馬。**誰與洗滌懷古恨？坐有佳客非孤斟。**東京賦曰：慨長思而懷古。退之詩：孤斟詎能醒。

題淡山巖二首

陶岳零陵記云：澹山巖在永州西南，狀如覆盂，其地宜澹竹，故云。澹山中有巖空闊，可容數千人，東南角有缺處，仰望之如窗户，洞照甚明。

去城二十五里近，天與隔盡俗子塵。王介甫澶州詩曰：去都二百四十里，河流中間兩城峙。文選謝玄暉詩曰：囂塵自茲隔。楚辭屈原漁父曰：安能以皓皓之白，蒙世俗之塵埃乎？春蛙秋蠅不到耳，夏涼冬暖總宜人。曹子建七啓曰：温房則冬服絺綌，清室則中夏含霜。老杜詩：疏快頗宜人。巖中清磬僧定起，洞口緑樹仙家春。陶岳零陵記曰：淡山巖唐咸通中僧元暢居於是，至今香燈不絶。按今巖側有佛寺，洞口有道觀，故此詩云『僧定起』、『仙家春』。老杜詩：清聞樹杪磬，遠謁雲端僧。北山録云：如來滅後，大迦葉昇須彌山頂，擊銅犍椎，起五百羅漢定。西天以有聲之物為『犍椎』，即此方鍾磬也。老杜詩：洞口經春長薜蘿。玉臺新詠吴邁遠擬樂府曰：緑樹摇雲光。惜哉次山世未顯，不得雄文鑱翠珉。按元次山於永州有浯溪及朝陽巖銘，獨淡巖無有，蓋是時未知名也。陶岳零陵記載王仲浯溪詩云：湘川嘉致有浯溪，元結雄文向此題。文選王仲宣詩：惜哉空爾為。其字本出史記宓不齊傳〔一〕。柳子厚作韓君誌銘曰：載刻茲珉。

淡山淡姓人安在？徵君避秦亦不歸。零陵士人謂淡山以淡竹得名，或曰嘗有淡姓居之。『徵君』謂周貞實。零陵記曰：周貞實零陵人，居淡山石室，秦始皇下詔徵之，三徵皆不起，遂化為石。後漢黄憲傳：天下號曰『徵君』。此用其字。王介甫梁王吹臺詩：繁臺繁姓人，埋滅隨蒿蓬。石門竹徑幾時有？瓊臺瑶室至今疑。上句用退之竹洞詩意。回中明潔坐十客〔二〕，亦可呼樂醉舞衣。元次山有大回中、小回中詩，言樊水之回洑也。此借用以言巖洞回環〔三〕，其中虚明，仰見天日，可為張飲之地。閬州城南果何似？永州淡巖天下稀。老杜閬中歌曰：閬中勝事可腸斷，閬州城南天下稀。

〔一〕按：宓不齊字子賤，孔子弟子，其事載史記仲尼弟子列傳，故『宓不齊傳』不加書名號。

〔二〕『回中』內集卷八詩後有小字注：『「回」一作「凹」。』

〔三〕『洞』樹經堂本作『阿』。

明遠庵

遠公引得陶潛住，美酒沽來飲無數。我醉欲眠卿且去〔一〕，只有空瓶同此趣。山谷有戲效禪月作遠公東林詠序云：初，遠法師居廬山下，持律精苦，過中不受蜜湯，而作詩換酒飲陶彭澤。『醉眠』見上注。空瓶同趣謂缾空而亦卧也，蓋張籍詩有『酒盡卧空缾』之句。晉書孟嘉傳曰：公未知酒中趣耳。柳子厚西山宴遊記曰：意有所極，夢亦同趣。誰知明遠似遠公，亦欲我行庵上路。多方挈取甕頭春，大白梨花十分注。樂天詩：甕頭正是撇嘗時。法書要録曰：山東云『缸面』猶河北稱『甕頭』〔二〕，謂初熟酒也。說苑曰：魏文侯與大夫飲酒，使公乘不仁為觴政，曰：『飲不釂者，浮以大白。』『梨花』謂酒杯樣製如此。與君深入逍遥遊，了無一物當情素。高僧傳：支遁與劉系之等談莊子逍遥篇，云：『各適性以為逍遥。』遁曰：『不然。夫桀、跖以殘害為適性，若適性為得者，彼亦逍遥矣。』於是退而注逍遥篇。傳燈録仰山傳曰：師問雙峰：『師弟近日見處如何？』對曰：『據某甲見處，實無一法可當情。』師曰：『汝解猶在境，汝豈無能知無一法可當情者？』又汾州無業傳曰：常了一切空，無一物當情，是諸佛用心處。戰國策蔡澤說應侯曰：公孫鞅事孝王竭心謀，示情素〔三〕。

道卿、道卿歸去來，明遠主人今進步。元注云：道卿，浯溪僧。傳燈録長沙岑禪師偈曰：百丈竿頭須進步〔四〕，十方世界現全身。淵明有歸去來辭。

〔一〕『我醉欲眠』内集卷八作『我欲醉眠』。

〔二〕『缸』原作『釭』，據元大全本、樹經堂本改。按：張彦遠法書要録卷三載唐何延之蘭（按正文作『蘭』）亭記作：『江東云堈面』。太平廣記卷二百八購蘭亭序作：『江東云缸面』。

〔三〕按此段引文出戰國策卷五秦策三，『公孫鞅』即商鞅，『孝王』作『孝公』，即秦孝公，『竭心謀』作『竭智能』。

〔四〕『丈』原作『尺』，據大全本、樹經堂本及景德傳燈録卷十長沙景岑禪師改。

玉芝園　并序

去年三月清明，蔣彦回喜太守、監郡過其玉芝園，作詩十六韻，二侯皆有報章，今年三月，余到玉芝園記録一時，次其舊韻。

春生瀟湘水，風鳴澗谷泉。過雨花漠漠，弄晴絮翩翩。名園上朱閣，觀後復觀前。借問昔居人，岑絶無炊煙。人生須富貴，河水清且漣。百年共如此，安用涕潺湲？退之詩：柳花還漠漠。選詩：里無曲突煙。漢書楊惲傳曰：人生行樂耳，須富貴何時？左傳曰：俟河之清，人壽幾何！伐檀詩曰：河水清且漣漪。楚辭曰：横流涕兮潺湲。蔣侯真好事，杖屨喜接連。車載溪中骨，推排若差肩〔一〕。厭看孔壬面，醜石反成妍。『溪中骨』謂石也。漢書朱買臣傳：相推排陳列中庭拜謁。曲禮注曰：肩隨者與之並行差退。元稹作老杜墓銘曰：李白樂府歌詩，誠亦差肩於子美矣。書曰：巧言令色孔壬。選詩曰：皎潔不成妍。感君勸我醉，吾亦無間然。亂我朱碧眼，空花墜便翾。魯論曰：禹，吾無間然矣。太白詩曰：催絃拂柱與君飲，看朱成碧顏始紅。韻書曰：翾翾，小飛也。又曰：便嬛，輕麗也。此借用。行動須人扶，那能金石堅？老杜詩：此生已愧須人扶。文選古詩曰：人生非金石，豈能長壽考？漢書賈誼傳曰：堅若金石。愛君雷氏琴，湯湯發朱絃。但恨賞音人，太半隨逝川。雷氏蜀人，善製琴，為世所寶。呂氏春秋〔二〕曰：伯牙鼓琴，鍾子期聽之〔三〕。伯牙志在泰山〔四〕，子期曰：『善哉！巍巍乎若在泰山。』少選之間，志在流水，子期曰：『善哉！湯湯乎若在流水。』子期死，伯牙鼓琴絕絃，終身不復鼓。『賞音』『逝川』並見上注。平生有詩病〔五〕，如痼不可痊。今當痛自改，三釁復三湔。柳子厚答崔黯書曰：凡人好辭工書者，皆病癖也。吾不幸早得二病，纏結心腑牢甚，願斯須忘之而不克。文選劉公幹詩：余嬰沈痼疾。李善注引禮記曰〔六〕：身有痼疾。說文曰：痼，久也。『三釁三浴』見上注。退之詩：懼終莫洗湔。

〔一〕『推排』內集卷八作『堆排』。

〔二〕『呂氏春秋』原作『家語』。按以下引文實出呂氏春秋卷十四本味，不見於孔子家語，故據以改。

〔三〕『伯牙鼓琴，鍾子期聽之』此二句原無，據大全本、樹經堂本及呂氏春秋補。

〔四〕『泰山』原作『高山』，據樹經堂本及呂氏春秋改。按呂氏春秋作『太山』。

〔五〕『病』內集卷八及元大全本作『罪』。

〔六〕『李善注』原作『而李善注』，據樹經堂本刪『而』。

游愚溪　并序〔一〕

三月辛丑，同徐靖國到愚溪，過羅氏修竹園，入朝陽洞，蔣彥回、陶介石、僧崇慶及余子相步及余於朝陽巖〔二〕，裴回水濱，久之，有白雲出洞中，散漫洞口，咫尺欲不相見，介石請作五字記之。

意行到愚溪，竹輿鳴擔肩。韓、孟城南聯句曰：刈熟擔肩赬。冉溪昔居人，埋没不知年。偶託文字工，遂以愚溪傳。柳侯不可見，古木蔭濺濺。『冉溪』見上注。劉禹錫詩：會書團扇上，知君文字工。柳子厚石澗記曰：交絡之流，觸激之音，皆在床下。翠羽之木，龍鱗之石，均蔭其上。『柳侯』字見退之羅池廟碑。楚辭曰：石瀨兮淺淺。按『淺』與『濺』同。濺濺，水疾流貌，音箋。羅氏家瀟東，瀟西讀書園。筍茁不避道，檀欒搖春煙。梁王兔園賦曰：修竹檀欒夾池水〔三〕。下入朝陽巖，次山有銘鐫。蘚石破篆文，不辨瞿李袁。次山銘見上注。次山陽華巖銘曰：江華縣大夫瞿令問藝兼篆籀，俾依石經刻之。法書苑云：李陽冰，趙郡人，善小篆。袁氏未詳。嵌竇響笙磬，洞中出寒泉。同遊三五客〔四〕，拂石弄潺湲。老杜詩：遠川曲通流，嵌竇潛洩瀨。詩曰：笙磬同音。又曰：爰有寒泉，在浚之下。謝靈運詩：乘月弄潺湲。俄頃生白雲，似欲駕我仙。吾將從此逝，挽牽遂回船。文選江賦曰：千里俄頃。莊子曰：乘雲氣，御飛龍，而遊乎四海之外。漢書高帝紀曰：吾亦從此逝矣。『挽牽』言為其子所挽留也。太白詩：出門妻子强牽衣。又曰：稽山無賀老，空棹酒船回。退之詩：波惡强牽挽。

〔一〕內集卷八載此詩無此詩題，徑以詩序為題。

〔二〕『及余子相步』此五字原無，據內集及大全本、樹經堂本補。

〔三〕『檀欒』大全本及樹經堂本作『團欒』。按：藝文類聚卷六十五引枚乘梁王兔園賦作：『修竹檀欒，夾池水旋。』任注所引破句。

〔四〕『三』內集作『四』。

代書寄翠巖新禪師

黃龍死心悟新和尚，晦堂老人之嫡子，叢林謂之新孟八，初住洪州分寧之雲巖，次住西山翠巖，後住黃龍。山谷嘗參晦堂，新、清二老，蓋其道伴。

山谷青石牛，自負萬鈞重。舒州皖公山，三祖僧璨大師道場，是為山谷寺，西北有石牛洞，其石狀若伏牛，因以為名。錢紳同安志云：初，李伯時畫魯直坐於石牛上，魯直因自號山谷道人。

八風吹得行，處處是日用。又將十六口，去作宜州夢。寒山子詩曰：寒山無漏巖，其巖甚濟要。八風吹不動，萬古人傳妙。此反而用之。按寶積經及大毗婆沙論以利、衰、毁、譽、稱、譏、苦、樂為八風。大毗婆沙論又曰：佛亦曾遇此世八法，如何說佛解脱？答曰：雖遇此事而不生染，故說解脱。傳燈録龐居士傳：石頭問曰：『子自見老僧已來，日用事作麼生？』呈一偈云：『日用事無別，唯吾自偶諧。頭頭非取捨，處處勿張乖。朱紫誰為號？丘山絶點埃。神通并妙用，運水及般柴。』老杜詩：兩京三十口，雖在命如絲。梅聖俞贈歐陽闢詩曰〔一〕：又隨落花飛，去作江西夢〔二〕。杜牧之詩云：十年一覺揚州夢。時山谷攜其子舍并亡弟知命骨肉俱往。

苦憶新老人，是我法梁棟。信手斫方圓，規矩一一中。高僧羅什傳曰：釋慧遠學貫群經，棟梁遺法。潙山禪師警策亦云：心期佛法棟梁，用作後來龜鏡。樂普禪師頌曰：入荒田不揀，信手拈來草。莊子曰：方者中矩，圓者中規。遥思靈源叟，分坐法席共。靈源叟名惟清，亦嗣晦堂，新之法弟也。後住黄龍。法華經曰：爾時多寶佛於寶塔中分半座與釋迦牟尼佛，而作是言：『釋迦牟尼佛可就此座。』又按雜阿含經云：尊者迦葉着弊衲衣，來詣佛所，時諸比丘心生輕慢，世尊告摩訶迦葉：『於此半坐。我今竟知誰先出家，汝邪？我邪？』彼諸比丘心生恐怖，身毛皆竪。聊持楚狂句，往作天女供。『楚狂』見上注。維摩經曰：時維摩詰室有一天女，見諸天人聞所説法，便現其身，即以天華散諸菩薩大弟子上。嶺上早梅春，參軍慚獨弄。宜州在嶺南。此句謂違去道伴，無與共禪悦游戲爾。獨弄俳優本出俗諺。按因話録曰：肅宗宴宮中，女優有弄假官戲，其緑衣秉簡者謂之參軍樁。

〔一〕『闢』原作『閥』，據梅堯臣送門人歐陽秀才游江西詩改（朱東潤梅堯臣集編年校注卷二十九）。按：闢字晦夫，桂州靈川人，與蘇軾、黄庭堅皆有交。

〔二〕『江西夢』梅堯臣詩原作『西江夢』。

戲答歐陽誠發奉議謝余送茶歌

歐陽子，出陽山，山奇水怪有異氣，生此突兀熊豹顏。退之送區册序曰：陽山天下之窮處也，陸有丘陵之險，水有江流悍急、横波之石。又送廖道士序曰：郴之為州當中州清淑之氣，蜿蟺扶輿，磅礴而鬱積。其水土之所生，神氣之所感，必有魁奇忠信才德之民，生於其間。又送張道士詩曰：張侯嵩高來，面有熊豹姿。按陽山隸連州。飲如江入洞庭野,詩成十手不供寫。唐人詩:酒腸俱逐洞庭寬。莊子曰:帝張樂於洞庭之野。老杜詩石硯歌曰:揮灑容數人,十手可對面。老來抱璞向涪翁,東坡元是知音者。『抱璞』用卞和事,見上注。後漢方術郭玉傳有老父漁釣涪水因號涪翁。山谷謫涪州別駕,亦嘗以自稱,或云涪皤。蒼龍璧,官焙香,涪翁投贈非世味,自許詩情合得嘗。退之詩:吾老世味薄。東坡詩亦云:吾衰向老世味薄,所好未衰唯飲茶〔一〕。薛能謝王彥威寄茶詩云:粗官乞與真抛却,賴有詩情合得嘗〔二〕。却思翰林來餽光禄酒,兩家水鑑共寒光。『翰林』謂東坡。按唐志,光禄卿有良醖署。『水鏡』見上注。予乃安敢比東坡?有如玉棨金叵羅,直相千萬不啻過!漢書曹參傳惠帝曰:朕乃安敢望先帝!此用其語律。應劭漢官儀曰:封禪壇南有玉盤。北史:祖珽竊金叵羅藏髻中。李太白詩:蒲萄酒,金叵羅。孟子曰:或相千萬。老杜詩:方駕曹劉不啻過。愛公好詩又能多,老夫何有更横戈,奈此于思百戰何!退之詩云:四句意能多。又詩:文戰誰與敵?浩汗横戈鋋。左傳:華元巡功,城者謳曰:『于思,于思,棄甲復來!』使其驂乘謂之曰:『牛則有皮,犀兕尚多,棄甲則那?』注云:于思,多鬚之貌。歐陽君必多髯,故用此事。

〔一〕『未』元大全本作『去』。

〔二〕按全唐詩卷五百六十薛能此詩題為『謝劉相(一本有公字)寄天柱茶』,詩云:『粗官寄與真抛却,賴有詩情合得嘗。』

到桂州

桂嶺環城如鴈蕩，平地蒼玉忽嵯峨。鴈蕩山在今温州。李成不在郭熙死〔一〕，奈此百嶂千峰何！名畫評曰：李成，營丘人，能畫山水林木，當時稱為第一。張文懿公詩曰：李成謝世范寬死，唯有高陽許道寧。退之石鼓歌曰：少陵無人謫仙死，才薄其奈石鼓何！

〔一〕『不在』內集卷八及大全本及樹經堂本均作『不生』。

答許覺之惠桂花椰子茶盂二首 彦先

萬事相尋榮與衰，故人別來鬢成絲。選詩：纏綿自相尋。老杜詩：鄭公樗散鬢成絲。欲知歲晚在何許，唯說山中有桂枝。文選阮嗣宗詩：良辰在何許？劉安招隱士曰：桂樹叢生兮巖之幽。又曰：攀援桂枝兮聊淹留。

碩果不食寒林梢，剖而器之如懸匏。故人相見各貧病，且可烹茶當酒肴。易剥卦之『上九』曰：碩果不食。文選陸士衡歎逝賦：步寒林而悽惻。張景陽七命曰：剖椰子之殼。按劉淵林吴都賦注云：椰樹似檳榔，實大如瓠，核可作飲器。家語曰：剖而食之，甜如蜜。魯論曰：其使人也器之。潘岳笙賦：河汾之寶有曲沃之懸匏焉。頖弁詩：爾酒既旨，爾肴既嘉。

以椰子茶瓶寄德孺二首

碩果竇林梢，可以代懸匏。攜持二十年，煮茗當酒肴。我今禦魑魅，學打衲僧包。聊持堅重器，遺我金石交。祖庭事苑載『打包』說曰：毗奈耶雜事云：『佛言苾蒭應以袋盛衣。』今禪人腰囊亦承佛之制也。詩中所用字，並見上注。左傳祈招之詩曰：式如玉，式如金。注云：取其堅重。劉師服石鼎聯句云：徒尔堅重性〔一〕。

又

炎丘椰木實，入用隨茗椀。譬如楛矢砮，但貴從來遠。家語曰〔二〕：孔子在陳，有隼集陳侯之庭而死，楛矢貫之，石砮其長尺有咫。惠公使人持隼如孔子館而問焉。孔子曰：『隼之來遠矣！此肅慎氏之矢。』注云：楛，木名；砮，箭鏃。韓詩外傳曰：黄鵠無五德，君猶貴之，以其所從來者遠矣。往時萬里物，今在籬落間。知公一拂拭，想我瘴霧顏。上兩句山谷自況。世説：桓玄就桓崖求桃，不得佳者。玄與殷仲文書曰：『德之休明，則肅慎氏貢其楛矢。如其不爾，籬壁間物亦不可得。』此借用。

『籬落』見上注。

〔一〕『徒尔』大全本、樹經堂本均作『徒示』。

〔二〕『曰』原無，據大全本、樹經堂本加。

寄黃龍清老三首

萬山不隔中秋月，一鴈能傳寄遠書。退之詩：東西南北皆欲往，千江隔兮萬山阻。謝莊月賦曰：隔千里兮共明月。老杜詩：邊秋一鴈聲。深密伽陁枯戰筆，真成相見問何如。佛書有解深密經。涅槃經曰：因本經以偈頌，名祇夜，餘有說四句偈，名伽陁。祖庭事苑曰：伽陁，此云諷頌，或名直頌，謂直以偈說法。法書苑曰：平磔法口訣云：不遲不疾，戰筆側去。此借用。末句謂見其翰墨，千里如對面也。老杜詩：道甫問訊今何如。

風前橄欖星宿落，日下桄榔羽扇開。異物志曰：橄欖生南海浦嶼間，八月乃熟，木高大難採，以鹽擦木身，其實自落。嶺表録云：桄榔樹身皮葉與蕃棗、檳榔等小異。『羽扇』見上『雉尾』注。昭默堂中有相憶，清秋忽遣化人來。僧寶傳曰：清老居黃龍，未幾寶覺歿，即移疾居昭默堂，頹然坐一室。古詩：上有長相憶〔二〕，下有加餐食。維摩經云：維摩詰不起於座，居衆會前，化作菩薩，而告之曰：『汝往上方界分，有國名衆香，佛號香積。』彼諸大士見化菩薩，即以問佛，佛告之曰：『維摩詰為諸菩薩說法，故遣化來。』列子曰：周穆王時，西域之國有化人來。

騎驢覓驢但可笑，非馬喻馬亦成癡。傳燈録誌公大乘讚曰：不解即心即佛，真似騎驢覓驢。莊子曰：以馬喻馬之非馬，不若以非馬喻馬之非馬也。兩句皆言知道者少。

一天月色為誰好？二老風流只自知。老杜宿贊公房詩云：相逢今夜宿，隴月向人圓。又詩：不知明月為誰好？又寄贊上人詩云：與子成二老，來往亦風流。孟子曰〔二〕：二老者，天下之大老也。此借用其字。

〔一〕『憶』樹經堂本作『思』。按樂府古辭飲馬長城窟行云：『上言加餐飯，下言長相憶。』（文選卷二十七）藝文類聚卷四十二『憶』作『思』。又古詩十九首之十七云：『上言長相思，下言久離別。』任注所引實為雜湊。

〔二〕『曰』原無，據樹經堂本加。

宜陽別元明用觴字韻

霜須八十期同老，酌我仙人九醞觴。元注云：術者言吾兄弟皆壽八十，近得重醞法甚妙。西京雜記：漢制：宗廟八月飲酎，用九醞。

明月灣頭松老大，永思堂下草荒涼。『明月灣』、『永思堂』皆在雙井，堂在先墓之側，故以『永思』為名。老杜詩：惆悵老大藤，沉吟屈蟠樹。退之書曰：窮居荒涼，草樹茂密。按文選北山移文曰：石徑荒涼徒延佇。

千林風雨鶯求友，萬里雲天鴈斷行。言鳥猶求友，而我獨與兄別也。樂天詩：樹集鶯朋友，雲行鴈弟兄。劉禹錫詩：見鴈隨兄去，聽鶯求友聲。又詩：斷行隨鴈翅，孤嘯聳鳶肩。

別夜不眠聽鼠齧，非關春茗攪枯腸。別緒難為情，自不能寐，非以茗椀破睡也。盧仝茶歌：三椀搜枯腸。

和范信中寓居崇寧遇雨二首

范侯來尋八桂路，走避俗人如脱兔。山海經曰：桂林有八樹，在番禺東。孫子曰：後如脱兔，敵不及距。衣囊夜雨寄禪家，行潦升階漂兩屨。漢書王吉傳曰：所載不過囊衣。詩曰：泂酌彼行潦。曲禮曰：户外有二屨。遣悶悶不離眼前，避愁愁已知人處。老杜有遣悶詩。庾信愁賦曰：閉户欲驅愁，愁終不肯去。深藏欲避愁，愁已知人處。慶公憂民苗未立，旻公憂木水推去。慶、旻蓋崇寧兩禪僧。漢書劉章傳曰：立苗欲疏。兩禪有意開壽域，歲晚築室當百堵。徽崇崇寧三年詔天下置崇寧寺觀，為上祈年。漢書王吉傳曰：驅一世之民，躋之仁壽之域。斯干詩曰：築室百堵。它時無屋可藏身，且作五里公超霧。『無屋藏身』蓋宗門中事。船子和尚謂夾山云：汝向去，直須藏身處没蹤跡，没蹤跡處莫藏身。謝承後漢書曰〔一〕：張楷字公超，性好道術，能作五里霧。當年游俠成都路，黄犬蒼鷹伐狐兔。范君蓋西蜀人。漢書司馬遷傳贊曰：序游俠，則退處士而進姦雄。選詩曰：京華游俠窟。二十始肯為儒生，行尋丈人奉巾屨。『巾屨』見上注。千江渺然萬山阻，抱衣一囊遍處處。或持劍掛宰上回，亦有酒罷壺中去。退之詩：千江隔兮萬山阻。又云：情多地遐兮偏處處。史記曰：吳季札北過徐，徐君好季札劍，口不敢言。季札知之，為使上國未獻，還至徐，徐君已死，乃解其寶劍，繫徐君冢樹而去，曰：『始吾以心許，豈以死倍吾心哉！』公羊傳曰：宰上之木拱矣。注云：宰，冢也。後漢費長房傳：市中有老翁賣藥，懸一壺於肆頭，及市罷，輒跳入壺中。長房詣翁，翁乃與俱入壺中，唯見玉堂嚴麗，旨酒甘肴，盈衍其中，共飲畢而出，翁曰：『我神仙之人，以過見責，今事畢，當去，子寧能相隨乎？』昨來禪榻寄曲肱，上雨傍風破環堵。退之南海廟碑曰：上雨傍風，無所蓋障。禮記曰：儒有環堵之室。何時鯤化北溟波？好在豹隱南山霧。見上注。樂天詩：好在李使君。

〔一〕『後漢書』原作『漢書』，據樹經堂本加『後』字。

乞鍾乳於曾公衮

寄語曾公子，金丹幾時熟？願持鍾乳粉，實此磬懸腹。江文通別賦曰：鍊金鼎而方堅。李善注云：鍊金為丹之鼎也。抱朴子曰：鄭君唯見授金丹之經。『磬懸』言其空也。左氏曰：室如懸磬。遥憐蟹眼湯，已化鵝管玉。『蟹眼湯』見上注。按雷公修事鍾乳法：再三以水煮之，然後入臼搗如粉，篩過研之。陶隱居注本草『鍾乳』條云：性通中輕，薄如鵝翎管，碎之如爪甲，中無鴈齒，光明者為善。刀圭勿妄傳，此物非碌碌。退之詩：金丹別後知傳得，乞取刀圭救病身。按本草云：刀圭者，十分方寸匕之一。『此物』見上注。後漢書禰衡曰：餘子碌碌，莫足數也。

山谷外集

薌室史氏注山谷外集詩序

書存于世，唯六經、諸子及遷、固之史有注其下方者，以其古今之變，詁訓之不相通也。而今人之文，今人乃隨而注之，則自蘇、黃之詩始也。詩動乎情，發乎言，而成乎音，人為之，人誦之，宜無難知也。而蘇、黃二公乃以今人博古之書，譬楚大夫而居於齊，應對唯諾，無非齊言，則楚人莫喻也。如將以齊言而喻楚人，非其素嘗往來莊、嶽之間，其孰能之？山谷之詩與蘇同律，而語尤雅健，所援引者乃多於蘇。其詩集已有任淵、史會更注之矣。而公所自編謂之外集者，猶不易通。史公儀甫遂繼而為之注，上自六經、諸子、歷代之史，下及釋、老之藏、稗官之録，語所關涉，無不畫究。予官成都，得於公之子叔廉而夜閱之，其於山谷之詩，既悉疏理，無復凝結，而古文舊事，因公之注所發明者多矣！夫讀古人之書，得之於心，應之於手，固非區區采之簡册而後用之也。而為之注者，乃即羣書而究其所自來，則注者之功宜難於作，而公以博洽之能，乃隨作者為之訓釋，此其追慕先輩、加惠後學之意，殆非世俗之所能識也。昔白樂天作詩，使嫗讀之，務令易知；而揚子雲草太玄，其詞艱深，人不能通，乃曰：『後有揚子雲，必好之矣。』古之君子，固有不徇世俗而自信於後世之知我者。若公於山谷，既以子雲而知子雲，其為之訓釋，則又諄諄然為人言之，是亦樂天之志也。公，蜀青衣人，名容，號薌室居士，仕至太中大夫，晚謝事，著書不自休，嘗為補韻及三國地名，皆極精密。今年餘七十，耳目清明，齒髮不衰，它日傳於世者，又將不止於數書而已也。

嘉定元年十二月乙酉，晉陵錢文子序。

山谷外集詩注序

青神　史容

山谷自言欲倣莊周分其詩文為内、外篇，意固有在，非去此取彼。今内集詩已有注，而外集未也，疑若有所去取焉者，兹豈山谷之意哉？秦少游與李德叟簡云：『黄魯直過此，為留兩日，其弊帚、焦尾兩編，文章高古，邈然有二漢之風，今時交游中以文墨自業者，未見其比。』又簡參寥云：『魯直近從此赴太和令，得渠新詩一編，高古絶妙，吾屬未有其比。僕頃不自揆，妄欲與之後先而驅，今乃知不及遠甚。』赴太和蓋元豐庚申歲，而焦尾、弊帚即外集詩文也。其為時輩所推如此。建炎間，山谷之甥洪玉父為胡少汲編豫章集，獨取元祐入館後所作，蓋必有謂，未可據依。此續注之所不得已也。因以少游語冠於篇首，其作詩歲月，别行詮次，有不可考者，悉皆附見。舊多舛誤，略加是正，餘且從疑，以俟博識。

山谷外集詩注卷第一

青神　史容　注

賦

劉明仲墨竹賦

元祐間館中作。

子劉子，山川之英，骨毛粹清。晉元帝紀嵇紹曰：琅邪王毛骨非常。老杜詩：衆中見毛骨，猶是麒麟兒。用意風塵之表，晉王戎傳：王衍自然是風塵表物。如秋高月明。文選謝靈運詩：野曠沙岸淨，天高秋月明。游戲翰墨，龍蛇起陸；陰符經曰：天發殺機，龍蛇起陸。嘗其餘巧，檀弓云：爾以人之母嘗巧。顧作二竹。其一枝葉條達，莊子至樂篇：此之謂條達而福持。戰國策張儀説魏王云：魏地四平，諸侯四通，條達輻湊。東坡嘗以是語記文與可畫云：與可之於竹石枯木，真可謂得其理者矣！如是而生，如是而死，如是而攣拳瘠蹙，如是而條達遂茂。惠風舉之；蘭亭序：惠風和暢。瘦地筍笴，笴，古我切，箭莖也。杜詩：瘦地翻宜粟。夏簟解衣。三河少年，史記貨殖傳：昔唐都河東，殷人都河內，周人都河南。夫三河在天下之中，若鼎足。禀生勦剛；退之詩：禀生肖勦剛。勦，輕捷也，鋤交切。春服楚楚，論語：春服既成。國風(一)：衣裳楚楚。俠游專場。史記有游俠傳。選詩：京華游俠客。東都賦云：秦政利嘴長距，終得擅場。注云：擅，專也。鮑明遠雉朝飛云：專場挾兩恃强力。王謝子弟，生長見聞；文獻不足，猶超人羣。梁武帝評書云：王僧虔書如揚州王、謝家子弟，縱復不端正，皆有一種風氣。論語曰：文獻不足故也(二)。莊子曰：以馭人羣。老杜云：殊俗自人羣。其一折幹偃蹇，斫頭不屈；蜀志張飛傳：飛破巴郡，生獲太守嚴顏。飛呵顏曰：『大軍至，何以不降，而敢拒戰？』顏曰：『我州但有斷頭將軍，無降將軍也！』飛怒，令左右牽去斫頭，顏色不變，曰：『斫頭便斫頭，何為怒耶！』飛壯而釋之。枝老葉硬，陸龜蒙杞菊賦：及夏五月，枝葉老硬。强項風雪。後漢董宣傳：宣為洛陽令，時湖陽公主蒼頭白日殺人，因匿主家，吏不能得。及主出，以奴驂乘，宣大言數主罪，叱奴下車，格殺之。主訴帝，帝召宣，使叩頭謝主(三)，宣不從，强使頓之。宣兩手據地，終不肯俯，帝笑，因勑『强項令出』，賜錢三十萬。廉藺之骨成塵，凜凜猶有生氣。世說庾道季曰：廉頗、藺相如雖千載(四)，尚凜凜有生氣，曹蜍、李志雖在，厭厭如九泉下人。鮑明遠云：彭韓及廉藺，疇昔已成灰。雖汲黯之不學，挫淮南之鋒於千里之外。汲黯傳上曰：人果不可以無學，觀黯之言，日益甚矣！又曰：淮南王謀反，憚黯曰：『黯好直諫，至說公孫弘等，如發蒙耳。』子劉子淩雲自許(五)，司馬相如傳：飄飄有凌雲氣。按劍者多，鄒陽傳：明月之珠，夜光之璧，以暗投人於道，衆莫不按劍相眄者。故以歸我，請觀謂何。

黃庭堅曰：吾子於此，可謂能矣。猶有修簟之歲晚，枯栟之發春，栟，牙葛切。西漢叙傳：三栟之起。注：詩云：『苞有三栟。』木斫而栟生也，『栟』亦作『蘖』。孟子云：非無萌蘖之生焉。少者骨梗，『梗』當作『鯁』。陳平傳：項王骨鯁之臣。杜周傳：朝無骨骾之臣。注：『骾』即『鯁』字。老而日新。附之以傾崖礨石，（文選謝靈運云：崖傾光難留〔六〕。丘希範云：崖傾嶼難傍。唐李白云：崖傾月難圓。）摧之以冰霜斧斤。第其曾、高、昭、穆，至于來、昆、仍、雲。（爾雅：玄孫之子為來孫，來孫之子為昆孫，昆孫之子為仍孫，仍孫之子為雲孫。）組練十幅，（左傳襄公三年：帥組甲三百，被練三千。此借使其字〔七〕。文選謝玄暉詩：西戡收組練。）煙寒雨昏，廼為能盡之。蓋陽虎、有若之似夫子，市人識之；（陽虎見孔子世家，有若見仲尼弟子傳。）顏回之具體，門人不知。（孟子云：子夏、子游、子張皆有聖人之一體，冉牛、閔子、顏淵則具體而微。）蘇子曰：世之工人，或能曲盡其形；至於其理，非高人逸才不能辨。（此語見東坡集中淨因院畫記。）意其在斯。故藉外論之：梓人不以慶賞成虡，（莊子云：梓慶削木為鐻，鐻成，見者驚猶鬼神。魯侯問焉，對曰：『臣將為鐻，必齋三日，而不敢懷慶賞爵禄；齋七日，忘吾有四肢形體也。』）痀僂不以萬物易蜩，（莊子云：仲尼見痀僂者承蜩，猶掇之也。仲尼曰：『子巧乎？有道邪？』曰：『吾處身也，若橛株拘，雖萬物之多，而唯蜩之知。吾不反不仄，不以萬物易蜩之翼，何為而不得！』）及其至也，禹之喻於水，仲尼之妙於韶，（孟子：智若禹之行水，行其所無事。論語：孔子在齊聞韶，三月不知肉味。蓋得其妙也〔八〕。）蓋因物而不用吾私焉。若夫燕荊南之無俗氣，（山谷作道臻師墨竹序云：往時天章閣待制燕肅始作生竹，超然免於流俗，近世集賢校理文同遂能極其變態。郭若虛圖畫見聞録云：燕肅字穆之，位龍圖閣直學士，以尚書禮部侍郎致仕，善畫山水寒林，太常寺有畫屏風，玉堂、刑部、景寧坊居第及許、洛佛寺皆有畫壁，所畫近百軸，皆取入禁中，故世所傳無幾。）庖丁之解牛，進技以道者也。（莊子：庖丁為文惠君解牛，奏刀騞然，莫不中音，文惠君曰：『技蓋至此乎！』庖丁釋刀而對曰：『臣之所好者道也，進乎技矣。』）文湖州之得成竹於胸中，（東坡集中文與可畫偃竹記，其略云：畫竹必先得成竹於胸中，執筆熟視，乃見其所欲畫者，急起從之，振筆直遂以追其所見，如兔起鶻落，少縱則逝矣。王會稽之用筆如印印泥者也。書訣墨藪載顏魯公記張長史筆法云：長史曰：『聞於褚河南云：「用筆當如印印泥，錐畫沙。」』初不言出於會稽內史王逸少也，當考。詩云：『鶴鳴于九皐，聲聞于天』。妙萬物以成象，繫辭曰：神也者，妙萬物而為言也。必其胸中洞然好學者，天不能掣其肘。劉子勉旃！家語云：宓子賤為單父宰，辭去，請近史二人與俱。二史書，子賤掣其肘，書不善，則怒之。楊惲傳：勉旃，無多談。

〔一〕『國風』元至元本作『詩』。

〔二〕『論語曰文獻不足故也』元至元本作『文獻出語』。

〔三〕『叩』原作『俯』，據至元本、弘治本、樹經堂本及後漢書卷七十七董宣傳改。

〔四〕『廉頗藺相如』元至元本作『廉頗藺相如之骨』。

〔五〕『子劉子』 原作『劉子』，據至元本、弘治本及嘉靖本、萬曆本外集卷一增。

〔六〕『傾』原作『領』，據至元本、弘治本、樹經堂本及文選卷三十謝靈運石門新營所住四面高山迴谿石瀨修竹茂林詩改。

〔七〕『使』元至元本作『用』。

〔八〕『孟子……蓋得其妙也』元至元本作：『禹行水，行其所無事；孔子聞韶，不知肉味。蓋得其妙也』。

放目亭賦

走馬承受丁君作亭於其廨東北，吾友宋楙宗以為盡表裏江山之勝，名其亭曰放目，而黔江居士為之賦。山谷以紹聖二年安置黔州，歷三歲，以『黔江』自號。丁君廨當在夔州。按前集附載知命詩有行次巫山宋楙宗送折花廚醞，詩云：『喚得巫山強項令，插花傾酒對陽臺。』又有宋楙宗寄夔州五十詩三首，蓋楙宗時宰巫山，為丁君求作此賦，楙宗名肇。

放心者逐指而喪背，孟子：放心而不知求。又云：養其一指而失其肩背。放口者招尤而速累。退之感二鳥賦：祇以招尤而速累。自作訾訾，詩：翕翕訾訾。注：毀也。自增憒憒。莊子：彼又惡能憒憒然？世說：王丞相末年不復省事，自歎曰：『人言我憒憒，後人當思此憒憒。』登高臨遠，唯放目可以無悔。防心以守國之械，墨子曰：公輸般為雲梯之械以攻宋，墨子解帶為城，以牒為械。公輸般之攻械盡，墨子之守固有餘。防口以挈瓶之智，左傳：雖有挈瓶之智，守不假器。山谷與一僧簡云：持心如城，守口如瓶，必有相應者。以此放目焉，墨丈尋常而見萬里之外。國語：其察色也，不過墨丈尋常之間。注：五尺為墨，倍墨為丈；八尺為尋，倍尋為常。後漢竇融傳：天子明見萬里之外。

詩

溪上吟　并序

時年十七。　山谷生於慶曆五年乙酉，至嘉祐六年辛丑，年十七。按黄罃年譜載趙伯山中外舊事云：『山谷少有詩名，在葉縣、大名、德州德平詩已卓絶，後以史事待罪陳留，偶自編退聽堂詩，初無意盡去少作。胡直孺少汲建炎初帥洪州〔一〕，為山谷類詩文為豫章集，命洛陽朱敦儒、山房李彤編集，而洪炎玉父專其事。遂以退聽為斷，以前好詩皆不收，前後殊抵迕』。罃嘗聞先人言先祖尚書叔敖嘗編類詩文。今家問中山谷晚年答書有云：『詩文久欲令寫寄，亦為念九、三七書字多誤，故未能就，獨恨所編為徐俯師川久假不歸，遂無別本可據。』今豫章文集即洪氏所次，而山谷平生得意之詩及嘗手寫者多在外集。罃嘗攷洪氏、李氏舊編，洪氏以古風二首為首，不及古賦、楚詞，而李氏所編文集則第一卷首載古賦、楚詞，第二卷方及古詩，乃以別李次翁為首，而古風二章反寘卷末。至外集第五卷題目之首獨注『行役並雜體詩』六字，竟莫詳其綱目，但分古詩、律詩，而於外集之末跋云：『彤聞山谷自巴陵取道通城入黄龍山，為清禪師遍閱南昌集，自有去取，仍改定舊句。彤後得本，用以是正，其言「非予詩者」五十餘篇，彤亦嘗見於他人集中，輒已除去。其稱「不用者」，安敢棄遺？今外集十一卷止十四卷是也。』又於第十一卷後跋云：『前集内休亭賦、墨戲賦、白山茶賦、木之彬彬、悲秋、演雅、次韻答王慎中題張澄居士隱居三首、題少章寄寂齋、謝從善司業送惠山泉、送劉士彥赴福建運判、論語斷篇皆山谷晚年刪去，其去取據此而已。』

春山鳥啼，新雨天霽。宋玉高唐賦：遇天宇之新霽兮，觀百谷之俱集。汀草怒長，莊子：春雨日時草木怒生。僧善權詩：桃李紛已華，笋蕨俱怒長。竹篠交陰。書：篠蕩既敷。篠，小竹。黄子觀漁於塘下，尋春于小桃源，從以溪童、稚子、畦丁三四輩。杜詩：畦丁告勞苦。茶鼎、酒瓢，淵明詩編，雖不命戒，未嘗不取諸左右。臨滄波，拂白石，詠淵明詩數篇，清風為我吹衣，好鳥為我勸飲。歐公詩：花能嫣然顧我笑，鳥勸我飲非無情。當其謬然無所拘繫，而依依規矩準繩之間，自有佳處。乃知白蓮社中人不達淵明詩意者多矣。白蓮社在廬山。晉太元中鴈門正覺禪師惠遠卜居此山，鑿二池，種白蓮〔二〕，後以名其社，社中合十八人。遠師招淵明入社，淵明攢眉而去。過酒肆則飲，亦無量也，然未始甚醉。蓋其所寓〔三〕，與畢卓、劉伶輩同，而自謂所得與二子異，人亦殊不能知之也〔四〕。酒酣得紙，書之為溪上吟。

短生無長期，謝靈運豫章行：短生旅長世，恆覺白日欹。天台賦：嗟人生之短期，孰長年之能執？聊假日婆娑。王粲登樓賦：聊假日以消憂。李善本作『暇日』。注云：『暇』或作『假』。離騷經：聊假日以媮樂。補注云：顏師古曰：『中心愁悶，假延日月，苟為娛樂耳。今俗猶言「借時度日」』〔五〕。言『暇』者非。國風宛丘云：婆娑其下。出門望高丘，拱木漫春蘿。孟子：拱把之桐梓。注：兩手曰拱。左傳秦繆公謂蹇叔：爾墓之木拱矣！試為省鬼録，魏文帝與吳質書云：觀其姓名，已為鬼録。不飲死者多。歐公詩：自古不飲無不死。安能如南山，毛詩：如南山之壽。千歲保不磨？退之送窮文：吾立子名，百世不磨。在世崇名節，飄如赴燭蛾。李太白漢婁護傳：論議常依名節。選詩：努力崇名德。南史傳亮傳：直宿禁中，睹夜蛾赴燭，作感物賦以寄意。白樂天詩：魚爛緣吞餌，蛾焦為撲燈。及汝知悔時，萬事蓬一棄。

詩：昔日萬乘墳，今成一科蓬。又云：蓬科馬鬣今已平。青青陵陂麥，妍暖亦已花。莊子：儒以詩、禮發冢，小儒曰：「詩固有之：『青青之麥，生於陵陂。』」老杜詩：青熒陵陂麥，窈窕桃李花。長煙淡平川，孟浩然詩：微雲淡河漢。輕風不為波。無人按律吕，律曆志：陽六為律，陰六為吕。好鳥自和歌。曹子建詩：潛魚躍清波，好鳥鳴高枝。杖藜山中歸〔六〕，莊子：原憲杖藜而出。牛羊在坡陀。本自無廊廟，王羲之傳報殷浩書曰：吾素無廊廟。政爾樂澗阿。淵明詩：御冬足大布，麤絺以應陽，政爾不能得，哀哉亦可傷。洪駒父詩話稱山谷云：淵明詩云：「政賴古人書」，「政爾不能得」，「政宜委運去」，皆當時語，而或者改作「上賴古人書」，「止爾不能得」，甚失句法。詩：考槃在澗，考槃在阿。念昔揚子雲，刻意師孟軻。狂夫移九鼎，深巷考四科。亦有好事人，時能載酒過。揚雄字子雲，其贊云：雄三世不徙官，及王莽篡位，談説之士用符命稱功德，獲封爵者甚衆，雄復不侯。人希至其門，時有好事者載酒肴從游學。『四科』謂德行、言語、政事、文學，而『四科』字見論語正義。無疑舉爾酒，定知我為何。退之詩：遇酒即酩酊，君知我為誰。莊子云：刻意尚行，離世異俗。

〔一〕『州』原作『井』，據黄㽦山谷年譜卷一改。

〔二〕『蓮』原作『運』，據弘治本及樹經堂本改。

〔三〕『寓』元至元本作『遇』。

〔四〕『不』元至元本作『未』。

〔五〕『借時度日』洪興祖楚辭補注作『借日度時』。

〔六〕『杖藜山中歸』樹經堂本此句下有翁方綱按：『「山」一本作「田」。』

清江引 時年十七。

江鷗摇蕩荻花秋，老杜詩：摇蕩菊花期。樂天詩：楓葉荻花秋索索。八十漁翁百不憂。杜詩：吾知徐公百不憂。清曉采蓮來盪槳，樂府有采蓮曲。老杜詩：不有小舟能盪槳，百壺那送酒如泉？夕陽收網更横舟。羣兒學漁亦不惡，晉謝道藴傳：王郎逸少子不惡。老妻白頭從此樂〔一〕。全家醉著篷底眠，唐韓偓詩：漁翁醉著無人唤，過午醒來雪滿船。南唐近事史虚白詩：風雨揭却屋，渾家醉不知。杜荀鶴詩：山雨溪風卷釣絲，瓦甌篷底獨斟時。醉來睡著無人唤，流下前溪也不知。舟在寒沙夜潮落。

〔一〕『老妻白頭從此樂』樹經堂本此句下有翁方綱按：『「從」一本作「同」。』

次韻叔父聖謨詠鶯遷谷

鴉舅頗强聒，莊子天下篇：强聒而不舍者也。陸龜蒙挑菜詩云〔一〕：行歇每依鴉舅影，挑頻時見鼠姑心。按本草，牡丹一名鼠姑，用之去心，以類推之，則鴉舅亦當是一種草木之名。山谷特借『鴉舅』字以名鴉耳。僕姑常勃谿。歐陽公詩云：病識陰晴似勃姑。又云：天雨止，鳩呼婦還鳴且喜。勃姑、僕姑，皆鳩也。米元章畫史又稱『勃鳩』。莊子曰：室無空虚，則婦姑勃谿。注：勃谿，争處也。黄鳥懷好音，周南葛覃云〔二〕：黃鳥于飛。注：摶黍也。陸璣疏云：黃鳥，黃鸝留也，或謂之黃栗留。幽州人謂之黃鶯，一名倉庚，一名商庚，一名鵹黃，一名楚雀，齊人謂之摶黍。邶國風凱風云：睍睆黃鳥，載好其音。檜國風匪風云〔三〕：懷之好音。秋菊染春衣。西漢雜記：黃鵠下太液池上，為歌曰：『黃鵠飛兮下建章，金為衣兮菊為裳。』太白大鵬賦：豈比夫蓬萊之黃鵠，誇金衣與菊裳。嚶嚶求朋友，小雅云〔四〕：伐木丁丁，鳥鳴嚶嚶。又云：嚶其鳴矣，求其友聲。憂患同一枝。莊子逍遥篇：鷦鷯巢於深林，不過一枝。提壺要酤我，杜宇賦式微。梅聖俞四禽言子規云：不如歸去，春山云暮。提壺云：提壺蘆，沽美酒。子規一名杜鵑。蜀王本紀：杜宇為望帝，亡去，化為此鳥。伐木云：有酒湑我，無酒酤我。衛國風：式微，式微，胡不歸？黃鳥在幽谷，詩：出自幽谷〔五〕。韜光養羽儀。嵇康詩：靈鳳振羽儀。易曰：鴻漸于陸，其羽可用為儀。清風曜桃李〔六〕，退之寄盧仝詩云：偶逢明月曜桃李。言語自知時。先生丘中隱，喬木見雄雌。引子遷緑陰，相戒防禍機。文選鮑明遠苦熱行：生軀蹈死地，昌志登禍機。李善注引莊子曰：其發若機括。司馬彪曰：禍敗之來，若機括之發。班固漢書述曰：禍如發機。李杜死刀鋸，後漢李固、杜喬皆為梁冀所害，死獄中；李膺、杜密死於黨錮，時人亦稱『李杜』焉。陳張怨棄遺。前漢張耳陳餘相與為刎頸交，後有隙，餘相趙，漢遣耳與韓信破趙，斬餘。詩：將安將樂，棄予如遺〔七〕。不如聽黃鳥，永晝客争棋。

〔一〕『菜』原作『萊』，據弘治本及全唐詩卷六百二十四陸龜蒙偶掇野蔬寄襲美有作詩改。

〔二〕『周南葛覃云』元至元本作『詩』。

〔三〕『檜』原作『陳』，誤，據十三經注疏毛詩正義卷七改。

〔四〕『小雅云』元至元本作『詩』。

〔五〕『詩出自幽谷』元至元本作『見上』。按：此詩元至元本載卷五，前已出注，故云。以下注云『見上』者皆同此例。
〔六〕『清』至元本、樹經堂本作『晴』。
〔七〕『棄予如遺』元至元本作『汝轉棄予』。按：二句均出詩小雅谷風，『棄予如遺』更合山谷詩意。

次韻十九叔父臺源

黄氏年譜：山谷叔父諱襄，字聖謨，自號臺源先生。此數詩皆是聚族居鄉日所作，凡諸父昆弟相與題詠賡唱，不可繫以歲月者，悉附于早年鄉居之時。

聞道臺源境〔一〕，鋤荒三徑通。陶淵明歸去來：三徑就荒，松菊猶存。杜詩：葵荒欲自鋤。人曾夢蟻穴，詳見後宿觀音院詩注，用異聞集淳于棼夢入槐安國事〔二〕。鶴亦怕雞籠。用晉嵇紹『鶴處雞羣』之意。李白送趙四序：趙少翁亦雞棲鶴籠，不足以窘束鸞鳳耳。萬壑秋聲别，千江月體同。心珠道場儀：千江同一月，萬户盡皆春，以言賓頭尊者應四天下供，王荆公詩：日入千江體不分，道人非復世間人。須知有一路，不在白雲中。

〔一〕『臺』元至元本作『桃』。
〔二〕『詳見後……夢入槐安國事』元至元本作『見上』。

叔父釣亭

檻外溪風拂面涼，四圍春草自鉏荒。杜詩：草茅無徑欲教鉏。又云：葵荒欲自鋤。陸沉霜髮為鉤直，史記滑稽傳東方朔歌曰：陸沉於俗，避世金馬門〔一〕。楚辭曰：以直針而為鉤，維何魚之能得？盧仝詩：人鉤曲，我鉤直，嗟哉我鉤反無食！柳貫錦鱗緣餌香。石鼓文：其魚維何？維鱮與鯉。何以貫之？維楊與柳〔二〕。呂氏春秋：善釣者漁于十仞之下，餌香也。韓文公詩：鳥下見人寂，魚來聞餌香。影落華亭千尺月，東坡答文與可詩云：世間亦有千尋竹，月落亭空影許長。詳見集中篔簹谷偃竹記〔三〕。夢通岐下六州王。太公釣於渭濱而遇文王。帝王世紀曰：諸侯歸周者六州。文王不失臣節，合六州之諸侯以朝紂。毛詩芣苢正義曰：文王平六州，武王平天下。史記周紀曰：自岐下而徙都豐。麒麟卧笑功名骨，杜詩：江上小堂巢翡翠，苑邊高塚卧麒麟。王荆公詩：螻蟻往還空壟畝，麒麟埋沒幾春秋？功名蓋世知誰是，氣力迴天到此休。江西宗派善權詩〔四〕：君看功名骨，千載同古丘。不道山林日月長。白樂天詩：遠處塵埃少，閑中日月長。

〔一〕『史記……避世金馬門』元至元本作『陸沉見上』。

〔二〕『石鼓文……維楊與柳』元至元本作『柳貫魚見上』。

〔三〕元至元本此段文字下多『華亭乃秀州屬邑，釣亭當在此』。按：此詩模寫分寧風物，非關秀州，故編年本删此二句。

〔四〕『善權詩』原作『善權用詩』，『用』字衍，删。

巖下放言五首

文選陸士衡有連珠五十首，山谷效其體而更其名曰放言也。文選注云：『連珠』者，假託衆物以諷諭。漢章帝時班固、賈逵已有此作，唐元微之亦有放言詩，白樂天序曰：元九在江陵時有放言長句詩五首，韻高而體律，意古而詞新。

林居野處，而貫萬事，韓退之送李愿歸盤谷序：窮居而野處，升高而望遠。花落鳥啼，楊太真傳明皇云：鳥啼花落，水緑山青。而成四時。堯典：以閏月定四時，成歲。物有才德，木有不材，驥稱其德，若此類也。水為官師。書云：官師相規，工執藝事以諫。言水如官師，有相規正之義也。荀子曰：孔子觀於東流之水，子貢問於孔子：所以見大水必觀焉，何也？』孔子曰：『夫水柔而無為也，似德；其浩浩乎不屈，似有道；其赴百仞之谷不懼，似勇；主量必平，似法；盈不求概，似正；發源必東，似志：是以君子見大水必觀焉。』大戴禮及家語皆有此段。空明湛羣木之影，退之祭李使君文：航北湖之空明。搏擊下諸峰之巘。言鷹隼之屬。游魚浄而知機，君子樂而忘歸。釣臺。

水嬉者游魚，林樂者啼鳥。文選西京賦命舟牧為水嬉。莊子天運篇：林樂而無形。杜詩：水深魚極樂，林茂鳥知歸。志士仁人觀其大，論語：志士仁人無求生以害仁。薪翁筍婦利其小。詩：魚麗于罶。毛云：寡婦之筍也。有美一人，詩野有蔓草：有美一人，清揚婉兮。獨燕居萬物之表。池亭。

石生涯於寒藤，藤耇造於崖樹。書：耇造德不降。耇，老；造，成也。鼇插翼而成鵬，列子：歸墟中有五山，帝使巨鼇十五戴之。且用莊子『鵾化為鵬』之意。隘六合而未翥。文選曹子建七啓云：若狹六合而隘九州。我來兮自東，豳風東山云：我來自東，零雨其濛。攀桂枝兮容與。九歌云：聊逍遥兮容與。招隱士云：攀援桂枝聊淹留。倚嵌巖兮顧同來，謂公等其皆去。漢高紀：公等皆去，吾亦從此逝矣。冠鼇臺。

石蘊璵璠，山得其來之澤；文選文賦：石韞玉而山輝。魏文帝書：魯之璵璠。莊子：童土之地，曰冀得其來之澤〔一〕。木無犧象，天開不材之祥。莊子曰：百年之木，破為犧樽，青黃而文之，其斷在溝中，比犧樽於溝中之斷，則美惡有間矣，其於失性一也。禮記：犧、象，周樽也。左傳：犧象不出門。『不材之木』亦見莊子。韓文：凡物之生，不願為材。犧象青黃，乃木之災。屹金爐之突兀，其山海之來翔。謂飛來峰也。然以明哲之火，熏以忠信之香。李文饒黃冶賦：堯舜之化，大道為爐，中和為冶，聲教為橐，文明為火。俯仰一時，非智所及；付與萬世，其存者長。博山臺。

蒼苔枯木〔二〕，相依澗壑之濱；黃葛女蘿，詩頍弁：蔦與女蘿，施于松柏。爾雅：唐蒙，女蘿。女蘿，兔絲。自致風雲之上。史記范睢傳：不意君能自致青雲之上。人就陰而息迹，莊子漁父篇：人有畏影惡迹而去之走者，舉足愈數而迹愈多，走愈疾而影不離身，不知處陰以休影，愚亦甚矣〔三〕！鳥投暮而來歸。水影林光，常相助發；溪聲斧響，直下稱提。靈椿臺。

〔一〕『魏文帝書……其來之澤』元至元本注文在『魯之璠璵』下多：『其來疑字誤。』『莊子』云云至元本則無。編年本補上莊子出處，故將上一句删去。莊子徐無鬼云：『堯聞舜之賢，舉之童土之地，曰冀得其來之澤。』『土』原作『士』，據莊子改。注文所引破句，文意不明。

〔二〕『枯』至元本、樹經堂本作『古』。

〔三〕『莊子……愚亦甚矣』元至元本作『見上』。

寄傅君倚同年

君倚名肩，娶山谷從姑。詩中有『方策名』之句，附丁未歲。

有情清江水，東下投豫章。故人江上居，不寄書一行。杜詩：相看過半百，不寄一行書。相思對明月，李白詩：相思如明月，可望不可攀。談笑如清光。向風長歎息，孤雁起寒塘。杜詩：鳥影度寒塘。傾寫鬱結懷，楚辭：遭沉濁而汙穢兮，獨鬱結其誰語？因之東南翔。文選休上人詩。桂水日千里，因之平生懷。太白嘗用此語寄魯中二子，云：裂素寫遠意，因之汶陽川。姑氏有淑質，孟子：生有淑質。幽林蘭靜芳。願因奉箕箒，漢高紀：願為箕箒妾。蘋藻羞蒸嘗。『采蘋』、『采藻』見詩召南。凡祀，始殺而嘗，閉蟄而烝：見左傳。左氏：蘋蘩蘊藻之菜可羞於王公。念君方策名，退之感二鳥賦：況策名於薦書。要津邁騰驤。選詩：何不策高足，先據要路津？西京賦：乃奮翅而騰驤。杜詩：此豈有意仍騰驤？引車入里門，萬石君傳：諸子入里門，趨至家。觀者塞路傍。玉臺新詠詩云：兄弟兩三人，中子為侍郎。五日一來歸，道上自生光。黃金絡馬頭，觀者滿路傍。邕邕求匹好，羔雁委潘楊。詩：雝雝鳴雁。注：雝雝，雁聲和也。納采用雁。文選潘安仁作楊武仲誄云：潘楊之睦，有自來矣。 顧惟蓬茅陋，禮記儒行：篳門圭竇，蓬户甕牖〔一〕。 豈能屈東床？『東床』見晉王羲之傳。 眷言南鳴雁，毛詩：眷言顧之。謝靈運詩：眷言懷君子，沉痛切中腸。 七子伊在桑。曹國風：鳲鳩在桑，其子七兮。 幸緣一日雅，結好永不忘！谷永傳：無一日之雅，左右之介。

〔一〕『蓬』原作『篷』，據元至元本及十三經注疏禮記正義改。

答德甫弟

鳥啼花發獨愁思，『鳥啼花發』見上〔一〕。 憐子三章怨慕詩。孟子曰：怨，慕也。 鴻雁雙飛彈射下，脊令同病急難時。詩常棣：鶺鴒在原，兄弟急難。 功名所在猶争死，後漢姜肱與弟季江夜遇盜，欲殺之，兄弟争死，盜兩釋之。 意氣相須尚不移。文選：輕死重氣，結黨連羣。『意氣相須』當是『相傾』。太白扶風豪士歌：意氣相傾山可移。 何況極天無以報，詩：欲報之德，昊天罔極。 林回投璧負嬰兒。莊子山木篇：林回棄千金之璧，負赤子而趨〔二〕。元注云：時以父事，兄弟俱在縲紲。

〔一〕『鳥啼花發見上』元至元本作『楊太真傳明皇云：鳥啼花落，水緑山青』。

〔二〕『莊子……負赤子而趨』元至元本作『見上』。

贈元發弟 放言

虧功一簣，未成丘山。旅獒：為山九仞，功虧一簣。論語子曰：譬如為山，未成一簣，止，吾止也。譬如平地，雖覆一簣，進，吾往也。鑿井九階，不次水澤。孟子曰：有為者譬若掘井，掘井九軔而不及泉〔一〕，猶為棄井也。行百里者半九十，戰國策：詩云：『行百里者，半於九十。』此言末路之難。小狐汔濟濡其尾。易未濟：亨。小狐汔濟，濡其尾。注云：小狐不能涉大川，須汔然後乃能濟。釋音：汔，許訖反。說文云：水涸也。史記春申君傳易曰：『狐涉水，濡其尾。』此言始之易、終之難。故曰：時乎時，不再來，終終始始，是謂君子。史記李斯傳趙高曰：時乎、時乎，間不及謀，贏糧躍馬，唯恐後時。國語范蠡曰：得時無怠，時不再來。淮陰侯傳：時乎、時乎，不再來。

〔一〕『掘井九軔』『軔』原作『仞』，據元至元本及孟子盡心上改。按：『軔』通『仞』。

清　明

佳節清明桃李笑，本事詩：博陵崔護清明獨遊都城南，得居人莊，酒渴，扣門求飲，有女子以盂水至，倚小桃佇立，而意屬殊厚。來歲清明，往尋之，門庭如故，而扃鎖之，因題詩曰：『去年今日此門中，人面桃花相映紅。人面不知何處去，桃花依舊笑春風』云云。李義山李花詩：自明無夜月，强笑欲風天。又嘲桃詩：無賴夭桃面，平明露井東。春風為開了，却擬笑春風。野田荒壠只生愁。雷驚天地龍蛇蟄，謂已過驚蟄節。雨足郊原草木柔。人乞祭餘驕妾婦，孟子所稱『齊人乞墦間之祭，歸而驕其妻妾』，以言清明上冢。士甘焚死不公侯。陸劌鄴中記：寒食斷火起於子推。據左傳、史記，無介推被焚事。周禮司烜：仲春以木鐸修火禁。則禁火蓋周之舊制。賢愚千載知誰是？滿眼蓬蒿共一丘。李白詩：藜藿不滿眼。又：仰天大笑出門去，我等豈是蓬蒿人！漢楊惲傳：古與今同，一丘之貉。師古曰：言其同類也。

何造誠作浩然堂陳義甚高然頗喜度世飛昇之説築屋飯方士願乘六氣遊天地間故作浩然詞二章贈之〔一〕

公欲輕身上紫霞，黄庭經：上清紫霞虚皇尊。陸士衡樂府前緩聲歌有：輕舉乘紫霞。李太白古風：至人洞元象，高舉凌紫霞。瓊縻玉饌厭豪奢〔二〕。離騷經云：精瓊靡以為粻。靡音縻〔三〕。吴都賦：珠服玉饌。百年世路同朝菌，莊子：朝菌不知晦朔。九鑰天關守夜叉。楚辭招魂曰：虎豹九關，啄害下人些。盧仝詩：夜叉當晝不啓關，夜半醮祭夜半開。東坡詩：玉川何日朝金闕？白晝關門守夜叉〔四〕。霜檜左紉空白鹿，寰宇記：譙縣太清宫有檜樹，鹿跡存焉。范文正公太清宫九詠序：左紉檜其一也。石曼卿詩引太清記云：老子手植此檜，根株枝幹皆左紉。金鑪同契漫丹砂。魏伯陽撰參同契，其書論丹砂秘訣。白樂天詩：漫把參同契，難燒伏火砂。要令心地閑如水，萬物浮沉共我家。楞嚴經：當平心地，則世界地一切皆平。莊子：自其異者視之，肝膽楚越也；自其同者觀之，萬物一家也〔五〕。

萬物浮沉共我家，清明心水徧河沙。傳燈録張拙頌云：光明寂照徧河沙，凡聖含靈共我家。無鉤狂象聽人語，佛遺教經：汝等當好制心，心之可畏，甚於毒蛇惡獸，怨賊、大火越逸，未足喻也。譬如狂象無鉤，猨猴得樹，騰躍踔躑，難可禁制，當急挫之，無令放逸，縱此心者，喪人善事。唐嚴叔敖興善寺大廣智不空三藏碑：西城隘巷，狂象奔突，以慈眼視之，不旋踵而象伏不起。權載之為作碣：諷直言而海風恬息，結秘印而狂象調伏。露地白牛看月斜。傳燈録大安禪師曰：安在溈山三十年，只看一頭水牯牛，若落路入草，牽出；若犯人苗稼，即鞭撻。調伏既久，受人言語，如今變作箇露地白牛，常在面前，終日露逈逈地，趕亦不去〔六〕。小雨呼兒藝桃李，疏簾幃客轉琵琶。塵塵三昧開門户，不用丹田養素霞。華嚴經有：刹刹塵塵第十會。祖庭事苑：三昧者，『三』之曰正，『昧』之曰定，亦云正受，謂正定不亂，能受諸法。黄庭經：迴紫抱黄入丹田。唐道士吴筠步虚詞〔七〕：絳樹結丹實，紫霞流碧津。以兹保童嬰，永用超形神。詩意勸以釋氏三昧，勿學道家修養之法。

〔一〕『説』嘉靖本、萬曆本外集卷六作『術』。

〔二〕『糜』原作『縻』，據至元本、弘治本、嘉靖本、萬曆本、樹經堂本改。

〔三〕『離騷經……靡音糜』元至元本作『瓊糜見上』。底本注文中『瓊靡』原作『瓊糜』，據洪興祖楚辭補注離騷經改。

〔四〕『楚辭招魂……守夜叉』元至元本作『夜叉守門見上』。

〔五〕『楞嚴經……萬物一家也』元至元本作『心地見上』。

〔六〕『傳燈録……趕亦不去』元至元本作『見第二卷注』。按：此注見元至元本卷四六舅以詩來覓銅犀……詩注。元至元本兩卷適當原外集之一卷，故云『第二卷』。『溈山』原作『為山』，據樹經堂本及景德傳燈録卷九福州大安禪師改。『趯』景德傳燈録作『趂』。

〔七〕『士』原作『上』，據弘治本及樹經堂本改。

徐孺子祠堂

喬木幽人三畝宅，詩：出自幽谷，遷于喬木。寰宇記：洪州南昌縣，徐孺子宅在州東北三里。孺子美梅福之德，於福宅東立宅。生芻一束向誰論？詩：生芻一束，其人如玉。後漢徐穉傳：郭林宗有母憂，穉往弔之，置生芻一束於廬前而去。藤蘿得意干雲日，後漢丁鴻傳：干雲蔽日之木起於葱青。簫鼓何心進酒樽！白屋可能無孺子？家語：周公居冢宰之尊，下白屋之士。文選樂府云：周公下白屋，吐哺不及餐。黃堂不是欠陳蕃。本傳：陳蕃為太守，不接賓客，唯穉來，特設一榻。後漢郭丹傳：以丹事編署黃堂，以為後法。注：黃堂，太守之廳事。雞跖集：蘇州太守所居，堂以數遭火，因塗雌黃，故曰黃堂。古人冷淡今人笑，湖水年年到舊痕。杜詩：江流復舊痕。

『風力霜威侵短衣。』

思親汝州作

此詩與還家呈伯氏同意〔一〕。又按黄氏年譜載：玉山汪氏有山谷此詩真蹟，題云戊申九月到汝州時鎮相富鄭公，今詩言『歲晚』，必是拘留至此時也，而首句與集中不同，云：

歲晚寒侵遊子衣，古樂府：慈母手中線，遊子身上衣。臨行密密縫，但恐遲遲歸〔二〕。**拘留幕府報官移。**呈伯氏詩云：强趨手板汝陽城，更責愆期被訶詬。此事獨見於此兩詩。**五更歸夢三百里，一日思親十二時。**復齋漫録云：唐朱晝詩曰：『一别一千日，一日十二憶。苦心無閑時，今日見玉色〔三〕。』乃知山谷『五更歸夢三百里，一日思親十二時』之句取此。**車上吐茵元不逐，**漢丙吉傳：吉為丞相，馭吏嗜酒，數逋蕩，嘗從吉出，醉吐丞相車上。西曹主吏白欲斥之，吉曰：『以醉飽之失去士，使此人將復何所容？西曹第忍之，此不過汙丞相車茵耳。』遂不去也。時富韓公以前宰相判汝州。詩意謂丞相初不以此為罪，而或讒之，三人成虎耳。**市中有虎竟成疑。**韓非子：魏使龐恭與太子質于邯鄲，謂魏王曰：『今一人言市有虎，王信之乎？』曰：『否。』『兩人言，王信之乎？』曰：『寡人疑之矣。』『三人言，王信之乎？』王曰：『寡人信之矣。』恭曰：『市之無虎明矣，然三人言而成虎。今邯鄲去大梁也，遠於市，而議臣者過於三人，願王察之〔四〕。』**秋毫得失關何事？總為平安書到遲。**

〔一〕『此詩……同意』元至元本多『已注其歲月』。

〔二〕『古樂府……但恐遲遲歸』元至元本作『游子身上衣見上』。按：此詩為唐孟郊游子吟，非古樂府。

〔三〕『玉』原作『土』，據至元本、弘治本、樹經堂本改。按：復齋漫録即吳曾能改齋漫録，此條注文出漫録卷六事實『一日十二憶』條，作『今夕見玉色』。『五更歸夢三百里』作『五更歸夢三千里』。

〔四〕『韓非子……願王察之』元至元本作『見第一卷注』。按即該本卷一流民嘆詩注。『龐恭』原作『龐葱』，據韓非子卷九内儲説上七術第三十改。

次韻戲答彦和

元注云：彦和年四十棄官，杜門不出。

本不因循老鏡春，江湖歸去作閑人。趙嘏詩：早晚粗酬身事了，水邊歸去一閑人。天於萬物定貧我，莊子大宗師篇：子桑曰：『吾思夫使我至此極者而弗得也！父母豈欲吾貧哉？天無私覆，地無私載，天地豈私貧我哉？』智効一官全為親。記：司馬辨論官材〔一〕。智效一官，才官稱職。莊子逍遥篇云：知效一官，行比一鄉。後漢毛義家貧，以孝行稱。張奉慕其名，往候之，坐定而府檄適至，以義守令，義奉檄，喜動顔色，奉心賤之，辭去。及義母死，去官行服，數辟公府，公車徵不至。奉乃歎曰：『賢者固不可測！往日之喜，乃為親屈也。』布袋形骸增磈磊，傳燈録：明州奉化縣布袋和尚，形裁腲脮，蹙額皤腹。腲，烏罪反；脮，奴罪反。意彦和肥偉，借以言之。又前集荆江亭即事詩：形骸彌勒一布袋。蓋屬張文潛，文潛素肥，晚益甚。錦囊詩句愧清新。李賀小傳：每旦日出，常從小奚奴，騎距虚，背古錦囊，遇有所得，投囊中，莫歸，足成詩。杜詩：清新庾開府，後逸鮑參軍。杜門絶俗無行迹，相憶猶當遣化身。維摩詰經云：維摩詰不起于座，居衆會前，化作菩薩。時化菩薩昇于上方，到衆香界，禮彼佛足，願得世尊所食之餘，施作佛事。彼諸大士見化菩薩，歎未曾有，即以問佛。佛告之曰：『下方有世界名娑婆，佛號釋迦牟尼，有菩薩名維摩詰，為諸菩薩説法，故遣化來。』釋氏有法身、化身、報身。又千百億化身，柳子厚詩：若為化作身千億，遍上峰頭望故鄉。

〔一〕『辨』原作『辯』，據禮記王制改。

次韻裴仲謀同年　時仲謀爲舞陽尉。

交蓋春風汝水邊，客牀相對卧僧氈。舞陽去葉纔百里，裴官于潁昌之舞陽，山谷尉汝州葉縣。賤子與公皆少年〔一〕。山谷時年二十四。白髮齊生如有種，王荆公詩：風光斷送朱顏去，世事栽培白髮生。陳勝傳：侯王將相，寧有種邪！青山好去坐無錢。唐符載乞買山錢於于頔，見雲溪友議。煙沙篁竹江南岸，輸與鸕鷀取次眠。王元之詩：滿眼碧波輸野鳥，一簑疏雨屬漁人。梅聖俞詩：愛閑輸白鳥，盡日立沙汀。本草：鸕鷀謂之水老鴉。

〔一〕『皆』嘉靖本、萬曆本作『俱』。

流民歎

按實録：熙寧二年正月判汝州富弼言『唐、鄧、襄、汝地廣不耕，河北流民至者日衆，若盡給以閑田，使獲生養，實兩得其便』云云。此詩言河北災傷，流民至襄、葉間，可見在葉縣作。

朔方頻年無好雨，杜詩：好雨知時節，當春乃發生〔一〕。五種不入虚春秋。漢伍被傳：秦時徐福入海，多齎五種而行。注：五穀之種也。月令：首種不入。邇來后土中夜震，有似巨鼇復戴三山遊。列子：五山之根不得暫峙，帝使巨鼇十五舉首而戴之，二山流於北極。傾墻摧棟壓老弱，寃聲未定隨洪流。地文劃剟水觱沸，退之祭神文：劃剟陰雲，卷日月也。剟，力支切。大雅瞻卬篇〔二〕：觱沸檻泉。沸音拂。十户八九生魚頭。南史康絢傳：淮水暴漲，堰壞，奔流于海，殺數萬人，怪物隨流而下〔三〕，或人頭魚身，或龍形馬首。退之月蝕詩：堯呼大水浸十日，不惜萬國赤子魚頭生。蓋效玉川子詩『天高日走沃不及，但見萬國赤子鱵鱵生魚頭』也。稍聞澶淵渡河日數萬，河北不知虚幾州！纍纍襁負襄葉間，『襁負其子』見論語。問舍無所耕無牛。三國志劉備謂許汜云：君求田問舍，言無可采。此借使其字。初來猶自得曠土，嗟爾後至將何怙！退之桃源詩：初來猶自念鄉邑，歲久此地還成家。詩：無父何怙？刺史守令真分憂，老杜同元使君舂陵詩序曰：當天子分憂之地。明詔哀痛如父母。前漢西域傳：武帝末年遂棄輪臺之地而下哀痛之詔。廟堂已用伊吕徒〔四〕，謂富公已拜相也。何時眼前見安堵？杜詩：何時眼前突兀見此屋？田單傳：即墨即降，願無虜掠吾族家妻子，令安堵。漢高祖紀：吏民皆按堵如故。疏遠之謀未易陳，市上三言或成虎。見上〔五〕。禍災流行固無時，堯湯水旱人不知。左傳：天災流行，國家代有。漢食貨志：堯有九年之水，湯有七年之旱。桓侯之疾初無證，扁鵲入秦始治病。史記扁鵲傳：扁鵲過齊，謂桓侯曰：『君有疾，在腠理〔六〕，不治將深。』桓侯曰：『寡人無疾。』後五日，復見曰：『疾在血脉。』桓侯不應，後五日復見，望見桓侯而走。投膠盈掬俟河清，抱朴子云：寸膠不能理黄河之濁。左傳曰：周詩有之：『俟河之清，人壽幾何！』一簞豈能續民命！孟子：一簞食，一豆羹，得之則生，弗得則死。南史：劉懷珍族弟善明，青州饑，善明有積粟，開倉以賑鄉里，多獲全濟，百姓呼其家田為『續命田』。雖然猶

願及此春，略講周公十二政。周禮地官：司徒以荒政十有二聚萬民，一曰散利，二曰薄征云云〔七〕。詩意謂扁鵲已去而始治病，固無及矣！以一簞食、一瓢飲而欲救民死，言賑濟無益也。雖如此，而及今春講荒政，猶庶幾焉。**風生羣口方出奇，**趙廣漢見事風生。史記白起贊：料敵合變，出奇無窮。陳平六出奇計。**老生常談幸聽之！**三國志管輅傳鄧颺曰：此老生常談。

〔一〕『杜詩……乃發生』元至元本作『杜好雨知時節』。

〔二〕『大雅瞻卬篇』元至元本作『詩』。『卬』原作『邛』，據毛詩正義改。

〔三〕『隨』原作『髓』，據弘治本、樹經堂本及南史卷五十五康絢傳改。

〔四〕『吕』元至元本作『周』。

〔五〕『見上』元至元本注引韓非子『三人成虎』事，底本此注則載本卷思親汝州作『市中有虎竟成疑』句下。

〔六〕『溇』原作『凑』，據元至元本及史記卷一百五扁鵲倉公列傳改。

〔七〕『聚萬民……薄征云云』元至元本作『聚萬民云云』。

次韻寄滑州舅氏

按國史：熙寧三年四月壬午，右正言李常落秘閣校理，降太常博士、通判滑州。今附是年。

舫齋聞有小溪山，便是壺公謫處天。後漢費長房傳：長房為市掾，市有老翁賣藥，縣一壺，市罷跳入壺中，市人莫見，唯長房見之，因往再拜。翁與俱入壺中，唯見玉堂嚴麗，旨酒甘肴盈衍其中。翁後曰：『我神仙之人，以過見責，事畢當去。子能相隨乎？』白樂天詩：誰知市南北，轉作壺中天。**想聽瑣窗深夜雨，**景福殿賦：青瑣銀鋪。注云：青瑣，窗也，以青畫為瑣文。似看葉水上江船。瞻相白馬津亭路，退之讀東方朔雜事詩：瞻相北斗柄，兩手自相挼〔一〕。白樂天詩：百吏瞻相面，千夫捧擁身。滑州治白馬縣，有黎陽津，亦曰白馬津，酈食其云「守白馬之津」是也。寂寞雙鳧古縣前。明帝時王喬為葉令，每月望，乘雙鳧入朝。今有墓在汝州葉縣。汝、滑皆隸京西北路。舅氏知甥最疏懶，杜詩：舊諳疏懶叔，須汝故相攜。折腰塵土解哀憐。時方作尉，故用淵明五斗米折腰事。

〔一〕「挼」原作「接」，據元至元本及全唐詩卷三百四十二韓愈讀東方朔雜事詩改。

張仲謀家堂前酴醿委地 仲謀名詗。

沉水衣籠白玉苗〔一〕，急就章注云：篝，一名笿，亦以為薰籠。搜神記曰：羊公雍伯性篤孝，父母亡，葬無終山，遂家焉。山高無水，公作義漿，有一人就飲，以一斗石子與種之，云：「玉當生其中。」種之，得白璧五雙〔二〕。不蒙湔拂苦無聊〔三〕。煩君斫取西莊柳，扶起春風十萬條。李義山詩：霸陵柳色無離恨，莫枉長條贈所思。

〔一〕「苗」元至元本作「笛」。
〔二〕「搜神記……白璧五雙」元至元本作「玉笛用種玉事」。
〔三〕「湔拂」原作「湔沸」，據嘉靖本、萬曆本、樹經堂本改。

和答登封王晦之登樓見寄

縣樓三十六峯寒，李太白贈嵩山焦練師序云：余訪道少室，盡登三十六峯。按河南志：河南府永安縣，少室山在縣西南七十里，有三十六峯，具列其名〔一〕。王荆公詩：三十六峯應好在，寄聲多謝欲來遊。王粲登臨獨倚欄。文選有王仲宣登樓賦。清坐一番春雨歇，相思千里夕陽殘。詩來嗟我不同醉，別後喜君能自寬。列子第一篇：善乎能自寬者也。杜詩：老去悲秋强自寬。舉目盡妨人作樂，晉向秀傳：始秀欲注莊周書，嵇康曰：『此書詎復須注？正是妨人作樂耳。』幾時歸得釣鯢桓？莊子應帝王篇：鯢桓之審為淵，止水之審為淵，流水之審為淵；淵有九名，此處三焉。音義云：鯢、桓二魚名。又云：鯢，鯨也；桓，盤也；審，處也。

〔一〕『李太白……具列其名』元至元本作『見第四卷注』。按即至元本第八卷寄朱樂仲『君居三十六峯東』句下注。

和答孫不愚見贈

詩比淮南似小山，文選有劉安招隱士一首，注云：淮南小山之所作也。稱大山、小山，猶詩有大雅、小雅。酒名淘米出雲安〔二〕。杜詩：聞道雲安麴米春，纔傾一盞便醺人。坡詩：淘米春香並舍聞。且憑詩酒勤春事，老杜詩：自知白髮非春事，且盡芳樽戀物華。莫愛兒郎作好官。劉知幾史通云：師人有兒郎之稱。簿領侵尋漢郊祀志：侵尋於泰山矣。台相筆，王維、縉兄弟以文名，當代語曰：『朝廷左相筆，天下右丞詩。』『台相』當謂富韓公。風埃蓬勃使星鞍。文選吳都賦：歊霧漨浡。漨音蓬，浡音勃。潘安仁笙賦：鬱蓬勃以氣出。此謂困於將迎。『使星』見後漢李郃傳。小臣才力堪為掾，敢學前人便掛冠？南史：陶弘景掛冠神武門。此數語必有為。

〔一〕『淘』元至元本作『麴』。嘉靖本、萬曆本作『淘』。四庫全書本外集卷六作『麪』。

睡起

彷彿江南一夢中，虛堂盡日轉溫風。月令：孟夏之月，溫風始至。春深稍覺裌衣重，潘岳秋興賦：藉莞蒻，御袷衣。注：袷衣，無絮也。杜詩：地偏初衣裌。荊公詩：老病裌衣猶怯冷，春深煮酒漸聞香。晝永不知樽酒空。孔融云：樽中酒不空。

還家呈伯氏

元注云：葉縣作。山谷年二十三，治平四年丁未，登進士第，授汝州葉縣尉，明年改元熙寧。

去日櫻桃初破花，歸來着子如紅豆。四時驅逼少須臾〔二〕，兩鬢飄零成老醜。纂異蜀本作：

四時略無一日閑，兩鬢已落年少後。老杜云：親故傷老醜。永懷往在江南日，原上急難風雨後。見上。私田苦薄王稅多，諸弟號寒諸妹瘦。退之進學解云：冬暖而兒號寒。扶將白髮渡江來，漢孝景王皇后傳云〔二〕：女逃匿，扶將出拜。樂府木蘭歌：爺孃聞女來，出郭相扶將。吾二人如左右手。『如失左右手』，見韓信傳〔三〕。又晉邵續傳：續諫成都王討長沙王云：『兄弟如左右手。』苟從祿仕我遭回，屈原九歌云：邅吾道兮洞庭。注：邅，轉也，陟連切。惜誦云：欲儃佪以干傺兮〔四〕。注：儃，知然切。且慰家貧兄孝友。强趨手板汝陽城，晉輿服志：古者貴賤皆執笏，主書君上之教令。後惟八座執笏，其餘卿士但執手板，示非記事官也。謝安石與王坦之見桓溫，坦之倒執手板。韓退之贈張籍詩：上馬插手板。和盧郎中詩：行抽手板付丞相。祭文云：朱衣象板。蓋唐人以笏為手板，初無分別也。更責愆期被訶詬。詩：匪我愆期，子無良媒。法官毒螫草自搖，西都賦：蕩亡秦之毒螫。螫，舒亦切。丞相霜威人避走。『丞相』謂富文忠公也。按實錄：熙寧元年二月判河陽富弼判汝州，明年二月，富公復拜相。山谷之官當是熙寧元年戊申，蓋外集有詩，其序云：『己酉二月按鬬死者於舞陽，壁間得往歲書，思拂塵落筆之時，觀者左右〔五〕。』去歲即戊申也。潘岳西征賦：弛秋霜之威嚴，流春澤之渥恩。山谷嘗云：思親初到汝州，時鎮相富公以予到官逾期下吏。賤貧孤遠蓋如此，此事端於我何有！一囊粟麥七千錢〔六〕，東方朔傳：侏儒長三尺餘，奉一囊粟，錢二百四十；臣朔長九尺餘，亦奉一囊粟，錢二百四十。五人兄弟二十口。官如元亮且折腰，晉書云：陶潛字元亮。宋書云：陶潛字淵明，或云淵明字元亮。南史云：陶潛字淵明，或云字深明，名元亮。昭明太子作傳云：陶淵明字元亮，或云潛，字淵明。諸書皆云為彭澤令，郡遣督郵至縣，吏白應束帶見之，潛歎曰：『吾不能為五斗米折腰事鄉里小人！』解印去縣。心似次山羞曲肘。元結次山集有惡曲一篇：古人有惡曲者，不曲臂以取物，不曲膝以便坐。纂異蜀本下句作：忽與督郵較升斗。北窗書册久不開，筐篋黃塵生鑠鈕。賈誼疏云：俗吏之所務，在於刀筆筐篋，而不知大體。師古曰：筐篋所以盛書。何當略得共討論？論語：世叔討論之。况乃雍容把杯酒！意氣敷腴貴壯年，鮑照行路難云：意氣敷腴在盛時。老杜詩：兩公壯藻思，得我色敷腴〔七〕。不早計之且衰朽。莊子：汝亦太早計。韓文公詩：豈將衰朽計殘年！安得短船萬里隨江風，養魚去作陶朱公！陶朱公養魚法見齊民要術，其略云：以六畝地為池，池中有九洲六谷〔八〕，求鯉魚納池中。斑衣奉親伯與儂，列女傳：老萊子養二親，行年七十，著五色采衣，為小兒啼。大業拾遺記帝嘲羅娘云：幸好留儂伴成夢，不留儂住意如何？帝自達廣陵，多效吴語，故稱『儂』云。韓文公瀧吏詩：儂幸無負犯，何由到而知？四方上下相依從。退之醉留東野詩〔九〕：昔年因讀李白杜甫詩，長恨二人不相從。又云：四方上下逐東野，雖有離別無由逢。纂異蜀本下句作：絶勝已致三千鍾。用舍由人不由己，論語：為仁由己，而由人乎哉？乃是伏轅駒犢耳。戰國策：驥伏鹽車而上泰山，負轅不能上。田蚡傳：今日廷論，局趣效轅下駒。

〔一〕『逼』至元本、嘉靖本、萬曆本、樹經堂本均作『迫』。

〔二〕『王』原作『于』，據元至元本及漢書卷九十七上孝景王皇后傳改。

〔三〕『如失左右手見韓信傳』元至元本作『韓信傳：如失左右手』。

〔四〕『儃佪』原作『澶佪』，『干』原作『千』，據至元本、弘治本、樹經堂本及洪興祖楚辭補注惜誦改。注文中『儃』亦據以改。

〔五〕『蓋外集有詩……觀者左右』按：詩與序載山谷外集卷十四，題為書舞陽西寺舊題處。

〔六〕『千』原作『十』，據至元本、嘉靖本、萬曆本、樹經堂本改。

〔七〕『得』原作『思』，據元至元本及杜甫遺懷詩改。

〔八〕『洲』原作『州』，據元至元本改。按：齊民要術卷六養魚作『九洲八谷』。

〔九〕『退之留醉東野詩』元至元本作『退之詩』。

次韻時進叔二十六韻

時子河上園，竹間開棟宇。繫辭云：上棟下宇。大兒勝衣冠，小兒豐頰輔。後漢禰衡傳：大兒孔文舉，小兒楊德祖。史記三王世家：皇子賴天，能勝衣趨拜。檀弓云：如不勝衣。萬石君傳云：子孫勝冠者。韓文：始任戴冠〔一〕。易：咸其輔頰舌。左傳：穀也豐下，必有後於魯國。嫁女與朱公，伏臘可稱舉。謂稱觴舉酒也。漢楊惲傳：歲時伏臘，亨羊炰羔，斗酒自勞。白樂天詩：養乏晨昏膳，居無伏臘資。髮疏雖蒼浪，張鷟僉載補遺云：王熊為洛陽令，判婦人阿孟狀云：『阿孟身年八十，鬢髮早已蒼浪。』齒爵未齟齬。楚辭：吾固知其齟齬而難入。雞棲牛羊下，國風：雞棲于塒，日之夕矣，牛羊下來〔二〕。各自有室處。杜詩：牛羊下來久，各自閉柴門。詩：入此室處。左傳魏絳曰：民有寢廟，獸有茂草，各有攸處。四墻規摹小，易守若滕莒。舍前花木深，唐常建詩：竹徑通幽處，禪房花木深。春物麗觀覩。舍後曲池蛙，楚辭：坐堂伏檻臨曲池。齋堂風月苦。盧仝詩：使君池亭風月苦。此豈不足歟？退之詩：擺頭笑且言，我豈不足歟？歎歲不我與！論語陽貨謂孔子曰：日月逝矣，歲不我與〔三〕！吳質答魏太子牋：日月冉冉，歲不我與。客宦孤雲耳，狄仁傑登太行山，南望見白雲孤飛。未知秦吳楚。向來千駟公，果愧一丘土。論語：齊景公有馬千駟，死之日，民無德而稱焉〔四〕。選詩：昔為萬乘君，今為丘山土。寧當損軒昂，退之聽琴詩：劃然變軒昂。聊欲效俯傴。左傳：正考父三命茲益共，故其鼎銘曰：『一命而僂，再命而傴，三命而俯。』時子听然笑，子虛賦：亡是公听然而笑。吾已悟倉鼠。史記李斯傳：斯年少時為郡小吏，見吏舍廁中鼠食不潔，近人犬，數驚恐之。斯入倉，觀倉中鼠食積粟，居大廡之下，不見人犬之憂。斯歎曰：『人之賢不肖如鼠矣，在所自處耳！』乃從荀卿學帝王之術。少猶守章句，晚實愛農圃。論語：吾不如老農，吾不如老圃〔五〕。鵲巢最知風，蟻穴識陰雨。漢翼奉傳：巢居知風，穴處知雨。文選張茂先詩：巢居知風寒，穴處識陰雨。世網事諳委，文選詩：世網嬰我身。退之與柳中丞書：與賊不相諳委。醉鄉俗淳古。唐王績醉鄉記末云〔六〕：醉鄉之俗，豈古華胥之國乎？何其淳寂也！坐忘兩家説，肉堅與腸腐。顏子如坐忘。枚乘七發云：甘脆肥濃，命曰腐腸之藥。晉孔羣傳：羣嗜酒，王導戒之曰：『卿不見酒家覆瓿布，日月久糜爛耶？』答曰：『公不見肉糟淹更堪久耶？』酒至即使傾，杜詩：每過得酒傾。客來敢辭窶？曲禮云：客歠醢，主人辭以窶。時邀五柳陶，陶潛集有五柳先生傳。共過三徑詡。漢書鮑宣傳後載：自成帝至王莽時，清名之士十二人〔七〕，蔣詡元卿為兖州刺史，以廉直為名，王莽居攝，以病免官，歸鄉里，卧不出户。陶淵明集有聖賢集録云：求仲、羊仲皆挫廉逃名。蔣元卿之去兖州還杜陵，荆棘塞門，舍中有三徑，惟二人從之游，時人謂之『二仲』，見嵇康高士傳。往在少年場，漢尹賞傳：賞守長安令，雜舉輕薄少年惡子，殺數百人，瘞寺門桓東。長安中歌之曰：『安所求子死？桓東少年場。生時諒不謹，枯骨後何葬？』樂府有結客少年場行，蓋出於此。豪氣壓潁汝〔八〕。晉周顗傳：汝潁固多奇士。祖納傳：汝潁之士利如錐。借令今尚爾，真復難共語。晉石勒傳勒笑曰：胡人正自難與言。稍知憐麴蘗，退之詩：高士例須憐麴蘗，丈夫終莫生畦畛。字本出書説命：若作酒醴，爾惟麴蘗〔九〕。漸解等灉濋。元注云：水自河出為灉，自濟出為濋，見爾雅釋水。如左太沖魏都賦：清酤如濟〔一〇〕，濁醪如河。以灉濋之水而辨酒味也〔一一〕。朋友半山阿，光陰共行旅。李太白宴桃花園序：夫天地者，萬物之逆旅也；光陰者，百代之過客也。人故義當親，衣故義當補。古艷歌曰：煢煢白兔，東走西顧。衣不如新，人不如故。後漢竇玄舊妻與玄書别曰：衣不厭新，人不厭故。飛鳧王令尹，後漢王喬傳：為葉令，有神術，每月朔望，常自縣詣臺朝。顯宗怪其來數，而不見車騎，密令伺之，言其臨至，輒有雙鳧從東南飛來。於是候鳧至，舉羅張之，但得一隻舄〔一二〕。乃詔尚方診視，則四年中所賜尚書官屬履也。期我向君所。君為拂眠床，南史魚弘傳：有眠床一張，皆是蹙柏。淹留莫城阻〔一三〕。唐歐陽詹初發太原途中寄太原所思云：高城已不見，況復城中人。左傳：不腆弊邑，為從者之淹留久也。

〔一〕『任』原作『仕』，據元至元本改。按：語出韓愈考功員外盧君（東美）墓銘。

〔二〕『國風……牛羊下來』元至元本作『見國風詩』。

〔三〕『論語……歲不我與』元至元本作『見論語』。

〔四〕『論語……而稱焉』元至元本作『千駟見論語』。

〔五〕『論語……不如老圃』元至元本作『農圃見論語』。

〔六〕『末云』原作『末不云』，『不』字衍，據至元本、樹經堂本删。明弘治本作『其末云』。

〔七〕『名』原作『明』，據至元本、弘治本及漢書鮑宣傳改。

〔八〕『穎』原作『穎』，據樹經堂本改。下同。

〔九〕『若作……麴糵』元至元本作『云云』。

〔一〇〕『酟』原作『酷』，據弘治本、樹經堂本及文選卷六左思魏都賦改。

〔一一〕『酒』原作『酟』，據弘治本、樹經堂本改。

〔一二〕『隻』原作『雙』，據元至元本及後漢書卷八十二上方術列傳王喬傳改。

〔一三〕『城』萬曆本作『成』。

寄黃從善

從善名降，元豐末為國子司業。山谷有謝惠山泉詩，後為御史中丞，此詩言『鳧飛葉縣宰』，乃先作，今附葉縣詩後。

故人千里隔談經，想見牛刀刃發硎。見上。渴雨芭蕉心不展，文選謝靈運詩：折麻心莫展。此借用。未春楊柳眼先青。白樂天楊柳枝詞云：葉含濃露如啼眼，枝嫋輕風似舞腰。鳧飛葉縣見上。郎官宰，後漢書：郎官出宰百里。虹貫江南處士星。帝王世紀：瑤光之星，貫日如虹。荆軻白虹貫日。晉隱逸謝敷傳：初，月犯少微，少微一名處士星，占者以隱士當之。譙國戴逵有美才，或憂之，俄而敷死。此語不知謂誰。天子文思求逆耳，杜牧詩：文思天子復河隍。漢張良諫高祖云：忠言逆耳利於行，毒藥苦口利於病。吾宗一為試雷霆。漢賈山傳：人主之威，非特雷霆也。

山谷外集詩注卷第二

青神　史容　注

薛樂道自南陽來入都留宿會飲作詩餞行

葉縣蓋南陽入京之路，又有送薛樂道知鄖鄉詩，有『黃山葉縣連墻居』之句，此詩當是葉縣作〔一〕。

薛侯本貴胄，射策一矢中。漢書儒林傳贊曰：設科射策，勸以官祿。易旅之『六五』曰：射雉，一矢亡。此倣其語。左傳：王召養由基，與之兩矢，使射呂錡，中項，伏弢，以一矢復命。注云：一發而中。孔安國尚書傳曰：胄，長也，公卿之子為胄子。金蘭託平生，易大傳：二人同心，其利斷金；同心之言，其臭如蘭。劉孝標廣絕交論云：自昔把臂之英，金蘭之友。瓜葛比諸從。後漢禮儀志上陵儀注：苟先帝有瓜葛之屬，男女畢會。晉王導傳：導與其子悅弈棋爭道，導笑曰：『相與有瓜葛，那得為爾耶！』數面尚成親〔二〕，淵明集答龐參軍詩序云：俗諺曰：『數面成親』，况情過此者乎！况乃居連棟。交游及父子〔三〕，講學連伯仲。奴人通使令，孩稚接戲弄。相憐負米勤，家語子路見於孔子曰：昔者由也事二親之時，常食藜藿之實，為親負米百里之外。親歿之後，南遊於楚，從車百乘，積粟萬鍾，累茵而坐，列鼎而食。願欲食藜藿，為親負米，不可復得也！

同力采蘭供。文選束廣微補亡詩南陔，孝子相戒以養也：循彼南陔，言採其蘭。眷戀庭闈，心不遑安。退之作孟先生詩云：採蘭起幽念。亦用此事，蓋孟郊有母也。『供』謂供養其父母。每持君家書，平安覰欵縫。顔師古匡謬正俗云〔四〕：今官曹文案於紙縫上記之曰欵縫，何也？答曰：此語出魏晉律令。字林本作『鏉』，鏉，刻也。古者簿領皆用簡牘，其編連之處於縫上刻記之，呼為『鏉縫』，今紙縫上書名，猶取舊語呼為『鏉』。秦人與吾炙，憂樂一體共。孟子曰：耆秦人之炙，無以異於耆吾炙。釋之廷尉曹，微過成繫訟。從此張長公，不肯為時用。張釋之傳：釋之為公車令，劾太子不下司馬門不敬。後拜廷尉，景帝立，釋之恐，用王生計，景帝不過也。歲餘，為淮南相，猶尚以前過也。其子摯字長公，官至大夫，免，以不能取容當世，故終身不仕。陶淵明集有張長公詩云：遠哉長公，蕭然何事？李白詩：聖朝久棄青雲士，他日應怜張長公。丘阿無梧桐，曲直不在鳳。大雅卷阿云：鳳凰鳴矣，于彼高岡。梧桐生矣，于彼朝陽。箋云：鳳凰鳴於山脊之上，居高視下，觀可集止，喻賢者待禮乃行，翔而後集。生涯谷口耕，揚子法言曰：谷口鄭子真耕乎巖石之下〔五〕。世事邯鄲夢。異聞集：道者呂翁經邯鄲道上，邸舍中有少年盧生自歎其貧困，言訖思寐。時主人方炊黃粱為饌，翁乃探懷中枕以授生，枕兩端有竅，生夢中自竅入其家，見其身，富貴五十年，老病而卒。欠伸而寤，顧呂翁在傍，主人炊黃粱尚未熟。自君抱憂端，杜詩：憂端齊終南，澒洞不可掇。酒碗未忍覰。自注云：借用。高秋自南歸，意氣稍寬縱。黃花尚滿籬，白蟻方浮甕。文選謝玄暉詩：綠蟻方獨持。注云：釋名曰：酒有汎齊，浮蟻在上，汎汎然。私言助燕喜，魯頌云：魯侯燕喜，令妻壽母。詩意謂助其娛親之樂也。且莫戒輜重。老子曰：終日行，不離輜重。輜重，車也。漢李陵傳：召陵，欲使為貳師將輜重。霜風獵帷幕，銀燭吐蝃蝀。郭璞山海經序云：案汲郡竹書及穆天子傳，穆王見西王母，取其玉石珍瑰之器，金膏銀燭之寶。今考之穆王傳，則云：天子之寶：玉果、璿珠、燭銀。注云：有精光如燭。鮑明遠芙蓉賦：潤蓬山之瓊膏，輝葱河之銀燭。鄘國風：蝃蝀在東，莫之敢指。注：虹也。密坐幸頗歡，文選曹子建書云：得為密坐。李善曰：曹大家欹器頌曰：侍帝主之密坐。劇飲寧辭痛！杜詩：忘形到爾汝，痛飲真吾師。疏鐘鳴曉撞，小雨作寒霜。廐馬蕭蕭鳴，詩：乘馬在廐。車攻〔六〕：蕭蕭馬鳴。征人稍稍動。九衢槐柳中，縱緩青絲鞚。杜詩：不反青絲鞚，虚燒夜燭花。朱樓豪士集，謝玄暉詩：迢遞起朱樓。紅袖清歌送。退之詩：清歌緩送感行人。河鯉獻鱠材，江橙解包貢。禹貢：揚州，厥包橘柚錫貢。蟹擘鵝子黄，老杜：鵝兒黄似酒。此借用。酒傾琥珀凍。杜詩：春酒盃醲琥珀薄。舉觴遥酌我，發嚏知見頌。邶國風云：寤言不寐，願言則嚏。箋云：今俗人嚏，云『人道我』，此古之遺語也。蓋寬饒云：毋多酌我。行行鞭箠倦，短句煩屢諷。

〔一〕『葉縣……當是葉縣作』元至元本作『入都謂至北京，京即都也。後漢有五都，明皇幸蜀，改成都為南京。杜詩云：城闕秋生畫角哀。自注云：南京同兩都，得云城闕』。

〔二〕『面』元至元本作『回』。

〔三〕『及』元至元本作『乃』。

〔四〕『匡謬正俗』原作『匡俗正謬』，據樹經堂本改。按至元本、弘治本均作『匡俗正謬』。

〔五〕『揚子法言……巖石之下』元至元本作『鄭子真見上』。『揚』原作『楊』，據樹經堂本改。下同。

〔六〕『車攻』元至元本作『又』。

戲詠江南土風

十月江南未得霜，高林殘水下寒塘。飯香獺户分熊白，酒熟漁家擘蟹黃。世説：蟹黃、熊白。橘摘金苞隨驛使，文選笙賦：披黃苞以授柑〔一〕。樂天詩：浸月冷波千頃玉，苞霜新橘萬株金。荊州記：陸凱與范曄詩：『折花逢驛使。』禾舂玉粒送官倉。洪範：惟辟玉食。戰國策：粒米如玉。杜詩：碧酒隨玉粒。杜牧之阿房宮賦：釘頭磷磷，多於在庾之粟粒。踏歌夜結田神社，踏歌，近代曲也。張説、劉禹錫皆有踏歌行。續仙傳：藍采和常醉踏歌云：踏踏歌，藍采和。異聞集載邢鳳之子夢一美人歌踏陽春之曲。退之詩：麥苗含穗桑生椹，且向田頭樂社神。游女多隨陌上郎。樂府解題説邯鄲女子姓秦名羅敷〔二〕，為王仁妻，仁事趙王為家令。羅敷採桑陌上，趙王見而悦之，置酒將奪焉。劉夢得詩：蕩舟遊女滿中央，採菱不顧馬上郎。

〔一〕『披』樹經堂本作『被』。按文選卷十八潘岳笙賦作『披黃包以授甘』。

〔二〕『秦』原作『泰』，據樹經堂本及樂府詩集卷二十八陌上桑三解改。

弈棋二首呈任公漸

偶無公事負朝暄，韓文丞廳記云：吾方有公事，子姑去。字本出論語。『負暄』見列子。三百枯棋共一罇。『枯棋三百，孰與萬人之將』：見文選博弈論。坐隱不知巖穴樂，手談勝與俗人言。語林曰：王中郎以圍棋是『坐隱』，支公以棋為『手談』。司馬子長報任少卿書云：此可與智者道，難為俗人言。簿書堆積塵生案，『人間多事，堆案盈几』：見嵇康書。車馬淹留客在門。戰勝將驕疑必敗，果然終取敵兵翻。項羽傳宋義諫曰：戰勝而將驕卒惰者敗，今少惰矣。

偶無公事客休時，席上談兵校一作『角』。兩棋〔一〕。心似蛛絲遊碧落，樂天長恨歌〔二〕：上窮碧落下黃泉。身如蜩甲化枯枝。退之聯句：化蟲枯槁枝。言蟬也，蟬亦曰蜩。詩『五月鳴蜩』也。評詩者謂山谷此二句則苦思忘形，較勝負於一著，與王荆公措意異矣。荆公詩云：莫將戲事擾真情，且可隨緣道我贏。戰罷兩奩收黑白，一枰何處有虧成？湘東一目誠甘死，南史王偉為侯景謀主，偉作檄云：項羽重瞳，尚有烏江之敗；湘東一目，寧為赤縣所歸？天下中分尚可持。史記高紀：項羽與漢王約中分天下，割洪溝。謂持棋白黑，皆不可動也〔三〕。誰謂吾徒猶愛日？『愛日』見法言。參橫月落不曾知。『月落參橫』見柳子厚龍城録。

〔一〕『校』元至元本作『較』。

〔二〕『樂天長恨歌』元至元本作『樂天詩』。

〔三〕『謂持棋白黑皆不可動也』元至元本作『此謂持棋白黑不可動』。

謝曉純送衲襪

剗草曾升馬祖堂，傳燈録江西一禪師姓馬氏，六祖能和尚謂曰：『向後佛法從汝邊去，馬駒蹋殺天下人。』厥後江西法嗣布於天下，時號『馬祖』。又丹霞禪師投南岳石頭和尚，石頭告衆：『來日剗佛殿前草。』至日，各備鍬钁剗草，獨師以盆盛水，淨頭於和尚前，胡跪。石頭笑為剃髮。暖窗接膝話還鄉。贈行百衲兜羅襪，楞嚴經云：我今示汝兜羅綿手。摘此二字。處處相隨入道場。

衝雪宿新寨忽忽不樂

纂異眉州本及黃氏本：一夢江南據馬鞍，夢中投宿夜闌干。山銜斗柄三星没，雪共月明千里寒。俗學近知回首晚，病身全覺折腰難。江南長盡梢雲竹，歸及春風斬釣竿。又按黃氏年譜云：按垂虹詩話，山谷尉葉縣日，作新寨詩，有『俗學近知回首晚，病身全覺折腰難』之句，傳至都下，半山老人見之，擊節稱歎，謂黃某清才，非奔走俗吏，遂除北京教授，與國史本傳不合。

縣北縣南何日了，又來新寨解征鞍。山銜斗柄三星没，詩：三星在天。雪共月明千里寒。謝希逸月賦：千里兮共明月。小吏有時須束帶，用淵明『應束帶見督郵』事，已見上注。故人頗問不休官。唐僧靈徹詩：相逢盡道休官去，林下何曾見一人！見集古録。江南長盡梢雲竹，歸及春風斬釣竿。杜詩：釣竿欲拂珊瑚樹。删去詩中有新寨餞南歸客詩〔一〕，乃葉縣尉時作。

〔一〕『去』原無，據至元本、弘治本、樹經堂本補。

聽崇德君鼓琴

前集有姨母李夫人墨竹詩，外集十一卷有觀崇德墨竹歌，其序云：姨母崇德君贈新墨竹圖，且令作歌。米元章畫史云：朝議大夫王之才妻，南昌縣君，李氏尚書公擇之妹，能臨松竹木石等畫，見本即為之，卒難辨。又别集有酌崇德君壽酒詩，並葉縣作。惟前集詩任氏編入元祐三年館中作。

月明江静寂寥中，大家斂袂撫孤桐。後漢列女傳：扶風曹世叔妻，同郡班彪之女，數召入宮，令皇后諸貴人師事焉，號曰『大家』。禹貢：嶧陽孤桐。注云：特生桐，中琴瑟。古人已矣古樂在，孟子云：今樂猶古樂。髣髴雅頌之遺風。妙手不易得，杜詩：畫師亦無數，好手不可遇。善聽良獨難。猶如優曇華，時一出世間。法華經云：如是妙法，諸佛如來，時乃説之，如優曇鉢花，時一現耳。疏云：優曇鉢花名瑞應，現則金輪王出。兩忘琴意與己意，廼似不著十指彈。孟郊妾薄命云：不惜十指絃，為君千萬彈。禪心默默三淵静，『三淵』上已注，事見莊子〔一〕：淵有九名，此處三焉。注云：淵者，靜默之謂耳。幽谷清風淡相應。絲聲誰道不如竹？晉孟嘉傳：絲不如竹，竹不如肉。我已忘言得真性。罷琴窗外月沉江，萬籟俱空七絃定。杜詩：罷琴惆悵月照席。

〔一〕『三淵上已注事見莊子』元至元本作：『莊子應帝王篇：鯢桓之審為淵，止水之瀋為淵，流水之瀋為淵。』

郭明甫作西齋于潁尾請予賦詩二首〔一〕

食貧自以官為業，詩：三歲食貧。荊公詩：朝信有兒迎郭伋，食貧無地乞羊曇。聞說西齋意凜然。萬卷藏書宜子弟，十年種木長風煙。史記貨殖傳：十歲樹之以木。未嘗終日不思潁，歐陽公有思潁寄常處士詩。想見先生多好賢。安得雍容一樽酒，沈休文詩：勿言一樽酒，明日難重持〔二〕。杜詩：何時一樽酒，重與細論文？女郎臺下水如天？寰宇記：潁州治汝陰縣，女郎臺在縣西北一里，古老云：昔胡之女嫁魯昭侯為夫人，築臺以賓之，故俗謂之『女郎臺』。柳子厚詩：桂嶺瘴來雲作墨，洞庭春盡水如天。

東京望重兩并州，郭丹、郭伋皆為并州牧，後漢書有傳。遂有汾陽整綴旒。詩：為下國綴旒。唐郭子儀封汾陽郡王，贊曰：唐祚若贅斿，而能輔太子，再造王室。翁伯入關傾意氣，漢郭解傳解姊曰：以翁伯，時人殺吾子，賊不得。師古曰：翁伯，解字也。傳又云：解入關，關中賢豪聞聲爭交驩。史記晏子傳云：意氣揚揚甚自得。李白詩：扶風豪士天下奇，意氣相傾山可移！林宗異世想風流。郭泰字林宗，事見後漢書。李白詩：吾非謝尚邈彥伯，異代風流各一時。君家舊事皆青史，今日高材未白頭。莫倚西齋好風月，長隨三徑古人遊。勸之仕也。淵明歸去來：三徑就荒。汝、潁鄰州，此亦葉縣尉時作。

〔一〕『潁』原作『穎』，據至元本、樹經堂本改。下同。

〔二〕『日』原作『月』，各本皆誤，今據文選卷二十沈約別范安成詩改。

勸交代張和父酒

風流五日張京兆，漢張敞傳：敞使賊曹掾絮舜有所按驗，舜以敞劾奏當免，不肯為敞竟事，曰：『吾為是公盡力多矣！今五日京兆耳，安能復案事！』今日諸孫困小官。作尹大都如廣漢，趙廣漢、張敞皆京兆尹，所為大略相似。畫眉仍復近長安。敞為婦畫眉，長安人傳『張京兆眉嫵。』『欲得官，近長安』：唐人語也。三人成虎事多有，注見上。孔融臨終詩：三人成市虎，浸漬解膠漆。衆口鑠金君自寬。楚辭：故衆口之共鑠金兮，初若是而逢殆。鄒陽書云：衆口鑠金，積毀銷骨。酒興情親俱不淺，賤生何取罄交歡。杜詩：看弄漁舟移白日，老農何有罄交歡。

過平輿懷李子先時在并州

平輿縣隸蔡州，嘉祐四年升并州為太原府。按潛夫詩話載：山谷教人云：「『世上豈無千里馬？人中難得九方臯』，此可為律詩之法。」即此詩也。解葉縣尉時作。

前日幽人佐吏曹，易：履道坦坦，幽人貞吉。我行堤草認青袍。庾信哀江南賦云：青袍如草，白馬如練。杜詩：汀草亂青袍。范魯公詩：青袍春草色，白紵棄如仇。王荆公詩：照映里門非白屋，陵雲春草有青袍。心隨汝水春波動，興與并門夜月高。世上豈無千里馬？人中難得九方臯。列子説符篇：秦穆公謂伯樂曰：「子之年長矣！子姓有可使求馬者乎？」對曰：「臣之子皆下材，可告以良馬，不可告以天下之馬也。臣有所與共擔纆薪菜者，有九方臯，請見之。」公使求馬，三月而反，報曰：「已得之矣，牝而黄。」使人取之，牡而驪。公謂伯樂曰：「敗矣！子之所使求馬者，色物牝牡尚不能知，又何馬之能知也？」伯樂曰：「臯之所觀天機也云云。」酒船魚網歸來是，花落故溪深一篙。方言：刺船謂之篙。

以金沙酴醿送公壽

山谷嘗有跋云：余與宗室越宫有葭莩，故曩時與宣州院公壽、景珍嘗共文酒之樂〔一〕。試教官入京作。

天遣酴醿玉作花，紫綿揉色染金沙。退之李花詩：縞裙練帨無等差。沈立海棠記云：唯紫綿者謂之海棠，餘乃棠梨花耳。又苕溪云：閩中漕宇海棠有如紫綿揉色者。此摘其字。

〔二〕『山谷嘗有跋云……共文酒之樂』此段注文在元至元本中置於寄懷公壽詩題下，此二詩均載該本卷十一，但寄懷公壽在前，故注文繫於其題下。

寄懷公壽

好賦梁王在日邊，司馬相如傳：以貲為郎，會景帝不好辭賦，是時梁孝王來朝，從游説之士鄒陽、枚乘之徒，相如見而説之，因病免，客游梁。李白詩：南風一掃胡塵凈，西入長安到日邊。重簾複幕鎖神仙。退之詩：黄簾緑幕朱户閉。杜詩：華屋艷神仙。莫因酒病疏桃李，詩：何彼襛矣，華如桃李。美王姬之顔色盛也。又曹子建詩：南國有佳人，容華若桃李。且把春愁付管絃。白樂天詩：街東酒薄醉易醒，滿眼春愁銷不得。愚智相懸三十里，魏武帝與楊修讀曹娥碑，有知無知較三十里。榮枯同有百餘年。文選曹子建詩：積善令餘慶，榮枯立可須。及身强健且行樂，漢楊惲傳：人生行樂耳，須富貴何時！一笑端須直萬錢。太白詩：玉盤珍羞直萬錢。

武陵

黄氏年譜：雜詩八首，而第八首載外集第六卷，題作武陵。今從蜀本附葉縣詩後。

武陵樵客出桃源，自許重遊不作難。太白詩：迴山轉海不作難，傾情倒意無所惜。却覓洞門煙鎖斷，歸舟風月夜深寒。東晉太康中，武陵人捕魚而從溪行，忽逢桃林夾岸，復前行，盡水源，有小口，豁然開朗，黄髮垂髫，自云：「先世避秦來此。」因延至其家，具酒食，停數日，辭去。既出，及郡詣太守，遣人隨其往，尋其處，遂迷不得路。詳見陶淵明集中桃花源記。

呻吟齋睡起五首呈世弼

王世弼，名純亮，山谷妹夫，所謂「王郎」者。

棐几坐清晝，博山凝妙香。李白古樂府：博山爐中沉香火，雙煙一氣凌紫霞。杜詩：心清聞妙香。蘭牙依客土〔一〕，柳色過鄰墻。巷僻過從少，官閑氣味長。江南一枕夢，高卧聽鳴榔。文選潘安仁西征賦：鳴榔厲響。李文饒觀釣賦：喜良夜而不歸，更鳴榔而遠適。李白詩：惜别耐取醉，鳴榔且長謠。

學省非簿領，文選沈休文學省愁卧一首注云：梁書：齊明帝即位，沈約遷國子祭酒。學省，國子也。山谷時為北京國子監教授，故得稱「學省」。蘇子由詩：鸞臺與諸曹，有政非簿領。卧痾常閉關。謝靈運詩：卧痾對空林。雨餘樓閣靜，風晚烏烏還。賞逐四時改，沈休文詩：山中咸可悦，賞逐四時移。心安一味閑。古人雖已往，不廢仰高山。詩：高山仰止。

蔬食吾猶飽，曲肱哦古今。論語子曰：飯蔬食，飲水，曲肱而枕之，樂亦在其中矣。酒傾因好事，揚雄傳：好事者載酒肴從之。絃絶為知音。揚雄解難云：鍾期死，伯牙絶絃破琴而不肯與衆鼓。妬蘗長春木，争巢喧暮禽。長懷阮校尉，北望首陽岑。文選阮嗣宗詩：步出上東門，北望首陽岑。

已把社公酒〔二〕，退之憶昨行：社公禮罷元侯迴。春寒那得嚴？厭聽鵶啄雪，喜有燕穿簾。璞玉深藏器，孟子：今有璞玉於此。易：君子藏器於身。囊錐立見尖。史記：平原君謂毛遂曰：『賢士之處世，若錐之處囊中，其末立見。先生不能。』毛遂曰：『使遂蚤得處囊中，乃穎脱而出，非特其末見而已。』兒時愛談道，衛玠傳：衛玠談道，平子絶倒。今日口如箝。晁錯傳鄧公曰：臣恐天下之士箝口不敢復言矣！退之苦寒云：口角如銜箝。

墻下蓬蒿地，兒童課剪除。張平子西京賦：收禽舉胔，數課衆寡〔三〕。注：計數課録，校所得多少。杜詩：喧呼山腰宅，課奴殺青竹。蔓蒿隨分種，杞菊未須鉏。河水傳烽火〔四〕，杜詩：烽火連三月，家書抵萬金。交州報捷書。交阯入寇，蓋熙寧八年，連歲進討，至十年乃降。時山谷未離北京也。

無能落閑處，唐司空圖耐辱居士歌云：賴是長交閑處著。退之詩：如今到死得閑處，遂有詩賦歌康哉。慚愧飽春蔬。

〔一〕『牙』樹經堂本作『芽』。

〔二〕『社』原作『杜』，據至元本、弘治本、樹經堂本改。

〔三〕『收禽舉齒數課衆寡』『禽』原作『離』，『數課』原作『課數』，據文選卷二張衡西京賦改。

〔四〕『烽』原作『鋒』，據元至元本改，注同。『傳』樹經堂本作『轉』。

奉答子高見贈十韻

柳徑雨着綿，竹齋風隕籜。詩：十月隕籜。屏處人事少，漢竇嬰傳：謝病屏居南山下。晴餘鳥聲樂。左傳：鳥烏之聲樂。詩卷墮我前，謂從天上落。李白詩：咳唾落九天，隨風生珠玉。又寄崔侍御詩：九卿天上落。君有古人風，詩如古人作。魏志毛玠傳云：太祖以素屏風、素憑几賜玠，曰：『君有古人之風，故賜君以古人之服。』鮑明遠詩：側覩君子論，預見古人風。簞瓢謝膏粱，『簞瓢』見論語。孟子云：所以不願人之膏粱之味也。注：膏粱，細粱如膏者也。翰墨化糟粕。莊子曰：桓公讀書於堂上，輪扁斲輪於堂下，問桓公曰：『敢問公之所讀者何言耶？』公曰：『聖人之言也。』曰：『聖人在乎？』公曰：『已死矣。』曰：『然則君之所讀者，古人之糟粕已。』誤蒙東海觀，吾淺迺可酌。真成聞道百，自謂莫已若。杜詩：真成浪出遊。莊子云：秋水時至，兩涘渚涯之間不辨牛馬，河伯欣然自喜，順流而行，至于北海，東面而望，不見水端，河伯歎曰：『野語有之：「聞道百，以為莫己若者」，我之謂也。』謝生石藴玉〔一〕，陸機文賦云：石韞玉而山輝。志尚本丘壑。陶潛詩：少無適俗韻，雅志在丘壑。雖無首陽粟，飲水亦不惡。史記伯夷叔齊傳：二人義不食周粟，餓死於首陽山。晉謝道藴傳：王郎逸少子不惡。跫然何時來，為我一發藥？莊子：逃虛空者，聞人足音，跫然而喜。莊子曰：列子謂伯昏瞀人曰：『先生既來，曾不發藥乎？』

〔一〕『玉』原作『王』，據元至元本、嘉靖本、萬曆本、樹經堂本改。

招子高二十二韻兼簡常甫世弼

詩中言夏向厭次而冬自聊攝歸，蓋以檄考試往來之時，與奉和世弼詩同意。蓋是歲適當科舉，若附之戊午年，則山谷乃考試於衛州，而厭次非衛州經行之路。今附于乙卯歲。

我行向厭次，厭次，棣州所治縣也。夏扇日在搖。甘瓜未除壟，高柳尚鳴蜩。詩小弁：菀彼柳斯，鳴蜩嘒嘒。駕言聊攝歸，詩：駕言出游。聊攝，博州所治聊城縣也，即左傳所謂『聊攝以東』。飛霜曉封條。文選雜擬詩：嘉樹生朝陽，凝霜封其條。負薪泣裘褐，公子御狐貂。王孫子曰：昔衛君重裘累茵而坐〔一〕，見路有負薪而哭者，問其故，對曰：『雪下衣薄，是以哭也。』見藝文類聚。王褒聖主得賢臣頌云：襲貂狐之煖者，不憂至寒之悽慘〔二〕。法言云：舉世寒，貂狐不亦燠乎？歲月坐晼晚〔三〕，選詩：思君令人老，歲月忽已晚。宋玉九辯曰：日晼晚其將入兮，明月銷鑠而減毀。鬢顏颯然凋。道德千古事，斯文非一朝。杜詩：文章千古事，得失寸心知。往者我不及，離騷云：往者不可及兮，來者不可待〔四〕。後生多見超。退之詩：只見有不如，不見有所超。吾黨二三子，論語：吾黨之小子。又：二三子何患於喪乎！士林聳孤標。老杜詩：顏氏之子才孤標。小謝抱周易，忘言獨參寥。莊子：玄冥聞之參寥，參寥聞之疑始。崔郎楚左史，楚左史倚相見左傳。二典考舜堯。王生風雅學，談辯秋江潮。釋氏所謂海潮音也。灑筆驚有司，小敵謂可驕。漢光武紀諸部喜曰：劉將軍平生見小敵怯，今見大敵勇，甚可怪也！安知樗蒱局，臨關敗三梟。李翺有五木經云：樗蒱五木，玄白判。又曰：王采四，甿采六，白二玄三曰梟。又曰：馬出初關疊行，非王采不出關。三生數步隔〔五〕，屢赴茗碗邀。陸羽茶經四之器曰：盌，越州上，明州次，婺州次，岳州次。小謝殊未來，選詩：日暮碧雲合，佳人殊未來。我覺百里遥。問之憂菽水，檀弓孔子曰：啜菽飲水盡其歡，斯之謂孝〔六〕。心慮極無聊。賈誼傳：一二指慉，心慮無聊〔七〕。父憐母不訶，日以濁酒澆。世説：阮籍胸中壘隗，故須澆之。此道如鼎實，念子羹未調。文選潘安仁詩：王生和鼎實。書曰：若作和羹，爾惟鹽梅。古來有親養，回也樂一瓢。不田鶉生宎，在物乃為祅。莊子曰：吾未嘗為牧而牂生於奧〔八〕，未嘗好田而鶉生於宎。吾言有師承，後漢儒林傳序：師資所承。可信如斗杓。『斗杓』招搖星也。詩以解子憂，舜不足以解憂。亦用當子招〔九〕。此詩言三子者舉進士不中選。謝治易，崔習書，王習詩，不為不至，而譬之於博有勝負也。小謝懟而不出，自言無以奉菽水之歡，故為言顔子事親『一簞食，一瓢飲，不改其樂』以解其憂也。王純亮字世弼，山谷妹婿，山谷至自厭次，蓋以檄考試進士也。外集刪去詩中有一詩，其叙云：次韻答常甫世弼二君不利秋官鬱鬱不平故予詩多及君子處得失事，與此篇同時。

〔一〕『昔』原作『背』，據至元本、弘治本及藝文類聚卷二天部下雪改。

〔二〕『襲貂狐……悽慘』『貂狐』元至元本作『狐裘』。按：文選卷四十七王褒聖主得賢臣頌作：『襲狐貉之煖者，不憂至寒之淒滄。』

〔三〕『晼』原作『腕』，據弘治本、嘉靖本、萬曆本及樹經堂本改。

〔四〕『離騷……來者不可待』，『不』元至元本作『猶』。按：此二句不見於離騷。楚辭卷五遠游有：『往者余弗及兮，來者吾不聞』，庶幾近之。

〔五〕『三』元至元本作『二』。

〔六〕『檀弓……斯之謂孝』元至元本作『見孟子』。

〔七〕『一二指慉心慮無聊』按漢書卷四十八賈誼傳載陳政事疏作：『一二指搐，身慮亡聊。』

〔八〕『牂』原作『牂』，據莊子徐無鬼改。元至元本作『羊』。

〔九〕『用』元至元本作『以』。

次韻謝子高讀淵明傳

枯木嵌空微暗淡，老杜詩云：嵌空太始雪。嵌，丘銜切。古器雖在無古絃。晉陶潛傳：蓄素琴一張，絃徽不具，每朋酒之會，則撫而和之，曰：『但識琴中趣，何勞絃上聲？』袖中政有南風手，誰為聽之誰為傳？『南風手』謂舜作五絃之琴以歌南風。司馬遷答任安書云：諺曰：『誰為為之？孰令聽之？』蓋鍾子期死，伯牙終身不復鼓琴。風流豈落正始後？晉衛玠傳：不意永嘉之末復聞正始之音。甲子不數義熙前。南史陶潛傳：所著文章，義熙以前明書年號，永初以來惟云甲子。一軒黄菊平生事，無酒令人意缺然。淵明九日時序云：秋菊盈園而時醪靡至。淵明以九月九日無酒，摘菊盈把，望見白衣人送酒至。莊子：吾自視缺然。

奉和王世弼寄上七兄先生用其韻

宮槐弄黄黄，退之詩：黄黄蕪菁花。蓮葉緑婉婉。退之元和聖德詩：婉婉弱子。今以言新荷嫩緑也。時同二三友，竹軒涼夏晚。駕言都城南，詩：駕言出遊。大名府，北京也，故言都城。以望征車返。何知苦淹回，及此秋景短。愁思令人瘦，文選古詩：思君令人瘦。杜詩：遠游令人瘦。舉目道路遠。西風脱一葉，文選月賦：洞庭始波，木葉微脱。杜詩：風雨秋一葉。退之詩：林柯有脱葉。李白大獵賦：不周來風，玄冥掌雪。木脱葉，草解節。薦士聞鄉選。被檄試鄉貢進士也〔一〕。簡書催渡河，詩出車云：豈不懷歸？畏此簡書。賓客不得展。檀弓云：展墓而入。注云：展，省視之。親憂對萱叢，詩伯兮云：焉得諼草，言樹之背？毛云：諼草令人忘憂；背，北堂也。釋音云：『諼』本作『萱』。嵇康養生論：合歡蠲忿，萱草忘憂。婦病廢巾盥。內則：婦事舅姑進盥，少者奉槃，長者奉水，請沃盥，盥卒授巾。言趨厭次城，厭次見上。鞭馬倦長阪。文選曹子建詩：秋蘭被長坂。又陸韓卿詩：駿足思長坂。棗林蔽天日，交陰不容纖。仰看實離離，憶見花纂纂。文選笙賦云：詠園桃之夭夭，歌棗下之纂纂。歌曰：棗下纂纂，朱實離離。宛其落矣，化為枯枝。注云：古咄唶歌曰〔二〕：棗下何攢攢，榮華各有時。棗初欲赤時，人從四邊來。棗適今日賜，誰當仰視之？異鄉懷節物，不共斟酒盞。舉場下馬入，深鏁嚴籥管。諸生所程書，捃束若稭稈。後漢范丹傳：捃拾自資。禹貢：三百里納秸服。注：秸，稾也。釋文：『秸』本作稭〔三〕，工入反。密燈坐回環，庾信集中有燈賦云：香添燃蜜〔四〕，氣雜燒蘭。柳子厚詩：回環驅萬象。丹硯精料柬。披榛拔芝蘭，文選趙景珍書：披榛覓路。斷石收琰琬。上林賦：朝采琬琰，和氏出焉。紛爭一日事，聲實溷端竅。六家指要：其實中其聲者，謂之端實；不中其聲者，謂之竅。天球或棄遺，顧命曰：天球河圖在東序。斗筲尚何算？論語：斗筲之人何足算也〔五〕！西歸到官舍，塵土昏案板。寒窗穿碧疏，文選天台賦：彤雲斐亹於翼櫺〔六〕，皦日炯晃於綺疏。注：櫺，窗間子也，刻為綺文，謂之綺疏。鮑明遠詩：朱爵文窗韜碧疏。韋蘇州酒肆行：碧疏玲瓏含春風，銀題綵織邀上客。潤礎鬧蒼蘚。淮南子云：山雲蒸，柱礎潤。杜詩：礎潤休全濕，雲晴欲半迴。詩書鵲巢翻，鵲巢有詩。帷幔蛛絲罥。果知兄未來，光陰坐晼晚。宋玉九辯：日晼晚其將入。昨蒙叔父報，亦歎音書簡。『叔父』謂黃廉字夷仲也。王介甫薦為司農寺幹當公事，命同司農丞程之才體量河北河東災傷，道除知司農寺丞，以荒政十二為科條。自『昨蒙叔父報』至『貂狐無餘煗』，皆言體量賑濟辛勤之狀，詳見山谷遺文夷仲行狀。薄言使事重，詩：薄言還歸。激切被天遣。高僧傳：僧嵬戒行嚴潔，有一女子寄宿，自稱『天女，以上人有德，天遣我來』，嵬曰：『無以革囊見試。』此摘其字。北史李元忠傳孫騰曰：此君天遣來，不可違也。李長吉詩：天遣裁詩作花骨。逋流一方病，責任媿和扁。左傳昭元年：晉侯求醫於秦，秦伯使醫和視之。史記：扁鵲姓秦，名越人。咨詢懷靡及，小雅皇皇者華，君遣使臣也：駪駪征夫，每懷靡及。末章云：載馳載驅，周爰咨詢〔七〕。不皇暇息偃。詩采薇云：不遑啟居，不遑啟處。北山云：或息偃在牀。嚼冰進糜飡，衝雪踏層巘。嚴霜八月飛，貂狐無餘煗。『貂狐』見上。念嗟叔母劉，窮年寄甥館。文選李令伯陳情表云：祖母劉愍臣孤弱，躬親撫養。此用其語。行狀又云：娶劉氏屯田員外郎致仕渙之女。夷仲往河北而劉氏終年留其父母家也。孟子曰：帝館甥於貳室。注謂妻父曰外舅，謂我舅者，吾謂之甥。堯以女妻舜故謂舜甥也。尚憐公初黠，誘掖到昭宛。公初、昭宛疑是夷仲子姪小字，如前集稱阿巽及相與睦也。庭堅薄才資，行又出畦町。莊子：彼且為無町畦，亦與之為無町畦。釋音云：町，徒頂切。豳詩云：町畽鹿場。音他頂切〔八〕。韓文公詩：文才不如人，行又無町畦。浮雲與世疏，論語：於我如浮雲。杜詩：流水生涯盡，浮雲世事空。李白詩：河東郭有道，於世若浮雲。短綆及道淺。莊子：褚小者不可以懷大，綆短者不可以汲深。退之詩：汲古得脩綆。匠伯首蹔回，大樗終偃蹇。意謂雖受知諸公，終無心進取。莊子：匠石之齊，至于曲轅，見櫟社樹，其大蔽牛。匠伯不顧，遂行。釋音曰：匠伯，石字也。學宫尸廪入，奉養闕豐腆。學徒日新聞，孤陋猶舊典。學記：則孤陋而寡聞。時用王氏經學取士也。小材渠困我〔九〕，持斲問輪扁。元注云：復用此一韻，事異似不害。『輪扁』見上。大材我屈渠，越雞當鵠卵〔一〇〕。莊子：奔蜂不能化藿蠋，越雞不能伏鵠卵。未能引分去，戀祿幸苟免。退之瀧吏詩：官不自謹慎，宜即引分往。平生報一飽，從事極黽勉。老杜云：常擬報一飯。小雅云：黽勉從事，不敢告勞。豈如不見收，放身就閑散？退之進學解云：投閑置散。思伯卧江南，『伯』即七兄也。無心趣軒冕。莊子繕性篇：非軒冕之謂也。龐翁跡頗親〔一一〕，黄蘗門屢款。居士龐藴、黄蘗希運禪師傳燈録皆有傳。齋餘佛飯香，維摩經云：有國名衆香，佛號香積。維摩詰問衆菩薩：『誰能致彼佛飯？』維摩詰不起于座，化作菩薩，到衆香界，禮彼佛足。於是香積如來以衆香鉢盛滿香飯，與化菩薩，化菩薩以滿鉢香飯與維摩詰〔一二〕。茶沸甘露滿。陸羽顧渚山記云：豫章王子尚訪曇濟道人於八公山，道人設茶茗，子尚味之，曰：『此甘露也，何言茶茗？』逢人問進退，餘事寄一莞。論語：夫子莞爾而笑。仲父挾高才，甘為溝中斷。元注云：音短。莊子云：百年之木，破為犧樽，而文之，其斷在溝中，比犧樽於溝中之斷，則美惡有間矣；其於失性一也。退之木居士詩：為神詎比溝中斷，遇賞還同爨下餘。青黃可犧樽，禮記：樽用犧象。退之祭子厚文：犧樽青黃，乃木之災。薦廟配瑚璉。論語曰：何器也？曰：『瑚璉也。』注云：瑚璉，黍稷之器。季父有逸興，未嘗入都輦。文選潘安仁詩：自我違京輦。臨流呼釣船，拂石弄琴阮。唐元行沖傳：有人破古冢，得銅器似琵琶，身正圓，行沖曰：『此阮咸所作器也。』命易以木，絃之，其聲清亮，樂家謂之『阮咸』〔一三〕。雍容從朋交〔一四〕，林下追游衍。詩昊天曰：旦及爾游衍。謝玄暉詩：于役儻有期，鄂渚同游衍。田園雖足樂，及時思還返。陰寒木鳴條，論衡：五日一風，風不鳴條。望損倚門眼。戰國策：王孫賈事閔王，閔王出走，失王之處，其母曰：『汝朝出而晚來，則吾倚門而望；汝暮出而不還，則吾倚閭而望。汝今事王，王出走，汝不知其處，汝尚何歸！』南枝喜鳴鵲〔一五〕，魏武短歌行：月明星稀，烏鵲南飛，繞樹三匝，無枝可依。杜詩：浪傳烏鵲喜。尺素託黃犬。晉陸機傳：機有駿犬名曰黃耳，羈寓京師，久無家問，笑語犬曰：『我家絕無書信，汝能齎書取消息否？』犬搖尾作聲，機乃為書，以竹筩盛之，而繫其頸。犬尋路南走，遂至其家，得報還洛，歲以為常。文選樂府云：呼兒烹鯉魚，中有尺素書。又以窀穸留，左傳襄十三：春秋窀穸之事。歸期指姑洗。月令：季春之月律中姑洗。寄聲問僧護，僧護當是子姪小字。兒髮可以綰。妙言對賓客，稱渠萬金產。退之贈張籍詩云：有兒雖甚憐，教示不免簡。君來好呼出，踉蹌越門限。懼其無所知，見則先愧赧。昨因有緣事，上馬插手版。留君住廳食，使立侍盤醆。薄暮歸見君，迎我笑而莞。指渠相賀言：此是萬金產。爾來弄筆硯，墨水惡翻建〔一六〕。大字如棲鴉，已不作肥軟。劉禹錫詩：小兒弄筆不能嗔，涴筆書窗且賞勤。盧仝詩：忽來案上翻墨汁，塗抹詩書如老鴉。漢高祖紀云：秦形勝之國也，地勢便利，其以下兵於諸侯，譬猶居高屋之上建瓴水也。注云：翻瓴水，言其向下之勢易也。法書苑曰：鄔彤善草書，如寒林棲鴉。魯論未徹章，正苦諸叔懶。新詩開累紙，自此以下皆言王世弼詩如月明，如柘漿，如砧聲、筧水聲也。欲罷不能卷。論語：欲罷不能。遠懷託孤高，別思盈繾綣。詩民勞云：無縱詭隨，以謹繾綣。秋月明夜潮，柘漿凍金碗。楚辭招魂云：胹鱉炮羔有柘漿。疏杵韻寒砧，爾雅曰：砧，擣衣帛之石。老杜詩：寒衣處處催刀尺，白帝城高急暮砧。幽泉流翠筧。韻書云：筧（一七），古典切，以竹通水也。吟哦口垂涎，杜詩：道逢麴車口流涎。嚼味有餘雋。漢蒯通傳：論戰國說士，亦自序其說，號雋永。注：肥肉也。傳示同好人，我家東牀坦。東牀坦腹見晉王羲之傳。風煙意氣生，潘岳作楊荊州誄（一八）：動翰如雲，落紙如煙。杜詩：揮毫落紙如雲煙。揮毫寫藤蠒。唐舒元興有悲剡溪古藤文，言以剡藤為紙也。法書要録：王羲之蘭亭序用蠶蠒紙、鼠鬚筆。北户録云：晉宋間有一種紙，長丈餘，就船抄之，世謂蠒紙。獵山窮鶉鴽，鴽，女居切，鴾也。月令：田鼠化為鴽。罩海極蝦蜆。集中代書云（一九）：文章六經來，汗漫十牛車。譬如觀滄海，細大極龍蝦。即此詩之意也。銀鉤亂眼膜，晉索靖傳作草書狀曰：草書之為狀也，婉若銀鉤。老杜云：金篦刮眼膜，價重百車渠。涅槃經云：是時良醫即以金錍刮其眼膜。嘉句濯肺脘。且言伯在野，書曰：君子在野。朋友必推挽。五泰列清廟，荀子蠶賦：臣愚而不識，請占之五泰。注云：五泰，五帝也。五帝：少昊、顓頊、高辛、唐、虞也。詩意以五帝比國朝列聖。周頌云：清廟祀文王也（二〇）。聖緒今皇纘。真儒運斗樞，言神宗繼統而王荊公為相也。法言云：魯不用真儒。後漢梁商贊：宰相運動樞極。道化迪天顯。書酒誥：我聞惟曰：『在昔殷先哲王迪畏天顯小民。』注：謂湯蹈道，畏天明，著小民。朝論惜才難，逸民大蒐獮。左氏隱五年：春蒐，夏苗，秋獮，冬狩。豈聞任方物，書禹貢：任土作貢（二一）。旅獒：無有遠邇，畢獻方物。包貢遺羽簳。禹貢曰：厥貢羽、毛、齒革。又曰：惟箘、簵、楛（二二）。注云：楛中矢榦。招車必翹翹，左氏莊二十二年：敬仲曰：『詩云：「翹翹車乘，招我以弓。豈不欲往？畏我友朋。」』注云：逸詩也。前席思謇謇。文帝前席賈生。易：王臣謇謇。王甥欲好懷，王純字世弼，山谷妹婿也。前云：『我家東牀坦』，亦指世弼。爾雅云：姊妹之夫為甥。高意恐難轉。詩：我心匪石，不可轉也。自『且言伯在野』以下，皆謂世弼。詩中稱伯兄雖在田野間，而朋舊在朝，必能援引，舉逸民也。世弼此懷雖好，而七兄之意不可轉也。長篇題遠筒，白樂天與元微之唱和，常以竹筒貯詩。揀得琅玕截作筒，緘題章句寫心胸。封寄淚空潸。遥知雲際開，灰飛黃鍾管。太玄經曰：調律者度竹為管，蘆莩為灰，漠然無動，寂然無聲，冬至夜半，黃鍾以應。

〔一〕『貢』元至元本作『舉』。

〔二〕『喈』原作『喑』，為『喈』字之誤，文選卷十八潘岳笙賦注引作『喑』，今據胡克家考異卷三（中華書局一九七七年版文選附録）改。

〔三〕『稽』原作『楷』，據明弘治本及尚書正義禹貢注改。

〔四〕『香添燃蜜』原作『香添然密』，據元至元本及藝文類聚卷八十火部燈引庾信燈賦改。按：元至元本作『香燈燃蜜』。

〔五〕『論語……何足算也』元至元本作『見論語』。

〔六〕『彤雲斐亹』原作『彤雲斐疊』，據文選卷十一孫綽遊天台山賦改。元至元本作『彤雲斐疊』，『疊』字誤。

〔七〕『小雅……周爰咨詢』元至元本作：『詩皇華：周爰咨諏；又：每懷靡及。』按：作『皇華』非是，所引詩句均出自皇皇者華。

〔八〕『頂』明弘治本、樹經堂本作『典』。按：毛詩正義卷八豳風東山箋云：『町，他典反，或他頂反』，故二説皆可。

〔九〕『渠』元至元本作『時』。

〔一〇〕『鵠』元至元本作『蜀』。

〔一一〕『龐翁』元至元本作『龐公』。

〔一二〕『滿』原作『蒲』，據弘治本及維摩詰所説經香積佛品第十改。

〔一三〕『阮咸』原作『阮琴』，據至元本、弘治本及新唐書卷二百元行冲傳改。

〔一四〕『交』元至元本作『友』。

〔一五〕『喜鳴鵲』嘉靖本、萬曆本作『喜鵲鳴』。

〔一六〕『墨水惡翻建』嘉靖本、萬曆本『建』字下有『音蹇』二字。

〔一七〕『筧』原作『覓』，據弘治本、樹經堂本改。

〔一八〕『楊』原作『揚』，據文選卷五十六潘岳楊荆州誄改。

〔一九〕『集中』元至元本作『第四卷』，即至元本之卷七。

〔二〇〕『文王』原作『王文』，據元至元本及毛詩正義卷十九周頌清廟序改。

〔二一〕『土』原作『士』，據至元本、弘治本、樹經堂本改。

〔二二〕『簵』原作『輅』，據尚書禹貢改。

送吴彦歸番陽

詩中有『三見秋氣爽』之句，蓋在北京三年矣。

學省困齏鹽，文選沈休文有直學省愁卧詩。退之送窮文：太學四年，朝齏暮鹽。人材任尊奬。倥侗祝螟蛉，揚子法言序：天降生民，倥侗顓蒙〔一〕。又曰：螟蛉之子殪而逢蜾蠃〔二〕，祝之曰：『類我，類我！』久則肖之矣。小大器罌旐。退之詩：旐大缾罌小。諸生厭晚成，老子云：大器晚成。後漢馬援傳：汝大材當晚成。

躐學要儈駔。學記曰：學不躐等。貨殖傳曰：節駔儈。摹書說偏旁，林罕有字源偏旁小說三卷，其序云：漢太尉祭酒許子取其形類作偏旁，條例十五卷〔三〕，名之說文。破義析名象。陶淵明詩：奇文共欣賞，疑義共相析〔四〕。此譏王氏字解。九鼎奏簫韶，爰居端不饗。易鼎：大亨以養聖賢。主父偃傳：大丈夫生不五鼎食，死則五鼎烹。周禮：鼎有十二牢。此言鼎食也。臧文仲祀爰居事，見左傳。莊子達生篇云：有鳥止於魯郊，魯君悦之，為具太牢以饗之，奏九韶以樂之，鳥乃眩視憂悲，不敢飲食。今休，疑啓寡聞之人，吾告以至人之德，譬之若載鼷以車馬，樂鴳以鍾鼓也，彼又烏能無驚乎哉！李白贈盧主簿詩：海鳥知天風，竄身魯門東。臨觴不能飲，矯翼思凌空。鍾鼓不能樂，煙雲誰與同？亦此意。此亦譏王氏之學。前篇和王世弼詩云：『學徒日新聞，孤陋猶舊典』，亦此意。青衿少到門，庭除晝閑敞。詩子衿刺學校廢也：青青子衿，悠悠我心。言學子競趨新學，不至公堂也。文選南都賦：體爽塏以閑敞。竹風交槐陰，三見秋氣爽。時賴解事人，載酒直心賞。揚雄傳：好事者載酒肴從之。鮑照詩：心賞猶難恃。謝玄暉詩：懷人去心賞。吳郎楚國材，左傳：聲子說楚云：『雖楚有材，晉實用之。』幽蘭秀榛莽。彥國吐嘉言，晉胡毋輔之傳：王澄曰：『彥國吐嘉言，霏霏不絕。』輔之字彥國。子將喜標榜。後漢許劭字子將〔五〕，嚴論鄉黨人物，每月輒更其品題，故汝南俗有『月旦評』。平生欽豪俊，久客慕鄉黨。文選張茂先詩：不曾遠離別，安知慕儔侶？虛齋延灑掃，薄飯薦腒鱐。禮內則：夏宜腒鱐。注：腒，乾雉；鱐，乾魚。唐韻：鱐，乾魚腊也，音息兩反。詩句唾成珠，文選詩：咳唾自成珠。老杜詩：汝身已見唾成珠。笑嘲愜爬蛘。杜牧詩云：杜詩韓筆忙時讀，似倩麻姑痒處抓。春夏頻謝除，曾未厭來往。歸雁多喜聲，寒蟬停哀響。淵明詩：哀蟬無遺響，來雁有餘聲。杜詩：玄蟬無停號。黃花滿籬落，淵明詩：採菊東籬下。抱朴子曰：葛洪籬落頻缺。白蟻鬧甕盎。杜詩：蟻浮仍臘味。韓詩：喧聒鳴甕盎。留君待佳節，忽忽戒徂兩。文選謝玄暉詩：擾擾整夜裝，肅肅戒徂兩。親戚傷離居，楚辭：將以遺兮離居〔六〕。檀弓：吾離羣而索居。交游念疇曩。文選盧子諒詩：借曰如昨，忽為疇曩。疇曩伊何？逝者彌疏。棋局無對曹，樗蒲失朋長。史記淳于髡傳：六博投壺，相引為曹。李白詩：連呼五白行六博，分曹賭酒酣馳暉。問君去為何？雲物愁莽蒼。莊子云：適莽蒼者，三飡而反。莽，莫浪反；蒼，七蕩反。白樂天春雪詩：寒銷春莽蒼。自注云：二字上聲。又翼城北原作云：野色何莽蒼。自注云：去聲。壽親髮斑斑，千里勞夢想。家雞藁頭肥，藁，禾稈也，頭有餘粒，雞食之而肥。『藁頭』用『禾頭生耳』字。又北史齊本紀曰：時有童謠云：『一束藁，兩頭然。』『藁頭』云者，山谷摘字多此類。寒魚受罾網。甘旨歉中厨，内則云：旨甘柔滑。伊啞弄文褓。東方朔傳：伊優亞者，辭未定也。優，一侯反；亞，烏加反。劉夢得詩：咿啞轉井車。宣紀：在襁褓。注云：褓，小兒被也；襁，小兒繃。繃，補耕反。史記趙世家：程嬰、杵臼匿趙孤，取他人嬰兒負之，衣以文褓。此行樂未央，詩：夜未央。老子：荒乎其未央。安知川塗廣？淵明詩：目倦川塗異。深秋上滄江，遠水平如掌。杜詩：秦川對酒平如掌〔七〕。人生要得意，壯士多曠蕩。野鶴疲籠樊，淵明詩：久在樊籠裏，復得反自然。韓文公詩：譬如籠中鶴，六翮無所摇。江鷗戀菰蔣。子虛賦：東薔、彫胡，蓮藕、觚盧。張揖曰：彫胡，菰米也。郭璞曰：苽，蔣也。本來丘壑姿，不著芻豢養。孟子：芻豢之悦我口。寄聲謝鄉隣，為我具兩槳。有路即歸田，君其信非誑。韓詩：臨分不汝誑，有路即歸田。

〔一〕『揚子……倥侗顓蒙』『法言序』原作『學行篇』，誤，今據揚雄法言改。按：此二句引文不出揚子（法言）學行篇，而載揚雄法言序，因其述撰寫學行之由，故致誤。

〔二〕『羸』原作『贏』，據弘治本、樹經堂本及法言學行改。

〔三〕『條例』樹經堂本作『條列』。

〔四〕『疑義共相析』按句出陶淵明移居二首之一，作『疑義相與析』。

〔五〕『許劭』原作『許邵』，據樹經堂本及後漢書許劭傳改。

〔六〕『將以遺兮離居』原作『將何以遺兮離居』，據楚辭九歌湘夫人改，樹經堂本『遺』作『遺』。

〔七〕『酒』原作『月』，據樹經堂本及杜甫樂遊園歌改。

二月丁卯喜雨吴體為北門留守文潞公作

按實録，熙寧七年判河陽文彥博判大名府。

乘輿齋祭甘泉宮，甘泉本秦離宮，漢武帝增廣之，自武帝至西漢末，皆上甘泉祠祭。鮑明遠詩：二年從車駕，齋祭甘泉宮。遣使駿奔河岳中。書武成云：丁未祀于周廟，邦甸、侯、衛，駿奔走，執豆籩。

誰與至尊分旰食？董仲舒傳制曰：朕承至尊休德。左傳伍奢曰：楚君大夫，其旰食乎！北門卧鎮司徒公。唐裴度傳：度節度河東，帝諭意曰：『為朕卧護北門，可也。』白樂天獻裴令公詩：保釐東宅静，守護北門牢。邵氏聞見録：潞公判北京，運判汪輔之密劾公不治，神宗御批所奏付公，曰：『侍中舊德，故煩卧護北門，小臣敢爾無禮！』

微風不動天如醉，庾信哀江南賦云：天何為而此醉？元注云：時聞大母閔雨勤甚，故有『微風不動』之句，蓋言憂勤如此而天不聞，有若醉焉。潤物無聲春有功。老杜春夜喜雨詩云：潤物細無聲。三十餘年霖雨手，説命上：若歲大旱，用汝作霖雨。淹留河外作時豐。

李右司以詩送梅花至潞公予雖不接右司想見其人用老杜和元次山詩例次韻

潞公時留守北京。老杜有和元結春陵行兼賊退示官吏作二首，其序云：簡知我者，不必示元〔一〕。

凡花俗草敗人意，『俗物已復來敗人意』，見王戎傳。晚見瓊蕤不恨遲。江左風流尚如此，春功終到歲寒枝。

〔一〕『老杜有……不必示元』按杜甫有同元使君春陵行詩，而注文題為『和元結春陵行兼賊退示官吏作二首』，此實為杜詩序中語，以之為題則誤。又『不必示元』，杜詩序作『不必寄元』。

次韻外舅喜王正仲三丈奉詔相南兵回至襄陽捨驛馬就舟見過三首

『正仲三丈』謂王存字正仲，元豐間修起居注，元祐初自右丞遷左丞。按實録，熙寧九年十一月詔安南行營將士病疾者衆，遣同知太常禮院王存禱南嶽〔一〕。自京師十一月被命至衡山，回程必在次年，故後篇有『衡山反命』之語。按陳無己詩話云：謝師厚廢居於鄧，王右丞存其妹婿也，奉使荊湖，枉道過之，夜至其家，師厚有詩云：倒著衣裳迎户外，盡呼兒女拜燈前〔二〕。

漢上思見龐德公，龐德公襄陽人，以況師厚〔三〕。別來悲歎事無窮。垂虹詩話云：『別來悲歎事無窮』，張孝先光祖云：曾見親札作『歡』字，則覺語健〔四〕，政如山谷改杜詩『少年合開萬卷餘』，不可拘平側也。聲名籍甚漫前日，西漢陸賈傳：賈遊漢庭公卿間，聲名籍甚。須鬢索然成老翁。杜詩：顏狀老翁為。文選文帝書：已成老翁，但未白頭耳。家釀已隨刻漏下，晉何充字次道。劉惔云：見次道飲，令人欲傾家釀。園花更開三四紅。相逢不飲未為得，唐李敬方詩：相逢不飲空歸去，洞口桃花也笑人。見復齋謾録。聽取百鳥啼匆匆。

能來問疾見維摩經。好音傳，蹇步昏花當日痊。圓覺經：譬彼病眼，見空中花。烹鯉得書增目力，『烹鯉』見上。孟子：既竭目力焉。呼兒扶立候門前。歸去來兮云：稚子候門〔五〕。游談取重慚犀首，『犀首』，公孫衍也，史記有傳。居物多贏味計然。史記貨殖傳：越王句踐困於會稽，乃用范蠡、計然。注：計然，范蠡師也。漢張湯傳：居物致富，與湯分之。惟有交親等金石，『金石交』見韓信傳。白頭忘義復忘年。『忘年』、『忘義』見莊子齊物篇。

語言少味無阿堵，馬援傳：過是恐少味矣。晉王衍妻郭氏貪鄙，衍嫉之，口未嘗言錢，晨起見錢，舉阿堵物却。冰雪相看有此君。燈火詩書如夢寐，麒麟圖畫屬浮雲。漢單于入朝，上思股肱之美，圖畫其人於麒麟閣〔六〕。平章息女能為婦，『息女』見漢高紀。老杜送封主簿詩序：余與主簿平章鄭氏女子，垂欲納采，書至，女子已許他族。歡喜兒曹解綴文。漢劉歆贊：綴文之士。憂樂同科唯石友，潘安仁詩：投分寄石友。別離空復數朝曛。韓詩：吾徒幸無事，庶以窮朝曛。李白詩：舉跡倚松石，談笑迷朝曛。

〔一〕『禱』原作『相』，據嘉靖本及樹經堂本改。

〔二〕『正仲三丈……拜燈前』此段注文在元至元本中置于卷二次韻正仲三丈自衡山返命舍驛過外舅師厚贈答題下，注文中『按實録……衡山反命之語』一段按語為編年本所加。又『故後篇有衡山反命之語』底本原無，據樹經堂本補。

〔三〕『以況師厚』元至元本此句下多『王正仲見第一卷末注』，按即上述卷二題下注。

〔四〕『則覺語健』原無，據樹經堂本補。

〔五〕『歸去來兮云稚子候門』『兮』元至元本作『詞』，此句前元至元本有：『師厚首唱云：倒着衣裳迎户外，盡呼兒女拜燈前。見第一卷末注。』按即至元本卷二次韻正仲三丈自衡山返命舍驛過外舅師厚贈答詩題下注。

〔六〕『其人』元至元本作『功臣』。

次韻正仲三丈自衡山返命舍驛過外舅師厚贈答

昏昏市井氣，揚子云：市井相與言，則以財與利。韓詩：海氣昏昏水拍天。呫呫兒女語。前漢灌夫傳：平生毁程不識不直一錢，今日長者為壽，迺效女兒曹呫囁耳語。退之詩：呢呢兒女語。禽喧聲百種，春作事萬緒。列子云：擾擾萬緒起矣。人間雞黍期，文選范雲詩：恨不具雞黍。注引謝承後漢書：山陽范式字巨卿，與汝南張元伯為友，春別京師，以秋為期。至九月十五日殺雞作黍，二親笑曰：『山陽去此幾千里，何必至？』元伯曰：『巨卿信士，不失期。』言未絶而巨卿至。**天上德星聚。**世説新語注云：續晉陽秋曰：『陳仲弓從諸子姪造荀朗父子，于時德星聚，太史奏：「五百里賢人聚。」』老杜簡嚴遂州蓬州使君〔二〕：全蜀多名士，嚴家聚德星。**乖離略十年，**文選詩：乖離即長衢。王逸少帖多有『乖離』字。**髪白齒齟齬。**『齟齬』見上。**太史禱衡丘，**漢武伐南越，禱太一。**佐王用貔虎。**書：桓桓，如虎如貔。史記：黃帝教熊、羆、貔、貅、貙、虎以與炎帝戰于板泉之野。杜詩：貔虎開金甲，麒麟受玉鞭。**子雲免大夫，**揚雄傳：雄以病免，復召為大夫。以言師厚。**草玄空自苦。**劉歆觀太玄，謂雄曰：『空自苦。』**人生只爾是，付與甕頭醑。**法書要録：江東云『堈面』，猶河北稱『甕頭』，謂初熟酒也。詩：飲此醑矣。謝靈運詩：芳塵凝瑶席，清醑滿金罇。

〔二〕『老杜簡嚴遂州蓬州使君』句：按杜甫詩題全稱為行次鹽亭縣聊題四韻奉簡嚴遂州蓬州兩使君咨議諸昆季，見九家集注杜詩卷二十四。

山谷外集詩注卷第三

次韻子瞻春菜

按實録，熙寧十年二月癸巳，尚書祠部員外郎、直史館、權知河中府蘇軾知徐州。又案潁濱集詩序云：熙寧十年二月始會于澶淵，相從赴彭城。山谷時在北京，始通書并二詩，書云：竊食於魏，會閤下開幕府在彭門。魏即北京；彭門，徐州也。按東坡集，次韻魯直見贈古風二首乃在春菜之後，蓋未通問時先和此詩也。

北方春蔬嚼冰雪，詩谷風云：我有旨蓄，亦以禦冬。箋云：蓄美菜以禦冬月乏無時也。大抵北方地寒，春初猶食淹菜及寒菹。妍暖思采南山蕨。召南草蟲云：陟彼南山，言采其蕨。晉張翰傳：翰謂顧榮曰：『天下紛紛，禍難未已，吾本山林間人，無望於時。子以明防前，以智慮後。』榮愴然曰：『吾亦與子採南山蕨，飲三江水耳。』翰因見秋風起，乃思吴中菰菜、蓴羹、鱸魚鱠，遂命駕而歸。

韭苗水餅姑置之，南史何尚之傳：帝好水引餅。史記趙奢傳：王曰：『母置之〔二〕。』苦菜黃雞羹糝滑。史記：藜藿不糝。蓴絲色紫菰首白，齊民要術云：四月蓴生莖而未葉，名曰稚尾。蓴第一肥美，葉舒長足，名絲蓴，五六月用絲蓴。周禮：魚宜苽。注：彫胡也。內則：蝸醢而苽食。注：彫胡也，苽亦作菰。陸機：千里蓴羹，未下鹽豉。宋玉風賦：主人之女為臣炊彫胡之飯。杜詩：為我炊彫胡，逍遥展良覿。蔞蒿芽甜蔊頭辣。齊民要術蔊菜味辛。蔊，音罕。沈存中忘懷録云：石芥、罕菜，二物極辛，為菹大佳。盱江志云：蔊菜生麻姑山及麻源，盱江即建昌軍。**生菹入湯翻手成，**漢陸賈傳云：如反覆手耳。師古曰：言其易也，反音翻。**芼以薑橙誇縷抹。**詩：左右芼之。文選枚乘七發云：肥狗之和，芼以山膚。注引禮記注云：芼，菜也，謂以菜調和之也。韓文公詩：調以鹹與酸，芼以椒與橙。**驚雷菌子出萬釘，**傳燈録百丈問黃蘗：『甚麼處來？』曰：『大雄山下采菌子來。』此摘其字。隋楊素傳：賜萬釘寶帶。借使其字。**白鵝截掌鱉解甲。琅玕林深未飄籜**〔二〕**，軟炊香秔煨短茁。**禹貢：球琳琅玕。今以喻竹。元稹種竹詩：可憐亭亭榦，一一青琅玕。召南騶虞云：彼茁者葭。注：茁，出也，今言笋初出土。老杜云：軟炊香飯緣老翁。『飯』一作『粳』。**萬錢自是宰相事，**晉何曾日食萬錢。杜詩：左相日興費萬錢。**一飯且從吾黨說。**論語：吾黨之直者。**公如端為苦笋歸，明日青衫誠可脱。**

〔一〕『史記趙奢傳』云云。按史記無趙奢傳，僅卷八十一廉頗藺相如列傳中附有趙奢的一段事迹。注文所引為趙王對趙奢妻（趙括母）所言之語。趙王堅請趙括將兵，謂括母曰：『母置之，吾已決矣。』

〔二〕『林』至元本、弘治本作『森』。

閏月訪同年李夷伯子真於河上子真以詩謝次韻 是歲閏正月。

十年不見猶如此，自治平丁未同唱第至熙寧乙卯十年矣。山谷時在北京，故稱『河上』。**未覺斯人歎滯留。**司馬談六家指要云：太史公留滯周南。

白璧明珠多按劍，見墨竹賦注。**濁涇清渭要同流。**杜詩：濁涇清渭何當分？詩：涇以渭濁。注：涇渭相入而清濁異。**日晴花色自深**

淺，風軟鳥聲相應酬。（唐杜荀鶴詩：風暖鳥聲碎。）談笑一樽非俗物，（晉王戎與阮籍為竹林之遊，戎嘗後至，籍曰：『俗物復來敗人意。』）對公無地可言愁。（杜詩：如澠之酒常快意，亦知窮愁安在哉！李白詩：且須沽酒對君酌，與爾同消萬古愁。）

戲答李子真河上見招來詩頗誇河上風物聊以當嘲云

渾渾舊水無新意，漫漫黃塵涴白鷗。安得江湖忽當眼，卧聽禽語信船流。（杜詩：汲多井水渾。王荊公詩：但有洛水流渾渾。又：江湖豈在眼，昨夜夢波濤。）

和答李子真讀陶庾詩

樂易陶彭澤，（陶潛淵明為彭澤令。）憂思庾義城。（庾信子山封義城公，集中有云：攻許愁城終不破，盪許愁城終不開。閉户欲遣愁，愁終不肯去。深藏避愁去，愁已知人處。）風流掃地盡，（唐祝欽明授太子經，帝與羣臣宴，欽明自言能八風舞，帝大笑，盧藏用歎曰：『是舉五經掃地矣。』杜詩：豪傑誰人在？文章掃地無？太白詩：春光掃地盡，碧葉成黃泥。本出漢魏豹等贊：上古遺烈，掃地盡矣！）詩句識餘情。往者不再作〔一〕，（檀弓云：趙文子曰：『死者如可作也，吾誰與歸？』）前賢畏後生。（語：後生可畏。杜詩：庾信文章老更成，凌雲健筆意縱橫。今人嗤點流傳賦，不覺前賢畏後生。君言得意處，此意少人明。

〔一〕『再』元至元本作『可』。

丙寅十四首效韋蘇州 并序

二月丙寅，率李原彥深、謝愔公靜遊百花洲，適為遊人所擅，見拒於晨門，因賦『何人有酒身無事，誰家多竹門可疑』之句，行繫馬李氏園，步至廣濟僧舍，謁寇忠愍萊國公祠堂，用吏部詩韻作。按國史，元豐元年二月丙午朔。則丙寅乃二十一日，山谷時在北京而謝師厚居南陽。後篇夏雨眠起之什有『腹便時蒙嘲』之句，又送朱貺中允宰宋城詩亦云：『鄴王臺邊春一空，但有雪飛楊柳風。我從南陽解歸槖，重簾復幕坐學宮』，當是山谷告假或因他故至南陽，在冬春間耳。今附于此。

雪霽草木動，月令：草木萌動。春融煙景和。嘉辰掩關坐，如此節物何！同遊得二子，晤對不在多。詩云：彼美淑姬，可與晤言。箋云：晤，對也。不知鞍馬倦，想見洲渚春。清晝鎖芳園，誰家停畫輪？晉輿服志：畫輪車駕牛，以綵漆畫輪轂，故名曰畫輪車。高柳極有思，向風招遊人。退之詩：楊花榆莢無才思。此反而用之。陶詩：山澤久見招。

漸佳樓外花〔一〕，嘉賞亭邊柳。作者歸山丘，曹子建詩：生存華屋處，零落歸丘山。今春為誰有？千秋萬歲後，還復來遊否？元注云：漸佳樓，陽夏謝希深作；嘉賞亭，范文正公作。桓子新論云：雍門周說孟嘗君曰：『千秋萬歲後，高臺既已傾，曲池又已平。』戰國策楚王謂安陵君曰：寡人萬歲千秋之後，誰與樂此矣？漢高紀：千秋萬歲後，魂魄猶思沛。

城南有佳園，王逸少帖云：僕近修小園子，殊佳致。山簡傳：諸習氏荊土豪族〔二〕，有佳園池。風物迎馬首。左傳：惟予馬首是瞻。但賞主人竹，不飲主人酒。王徽之傳：吳中一士大夫家有好竹，欲觀之，便出坐輿造竹下諷嘯，主人灑掃請坐，徽之不顧，將出，主人乃閉門，徽之便以此賞之。紅日媚紫苔，沈休文詩：賓階緑錢滿，客位紫苔生。輕風泛春柳〔三〕。楚辭：光風轉蕙泛崇蘭。

三公未白髮，『三公』謂寇萊公、范文正公、謝希深也〔四〕。十輩乘朱輪。楊惲家方隆盛時，乘朱輪者十人。只取人看好，何益百年身？杜詩：長為萬里客，有愧百年身。但願長今日，清罇對故人。淵明詩：但願長如此，躬耕非所歎。

江梅香冷淡，開遍未全疏。已有耐寒蝶，晁錯傳：胡貉之人，其性耐寒。雙飛上花須〔五〕。杜詩：隨意數花須。今夜嚴城角，肯留花在無？樂府詩集云：漢橫曲有梅花落，本笛中曲也。按唐大角曲亦有大梅花、小梅花等曲〔六〕，今其聲猶有存者。

我思五柳翁，解作一生事。得錢送酒家，便静尋山寺。念我還如此，翁應會人意〔七〕。

淵明傳云：嘗著五柳先生傳以自況。又云：顔延之為始安郡，過潯陽，造淵明，每往必酣飲致醉，臨去，留錢二萬與淵明，淵明悉送酒家，稍就取酒。謝靈運詩：還得静者便。杜詩：老來苦便静。

庭空日色静，樓迥鍾聲遲。李義山詩：地寛樓已迥，人更迥於樓。褐叟已争席，左傳：旨酒一盛兮，余與褐之父睨之。莊子曰：其往也，舍者避席；其反也，舍者與之争席矣。馴鴉更不疑。同來復同去，竟別我為誰。退之詩：遇酒即酩酊，君知我為誰？

謝甥有逸興，李髯非不嘉。蜀志關羽傳：馬超來降〔八〕，羽書與諸葛亮，問超人材可誰比類。亮知羽護前，答之曰：「孟起當與益德並驅争先，猶未及髯之絶倫逸羣也。」羽美髯，故亮謂之「髯」。苦思夢春草，南史謝惠連傳：族兄靈運嘗思詩，竟日不就，忽夢見惠連，即得「池塘生春草」，大以為工。醉狂眠酒家。杜詩：李白一斗詩百篇〔九〕，長安市上酒家眠。

斯游無俗物，傲睨至昏鴉。「俗物」見上〔一〇〕。杜詩云：眼前無俗物。又云：有待至昏鴉。此借以言謝之能詩，而李之好飲也。

寺古老僧静，亭陰修竹多。萊公作州日，部曲屢經過。衆推識公面，蒼石眠緑莎。寇準平仲贈萊國公，謚忠愍，始為參知政事，罷知鄧州。盧仝詩：蒼蘚印我面，雨露皴我皮。此不嫌故我，突兀蒙相知〔一一〕。以言「識公面」者，今惟蒼石耳。

盛時衆吹噓，杜詩：馮唐已老聽吹噓。又：兹理儻吹噓。李白：故人東海客，一見借吹噓。謫去衆毁辱。不為公存亡，幽蘭春自緑。

欲書名相傳〔一二〕，安得南山竹？前漢公孫賀傳云：南山之竹，不足受我詞。祖君彦代李密檄數煬帝十罪：罄南山之竹，書罪未窮。此反用。

昔公調鼎實，周易：鼎有實。潘岳金谷集詩：王生和鼎實。指顧九廟尊。郡國富士馬，于今開塞垣。杜詩：一寄塞垣深。

誰能起公死，為國守北門？『守北門』見上〔一三〕。寇公鎮大名日，北使問公『何以不在中書』，曰：『主上以朝廷無事，北門鎖非準不可。』出身世喪道，莊子曰：世喪道矣，道喪世矣，世與道交相喪也。李白詩：世道日交喪，澆風散淳源。解綬飢驅我。淵明乞食詩云：飢來驅我去，不知竟何之。杯中得醉鄉，唐王績有醉鄉記。去就不復果。豈為俗人言，司馬遷書：可為智者道，難為俗人言也。達人儻余可〔一四〕。賈誼鵩鳥賦：達人大觀，物無不可。百花洲、萊公祠堂，皆在鄧州〔一五〕。

少小尚狷介，退之詩：少小聚嬉戲。與人常不款〔一六〕。後漢光武幸章陵，置酒作樂，宗室諸母因酣悅，相與語曰：『文叔少時謹信，與人不款曲，唯直柔耳。今乃能如此！』置身稍雍容，遇酒輒引滿。漢書序傳：引滿舉白。陶淵明詩：攜壺接賓侶，引滿更獻酬。自是鶴足長，難齊鳧脛短。莊子：鳧脛雖短，續之則憂；鶴脛雖長，斷之則悲。

〔一〕『佳』原作『嘉』，據四庫全書本外集卷一及萬曆本改。注同。蓋用顧愷之『漸入佳境』（晉書本傳）事。嘉靖本作『嘉』，但詩後小字注作『佳』。

〔二〕『土』原作『士』，據元至元本及晉書卷四十三山簡傳改。

〔三〕『春』嘉靖本、萬曆本、樹經堂本作『青』。

〔四〕『深』原誤作『聲』，據樹經堂本改。

〔五〕『須』萬曆本作『頭』。

〔六〕『小』字原無，據元至元本及樂府詩集卷二十四橫吹曲辭漢橫吹曲題解加。

〔七〕『意』萬曆本作『思』。

〔八〕『馬』原誤作『焉』，據至元本、樹經堂本改。

〔九〕『一斗』元至元本作『斗酒』。按杜甫飲中八仙歌作『一斗』。

〔一〇〕『俗物見上』元至元本作：『晉王戎傳：戎與阮籍爲竹林之游，戎嘗後至，籍曰：俗物已覆來敗人意』。按：『俗物』已于卷二李右司以詩送梅花呈潞公詩中出注，故此云『見上』。

〔一一〕『盧仝詩……突兀蒙相知』按詩引自盧仝石答竹（全唐詩卷三百八十七），『蒼蘚』作『苔蘚』，『此不嫌故我』作『此故不嫌我』。

〔一二〕『名』嘉靖本、萬曆本作『見』。

〔一三〕『見上』元至元本作『見第一卷上注』，按即至元本卷一二月丁卯喜雨吳體爲北門留守文潞公作『北門卧鎮司徒公』句下注。

〔一四〕『余』嘉靖本、萬曆本作『予』。

〔一五〕『皆在鄧州』元至元本此句下尚有：『此詩云：解綬飢驅我。可見北京解官至汴京回過鄧也。』

〔一六〕『人常』嘉靖本、萬曆本作『常人』。

催公静碾茶

雪裏過門多惡客，元注云：不飲者爲惡客，出元次山集中。按集中有絶句云：有時逢惡客。注云：非酒徒即爲惡客。春陰只惱有情人。睡魔正仰茶料理，石曼卿詩：已爲物象添詩瘦，更被陰晴長睡魔。晉王徽之傳云：卿在府日久，比當相料理。急遣溪童碾玉塵。幽怪録：橘中四老人云：『君輸我玉塵九斛。』樂天詩：茶新碾玉塵。

用前韻戲公静

偶逢携酒便與飲，淵明九日無酒，適太守送酒，便飲醉而歸。竟別我為何等人。退之歸彭城詩：遇酒即酩酊，君知我為誰。兔月龍團不當惜，長卿消渴肺生塵。司馬相如傳：常有消渴病。盧仝詩：渴心歸去生塵埃。

對酒歌答謝公静

我為北海飲，後漢書孔北海云：坐上客常滿，罇中酒不空。君作東武吟。鮑明遠樂府有東武吟。看君平生用意處，蕭灑定自知人心。『定自』晉人語也。世説王敦曰：家兄在郡定嘉。又謝太傅曰：定自佳，定自佳。南陽城邊雪三日，愁陰不能分皂白。晉天文志庾翼書云：此天公憒憒，無皂白之徵也。摧輪涴蹄泥數尺，退之朝賀歸詩：緑槐十二街，渙散馳輪蹄。又贈元十八：何人識章甫，而知駿蹄踠？魏武苦寒行曰：車輪為之摧。城門晝閉眠賈客〔二〕。移人僵尸在旦夕，誰能忍飢待食麥？左傳成公十年：晉侯夢大厲，覺，召桑田巫，巫言如夢，公曰：『何如？』曰：『不食新矣！』又曰：

晉侯欲麥，使甸人獻麥，將食，張，如廁，陷而卒。此借使。身憂天下自有人，白樂天詩：退身江海應無用，憂國朝廷自有賢。寒士何者愁填臆？民生正自不願材，晉謝安傳：正自不能不爾。退之祭子厚文：凡木之生，不願為材。可乘以車可鞭策。列女傳：老萊子妻云：可食以酒肉者，可隨以鞭捶；可授以官禄者，可隨以斧鉞。君不見、海南水沈紫旃檀，碎身百煉金博山！本草沉香門：白檀樹出海南。又云：真紫檀舊在下品。又云：扶南國人言衆香共是一木，根是旃檀，節是沉水，葉是藿香，膠是薰陸。選詩：昔為百鍊剛。漢故事：諸王出閤，賜博山香爐。李白詩：博山爐中沉香火。豈如不蒙斧斤賞，老大絶崖霜雪間？投身有用禍所集，莊子：匠石歸，櫟社見夢曰云云：且予求無所可用久矣！幾死，乃今得之，為予大用。使予也而有用，且得有此大也邪？何況四達之衢井先汲！爾雅：四達謂之衢。莊子：直木先伐，甘井先竭。昨日青童天上回，手捧玉帝除書來。列仙傳有青童君，詩仙邢氏有『青童去撅南山木，野客來尋北帝經』。王莽傳：是時爭為符命封侯，其不為者相戲曰：『獨無天帝除書乎？』此借用。一番通籍清都闕，列子：穆王以為清都紫微帝王之居。樂天詩：只恐長生須有籍，仙臺試為檢名看。又：平生同門友，通籍在金閨。劉禹錫詩：金門通籍真多士，黄紙除書每日開。百身書名赤城臺。毛詩：如可贖兮，人百其身。續仙傳：司馬承禎身居赤城，名在丹臺。茆君傳云：治赤城山。飛昇度世無虚日，怪我短褐趁塵埃。顧謂彼童子，退之秋懷詩：顧謂汝童子，置書且安眠。此何預人事？晉謝玄傳：子弟亦何預人事，而正欲使其佳？但對清樽即眼開，一杯引人著勝地。世説新語曰：王衛軍云：『酒正自引人著勝地。』杜詩：勝地初相引，徐行得自娱。傳聞官酒亦自清，徑須沽取續吾瓶。南山朝來似有意，王徽之云：朝來西山有爽氣。今夜儻放春月明。

〔一〕『閉』至元本、弘治本作『開』。

種决明

后皇富嘉種，楚辭橘頌云：后皇嘉樹，橘徠服兮。决明著方術。本草『决明子』注云：俗方惟以療眼也，道術時須。耘鋤一席地，老杜種萵苣詩序云：理小畦，種一兩席許。詩云：破塊數席間，荷鋤功易止。時至觀茂密。縹葉資芼羹，内則『芼羹』注云：芼，菜也。又云：雉兔皆有芼。注云：謂菜釀也。緗花馬蹄實。『緗』謂淺黃色。本草注云：生子作角，實似馬蹄，俗名馬蹄决明。霜叢風雨餘，簸簸場功畢。國語：單襄子過陳〔二〕，川不梁，野有庾積，場功未畢。枕囊代曲肱，本草：决明子盛以囊，作枕，治頭風，明目。甘寢聽芬苾。莊子云：孫叔敖甘寢秉羽而郢人投兵。詩：苾芬載祀。老眼願力餘，戰國策趙王曰：秦之攻我也，不遺餘力矣。讀書真成癖。晉杜預傳：時王濟有馬癖，和嶠有錢癖，武帝謂預曰：『卿有何癖？』對曰：『臣有左傳癖。』劉軻上座主曰：歲月悠久，寖成書癖。

〔二〕『單襄子過陳』按國語卷二周語中：『定王使單襄公聘於宋，遂假道於陳，以聘於楚。』韋昭注：『單襄公，王卿士單朝也。』

同世弼韻作寄伯氏在濟南兼呈六舅祠部

山光掃黛水挼藍，卓文君眉黛如遠山色。樂天樂府憶江南云：春來江水緑如藍。又春池戲李郎中：直似挼藍新汁色，與君南院染羅裙。聞説樽前愜笑談。伯氏清修如舅氏，濟南蕭灑似江南。屢陪風月乾吟筆，北史：隋文令李德林作詔，復鄭譯爵，高熲戲謂譯曰〔一〕：『筆乾。』不解笙篁醉舞衫。只恐使君乘傳去，拾遺今日是前銜。漢高紀云：乘傳詣洛陽。樂天詩：十年不改舊官銜。唐陳子昂、杜甫皆左拾遺，豈比之二子耶？

〔一〕『高熲』原作『高穎』，據弘治本、樹經堂本及北史鄭譯傳改。

伯氏到濟南寄詩頗言太守居有湖山之勝同韻和

濟南即齊州。李公擇自滑州通判知鄂，徙湖，又移齊。

西來黃犬傳佳句，知是陸機思陸雲。陸機傳：機寓京師，久無家問，有犬名黃耳，乃為書，繫其頸，犬南走至其家，得報還洛。歷下樓臺追把酒，濟南府治歷城。韓信襲破齊歷下軍即此。舅家賓客厭論文。老杜贈太白云：重與細論文。山椒欲雨好雲氣，湖面逆風生水紋。謝叔源詩：悲猿響山椒。謝靈運詩：税駕登山椒。李義山詩：水紋如縠燕差池。劉禹錫詩：春水縠紋生。想得爭棋飛鳥上，行人不見只聽聞。

次韻寄李六弟濟南郡城橋亭之詩 德叟

客心如頭垢，日欲撩千篦。漢書云：頭塵不去。杜詩：髮短不勝篦。聞人説江南，喜氣吐晴霓。太白詩：意氣素蜺生。伏枕夢歸路，子規吟翠微。杜鵑一名子規，一名鶗鴂。爾雅：山未及上曰翠微。左太沖蜀都賦：山阜相屬，觸石吐雲，芬藴以翠微〔一〕。文選陸佐公石闕銘：旁映重疊，上連翠微。濟南似江南，濟南今齊州濟南郡也，後又升為濟南府。舊見今不疑。洗心欲成游，王事相奪移。文選曹顔遠詩：田竇相奪移。駑馬戀棧豆，干寶晉紀曰：桓範出赴曹爽，宣王謂蔣濟曰：『智囊往矣。』濟曰：『智則智矣，駑馬戀芻豆，爽不能用也。』豈能辭縶縲？詩：皎皎白駒，食我場苗。縶之維之，以永今朝。本無封侯骨，漢翟方進傳：從蔡父相，蔡父大奇其形貌，謂曰：『小史有封侯骨。』見事又重遲。史記范睢傳：穰侯，智士也，其見事遲。漢杜周傳：周少言重遲。徒能多着酒，大腹如鴟夷。揚雄酒箴曰：鴟夷滑稽，腹如大壺，盡日盛酒，人復借酤。惟思一漁舟，載網横渺瀰。退之詩：擺掉出渺瀰〔二〕。矯貢歷下亭〔三〕，『矯貢』當是『矯首』，諸本皆誤。淵明歸去來：時矯首以遐觀。老杜有陪李北海宴歷下亭詩云：海内此亭古，濟南名士多。朱欄轉清溪。春風吹桃李，三月自成蹊。李廣贊：桃李不言，下自成蹊。翠葉張日幄，文選陸士衡詩云：密葉張翠幄〔四〕。紅英鋪地衣。『紅錦地衣隨步縐〔五〕』，此南唐李氏宮中歌詞也，歐公稱之。此中有佳興，盧藏用指終南山曰：『此中大有佳處。』不醉定自非。『定自』見上。況當郡政成，野蠶麥兩岐。漢光武紀：建武二年，野蠶成蠒，被於山阜。張堪為漁陽太守，百姓歌曰：『桑無附枝，麥穗兩岐』，見後漢書。與民同觀游，孟子云：與民同樂也。『觀游』二字，惟柳子厚集中多有之。字本出揚子雲羽獵賦：罕徂離宮而輟觀游。天説云：築為墻垣、城郭、臺榭觀游。郭橐駝傳云：長安豪富人為觀游。永州新堂記：乃作棟宇，以為觀游。訾家洲記：大凡以觀游名於代者，不過視於一方。又零陵三亭記：邑之有觀游者，或者以為非政。韓文亦有此語。汴州水門記云：因而飾之，匪為觀游。又歐陽生哀詞序云：觀游讌饗，必召預之。永夜不闔扉。言外户不閉也。女墻上金樞，杜詩：樓高更女墻。文選海賦：大明摭轡於金樞之穴〔六〕。注云：月也。金，西方也。杜詩云：缺月壞金樞。伏韜望清賦〔七〕：金樞理轡，素月告望。天如青琉璃。杜詩：波濤萬頃青琉璃〔八〕。想子果下歸，馬飽生芻嘶。後漢書：濊國出果下馬。注云：高三尺，乘之可於果下行。杜詩：生芻適馬性。

〔一〕『芬薀』按文選卷四左思蜀都賦作『蒕蒀』。『薀』樹經堂本作『蒀』。

〔二〕『掉』原作『棹』，據至元本、樹經堂本及韓愈寄崔二十六立之改。

〔三〕『矯頁』元至元本作『矯首』，但注文仍作『「矯頁」當是「矯首」』，前後牴牾。故仍其歸。

〔四〕『張』元至元本作『成』。

〔五〕『步』元至元本作『地』。

〔六〕『摭』原作『鑣』，據文選卷十二木華海賦改。

〔七〕『清』原作『晴』，據文選海賦李善注改。

〔八〕『頃』原作『項』，據弘治本、樹經堂本及杜甫渼陂行改。『青』杜詩作『堆』。

用明發不寐有懷二人為韻寄李秉彜德叟 秦少游作李公擇行狀云：兄布早卒，撫其子秉彜如己子。秉彜蓋山谷伯舅之子。

竹貫四時清，一作『竹節晚逾緑』。月通雲氣明。一作『月華寒更明』。外弟有佳質，一作『處』。妙年推老成。後凋對霜雪，一作『到冰霜』。不昧處陰晴。盛德當如此，一作『觀物憶相見』。古人畏後生。一作『契闊難為情』。禮器云：如竹箭之有筠也，如松柏之有心也，二者居天下之大端矣，故貫四時而不改柯易葉。論語：後生可畏。杜詩：粲粲元道州，前聖畏後生[二]。通典：代稱：姑子為外兄弟，舅子為內兄弟，非典言也。異姓之親通謂之『外』。在昔授子書，髧彼垂兩髮。詩柏舟詩：髧彼兩髦。注：髦者髮至眉，子事父母之飾。乖離退之詩：乖離坐難憑。今十年，樹立映先達。世說云：共商略先往名達[二]。清燈哦妙句，一作『誦佳句』。如酌春酒滑。把書念携手，惆悵至明發。李陵詩：携手上河梁。

人生不如意，十事恒八九。晉羊祜傳：祜上疏乞伐吴，而議者不同。祜曰：『天下事不如意，恒十居七八。』未見歷下人，徒傾歷城酒。秉彜南康軍建昌人，時仕於濟南，前有寄李六弟詩，即此人也，已見前注。從來親骨肉，不免相可不。退之寄岳鄂李大夫詩云：少年樂新知，衰暮思故友。譬如親骨肉，寧免相可否？但願崇事實，虛名等箕斗。詩大東：維南有箕，不可以簸揚。維北有斗，不可以挹酒漿。文選古詩：南箕北有斗，牽牛不負軛。言彼三星者虛負軛，有其名。太白詩：北斗不酌酒，南箕空簸揚。

蚤知鵲山亭，李杜發佳思。老杜集有陪李北海宴歷下亭詩，又和北海郡太守李邕登歷下亭自注云：亭對鵲湖，可見湖上山，名鵲山也。彌年聽傳詩，登覽通夢寐。遥憐坐清曠，謝靈運詩：淄磷謝清曠。落筆富新製。淵明桃源詩：俎豆猶古法，衣裳無新製。尚因賓客集，灑酒使我醉。

往在舅氏旁，獲拚堂上帚。禮記少儀云：氾埽曰埽，埽席前曰拚，拚席不以鬣，執箕膺擖。注：鬣，帚也。釋音：拚，弗運反。六經觀聖人，明如夜占斗。索居廢舊聞，禮記：離羣而索居。獨學無新友。學記：獨學而無友，則孤陋而寡聞。羡子杞梓材〔三〕，左傳聲子説楚曰：如杞梓皮革自楚往也。雖楚有材，晉實用之。袁彦伯三國名臣頌：爭采松竹，競收杞梓。未曾離矯揉。易説卦云：坎為矯輮。釋文云：輮如九反，又如又反。宋衷、王廙本作「揉」，宋云：使曲者直，直者曲為揉〔四〕。荀子勸學篇：木直中繩，輮以為輪。

安詩無恙時，學行超輩儕。山谷集中有李攄字説云：予既字舅弟李攄曰安詩，而安詩請其説云云。風俗通：恙，毒蟲，喜噬人，古人草居露宿，故相勞問必曰：「無恙乎？」又李陵傳：霍與上官無恙乎？華屋落丘山，文選曹子建箜篌引云：生存華屋處，零落歸丘山。百憂滿人懷。此士如不亡，仲子一作「叔也」〔五〕。抱奇材。不獨典刑在，詩云：雖無老成人，尚有典刑。神明還觀來。法書要録：庾翼與王羲之書云：「忽見足下答家兄書，恍若神明，頓還舊觀。」集中又有評李德叟詩云：孫莘老嘗以德叟詩一軸示予曰：「子試為我評之。」予對曰：「再過普惠七言、石人道中表字韻〔六〕，國朝以來能者不過一二人而已，韓退之所謂『橫空蟠硬語，妥帖力排奡』，惟此詩足以當之〔七〕。」

少時誦詩書〔八〕，貫穿數萬字。司馬遷贊：亦其涉獵者廣博，貫穿經傳，馳騁古今〔九〕。爾來窺陳編，記一忘三二。柳子厚寄許京兆書云：往時讀書，自以不至抵滯，今皆頑然無復省録。每讀古人一傳，數紙以後，則再三伸卷，復觀姓氏，旋又廢失。山谷蓋用此意。歐陽文忠鎮陽讀書：尋前顧後失，得一念十忘。光陰如可玩，老境翻手至。柳子厚與李翰林書：悠悠人世，越不過為三十年客耳。前過三十七年，與瞬息無異；後所得者〔一〇〕，其不足把玩，亦已審矣。良醫曾折足，說病迺真意。左傳齊高彊曰：三折肱知為良醫。屈原九章云：九折臂而成醫兮，吾至今而知其信然。桃李春成徑，見上。本自不期人。桃李成蹊，非與人期，而人自至耳。歷下兩寒士，簞瓢能悅親。恥蒙伐國問，董仲舒傳：為江都相，事易王，王問曰：『粵王句踐與大夫泄庸、種、蠡謀伐吳，遂滅之。孔子稱殷有三仁，寡人亦以為越有三仁。桓公決疑於管仲，寡人決疑於君。』仲舒對曰：『昔者魯君問柳下惠：「吾欲伐齊，何如？」柳下惠曰：「不可。」歸而有憂色，曰：「吾聞伐國不問仁人，此言何為至於我哉？」徒見問耳，且猶羞之，況設詐以伐吳乎？』王曰：『善。』肯卧覆車塵？予既得此友〔一一〕，從之求日新。易：日新之謂盛德。書湯之盤銘曰：德日新，日日新，又日新〔一二〕。

〔一〕『論語……前聖畏後生』元至元本作『文選石季倫詩：傳語後世人，遠嫁難為情』。

〔二〕『往』原作『生』，據弘治本、樹經堂本改。按世說新語不載此句，唯其品藻篇有『共商略西朝及江左人物』，庶幾近之。又排調篇有『先達知其不常』，可作注。

〔三〕『梓』嘉靖本、萬曆本作『桂』。

〔四〕『釋文……直者曲為揉』。『釋文』原誤作『釋音』。按『釋文』當謂唐陸德明經典釋文，以下引文出經典釋文卷二周易音義周易説卦。「宋衷」原誤作「宋忠」，今據經典釋文改。按：宋衷為漢人，王廙為晉人，均撰有周易注，已佚。

〔五〕「一作叔也」元至元本作「仲一作叔」。

〔六〕「石」原作「右」，據元至元本及客評李德叟詩（内集卷二十）改。

〔七〕元至元本在此後還有：「神明還觀見上。」

〔八〕「少時」嘉靖本、萬曆本「時」字下注：「一作年。」

〔九〕「司馬遷……馳騁古今」元至元本作「司馬遷貫穿經傳」。

〔一〇〕「後所得者」柳宗元集卷三十與李翰林建書作「復所得者」。

〔一一〕「予」原作「子」，據樹經堂本改。按：客贊李氏兄弟，以之為友，故作「予」是。

〔一二〕「書湯之盤銘……又日新」。按：「湯之盤銘」云云非出自尚書，乃載禮記大學，「德日新」作「苟日新」。又尚書商書仲虺之誥有「德日新」之語。

陪謝師厚遊百花洲槃礴范文正祠下道羊曇哭謝安石事因讀生存華屋處零落歸山丘為十詩

百花洲、萊公、范公祠皆在鄧〔一〕。

憶在昭陵日，仁宗葬永昭陵。傾心用老成。功歸仁祖廟，政得一書生。謂文正公。

羊生但箸鞭，勿哭西州門。故有不亡者，南山相與存。羊曇事在謝安傳。「箸鞭」見劉琨傳。莊子曰：凡之亡也，不足以喪吾存〔二〕。

慶州自不惡，籍甚載聲華。忠義可無憾，公今有世家。仁宗時元昊反，文正公自請守鄜、延，徙知慶州，又以為環慶路經略安撫使，決策取横山，復靈武，而元昊稱臣請和。文正仲子忠宣公純仁字堯夫，熙寧七年十月知慶州。所謂『世家』者，此也。哲宗即位，又自河中徙慶州，此時未也。『不惡』見上。

公歸未百年，鸛巢荒古屋。我吟殄瘁詩，悲風韻喬木。詩：人之云亡，邦國殄瘁。

傷心祠下亭，在時公燕處。臨水不相猜，江鷗會人語。

公有一杯酒，與人同醉醒。遺民能記憶，欲語涕飄零。南史羊祜傳：不飲酒而好賓游，終日獻醻，同其醉醒。左傳：吳季札聞歌唐，曰：『思深哉！其陶唐氏之遺民乎！』

委徑問謠俗，高丘省佃作。昔游非苟然，今花幾開落？

在昔實方枘，成功見圓機。離騷經云：不量鑿而正枘兮，固前修以菹醢。九辯云：圜鑿而方枘兮，吾固知其鉏鋙而難入。文正平生鉏鋙不合多矣！參知政事亦以不合出，而其臨邊隨宜制變，未始不圓也。文中子曰：安得圓機之士，與之言九流哉！

九原尚友心，白首要同歸。孟子：是尚友也。潘安仁詩：投分寄石友，白首同所歸。文正公岳陽樓記其末云：其必曰『先天下之憂而憂，後天下之樂而樂』乎〔三〕！噫，微斯人，吾誰與歸？詩意端指此。

人去洲渚在，春回花草班〔四〕。杜詩：重嵓細菊班。又云：春風花草香。清談值淵對，發興如江山。杜詩：發興自林泉。

落日銜城壁，淵明詩：悠悠銜山日，炯炯留清輝。太白詩：青山猶銜半邊日。祠東更一游。文正守鄧三年，後人祠之。悲來惜酒少，安得董糟丘！南史陳暄與兄子秀書曰：速營糟丘，吾將老焉。李白寄元參軍：憶昔洛陽董糟丘，為予天津橋南造酒樓。黃金白璧買歌笑，一醉累月輕王侯！

〔一〕『百花洲……皆在鄧』元至元本作『此詩及前篇併後七八篇皆在鄧州作。蓋百花洲、萊公、范公祠皆在鄧，而師厚家南陽，山谷自北京解罷改官回至南陽見師厚也』。按：此詩元至元本載卷十二。

〔二〕『凡之亡也不足以表吾存』『凡』弘治本作『兄』，誤。按語出莊子田子方，凡，國名。

〔三〕『曰』原無，據至元本、樹經堂本及范仲淹岳陽樓記加。

〔四〕『班』嘉靖本、萬曆本及樹經堂本作『斑』。

百花洲雜題

東漢為南都也。

文正公集中有答王源叔憶百花洲見寄云：芳洲名冠古南都。又獻百花洲圖上陳州晏相公云：穰下勝游少，此洲聊入詩。百花爭窈窕，一水自漣漪。鄧州南陽郡，

范公種竹水邊亭，漂泊來游一客星。老杜上漢中王云：西漢親王子，成都老客星。『客星』老杜以自喻。山谷亦用此意。『客星』本出嚴光傳。神理不應從此盡，謝靈運述祖德詩云：拯溺由道情，龕暴資神理。百年草樹至今青。用老杜『齊魯青未了』之意。

竹下把酒

竹下傾春酒，愁陰為我開。不知臨水語，更得幾回來？柳子厚再上湘江詩：好在湘江水，今朝又上來。不知從此去，更遣幾年迴〔一〕？

〔一〕『好在湘江水……更遣幾年迴』『湘』原作『湖』，據柳宗元再上湘江詩（中華書局一九七九年版柳宗元集卷四十二）改。『遣』原作『遺』，據弘治本、樹經堂本及柳詩改。按：『年』中華本柳集作『時』，他本及全唐詩作『年』。

砌臺晚思

目極江南千里春，楚辭：目極千里兮傷春心。誰今灑筆可招魂？宋玉有招魂一篇。杜詩：昭州詞翰與招魂。向人猶作故時面，翠竹蒼煙一萬根。山谷衛南詩落句云〔一〕：唯有鳴鵶古祠柏，對人猶是向時情。與此同意。晉劉惔傳：惔字真長，褚裒謂孫綽曰：『真長生平何嘗相比數，而卿今日作此面向人耶！』

〔一〕『山谷』元至元本作『此卷先有』。

和師厚接花

妙手從心得，輪扁斲輪，謂齊威公曰：『臣得之於手，應之於心。』接花如有神。杜詩：下筆如有神。根株穰下土，鄧州治穰縣。顏色洛陽春。纂異蜀本前四句作：妙得花三昧，誰明幻與真？家風穰下土，笑面洛陽春。雍也本犂子，史記仲尼弟子傳：冉雍字仲弓，子曰：『雍也可使南面。』仲弓父賤人，子曰：『犂牛之子騂且角，雖欲勿用，山川其舍諸？』仲由元鄙人。仲由字子路，性鄙，好勇力，冠雄雞，佩猳豚，陵暴孔子。孔子設禮，稍誘子路，後儒服委質。升堂與入室，只在一揮斤。論語子曰：由也升堂矣，未入於室也。莊子：匠石運斤成風。言以洛陽牡丹接鄧州所種花，如化犂子、鄙人為良士也。

和師厚栽竹

大隱在城市，文選王康琚詩：大隱隱朝市。此君真友生。王徽之種竹云：『何可一日無此君邪！』詩：矧伊人矣，不求友生。根須辰日斸，藝苑雌黃云：種竹多用辰日，山谷所謂『根須辰日斸』也。筍要上番成。杜詩：無數春筍滿林生，柴門密掩斷人行。會須上番看成竹，客至從嗔不出迎。『番』字元注云：去聲。蓋用蜀人方言也，山谷姑作平聲〔一〕。龍化葛陂去，用費長房竹化為龍事。鳳吹阿閣鳴〔二〕。漢律曆志：黃帝使伶倫自大夏之西、昆侖之陰取竹之解谷，斷兩節間而吹之，以為黃鍾之宮。制十二筩以聽鳳之鳴，其雄鳴為六，雌鳴亦六。帝王世紀：黃帝時鳳巢阿閣。草荒三徑斷，歲晚見交情。用翟公書門事。

〔一〕『姑』元至元本作『始』。

〔二〕『鳳』樹經堂本作『風』。

次韻師厚雨中晝寢憶江南餅麴酒

雨砌無車馬，風簾灑靜便。老杜詩：秋風灑靜便。字本出謝康樂詩。忽思江外酒，準擬醉時眠。退之北湖詩：準擬醉時來。隱几唯觀化，莊子齊物篇：南郭子綦隱几而坐，仰天而噓云云。篇末言：莊周夢為胡蝶，周與胡蝶則必有分矣，此之謂物化。李白詩：虛舟不繫物，觀化游江濆。開書屢絕編。漢儒林傳序：孔子晚而好易，讀之韋編三絶。遥知煙渚夢，遣騎喚漁船。文選魏文帝書：今遣騎到鄴。

次韻師厚萱草

從來占北堂，衛國風伯兮云：焉得諼草，言樹之背？毛云：諼草令人忘憂；背，北堂也。釋音云：『諼』本作『萱』。雨露借恩光。文選江淹書：大王惠以恩光。與菊亂佳色，淵明詩：秋菊有佳色，裛露掇其英。共葵傾太陽。文選曹子建表：若葵藿之傾葉，太陽雖不為迴光，然向之者，誠也。人生真苦相，物理忌孤芳。顔延年祭屈原文：物忌堅芳，人諱明潔。退之詩：異質忌處羣，孤芳難寄林。不及空庭草，榮衰可兩忘。

次韻謝外舅病不能拜復官夏雨眠起之什 復官蓋熙寧十年。

丈人養痾卧，後漢高彪傳：公今養痾傲士，固其宜也。文選謝靈運詩：養痾丘園中。又云：卧痾對空林。此道取衆棄。史記白圭傳：人棄我取，人取我棄。引此以言取捨與衆異耳。山谷祭劉凝之文云：執盈虚以化物，取衆棄而致夥。此乃言用白圭之術。强飯尚可飽，漢貢禹傳：生其强飯慎疾以自輔。力田苦常匱。言力學而不遇時，如力田而不逢年也。欲從羣兒嬉，出語不嫵媚。退之詩：又不媚笑語〔一〕，不能伴兒嬉。唐魏徵傳帝曰：人言徵舉止疏慢，我但見其嫵媚耳。軒窗坐風凉，編簡勘遺墜。漢劉歆傳：經或脱簡，傳或間編。自安井無禽，易井卦『初六』：井泥不食，舊井無禽。注謂：井不渫治，禽所不向，而況人乎！一時所共棄，師厚能安之焉。未歎旅焚次。旅卦『九三』：旅焚其次，喪其童僕。注謂：次焚、僕喪而身危也。師厚幸未至此。夏暑極陽功，董仲舒策：陽常居大夏以主歲功。時霖作陰事。禮記昏義：月食則后素服，蕩天下之陰事。呼兒疏藥畦，植杖按瓜地。歸去來辭：或植杖而耘耔。字本出論語〔二〕。杜詩：青門瓜地新凍裂。南山雲氣佳，北極冕旒邃。爾雅：北極謂之北辰。禮：天子冕十有二旒，前後邃延。杜詩：玉几由來天北極。自欣鬢髮白〔三〕，得見衣裳治。繫辭：垂衣裳而天下治。山林收枯槁，莊子：此山谷之士，非世之人枯槁赴淵者之所好也。草木洗憔悴。舐痔以車來，衛國風：以爾車來。莊子列禦寇篇：秦王有病召醫，破癰潰痤者得車一乘，舐痔者得車五乘。探珠遭龍睡。列禦寇篇又云：河上有家貧恃緯蕭而食者，其子没於淵，得千金之珠。其父曰：『千金之珠必在九重之淵，而驪龍頷下，子能得珠者，必遭其睡也。』腹便時蒙嘲，後漢邊韶傳：曾晝日假卧，弟子私嘲之曰：『邊孝先，腹便便，懶讀書，但欲眠。』身退得自恣。莊周傳云：其言汪洋自恣以適己。伊優無下僚，骫髒謝高位。後漢趙壹傳：有秦客者為詩曰：『伊優北堂上，骫髒倚門邊。』選詩：英俊沉下僚。誰能領斯會？文選向秀思舊賦：託運遇於領會。注云：領會，冥理相會也。好在漆園吏。選詩：漆園有傲吏。史記：莊子蒙人也，嘗為蒙漆園吏。杜詩：因君問消息，好在阮元瑜。柳子厚再上湘江詩：好在湘江水，今朝又上來。

〔一〕『語』原作『言』，據弘治本、樹經堂本及韓愈送張道士詩改。

〔二〕『歸去來辭……論語』元至元本作『植杖出語』。

〔三〕『鬢』嘉靖本、樹經堂本作『鬒』。

次韻師厚病間十首〔一〕

貝錦不足歌，小雅巷伯，寺人傷於讒，故作是詩也：萋兮斐兮，成是貝錦。按實録，熙寧五年五月，追前提點成都府路刑獄、司封郎中謝景初兩官，都官郎中李杲卿一官，並勒停，坐在成都府路踰濫故也。今觀此詩，蓋必有織成其罪者。前集和邢惇夫秋懷云：謝公蘊風流，詩作鮑照語。絲蟲縈諫草，筆力挾風雨。萬里投諫書，石交化豺虎。『石交』不知謂何人。請陳江漢詩。江漢乃大雅篇名。荀子賦篇：天下不治，請陳詭詩。美人出江漢，窈窕世未窺。詩：窈窕淑女。文選張平子四愁詩序云：依屈原，以美人為君子，以珍寶為仁義，以水深雪雰為小人。折蘭不肯佩，韓退之猗蘭操：蘭之猗猗，揚揚其香。不採而佩，於蘭何傷。告我以蠶飢。温飛卿詩云：蠶飢使君馬，鴈避將軍箭。玉臺新詠其略云：秦氏有好女，自言名羅敷。羅敷善蠶桑，採桑城南隅。使君從南來，五馬立踟躕。使君遣吏問，寧可共載不？羅敷前置詞：『使君一何愚』云云。王無功賦：聞烏啼而訝夕，憶蠶飢而慮晚。李白古樂府：秦地羅敷女，採桑緑水邊，素手青條上，紅粧日色邊。蠶飢妾欲去，五馬莫留連。獨歸豈憚遠？三危露如飴。呂氏春秋本味篇云：水之美者：三危之露，崐崙之井。大雅綿云：周原膴膴，堇荼如飴。韓偓詩序云：咽三危之瑞露，美動七情。

德人更疢疾，術智益灑落。孟子曰：人之有德慧術知者，恒存乎疢疾。反身見萬古，孟子曰：萬物皆備於我矣，反身而誠，樂莫大焉。道不在卜度。胸中有鏌鋣，老境要志弱。言内剛外柔也。吴越春秋：干將吴人也，闔閭使作劍二，曰『干將』，曰『鏌鋣』；鏌鋣，干將之妻也。道德經云：實其腹，弱其志。注云：和柔謙讓，不處權也。謝公賦『達生』，達生真可託。莊子有達生篇。謝靈運齋中讀書詩：萬事難並歡，達生幸可託。

引鏡照清骨，驚非曩時人。肇法師物不遷論云：梵志出家，白首而歸，鄰人曰：『昔人尚存乎？』志曰：『吾猶昔人非昔人也。』天地入喻指，莊子齊物篇：以指喻指之非指，不若以非指喻指之非指也；以馬喻馬之非馬，不若以非馬喻馬之非馬也：天地一指也，萬物一馬也。芭蕉自觀身。維摩經：是身如芭蕉，中無有堅固。陳力則已病，陳力就列，不能者止。征財又室貧。古來支離疏，粟帛王所仁。莊子人間世篇：支離疏者，頤隱於齊，肩高於項。上有大役，則支離以有常疾不受功；上與病者粟，則受三鍾與十束薪。葅寒知園秋，賈誼新書曰：楚惠王食寒葅而得蛭，遂吞之。飯白問米賤。老杜云：與奴白飯馬青芻。又云：為問淮南米貴賤。婦孫勸甘旨，霜兔頗宜麵。內則云：慈以旨甘。又云：牛宜稌，羊宜黍，豕宜稷，犬宜粱，鴈宜麥。黃花不舉酒，佳句餘嫪戀。嫪，郎到切〔二〕。退之薦士詩：念將決焉去，感物增戀嫪。經行宴坐堂，維摩經：曾於林中宴坐。鼠跡書几硯。語林曰：簡文為撫軍時，所坐牀上生塵，不聽左右掃去，見鼠行跡，視以為佳。桃李一春期，松柏千歲永。經玄事寂寞，揚雄有解嘲云：意者玄得無尚白乎？又云：惟寂惟寞，守德之宅。髮白官閑冷。草綠艾如張，『艾如張』樂府篇名。波清蜮伺影〔三〕。春秋莊十七年〔四〕：秋有蜮。注：短狐也，含沙射人為災，音或。官韻：域、或兩音。博物志：江南溪水中有射工蟲，長一寸，口中有弩形，氣射人影，不治則殺人。東里與無趾，渠有幸不幸。莊子德充符篇：申徒嘉兀者也，而與鄭子產同師於伯昏無人。子產謂申徒嘉曰：『我先出，則子止；子先出，則我止。』又云：魯有兀者叔山無趾，踵見仲尼，仲尼曰：『子不謹，前既犯患若是矣，雖今來，何及矣！』兩人皆兀者，故誤以申徒嘉為無趾。『東里』，子産也。

病餘兒廢鋤，門巷草芊眠。楚辭云：遠望兮阡眠。陸士衡云：林薄草阡眠。謝玄暉云：阡眠起雜樹。來者何所聞？披草足跫然。晉嵇康傳：康居貧，鍛於大樹之下，以自贍給。鍾會往造焉。康不為之禮而鍛不輟，良久，會去。康謂曰：『何所聞而來？何所見而去？』會曰：『聞所聞而來，見所見而去。』會以此憾之，言於文帝，遂害之。文選趙景珍書云：披榛覓路。『跫然』見上。

封侯謝骨相，李廣傳：豈吾相不當封耶？班超傳：此萬里侯相也。翟方進傳：小史有封侯骨。使鬼無金錢。晉魯褒錢神論云：錢無耳，可使鬼。夢作白鷗去，江湖水黏天。退之祭張員外文云：洞庭漫汗，黏天無壁。前集有詩云：夢作白鷗去，江湖水如天。莊子曰：且汝夢為鳥而厲乎天〔五〕，夢為魚而没於淵。南史梁世子方傳：嘗著論曰：『吾嘗夢為魚，因化為鳥。方其夢也，何樂如之！』

民生自煎熬，杜詩：置膏烈火上，哀哀自煎熬。太白詩：名利徒煎熬。煮豆以其爨。世說：魏文帝使東阿王七步作詩，不成，當行大法。王應聲曰：『其在釜下燃，豆在釜中泣。本是同根生，相煎何太急！』居然忘本根，詩生民：不康禋祀，居然生子。文子云：形之與名，居然別矣。光陰不供翫。柳子厚與李翰林書，見上〔六〕。藏山夜半失，莊子大宗師篇云：藏舟於壑，藏山於澤，謂之固矣，然而夜半有力者負之而走。司馬彪曰：舟，水物；山，陸居者也。藏之壑澤，非人意所求，謂之固，有力者或能取之。亦如人生於世，自以為固，四時遷移，不可留止〔七〕。烏合歸星散。文選晉紀總論云：新起之寇，烏合之衆〔八〕。注引管子書云：烏合之衆，初雖相歡，後必相噬〔九〕。蜀志姜維傳曰：星散流離，死者甚衆。因病見不生，達人果大觀。維摩經云：我不任詣彼問疾云云。諸法畢竟不生不滅。又云：法本不生，今則無滅。賈誼：小智自私，賤彼貴我。達人大觀，物無不可。

開田種白玉，種玉事出搜神記，見上注〔一〇〕。飽牛事耕犂。雨露非無澤，得秋常苦遲。猛虎擅文章，論語：虎豹之鞟，猶犬羊之鞟。正義曰：此章貴尚文章。斑斑被諸兒。上林賦曰：被斑文。文選七啓云：拉虎摧斑〔一一〕。長松抱勁節，唯有歲寒知。見論語。潘安仁西征賦：勁松彰於歲寒，貞臣見於危國。

謝公蒔蘭茗，文選陸士衡詩：翡翠戲蘭苕，容色更相鮮。真意付此物。惠然風肯來，詩終風：惠然肯來。香為一披拂。莊子天運篇：孰居無事而披拂是？遥知醉吟姿，黽勉向朱紱。詩：黽勉求之。易困卦：朱紱方來。杜詩：朱紱負平生。師厚初復官，得襄陽倅。搘笻橘柚黃，僧屋對像佛。李太白詩：露皓梧楸白，風催橘柚黃。文選頭陀寺碑：象設既闢。注：象，佛之形像也。

身病心輕安，道肥體癯瘦。韓非子云：子夏見曾子，曾子曰：『何肥也？』曰：『戰勝故肥。吾入見先王之義，則榮之；出見富貴之樂，又榮之。兩者交戰於胸中，未知勝負，故癯。今先王之義勝，故肥。』好懷當告誰？四墻棗紅皺。退之聯句：紅皺曬簷瓦，黃團繫門衡。負暄不可獻，列子楊朱篇云：宋國有田父，常衣緼黂〔一二〕，僅以過冬。暨春東作，自曝於日，不知天下之有廣廈隩室、綿纊狐貉，顧謂其妻曰：『負日之暄，人莫知者，以獻吾君，將有重賞。』捫虱坐清晝。晉王猛傳：桓溫入關，猛被褐詣之，捫虱而言，旁若無人。

端有真富貴，樂天詩：為報高蓋車，恐非真富貴。千秋萬年後。杜詩：千秋萬歲名，寂寞身後事〔一三〕。

〔一〕『次韻師厚病間十首』嘉靖本、萬曆本、樹經堂本作『次韻外舅謝師厚病間十首』。
〔二〕『郎』原作『即』，據樹經堂本改。
〔三〕『伺』原作『司』，據嘉靖本、萬曆本改。
〔四〕『七』原作『八』。按所引正文與注均出春秋左傳莊公十七年，今據以改。
〔五〕『烏』原作『烏』，據至元本、弘治本、樹經堂本及莊子大宗師改。
〔六〕『見上』元至元本作『云：悠悠人世，不過為四十年客耳，前過三十七年與瞬息無異；後所得者，其不足把翫，亦已審矣』。
〔七〕『如』原作『知』，據樹經堂本改。按：莊子司馬彪注已散佚，此段注文為文選卷三十一江淹雜體詩三十首擬謝混詩李善注所引，但僅至『或能取之』。
〔八〕『烏』原作『鳥』，據樹經堂本及文選卷四十九干寶晉紀總論改。
〔九〕『注引管子……後必相噬』按：『管子』文選晉紀總論李善注作『曾子』，『噬』作『咋』。然作『管子』亦有據。唐馬總意林卷一引管子：『烏合之衆，初雖有懽，後必相吐，雖善不親也。』
〔一〇〕『種玉事……見上注』元至元本作『搜神記曰：羊公雍伯性篤孝，父母亡，葬無終山，遂家焉。山高無水，公作義漿，有一人就飲，以一斗石子與種之，云：玉當生其中，種之，得白璧五雙』。
〔一一〕『啟』原作『命』，據文選卷三十四曹植七啟改。按七命為張協所作，載文選卷三十五，注作『七命』非是。又，『斑』原作『班』，據至元本、弘治本、樹經堂本及七啟改。
〔一二〕『䵝』原作『黂』，據列子楊朱改。按『䵝』讀如『墳』，亂麻。
〔一三〕『杜詩……身後事』元至元本以下多『以上與師厚贈答凡十八篇，非同時作，後人類聚於此』。

山谷外集詩注卷第四

次韻奉送公定 謝師厚二子：愔字公靜，悰字公定。

去年君渡河，君無渡河，樂府篇名，亦曰箜篌引。棗下實離離。今年君渡河，剝棗詠豳詩。文選笙賦歌曰：棗下纂纂，朱實離離。豳七月詩：八月剝棗。直緣恩義重，不憚鞍馬疲。南史衛敬瑜妻詩曰：故人恩義重，不忍復雙飛。詩書半行李，道路費歲時。親交歎存亡〔一〕，學問訪闕遺。司馬遷書：又不能拾遺補闕。故唐有補闕、拾遺之官。我多後時悔，君亦見事遲。史記范睢傳云：穰侯智士也，而見事遲。魏武帝紀：袁紹雖有大志，而見事遲。即此有真意，淵明詩：此中有真意，欲辯已忘言。定非兒女知。漢高祖紀呂公曰：此非兒女子所知。虛名無用處，北斗與南箕。見上〔二〕。燕趙游俠子，文選曹子建樂府云：借問誰家子？幽并游俠兒。郭景純詩：京華游俠客。長安輕薄兒。沈休文詩：洛陽繁華子，長安輕薄兒。後漢書曰：李寶勸劉嘉且觀成敗，光武聞，告鄧禹曰：『孝孫素謹，當是長安輕薄兒誤之耳。』嘉字孝孫。狂掉三寸舌，張良傳：良迺稱曰：『今以三寸舌為帝者師。』

躐登九級墀。賈誼傳：故陛九級上，廉遠地，則堂高。覆手雲雨翻，杜詩：翻手作雲覆手雨，紛紛輕薄何須數。立談光陰移。歃血盟父子，左傳：陳五父及鄭伯盟，歃如忘。注：志不在於歃血。穀梁：齊桓衣裳之會十有一，未嘗有歃血之盟。指天出肝脾。退之作子厚墓誌云：握手出肺肝相示，指天日泣涕，誓生死不相背負，真若可信。從來國器重，韓安國傳：唯天子以為國器。見謂骨相奇。兒寬傳：見謂不習事。築巖發夢寐，書云：說築傅巖之野。獵渭非熊螭。史記齊太公世家：周西伯將出獵，卜之曰：『所獲非龍非彲，非虎非羆，所獲霸王之輔。』注云：彲，丑知反。索隱曰：餘本亦作『螭』字。百工改繩墨，孟子：大匠不為拙工改廢繩墨。一世擅文詞。全人脰肩肩，甕盎無且宜。莊子德充符篇云：闉跂、支離、無脤說衛靈公〔三〕，靈公悅之，而視全人其脰肩肩。甕盎大癭說齊桓公，桓公悅之，而視全人其脰肩肩。注云：偏情一性則醜者更好，而好者更醜也。山谷詩意謂熙寧用人非賢而謂之賢，賢則指為不肖也。所謂『游俠子』、『輕薄兒』，蓋言當時新進少年趨時苟合，以口舌捷給，躐等進用，雖歃血而盟，自謂披腹而出肝脾，其言皆不足信也。王介甫素有重名，稱為『國器』，其遇主得時，如起於築巖釣渭；而改制立法，自眩文詞，附己者超遷之，語不合意，輒擯斥不用，所謂悅闉跂、支離、甕盎大癭，而視全人無疾者，乃詆為醜惡也。前集神宗挽詞固云：『築釣收賢輔。』此詩含譏諷，非一過可了，故詳言之。大槐陰黃庭，女蘿綿絡之。莊子：水中有火，乃焚大槐。『大槐』以喻用事者。黃庭經注云：黃庭以中得名。今本云中庭。詩云：蔦與女蘿，施于松柏。以喻小人附離而進也。昭陽兩兄弟，還自姤蛾眉。工顰又宜笑，楚辭九歌云：既含睇兮又宜笑。百輩來茹咨。周頌：王釐爾成，來咨來茹。箋云：咨，謀；茹，度。汝有事，當來謀之，來度之。班姬輕鴻毛，更合衆口吹。漢成帝班倢伃傳：始為少使，俄而大幸。後趙飛燕姊弟自微賤興，寖盛於前，譖告許皇后、班倢伃挾媚道祝詛。許后坐廢，倢伃求供養太后長信宮。趙皇后傳云：召入宮，大幸，有女弟，復召入。后既立，後寵少衰，而弟絕幸，為昭儀，居昭陽舍。飛燕外傳云：后怒，以杯抵昭儀裙，昭儀泣曰：『姊忘共被苦寒時邪？今幸貴，其忍相搏乎？』此事以喻王、吕初為黨而後乖爭，班姬以喻當時逐客也。按實録，熙寧七年三月王安石知江寧軍府。八年正月秘閣校理王安國追毁出身以來文字，放歸田里。汀州編管人鄭俠改英州。初，王安石將罷相，引吕惠卿執政，惠卿素與安國有隙，因俠獄抵安國罪。是年二月安石復相，自後王、吕之交遂絶。山谷時在北京。韓非子云：齊景公曰：『去仲尼如吹毛耳。』乃遺哀公女樂，哀公怠於政，仲尼之齊。

引繩痛排根，自注云：音痕。漢書灌夫傳：竇嬰失勢，亦欲倚夫引繩排根生平慕之後棄者。蒙蔽枉成帷。唯恐出己上，殺之如弈棋。左傳襄二十五(四)：甯子視君，不如弈棋。塵埃百年琴，絶絃為鍾期。見上注。落落虎豹文，義難管中窺。晉王獻之傳：管中窺豹，時見一斑。至今揚子雲，不與俗諧嬉。歲晚草玄經，覃思寫天維。書序：研精覃思。退之詩：白日座上傾天維。脱身天禄閣，危於劍頭炊。晉顧愷之傳：桓玄與愷之同在殷仲堪坐，共作危語。玄曰：『矛頭淅米劍頭炊。』卧聞策董賢，閉門甘忍饑。五侯盛賓客，騶轡交横馳。樓護傳云：王氏方盛，賓客滿門，五侯兄弟爭名其客，不得左右。文選阮嗣宗詩：走獸交横馳。時通問字人，得酒未曾辭。揚雄贊云：為郎與王莽、劉歆並，又與董賢同官云云。又云：王莽時，劉歆、甄豐皆為上公，莽既以符命自立(五)，欲絶其原以神前事，而豐子尋、歆子棻復獻之，莽誅豐父子，投棻四裔，辭所連及，便收不請。時雄校書天禄閣上，治獄使者來，欲收雄，雄從閣上自投下，幾死。莽聞之，問其故，迺棻從雄學作奇字，雄不知情。有詔不問。『問字』見上注。董賢見佞幸傳。近者君家翁，天與脱馽鞿。莊子馬蹄篇：連之以羈馽。丁立、陟立兩切。左傳云：韓厥執馽。離騷云：余雖好修姱以鞿羈兮。注：韁在口曰鞿(六)，革絡頭曰羈。退之祭子厚文云：子之中棄，天脱馽羈。已為冥冥鴻，矰繳尚安施？揚子法言：鴻飛冥冥，弋人何篡焉？張良傳：戚夫人泣涕，上曰(七)：『為我楚舞，吾為若楚歌。』歌曰：『鴻鵠高飛，一舉千里。羽翼已就，横絶四海。横絶四海，又可奈何！雖有矰繳，尚安所施？』養蘭尋僧圃，愛竹到水湄。北闕免朝請，西都分保釐。書畢命：康王命作册畢，以成周之衆，命畢公保釐東郊。律詩中有和師厚復官分司西京詩。文章九鼎重，史記平原君傳：毛先生，一至楚而使趙重於九鼎大呂。富貴一黍累〔八〕。漢書律曆志：度長短者不失豪釐，量多少者不失圭撮，權輕重者不失黍累。注云：豪，兔豪也。十豪為釐，六十黍為圭，四圭為撮，音倉括反。十黍為絫，十絫為一銖。絫，來戈反，亦音『纍紲』之纍〔九〕。沈存中筆談云：唐開元錢重二銖四絫，今蜀中亦以十參為一銖。『參』乃古『絫』字，相傳誤耳。趙良請灌園，但為商君嗤。史記商君鞅傳：趙良見商君曰：『君之危若朝露，尚欲延年益壽乎？則何不歸十五都，灌園於鄙？』商君弗從。五月而秦孝公卒，太子立。公子虔之徒告商君反，發吏捕商君。棄甲尚文過，兕多牛有皮。左宣二年：宋城〔一〇〕，華元為植，巡功。城者謳曰：『睅其目，皤其腹，棄甲而復。于思、于思，弃甲復來！』使其驂乘謂之曰：『牛則有皮，犀兕尚多，棄甲則那？』役人曰：『從其有皮，丹漆若何？』華元曰：『去之！夫其口衆我寡。』出仕書掣肘，見墨竹賦注。歸來菊荒籬。淵明歸去來辭云：三徑就荒，松菊猶存。不為五斗折，自無三徑資。昭明太子作淵明傳云：謂親朋曰：『聊欲絃歌，以為三徑之資乎？』執事者聞之，以為彭澤令。歲餘，郡遣督郵至縣，吏請曰：『應束帶見之。』淵明歎曰：『我豈能為五斗米折腰向鄉里小兒！』即日解印綬去職。勝箭洗蹀血，老杜悲陳陶云：羣胡歸來血洗箭。『蹀血』字見前漢書。歸鞍懸月支。漢張騫傳：匈奴破月氏王，以其頭為飲器。王摩詰燕支行云：拔劍已斷天驕臂，歸鞍共飲月支頭。文選曹子建詩：控弦破左的，右發摧月支。注云：月支，射帖也。邯鄲淳藝經云：『馬射左邊為月支三枚，馬蹄二枚〔一一〕。』二說疑不能決，故併列之。斯人萬户侯，造物付鑪錘。莊子大宗師篇：皆在鑪錘之間耳。我觀史臣篇，疏略記糟醨。史記屈原傳：何不餔其糟而啜其醨？借其字以言糟粕。譬如官池蛙，誰能問公私？晉惠帝紀：帝嘗在華林園聞蝦蟆聲，謂左右曰：『此鳴者為官乎？私乎？』或對曰：『在官地為官，在私地為私。』君懷明月珠，簸弄滄海涯。退之詩：婆娑海水南，簸弄明月珠。深房珮芳蘭，固是王所姬。退之詩：處子窈窕王所妃，苟有令德隱不腓。南貢尚包橘，『包橘』見前篇。漢濱莫大隨。左傳：漢濱之國隨為大。每來促談麈，鹿之大者曰麈，羣鹿隨之，視麈尾所轉，故談者揮之。見祖庭事苑。風生庭竹枝〔一二〕。骯髒得家法，伊優不能為。漢趙壹傳有秦客者為詩曰：文籍雖滿腹，不如一囊錢。伊優北堂上，骯髒倚門邊。但聽呼摴蒱，便足解人頤。漢匡衡傳：匡說詩，解人頤〔一三〕。功成在漏刻，漢光武紀：王尋、王邑圍昆陽城，自以為功在漏刻，意氣甚逸。穎利處囊錐。史記平原君傳：平原君謂毛遂曰：『夫賢士之處世也，譬若錐之處囊中，其末立見。今先生處勝之門下三年於此矣，左右未有所稱，勝未有所聞，是先生無所有也。』毛遂曰：『臣乃今日請處囊中耳！使遂早得處囊中，乃脫穎而出，非特其末見而已。』失勢落坑穽，退之詩：失勢一落千丈强。寒窀如愁鴟。得馬折足禍，淮南子曰：近塞上之人有善術者，馬無故亡入胡，人皆弔之。其父曰：『此何遽不為福乎？』居數月，其馬將胡駿馬而歸，人皆賀之。其父曰：『何遽不為禍乎？』家富馬良，其子好騎，墮而折其髀，人皆弔之。其父曰：『何遽不為福乎？』居一年，胡人入塞，丁壯死者十九，此獨以跛之故，父子相保。亡羊多歧悲。列子云：楊子之隣人亡羊，既率其黨，又請楊子之豎追之。楊子曰：『嘻！亡一羊，何追者之衆？』鄰人曰：『多歧路。』既反，問：『獲羊乎？』曰：『亡之矣！歧路之中又有歧焉，吾不知所入，所以反也。』心都子曰：『大道以多歧亡羊，學者以多方喪生。』屢敵因心計，『屢』當作『慮』。食貨志：桑弘羊以心計。伏兵幾面欺。漢季布傳：今噲面謾。史記作『面欺』。長戈仰關來，過秦論云：仰關而攻秦。吐款受羇縻。南史范曄傳：曄與孔熙先謀逆，熙先望風吐款，辭氣不撓。萬事只如此，畢竟誰成虧？莊子曰：有成與虧，故昭氏之鼓琴也。無成與虧，故昭氏之不鼓琴也。自『但聽呼摴蒱』至『誰成虧』皆言摴蒱也。按李翶集中有五木經，其略云：樗蒱五木，玄白判，厥二作雉，背雉作牛，王采四，盧曰雉牛，甿采六，開塞塔禿撅梟，全為王，駁為甿。又曰：設關二，馬出初關疊行，非王采不出關，不越坑，入坑有謫，行不擇筴馬，一矢為坑〔一四〕。愛君方寸間，醇朴乃器師。『器師』疑是『吾師』。安得擺俗纏，東崗並鉏犂。由來在陰鶴，不必振羽儀。易中孚之『九二』：鳴鶴在陰，其子和之。漸之『上九』：鴻漸于陸，其羽可用為儀。送行傾車蓋，載酒滿鴟夷。漢陳遵傳：自用如此，不如鴟夷。鴟夷滑稽，腹大如壺〔一五〕。天高木葉下〔一六〕，楚辭：洞庭波兮木葉下。潦退河流卑。屯雲搴六幕，退之詩：夏槐作雲屯。前漢禮樂志云：紛云六幕浮大海。師古曰：『六幕』猶言六合。新月吐半規。韓詩：前夕雖十五，月圓未滿規。人生會面難，取醉聽狂癡。杜詩：主稱會面難，一舉累十觴。『取醉』見上。南史沈昭略謂張約曰：『汝張約耶，何乃肥而癡？』約曰：『汝沈昭略耶，何乃瘦而狂？』昭略大笑曰：『瘦已勝肥，狂又勝癡。』語穽發欺笑〔一七〕，退之詩：詰屈避語穽。詩鋒犯嘲譏。懸知履霜來，易：履霜堅冰至。少別為不怡。天津媚河漢，爾雅：析木謂之津。箕、斗之間津也。注：漢津也，天漢之津梁。闕角掛秋霓。『闕角』見餞薛樂道詩題下注。中有鬼與神，赤舌弄陰機。太玄云：赤舌燒城，吐水于缾，測曰：『赤舌吐水，君子以解祟也。』〔一八〕王延壽夢鬼物賦云：劓尖鼻，踏赤舌。退之雪詩：譁譁弄陰機。夜光但十襲，出懷即瑕疵。闞子云：宋之愚不汝瑕疵。去去善逆旅，凍醪約重持。山藥倒藤架，紅梨帶寒曦。坐須騎奴還，淹留歲恐期。『騎奴』見上。無為出門念，牽衣嬰孺啼。李白詩：兒女歡笑牽人衣。短韻願成誦〔一九〕，時時寄相思。文選陸士衡文賦：或托言於短韻。退之祭文：投叉魚之短韻〔二〇〕。唐陸羽傳：得南都賦不能讀，危坐效羣兒囁嚅，若成誦狀。韓詩：願寄相思字。

〔一〕『亡』嘉靖本作『殁』，萬曆本作『没』。

〔二〕『見上』元至元本作『小雅大東：維南有箕，不可以簸揚；維北有斗，不可以挹酒漿。文選古詩：南箕北有斗，牽牛不負軛。民無盤石固，虚名復何益』。

〔三〕『脤』原作『賑』，據元至元本及莊子德充符改。

〔四〕『五』原作『八』，據左傳改。

〔五〕『符』原作『苻』，據至元本、弘治本及漢書卷八十七揚雄傳改。

〔六〕『轙』原作『轠』，據洪興祖楚辭補注卷一離騷王逸注改。

〔七〕『曰』原作『昌』，據元至元本及漢書張良傳改。

〔八〕『累』樹經堂本作『絫』。

〔九〕『漢書律曆志……纍絀之纍』據中華書局校點本漢書，『豪釐』作『豪氂』，『黍累』作『黍絫』，『十豪為釐』作『十豪為氂』，『六十黍為圭』，作『六十四黍為圭』。『纍絀』原作『纍繼』，據漢書律曆志注改。

〔一〇〕『宋』原作『朱』，據弘治本、樹經堂本及左傳宣公二年改。

〔一一〕『馬』原作『焉』，據至元本、樹經堂本及文選卷二十七曹植白馬篇李善注改。

〔一二〕『庭』嘉靖本、萬曆本作『廛』。

〔一三〕『匡』原作『康』，據漢書卷八十一匡衡傳改。

〔一四〕『按李翺集中有五木經……一矢為坑』『按』原作『援』，據樹經堂本改。『樗蒲』原作『駁蒲』，據弘治本、樹經堂本及全唐文卷六百三十八李翺五木經改。『開塞塔秃』，『塔』原作『今』，據全唐文改。『馬出初關』原作『馬初出關』，據全唐文改。『一矢為坑』原作『外一矢為坑』，據全唐文删『外』。

〔一五〕『漢陳遵傳……腹大如壺』。按注出漢書陳遵傳所引揚雄酒箴，『腹大如壺』作『腹如大壺』。

〔一六〕『下』萬曆本作『落』。

〔一七〕『語穽發欺笑』萬曆本『欺笑』下注：『一作期笑。』嘉靖本作『期笑』，下注：『一作欺笑。』

〔一八〕『祟』原作『崇』，據樹經堂本及揚雄太玄卷一改。

〔一九〕『成誦』嘉靖本、萬曆本作『成頌』。

〔二〇〕『投叉魚之短韻』『叉』原作『义』，據韓愈祭郴州李使君文（昌黎先生集卷二十二）改。按『叉魚』即韓愈叉魚（十八韻）招張功曹詩。

和謝公定河朔漫成八首

急雨長風溢兩河〔一〕，欣然河伯順風歌。行觀東海方寸少，不以黃流更自多。注見第一卷下〔二〕。

直渠殺勢煩才吏，分殺水力，穿直渠，皆見漢溝洫志。機器爬沙聚水兵。『機器』謂鐵龍爪、濬川杷也〔三〕，見第一卷下同堯民遊靈源廟詩注。『爬沙』字見退之月蝕詩：爬沙脚手鈍，誰使汝解緣青冥？河面常從天上落，金堤千里護都城。溝洫志云：決酸棗，護金堤。

直令南粵還歸帝，漢南粵王趙佗傳：妄竊帝號〔四〕，聊以自娛。改号不敢為帝矣！誰謂匈奴不敢王？願見推財多卜式，未須筭賦似桑羊。卜式傳：時漢方事匈奴，式上書願輸家財半助邊，上以語丞相弘〔五〕，弘曰：『此非人情，不軌之臣。』乃罷式。歲餘，會渾邪等降〔六〕，縣官費衆，倉府空，式復持錢二十萬與河南太守〔七〕。食貨志：以東郭咸陽、孔僅領鹽鐵，而桑弘羊貴幸，弘羊賈人之子，以心計，三人言利，事析秋毫矣。

萊公廟略傳耆舊，韓令風流在井疆。安用鳴鼙增漢壘？不妨羅拜下諸羌。此皆河朔事。寇萊公力請真宗幸澶州克敵，耆舊談之未已。韓忠獻公相州安陽人，熙寧八年歿於相州，此蓋八年以後作，時教授北京也。『井疆』言其井邑疆畔所在。書：殊厥井疆。

漢時水占十萬頃〔八〕，官寺民居皆濁河。溝洫志：成帝時河决於舘陶及東郡，凡灌四郡三十二縣，水居地十五萬餘頃，深者三丈，壞敗官亭民居四萬所〔九〕。又按孝元帝紀：敗壞官寺民室。注：凡府庭所在，皆謂之『寺』。豈必九渠亡故道？直緣穿鑿用工多。溝洫志：是歲河水溢溢，敗官亭民舍四萬。許商以為：『可決平原金堤間，開通大河，至海五百餘里；又乾三郡水地，得美田且二十餘萬頃。』許商又云：『古說九河之名，自鬲以北至徒駭，相去二百餘里。今河雖數徙，不離此域。』〔一〇〕

虜庭數遣林牙使，羌種来窺鴈塞耕。壯士看天思上策，月邊鳴笛為誰橫？林牙，契丹翰林學士也，見實録。江隣幾雜志云：冀州城南有張耳墓，在送客亭北。戎使林牙者，由翰林學士出使，問知州王仲平：『不知張耳何代人？』大使耶律防謝曰：『契丹家翰林學士，名目而已。』

蛛蒙黃畫屏初暗，塵澀金門鎖不開。六十餘年望琱輦，赭袍曾是映宮槐。此言澶淵行宮也。自景德元年歲甲辰與北虜通好息兵，至熙寧元年戊申，蓋六十五年。

百里棄疆王自直，熙寧七年九月，契丹遣使來言代北對境有侵地，帝以手詔問故老，韓、富、文等皆言不可與，王荊公再入相，曰：『將欲取之，必固與之。』以筆畫地圖，至八年九月分畫地界，棄地五百餘里。此詩蓋婉其詞也。萬金損費物皆春。當謂歲幣。須令牧馬甘踰幕，更遣彎弓不射人。漢匈奴傳云：匈奴益北絕幕。又云：匈奴遠遁，南無王庭。詩意謂令北虜絕幕北去，不復近塞，而引弓之民不相射也。杜詩云：射人莫射馬。此反其意。

〔一〕『溢』原作『謚』，據至元本、樹經堂本改。

〔二〕『注見第一卷下』元至元本同。按此『第一卷下』即至元本卷二，注引莊子秋水載奉答子高見贈十韻。編年本承之不改，正是保留了分體本之痕迹。下同。

〔三〕『杷』原作『杞』，據至元本、樹經堂本改。

〔四〕『漢南粵王趙佗傳妄竊帝號』『粵』原作『越』，據漢書卷九十五南粵王傳改。『號』字原無，據南粵王傳補。

〔五〕『弘』原作『洪』，據漢書卷五十八卜式傳改。下同。按『弘』指丞相公孫弘。

〔六〕『邪』原作『耶』，據漢書卜式傳改。

〔七〕『二』原作『三』，據漢書卜式傳改。

〔八〕『頃』原作『項』，據至元本、弘治本、樹經堂本改。

〔九〕『亭』原作『庭』，據漢書溝洫志改。按溝洫志作『壞敗官亭室廬且四萬所』。

〔一〇〕『溝洫志……不離此域』『官亭』原作『官庭』，據漢書溝洫志改，『四萬』溝洫志作『四萬餘所』。『可』原作『河』，據溝洫志改，『間』字原無，據溝洫志補。『相去二百餘里』，『里』字原無，據溝洫志補。

次韻謝公定王世弼贈答二絶句

何用苦吟肝腎愁？退之贈崔立之云：勸君韜養待徵招，不用雕瑑愁肝腎。但知把酒更無憂。聲名本不關人事，看取青門一故侯。蕭何傳載邵平東陵瓜事〔二〕。三輔黄圖：長安城東門曰青門，昔邵平種瓜青門，瓜美云云。

酒因咀嚼還知味，詩就呻吟不要工。王謝風流看二妙，病夫直欲卧墻東。後漢逸民逢萌傳：與同郡王君公相友善，君公遭亂，儈牛自隱，時人為之語曰：『辟世墻東王君公。』

〔二〕『蕭何』原作『曹參』，誤，據漢書卷三十九蕭何傳改。『邵平』原作『邵平平』，第二個『平』字衍，删。

次韻公定世弼登北都東樓四首

此詩及前後數詩皆北京作。

日着闌干角，風吹濯澣衣。詩葛覃：服澣濯之衣。喜同王季哲，文選謝玄暉和王主簿怨情一首注云：王主簿名季哲。更得謝玄暉。清興俱不淺，『興復不淺』注見上。長吟無用歸。月明南北道，猶見驛塵飛。杜詩：使塵來驛道。

真皇多廟勝，仁祖用功深。

景德元年，契丹舉國來寇，遂陷德清，以犯天雄。真宗用寇準計，決策親征。既次澶淵，兵始接，射殺其驍將撻覽。虜懼，請和。時諸將皆請以兵會界河上，邀其歸，以精甲躡其後，殲之。虜懼，求哀於上。上曰：『契丹、幽、薊，皆吾民也，何多以殺為！』遂詔諸將按兵勿伐，縱契丹歸國，自是通好，守約三十有九年。及元昊叛；兵久不決，契丹之臣教其主投詞以動我，欲得晉高祖所與關南十縣。慶曆二年，聚重兵境上，遣使聘宰相、舉知制誥富弼報聘，增幣二十萬，而契丹平。孫子曰：夫未戰而廟筭勝者，得勝筭多也。退之書云：用功深者，其收名也遠。

卜宅遷九鼎，

史記太史公曰：學者皆稱周伐紂，居洛邑，綜其實不然。武王營之，成王使召公卜居，居九鼎焉，而周復都豐、鎬。

破胡藏萬金。

此卷先有河朔漫成八首，其一云：萬金捐費物皆春。蓋指歲幣也。『破胡藏萬金』，『藏』疑作『捐』〔一〕。

百年休戰士，當日縱前禽。

張騫傳：是斷匈奴臂也。文選沈休文詩：命師誅後服，授律緩前禽。注云：易曰：『王用三驅，失前禽也。』王弼注易云：三驅之禮：禽逆來趣，己則舍之，背己而走，則射之，愛於來而惡於去也。故其所施，常失前禽。

欲斷匈奴臂，不如留此心。

都城凝飛鳥，軍幕卧貔貅。

曲禮曰：前有鷙獸，則載貔貅。杜詩：大城鐵不如，小城萬丈餘。連雲列戰格，飛鳥不能踰。此所謂『凝飛鳥』也。

紫葚知蠶老，

衛國風氓云：于嗟鳩兮，無食桑葚。釋音云：葚亦作椹，音甚，桑實也。柳子厚詩：西林紫椹行當熟。

黃雲見麥秋。接天雙闕起，伏地九河流。耆老深望幸，鑾輿不好遊。

司馬相如封禪書云：太山、梁父設壇場望幸。元稹連昌宮辭：老翁此意深望幸。老杜江陵望幸云：望幸欻威神。相如上林賦：乘法駕，建華旗，鳴玉鸞。禮經解云：升車則有和鸞之音。注：『鸞』與『和』，皆鈴也。杜詩：鸞輿駐鳳翔。

漢皇勤遠略，晚節相千秋。見車千秋傳。不足中原地，猶思一戰收。杜詩：胡虜三年入，乾坤一戰收。聖朝方北顧，斜日倚東樓。廟筭知無敵，寒儒浪自愁。「廟筭」見上。

〔一〕「藏」字原無，據元至元本補。

和謝公定征南謠

漢武平南粵，分其地為儋耳、朱崖、南海、蒼梧、鬱林、合浦、交趾、九真、日南，凡九郡，置交州刺史以領之。唐改交州總管，又改安南都護。國朝封其主為交趾郡王，進南平王。神宗，王安石秉政，獻言者謂交趾可取，乃以蕭注知桂州，有獻策平交州者，輒火其書。沈起獨言交州小醜，無不可取之理。安石喜，乃罷注，以起知桂州，不能懷輯，又禁交趾與州縣貿易。熙寧八年交趾入寇，陷欽、廉二州，遂圍邕州，城陷，太守蘇緘死之。神宗以趙卨為招討使，總九將軍進討；既又以郭逵為宣撫使，而卨副之。逵至長沙，督諸將進兵，復邕州，遣將拔永安州，溪洞悉降。交趾乘船迎戰，逵破之，賊勢蹙，乃乞降。凡費錢、帛、金銀、粮草五百一十九萬貫、疋、兩、石，二廣之民大困。此其大略也。李乾德降，蓋熙寧十年二月，時山谷猶在北京。然此詩未必是此時作。

傳聞交州初陸梁，揚雄甘泉賦云：飛蒙茸而走陸梁。東連五溪西氐羌。後漢馬援傳：擊武陵五溪蠻夷。注云：酈元注水經曰〔一〕：武陵有五溪，謂雄溪、樠溪〔二〕、西溪〔三〕、潕溪、辰溪，悉是蠻夷所居，皆槃瓠子孫，在今辰州界。南史：河南、宕昌、鄧至、武興並為氐、羌之地。軍行不斷蠻標盾，曾子固集中政要策論南蠻云：南蠻於四夷為類最微，然動輒一方受其患，大中、咸通之間安南之變是也。宋興，嘗設廣捷之兵，習標牌之器，皆以備蠻之為患也。狄武襄平儂智高記云：賊執大盾標槍。又云：賊皆翳大盾，翼兩標。

謀主皆收漢畔亡。合浦譙門腥血沸，合浦郡，廉州也。漢陳勝傳：戰譙門中。注：樓一名譙門，上為樓以望也。晉興城下白骨荒。晉興郡晉元帝置，漢屬鬱林郡，隋廢為宣化縣，今邕州也。蓋寇陷欽、廉、邕三州也。謀臣異時坐致寇，守臣今日愧包桑。易：負且乘，致寇至。又云：其亡，其亡，繫于包桑。已遣戈船下瀨水，更分樓船浮豫章。漢南粵王傳：主爵都尉楊僕為樓船將軍，出豫章，下橫浦；故歸義，粵侯二人為戈船、下瀨將軍，出零陵，或下瀨水〔四〕，或抵蒼梧。頗聞師出三鵶路，通典板楯蠻篇云：荊、郢蠻大擾動，斷三鵶路。注云：今南陽郡向城縣北至臨汝郡〔五〕。盡是中屯六郡良。漢武帝選天水、隴西、安定、北地、上郡、西河凡六郡良家子補羽林，以材力為官名，將多出焉：見地理志。漢南食麥如食玉，戰國策蘇秦曰：使臣食玉炊桂。湖南驅人如驅羊。文選晉紀總論云：擾天下如驅羣羊。注引淮南子云：兵略者，避實就虛，若驅羣羊。營平請穀三百萬，趙充國封營平侯。本傳云：金城、湟中穀斛八錢，吾謂耿中丞糴二百萬斛〔六〕，羌人不敢動矣。耿中丞請糴百萬斛〔七〕，迺得四十萬斛耳。祁連引兵九千里。田廣明為祁連將軍，事見匈奴傳。少府私錢不敢知〔八〕，大農計歲今餘幾？漢賈捐之傳論棄朱崖云〔九〕：臣竊以往昔羌軍言之，暴師曾未一年，兵出不踰千里，費四十餘萬大農錢盡，又以少府禁錢續之。注云：少府主供天子，故曰禁錢。土兵番馬貔虎同，蝮蛇毒草篁竹中。漢嚴助傳：發兵誅南粵，淮南王安上書諫曰：『越非有城郭邑里也，處谿谷之間、篁竹之中，習於水鬬。』又云：『林中多蝮蛇猛獸。』未論芻粟捐金費，直愁瘴癘連營宮〔一〇〕。我思荊州李太守，欲募蠻夷令自攻。至今民歌尹殺我，州郡擇人誠見功。張喬祝良不難得，誰借前筯開天聰？後漢南蠻傳：順帝永和二年，日南、象林徼外蠻夷攻象林縣，殺長吏，交趾刺史發交趾、九真二郡兵萬餘人救之。兵士憚遠役，反，攻其府，二郡雖擊破反者，而賊勢愈盛。歲餘兵穀不繼，帝以為憂。明年召公卿百官問方略，皆請遣大將發荆、揚、兖、豫四萬人赴之。大將軍從事中郎李固駁曰云云，其不可七也。前中郎將尹就討益州，諺曰：『虜來尚可，尹來殺我。』後就召還，以兵付刺史張喬，喬因其將吏，旬日之間破殄寇虜。此發將無益之效，州郡可任之驗也。宜更選有勇略仁惠、任將帥者以為刺史、太守，悉使共住交趾，募蠻夷，使自相攻。故并州刺史長沙祝良性多勇决，又南陽張喬前在益州有破虜之功，皆可任用，宜即拜良等便道之守。四府悉從固議，即拜祝良為九真太守，張喬為交趾刺史。喬至，開示慰誘，並皆降散。良到九真，單車入賊中，設方略，招以威信，降者數萬人，皆為良築起府寺。由是嶺外悉平。參同契云：竭力勞精神，終年無見功。張良傳：願借前筯而籌之。書：天聰明。詔書哀痛言語切，前漢西域贊：遂棄輪臺之地，而下哀痛之詔。為民一洗横尸血。椎鋒陷堅賞萬户，南粤王傳：南粤已平，伏波將軍益封樓舡將軍，以椎鋒陷堅為將。塹山堙谷窮三穴。史記蒙恬傳：始皇使蒙恬通道，自九原抵甘泉，塹山堙谷千八百里。春秋後語：馮煖謂孟嘗君曰：『狡免有三窟。』南平舊時頗臣順，欲獻封疆請旄節。廟謨猶計病中原，豈知一朝更屠滅！天道從來不爭勝，莊子曰：天之道不爭而善勝。功臣好為可喜說。交州雞肋安足貪？後漢楊修傳：修為曹操主簿，操平漢中，出教曰：『雞肋而已。』外曹莫能曉，修獨曰：『雞肋食之無所得，棄之則可惜，公歸計决矣。』漢開九郡勞臣監。呂嘉不肯佩銀印，漢南粤王趙佗傳：太子興嗣立，其母為太后〔一一〕。元鼎四年，漢使安國少季喻王、王太后入朝，賜其丞相呂嘉銀印，嘉反，攻殺太后、王，盡殺漢使者。元鼎五年〔一二〕，路博德為伏波將軍，平南粤，以其地為九郡。徵側持戈敵百男。後漢馬援傳：交阯女子徵側及女弟徵貳反，攻没其郡，拜援伏波將軍，與賊戰，破之，斬徵側、徵貳。詩：則百斯男〔一三〕。君不見、往年瀕海未郡縣，趙佗閉關罷朝獻。老翁竊帝聊自娱，白頭抱孫思事漢。孝文親遺勞苦書，稽首請去黄屋車。得一亡十終不忍〔一四〕，太宗之仁千古無。趙佗傳：高帝十一年，遣陸賈立佗為南粤王，與剖符通使。高后時，有司請禁粤關市鐵器，佗乃自尊號為南粤武帝，乘黄屋左纛。文帝元年，使陸賈使粤，賜佗書云云：『聞王發兵於邊，為寇，長沙苦之。雖王，庸獨利乎？必多殺士卒，得一亡十，朕不忍為也！』又云：『王之號為帝，兩帝並立，亡一乘之使，是爭也。願與王分棄前惡〔一五〕，通使如故。』陸賈至，南粤王恐，乃頓首謝，願奉詔，下令國中，去帝制黄屋左纛。因上書云：『妄竊帝號，聊以自娱。』又云：『處粤四十九年，于今抱孫焉。』文帝廟號太宗。漢兩粤贊云：追懷太宗，鎮撫尉佗，豈古所謂懷遠以德者哉！

〔一〕『酈元』樹經堂本作『酈道元』。按後漢書馬援傳注作『酈元』。

〔二〕『樠』原作『蒱』，據至元本、弘治本、樹經堂本及後漢書馬援傳注改。

〔三〕『酉』原作『西』，據元至元本及後漢書馬援傳注改。

〔四〕『下』字原無，據漢書南粤王傳補。

〔五〕『郡』原作『縣』，據杜佑通典卷一百八十七邊防三板楯蠻改。

〔六〕『二』原作『三』，據漢書卷六十九趙充國傳改。

〔七〕『丞請』原作『承譜』，據至元本、樹經堂本及漢書趙充國傳改。

〔八〕『敢』至元本、弘治本、嘉靖本作『可』。

〔九〕『朱崖』漢書卷六十四賈捐之傳作『珠厓』。

〔一〇〕『宫』嘉靖本、萬曆本、樹經堂本作『空』。

〔一一〕『母』原作『子』，據樹經堂本及漢書南粤王傳改。

〔一二〕『鼎』原作『嘉』，據元至元本及漢書南粤王傳改。

〔一三〕『斯男』原作『男斯』，據至元本、樹經堂本及詩大雅思齊改。

〔一四〕『亡』原作『忘』，據嘉靖本、萬曆本、樹經堂本改。

〔一五〕『惡』漢書南粵王傳作『患』。

和師厚秋半時復官分司西都

實録：熙寧十年詔復都官郎中謝景初權藩郡通判。和師厚詩皆北京作。

遥知得謝分西洛，曲禮：大夫七十而致仕，若不得謝。注云：謝，聽也。蓋師厚丐閑，故分司西京。無復肯彈冠上塵。漢王吉傳：吉字子陽，與貢禹為友〔一〕，世稱：『王陽在位，貢禹彈冠。』

園地除瓜猶入市，老杜有除架詩，又云：青門瓜地皆凍裂。水田收秫未全貧。陶潛傳：在縣公田悉令種秫。杜詩：錦里先生烏角巾，園收芋栗未全貧。

杜陵白髮垂垂老，一缾一鉢垂垂老：貫休詩也。張翰黄花句句新。張翰字季鷹，晉書有傳。文選有雜詩一首云：莫春和氣應，白日照園林。青條若總翠，黄花如散金。

還與老農爭坐席，莊子寓言篇：其往也，舍者避席，煬者避竈；其反也，舍者與之爭席矣。青林同社賽田神。退之賽神絶句云：麥苗含穟桑生葚，且向田頭樂社神。又南溪始泛云：願為同社人，雞豚燕春秋。

〔一〕『禹』原無，據漢書王吉傳加。

和師厚郊居示里中諸君

籬邊黃菊關心事，杜詩：幽事頗相關。窗外青山不世情。羅鄴詩：年年點檢人間事，唯有春風不世情。施肩吾詩：江神也世情，為我風色好。太白詩：相看兩不厭，只有敬亭山。江橘千頭供歲計，三國志注：李衡種橘千株〔一〕，臨終勑其子曰：『吾有千頭木奴，可以不貧。』秋蛙一部洗朝酲。『兩部鼓吹』見上。歸鴻往燕競時節，宿草新墳多友生。檀弓上曾子曰：朋友之墓有宿草而不哭焉。身後功名空自重，眼前樽酒未宜輕。晉張翰傳：使我有身後名，不如即時一盃酒。太白詩：且樂生前一盃酒，何須身後千載名！

〔一〕『株』原作『林』，據弘治本、樹經堂本及三國志卷四十八吳書三嗣主傳改。

寄南陽謝外舅

謝公遂偃蹇，後漢蔡邕傳：董卓聞邕名高辟之，稱疾不就，卓大怒曰：『我力能族人，蔡邕遂偃蹇者，不旋踵矣！』南陽無舊廬。天與解纓紱，元非傲當塗。老杜獨酌詩：本無軒冕意，不是傲當時。庖丁釋牛刀，衆手斫大瓠。莊子曰：庖丁為文惠君解牛，砉然嚮然，奏刀騞然，莫不中音。文惠君曰：『技蓋至此乎！』庖丁釋刀對曰：『臣之所好者道也，進乎技矣！批大郤，導大窾，因其固然，技經肯綮之未嘗，而況大軱乎！』白雲曲肱卧，青山滿牀書。寒山子詩：家中何所有？惟見一牀書。

妙質落川澤，莊子：郢人堊漫其鼻端，使匠石斲之。宋元君召匠石，曰：『嘗試為寡人為之。』匠石曰：『臣之質死久矣！自夫子之死也，吾無以為質矣。』果然天網疏。老子云：天網恢恢，疏而不失。故知今人巧〔一〕，未覺古人迂。築場歲功休，國語云：場功未畢。詩云：九月築場圃。夜泉鳴竹渠。胸懷鬱磊隗，世說：阮籍胸中磊隗，故須澆之。此物諒時須。『此物』謂酒。先言『夜泉鳴竹渠』，謂糟床也。兒能了翁事，晉傅咸傳云：生子癡，了官事，官事未易了，了事正自癡，復為快耳。此借用。安用府中趨？古樂府詩：三十侍中郎，四十專城居。盈盈公府步，冉冉府中趨。孫能誦翁詩，老杜驥子詩云：問知人客姓，誦得老夫詩〔二〕。乃是千里駒。漢楚元王傳云：德有智略，武帝謂之『千里駒』。人生行樂耳，漢楊惲傳其詩云：人生行樂耳，須富貴何時？用舍要自如。我方神其拙，社櫟官道樗。莊子逍遥游篇云：惠子謂莊子曰：『吾有大樹，人謂之樗，其大本擁腫而不中繩墨，其小枝拳曲而不中規矩，立之塗，匠者不顧〔三〕。』又人間世云：匠石之齊，至乎曲轅，見櫟社樹云云。第一卷上再和答為之詩云：『櫟依曲轅社，聊用神其拙』，已注其詳。公猶憂斧斤，睥睨斲樽壺〔四〕。莊子云：百年之木，破為犧樽。萬古身後前，芭蕉秋雨餘。少年喜狡獪，叱化粒成珠。神仙傳：王遠字方平，過蔡經家，麻姑亦至，即求少許米擲地，視米皆成真珠〔五〕，方平笑曰：『姑固年少，吾老矣，不復作此狡獪變化也！』謨功可歌舞，書：矢厥謨，禹成厥功。左：九功之德，皆可歌也。又襄三十一：文王之功，天下誦而歌舞之。學古則暖姝。莊子徐無鬼篇云：有暖姝者，學一先生之言，則暖暖姝姝而自悅也。所好果不同，未可一理驅。眇思忘言對，前所注：臣之質死久矣。郭象注云：非夫不動之質、忘言之對，則雖至言妙斲，無所用之。

安得南飛鳧？『飛鳧』見上注。鄙心生蔓草，萌芽望耘鉏。後漢黃憲傳：陳蕃、周舉曰：『時月之間，不見黃生，則鄙吝之萌，復存乎心。』左傳：蔓草猶不可除。離筵如昨日，杜詩：離筵何太頻！春柳見霜枯。未辱錦繡段，時蒙雙鯉魚。文選張平子四愁詩云：美人贈我錦繡段。古樂府詩云：客從遠方來，遺我雙鯉魚。憶昔參几杖，雍容覷規模〔六〕。引接開藻鑒，杜詩：持衡留藻鑒。高明通事樞。門生五七輩，寂寞半白鬢。談經落麈尾，晉孫盛傳：善言名理〔七〕，時殷浩擅名一時。惟盛與抗論，嘗談論對食，擲麈尾，毛悉落飯中。行樂從籃輿。晉陶潛傳：向乘籃輿，亦足自返。看竹辟彊宅，徽之觀竹見上。王獻之傳云：嘗經吳郡，聞顧辟彊有名園〔八〕，先不相識，乘平肩輿徑入，時辟彊方集賓友，而獻之游歷既畢，傍若無人。辟彊勃然，便驅出門，獻之傲如也。閱士黃公壚。晉王戎傳：戎嘗經黃公酒壚下過，顧謂後車曰：『吾昔與嵇叔夜、阮嗣宗酣暢於此竹林之下，亦預其末。自嵇、阮云亡，吾便為時之所羈紲。今日視之，雖近，邈若山河！』雪屋煮茶藥，晴簷張畫圖〔九〕。幽寺促燈火，青氈置樗蒱。遶牀叫一擲，十白九雉盧。晉劉毅傳：於東府聚樗蒱大擲，一判應至數百萬，餘人並黑犢以還，惟劉裕及毅在後。毅次擲得雉，大喜，褰衣繞床叫，謂同坐曰：『非不能盧，不事此耳。』裕惡之，因挼五木，久之，曰：『老兄試為卿答。』既而四子俱黑，其一子轉躍未定。裕厲聲喝之，即成盧焉。毅意殊不快。蔡澤來分功，史記蔡澤傳：蔡澤謂應侯曰：『君獨不觀夫博者乎？或欲大投，或欲分功。』袁耽必上都。晉袁耽傳：耽字彥道，桓溫少時遊於博徒，資產俱盡，尚有負進，欲求濟於耽，而耽在艱，試以告焉。耽略無難色，遂變服懷布帽，隨溫與債主戲。耽素有藝名，債者聞之而不相識，謂之曰：『卿當不辦作袁彥道也。』遂就局，十萬一擲，直上百萬，耽投馬絕叫，探布帽擲地，曰：『竟識袁彥道不？』開旗縱七走〔一〇〕，破竹一羣胡〔一一〕。諸葛亮傳注引漢晉春秋曰：亮至南中，所在戰捷，聞孟獲者為夷漢所服，募生致之，既得，使觀於營陣之間。獲對曰：『向者不知虛實，故敗。若祇如此，即易勝耳！』亮笑縱，使更戰，七縱七禽，而亮猶遣獲，獲曰：『公天威也，南人不復反矣。』晉杜預傳：預曰：今兵威已振，譬如破竹，數節之間，皆迎刃而解。詩意蓋以兵喻樗蒱也。

成梟燭為明，挾長朋佐呼〔一二〕。終飲見温克，詩：飲酒温克。所爭匪錙銖。禮儒行曰：雖分國，如錙銖。注：八兩曰錙〔一三〕。釋音：說文云：六銖〔一四〕。誰令運甓翁，見謂牧豬奴？晉陶侃傳：諸參佐或以談戲廢事者，乃命取其酒器、蒱博之具，悉投之江，曰：『樗蒱者，牧豬奴戲耳！』侃在廣州無事，輒朝運百甓於齋外，暮運於齋內。人問其故，答曰：『吾方致力中原，過爾優逸，恐不堪事。』『見謂』見上。事託丈人重，乃愛屋上烏。老杜云：丈人屋上烏，人好烏亦好。尚書大傳曰：武王登夏臺以臨殷民，周公旦曰：『臣聞之，愛其人者，愛其屋上烏；憎其人者，憎其徒胥。』韓詩外傳曰：武王至于邢丘，天雨三日不休，問太公，對曰：『愛其人，及屋上烏；惡其人，憎其胥餘。』舊言如對面，形迹滯舟車。禮：舟車所至。風簾想隱几，天籟鳴寒梧。『隱几』、『天籟』見莊子。尚喜讀書否？還能把酒無？鄴城渺塵沙，冠蓋若秋蕖。詩山有扶蘇注曰：荷華，扶蕖也。相過問寒温，杜詩：虛名但蒙寒温問，泛愛不救溝壑辱。意氣馳九衢。楚客雖工瑟，齊人本好竽。退之答陳商書云：齊王好竽。永懷溟海量，北斗不可斞。詩：維北有斗，不可以挹酒漿。韻書云：斞，挹也。勝夜親筆墨，因來明月珠。肇法師答劉遺民書云：君與法師當數有文集，因來何少？此篇題云寄南陽謝外舅，而後人編類誤雜之南陽詩中。其詩云『鄴城眇塵沙』，『鄴城』謂大名也。大名本魏州，後唐建鄴都，山谷自大名寄詩南陽也。

〔一〕『故知』嘉靖本、萬曆本作『然知』，下注云：『一作故知。』

〔二〕『夫』原作『人』，據樹經堂本及杜甫遣興詩改。
〔三〕『者』原作『石』，據莊子逍遥游改。
〔四〕『壺』原作『壷』，據嘉靖本、萬曆本、樹經堂本改。
〔五〕『珠』原作『味』，據樹經堂本及葛洪神仙傳卷三王遠蔡經改。
〔六〕『旃容』元至元本作『旃容』。
〔七〕『名』原作『明』，據晉書卷八十二孫盛傳改。
〔八〕『顧辟彊』『彊』原作『强』，據晉書卷八十王獻之傳改。下同。樹經堂本作『疆』。按：『辟彊』作人名不能用『疆』，雖此名有開辟疆土之意。
〔九〕『簷』原作『薝』，據嘉靖本、萬曆本、樹經堂本改。
〔一〇〕『走』至元本、弘治本作『步』。
〔一一〕『二』嘉靖本、萬曆本、樹經堂本作『殄』。
〔一二〕『朋』原作『明』，據至元本、樹經堂本改。
〔一三〕『錙』原作『銖』，據元至元本及禮記正義卷五十九儒行注改。
〔一四〕『説文云六銖』『云』原作『錙』，據至元本、弘治本及禮記正義儒行注改。按：上下二説矛盾。儒行孔穎達疏稱：『二十四銖為兩，八兩為錙。』然則一錙有一百九十二銖。若依説文，則一錙僅為四分之一兩。

和外舅夙興三首 寓大雲寺作。

瓜蔓已除壟，苔痕猶上墻。蓬蒿貪雨露，松竹見冰霜。卷幔天垂斗，披衣日在房。

退之詩：惟時月魄死，冬日朝在房。無詩歎不遇，千古一潛郎。董仲舒有士不遇賦。文選思玄賦云：尉厖眉而郎潛兮，逮三葉而遘武。注云：漢武故事顏駟漢文時為郎，至武帝輦過郎署，見駟厖眉皓髮，上問曰：『叟何時為郎？』答曰：『文帝時為郎，文帝好文而臣好武；至景帝好美，而臣貌醜；陛下好少，而臣已老：是以三世不遇。』上感其言，擢拜會稽都尉。

風烈僧魚響，霜嚴郡角悲。短童疲洒掃，落葉故分披。水凍食鮭少，『食鮭』見上。甕寒浮蟻遲。文選曹子建七啟云：盛以翠樽，酌以彫觴，浮蟻鼎沸，酷烈馨香。李善曰：釋名云：『酒有汎齊，浮蟻在上，汎汎然。』朝陽烏烏樂，安穩託禪枝。『烏烏聲樂』見上。杜詩：禪枝宿衆鳥，漂轉暮歸愁。孟浩然東寺詩：禪枝怖鴿栖〔一〕。

暑逐池蓮盡，寒隨塞鴈來。月令『孟春』、『仲秋』皆曰：鴻鴈來。而『孟春』注曰〔二〕：鴈自南方來，將北反其居。詩言暑盡，當是仲秋也。衣裘雖得暖，狐貉正相哀。論語：衣敝緼袍與衣狐貉者立而不恥。僧汲轆轤曉，車鳴闕鏁開。不因朝鼓起，來帙亂書堆。杜詩：書亂誰能帙？杯乾自可添。

〔一〕『禪枝怖鴿栖』『怖』元至元本作『悕』。按：句出孟浩然夜泊廬江聞故人在東（一有林字）寺以詩寄之（載全唐詩卷一百六十），作『怖』是。

〔二〕『而』原作『來而』，『來』字衍，據至元本、樹經堂本刪。

和答師厚黃連橋壞大木亦為秋雹所損〔一〕

溪橋喬木下，往歲記經過。居人指神社，不敢尋斧柯。用莊子『櫟社樹』意也。晉阮修伐社樹，或止之，修曰：『若社而為樹，伐樹則社移；樹而為社，伐樹則社亡矣。』左傳文七年：此諺所謂『庇焉而縱尋斧焉』者也。青陰百尺蔽白日，烏鵲取意占作窠〔二〕。隋五行志童謠云：可憐青雀子，作窠猶未成。黃泉浸根雨長葉，造物着意固已多。風摧電打掃地盡〔三〕，太白詩：春光掃地盡。字本出揚雄羽獵賦：軍驚師駭，刮野掃地。師古曰：皆盡無遺餘也。竟莫知為何譴訶。漢薛宣傳云：譴訶及細微。獨山冷落城東路，不見指名終不磨。項羽傳：非世所指名也。韓文：吾立子名，百世不磨。

〔一〕嘉靖本與萬曆本題作『和答師厚黃連橋壞大木亦為秋雹所碎之作』。

〔二〕『烏』至元本、嘉靖本、萬曆本、樹經堂本作『鳥』。

〔三〕『風摧電打掃地盡』嘉靖本、萬曆本『電』字下注：『一作雹。』樹經堂本『電』作『雹』。

世弼惠詩求舜泉輒欲以長安酥共泛一盃次韻戲答 舜泉，河北酒名，當是北京教授時作。

寒虀薄飯留佳客，杜詩：一飯未曾留俗客。 蠹簡殘編作近鄰。『簡編』見上。 避地梁鴻真好學，後漢逸民梁鴻作五噫之歌，肅宗聞而非之，乃易姓名，居齊、魯之間。 著書揚子未全貧。『揚子』謂揚雄。杜詩：園收芋栗未全貧。 玉酥鍊得三危露，見上。 石火燒成一片春。樂天詩：石火光中寄此身。 沙鼎探湯供卯飲，『探湯』見論語。樂天詩：午茶能破睡，卯酒善消憂。 不憂問字絶無人。見揚雄傳。

送蛤蜊與李明叔諸公〔一〕

雪屋吹燈然豆萁，『煮豆然豆萁』，用曹子建語，詳見上。 古來壯士亦長饑。 廣文不得載酒去，且詠太玄庖蛤蜊。退之聯句：庖霜鱠玄鯽。摘『庖』字。

〔一〕『諸公』樹經堂本作『諸君』。

戲贈世弼用前韻

盜跖人肝常自飽，莊子盜跖篇：膾人肝而餔之。首陽薇蕨向来饑。見史記伯夷傳。誰能著意知許事？且為元長食蛤蜊。南史：王融字元長，嘗遇沈昭略，昭略曰：『主人是何年少？』〔一〕融殊不平，謂曰：『僕出於扶桑，入於暘谷〔二〕，照耀天下，孰云不知，而發此問？』昭略曰：『不知許事，且食蛤蜊。』融曰：『物以羣分，方以類聚。君長東隅〔三〕，居然應嗜此族。』

〔一〕『主人是何年少』按：南史卷二十一王融傳載沈昭略於王僧祐處遇王融，遂『謂主人曰：是何年少』，則『主人』當指王僧祐。注文所引徑以『主人』稱王融，則生歧義。

〔二〕『暘谷』南史王融傳作『湯谷』。

〔三〕『東』字原無，據南史王融傳補。

世弼病方家不善論蛤蜊之功戲答

伯樂無傳驥空老，『伯樂』見上。重華不見士長饑。淵明詩：重華去我久，賢士世相尋。從來萬事乖名實，豈但藥翁論蛤蜊。

次韻師厚食蟹

海饌糖蟹肥，南史何胤傳：胤侈於味，食白魚、䱇脯、糖蟹，使門人議之。學生鍾岏曰：『䱇之就脯，驟於屈伸；蟹之將糖，躁擾彌甚。』江醪白蟻醇。每恨腹未厭，左昭二十八年：願以小人之腹為君子之心，屬厭而已。誇說齒生津〔一〕。三歲在河外，霜臍常食新。左成十年：不食新矣。朝泥看郭索，太玄云：蟹之郭索，後蚓黃泉〔二〕。林逋詩云：草泥行郭索，雲木叫鉤輈〔三〕。暮鼎調酸辛。戰國策楚語云：黃雀晝遊乎茂樹，夕調乎酸辛。趨蹌雖入笑，齊國風云：巧趨蹌兮。退之詩：點綴簿上字，趨蹌閣前鈴。風味極可人。憶觀淮南夜，火攻不及晨。借用晉周顗傳：阿奴火攻，固出下策。橫行葭葦中，雲溪友議曰：皮日休螃蟹詩云：海龍王處也橫行。不自貴其身。誰憐一網盡？蘇子美監進奏院，用市故紙錢祠神會客，以自盜除名，所會客皆一時賢俊，悉坐貶逐，中之者喜曰：『吾一舉網盡之矣。』此借用其字。大去河伯民。晏子春秋曰：齊景公時大旱，欲祀靈山及河。晏子曰：『山以石為身，草木為毛髮，今不雨，毛髮且焦身且熱〔四〕。山豈不欲雨乎？河伯以水為國，以魚鱉為民，彼獨不欲雨乎？祀之何益？君宜避殿暴露。』公從之，果大雨。鼎司費萬錢，漢彭宣云：三公鼎足承君。而『鼎司』字見於文選勸進表云：臣等荷寵三世，位厠鼎司〔五〕。又陳琳為袁紹檄曹豫州云：竊盜鼎司，傾覆神器。晉何曾為太傅，日食萬錢。玉食羅常珍。法言云：棄常珍而嗜異饌。吾評揚州貢，此物真絕倫！揚雄贊：以為絕倫。

〔一〕『說』嘉靖本、萬曆本、樹經堂本作『談』。

〔二〕『蚓』原作『矧』，據揚雄太玄卷二改。

〔三〕『雲木叫鉤周』，『木』原作『未』，據弘治本、樹經堂本及歐陽修歸田録卷二改。按此為林逋佚詩，不載其集，『周』歸田録引作『輈』。

〔四〕『毛髮且焦身且熱』『且』原作『日』，據弘治本、樹經堂本改。按：晏子春秋卷一作『髮將焦，身將熱』，『且』與『將』於意為近，故取『且』。

〔五〕『厠』原作『側』，據元至元本及文選卷三十七劉琨勸進表改。

次韻謝外舅食驢腸

垂頭畏庖丁，見上。趨死尚能鳴。退之秋懷詩：浮生雖多途，趨死惟一軌。晉書：王武子好驢鳴。世説：王仲宣好驢鳴。説以雕俎樂，甘言果非誠。莊子達生篇：祝宗人臨牢筴説彘，曰：『汝奚惡死？吾將三月豢汝〔一〕，十日戒，三日齋，藉白茅，加汝肩尻乎雕俎之上，則汝為之乎？』左傳云：幣重而言甘，誘我也。生無千金韂，老杜後出塞云：千金買馬鞍。樂府木蘭歌云：南市買韂頭。驢安得有此哉？死得五鼎烹。主父偃傳：大丈夫生不五鼎食，死則五鼎烹耳！禍胎無腸胃，枚乘書云：福生有基，禍生有胎。殺身和椒橙。春風都門道，貫魚百十并。易剥卦：貫魚以宮人寵。魏志鄧艾傳：魚貫而進。騎奴吹一吷，史記任安傳：與騎奴同食。莊子則陽篇：吹劍首者，吷而已。道堯、舜於戴晉人之前，譬猶一吷也。駔駿不敢爭。文選魏都賦曰：冀馬填廐而駔駿。馬賦云：於時駔駿充階街兮。注云：説文曰：『駔，壯也。』物材苟當用，左傳隱五年：凡物不足以講大事，其材不足以備器用，則君不舉。又云：取材以章物采謂之物。何必渥洼生？漢書禮樂志樂章有元狩三年馬生渥洼水中作。忽思麒麟楦，突兀使人驚。朝野僉載云：唐衢州盈川縣令楊炯，恃才簡傲，目朝官為『麒麟楦』〔二〕，人問之，曰：『今假弄麒麟者刻畫頭角〔三〕，修飾皮毛，覆之驢上，及脱去皮褐〔四〕，還是驢耳。』無德而衣朱紫，與此何異？』

〔一〕『豢』原作『滕』，據樹經堂本及莊子達生改。

〔二〕『麒麟楦』『楦』原作『楦』，據太平廣記卷二百六十五盈川令引朝野僉載改。按：此條為朝野僉載逸文。

〔三〕『今』原作『令』，據元至元本及太平廣記引朝野僉載改。

〔四〕『褐』原作『楬』，據樹經堂本及太平廣記引朝野僉載改。

次韻師厚答馬著作屢贈詩

嘗聞馬南郡，後漢馬融傳：為南郡太守。少有拔俗韻。陶詩：少無適俗韻，性本愛丘山。寒灰幾見溺，韓安國傳：安國坐法抵罪，蒙獄吏田甲辱，安國曰：『死灰當不復然乎？』甲曰：『然即溺之。』鎩翮常思奮。文選五君詠詠嵇康云：鸞翮有時鎩，龍性誰能馴！桐薪鳴竈間，後漢蔡邕傳：吳人有燒桐以爨者，邕聞火烈之聲，知其良木，因請而裁為琴，果有美音〔一〕，而其尾猶焦，故時人名『焦尾琴』。劍氣吐吳分。晉張華傳：吳之未滅也，斗、牛之間常有紫氣。吳平之後，紫氣愈明。華問雷煥：『是何祥也？』煥曰〔二〕：『寶劍之精，上徹於天耳。』多言世益嗤，老子：多言數窮。當律心自隱。莊子：言而當物，則終日言而不盡。『自隱』謂隱度也。漢元帝紀：自度曲。應劭曰：自隱度，在新曲。文選崔子玉座右銘云〔三〕：隱心而後動，謗議庸何傷？注云：隱度也。家雖四立壁，見上。仕要三無慍。語：三已之，無慍色。會將漁父意，往就莊生問。莊子有漁父篇。

〔一〕『音』原作『意』，據弘治本、樹經堂本及後漢書蔡邕傳改。

〔二〕『煥』原作『喚』，據樹經堂本改。

〔三〕『玉』原作『王』，據至元本、弘治本及文選卷五十六崔瑗（子玉）座右銘改。

次韻子瞻與舒堯文禱雪霧豬泉唱和

老農年饑望人腹，莊子：無聚祿以望人之腹。想見四溟森雨足。文選張景陽雜詩：雲根臨八極，雨足灑四溟。李善曰：四溟，四海也。又詩：森森散雨足。林回投璧負嬰兒，莊子：林回棄千金之璧，負赤子而趨。豈聞烹兒翁不哭？未論萬户無炊煙，蛛絲蝸涎經杼軸。詩：杼軸其空。使君閔雪無肉味，煮餅青蒿下鹽菽。豈云剪爪宜侵肌？文選應休璉與廣川長書言禱雨不應，其略云：昔夏禹之解陽旴〔一〕、殷湯之禱桑林，辭未卒而澤滂沛。今者雲積而復散，得無割髮宜及膚，剪爪宜侵肌乎？李善注云：吕氏春秋曰：『湯克夏而大旱五年，乃身禱於桑林，剪其髮，鄽其手〔二〕，自以為牲，雨乃大至。』鄽音酈。霜不殺草仍故緑。春秋：隕霜不殺草。幽靈奰贔西山霧，文選西京賦：巨靈贔屓，高掌遠蹠。吳都賦：巨鼇贔屓，首冠靈山。贔音備。屓音虛器切。『奰』字乃詩所謂『内奰於中國』，蓋誤寫耳，『贔』字又倒寫，當改正。牲肥酒香神未瀆。退之南海神碑云：牲肥酒香，樽爵淨潔。得微往從董父飡，左昭二十九年：蔡墨對魏獻子曰：

『昔有飂叔安，有裔子曰董父，實甚好龍，能求其嗜欲，以飲食之，龍多歸之，乃畜龍以服事舜。』寧當罪繫葛陂淵？後漢費長房傳：東海君見葛陂君，滛其夫人，長房劾繫之三年，東海大旱。長房曰：『東海君有罪，吾前繫於葛陂，今出之，使作雨。』於是雨立注。卜擇祠官齊博士，漢武紀：其令祠官修山川之祠。漢儒林傳：五經博士多是齊人。舒堯文時為教授，故云。暴露致告蒼崖顛。請天行澤不汲汲，爾亦枯魚過河泣。樂府古詞云：枯魚過河泣，何時悔復及？作書與魴鱮，相教謹出入！生鵝斬頸血未乾，莊子說劍篇：上斬頸領，下決肝肺。退之詩：一夫斬頸羣雛枯。風馬雲車坐相及。漢禮樂志房中歌云：靈之車，結玄雲。靈之下，若風馬。百里旌旗灑玉花，唐舒元輿序：重雪終日，玉花攪空。使君義動龍蛇蟄。老杜云：意鍾老柏青，義動修蛇蟄。老農歡喜有春事，呼兒飯牛理蓑笠。呂氏春秋：百里奚未遇時，飯牛於秦。博士勿歎從公疲，明年麥飯滑流匙！老杜云：嘗稻雪翻匙。又云：滑憶彫胡飯，香聞錦帶羹。溜匙兼暖腹，誰欲致盃罌？

〔一〕『旰』原作『肝』，據文選卷四十二應璩與廣川長岑文瑜書改。

〔二〕『鄜』原作『劚』。按呂氏春秋卷九季秋紀作『鄜』，文選李善注引呂氏春秋亦作此字，故據以改。高誘注以為當作『磨』。

山谷外集詩注卷第五

薄薄酒二章　并引

蘇密州為趙明叔作薄薄酒二章，憤世疾邪，其言甚高。以予觀趙君之言，近乎知足不辱，有馬少游之餘風，故代作二章，以終其意。東坡熙寧七年冬知密州，除夜作「半」字韻詩，山谷和章乃元豐初作，此篇當在「半」字韻詩以後作也。

薄酒可與忘憂，晉顧榮傳：唯酒可以忘憂。醜婦可與白頭。徐行不必駟馬，稱身不必狐裘。無禍不必受福，荀子：福莫善於無禍。甘餐不必食肉。文選七發云：甘餐毒藥。戰國策王蠋云：晚食以當肉，安步以當車。富貴於我如浮雲，見論語。小者譴訶大戮辱。賈誼傳：聞譴何則白冠氂纓。又云：被戮辱者不大迫乎〔一〕？山谷寫本作「譴何」，俗本誤耳〔二〕。一身畏首復畏尾〔三〕，左傳：畏首畏尾，身其餘幾？門多賓客飽僮僕〔四〕。美物必甚惡，左傳昭二十八年：叔向之母曰：「甚美必有甚惡。」厚味生五兵。國語周語云：高位實疾顛〔五〕，厚味實腊毒。『五兵』見上。匹夫懷璧死，左傳：匹夫無罪，懷璧其罪。百鬼瞰高明。見上。醜婦千秋萬歲同室，萬金良藥不如無疾。漢灌夫傳：吴楚反時，夫馳入吴軍，身中大創十餘，適有萬金良藥，故得無死。薄酒一談一笑勝茶，萬里封侯不如還家。太白詩：錦城雖云樂，不如早還家。後漢班超傳：當封侯萬里之外。

薄酒終勝飲茶，醜婦不是無家。醇醪養牛等刀鋸，深山大澤生龍蛇。襄二十一年：叔向之母曰：『深山大澤，實生龍蛇。彼美，余懼其生龍蛇以禍女。』秦時東陵千户食，何如青門五色瓜？見上。傳呼鼓吹擁部曲，何如春雨一池蛙？『傳呼甚寵』見蕭望之傳。南史孔珪傳云：門庭之内，草萊不剪，中有蛙鳴。或問之曰：『欲為陳蕃乎？』答曰：『我以此當兩部鼓吹。』王晏嘗鳴鼓吹候之，聞蛙鳴，曰：『此殊聒人耳。』珪曰：『我聽鼓吹，殆不及此。』晏甚有慚色。性剛太傅促和藥，蕭望之傳：天子方倚，欲以為丞相。會望之子伋上書，訟望之前事。弘恭、石顯建白：『望之前欲排退許、史，專權擅朝，幸得不坐，深懷怨望，教子上書。非頗屈望之於牢獄，塞其怏怏心，則聖朝亡以施恩厚。』上曰：『蕭太傅素剛，安肯就吏？』顯等曰：『望之所坐，語言薄罪，必亡所憂。』上乃可其奏。望之欲自殺，其夫人止之，以問門下生朱雲，雲勸望之自裁，望之乃謂雲曰：『游，趣和藥來，無久留，我死！』竟飲鴆自殺。何如羊裘釣煙沙？後漢嚴光傳：光武即位，光變姓名隱身，帝令以物色求之，後齊國上言，有男子披羊裘釣澤中。綺席象床琱玉枕，太白詩：龍駒琱鐙白玉鞍，象床綺食黃金盤。重門夜鼓不停檛，何如一身無四壁，滿船明月卧蘆花？吾聞食人之肉，可隨以鞭朴之戮；乘人之車，可加以鈇鉞之誅。劉向列女傳：老萊子妻云：『妾聞之：可食以酒肉者，可隨以鞭箠；可授以官祿者，可隨以斧鉞。』不如薄酒醉眠牛背上，醜婦自能搔背癢。神仙傳：王遠字方平，過蔡經家，麻姑手爪似鳥爪，蔡經心中私言：『若背癢時得此爪以爬背，當佳否？』方平已知其意，即使人牽經鞭之，曰：『吾鞭不可妄得也。』『牛背』見上注。

〔一〕『大』元至元本作『太』。按：漢書賈誼傳引陳政事疏作『泰』。

〔二〕『俗本誤耳』所謂『誤』即指將『譴何』寫作『譴訶』。按漢書賈誼傳作『譴何』，『何』通『訶』、『呵』。

〔三〕『復』萬曆本作『兼』。

〔四〕『飽』萬曆本作『少』。

〔五〕『實』原作『賁』，『顛』原作『憤』，元至元本作『僨』。據國語周語下改。

戲贈彥深

元注云：李原字彥深〔一〕，厚之弟，居南陽。

李髯家徒立四壁〔二〕，『李髯』見上。漢司馬相如傳：家徒立四壁。未嘗一飯能留客。老杜云：一飯未曾留俗客。春寒茅屋交相風，淵明飲酒詩：弊廬交悲風，荒草沒前庭。倚墻捫虱讀書策。晉王猛傳：桓溫入關〔三〕，猛被褐詣之，捫虱而言，傍若無人。曲禮曰：先生書策、琴瑟在前，坐而遷之，戒勿越。老妻甘貧能養姑，寧剪髻鬟不典書〔四〕。晉陶侃傳：侃早孤貧，為縣吏。鄱陽孝廉范逵嘗過侃，時倉卒，無以待賓。其母乃截髮，得雙髲以易酒肴，樂飲極歡。杜詩：長者來在門，荒年自糊口。家貧無供給，客位但箕箒。俄頃羞頗珍，寂寥人散後。入怪鬢髮空，吁嗟為之久。自陳剪髻鬟，鬻市充杯酒。

大兒得滄不索魚，小兒得褌不索襦。晉韓康伯傳：伯數歲，母為作襦，令捉熨斗，而謂之曰：『且著襦，尋當作複褌。』伯曰：『不復須。火在斗中，而柄尚熱。今既著襦，下亦當暖。』庾郎鮭菜二十七，『食鮭二十七種』，見上。太常齋日三百餘。後漢周澤傳：為太常，嘗卧疾齋宮，其妻哀澤老病，闚問所苦。澤大怒，以妻干犯齋禁，遂收送詔獄謝罪。時人為之語曰：『生世不諧作太常妻，一歲三百六十日，三百五十九日齋，一日不齋醉如泥。』上丁分膰一飽飯，藏神夢訴羊蹵蔬。周禮大宗伯：以脤膰之禮，親兄弟之國。左傳：天子有事膰焉。又云：與執膰焉。此言釋奠分胙也。啓顏録云：有人常食蔬，忽食羊肉，夢五藏神曰：『羊踏破菜園。』世傳寒士有食籍，一生當飯百甕葅。詩：疆場有瓜〔五〕，是剥是葅。新序：楚惠王食寒葅而得蛭。『葅』若今虀甕也。又摘禮記『醯醢百甕』字以相謔也。『食籍』見第六卷。冥冥主張審如此，莊子：孰主張是？附郭小圃宜勤鉏。摘蘇秦傳『附郭田二頃』字。葱秧青青葵甲緑，早韭晚菘羹糝熟。南史：齊周顒隱鍾山，文惠太子問〔六〕：『菜食何味最勝？』曰：『春初早韭，秋末晚菘〔七〕。』莊子：藜羹不糝。充虛解戰賴湯餅，晉束皙餅賦曰：玄冬猛寒，清晨之會，涕凍鼻中，霜凝口外，充虛解戰，湯餅為最。芼以荓虀與甘菊。内則云：雉兔皆有芼。注云：菜釀也。晉石崇傳云：韭荓虀是擣韭根雜以麥苗耳。幾日憐槐已着花，一心咒笋莫成竹！白樂天食笋詩：且食勿踟蹰，南風吹作竹。羣兒笑髯窮百巧，我謂勝人飯重肉。漢朱家傳：食不重味。公孫弘傳：汲黯曰：『弘位在三公，奉禄甚多，然為布被，詐也。』上問弘，弘曰：『有之。臣聞管仲相齊，有「三歸」，侈擬於君，桓公以霸。晏嬰相景公，食不重肉，齊國亦治云云。』弘身食一肉，脱粟飯。羣兒笑髯不若人，我獨愛髯無事貪。君不見猛虎即人猒麋鹿，易曰：即鹿無虞。人還寢皮食其肉。左襄二十一年：州綽曰：『二子者譬於禽獸，臣食其肉，而寢處其皮矣。』濡需終與豕俱焦，莊子徐無鬼篇：有暖姝者，有濡需者。濡需者，豕虱是也，擇疏鬣，自以為廣宮大囿，奎蹄曲限、乳間股脚，自以為安室利處。不知屠者之一旦鼓臂、布草、操煙火，而己與豕俱焦也。飫肥擇甘果非福。蟲蟻無知不足驚，橫目之民萬物靈。莊子天地篇：夫子無意於橫目之民乎？書：惟人萬物之靈。請食熊蹯楚千乘，左文元年：楚太子商臣以宮甲圍成王，王請食熊蹯而死，弗聽。立死山壁漢公卿。後漢獻帝紀：建安元年，車駕至洛陽。是時宮室燒盡，百官披荊棘，依墻壁間。州郡各擁强兵而委輸不至，群僚饑乏〔八〕，尚書郎以下自出採稆，或饑死墻壁間，或為兵士所殺。李髯作人有佳處，韓文諱辨云：作人得如周公、孔子，亦可以止矣。李髯作詩有佳句。雖無厚祿故人書，杜詩：厚祿故人書斷絶，長饑稚子色凄涼。門外猶多長者車。陳平事見上。我讀揚雄逐貧賦，斯人用意未全疏。逐貧賦見雄傳，茲不及注。

〔一〕『原』原作『源』。至元本、嘉靖本、萬曆本、弘治本均作『原』，據以改。

〔二〕『立四壁』元至元本作『四立壁』。

〔三〕『入』原作『之』，據元至元本及晉書卷一百十四王猛傳改。

〔四〕『髻』嘉靖本、萬曆本作『髮』。

〔五〕『埸』原作『場』，據詩小雅信南山改。

〔六〕『惠』原作『思』，據南史卷三十四周顒傳改。

〔七〕『末』原作『未』，據樹經堂本及南史卷三十四周顒傳改。

〔八〕『群』原作『郡』，據後漢書卷九孝獻帝紀改。

竹軒詠雪呈外舅謝師厚并調李彥深 此篇至卷終，皆自汴京回至南陽作〔一〕。

破臘春未融，杜詩：臘破思端綺。土膏寒不發。國語云：自今至于初吉，土膏其動。數聲鳴條風，論衡：五日一風，風不鳴條。一夜洒窗雪。退之詠雪云：洒急聽窗知。開軒萬物曉，落勢良未歇。退之齒落詩：俄然落六七，勢落殊未已。鏗鏗青琅玕，閱此歲凛冽。退之詩：豈如秋霜雖凛冽。摧埋頭搶地，司馬遷書：見獄吏則頭搶地。搶，千羊反。意氣終自潔。太白詩：眼花耳熱後，意氣素霓生〔二〕。君子謂此君，全身斯明哲。詩：既明且哲，以保其身。屋頭維女貞，顏色少澤悅。『琅玕』、『此君』皆謂竹，以比師厚。『女貞』木名，以比李彥深。稍能窺藩籬，亦有固窮節。語：君子固窮。淵明詩：不賴固窮節，百世誰人傳〔三〕？又云：深得固窮節。佳興冉冉生，門外無車轍。漢書：陳平以席為門，然門外多長者車轍。寫之朱絲絃，清坐待明月。文選詩：直如朱絲絃，清如玉壺冰。

〔一〕『此篇至卷終皆自汴京回至南陽作』按：此條題注為分體本（元至元本）所原有，指該本卷二最後六詩，除本題外，尚有丙寅十四首效韋蘇州、對酒歌答謝公静、戲贈彥深、寄南陽謝外舅、次韻正仲三丈自衡山返命舍驛過外舅師厚贈答五題。編年本一仍其舊，則與以下篇目排列不符。是為編年本改編疏漏之處。

〔二〕『生』原作『主』，據李白俠客行詩改。

〔三〕『誰人』元至元本作『當誰』。

賦未見君子憂心靡樂八韻寄李師載

同陸吏部曹，往在紀丁未。山谷治平四年登第，歲在丁未。別離感寒暑，歲星行十二。歲星十二歲一周天，丁未至戊午十二年，蓋熙寧元年也，山谷時在北京。我慚雞蓋穀，太玄第四卷『雞蓋穀』注：蓋穀，進也，進食其穀也。子歎天且劓。易睽『六三』：其人天且劓。釋文：天，剠也，剠鑿其額曰天。空餘山梁期，『山梁』見語。尚不昧初志。會合良難期，繫匏各異縣。上見語。文選樂府云：他鄉各異縣，展轉不相見。千里共明月，文選月賦歌曰：美人邁兮音塵闕，隔千里兮共明月。如披故人面。晉樂廣傳衛瓘見廣曰：此人之水鏡，見之瑩然，若披雲霧而覩青天〔二〕。浮雲蔽高秋，此豈心中願？霧重豹成文，古列女傳：陶答子治陶三年，名譽不聞，家富三倍。其妻諫曰：『南山有玄豹，霧雨七日而不下食，欲以澤其毛，成文章也。犬彘不擇食以肥其身，坐而須死耳。』水清魚自見。古樂府艷歌行曰：語卿且勿眄，水清石自見。齊地穀翔貴，前漢食貨志云：穀價翔貴。排門無饗饋。詩泂酌：可以饋饎。二仲有甘旨，奉親亦良勤。原田水洸洸，韻書云：洸，水涌光也。何時稼如雲？無民願歲豐，政自不忘君。『無民』，『無』字誤，疑是『庶民』。劉向傳：忠臣雖在畎畝，猶不忘君。

古人有成言，歲暮於吾子。真誥萼緑華贈羊權詩云(二)：所期豈朝華，歲暮於吾子。斧揮郢人鼻，莊子徐無鬼篇：莊子送葬過惠子之墓，顧謂從者曰：『郢人堊漫其鼻端若蠅翼，使匠石斲之。匠石運斤成風，聽而斲之，盡堊而鼻不傷，郢人立不失容。宋元君聞之，召匠石曰：「嘗試為我為之。」匠石曰：「臣則嘗能斲之，雖然，臣之質死久矣。」自夫子之死也，吾無以為質矣！吾無與之言矣！』琴即鍾期耳。見上。新詩凌建安，魏志王粲傳：粲卒於建安二十二年。始，文帝為五官將及平原侯，植皆好文學，粲與徐幹偉長、陳琳孔璋、阮瑀元瑜、應瑒得璉、劉楨公幹并見友善。高論到正始。晉衛玠傳：大將軍鎮豫章，長史謝鯤雅重玠，相見欣然，言論彌日。大將軍謂鯤曰：『昔王輔嗣吐金聲於中朝，此子復玉振於江表，微言之緒，絶而復續，不意永嘉之末，復聞正始之音！』徒言參隔辰，揚子：吾不覩參、辰之相比也。左傳昭元年子產曰：昔高辛氏有二子：伯曰閼伯，季曰實沈，居于曠林，不相能也，日尋干戈以相征討。后帝不臧，遷閼伯於商丘，主辰，商人是因，故辰為商星。遷實沈于大夏，主參，唐人是因，以服事夏、商，故參為晉星。未負石投水。呂氏春秋精喻篇：白公問於孔子曰：『人可微言乎？』孔子不應。白公曰：『若以石投水，奚若？』孔子曰：『没人能取之。』白公曰：『若以水投石，奚若？』孔子曰：『淄、澠之合，易牙能知之。』白雪非衆聽，文選宋玉答楚王問云：客有歌於郢中者，其始曰下里、巴人，國中屬而和者數千人，其為陽阿、薤露，國中屬而和者數百人，其為陽春、白雪，屬而和者數十人而已。其曲彌高，其和彌寡。夜光忌暗投。見上。古來不識察，文選古詩：一心抱區區，懼君不識察。浪自生百憂。三月楚國淚，卞和見上注。以言夜光之璧。千年郢中樓。以言陽春、白雪。無因杭一葦，詩：一葦杭之。濁水拍天流。退之詩：海氣昏昏水拍天。河南李茂彥，內藴邁俗心。濬冲有涇渭，一顧重千金。文選任彥昇詩：濬冲得茂彥。注云：傅暢贊曰(三)：『王戎字濬冲，為選官，時江夏李重字茂曾，汝南李毅字茂彥，二人俱處要職。戎以識會待之，各得其用。』彥昇此詩又云：伊人有涇渭〔四〕，非余揚濁清〔五〕。向秀別傳云：秀與嵇康、呂安為友，康傲世不羈，安放逸邁俗，而秀雅好讀書。事親知色難，勝己又勇沉。見上。外物既難必，求之首陽岑。莊子外物篇：外物不可必，故龍逢誅，比干戮。論語：夷、齊餓于首陽之下。

飄風從東來，雨足盡西靡。說苑：上之化下，猶風之靡草，東風則草靡而西，西風則草靡而東。老杜云：雨聲已先風，散足盡西靡。萬物逐波流，金石終自止。說苑叢談云：水浮萬物，玉石留止。渭因涇使濁，非以葑故毀。並見毛詩。智所無奈何，誰能為樗里？史記樗里子傳：滑稽多智，號曰『智囊』。秦人諺曰：『力則任鄙，智則樗里。』

紛紛車馬客，如集市人博。彼雖有求來，我但快一噱。文選陳孔璋書：必大噱也。忽逢媚學子，退之詩：躍躍媚學子，墻屏日有徒。時亦撼關鑰。何當攜手期，濠上得魚樂？見上。

〔一〕『若』原作『如』，據元至元本及晉書卷四十三樂廣傳改。

〔二〕『蕚』原作『愕』，諸本同，據真誥運象篇改。

〔三〕『傅』原作『傳』，據樹經堂本及文選卷二十三任昉出郡傳舍哭范僕射詩李善注改。

〔四〕『伊』原作『供』，據元至元本及文選任昉詩改。

〔五〕『揚』原作『楊』，據樹經堂本及文選任昉詩改。

次韻張秘校喜雪三首

落月煙沙静渺然，好風吹雪下平田。瓊瑶萬里酒增價，桂玉見上。一炊人少錢。學子已占秋食麥，廣文何憾客無氊？才名四十年，坐客寒無氊。此老杜贈鄭廣文〔一〕。山谷以此見況。睡餘强起還詩債，臘裏春初未隔年。

巷深朋友稀來往，日晏兒童不掃除。雪裏正當梅臘盡，民饑可待麥秋無？杜詩：梅蘂臘前破。月令：孟夏麥秋至。寒生短棹誰乘興？晉王徽之傳：嘗居夜雪初霽，月色清朗，忽憶戴逵，逵時在剡，便夜乘小船詣之，經宿方至，造門不前而反。人問其故，徽之曰：『本乘興而來，興盡而反，何必見安道耶？』光入疏櫺我讀書。宋、齊語曰：孫康家貧，映雪讀書。文選曹子建詩：流焱激櫺軒。注：軒，窗間也。官冷無人供美酒，杜詩：廣文先生官獨冷。何時卻得步兵厨？阮籍聞步兵厨人善釀，求為步兵校尉。

滿城樓觀玉闌干，小雪晴時不共寒。潤到竹根肥臘筍，杜詩：密竹復冬筍。暖開蔬甲助春盤。

杜詩：自鋤稀菜甲。眼前多事觀游少，『觀游』見上。胸次無憂酒量寬。聞説壓沙梨已動，會須鞭馬蹋泥看。退之詩：走馬來看立不正。

〔一〕『老』原無，據元至元本增補。

次韻寅菴四首

寅菴，山谷兄大臨元明也。其詩序云：雙井弊廬之東得勝地，結茅菴居，命曰『寅菴』，喜成四詩寄魯直，可同魏都士人共和之。可見山谷時在北京也。

四詩説盡菴前事，寄遠如開水墨圖。略有生涯如谷口，揚子法言云：谷口鄭子真耕乎岩石之下，而名震于京師。非無卜肆在成都。漢書：蜀有嚴君平，卜筮於成都市。旁籬榛栗供賓客，滿眼雲山奉宴居。禮記：仲尼燕居。閑與老農歌帝力，帝王世紀：帝堯之時，天下大和，老人擊壤於道，觀者歎曰：『大哉，帝之德也！』老人曰：『吾日出而作，日入而息，鑿井而飲，耕田而食。帝何力於我哉！』年豐村落罷追胥。周禮：小司徒之職，乃會萬民之卒伍而用之，以比追胥。注：追，逐寇也，胥，伺捕盜賊也。又云：凡起徒役，毋過家一人，以其餘為羨，唯田與追胥竭作。

兄作新菴接舊居，一原風物萃庭隅。陸機招隱方傳洛〔一〕，陸機有招隱詩。張翰思歸正在吴。晉張翰吴郡吴人，齊王冏辟為東曹掾，見秋風起，思吴中菰菜、蓴羹、鱸魚，遂命駕而歸。五斗折腰慚僕妾，見陶潛傳。幾年合眼夢鄉閭。樂天詩：

春來夢何處？合眼到東川。白雲行處應垂淚，唐狄仁傑授并州法曹參軍，親在河陽，仁傑登大行山，反顧曰：『白雲孤飛。』謂左右曰：『吾親舍其下。』瞻悵久之，雲移乃去。黃犬歸時早寄書。見上。

大若塘邊擉網魚〔二〕，莊子則陽篇：冬則擉鼈于江。擉，初角切。小桃源口帶經鋤。漢兒寬傳：帶經而鋤。詩催孺子成雞柵，老杜有催宗文樹雞柵詩。茶約鄰翁掘芋區。『瓜疇芋區』見蜀都賦。苦楝狂風寒徹骨，黃梅細雨潤如酥。『楝風』、『梅雨』並見上注。退之詩：天街小雨潤如酥。此時睡到日三丈，南齊天文志：永明五年日出三竿。盧仝詩：日高丈五睡正濃。杜牧之詩：白頭扶不起，三丈日還高。自起開關招酒徒。史記：酈食其叱使者曰：『走！復入言沛公，吾高陽酒徒耳！』

未怪窮山寂寞居，此情常與世情疏〔三〕。誰家生計無閑地？大半歸來已白須。不用看雲眠永日，老杜云：看雲莫悵望。又云：時獨看雲淚橫臆〔四〕。會思臨水寄雙魚。見上。公私逋負田園薄，未至妨人作樂無？見上。

〔一〕『洛』原作『落』，據至元本、嘉靖本改。

〔二〕『擉』嘉靖本、萬曆本作『獨』。

〔三〕『此情』元至元本作『此中』。

〔四〕『看』原作『青』，據樹經堂本及杜甫苦戰行詩改。

以同心之言其臭如蘭為韻寄李子先

往日三語掾，解道『將無同』。我觀李校書，超邁有古風。晉阮瞻傳：見司徒王戎，戎問曰：『聖人貴名教，老莊明自然，其旨同異？』瞻曰：『將無同。』戎咨嗟良久，即命辟之。人謂之『三語掾』。談道屢入微，衛玠傳：勝日親友，時請一言，莫不咨嗟，以為入微。又云：衛玠談道，平子絕倒。閉門長蒿蓬。『蓬蒿繞宅』見上注。誰能賞遠韻？太守似安豐。晉庾凱雅有遠韻。王戎傳：進爵安豐侯。流水鳴無意，白雲出無心。歸去來詞：雲無心而出岫。水得平淡處，渺渺不厭深。雲行不能雨，還歸碧山岑。斯人似雲水，廊廟等山林。文選曹子建詩：朝雲不歸山，霖雨成川澤。前漢贊：山林之士往而不能反，朝廷之士入而不能出。俗士得失重，舍龜觀朵頤。易：舍爾靈龜，觀我朵頤。六經成市道，駔儈以為師。史記廉頗傳客曰：天下以市道交。漢貨殖傳：節駔儈。漢書：吏道以法令為師。吾學淡如水，載行欲安之？莊子：君子之交淡如水。左傳襄二十四年：子產寓書告范宣子曰：『夫令名，德之輿也；恕思以明德，則令名載而行之。』揚子法言：或問孔子知其道之不用也，則載而惡乎之？曰：『之後世君子。』惟有無心子，白雲相與期。

摧藏褫冠冕，文選扶風歌：抱膝獨摧藏。易訟卦：或錫之鞶帶，終朝三褫之。後漢鄧禹贊：褫龍章於終朝。左昭九年：伯父裂冠毁冕。寂寞歸丘園。一瓢俱好學，伯仲吹篪壎。政以此易彼，韓文柳子厚墓志：以彼易此，孰得孰失？高車宅朱門。得失固有在，難為俗人言。司馬遷書云：悲夫！事未易一二與俗人言也。又云：此可與智者道，難與俗人言也。

携手力不足〔一〕，七年坐乖離。此詩乃元豐二年歲己未，北京解官後作也。在北京首尾跨七年。選詩：乖離即長衢。愁思不能眠，起視夜何其。殘月掛破鏡，古樂府云：破鏡飛上天。謂月半也。寒星滿天垂。明明故人心〔二〕，維斗終不移。見上。

窮閻蒿蔓羶，富屋酒肉臭。禮記：富潤屋。漢霍去病傳：重車餘棄粱肉，而士有飢者〔三〕。杜詩：朱門酒肉臭，路有凍死骨。酒肉令人肥，蒿蔓令人瘦。欲從鍾鼎食，家語子路曰：親没之後，累茵而坐，列鼎而食。史記貨殖傳：洒削，薄技也〔四〕，而郅氏鼎食。馬醫，淺方，張里擊鍾。鮑照詩：擊鍾陳鼎食，方駕自相求。復恐憂患構。秦時千户侯，寂寞種瓜後。蕭何傳：召平者，故秦東陵侯，秦破，為布衣貧，種瓜長安城東，瓜美，故世稱『東陵瓜』。

客從濟南來，李子先及前篇李得叟皆在濟南，山谷母黨也。遺我故人書。墨淡字疏行，杜詩：墨淡字欹傾。故人情有餘。上言猶健否，次問意何如。只今意何有？思食故溪魚。古樂府詩云：客從遠方來，遺我雙鯉魚。呼兒烹鯉魚，中有尺素書。長跪讀素書，書中意何如？上言加餐飯，下言長相思。

吾子有嘉德，譬如含薰蘭。清風不來過，歲晚蒿艾間。淵明飲酒詩云：幽蘭生前庭，含薰待清風。清風脱然至，見别蕭艾中〔五〕。

古來百夫雄，白首在澗槃。詩：百夫之特。又：考槃在澗。非關自取重，杜詩云：非關足無力。又云：非關故安排。直為知人難。書：在知人，惟帝其難之。

〔一〕『力』嘉靖本、萬曆本作『日』。

〔二〕『明明』萬曆本作『明月』。

〔三〕『者』原作『肉』，據漢書卷五十五霍去病傳改。

〔四〕『洒削薄技也』『洒』原作『洗』，『技』原作『投』，據史記貨殖列傳改。

〔五〕『蕭』原作『蒿』，據陶淵明飲酒詩改。

見子瞻粲字韻詩和答三人四返不困而愈崛奇輒次韻寄彭門三首〔一〕

按東坡集，乃熙寧七年冬除夜病中贈段屯田，時在密州，山谷和章乃元豐初。

公材如洪河，灌注天下半。文選吴都賦：礉硊乎數州之間，灌注乎天下之半。風日未嘗攖〔二〕，終上句『洪河』之義。莊子徐無鬼篇：故曰：風之過河也，有損焉；日之過河也，有損焉。請只風與日相與守河，而河以為未始其攖也〔三〕。晝夜聖所歎。見論語。名世二十年〔四〕，窮無歌舞玩。入宮又見妬，『女無美惡，入宮見妬』，見鄒陽傳。徒友飛鳥散。莊子山木篇：孔子問於子桑雩曰：『吾再逐於魯，伐樹於宋〔五〕，削迹於衛，窮於商、周，圍於陳、蔡之間，吾犯此數患，親交益疏，徒友益散，何歟？』李陵傳：各鳥獸散，猶有得脫。一飽事難諧，『事不諧矣』見宋弘傳。五車書作伴。莊子：惠施多方，其書五車。風雨暗樓臺，鷄鳴自昏旦。詩：風雨如晦，雞鳴不已。雖非錦繡贈，欲報青玉案〔六〕。文選張平子四愁詩：美人贈我錦繡段，何以報之青玉案。文似離騷經，詩窺關雎亂。語：師摯之始，關雎之亂。賤生恨學晚，曾未奉巾盥。內則：盥卒授巾。昨蒙雙鯉魚，『雙鯉』事見東坡在彭門答山谷書，見集中。遠託鄭人緩。莊子列禦寇篇：鄭人緩也，呻吟裘氏之地，三年而緩為儒。風義薄秋天，謝靈運傳論云：高義薄雲天。老杜云：高義薄曾雲。神明還舊貫。法書要録庾翼與羲之書云：忽見足下答家兄書，煥若神明，頓還舊貫。更磨薦禰墨，後漢孔融上疏薦禰衡。推挽起疲懦。忽忽未嗣音，微陽歸候炭。漢天文志：冬至短極，縣土炭。孟康曰：先冬至三日，懸土炭於衡兩端，輕重適均。冬至日，陽氣至，則炭重。夏至日，陰氣至，則土重。仁風從東來，拭目望齋舘。鳥聲日日春，柳色弄晴暖。漫有酒盈樽，何因見此粲？歸去來辭云：攜幼入室，有酒盈樽。詩：子兮子兮，如此粲者何！

人生等尺捶，豈耐日取半！莊子篇末云：一尺之捶，日取其半，萬世不竭。辯者以此與惠施相應〔七〕，終身無窮。誰能如秋虫，長夜向壁嘆？朝四與暮三，適為狙公玩。臭腐暫神奇，莊子知北篇〔八〕：臭腐復化為神奇，神奇復化為臭腐。喑噫即飄散。我觀萬世中，獨立無介伴。小黠而大癡，退之送窮文曰：子知我名，凡我所為，驅使令去，小黠大癡。夜氣不及旦。孟子云云。低首甘豢養，尻脽登俎案。見前食驢腸詩注。所以終日飲，醉眠朱碧亂。『醉眠』當是『醉眼』。玉臺新咏夜愁詩云：誰知心眼亂，看朱忽成碧。無人明此心，忍垢待濯盥。仰看東飛雲〔九〕，只使衣帶緩。文選古詩：相去日已遠，衣帶日已緩。先生古人學，百氏一以貫。見義勇必為，少作衰俗懦。忠言願回天，唐張玄素傳魏徵歎曰：張公論事有回天之力。不忍斆吞炭。讓吞炭。還從股肱郡，漢季布傳上曰：河東吾股肱郡，故特召君耳。待詔圖書館。東壁二星，天子圖書之秘府也。東坡為郡仍直史館。投壺得賜金，杜詩：能畫毛延壽，投壺郭舍人。西京雜記：郭舍人善投壺，每為武帝投壺，輒賜金帛。侏儒餘飽暖。寧令東方公，但索長安粲！東方朔傳：上召問朔：『何恐侏儒為？』對曰：『侏儒飽欲死，臣朔飢欲死。臣言可用，幸異其禮；不可用，罷之，無令但索長安米。』惠帝紀曰：為鬼薪白粲。注：取薪給宗廟，為鬼薪；坐擇米，使正白，為白粲。郭舍人及侏儒以比當時附會而進者，東方朔比東坡。

元龍湖海士，毀譽略相半。下床臥許君，上床自永嘆。魏志呂布傳〔一〇〕：陳登者，字元龍，卒後，許汜與劉備並在荆州牧劉表坐，與表共論天下人。汜曰：『陳元龍，湖海之士，豪氣不除。』備謂表曰：『許君論是非？』表曰：『欲言非，此君為善士，不宜虛言。欲言是，元龍名重天下。』備問汜：『君言豪，寧有事耶？』汜曰：『昔遭亂，過下邳，見元龍。元龍無客主之意，久不相與語，自上大牀卧，使客卧下牀。』備曰：『君有國士之名，今天下大亂，帝王失所，望君憂國忘家，有救世之意〔一一〕，而君求田問舍，言無可采，是元龍所諱也。』表大笑。丈夫屬有念，鮑明遠集中詩云：幽居屬有念，含意未連詞。退之秋懷詩：丈夫屬有念，事業無窮年。人物非所玩。書旅獒云：玩人喪德，玩物喪志。坐令結歡客，杜詩：常恨結驩淺。化為煙霧散。武功有大略，元和姓纂：蘇氏自武功徙焉。亦復寡朋伴。詠歌思見之，長夜鳴曷旦。禮坊記：詩云：『相彼盍旦，尚猶惡之。』注：夜鳴求旦之鳥，人猶惡其反晝夜。盍音渴。東南望彭門，官道平如案。老杜云：東屯大江北，百頃平若案。簡書束縛人，一水不能亂。詩公劉：涉渭為亂。注云：正絶流曰亂。斯文媿秬鬯〔一二〕，可用圭瓚盥。書：平王錫晉文侯秬鬯。圭瓚，作文侯之命。論語：子曰：禘自既灌而往者，吾不欲觀之矣。注：灌者，酌鬱鬯於太廟以降神也。東坡和此篇云：於我如既盥。盥、灌，古字通使。誠求活國醫，何忍棄和緩？晉侯求醫於秦，秦使醫和視之。文子曰：『醫及國家乎？』對曰：『上醫醫國，其次醫人〔一三〕。』開疆日百里，詩：日闢國百里。都内錢朽貫。史記平準書云：京師之錢累巨萬，貫朽而不可校。銘功甚俊偉，廼見儒生懦。且當置是事，勿使冰作炭。熙寧五年收復熙州，十年交阯納款。『銘功』當是此等事。鹽鐵論：冰炭不可以同器。淵明詩：孰若當世上，冰炭滿懷抱。退之聽穎師琴云：穎乎爾誠能，無以冰炭真我腸！上帝羣玉府，穆天子傳：羣玉之山，先王之所謂策府。道家蓬萊館。後漢書：學者稱東觀為老氏藏室，道家蓬萊。曲肱夏簟寒，炙背冬屋暖。嵇康絶交書：野人有快炙背而美芹子者，欲獻之至尊。只令文字垂，萬世星斗粲。

〔一〕『崛奇』元至元本作『奇』，『次韻』嘉靖本、萬曆本作『次舊韻』。
〔二〕『日』至元本、弘治本作『月』。
〔三〕『其』原作『有』，據莊子徐無鬼改。
〔四〕『二』嘉靖本、萬曆本作『三』。
〔五〕『伐』原作『代』，據至元本、弘治本、樹經堂本及莊子山木改。
〔六〕『青』原作『清』，據至元本、樹經堂本改。
〔七〕『以』原作『如』，據元至元本及莊子天下改。
〔八〕『北』原作『此』，據至元本、弘治本及莊子知北游改。
〔九〕『東』至元本、弘治本作『朱』。
〔一〇〕『吕』原誤作『季』，據三國志卷七魏書吕布傳改。
〔一一〕『救』原作『枚』，據元至元本及三國志吕布傳改。
〔一二〕『文』樹經堂本作『人』。
〔一三〕『晉侯求醫……其次醫人』，元至元本此段注文作『左成十年晉侯有疾，求醫於秦，秦使醫緩視之。昭元年，晉侯求醫於秦。秦使醫和視之，文子曰：「醫及國家乎？」對曰：「上醫醫國，其次醫人。」』

再和寄子瞻聞得湖州

天下無相知，得一已當半。桃僵李為仆，古歌詩曰：桃生露井上，李樹生桃傍。虫來嚙桃根，李樹代桃僵。見藝文類聚。芝焚蕙增歎。文選歎逝賦云：信松茂而柏悦，嗟芝焚而蕙歎。佳人在江湖，照影自娛玩。一朝入漢宮，掃除備冗散。漢中居嘉傳：冗官居其中。注云：冗謂散輩也，如今散官。何如終流落，長作朝雲伴。文選高唐賦：妾在巫山之陽，高丘之阻，旦為朝雲，暮為行雨。相思欲面論，坐起鷄五旦。身慙尸廩禄，有罪未見案。後漢孔融傳：丁零盜蘇武牛羊，可并案也。公文雄萬夫，皦皦不自亂。臧、穀皆亡羊，莊子駢拇篇：臧與穀二人相與牧羊，而俱亡其羊。問臧奚事，則挾筴讀書；問穀奚事，則博塞以遊：二人者，事業不同，其於亡羊均也。要以道湔盥。傳聲向東南，王事不可緩。孟子：民事不可緩也。春波下數州，快若七札貫。左傳成十六年：鄢陵之戰，養由基蹲甲而射之，徹七札焉。椎鼓張風帆〔一〕，相見激衰懦。空文不傳心，千古付煨炭。安得垂天雲，莊子：翼若垂天之雲。飛就吳興館？吳興郡，湖州也。魚饜柳絮肥，孔毅甫雜記云：永叔稱聖俞河豚詩云：『春洲生荻牙，春岸飛楊花。河豚於是時，貴不數魚蝦。』以謂河豚食柳絮而肥，聖俞破題兩句便説盡河豚好處。乃永叔褒譽之詞也。其實不爾。此魚盛於二月，至柳絮時，魚已過矣。石林詩話所言略同。筍煮溪沙暖。解歌使君詞，樽前有三粲。國語周語曰：三女奔密康公，公母曰：『必致之王。夫粲，美物也，衆以美物臨，而何德以堪之？』

〔一〕『椎』原作『推』，據至元本、弘治本改。

次韻答堯民

君開蘇公詩〔一〕，疾讀思過半。譬如聞韶耳，三月忘味歎。見論語。班孟堅幽通賦云：虞韶美而鳳儀兮，孔忘味於千載。我詩豈其朋？組麗等俳玩。揚子：霧縠之組麗〔二〕，女工之蠹矣。司馬遷書云：文史星曆，近乎卜祝之間。固主上所戲弄，倡優畜之。漢書：枚皋言為賦迺俳，見視如倡。不聞南風絃，禮記：舜作五絃之琴，以歌南風。同調廣陵散。嵇康傳：康將刑東市，索琴彈之，曰：『昔袁孝尼嘗從吾學廣陵，吾每靳固之，廣陵散於今絕矣！』鶴鳴九天上，肯作家雞伴？詩：鶴鳴于九皋。南史王僧虔傳：小兒輩賤家雞。借用之。晁子但愛我，品藻私月旦。後漢許劭傳：劭與兄靖好覈論鄉黨人物，每月輒更其品題，故汝南有『月旦評』焉。官閑樂相從，梨栗供杯案。淵明責子詩：但覓梨與栗。前漢貢禹傳：見賜杯案盡文畫金銀飾。後漢董卓傳：偃轉杯案間。門靜鳥雀嬉，花深蜂蝶亂。忽蒙加禮貌，齋戒事搢盥。問大心更小，杜詩：成王功大心轉小。此摘其字。意督辭反緩。君材於用多，舞選弓矢貫。齊國風：舞則選兮，射則貫兮。聰明回自照，傳燈録靈居義能曰：迴光返照，看身心是何物。勝己果非懦。我如相繪事，素質施朽炭。見論語。古來得道人，非獨大庭館。列子黃帝篇：退而閒居大庭之館，齋心服形，晝寢而夢遊於華胥氏之國。晁子已不疑，冬寒春自暖。繫表知藥言，擇友得荀粲。魏志荀彧傳注云：粲字奉倩，諸兄並以儒術論議〔三〕，而粲獨好言道，常以為：『子貢稱夫子之言性與天道不可得聞，然則六藉雖存，固聖人之糠粃〔四〕。』粲兄俣難曰：『易亦曰「聖人立象以盡意，繫辭焉以盡言」，則微言胡為不可得而聞見哉？』粲曰：『蓋理之微者，非物象之所舉也。今稱「立象以盡意」，此非通乎意外者也；「繫辭焉以盡意」，此非言乎繫表者也；斯則象外之意、繫表之言固蘊而不出矣。』當時能言者不能屈也。

〔一〕『開』原作『問』，據至元本、嘉靖本、萬曆本改。按：弘治本、樹經堂本作『聞』。

〔二〕『縠』原作『穀』，據揚雄法言吾子改。按諸本皆誤作『穀』。

〔三〕『以』原無，據三國志卷十魏書荀彧傳注補。

〔四〕『固』原作『因』，據至元本、樹經堂本及三國志荀彧傳注改。

春遊

終日桃李蹊，李廣贊：桃李不言，下自成蹊。春風不相識。太白詩：春風不相識，何事入羅幃？同我二三子，承我作意力。把酒忘味着，看花了香寂。楞嚴經云：香嚴童子白佛言：『見諸比丘燒沉水香，香氣寂然，來入鼻中。』晴雲散長空，曠蕩無限隔。杜詩：是身如浮雲，安可限南北？南都賦：上平衍而曠蕩。身為胡蝶夢，見上。本自不漁色。禮坊記：諸侯不下漁色。春蟲勸人歸，謂杜鵑。今我誠是客。淵明詩：家為逆旅舍，我如當去客。文選詩：人生天地間，忽如遠行客。歎逝賦云：託末契於後生，余將老而為客。歸來翻故紙，書尾見麟獲。傳燈録古靈禪師傳：其師在窗下看經，蜂子投窗紙求出。師曰：『世界如許廣闊，不肯出，鑽他故紙，驢年去〔二〕！』此用其字。左哀十有四年：春，西狩獲麟。注云：春秋絶筆於『獲麟』之一句。文字非我名，聊取二三策。樂天詩：黃紙除書非我名。孟子：武城取二三策。

〔一〕『去』原作『出』，據元至元本及景德傳燈録卷九福州古靈神讚禪師改。

次韻感春五首

我與子桑友，既往雨彌旬。莊子曰：子輿、子桑友而淋雨十日。子輿曰：『子桑殆病矣！』裹飯而往食之。交情未曾改，用漢書翟公書門之語而反其意〔一〕，所謂『一死一生，乃知交情；一貴一賤，交情乃見』。天地忽趣新。東風無行迹，佳氣滿城闉〔二〕。鮑明遠詩：嚴車臨迥陌，延瞰歷城闉。麥苗生陂隴，歎息不食陳。『麥生陵陂』見上注。左傳：不食新矣。今已及麥，故云『不食陳』。誰能裹飯來？定是寂寞人。一曲古流水，『志在流水』見上注。試拂絃上塵。古木少生意，輪囷卧河濱。慚愧桃與李，相隨見陽春。

張侯脱朝衣，兒褐多純緑。禮記深衣：具父母衣純以青。聞道無米舂，煮朮學辟穀。神仙傳：涓子齊人也，好餌朮。張良傳：即導引，不食穀。注：服辟穀藥。官吏但索錢，退之嗟哉董生行云：門外惟有吏，日來徵租更索錢。詔書哀惸獨。小雅：哿矣富人，哀此惸獨。東方九尺長〔三〕，不得侏儒禄。東方朔事見上。屋中聲鵝鴈，日暮攪心曲。退之酬崔十六云云〔四〕：有時未朝飡，得米日已晏。隔墻聞讙呼，衆口極鵝鴈。『心曲』見上注。窮巷無桃李，緼袍非春服。見論語。我吟白駒詩，知君在空谷。

祁寒不可怨，天道自平分。書：冬祁寒，小民亦惟日怨咨。宋玉九辯云：皇天平分四時兮，竊獨悲此凜秋〔五〕。退之詩云：皇天平分成四時，春風誕謾最可悲。及爾春風來，四肢有餘温。丈夫力如虎，詩簡兮：有力如虎。為人行灌園。鄒陽書：於陵仲子辭三公，為人灌園。椒蘭工壅蔽，未可怨芳蓀。離騷經云：余以蘭為可恃兮，羌無實而容長。椒專佞以慢慆兮，榝又欲充夫佩幃。又云：覽椒蘭其若兹兮，又況揭車與江離。注云：『蘭』，懷王少弟司馬子蘭也〔六〕；『椒』，楚大夫子椒也。寒魚守窮轍，蒙呴一沫恩。莊子：泉涸，魚相與處於陸，相呴以濕〔七〕，相濡以沫。『窮轍』見後篇『枯魚』注。一朝被湔祓，吹毛見瘢痕。國策汗明說春申君曰：君獨無湔祓僕也。文選廣絶交論云〔八〕：剪拂使其長鳴。注云：與『湔祓』同。『吹毛求疵』見前漢中山靖王勝傳。『君面有瘢，美玉可以滅瘢』，注云：瘢，瘡痕也，見王莽傳。

鳥聲春漸長〔九〕，煙雨春薄暮。風光不長妍，如客暫時寓。芸芸物爭時，老子曰：夫物芸芸，各復歸其根。天地有常度。東方朔客難曰：天有常度，地有常形，君子有常行。我行覩大河，黃流日東鶩。退之感二鳥賦：出國門而東鶩。喟然欲乘桴，見語。莽不見洲渚。張侯但飲酒，無用恨覊旅。十年富貴子，今作一丘土〔一〇〕。文選七哀詩：昔為萬乘君，今為丘山土。

茶如鷹爪拳，湯作蟹眼煎。時邀草玄客，北苑修貢録：茶有小芽，有中芽，小芽者其小如鷹爪。蔡君謨茶録云：候湯最難，未熟則沫浮，過熟則茶沉。前世謂之『蟹眼』者，過熟湯也。揚雄傳云：時雄方草太玄，有以自守，泊如也。晴明坐南軒。笑談非世故，嵇康書云：世故繁其慮，七不堪也。獨立萬物先。春風引車馬，隱隱何闐闐。蜀都賦：車馬雷駭，轟轟闐闐。高蓋相磨戛，騎奴争道喧。史記田仁任安傳曰：平陽主家令兩人與騎奴同席而食。漢霍光傳：兩家奴争道。杜詩：瑤池氣鬱律，羽林相摩戛。吾人撫榮觀，宴處自超然。老子曰：雖有榮觀，燕處超然。城中百年木，有鵲巢其顛。鳲鳩來相宅〔一一〕，日暮更謀遷。書洛誥云：召公既相宅。詩：維鵲有巢，維鳩居之。

〔一〕『用』原作『周』，據至元本、樹經堂本改。
〔二〕『闉』嘉靖本、萬曆本作『門』。
〔三〕『東方九尺長』嘉靖本、萬曆本作『東方長九尺』。
〔四〕『六』原無，據韓愈崔十六少府攝伊陽以詩及書見投因酬三十韻詩補。
〔五〕『竊』原作『切』，據宋玉九辯改。
〔六〕『弟』原作『第』，據樹經堂本及張興祖楚辭補注卷一離騷經章句王逸注改。
〔七〕『濕』原作『温』，據樹經堂本及莊子大宗師改。
〔八〕『交』原作『友』，據樹經堂本及文選卷五十五劉峻（孝標）廣絶交論改。
〔九〕『漸』嘉靖本、萬曆本作『清』。
〔一〇〕『十年……一丘土』嘉靖本與萬曆本句末有小字注：『富貴子一作尊前客。』

〔一二〕『鳲鳩』嘉靖本與萬曆本作『鳴鳩』。

聖柬將寓于衛行乞食於齊有可憐之色再次韻感春五首贈之

温氣冰底歸，忽忽六過旬。易曰：過旬災也。園林改柯葉，禮器云：如竹箭之有筠也，如松柏之有心也，故貫四時而不改柯易葉。鳥聲日日新。耕稼百年外，四郊無短闉〔一〕。曲禮：四郊多壘，此卿大夫之辱也。高丘試顧望，俯仰迹已陳。蘭亭禊飲序云：俛仰之間，已為陳迹。信陵松鬱鬱，不見曩時人。史記：魏公子无忌封為信陵君。大名府即魏也。空懷負暄賞，列子：宋國有田夫，謂其妻曰：『負日之暄，人莫知者，以獻吾君，將有重賞。』莫望屬車塵。司馬相如諫獵書云：犯屬車之清塵。詩意言雖不忘君，而無因自進也。腹中書萬卷，阽死溝壑濱。騷經云：阽余身而危死兮。漢文紀云：阽於危亡。注云：近邊欲墮之意，音簷，一音反坫之坫。東方朔傳：先狗馬填溝壑。投壺與射覆，一笑物皆春。東方朔傳：上嘗使諸數家射覆，置守宮盂下，射之皆不能中。朔自贊曰：『臣嘗受易，請射之。』迺別蓍布卜而對曰：『臣以為龍，又無角；謂之為蛇，又有足。跂跂脈脈善緣壁，是非守宮即蜥蜴。』上曰：『善。』賜帛十疋，復使射他物，連中，輒賜帛。朔平原厭次人，厭次今棣州所治縣也，與大名相近。神異經曰：玉女投壺，天為之笑，則為電。種萱欲遺憂，叢薄空自綠。嵇康養生論云：合歡蠲忿，萱草忘憂。洗心日三省，易：聖人以此洗心。語：吾日三省吾身。人亦不我穀。詩：此邦之人，不我肯穀。誰能書窗下，草玄抱幽獨？太白詩：誰能書閣下，白首太玄經？『抱獨』見陶詩。白首官不遷，校書漢天禄。『三世不徙官，校書天禄閣』，見揚雄傳。身當萬户侯，見此篇『上谷』注。鼓吹擁部曲。解佩着犀渠，吳都賦：家有鶴膝，户有犀渠。注：鶴膝〔二〕，矛也；犀渠，楯也。張弓插彫服。周禮司弓：中秋獻矢箙。韓文：弓韔服〔三〕，矢插房。何時李將軍，射獵出上谷？李廣傳：數從射獵，文帝曰：『令當高祖時，萬户侯何足道哉！』景帝時為上谷太守。

春風鳴布穀，爾雅：鳲鳩，鴶鵴。注：今布穀也。杜詩云：布穀處處催春種。天道似勸分。左僖二十一年：務穡勸分。持饑望路人，誰能顔色温？笑憶枯魚説，詼諧老漆園〔四〕。莊子曰：莊周貸粟於監河侯，監河侯曰：『我將得邑金，貸子三百金，可乎？』周曰：『周昨來，有中道而呼者，周顧視車轍中有鮒魚焉。周問之，對曰：「我東海之波臣，君豈有斗升之水而活我哉？」周曰：「我且南遊吳越之王，激西江之水而迎子，可乎？」鮒魚忿然作色曰：「吾得斗升之水，然活耳；君乃言此，曾不如索我於枯魚之肆！」』『詼諧』見東方朔贊。『漆園』見上注。湘纍不得禄，哀怨寫荃蓀。揚雄弔屈原文曰〔五〕：因江潭而湓記兮，敬弔楚之湘纍。千年澗谷松，慚愧雨露恩。思為萬乘器，『萬乘器』見上注。顧掩斧鑿痕〔六〕。退之詩：徒觀斧鑿痕。

風雨桃李華，佳人來何暮！後漢廉范傳：廉叔度，來何暮。選詩〔七〕：日暮碧雲合，佳人殊未來。安齊果未安，寓衛豈所寓？

庚信集中詠懷詩云：寓衛非所寓，安齊獨未安。按左傳，晉公子重耳出奔及齊，齊桓公妻之，有馬二十乘，公子安之，從者以為不可。國風：式微，黎侯寓于衛。張侯室懸磬，見上注。得酒美無度。詩：彼其之子美無度。常憂腐腸死，三國陳思王傳注云：丁儀父沖過諸將飲，醉爛腸死。文選枚乘七發云：命曰腐腸之藥。須我嫁阿鶩。三國朱建平傳：初，荀攸、鍾繇相親善，攸先亡，子幼，繇與人書曰：『吾與公達曾共使朱建平相，建平曰：「荀君雖少，然當以後事付鍾君。」吾時啁之，曰：「惟當嫁卿阿鶩耳。」何意戲言遂驗乎〔八〕！今欲嫁阿鶩，使得善處。』雙魚傳尺素〔九〕，何處迷春渚？文選詩：客從遠方來，遺我雙鯉魚。呼童烹鯉魚，中有尺素書。啼鳥勸不歸，曉鞍逐行旅。遙知登樓興，信美非吾土。王粲登樓賦：雖信美而非吾土兮，曾何足以少留！

魯公但食粥，百口常憂煎。顏魯公帖云：拙於生事，舉家食粥已數月，今又罄竭，秖益憂煎，惠及少米，實濟艱勤。金張席貴寵〔一〇〕，張安世傳：功臣之世惟有張氏親近貴顯，比於外戚。劉向傳：產、祿席太后之寵。注：席，因也。奴隸乘朱軒。鮑照詩：奕奕朱軒馳。丈夫例寒餓，萬世無後先。風霾天作惡，詩：終風且霾。羲之傳：輒作數日惡。雷亦怒闐闐。俄傾花柳靜，煙暖谷鳥喧。司空圖集：戴容州云：詩家之景，如藍田日暖，良玉生煙。人事每如此，翻覆不常然。杜：萬事反覆何所無？下流多謗議，司馬遷答任安書：貧下未易居，下流多謗議。高位又疾顛。國語：高位實疾僨，厚味實腊毒。空餘壯士志，不逐四時遷。選詩〔一一〕：賞逐四時移。

〔一〕『闉』嘉靖本、萬曆本作『門』。

〔二〕『膝』原作『滕』，據文選卷五左思吴都賦李善注改。

〔三〕『弓韔服』原作『弓韔股』，據至元本、樹經堂本改。弘治本作『弓韔服』。按『韔』通『韔』。

〔四〕『詠譜』嘉靖本與萬曆本作『談譜』。

〔五〕『揚雄弔屈原文』按：注文出自揚雄反離騷，見漢書卷八十七揚雄傳引，『敬』作『欽』。

〔六〕『顧』嘉靖本及萬曆本作『願』。

〔七〕『選詩』原作『時』，元至元本作『詩』，現據樹經堂本改。按：注文引詩出文選卷三十一江淹擬休上人別怨詩。

〔八〕『遂』原作『逐』，據樹經堂本及三國志卷二十九方技傳朱建平傳改。

〔九〕『尺素』嘉靖本及萬曆本作『尺書』。

〔一〇〕『席貴寵』原作『貴席寵』，據嘉靖本、萬曆本及樹經堂本改。

〔一一〕『詩』原作『請』，據弘治本及樹經堂本改。按：引詩出自文選卷二十二沈約鍾山詩應西陽王教詩。

〔宋〕黄庭堅 著
〔宋〕任淵 史容 史季温 注
黄寶華 點校

山谷詩集注

下

上海古籍出版社

山谷外集詩注卷第六

次韻蓋郎中率郭郎中休官二首

仕路風波雙白髮，閑曹笑傲兩詩流。故人相見自青眼，見阮籍傳。新貴即今多黑頭。晉王珣與謝玄俱為桓温所重，温曰：『王掾當作黑頭公〔一〕。』杜詩：舊交新貴音書絶。熙、豐多擢用新進少年。桃葉柳花明曉市，荻牙蒲笋上春洲。定知聞健休官去，樂天詩：放慵長飽睡，聞健且閑行。又云：聞健此時相勸醉，偷閑何處共尋春〔二〕？酒户家園得自由。元注云：郭丈時御道巾野服，過親黨飲〔三〕，頗為分臺御史所訶，故有此句。杜詩：送客逢花可自由？退之詩：我云以病歸，此已頗自由。唐人以酒量為酒户。樂天詩：户大嫌甜酒。

世態已更千變盡，心源不受一塵侵。一作『險阻艱難親得力，是非憂患飽經心〔四〕。』四十二章經：斷欲去愛，識自心源，達佛深理。青春白日無公事，紫燕黃鸝俱好音。杜詩：隔葉黃鸝空好音。付與兒孫知伏臘，聽教魚鳥逐飛沉〔五〕。南史梁世子方等傳嘗著論曰：吾不及魚鳥遠矣！魚鳥飛浮，任其志性，吾之進退，常在掌握。白樂天詩：雙鳳栖梧魚在藻，飛沉隨分各逍遥。

黄公壚下曾知味〔六〕，晉王戎傳：戎嘗經黄公酒壚下過，顧謂後車曰：「吾昔與嵇叔夜、阮嗣宗酣暢于此。」 定是逃禪入少林。杜詩：醉中往往愛逃禪。傳燈録：菩提達磨届于洛陽，寓止嵩山少林寺，面壁而坐。

〔一〕「晉王珣……當作黑頭公」元至元本作「黑頭見此卷注」。按：此詩載至元本卷十一，該卷題前定録贈李伯牖詩注中已引「黑頭」出處。

〔二〕「又云……共尋春」元至元本此段無，但有：「文（當為「又」字之誤）云：林園亦要聞閑置，筋力應須及健回。」

〔三〕「飲」原作「飯」，元至元本作「飲」，其餘諸本皆作「飯」。考詩意，作「飲」是，故據以改。

〔四〕「患」嘉靖本、萬曆本作「樂」。

〔五〕「聽教魚鳥逐飛沉」樹經堂本句下注：「逐」精華録作「遂」。

〔六〕「黄公壚下曾知味」樹經堂本句下注：「味」精華作「未」。

次韻郭右曹

閲世行將老斲輪，潘安仁歎逝賦：川閲水以成川，水滔滔而日度。世閲人而為世，人冉冉而行暮。莊子：行年七十而老斲輪。詳見答子高詩注〔一〕。 那能不朽見仍雲。見墨竹賦注。

歲中日月又除盡，左太冲吴都賦：露往霜來，日月其除。 聖處工夫無半分。退之感春詩：惜哉此子巧言語，不到聖處寧非癡？

秋水寒沙魚得計，莊子云：於蟻棄智，於魚得計。 南山濃霧豹成文。見上。

古心自有著鞭地，退之詩：孟生江海士，古貌又古心。

『著鞭』見祖逖傳。尺璧分陰未當勤。文子曰：聖人不貴尺璧而重寸陰。淮南子曰：禹之趨時，冠掛不顧，故曰『不貴尺璧而重寸陰〔二〕』。晉陶侃語人曰：大禹聖人，乃惜寸陰；至于衆人，當惜分陰。

〔一〕『詳見答子高詩注』元至元本作『詳見第一卷下注』。按：至元本所指即該本卷二奉答子高見贈十韻。

〔二〕『淮南子……重寸陰』按此段文字出淮南子原道，注文與之有出入，淮南子作：『故聖人不貴尺之璧而重寸之陰，時難得而易失也。禹之趨時也，履遺而弗取，冠掛而弗顧。』

送楊瓘鴈門省親二首 從予學易，業未成，辭歸。

執戟老翁年七十，人看生理亦無聊。草玄事業窺周易，作賦聲名動漢朝。揚雄事見上。本傳無『執戟』字。文選曹子建與楊德祖書云：揚子雲先朝執戟之臣耳。注云：為郎皆執戟。今見遠孫勤翰墨，還持遺稿困簞瓢。見論語。三年鄉校趨晨鼓，入北京郡庠也。一日邊城聽夜刁。李廣傳：不擊刁斗自衞。『邊城』謂代州鴈門郡也。野飯盈盤厭葱韭，莊子徐無鬼篇：徐無鬼見武侯，武侯曰：『先生居山林，食芧栗，厭葱韭，以賓寡人。』春風半道解狐貂。揚子：舉世寒，貂狐不亦燠乎？歸時定倒迎門屣，問鴈安能學度遼？後漢王符傳：度遼將軍皇甫規解官歸安定，鄉人有以貨得鴈門太守者，亦去職還家，刺謁規。規臥不迎，既入而問：『卿前在郡食鴈美乎？』有頃，又白王符在門，規素聞符名，乃驚遽而起，衣不及帶，屣履出迎。退之後漢三賢贊云：皇甫度遼，聞至乃驚，衣不及帶，屣履出迎。豈若鴈門，問鴈呼卿？

蜀客出衰世，『蜀客』謂揚子雲，蜀人也，而客於京師。獨升鄒魯堂。言其學孔孟，如論語所言：「由也升堂矣，未入於室也。」蚊虻觀得失，莊子云：蚊虻噆膚。淮南子云：毀譽之於己也，猶蚊虻之一過也。子雲於得失亦然。虎豹擅文章。易革卦：九五：大人虎變。象曰：其文炳也。上六：君子豹變。象曰：其文蔚也。吾子已强學，儒行云：夙夜强學以待問。草玄宜不忘。江河須畎澮，書益稷禹曰：予決九川，距四海；濬畎澮，距川。此言積畎澮而成江河，勸其博學。松柏要冰霜。馬策路千里，鴈門書數行。旨甘君有婦，內則云：慈以旨甘。玉臺新詠：使君自有婦。尺璧愛分光。見上。

次韻答張沙河 知邢州沙河縣〔一〕。

張侯堂堂身八尺〔二〕，曾子曰：堂堂乎張也。漢張蒼長八尺餘。老大無機如漢陰。莊子曰：子貢過漢陰，見一丈人方將為圃畦，鑿隧而入井，抱甕而出灌。子貢曰：「有械於此，鑿木為機，後重前輕，挈水若抽，其名為槔。夫子不欲乎？』為圃者曰：『吾聞有機械者必有機事，有機事者必有機心。吾非不知，羞而不為也。」杜詩：鹿門自此往，永息漢陰機。猛摩虎牙取吞噬，法言云：茅焦雖辯，摩虎牙矣。此語必有謂。自歎日月不照臨。詩國風云：日居月諸，照臨下土。策名日已汙軒冕，左傳：策名委質。『軒冕』見上〔三〕。逃去未必焚山林。琴操曰：介子推作龍蛇之歌而隱，文公求之，不肯出，乃燔木，子推抱木而死。魏志：太祖聞阮瑀名，辟之不應，逃入山中，太祖使人焚山得之。我評君才甚高妙，孤竹截管空桑琴。漢律曆志：黃帝使伶倫自大夏之西、昆侖之陰取竹之解谷，生其竅厚均者，斷兩節間而吹之，以為黃鍾之宮。周禮曰：孤竹之管，雲和之琴瑟，雲門之舞。又曰：孤竹之管，空桑之琴瑟，咸池之舞。杜子美朝獻太清宮賦：空桑、孤竹貴之多。李太白明堂賦：孤竹代奏，空桑和鳴。**四十未曾成老翁，**文選魏文帝與吳質書曰：已成老翁，但未白頭耳。老杜詩：丈夫蓋棺事始定，君今幸未成老翁。**紫髯垂頤鬱森森。**獻帝春秋曰：張遼問吳降人：『向有紫髯將軍是誰？』降人答曰：『是孫會稽。』**眉宇之間見風雅，**文選枚叔七發云：陽氣見於眉宇之間，侵淫而上。杜詩：眉宇真天人。陸士衡辯亡論〔四〕：風雅則諸葛瑾、張承、步騭，以聲名光國。杜詩：詞華傾後輩，風雅藹孤騫。**藍田煙霧生球琳。**李商隱詩：藍田日煖玉生煙。司空圖集云：詩家之景，如藍田日暖，良玉生煙。禹貢云：厥貢惟球琳琅玕。**胸中磈磊政須酒，**見上〔五〕。**東海可攬北斗斟。**詩：維北有斗，不可以挹酒漿。楚辭九歌云：援北斗兮酌桂漿。**古人已悲銅雀上，不聞向時清吹音。**文選弔魏武帝文曰：吾婕妤妓人著銅雀臺，月朝十五日輒向帳作妓。文選謝玄暉銅雀臺詩云：鬱鬱西陵樹，詎聞歌吹聲？鮑明遠集行路難云：不見柏梁銅雀上，寧聞古時清吹音？銅雀臺在相州。相，魏鄴境也，可見大名作。**百年毀譽付誰定？取醉自可結舌瘖。**『取醉』見上〔六〕。晉段灼傳云：知直之不用，皆杜口結舌。**使公繫腰印如斗，**晉周顗傳：顧左右曰：『今年殺諸賊奴，取金印如斗大繫肘。』**駟馬高蓋驅駸駸。**漢于定國傳：少高大閭門〔七〕，令容駟馬高蓋車。詩：載驟駸駸。**親朋改觀婢僕敬，成都男子寧異今？**孟郊詩云：親賓改舊觀，僮僕生新敬。漢蕭望之傳：蕭育杜陵男子，何詣曹也！**又言屋底甚懸罄，**『懸罄』見上〔八〕。**兒婚女嫁取千金。**後漢向長傳：男女娶嫁。**古來聖賢多不飽，**杜詩：自古聖賢多薄命。**誰能獨無父母心？**孟子：父母之心，人皆有之。白樂天詩：遂令天下父母心，不重生男重生女。**衆雛墮地各有命，强為百草憂春霖。**佛書云：朝生王子，一日墮地，便勝凡人。傅玄樂府云：男兒當門户，墮地自生神。前集書贈俞清老，其略云：男女婚嫁，渠儂墮地，自有衣食分齊，今蹙眉終日者，正為百草憂春雨耳。

艾封人子暗目睫，與王同床悔沾襟。『艾封人子』見上〔九〕。史記：齊使者至越曰：『幸也，越之不亡也！吾不貴其智之如目，見毫毛而不見其睫也。』隴鳥入籠左右啄，文選鸚鵡賦：鸚鵡慧而入籠。鸚鵡賦：命虞人於隴坻。南方異物志：廣、管、雷、羅等州多鸚鵡，但稍小，不及隴山者。杜詩：隴俗輕鸚鵡，原情類鶺鴒。終日思歸碧山岑。韓詩：遥岑出寸碧。一生能幾開口笑？莊子盜跖篇：其中開口而笑者，一月之中，不過四五日而已矣。樂天詩：人生開口笑，百年都幾迴？何忍更遣百慮侵？易云：一致而百慮。杜詩：撫事煎百慮。忽投雄篇寫逸興，仰占乾文動奎參。書斷曰：蒼頡仰觀奎星圓合之勢，合而為字。孝經援神契云：奎主文章。詳見和答莘老詩注〔一〇〕。奎、婁、胃、昴、畢、觜、參，參與奎皆西方七宿，故云。自陳使酒嘗罵坐，漢書：季布使酒難近，灌夫罵坐不敬。惜予不與朋合簪。易豫：九四：朋合簪。杜詩：盍簪喧櫪馬。君材蜀錦三千丈，要在刀尺成衣衾。文選郭泰機詩〔一一〕：衣工秉刀尺〔一二〕，棄我忽若遺。南朝例有風流癖，楚地俗多詞賦淫。用晉書杜預『左傳癖』，皇甫謐『書淫』之義，言耽惑也〔一三〕。漢趙充國等贊曰：今之歌謠慷慨〔一四〕，風流猶存耳。嵇康琴賦：體制風流，莫不相襲。沈約宋書謝靈運傳論云：在下祖習，如風之散，如水之流，風流之意，本自如此耳，而江左諸人，非獨然也。南史謝晦傳：時謝混風流為江左第一。張融傳云：阿兄風流頓盡。以此推之，可見當時好尚，流俗相扇，故曰『風流癖』也。詞賦皆祖屈、宋，號為『楚詞』，故曰『詞賦淫』。法言云：詞人之賦麗以淫。蓋言其文詞靡麗，與此意不同。屈原離騷豈不好？只今漂骨滄江潯。屈原作懷沙之賦，於是懷石遂自投汨羅以死，見史記本傳。正令夷甫開三窟，晉王衍傳：衍字夷甫，雖居宰輔而為自全之計，乃以弟澄為荆州，族弟敦為青州，謂曰：『卿二人在外，而吾留此，足為三窟矣。』獮以我道皆成禽。揚子云：獮德而得德。前集有詩云：安得八紘罝，以道獮衆智？文選張平子思玄賦：結典籍以為罟兮，驅儒墨以為禽。取此意也。温恭忠厚神所勞，詩：豈弟君子，神所勞矣。於魚得計豈厭深？『魚得計』見莊子〔一五〕。又云：魚鱉不厭深。丈夫身在要勉力，退之詩：學問藏之身，身在則有餘。豈有吾子終陸沉？莊子云：方且與世違而不屑與之俱，是陸沉者也。鄙人相士蓋多矣，漢高祖紀：臣少好相人，相人多矣，無如季相。勿作蔡澤笑噤吟。揚雄解嘲云：蔡澤雖噤吟而笑唐舉。『噤』音巨錦反，『吟』魚錦反。按史記蔡澤傳：澤從唐舉相曰：『吾聞先生相李兌曰：「百日之内持國秉政〔一六〕」，有之乎？』唐舉熟視而笑曰：『先生曷鼻，巨肩，魋顔，蹙齃，膝攣。吾聞聖人不相，殆先生乎〔一七〕？』

〔一〕元至元本此下尚有注：『此以下皆北京教授時作。此詩云「古人已悲銅雀上」，銅雀臺在相州，相、魏鄴境也。葉縣詩多删去，僅存兩首及律詩數篇，餘見内集十四卷，蓋删去也。』

〔二〕『侯』原作『疾』，據至元本、弘治本、樹經堂本改。

〔三〕『軒冕見上』元至元本作『莊子繕性篇：非軒冕之謂也』。

〔四〕『亡』原作『士』，據樹經堂本及文選卷五十三陸機辯亡論改。

〔五〕『見上』元至元本作『世説：阮籍胸中壘塊，故須澆之』。

〔六〕『取醉見上』元至元本作『杜詩：乘舟取醉非難事。退之詩：三杯取醉不復論』。

〔七〕『閭門』原作『門閭』，據元至元本及漢書卷七十一于定國傳改。

〔八〕『懸磬見上』元至元本作『屋底見上。左傳：室如垂磬』。

〔九〕『艾封人子見上』元至元本作『莊子曰：麗之姬，艾封人之子也，晉國之始得之也，涕泣沾襟，及其至於王所，與王同床，食芻豢，而後悔其泣也』。

〔一〇〕『詳見和答莘老詩注』元至元本作『詳見第四卷答莘老詩注』。按即至元本卷八和答莘老見贈詩注。

〔一一〕『泰』原作『素』，據元至元本及文選卷二十五郭泰機答傅咸詩改。

〔一二〕『工』原作『上』，據元至元本及郭泰機答傅咸詩改。

〔一三〕『妉』元至元本作『耽』。按：『妉』可通『耽』。

〔一四〕『歌』原作『詞』，據弘治本、樹經堂本及漢書卷六十九趙充國辛慶忌傳改。

〔一五〕『魚得計見莊子』元至元本作：『莊子云：於蟻棄智，於魚得計。』

〔一六〕『持國秉政』元至元本作『當持國秉政』。按史記范睢蔡澤列傳作『持國秉』。

〔一七〕『殆先生乎』原作『殆見先生乎』，據元至元本及史記蔡澤傳刪『見』。

送張沙河遊齊魯諸邦

張侯去沙河，三食鄴下麥。沙河屬邢州，鄴今相州也。用老杜『一別星橋夜，三移斗柄春』之意。筆力望晁董，錯與仲舒。頗遭俗眼白。晉阮籍傳：能為青白眼，見禮俗之士，以白眼對之。平生學經綸，胸中負奇畫。未論功活人，後漢長沙太守張機仲景有南陽活人書〔一〕。飽飯不常得。老杜：但使殘年飽喫飯。妻寒尚賓敬，左傳：初，臼季使過冀，見冀缺耨，其妻饁之，敬，相待如賓。兒餓猶筆墨。側聞共伯城，共城縣屬衛州。魚稻頗宜客。又持塵生甑，後漢范丹字史雲，閭里歌之曰：『甑中生塵范史雲，釜中生魚范萊蕪。』欲往立四壁。『四壁』見上〔二〕。平生貸米家，十輩來簿責。漢婁敬傳：使者十輩來。周亞夫傳：吏簿責亞夫。囊無孔方兄，晉魯褒錢神論曰：親愛如兄，字曰孔方。面有在陳色。論語十五：在陳絕糧。守株伺投兔，韓非子曰：宋人有耕者，田中有株，兔走觸折頭而死，因釋耕守株，冀復得兔，為宋國笑。歲晚將何獲？廣道無人行，春風轉沙石。棲棲馬如狗，論語十四：微生畝謂孔子曰：『丘何為是棲棲者歟？』後漢陳蕃傳：陳留朱震字伯厚，三府諺曰：『車如鷄棲馬如狗，疾惡如風朱伯厚〔三〕。』去謁東侯伯。布衣未可量，蒼髯身八尺。魚乾要斗水，『得斗升之水然活矣』，見上注。士困易為德。孟子云：飢者易為食，渴者易為飲。史記平原君傳：士方其危苦之時，易德耳。譬之舉大木，人借一臂力。呂氏春秋云：今舉大木者，前呼『輿謣』，後亦應之，此其於舉大木者善矣。豈無鄭衛之音哉？然不若此其宜也。淮南子曰：舉大木者前呼『邪許』，後亦應之。餘同呂覽。莊子曰：吾終身與汝交一臂而失之。此摘其字。諸公感意氣，鮑明遠詩：意氣相傾死何有！豈待故相識？吾窮乏祖錢，折柳當馬策。左傳文十三：繞朝贈之以策。注：策，馬撾。此詩蓋以張沙河往作游士，山谷以詩先焉，庶幾諸人合力資之，意氣相感，不必舊相識也。

〔一〕『仲』原作『中』，據元至元本改。按：張機（仲景）後漢書及三國志均無傳，北宋林億等校正傷寒論序云：『張仲景，漢書無傳，見（唐甘伯宗）名醫録云：南陽人，名機，仲景乃其字也。』今據以改。

〔二〕『四壁見上』元至元本作『馬相如傳：家徒四壁立』。按：當為『司馬相如傳』。

〔三〕『後漢陳蕃傳……朱伯厚』元至元本作『馬如狗見上』。

和張沙河招飲

張侯耕稼不逢年，史記佞幸傳：諺曰：力田不如逢年，善仕不如遇合。過午未炊兒女煎。退之詩：有時未朝飧，得米日已晏，隔墻聞讙呼，衆口極鵝鴈。腹裏雖盈五車讀，杜詩：男兒須讀五車書。囊中能有幾錢穿？後漢趙壹傳：為詩曰：『文籍雖滿腹，不如一囊錢。』杜詩：囊空恐羞澁，留得一錢看。况聞緼索尚黃葛，可怕雪花鋪白氈？太白北風行云：燕山雪花大如席。老杜詩：糝徑楊花鋪白氈。誰料丹徒布衣得，葛長民傳：今日欲為丹徒布衣，豈可得耶？今朝忽有酒如川。左氏昭十二：穆子曰：『有酒如淮。』齊侯曰：『有酒如澠。』杜詩：不有小舟能盪槳，百壺那得酒如川！一作『泉』。

同堯民游靈源廟廖獻臣置酒用馬陵二字賦詩〔一〕

靈源廟前木，我昔見拱把。外集刪去詩中有會靈源廟下池亭，詩云：繫馬著柳堤，置酒臨魏城。魏即北京也。孟子曰：拱把之桐梓。注云：拱，合兩手也；把，以一手把之也。七年身屢到，鬱鬱蔭簷瓦。退之聯句云：紅皺曬簷瓦。春風響馬銜，文選海賦云：海童邀路，馬銜當蹊。此借用，以言馬口銜勒也。並轡客蕭灑。更願少尹賢〔二〕，置酒意傾寫。齋堂有佳處，花柳輕婭姹。尊前集和凝詞云：婭姹含情嬌不語。蓮塘想舊葉，稻畦識枯苴。莊子曰：其土苴以治天下。釋文云：土苴如糞草也。開闢撫洪河，黃流極天瀉。憶昔武皇來，繫璧沉白馬。漢溝洫志云：孝武元光中，河決於瓠子，東南注鉅野，發卒數萬人，塞瓠子決河。於是上以用事萬里沙，還自臨決河，湛白馬、玉璧，令羣臣從官自將軍以下皆負薪寘決河。上既臨河決，悼功之不成，迺作歌曰：『瓠子決兮將奈何』云云。從官親土石，繦負至鰥寡。空餘瓠子詩，哀怨逼騷雅。白圭自聖禹，今誰定真假？孟子云：白圭曰：『丹之治水也愈於禹。』孟子曰：『子過矣！禹之治水』云云。退之詩：古聲久埋滅，無由見真濫。晁子發讜言，文選東都賦：讜言弘說。注：美言也，音黨。漢書敘傳：上曰：『吾久不見班生，今日復聞讜言。』注：善言也。聖功諒難亞。排河著地中，勢必千里下。移民就寬閑，何地不耕稼？

此論似太高，張釋之傳：卑之毋甚高論。吾亦茫取舍。有器可深川，吾未之學也。論語：軍旅之事，未之學也。溝洫志云：賈讓奏言：治河有上、中、下策。今行上策，徙冀州之民當水衝者，決黎陽遮害亭，放河入海。河西薄太山，東薄金堤，勢不能遠泛濫，期月自定。今瀕河十郡治堤〔三〕，歲費且萬萬，及其大決，所殘無數。如出數年治河之費，以業所徙之民，且以大漢方制萬里，豈其與水爭咫尺之地哉？此功一立，河定民安，千載無患，故謂之上策。禹貢：隨山濬川。注謂深其流。此語蓋指時事。按實録且參以諸書，其大要云：元豐元年知制誥熊本分司西京，判大名府文彦博放罪。初，選人李公義請為鐵龍爪，內侍黃懷信以為未盡，更作濬川杷，謂禹所用濬川者也。時王安石為相，信其說，乃置濬川司，以都水監丞范子淵制之。既而子淵奏功未賞，乃言疏導水勢，悉歸故道，出民田數萬頃。朝廷下大名府保奏，文彦博言小臣興利誣罔，詔本行視，坐附會彦博，報不以實，故謫。

洪河壯觀游，『觀游』見上〔四〕。太府佳友朋。春色挽我出，東風如引繩。退之張中丞傳後叙云：引繩而絶之，其絶必有處。

昏昏版築氣，退之詩：海氣昏昏水拍天。孟子曰：傅說舉於版築之間。王事始繁興。大堤如連山，退之詩：花艷大堤倡。小堤如岡陵。詩：如岡如陵。增卑更培薄，賈讓又云：若迺繕完故堤，增卑培薄，勞費無已，此最下策也。萬杵何登登！詩：築之登登〔五〕。憶昨河失道，前漢溝洫志王横言：九河之地，已為海所漸。周譜云：定王五年河徙，則今所行，非禹之所穿也。平原魚可罾。漢陳勝傳：置人所罾魚腹中。退之詩：有蛟寒可罾。田萊人未復，詩楚茨序云：田萊多荒。注云：田廢生草曰萊。瘡大國方懲。忽念耒耜閑，為民保丘塍。百縣伐鼛出，周禮鼓人：以鼛鼓鼓役事。夜半廢曲肱。論語：曲肱而枕之〔六〕。吾儕愧祿廩，游衍事鞍乘。『游衍』見上〔七〕。晁子漢公孫，新去司馬丞。出幹大農部，漢食貨志：桑弘羊請置大農部丞數十人，分部主郡國。才術見嗟稱。鮑明遠白頭吟云：周王日淪惑，漢帝益嗟稱。我坐廣文舍，七年讀書燈。結髮入場屋，漢李廣傳廣曰：臣結髮而與匈奴戰。肯謂河難憑？論語：暴虎憑河。爾來觸事短，韓詩：觸事苦難辨。又云：觸事得讒謗。癡甚霜前蠅。退之詩：癡如遇寒蠅。世味極淡薄，退之詩：我老世味薄。不了人愛憎。唯得一卮酒，尚能別淄澠。淮南子曰：淄澠之水合，易牙嘗而知之。列子亦云。水經曰：淄水出泰山萊蕪縣原山，澠水出營丘城東，世謂之漢湊水，入于時水。所以對樽俎，未曾問斗升。杜詩：仍嗔問斗升。酌我良已多，狂言恐侵陵。漢蓋寬饒傳：許伯入第，丞相、御史、將軍、中二千石皆賀，寬饒不行，許伯請之，迺往。許伯自酌曰：『蓋君後至。』寬饒曰：『無多酌我，我迺酒狂。』丞相魏侯笑曰：『次公醒而狂，何必酒也。』禮記經解：倍畔侵陵之敗起矣。漢李廣傳：廣三子，曰當户、椒、敢，敢男禹，與侍中貴人飲，侵陵之，莫敢應。暮雲吞落日，歸鳥求其朋〔八〕。小雅伐木云：嚶其鳴矣，求其友聲。冷官僕馬瘦，乃門鼓騰騰。杜詩：廣文先生官獨冷。退之詩：擊鼓騰騰樹赤旗。

〔一〕『廖』原作『寥』，據至元本、弘治本及樹經堂本改。

〔二〕『少尹』原作『少君』，據至元本、弘治本、嘉靖本、萬曆本及樹經堂本改。

〔三〕『瀕』原作『頻』，據元至元本及漢書卷二十九溝洫志改。

〔四〕『觀游見上』元至元本作『柳子厚天説云：築為墻垣、城郭、臺謝、觀游。又郭橐駝傳云：長安豪富人為游觀。

又永州新堂記云：乃作棟宇以為觀游』。按：柳宗元天説『臺謝』作『臺榭』。種樹郭橐駝傳作：『凡長安豪富人為觀遊』。

〔五〕『詩築之登登』元至元本作『見詩』。

〔六〕『論語曲肱而枕之』元至元本作『見語』。

〔七〕『游衍見上』元至元本作『詩：昊天曰旦，及爾游衍』。

〔八〕『歸鳥求其朋』樹經堂本此句下注：『方綱按：此句下一本自注云：「復用前韻。」』按：指與首聯『朋』字韻重出。

八音歌贈晁堯民

往長與堯民論出處之致〔一〕，未竟，故終言之。詩苑類格云：陳沈炯為此體。秦少游集中與黃魯直簡云：李端叔過此，斗野詩、八音、二十八舍歌皆和了，今録其副，寄上。可見此詩與斗野亭詩相先後作〔二〕。

金生寒沙中，見別會有時。淵明詠蘭云：清風脱然至，見別蕭艾中。石上千年柏，退之詩：柏生兩石間，萬歲終不大。材高用苦遲。杜詩：古來材大難為用〔三〕。絲亂猶可理，杜詩：得君亂絲為君理。心亂不可治。竹齋聞履聲，漢鄭崇傳：我識鄭尚書履聲。迺是故人來。古詩：開門風動竹，疑是故人來。匏苦只多葉，水深難為涉。邶國風：匏有苦葉，濟有深涉。深則厲，淺則揭。土床不安席，象床卧燁燁。戰國策：孟嘗君至楚，楚獻象床。革與井同功，井革二卦相連，井言『不改』，革言『革而當』，雖若異而實同功。守道非關怯。『非關』見上。

左傳：守道不如守官。**木直常先伐，**莊子山木篇：直木先伐，甘井先竭。子其飾知以驚愚，修身以明污，昭昭乎如揭日月而行，故不免也。李白詩：直木忌先伐，芬蘭哀自焚。**樗櫟萬世葉**〔四〕。『樗櫟』見上〔五〕。顏延年曲水詩序：固萬葉而為量也。柳子厚賀皇太子牋：萬葉固本〔六〕。葉，世也。

〔一〕『往長與堯民論出處之致』『往』原作『注』，據嘉靖本、萬曆本及樹經堂本改。按：此句及下之『未竟，故終言之』于嘉靖本及萬曆本中屬詩題，非題下注。元至元本無此數句。

〔二〕『與斗野亭詩相先後作』元至元本作『與斗野亭同時作』。至元本在此後尚有：『斗野詩庚申年和，見此卷。』按『斗野詩在至元本卷九，詩題為外舅孫莘老守蘇州留詩斗野亭庚申十月庭堅和。該詩與本詩在原外集同載卷五，故『此卷』即指外集卷五，亦即至元本之卷九與卷十，本詩載卷十。

〔三〕『大』原作『高』，據元至元本及杜甫古柏行詩改。

〔四〕『葉』元至元本作『業』。

〔五〕『樗櫟見上』元至元本作『莊子逍遥篇惠子謂莊子曰：吾有大樹，人謂之樗，其大本擁腫而不中繩墨，其小枝卷曲而不中規矩，立之塗，匠石不顧云云。人間世篇：匠石之齊，至乎曲轅，見櫟社樹，其大蔽牛，匠石不顧，遂行，曰：「是不材之木也，無所可用云云」』。

〔六〕『葉』字原無，據柳宗元集（中華書局一九七九年版）卷三十七賀皇太子牋補。

八音歌贈晁堯民

金荷酌美酒，李適之有酒器九品，有幔卷荷、金蕉葉，出逢原記〔一〕。歐公詩：蕭條兩鬢霜後草，瀲灩十分金卷荷。山谷在戎州作長短句云：共倒金荷。其序云：以金荷葉酌客。夫子莫留殘。庾信詩：飲酒那得留殘？石有補天材，列子：天地亦物也，物有不足，故女媧鍊五色石以補其缺〔二〕。虎豹守九關。楚辭招魂云：虎豹九關，啄害下人。絲窠將柳花，退之聯句云：絲窠掃還成。入户撲衣冠。竹風摇永日，思與子盤桓。歸去來辭：撫孤松而盤桓。匏瓜豈無匹？洛神賦：歎匏瓜之無匹，詠牽牛之獨處。注云：史記曰：四星在危南，匏瓜，牽牛為犧牲，其北織女。阮瑀止欲賦曰：傷匏瓜之無偶，悲織女之獨勤。俱有此言，然無匹之義，未詳其始。自古同心難。繫辭：同心之言，其臭如蘭。革急而韋緩，韓非子云：西門豹之性急，故佩韋以緩己。革乃皮之未熟者也。只在揉化間。揉，而九反，又音柔，見考工記。木桃終報汝，衛國風：投我以木桃，報之以瓊瑶。元缺「土」字韻一聯〔三〕：按別本「自古同心難」下一聯云〔四〕：「土硬非道器，要君斲鼻端」，始足八音。藥石理予顏。

〔一〕「李適之……出逢原記」按此段注文出唐馮贄雲仙雜記卷二引逢原記（見四部叢刊續編本）。「幔」原作「慢」，「蕉」原作「焦」，今據以改。

〔二〕「石」字原無，據列子湯問篇補。

〔三〕「元缺土字韻一聯」元至元本作「亡土字一聯」。

〔四〕「按」原作「抽」，據樹經堂本改。

次韻師厚五月十六日視田悼李彥深 元注云：去年五月十三日，與之遊西郊。

南鴈傳尺素，『尺素』見上〔一〕。飛來卧龍城。卧龍洲當在南陽。謝師厚南陽人，今鄧州也。彥深亦南陽人，同鄉里，可見卧龍洲之為南陽也。頗知高卧久，忽作田野行。湛湛陂水滿，欣欣原草榮。歸去來辭：木欣欣以向榮，泉涓涓而始流。日華麗山川，杜詩：遲日江山麗。秀色奪目精。高唐賦：煌煌熒熒，奪人目精。神女賦：詳而視之，奪人目精。對酒不滿懷，攬物有餘清。文選陸士衡詩：安寢北堂上，明月入我牖。照之有餘暉，攬之不盈手。謝靈運詩：密林含餘清。念昔讀書客，遠人遺世情。南畝道觀餉，西郊留勸耕。共遊如昨日，笑語絕平生。此事今已矣〔二〕！賓筵無老成〔三〕。詩賓之初筵：左右秩秩。退之祭文：甔石之儲，常空於私室；方丈之食，每盛於賓筵。猶倚謝安石，深心撫嫠惸。以安石比師厚。『嫠』謂無夫也。左傳：嫠不恤其緯。嫠也何害？已為嫠婦。韻書：惸，憂也。

〔一〕『尺素見上』元至元本作『古樂府中有尺素書』。

〔二〕『事』嘉靖本、萬曆本及樹經堂本作『士』。至元本、弘治本作『事』。

〔三〕『無老成』至元本嘉靖本、萬曆本均作『老無成』。嘉靖本、萬曆本篇末注：『老無成』一作『無老成』。

次韻晁補之廖正一贈答詩

按晁無咎集云：及第東歸將赴調寄李成季；又云：復用前韻答明略并呈魯直。按登科記：己未元豐二年，晁補之、廖正一同榜。晁字無咎，廖字明略。無咎集中又有建除體詩答魯直教授。時教授北京也。

世有高賢踐台斗。杜詩：及乎貞觀初，尚書踐台斗。頃隨計吏西入關，漢朱買臣隨上計吏為卒，將重車至長安。關夫數日傳車還。漢終軍傳：初，軍從濟南當詣博士〔二〕，步入關，關吏予軍繻，曰：『為復傳。』軍曰：『大丈夫西遊，終不復傳還。』退之詩：屈指數日憐嬰孩。字本出左傳：行則數日而反。晁子抱材耕谷口，見上〔一〕。封侯半屬妄校尉，射虎猛將猶行間。李廣傳：廣與王朔語曰：『自漢擊匈奴，廣未嘗不在其中，而諸部校尉以下〔三〕、材能不及中，以軍功取侯者數十人。廣不為後人，然終無尺寸功以得封邑，何也？』廣出獵，見草中石，以為虎而射之，中石沒矢，視之，石也。老杜贈司空王思禮云：未甚拔行間，犬戎大充斥。字本出漢吳王濞傳：諸賓客皆得為將、校尉、行間侯、司馬〔四〕。師古曰：在行伍間，或為侯，或為司馬也。濞傳又曰：周丘者〔五〕，說王曰：『臣以無能，不得待罪行間。』無因自致青雲上，史記范雎傳須賈曰：不意君能自致於青雲之上。謝靈運詩：託身青雲上。浪說諸公見嗟賞。張文潛誌無咎之墓云：年十三從王安國於常州學官，安國名重天下，一見公，大奇之，公從皇考於杭之新城，作七述，今端明蘇公軾通判杭州，讀之嘆曰：『吾可以閣筆矣！』延譽公如不及，由此名籍甚。驥伏鹽車不稱情，賈誼弔屈原賦曰：驥垂兩耳服鹽車兮。輕裘肥馬鳳凰城。『裘馬』見論語。『鳳凰城』謂汴京也。杜甫送覃二判官：餞爾白頭日，永懷丹鳳城。趙彥材注：指言長安帝城也。劉夢得詩：南山宿雨晴，春入鳳凰城。此言長安也。建中靖國初，陳無己在館中和謝公定雨行逢賣花云：得知春入鳳凰城。可見指帝城矣。蓋兩人方賜第歸來也。臨安雖有鳳凰山，趙清獻詩云：

『老來重守鳳凰城』，然與此不相涉。前集詩亦借長安以言汴京。歸來作詩謝同列，句與桃李爭春榮。後漢楊修書：華若春榮。曹子建書：曄若春榮，穆若清風。十年山林廖居士，今隨詔書稱舉子。文章宏麗學西京，新有詩聲似侯喜。退之石鼎聯句序云：侯喜新有能詩聲。

君不見古來良為知音難，絶絃不為時人彈！後漢景丹傳：何意二郡良為我來。此摘其字。『絶絃』見上〔六〕。已喜瓊枝在我側，楚辭：折瓊枝以繼佩。晉衛玠傳：珠玉在側，覺我形穢。更恨桂樹無由攀。淮南小山云：桂樹叢生兮山之幽，偃蹇連蜷兮枝相繚，攀援桂枝兮聊淹留。千里風期初不隔，駱賓王書：官守牽纏，風期有限。杜詩：風期終破浪。獨憐形迹滯河山。陶潛詩情通萬里外，形迹滯江山。

〔一〕『見上』元至元本作『楊子曰：谷口鄭子真耕乎岩石之下』。

〔二〕『詣』原作『請』，據至元本、弘治本、樹經堂本及漢書卷六十四終軍傳改。

〔三〕『諸部』原作『妄』，據史記李將軍列傳改。

〔四〕『侯』原作『候』，據漢書卷三十五吳王濞傳改，下同。

〔五〕『丘』原作『立』，據漢書吳王濞傳改。

〔六〕『絶弦見上』元至元本作『揚雄傳解嘲云：鍾期死，伯牙絶絃破琴而不肯與衆鼓』。

再次韻呈廖明略

吾觀三江五湖口，周禮職方氏：揚州其川三江〔一〕，其浸五湖。江賦注：江水注入五湖，灌于三江。湯湯誰能議升斗？堯典：湯湯洪水方割。莊子外物篇：鮒魚對曰：『君豈有斗升之水而活我哉〔二〕？』物誠有之士則然，司馬相如諫書曰：人誠有之，獸亦宜然。晚得廖子喜往還。學如雲夢吞八九，子虛賦：吞若雲夢者八九。文如壯士開黃間。李廣傳：自以大黃射其裨將。注：黃肩，弩也。黃肩即黃間，大黃其大者也。十年呻吟江湖上，莊子雜篇列御寇：鄭人緩也，呻吟裘氏之地。青楓白鷗付心賞。選詩：心賞猶難恃。又云：懷人去心賞。未減北郭漢先生，五府交書不到城。元注云：漢汝南廖扶。按本傳，州郡公府辟召，皆不應，時人號為『北郭先生』。相者舉肥驥空老，宋玉九辯云：今之相者兮舉肥。史記滑稽傳：諺曰：相馬失之瘦，相士失之貧。山中無人桂自榮。楚辭：麗桂樹之冬榮。淮南王招隱詞：桂樹叢生兮山之幽。君既不能如鍾世美，匭函上書動天子，按實録：元豐元年十一月乙酉，太學生鍾世美為試校書郎、睦州軍事推官、太學正，以內舍生上書稱旨故也。又按續通鑑長編云：或刻世美書印賣，上批世美所論有『經制四夷』等事，傳播非便，令開封府禁之。又按九朝通略云：元豐二年，先是太學生宣城鍾世美欲上辟雍圖會，得假歸寧，既還，而新學已成，因再上書論學校云云。又言：前二府大臣見於政事，其德孺劭而道藝足為後學之師者，執若以提舉太學，今乃使之退託於山林無用之地，良為可惜！世美所謂『大臣』，蓋指王安石也。其後擢世美為中書習學公事。又按黨事始末云：建中靖國元年九月乙未，詔中書省開具元符三年臣僚姓名，正上六人，鍾世美為首。又云：庚子中書省檢會元符三年宣德郎、提舉福建路常平鍾世美應詔上書，言當復熙寧、元豐、紹聖政事，以銷天變，可贈諫議大夫，與一子郊社齋郎。鍾世美何足言？山谷詩蓋戲語也，正堪一笑耳！而當時用事者之所升黜，實係國之興替，不可不記也。羣書所記始末皆不詳，故具列於此。按唐武后垂拱二年三月，鑄銅為匭，置之朝堂，以受天下表疏。退之詩：匭函朝出開明光。

且向華陰郡下作參軍，要令公怒令公喜。晉郗超傳：桓溫辟為掾，時王珣為溫主簿，皆為溫所重。府中語曰：『髯參軍，短主簿，能令公喜，能令公怒。』超髯，珣短故也。君不見、晁家樂府可管絃，前集詩云：晁子廟中雅歌。自注云：無咎樂府於今第一。惜無傾城為一彈。漢李夫人傳歌曰：北方有佳人，絕世而獨立。一顧傾人城，再顧傾人國。從軍補掾百僚底，老杜詩：有材無命百僚底。九關虎豹何由攀？見上〔三〕。男兒身健事未定，且莫著書藏名山。杜詩：男兒功名遂，亦在老大時。又云：丈夫蓋棺事始定。白樂天詩：且到來歲期，不知身健否？司馬遷書云：著書藏之名山，傳之其人。

〔一〕『揚』原作『楊』，據周禮卷三十三職方氏改。

〔二〕『君』原作『若』，據元至元本及莊子外物改。『哉』至元本作『耶』。

〔三〕『見上』元至元本作『楚詞招魂云：虎豹九關，啄害下人』。

走答明略適堯民来相約奉謁故篇末及之

君不見、生不願為牛後，寧為雞口，戰國策蘇秦說韓王云：鄙語曰：『寧為雞口，不為牛後。』今西面交臂而事秦，何異於牛後乎？吾聞向來得道人，終古不忒如維斗。考工記云：則於馬終古登阤也。注云：『終古』猶言常也〔一〕。莊子云：維斗得之，終古不忒。希價咸陽諸少年，史記呂不韋傳：不韋著呂氏春秋，布咸陽市門，懸千金其上，有能增損一字者，與千金〔二〕。**可推令往挽令還。**異乎汲黯『招之不來，麾之不去』也。管子書云：推之而往，引之而來。鄧攸去郡，吳人歌曰：『鄧侯挽不來，謝令推不去。』**俗學風波能自拔，**莊子云：俗學以求復其初。**我識廖侯眉宇間。**唐元德秀傳：見紫芝眉宇，使人名利之心都盡。莊子云：老子謂南榮趎曰：『吾見汝眉睫之間，吾因以得汝矣。』**省庭無人與爭長，**左傳隱十一年：滕侯、薛侯來朝爭長。杜詩：陳留阮瑀誰爭長？**主司得之如受賞。**太白送人赴選詩云：夫子有盛才，主司得球琳。蕭何傳：進賢受上賞。**東家一笑市盡傾，略無下蔡與陽城。**文選宋玉賦登徒子云：臣里之美者，莫若臣東家之子，嫣然一笑，惑陽城，迷下蔡。『傾城』見上。漢司馬相如傳〔三〕：一坐盡傾。阮嗣宗詠懷詩：傾城迷下蔡。**生珠之水砂礫潤，生玉之山草木榮。**荀子曰：玉在山而木潤，淵生珠而崖不枯。陸機文賦云：石韞玉而山輝，水懷珠而川媚。**觀君詞章亦如此，諒知躬行有君子。**論語：躬行君子，則吾未之有得。**更約探囊閱舊文，**莊子云：胠篋探囊。**蛛絲燈花助我喜。**西京雜記：蜘蛛集而百事喜。杜詩：燈花何太喜？退之燈花詩：更煩將喜事，來報主人翁。盧仝詩：一片新茶破鼻香，請君速來助我喜。**賢樂堂前竹影斑，好鳥自語莫令彈。**退之竹逕詩：無塵從不掃，有鳥莫令彈。**北鄰著作相勞苦，**漢張耳傳：勞苦如平生歡。**整駕謁子邀同攀。**漢王式傳：歌驪駒。注云：逸詩篇名。客欲去，歌之，其詞曰：『驪駒在路，僕夫整駕。』**應煩下榻煮茶藥，**文選沈休文詩：賓至下塵榻。王勃滕王閣記云：徐穉下陳蕃之榻。事見後漢徐穉傳。**坐待月輪銜屋山。**退之詩：每騎屋山下窺瞰。

〔一〕『終古猶言常也』元至元本此句置於『終古不忒』句後，『考工記云……登陁也。注云』等字至元本無。

〔二〕『史記……與千金』元至元本作『見盧泉詩注』。

〔三〕『傳』原作『云』，據元至元本改。

答明略并寄無咎

可以忘憂唯有酒，漢東方朔傳：銷憂者莫如酒。晉顧榮傳：嘗縱酒酣暢，曰：『惟酒可以忘憂，但無如作病何耳！』清聖濁賢皆可口。三國徐邈傳：平時醉客謂酒清者為『聖人』，濁者為『賢人』。莊子云：其猶柤棃橘柚邪？其味相反而皆可於口。前日過君飲不多，明日解酲無五斗。晉劉伶傳：一飲一石，五斗解酲。古木清陰丹井欄，太白詩：絡緯秋啼金井欄。夜来涼月屋頭還。論交撥置形骸外，淵明詩：撥置且莫念，一觴聊可揮。莊子云：申屠嘉兀者也，而與鄭子產同師於伯昏無人。申屠嘉曰：『今子與我遊於形骸之內，而子索我於形骸之外，不亦過乎？』杜詩：相從歌萬事，盡付形骸外。得意相忘樽俎間。冰壺不可與夏蟲饗，莊子秋水篇：夏虫不可以語於冰者，篤於時也。秋月不可與俗士賞。已得樽前兩友生，更思一士濟陽城。雖無四至九卿之規畫，汲黯傳：黯姊子司馬安〔一〕，巧善宦〔二〕，四至九卿。猶有千秋萬歲之真榮。淵明挽詩：千秋萬歲後，誰知榮與辱？杜詩：千秋萬歲名，寂寞身後事。空名未食太倉米〔三〕，史記平準書：太倉之粟陳陳〔四〕。今作斑衣老萊子。『斑衣』見上。卿家嗣宗望爾來，晉阮籍字嗣宗，以況堯民。堯民蓋無咎諸父行，如嗣宗之於阮咸也，故其詩云：已得尊前兩友生，更思一士濟陽城。『兩生』謂堯民、明略，而無咎時在濟州，濟州，其所居也，號濟陽郡。不獨我聞足音喜。

『足音跫然』見上。西風索寞葉初乾〔五〕，退之秋懷詩：霜風侵梧桐，衆葉著樹乾。長鋏歸来亦罷彈。史記孟嘗君傳：馮驩彈其劍而歌曰：『長鋏歸來乎，食無魚！』窮巷蓬蒿深一尺〔六〕，王褒賢臣頌：生於窮巷之中，長於蓬茨之下。『蓬蒿繞宅』見上〔七〕。朱門廉陛高難攀。賈誼傳：故陛九級上，廉遠地，則堂高；陛亡級，廉近地，則堂卑。吾儕相逢置是事，百世之下仰高山。詩云：高山仰止。李白贈孟浩然：高山安可仰？徒此揖清芬。

〔一〕『姊』原作『娣』，據元至元本及漢書卷五十汲黯傳改。

〔二〕『宦』原作『官』，據漢書汲黯傳改。

〔三〕『米』原作『來』，據至元本、嘉靖本、弘治本改。

〔四〕『太倉之粟陳陳』按：注文所引破句，史記平準書作『太倉之粟陳陳相因』。

〔五〕『初』元至元本作『新』。

〔六〕『尺』元至元本作『丈』。

〔七〕『王褒賢臣頌……見上』元至元本作『三輔决録：張仲蔚所居蓬蒿没人』。

再次韻呈明略并寄無咎

夏雲涼生土囊口，陶潛詩：夏雲多奇峰。宋玉風賦：盛怒於土囊之口。周鼎湯盤見科斗。禮記有湯之盤銘、衛孔悝之鼎銘；左傳有正考父鼎銘。尚書序云：皆科斗文字。韓詩：字青石赤形摹奇，科斗拳身薤葉垂。清風古氣滿眼前，乃是户曹報章還。只今書生無此語，已在貞元元和間。韓愈贊：貞元、元和間，愈遂以六經之文為諸儒唱。真宗謂王旦曰：楊億文章有貞元、元和風格。一夫鄂鄂獨無望，千夫唯唯皆論賞。商鞅傳：趙良曰：千羊之皮，不如一狐之腋；千人之諾諾〔一〕，不如一士之諤諤。趙世家：簡子曰：吾聞千羊之皮，不如一狐之腋。諸大夫朝，徒聞唯唯，不聞周舍之鄂鄂，是以憂也。野人泣血漫相明，和氏之璧無連城。『和氏之璧』見上注。『連城』見藺相如傳。魏文帝與鍾大理書：不損連城之價。韓詩：自許連城價。參軍拄笏看雲氣，晉王徽之傳：為車騎桓沖騎兵參軍，沖謂曰：『卿在府日久，比當相料理〔二〕。』徽之高視，以手板拄頰云：『西山朝來，致有爽氣耳！』此中安知枯與榮？我夢浮天波萬里，木玄虛海賦：浮天無岸。扁舟去作鴟夷子。史記：范蠡浮海，自謂『鴟夷子皮』。兩士風流對酒樽，四無人聲鳥聲喜。退之履霜操云：四無人聲，誰與兒語？夢回擾擾仍世間，心如傷弓怯虛彈。戰國策曰：有鴈從東方來，更羸虛發而鴈下。魏王曰：『射可至此乎？』更羸曰：『其飛徐，其鳴悲，飛徐者故瘡痛也，鳴悲者失羣也，故聞絃音而下〔三〕。』不堪市井逐乾沒，『乾沒』見張湯傳。且願朋舊相追攀〔四〕。寄聲小掾篤行李，落日東面空雲山。趙廣漢傳云：亭長寄聲謝我。鮑照詩：願爾篤行李。

〔一〕『人』元至元本作『夫』。按史記商君列傳作『人』。

〔二〕『比』原作『此』，據至元本、弘治本、樹經堂本及晉書卷八十王徽之傳改。

〔三〕『聞』原作『間』，據至元本、弘治本及戰國策楚策四改。

〔四〕『願』元至元本作『顧』。注同。

再答明略二首

挾策讀書計糊口，莊子：問臧奚事，則挾册讀書。左傳：使糊其口於四方。故人南箕與北斗。詩：維南有箕，維北有斗。言離别。江南江北萬重山，文選謝靈運詩：江南倦歷覽，江北曠周旋。千里寄書聲不還。當時朱絃寫心曲，果在高山深水間。禮記：清廟之瑟，朱絃而疏越。文選詩：直如朱絲絃。國風：亂我心曲〔一〕。『高山流水』見上〔二〕。枯桐滿腹生蛛網，白樂天詩：書床鳴蟋蟀，琴匣網蜘蛛。忍向時人覓清賞！山谷律詩有云〔三〕：忍向時人覓賞音！廖侯文字得我驚，五嶽縱横守嚴城。李白詩：氣酣落筆搖五嶽。皮日休詩：五岳為詞鋒。萬夫之下不稱屈，蕭何傳：夫能屈於一人之下而信於萬乘之上。此借使其字。白樂天詩：暫留書殿多稱屈。定知名滿四海非真榮。富如春秋已如此〔四〕，趙高説秦二世曰：陛下富於春秋。曹參傳：悼惠王富於春秋。高五王傳：皇帝春秋富。他日卜鄰長兒子。杜詩：王翰願卜鄰。一丘各自有林泉，扶將白頭親宴喜。『扶將』見上。詩稱『燕喜』者再，山谷所引蓋魯頌所謂『魯侯燕喜，令妻壽母』也。秋風日暮衣裳單，樂天詩：如何為不念，馬瘦衣裳單。深巷落葉已如彈。數來會面復能幾？六龍去人不可攀。文選郭景純遊仙詩：六龍安可頓，運流有代謝。注曰：六龍，日駕也。李善曰：楚辭云：『貫鴻濛以東竭兮，維六龍於扶桑。』王逸曰：『結轡於扶桑以留日。』曹子建與吳季重書云：思抑六龍之首，頓羲和之轡。李白短歌行：吾欲攬六龍，回車掛扶桑。短歌溷公更一和，聊乞淮南作小山。楚辭有劉安招隱士一首，王逸注云：淮南小山之所作也。

廖侯言如不出口，禮檀弓云：趙文子其中退然，如不勝衣，其言吶吶然，如不出諸其口。漢張釋之曰：絳侯、東陽侯此兩人言事曾不能出口。銓量古今膽如斗〔五〕。莊子：軨才諷説之士〔六〕。音義云：軨，七全切，軨，量人也。蜀志：姜維膽大如斗。度越崔張與二班〔七〕，『崔張』謂崔瑗、張衡；『二班』謂彪與固也。揚雄贊云：則必度越諸子矣。古風蕭蕭筆追還。前日辭家來射策，退之短檠歌：太學儒生東魯客〔八〕，二十辭家來射策。聲名籍甚諸公間。陸賈傳：名聲籍甚。晁錯傳：後鄧公，其子章顯諸公間。華陰白雲鎖千嶂，勝日一談誰能賞？晉衛玠傳：遇有勝日，親友時請一言，無不咨嗟〔九〕，以為入微。君不見、曩時子產識然明，左傳襄二十五年：晉程鄭卒，子產始知然明。注：前年然明謂程鄭將死。知音鬱鬱閉佳城。西漢雜記：滕公駕至東都門，馬以足跑地，得石槨，銘曰：『佳城鬱鬱，三千年見白日，吁嗟滕公居此室！』勿以匣中之明月，計較糞上之朝榮。漢鄒陽傳：明月之珠，夜光之璧。『朝榮』謂朝菌也。莊子音義云：朝菌天陰生糞上，見日則死。文選樂府王明君辭：昔為匣中玉，今為糞上英。我去丘園十年矣！種桑可蠶犢生子；使年七十今中半，山谷年二十三，治平丁未擢進士第〔一〇〕，至熙寧丁巳，七十將半矣。寒山子詩：養得一牸牛〔一一〕，生得五犢子。犢子又生兒，積數無窮已。安能朝四暮三浪憂喜！莊子：狙公賦芧，曰：『朝三而暮四。』衆狙皆怒。曰：『然則朝四而暮三。』衆狙皆悦。據席談經只强顏，不安時論取譏彈〔一二〕。文選曹子建與楊德祖書：僕嘗好人譏彈其文，有不善者，應時改定。愛君草木同臭味，頗似瓜葛相依攀。左傳襄八年：季武子曰：「今譬於草木，寡君在君，君之臭味也。」又二十二年：鄭公孫僑對曰：「謂我敝邑，邇在晉國，譬諸草木，吾臭味也。」「瓜葛」見上注。我有仙方煮白石，何時期君藍田山？神仙傳：白石先生常煮白石為粮。韋應物詩：澗底束荊薪，歸來煮白石。杜詩云：未試囊中餐玉法，明朝且入藍田山。李預居長安，每羨古人餐玉之法，躬往藍田攻掘，得若環璧雜器形者百餘〔一三〕，椎為屑，日服食之。見魏書李先傳後。

〔一〕「國風」元至元本作「秦國風」。按至元本無「文選詩直如朱絲絃」。

〔二〕「高山流水見上」元至元本作「說苑曰：伯牙子鼓琴，鍾子期聽之，方鼓而志在太山，子期曰：『巍巍乎若太山。』少選之間而志在流水，子期復曰：『湯湯乎若流水。』子期死，伯牙破琴絶弦，終身不復鼓琴」。

〔三〕「山谷」元至元本作「七卷」。按：此「七卷」指全集本之外集卷七，句出七律洪範以不合俗人題廳壁二絶句次韻和之，至元本載卷十三。

〔四〕「已」原作「也」，據至元本、嘉靖本、萬曆本、弘治本及樹經堂本改。「如」元至元本及樹經堂本作「於」。

〔五〕「銓」樹經堂本作「軨」，他本作「銓」。

〔六〕「軨」元至元本作「銓」。按：莊子外物篇作「軨」，「軨」借為「銓」。

〔七〕「班」原作「斑」，據至元本、嘉靖本、萬曆本及樹經堂本改。注同。

〔八〕「太」原作「大」，據弘治本、樹經堂本及韓愈短燈檠歌改。

〔九〕「嗟」原作「差」，據至元本、弘治本、樹經堂本及晉書卷三十六衛玠傳改。

〔一〇〕「丁未」元至元本作「四年」。

〔一一〕「二」原作「三」，據元至元本及全唐詩卷八百六寒山詩改。

〔一二〕「安」樹經堂本作「守」。

〔一三〕『躬往藍田……形者百餘』元至元本無『攻』及『形』字。按：語出魏書卷三十三李先傳，底本是。

次韻無咎閻子常携琴入村

士寒餓，古猶今，列子曰：五情好惡，古猶今也；四體安危，古猶今也；世事苦樂，古猶今也；變易治亂，古猶今也。向来亦有子桑琴，莊子云：子輿與子桑友，而淋雨十日〔一〕，子輿曰：『子桑殆病矣！』裹飯而往食之〔二〕，至子桑之門，則若歌、若哭，鼓琴曰：『父邪，母邪！天乎，人乎！』有不任其聲。倚楹嘯歌非寓淫〔三〕。列女傳曰：魯漆室女倚柱而嘯，隣人婦曰：『子欲嫁乎？』女曰：『吾憂魯君老而太子少也。』伯牙山高水深深〔四〕，見上。萬世丘壟一知音。閻君七弦抱幽獨，『抱獨』見上。晁子為之梁父吟。梁父吟云：步出城東門，遥望蕩陰里。里中有三墳，纍纍正相似。問是誰家墳？田疆古冶氏。力能排南山，文可絶地紀。一朝被讒言，二桃殺三士。誰能為此謀？相國齊晏子。嘗見山谷寫此詩，且跋云：陳壽叙武侯躬耕隴畝，好為梁父吟，語勢既不盡其意謂，又失載此詩，此蓋好簡之過。余觀武侯此詩，乃以曹公專國，殺楊修、孔融、荀彧耳，既作此詩，時時為客歌之，故云爾乎。杜詩：不阻蓬蓽興，得兼梁父吟。李太白詩：予亦南陽子，時為梁父吟。天寒絡緯悲向壁，李白詩：絡緯秋啼金井欄，微霜凄凄簟色寒。謂蟋蟀居壁也，蟋蟀一名絡緯，見炙轂子雜録。秋高風露聲入林。韓退之：風露氣入秋堂涼。冷絲枯木拂蛛網〔五〕，見上。十指乃能寫人心。村村擊鼓如鳴鼉，李斯書云：建翠鳳之旗，樹靈鼉之鼓。上林賦：建翠華之旗，樹靈鼉之鼓。豆田見角穀成螺。許表民詩：畦中紅豆半垂角。晉石崇及衛瓘傳，皆言飯化為螺，此借用以言穀成殼也。歲豐寒士亦把酒，滿眼飣餖梨棗多。退之詩：飣餖魚菜贍。晁家公子屢經過，笑談與世殊臼科。

退之石鼓歌：為我度量掘臼科。文章落落映晁董，左太沖詠史：落落窮巷士。杜甫元使君舂陵序：得結輩十數公，落落然參錯天下。晁錯、董仲舒。詩句往往妙陰何。陰鏗、何遜也。杜詩：頗學陰何苦用心。閻夫子，勿謂知人難，使琴抑怨久不和。明光晝開九門肅，漢武帝太初四年起明光宮。師古曰：三輔黃圖云：『在城中。』老杜詩：汝翁草明光。不令高才牛下歌。琴操曰：甯戚飯牛車下，叩牛角而商歌，曰：『南山粲，白石爛，生不逢堯與舜禪。短布單衣纔至骭，長夜漫漫何時旦！』齊桓公聞之，舉以為相。

〔一〕『而淋雨十日』『而』原無，據元至元本及莊子大宗師補。按：大宗師『淋』作『霖』。

〔二〕『往』原作『住』，據至元本、樹經堂本及莊子大宗師改。

〔三〕『楹』嘉靖本、萬曆本作『檻』。

〔四〕『山高』原作『高山』，據至元本、嘉靖本、萬曆本改。

〔五〕『蛛』原作『珠』，據至元本、嘉靖本、萬曆本及樹經堂本改。

定交詩效鮑明遠體呈晁無咎

以建、除、滿、平、定、執、破、危、成、收、開、閉十二字冠為句首。建除體、八音歌、二十八宿歌，皆北京教授時作，已見前注〔一〕。李淑詩苑類格云：鮑照為此體，十二韻。

建西金為政，謂八月。左傳云：今日之事我為政。搖落草木衰。宋玉九辯：蕭瑟兮草木搖落而變衰。除瓜隴畝淨，邵平無米炊。見上。滿家色藜藿，春秋外傳云：始見夫子有菜色，今有芻豢之色。詩書不賙飢。平生晁公子，政用此時來。後漢劉玄傳：正用此時持事來乎？定交無一物，秋月以為期。詩氓：將子無怒，秋以為期。執持荊山璧，即和氏之玉。要我雕琢之。破斧不能柯，豳風有破斧、伐柯二詩。況乃玉無疵。危冠論百揆，舜典：納于百揆，百揆時叙。備樂奏四時。成功彼有命，用舍君自知。收身退之詩：收身歸關東，期不到死迷。渺江湖，歲晚白鳥嬉。列子：海上有人從鷗鳥游〔二〕。開徑蒲葦中，江淹擬淵明詩：開徑望三益。倚鉏望君歸。閉塞乃非道〔三〕，不才當爾為。月令：閉塞而成冬。詩意謂深閉固拒而不出，非道也，顧我不才，自當如此耳〔四〕。文選王仲宣詩：惜哉空爾為。

建鼓求亡子，莊子天道篇〔五〕：又何偈偈乎揭仁義，若擊鼓而求亡子焉？天運篇：又奚傑然，若負建鼓而求亡子者耶？元非入耳歌。李陵答蘇武書云：左右之人見陵如此，以為不入耳之歡。退之秋懷詩：夜半偏入耳。除去綠綺塵，綠綺琴，見放言注〔六〕。水深山峩峩。伯牙、鍾期事，見上。滿堂悅秦聲，史記李斯上書曰：擊甕叩缻，彈箏搏髀而歌呼嗚嗚者，真秦聲也。漢楊惲傳報孫會宗書曰：家本秦也，能為秦聲，仰天拊缶而呼嗚嗚。君獨用此何？平分感秋節，宋玉九辯云：皇天平分四時兮，竊獨悲此凜秋。空闊湛金波。漢禮樂志歌詞云：月穆穆以金波。謝玄暉詩：金波麗鳷鵲。定夜百蟲息，高論聽懸河。晉郭象傳王衍云：聽象語，如懸河瀉水，注而不竭。韓文公石鼓歌：願借辯口如懸河。執攬北斗柄，斟酌四時和。漢天文志：北斗建四時。破屋仰見星，神仙董奉傳：大旱，縣令見董君，求雨。

君曰：「雨易耳，貧家屋皆見天，如何？」令曰：「但祈雨，當為架屋。」乃運竹木起屋，屋成，是夜大雨。得子喜且多。危柱無安弦，柳子厚文云：心怦怦若危柱之弦。野水自盈科。「盈科而後進」，見孟子。成道在禮樂，成山在丘阿。收此桑榆景，後漢馮異傳：失之東隅，收之桑榆。東觀記：收之桑榆。相從寄琢磨。詩云：如切如磋，如琢如磨。開懷溟海闊，百怪出蛟鼉。杜詩：蛟鼉好為祟。閉藏願自愛，月令云：以助天地之閉藏。驚人取譴訶。「一鳴驚人」〔七〕，見史記。「譴訶及細微」，見漢薛宣傳。

〔一〕「前」元至元本作「第一卷」。參見至元本卷一次韻晁補之廖正一贈答詩題下注，編年本載卷六。

〔二〕「海上有人從鷗鳥游」元至元本此句下尚有「詳見上」。

〔三〕「閉」原作「開」，據至元本、嘉靖本、萬曆本、弘治本及樹經堂本改。

〔四〕「此」原作「次」，據至元本、弘治本及樹經堂本改。

〔五〕「天」原作「大」，據元至元本及莊子改。

〔六〕「見放言注」元至元本作「見第二卷放言注」。按：此「第二卷」指全集本外集卷二，放言載至元本卷三。

〔七〕「鳴」原作「名」，據弘治本、樹經堂本及史記滑稽列傳改。按：元至元本無「一鳴」。

贈無咎八音歌〔一〕

金馬避世客，談諧玩漢朝。史記滑稽傳褚先生曰：有東方生名朔〔二〕，酒酣，據地歌曰：「陸沉於俗，避世金馬門。」漢書朔贊云：應諧似優。又云：依隱玩世。石門抱關人，長往閉寂寥。論語憲問篇：子路宿於石門，晨門曰：『奚自？』子路曰：『自孔氏。』曰：『是知其不可而為之者與？』注云：晨門，閽人。蕭望之傳：不肯碌碌，反抱關為？後漢逸民傳：長往之軌未殊。杜詩：知君此計成長往。絲蟲日夜織，勞苦則以食。符子曰：公子重耳游於大澤之中，見蜘蛛布網，曳繩執豸而食之，顧舅犯曰：『此蟲也德薄矣，而猶役其智。』竹生罹斧斤，高林乃其賊。匏樽酌吾子，雖陋意不淺。土德貴重遲，水德貴深遠。革能談鯤鵬，晚乃得莊周。列子湯問篇言殷湯問於夏革，大槩皆語怪也。莊子首篇云：湯之問棘也是已：窮髮之北有冥海者，天池也。有魚焉，其廣數千里，其名為鯤；有鳥焉，其名為鵬，背若太山，翼若垂天之雲。詩意謂先有夏革之言，而後莊周有鯤鵬之論，棘即革也。木鴈兩不居，相期無待游。莊子曰：山中之木以不材得終其天年，主人之鴈以不材死〔三〕。莊子逍遥篇：列子御風而行，泠然善也。此雖免乎行，猶有所待者也。若夫乘天地之正，而御六氣之和，彼且惡乎待哉！

〔一〕『贈無咎八音歌』元至元本無『八音歌』。

〔二〕『有東方生名朔』『有』原無，據元至元本及史記滑稽列傳增。史記作『齊人有東方生名朔』。

〔三〕『以不材死』元至元本此句下尚有『詳見上』。

二十八宿歌贈別無咎

類格不言『二十八宿』誰為，此體得非始於山谷耶？

虎剥文章犀解角，文子曰：虎豹之文來射，猨狖之捷來格。犀亦有文。戰國策：張儀説楚云：『獻駭雞之犀。』食未下亢奇禍作。婁敬傳：與人鬭，不搤其亢，拊其背。注：亢，喉嚨也，音岡。藥材根氏罹斸掘，『蟠木根柢』，見鄒陽傳。蜜蟲奪房抱飢渴。有心無心材慧死，人言不如龜曳尾。莊子秋水篇：楚有神龜，死已三千歲矣，王巾笥而藏之。此龜者，寧其死為留骨而貴乎？寧其生而曳尾於塗中乎？衛平哆口無南箕，斗柄指日江使噫。史記龜策傳：江使神龜於河，至於泉陽，漁者豫且得之。龜見夢於宋元王曰：『我為江使，而豫且得我。』元王召博士衛平而問之，平曰：『南風新至，江使先來，斗柄指日，使者當囚。』退之詩：我生之辰，月宿南斗，牛奮其角，箕張其口。言衛平張口如箕也。小雅巷伯：哆兮侈兮，成是南箕。注：哆，大貌，昌者反。狐腋牛衣同一燠，趙世家簡子曰：千羊之皮，不如一狐之腋。漢王章傳：疾病無被，臥牛衣中。高丘無女甘獨宿。離騷經：忽反顧以流涕兮，哀高丘之無女。虛名挽人受實禍，累棋既危安處我？荀息累十二棋子，加九卵于上，晉平公曰：『危哉！』見魏都賦注〔一〕。室中凝塵散髮坐，唐楊綰：凝塵滿席。文選張茂先詩云：散髮重陰下。注引鍾會遺榮賦云：散髮抽簪。四壁矗矗見天下。奎蹄曲隈取脂澤，莊子徐無鬼篇：有濡需者，豕蝨也，奎蹄曲隈，乳間股脚，自以為安室利處。婁豬艾豭彼何擇？左傳：既定爾婁豬，盍歸吾艾豭？傾腸倒胃得相知，貫日食昴終不疑。漢鄒陽書：昔荆軻慕燕丹之義，白虹貫日，太子畏之。衛先生為秦畫長平之策，太白食昴，昭王疑之。李白詩：太白夜食昴，長虹日中貫。古來畢命黃金臺，曹子建表云：量能而受爵者，畢命之臣也。文選放歌行：將起黃金臺。注云：上谷郡圖經曰：『黃金臺，易水東南十八里，燕昭王置千金於臺上，以延天下之士。』杜詩：未怪及時年少子，揚眉結義黃金臺。李白詩：灑掃黃金臺，招邀青雲士。佩君一言等嘴觿，爾雅：二曰靈龜。注：即今嘴觿龜也。月没參横惜相違。柳子厚龍城録：開皇中，趙師雄遷羅浮，天寒日暮，憩於松間酒肆，見一女子，淡粧素服，出迓師雄，與共飲醉寢，但覺風寒相襲，起視，乃在大梅花樹下，月落參横，但惆悵而已。秋風金井梧桐落，太白詩：梧桐落金井，一葉飛銀床。又詩：金井雙梧桐。故人過半在鬼録。文選魏文帝書：徐、陳、應、劉，一時俱逝，觀其姓名，已為鬼録。柳枝贈君當馬策，見上。歲晏星回觀盛德，月令：星回於天，歲且更始。張弓射雉武且力。晉陸雲傳：荀隱字鳴鶴，與雲會張華坐。雲抗手曰：『雲間陸士龍。』荀曰：『日下荀鳴鶴。』雲又曰：『既開青雲，覩白雉，何不張爾弓、挾爾矢？』隱曰：『本謂是雲龍騤騤，乃是山鹿野麋。獸微弩强，是以發遲。』華大笑。白鷗之翼没江波，杜詩：白鷗没浩蕩〔二〕。抽弦去軫君謂何？韓詩外傳：孔子南遊，有處子佩瑱而浣者，孔子抽琴去其軫，以授子貢，曰：『善為之詞』云云。

〔一〕『注』原作『詩』，據元至元本改。

〔二〕『白鷗没浩蕩』『没』元至元本作『波』。按句出杜甫奉贈韋左丞丈二十二韻，『没』一作『波』。

山谷外集詩注卷第七

林為之送筆戲贈

閻生作三副，規摹宣城葛〔一〕。三副、栗尾、棗核、散卓，皆筆名。宣州諸葛氏皆作筆〔二〕，柳公權求之不能用，惟王右軍能用之，故世有曰『非右軍不能用諸葛筆』也。東坡云：宣城諸葛氏筆擅天下，其間不甚佳者，終有家法，如北苑茶、內庫酒、教坊樂，雖弊精神，欲强學之，而草野氣終不可脱。山谷嘗言：宣城諸葛三副筆，鋒雖盡而心故圓。外貌雖銑澤，毫心或粗糲。爾雅：絶澤謂之銑。注云：美金，光澤也。蜀志張裔傳：張府君如瓠壺，外雖澤而內實粗。杜詩：百年粗糲腐儒餐。功將希栗尾，拙乃成棗核。李慶縛散卓，東坡云：散卓筆惟諸葛能之，他人學者，皆得其形似而無其法，反不如常筆。含墨能不洩。退之毛穎傳：穎為人强記，無不愛重，又善隨人意，後雖見廢棄，終默不洩。病在惜白毫，往往半巧拙。小字亦周旋，大字難曲折。時時一毛亂，乃似逆梳髮。張鼎徒有表，明皇雜録：上欲相蘇頲，夜艾，召直宿舍人蕭嵩草詔，既成，其詞曰：『國之瓌寶。』上曰：『頲，瓌之子，不欲斥其父名，當為刊削。』久之復進，唯改曰『國之珍寶』。上擲其草，曰：『虛有其表耳。』此借喻也。徐偃元無骨。後漢東夷傳注云：徐君宮人娠而生卵，棄之，有犬名鵠倉銜卵以歸，遂生小兒，生而偃，因以為名。尸子曰：偃王有筋而無骨〔三〕，故曰偃。東坡云：魯直出衆工筆，使僕歷試，筆鋒如着鹽曲蟮，詰曲紙上。魯直云：『此徐偃筆也，有筋無骨，可謂名不虛得。』如東坡之言，則徐偃有筋無骨，非獨山谷借喻，亦當時固有此語耶？模畫記姓名，項籍傳：書，足記姓名而已。亦可應倉卒。為之街南居，時通鈴下謁。晉羊祜傳：鈴閤之下，侍衛不過數人。楊方傳：初為郡鈴下威儀。晴軒坐風凉，怪我把枯筆。開囊撲蠹魚，遣奴送一束。洗硯磨松煤，揮灑至日没。蚤年學屠龍，莊子：朱泙漫學屠龍於支離益，殫千金之家，技成無所用其巧。温廷筠詩：虎拙休言畫，龍稀莫學屠。適用固疏闊。自言所學不同流俗，若屠龍之技無所用之，如退之書云：凡所辛苦而僅有之者，皆符於空言而不適於實用，故學成而道益窮，年老而身愈困也。廣文困齏鹽，唐增國子學，置廣文館，以鄭虔為博士。山谷時為大名府國子監教授，故以自況。退之送窮文云：太學四年，朝齏暮鹽。烹茶對秋月。略無人問字，況有客投轄！揚雄傳：劉棻常從雄學作奇字。陳遵傳：遵嗜酒，每大飲，賓客滿堂，輒關門，取客車轄投井中，雖有急，不得去。杜詩：甘從投轄飲，肯作置書郵？文章寄呻吟，講授費頰舌。『頰舌』見上。閑無用心處，雌黄到筆墨。晉王衍傳：世號『口中雌黄』。時不與人遊，即歲不我與意也〔四〕。孔子尚愛日。揚子法言：或曰：『孔子之道不可小歟？』曰：『小則敗聖，如何？』曰：『若是，則何為去乎？』曰：『愛日。』曰：『愛日而去，何也？』曰：『由羣婢之故也。』作詩當鳴鼓，聊自攻短闕。用論語『鳴鼓而攻之』，自攻其短也。退之詩：還家雖闕短，指日親晨飡。此摘其字。

〔一〕『摹』元至元本作『畫』。

〔二〕「宣州諸葛氏皆作筆」「皆」弘治本作「能」。按：此句主「不能用諸葛筆也」元至元本無。

〔三〕「偃王有筋而無骨」元至元本作「偃生而有筋無骨」。

〔四〕「意」原無，據元至元本加。句下尚有「已見上」。

再和答為之

君勿嘲廣文〔一〕，沍寒被絺葛。左傳：其藏冰也，深山窮谷，固陰沍寒。注：沍，閉也。北史袁充傳：年十餘歲，父黨至門，時冬初，充尚衣葛衫。客戲曰：「絺兮葛兮，凄其以風。」充應聲曰：「唯絺唯綌，服之無斁。」杜詩：焉知南鄰客，九月猶絺綌。君勿嘲廣文，窮年飯粢糲。列子云：食則粢糲，居則蓬室。常恐俎豆予，與世充肴核。莊子云：老聃之役，有庚桑楚者，居畏壘之山。三年，而畏壘大穰，畏壘之民相與言曰：「胡不尸而祝之，社而稷之？」庚桑子聞之，曰：「畏壘之細民，而竊竊然欲俎豆予於賢人之間。」小雅賓之初筵云：籩豆有楚，殽核惟旅。注：殽，豆實也；核，加籩也。箋云：豆實，菹醢也；籩實有桃梅之屬。凡木不願材，退之祭子厚文：凡木之生，不願為材。大折小枝洩。櫟依曲轅社，聊用神其拙。莊子曰：匠石之齊，至于曲轅，見櫟社樹，其大蔽牛，觀者如市，匠石顧曰：「散木也，無所可用，故能若是之壽。」匠石歸，櫟社見夢曰：「汝將烏乎比予哉？若將比予於文木耶？夫柤、梨、橘、柚、果、蓏之屬，實熟則剝，則辱，大枝折，小枝洩。」吾家本江南，一丘藏曲折。杜詩：一丘藏曲折，緩步有躋攀。瀕溪蔭蒼筤，説卦〔二〕：震，為蒼筤竹。蕭洒可散髮。文選嵇叔夜詩：散髮巖岫。既無使鬼錢，見上〔三〕。又無封侯骨。見上〔四〕。薄祿庇閑曹，且免受逼卒。為此懶出門，徒弊懷中謁。漢高祖紀：乃紿為謁曰：『賀錢萬。』師古曰：為謁者書刺，自言爵里，若今參見通名也。後漢禰衡傳：陰懷一刺，既無所之，至於刺字漫滅。直齋賓客退，風物供落筆。詩成着牀頭，晉王湛傳：牀頭有周易。不知今幾束。君何向予勤，見詩歎埋没。嗣宗須酒澆，『嗣宗』見上。未信胸懷闊。自狀一片心，唐裴度自贊曰：一片靈臺，丹青莫狀。碧潭浸寒月。寒山子詩：我心似秋月，碧潭清皎潔。令德感來教，為君賦車轄。小雅：間關車之轄兮。此篇又云：令德來教。左傳昭二十五年：宋公享昭子，賦新宮，昭子賦車轄。君思揚雄吒，『吒』當為『吃』，本傳：口吃不能劇談。何似張儀舌？史記張儀傳儀云：視吾舌尚在否？此意恐太狂，願為引繩墨。此語蓋答其和章之意，望其規正，如木從繩也。政使此道非，改過從今日。報章望瓊琚，詩：不成報章。又云：報之以瓊琚〔五〕。勿使音塵闕。文選月賦：美人邁兮音塵闕。謝靈運詩：各勉日新志，音塵慰寂滅。

〔一〕『勿』元至元本作『莫』。

〔二〕『説卦』原作『繫辭』，誤，今據周易正義卷九説卦改。

〔三〕『見上』元至元本作『晉魯褒錢神論云：錢無耳，可使鬼』。

〔四〕『見上』元至元本作『漢翟方進傳：從蔡父相，蔡父大奇其形貌，謂曰：「小史有封侯骨，當以經術進」』。

〔五〕『詩不成報章……瓊琚』元至元本作『見毛詩』。

再和答為之

林君維閩英，數面成瓜葛。『數面成親』、『瓜葛』並見上〔一〕。鄰居接杖藜，過飯厭疏糲。漢鮑宣傳：俱過宣，一飯去。後漢第五倫傳：不過從兄飯。『杖藜』見上。大雅召旻云：彼疏斯粺。箋云：疏，麤也，謂糲米也。退之詩：疏糲亦足飽我饑。讀書飽工夫，論事極精核。南史王僧虔傳：宋文帝書，天然勝羊欣，工夫少於欣。漢書：孝宣之治，綜核名實，政事、文學、法理之士，咸精其能。此摘其字。奮身君子場，勇若怒未洩。東都賦云：馬踠餘足，士怒未渫。窮年棲旅巢，易旅卦：鳥焚其巢。由命非由拙。王良驅八駿，左傳哀二年：郵無卹御簡子。注：王良也。左傳又稱子良，又曰郵良。穆天子傳云：八駿之乘，盜驪、赤驥、白義、渠黃、華騮、綠耳。方駕度九折。杜詩：竊攀屈宋宜方駕〔二〕；又：方駕曹劉不啻過。九折阪在漢蜀郡嚴道縣，王尊叱馭處。學堂疏雨餘，退之秋懷詩：學堂日無事。石砌長苔髮。爾雅：藫，石衣。注云：水苔也，一名石髮。弟子肥如瓠，漢張蒼傳：肥白如瓠。先生瘦唯骨。元注云：林君在朱氏講授，朱氏兒皆面白豐肥，林君如刻削。北門一都會，『一都會也』，史記貨殖傳多有此語。塵埃人卒卒。司馬遷書：卒卒無須臾之間。霍光傳：見雲家卒卒。高蓋如秋荷，勢利相奔謁。漢張耳傳：勢利之交，古人羞之〔三〕。惟君尚寂寞，來觀草玄筆。揚雄傳：雄作太玄，自言『寂寞為尸』〔四〕。斯文未易陳，政當高閣束。退之詩：春秋三傳束高閣。字本出庾翼傳。金馬事陸沉，『陸沉』見上〔五〕。市門逐乾沒。貨殖傳：刺繡文不如倚市門。張湯傳：始為小吏乾没。**未須相賢愚，**退之別趙子云：宜各從所務，未用相賢愚。**聊自嘲迂闊。**孟子題辭：時君咸謂之迂闊於事。**憶昨戲贈詩，廼辱報明月。**鄒陽傳：明月之珠，夜光之璧。**極知推挽意，**左傳：或挽之，或推之。**我車君欲轄。**見前篇『車轄』注。**屠龍真强言〔六〕，**『屠龍』見前篇。**奔馬不及舌。**論語：駟不及舌。自悔出屠龍之語也。第二篇固云『此意恐太狂，願為引繩墨』。鄧析書曰〔七〕：一言而非，駟馬不及追。**賜書盈五車，**莊子曰：惠施多方，其書五車。**直舍方二墨。**『二墨』見上。**會意便欣然，**淵明集五柳先生傳云：好讀書，不求甚解，每有會意，便欣然忘食。**餘事過窗日。尚恐素飡錢，諸生在城闕。**詩：不素飡兮。又云：子衿刺學校廢也。挑兮達兮，在城闕兮。漢高后紀：賜餐錢奉邑。

〔一〕『數面……見上』元至元本作『淵明集答龐參軍詩序云：俗諺曰數面成親，况情過此者乎？晉王導傳：導與其子悅弈棋爭道，導笑曰：「相與有瓜葛，那得為爾耶」』。

〔二〕『竊』原作『切』，據杜甫戲為六絶句之五改。

〔三〕『漢張耳……羞之』元至元本作『勢利之交見上』。

〔四〕『寂寞為尸』按此語為漢書揚雄傳所引揚雄解難中句。

〔五〕『陸沉見上』元至元本作『史記滑稽傳：東方朔歌曰：「陸沉於俗，避世金馬門」』。

〔六〕『强』至元本、嘉靖本、萬曆本均作『狂』，樹經堂本於句下注：『强一作狂』。

〔七〕『析』原作『枅』。引文出鄧析子轉辭篇，今據以改。按『枅』同『析』。引文與原文有出入，原文作：『一聲而非，駟馬勿追；一言而急，駟馬不及。』

贈趙言

饒陽趙方士，眼如九秋鷹。釋氏書云：舍利弗此言鶖鷺子，以其母眼如鶖鷺也。此用其意。學書不成不學劍，項籍傳：學書不成，去；學劍，又不成，去。心術妙解通神明。醫如俯身拾地芥，夏侯勝傳：取青紫如俛拾地芥耳。相如仰面觀天星。劉向傳：夜觀星宿。自言方術雜鬼怪，萬種一貫皆天成。論語：吾道一以貫之〔一〕。大梁卜肆傾賓客，李白詩：荆門倒屈宋，梁苑傾鄒枚。二十餘年聲籍籍。前漢江都易王非子建傳：國中口語籍籍。李白詩：高名動京師，天下皆籍籍。得錢滿屋不經營，詩：經之營之。寒山子詩：丈夫莫守困，無錢即經紀〔二〕。散與世人還寄食〔三〕。韓信傳：寄食於漂母。北門塵土滿衣襟，廣文直舍官槐陰。杜詩：廣文到官舍。白雲勸酒終日醉，紅燭圍棋清夜深。大車駟馬不回首，史記范睢傳須賈曰：非大車駟馬吾不出。强項老翁來見尋。『强項』見上。向人忠信去表襮，詩揚之水云：素衣朱襮。爾雅：黼領謂之襮。退之云：襮順而裏方。可喜正在無機心。『機心』見上。輕談禍福邀重糈，史記貨殖傳：諸食技術之人為重糈也。司馬季主傳：卜而有不審，不見奪糈。注云：離騷經曰：『懷椒糈以要之。』王逸云：『糈，精米，所以享神。』王荆公詩：老吏閉門無重糈。韻略有『糈』字，無『稰』字，疑即『糈』也。集韻：音胥。說文：粮也，又音所。廣韻：私呂切。孫鴻慶詩：蕭蕭鳧鷖行，重糈不到門。所在多於竹葦林。維摩經云：譬如甘蔗、竹、葦、稻、麻叢林。翁言此輩無足聽，見葉知根論才性。飛騰九天沉九泉，漢郊祀志：九天巫祠九天。師古曰：九天謂中央鈞天、東方蒼天、東北旻天、北方玄天、西北幽天、西方浩天、西南朱天、南方炎天、東南陽天，其説見淮南子。淵有九名，見莊子應帝王篇。晉胡奮傳：聞女為貴人，哭曰：『老奴不死，唯有二兒，男入九地之下，女上九天之上。』自種自收皆在行。班固弈旨曰：博懸於投，不必在行。先期出語駭傳聞，事至十九中時病。輪囷離奇惜老大，成器本可千萬乘。鄒陽傳：蟠木根柢，輪囷離奇，而為萬乘器。自歎輕霜白髮新，又去驚動都城人。都城達官老於事，退之詩：中朝大官老於事。杜詩：屋底達官走避胡。嫌翁出言不娬媚。唐魏徵傳帝曰：人言徵舉止疏慢，我但見其娬媚耳。前集元師此君軒詩云：神人傳書道人命，死生禍福如看鏡。晚知直語觸憎嫌，深藏幽寺聽鐘磬。與此同意。有手莫炙權門火，杜詩：炙手可熱勢絶倫。唐崔鉉傳曰：鄭、楊、段、薛，炙手可熱。有口莫辯荆山玉。新序曰：荆人卞和得玉璞而獻之、荆厲王，王使玉尹相之，曰『石也』，以和為謾而斷其左足。武王即位，和復奉璞而獻之，武王使玉尹相之，曰『石也』，又斷其右足。共王即位，和乃奉璞而哭於荆山，三日三夜，泣盡而繼之以血(四)。共王使人問之，對曰：『寶玉而名之曰石(五)，貞士而戮之以謾，此臣之所以悲也。』王乃使人理其璞而得寶玉焉，名之曰『和氏之璧』。吴宮火起燕焚巢，此語謂上句『權門火』。越絶書：吴西宮在長秋門，秦始皇十一年，守宮者照燕失火燒也。鮑照空城雀云：猶勝吴宮燕，無罪得焚窠。李白野田黄雀行：遊莫逐炎洲翠，棲莫近吴宮燕，吴宮火起焚爾窠，炎州逐翠遭網羅。當時卞和斮兩足。此語謂上句『荆山玉』。千里辭家却入門，韓詩：二十辭家來射策。三春榮木會歸根。歸去來辭：木欣欣以向榮。老子云：夫物芸芸，各復歸其根，歸根曰靜。我有江南黄篾舫，隋書煬帝紀：上御龍舟幸江都，文武官五品以上給樓船，九品以上給黄篾。與翁長入白鷗羣(六)。莊子曰：入獸不亂羣，入鳥不亂行。李白詩：明朝拂衣去，永與白鷗羣。

〔一〕『論語……貫之』元至元本作『一貫見語』。

〔二〕無錢即經紀『經紀』元至元本作『經營』。按：全唐詩卷八百六寒山子詩作：『無錢須經紀。』

〔三〕『世』元至元本作『市』。

〔四〕『而』原無，據元至元本及劉向新序卷五補。

〔五〕『玉』原作『王』，據至元本、弘治本、樹經堂本及新序改。

〔六〕『翁』元至元本作『公』。

次韻題粹老客亭詩後

客亭长短路南北，『长亭短亭』，見哀江南賦。衮衮行人那得知？惟有相逢即相别，一杯成喜只成悲。古樂府木蘭歌：父母見木蘭，喜極成悲傷。韋應物詩：此日相逢非舊日，一杯成喜亦成悲。

贈張仲謀

車如鷄栖馬如狗，見上〔一〕。閉門常多出門少。去天尺五張公子，老杜贈韋七贊善詩：時論同歸尺五天。自注曰：俚語云：『城南韋杜，去天尺五。』前漢外戚傳云：童謠曰：『燕燕，尾涎涎，張公子，時相見。』杜詩：天上張公子。官居城南池館好。杜詩：宋公舊池館。健兒快馬紫游繮，杜詩：朔方健兒好身手。洛陽伽藍記：快馬健兒不如老婢吹篪。杜詩：右持腰間刀，左牽紫游韁。自注云：昔鄴下童謠曰：『青青御路楊，白馬紫游韁。』迎我不知沙路長。高榆老柳媚寒日(二)，枯荷小鴨凍野航。津人刺船起應客，莊子：漁父言：『吾去子矣。』乃刺船而去。陳平傳：解衣贏而佐刺船。杜詩：刺船思郢客，解水乞吳兒。遥知故人一水隔。下馬索酒呼三遲，杜詩：馬上誰家白面郎？當階下馬坐人牀。不通姓字粗豪甚，指點銀瓶索酒嘗。盧仝詩：等閑對酒呼三遲，屠羊殺牛皆自在。騎奴笑言客竟癡。晉王述傳：桓温欲為子求婚，子坦之言温意，述大怒，曰：『汝竟癡耶！』向來情義比瓜葛，萬事略不置町畦。『騎奴』、『瓜葛』、『町畦』並見上。追數存亡異憂樂，燭如白虹貫酒巵。『白虹貫日』見鄒陽傳。開軒臨水弄長笛，笛稱『弄』，用晉桓伊傳『三調弄』也。吹落殘月風凄凄。城頭漏下四十刻，破魔驚睡聽新詩。楞嚴經云：親見如來降伏諸魔。今言睡魔也。石曼卿詩：已為物象添詩瘦，更被陰晴長睡魔。君詩清壯悲節物，政與秋蟲同一律。韓文：由漢至今用一律。爾來更覺苦語工，思婦霜碪擣寒月。曹子建七哀詩曰：明月照高樓，流光正徘徊。上有愁思婦，悲歎有餘哀。沈休文云：高樓切思婦。蓋用子建語也。謝玄暉有擣衣詩。白樂天詩：誰家思婦秋擣帛？月苦風凄碪杵悲。朱顏綠髮深誤人，孟郊詩：酒人皆倚春髮綠，病叟獨藏秋髮白。不似草木長青春。文選潘尼詩：予涉素秋，子登青春。注云：素秋謂老，青春謂少。潔身好賢君自有，今日相看進於舊。以茲敢傾一盃酒，為太夫人千萬壽(三)！張翰曰：使我有身後名，不如即時一盃酒。後漢岑彭傳：以朔望問太夫人起居。注云：漢法：列侯之母方稱太夫人。

〔一〕『見上』元至元本作『後漢陳蕃傳：陳留朱震字伯厚。三府諺曰：「車如鷄栖馬如狗，疾惡如風朱伯厚」』。

〔二〕『高榆老柳』嘉靖本作『江榆溪柳』。

〔三〕『千萬壽』嘉靖本、萬曆本作『千歲壽』。

乞貓 山谷手書此詩題云『從隨主簿乞貓』。

秋來鼠輩欺貓死，魏志曹公曰：憂天下無此鼠輩邪。退之詩：立召賊曹與五伯，盡取鼠輩尸諸市。窺甕翻盤攪夜眠。聞道貍奴將數子，傳燈録第十卷僧曰：貍奴白牯為什麽却有知？南史何承天云：鳳凰將九子。此摘其字。買魚穿柳聘銜蟬。『銜蟬』用俗語也。後山詩話云：乞貓詩雖滑稽而可喜，千歲之下讀者如新。

謝周文之送貓兒

養得貍奴見上立戰功，將軍細柳有家風。用周亞夫細柳營事。一簞未厭魚餐薄，四壁當令鼠穴空〔一〕。

〔一〕『当』元至元本作『能』。

謝張泰伯惠黃雀鮓

去家十二年，黃雀慳下筯。晉何曾傳：日食萬錢，猶曰無下筯處。笑開張侯盤，湯餅始有助。束晳餅賦云：湯餅為最。蜀王煎藙法，醢以羊彘兔。自注云：俗謂亥卯未餛餛。內則：三牲用藙。注云：藙，煎茱萸也。正義曰：賀氏云：「今蜀郡作之，三牲謂牛、羊、豕。」麥餅薄於紙，含漿和鹹俗「鹹」字。酢。秋霜落場穀，詩云：食我場穀。一一挾覆絜。東坡詩：披綿黃雀謾多脂。飛飛蒿艾間，入網輒萬數。烹煎宜老稚，罌缶煩愛護。南包解京師，老杜北征詩：粉黛亦解包。至尊所珍御。文選西京賦：侈靡踰乎至尊。退之李花詩：冰盤夏薦碧實脆，斥去不御慙其花。此「御」字之意。玉盤登百十，睥睨輕桂蠹。漢陸賈傳：尉佗獻桂、蠹二器。注：桂蠹，桂樹，蠹蟲。師古曰：此蟲食桂，故味辛，而漬之以蜜食之也。五侯噦豢豹，西漢婁護合五侯閒奇膳以為鯖，世稱「五侯鯖」，見西漢雜記〔二〕。文選枚叔七發云：山梁之餐，豢豹之胎。退之南山詩：思想甚含噦。見謂美無度。「美無度」見上。瀕河飯食漿，瓜菹已佳茹。漢食貨志：菜茹有畦。誰言風沙中，鄉味入供具！漢燕王劉澤傳〔三〕：請張卿臨，親修具。注曰：具，供具也。又叙傳云：迎延滿堂，日為供具。坐令親饌甘，更使客得與。郭林宗傳：茅容殺鷄為饌，林宗謂為己設，既而以供其母，自以草蔬與客同飯。山谷用此意而反其詞。蒲陰雖窮僻，蒲陰，祁州所治縣也，張泰伯官於此。勉作三年住。願公且安樂，分寄尚能屢。詩云：將安將樂。

〔一〕『西漢婁護……見西漢雜記』元至元本作『西漢雜記：婁護傳會五侯間，競致奇膳，護合以為鯖，世稱「五侯鯖」。』按：西漢雜記即西京雜記，舊題劉歆撰，或以為葛洪撰而託名劉歆者，此條引文見卷二：『五侯不相能，賓客不得來往。婁護豐辯，傳食五侯間……』（中華書局點校本一九八五年版）然則『會』為『食』之誤。

〔二〕『漢燕王劉澤傳』『燕』原作『荆』，據漢書改。漢書卷三十五荆燕吴（王）傳第五載燕王劉澤事。

贈答晁次膺

次膺豪健如霜鶻，空拳誤掛田犬牙。漢李陵傳：士張空拳。拳音綣。杜詩：霜鶻不空拳。山谷用少陵語，當音權。漢文帝紀〔一〕：地形如犬牙。果輸司空城旦作，漢轅固傳太后怒曰：安得司空城旦書乎？按刑法志云：完為城旦舂。文選任彥昇策秀才文：睚眦有違，論輸左校。注：輸，役也。付與步兵厨人家。晉阮籍傳：籍聞步兵厨營人善釀酒。野馬橫郊作凝水，莊子：野馬也，塵埃也。文選連珠：沈寒凝水，不能結風。牽牛引竹上寒花。無酒醉公不甚惜，誦公五字使人嗟。東坡詩：樂天長短三千首，却愛韋郎五字詩。樂天嘗云：韋應物為蘇州牧，詩甚多，有郡宴詩『兵衛森畫戟，宴寢凝清香』最為警策。詩意歎次膺掛吏議而左遷酒官。

〔一〕『帝』字原無，据汉书文帝纪补。按文帝纪曰：『地犬牙相制。』

楊朴墓

三尺孤墳一布衣，人言無復似當時。千秋萬歲還來此〔一〕，『千秋萬歲』見上注〔二〕。月笛煙莎世不知。元注云：楊朴喜吹笛，嘗作莎詩極工。按范文正公詩話云：楊朴字契玄，鄭州人，善為詩，不仕，少與畢相同學〔三〕。畢薦之，太宗召見，面賦莎衣詩云：『狂脱酒家春醉後，亂堆漁舍晚晴時。』除官不受，聽歸山，以其子從政為長水尉。東坡云：昔年過洛，見李公簡，言真宗東封，訪天下隱者，聞鄭人楊朴能為詩，召對，自言『不能』，上問：『臨行有人作詩送卿否？』朴曰：『唯臣妻有一首云：「更休落魄耽盃酒〔四〕，且莫猖狂愛詠詩。今日捉將官裏去，這回斷送老頭皮。」』上大笑，放還山〔五〕。

〔一〕『還來此』元至元本作『來還此』。

〔二〕『上』元至元本作『第一卷末』。按至元本卷一答明略並寄無咎詩中有句云：『猶有千秋萬歲之真榮』，注引陶淵明挽詩及杜甫詩，可參觀。

〔三〕『少與畢相同學』按『畢相』謂畢士安，官至參知政事、同中書門下平章事，故云。參見宋詩紀事卷五楊朴。

〔四〕『魄』原作『魂』，據東坡志林卷二書楊朴事改。

〔五〕『還』原作『回』，據元至元本及東坡志林卷二改。

次韻孔著作早行

棄置鉏犂就車馬，選詩：棄置勿重陳。退之詩：起身自犂鉏。從來計出古人下。退之詩：之罘別我去，計出柏馬下。塵埃好在三尺桐，不疑萬世期子野。白樂天詩：家池動作經年別，松竹禽魚好在無？琴操曰：琴長三尺六寸六分，象三百六十六日。左傳昭八年：石言于晉魏榆，晉侯問於師曠，對曰云云。叔向曰：『子野之言，君子哉！』注云：子野，師曠字。晉成公綏琴賦云：伯牙彈而駟馬仰秣，子野揮而玄鶴鳴。明經使者著書郎，風雨乘馹忘夙夜。左傳昭五年：楚子以馹至於羅汭。注：馹，傳也。回車過門問無恙，退之書云：問『無恙』外不暇出一言。何意深巷勤長者？陳平傳：家乃負郭窮巷，以席為門，然門外多長者車轍。聖師之後蓋多賢，左傳昭七年〔一〕：吾聞將有達者曰孔丘，聖人之後也。又云：聖人有明德者，若不當世，其後必有達人。其在孔丘乎？領略世故有餘暇。選詩：領略歸一致。又云：世故尚未夷。白而長身雖不見，好古發憤尚類也。韓文孔戣墓誌曰：孔世三十八，吾見其孫，白而長身，寡笑與言，其尚類也。論語子曰：述而不作，信而好古，竊比於我老彭。葉公問孔子於子路，子路不對。子曰：『女奚不曰：其為人也，發憤忘食，樂以忘憂。』東坡和孔君亮詩：固知嚴勝風流在，又在長身十世孫。孔戣字君嚴，孔戡字君勝，今君亮四十八世〔二〕。自然身如驚露鶴，周處風土記：白鶴性警，至八月露降於草木，滴滴有聲則鳴。駱賓王登王司馬樓宴序：鶴鳴在陰，上中天而驚露。李義山詩：鶴應聞露警，蜂亦為花忙。每先鳴鷄整初駕。文選：鷄鳴戒具則驪爾晨征。又選詩：整駕肅時命。北行河決所至郡，此詩先言明經使者，又言北行河決，蓋比之漢平當也。平當傳云：以明經為博士。又云：以經明禹貢〔三〕，使行河。行，下更反。肅肅王命哀鰥寡。詩：肅肅王命，仲山甫將之。又曰：不侮鰥寡。力排滹沱避城郭，後漢王霸傳：光武南馳至下曲陽，傳聞王郎兵在後。及至呼沱河〔四〕，令霸往視之，霸跪曰〔五〕：『冰堅可渡。』下曲陽漢屬鉅鹿郡，今入祁州鼓城縣，呼沱所在，於此可見。深澤疲民且田舍。賈生三策藏胸中，漢溝洫志賈讓奏言：治河有上、中、下策。羿矢百中不虛捨。羿，射官也。南宮适云：羿善射。孟子云：逢蒙學射於羿。此堯以前羿也。寒浞虞羿于田，殺而烹之。此有窮后羿也。詩云：捨矢如破。周紀〔六〕：養由基去柳葉百步而射之，百發而百中。行歸定拜關内侯，但賜黃金恐非價。平當傳又云：至丞相，以冬月賜爵關内侯。注云：以冬月非封侯時，且先賜爵也。『非價』謂功大賞輕，如市物之不當價也。

〔一〕『年』原無，據元至元本補。

〔二〕『論語子曰……四十八世』元至元本作『語：信而好古；又發憤忘食』。

〔三〕『經明』原作『明經』，據元至元本及漢書卷七十一平當傳改。

〔四〕『呼』樹經堂本作『滹』。下同。按後漢書卷二十王霸傳作『虖』。

〔五〕『跪』原作『詭』，諸本皆誤，據後漢書卷二十王霸傳改。

〔六〕『周紀』諸本皆同。按：养由基事載戰國策西周策。

次韻孔四著作北行滹沱

駝褐蒙風霜，歐陽文忠詩：輕寒漠漠侵駝褐。左傳：范宣子曰：蒙荆棘。注：蒙，冒也。雞聲眇墟里。淵明詩：曖曖遠村，依依墟里煙。青燈進豆粥，後漢馮異傳：光武自薊東南馳，時天寒，異上豆粥，因復渡滹沱。杜詩：語罷休邊角，青燈兩鬢絲。落月踏冰水。平生不龜藥，纔可衛十指。持比千户封，誰能優劣此？莊子逍遥篇：宋人有善為不龜手之藥者，世世以洴澼絖為事。客聞之，買其方百金，以說吴王，吴王使之將，冬與越人水戰，大敗越人，裂地而封之。能不龜手一也，或以封，或不免於洴澼絖：則所用之異也。

和陳君儀讀太真外傳五首

朝廷無事君臣樂，花柳多情殿閣春。柳公權聯句：薰風自南來，殿閣生微涼。不覺胡雛心暗動，一作『付與山河賈忠義』。李白猛虎行：胡雛緑眼吹玉笛。綺羅翻作墜樓人。外傳云：初禄山於上前應對，雜以諧謔，而妃常在坐，禄山心動，及聞馬嵬之死，數日歎惋。晉石崇傳：崇有妓緑珠，孫秀求之，不與，秀勸趙王倫誅崇，介士到門，緑珠自投於樓下而死。杜牧之詩：可憐金谷墜樓人！

扶風喬木夏陰合，斜谷鈴聲秋夜深。外傳云：上至斜谷，霖雨涉旬，棧道雨中聞鈴聲〔一〕，因採其聲為雨霖鈴曲。考之史及諸書，明皇自陳倉入散關，出河池，初不由斜谷。今梓潼有上亭驛，古今詩刻皆以為明皇聞鈴之地，當不妄也。人到愁來無處會，不關情處總傷心。太白詩：「何許最關情？」

梁州一曲當時事，「當時事」一作「開元夢」。按開天傳信記〔二〕，西涼州獻新曲曰涼州，寧王聞之，以為恐有播越之禍。樂府詩集涼州歌序亦稱梁州曲云云，初無區別。記得曾拈玉笛吹。外傳云：妃子竊寧王玉笛吹。故張祜詩云：小花静院無人見，閑把寧王玉笛吹。端正樓空春晝永，小桃猶學淡燕支。華清宮有端正樓，貴妃梳洗之所。杜詩：林花著雨燕脂落。

高麗條脱琱紅玉，「條脱」，釧也，高麗所貴。真誥：萼緑華降羊權家，遺以金條脱一。李義山詩：羊權雖得金條脱，温嶠終虚玉鏡臺。邏沙琵琶撚緑絲。一作「一雙條脱玻瓈玉，三尺琵琶緑蠒絲。」妃子琵琶，「邏沙檀」也。寺人白秀真使蜀還〔三〕，獻木潤如玉，光可鑑，有金縷紅文，蹙成雙鳳，絃乃末訶彌羅國所貢緑水蚕絲也〔四〕。

蛛網屋煤昏故物，「昏故物」一作「脂澤歇」。此生唯有夢來時。

上皇曾御昭儀傳，鏡裏觀形只眼前。上覽漢成帝内傳，見飛燕身輕，欲不勝風，帝為製七寶避風臺。上曰：「爾則任吹多少。」妃曰：「霓裳一曲，可掩千古〔五〕。」杜詩：聽説開元事，分明在目前。退之詩：聽説兩京事，分明皆眼前。

養得禄兒傾四海，禄山恩遇最深，上及貴妃皆呼以為兒。千秋更有一伶玄。

趙飛燕外傳，漢江東尉伶玄所撰也，玄自叙云：伶玄字子于，歷刺守州郡，為淮南相。哀帝時老休，買妾樊通德，有才色，知書，能言飛燕姊弟事。通德曰：『斯人俱灰滅矣！當時疲精力，馳騖蠱惑，寧知終歸荒田野草乎！』通德顧視燭影，以手擁髻，悽然泣下，於是撰趙后别傳。詩意謂以古為鑒，興壞在目前，而明皇不之戒，為可歎也！

〔一〕『聲』原無，據元至元本及樂史楊太真外傳卷下（開元天寶遺事十種之八，上海古籍出版社一九八五年版）增補。

〔二〕開天傳信記『天』原作『元』，諸本皆誤，當為唐鄭綮所撰開天傳信記，今載開元天寶遺事十種，據以改。

〔三〕『寺人白秀真』按注文出楊太真外傳卷上，『白秀真』作『白季貞』。

〔四〕『緑』楊太真外傳作『淥』。

〔五〕『千』楊太真外傳作『前』。

讀曹公傳 并序

曹公自以勳高宰衡，文對西伯，漢禮樂志：及王莽為宰衡，欲燿衆庶。『西伯』謂周文王也。蟬蜕揖讓之中，史記屈原傳：蟬蜕於濁穢。而用漢室於家巷。離騷經云：五子用失乎家巷。後漢延篤傳：篤以病免歸，教授家巷。更黨錮之災，義士忠臣耘除略盡；獻靈之間，北面朝者拱而觀變，漢、魏何擇焉？彼見宗廟社稷之無與也。執太阿而用其穎，梅福傳：倒持太阿，授楚其柄。以司一世之命，左右無不得意；引後宫於鈇鉞，如刈蒲茅。

後漢獻帝伏皇后紀：政在曹操，操求董貴人殺之。帝以貴人有娠，纍為請不得。后懷懼，與父書，言操殘逼狀，令密圖之。事露，操逼帝廢后，令華歆勒兵入宫收后，后閉戶藏壁中，歆就牽后出。時帝在後殿，后被髮徒跣，行泣過，訣曰：『不能復相活耶？』帝曰：『我亦不知命在何時！』遂將后下暴室，以憂崩。

夫匹婦婢使得罪，家人猶為謝過，而親北面受命之君，自以為未知死所，嗚呼！『厲憐王』，其誰曰過言？戰國策楚語云：或說春申君曰：『孫子天下賢人也，君何辭之？』春申君於是使人請孫子於趙，孫子為書謝曰：『「癘人憐王。」此不恭之語也，雖然，不可不審察也。此為劫弒死亡之主言也。夫人主年少而矜材，無法術以知姦，則大臣主斷。楚王子圍以冠纓絞王，殺之，因自立也。齊崔杼攻莊公，射中其股，遂殺之。近代李兌用趙，餓主父於沙丘；淖齒用齊，擢閔王之筋(一)，縣於其廟梁。夫癘雖癰腫胞疾，上比前世，未至絞纓射股，下比近代，未至擢筋而餓死也。由此觀之，癘雖憐王可也。』注云：續：韓非子諺曰(二)：『癘憐王。』

雖然，終已恭讓，腹毒而色取仁，任丕以易漢姓者，何也？漢之末造，雖得罪於社稷骨鯁之臣，而猶不得罪於民，故猶相與愛其名耳。余聞曰：道揆以上惠不足而明有餘，不在社稷而數有功桼盛，殆其不繼哉！感之，作曹公詩一章。

南征北伐報功頻，劉氏親為魏國賓。書微子篇：作賓于王家。畢竟以丕成霸業，豈能於漢作純臣？獻帝紀建安二十五年正月庚子，魏王曹操薨。三月改元延康，冬十月乙卯，皇帝遜位。魏王丕稱天子，奉帝為山陽公，奏事不稱臣。左傳君子曰：穎考叔純孝也。注曰：純，猶篤也。傳又云：君子曰：石碏純臣也。兩都秋色皆喬木，二祖恩波在細民。班固作兩都賦，辭曰：有西都賓問東都主人云云。孟子曰：所謂故國者，非謂有喬木之謂也。『二祖』謂高祖、世祖。杜詩：莫怪恩波隔。又云：恩波錦帕舒。駕馭英雄雖有術，杜詩：君王自神武，駕馭必英雄。又云：君王無所惜，駕馭英雄材。力扶宗社可無人？

〔一〕『筋』原作『笳』，據至元本、樹經堂本及戰國策楚策四改，下同。

〔二〕『續韓非子諺曰』按『續』指南宋姚宏為戰國策所作的補注，其跋云：『並題續注者，皆余所益也。』

雜詩

古風蕭索不言歸，貧賤交情富貴非。下邽翟公為廷尉，賓客填門。及廢，門外可設爵羅。後復為廷尉，客欲往，翟公大書其門曰：『一死一生，乃知交情。一貧一富，乃知交態。一貴一賤，交情乃見。』見鄭當時傳後〔一〕。世祖本無天下量，子陵何慕釣魚磯？後漢嚴光傳：光字子陵，與光武同遊學。及光武即位，變姓名，隱身不見。帝令以物色求之。後齊國上言，有一男子，披羊裘釣澤中。帝疑其光，乃備安車聘之，三反而後至，竟不屈。子陵高抗，皆世祖之量有以容之也；若世祖有貧富交情之異〔二〕，則嚴光豈慕此哉？此語必有為而發。

〔一〕『見』字原無，據元至元本加。

〔二〕『富』樹經堂本作『賤』。

衛南

衛南屬澶州，與北京為鄰。

今年畚鍤棄春耕，折葦枯荷繞壞城。杜詩：菱荷枯折隨風濤。陸龜蒙鵁鶄詩：不似閑棲折葦秋。白鳥自多人自少，嘗聞東坡知登州，有一主簿白事不已，公頗倦，謾云『晚可見過』。主簿不測其意，至晚獨入，公强出見之。因閱杜詩，問云：『「江湖多白鳥，天地足青蠅。」白鳥鷗鷺之屬耶？』主簿曰：『白鳥乃蚊蚋，以況贓吏。江湖之間距朝廷遠，多贓吏耳。天地之間，君子少而小人多。』公即改觀，厚待之。按月令『羣鳥養羞』注云：羞謂所食也。夏小正曰：九月丹鳥羞白鳥。説曰：丹鳥謂丹良也，白鳥謂閩蚋也。又按金樓子云：白鳥，蚊也。齊桓公卧柏寢，謂仲父曰：『一物失所，寡人悒悒。今白鳥營營，是必飢耳。』閩音文。『人少』字蓋用杜詩『蕭條四海内，人少豺虎多』也。汙泥終濁水終清。老杜詩：濁河終不汙清濟。退之詩：清溝映汙渠。沙場旗鼓千人集，漁户風煙一笛横。唯有鳴鵶古祠柏〔一〕，對人猶是向時情〔二〕。

〔一〕『鳴鵶』元至元本作『鵶鴉』。

〔二〕『情』原作『晴』，據至元本、嘉靖本、萬曆本、樹經堂本改。

酒

江形團似阮家盆，世説：阮仲容至宗人間共集，以大盆盛酒。山勢岑如北海樽。孔融傳：樽中酒不空。户有浮蛆春盎盎，周禮：五齊，三曰盎齊。山谷嘗有玉醴頌：醞玉醴，撥浮蛆。春盎盎，想可斢。雙松一路醉鄉門。唐王績有醉鄉記。楞嚴經頌云：十方薄伽梵，一路涅槃門。

次韻答柳通叟求田問舍之詩

少日心期轉謬悠，文選任彥昇詩：中道遇心期。莊子末篇：以謬悠之說，荒唐之言。蛾眉見妒且障羞。離騷經：衆女嫉余之蛾眉兮，謠諑謂余以善淫。李白詩：由來紫宮女，共妒青蛾眉。南史：劉穆之曾孫祥，齊建元中為正員郎，司徒褚彥回入朝，以腰扇障日，祥從側過，曰：『作如此舉止，羞見人面，扇障何益？』玉臺新詠云：舉扇且障羞。李義山美人賦：枕有光而照淚，屏無影而障羞。

但令有婦如康子，列女傳：魯黔婁先生之妻，先生死，曾子往弔之，曰：『何以為謚？』其妻曰：『以康為謚。』曾子曰：『先生食不充口，衣不蓋體，何樂於此而謚為康乎？』妻曰：『昔君嘗欲以為國相，辭而不為，是有餘貴也。君嘗賜之粟三十鍾，辭而不受，是有餘富也。甘天下之淡味，安天下之卑位，求仁而得仁，求義而得義，其謚為康，不亦宜乎？』曾子曰：『唯。』安用生兒似仲謀？吳志：孫權字仲謀。曹公歎曰：『生子當如孫仲謀。劉景升兒子若豚犬耳。』

橫笛牛羊歸晚徑，杜詩：牛羊歸徑險，鳥雀聚枝深。卷簾瓜芋熟西疇。蜀都賦云：瓜疇芋區。歸去來辭云：將有事於西疇。功名可致猶回首，何況功名不可求。

書扇

魯公筆法屋漏雨，未滅右軍錐畫沙。可惜團團新月面，故教零亂黑雲遮。法書苑云[一]：顏魯公與懷素學草書於鄖兵曹。或問曰：『張長史見公孫大娘舞劍器〔二〕，得低昂回翔之狀，兵曹有之乎？』懷素以『古釵脚』為對。魯公曰：『何如屋漏痕？』懷素曰：『老賊得之矣。』『如印印泥，錐畫沙』，見墨竹賦注。

〔一〕『法書苑』原作『書法苑』，據元至元本改。按法書苑宋周越撰，說郛有輯本。

〔二〕『器』字原無，據說郛弓八十六屋漏痕條補。

次韻答叔原會寂照房呈稚川

按山谷石刻次韻王稚川客舍題云：王谹稚川元豐初調官京師，前後集數篇皆同時作，時山谷入京改官，蓋元豐庚申歲。

客愁非一種，歷亂如蜜房。杜詩：天寒割蜜房。食甘念慈母，衣綻懷孟光。內則曰：衣裳綻裂，紉箴請補綴。孟光乃後漢梁鴻妻。我家猶北門，時解北京教授至京師，其家猶在北京，母夫人無恙。初在北京喪偶，殯於北京者十一年。王子渺湖湘。寄書無鴈來，衰草漫寒塘。故人哀王孫，『哀王孫而進食』，見韓信傳。交味耐久長。唐魏玄同與裴炎締交，能保始終〔一〕，號『耐久朋』〔二〕。置酒相暖熱，元稹，苦樂相倚曲：猶得半年佯煖熱。王荊公次程公闢韻云：清明若覩蘭亭月，暖熱應忘蕙帳秋。愜於冬飲湯。孟子云：公都子曰：『冬日則飲湯，夏日則飲水。』吾儕癡絕處，不減顧長康。顧愷之『癡絕』見上〔三〕。得閑枯木坐，長沙石霜山釋慶諸，衆議延請，諸聞之，更入深山無人之境，長坐不卧，屹若枯株，天下謂之『石霜枯木衆』。見僧寶傳〔四〕。冷日下牛羊。詩云：日之夕矣，牛羊下來。坐有稻田衲，北山録曰〔五〕：稻畦為衣，陶土為器。稻畦，袈裟也；陶土，瓦鉢也。僧道舉妙高堂詩：何時捲此稻畦衲，慰我彌年歸意勤？頗薰知見香。釋氏書有『解脱知見香』。勝談初亹亹，晉阮修傳：王衍談易，有所未了。敦曰：『阮宣子可與言。』衍曰：『未知其亹亹之處，定何如耳？』又謝安傳：安弱冠詣王濛，清言良久，既去，濛子修曰：『向客何如大人？』濛曰：『此客亹亹，為來逼人。』修綆汲銀牀。用退之『汲古得修綆』之意。古詩：後園鑿井銀作牀，金缾素綆汲寒漿。杜詩：露井凍銀牀。太白詩：梧桐落金井，一葉飛銀牀。聲名九鼎重，見上『文章九鼎重』注。冠蓋萬夫望。禮記：君子知微知彰，知柔知剛，萬夫之望。漢文詔：使者冠蓋相望。韓詩：冠蓋相望催入相。老禪不掛眼，退之詩：餘事不掛眼。看蝸書屋梁。酉陽雜俎云：睿宗為冀王時，寢齋壁上蝸跡成『天』字，上遽掃之，經數日如初。及即位，鑄金為蝸，分寘道釋像前。杜詩：鳥喙催寒木，蝸涎蠧畫梁。韻與境俱勝，文選頭陀寺碑：道勝之韻，虛往實歸。意將言兩忘。繫辭子曰：書不盡言，言不盡意。莊子云：不若兩忘而化其道。出門事衮衮，斗柄莫昂昂。月色麗雙闕，三輔黃圖古歌詞云：長安城西有雙闕。雪雲浮建章。文選謝玄暉詩：金波麗鳷鵲，玉繩低建章。苦寒無處避，唯欲酒中藏。李白詩：青蓮居士謫仙人，酒肆藏名三十春。

〔一〕『始終』元至元本作『終始』。

〔二〕『朋』元至元本作『交』。

〔三〕『顧愷之之癡絶見上』元至元本作『晉顧愷之，俗傳愷之有三絶：才絶、畫絶、癡絶』。

〔四〕『僧寶傳』原作『僧北山寶傳』，據元至元本改。按石霜慶諸事載惠洪禪林僧寶傳卷十五，但所載與注有異，姑定為『僧寶傳』。

〔五〕『北山録』原作『山北録』，據元至元本改。按北山録唐釋神清撰，北宋慧寶注。

同王稚川晏叔原飯寂照房 得『房』字。

高人住寶坊，杜詩：虛白高人靜。華嚴論云：安立寶坊，集諸人天。重客款齋房。漢高帝紀：豪傑聞令有重客。又禮樂志有齋房之歌，元封二年芝生甘泉齋房作。此借用其字。市聲猶在耳，左傳：言猶在耳。虛静生白光。莊子：虛室生白。幽子遺淡墨，退之別趙子詩：海中諸山中，幽子頗不無。窗間見瀟湘。蒹葭落鳧鴈，詩：蒹葭蒼蒼。秋色媚横塘。博山沉水煙，淡與人意長。西京雜記有五層金博山鑪〔一〕。古詩云：博山鑪中百和香。自携鷹爪芽，來試魚眼湯。『鷹爪』、『魚眼』見上。寒浴得温湢，内則曰：外内不共井，不共湢浴。釋音：彼力切。注：湢，浴堂也。體净心凱康。宋玉神女賦：心凱康以樂歡。爾雅釋詁第一云：愷、康，樂也。盤飧取近市，杜詩：盤飧市遠無兼味。厭飫謝羶羊。莊子：羊肉不慕蟻，蟻慕羊肉，羊肉羶也。裂餅羞豚膾，晉何曾蒸餅，上不裂作十字則不食。老杜詩：浮瓜供老病，裂餅常所愛。包魚芰荷香。平生所懷人，詩卷耳：嗟我懷人，寘彼周行。忽言共榻牀。常恐風雨散，白樂天詩：風雨或消散，江山渺回玄〔二〕。劉禹錫詩：故人雲雨散，滿目山川多〔三〕。千里鬱相望。斯游豈易得，淵對妙濠梁。莊子與惠子游於濠梁之上，詳見上。雅雅王稚川，晉劉惔傳：洛中雅雅有三嘏。易親復難忘。古樂府：君家甚易知，易知復難忘。晏子與人交，論語：晏平仲善與人交。風義盛激昂。兩公盛才力，宮錦麗文章。鄙夫得秀句，杜詩：最傳秀句寰區滿。成誦更懷藏。文選楊修答曹植箋云：有所造作，若成誦在心。餘見上注〔四〕。

〔一〕『記』原作『紀』，據至元本及弘治本改。

〔二〕『玄』樹經堂本作『旋』。按元至元本無『白樂天……渺回玄』一段注文。

〔三〕『劉禹錫詩……山川多』元至元本作『韋蘇州詩：何時風雨夜，復此對牀眠』。

〔四〕『文選……見上注』元至元本作『成誦見次韻送公定詩注』。

次韻叔原會寂照房 得『照』字。

風雨思齊詩，鄭國風風雨〔一〕：思君子也。亂世則思君子，不改其度焉。風雨凄凄，鷄鳴喈喈。思齊亦詩名。草木怨楚調。宋玉悲秋辭：草木搖落而變衰〔二〕。淵明有怨詩楚調一篇。本無心擊排，賈誼疏云：屠牛坦一朝解十二牛而芒刃不頓者，所排擊剥割，皆衆理解也。勝日用歌嘯。『勝日』見上。僧窗茶煙底，杜牧詩：今日鬢絲禪榻畔，茶煙輕颺落花風。清絶對二妙。晉衛瓘傳：一臺二妙。南史：伏曼容與袁粲時論以為『一臺二妙』。以比叔原、稚川。俱舍萬里情，杜詩：中原有兄弟，萬里正含情。雪梅開嶺徼。謂大庾嶺頭梅花。我慚風味淺，砌莎慕松蔦。詩頍弁云：蔦與女蘿，施于松柏。中朝盛人物，退之詩云：國朝盛文章。誰與開顏笑？二公老諳事〔三〕，退之詩：中朝大官老於事。似解寂寞釣。退之答崔立之書：耕於寬閑之野，釣於寂寞之濱。對之空歎嗟，樓閣重晚照。杜詩：上方重閣晚，百里見秋毫。又云：連山晚照紅。

〔一〕「鄭」原作「齊」，誤，據毛詩正義卷四之四鄭風風雨詩改。

〔二〕「變」原作「色」，據樹經堂本及宋玉九辯改。

〔三〕「二」原作「一」，據嘉靖本、萬曆本、樹經堂本改。元至元本亦作「一」。

次韻稚川得寂字

平生萬里興，斂退著寸尺。退之詩：斂退就新懦，趍營悼前猛。向來類竊鈇，列子曰：人有亡鈇者，意其鄰之子，視其行步，竊鈇也；顏色，竊鈇也；言語，竊鈇也；動作態度，無為而不竊鈇也。俄而扫其谷而得其鈇，它日復見其鄰人之子，動作態度，無似竊鈇也。鈇音斧。少日已爭席。見上〔一〕。曩過招提飯，老杜遊奉先寺詩：已從招提遊，更宿招提境。按僧輝記云：招提者，梵言拓鬪提奢，唐言四方僧物。後人傳寫之誤，以「拓」為「招」，又省去「鬪奢」二字，止稱「招提」，則今十方住持寺院也。涅槃經云：造僧招提，則生不動國。愜當易為適。杜詩：愜當久忘筌。蓋用淵明詩「人亦有言，稱心易足」也。又云：稱心固為好。食鮭如舉士，「食鮭」見上〔二〕。名下無遺索。閻立本見張僧繇畫，曰：名下定無虛士。談餘天雨花，楞嚴經云：即時天雨百寶蓮花，間錯紛糅。茶罷風生腋。盧仝謝孟諫議寄新茶詩云：七椀喫不得也，唯覺兩腋習習清風生。誰言塵土中，有此坐上客！呂布顧謂劉備曰：玄德卿為坐上客。謝安傳：安既出，桓溫問左右〔三〕：「頗嘗見我有此客不？」言前傾許可，後漢宣秉等傳語曰：同言而信，則信在言前。

嵇康與山巨源書曰：足下旁觀多可。注：多可，言多有許可也。胸次開堛塞。退之南山詩：堛塞生怐愁。同是蠹魚癡，退之詩：豈殊蠹書蟲，生死文字間。『癡』謂書癡。還歸理編册。長安千門雪，借長安以言汴京，可見此四詩自北京解官至京師作。蟹黄熊有白。更約載酒行，無為守岑寂。

〔一〕『見上』元至元本作『莊子曰：其往也，舍者避席；其反也，舍者與之争席矣』。

〔二〕『食鮭見上』元至元本作『南史庾杲之傳任昉戲曰：誰謂庾郎貧？食鮭常有二十七種。鮭，户佳反』。

〔三〕『左右』原作『右左』，據至元本、弘治本、樹經堂本及晉書謝安傳改。

都下喜見八叔父

八叔父諱廉，字夷仲，為集賢校理，判尚書刑部。元豐三年，除河東提刑，正山谷入京之時。詩中有『一别七冬夏』之句，當是熙寧間山谷在北京時，夷仲體量河東、北災傷，經由相見，今七年矣。夷仲終於給事中，相見蓋元豐庚申也〔一〕。

一别七冬夏，山谷官北京留守，文潞公留再任，遂跨七年，故前詩云：我坐廣文舍，七年讀書燈。又云：七年身屢到，鬱鬱蔭簷瓦。杜詩云：一别五秋螢。幾書通置郵？孟子：德之流行速於置郵而傳命〔二〕。冥鴻難借問〔三〕，江鯉多沉浮。用蘇武傳上林射鴈，得鴈足繫帛書事，及古樂府：呼童烹鯉魚，中有尺素書；兼用晉殷羡事：所致書皆投水中，曰：『沉者自沉，浮者自浮，殷洪喬不作致書郵。』杜詩：甘從投轄飲，肯作置書郵〔四〕？心因夢想去，迹為山川留。叔趨丹鳳闕，身向卧龍洲。詩意謂叔先入京而身往南陽，已乃會都下也。關中記云：建章宮圓闕臨北道，鳳在上，故曰『鳳闕』也。卧龍洲在南陽，見上注〔五〕。邂逅入關馬，詩：邂逅相遇。同時解轡鍬。考工記：必緧其牛後。注：關東謂紂為緧，緧亦作鍬。別後事萬端，後漢吳漢傳帝責漢曰：比勑公千條萬端。向來身百憂。詩：逢此百憂。咨嗟舊田園，歸去來辭：田園將蕪。慟哭新松楸。退之詩：畢命依松楸〔六〕。稍詢耆舊間，太半歸山丘。秦收太半之賦。小兒携婦子，詩：同我婦子。襁褓皆裹頭。漢衛青傳：臣子在襁褓中。杜詩：去時里正與裹頭。青燈照逆旅，左傳：今號為不道，保於逆旅。呼酒濯亂愁。破啼為笑語，文選劉越石答盧諶詩并序曰：相與舉觴對膝，破啼為笑。李白送姪序：申悲道舊，破涕為笑。霜夜盡更籌。杜詩：城暗更籌急。歲寒叔舊節，况又高春秋。漢蘇武傳：陛下春秋高。老松心梗概，張平子東京賦：粗為言其梗概。綠竹氣和柔。霍去病傳：去病以和柔自媚於上。張釋之傳：馬賴和柔。言如不出口，體若不勝衣。檀弓云：趙文子其中退然，如不勝衣，其言吶吶然，如不出諸其口。德音潤九里，『河潤九里』，本出莊子。後漢郭汲傳帝勞之曰：河潤九里，冀京師并蒙福也。政事無全牛。莊子云：庖丁為文惠君解牛，文惠君曰：『技蓋至此乎！』庖丁曰：『始臣之解牛之時，所見無非牛者〔七〕。三年之後，未嘗見全牛也。』詩成戲筆墨，清甚韋蘇州。唐韋應物為蘇州刺史，有詩集。篆籀有志氣，當於古人求。漢藝文志：史籀十五篇。注云：周宣王太史作大篆十五篇。晉王戎傳：當從古人中求耳。杜詩：似君須向古人求。自悲聞道晚，涉世如虛舟。雖無觸物意，儻亦遭罵咻。莊子云：方舟而濟於河，有虛船來觸舟，雖有扁心之人不怒。孟子：衆楚人咻之。稍窺性命學，未窮言行尤。論語：言寡尤，行寡悔。息心待自信，渺如大河流。堤防小不密，一決敗數州。此言防心之難也。傳燈錄有僧亡名息心銘，山谷常手寫〔八〕。安得心服禮，左傳僖三十三年：服於有禮，社稷之衛也。不見為瘡疣？退之：隨事生瘡疣。荆鷄變化材，鵠卵滯陰幽。莊子曰：奔蜂不能化藿蠋，越鷄不能伏鵠卵，吾才小，不足以化子。顧因啄菴力，浩蕩碧雲游。退之詩：鶴翎不天生，變化在啄菴。杜詩：白鷗没浩蕩，萬里誰能馴？

〔一〕『八叔父……元豐庚申也』元至元本作『自此皆北京解官後所作，雖編次稍失先後之序，觀其大略可也』。

〔二〕『孟子……傳命』元至元本作：『孟：速於置郵。』

〔三〕『問』樹經堂本作『用』。

〔四〕『用蘇武傳……置書郵』元至元本作：『「冥鴻」用蘇武事，「江鯉」用尺素事。又晉殷羡所致書皆投水中，曰：「沉者自沉，浮者自浮，殷洪喬不作書郵」』。

〔五〕『卧龍洲……見上注』元至元本作『卧龍州當在南陽。謝師厚南陽人，今鄧州也。第二卷次韻師厚五月十六日視田悼李彦深詩云：南雁傳尺素，飛來卧龍城。彦深亦南陽人，時同在鄉里，可見「龍州」為南陽』。

〔六〕『楸』原作『秋』，據至元本、樹經堂本及韓愈赴江陵途中寄贈王二十補闕李十一拾遺二十六員外翰林三學士詩改。

〔七〕『牛』原作『全牛』，據樹經堂本及莊子養生主删『全』字。

〔八〕『常』元至元本作『嘗』。

次韻叔父夷仲送夏君玉赴零陵主簿〔一〕

田竇堂上酒，未醉已變態。太白詩：田竇相傾奪，賓客互盈虧。竇嬰、田蚡事見漢書本傳。子虛賦：覽將帥之變態；又云：殫覩衆物之變態。何如東陵瓜，子母相鉤帶。阮嗣宗詩已見上注。富貴席未煖，班固賓戲：孔席不暖。珠玉作災怪。孟子：寶珠玉者殃必及身。文選阮嗣宗詩：多財為患害。茅茨雖長貧，終有懿親在。左傳：封建親戚以藩屏周，不廢懿親也。丈人困州縣，短髮餘會撮。莊子曰：支離疏者，頤隱於齊，肩高於頂，會撮指天。會，古外反；撮，子外反。詩言髮脱，僅餘髻耳。居然枳棘棲，後漢仇覽傳：一名香，考城令王渙署為主簿，謝遣曰：『枳棘非鸞鳳所棲。』坐閱歲月代。青雲已迷津，太白詩：迷津覺路失，託勢隨風翻。又贈友人詩：斯人無良朋，豈有青雲望？濁酒未割愛。杜詩：割愛酒如澠。自注云：平生所愛，消渴止之。簿領能無休，飣餖喚魚菜。退之云：呼奴具槃飧，飣餖魚菜贍。羈旅苦地偏，淵明詩：心遠地自偏。江湖見天大。萬里一帆檣，長風可倚賴。樂府詩云：象牙作帆檣。南史宗慤云：願乘長風破萬里浪。因行訪幽禪，頭陀煙雨外。文選頭陀寺碑文注：抖擻煩惱，故曰『頭陀』。李白詩：頭陀雲外多僧氣。王立之詩話云：山谷有送零陵主簿夏君玉詩，末云：因行訪幽禪，頭陀煙雨外。蓋君玉頭甚大，故以此戲之。梵語『頭陀』，此言『斗藪』〔二〕，斗藪煩惱也。

〔一〕元至元本題下有注：『黃廉字夷仲，終於給事中。』

〔二〕『斗藪』樹經堂本作『抖擻』，亦通。

病起次韻和稚川進叔倡酬之什

池塘夜雨聽鳴蛙，老境侵尋見上。每憶家。白髮生來驚客鬢，黃粱炊熟又春華〔一〕。見上。百年不負膠投漆，後漢陳重、雷義同郡為友，鄉里為之語曰『膠漆』。自謂堅不如陳與雷。白樂天詩：百年膠漆初心在，萬里煙霄中路分。萬事相依葛與瓜。見上。勝日主人如有酒〔二〕，猶堪扶病見鶯花。杜詩：鶯花圍世界。盧仝詩：鶯花爛漫君不來。

〔一〕『黃粱』原作『黃梁』，據元至元本改。

〔二〕『勝日』元至元本此下有『見衛玠傳』。

稚川約晚過進叔次前韻贈稚川并呈進叔

人騎一馬鈍如蛙，晉祖納傳：幽冀之士鈍如椎。行向城東小隱家。文選王康琚詩：小隱隱陵藪，大隱隱朝市。李白詩：小隱慕安石，遠遊學子平。道上風埃迷皂白，『皂白』見上〔一〕。堂前水竹湛清華。文選謝叔源詩：水木湛清華。我歸河曲定寒食，公到江南應削瓜。禮記：為天子削瓜者副之。樽酒光陰俱可惜，端須連夜發園花。明朝遊後苑，火急報春知，花須連夜發，莫待曉風吹：武后語也，見唐人小說。

〔一〕『皂白見上』『上』元至元本作『第一卷下』。按：即至元本第二卷，『皂白』注見對酒歌答謝公靜詩『愁陰不能分皂白』句下注。

汴岸置酒贈黃十七

與後篇曉放汴舟同時作。黃名幾復

吾宗端居叢百憂，長歌勸之肯出游？一作：百丈暮捲篙人休〔一〕，侵星爭前猶幾舟。黃流不解涴明月，孟郊寓言：誰言濁路泥，不汙明月色。碧樹為我生涼秋。杜詩：寒蟬碧樹秋。初平群羊置莫問〔二〕，叔度千頃醉即休。一作：詩吟吾黨夜來作，酒買田翁社後篘〔三〕。葛洪神仙傳云：皇初平，年十五家使牧羊，有道士將至金華山四十餘年。其兄初起求得之，問羊何在。初平言：『叱，叱！羊起！』於是白石皆起，成羊數萬頭〔四〕。後漢黃憲字叔度，郭林宗曰：『叔度汪汪若千頃陂。』皇初平亦作『黃』，山谷多用此事。按楊文公談苑，金華山乃皇初平叱石之地〔五〕，有石如羊形者，人爭求以為玩好。有內侍掌市征於婺州，輟己俸，募人求得耳角尾足皆具如真羊者數枚，歸闕獻之。太祖曰：『此墓田中物也。』杖其內侍。神仙之說固多渺茫，而皇初平事信而有證，此其彰彰者也。誰倚柁樓吹玉笛？用晉王廙柁樓長笑事〔六〕。『玉笛』見上。斗杓寒挂屋山頭。『屋山』見上。又王荊公詩：落木回飆動屋山。王立之詩話：山谷謂洪龜父云：『甥愛老舅何等篇？』龜父舉『蜂房各自開户牖，蟻穴或夢封侯王』及『黃流不解涴明月，碧樹為我生涼秋』，深類老杜。山谷云：『得之矣！』〔七〕

〔一〕「篙」原作「蒿」，據元至元本改。
〔二〕「群羊」原作「郡羊」，據至元本、樹經堂本改。
〔三〕「篘」原作「芻」，誤，據至元本、樹經堂本改。篘，濾酒。
〔四〕「葛洪神仙傳……數萬頭」元至元本作：「黄初平見上。」
〔五〕「叱」原作「化」，據元至元本改。
〔六〕「用晉王廙柁樓長笑事」按晉書卷七十六王廙傳載：「倚舫樓長嘯，神氣甚逸。」與注稍異。
〔七〕「山谷云得之矣」元至元本無此句，「深類老杜」後作：「退之詩：每騎屋山下窺瞰。」

山谷外集詩注卷第八

曉放汴舟

山谷罷北京教授，入京改京官，得知吉州太和縣，其秋自汴京歸江南，寔元豐三年。

秋聲滿山河，行李在梁宋。梁即汴京，宋即南京。川塗事鷄鳴，淵明詩：目倦川塗異，心念山澤居。文選謝靈運詩：豈伊川塗異？注云：周禮：兩山之間必有川焉，大川之間必有塗焉。身亦逐羣動。淵明詩云：日入羣動息，歸鳥趨林鳴。李白詩：滅見羣動息。霜清漁下流〔一〕，橘柚入包貢。禹貢：揚州，厥包橘柚，錫貢。又持三十口，去作江南夢。杜詩：兩京三十口，雖在命如絲。

〔一〕「流」樹經堂本作「柳」。

次盱眙同前韻 盱眙，泗州所治縣也。紹興十二年升盱眙為軍，以天長、招信屬焉。

去此二十年，持家西過宋。起予者白鷗，論語：起予者商也。歸興岌飛動。宮殿明寶坊，華嚴合論云：安立寶坊，集諸天人。山川開禹貢。破浪一帆風，南史宗慤傳：願乘長風破萬里浪。更占夢中夢。莊子齊物篇：方其夢也，不知其夢也，夢之中又占夢焉。

外舅孫莘老守蘇州留詩斗野亭庚申十月庭堅和 庚申，元豐三年也。

謝公所築埭，未歎曲池平。晉謝安傳：至新城，築埭於城北，後人追思之，名為召伯埭，在今揚州廣陵縣。雍門周以琴見孟嘗君，曰：君百歲之後，高臺既已傾，曲池又已平。文選沈休文詩：貴賤猶如此，況乃曲池平！蘇州来賦詩，句與秋氣清。僧構擅空闊，浮光飛棟甍。杜詩：江闊浮高棟。維斗天司南，莊子：維斗得之，終古不忒。漢天文志：斗為帝車。古有司南車也。其下百瀆傾。貝宮産明月〔一〕，含澤遍諸生。屈原九歌云：紫貝闕兮珠宮。『明月』謂明月之珠也。沈存中筆談云：嘉祐中，揚州有一珠甚大，天晦多見，初出於天長縣陂澤中，後轉入甓社湖，後又在新開湖中，九十餘年常常見之。又文昌雜録云：孫莘老莊居在高郵新開湖邊〔二〕，一夕莊客報湖中珠見，因至水際〔三〕，光明如月，忽見蚌蛤〔四〕，如蘆席大，一殼浮水上，一殼如張帆狀，其疾如風飛，小艇逐之不可及。槃礴淮海間，『解衣槃礴』見莊子。風煙侵十城。

今以珠比莘老也。元祐三年，莘老丐祠得請，山谷贈詩，亦以珠為喻，云：甓社湖中有明月，淮南草木借光輝。籟簫吹木末，通典樂門：凡簫一名籟。杜詩：我僕猶木末。浪波沸庖烹。退之詩：還家敕妻兒，具此煎炰烹。此摘其字。我来杪搖落，霜清見魚行。白鷗遠飛来，得我若眼明。杜詩：二月六夜春水生，門前小灘渾欲平，鸕鷀溪鶒莫漫喜，吾與汝曹俱眼明。佳人歸何時？解衣繞厢榮。上林賦：偓佺之倫，暴於南榮。注云：屋南檐也。集韻云：屋梠之兩頭起者為榮。「佳人」謂莘老也。莘老在熙、豐間以言事屢黜，自蘇州徙福州、徐州，時猶未召還也〔五〕。「歸何時」者，望其歸故里也。

〔一〕「貝」原作「具」，據至元本、弘治本、樹經堂本改。

〔二〕「莊」原作「庄」，據樹經堂本及宋龐元英文昌雜録（叢書集成初編本）卷四改，下同。

〔三〕「際」原作「除」，據至元本、弘治本、樹經堂本及文昌雜録卷四改。

〔四〕「蛤」原作「蚧」，據元至元本及文昌雜録改。

〔五〕「召」原無，據至元本、弘治本、樹經堂本加。

十月十三日泊舟白沙江口

元注云：真州，唐永正縣之白沙鎮也。

岸江倚帆檣，見上。已專北風權。飛霜挾月下，西京雜記：淮南王著鴻烈，自云字中皆挾風霜。百筦直如絃。後漢末謡言：直如弦，死道邊。摘其字以言引竹索纜舡如弦直。退之聯句云：浮橋交萬筦。緑水去清夜〔一〕，黄盧搖白煙。篙人持更柝，易：重門擊柝。相語聞並船。平生濯纓心，滄浪之水清兮，可以濯我纓。滄浪之水濁兮，可以濯我足：見於孟子離婁篇，又見於文選屈原所作漁父篇。 鷗鳥共忘年。言與鷗鳥為忘年之友也。南史江總傳：張纘等雅相推重，為忘年交。 風吹落塵網，歲星奔回旋。歲星十二歲一周天。 險艱自得力，左傳言晉文公「險阻艱難備嘗之矣」，此其所以霸也，故云「得力」，孟子所謂「生於憂患，死於安樂」也。 細故可棄捐。漢文帝與匈奴書：朕與單于皆捐細故，俱蹈大道。 至今夢洶洶，呼禹濟黃川。元注云：河出崐崙墟，色白；所渠并千七百，一川，色黃。見爾雅釋水。

〔一〕「綠水」元至元本作「淥水」。

發白沙口次長蘆

篙師救首尾，孫子：善用兵者，如常山之蛇，擊其首，則尾至；擊其尾，則首至；擊其中，則首尾俱至。 我為制中權。左傳宣十二年：中權後勁。 挂席滿風力，杜詩：挂席窮海島。 如椎强弩絃〔一〕。曉放白沙口，長蘆見炊煙。一葉託秋雨，滄江百尺船。反觀世風波，誰能保長年？杜詩：冉冉征塗間，誰是長年者？ 念昔聲利區，鮑明遠詩：三川養聲利。 與世鬬周旋。大道甚閑暇，老子云：大道甚夷，而民好徑〔二〕。 百物不廢捐。易繫辭下云：其道甚大，百物不廢。懼以終始，其要無咎。此之謂易之道也。 誰知目力净，改觀舊山川。維摩經：目净修廣如青蓮。孟郊詩：親賓改舊觀。

〔一〕『椎』原作『推』，據至元本、嘉靖本、弘治本、樹經堂本改。

〔二〕『老子……好徑』元至元本作『大道甚夷見上』。

阻風入長蘆寺 長蘆寺屬真州。

福公開百室，周頌云：以開百室。按續燈録，真州長蘆崇福禪院祖印禪師諱智福，江州人，四處住持，勝緣畢集，三十年間，衆盈五百。不借鄰國權。法筵森龍象，傳燈録達摩傳云：波羅提法中龍象。智度論曰：龍象言力大，龍水中行力大，象陸中行力大。負荷大法者比之龍象。天樂下管絃。老杜道林嶽麓二寺詩云：六時天樂朝香爐。我来雨花地，楞嚴經云：即時天雨百寶蓮花，青黄赤白，間錯紛糅。李白詩：漫漫雨花落，嘈嘈天樂鳴。依舊薰爐煙。金碧動江水，子虛賦：其土則錫碧金銀。注云：碧謂玉之青白色者也。杜詩云：潤聚金碧氣。蜀都賦：連珠金碧之岩。鍾魚到客船。茗椀洗昏著，退之詩：茗椀纖纖捧。經行數徂年。歲寒風落山，故鄉喜言旋。左傳昭元年：風落山謂之蠱。小雅黄鳥云：言旋言歸。林回負赤子，白璧乃可捐。見上。侍親如履冰，意取孝經第三章云：如臨深淵，如履薄冰。風雨淼暗川。

次韻伯氏長蘆寺下

風從落帆休，天與大江平。僧坊晝亦静，鍾磬寒逾清。淹留屬暇日，植杖數連甍。歸去來辭云：或植杖而耘耔。字本出論語。頗與幽子逢，退之詩：幽子頗不無。煮茗當酒傾。杜詩：每過得酒傾。李白詩：愁多酒雖少，酒傾愁不來。樂天詩：聊將茶代酒。攜手霜木末，朱欄見潮生。檣移永正縣，見泊舟白沙口題下注。鳥度建康城。薪者得樹鷄，退之有答道士寄樹鷄詩云：軟濕青黄狀可猜，欲烹還唤木盤迴。煩君自入華陽洞，直割乖龍左耳來。東坡和陶詩：黄崧養土羔，老楮生樹鷄，未忍便烹煮，繞觀日百回。羹盂味南烹。退之初南食詩：香自宜味南烹。秔炊白玉，杜詩：白玉定晨炊。退之聯句：庖霜鱠玄鯽，白玉炊香粳。飽飯愧閑行。叢祠思歸樂，吟弄夕陽明。思歸誠獨樂，薇蕨漸春榮。漢陳勝傳注：叢祠謂草木岑蔚者。元稹謫江陵，有思歸樂詩云：山中思歸樂，盡作思歸鳴，應緣此山路，自古離人征云云。白居易和云：山中不棲鳥，夜半聲嚶嚶，似道東歸樂，行人掩泣聽〔一〕。陶岳零陵記云：思歸樂狀如鳩而慘色，三月則鳴，其音云『不如歸去』。

〔一〕『掩』原作『淹』，據至元本、樹經堂本改。

金陵

今建康府也，治上元、江寧二縣，本楚邑，楚威王以其地有王氣，埋金以鎮之，故曰金陵。秦改曰秣陵，吴改建業。

豪士阻江海，瓜分域中權。戰國策趙語云：乘趙之弊而瓜分之。唐書：瓜分河北地。鮑照蕪城賦：竟瓜剖而豆分。注：其土地如瓜之割肌。老子：域中有四大。真人開關梁，曾不費一絃。開寶七年十月，詔曹彬、潘美等伐江南，所至克捷。十一月，以龍船數千艘為浮梁，自采石磯以濟大軍。八年十一月，攻拔昇州，擒唐國主李煜，江南平。六朝妙人物，吴都秣陵，晉元帝渡江，復都焉。宋、齊、梁、陳，皆因之。蔓草縈寒煙。至今哀江南，後周書：庾信有哀江南賦一首。宋玉招魂篇末云：魂兮歸來哀江南！庾信蓋取諸此。詠歌在漁船。窮山虎豹穴，磨衲擁高年。謂法秀也。按僧寶傳，秀住法雲寺，神宗遣中使賜香并磨衲。青天行日月，坐看磨蟻旋。蘇子美詩：卧看青天行白雲。晉天文志：日月實東行，而天牽之以西没(一)，如蟻行磨石之上，磨左旋而蟻右行。身將時共晚，道與世相捐。莊子繕性篇：世喪道矣，道喪世矣，世與道交相喪也。猶能攬壯觀，史記封禪書云：皇皇哉，斯事天下之壯觀！巨浸朝百川。元注云：時秀禪師在鍾山寺。秀乃圓通禪師法秀也。吕汲公銘其塔云：元豐二年，王荆公居金陵，以禮邀師居鍾山之興國寺。興國者，公捐私財以治者也，寺之事一聽於公而後行。師至之日，告於衆曰：『以財營寺，則宜歸王氏；以寺聽命，則宜歸老僧。』一日，公以所著佛書解義示師，師曰：『文章之妙，所不敢議；然不可以智知，殆非義學所能盡也。』公滋不悦，師遂棄去。按元豐二年歲己未，而山谷此行蓋三年庚申歲，時秀師正在金陵。莊子：大浸稽天而不溺。元祐間和東坡送李方叔詩又用此語云：君看巨浸朝百川。

〔一〕『没』原作『役』，據弘治本、樹經堂本及晉書卷十一天文志一改。

贈別李端叔

李之儀字端叔，姑孰人，舉進士，元祐中為樞密院編修官，東坡帥定武，辟置幕下。

我觀江南山，如目不受垢。憶食江南薇，子獨於我厚。在北思江山，如懷冰雪顏。杜詩：試看他時冰雪容。千峰上雲雨，列子周穆王篇：化人之宮出雲雨之上。岑絕何由攀！當時喜文章，各有兒子氣。漢高五王傳：朱虛侯章嘗入侍燕飲，高后兒子畜之。爾来頷鬚白，有兒能拜起。史記三王世家：皇子賴天，能勝衣趨拜。蜀志伊籍傳：一拜一起，未足為勞。讀書浩湖海，解意開春冰。老子云：渙若冰將釋。春秋序：若江河之浸，膏澤之潤，渙然冰釋，怡然理順。成山更崇崛，論語：譬如為山，未成一簣，止，吾止也。顧我醜丘陵。醜，類也。白玉著石中，與物太落落。老子：不欲琭琭如玉，落落如石。涇渭相將流，世不名清濁。文選曹子建詩：山峰高無極，涇渭揚濁清。注引毛萇詩注云〔二〕：涇渭相入而清濁異。乞言既不易，贈言良獨難。晉桓伊傳：為君既不易，為臣良獨難。古来得道人，挂舌屋壁間。牧羊金華道，載酒太玄宅。兩事見上。支頤聽晤語，陳國風云：可與晤語。傳燈録天台豐干禪師傳：居國清寺，廚中有二苦行寒山、拾得，二人執爨，終日晤語，潛聽者都不解，獨與師相親。願君喙三尺。見莊子。我行風雨夜，船窗聞遠鷄。故人不可見，故人心可知。李陵與蘇武書：人之相知貴知心。

〔一〕『注』原無，據元至元本補。按：文選卷二十四曹植又贈丁儀王粲注引毛萇詩傳云云，故至元本是。

阻風銅陵

銅陵縣亦隸池州，唐為銅官縣，五代改銅陵。

頓舟古銅官，晝夜風雨黑。洪波崩奔去，天地無限隔。文選魏都賦：巖岡潭淵，限蠻隔夷。船人謹維笮，唐韻：笮，竹索也。老杜桔柏渡詩：駕竹為長橋，連笮動嫋娜。何暇思挂席？杜詩：挂席上南斗。憑江裂嵌空，嵌，口銜切。太白詠山樽云：擁腫寒山木，嵌空成酒樽。中有暗水滴〔二〕。洞視不敢前，潭潭蛟龍宅。老杜瞿塘詩：猱玃鬚髯古，蛟龍窟宅尊。網師登長鱣，賈我腥釜鬲。賈誼弔屈賦：橫江潭之鱣鯨〔二〕。史記蔡澤傳：遇奪釜鬲於塗。斑斑被文章，突兀喙三尺。老杜畫鶻行：初驚無拘攣，何得立突兀？見上〔三〕。言語竟不通，喚喁亦何益！吳都賦云：喚喁浮沉。魁梧類長者，左太冲三都賦序：風謠歌舞，各附其俗。魁梧長者，莫非其舊。『魁梧奇偉』見張良贊。杜詩：泉出巨魚長比人。卒以筌餌得。莊子：得魚而忘筌。注：積柴水中，使魚依而食。一云：魚笱。莊子：魚鼈以江湖為淺而穴其中，卒所以得之者，餌也。浮沉江湖中，波友永相失。有生甚苦相，細大更噉食。楞嚴經：以人食羊，羊死為人，人死為羊，死死生生，互來相噉。安得無垢稱，對榻忘語默？譯梵云：維摩羅詰，此云净名，又净無垢稱。按維摩經：時維摩詰默無言，文殊師利歎曰：『善哉，乃至無有文字語言，是真入不二法門！』

〔一〕『暗』原作『時』，據至元本、嘉靖本、萬曆本、弘治本、樹經堂本改。

〔二〕『横』原作『櫝』，據至元本、弘治本、樹經堂本及漢書卷四十八賈誼傳、文選卷六十賈誼弔屈原文改。

〔三〕『見上』元至元本作『見莊子』。

阻水泊舟竹山下

竹山蟲鳥朋友語，『朋友語』如漢衡山王傳『乃昆弟語，除前隙』也。討論陰晴怕風雨。論語：世叔討論之。丁寧相教防禍機，杜詩：便覺鶯語太丁寧。『禍機』見上。草動塵驚忽飛去。陸機豪士賦序：風起塵合，而禍至常酷。提壺歸去意甚真，『提壺』見上。柳暗花濃亦半春。北風幾日銅官縣，欲過五松無主人。五松山在銅陵西五里。太白銅官山詩：我愛銅官樂，千年未擬還。要須回袖舞，拂盡五松山。

池口風雨留三日

孤城三日風吹雨，小市人家只菜蔬。杜詩：小市常争米，孤城早閉門。水遠山長雙屬玉，上林賦：鴻鷫鵠鴇〔一〕，駕鵝屬玉。注云：屬玉似鴨而大，長頸赤目。蘇子美詩：屬玉雙飛水滿塘，菰蒲深處浴鴛鴦。身閑心苦一舂鋤。爾雅：鷺，舂鋤。皮日休詩：數點舂鋤煙雨微。翁從旁舍來收網，漢高紀：高祖適從旁舍來。我適臨淵不羨魚。董仲舒策：臨淵羨魚，不如退而結網。俛仰之間已陳迹，王逸少蘭亭禊飲序：向之所欣，俛仰之間，已為陳迹。莫窗歸了讀殘書。

〔一〕『鵁』原作『𪀔』，據至元本、樹經堂本及文選卷八上林賦改。

貴池

貴池，池州所治縣也。元注云：池人祀昭明為郭西九郎。時新覆大舟，水死者十二人，以為神之威也。

橫雲初抹漆，盧仝月蝕詩云：初既猶朦朧，既久如抹漆。歐陽文忠詩：浮雲蔽天衆星没，舉首向空如抹漆。爛漫南紀黑。詩：滔滔江漢，南國之紀。老杜八哀詩：相國生南紀。不見九華峰，如與親友隔。池州青陽縣有九華山，太白改九子山為九華山聯句，其序云：青陽縣南有九子山，山高數千丈〔二〕，上有九峰，按圖徵，名無所依據，予乃削其舊號，加以九華之目。憶當秋景明，九老對几席。何曾閉蓬窗，卧聽寒雨滴。不食貴池魚，喜尋昭明宅。寰宇記：貴池在縣北七里，按顧野王輿地志云：梁昭明太子食此魚美，遂立名焉。筆硯鼠行塵，世說：晉簡文為撫軍時，所坐床上塵不聽拂，見鼠行迹，視以為佳。芝菌生銅鬲。『釜鬲』見上。郭璞曰：鼎曲脚，音歷。詩意謂無祀賽也。思成佳句夢，貽我錦數尺。江淹夢人索錦事。屬者浪吞舟，漢李尋傳：屬者頗有變。注云：近時也。

莊子云：吞舟之魚。退之詩：黑沙白浪相吞屠。風雹更附益。論語：而附益之。老翁哭婦兒，相將難再得。白樂天詩：有時還後到，無處不相將。漢外戚傳：佳人難再得。此摘其字。存亡如日月，薄蝕行道失。春秋經云：曆家之説謂日光以望時遙奪月光，故月蝕。日月同會，月掩日，故日食。日以朔食，月食以望，不爾謂之薄。流俗暗本源，謂神吐其食。左傳僖五年：若晉取虞而明德以薦馨香，神其吐之乎？神理儻有私，丘禱久以默。見論語。

〔一〕『千』原作『十』，諸本均作『十』，誤。今據李太白全集（中華書局一九七七年版）卷二十五改九子山為九華山聯句序改。

大雷口阻風

庚寅。按同安志，大雷口屬舒州望江縣，去縣三十里。

號艣下滄江，避風大雷口。天與水模糊，樂天詩：平明山雪白模糊。杜詩：子璋髑髏血模糊〔二〕。摘此二字。不復知地厚。荀子：不臨深壑，不知地之厚也。杜詩：坡陁因地厚。誰家上江船，杜詩：百丈誰家上水船〔二〕？狂追雪山走？孤村無十室，杜詩：孤村春水生。論語：十室之邑。旅飯困三韭。南史：庾杲之貧，食惟有韭葅、瀹韭、生韭。詳見上。黃蘆麇鹿場，豳風東山云：町疃鹿場。此地廣千肘。傳燈録：尊者在世，化導證果，最多，每度一人，以籌置於石室，縱十八肘，廣十二肘。譯梵云：二尺成一肘，四肘成一弓。得禽多文章，當謂雉也。肯顧魚貫柳？見上〔三〕。莽蒼天物悲，莊子：適莽蒼者，三飡而反。音義云：莽、蒼皆平上二音。彫弓故在手。鹿鳴猶念羣，小雅：呦呦鹿鳴，食野之苹。注云：鹿得苹，呦呦然鳴而相呼。家語夫子云：

關雎興於鳥，而君子美之，取其雌雄之有別。鹿鳴興於獸，而君子大之，取其得食而相呼。**雉媒竟賣友。**文選潘安仁射雉賦序云：習媒翳之事。注曰：媒者，少養雉子，至長狎人，能招引野雉也。『賣友』見漢書酈商傳贊曰：當孝文時，天下以酈寄為賣友。夫賣友者，謂見利而忘義也。若寄，父為功臣而又執劫，雖摧呂禄以安社稷，誼存君親可也。**商人萬斛船，挂席上牛斗。**『挂席』見上〔四〕。

横笛倚柁樓，晉王廙倚柁樓長嘯，神氣甚逸。**波深蒼龍吼。失水不能神，**楚辭：神龍失水而陸居，為螻蟻之所裁。退之三星行：嗟汝牛與斗，汝獨不能神。

伐葭作城守。漢高祖紀：閉城城守。注謂守其城也。龍之自衛亦若守城焉。**欲寄大雷書，**鮑明遠文集中有登大雷岸與妹書，即此地也。太白秋浦寄内云：結荷見水宿〔五〕，却寄大雷書。

往問長干婦。古樂府有長干曲，李太白有四首，其間云：十四為君婦，羞顏未嘗開。文選吳都賦：長干延屬。注云：江東謂崗間為干。池州隸江東。**何當楫迎汝？**玉臺新詠王獻之桃葉歌：桃葉復桃葉，渡江不用楫。但渡無所苦，我自迎接汝。一作『楫迎汝』。**秦淮緑如酒。**杜牧詩：煙籠寒水月籠沙，夜泊秦淮寄酒家。劉禹錫詩：淮水東邊舊時月，夜深還過女墻來。此金陵五題也。按寰宇記，秦淮乃秦所鑿，在丹陽湖姑熟之界，西北流經建康，綿亘三百里。左傳昭十二〔六〕：有酒如淮，有肉如坻。

〔一〕『璋』原作『章』，據杜甫戲作花卿歌詩改。按『子璋』指段子璋。

〔二〕『上水』原作『水上』，據元至元本及杜甫十二月一日三首之一改。

〔三〕『見上』元至元本作『石鼓文云：其魚維何？維鱮與鯉。何以貫之？維楊與柳』。

〔四〕『挂席見上』元至元本作『杜詩：挂席上南斗』。

〔五〕『見』原作『倦』，據元至元本改，按：清王琦注李太白全集卷二十五秋浦寄内作『見』，元蕭士贇分類補注李太白集作『捲』。

〔六〕「二」原作「四」，誤，今據春秋左傳正義卷四十五昭公十二年改。

庚寅乙未猶泊大雷口

按國史，元豐三年十二月己丑朔庚寅，蓋初二日也。

廣原嘷終風，詩：終風且霾。發怒土囊口。宋玉風賦：盛怒於土囊之口。萬艘萍無根，文選吳都賦：渾萬艘而既同。杜詩：舟楫無根蒂。乃知積水厚。莊子逍遥篇：水之積也不厚，則負大舟也無力。龍鱗火熒熒，子虛賦：照爛龍鱗。鞭笞雷霆走。退之詩：不如散仙鞭笞鸞鳳，終日相追陪。杜詩：安得鞭雷公？公私連檣休，森如束春韭。杜詩：夜雨剪春韭。倚笻蒹葭灣，垂楊欲生肘。莊子至樂篇：俄而柳生其左肘。雄文酬江山，惜無韓與柳。退之、子厚。五言呻吟内，杜詩：作詩呻吟内，墨淡字欹傾。慚愧陶謝手。杜詩：焉得思如陶謝手，令渠述作與同遊。送菜煩鄰船，杜詩：園官送菜把。買魚熟溪友。杜詩：溪友得錢留白魚。兒童報晦冥，正晝見箕斗。杜詩：兒童報急流。易豐之「九四」〔一〕：日中見斗。吾方廢書眠，史記樂毅贊：未嘗不廢書而泣也。杜詩：老困撥書眠〔二〕。鼻鼾鞴囊吼。「鞴」，韋囊吹火，步拜切，亦作「排」。魏志：韓暨作水排。説文云：鼾，卧息也，音旱。退之外集有嘲鼾睡詩二首。猶防盜窺家，嚴鼓中夜守。冶城謝公墩，寰宇記：昇州江寧縣，開皇移於冶城，唐武德移白下，貞觀移還冶城。六朝事迹：謝安墩在半山報寧寺之後，基址尚存。太白詩：冶城訪古迹，猶有謝安墩。介甫詩：我名公字偶然同，我屋公墩在眼中。公去我來墩屬我，不應墩姓尚隨公。人言王介甫性好争，退居猶與謝安争墩〔三〕，見詩話。牛渚蕩子婦。寰宇記：太平州當塗縣有牛渚山、望夫山，皆在縣北。昔人往楚，累歲不還，其妻登此山望夫，乃化為石。文選古詩：昔為倡家女，今為蕩子婦。蕩子遊不歸，空床難獨守。何時快登臨，篙師分牛酒？文選吳都賦：篙工楫師。杜詩：稽留篙師怒。後漢耿弇傳：擊牛釃酒。

〔一〕『四』原作『三』，誤，今據周易正義卷六豐卦改。

〔二〕『撥』原作『廢』，據至元本、弘治本及杜甫九月一日過孟十二倉曹十四主簿詩改。

〔三〕『猶』原無，據元至元本補。

乙未移舟出

元注云：畏風濤復入，遂宿焉。同行有劉三班，善射，沙夾遇盜，劉手殺三人。

江湖吞天胸，杜牧之詩：大江吞天去，一練横坤抹。今言江之吞天，如人之胸量闊也。子虚賦：吞若雲夢者八九，其於胸中曾不芥蒂。吳都賦：或吞江而納漢。蛟龍垂涎口。柳子厚嶺南詩：山腹雨晴添象迹，潭心日暖長龍涎。歐陽公乞致仕表：上賴至仁，脱臣於鮫鰐垂涎之口。養軀無千金，沈約雜詩：坐喪千金軀。杜詩：王孫善保千金軀。特為親故厚。自言此身不足惜，而臨危憂恐，為母在故耳。本心非華軒，選詩：金張服貂冕，許史乘華軒。而與馬争走。荀子云：君子力如馬，而不與馬争走。司馬遷答任安書曰：太史公牛馬走。聘婦緝落毛，昭明太子作淵明集序云：或貨海東之藥草，或紡江南之落毛。蓋用列女傳楚老萊妻曰：鳥獸之解毛可緝而衣之，其遺粒可食也。庾信詩曰：蒙吏觀秋水，萊妻緝落毛〔一〕。教兒耨葱韭。莊子徐無鬼篇：食芧栗，厭葱韭。衣食端須幾，淵明詩：衣食當須幾？將老猶掣肘〔二〕。家語：宓子賤為單父宰〔三〕，辭行，請君之近史二人與之俱至官，令二史書，輒掣其肘，書不善，則怒之。二史辭歸魯，報於君，君太息曰：「寡人亂宓子之政，而責其善者數矣！」遽發使告宓子曰：「自今單父非吾有也，從子之制。」宓子得行其志，於是單父治焉。

安能詭隨人，曲折作杞柳？詩民勞云：無縱詭隨。孟子云：以杞柳為桮棬。

桓公甕盎癭，莊子德充符篇：甕盎大癭説齊桓公，公悦之，而視全人其脰肩肩。

楚國不龜手。莊子第一篇：宋人有善為不龜手之藥者，客得其方以説吳王。越有難，吳王使之將，冬與越人水戰，大敗越人，裂地而封之。今曰「楚國」恐誤。

生涯但如此，那問託婚友。書盤庚：至于婚友。

久陰快夜晴，天文若科斗。村南鬼火寒，杜詩：陰房鬼火青，壞道哀湍瀉。村北風虎吼。野人驅鷄豚，縛落堅纏守。劉郎弓石八，猛氣厭馮婦。孟子曰：晉人有馮婦者，善搏虎，虎負嵎，莫之敢攖，望見馮婦，趨而迎之。馮婦攘臂下車，衆皆悦之，其為士者笑之。

一試金僕姑，左傳莊十一年：公以金僕姑射南宫長萬。注：矢名。歸飲軟臂酒。大唐稽疑云：郭子儀自同州歸，代宗詔大臣就宅作軟脚局。今挽弓，故曰「軟臂」。

〔一〕「昭明太子……萊妻緝落毛」元至元本作「見第四卷再和公擇雜言注」。按「第四卷」即至元本卷八。

〔二〕「將老猶掣時」元至元本此句下有注：「此言作邑之難，可見自太和移德平經行所作也。」以下再引家語。

〔三〕「宓」原作「密」，據至元本、樹經堂本及孔子家語卷八屈節解第三十七改。下同。

丙申泊東流縣

東流、建德二縣，皆隸池州。元注云：語曰「東流速客，驚動建德」。

前日發大雷，真成料虎頭。莊子盜跖篇：孔子曰：「丘所謂料虎頭，編虎須，幾不免虎口哉！」今日伐鼓出，詩采芑：伐鼓淵淵。棹歌傲陽侯。戰國策：塞漏舟而輕陽侯之波，則舟覆矣。屈原哀郢云：陵陽侯之氾濫兮，忽翺翔之焉薄？太白詩：讒浪棹海客，喧呼傲陽侯。滄江百折來，及此始東流。東流會賓客，建德椎羊牛。野語尚信然，小市黄蘆洲。唯有采薪翁，經營往來舟。樁櫪盡斤斧〔一〕，上林賦：沙棠櫟櫧。音歷諸。山童煙雨愁。孫卿子曰：斬伐養長不失時，故山林不童。公孫弘傳：山不童，澤不涸。

〔一〕「櫪」原作「櫃」，據至元本、弘治本、樹經堂本改。

書石牛溪旁大石上

同安志云：石牛洞在三祖山山谷寺之西北，其石狀若伏牛，因以為名。初李伯時畫魯直坐石牛上，因此號「山谷道人」。題詩石上，所謂「青牛駕我山谷路」也。

諸峰排霄帝不隔。六時謁天開關鑰，我身金華牧羊客。見上。鬱鬱窈窈天官宅，黄庭經云：鬱鬱窈窈真人墟。「真人」即天官也。羊眠野草我世間，高真衆靈思我還。石盆之中有甘露，青牛駕我山谷路。劉向列仙傳：李耳字伯陽，陳人也，生於殷時，為周柱下史，轉為守藏吏，積八十餘年。後周德衰，乃乘青牛車，去入大秦，西過關，關令尹喜知其真人也，乃强使著書，作道德上下經。

題山谷大石

畏畏音委。佳佳音觜。石谷水，莊子齊物篇：山林之畏佳。注云：大風之所扇動也。釋音云：畏，於鬼反；佳，醉癸反。礜礜隆隆山木風。揚雄解嘲云：炎炎者滅〔一〕，隆隆者絶。注云：隆隆，雷聲也。爐香四百六十載，開山者誰梁寶公。謂寶志也。同安志云：飛錫泉在三祖山後。寶公自金陵飛錫而至，以相山谷寺基，泉為之湧出，遂寓此山。今資壽殿有寶公遺像。

〔一〕『滅』原作『威』，據至元本、弘治本、樹經堂本及文選卷四十五揚雄解嘲改。

同蘇子平李德叟登擢秀閣

同安志曰：擢秀閣在舒州彰法寺，乃陳瑩中讀書處，自此登第。黄魯直名而書之。城中樓觀與城北山水凭欄盡見。

築屋皖公城，木末置曲欄。杜詩：我行已水濱，我僕猶木末。歲晚對煙景，人家橘柚間。李白詩：人煙寒橘柚，秋色老梧桐。獨秀司命峰〔一〕，同安志：司命峰至皖山二里，有九天司命真君祠。衆口讓高寒。退之作劉統軍碑云：仍世北邊，樂其高寒。松竹二橋宅，同安志：孫策、周瑜得橋公二女，今郡城東有佛廬，世傳為公故宅。雪雲三祖山。纂異一本作：暮雨二橋宅，孤雲三祖山。山谷寺在懷寧縣西，有三祖僧璨大師塔。衰懷造勝境，轉覺落筆難。蘇李工五字，屬聯不當慳。文選李陵、蘇武相贈答詩皆五字句，以此二子，取其同姓。

〔一〕『秀』原作『香』，據至元本、樹經堂本改。

靈龜泉上

同安志載此詩，注云：靈龜泉在皖口中路，去州七十里。

大靈壽日月，化石皖公陂。偶無斧斤尋，左傳文七年：諺所謂『庇焉而縱尋斧焉』者也。不作宰上碑。王建詩：澗底盤陁石漸稀，盡向墳前作羊虎。靈龜泉銘有序，其略云：發皖口而西四十里，泉淙淙行山徑亂石間，坎甃清徹，頂有大石，如龜引氣云云。『宰上』已見上注。傾首若有謂，指泉來自西。泉甘崖木老，坐笑欲忘歸〔一〕。風流裴通直，一作：裴髯喜幽事。商略從我嬉。世說：商略先往名達。蒔梅盈百科，洗石出崛奇。文選：構阿房之倔奇〔二〕。退之詩：心跡兩崛奇。更約聘石工，鑱我靈龜詩。舅弟妙學古，元注云：舅弟李德叟。按韓文柳子厚墓誌云：葬子厚於萬年之墓者，舅弟盧遵。『舅弟』之稱，蓋出於此。亦復古須眉〔三〕。卿家北海公，謂李邕也。筆法可等夷？張良傳：諸將皆陛下故等夷。杜詩：雅量涵高遠，清襟照等夷。為我書斯文，要與斗牛垂。

〔一〕『笑』萬曆本作『歗』，『歗』同『嘯』。樹經堂本在『風流裴通直』句下有小字注：『「笑」一作「歗」』。

〔二〕『構阿房之倔奇』『構』原作『創』，諸本皆誤，今據文選卷十潘岳西征賦改，『倔奇』文選作『屈奇』。

〔三〕『舅弟妙學古亦復古須眉』嘉靖本作『舅弟李德叟，妙學古須眉』。當以原注竄入詩句改誤。

從丘十四借韓文二首〔一〕

吏部文章萬世，吾求善本編窺。散帙雲窗棐几，同安得見丘遲。謝靈運詩：散帙問所知。太白詩：得憩雲窗眠。王羲之傳：詣門生家，見棐几滑淨，因書之。南史丘靈鞠傳：子遲詞采麗逸。同安今舒州也。

中有先君手澤，禮玉藻：父没而不能讀父之書，手澤存焉耳。丹鉛點勘書詩。退之秋懷詩：不如覷文字，丹鉛事點勘。莫惜借行千里，他日還君一鴟。古語：借書一癡，還書一癡。蘇黃詩乃作『鴟』。詳見胡朝請借書目注〔二〕。

〔一〕元至元本題下有『六言』二字。

〔二〕『詳見胡朝請借書目注』元至元本作『一鴟見第三卷聞胡朝請多藏書借書目詩注』。按即至元本第六卷。

發舒州向皖口道中作寄李德叟

同安志云：皖口鎮去州八十里。

黑雲平屋簷，一作：崔嵬雲壓空。李賀詩：黑雲壓城城欲摧。晨夜隔星月。曉裝商旅前，冰底泥活活。野人讓畔耕，一作「侵畔耕」。史記帝紀：舜耕歷山，歷山之人皆讓畔。文選注云：韓子曰〔一〕：歷山農者侵畔，舜往而耕者讓。河濱漁者争坻，舜往而漁者讓。蹇馬不能滑。駝裘惜蒙茸，左傳：狐裘蒙茸。俱落水塘缺。孤村小蝸舍，三國志焦光傳：光常作小廬，形如蝸牛殼，故曰蝸牛廬。白樂天詩：鳳池隔絶三千里，蝸舍沉冥十五春。乞火乾屨韤。漢蒯通傳：束緼乞火。崔浩女儀：冬至進履韤於舅姑。見初學記。前登極峥嶸，一作「高寒」。他日飛鳥没。寒花委亂草，杜詩：寒花隱亂草，宿鳥擇深枝。耐凍鳴風葉。一作：耐凍風葉間〔二〕，梅莟零亂發〔三〕。江形篆平沙，退之聯句：沙篆印迴平。分派回勁筆。髯弟不俱来，得句漫剞剧。一作：謾得句奇崛。甘泉賦：般倕棄其剞劂。注云：剞，曲刀也；劂，曲鑿也。剧、劂同音，居衛切，亦見楚辭。却望同安城，唯有松鬱鬱。選詩：鬱鬱澗底松。遥知浦口晴，諸峰見明雪。一作「松雪」。選詩：山明望松雪。

〔一〕「韓」原作「朝」。按語出韓非子卷十五難一，今據以改。

〔二〕「凍」原作「東」，據至元本、嘉靖本、萬曆本、弘治本、樹經堂本改。

〔三〕「莟」嘉靖本、萬曆本作「含」。

庭堅得邑太和六舅按節出同安邂逅於皖公溪口風雨阻留十日對榻夜語因詠誰知風雨夜復此對床眠別後更覺斯言可念列置十字字為八句寄呈十首〔一〕 同安郡舒州也，有皖公山。『六舅』謂李常，字公擇也，提點淮南西路刑獄，提刑司在舒州。

鵠白不以烏，莊子天運篇：鵠不日浴而白，烏不日黔而黑。蘭香端為誰？家語：蘭生深林，不以無人而不香。外家秉明德，晚與世參差。退之詩：豈敢尚幽獨，與世實參差。乖離歲十二，淵明答龐參軍詩序云：人事好乖，便當語離。會面卒卒期〔二〕。杜詩：主稱會面難。司馬遷傳：卒卒無須臾之間。何言灊丘底，玉稻同一炊！舒州有灊山，一名天柱。滄江渺無津，同濟共安危。書微子云：若涉大水〔三〕，其無津涯。孫子曰：同舟濟而遇風，其相救也，如左右手。言世路風波也。四海非不廣，舅甥自相知。孔鸞在榛梅，上林賦：遒孔鸞，促鵕儀。退之詩：明庭集孔鸞。以喻公擇，言處非其地。鷦鷯亦一枝〔四〕。莊子：鷦鷯巢於深林，不過一枝。此以自喻。千里同明月，見上〔五〕。相期不磷緇。韓詩：方為金石姿，萬世無緇磷。杜詩：但取不磷緇。『磷緇』字出論語。

少小長母家，拊憐輩諸童。食貧走八方，衛國風氓：三歲食貧。略已一老翁。見上。不能成宅相，晉魏舒傳：少孤，為外家甯氏所養。甯氏起宅，相宅者云：『當出貴甥。』外祖母以盛氏甥小而慧，意謂應之。舒曰：『當為外氏成此宅相。』北史：邢晏稱其甥李繪曰〔六〕：『如對珠玉，宅相之寄，當在此甥。』李白別從甥高五：能成吾宅相，不減魏陽元。頗似舅固窮。論語：君子固窮。晉何無忌傳桓玄曰：何無忌，劉牢之之甥，酷似其舅。何以報嘉德？取琴作南風。禮記：舜作五絃之琴，以歌南風。一作：鼓琴歌南風。

德人心寂寥，立朝實莊語。莊子天下篇：以天下為沉濁而不可與莊語。公擇熙寧初自太常博士改右正言，論新法，通判滑州，知鄂、湖、齊三州，徙淮西提刑。虎節坐山城，周禮地官掌節云：凡邦國之使節，山國用虎節。孤雲猶能雨。文章被甥姪，孝友諧婦女。偃息一畝宮，植梅當歌舞。詩北山：或息偃在床〔七〕。儒行云：儒有一畝之宮。

江都克家才，易蒙卦：子克家。萬卷書插架。退之詩：鄴侯家多書，架插三萬軸。願言渠出仕，從舅問耕稼。誰云瀕老境，曲禮曰：耆指使。釋文：耆，至也，至老境也。此子即長夜！杜詩：短褐即長夜。歸歟淼前期，蒔橘鉏甘蔗。元注云：江都尉李攄字安詩。

囊窺涉世方，白駒且塲穀。小雅：皎皎白駒，食我塲穀。平生漫歲晚，志尚向山木。莊子有山木篇，言山中之木以不材得終其天年。返身觀小醜，孟子：反身而誠，樂莫大焉。真成覆車犢。晉書石季龍傳：快牛為犢子時，多能破車，汝當小忍之。否臧太磊磊，從此更三復。漢鄭當時不敢甚斥臧否。詩意蓋悔其有所評品，欲三復白圭也。

負薪反羊裘，愛表只傷裏〔八〕。魏志：明帝破諸葛亮，露布曰：『亮反裘負薪，裏盡毛殫。』事本出新序，其辭曰：魏文侯出游，見路人反裘而負芻，問之，對曰：『臣愛其毛。』文侯曰：『若不知其裏盡而毛無所恃耶？』明年，東陽上計，錢布十倍。文侯曰：『此無異夫路人反裘而負芻也！民不加衆而錢十倍，必取之民也。』補紉雖云工，歲晏安可恃！洗心如秋天，易繫辭云：聖人以此洗心，退藏於密。六合無塵滓。莊子：出入六合，遊乎九州。晉會稽王道子戲謝重曰：卿强欲滓穢太清耶？浮雲風去來，在彼不在此。此篇有所諷。

阿髯學升堂，德叟。幹母思靡悔。蠱『九二』：幹母之蠱。文成藝桃李，不言行道兑。大雅緜曰：行道兑矣。兑，成蹊也。此用李廣贊：桃李不言，下自成蹊。阿蘇妙言語，機警欲無對。子姪何預人，蘭玉要可珮。『阿蘇』，舅氏幼子。晉謝玄傳：叔父安嘗戒約子姪，因曰：『子弟何預人事，而正欲其佳？』玄曰：『如芝蘭玉樹，欲其生於階庭耳。』

解衣卧相語，濤波夜掀床。十年身百憂，險阻心已降。詩：我心則降。涉旬風更雨，宿昔燭生光。衾幬無端冷，明月一船霜。詩小星：抱衾與裯。注：衾，被也；裯，單被也。鄭云：裯，床帳也。爾雅：幬謂之帳。楚辭：蒻阿拂壁羅幬張。又云：翡帷翠幬飾高堂。杜詩：邂逅無端出餞遲。

親依為日淺，李密陳情表：母孫二人，相依為命。祖母劉今年九十有六，是臣盡節於陛下之日長，報劉之日短也〔九〕。愛不舍我眠。退之示爽詩：座中悉親故，誰肯捨汝眠？教我如牧羊，更著後者鞭。莊子達生篇：善養生者若牧羊然，視其後者而鞭之。得邑邇梅嶺，開花向春妍。杜詩：短日行梅嶺。碌碌幸苟免，稱觴大人前。晉周顗母李氏，字絡秀，顗等並列顯位，嘗置酒，絡秀舉觴曰：「吾本渡江，託足無所，不謂爾等並貴，列吾目前。」嵩起曰：「伯仁志大而才短，名重而識暗，非自全之道。嵩性抗直，亦不容於世。唯阿奴碌碌，當在阿母目下耳。」阿奴，謨小字也。後果如其言。「大人」自言其母也。後漢范滂就誅，與母訣曰：「大人割不忍之愛，勿增戚戚。」韓文柳子厚墓誌：播非人所居，而夢得親在堂，吾不忍夢得之窮，無詞以白其大人。漢淮陽王欽傳：王遇大人益解。注云：自稱其母也。

〔一〕「更」字原無，據至元本、嘉靖本、萬曆本、樹經堂本加。
〔二〕「卒卒」嘉靖本作「卒少」。
〔三〕「水」原作「川」，據元至元本及尚書正義卷十商書微子篇改。
〔四〕「亦一枝」原作「一亦枝」，據至元本、嘉靖本、萬曆本、樹經堂本改。

〔五〕『見上』元至元本作『月賦見上』。

〔六〕『邢』原作『刑』，據樹經堂本及北史卷三十三李繪傳改。

〔七〕『息偃』原作『偃息』，據毛詩正義卷十三小雅谷風之什北山改。

〔八〕『愛表只傷裏』嘉靖本、萬曆本『只』字下有小字注：『一作「亦」。』

〔九〕『李密陳情表……日短也』元至元本作『左傳僖五年：臣聞鬼神非人實親，惟德是依』。按此注不合詩意，故編年本删去，改為今注。

題馬當山魯望亭四首 元注云：彭澤舊治所。

馬當一曲孤煙， 按尋陽志，馬當山在江州鼓澤縣西四十里〔一〕，高八十丈〔二〕，其下無底，有廟，封為『上元水府』。陸龜蒙字魯望，有馬當山銘，大概言：太行、吕梁、馬當，合是三險而為一，未敵小人方寸之包藏〔三〕。名亭曰『魯望』，以此故也，因畫陶元亮等四人〔四〕。人物于今眇然。 『當今人物眇然』，王逸少帖中語也。不見繞籬黃菊， 陶詩：采菊東籬下。誰收種秫圭田？ 一作：有地自荒秔稻，無人更與酒錢。晉書陶潛傳：潛字元亮，為彭澤令，在縣公田悉令種秫穀，曰：『令吾常醉於酒，足矣！』妻子固請種秔。乃使二頃五十畝種秫，五十畝種秔。『圭田』見孟子。老杜贈鄭虔云：賴有蘇司業，時時與酒錢。

右元亮

鯨波橫流砥柱，杜詩：溟漲鯨波動。劉夢得詩：世道劇頹波，我心如砥柱。禹貢：底柱〔五〕。在陝州硤石縣，熙寧廢縣為鎮，隸陝縣。河水分流包山而過，若柱然。唐太宗勒銘於此。虎口活國宗臣。莊子盜跖篇：幾不免虎口哉！漢叔孫通傳：通自言幾不免虎口。唐狄仁傑傳：力勸武后迎廬陵王，曰：「立廬陵王，則千秋萬歲後，常享宗廟。三思立，廟不祔姑〔六〕。」后感悟，即日迎王於房州。杜詩：冀公柱石姿，論道邦國活。漢蕭曹贊〔七〕：為一代之宗臣。小屈絃歌百里，仁傑嘗為來俊臣所誣，捕送制獄，已承反，減死，貶彭澤令，人為置生祠。不誣天下歸仁。「小屈」一作「少日」，「不誣」一作「莫言」。論語：一日克己復禮，天下歸仁焉。

右狄梁公

不見魯公斷石，誰家為礎為杠？魯公當是貶吉州司馬時經行此地，有紀行碑石而不存，疑其為礎以薦柱，或為橋梁也。孟子云：十一月徒杠成。注、疏引說文云：石矼，石橋也，俗作杠，從木。筆法錐沙屋漏〔八〕，心期曉月秋霜〔九〕。「心期」見上。

右顔魯公

笠澤道人高古，吴郡圖經曰：松江一名笠澤，陸魯望居甫里，號所注書曰笠澤叢書。李白宣城青溪篇：山貌日高古〔一〇〕，石容天傾側。文章白髮蕭條〔一一〕。一作：文章歲寒後凋。欲問勒銘遺墨，即馬當銘。應書水府蛟綃。〔一二〕吴都賦：泉室潛織而卷綃，淵客忼慨而泣珠。注云：俗傳鮫人從水中出，曾寓人家，積日賣綃。綃即乎俞也。臨去索器，泣而出珠滿盤，以遺主人。

右陸魯望

〔一〕「在」原無，據元至元本加。

〔二〕「八」元至元本作「二」。

〔三〕「包」元至元本作「苞」。按全唐文卷八〇一陸龜蒙馬當山銘作「包」。

〔四〕「等四人」元至元本作「等四人歟」。

〔五〕「底」原作「砥」，據元至元本及尚書正義卷六禹貢改。

〔六〕「祔」原作「拊」，據至元本、樹經堂本及新唐書卷一百十五狄仁傑傳改。

〔七〕「蕭」原作「簫」，據至元本、弘治本、樹經堂本及漢書卷三十九蕭何曹參傳改。

〔八〕「筆法錐沙屋漏」此句原缺，據至元本、嘉靖本、萬曆本、樹經堂本補。至元本此句下有注：「見第六卷題扇注。」按即此本卷十一之書扇。

〔九〕「曉月」嘉靖本、萬曆本、樹經堂本作「曉日」，然元至元本作「曉月」。

〔一〇〕「貌」原作「見」，據李太白全集卷二十宣城清溪詩改。

〔一一〕「蕭」原作「簫」，據至元本、嘉靖本、萬曆本、樹經堂本改。

〔一二〕「蛟」嘉靖本、萬曆本、樹經堂本作「鮫」，亦通。

泊大孤山作

元注云：庚申十二月作。庚申蓋元豐三年也，是年赴太和，有寄李公擇詩序云：元豐庚申，得邑太和。此詩當在宮亭湖詩之前。大孤山在德化縣東四十五里大江中。

匯澤為彭蠡，書禹貢：東匯澤為彭蠡。其容化鵾鵬。見莊子第一篇。中流擢寒山，正色且無朋。莊子：天之蒼蒼，其色正耶？詩椒聊：碩大無朋。退之詩：汝豈無朋匹？其下蛟龍臥，宮譙珠貝層。屈原九歌：紫貝闕兮珠宮。「譙」，城也。朝雲與莫雨，何處會高陵？高唐賦：旦為朝雲，莫為行雨。不見凌波韈，洛神賦：凌波微步，羅韈生塵。靚粧照澄凝。上林賦：靚粧刻飾。歐陽歸田録：江南有大、小孤山，在江中，嶷然獨立，而世俗轉「孤」為「姑」，江側有一石磯，謂之彭浪磯，遂轉為彭郎磯，云「彭郎，小姑婿也」。予過小孤山，廟像乃一婦人，而勑額為「聖母廟」。豈止俚俗之繆，而東坡亦有「小姑嫁彭郎」之詩。今山谷詩中亦用世俗相傳之語。退之詩：凝澄闕陰獸。空餘血食地，猨嘯枯楠藤。高帆駕天来，退之詩：高浪駕天輸不盡。落葉聚秋蠅。幽明異禮樂，禮記：明則有禮樂，幽則有鬼神。忠信豈其憑？白樂天入峽詩：一跌無完舟，吾生繫於此。常聞仗忠信，蠻貊可行矣。揚子：豈其卿，豈其卿！風波浩平陸，何向非履冰〔一〕。詩：如履薄冰。安得曠達士，霜晴嘗一登。老杜登慈恩寺塔詩：自非曠士懷，登茲翻百憂。

〔一〕「向」原作「況」，據嘉靖本、萬曆本改。按：此句言危機四布，作「況」非。

題落星寺四首

山谷真蹟前二首題云題落星寺，第三首題云題落星寺嵐漪軒，第四首題云往與道純醉卧嵐漪軒夜半取燭題壁間。又有蜀本石刻，前一首題云落星寺僧請題詩，而首句作：游空天衆有霣墜。又「晝吟」作「晝倚」，「江撼床」作「波撼床」，「蜜房」作「蜂房」，「牖户」作「户牖」，「青雲梯幾級」作「虚空更幾級」，「瘦藤」作「一藤」。而第四首石刻題作醉書落星寺壁時與劉道純同飲二僧在焉。四詩非同時作，後人類聚於此，故詩語有重複，不可指其歲月〔一〕。

星宫游空何時落？寰宇記：落星石在江州廬山東，周迴一百五十步，高丈許。着地亦化為寶坊。「寶坊」見上〔二〕。落星寺在彭蠡湖中。詩人晝吟山入座，白樂天詩：高堂虚且過，坐卧見江山。王禹偁詩：隨船曉月孤輪白，入坐晴山數點青。醉客夜愕江撼床。蜜房各自開牖户，魏志：管輅射覆，卦成，曰：「家室倒縣，門户衆多，此蠭窠也。」杜詩：風落收松子，天寒割蜜房。蟻穴或夢封侯王。用異聞集淳于棼夢入大槐安國事，詳見後宿觀音院詩注。不知青雲梯幾級，墨子：公輸班為雲梯以攻宋。文選謝靈運詩：共登青雲梯。更借瘦藤尋上方。「上方」見維摩經。杜詩：上方樓閣晚。巖巖正俗先生廬，後漢郡國志：廬江郡尋陽。注云：釋慧遠廬山記曰：尋陽南濱宫亭湖，有匡俗先生者，出殷周之際，隱遁潛居，時人謂其所止為仙人之廬而命焉。匡俗字君平。尋陽記：匡俗先生廬在德化縣南三十里。其下宮亭水所都。荆州記：宮亭即彭蠡澤也。北辰九關隔雲雨，爾雅：北極謂之北辰。「九關」見楚辭。南極一星在江湖。杜詩：南極一星朝北斗。相粘蠔山作居室，退之初南食云：蠔相粘為山，百十各自生。嶺表録異云：蠔即牡礪也，初生海島邊，如拳石，漸長有高一二丈者。雜俎云：介蟲中惟牡礪是鹹水中生。竅鑿混沌無完膚。莊子應帝王篇：儵與忽謀報渾沌之德〔三〕，曰：「人皆有七竅，以視聽食息，此獨無有。嘗試鑿之。」日鑿一竅，七日而渾沌死。萬鼓舂撞夜濤洶，退之瀧吏詩：險惡不可狀，舡石相舂撞。驪龍莫睡失明珠。見上。

落星開士深結屋，楞嚴經云：并其同伴十六開士。杜詩：獨在深崖結茅屋。龍閣老翁来賦詩。元注云：寺僧擇隆作宴坐小軒，為落星之勝處。「龍閣老翁」當謂李公擇，公擇南康軍建昌人〔四〕，廬山亦在南康境内，必有賦詠。按元祐三年八月丙子，御史中丞李常充龍圖直學士，其賦詩當在此前〔五〕。小雨藏山客坐久，莊子大宗師篇：藏舟於壑，藏山於澤。長江接天帆到遲。宴寢清香與世隔，韋應物詩：宴寢凝清香。畫圖妙絶無人知。一作「絶筆」。元注云：僧隆畫甚富，而寒山、拾得畫最妙。蜂房各自開户牖，處處煮茶藤一枝。

北風吹倒落星寺，吾與伯倫俱醉眠。晉劉伶字伯倫，以况劉道純。螟蛉蜾蠃但癡坐，劉伶酒德頌云：二豪侍側焉，如蜾蠃之與螟蛉。「蜾蠃」、「螟蛉」本出詩，又見揚子。夜寒南北斗垂天。元注云：戲題落星寺壁，時與劉道純俱在〔六〕。

〔一〕『山谷真蹟……指其歲月』元至元本無『山谷真蹟』至『二僧在焉』一段文字，僅有『四詩非同時作……不可指其歲月』四句。
〔二〕『寶坊見上』元至元本作『華嚴合論云：安立寶坊，集諸天人』。
〔三〕『鯈』原作『儵』，今據元至元本及莊子應帝王篇改。按『儵』為『倏』之異體字，『鯈』為魚名，不能相混。
〔四〕『公擇』原缺，據元至元本補。
〔五〕『其賦詩當在此前』『前』樹經堂本作『時』。元至元本此句下尚有『而山谷詩當在元祐以後作』。
〔六〕『時與劉道純俱在』樹經堂本作『時與劉道純俱飲，二僧在焉』。

山谷外集詩注卷第九

玉京軒

元注云：玉京山在爐峰下，落星寺僧開軒對之。按纂異蜀本云：蒼山其下白玉京，廣成、安期來訪道。紫雲黃霧瑣玄關，雷驅不祥電揮掃。上有千年來歸之白鶴，下有萬世不凋之瑤草。野僧雲卧對開軒，爐香霏霏日杲杲。稻田衲子非黃冠，一鉢安巢若飛鳥。莫見仙人乞玉泉，問取紫霄耶舍老。又山谷有真蹟跋語云：將且起坐，復得長句，匆匆就竹輿〔一〕，不暇寫。歲行一周，道純已凋落，為之隕涕！故書遺超上人，可刻石於吾二人醉處。它日有與予友及道純好事者尚徘徊碑側〔二〕。元祐六年大寒黃庭堅書。自元祐逆數元豐，蓋庚申歲，一周也。

蒼山其下白玉京，五城十二樓，史記封禪書：方士有言『黃帝時為五城十二樓，以候神人，命曰迎年』。太白詩云：天上白玉京，十二樓五城。欝儀結鄰常杲杲。黃庭經云：欝儀、結鄰善相保。注云：欝儀，奔日之仙；結鄰，奔月之仙。毛詩：杲杲日出。紫雲黃霧鑠玄關，文選王簡栖碑云：玄關幽鍵。雷驅不祥電揮掃。韓文歸盤谷序云：鬼神守護兮呵禁不祥。老杜詩：去秋羣胡反，不得無電掃。上有千年來歸之白鶴，續搜神記：遼東華表柱有鶴，歌曰：『有鳥有鳥丁令威，去家千歲今來歸。城郭猶是人民非，何不學仙冢纍纍！』下有萬世不凋之瑤草〔三〕。江淹香爐峰詩：瑤草正翕赩。注云：玉芝也。老杜詩：方期拾瑤草〔四〕。李太白詩：上有無花之古樹，下有傷心之春草。野僧雲卧對開軒，杜詩：雲卧衣裳冷。一鉢安巢若飛鳥。傳燈録有道吾和尚一鉢歌。北風卷沙過夜窗，枕底鯨波撼蓬島。太白詩：白波連山倒蓬壺。又云：海鯨東蹙百川回。箇中即是地行仙，但使心閑自難老。楞嚴經第八卷有十仙種名，地行仙其一也。

〔一〕『匆匆』原作『忽忽』，據樹經堂本改。

〔二〕『徘』原作『排』，據樹經堂本改。

〔三〕『世』原作『歲』，據至元本、嘉靖本、萬曆本、弘治本及樹經堂本改。

〔四〕『拾』原作『捨』，據至元本、弘治本、樹經堂本及杜甫贈李白詩改。

過致政屯田劉公隱廬

劉渙字凝之，筠州人，舉進士，為潁上令〔一〕，以剛直不屈棄官，家于廬山之陽，時年五十，歐陽公為作廬山高。按蜀本拜劉凝之畫像詩置之崇寧元年，時山谷自荆入岳，遵陸至萍鄉，回途自筠陽、豫章山行，由東林、太平觀至江州。初不經南康，且道純已卒於元祐前，而詩中有『少子似公賢』之句，則是詩作於元豐無疑〔二〕。

兒時拜公牀，後漢馬援傳：嘗有疾，梁松來候之，獨拜牀下。又龐公傳注：諸葛孔明每至德公家，獨拜牀下。眼碧眉紫煙。祖庭事苑：初祖達磨眼有紺青之色，故稱祖曰『碧眼』。舍前架茅茨，爐香坐僧禪。女奴煮罌粟〔三〕，杜詩：童子能煎罌粟湯。石盆瀉機泉。退之聯句云：機春潺湲力〔四〕。莊子天地篇：鑿木為機，後重前輕，挈水若抽，其名為槔。今來掃門巷，杜詩：三年門巷空。竹間翁蜕蟬。退之謝自然詩：入門無所見，冠履同蛻蟬。堂堂列五老，寰宇記云：五老峰在廬山東，高崖突出，如五人相逐羅列之狀。勝氣失江山。石盆爛黄土，茅齋薪壞椽。女奴為民妻，又瘞蒿里園。漢武五子傳廣陵厲王歌曰：蒿里召兮郭門閱。注云：死人里也。當年笑語地，華屋轉朱欄。曹子建詩：生存華屋處。課兒種松子，傘蓋上參天。文選曹子建詩：荆棘上參天。投策數去日，木行天再環。尚書考靈耀云：歲星木精也，歲星十二歲一周天。自『兒時拜公牀』至是，二十四年矣。恐是山谷兒時常拜凝之，至元豐庚申歲過其隱廬，蓋天再環矣。山谷是年三十六，則拜凝之時年十二，必少時自豫章至南康也〔五〕。先生古人風，鐵膽石肺肝。皮日休稱宋廣平『鐵腸石心』，見日休桃花賦序。文選曹子建三良詩：哀哉傷肺肝！眼前不可意，壯日掛其冠。解衣廬君峰，按世説言遠公在廬山事，引豫章舊志曰：廬俗字君孝，本姓匡，夏禹苗裔野王助漢定天下，野王亡軍中，漢封俗鄡陽男〔六〕，食邑於兹，即曰廬君，故世謂廬山。又引遠法師廬山記：有匡俗先生廬。洗耳瀑布源。莊子：堯讓天下於許由，巢父聞之而洗其耳。李白廬山瀑布詩云：日照香爐生紫煙，遥看瀑布掛長川。飛流直下三千尺，疑是銀河落九天！霧豹藏文章，驚世時一斑。見上。衆人初易之，久遠乃見難。退之答李翊書：及之而後知，履之而後難耳。憶昔子政在，為翁數解顔。劉向字子政，以比道原也。道原名恕，凝之之子。列子云：老商始一解顔而笑。五兵森武庫，周禮夏官司兵『五盾』注謂：戈、殳、戟、酋、矛、夷矛。晉杜預傳：號曰『杜武庫』，言其無所不有也。道原博學强記。裴楷傳：目鍾會云：『如觀武庫森森，但見矛戟在前。』河漢落舌端。莊子第一篇：肩吾問於連叔曰：『吾聞言於接輿，吾驚怖其言猶河漢而無極也。』韓詩外傳：君子避三端：避文士之筆端，避武士之鋒端，避辯士之舌端〔七〕。王陽已富貴，塵冠不肯彈。漢書：王吉字子陽，與貢禹為友，世稱『王陽在位，貢禹彈冠』。道原與王介甫有舊，介甫欲引道原修三司條例，辭不就，因言：『宜恢張堯舜之道〔八〕，不應以財利為先。』介甫不能用，亦未之怒也。及呂誨得罪知鄧州，道原見介甫曰：『公所以致人言，蓋亦有所未思。』因為條陳所更法令不合衆心者，宜復其舊，則議論自息。介甫怒，遂與之絕。道原以親老，遂告歸南康，乞監酒稅以就養。呻吟刋十史，凡例墨新乾。道原著十國紀年四十二卷。杜預春秋經傳集解序云：其發凡以言例，皆經國之常制。又云：修丘明之傳以釋經，經之條貫，必出於傳，傳之義例，總歸諸凡。老杜八哀詩贈李邕云：各滿深望還〔九〕，森然起凡例。宰木忽拱把，莊子人間世云：宋有荆氏者，宜楸、柏桑，其拱把而上者，求狙猴之杙者斬之。『宰木』見上。相望風隧寒。左傳隱元年潁考叔曰：若闕地及泉，隧而相見，其誰曰不然？注云：隧若今延道。百楹書萬卷，少子似翁賢。『少子』謂道純也。

〔一〕『潁』原作『穎』，據元至元本、樹經堂本改。

〔二〕『按蜀本……作於元豐無疑』元至元本作『崇寧元年山谷自荆南經岳鄂歸洪之分寧，遂往袁州萍鄉省其兄元明，見於萍鄉廳壁記，還至江州，與其家相會，此詩當是自萍鄉往江州經塗所作，蓋凝之家於南康軍也。題落星寺四詩必有同此時作者』。按：編年本注與此注差異甚大，顯見其改動之迹。

〔三〕『粟』原作『栗』，據至元本、樹經堂本改。下注同。

〔四〕『春』原作『舂』，據至元本、弘治本及韓愈城南聯句詩改。

〔五〕『恐是山谷兒時……至南康也』此段注文元至元本無，當是編年本注者所加，與前題下注之改動相協調。

〔六〕『鄡』至元本、樹經堂本作『鄛』。按：世說新語規箴劉孝標注引豫章舊志作『鄡』。余嘉錫世說新語箋疏（中華書局一九八三年版）引水經注『漢封俗於鄡陽，曰越盧君』，并引山谷外集注卷九此注，稱作『鄡』『與水經注合』。故不改。

〔七〕『辯』原作『辨』，據至元本、弘治本、樹經堂本及韓詩外傳（許維遹韓詩外傳集釋，中華書局一九八〇年版）卷七第五章改。

〔八〕『恢』原作『灰』，據至元本、樹經堂本改。

〔九〕『滿』原作『蒲』，據至元本、弘治本、樹經堂本及杜甫八哀詩改。

壽聖觀道士黄至明開小隱軒太守徐公為題曰快軒庭堅集句詠之

洪覺範冷齋夜話云：山谷在星渚賦道士快軒詩，點筆立就，其略曰：『吟詩作賦北窗裏，萬言不及一杯水，願得青天化作一張紙。』想見其高韻，氣摩雲霄也。覺範安知此為何人語而遽評品耶〔一〕？『星渚』即落星灣，已見上注。山谷以集句為百家衣，而此篇專取太白一家，略間以他人數言以成章也。太白古風云：金華牧羊兒，乃是紫煙客。襄陽歌云：鸕鶿杓，鸚鵡盃，百年三萬六千日，一日須傾三百盃。清風明月不用一錢買，玉山自倒非人推〔二〕。蜀道難云：砯崖轉石萬壑雷。寒夜獨酌云：吟詩作賦北窗裏，萬言不直一盃水。山中對酌云：兩人對酌山花開，一盃一盃復一盃。廬山謠云：廬山秀出南斗傍，銀河倒掛三石梁。送竇明府云：登高送遠形神開。樂府云：有長鯨白齒若雪山。選詩云：桂水日千里，因之平生懷。古樂府羅敷行：使君東南來，五馬立踟躕。呂洞賓詩云：一粒粟中藏世界，二升鉎内煮乾坤。

金華牧羊兒，一粒粟中藏世界。使君從南來，清風明月不用一錢買。鸕鶿杓，鸚鵡杯，一杯一杯復一杯，玉山自倒非人推。廬山秀出南斗傍，登高送遠形神開。銀河倒挂三石梁，砯崖轉石萬壑雷。吟詩作賦北窗裏，安得青天化作一張紙，有長鯨白齒若雪山，我願因之寄千里！

〔一〕『遽』原作『處』，據至元本、弘治本及樹經堂本改。

〔二〕『推』原作『摧』，據至元本、樹經堂本及李白襄陽歌改。

駐輿遣人尋訪後山陳德方家

江雨濛濛作小寒，雪飄五老髮毛斑。五老峰見上。城中咫尺雲横棧，獨立前山望後山。

題李夫人偃竹

李夫人，山谷之姨母，公擇之妹，善臨松竹木石，見米芾畫史。

孤根偃蹇非傲世，唐杜審言傳：恃才高以傲世。勁節癯枝萬壑風。閨中白髮翰墨手，落筆乃與天同功。唐李賀詩：筆補造化天無功。

次韻章禹直開元寺觀畫壁兼簡李德素

禹直字嗣功，嘗以上書言新法羈管洪州。詳詩中語，意山谷未赴太和家居時作〔一〕。

丹青古藏壁〔二〕，風雨飽侵食。拂塵開藻鑑，老杜云：持衡留藻鑑。志士淚霑臆。老杜云：人生有情淚霑臆。靈山遠飛來，不可以智測。臨安靈隱山有飛來峯。晏元獻輿地志云：晉咸和元年，西天僧慧理曰：「此是中天竺國靈鷲山之小嶺，不知何年飛來？」龍神湛回向，楞嚴經有十回向。擁衛立劍戟。依俙吳生手，旌旆略可識。老杜云：畫手看前輩，吳生遠擅場。又曰：冕旒俱秀發，旌旆盡飛揚。又云：依俙橘奴跡。鴻濛插樓殿，張衡思玄賦：踰濛鴻於巖冥兮，貫倒景而高厲。老杜靈湫作云：東山氣濛鴻，宮殿居上頭。又嶽麓山道林二寺行云：殿脚插入赤沙湖。毫髮數動植。周禮大司徒：其動物宜毛物，其植物宜早物〔三〕。杜詩：直欲數秋毫。廣牀瞻二聖，有衆拱萬億。詩云：萬億及秭。飛行湊六合，莊子：六合之內，聖人論而不議；六合之外，聖人存而不論。攬取着一席。人人開生面，老杜丹青引：凌雲功臣少顏色，將軍下筆開生面。絕妙推心得。莊子：得之心，應之手。世説：曹娥碑題云：「絕妙好辭。」李侯天機深〔四〕，莊子大宗師篇：其嗜欲深者，其天機淺。杜詩：劉侯天機精。指點目所及。杜詩：指點虛無是征路。三生石上夢，甘澤謠記圓澤事云：圓澤歌曰：「三生石上舊精魂，賞月吟風不要論。慚愧情人遠相訪，此身雖異性長存。」天樂鳴我側。太白登瓦官閣詩〔五〕：漫漫雨花落，嘈嘈天樂鳴。又東林寺詩〔六〕：天香生虛空，天樂鳴不歇。幽尋前日事〔七〕，退之詩：幽尋事隨去。晦明忽復易。章生南溟鵬，莊子：北溟有魚，化而為鳥，其名為鵬，海運則將徙於南溟。籠檻鎖六翮。韓詩外傳：鴻鵠一舉千里，所恃者六翮耳。能同寂寞遊，濁酒聊放適。文選嵇叔夜書：濁酒一盃，彈琴一曲，志願畢矣。西風葉蕭蕭，蟋蟀依墻壁。月令：季夏蟋蟀居壁。家無萬金產，退之詩：指渠相賀言，此是萬金產。四鄰碪聲急。杜詩：白帝城高急暮碪。藜羹傲鼎食，見上。退之送惠師云：囊無一金資，翻謂富者貧。藍縷亦山立。左傳宣十二年：篳路藍縷。樂記：總干而山立。玉藻：山立時行，言雖貧而不動如山也。並船有歌姝，粉白眉黛黑。淮南子云：粉白黛黑。韓文云：粉白黛綠。期公開顏笑，醉語雜翰墨。不須談俗事，秖令人氣塞。淳化帖王羲之書云：而艱疾若此，令人短氣。唐書：田令孜矯詔殺孟昭圖，聞者氣塞而不敢言。此言熙、豐之政。

〔一〕樹經堂本題下注後尚有小字注云：『「字嗣功」一本作「名嗣功」』。

〔二〕『青』元至元本作『素』。

〔三〕『早』原作『皁』，據弘治本及周禮卷十大司徒改。

〔四〕『深』元至元本作『淺』。

〔五〕『閣』原作『問』，據弘治本、樹經堂本改。

〔六〕『東林寺詩』李白此詩題為廬山東林寺夜懷。

〔七〕『事』樹經堂本作『寺』。

豐　城

元注云：亭上有李衞公劍池賦，世父長善石隄記。豐城乃洪州屬邑，洪今為隆興府。

豐城邑巖巖，詩云：太山巖巖。水種六萬戶。石隄眠長虹，朝野僉載：趙州石橋，望之初月出雲，長虹飲澗。輟棹日沉霧。杜詩：翳翳月沉霧，暉暉星近樓。令君政有聲，新亭延客步。淚落世父碑，晉羊祜，襄陽百姓於峴山立碑，望其碑者，莫不流涕，杜預因名『墮淚碑』。心傾文饒賦。李德裕字文饒，有劍池賦云：丙辰孟夏，予届途豐城，弭檝江渚，問埋劍之地，則有池存焉，感人亡劍去，因為此賦云。憶昔兩神兵，周亞夫傳：兵事上神密。張景陽七命注曰：劍能威天下，故謂之神兵。南史沈慶之傳：文帝北侵，慶之處分，旬日內外整辦，時皆謂『神兵』。杜詩：近賀中興主，神兵動朔方。埋玉思武庫。晉庾亮傳：埋玉樹於土中。『武庫』見上。寒光射漢津，爾雅：析木謂之津，箕斗之間漢津也。兩賢紆一顧。張公拆中台，杜詩：星拆台衡地〔一〕。注：中台星拆，張華見誅。木拱孔章墓。不能從兒嬉，退之：送張道士詩：又不媚笑語，不能伴兒嬉。歲晚龍蛇去。空餘寒泉泓，因雨長蛙鮒。鉛刀藏寶室，萬世同此度。張華傳：斗、牛之間常有紫氣，華邀豫章雷煥問之，煥曰：『寶劍之精上徹於天，在豫章豐城。』即補煥為豐城令。煥到縣，掘獄基，入地四丈餘，得一石函，中有雙劍並刻題，一曰龍泉，一曰太阿〔二〕，送一與華，留一自佩。華誅，失劍所在，煥卒，子華持劍行經延平津，劍忽於腰間躍出墮水，使人没水取之，但見兩龍，各長數丈。華少子韙以中台星拆，勸華遜位，華不從而難作。雷煥字孔章，見水經贛水注。篇末用賈誼賦『莫耶為鈍，鉛刀為銛』之意。離騷經云：何不改此度也？

〔一〕『拆』原作『折』，據弘治本、樹經堂本及杜甫奉送蘇州李二十五長史丈之任詩改。

〔二〕『太』原作『大』，據至元本、樹經堂本及晉書卷三十六張華傳改。

上蕭家峽

玉笥峰前幾百家，山明松雪水明沙。文選顏延年詩：庭昏見野陰，山明望松雪。趁虛人集春蔬好，桑菌竹萌煙蕨芽。一作：趁虛人在煙中語，荷蓧歸來有蕨芽。柳子厚柳州詩云：青箬裹鹽歸峒客〔一〕，緑荷包飯趁虛人。元注云：虛，市也。寰宇記：吉州廬陵縣玉笥山，道書福地記云：此山地肥美，宜穀辟兵。『桑菌』，桑椹也。詩：食我桑椹。爾雅：笋，竹萌。山谷嘗有詩云：蕨芽已作小兒拳。

〔一〕『箬』原作『若』，『裹』原作『裏』，據至元本、弘治本、樹經堂本及柳宗元集（中華書局一九七九年版）卷四十二柳州峒氓詩改。弘治本、樹經堂本作『若』，當為『箬』字之誤。

何蕭二族

西漢功名相國多，南朝人物數諸何。『相國』謂蕭何也。南史何尚之傳：廬江灊人，子孫弟姪附傳者八人。向來富貴喧天地，亦有文章在澗阿。『澗阿』見上。

魏夫人壇

獨掃蛾眉作遠山，卓文君眉色不加黛飾，常如遠山。杜詩：淡掃蛾眉朝至尊。春風瑤草照朱顏。李白詩：相期拾瑤草。我來欲問許玉斧，二十四峰如髻鬟。寰宇記：撫州臨川縣西北六里二百步，有魏夫人壇。神仙内傳：夫人晉司徒舒之女，傳法于護軍長史許穆，穆子玉斧，皆昇仙。韋應物緑華歌云：世淫濁兮不可降，胡不來兮玉斧家。

隱梅福處〔一〕

吴門不作南昌尉，上疏歸來朝市空。淵明詩：一世異朝市。笑拂巖花問塵世，故人子是國師公。漢書：梅福字子真，九江壽春人。寰宇記：洪州南昌縣有梅福池。福歎曰：『生為我酷，仕為我梏，形為我辱，智為我毒。』於是棄南昌尉，去妻子，入洪崖山，得道為神仙，代代有人或於玉笥山中逢見。詩意謂梅福與劉向皆仕元、成間，數上疏直諫亦略相似，而向之子歆改名秀，王莽篡位，歆為國師，後事皆在莽傳。

〔一〕樹經堂本題下有注：『精華録作「梅福隱居」。』

蕭子雲宅

郁木坑頭春鳥呼，雲迷帝子在時居。風流掃地無尋處，只有寒藤學草書。南史：齊高帝孫子雲字景喬，善草隸，自云：『效鍾元常、王逸少而微變字體。』出為東陽太守，百濟國使人至建鄴求書，逢子雲為郡，維舟將發，望船三十許步，行拜行前。子雲遣問之，答曰：『侍中尺牘之美遠流海外，今日所求，唯在名迹。』子雲停船三日，書三十紙與之，獲金貨數百萬。玉笥山記曰：蕭子雲來棲止〔一〕，有人謂曰：『東北有洞曰都木坑，水自東注，可以久居。』子雲遂徙家居之，後全家隱洞中，不知所之。其地名都木巖也，大曆初，有道士謝修通居此山四十年，後遇人引，行見宅基，遂結庵居之。長慶初，入都木坑，見一宅重扉，須臾有青衣童子招修通入，見一人紫綬、峩冠、珮劍〔二〕，立堂之左；一人碧綬、素簡，立堂之右。童子曰：『左者蕭君，右者梅君。』即梅福也。此記詳見太平御覽。『郁木坑頭』當作『都木坑』〔三〕，『掃地』見上。

〔一〕『蕭』原作『肅』，『止』原作『正』，據至元本、弘治本、樹經堂本及太平御覽卷四十一地部六引玉笥山記改。御覽『止』作『上』，當為『止』字之誤。

〔二〕『珮』元至元本作『佩』。按太平御覽引玉笥山記作『珮』。

〔三〕『木』原作『水』，據元至元本、樹經堂本改。

避秦十人

九真承詔上龍胡，史記封禪書：有龍垂胡髯，下迎黃帝，黃帝上騎，羣臣從者七十餘人。按漢金日磾傳：捽胡投莽何羅殿下。注：胡，頸也。尚書序云：承詔作傳。盡是驪山所送徒。唯有鄧公留不去，松根楮鼎煮菖蒲。漢高紀：為縣送徒驪山。

黃雀

牛大垂天且割烹，莊子逍遥篇：其翼若垂天之雲。「以割烹要湯」，見孟子。細微黃雀莫貪生。頭顱雖復行萬里，「卿頭顱方行萬里」，見袁紹傳。王荊公嘗用此事作二十字送呂望之赴臨江云：黃雀有頭顱，長行萬里餘。想因君出守，暫得免苞苴。猶和鹽梅傳説羹。「和羹」見尚書説命。

到官歸志浩然二絶句

「到官」蓋初至太和也〔一〕。此後皆太和所作。

雨洗風吹桃李淨，劉夢得詩：桃花淨盡菜花開。松聲聒盡鳥驚春。滿船明月從此去，本是江湖寂寞人。

烏烏未覺常先曉，笋蕨登盤始見春。曉鵶未鳴而先起，因見笋蕨始知春深，言作邑之勞如此也。斂手還他能者作，從來刀筆不如人！漢曹參傳：起秦刀筆吏。師古曰：刀所以削書。古者用簡牒，故吏皆以刀筆自隨也。陳湯傳：挫於刀筆。師古曰：刀筆謂吏。

〔一〕「蓋」元至元本作「謂」，「太和」作「太和縣」。

題吉州承天院清涼軒

菩薩清涼月，東坡詩：亦如訶佛丹霞老，却向清涼禮白毫。注：清涼山萬菩薩所在。遊於畢竟空。維摩經云：法無戲論〔一〕，畢竟空故。楞嚴經：若離明暗，見畢竟空。我觀諸境盡，心與古人同。僧髮侵眉白，桃花映竹紅。儻來尋祖意，展手似家風。傳燈録：南岳讓禪師問嵩山安：「如何是祖師西來意？」安曰：「如何不問自己意？」

〔一〕「法」原無，據元至元本及鳩摩羅什譯維摩詰所説經弟子品補。

次韻答楊子聞見贈

金盤厭飫五侯鯖，『五侯鯖』見上。玉壺澆潑郎官清。國史補云：酒則郢之富水，烏程之若下，滎陽之土窟春，劍南之燒春，京城之蝦蟆陵郎官清。李白詩：玉壺美酒清若空。長安市上醉不起，老杜云：李白一斗詩百篇，長安市上酒家眠。左右明粧奪目精。楊炯少室山廟碑：光照耀兮奪目。退之李花詩云：靜濯明粧有所奉。『目精』見上。結交賢豪多杜陵，班孟堅西都賦云：鄉曲豪舉，遊俠之雄，連交合衆，馳騖乎其中。若乃觀其四郊，浮遊近縣，則南望杜、霸，北眺五陵，英俊之域，紱冕所興。注云：宣帝葬杜陵，文帝葬霸陵。桃李成蹊見上。臥落英。上林賦：垂條扶疏，落英幡纚。黄綬今為白下令，元注云：太和縣古白下。漢朱博傳云：刺史不察黄綬。師古曰：丞尉職卑皆黄綬。蒼顏只使故人驚。督郵小吏皆趨版，晉陶潛傳：潛為彭澤令，素簡貴，不私事上官。郡遣督郵至縣，吏白『應束帶見之』，潛歎曰(一)：『吾不能為五斗米折腰，拳拳事鄉里小人。』解印去縣。『趨版』謂執手版而趨，『手版』見上。退之詩：勿嫌法官未登朝，猶勝赤縣長趨尹。『趨』字蓋取此義。陽春白雪見上。分吞聲。李白古風：郢客吟白雪，遺響飛青天。徒勞歌此曲，舉世誰能傳？試為郢人唱，和者乃數千。吞聲何足道，歎息空悽然！江淹恨賦：莫不飲恨而吞聲。鮑明遠和行路難：心非木石豈無感，吞聲躑躅不敢言。杜詩：吞聲躑躅涕淚零。楊君青雲貴公子，劉伶酒德頌云：貴介公子。歎嗟簿領困書生。文選劉公幹詩：沈迷簿領書(二)。李善曰：簿領謂文簿而記録之。莊子注曰：領，録也(三)。贈我新詩甚高妙，淚斑枯笛月邊横。述異記：舜葬蒼梧，二妃淚下沾竹，文悉為之斑。唐高駢題二妃廟：當時珠淚垂多少，直到如今竹尚斑！文章不直一杯水，太白云：吟詩作賦北窗裏，萬言不直一杯水！老矣忍與時人爭！江城歌舞聊得醉，但願數有美酒傾。莫要朱金纏縛我，陸沉世上貴無名。揚子法言：紆朱懷金之樂。老子曰：無名萬物之始。又曰：道常無名。李白詩：含光混世貴無名，何用孤高比月明。

〔一〕『潛』原作『僭』，據至元本、樹經堂本改。

〔二〕『沈』原作『況』，據文選卷二十九劉楨（公幹）雜詩改。

〔三〕『注』原作『記』，誤。按：文選劉公幹此詩『沈迷』句下李善注引：『司馬彪莊子注曰：領，録也。』今據以改。

聞致政胡朝請多藏書以詩借書目

萬事不理問伯始，『萬事不理問伯始，天下中庸有胡公』：見後漢胡廣（字伯始）傳。籍甚聲名南郡胡。『名聲籍甚』，見陸賈傳。胡廣南郡華容人。遠孫白頭坐郎省，蔡質漢官典職云〔一〕：尚書郎省中以胡粉塗壁。乞身歸來猶好書。手抄萬卷未閣筆，典略：王粲才既高辨，每朝廷奏議，卿相閣筆，不敢措手。唐劉知幾傳云：閣筆相視，含毫不斷。心醉六經還荷鉏。『列子見之而心醉』〔二〕，見列子。中説云：心若醉六經，目若營四海。常林性好學，帶經耕鉏。願公借我藏書目，時送一鴟開鏁魚。古語『借書一癡，還書一癡』，或謂『癡』當作『瓻』。説文云：瓻音絺，注酒器〔三〕。按集韻『瓻』字注云：古以借書，借書餽酒一瓻，還書亦餽酒一瓻。獨蘇、黄詩乃作『鴟』。東坡云：不持兩鴟酒，肯借一車書？山谷又有詩云：莫惜借行千里，他日還君一鴟。秦少游亦云：知續春明退朝録，借觀當奉一鴟還。蓋用揚雄酒箴：鴟夷滑稽，腹大如壺，盡日盛酒，人復借酤。師古曰：韋囊盛酒，即今鴟夷幐也。芝田録云：門鑰必以魚者，取其不瞑目守夜之義。李義山詩：鷁舟繫兩岸，魚鑰啓重關。

〔一〕『職』原作『質』，據元至元本改。按：蔡質此書今有孫星衍輯本，題作漢官典職儀式選用（一卷）；又有黄奭輯本，題漢官典儀（一卷）。

〔二〕『見』原作『問』，據元至元本及列子黄帝篇改。

〔三〕『注』原作『註』，據弘治本改。

戲贈南安倅柳朝散

柳侯風味晚相見，衣袂頗薰荀令香。襄陽記劉季和云：荀令君至人家，坐席三日香。詳見觀王主簿酴醿詩注。桃李能言妙歌舞，借使李廣傳：桃李不言。樽前一曲斷人腸。劉禹錫於李司空坐上賦詩曰：鬖鬌梳頭宮樣粧，春風一曲杜韋娘。司空見慣渾閑事，斷盡江南刺史腸。李因以妓贈之〔一〕。洞庭歸客有佳句，玉臺新詠有梁柳惲江南曲云〔二〕：洞庭有歸客，瀟湘逢故人。亦見文選。庾嶺梅花如小棠。『庾嶺』見上。詩：蔽芾甘棠。箋云：召伯舍小棠之下。正義郭璞曰：今之杜梨。又曰：杜赤棠，白者棠。然則其白者為棠，其赤者為杜，宜以比梅也〔三〕。乘興高帆少相待，淮湖秋月要傳觴。文選南都賦：儇才齊敏，授爵傳觴。

〔一〕『李因以妓贈之』元至元本作『因贈以妓』。按：注文出孟棨本事詩情感第一，末句作：『李因以妓贈之。』

〔二〕『惲』原作『煇』，誤，據至元本、樹經堂本改。

〔三〕『比』原作『北』，據弘治本、樹經堂本改。

題槐安閣 并序

東禪屬虔州。山谷自太和考試南安，過虔州作。

東禪僧進文結小閣於寢室東，養生之具取諸左右而足。彼雖聞中天之臺、百常之觀，文選西京賦：徑百常而莖擢。注云：倍尋曰常。蓋無慕嫪之心，予為題曰槐安閣而賦詩。夫據功名之會，以嫮姱一世，其與蟻丘亦有辨乎？雖然，陋蟻丘而仰泰山之崇崛，猶未離乎俗觀也。淳于棼夢大槐安國，詳見宿觀音院詩注。

曲閣深房古屋頭，病僧枯几過春秋。垣衣蛛網蒙窗牖，本草：垣衣一名昔邪。又云：在墻垣謂之垣衣，在水中、石上謂之陟釐。萬象縱橫不繫留。賈誼鵩鳥賦：汎乎若不繫之舟。白蟻戰酣千里血，檀蘿國來伐，王命棼征之，敗績：亦槐安國事也。晉、楚戰於鄢陵，戰酣之時，子反渴而求飲：見淮南子。黃粱炊熟百年休〔一〕。炊黃粱未熟，見上。王荆公詩：邯鄲四十餘年夢，相對黃粱欲熟時。功成事遂人間世，老子：功成，名遂，身退，天之道。人間世，莊子篇名。欲夢槐安向此遊。

〔一〕『粱』原作『梁』，據至元本、樹經堂本改。下注同。

洪範以不合俗人題廳壁二絶句次韻和之

余洪範名卞。山谷元豐四年自太和往南安軍考試，經行贛上，洪範時為贛州郡掾，與之唱和，故有『南康郡下參軍』之句。南康即贛州之郡名。有答洪範二首、寄一詩，皆此時作。

寂寥吾道付萬世，忍向時人覓賞音！臨博而企竦，聞樂而竊抃者，或有賞音而識道也：見曹子建求自試表。『聞絃賞音』，見吳志周瑜傳。集中答明略云〔一〕：『枯桐滿腹生蛛網，忍向時人覓清賞』，皆用鍾期、伯牙事。搔首金城西萬里，樽前從此嘆人琴！元注云：德占最知洪範。徐德占死事見後和答魏道輔詩注。晉王徽之傳：獻之卒，徽之奔喪不哭，直上靈牀，取獻之琴彈之，久而不調，歎曰：『嗚呼〔二〕，子敬人、琴俱亡！』白樂天祭元微之文：絃筆兩絶，其今日乎！乃『人、琴俱亡』之變也。

埋沒高才築釣間，杜牧詩〔三〕：築釣乘時用。言傳說、太公也。韓文公代裴相辭官表：高宗登傳說於版築，周文用呂望於釣屠。風雲未會要鯢桓。南康郡下參軍耳，付與紅塵白眼看！『鯢桓』、『青白眼』並見上。

〔一〕『集中』元至元本作『第一卷』，按即卷一再答明略二首之一。

〔二〕『嗚』原作『鳴』，據至元本、樹經堂本改。

〔三〕『詩』原作『之』，據元至元本改。

發贛上寄余洪範

山谷真蹟第三聯却作：紅衣傳酒傾諸客，清夜中談誇九州。又有題名云：王誠之、柳誠甫、周道甫、魏伯殊、余洪範、徐適道、徐致虛、馬固道、東禪惠老，及詩一首云：惠老有才氣，往來三十年〔一〕。松風沉永日，詩句即深禪。萬水千山裏，長安大道邊。相逢欲留語，此月別時圓。因附注此。

二川來集南康郡，氣味相似相和流。虔州治贛縣，唐武德曰虔州，天寶曰南康郡。『二川』謂貢水、章水，皆北流，合于贛縣，流入大江。紹興二十三年改作贛州。白樂天長恨歌：迴看血淚相和流。木落山明數歸鴈，鬱孤欄楯繞深秋。鬱孤臺在虔州〔二〕。胸中淳于吞一石，史記：淳于髡一石亦醉。塵下庖丁解十牛〔三〕。莊子音義：庖人，丁其名也。管子有屠牛坦，一朝解九牛。又賈誼傳：屠牛坦一朝解十二牛，而芒刃不頓者，所排擊剥割，皆衆理解也。『塵下』疑是『筆下』。它日欲言人不解，西風散髮棹扁舟〔四〕。嵇叔夜詩：散髮巖岫。

〔一〕『往』原作『住』，據黄㽦客年譜卷十三改。

〔二〕『鬱孤臺在虔州』元至元本此下多出：『虔、吉鄰郡，當是解大（當作「太」）和往德平也。』

〔三〕『塵下庖丁解十牛』樹經堂本句下有小字注：『「塵」一作「麈」。』

〔四〕『棹』原作『掉』，據嘉靖本、萬曆本及樹經堂本改。元至元本作『掉』。

次元明韻寄子由

山谷兄大臨字元明〔一〕，寄子由詩云：「鍾鼎功名淹管庫，朝廷翰墨寫風煙。」『管庫』謂監筠州鹽酒稅也〔二〕。子由在筠州有東軒記〔三〕，實元豐三年十二月作。是歲庚申，山谷得邑太和，辛酉到官。

半世交親隨逝水，論語：子在川上曰：「逝者如斯夫，不捨晝夜！」劉公幹：逝者如流水，哀此遂分離。盧仝詩：百年逝過如流川。幾人圖畫入凌煙？唐書：貞觀中，功臣圖形凌煙閣。

春風春雨花經眼，江北江南水拍天。韓詩：海氣昏昏水拍天。欲解銅章行問道，漢官儀：縣令秩五百石，銅章墨綬。『欲解銅章』可見太和作〔四〕，四首同時〔五〕。定知石友許忘年。『石友』『忘年』並見上。

脊令各有思歸恨，日月相催雪滿顛。杜詩：干戈況復塵隨眼，鬢髮還應雪滿頭。言彼此皆有兄弟之思，如脊令在原也。

〔一〕『山谷兄大臨』元至元本作『按當時山谷兄大臨』。

〔二〕『監』原作『鹽』，據至元本、弘治本及樹經堂本改。

〔三〕『州』原無，據元至元本加。

〔四〕『可見太和作』元至元本作：『可見太和將滿時作。』

〔五〕『四首同時』元至元本此句下有：『「銅章」見第三卷末注。』按即至元本卷六次韻部明叔長歌注。因至元本此詩無『漢官儀』一條注，故有此說明。

再次韻奉答子由

蠆尾銀鉤見[一]上。寫珠玉，剡藤唐舒元輿有弔剡藤文。蜀繭照松煙。繭紙見上。似逢海若談秋水，莊子秋水篇，見上。始覺醯雞守甕天。莊子田子方篇孔子曰[二]：丘之於道，其猶醯鷄歟！微夫子之發吾覆也，吾不知天地之大全也。杜詩：謬知終畫虎，微分是醯雞。何日清揚能覿面？鄘國風君子偕老云：子之清揚，揚且之顔也。注云：清，視清明也；揚，廣揚而頭角豐滿[三]。齊國風猗嗟云[四]：抑若揚兮。注：揚，廣揚。又云：猗嗟名兮，美目清兮。注：目上為名，目下為清。又云：清揚婉兮。只今黄落又凋年。月令：季秋，草木黄落。漢武帝秋風辭：草木黄落兮鴈南歸[五]。文選舞鶴賦：窮陰殺節，急景凋年。萬錢買酒從公醉，杜詩：左相日興費萬錢，飲如長鯨吸百川。一鉢行歌聽我顛。傳燈録：道吾和尚有一鉢歌。

〔一〕『見上』元至元本作『謂索靖書見上』。

〔二〕『田』原作『曰』，據至元本、弘治本及樹經堂本改。

〔三〕『頭角豐滿』，諸本皆同，而毛詩正義卷三君子偕老毛傳作：『顔角豐滿。』

〔四〕『齊』原作『魯』，諸本皆誤，今據毛詩正義卷五改。

〔五〕『歸』原作『翔』，據元至元本及文選卷四十五漢武帝秋風辭改。

再次韻寄子由

想見蘇耽携手僊，神仙傳：蘇仙公桂陽人，漢文帝時得道仙去。後有白鶴來止郡城東北樓上，人或挾彈彈之，鶴以爪攫樓板，似漆書云：『城郭是，人民非。三百甲子一來歸，吾是蘇君彈何為！』又一說：蘇耽者，桂陽人也。少以至孝著稱，初去時云：『今年大疫，死者略半，家中井水飲之無恙。』果如所言。出洞仙傳，所載鄉里及行事大概皆同。可見『仙公』即蘇耽也。青山桑柘冒寒煙。麒麟墮地思千里，韻書曰：騏驎白馬黑脊。傅玄豫章行云：男兒當門户，墮地自生神。虎豹憎人上九天。宋玉招魂云：魂兮歸來！君無上天些，虎豹九關，啄害下人些。風雨極知雞自曉，鄭國風：風雨凄凄，雞鳴喈喈。雪霜寧與菌爭年。莊子逍遥篇：朝菌不知晦朔，蟪蛄不知春秋，此小年也。杜牧題魏文貞：蟪蛄寧與雪霜期？賢哲難教俗士知。詩意謂：松柏冒霜雪，豈與朝菌較修短耶！何時確論傾樽酒，醫得儒生自聖顛。元注云：出素問。今按難經五十九難曰：狂顛之病，何以別之？自高賢也，自辯智也，自貴倨也，妄笑好歌樂也。

次韻寄上七兄

學得屠龍長縮手，『屠龍』見上。鍊成五色化蒼煙。列子湯問篇：天地亦物也，物有不足，故昔者女媧氏鍊五色石以補其闕。誰言遊刃有餘地？『恢恢乎，其於遊刃必有餘地矣』，此莊子言庖丁解牛，今以言屠龍。李白詩：投刃有餘地。自信無功可補天。言鍊石也。啼鳥笑歌追暇日，飽牛耕鑿望豐年。帝王世紀老人擊壤于道曰：吾鑿井而飲，耕田而食，帝何力於我哉！荷鋤端欲相隨去，邂逅青雲恐疾顛。『高位寔疾顛〔一〕，厚味實腊毒』，見國語周語下。

〔一〕『顛』原作『傎』，元至元本作『憒』，今據國語周語下改。

和七兄山蕷湯

廚人清曉獻瓊糜，見上。正是相如酒渴時。司馬相如傳：常有消渴病。杜詩：酒渴愛江清。能解飢寒勝湯餅，東晳餅賦：玄冬猛寒，清晨之會，涕凍鼻中，霜凝口外，充虛解戰，湯餅為最。略無風味笑蹲鴟。漢貨殖傳：下有蹲鴟，至死不飢。注謂芋也。世說：大飢不飢，蜀有蹲鴟。打窗急雨知然鼎，亂眼晴雲看上匙。已覺塵生雙井椀，雙井茶出洪州分寧。濁醪從此不須持。杜詩：濁醪有妙理。

同韻和元明兄知命弟九日相憶

山谷有此詩草本真蹟云：萬重雲裏孤飛鴈，只聽歸聲不見身。却把黃花同悵望，寄傳詩句更清新。末句『奉親歸製白綸巾』傍注改今本，『南北』作『南渡』，『兄弟』作『摹寫』，『老作』改『晚作』，次篇『田鄰』作『鄰田』。

革囊南渡傳詩句，摹寫相思意象真。九日黃花傾壽酒，幾回青眼望歸塵！蚤為學問文章誤，杜詩：紈袴不餓死，儒冠多誤身。晚作東西南北人。檀弓上〔一〕：孔子曰：『丘也東西南北之人也』。高適人日寄杜二拾遺：龍鍾還忝二千石，愧爾東西南北人〔二〕。安得田園可溫飽，後漢皇甫規傳：退不得溫飽以全命。長拋簪紱裹頭巾！

萬水千山厭問津，芭蕉林裏自觀身。維摩經：是身如芭蕉，中無有堅。又云：又復觀身，身不離病。鄰田雞黍論語：殺雞為黍而食之。留熊也，風雨關河走阿秦。『熊也』、『阿秦』當是山谷兄弟小字。山谷兄弟五人：大臨、庭堅、叔獻、叔達、仲熊，仲熊即墓誌所謂『非熊』，代書一篇所謂『阿熊』，而今詩所謂『熊也』。『阿秦』蓋可類推。鴻鴈池邊照雙影，兄弟中兩人相聚，而三人別去也。脊令原上憶三人。年年獻壽須歡喜，白髮黃花映角巾。晉羊祜傳與從弟琇書曰：既定邊事，當角巾東路歸故里。王導曰：元規若來，吾便角巾還第。杜詩：錦里先生烏角巾。白樂天詩：病喜頭輕換角巾。

〔一〕『檀弓上』元至元本作『记』。

〔二〕『高適……愧爾东西南北人』元至元本無此段注文，作『此亦是往德平时作』。

代書

阿熊去我時，山谷有非熊墓銘云：仲熊其名，非熊其字，先大夫之幼子。漢外戚傳竇廣德曰：姊去我西時，與我訣傳舍中。秋暑削甘瓜。魏文帝與吳質書：浮甘瓜於清泉。離别日月除，詩：日月其除。蓮房倒箭靫。靫，箭室也。得書報平安，肥字如栖鴉。玉川子添丁詩：忽來案上翻墨汁，塗抹詩書如老鴉。汝才躍鑪金，自必為鏌鋣。莊子大宗師篇：今大冶鑄金，金踊躍曰：『我且必為鏌鋣。』大冶必以為不祥之金。窮年抱新書，『新書』謂王氏經學。東坡次韻秦觀秀才見贈詩：縱横所值無不可，如君不怕新書新。挽條咀春葩。退之進學解：含英咀華。又詩云：東野動驚俗，天葩吐奇芬。弄筆不能休，文選典論云：傅毅之於班固，伯仲之間也，而固小之，與弟超書曰：『武仲下筆不能自休。』屈宋欲作衙。唐杜審言傳：常語人曰：『吾文章當得屈、宋作衙官。』屈指推日星。『屈指計其日』，見陳湯傳。許身上雲霞。杜詩：許身一何愚！墓銘云：先大夫以歲月日時參伍，以曆象為吉祥，非熊亦自恃其命，曰：『我生日在申，辰在卯，歲庚午，天地合，終富貴。』安知九天關，虎豹守夜叉！『虎豹九關』，『夜叉守門』，並見上〔二〕。視田操豚蹄，持狹所欲奢。史記淳于髡傳：臣從東方來，見道傍有禳田者〔三〕，操一豚蹄、酒一盂而祝曰：甌窶滿篝，汙邪滿車，五穀蕃熟，穰穰滿家』。臣見其所持者狹，而所欲者奢，故笑之。文章六經來，汗漫十牛車。漢兒寬傳：大家牛車，小家擔負。柳子厚作陸文通墓表：其為書，處則充棟宇，出則汗牛馬。李白詩：筆禿千兔毫，書載兩牛腰。譬如觀滄海，細大極龍蝦。退之鰐魚文云：潮之州，大海在其南，鯨鵬之大，蝦蟹之細，無不容歸。古人以聖學，未肯廢百家。舊山木十圍，齋堂緑陰遮。紅稻香盂飯，維摩經：化菩薩以滿鉢香飯與維摩詰。黄雞厭食鮭。『食鮭』見上。鮭，魚也，音鞋，不在此韻，疑是『食蛙』。按圖經本草，蛙有背作黄文者；又云：一名水雞。摩挲垂腴腹，韓詩外傳：魚之侈口垂腴者，魚畏之。凡言腹腴，皆魚也。獨王充論衡云：堯若腊，舜若腒，桀紂之君垂腴尺餘。頗復讀書耶？念汝齒壯矣，無婦助烹茶。父兄亦憐汝，須兒牧犬猳。左傳：使卒出猳，行出犬雞〔三〕。鮑明遠詩：倚杖牧雞豚〔四〕。且伐千章木〔五〕，漢貨殖傳：木千章。贈行當馬檛。文選馬融笛賦云：剡其上孔通洞之，裁以當簻使易持。注云：簻，馬策也。贏糧果後時，史記李斯傳：躡馬贏糧，唯恐後時。定隨八月槎。張華博物志云：舊説天河與海通。近世有人居海渚，年年八月有浮槎去來，不失期。人有奇志，立飛閣於槎上，多齎粮，乘槎而去。十餘日中，猶見星月日辰，自後茫茫忽忽，亦不覺晝夜。十餘日，奄至一處，有城郭狀〔六〕，屋舍甚嚴。遥望宫中多織婦，見一丈夫牽牛，渚次飲之。牽牛人驚問曰：『何由至此？』此人具説來意，並問此是何處，答曰：『君還至蜀郡，訪嚴君平則知之。』及歸，問君平，對曰：『某年月日有客星犯牽牛宿。』計其年月，正此人到天河時也。杜甫秋興詩：聽猿實下三聲淚，奉使虚隨八月槎。覺民在中林，集中字説云：弟仲堪温恭而文，庭堅字之曰覺民。丁丁聞兔罝。詩：肅肅兔罝〔七〕，椓之丁丁〔八〕。又云：肅肅兔罝，施于中林。奉身甚和友，幹父辦咄嗟。易云：幹父之蠱。晉石崇傳：為客作豆粥，咄嗟便辦。按文選曹子建詩：自顧非金石，咄唶令心悲。注引説文云：咄，叱也；唶，大呼也。言人命在叱呼之間。咄，丁兀切；唶，子夜切。漢末有此語，至晉而訛為『咄嗟』也。臺源吟松籟，集中有次韻十九叔臺源詩云：聞道臺源境，鉏荒三徑通〔九〕。先生岸巾紗。杜詩：白幘岸江皐。王荆公詩：孫陵西曲岸烏紗。留客醉風月，槃筋供柔嘉。退之詩：野蔬拾新柔。詩：柔嘉維則。此摘其字。仍工朱絲絃，文選陸士衡詩：直如朱絲絃〔一〇〕。洗心拂奇邪。禮記祭義：雖有奇邪而不治者，則微矣。孤臣發楚調，謂屈原楚辭。傾國怨胡笳。世傳胡笳十八拍蔡琰所作。『傾國』見漢書李夫人傳。把筆學周鼓，鳳翔石鼓文世傳周宣王時作。字形錐畫沙。見上。詩書乃宿好，淵明詩：詩書敦宿好，林園無俗情。不為蓬生麻。說苑：蓬生麻中，不扶自直。元明祖師禪，山谷兄大臨字元明。妙手發琵琶。已無富貴心，鼓吹一池蛙。孔珪池蛙見上注〔一一〕。天民服農圃，頗復秋斂賒。天民疑是覺民昆仲。周禮泉府：斂市之不售、貨之滯於民用者，以其賈買之。凡賒者，祭祀無過旬日。下田督未耘，入嶺按新畬。周頌臣工云：亦又何求，如何新畬？注云：田二歲曰新，三歲曰畬〔一二〕。悉力輸王賦，至今困生涯。莊子：吾生也有涯。知命叔山徒，莊子德充符篇：魯有兀者叔山無趾。知命山谷弟，名叔達，足蹇，故以為喻。爐香嚴佛花。圓覺經云：心花發明。唯思苾蒭園，梵語『比丘』或曰『苾蒭』。尊勝經：號僧曰苾蒭，此物草也，而有五義：一生不背日，二冬夏常青，三體性柔軟，四香氣遠騰，五引蔓傍布。為佛徒弟亦然，故以為名。脱冠着袈裟。梵語『袈裟』，此云不正色，即壞色染衣也。起家望兩季〔一三〕，漢儒林傳：孔氏有古文尚書，孔安國以今文讀之，因以起其家。佩金蹋朝韡。嘉魚在南國，小雅南有嘉魚，樂與賢也。宗廟薦鱨鯊。小雅魚麗，美萬物盛多，可以告於神明矣：魚麗于罶，鱨鯊。我為萬夫長，書咸有一德：萬夫之長，可以觀政。言為萬户縣也。朝論不齒牙。南史謝脁傳：脁好獎人才，曰：『士子聲名未立，應共獎成，無惜齒牙餘論。』退之詩：顧我未肯置齒牙。刺頭簿領中，蚤虱廢搔爬。柳子厚詩：中散蝨空爬。蓋用文選嵇康絕交書：性復多蝨，爬搔無已，而當裹以章服。世累已纏縛，官箴易疵瑕。左傳襄四年：魏絳論和戎云：『昔周辛甲之為太史也，命百官，官箴王闕。』僖七年：楚文王謂申侯曰：『予取予求，不女疵瑕。』何時煙雨裏，驅羊入金華？黄初平牧羊金華山，見上。遣奴迫王事，不暇學驚蛇〔一四〕。晉衛恒傳：張伯英臨池學書，池水盡黑。下筆必為楷，則號怱怱，不暇草書。法書要録：羲之自叙草書云：疾若驚蛇之失道。

〔一〕『虎豹九關夜叉守門並見上』元至元本無『夜叉守門並』五字，『見上』下有：『盧仝詩云：天門九重高崔嵬，清空鑿出黄金堆。夜叉守門晝不啟，夜半醮祭夜半開。』

〔二〕『禳』原作『穰』，據樹經堂本及史記滑稽列傳改。

〔三〕『犬』原作『大』，據至元本、樹經堂本及左傳隱公十一年改。

〔四〕『牧』原作『收』，據元至元本及文選卷二十八鮑照東武吟改。

〔五〕『木』嘉靖本、萬曆本作『材』。

〔六〕『狀』原作『伏』，據元至元本及張華博物志卷十改。

〔七〕『罝』原作『置』，據至元本、弘治本、樹經堂本及詩經周南兔罝改。下同。

〔八〕『椓』原作『㧻』，據至元本、弘治本、樹經堂本及詩經兔罝改。

〔九〕『集中有……三徑通』『集中』元至元本作『第七卷』，按即至元本卷十四。『臺源境』於次韻十九叔父臺源詩中作『桃源境』。

〔一〇〕『文選陸士衡詩直如朱絲絃』按文選所載陸機詩無此句，唯鮑照白頭吟有：『直如朱絲繩。』

〔一一〕『孔珪池蛙見上注』元至元本作『南史孔珪傳：門庭之内，草萊不剪，中有蛙鳴。或問之曰：「欲為陳蕃乎？」答曰：「我以此當兩部鼓吹，何必效蕃」』。

〔一二〕「田二歲曰新三歲曰畬」「二」原作「一」,「三」原作「二」,據至元本、弘治本及毛詩正義卷十九周頌臣工注改。
〔一三〕「兩季」原作「雨李」,据至元本、樹經堂本改。
〔一四〕「不暇學驚蛇」嘉靖本、萬曆本均有小字注:「「學」一作「草」。」

雙澗寺二首 寺在太和境内。

二水奔奔鳴屋除, 韓文藍田丞廳記:水㶁㶁循除鳴。 松林落日吼烏菟。 左傳:楚人謂虎為烏菟。 老僧更有百歲母,白髮身為反哺烏。 詩:嗷嗷林烏,反哺於子。爾雅:純黑而反哺者,烏也。杜詩:舟鷁排風影,林烏反哺聲。

山陋江深屋翠崖,夜鍾聲自甕中來。長松偃蹇蒼龍卧,六月澗泉轟怒雷。

睡　起

柿葉鋪庭紅顆秋,薰爐沉水度衣篝。 說文曰:篝,落也,可薰衣。 松風夢與故人遇,同駕飛鴻跨九州。 文選郭璞遊仙詩:赤松臨上仙,駕鴻乘紫煙。李白詩:不及廣成子,乘雲駕輕鴻。

奉送周元翁鎖吉州司法廳赴禮部試

周敦頤濂溪二子壽、燾。壽字季老，後改元翁；燾字通老，後改次元。山谷在太和，元翁任吉州司法，至元豐五年，於黃裳榜登第。此詩即送其赴禮部試也。後次元亦於元祐三年李常寧榜登第。元翁終司封員外郎，次元終徽猷閣待制。集中與元翁及次元唱和詩凡十篇(一)。

江南江北木葉黃，楚辭：洞庭波兮木葉下。五湖歸鴈天雨霜。後漢隗囂傳：范蠡乘扁舟於五湖。杜詩：青楓葉赤天雨霜。繫船湓城秣高馬，湓城，江州也。言自此陸行。文選馬賦：旦刷幽燕，晝秣荆越。退之云：膏吾車兮秣吾馬。客丁結束女縫裳。詩葛屨云：摻摻女手，可以縫裳。貢書登名徹未央，退之復志賦：豈不登名於一科兮，曾不補其遺餘。漢高帝紀：蕭何治未央宮，立東闕、北闕。師古曰：未央殿雖南向，而上書奏事謁見之徒皆詣北闕，公車、司馬亦在北，蓋以北闕為正門，而又有東門、東闕，以厭勝之術也(二)。不比長卿薄游梁。司馬長卿病免，客游梁，見本傳。梁即汴京也。南山霧豹出文章，見上注。去取公卿易驅羊。杜牧示阿宜云：願爾出門去(三)，取官如驅羊。與君初無一日雅，漢谷永傳：永奏書謝王鳳曰：『永無一日之雅、左右之介。』傾蓋許子如班揚。家語：孔子之郯，遭程子於塗，傾蓋而語。『班』謂固，『揚』謂雄也。囚拘官曹少相見，鵩鳥賦：愚士繫俗，窘若囚拘(四)。忽忽歲晚稼滌場。詩七月云：十月滌場。一盃僚友喜多在，謝守不見空澄江。澄江如練明橘柚，謝朓玄暉詩云：餘霞散成綺，澄江淨如練。玄暉為宣城守，『南中榮橘柚』亦玄暉詩也。李白詩：解道澄江淨如練，令人長憶謝玄暉。萬峰相倚摩清蒼。莫堂醺醺客被酒，漢書：高祖被酒，夜徑澤中。艷歌聒醉燭生光。韓退之短檠歌：長檠艷歌照珠翠。前集聽宋宗儒摘阮歌云：促絃聒醉驚客起。兩用此字〔五〕。按春明退朝録云：太宗嘗謂侍臣曰：『後唐莊宗湛飲，以鄭聲與胡部合奏，謂之「聒帳」，自昏達且不息』。山谷蓋取此意。椎鼓發船星斗白，見上〔六〕。明日各在天一方。杜云：我行山川異，各在天一方。寒鵶滿枝二橋宅，樽前顧曲憶周郎。吳志周瑜傳：時年二十四，吳中皆呼為『周郎』。從孫策攻皖城，拔之，得橋公兩女，皆國色也。策自納大橋，瑜納小橋。瑜少精意於音樂，雖三爵之後，其有闕誤，瑜必知之，知之必顧，故時人謡曰：『曲有誤，周郎顧』。寰宇記云：橋公亭在舒州懷寧縣，北隔皖水一里〔七〕。同安志有橋公亭記云：聞之耆耋，橋公之舊居也。鱸魚斫膾蔗為漿，後漢左慈傳：在司空曹操坐，操曰：『今日高會，珍羞略備，所欠吳松江鱸魚耳。』元放曰：『此可得也。』因求銅盤貯水，以竹竿餌釣於盤中。須臾，引出一鱸魚。又餌鈎沉之〔八〕，須臾復引出，皆長三尺餘。操使目前鱠之，周浹會者。『蔗漿』見上。恨君不留誰與嘗？殿前春風君射策，漢庭諸公必動色。劉文房餞蕭郎中赴潤州序：我蕭公建隼此地，化行五年，漢庭羣公方待以美職。呂和撰劉公神道碑：重氛再廓，闔境昭蘇，由是漢庭諸公，始重其節。杜詩：滿堂動色嗟神妙。故人若問黃初平，將作金華牧羊客。太白詩：金華牧羊兒，迺是紫煙客。『黃初平』見上〔九〕。『射策』見上。

〔一〕『周敦頤……凡十篇』元至元本題下注作『按山谷跋尾，元翁名壽』。

〔二〕『漢高帝紀……厭勝之術也』元至元本作『高帝紀：蕭何治未央宮』。

〔三〕『爾』原作『汝』，據樹經堂本及樊川詩集注（杜牧著，清馮集梧注，上海古籍出版社一九七八年版）卷一冬至日寄小姪阿宜詩改。

〔四〕『僒』原作『⿰氵窘』，據至元本、弘治本、樹經堂本及漢書賈誼傳、文選卷十三賈誼鵩鳥賦改。

〔五〕『兩』原作『雨』，據至元本、弘治本及樹經堂本改。

〔六〕『見上』元至元本作『杜詩：負鹽出井此溪女，打鼓發船何郡郎』。

〔七〕『北』原作『此』，據至元本、樹經堂本改。

〔八〕『鉤』原作『鈎』，據弘治本、樹經堂本及後漢書卷八十二方術列傳改。

〔九〕『黄初平見上』元至元本作『葛洪神仙傳：黄初平，年十五家使牧羊，有道士將至金華山四十餘年，其兄初起求得之，問羊何在，初平言：「叱，叱！羊起！」於是白石皆起，成羊數萬頭』。

飲潤父家

黄渥字潤父，會稽人，後更名育，字懋達。山谷以同宗為作字序，時為吉州司理，與之同寅。

齋閤寒麝薰，書帙映斜景。老杜詠竹云：色侵書帙晚。偶來樽俎同，延此笑言頃。宮線添尺餘，荆楚歲時記云：宮中以紅線量日影，至日日添一線。杜詩：何人錯認窮愁日？愁日愁隨一線長。朝來日未永〔一〕。一醉解語花，開元天寶遺事：太液池千葉白蓮開，帝與貴戚燕賞，指貴妃曰：『爭如我解語花！』萬事畫地餅。魏志盧毓傳詔曰：選舉莫取有名，名如畫地作餅，不可啖也。白樂天詩：望梅閣老無妨渴，畫餅尚書不救飢。要似虎頭癡，何須樗里癭！虎頭，顧愷之也。晉書本傳云：愷之才絶、畫絶、癡絶。史記樗里子傳：滑稽多智，秦人號曰『智囊』。愷之傳無『虎頭』之稱。東坡詩有『癡虎頭』字，注謂顧愷之常為虎頭將軍。按張彦遠名畫記，愷之小字虎頭。樗里傳不言『癭』，白氏六帖疾門有『智囊宿瘤』，注：並癭也〔二〕。

〔一〕『來』元至元本作『市』。

〔二〕『白氏六帖……並癭也』元至元本作『豈謂智囊為癭乎』。

次韻寄潤父〔一〕

昏昏迷簿領，『昏昏簿領』見上。勿勿貴晷景〔二〕。顏氏家訓：世中書翰多稱『勿勿』，相承如此，莫知其由。或有妄言此『忽忽』之殘缺耳。案説文：『勿者，州里所建之旗也，象其柄及三游之形〔三〕，所以促民事，故忽遽者稱「勿勿」〔四〕』。説文又曰：晷，日影也。周禮地官曰：大司徒以土圭之法測土深，正日景以求地中。退之秋懷詩：憂愁費晷景，日月如跳丸。『貴』字疑是『費』。嘗盡身百憂，左傳稱晉侯『險阻艱難，備嘗之矣』。訖無田二頃。蘇秦傳：使我有雒陽負郭田二頃，吾豈能佩六國相印乎！喜從吾宗游，九里河潤永。見上。呼兒跪酒樽，戒婦饌湯餅。杜詩：喚婦出房親自饌。劉夢得云：我作坐上客，引箸舉湯餅。老夫何取焉？君悦甕盎癭。『甕盎大癭』見上〔五〕。退之詩：餘瀾怒不已〔六〕，喧聒鳴甕盎。

〔一〕『韻』嘉靖本、萬曆本作『前韻』。

〔二〕『貴』萬曆本作『負』。

〔三〕『游』顏氏家訓卷三勉學第八之二十五則引説文作『斿』。按『斿』同『旒』，旌旗上飄帶之類的飾物。或作『游』。故仍其舊。

〔四〕『忽』原作『怱』，據元至元本及顏氏家訓卷三勉學第八之二十五則改。

〔五〕『甕盎大癭見上』元至元本作『莊子德充符篇：甕盎大癭説齊桓公，公悦之，而視全人其脰肩肩』。

〔六〕『餘』原作『余』，據樹經堂本及韓愈岳陽樓別竇司直詩改。

送酒與周法曹用前韻〔一〕

吉州司法周元翁也。

遥知謝法曹，南史：謝惠連為彭城王義康法曹行參軍。詩句多夏景。聞道學書勤，墨池方一頃。王羲之傳：曾與人書云：『張芝臨池學書，池水盡黑』。法書要録所載一同，唯石刻孫過庭書譜云：『張精熟池水盡墨。』當以碑板為正。臨川有王逸少墨池，曾子固作記，見本集。大字苦未遒〔二〕，魏文帝與吳質書曰：公幹有逸氣，但未遒耳。劉孝標廣絶交論：聲未遒於雲閣。小字逼智永。法書要録：陳永欣寺僧智永，會稽人，遠祖逸少，歷紀專精，真、草唯命。張祜詩：不絶羲之法，難窮禪智流。我有何郎樽，清江醖玉餅〔三〕。還書及斗數，與君酌楠癭。『玉餅』謂麯也。司馬遷傳云：媒孽其短。師古曰：孽如鞠孽之孽，齊人謂鞠餅為媒。『還書及斗數』疑有舛誤。武攸緒，王公遺以癭杯。東坡賦：酌以癭藤之紋樽。

〔一〕『前韻』嘉靖本、萬曆本作『贈潤父韻』。

〔二〕『苦』嘉靖本、萬曆本作『甚』。

〔三〕『醖』嘉靖本、萬曆本作『醞』。

山谷外集詩注卷第十

出迎使客質明放船自瓦窰歸

鼓吹喧江雨不開，丹楓落葉放船回。謝靈運詩：曉霜楓葉丹。杜詩：送客蒼溪縣，山寒雨不開。直愁騎馬滑，故作汎舟回。風行水上如雲過，易渙卦：風行水上，渙。地近嶺南無鴈來。衡陽有回鴈峰，詳見上注。樓閣人家捲簾幕，杜牧之詩：深秋簾幕千家雨，落日樓臺一笛風。菰蒲鷗鳥樂灣洄。惜無陶謝揮斤手，杜詩：焉得思如陶謝手，令渠述作與同遊。「揮斤」見上。詩句縱橫付酒杯。

次韻和答孔毅甫

毅甫嘗為吉倅。

鵬飛鷃化未即逍遥游，見莊子第一篇。龍章鳳姿終作廣陵散。嵇康傳：人以為龍章鳳姿。康將刑東市，顧視日影，索琴彈之，曰：「昔袁孝尼嘗從吾學廣陵散，吾每靳固之。廣陵散於今絕矣！』初，康遊洛西，宿華陽亭，引琴而彈。夜分，忽有客至(二)，與康談音律，因索琴彈之而為廣陵散，聲調絕倫，遂以授康而誓不傳人。韓皐生知音律，聞鼓琴至止息，歎曰：『美哉，嵇康之為是曲！其當晉、魏之際乎，其音主商，晉金運，商又金聲，此所以知魏方季而晉方代也。王凌、毌丘儉、諸葛誕繼為揚州都督，咸謀興復，為司馬氏所殺。康以揚州故廣陵地，凌等皆魏大臣，故名其曲曰廣陵散，言魏散亡而廣陵始止息者，晉雖暴興，終止息於此。見白氏六帖知音門，併附于此。

湓浦鑪邊督數錢，平仲字毅甫，元祐入館。時監江州錢監。按潯陽志，廣寧監歲鑄錢二十萬。東坡帖云：數日前孔毅甫見過，此人錢監得替，欲入京注擬，中路思家而還。後漢志童謠曰：河間姹女工數錢。故人陸沉心可見。『陸沉』見上(二)。氣與神兵上斗牛，『神兵』、『劍氣衝斗牛』並見上(三)。詩如晴雪濯江漢。孟子：江、漢以濯之。把詠公詩闔且開，王荆公寄王逢原：披衣起坐愁不愜，歸坐把卷闔且開。和微之高齋：青燈明滅照不寐，但把君詩闔且開。旁無知音面墻歎。書：不學墻面(四)。後漢鄧后傳：面墻學術。我今廢書迷簿領，樂毅傳：未嘗不廢書而泣。魚蠹筆鋒蛛網硯。選詩：五車摧筆鋒。六年國子無寸功，退之詩：三年國子師，腸肚集藜莧。李廣傳：終無尺寸功。猶得江南萬家縣。客來欲語誰與同？竊令人熟寐觸屏風。三國管輅傳：嘗謂人曰：『吾與劉潁川兄弟語，使人神思清發。自此之外，殆白日欲寢矣。』漢陳萬年傳：子咸有異材。萬年嘗病，召咸教戒於牀下，語至夜半，咸睡，頭觸屏風。食仰愧冥冥鴻，揚子云：鴻飛冥冥，弋人何篡焉？少年所期如夢中。江頭酒賤樽屢空，孔融傳：罇中酒不空。南山有田歲不逢。漢楊惲傳其詩曰：田彼南山，蕪穢不治，種豆一頃，落而為萁。人生行樂耳，須富貴何時！相思夜半涕無從，檀弓上：吾惡夫涕之無從也。千金公亦費屠龍。『屠龍』見上。韓詩：屠龍破千金，為藝亦云亢。

〔一〕『忽』原作『或』，據晉書嵇康傳改。

〔二〕『陸沉見上』元至元本作：『莊子則陽篇：方且與世違，而心不屑與之俱，是陸沉者也。』

〔三〕『神兵……見上』元至元本作：『「神兵」見上。斗牛之間常有紫氣，寶劍之精上徹於天耳。詳見張華傳。』

〔四〕『墻面』樹經堂本作『面墻』，誤。按：語出尚書周書周官。

再用舊韻寄孔毅甫

鑒中之髮蒲柳望秋衰，晉書：顧悦之與簡文同年而髮早白，帝問之，曰：『松柏之姿，經霜猶茂；蒲柳常質，望秋先零。』歐陽乞致仕表：羣才方茂，蒲柳未秋而早衰。眼中之人風雨俱星散！陸士衡詩：感念桑梓域，髣髴眼中人。魏文帝詩：迴顧四向望，眼中無故人。李白大堤曲：不見眼中人。杜詩：青眼高歌望吾子，眼中之人吾老矣！言熙、豐間諸人皆斥逐。三國志姜維傳：星散流離。杜詩：別離同雨散，行止若雲浮。又：草閣柴扉星散居。白樂天詩：同出復同歸，從朝復至暮，風雨或消散，江山眇迴互〔一〕。劉禹錫詩：故人雲雨散，滿目山川多。往者託體同青山，陶淵明挽歌：死去何所道，託體同山阿。健者漂零不相見。庾公樓上有詩人，樓在江州。平生落筆瀉河漢。莊子逍遥游篇：其言猶河漢而無極也。韓文公上于頔書：文章變化若雷霆，浩汗若河漢。置驛勤來索我詩，自說中郎識元歎。吴志顧雍傳：雍字元歎，吴郡吴人。蔡伯喈避怨於吴，雍從學琴書。江表傳云：伯喈謂曰：『今以吾名與卿故。』雍與伯喈同名。吴録曰：雍字元歎，言為蔡雍所歎也。我方凍坐酒官曹，為公然薪炙冰硯。西漢雜記：以酒為書滴，以玉為硯，皆取其不冰。不解窮愁著一書，史記虞卿傳：不重萬户侯卿相之印，與魏齊間行，卒去趙，困於梁，不得意，乃著書，世傳之曰虞氏春秋。太史公曰：虞卿非窮愁亦不能著書，以自見於後世云。

豈有文章名九縣？漢光武贊：九縣飇回。奴星結柳送文窮〔二〕，退之送窮文云：主人使奴星結柳作車。退倚北窗睡松風。太阿耿耿截歸鴻，張華傳：雷煥掘豐城獄，得一石函，中有雙劍，一曰龍泉，一曰太阿。退之詩：利劍光耿耿。夜思龍泉號匣中。斗柄垂天霜雨空，獨鴈叫羣雲萬重。退之詩：一一叫羣猿。杜詩：孤鴈不飲啄，飛鳴聲念羣。誰憐一片影，相失萬重雲？何時握手香爐峰，香爐峰隸江州。下看寒泉濯卧龍〔三〕？諸葛孔明「卧龍」。

〔一〕「同出復同歸……江山眇迴互」「眇」原作「映」，據弘治本及全唐詩卷四百三十白居易秋日懷杓直詩改。按：全唐詩「復」作「直」，「或」作「忽」。樹經堂本「映」作「渺」。

〔二〕「送文窮」樹經堂本作「文送窮」，於義為勝，然他本均作「送文窮」，故仍其舊。

〔三〕「下」原作「不」，據至元本、萬曆本改。

二月二日曉夢會於廬陵西齋作寄陳適用

適用名汝器，時知廬陵縣。

燕寢著爐香，韋蘇州詩：燕寢凝清香。愔愔閑窗闥。左傳：祈招之愔愔。注云：安和貌。夢到郡城東，笑談西齋月。行樂未渠央，詩庭燎：夜未央。注：夜未渠央，渠音遽。苦遭晴鳩聒。杜詩：苦遭此物聒，孰謂吾廬幽？江郡梅李白，士女嬉城闕。鄭國風：在城闕兮。聞道潘河陽，滿城花秀發。潘岳為河陽令，樹桃李花，人號曰「河陽一縣花」。庾信集中有春賦云：河陽一縣併是花，金谷從來滿園樹。文選蜀都賦：君平、王褒，曄曄而秀發。頗留載酒車，揚雄傳：時有好事者載酒肴從游學。共醉生塵韈。文選洛神賦：凌波微步，羅韈生塵。李白詩：香塵動羅韈，綠水不沾衣。想見舞餘姿，風枝斜蠆髮。詩都人士云：彼君子女，卷髮如蠆。鄙夫不舉酒，春事亦可悦。老杜詩：自知白髮非春事，且盡芳樽對物華〔一〕。又北征詩：幽事亦可悦。雨足肥菌芝，沙暄饒笋蕨。海牛壓風簾，『海牛』，犀也。前集有詩云：海牛壓簾風不開。蓋用張君房脞説：蕭學士夢中賦曉寒歌云：海牛壓簾風不入。前注偶不及此。野飯薰僧鉢。維摩經：以滿鉢香飯普薰毗耶城。飽食愧公家，曾無助毫末。勸鹽推新令〔二〕，王欲悙獨活。尚書：無虐悙獨。此邦淡食傖，賈誼傳：國制搶攘。注：搶音傖，吳人罵楚人曰『傖』。傖，攘亂貌也，音仕庚切。晉周處傳：處子玘將卒，謂子勰曰：『殺我者，諸傖子；能復之，乃吾子也。』吳人謂中州人曰『傖』，故云耳。南史：宋孝武狎侮羣臣，各有稱目。柳元景、垣護之並北人，而王玄謨獨受『老傖』之目。南史杜坦曰：臣本中華高族，直以南渡不早，便以傖荒見隔。世説雅量門云：昨有一傖父來寄亭中。注云：晉陽秋曰：『吳人以中州人為傖。』柳子厚詩：我今誤落千萬山，身同傖人不思還。以上所説不同，故具列之。山谷，豫章人也，而詆吉州人為『傖』，蓋取傖荒之義，無分於南北也。『勸鹽』已見賦鹽詩，蓋官鹽不售而抑配焉，婉其詞曰『勸』耳。儉陋深刺骨。漢杜周傳：內深次骨。公囷積丘山，賈豎但圭撮。漢律曆志：量多少者不失圭撮。注：四圭曰撮，三指撮之也。又曰：六十四黍為圭。撮，倉括反。縣官恩乳哺，『縣官』，霍光傳。南史梁宗室始興王憺傳：行荊州事，人歌曰：『始興王，人之爹，赴人急，如水火，何時復來哺乳我！』荊土方言謂父為爹，徒我反。下吏用鞭撻。政恐利一源，陰符經云：絶利一源，用師十倍。未塞兔三窟。戰國策：馮諼為孟嘗君收債於薛，燒券而還。孟嘗君不悦，後就國於薛，老幼迎於道，孟嘗君乃喜。馮諼曰：『狡兔三窟〔三〕，免其死耳。今君有一，未得高枕而卧，請復鑿二窟』云云。謂孟嘗君曰〔四〕：『三窟已成，請君高枕矣。』晉王衍傳：以弟澄為荊州，族弟敦為青州，因謂曰：『荊州有江漢之固，青州有輔海之險，卿二人在外，而吾留此，足為三窟矣。』蓋舉馮諼語也。寄聲賢令尹，何道補黥刖？莊子大宗師篇：息我黥而補我劓。從來無研桑，班固賓戲：研、桑心計於無垠。注云：史記：勾踐用范蠡、計然。研，計然之名也。漢書：桑弘羊以心計為侍中〔五〕。顧影愧簪笏。退之詩：峨峨進賢冠，耿耿水蒼佩。服章豈不好？不與德相對。顧影聽其聲，赬顏汗漸背〔六〕。何顏課殿上？漢兒寬傳：寬遷左內史，以負租，課殿，當免。民聞當免，皆恐失之，大家牛車，小家擔負，輸租繦屬，課更以最上〔七〕。解綬行采葛。王國風采葛〔八〕，懼讒也。

〔一〕『樽』原作『罇』，據樹經堂本及杜甫曲江陪鄭八丈南史飲詩改。

〔二〕『推』原作『惟』，據嘉靖本、萬曆本、樹經堂本改。

〔三〕『三』原作『二』，據至元本、弘治本及樹經堂本改。

〔四〕『曰』原作『登』，據元至元本改。

〔五〕『漢書桑弘羊以心計為侍中』，『弘』原作『洪』，『心』原作『上』，據元至元本及漢書食貨志改。按漢書食貨志云：『弘羊，洛陽賈人之子，以心計，年十三侍中。』

〔六〕『漸』原作『慚』，據元至元本及韓愈朝歸詩改。

〔七〕『課更以最上』按：注文引漢書破句，此『上』乃指皇帝，原文為：『課更以最，上由此愈奇寬。』

〔八〕『王』原無，據至元本、樹經堂本補。

長句謝陳適用惠送吴南雄所贈紙

盧陵政事無全牛，吉州治廬陵縣，適用與山谷同時作邑。莊子：『庖丁未嘗見全牛』，見上〔一〕。杜詩：妙割無全牛。恐是漢時陳太丘。後漢陳寔傳：除太丘長，修德清淨，百姓以安。書記姓名不肯學，項籍傳：少時學書，不成，去，學劍，又不成，去。籍曰：『書足記姓名而已。』得紙無異夏得裘。琢詩包紙送贈我，自狀明月非暗投。見上。詩句縱横剪宫錦，惜無阿買書銀鉤。退之詩：阿買不識字，頗知書八分。詩成使之寫，亦足張吾軍。『銀鉤』見上。蠻溪切藤卷盈百，側釐羞滑繭羞白〔二〕。拾遺記：南越獻側理紙，南人以海苔為之，其理縱横斜側，因以為名。蘇易簡紙譜云：張華造博物志成，晉武帝賜側理紙，萬番南越所貢也。本草『陟釐』陶隱居云：此即南人所用作紙者。唐本注云：此物乃水中苔，今取為紙，音陟釐，『陟釐』與『側黎』相近，『側黎』又與『側理』相近也。又云：即石髮也。『繭紙』見上。想當鳴杵砧面平，桄榔葉風溪水碧。桄榔木，廣南所出。此紙吴南雄所贈，南雄州隷廣南東路。千里鵝毛意不輕，復齋漫録云：諺曰：『是人眼裏有西施。』又曰：『千里寄鵝毛，物輕人意重。』皆鄙語也，山谷取以為詩。答公益春思云：西施逐人眼，稱心最為得。謝陳適用惠紙云：千里鵝毛意不輕。瘴衣腥膩北歸客。君侯謙虚不自供，胡不贈世文章伯？老杜詩：同心不減骨肉親，每語見許文章伯。一涔之水容牛蹄，淮南子曰：牛蹄之涔無尺之鯉。退之題炭谷湫祠堂：堂無吹毛劍〔三〕，血此牛蹄殷。殷，血深色。識字有數我自知。楊文公談苑云：晉開運中詔令兩制各作詩賦一篇，付禮部為考試之式，獨學士李懌不肯，曰：『李懌識字有數，因人成事，使令衣白袍入貢院〔四〕，下第必矣，胡能作文章為世模楷？』時論美之。小時雙鉤學楷法，山谷論學字云：先當雙鉤，用兩指相疊，蹙筆壓無名指，高捉筆，令腕隨己左右，然後觀人字格，則不患其難矣。至今兒子憎家雞。南史王僧虔傳論書云：征西庾翼書少時與右軍齊名，右軍後進，庾猶不分。在荆州與都下人書云：『小兒輩賤家雞，皆學逸少書。』柳子厚詩：聞道近來諸子弟，臨池尋已厭家雞。雖然嘉惠敢虛辱，賈誼賦：恭承嘉惠兮。煮泥續尾成大軸。後漢鄧訓傳注云：東觀記曰：『訓故吏最貧羸者，念訓常所服藥，北州所乏，又知訓好青泥封書，從黎陽步推鹿車於洛陽市藥，還過趙國易陽，并載青泥一襆〔五〕，至上谷遺訓。其得人心如此。』寫心與君心莫傳，詩：既見君子，我心寫兮。平生落魄不問天。酈食其傳：家貧落魄。魄音薄。杜詩：自斷此生休問天。樽前花底幸好戲，杜詩：退朝花底散。為君絕筆謝風煙。杜詩：揮毫落紙如雲煙。已無商頌猗那手，商頌以那為首，其辭曰：猗與那與。請續南華內外篇。莊子號南華真經，內篇七，外篇二十三。李白大鵬賦：南華老仙發天機於漆園。

〔一〕『莊子……見上』元至元本作『莊子庖丁對文惠君曰：始臣之解牛之時，所見無非全牛者，三年之後，未嘗見全牛也』。

〔二〕『側氂』原作『側厘』，據嘉靖本、萬曆本及樹經堂本改。按：元至元本及弘治本作『側厘』。

〔三〕『堂無吹毛劍』按：韓愈題炭穀湫祠堂詩作：『吁無吹毛刃。』

〔四〕『院』原作『部』，據樹經堂本改。

〔五〕『襆』樹經堂本作『樸』，誤。按：後漢書鄧訓傳作『墣』，或作『襆』。

寄陳適用

日月如驚鴻，歸燕不及社。杜詩：日月不相饒，節序昨夜隔。杜牧之歸燕詩：畫堂歌舞喧喧地，社去社來人不看。清明氣妍暖，亹亹向朱夏。楚辭：時亹亹而過中兮〔一〕，蹇淹留而無成。杜詩：人生幾何春已夏。輕衣頗宜人，杜詩：宜人獨桂林。又云：疏快頗宜人。裘褐就椸架。曲禮：男女不同椸架。已非紅紫時，韓詩：黄黄蕪菁花，紅紫事已退〔二〕。春事歸桑柘。空餘車馬跡，顛倒桃李下。新晴百鳥語〔三〕，各自有匹亞。選詩：春鳥翻南飛，翩翩獨翱翔，悲聲命儔匹，哀鳴傷我腸。林中僕姑歸，苦遭拙婦罵。見上。氣候使之然，光陰促晨夜。解甲號清風，即有幽蟲化。言蟬也。退之聯句：化蟲枯挶莖。朱墨本非工，後周書蘇綽傳：始制文案程式，朱出墨入。王事少閑暇。幸蒙餘波及，左傳重耳云：其波及晉國者君之餘也。治郡得黄霸。黄霸傳：及為相，功名損於治郡時。邑鄰陳太丘，後漢陳寔為太丘長。威德可資借。决事不遲疑，敏手擘泰華。西京賦：綴以二華，巨靈贔屓，高掌遠蹠，以疏河曲，厥跡猶存。善曰：古語云：『此本一山，當河水過之而曲行，河之神以手擘開其上，足蹋離其下，中分為二，以通河流，手足之跡，今尚在也。』頗復集紅衣，呼僚飲休假〔四〕。退之詩：兩府變炎凉，三年就休假。歌梁韻金石，『歌梁』用韓娥能使逶迤之聲環梁而凝塵奮飛，三日不止事。謝靈運詩：急弦動幽聽，清歌拂梁塵。謝玄暉詩：舞館識餘基，歌聲想遺囀。李白詩：醉舞紛綺席，清歌遶飛梁。曾子曳鞿

（而歌商頌，聲滿天地，若出金石。）舞地委蘭麝。寄我五字詩，句法窺鮑謝。（明遠、靈運。）亦歎簿領勞，行欲問田舍。（『求田問舍』見上。）相期黄公壚，（『黄公壚』見上〔五〕。）不異秦人炙。（孟子告子篇：耆秦人之炙，無以異於耆吾炙。）我初無廊廟，（王羲之傳：吾素無廊廟。）身願執耕稼。今將荷鋤歸，區芋畦甘蔗。（文選蜀都賦：瓜疇芋區，甘蔗辛薑。）觀君氣如虹，（禮記聘義：君子於玉比德焉。氣如白虹，天也。江淹謂郭鞏曰：子之咳唾成珠玉，吐氣作虹蜺。）千輩可陵跨。自當出懷璧，往取連城價。（趙得和氏璧，秦願以十五城易之，藺相如使從者衣褐懷璧歸趙，詳見相如傳。）賜地買歌僮，珠翠羅廣廈。（杜詩：安得廣廈千萬間！）富貴不相忘，寄聲相慰藉。（『苟富貴，無相忘』，見陳勝傳。『界上亭長，寄聲謝我』，見趙廣漢傳。『所以慰薦走卒〔六〕』，師古曰：薦者，舉藉也，見胡建傳。『所以慰藉之良厚』，見後漢隗囂傳。）

〔一〕『中』原作『半』，據弘治本、樹經堂本及楚辭宋玉九辯改。

〔二〕『蕪』原作『芫』，諸本皆誤，今據韓愈感春三首之二改。按：韓詩作：『黄黄蕪菁花，桃李事已退。』此處引作『紅紫』，誤。然韓詩中用『紅紫』有多例，如：『道邊草木花，紅紫相低昂』（此日足可惜贈張籍），『草樹知春不久歸，百般紅紫斗芳菲』（晚春），『丁寧紅與紫，慎莫一時開』（花源）。故仍其舊。

〔三〕『語』樹經堂本作『喧』。

〔四〕『僚』原作『嘹』，據至元本、嘉靖本及萬曆本改。

〔五〕『黄公壚見上』元至元本作『晉王戎傳：嘗經黄公壚下過，顧謂後車客曰：「吾昔與嵇叔夜、阮嗣宗酣暢於此，自嵇、阮云亡，吾遂為時之所羈紲，今日視之，雖近，邈若山河」』。

〔六〕「慰」漢書胡建傳作「尉」。

寄懷元翁

歲年豐稻秔，井邑盛煙火。選詩：井邑自相循。注引周禮：九夫為井，四井為邑。史記律書：煙火萬里。北園曾未窺，董仲舒傳：三年不窺園。王事方勤我。詩：王事適我。花枝互低昂，韓文公詩：道傍草木花，紅紫相低昂。歐陽公詩〔一〕：薰風入花骨，花枝互低昂。鳥語相許可。漢蕭何傳：上奏許可。師古曰：可其所奏，許其所請。觀物見歸根，撫時終宴坐。老子云：萬物並作，吾以觀其復〔二〕。夫物芸芸〔三〕，各復歸其根。歸根曰靜，是謂復命。「宴坐」見上。搔首望四隣，諸賢皆最課。班固叙傳云：奏課連最。韓詩寄鄒刺史：初如遺宦情，終乃最郡課。極工簿領書，甚辨米鹽顆。史記天官書：其占驗凌雜米鹽。漢書咸宣傳：其治米鹽。平生短朱墨，見上。吏考仰丞佐。初無公侯心，骨相本寒餓。退之詩：自歎虞翻骨相屯。明窗懷玉友，清絶吟楚些。見楚辭招魂。南史王琳傳：時謂銓、錫二王，玉昆金友。沈存中云：今夔峽、湖、湘，人凡禁呪，句尾皆稱「些」，乃楚人舊俗。念君方坐曹，薛宣傳：日至休吏，賊曹掾獨不肯休〔四〕，坐曹治事。白樂天詩：竟日坐官曹，經旬曠休沐。無因奉虛左。史記魏公子無忌傳：公子從車騎，虛左，自迎夷門侯生。「魏勃願見相君無因」，見齊悼惠王傳。

〔一〕「公」原無，據元至元本加。

〔二〕『以』原作『已』，據元至元本及老子十六章改。按：此句老子作『吾以觀復』。

〔三〕『夫物』原缺，據元至元本及老子十六章補。

〔四〕『掾』原作『椽』，據至元本、樹經堂本及漢書卷八十三薛宣傳改。

對酒次前韻寄懷元翁

花光漸寒食，李白詩：花光不減上林紅。木燧催國火。論語：鑽燧改火。鄴中記：并州一百五日為介子推斷火，冷食三日。內則云：大鑴木燧。注云：木燧鑽火也。周禮：司爟掌行火之政令，四時變國火，以救時疾。張景陽詩：離居幾何時？鑽燧忽改火。沽酒烏勸人，見上。懷賢吾忘我。莊子齊物論云：今者吾喪我。注云：我自忘矣。事往墮甑休，孟敏荷甑，墮地不顧而去。林宗見而問其意，對曰：『甑已破矣，視之何益？』林宗異之，勸令游學，十年知名：見後漢郭太傳。心知求田可。劉備謂許汜曰〔一〕：『君求田問舍，言無可采』，附呂布傳後。王荆公詩：老吾無用亦求田。可人不在眼，禮記：管仲遇盜，取二人焉，上以為公臣。曰：『其所與游辟也，可人也。』晉史：桓溫過王敦墓，曰：『可人，可人！』樽俎思促坐。有生常倥傯，後漢卓茂傳：斯固倥傯不暇給之日。無暇天所課。如東坡詩『此病天所赭』，『長安小吏天所放』之類。不解聞健飲，韓退之詩：不解文字飲。白樂天詩：聞健偷閑且勤飲。俄成一蓬顆。賈山傳：曾不得蓬顆蔽冢而託宿焉〔二〕。泥鈞埏萬物，董仲舒策云：猶泥之在鈞，唯甄者之所為。老子云：埏埴以為器。注云：埏，和也；埴，土也。寒暑勤五佐。史記天官書云：天神貴者太一，太一佐曰五帝。按月令，四時皆有帝而土王四季。豈其懷愛憎，私使我窮餓？莊子大宗師篇云：父母豈欲吾貧哉？天無私覆，地無私載，天地豈私貧我哉？醉魂招不來，浪下巫陽些。杜詩：不知臨老日，招得幾人魂？退之詩：愁狖酸骨死，怪花醉魂馨。招魂云：帝告巫陽曰云云，乃下招曰：「魂兮歸來！去君之恒幹，何為乎四方些？」夢成少年嬉，走馬章臺左。漢張敞傳：走馬章臺街。太白詩：青雲少年子，挾彈章臺左。

〔一〕「劉備」原作「陳登」，誤，據元至元本及三國志魏書呂布傳附陳登傳改。

〔二〕「曾不得蓬顆蔽冢而託宿焉」「冢」原作「家」，據至元本、弘治本、樹經堂本及漢書卷五十一賈山傳改。按：「宿」漢書作「葬」。

侯尉之吉水覆按未歸三日泥雨戲成寄之

歎息侯嬴老，史記魏公子無忌傳：封為信陵君。魏有隱士侯嬴，年七十，家貧，為大梁夷門監者。公子往請，欲厚遺之，不肯受，乃置酒大會賓客，坐定，公子從車騎，虛左，自迎侯生云云。尉曹鞍馬疲。山花迷部曲，江雨壓旌旗。越鳥勸沽酒，太白詩：清風動窗竹，越鳥起相呼。謂提壺盧鳥也〔一〕。竹雞憂蹋泥。謂泥滑滑鳥也〔二〕。不知何處醉？遥寄解醒詩。劉伶：五斗解醒。

〔一〕「鳥也」原無，據元至元本加。

〔二〕『鳥也』原無，據元至元本加。

侯尉家聽琵琶

舫齋蒼竹雨聲中，一曲琵琶酒一鍾。恰似潯陽江上聽，只無明月與丹楓。（白樂天琵琶引其略云：）

潯陽江頭夜送客，楓葉荻花秋索索。主人下馬客在船，舉酒欲飲無管弦。醉不成歡慘將別，別時茫茫江浸月云云。

寄袁守廖獻卿

公移猥甚叢生筍，（退之詩：戢戢已多如束筍。集中有符移、官移與公移，皆檄也。司馬相如有喻巴蜀檄。）訟牒紛如蜜分窠。（『訟牒』即北山移文所謂『牒訴倥傯』也。）少得曲肱成夢蝶，（見上。）不堪衙吏報鳴鼉。（詩靈臺云：鼉鼓逢逢。柳子厚詩：蹀躞騶先駕，籠銅鼓報衙。東坡詩：鼉鳴穴中如打衙。）已荒里社田園了，（見歸去來辭。）可奈春風桃李何！想見宜春賢太守，（袁州宜春郡，亦治宜春縣。）無書來問病維摩。

維摩經：維摩詰即以神力空其室內，唯置一床，以疾而卧。

廖袁州次韻見答并寄黃靖國再生傳次韻寄之

春去懷賢感物多，飛花高下罥絲窠。杜詩：風花高下飛。退之聯句：絲窠掃還成。傳聞治境無戾虎，戰國策秦語云：陳軫曰：『有兩虎爭人而鬬者，管莊子將刺之。管與止之曰：「虎者，戾蟲，人者，甘餌也。」』注云：戾，貪也。兼用後漢宋均為九江太守，虎渡江事。更道豐年鳴白鼉。唐張籍詩：天欲雨，有東風，南溪白鼉鳴窟中。史筆縱橫窺寶鉉，元注云：干寶作搜神記，徐鉉作稽神録，當時謂寶『鬼之董狐〔一〕』。詩才清壯近陰何。杜詩：李侯有佳句，往往似陰何。謂陰鏗、何遜。寄聲千萬相勞苦，如倚胡床得按摩。趙廣漢傳界上亭長戲曰：至府，為我多謝問趙君。師古曰：多，厚也，言殷勤，若今人言千萬問訊。『據胡床』見晉桓伊傳。禮記內則：問衣燠寒〔二〕，疾痛疴癢，而敬抑搔之。注云：抑按搔摩之。孟子：為長者折枝。注：折枝，按摩，折手節也。劉峻廣絕交論：折枝，按摩手足也。

〔一〕『狐』原作『孤』，據嘉靖本、萬曆本、樹經堂本及晉書卷八十二干寶傳改。按干寶傳云：『（干寶）以（搜神記）示劉惔，惔曰：「卿可謂鬼之董狐。」』

〔二〕『燠』原作『煥』，據至元本、弘治本、樹經堂本及禮記內則改。

袁州劉司法亦和予摩字詩因次韻寄之

袁州司法多兼局，日暮歸來印幾窠？詩罷春風榮草木，
歸去來辭：木欣欣以向榮。
書成快劍斬蛟鼉。
退之石鼓歌：快劍斫斷生蛟鼉。
遥知吏隱清如此，
杜詩：吏隱適情性，兹焉其窟宅。汝南先賢傳：鄭欽吏隱於蟻陂之陽。
應問卿曹果是何？
王徽之傳：為桓冲騎兵參軍，冲問：『卿署何曹？』對曰：『似是馬曹。』
頗憶病餘居士否？在家無意食蘿摩。
本草『枸杞』注曰：諺云：『去家千里，不食蘿摩、枸杞。』

次韻奉答吉老并寄何君庸

傾懷相見開城府，
文選干令昇晉紀總論云〔一〕：宣皇帝性深阻，有如城府，而能寬綽以容納。李林甫城府深密，人莫窺其際。
取意閑談没臼窠。
『臼窠』見上。
但取吏曹無狡兔〔二〕，
『狡兔三穴』見上〔三〕。
任呼舞女伐靈鼉。
采芑詩：伐鼓淵淵。南都賦：吹紫鳳之籥，伐靈鼉之鼓。
屢中甕面酒幾聖，
缸面即甕頭，見上注。魏志徐邈傳：時科禁酒，而邈私飲至沉醉，校事趙達問以曹事，邈曰『中聖人』。達白之太祖，太祖甚怒，鮮于輔曰：『平日醉客謂酒清者為聖人，濁者為賢人。偶醉言耳。』坐得免。後文帝踐祚，問曰：『頗復中聖人不？』對曰：『時復中之。』李白詩：酒傾愁不來，所以知酒聖。
苦憶尊前人姓何。願得兩公俱助我，不唯朱墨要漸摩。

非特治簿書朱入墨出，亦欲漸仁磨義也。

〔一〕『干』原作『于』，據樹經堂本及文選改。按文選卷四十九載干寶（令升）晉紀總論一首。

〔二〕『取』元至元本作『使』。

〔三〕『狡兔三穴見上』元至元本作：『春秋後語馮讙謂孟嘗君曰：「聞狡兔有三窟。」』

次韻奉答廖袁州懷舊隱之詩

詩題怨鶴與驚猿，文選北山移文：蕙帳空兮夜鶴怨，山人去兮曉猿驚。一幅溪藤剡溪上多古藤，見舒元輿弔剡藤文。照麝煙。聞道省郎方結綬，後漢黃香為尚書郎，不離省闥。白樂天集有賀楊十二新拜省郎詩。杜詩：省郎京尹必俯拾。『蕭、朱結綬』，見漢蕭育傳。可容名士乞歸田？淵明詩云：守拙歸園田。文選張平子有歸田賦。嚴安召見天嗟晚，主父偃傳：上書，朝奏暮召，時徐樂、嚴安亦俱上書，上召見三人，謂曰：『公等皆安在？何相見之晚也！』賈誼歸來席更前。誼為長沙傅，帝思誼，徵之，至，入見，至夜半，文帝前席。何況班家有超固，應封定遠勒燕然。班超封定遠侯，班固勒燕然銘，各有傳。

上權郡孫承議

公家簿領如雞棲，『簿領』見上。『車如雞棲馬如狗』，見陳蕃傳後。私家田園無置錐。荀子：無置錐之地，而明於為社稷之大義。真成忍罵加餐飯，杜詩：真成浪出游。文選古詩：努力加餐飯。不如江西之水可樂飢。詩：泌之洋洋，可以樂飢。它人勤拙猶相補，樂天詩：救煩無若靜，補拙莫如勤。列子云：恩過不相補矣。漢王嘉傳〔一〕：聖王有計功除過。故云『無功狀』。身無功狀堪上府。漢朱博傳：齎伐閱詣府。注：伐，功勞也。于定國傳：具獄上府。公誠遣騎束縛歸，文選魏文帝書：今遣騎到鄴。老杜云：大官喜我來，遣騎問所須。鮑叔牙曰：使管仲無心束縛於魯時。杜詩：君看束縛去，亦得歸山岡。山谷在太和閱郡守三人。按集中所誌墓云：知吉州姚公元豐辛酉卒；又一誌云：知吉州畢公元豐五年十一月卒。又按吉州西峰院三秀亭記云：廬陵比缺守，輒以他吏攝承，託宿傳舍，吏胥視民為俎豆，執鞭者衆，羊失其牧。元豐六年春，詔用壽春魏侯。以此觀之，則孫權郡者必能病諸邑，故詩有忿語。長隨白鷗卧煙雨。

〔一〕『王嘉』原作『何武』，諸本皆誤，今據漢書改。按漢書卷八十六為何武王嘉師丹傳，故將王嘉傳中語誤植于何武傳。

奉和孫奉議謝送菜

春蔬照映庾郎貧，南史庾杲之傳：庾郎貧食鮭。遣騎持籠佐茹葷。『遣騎』見上〔一〕。莊子人間世篇：不飲酒，不茹葷。却得齋厨厭滋味，白鵝存掌鼈留裙。江南别録云：僧謙明好詩酒，烈祖問其所求，曰：『唯願鵝生四箇腿，鼈生兩重裙。』陶岳五代史補亦云。

〔一〕『遣騎見上』元至元本作『杜詩：遣騎問所須』。

和孫公善李仲同金櫻餌唱酬二首

人生欲長存，日月不肯遲。淵明詩：日月不肯遲，四時相催逼。百年風吹過，忽成甘蔗滓。寒山子詩：更足三十年，還如甘蔗滓。傳聞上世士，烹餌草木滋。檀弓：必有草木之滋焉，薑桂之謂也。千秋垂緑髮，李賀詩：緑鬢少年金釵客。『緑髮』見上。每恨不同時。司馬相如傳：朕獨不得與此人同時哉！

李侯好方術，『方術』見上注。肘後探神奇。莊子：臭腐化為神奇。南史陶弘景傳：著肘後方。杜甫詩：腹中書籍幽時曬〔一〕，肘後醫方静處看。金櫻出皇墳，本草：金櫻子味酸澁，久服令人耐寒、輕身，方術多用云。是今之刺棃子，色黄有刺。本草序云：世所傳曰神農氏本草三卷。尚書序云：伏犧、神農、黄帝之書，謂之三墳。刺棗覽霜枝。寒窗司火候，古鼎凍膠飴。內則：棗栗飴蜜。釋文：飴，餳也。圖經本草云：金櫻子蜀中人熬作煎。初嘗不可口，莊子曰：柤、梨、橘、柚皆可於口。老杜病橘詩：紛然不適口。醇酒和味宜。『和味宜』見石耳詩『芥薑作辛和味宜』注〔二〕。至今身七十，孺子色不衰。莊子達生篇：單豹行年七十而猶有嬰兒之色。田中按耘鉏，孫息親抱持。却笑鄰舍公，未老須杖藜。見上。假守富春公，漢南粵王傳：誅秦所置吏，以其黨為守假。注云：令為郡縣之職，或守或假。劉禹錫詩〔三〕：假守亦高卧，墨卿正垂耳。集中有上權郡孫承議詩〔四〕，即此人也。廬陵比缺守，孫攝州事。秋毫聽民詞。夙夜臨公廳，歸卧酸體肢。枚乘七發云：恣支體之安。柳子厚讀書詩云：欠伸展肢體。樂天聽琴詩：聽者酸心髓。李侯來饋藥，論語：康子饋藥。期以十日知。史記扁鵲傳長桑君出懷中藥予扁鵲，曰：『飲是以上池之水，三十日當知物矣。』古方書云：以知為度，未知再服。深中護靈根，黄庭經：玉池清水灌靈根。太玄經云：藏心於淵，美厥靈根。金鑠秘玉笢。黄庭經：玉笢金籥常完堅〔五〕。不須許斧子，辛勤采玉芝。真誥：英夫人吟云：『有心許斧子，言當采玉芝。芝草不必得，汝亦不能來。汝來當可得，芝草與汝食。』許斧子，許玉斧也。一本作『五芝』。天台山賦云：『五芝含秀而晨敷』，見文選。我方困健訟，撾翁爭一錐。魏武紀：第五伯魚三娶孤女，謂之撾婦翁。此摘其字。『爭錐』見左傳昭六年：錐刀之末將盡爭之。注云：『錐刀末』喻小事。不能鳴弦坐，頗似巫馬期。韓詩外傳：子賤治單父，彈鳴琴，身不下堂而單父治。巫馬期以星出，以星入，日夜不處，以身親之，而單父亦治。巫馬期問於子賤，子賤曰：『我任人，子任力。任人者佚，任力者勞。』亦見説苑。敢乞刀圭餘，本草序例云：刀圭者，十分方寸匕之一〔六〕，准如梧桐子大也。退之詩云：乞取刀圭救病身。白樂天詩：相哀白髮分刀圭。

歸和卯飲巵。白樂天詩：卯飲一巵眠一覺，世間何事不悠悠！儻令憂民病，從此得國醫。晉語云：上醫醫國。

〔一〕『籍』原作『藉』，據弘治本、樹經堂本改。按：此二句詩不見於杜集，可能誤引他人之詩。

〔二〕『見石耳詩』元至元本作『見前第三卷石耳詩』。按即至元本卷五答永新宗令寄石耳。

〔三〕『詩』原作『討』，據弘治本、樹經堂本改。

〔四〕『集中』元至元本作『第三卷』，按即至元本卷六。

〔五〕『玉』原作『王』，據弘治本、樹經堂本及上清黃庭內景經玄元章第二十七改。

〔六〕『匕』原作『七』，據弘治本、樹經堂本及本草序例改，見重修政和經史證類備用本草（人民衛生出版社一九八二年影印本）卷一序例上。

答余洪範二首

道在東西祖，傳燈録：天竺有二十七祖，達磨西來，為中華初祖。贊寧僧史以中國為東夏。僧寶傳玄沙禪師傳云：師曰：『達磨不來東土，二祖不往西天。』又按傳燈録大同禪師傳，師問僧：『什麼處來？』曰：『東西山禮祖師來。』師曰：『祖師不在東西山。』疑或用此意。南岳石頭和尚參同契云：竺土大仙心，東西密相付。人根有利鈍，道無南北祖。詩如大小山。按高誘解淮南鴻烈，其叙云：安襲封淮南王，方術之士多往歸焉，遂與蘇飛、李尚、左吳、田由、雷被、毛披、伍被、晉昌等八人及諸儒大山、小山之徒，共講論道德，總統仁義，而著此書〔二〕。一家同雪月，即龍光和尚『千江同一月』之意。萬事廢機關。樂天詩：應須繩墨機關外。天上麒麟閣，漢書：甘露三年，上思股肱之美，圖畫其人於麒麟閣。山中虎豹閑。何時得丘壑？

前漢叙傳：漁釣於一壑，則萬物不奸其志；栖遲於一丘，則天下不易其樂。明鏡失朱顔。樂天詩：腰間紅綬掛未穩，鏡裏朱顔看已失。懸罄齋厨數米炊，「室如懸罄」，見左傳。樂天詩：貧室如懸罄。「簡髮而櫛，數米而炊」，見莊子庚桑楚篇。貧中氣味更相思。可無昨日黄花酒，又是春風柳絮時。

〔一〕「按高誘……而著此書」「高誘」原作「許子」，誤。查此叙實為高誘注淮南子之序。詩注云「許子解淮南鴻烈」，蓋因許慎亦有淮南子注二十一卷，與高誘注并著録於隋書經籍志，故而致誤。

三月乙巳來賦鹽萬歲鄉且蒐獮匿賦之家晏飯此舍遂留宿是日大風自採菊苗薦湯餅二首

纂異別本「湯餅」下有「紅藥盛開」四字，「二首」作「三首」，第三首云：春風一曲花十八，拚得百醉玉東西，露葉煙枝見紅藥，猶似舞餘和汗啼。

飛廉決雲開白日，離騷云：前望舒使先驅兮，後飛廉使奔屬。注：飛廉，風伯也。頓撼天地萬竅號。退之女挐壙銘云：輿致走道，撼頓〔一〕。莊子齊物篇云：大塊噫氣，其名為風，是唯無作，作則萬竅怒號。挼莎桃李欲淨盡〔二〕，曲禮云：共飯不澤手。注：澤謂挼莎也。劉禹錫玄都觀詩：桃花淨盡菜花開。乞與游絲百尺高。古詩：游絲百尺誠嬌妬，欲絆青春歸上天。庾信燕歌行：洛陽游絲百丈連，黃河春水千片穿。退之同冠峽詩：落英千尺墮，游絲百丈飄。幽叢秀色可攬擷，大業拾遺帝曰：古人云「秀色若可餐」。杜牧之云：光絮疑可攬，欲以襟懷貯。晉志：隆安中，民作懊惱歌，有「草生可攬結」之言。煮餅菊苗深注湯。崔氏四民月令曰：立秋無食煮餅及水溲餅。飲冰食蘗浪自苦，白樂天詩：三年為刺史，飲冰復食蘗。摩挲滿懷春草香。後漢蒯子訓傳摩莎金狄。

〔一〕「輿致走道撼頓」按：注文所引破句。韓愈女挐壙銘作：「又輿致走道，撼頓失食飲節。」（馬其昶韓昌黎文集校注卷七，上海古籍出版社一九八六年版）

〔二〕「莎」原作「莏」，據元至元本、弘治本改。按：禮記曲禮注作：「澤謂捼莎也。」「捼」通「挼」，「莎」通「莏」。下同。

題高君正適軒

至靜在平氣，至神惟順心。繫辭：非天下之至神，孰能與於此？淵明歸去來辭序云：因事順心，命篇曰歸去來兮。道非貴與賤，達者古猶今。見上。功名屬廊廟，閑暇歸山林。已見「廊廟等山林」注。畜魚觀羣嬉，籠鳥聽好音。詩：睍睆黃鳥，載好其音。文選潘岳秋興賦曰：池魚籠鳥，有江湖山藪之思。不如一丘壑，隨願得飛沉。「丘壑」見上〔一〕。開門納日月〔二〕，選詩：璇題納日月〔三〕。

呼客解纓簪。詩書撫塵迹，歌舞送光陰。妖嫺傾國笑，上林賦：妖冶閑都。史記作『妖冶嫺都』。『陽城下蔡』、『傾城傾國』，見上。絲竹感人深。樂記曰：物之感人無窮，而人之好惡無節。又曰：姦聲感人而逆氣應之，正聲感人而順氣應之。豁然開胸次，風至獨披襟。宋玉風賦：楚襄王遊於蘭臺之宮，宋玉、景差侍，有風颯然而至者。王乃披襟而當之，曰：『快哉，此風！』樊籠鎖形質，物外有幽尋。退之詩：幽尋事隨去，孰能量近遠？又云：物外日月本不忙。

〔一〕『丘壑見上』元至元本作『前漢叙傳云：漁釣於一壑，則萬物不奸其志；棲遲於一丘，則天下不易其樂』。

〔二〕『開』樹經堂本作『閉』。

〔三〕『日月』至元本、弘治本作『明月』。按：文選卷三十一鮑照代君子有所思云：『琁題納行月。』

寄李次翁

雨斷山川明，老杜詩：楚天不斷四時雨。太白詩：嶺峭紛上千，川明屢回顧。花深鳥鳥樂。見上。枯骨不霑名，列子曰：死後餘名，豈足潤枯骨？古今同一壑。漢楊惲傳：古與今如一丘之貉。注云：言其同類也。惟有在世時，聊厚不為薄。文選古詩：斗酒相娛樂，聊厚不為薄。王荆公詩：珍足海物味，其厚不為薄。南箕與北斗，親友多離索。集中有詩云：『故人南箕與北斗』，已注其詳〔一〕。檀弓云：子夏曰：『吾離羣而索居。』斯文如舊歡，李侯極磊落。頗似元魯山，用心撫疲弱。元德秀字紫芝，為魯山令，有德政，天下高其行，不名，謂之『元魯山。』詳見唐書卓行傳。前集有贈別李次翁四言詩，其略云：觀物慈哀，涖民愛莊。而此詩又比之元魯山，此人當是作邑。張方回家本編四言詩於太和詩中，此詩亦在太和作。不以民為梯，俯仰無所怍。退之詩：將舉汝愆尤，以為己階梯。孟子：仰不愧於天，俯不怍於人。胸中種妙覺，圜覺經〔二〕：由彼妙覺，性徧滿故，根性塵性，無壞無雜。歲晚期必獲。然膏夜讀書，進學解云：然膏油以繼晷。見聖宜有作。書君陳云：凡人未見聖，若不克見；既見聖，亦不克由聖。文字寄我來，官郵遠飛橐。『橐』謂置筒也。白樂天云：與微之唱和，來去常以竹筒貯詩。又有詩云：寂寥無復遞詩筒。世緣心已死，儻得萬金藥。『萬金良藥』見灌夫傳。

〔一〕『集中有詩……已注其詳』元至元本作『南箕北斗見一卷注』。按即此本卷一再答明略二首之一。

〔二〕『圜覺經』按即圓覺經，為大方廣圓覺修多羅了義經之略稱。諸本『圓』皆作『圜』，二字相通。

四月戊申賦鹽萬歲山中仰懷外舅謝師厚

山谷銘胥夫人謝氏墓云：嘗任司封郎中，提點成都府路刑獄公事，或以疑似中之，坐失官數年。已而有大臣冤其獄，天子直之。今為屯田郎中、通判襄州，名景初者，父也。景初字師厚。按師厚之弟刑部尚書景温所作謝氏小隱田記云：元豐五年，予自長沙以禮侍召，道出襄陽，時伯兄通判襄州，兄弟相見，皆白首矣。山谷此詩是年所作無疑。其下十數詩皆述賦鹽之苦，蓋同時也。

只今漢龐公，白髮佐州郡。後漢書：龐公者，南郡襄陽人也。用襄陽事，因以龐比師厚。窮通視寒暑，莊子讓王篇：古之得道者窮亦樂，通亦樂，所樂非窮通也，道得於此，則窮通為寒暑風雨之序矣。仕已誰喜慍？見上。長松卧澗底，文選詩：鬱鬱澗底松，離離山上苗。以彼徑寸莖，蔭此百尺條。世胄漸高位，英俊沉下寮。桴霤多裂璺。方言：器破而未離謂之璺。未須論才難，柳子厚詩：才難不其然？字本出論語。世人無此韻。晉庾敳傳：雅有遠韻。陶潛詩：少無適俗韻，性本愛丘山。謝混為韻語獎勸靈運等〔一〕，曰：康樂誕通度，實有名家韻。禪悅稱性深，維摩經云：雖復飲食，而以禪悅為味。語端入理近。渙若開春冰，左傳序云：渙然冰釋。韓文公詩：離思春冰泮，爛漫不可收。超然聽年運。老子：燕處超然。莊子：年運而往。臨民秉三尺，漢杜周傳：客有謂周曰：『君為天下決平〔二〕，不循三尺法。』注云：以三尺竹簡書法律也。左傳：魯秉周禮。朱墨不可紊。『朱墨』見上〔三〕。傳聞但言歸，心許手自隱。『自隱』見次韻師厚答馬著作注〔四〕。欲知南陂稻，得幾就收捃。後漢范丹傳：捃拾自資。注引他書云：捃拾麥，得五斛。胥疏江湖濱，莊子山木篇：猶且胥疏於江湖之上。不爾金玉訓。詩云：毋金玉爾音。濡需且肉食，『濡需』見上〔五〕。觳觫恐鍾釁。孟子對齊宣王曰：王坐於堂上，有牽牛而過堂下者，王曰：『牛何之？』對曰：『將以釁鍾。』王曰：『舍之，吾不忍其觳觫！』龍移山發洪，虎乳月生暈。淮南子：虎嘯而谷風至，龍舉而景雲屬。『月生暈』謂月暈而風也。竹聲寒夏簟，輟寢中夜聽。寄聲向鹿門，儻賜勞苦問〔六〕。龐公傳云：遂携妻子登鹿門山，因采藥不反。『勞苦』見漢張耳傳。杜甫冬日懷李白詩：未因乘興去，空有鹿門期。李白詩：嘗聞龐德翁，家住洞湖水。終身栖鹿門，不入襄陽市。

〔一〕『混』原作『渾』，今據南史卷二十謝密（弘微）傳改。

〔二〕『決』字原無，諸本皆缺，據漢書卷六十杜周傳補。

〔三〕『朱墨見上』元至元本作『後周書蘇綽傳：始制文案程式，朱出墨入』。

〔四〕『自隱見次韻師厚答馬著作注』元至元本作『自隱見第二卷次韻師厚注』。按：『第二卷』即至元本之卷三。

〔五〕『濡需見上』元至元本作『莊子徐無鬼篇：濡需者，豕蝨是也，擇疏鬣，自以為廣宮大囿，不知屠者之一旦鼓臂布草，操烟火，而已與豕俱焦也』。

〔六〕『問』原作『間』，據至元本、樹經堂本改。

癸丑宿早禾渡僧舍

壬戌四月癸丑至辛酉，賦鹽萬歲山及金刀坑，凡十篇。

城頭渡可涉，早禾渡可㪺。詩大東云：維北有斗，不可以挹酒漿。注云：挹，㪺也。釋音云：廣雅曰：『酌也，音拘。』試問安用舟，春水三丈餘。是維一都會，史記貨殖傳：邯鄲亦漳、河之間一都會也。凡言『一都會』者八。駔儈權征輸。漢貨殖傳：節駔儈。注：儈者，合二家交易者也。駔者，其首率也。駔，子黨切。征輸即賦輸也。史記平準書：天下賦輸，或不償其僦費。鬱鬱多大姓，儒冠頗詩書。漢趙廣漢傳：潁川豪傑大姓。以武斷鄉曲，食貨志鼂錯奏言：并兼豪黨之徒以武斷鄉曲。舊俗小未除。厭囂謝近市，左傳昭三年：景公謂晏子曰：『子之宅近市，湫隘囂塵〔一〕。』又云：『賈而欲贏，而惡囂乎？』斬絕得僧區。劉孝標廣絕交論：太行、孟門，豈曰斬絕？韓文鄭羣墓誌云：不為崖岸斬絕之行。此地美水竹，林明見浴鳧。杜詩：沙暖低風蝶，天晴喜浴鳧。相追唼菱藻，楚辭：梟鴈皆唼粱藻兮，鳳飄翔而高舉。子虛賦：唼喋菁藻，咀嚼菱藕。『唼』亦作『啑』，啑，色甲反。天樂非世娛。莊子：黃帝張樂於洞庭之野，其卒無尾，其始無首，此之謂天樂。李白宮中行樂詞：春風開紫殿，天樂下珠樓。憶在田園日，放浪友禽魚。蘭亭禊飲序云：放浪形骸之外。今來長山邑，忍飢撫惸孤。出入部曲隨，漢光武紀云：各領部曲。注引續漢志曰：大將軍營有五部，部三校尉，部下有曲，曲有軍候一人。咳唾吏史趨。法書要録：羲之帖云：頃因小差，欲極遊娛，而吏卒守之，可歎耳！形骸束簪笏，可意一事無。杜詩：咸陽客舍一事無。謀生理未拙，仰愧擁腫樗。『擁腫樗』見上〔二〕。曲肱晴簷底，結網看蜘蛛。王荊公詩：移床獨卧秋風裏，靜看蜘蛛結網絲。

〔一〕『湫』原作『秋』，據元至元本、樹經堂本及左傳昭公三年改。

〔二〕『擁腫樗見上』元至元本作『莊子逍遥遊篇：惠子謂莊子曰：「吾有大樹，人謂之樗，其大本擁腫而不中繩墨」』。

宿觀山

莫發白下地，『白下』見上。暝投觀山宿。橫溪赤欄橋，温飛卿樂府云：一渠春水赤欄橋。一徑入松竹。野僧如驚麏，文選沈休文詩：驚麏去不息。避堂具燈燭。曹參傳：避正堂，舍蓋公。我眠興視夜，詩：子興視夜。部曲始炊熟。筧水煙際鳴，以竹通水曰筧，古典切。萬籟入秋木。莊子齊物論：『敢問天籟？』子綦曰：『吹萬不同，而使其自已也。』平生蕭洒興，本願終澗谷。杜詩：非無江海志，蕭洒送日月。世累漸逼人，晉謝安傳：亹亹為來逼人。如垢不靧沐。禮內則五日則燂湯請浴〔一〕，三日具沐，其間面垢，燂潘請靧。釋文曰：靧，音悔。已成老翁為，作吏長碌碌。史記平原君傳：公等碌碌，因人成事。

〔一〕『請』原作『清』，據元至元本及禮記內則改。

上大蒙籠 乙卯晨起。

黃霧冥冥小石門，苔衣草路無人迹。爾雅：藫，石衣。注：水苔也。東漢馬后傳：黃霧四塞。杜詩：日滿樓前江霧黃。苦竹參天大石門，杜詩：喬木上參天。虎迒兔蹊聊倚息。爾雅：麇，其跡躔。兔，其跡迒。注：跡，脚所踐處。迒，户郎切。陰風搜林山鬼嘯，宋玉風賦：梢殺林莽。屈原九歌有山鬼篇。杜詩：山鬼吹燈滅，厨人語夜闌。白樂天詩：水虫能射影，山鬼解藏身。千丈寒藤繞崩石。杜詩：缺籬將棘拒，倒石賴藤纏。清風源裏有人家，牛羊在山亦桑麻。向來陸梁嫚官府，『陸梁』見上。莊子：官天地，府萬物。試呼使前問其故。衣冠漢儀民父子，光武紀：復見漢官威儀。吏曹擾之至如此！窮鄉有米無食鹽，今日有田無米食！當作：今日有鹽無食米。但願官清不愛錢，太白贈崔秋浦云：見客但傾酒，為官不愛錢。『縣古槐根出，官清馬骨高』，見歐陽公詩話。長養兒孫聽驅使。退之贈盧仝云：有力未免遭驅使。

勞坑入前城 乙卯飯後。

刀坑石如刀，樂天入峽詩：大石如刀劍，小石如牙齒。勞坑人馬勞。窈窕篁竹陰，退之送區册序云：夾江荒茅篁竹之間。本出漢書。是常主逋逃。武成云：為天下逋逃主。白狐跳梁去，甘泉賦注云：陸，跳梁也。豪猪森怒嘷。雲黃覺日瘦，杜詩：久行見空巷，日瘦氣慘悽。木落知風饕。退之祭文云：雪虐風號。『號』一作『饕』。輕軒息源口，飯羹煮溪毛。左傳：澗溪沼沚之毛。山農驚長吏，退之詩：山農驚見之。出拜家騷騷。檀弓：騷騷耳則野。借問淡食民，祖孫甘餔糟？退之徐偃王碑：祖孫相望。楚辭：餔其糟而啜其釃。賴官得鹽喫，正苦無錢刀！食貨志：王莽造契刀、錯刀。泉、布、刀皆錢也。柳子厚詩：錢刀恐賈害，飢至益逡巡。

乙卯宿清泉寺

稅輿陟高岡，詩卷耳云：陟彼高岡。却立倚天壁。宋玉大言賦：長劍耿介倚天外。東坡詩：倚天無數開青壁。就輿亂清溪，轉石飛霹靂〔一〕。太白詩：崩崖轉石萬壑雷。韓文公祭張署文：洞庭漫汗，粘天無壁。風濤相𩙪，中有霹靂〔二〕。十步一沮洳，魏國風：彼汾沮洳。韓詩：大魚豈肯居沮洳？杜詩：沮洳棧道濕。五步一枳棘。阿房宮賦：五步一樓，十步一閣。上方未言返，『上方』見上。豁見平土宅。書：是降丘宅土。孟子：然後人得平土而居之。

田家雞大歸，佛廟檀欒碧。枚乘菟園賦：修竹檀欒，夾池水旋，菟園〔三〕。王維詩：閑居日清淨，修竹自檀欒。謝玄暉詩：薛蒑起雜樹，檀欒映修竹。蓮蕩落紅衣，趙嘏詩：紅衣落盡渚蓮愁。泉泓數白石。人如安巢鳥，杜詩：東走無復憶鱸魚，南飛覺有安巢鳥。韓文公聯句：暮鳥已安巢，春蠶看滿箔。稍就一枝息。莊子：鷦鷯巢於深林，不過一枝〔四〕。鍾魚各知時，吾亦自得力。杜詩：生我不得力。

〔一〕『飛』元至元本作『為』。

〔二〕『韓文公……中有霹靂』按：祭張署文即祭河南張員外文（馬其昶韓昌黎文集校注卷五），『風濤相𩙪』作『風濤相豗』，『中有霹靂』作『中作霹靂』。

〔三〕『枚乘……菟園』按：注文所引破句，姑作如此標點。藝文類聚（上海古籍出版社一九八二年校點本）卷六十五產業部上園引枚乘梁王兔園賦云：『修竹檀欒，夾池水旋，兔園並馳。』

〔四〕『鷦』原作『鶴』，據至元本、弘治本及莊子逍遥遊改。

丙辰仍宿清泉寺

山農居負山，呼集來苦遲。既來授政役，文選東京賦：賦政任役，常畏人力之盡也。謠詠謂余欺。按省其家貲，可忍鞭扶之！元結春陵行〔一〕：悉使索其家，而又無生資。左傳：一扶女，庸何傷？注：扶，擊也，敕栗切。恩言諭公家，疑阻久乃隨。滕口終自愧，易咸之『上六』：滕口說也。吾敢乏王師？官寧憚淹留！『官』字蓋用韓退之瀧吏詩云：瀧吏垂手笑，官何問之愚！譬官居京邑，何由知東吳？左傳僖三十三：不腆弊邑，為從者之淹。職在拊婷嫠。所將部曲多，溷汝父老為。漢陸賈傳：毋久溷汝為也。西山失半壁，太白詩：青山猶銜半邊日〔二〕。又云：半壁見海日。且復下囊輜。漢王吉傳：所載不過囊衣。左傳襄十二年：楚重至于泌。注云：輜，重也。正義曰：輜一名輧，前後蔽以載物。啼鴉散篇帙，靈運詩：散帙問所知。詩意謂日暮罷休文書也。休吏漢薛宣傳：日至休吏。稅巾衣。石泉鼓坎坎，詩：坎坎鼓我。言泉鳴如鼓聲。竹風吹參差。楚辭：吹參差兮誰思？注：參差，洞簫也。補注曰：風俗通云：『舜作簫，其形參差。』此聯雖以簫鼓為喻，然亦取柳子厚南澗詩『迴風一簫瑟，林影久參差』也。書怜行熠燿〔三〕，詩：熠燿宵行。注：熠燿，燐也；燐，螢火也〔四〕。詩蓋取車胤聚螢之意。壁蟲催杼機。古今注：促織一名投機，謂其聲如急織也。昏釭夜未央，釭，燈也。西都賦：金釭銜壁。『夜未央』見詩。高枕夢登巇。

〔一〕『春』原作『舂』，據至元本、樹經堂本改。

〔二〕『銜』原作『御』，據至元本、樹經堂本及李白烏栖曲改。『猶』李白原詩作『欲』。

〔三〕『怜』樹經堂本作『泠』，句下注：『「泠」或作「怜」。』

〔四〕『燐』原作『憐』，據至元本、弘治本及樹經堂本改。

丁巳宿寶石寺

鍾磬秋山靜，柳子厚詩：鶴鳴楚山靜。爐香沉水寒。楞嚴經云：見諸比丘燒沉水香。晴風蕩濛雨，詩東山：零雨其濛。雲物尚盤桓。歸去來辭云：撫孤松而盤桓。注云：爾雅曰：盤桓，不進也。瀹茗赤銅椀，筧泉蒼煙竿。紅榴罅玉房，吳都賦云：榛栗罅發。文選陸士衡弔魏武文云：陪窈窕於玉房。注引漢書郊祀歌曰：神之出，排玉房。柳子厚詩：侯家熾炭雕玉房。此摘其字。么橘委金丸。西京雜記：韓嫣好彈，以金為丸。蘇舜欽詩：洞庭柑熟客分金。枕簟已思燠，飯羹可加飡。翟方進傳：飯我豆食羹芋魁。樂府詩：上言加飡食。觀已自得力，談玄舌本乾。晉殷仲堪傳：每云『三日不讀道德經，覺舌本間強』。理窟乃塊然，晉張憑傳：簡文帝召憑與語，歎曰：『張憑勃窣為理窟。』駱賓王上韋明府：奉訓趨庭東，情田於理窟。曹子建求通親親表：每四節之會，塊然獨處。世故浪萬端。杜詩：世故莽相仍。王莽傳云：方故萬端。牛刀經肯綮，莊子：庖丁解牛，枝經肯綮之未嘗。古人貴守官。左傳：守道不如守官。孟子曰：守道不如守官，信孔子之言矣。柳子厚論守道不如守官是非聖人之言，未有守官而失道、守道而失官之事也。

摩挲發硎手，考此一丘槃。

後漢蓟子訓摩挲銅人。此摘其字。『刀刃若新發於硎』，亦庖丁事。衛國風：考槃在澗。注云：考，成；槃，樂也。

山谷外集詩注卷第十一

己未過太湖僧寺得宗汝為書寄山蕷白酒長韻寄答(一)

早衰觀水鑒，酒誥云：人無於水監，當於民監。注：視水見己形。莊子：人莫鑑於流水(二)，而鑑於止水。從學晚聞道，莊子曰：孔子行年五十有一而不聞道。謀官無見功。魏伯陽參同契云：竭力勞精神，終身無見功。內熱愧鄰邦。莊子人間世篇：今吾朝受命而夕飲冰(三)，我其內熱歟？北鄰有宗侯，治劇乃雍容。摩手撫鰥寡，槖䃂礫强梁。老子：强梁者不得其死。莊子：從其强梁，隨其曲轉。樂府詩云：槖䃂今何在？槖䃂，鈇也。項籍傳：身伏斧質。師古曰：質謂鍖也。古者斬人，加於鍖上而斫之。鍖，竹林反。景帝紀云：改磔曰棄市。師古曰(四)：磔謂張其尸也；棄市，殺之市也。磔，竹客反。桃李與荆棘，說苑簡子謂陽虎曰：樹桃李者，夏得休息，秋得食焉。樹蒺藜者，夏不得休息，秋得其刺焉(五)。稱物施露霜。易謙卦：君子以稱物平施。言恩威兼用，如雨露霜雪也。詩云：蒹葭蒼蒼，白露為霜。此摘其字。政經甚稹密，柳子厚誌崔永州墓：悼於政經，莫有禁禦。私不蚍蜉通。韓文：無蚍蜉蟻子之援。此言無一蟻之私也。吏舍無請賕，曹參傳：後園近吏舍，吏舍日飲歌呼。趙廣漢傳：吏受取請求，銖兩之姦，皆知之。尹賞傳：受賕報仇。家有侯在堂。府符下鹽策，管子曰：海王之國，謹正鹽筴：十口之家，十人食鹽；百口之家，百人食鹽。縣官勸和羹。書：若作和羹。作民敏風雨，令先諸邑行。我居萬夫上，闟惰世無雙。此邑宅巖巖，魯頌：太山巖巖。里中頗秦風。翁媼無恙時，出分如蜂房。賈誼書：秦人家富子壯則出分，家貧子壯則出贅。一錢氣不直，漢書灌夫罵賢曰：平生毀程不識不直一錢。白梃及父兄。簪筆懷三尺，揖我謂我臧。山谷江西道院賦序，其略云：江西之俗，其細民險而健，以終訟為能，名曰珥筆之民。惟筠為州，獨不嚚於訟，然與南康、廬陵、宜春三郡並蒙惡聲。廬陵即吉州也。齊國風還云：揖我謂我臧兮。『三尺』見上。向來豪傑吏，治之以牛羊。我不忍敵民，教養如兒甥。荆雞伏鵠卵，久望羽翼成。莊子庚桑楚篇：越雞不能伏鵠卵，魯雞固能矣。音義曰：小雞也。或云荆雞、魯雞，大雞也，今蜀雞。張良傳：上召戚夫人，指視曰：『羽翼已成，不可動矣。』訟端洶洶來，諭去稍聽從。尚餘租庸調，見唐書。杜詩：況聞處處鬻男女，割慈忍愛還租庸。歲歲稽法程。漢賈誼策云：立經陳紀，可以為萬世法程。按圖索家資，四壁達牖窗。掊目鞭朴之，檀弓：每斃一人，掊其目。桁楊相推振。莊子云：桁楊接槢。音義云：械夾頸及脛者。身欲免官去，駑馬戀豆糠。桓範出赴曹爽，蔣濟曰：『駑馬戀棧豆，爽必不能用也。』見魏志。所以積廩鹽，未使户得烹。八月釃社酒，公私樂年登。遣徒與會稽，史記夏紀太史公曰：禹會諸侯江南，計功而崩，因葬焉，命曰會稽。會稽者，會計也。而悉走荻篁。吾惟不足遣，張良傳：上曰：『吾惟之，豎子固不足遣，迺公自行耳。』夙駕略我疆。詩：星言夙駕。邑西軼戾地，『軼』當作『軱』，音孤。

莊子：庖丁解牛，技經肯綮之未嘗，而況大軱乎！注云：軱戾，大骨也。音義云：盤結骨。是嘗嬰吾鋒。齦齕其强宗，齦，齧也〔六〕，口狠切。退之曹成王碑：齦其姦猖。漢田儋傳云：秦復得志於天下，則齮齕首用事者墳墓矣〔七〕。注云：齮，側齧也，音義〔八〕；齕〔九〕，齧也，音紇。彼乃可使令。夙夜于遠郊，草露沾帷裳。詩：漸車帷裳。入磴履虎尾，用易履卦語。捫蘿觸薑芒。杜詩：捫蘿澁先登。借問夕何宿？煙邊數峰横。松竹不見天，楚辭山鬼：余處幽篁兮終不見天。漢書廣川王歌曰：内茀鬱，憂哀積，上不見天生何益！蟠空作秋聲。谷鳥與溪瀨，合絃琵琶箏。楚辭：石瀨兮淺淺。杜詩：絶壁過雲開錦綉，疏松隔水奏笙簧。張籍祭退之詩云：乃出二侍女，合彈琵琶箏。税駕亂石間，李斯曰：吾未知所税駕矣。巖寺鳴疏鍾。山農頗來服，見其父孫翁。退之銘馬少監云：吾未耄老而哭其祖子孫三世。苦辭王賦遲，户户無積藏。民病我亦病，呻吟達五更。韻為誦書語，一作『書生語』〔一〇〕。行歌類楚狂。論語：楚狂接輿歌而過孔子。舉鞭問嘉禾，秣馬可及城。『嘉禾』謂吉州永新縣也，縣有禾山，故號『嘉禾』。集中有答永新宗令寄石耳詩云〔一一〕：嘉禾令尹清如水。『宗令』即汝為也。惜哉憂城旦，漢儒林傳：竇太后好黄老，轅固曰：『此家人言矣。』太后怒曰：『安得司空城旦書乎！』惠帝紀：當為城旦舂者，皆耐為鬼薪、白粲。注云：城旦者，旦起行治城；舂作米：皆四歲刑也。不得對榻床。灑筆付飛鳥，北風吹報章。書回銀鉤壯，見上。句與麝煤香。李建中題楊凝式大字壁後云：枯杉倒檜霜天老，松煙麝煤風雨寒。山谷喜書此詩。浮蛆撥官醅，太白詩：恰似葡萄新撥醅〔一二〕。曾南豐詩：浮蛆滿甕嘗春酒。傾壺嫩鵝黄。杜詩：鵝兒黄似酒，對酒愛新鵝。山氣常蓊匌，杜詩：蓊匌川氣黄〔一三〕。此物可屢觴。蘋藥割紫藤，開籠喜手封。味温頗宜人，杜詩：疏快頗宜人。芼以石飴薑。舉盃引藥糜，詠詩對寒江。寄聲甚勞苦，『寄聲』、『勞苦』並見上。相思秋月明。我邑萬户鄉，其民資嚚凶。欲割以壽公，使之承化光。易坤：含萬物而化光。反以來壽我，中有吞舟鯨。賈誼弔屈文：彼尋常之汙瀆兮，豈能容夫吞舟之巨魚？杜詩中有掉尾鯨〔一四〕。銅墨俱王命，文選策秀才文：深汰珪符，妙簡銅墨。注云：珪符謂刺史，銅墨謂縣令。漢書曰：縣令長皆秦官，秩六百石，銅印墨綬。職思慰孤惸。詩：職思其憂。何時賭一擲，燒燭呪明瓊。晉劉毅傳：樗蒱大擲，一判至數百萬。列子說符篇：博者射，明瓊〔一五〕。注云：齒五白也〔一六〕。此卷先有三月乙巳來賦鹽萬歲鄉且蒐獮匿賦之家二首，又有四月戊申賦鹽萬歲山中一首。今觀此詩，可見鹽之擾民甚矣。司馬温公記聞載皮公弼言：官賣鹽無利；實録載皮公弼言：官賣鹽不得不罷。今觀此詩，蓋官賣不售，而賦之民也。前三首有月日，後十一首止稱甲子，自癸丑至辛酉凡浹旬，歷盡崎嶇，雖不能無怨，而詞甚宛〔一七〕。

〔一〕『長韻寄答』嘉靖本、萬曆本作『長韻詩寄答』。

〔二〕『鑑』原作『監』，據弘治本、樹經堂本及莊子德充符改。

〔三〕『冰』原作『水』，據至元本、弘治本、樹經堂本及莊子人間世改。

〔四〕『曰』原無，據元至元本加。

〔五〕『説苑……秋得其刺焉』元至元本作『見此卷寄張宜父詩注』。按：即卷五，本詩載卷六，同屬外集原本之卷三，故云『此卷』。

〔六〕『齧』原作『齒』，據至元本、弘治本及樹經堂本改。

〔七〕『墳』原作『填』，據元至元本及漢書卷三十三田儋傳改。

〔八〕『音義』按：漢書田儋傳顔師古注引如淳語無此二字。『義』元至元本作『蟻』。

〔九〕『齾』原作『齒』，據至元本、弘治本、樹經堂本及漢書田儋傳顔師古注改。

〔一〇〕『一作書生語』嘉靖本、萬曆本句下注作『一作書空語』。

〔一一〕『集中』元至元本作『此卷先』，按即在卷五，本詩在卷六，同為外集原本之卷三，故云『此卷』。

〔一二〕『恰』原作『始』，據至元本、弘治本、樹經堂本及李白襄陽歌改。李白詩『新撥醅』作『初醱醅』。

〔一三〕『匌』原作『匒』，據至元本、弘治本及杜甫三川觀水漲二十韻詩改。

〔一四〕『掉』原作『悼』，據至元本、弘治本、樹經堂本及杜甫太子張舍人遺織成褥段詩改。

〔一五〕『博』原作『射』，諸本皆誤，據列子說符改。按：注文所引為破句，說符云：『樓上博者射，明瓊張中。』

〔一六〕『五』原作『玉』，據至元本、弘治本、樹經堂本及列子說符張湛注改。

〔一七〕『宛』樹經堂本作『婉』。

庚申宿觀音院

谷底一墟落，文選范彦龍詩：軒蓋照墟落。李善曰：說苑云：『師曠謂晉平公曰：五鼎不當生墟落。』地形如盎盆。欀題相照耀，孟子：欀題數尺。釋文云：爾雅曰：『桷謂之欀，題頭也。』其民頗家温。董仲舒傳：家温而食厚禄。土風甚於秦，不可借釜甗。音言。賈誼言秦俗云：借父耰鉏，慮有德色；母取箕箒〔二〕，立而誶語。潘安仁西征賦：子贏鋤以借父，訓秦法而著色。僧屋無陶瓦，剪茅蒼竹樊。晁錯傳：茅茨不剪。詩東方未明：折柳樊圃。注：樊，藩也。借問僧安在？乞飯走諸門。人閧烏烏語，法言云：一閧之市。簟涼風水文。退之詩：水文浮枕簟。旁有蜂蜜廬，山海經云：是惟螫虫，實惟蜂蜜之廬。頗聞衙集喧。稗雅：蜂有兩衙應潮。錢昭度村居云：「黃蜂衙退海潮上，白蟻戰酣山雨來」，見談苑。將雨蟻爭丘，鏖兵復追奔。異聞集：淳於棼夢人扶入宅南古槐穴中，有太城門樓，題曰『大槐安國』。其王以女瑤芳妻之，使為南柯郡守二十年。有檀蘿國來伐，王命生征之，敗績，其妻病死。王謂生可暫歸，生上車出一穴，見本里閭巷，入其門，見己身臥堂廡下，發悟如初，夢中倏忽若度一世矣。遂尋古槐下穴，見大穴洞然，積土壤為城郭、臺殿之狀，有蟻數斛，中有小臺，二大蟻處之，即槐安國也。又窮一穴，直上南枝，亦有土城、小樓，即南柯郡也。宅東一里澗側，有大檀樹，藤蘿擁織，旁有蟻穴，意其為檀蘿國。『合短兵鏖皐蘭下』，見霍去病傳。『追奔逐北』，見文選李陵書。紅英委鳳翼，赤幘峩雞冠。老杜樹雞柵詩云：終日憎赤幘。今以言雞冠花。汲烹寒泉窟，伐竹古松根〔二〕。相戒莫浪出，月黑虎夔藩。老杜課伐木詩序云：我有藩籬，是缺是補，有虎知禁。若恃爪牙之利，必昏黑撐突，夔人屋壁〔三〕。山谷蓋用此語，而杜詩作於夔州，所謂『夔人』，蓋夔州之人也。老杜有夔府詠懷詩云：市暨瀼西巔。自注云：『市暨』夔人語也。『夔人屋壁』即此類。文選靈光殿賦：頷欲動而躨跜〔四〕。『夔藩』蓋誤以『夔人』為『躨跜』之義也。躨跜，動也。

〔一〕『母』原作『毋』，據元至元本及漢書賈誼傳引陳政事疏改。

〔二〕『竹』嘉靖本、萬曆本作『燭』，樹經堂本於『月黑』句下注：『「竹」一作「燭」』。

〔三〕『必昏黑撐突夔人屋壁』按：注引杜詩序破句，『夔人屋壁』當屬下。杜甫課伐木詩序云：『夔人屋壁，列樹白菊，鏝為墻，實以竹，示式遏。』

〔四〕『欲』文選卷十一王延壽魯靈光殿賦作『若』。

辛酉憩刀坑口

羣山黛新染，卓文君眉色不加黛飾，嘗若遠山。韓文公南山詩：天宇浮修眉，濃緑畫新就。蒙氣寒鬱鬱。漢京房傳：上封事曰：『辛酉以來蒙氣衰去，太陽精明。辛巳蒙氣復乘卦，太陽侵色。』復上封事曰：『乃丙戌小雨，丁亥蒙氣去。』掃除迎將家，莊子寓言篇：其往也，舍者迎將其家，公執席〔一〕。釋文曰：家公，主人公也。一讀『舍者迎將其家』為句。此事本出列子，列子云：舍者迎將家。注云：客舍，家也。山谷本用此語，而莊子云『迎將其家』，多一『其』字，轉寫誤耳，釋文又承誤也〔二〕。下簟脱巾韈。退之送文暢詩：詭製怛巾韈〔三〕。南北舍小棠，詩：蔽芾甘棠，勿翦勿伐，召伯所茇。毛云：蔽芾，小貌。箋云：舍小棠之下。况可清煩暍。文選西京賦：此焉清暑。史記：禹扇暍。暍，暑病也。鳥聲廢書眠〔四〕，聊以休吏卒。竹雞苦喚人，北夢瑣言醫工云：竹雞食半夏。陶岳零陵記云：竹雞狀如鶉尾，少長大，率皆鳩也，方言各異耳。『喚』謂喚雨。覺坐觀法窟。無外同一家，見上。王荆公雜詠：萬物予一體，九州予一家。惟已非萬物。清波兩鴛鴦，善游且能没。莊子達生篇顏淵問仲尼曰：吾嘗濟乎觴深之淵，津人操舟若神。吾問焉曰：『操舟可學邪？』曰：『可。善游者數能。若乃夫没人則未嘗見舟而便操之也。』鷺人相追飛，甚念失其匹。文選劉安招隱士云：禽獸駭兮亡其曹。春鉏貌閑暇，爾雅：鷺，舂鋤。鵩鳥賦：止於坐隅，貌甚閑暇。羡魚情至骨。董仲舒云：臨川羡魚，不如退而結網。杜周傳：内深次骨。注云：深刻至骨也。廣道策堅良，漢食貨志：乘堅策良。墨子：聖王為衣服之法，堅車良馬不知貴也。熙熙集於苑。國語：晉優施謂里克妻曰〔五〕：『主孟啗我，我教茲暇豫事君。』乃歌曰：『暇豫之吾吾，不如烏烏〔六〕。人皆集於苑，己獨集於枯。』里克曰：『何謂苑？何謂枯？』曰：『其母為夫人，其子為君，可不謂苑乎？其母既死，其子又有謗，可不謂枯乎？』詩：苑彼柳斯〔七〕，鳴蜩嘒嘒。『苑』音鬱，今叶韻，當用此音。

爛額始論功，儻能謀曲突。

漢霍光傳：初，霍氏奢侈，茂陵徐生曰：『霍氏必亡。』迺上疏言：『霍氏泰盛，宜以時抑制，無使至亡。』書三上，輒報聞。其後霍氏誅滅，而告霍氏者皆封。人為徐生上書曰：『臣聞客有過主人者，見其竈直突，傍有積薪。客謂主人更為曲突，遠徙其薪，不者，且有火患。主人默然不應，俄而家果失火，鄰里共救之，幸而得息。於是殺牛置酒，謝其鄰人。灼爛者在於上行，餘各以功次坐，而不録言曲突者。人謂主人曰：「向使聽客之言，不費牛酒，終亡火患。今論功，而曲突徙薪亡恩澤，燋頭爛額為上客耶？」主人寤而請之。今茂陵徐福數上書，言霍氏且有變，宜防絶之。使福説得行，則國亡裂土出爵之費，臣亡逆亂誅滅之敗。往事既已，而福不蒙其功，唯陛下察之！』此詩篇末蓋有所諷也。

〔一〕『莊子寓言……公執席』按：此處為與詩句意相統一，姑作如此斷句。莊子原文之句讀當為：『其往也，舍(者)迎將(者為衍文)，其家公執席。』

〔二〕『此事本出列子……釋文又承其誤也』按：注語所論實誤。列子乃偽托之書，其内容多有承莊子者，如此事又載列子黄帝篇，即承莊子寓言而來。

〔三〕『製』原作『制』，『怛』原作『恒』，據韓愈送文暢師北游詩改。朱熹考異：『「製」或作「制」，「怛」或作「恒」。』作『怛』於義為勝，故改。

〔四〕『晝』至元本、弘治本作『書』。

〔五〕『里克』原作『李克』，據國語卷八晉語二改。

〔六〕『烏烏』原作『鳥鳥』，據至元本、樹經堂本及國語晉語二改。

〔七〕『苑彼柳斯』按：此句出詩小雅小弁，『苑』作『菀』，二字通，均為樹木茂盛貌，故不改。萬曆本『熙熙』句中『苑』

則作『菀』。

金刀坑迎將家待追槳坑十餘户山農不至因題其壁

窮鄉阻地險，篁竹嘯夔魖。〔『篁竹』見上。國語云：木石之怪夔，水之怪龍。文選東京賦：殘夔魖與罔象。注云：夔，木石之怪。說文曰：魖，耗鬼也。甘泉賦亦云：梢夔魖而抶獝狂。〕惡少擅三窟，〔見上。杜詩：姦雄惡少皆封侯。又詩：寄語惡年少，黃金且休擲。李白詩：孟嘗習狡兔，三窟賴馮諼。〕不承吏追呼。老翁燕無凶，〔此句疑舛誤。〕偃蹇坐里閭。後生集聞見，官不禁權輿。〔爾雅：權輿，始也。〕懷書斥長吏，持杖鏖公徒。〔『鏖』見上。魯頌：公徒三萬。〕遂令五百里，化為豺豕墟。古來沉牛羊，檄水臣鱷魚。〔韓退之告鱷魚文云：以羊一猪一，投惡溪之潭水，以與鱷魚食而告之曰云云。〕猛虎剥文章，矧而民髮膚。〔孝經：身體髮膚。〕哀哉奉其身，曾不如鳥烏！〔注見上。〕破家縣令手，南面天子除。要能伐强梁，然後活惸孤。屬為民父母，未教忍先誅。〔孟子曰：惡在其為民父母也？又曰：其教之不改，而後誅之乎？〕山川甚秀拔，人物亦詩書。十室有忠信，此鄉何獨無？〔見論語。〕

次韻漢公招七兄

白髮霏霏雪點斑，朱櫻忽忽鳥銜殘。傳燈録：溈山與仰山游行次，鳥銜一紅柿落前，祐將與仰山〔一〕，仰山接得，以水洗之，却與祐云云。介甫詩云：鳥殘紅柿昔曾分。公庭休吏進湯餅，漢薛宣傳：日至休吏。『湯餅』見上戲贈彦深詩注。語燕無人窺井欄。詩句多傳知有暇，道人相見不應難。老郎親屈延處士，風味依稀如姓桓。元注云：桓沖禮處士劉驎之、鄧粲甚厚〔二〕。按晉桓沖傳云：命處士南陽劉驎之為長史，驎之不屈，親往迎之，禮之甚厚。又辟處士長沙鄧粲為別駕，備禮盡恭，粲感其好賢，乃起應命。

〔一〕『將』原作『後』，據至元本、弘治本、樹經堂本及景德傳燈録卷十一袁州仰山慧寂禪師改。

〔二〕『驎』嘉靖本、萬曆本作『璘』，樹經堂本作『驎』，據晉書卷七十四桓沖傳，作『驎』是。『鄧』原作『鄭』，據晉書桓沖傳改。注同。

寄題安福李令適軒 安福縣隸吉州。

琳宮接叢霄，此軒當在道觀，故云『道人勤灑掃』。淥水連翠微。爾雅：山未及上，翠微。幽花露林薄，甘泉賦：列新夷於林薄。韓文公詩：潛軍索林薄。好鳥娛清輝。謝靈運詩：清輝能娛人，游子憺忘歸〔一〕。道人勤灑掃，令尹每忘歸。孝慈民父母，虎去蝗退飛。後漢劉昆傳：守弘農，虎北渡河。卓茂傳：時天下大蝗，獨不入密縣界。魯恭傳：郡國螟傷稼，犬牙緣界，不入中牟。左傳：六鷁退飛。來思僚友同，小雅：爾羊來思，爾牧來思。歌舞醉紅衣。定知與民樂，孟子云：與民同樂。吏瘦吾民肥。唐韓休傳帝曰：吾雖瘠，天下肥矣。

〔一〕「憺」原作「淡」，據樹經堂本及文選卷二十二謝靈運石壁精舍還湖中作改。

寄題安福李令先春閣

官殿繞風煙，此句與前篇『琳宮』同意。江山壯城郭。令君藝桃李，太白詩：因君藝桃李，此地忽芳菲。面春築飛閣。春至最先知，雨露偏花蘂。淵明詩：言息其廬，花蘂分列。鮑明遠詩：乳燕拾草蟲，巢蜂拾花蘂。是日勸農桑，冰銷土膏作。國語周語云：土乃脈發。又曰：土膏其動。張平子東京賦：農祥晨正〔二〕，土膏脈起。弦歌出縣齋，『子之武城，聞弦歌之聲』，見論語。退之有縣齋讀書詩。裴回問民瘼。後漢循吏傳序：廣求民瘼。雞犬聲相聞，莊子胠篋篇：鄰邑相望，雞狗之聲相聞〔二〕。老子亦云。嬰此簿領縛。『簿領』見上。安得携手嬉，烹茶煨鴨脚？歐陽公和梅聖俞鴨脚子詩：絳囊因入貢，銀杏貴中州。又詩：鴨脚雖百箇，得之誠可珍。

〔一〕『農』原缺，據樹經堂本及文選卷三張衡東京賦補。

〔二〕『狗』原作『犬』，據元至元本及莊子胠篋改。按莊子，『鄰邑』作『鄰國』。

寄題安福李令愛竹堂

淵明喜種菊，見陶潛詩集。子猷喜種竹。晉王徽之字子猷，寄居空宅，便令種竹，曰：『何可一日無此君耶！』託物雖自殊，心期俱不俗。見上〔一〕。千載得李侯，異世等風流。『風流』見答張沙河詩注〔二〕。李白答杜秀才：吾非謝尚邀彥伯，異代風流各一時。為官恐是陶彭澤，愛竹最知王子猷。寒窗對酒聽雨雪〔三〕，夏簟烹茶卧風月。小僧知令不凡材〔四〕，老杜鷹詩：金眸玉爪不凡材。自掃竹根培老節。富貴於我如浮雲，見論語。安可一日無此君！見上。人言愛竹有何好？此中難為俗人道。晉孟嘉傳：桓温問嘉：『酒有何好，而卿嗜之？』嘉曰：『公未得酒中趣耳。』司馬遷任安書曰：此可為智者道，難為俗人言也。我於此物更不疏，一官窘束何由到？賈誼賦：傛若囚拘。文選吴都賦：畢籠傛束。退之詩：人生如此自可樂，豈必局束為人鞿！

〔一〕『見上』元至元本作『文選任彥昇詩：中道遇心期』。

〔二〕『見』元至元本作『見第一卷』。按即至元本卷一次韻答張沙河中『南朝例有風流癖』注。

〔三〕『酒』原作『滴』，據至元本、嘉靖本、萬曆本、弘治本及樹經堂本改。

〔四〕『小僧知令不凡材』樹經堂本句下注：『「知」一作「如」。』

題安福李令朝華亭

丹楹刻桷上崢嶸，春秋莊二十三年秋：丹桓宮楹；二十四年三月：刻桓宮桷〔一〕。表裏江山路一作『略』。眼平。『表裏山河，必無害也』，見左傳僖二十八年晉子犯云。樂天詩：嵩山表裏千重雪。曉日成霞張錦綺，謝玄暉詩：餘霞散成綺〔二〕。青林多露綴珠纓。謝靈運詩云：花上露猶泫。法華經普門品云：無盡意白佛言：『我今當供養觀世音菩薩。』即解頸衆寶珠瓔珞以與之。文選王明君詞云：泣淚濕珠纓。人如旋磨觀羣蟻，見上。田似圍棋據一抨〔三〕。文選博弈論：一抨之上〔四〕。李善本從木音平，五臣本作『一抨』，補萌切。對案昏昏迷簿領，暫來登覽見高明。

〔一〕『二十四年三月刻桓宮桷』查左傳莊公二十四年，僅云：『二十四年春，刻其(指魯桓公廟)桷。』所謂『三月』，不知何據。

〔二〕『謝玄暉詩餘霞散成綺』元至元本作『此卷有快閣詩：「一張紅錦夕陽斜。」已注』。

〔三〕『抨』至元本、嘉靖本、萬曆本均作『枰』。

〔四〕『博』原作『傳』，據至元本、樹經堂本及文選卷五十二韋曜博弈論改。『抨』元至元本作『枰』。

登快閣

快閣在太和。山谷送吕知常赴太和丞云：我去太和欲期矣，吕君初得太和官。又云：快閣六月江風寒〔一〕。

癡兒了却公家事，『生子癡，了官事，官事未易了也，了事正作癡，復為快耳』：見晉傳咸傳。快閣東西倚晚晴。唐李涉感興：隋氏造宫闕，峩峩倚雲煙。落木千山天遠大，澄江一道月分明。老杜天河詩：常時任顯晦，秋至輒分明。李白詩：水寒夕波急，木落秋山空。柳子厚詩：木落寒山靜，江空秋月明。朱絃已為佳人絶，用鍾期、伯牙事，不知謂誰。青眼聊因美酒橫。萬里歸船弄長笛，此心吾與白鷗盟。夏文莊詩：自有沙鷗知此心。

〔一〕『快閣六月江風寒』元至元本此句下多『此篇載在古詩中』。

和李才甫先輩快閣五首

山寒江冷丹楓落，唐文藝傳崔信明詩云：楓落吴江冷。爭渡行人簇晚沙。庾信詩：河橋爭渡喧。孟浩然詩：漁梁渡頭爭渡喧。菰葉蘋花飛白鳥，一張紅錦夕陽斜。杜牧之題韋家亭子云：蔫紅半落平池晚，曲渚飄成錦一張。

赤欄終日倚西風，山色挼藍小雨中。雪浪齋日記荆公小詞云：挼藍一水縈花草，寂寞小橋千嶂抱。人不到，柴門自有清風掃。唐人詩：但言水如藍。『挼藍』字當始於荆公〔一〕。將老鬢毛秋着木〔二〕，相思親舊水連空。長江淡淡吞天去，杜牧之詩：大江吞吴去，一練橫坤軸。甲子隨波日日流。杜詩：別來頻甲子，歸到忽春華。萬事轉頭同墮甑，郭林宗傳後：孟敏荷甑，墮地不顧而去。一身隨世作虛舟。莊子『虛船觸舟』見上〔三〕。雲橫章貢二水。雨翻盆，杜詩：白帝城下雨翻盆。寺下江深水到門〔四〕。落日荷鉏人著本，漢食貨志：理民之道，地著為本。注謂安土也，音直略反。賈誼説上曰：今驅民而歸之農，皆著其本而食其力。西風滿地葉歸根。鮑明遠詩：別葉早辭風。注引翼氏風角云：木落歸本，水流向東。西南嘉氣浮馬祖，馬祖，山也。東北祥風繞靜居。靜居寺即清原山。王褒頌：恩從祥風翱。山邑豐年人少訟，身來訪道得齋魚。

〔一〕『始』原作『茹』，據元至元本、弘治本及樹經堂本改。

〔二〕『木』原作『水』，據嘉靖本、弘治本及樹經堂本改。『木』與下句之『水』相對，於義為勝，故從之。

〔三〕『莊子虛船觸舟見上』元至元本作『莊子山木篇：方舟而濟於河，有虛船來觸舟，雖有褊心之人，不怒，人能虛己以遊世，其孰能害之』。

〔四〕『江深』元至元本作『深江』。

八月十四日夜刀坑口對月奉寄王子難子聞適用 元注云：聞郡中數月未嘗有燕游。子難名堯臣〔一〕。

去年對月廬陵郡，吉州曰廬陵郡，治廬陵縣。醉留歌舞蹋金沙。老杜陪王使君晦日泛江詩云：有徑金沙軟，無人碧草芳。今年今夕千峰下，新磨古鑒動菱花。魏武帝有菱花鏡。趙飛燕外傳有七出菱花鏡一奩。庾信詩：鏡失菱花影，釵除却月梁。寒藤老木被光景，深山大澤皆龍蛇。左傳襄二十一年：深山大澤，實生龍蛇。杜詩：深山大澤龍蛇遠，春寒野陰風景暮。西風為我奏萬籟，落葉起舞驚棲鴉。遥憐城中二三友，風流慣醉玉釵斜〔二〕。退之詩：金釵半醉座添春。今夕傳杯定何處？老杜詩：舊日重陽日，傳杯不放杯。應無二十四琵琶。此言吉州官妓琵琶之數，亦見次韻周德夫詩注。

〔一〕『堯臣』樹經堂本作『言臣』。

〔二〕『玉』原作『五』，據至元本、弘治本、嘉靖本、萬曆本及樹經堂本改。

彫陂

彫陂之水清且泚，老杜云：蛟之横出清泚。屈為印文三百里。韓文公城南聯句：沙篆印回平〔一〕。沙篆，鳥迹之在沙者，印如篆文。呼船載過七十餘，褰裳亂流初不記。鄭國風：子惠思我，褰裳涉溱。『彫』亦作『雕』。韻書云：琢文也。乘舟七十餘渡，徒涉者不可復記。竹輿嶇嶇見上。山徑涼，僕姑呼婦聲相倚。見上。篁中見上。猶道泥滑滑，『泥滑滑』蜀中號雞頭鶻。梅舜俞五禽詩：泥滑滑，苦竹岡。僕夫慘慘耕夫喜。窮山為吏如漫郎，『漫郎』，唐元結自謂也，見本傳。安能為人作嚆矢？莊子在宥篇：知曾、史之不為桀、跖之嚆矢也。言曾參、史鰌。老僧迎謁喜我來，吾以王事篤行李。鮑明遠詩：手迹可傳心，願爾篤行李。知民虛實應縣官，我寧信目不信耳。霍光傳：縣官非我家將軍，不得至是。如淳曰：縣官謂天子。東平王宇傳：縣官年少。張晏曰：不敢指斥成帝，謂之『縣官』。高士傳孔子曰：吾之信顏回，非獨今日。所信者目，目猶不可信。僧言生長八十餘，縣令未曾身到此。

〔一〕『回平』原作『平回』，據樹經堂本及韓愈城南聯句改。

幾復寄檳榔且答詩勸予同種復次韻寄之〔一〕 黄幾復名介，豫章西山人。山谷誌其墓，熙寧九年同學究出身，為長樂尉、廣州教授、楚州推官，知四會縣，仕于嶺南者十年。元祐三年，没于京師。與山谷少年交游。

少來不食蟻丘漿，莊子則陽篇：孔子之楚，舍於蟻丘之漿。詞多不録。白氏六帖謂：蟻丘之漿，賣漿之家也。老去得意漆園方〔二〕。見上。

鑑中已失兒時面〔三〕，忍能乞與兵作郎〔四〕。傳燈録云：認奴作郎。此摘出其字，獨未知其意所指也。

〔一〕『復』原無，據嘉靖本、樹經堂本補。

〔二〕『漆』原作『添』，據至元本、弘治本、嘉靖本、萬曆本及樹經堂本改。

〔三〕『時』原作『顔』，亦通，今據至元本、嘉靖本、萬曆本及樹經堂本改。

〔四〕『兵』元至元本作『賓』。

黄幾復自海上寄惠金液三十兩且曰唯有德之士宜享將以排蕩陰邪守衛真火幸不以凡物畜之戲答〔一〕

皺面黃須已一翁，「迫於衰耄，髮白、面皺」，見楞嚴經〔二〕。「已成老翁」，見上。樽前猶發少年紅。樂天詩：衰顏借酒紅。王荆公詩：衰顏漫到酒邊紅。

金丹乞與煩真友，只恐無名帝籍中。禮記月令藏帝籍之收於神倉。今借使，以言掛名仙籍也。樂天詩：但恐長生須有籍，仙臺試爲檢名看。纂異本作「黨籍」，蜀本作「常籍」，舊本作「掌籍」，皆誤。

〔一〕「唯」原作「此」，亦通，今據至元本、嘉靖本、萬曆本、樹經堂本改。

〔二〕「耄」元至元本作「顏」。按：楞嚴經卷二云：「而今頹齡，迫於衰耄，形色枯悴，精神昏昧，髮白面皺，逮將不久。」

幾道復覓檳榔

蠻煙雨裏紅千樹，逐水排痰肘後方。「肘後」見上。莫笑忍飢窮縣令〔一〕，陸龜蒙杞菊賦序云：我幾年來忍飢誦經，豈不知屠沽兒有酒肉耶？煩君一斛寄檳榔。劉穆之爲丹徒尹，召妻兄弟及醉，令廚人以金柈貯檳榔一斛進之。

〔一〕「笑」元至元本作「道」，他本均作「笑」。

次韻幾復答予所贈三物三首

誰憐湖海士，見上。白髮夜窗檠？退之短檠歌：太學書生東魯客，二十辭家來射策。夜書細字綴語言，兩眼眵昏頭雪白。風雨雞不已，詩：風雨如晦，雞鳴不已。詩書眼尚明。禪枝安宿鳥，『禪枝』見和外舅夙興詩注〔一〕。僧粥吼華鯨。東都賦：發鯨魚，鏗華鍾〔二〕。以言木魚呼粥也。但滿五車讀，『五車』見上。行看一座傾。『一坐盡傾』，見司馬相如傳。

右石燈檠

絶域薔薇露，嶺南有薔薇露。楊文公談苑：金陵宮中人挼薔薇水染生帛〔三〕，一夕忘收，為濃露所漬，色倍鮮翠。今言其香也。他山菡萏鑪。詩：他山之石，可以攻玉。西漢雜記：丁緩作九層博山香鑪〔四〕，鏤為奇禽怪獸。今刻蓮花也。爾雅：荷，芙蕖，其華菡萏。薰衣作家想，伏枕夢閨姝。遊子官蟻穴，見上。謫仙居瓠壺〔五〕。用費長房傳壺公事。當時有憂樂，回首亦成無。一作：稍薰衣一莞〔六〕，似慰客心孤。遊子夢蟻穴，謫仙居瓠壺。霏霏麗絲網，清興可能無？

右石博山

九原誰復起？檀弓：死者如可作也，吾誰與歸？糟魄未傳心。見上。不取丁儀米，晉陳壽傳：丁儀、丁廙有盛名於魏，壽謂其子曰：「可覓千斛米見與，當為尊公作佳傳。」丁不與，竟不立傳。疑成校尉金。曹操特置發丘中郎將、摸金校尉，見文選陳琳檄。名從高位借，德有下僚沉。選詩：英俊沉下僚。筆削多瑕點，孔子世家：筆則筆，削則削。退之詩：指摘困瑕玷。猶希畏友箴。一本云：筆從高位曲，陸有德人沉。救俗規如此，慵疏廢古今〔七〕。

右石刻

〔一〕「見」元至元本作「見第六卷」，按即卷十二。

〔二〕「鏗」原作「録」，據至元本、弘治本、樹經堂本及文選卷一班固東都賦改。

〔三〕「援薔薇水」元至元本作「援此水」。

〔四〕「緩」原作「綏」，據至元本、弘治本、樹經堂本及西京雜記卷一改。按西漢雜記即舊題葛洪撰西京雜記。

〔五〕「瓠」元至元本作「匏」，亦通，注同。

〔六〕「莞」弘治本、樹經堂本作「筦」，元至元本作「莞」。按：「莞」，草名，亦可指此草所編之薦。「筦」，即「筟」，絡絲之具，即今言紡車，又「筦」通「管」。二字難定其是，姑仍底本。

〔七〕「慵」原作「傭」，據至元本、弘治本、嘉靖本、萬曆本及樹經堂本改。

送酒與畢大夫

淺色官醅昨夜篘〔一〕，一樽聊付卯時投。『卯酒』見上。 甕邊吏部應歡喜，殊勝平原老督郵。晉畢卓字茂世，為吏部郎，比舍郎釀熟，卓夜至其甕間，盜飲之，為掌酒者所縛，明旦視之，乃畢吏部也。世說：桓公有主簿善別酒，好者謂『青州從事』，惡者謂『平原督郵』。青州有齊郡，言至齊也；平原有革縣，言至革上住也。

〔一〕『篘』原作『蒭』，據至元本、弘治本、嘉靖本、萬曆本及樹經堂本改。

喜太守畢朝散致政

膏火煎熬無妄災，文選阮嗣宗詩：膏火自煎熬，多財為患害。注引莊子：山木自寇也，膏火自煎也。易無妄『六三』：無妄之災。杜詩：置膏烈火上，哀哀自煎熬。 就陰息迹信明哉！『就陰』出莊子〔二〕，已見上。書：元首明哉。 功名富貴兩蝸角，莊子則陽篇：有國於蝸之左角者曰觸氏，有國於蝸之右角者曰蠻氏，時相與爭地而戰，伏尸數萬，逐北，旬有五日而後反。 險阻艱難一酒杯。左傳：險阻艱難，備嘗之矣。 百體觀來身是幻，維摩經云：又復觀身，身不離病。 萬夫爭處首先回。 胸中元有不病者，傳燈録德山宣鑒禪師傳：師因疾，僧問：『還有不病者無？』師曰：『有。』『如何是不病者？』師曰：『阿邪，阿邪！』 記得陶潛歸去来。山谷誌畢守之墓云〔二〕：吉州太守，以元豐五年冬没於理所。其銘云：公疾卧牖，上章請老。

〔一〕『陰』原作『丘』，據元至元本、弘治本、嘉靖本、樹經堂本改。

〔二〕『墓』原作『基』，據至元本、弘治本、樹經堂本改。

次韻道輔雙嶺見寄三疊

和答魏道輔等凡四詩，今考三詩，皆言徐德占，而永樂之禍，乃元豐五年九月，今置之五年，庶與詩合。

明如九井璜，見上。美如三危露。『三危露』見上〔一〕。正觀魏公孫，魏徵也〔二〕。今來功名誤。杜詩：從來禦魑魅，多被才名誤。兒時漢南柳，搖落傷歲暮。時不與我謀，論語：日月逝矣，歲不我與！韓文公復志賦：哀白日之不與吾謀兮，至今十年其猶初。羲和促天步。離騷經云：吾令羲和弭節兮，望崦嵫而勿迫。注云：羲和，日御也。詩云：天步艱難。陸士衡詩：昭昭清漢輝，粲粲光天步。生涯魚吹沫，莊子大宗師篇：泉涸，魚相與處於陸，相呴以濕，相濡以沫，不如相忘於江湖。文彩豹藏霧。『南山霧豹』見上〔三〕。文選謝玄暉詩：雖無玄豹姿，終隱南山霧。人言壺公老，後漢費長房傳：市有老翁賣藥〔四〕，掛一壺，市罷輒跳入壺中，唯長房覩之。因往奉酒脯，翁與俱入壺中，唯見玉堂嚴麗，旨酒甘肴，共飲畢而出。渠但未得趣。晉孟嘉傳：公未得酒中趣耳。飲酒入壺中，茫然失巾屨。老杜詩：松下丈人巾屨同，偶坐似是商山翁。時不與我謀，今君向何處？蓮塘倒箭瀫，集中有代書一篇〔五〕，亦云：蓮房倒箭瀫。桂影涼一作『落』。霜兔。平生知音地，地下無尺素。樂府詩云：中有尺素書。十夜九作夢，虜乘鶩沙度。李華弔古戰場文：驚沙入面。又云：河冰夜度。時不與我謀，征西枕戈去。自『平生知音地』至此，皆言徐德占也。越王勾踐出則嘗膽，夜則枕戈。晉劉琨傳：吾枕戈待旦，志梟逆虜。

〔一〕『三危露見上』元至元本作『呂氏春秋：水之美者，三危之露，崑崙之井』。

〔二〕『徵』諸本皆作『證』，今徑改。詩中所云『正觀』，即唐太宗年號『貞觀』。

〔三〕『南山霧豹見上』元至元本作『列女傳陶答子妻曰：南山有玄豹，霧雨七日而不下食，欲以澤其毛而成文章也』。

〔四〕『藥』原作『樂』，據至元本、弘治本及樹經堂本改。

〔五〕『集中』元至元本作『此卷』，按即至元本卷七。

次韻章禹直魏道輔贈答之詩

按山谷與章禹直手簡云：昨與德素、天倪會語縣庭，殊思與公同之。又云：與道輔唱酬詩已送道輔，聞道輔昨已宿雙嶺，少間録呈。可見在太和作。

我老倦多故，心期馬少游。淵明詩：實欣心期，方從我游。文選任彥昇詩：中道遇心期。後漢馬援傳：援謂官屬曰：『吾弟少游常哀吾慷慨多大志，曰：「士生一世，但取衣食才足，乘下澤車，御款段馬，為郡掾吏，守墳墓〔一〕，鄉里稱善人，斯可矣」。』願為春眠蠶，吐絲自綢繆。詩：綢繆束薪。白樂天詩：燭蛾誰救護？蠶繭自纏縛。翩翩魏公子，史記：平原君翩翩濁世之佳公子也。閱世無全牛。見上〔二〕。吹噓鼓萬物，説卦云：動萬物者，莫疾乎雷；撓萬物者，莫疾乎風。領袖傾九流。晉裴秀傳：時人為之語曰：『後進領袖有裴秀。』後漢班固傳：博貫載籍，九流百家之言無不窮究。注云：九流謂道、儒、墨、名、法、陰陽、農、雜、縱橫。昨來懷白璧，往撼西諸侯。史記：藺相如奉璧入秦，使其從者衣褐懷其璧，亡歸。退之王適墓誌云：聞金吾李將軍年少喜士，可撼，乃躋門告曰：『天下奇男子王適願見將軍白事。』中丞文武將，徐德占自布衣為中書戶房習學公事，召對，除太子中允、館閣校勘，權監察御史裏行，拜中丞，致永樂之敗。已見上注。良非衛霍侔。青、去病。誓開河源地，畫作禹貢州。壯士捐軀死，文選曹子建詩：捐軀遠從戎。鯨鯢尚吞舟。莊子：吞舟之魚蕩而失水，則蟻能苦之。左傳宣十二：取其鯨鯢而封之。客心無一寸，庾信詩：且將一寸心，能容萬斛愁。老杜：心折此時無一寸。草食隨百憂。『木食草衣』見傳燈録。故人道舊語，漢高祖紀：諸母故人日樂飲極歡，道舊故為笑樂。末路非前籌。鄒陽傳：至其晚節末路。張良傳：請借前箸籌之。重來滕王閣，閣在洪州，德占洪州人，今為隆興府。楓葉江上秋。章子飽經術，賦詩如曹劉。曹植子建，劉楨公幹。太學得虛名，文選古詩：南箕北有斗，牽牛不負軛。良無盤石固，虛名復何益？權勢殊未尤。禍機發無妄，易：無妄之災。『禍機』見上。對吏抵搶頭。司馬遷書：見獄吏，則頭搶地。遇逢椎鼓赦，帝澤萬邦休。退之詩：昨日州前椎大鼓，嗣皇繼聖登夔皋。赦書一日行萬里，罪從大辟皆除死。章江三年拘，解裝買莫愁。文選馬賦：輟駕回慮，息徒解裝。退之詩：解裝具盤筵。古樂府云：河中之水向東流，洛陽女兒名莫愁。唐書樂志曰：莫愁樂者出於石城樂。石城有女子名莫愁，善歌謠。麗姬泣又悔，見上。生故難豫謀。邂逅識面晚，困窮理相收。夜語倒樽酒，參旃偃風旒。文選景福殿賦：參旗九旒，從風飄揚。注云：參，三也，旗上畫日月星。今言夜語見星耳。兩公但取醉，古今共高丘。『取醉』見上。漢楊惲傳：古與今如一丘之貉。注云：言同類也。

〔一〕『墳』原作『殯』，據至元本、弘治本、樹經堂本及後漢書卷二十四馬援傳改。

〔二〕『見上』元至元本作『莊子：庖丁解牛，三年之後，未嘗見全牛也』。

次韻道輔旅懷見寄

歲華其將晚，霜葉不可風。孟子：王曰：『有寒疾，不可以風。』此借使。漢韓安國傳：草木經霜者，不可以風過。生理魚乞水，『轍中鮒魚』，見上。歸心鳥飛空。風塵化衣黑，陸士衡詩：京洛多風塵，素衣化為緇。謝玄暉詩：誰能久京洛，緇塵染素衣。皆見文選。旅宿夢裙紅。退之詩：孤游懷耿介〔一〕，旅宿夢婉娩。又云：不解文字飲，唯能醉紅裙。人言家無壁，司馬相如家徒四壁立。自倚筆有鋒。退之詩：題詩尚倚筆鋒勁。蓋用鮑明遠詩：兩説窮舌端，五車催筆鋒。轉蓬且半歲，曹子建詩：轉蓬離本根，飄颻隨長風〔二〕。步里客談云：古人多用『轉蓬』，不知何物。外祖林公使遼，見蓬花枝葉相屬，團欒在地，遇風即轉，問之，云『轉蓬也』。交臂各衰翁。莊子：吾終身與汝交一臂而失之。司馬長卿巴蜀檄文：單于怖駭，交臂受事。注：交臂，拱手也。扁舟去日遠，明月與君同。『千里共明月』見上〔三〕。露晞百年駛，詩：湛湛露斯，匪陽不晞。言人生如朝露也。『駛』音史，疾也。圓覺經：雲駛月運。麟獲萬事窮。春秋絶筆於獲麟。裝懷酒澮菼。淡，琰。二字元注也〔四〕。上林賦云：隨風澮淡，與波搖蕩。師古曰：澮，大覽反；淡音琰。北山移文云：牒訴倥偬裝其懷〔五〕。塞意霧空濛。諸公尚無恙，賈誼書：六七貴人皆無恙。不見陳元龍。此語亦指徐德占。按魏志：陳登字元龍，許汜曰：『陳元龍湖海之士，豪氣不除。』

〔一〕『耿』原作『取』，據至元本、弘治本、樹經堂本及韓愈送湖南李正字歸詩改。

〔二〕『飆』原作『飄』，據弘治本、樹經堂本及曹植雜詩六首之二改。

〔三〕『千里共明月見上』元至元本作『文選月賦：美人邁兮音塵闕，鬲千里兮共明月』。

〔四〕『裝懷酒澹焱淡琰』按：原作『裝懷酒澹淡』，據全集本及至元本改。

〔五〕『倥』原作『悾』，據至元本、弘治本、樹經堂本及文選卷四十三孔稚珪北山移文改。

和答魏道輔寄懷十首

魏泰字道輔，襄陽人，曾子宣婦弟，有東軒録，自號漢南處士。

堂堂陽元公，人物妙晉東。晉魏舒字陽元。太白詩：能成吾宅相，不減魏陽元。魏侯多能事，髣髴見家風。長魚無波濤，坐與蝦蜆同。後漢隗囂傳：魚不可脱於淵，神龍失勢與蚯蚓同。諸山搖落盡，旅食歲時窮。魏文帝與吴質書：旅食南館耳。杜詩：旅食京華春。

平生弄翰墨，客事半九州。天末逢故人，老杜天末懷李白云：涼風起天末，君子意如何〔一〕？園蔬當肴羞。柳子厚詩：掇野代嘉肴。酒闌豪氣在，尚欲椎肥牛。漢高祖紀『酒闌』注云：飲酒者半罷半在謂之『闌』。魏志呂布傳許汜曰〔二〕：陳元龍湖海之士，豪氣不除。曹子建箜篌引：中厨辦豐膳，烹羊宰肥牛。李白詩：丈夫相見宜為樂，椎牛撾鼓會衆賓。桐江詩話云：魏道輔與王介甫兄弟最相厚，試院中因上請，恃才豪縱，毆主文幾死，坐是不許取應。虞卿不窮愁，後世無春秋。

詳見上用舊韻寄孔毅甫詩注〔三〕。

雷行萬物春，易无妄：天下雷行，物與，无妄。天震而地摵。閉塞成冬冰，月令：孟冬之月，天地不通，閉塞而成冬。楚越自肝膽。莊子德充符篇：自其異者視之，則肝膽楚、越也。李白詩：肝膽不楚越，山河亦衾裯。貂狐諒柔温，『貂狐』見上，『温柔鄉』見趙飛燕外傳。藜藿自羹糝。『藜羹不糝』見上。六家指要云：墨氏糲粱之食〔四〕，藜藿之羹。相思牛羊下，詩：牛羊下來。城鼓寒紞紞。晉鄧攸傳吳人歌曰：紞如打五鼓，雞鳴天欲曙。

劍埋豐城獄，氣與牛斗平。見上。皇明燭九幽，文選西都賦云：散皇明以燭幽。山海經曰：赤水之北有神，其瞑乃晦，其視乃明，是燭九陰，是謂燭龍。黃庭經：九幽日月洞虛無。湔祓用神兵。『神兵』見豐城詩注〔五〕。誰言黃沙磧，張籍關山月云：胡兒夜度黃龍磧。唐人出塞曲云：黃沙直上白雲間。矢盡鼓不鳴！李陵傳：一日五十萬矢皆盡，夜半時擊鼓起士，鼓不鳴。至今門下士，落涕為荆卿。荆軻傳：荆軻衛人也，衛人謂之『慶卿』。軻為燕太子丹使秦，左手把秦王之袖，而右手持匕首揕之。秦王自引而起，左右前殺軻。此語為徐德占作〔六〕。德占娶山谷從妹。潘子真詩話云：道輔少與徐忠愍及山谷老人友善。

別時燕辭屋，草黃秋半分。今來冬日至，稍添刺繡文。冬至日添一線。史記貨殖傳：刺繡文不如倚市門。百年幾會合？美酒不屢醺。犀牛可乞角，窮士難薦論。文選蜀都賦：拔象齒，戾犀角。戾，立結反。『拔犀之角，擢象之齒』，見唐舒元輿傳。山谷帖有戲答寶勝云：易拔蒼龍角，難參寶勝禪。語意與此同。

排江鬼瞰室，（揚雄解嘲：高明之家，鬼瞰其室。）貫朽粟紅陳。（漢食貨志：京師之錢，累百鉅萬，貫朽而不可校。太倉之粟，陳陳相因，紅腐而不可食。）君行誰為容？（鄒陽傳：蟠木根柢，輪囷離奇而為萬乘器者〔七〕，以左右先為之容也。）款門定生嗔。（漢宣紀：款塞來享。注云：叩塞門也。韓文公詩：誰家有竹門可款？又詩〔八〕：剥剥啄啄，有客至門。我出不應，客去而嗔。今言主人嗔也。）諒無綈袍故，（史記范雎傳：綈袍戀戀，有故人之意。）盡是白頭新。（鄒陽傳：白頭如新，傾蓋如故。）天涯阿介老，有鼻可揮斤。（『阿介老』疑是黄介字幾復，元豐末為端州四會縣令。山谷誌其墓，前集和謝公定秋懷云：四會有黄令，學古著勳多。白頭對紅葉，奈此搖落何！雖懷斲鼻巧，有斧且無柯。與『斲鼻可揮斤』語意同。『阿介』云者，如晉人以王平子為阿平也。『斲鼻』見上。）

赤豹負文章，（楚辭：乘赤豹兮從文貍。）歲晚智剞劂。（楚辭：握剞劂而不用兮，操規矩而無所施。注：剞劂，刻鏤刀也，劂亦作剧。淮南子：鏤之以剞劂。退之詩：先生閟窮巷，未得窺剞劂。上居蟻切，下音厥。）渴飲南山霧，（見上。）飢食西山蕨。（張翰傳：與子採南山蕨。見春菜詩注。）封狐託脂澤，（『豐狐』、『文豹』見莊子等書。離騷經：又好射夫封狐。注云：封，大也。郭氏玄中記曰：千歲之狐為淫婦，百歲之狐為美女。白樂天古塚狐云：狐假女妖害猶淺，一朝一夕迷人眼。女為狐媚害即深，日長月增溺人心〔九〕。）眉頰頗秀發。（唐司空圖山居記云：中條距虞鄉百里，亦猶人之秀發必見於眉宇之間。）時時一罇酒，（沈休文詩：勿言一樽酒，明日難重持。老杜：何時一罇酒？）婆娑弄風月。

退之詩：我今官閑得婆娑。

猛虎倚山號，强梁不敢前。失身檻穽間，摇尾乞人憐。司馬遷書：猛虎處深山，百獸震恐；及其在穽檻之中，摇尾而求食，積威約之漸也。男子要身在，退之詩：學問藏之身，身在則有餘。史記魏豹等贊曰：智略絶人，獨患無身耳。得攝尺寸之柄，雲蒸龍變。萬金自保全。老杜：王孫善保千金軀。雲黄雉兔伏，霜鶻莫空拳。杜詩：霜鶻不空拳。生涯共七十，去日良已半。山谷生於乙酉，至庚申作邑太和時年三十六。短長相觖望，楚辭卜居：尺有所短，寸有所長。漢盧綰傳：羣臣觖望。觖音決。面一作『向』。盡酒可斷。大道體甚寬，『大道甚夷』見上〔一〇〕。窘束非達觀。賈誼傳鵩賦曰：達人大觀，物亡不可。又曰：愚士繫俗，僒若囚拘。莫問夜如何，詩庭燎：夜如何其？醉從雞號旦。明駝思千里，楊妃外傳：貴妃私發明駝，以瑞龍腦遺安禄山。明駝者，眼下有毛，夜明，日行五百里。酉陽雜俎云：古樂府木蘭篇『願馳明駝千里足』多誤作『鳴馳』。馳卧腹不帖地，屈足，漏明則行千里〔一一〕。駑馬怯負荷。智度論云：今以負荷大法者比龍象。小人蠹詩書，韓詩：古史散左右，詩書置後前。豈殊蠹書蟲，生死文字間？安樂北窗卧。國語：人生安樂，孰知其他！瓢空且乞飯，淵明有乞食詩。兒寒教補破。山谷寫衲襖歌，其略云：補破遮寒過一生，豈問人言妙不妙？機巧生五兵，『五兵』見上〔一二〕。杜詩：所歷厭機巧。百拙可用過。傳燈録宣州柏巖明哲禪師傳藥山云：跛跛挈挈，百醜千拙，且恁麼過時。

〔一〕『如何』原作『何如』，據樹經堂本及杜甫天末懷李白詩改。

〔二〕『吕布』原誤作『季布』，諸本皆誤，據三國志卷七魏書吕布傳改。

〔三〕『詳見上用舊韵寄孔毅甫詩注』元至元本作『史記虞卿傳：不重萬户侯卿相之印，與魏齊間行，卒去趙，困於梁，不得意，乃著書，世傳之曰虞氏春秋。太史公曰：「虞卿非窮愁，亦不能著書以自見於後世云」』。

〔四〕『粱』原作『梁』，據元至元本及史記太史公自叙引六家指要改。

〔五〕『神兵見豐城詩注』元至元本作『周亞夫傳：兵事上神密。南史沈慶之傳：文帝北侵，慶之處分，旬日内外整辦，時皆謂神兵。杜詩：近賀中興主，神兵動朔方』。

〔六〕『作』元至元本作『也』，其下尚有『永樂之禍，案實録，乃元豐五年九月，時山谷在太和，與前篇「不見征西徐尚書」同時作』。按：『前篇』云云即指至元本卷六之次韻郭明叔長歌。

〔七〕『輪』原作『輸』，據至元本、弘治本、樹經堂本及漢書卷五十一鄒陽傳獄中上梁王書改。

〔八〕『又詩』元至元本作『退之詩』。按底本所引韓詩『誰家有竹門可款』至元本無。

〔九〕『增』原作『長』，諸本皆同，今據全唐詩卷四百二十七白居易新樂府古冢狐改。『溺』原作『弱』，今據至元本、樹經堂本及白居易古冢狐改。

〔一〇〕『大道甚夷見上』元至元本作『老子云：大道甚夷，而民好徑』。

〔一一〕『漏』原作『通』，據至元本、弘治本、樹經堂本及段成式酉陽雜俎前集卷十六毛篇（中華書局一九八一年校點本）改。

〔一二〕『五兵見上』元至元本作『周禮夏官：司兵掌五兵五盾』。

倉後酒正廳昔唐林夫謫官所作十一月己卯余納秋租隔墻芙蓉盛開 元豐五年十一月己卯乃初二日。

攀檻朱雲頭未白，朱雲請尚方斬馬劍斬張禹，上大怒，御史將雲下，雲攀殿檻，檻折：見本傳。不知流落向何州？空餘前日學書地，小閣紅蕖取意秋。元注云：林夫喜作隸字。

吉老受秋租輒成長句

吉老，太和丞也。後篇云：播糠眯眼丞良苦。

黃花事了綠叢霜，『黃花事了』蓋倣退之『桃李事已退』也。蟋蟀催寒夜夜床。詩：十月蟋蟀入我床下。阮嗣宗詩：開秋兆涼氣，蟋蟀鳴床幃。愛日捃收如盜至，漢食貨志：力耕數耘，收獲如寇盜之至。失時鞭扑奈民瘡！田夫田婦肩頳擔，退之聯句：刈熟擔肩頳。江北江南稼滌場。豳詩云（二）：十月納禾稼。又云：十月滌場。毛云：滌，掃也，場功畢入也。少忍飛糠眯君眼，要令私廩上公倉。莊子天運篇：播糠眯目，則天地四方易位矣。

〔二〕『詩』元至元本作『七月』。

再次韻和吉老

今日僕姑晴自語，『僕姑』見上。愁陰前日雪鋪床。三冬二雨禾頭濕，朝野僉載云：秋雨甲子，禾頭生耳。百斛幾痕牛領瘡。白樂天官牛詩云：官牛駕官車，滻水岸邊般載沙。載向五門官道西，緑槐陰下鋪沙堤。馬蹄踏沙雖淨潔，牛領牽車欲流血。但能濟人治國調陰陽，官牛領穿亦無妨。民欲與翁歸作臘，漢嚴延年傳：延年母從東海來，欲從延年臘。又云：母畢正臘，遂去。師古曰：建丑之月為臘祭，因會飲，若今蜡節也。公方無事可開場。相勸凍坐真成惡，愧我偷閑飽太倉。『太倉』見上。

招吉老子範觀梅花

子範姓李，名覯，袁州人，元豐二年特奏推恩為太和尉。

播糠眯眼丞良苦，鳴鼓連村尉始歸。後魏李崇徙兗州刺史，兗土舊多刼盜，崇命村置一樓，樓皆縣鼓，盜發之處亂擊之，聲布百里，皆發人守險，由是盜發無不獲，諸州皆效之。及取江梅來一醉，明朝花作玉塵飛。『玉塵眯目』見上。何遜雪詩：若逐微風起，誰言非玉塵？此言梅片飛也。

子範徼巡諸鄉捕逐羣盗幾盡輒作長句勞苦行李〔一〕

白髮尉曹能挽弓，老杜前出塞云：挽弓當挽强，用箭本用長。著鞭跨馬欲生風。乃兄本是文章伯，杜詩：每語見許文章伯。子範之兄李觀字夢符，為清江尉，嘗為太守作祭歐公母夫人文曰：『昔孟軻亞聖，母之教也。今有子如軻，雖死何憾！』文忠擊節，故有『文章伯』之句。此老真成矍鑠翁。馬援傳：矍鑠哉，是翁也！枹鼓諸村宵警報，漢張敞傳云：枹鼓稀鳴，市無偷盗。牛羊幾處暮牢空？得公萬户開門卧，漢汲黯傳上曰：吾徒得君重。唐魏徵傳：外户不閉，行旅不齎糧〔二〕。看取三年治最功〔三〕。魏梁集為并州刺史，政治為天下稱最。

〔一〕『勞苦行李』元至元本無『苦』字。

〔二〕『唐魏徵傳……不齎糧』『徵』原作『證』，據元至元本及新唐書卷九十七魏徵傳改。『外户不閉』魏徵傳作『户闔不閉』。

〔三〕『治最功』嘉靖本、萬曆本作『最治功』。

送徐隱父宰餘干

餘干隸饒州。山谷真蹟藁本：地方百里古諸侯，嚬笑陰晴民具瞻。『寒霜』改『冰霜』，又改『冷霜』，『皆廉』改『淨廉』。第五句『樽前桃李親朋友』注云：改此。次篇『瑞世』改『下瑞』，『同生』改『同兄』。

地方百里身南面〔一〕，論語雍也：可使南面。孟子：地方百里而可以王。翻手冷霜覆手炎〔二〕。漢陸賈謂尉佗曰：越殺王降漢如反覆手耳。杜詩〔三〕：翻手作雲覆手雨。贅婿得牛庭少訟，賈誼傳：家貧子壯則出贅。舊唐書張允濟傳：大業中為武陽令，元武縣鄰接，人有以牸牛依其婦家者八九年，牛孳生十餘頭。及將異居，婦家不與，累政不能決，其人詣武陽，質於允濟。允濟令左右縛牛主，以衫蒙其頭，將至村中，云：『捕盜牛賊。』召村中牛悉集，問所從來。妻家不知其故，指其所訴牛曰：『此女婿家牛也，非我所知。』允濟發蒙，曰：『此即女婿，以牛歸之。』妻家叩頭伏罪。長官齋馬吏爭廉。舊唐書馮元淑傳：則天時，歷浚儀、治平二縣令，未嘗以妻子之官，所乘馬午後不與芻，云『令其作齋』，身及奴僕日一食而已。僧道舉詩：豈無齋馬馮元淑？邑中丞掾陰桃李，李白詩：舉邑樹桃李，垂陰亦流芳。案上文書略米鹽。『米鹽』見上。治狀要須聞豈弟，詩：豈弟君子，民之父母。此行端為霽威嚴。漢魏相傳：為霽威嚴。天上麒麟來下瑞，南史徐陵傳：陵年數歲，釋寶誌摩其頂曰：『天上石麒麟也。』杜牧之詩：天上麒麟時一下〔四〕。韓詩董生行：生祥下瑞無時期。江南橘柚間生賢〔五〕。禹貢：淮海惟揚州，厥包橘柚錫貢。楚辭：后皇嘉樹，橘來服兮。受命不遷，生南國兮。王逸注：橘柚受命於江南，不可移徙，種於北地則變而為枳。玉臺書在猶騷雅，玉臺新詠，徐陵所編也。孺子亭荒只草煙。見上。半世功名初墨綬，後漢志：千石、六百石，墨綬。同兄文字直青錢。唐張薦傳：祖鷟字文成，員半千稱鷟文詞猶青銅錢，萬選萬中，時号『青錢學士』。割雞不合庖丁手，『割雞焉用牛刀』也。家傳風流更著鞭。晉祖逖傳：先我著鞭。『家傳』言其家世也。詩中皆用徐姓事。

〔一〕『身南面』元至元本作『諸侯國』。

〔二〕『冷』元至元本作『冰』。

〔三〕『杜詩』至元本、弘治本作『老杜詩』。

〔四〕『下』原作『丁』，諸本皆誤，據杜牧贈李秀才詩改。

〔五〕『間』原作『閒』，據至元本、弘治本、嘉靖本、萬曆本及樹經堂本改。

山谷外集詩注卷第十二

次韻君庸寓慈雲寺待詔惠錢不至

主簿看梅落雪中，閨人應賦首飛蓬。詩伯兮：自伯之東，首如飛蓬。問安兒女音書少，記：問安視饍。破笑壺觴夢寐同。歸去來辭：引壺觴以自酌。文選劉越石詩序云：破涕為笑，排終身之積憤，求數刻之暫歡。馬祖峰前青未了，鬱孤臺下水如空。馬祖峰在太和，鬱孤臺在虔州，見和李才甫登快閣、發贛州寄余洪範詩。杜詩：齊魯青未了。江山信美思歸去，文選登樓賦：雖信美非吾土兮，曾何足以少留！聽我勞歌亦欲東。文選謝叔源詩：悟彼蟋蟀唱，信此勞者歌。注引韓詩曰：朋友之道缺，勞者歌其事。漢書高祖曰：吾亦欲東耳。

次韻奉答存道主簿

主簿朝衣如敗荷，高懷千尺上松蘿。小雅頍弁〔一〕：蔦與女蘿，施於松柏。毛云：蔦，寄生也；女蘿，兔絲，松蘿也。旅人爭席方歸去，莊子寓言篇：其往也，舍者避席；其反也，舍者與之爭席矣。秋水黏天不自多。莊子秋水篇：吾未嘗以此自多。退之祭文：洞庭汗漫，粘天無壁。學到會時忘粲可，僧粲、惠可，傳燈録皆有傳。杜詩：余亦師粲可，身猶縛禪寂。或謂王粲、可朋，二人能詩。詩留別後見羊何。羊濬、何長瑜與謝靈運、荀雍為『四友』。文選謝靈運詩序云：登臨海嶠，初發彊中作與惠連，可見羊、何共和之〔二〕。太白詩：別後遥傳滄海作，可見羊何共和之。向来四海習鑿齒，今日期君不啻過。『四海習鑿齒，彌天釋道安』，見晉書習鑿齒傳。此用主簿事。杜詩：方駕曹劉不啻過。

〔一〕『頍』原作『鳷』，據元至元本及毛詩正義卷十四小雅甫田之什頍弁改。

〔二〕『登臨海嶠……共和之』按文選卷二十五謝靈運詩題為『登臨海嶠初發彊中作與從弟惠連見羊何共和之』，『彊』原作『强』，據文選改。

從時中乞蒲團

纂異蜀本作謝時中送蒲團，云：「織蒲投我最宜寒，政欲陰風雪作團。方竹火爐趺坐穩，何如矍鑠據征鞍！」與今本句多不同。詳詩意，是謝送蒲團，今本題作從時中乞蒲團，疑有誤。

撲屋陰風雪作團，織蒲投我最宜寒。君當自致青雲上，見上。快取金狨覆馬鞍。國朝侍從皆跨狨鞍。

奉送時中攝東曹獄掾

時中蓋太和同官，入城攝事，故有「府中奪我同官良」之句，又云「蒼崖按轡昨日歸」，恐是代子範為尉。

公退蒲團坐後亭，詩羔羊：自公退食。白樂天詩：清旦方堆案，黃昏始退公。傳燈録龍牙禪師傳：師在翠微時問：「如何是祖師意？」翠微曰：「與我過禪板來！」又問臨濟：「如何是祖師意？」臨濟曰：「與我過蒲團來！」短日松風吟萬籟。莊子齊物篇：汝聞地籟而未聞天籟。李白詩：一風鼓羣有，萬籟各自鳴。黃葵紫菊委榛叢，雪梅靚粧欲無對。上林賦：靚粧刻飾。顏延年曲水詩序：靚粧藻野，袨服縟川。世説習鑿齒曰：樂令無對於晉世。遺騎相呼近酒樽，「遺騎」見上〔一〕。言君曉鼓前征旆。蒼崖按轡虎豹號，周亞夫傳：天子迺按轡徐行。野水呼船風雨晦。詩：風雨如晦。昨日歸来有行色，莊子盜跖篇：車馬有行色。未曾從容解冠帶。府中奪我同官良，老杜送長孫侍御赴武威判官云：奪我同官良，飄飄按城堡。簡書趣行將數輩。詩出車云：豈不懷歸？畏此簡書。王事君今困馬鞍，田園我亦思牛背。『牛背』見上〔二〕。又唐陸羽傳：又使牧牛，羽潛以竹畫牛背為字。安得歸舟載月明，『滿舡空載月明歸』，船子和尚偈也。鸊鵜白鷗為友生。詩：雖有兄弟，不如友生。一身不是百年物，五湖無邊萬里行。欲招簑笠同雲水，念君未可及吾盟。春秋：公及邾儀父盟於蔑。孟子：凡我同盟之人，既盟之後，言歸於好。富於春秋西漢書：帝富春秋。又云：富於春秋〔三〕。貌突兀，杜詩：夜深殿突兀。睥睨滿世收功名。『睥睨』，視也。左傳：子產授兵登陴。注：陴，城上睥睨也。好功名者睨視一世，城上短垣亦於此睨視，因以為名。參軍雖卑獄司命，多由陰德至公卿。于定國傳：我治獄多陰德。鎖頤折頞秦相國〔四〕，揚雄解嘲云：蔡澤山東之匹夫，鎖頤折頞。注：頞，曲也。晉職官志：丞相、相國，並秦官也。不滿三尺齊晏嬰〔五〕。史記晏平仲嬰傳：晏子長不滿六尺，身相齊國，名顯諸侯。丈夫身在形骸外，莊子德充符篇：索我於形骸之外。俗眼那能致重輕！

〔一〕『遺騎見上』元至元本作『文選魏文帝書：今遺騎到鄴』。按即文選卷四十二曹丕與朝歌令吳質書。

〔二〕『牛背見上』元至元本作『晉王衍傳：爾看吾目光乃在牛背上矣』。

〔三〕『西漢書：……富於春秋』元至元本作『西漢語也，見上』。

〔四〕『頞』原作『額』，據漢書卷八十七下揚雄傳引解嘲改。按『頞』作鼻梁解，不當作『額』。注文亦據以改。四庫全書本山谷外集卷四作『魋顏蹙齃』。

〔五〕「三尺」元至元本作「六尺」，與注所引一致，他本皆作「三尺」，姑仍其舊。

奉答茂衡惠紙長句

年譜：羅茂衡太和人。

陽山山之南曰陽。老藤截玉肪，文選魏文帝論玉玦書云：白如截肪。唐舒元輿弔剡藤文：剡溪上多古藤，溪中多紙工，斬伐無時。通俗文曰：脂在腰間曰肪。王逸正部論曰：或問王符，曰：「白如猪肪。」烏田翠竹避寒光。蘇易簡紙譜：今江浙間有以嫩竹為紙者，作密書，隨手裂。「烏田」，地名。羅侯包贈室生白，莊子：虛室生白。明於機上之流黃。樂府詩長安有狹邪行：大婦織綺羅，中婦織流黃。又文選別賦注：間色有五：紺紅、縹紫、流黃。又注：流黃素名。張載詩：佳人贈我筒中布，何以報之流黃素。愧無征南蠆尾手，法書要録載宋羊欣古來能書人名云：燉煌索靖，張芝姊之孫，晉征南司馬，亦善草書。又載王僧虔論書云：索氏自謂其書具銀鈎蠆尾。晉書不言曾為征南司馬。又王羲之嘗為征南將軍。為寫黃門急就章。急就章漢黃門令史游撰。羅侯相見無雜語，陶詩：相見無雜言，但道桑麻長。苦問潙山有無句。春草肥牛脱鼻繩，潙山露地白牛；石鞏禪師牧牛入草，便拽鼻孔來：並見覔銅犀注〔一〕。菰蒲野鴨還飛去。傳燈録：百丈與馬祖遊山，見野鴨子，祖問曰：「是甚麼？」丈曰：「野鴨子。」又曰：「甚麼處去？」丈曰：「飛過去。」祖遂引手搯百丈鼻〔二〕，丈作痛聲，祖曰：「何曾飛過去！」丈於是大悟。還飛去，却把住。故將山谷嘗草書一偈云：野鴨子，知何許，馬祖見來相共語。話盡山空水月清，依前不會還飛去。藤面乞伽佗，梵語「伽佗」，此言諷誦。楞嚴經：秘密伽佗，微妙章句。願草驚蛇起風雨。法書要録：王羲之自叙草書勢云：「疾若驚蛇之失道，遲若緑水之徘徊。」懷素草書如飛鳥出林，驚蛇入草。長詩説紙落秋河，要知溪工下手處。溪多紙工，見上。却將冰幅展似君，震旦花開第一祖。梵語『震旦』，此云漢地。『第一祖』謂迦葉也，二十八傳而至達磨。達磨天竺國人，告尊者曰：『我既得法，當往何國而作佛事？』尊者曰：『待吾滅後，當往震旦。』後寓止嵩山少林寺，以法傳慧可，告之曰：『昔如來以正法眼付迦葉大士，展轉囑付，累而至於我。我今付汝，聽吾偈曰：「吾本來茲土，傳法救迷情。一花開五葉，結果自然成」。』證道歌曰：第一迦葉首傳燈，二十八代西天記。入此土，菩提達磨為初祖〔三〕。

〔一〕『見』元至元本作『見第二卷』。按即卷四之六舅以詩來覓銅犀用長短句持送舅氏學古之餘復味禪説故篇末及之。

〔二〕『遂』原作『隨』。按：此段文字不見於景德傳燈録，今據五燈會元卷三百丈懷海禪師改。

〔三〕『證道歌……菩提達磨為初祖』按：玄覺永嘉證道歌共六十二首，注所引為四十、四十一首之部分句子。四十首云：『建法幢，立宗旨，明明佛敕曹溪是，第一迦葉首傳燈，二十八代西天記。』四十一首云：『法東流，入此土，菩提達磨為初祖。六代傳衣天下聞，後人得道何窮數。』

雜言贈羅茂衡

嗟来茂衡，莊子：嗟來桑户乎！學道如登。孟子盡心上公孫丑曰：道則高矣，美矣！宜若登天然，似不可及也。國語云：諺曰：『從善如登，從惡如崩。』淳化帖有何氏書云：道大難，俗情見善從善如登。欲與天地為友，欲與日月並行。萬物崢嶸，本由心生。去子之取舍與愛憎，莊子：去子之態色與淫志。惟人自縛非天黥。傳燈録僧璨傳：有沙彌禮師曰：『乞與解脱法門。』師曰：『誰縛汝？』又曰：『律師持律自縛。』莊子：天刑之，安可解？』又曰：『庸詎知造物之不息我黥而補我劓？』墮子筋骨，莊子：墮汝形體，吐爾聰明。又云：忘汝神氣，墮汝形骸。堂堂法窟，九丘四溟，書序曰：九州之志，謂之九丘。丘，聚也。左傳曰：楚左史倚相能讀三墳、五典、八索、九丘。『四溟』見上。同一眼精。不改五官之用而透聲色，荀子天論篇：耳目鼻口形能，各有接而不相能也，夫是之謂天官。心居中虛，以治五官，夫是之謂天君。常為萬物之宰而無死生。念子坐幽室，爐香思青冥。是謂蟄蟲欲作，吾驚之以雷霆。莊子天運篇：蟄蟲始作〔一〕，吾驚之以雷霆。

〔一〕『始』原作『姑』，據至元本、弘治本、樹經堂本及莊子天運改。

寄晁元忠十首

國工裁白璧，考工記輪人曰：可規，可萬，謂之國工〔二〕。巧冶鑄干將。聖主得賢臣頌云：巧冶鑄干將之璞。吳越春秋云：干將者，吳人也，能為劍〔三〕，作二枚，一曰干將，二曰莫耶。莫耶，干將之妻也。成為萬乘器，貫日吐寒光。漢鄒陽傳云：荊軻慕燕丹之義，白虹貫日。又云：蟠木根柢而為萬乘器。其誰湔拂汝？文選絶交論：剪拂使其長鳴。注云：與『湔祓』同。歲月海生桑。神仙傳云：王遠字方平，過蔡經家，麻姑亦至，麻姑自説：『接待以來，見東海三為桑田。』蛛網連城玉，史記藺相如傳：趙得和氏璧，秦願以十五城請易璧。苔生百鍊剛。文選劉越石詩：何意百鍊剛，化為繞指柔！子雲賦逐貧，揚雄逐貧賦見上〔三〕。退之文送窮。退之此文蓋擬逐貧而筆力遠過之。二作雖類俳，漢枚乘傳：其孽子臯詼笑類俳倡〔四〕。又云：臯賦辭中自言為賦不如相如，又言為賦迺俳，見視如倡，自悔類倡也。頗見壯士胸。晁子行問津〔五〕，論語：使子路問津焉。欲濟無山窮。左傳宣下云〔六〕：楚子圍蕭，還無社號申叔展，叔展曰：『有麥麴乎？』曰：『無。』『有山鞠窮乎？』曰：『無。』『河魚腹疾奈何？』注云：麥麴、鞠窮所以禦濕，欲使無社逃泥水中，鞠音穹。子虛賦曰：穹窮菖蒲〔七〕。著書蓬蒿底，端有古人風。『古人風』見上。文選雜擬詩：顧念張仲蔚，蓬蒿滿中園。注引三輔決録云：張仲蔚隱身不仕，明天官、博物，所居蓬蒿没人。沙擁大江水，韓信傳：龍且與信夾濰水陳，信乃夜令人為萬餘囊盛沙，以壅水上流，引兵半度，擊龍且，陽不勝，還走，龍且追度水，信使決壅囊，水大至，龍且軍太半不得度，即急擊，殺龍且。泥封函谷關。隗囂傳：囂將王元説囂曰：『元請以一丸泥為大王封函谷關，此萬世一時也。』古来世上雄，李白詩：長才猶可倚，不慚世上雄。宰木風雨寒。公羊春秋秦伯謂蹇叔曰：若爾之年者，宰上之木拱矣。魯儒守一經，漢韋賢傳：遺子黄金滿籯，不如一經。賢號稱鄒、魯大儒。亦有澗谷槃。詩：考槃在澗。何事窮愁極？史記虞卿傳云：虞卿非窮愁，亦不能著書以自見於後世云。江南庾子山。庾信字子山，作哀江南賦，後周書具載其詞。河清無人待，左傳：周詩有之：『俟河之清，人壽幾何！』注：逸詩也。蘭芳無人采。退之琴操云：蘭之猗猗，揚揚其香。不採而佩，於蘭何傷！山空露團團，詩：零露團兮。『團』作『漙』。葛蔓石磊磊。楚辭：石磊磊兮葛蔓蔓。世有傾國媒，一笑珠百琲。西漢李延年歌：北方有佳人，絕世而獨立。一顧傾人城，再顧傾人國。韓詩：誰為傾國媒？自許連城價〔八〕。吳都賦：金溢珠琲。注：金二十四兩為溢，珠十貫為一琲。往時禰處士，顛倒孔北海。見後漢禰衡傳。杜詩：處士禰衡後，諸生原憲貧。

楚宮細腰死，長安眉半額。馬援傳子廖上疏長樂宮云：傳曰：『吳王好劍客，百姓多創瘢。楚王好細腰，宮中多餓死。』長安語曰：『城中好高髻，四方高一尺。城中好廣眉，四方且半額。城中好大袖，四方全匹帛。』斯言如戲，有切事實。比來翰墨場，文選謝宣遠詩：粲粲翰墨場。爛漫多此色。揚子法言曰：女有色，書亦有色乎？曰有。文章本心術，萬古無轍迹。老子善行章：善行無轍迹。吾嘗期斯人，隱若一敵國。漢劇孟傳：大將軍得之，若一敵國云。後漢吳漢傳帝歎曰：吳公差强人意，隱若一敵國矣。

北書來無期，鴈不到梅嶺。杜詩：短日行梅嶺。蓋謂大庾嶺上梅也。衡山有回鴈峰。柳子厚過衡山詩云：正是峰前回鴈時。欲之雙鯉魚〔九〕，『之』字誤。『遺我雙鯉魚』，見上。楓葉江路永。平生中心願，褊短不獲騁。富貴安可為？吾亦有岑鼎。韓非子云：齊伐魯，索讒鼎。魯以其鴈往，齊人曰：『鴈也。』魯人曰：『真也。』齊人曰：『使樂正子春來，吾將聽子。』魯君請樂正子春，子春曰：『胡不以其真往？』君曰：『吾愛之。』答曰：『臣亦愛臣之信。』又按新序云：齊攻魯，求岑鼎，魯載鼎往，齊不信而反之，使人告魯君：『柳下惠以為是，則請受之。』魯君請於柳下惠〔一〇〕，對曰：『君之欲以為岑鼎也，以免國也。臣亦有國於此，破臣之國，以免君之國，此臣所難也。』魯君乃以真岑鼎往。柳下惠可謂守信矣。信之於人重矣！言不可以富貴而易其素守也。

濟岱有佳人，『北方有佳人』見上〔一一〕。肌膚若冰雪。莊子逍遥篇：藐姑射之山有神人焉，肌膚若冰雪，綽約若處子。我願從之遊，補我黥與刖。莊子見上〔一二〕。了不解人嗔，真成一癡絶。晉顧愷之，俗傳愷之有三絶：才絶、畫絶、癡絶。櫟社定頹然，聊用神吾拙。見上。

山公懷涇渭，濬冲遭鑒賞。晉山濤傳：濤所奏甄拔人物，各為題目，時稱『山公啓事』。王戎傳：戎有人倫鑒識，常目山濤如渾金璞玉，人皆欽其寶，莫知名其器。弟敦有高名，戎惡之，後果逆亂。其鑒賞先見如此。濬冲，戎字也。代豈無若人，吹噓青雲上？韓詩：青冥送吹噓，强箭射魯縞。李白詩：功略蓋天地，名飛青雲上。念君如濟水，抱清伏泉壤。文選謝玄暉詩：濁河穢清濟。注引戰國策張儀説秦王曰：清濟濁河，足以為阻。尚書注曰：濟水入河，並流十數里而南截河，又並流數里，溢為滎澤〔一三〕。行潦酌尊彝，吾猶恃源往。大雅泂：酌彼行潦。書『作會宗彝』，注云：宗廟彝尊。莊子徐無鬼篇：請只風與日相與守河，而河以為未始其攖也，恃源而往者也。

蛾眉在蒿萊，衛國風云：螓首蛾眉。以美人比君子也。金玉千里音。詩：無金玉爾音。遥思甑生塵，後漢范丹傳：丹字史雲，閭里歌之曰：『甑中生塵范史雲，釜中生魚范萊蕪。』汗漫觀古今。沉冥驚人句，揚子法言：蜀莊沉冥。老杜詩：句不驚人死不休。摹寫詠時禽。陸士衡悲哉行：目感隨氣草，耳悲詠時禽。無為愁肝腎，君子要刳心。元稹作老杜墓誌云：擺去拘束，摹寫物象。退之贈崔立之云：勸君韜養待徵招，不用雕琢愁肝腎。莊子天地篇：君子不可以不刳心焉。

臨川往長懷，神交可心晤。論語子罕篇：子在川上曰：『逝者如斯夫，不捨晝夜！』此段說者不一，獨景迂講義云：江熙曰：『人非山立，俛仰而過，臨川興懷，能不慨然？』山谷意恐或近此。文章不經世，文選應休璉百一詩云：文章不經國，筐篋無尺書。風期南山霧。見上。化蟲哦四時，退之詩：化蟲枯搗莖。悲喜各有故。吾獨無間然，論語：禹，吾無間然。子規勸歸去。子規鳴若云『不如歸去』。又有次韻晁元忠十詩〔一四〕，與此詩同是元豐間作〔一五〕。

〔一〕『考工記……謂之國工』按周禮考工記輪人：『故可規，可萬（通「矩」），可水，可縣，可量，可權也，謂之國工。』元至元本『萬』作『矩』。

〔二〕『劍』原作『釰』，據元至元本、樹經堂本及文選卷四十七王褒聖主得賢臣頌李善注引吳越春秋改。

〔三〕『上』元至元本作『本傳』。

〔四〕『詠』原作『談』，據至元本、弘治本及漢書卷五十一枚乘傳改。

〔五〕『行問津』原作『問行津』，據至元本、嘉靖本改。樹經堂本作『問行津』。

〔六〕『左傳宣下云』元至元本作『山窮事見左宣下』，以下無引文。按：事載左傳宣公十二年。

〔七〕『莒』原作『葛』，據弘治本、樹經堂本及文選卷七子虛賦改。按：『穹窮』文選作『芎藭』。

〔八〕『西漢李延年歌……自許連城價』元至元本無此段注文，於『十貫為一琲』句後則有：『「傾國」見上。』

〔九〕『之』嘉靖本作『遺』，萬曆本作『泛』。

〔一〇〕『柳』原無，據樹經堂本及劉向新序卷七加。

〔一一〕『北方有佳人見上』元至元本作『漢外戚：北方有佳人，絶世而獨立』。

〔一二〕『莊子見上』元至元本作『莊子大宗師篇：庸詎知夫造物之不息我黥而補我劓？』

〔一三〕『滎』原作『榮』，據樹經堂本及尚書正義卷六禹貢『入於河，溢為滎』句下注改。

〔一四〕『又』元至元本作『第二卷』，按即至元本第四卷。

〔一五〕『間』元至元本作『己未』，此句下多：『已注其詳。』

次韻晁元忠西歸十首

我田失耕耘，歲暮拾枯萁。枯萁不可食〔一〕，日晏抱長飢。漢楊惲傳：其詩曰：田彼南山，蕪穢不治。種一頃豆，落而為萁。淵明詩：屢空不獲年，長飢至于老。猛虎依山林，眼有百步威。司馬遷答任安書：猛虎處於山林，百獸震恐。退之猛虎行：正晝當谷眠，眼有百步威。一從粱鴦食，風月何時歸？列子云：周宣王之牧正有役人粱鴦，能養禽獸，雖虎狼無不柔馴者。粱鴦曰：『養虎之法，順之則喜，逆之則怒。夫食虎者，不敢以生物與之，為其殺之之怒也。虎與人異，而媚養己者。』

聖莫如東家，長年困行路。公養為淹留，豈不以食故？邴原别傳曰：原遊學詣孫崧，崧曰：『君捨鄭君，所謂以鄭君為東家丘也？』原曰：『君謂僕以鄭為東家丘，必以僕為西家愚夫耶？』孟子萬章下云：孔子有見行可之仕，有際可之仕，有公養之仕。林薄鳥遷巢，水寒魚不聚。老杜詩：林茂鳥有歸，水深魚知聚。孤士似無家，左傳：心苟無瑕，何恤乎無家？轉蓬何由住？說苑：魯哀侯棄國而走齊，對齊侯曰：『是猶秋蓬惡其本根，而美其枝葉，秋風一起，根且拔矣。』曹子建云：轉蓬離本根，飄飄隨長風。老杜云：飄零似轉蓬。

前有熊羆咆，後有虎豹號。文選劉安招隱士云：虎豹鬭兮熊羆咆。杜詩：空荒咆熊羆，乳獸待人肉。已出澗谷底，更陟山阪高。五日一併食，儒行云：儒有易衣而出，并日而食。十年一縕袍。論語：衣弊縕袍。莊子載曾子居衞，縕袍無表，顔色腫噲〔二〕，手足胼胝，三日不舉火，十年不製衣。兼用檀弓所云『晏子一狐裘三十年』之意。未知歸宿處，豈憚鞍馬勞！退之病中贈張籍詩言籍之詞云：從此識歸處，東流水淙淙。

麗姬封人子，弄影愛朝日。文選舞鶴賦：疊霜毛而弄影。晉國始得之，涕泣甘首疾。詩伯兮：甘心首疾。憂危與安樂，一生誰能必？同床食芻豢，廼悔沾襟失。莊子曰：麗之姬，艾封人之子也。晉國之始得之也，涕泣沾襟，及其至於王所，與王同匡床，食芻豢，而後悔其泣也〔三〕。

怨句識之推，史記晉世家：文公賞從亡者，介子推不言祿，祿亦不及，隱不復見。子推從者懸書宮門曰：『龍欲上天，五蛇為輔。龍已升雲，四蛇各入其宇，一蛇獨怨，終不見處所。』文公見之曰：『此介子推也。』商歌知甯戚。琴操曰：甯戚飯牛車下，叩牛角而商歌曰：『南山粲，白石爛，生不逢堯與舜禪。短布單衣裁至骭，長夜冥冥何時旦！』齊桓公聞之，舉以為相。我占晁氏賢，乃在賦行役。詩：父曰：『嗟！予子行役。』同遊羿彀中，莊子德充符篇云：遊於羿之彀中。儻免非爾力。孟子：其中非爾力也。滔滔今如此，去邦將安適？論語桀溺曰：滔滔者天下皆是也！兼用『陳文子違之，至他邦』之意。退之古風云：一邑之水可走而違；天下湯湯，曷其而歸！

熱避惡木陰，渴辭盜泉水。尸子：孔子過於盜泉，渴而不飲，惡其名也。管子：孔子忍渴於盜泉，曾參回車於勝母。文選陸士衡詩：渴不飲盜泉水，熱不息惡木陰。惡木豈無枝？志士多苦心！曾回勝母車，鄒陽書：里名勝母，曾子不入；邑號朝歌，墨子回車。卞落抱玉淚。鄒陽書：玉人獻寶，楚王誅之。注云：卞和抱其璞，哭於郊。太白詩：抱玉入楚國。

晁氏猛虎行，古有猛虎行：飢不從猛虎食。老杜詩：烈士惡苟能，俊傑思自致。贈子猛虎行，出郊載酸鼻。皦皦壯士意。人生高唐觀，『高唐之觀』見文選宋玉賦。有情何能已！文選顏延年詩：有懷誰能已！元注云：晁詩云：『安得龍山潮，駕回實河水。水從樓前來，中有美人淚。』腰垂九井璜，尚書中候曰：呂尚釣於磻溪，得玉璜云云，見文選注。山谷琴銘云：釣魚而得九井之璜。蓋兼用山海經事，經云：海內崐崘墟在西北，帝之下都，高萬仞(四)，有九井，以玉為檻。耳著明月璫。文選洛神賦：贈江南之明璫。注云：耳珠曰璫。

蘭蓀沈休文和謝宣城詩：昔賢侔時雨，今守馥蘭蓀。結襟帶，芰荷製衣裳。離騷經：製芰荷以為衣兮，集芙蓉以為裳。其人雖甚遠，其室大道傍。鄭國風東門之墠云：其室則邇，其人甚遠。古語：築室道旁，三年不成。當身不着意，千載永相望。太白詩：遮莫親姻連帝城，不如當身自簪纓。『當』字作去聲讀。

風雨去家行，手龜面黧黑。（莊子：宋人有善不龜手之藥者。韓非子：晉文公反國，及河，令籩豆捐之，席蓐捐之，手足胼胝、面目黧黑者後之。列子：年老力弱，面目黧黑。杜詩：會面嗟黧黑。）屠龍非世資，（『屠龍』見上。）學問求自得。（孟子：君子深造之以道，欲其自得之也。）我思脊令詩，同飛復同息。兄弟無相遠，急難要羽翼。（小雅常棣云：脊令在原，兄弟急難。小雅角弓云：兄弟昏姻〔五〕，無胥遠矣。唐玄宗賜讓皇帝兄弟：天生之羽翼〔六〕。）

人言貧在家，殊勝富作客。（樂天詩：始知為客苦，不及在家貧。唐戎昱詩：遠客歸去來，在家貧亦好。又：在家貧亦好，殊勝富作客。）鷄棲牛羊下，（見上。）君子亦安息。千里求明師，營糧從事役。（莊子胠篋篇：延頸舉踵，曰：『某所有賢者』，贏糧而趣之。庚桑楚篇：南榮趎贏糧，七日七夜至老子之所。退之南溪始泛云：誰謂非事役？）學問非物外〔七〕，室虛生純白。（『虛室生白』見上。杜詩：興殘虛白室。前集贈柳展如詩：八方去求道，渺渺困多蹊。歸來坐虛室，夕陽在吾西。與此同意，蓋謂道在邇，而求諸遠也。）

開田望食麥，春隴無秀色。（王僧達詩：麥隴多秀色，楊園流好音〔八〕。）深耕不償勤，牛耳徒濕濕。（小雅無羊：爾牛來思，其耳濕濕。）豐凶誰主張？坐令愁煎迫。河清會有時，（『河清』見上〔九〕。）得酒灑胸臆。（集中有答晁元忠書云：未識足下之面，因諸昆弟得足下之詩，興託深遠，不犯世故之鋒，永懷善怨〔一〇〕，鬱然類騷，故追韻寫意於無能之詞。又云：南來拘窘吏事，雖江山映發，心不在焉。又云：十詩仰報盛意。又云：承去歲不利秋官。可見詩中之意矣。其言『南來拘窘吏事』，可見在太和作，『追韻寫意』即此詩也〔一一〕，『十詩仰報盛意』乃前十詩。

〔一〕『歲暮拾枯其枯其不可食』嘉靖本『拾枯其』下注『一作「採蕨薇」』，次『枯其』下注『一作「蕨薇」』。

〔二〕『腫』原作『膧』，據莊子讓王改。

〔三〕『莊子曰……而後悔其泣也』元至元本作『麗姬事見上』。按：事載莊子齊物論，『匡床』齊物論作『筐牀』，『筐』或作『匡』，故不改。

〔四〕『萬』原作『九』，據山海經海內西經改。

〔五〕『昏』原作『婚』，據至元本、弘治本、樹經堂本及詩小雅角弓改。按『昏』通『婚』。

〔六〕『唐玄宗……天生之羽翼』按引文過簡而文義不明。據新唐書卷八十一讓皇帝憲傳，玄宗『以書賜憲等曰：「……朕每言服藥而求羽翼，寧如兄弟天生之羽翼乎？」』

〔七〕『物外』樹經堂本作『外物』，他本均作『物外』。

〔八〕『楊』原作『揚』，據弘治本、樹經堂本及文選卷二十六王僧達答顏延年詩改。

〔九〕『河清見上』元至元本作『左傳：周詩有之：「涘河之清，人壽幾何！」注：逸詩也』。按『涘』當作『俟』，見左傳襄公八年。

〔一〇〕『永懷善怨』按所引答晁元忠書載山谷内集卷十九，『善怨』内集作『喜怨』，然注本均作『善怨』，一仍其舊。

〔一一〕『也』原無，據元至元本增。

食笋十韻

前集上子瞻書云：聞燕坐東坡，心醉六經。又云：比以職事，在山中食笋，得小詩，輒上寄一笑。旁州士大夫和詩時有佳句，要自不滿人意，莫如公待我厚，願為落筆，思得中紙疾讀，如老杜所謂『一洗萬古凡馬空』者。按東坡集，和篇乃將去黄州時作。山谷至太和，蓋元豐四年春庚申歲，七年甲子歲春移監德平鎮，東坡亦以七年春移汝州，此詩當是六年作。

洛下斑竹笋，花時壓鮭菜。『庾郎貧食鮭』，已見上注。杜詩云：自愧無鮭菜，空煩卸馬鞍。鮭，户佳切，切韻曰：魚名，出吴志。一束酬千金，掉頭不肯賣。杜詩：巢父掉頭不肯住。我来白下聚，此族富庖宰。退之鬬雞聯句：義肉恥庖宰。䖟栗戴地翻，觳觫觸墻壞。退之詠笋云：見角牛羊没。又云：穰穰疑翻地，天地之牛角。『䖟栗』見禮記。『觳觫』見孟子。戢戢入中厨，詩無羊：爾羊來思，其角濈濈。如償食竹債。楞嚴經云：身為畜生，酬其宿債。詩意謂牛羊食竹，及死為笋，為人所食，若償債然。又用傳燈録『死為菌，令人食之』之意。按第十五祖迦那提婆傳(一)：尊者既得法，後至毗羅國，有長者園樹生大耳如菌，味甚美，惟長者與第二子羅睺羅取而食之，盡而復生，餘皆不得見。時尊者知其宿因，長者問其故，尊者曰：『汝家昔供養一比丘，然此比丘，道眼未明，以虚霑信施故，報為木菌，惟汝與子，得以享之。』甘葅和菌耳，『葅』謂酢菜也。『生大耳如菌』，見上句注(二)。辛膳胹薑芥。左傳宣二年：使宰夫胹熊蹯。烹鵝雜股掌，炮鼈亂裙介。江南别録云：僧謙明好詩酒，烈祖問其所求，曰：『惟願鵝生四個腿，鼈生兩重裙。』陶岳五代史補亦云。詩韓奕云：其殽維何？炰鼈鮮魚。小兒哇不美，孟子：出而哇之。注：出門而哇吐之。鼠壤有餘嘬。莊子：鼠壤有餘蔬。孟子：蠅蚋蛄嘬之。可貴生於少，古来食共噫。記：不敢噦噫。尚想高將軍，五溪無人采。明皇雜録：高力士謫黔州，山谷多薺而人不食，力士作詩曰：『兩京作斤賣，五溪無人采。夷夏雖有殊，氣味都不改。』

〔一〕『迦』原無，據景德傳燈録卷二補。

〔二〕『生大耳如菌見上句注』元至元本作『「菌耳」即上注』。

蕭巽葛敏修二學子和予食笋詩次韻答之

吴氏漫録云：山谷南還，至南華竹軒，令侍史誦詩板，戒勿言姓名，誦一絶句云：『不用山僧供帳迎，世間無此竹風清。獨拳一手支頤卧，偷眼看雲生未生？』徐視姓名，曰：『果吾學子葛敏修也。』此篇言『二妙各能詩』，端不濫語〔一〕。

北饌厭羊酪，南庖豐笋菜。退之詩：我來禦魑魅，自宜味南烹。自北初落南，退之南海神碑：人士之落南不能歸者。幾為兒所賣。史記越世家陶朱公中男殺人事：莊生羞為兒子所賣。習知價廉平，史記吴起傳：起廉平，能得士心。此摘其字。百態事烹宰。鹽晞枯腊瘦，蜜漬真味壞。就根煨茁美，茁，出也，見上春菜詩注。豈念炮烙債。史記周紀：西伯請紂去炮烙之刑。咀吞千畝餘，退之南食詩〔二〕：咀吞面汗騂。史記貨殖傳：渭川千畝竹。胸次不蔕芥。子虚賦：其於胸中曾不蔕芥。二妙各能詩，晉衞瓘、索靖俱善草書，人號為『一臺二妙』。才名動江介。楚辭：悲江介之遺風〔三〕。魏都賦：與江介之湫湄。注云：韓詩章句曰：介，界也。詩論多佳句，膾炙甘我嘬。孟子：膾炙與羊棗孰美？言其詩膾炙人口也。曲禮：毋嘬炙。注：嘬，謂一舉盡臠。因君思養竹，萬籟聽秋噫。莊子齊物篇：汝聞地籟而未聞天籟。又云：大塊噫氣，其名為風。從此繕藩籬，下令禁漁采〔四〕。韭黄照春盤，歐陽行周有春盤賦。杜詩：春日春盤細生菜。菰白媚秋菜。本草：菰根，蔣草也，江南人呼為茭草。圖經云：又謂之茭白。惟此蒼竹苗，市上三時賣。江南家家竹，剪伐誰主宰？詩甘棠：勿剪勿伐。半以苦見疏，不言甘易壞。表記云：君子之接如水，小人之接如醴。君子淡以成，小人甘以壞。莊子山木篇：君子之交淡如水，小人之交甘若醴。君子淡以親，小人甘以絶。葛陂雕龍睡，未索兒孫債。後漢費長房傳：長房辭歸，翁與一竹杖曰：『騎此任所之，則自至矣。既至，可以杖投葛陂中也。』長房乘杖，須臾來歸，即以杖投陂，顧視則龍也。莊子：千金之珠，必在驪龍頷下，子能得之，必遭其睡也。獺膽能分杯，虎魄妙拾芥。本草序例云：虎嘯風生，龍吟雲起，磁石引針，虎珀拾芥，漆得蟹而散，麻得漆而湧，桂得葱而軟，樹得桂而枯，戎鹽累卵〔五〕，獺膽分杯：其氣爽有相關感者，多如此類。三國志：虞翻年十二，客有過其兄不遇，翻追與書曰：『虎珀不取腐芥，磁石不受曲針，過而不存，不亦宜乎？』客得書奇之。此物於食殽，如客得儐介。漢食貨志詔曰：夫鹽食肴之將。思入帝鼎烹，忍遭飢涎嘬。懶林供翰墨，碪杵風號噫。每下歎枯株，焚如落樵采。『懶林』疑字誤。詩意謂：其始也，思入大烹，以享上帝之鼎；其次為筆，以供翰墨；最下枯槁，而為樵夫所采。頗含箴規之意。『焚如』見易離卦。『每下愈況』見莊子知北遊篇。

〔一〕『端不濫語』元至元本作『果不誣』。

〔二〕『退之南食詩』按即韓愈初南食貽元十八協律詩。

〔三〕『悲』原作『長』，各本均誤，據楚辭九章哀郢改。

〔四〕『下令禁漁采』嘉靖本、萬曆本句下均注：『一作「下書示漁采」』。

〔五〕『卵』原作『卯』，據至元本、弘治本、樹經堂本及政和證類本草卷二序例下（人民衛生出版社一九八二年影印本)改。

胡朝請見和復次韻

人笑庾郎貧，滿胸飯寒菜。見上。春盤食指動，左傳宣上云(一)：子公之食指動，曰：『他日我如此，必嘗異味。』筍茁入市賣。回首萬錢厨，不羡廊廟宰。『日食萬錢』見上(二)。文選李陵答蘇武書：聞子之歸，無尺土之封；而親戚貪佞之類，悉為廊廟宰。民生暫神奇，見上。胞雋伐性壞。枚叔七發云：皓齒蛾眉，命曰伐性之斧；甘脆肥醲，命曰腐腸之藥。蓋取呂氏春秋：靡曼皓齒，命曰伐性之斧；肥肉厚酒，命曰爛腸之食。『雋』謂肥肉(三)，『胞』當作『肥』，又疑是『庖』字。東方朔傳：館陶公主胞人。師古曰：胞與庖同。忍持芭蕉身，見上。多負牛羊債。楞嚴經云：以人食羊，羊死為人，人死為羊，死死生生，互來相噉。汝負我命，我還汝債。籜龍不稱寃，盧仝寄男抱孫詩云：竹林吾最惜，新筍好看守。萬籜包龍兒，攢迸溢林藪。又云：籜龍正稱寃，莫殺入汝口。丁寧囑託汝，汝活籜龍否？易致等拾芥。夏侯勝傳：如俯拾地芥。蕭蕭煙雨姿，壯士持戈介。杜牧之晚晴賦：竹林外裹兮，十萬丈夫。甲刃樅樅，密陣環侍。駢頭沸鼎烹，易：貫魚以宫人寵。注云：貫魚謂五陰駢頭相次，似貫魚也。退之叉魚詩：駢首類同條。可口垂涎嘬。莊子云：其味相反，而皆可於口。杜詩：道逢麴車口流涎。霜叢負後凋，玉食香餘噫。書：惟辟玉食。晉王濬玉食錦服。續詩無全功，列子：天地無全功，聖人無全能。葑菲儻可采。詩：采葑采菲。

〔一〕『左傳宣上』按：即左傳宣公四年。

〔二〕『日食萬錢見上』元至元本作『晉何曾日食萬錢』。

〔三〕『雋』原作『雋永』，諸本皆同。按『永』字衍，故刪。漢書卷四十五蒯通傳：『號曰雋永。』注：『雋，肥肉；永，長也。言其所論甘美，而義深長也。』元至元本作：『雋永見上注，謂肥肉。』

立春

韭苗香煮餅，崔寔四民月令曰：立秋無食煮餅。野老不知春〔一〕。看鏡道如咫，倚樓梅照人。杜詩：勳業頻看鏡，行藏獨倚樓。退之春雪間早梅詩：寒光助照人。唐趙嘏詩：長笛一聲人倚樓。

〔一〕『不』嘉靖本、萬曆本及樹經堂本作『亦』，樹經堂本於詩末注：『「亦」一作「不」』。

寄舒申之户曹

年譜：舒申之名卷。

吉州司户官雖小，曾屈詩人杜審言。唐杜審言傳：恃才高以傲世見疾，嘗語人曰：『吾文章當得屈、宋作衙官。』遷洛陽丞，坐事貶吉州司户參軍。審言生子閑，閑生甫，字子美。今日宣城讀書客，還趨手板『趨手板』見上。傍轅門。項羽傳：羽見諸侯將，入轅門，膝行而前。江山依舊歲時改，桃李欲開煙雨昏。公退但呼紅袖飲，詩：自公退食。剩傳歌曲教新翻。元稹連昌宮詞云：偷得新翻數般曲。劉禹錫楊柳枝詞：聽唱新翻楊柳枝。

次韻杜仲觀二絶〔一〕

鳥啼花動却春寒，雨壓青旗卷畫干。多事今年廢詩酒，煩君傳語問平安。用李衛公報竹平安，借取其字。

重簾複幕和風雨，無奈催沽鳥喚人。鳥名提壺蘆，見上注。只是樽前欠狂客〔二〕，舞娃冰雪酒磷磷。退之詩：黄簾緑幕朱户閉。唐賀知章自號「四明狂客」。莊子云：肌膚若冰雪。詩：揚之水〔三〕，白石粼粼。注：清澈也，粼亦作磷。

〔一〕「次韻」嘉靖本、萬曆本、樹經堂本作「次韻荅」。

〔二〕「欠」萬曆本作「少」。

〔三〕「揚」原作「楊」，據弘治本及樹經堂本改，按詩經中王風有揚之水，唐風亦有，此處所引為唐風，「揚之水」既為詩題，又為詩句。

再次韻〔一〕

短舞朱裙恹醉看，陶岳零陵記：長沙王發於上前自為短舞，人笑其拙。惜公官守隔江干。遥憐得句無人賞，走馬城東覓道安。習鑿齒傳：時有桑門釋道安，俊辯有高才，與鑿齒初相見，道安曰：『彌天釋道安。』當謂遊寺。

詩家二杜審言及甫見仍雲，『仍雲』見爾雅。佳句風流照映人〔二〕。青眼向來同醉醒，白頭相望不緇磷。論語：磨而不磷，涅而不緇。杜詩：但取不緇磷。

〔一〕『再次韻』嘉靖本、萬曆本題為『再次韻杜仲觀二絶』。

〔二〕『佳句』元至元本作『詩句』。

社日奉寄君庸主簿

何君庸為太和簿〔一〕。

花發社公雨，『社公』見上。陰寒殊未開。初聞燕子語，似報玉人來。元稹作張君傳，崔氏詩曰：待月西廂下，迎風户半開。

拂墻花樹動〔二〕，疑是玉人來〔三〕。遮眼便書册，傳燈録：僧問藥山：『為什麽看經？』師曰：『只圖遮眼。』挑聾欺酒杯。李氏談録：李相濤，小字社公，為兵部時，文公昉為翰林學士，月給内醞，兵部因春社寄昉詩云：『社公今日没心情，為乏治聾酒一缾。』俗云社日酒治聾〔四〕。治音持。『挑』當作『治』，『欺』當作『欠』。劉蕭仲社日招客飲：治聾聊復盡余盃。傳聲習主簿，勸為撥春醅。晉習鑿齒傳：為桓温西曹主簿，温曰：『三十年看儒書，不如一詣習主簿。』太白詩：恰似蒲萄新撥醅。

〔一〕『和』原作『知』，據弘治本及樹經堂本改。

〔二〕『拂墻花樹動』元稹鶯鶯傳作『拂墻花影動』。元至元本作『拂拂桃花樹』，語殊不倫。

〔三〕『玉人』元至元本作『故人』。

〔四〕『李氏談録……社日酒治聾』按李氏談録即李昉李文正公談録，注文引録作第三人稱口吻，不妥。宋詩紀事卷二李濤載李濤春社日寄李學士詩並談録中的相關文字，『社公』作『社翁』，詩中亦作『社翁』。又『治聾』至元本、弘治本作『持聾』，據宋詩紀事，作『治聾』是。

觀王主簿家酴醾

肌膚冰雪薰沉水，『肌膚冰雪』見上〔一〕。百草千花莫比芳。白居易詩：緑水紅蓮一朵開，千花百草無顏色。楊文公談苑稱鄭文寶詩：百草千花路，斜風細雨天。露濕何郎試湯餅，語林曰：何平叔美姿儀，面絶白，魏文帝疑其著粉，夏月與熱湯餅，既啖，大汗出，隨以朱衣自拭，色轉皎然。平叔，何晏也，魏初尚主。日烘荀令炷爐香。襄陽記：劉季和性愛香，常如廁還，輒過香爐上，主簿張坦曰：『人名公作俗人，不虛也。』季和曰：『荀令君至人家，坐席三日香，與我如何？』坦曰：『醜婦效顰，見者必走，公欲遁走耶？』季和大笑。詩人詠花多比美女，山谷賦酴醾獨比美丈夫。見冷齋夜話〔一〕。李義山詩：謝郎衣袖初翻雪，荀令薰爐更換香。**風流徹骨成春酒，**韓持國詩：只恐春歸有餘恨，典刑元在酒杯中。**夢寐宜人**『宜人』見上。**入枕囊。**世說有以荼蘼花作枕囊。前集酴醾詩『名字因壺酒，風流付枕幃』，與此句意同。**輸與能詩王主簿，瑤臺影裏據胡床。**晉王徽之泊舟青溪側，桓伊於岸上過，王曰〔三〕：『聞君善吹曲，為我一奏〔四〕。』伊據胡床，為作三調弄。

〔一〕『肌膚冰雪見上』元至元本作『莊子逍遥篇：藐姑射之山有神人居焉，肌膚若冰雪』。

〔二〕『話』原作『語』，據至元本、樹經堂本改。

〔三〕『王』原作『伊』，誤，據晉書王徽之傳改。

〔四〕『一』原缺，據樹經堂本及晉書王徽之傳補。

酴　醾

漢宮嬌額半塗黃，後漢馬廖傳：城中好廣眉，四方且半額。幽怪録：橘中四老，一叟曰：『君輸我智瓊額黃十二枝〔一〕。』王介甫梅花詩：漢宮嬌額半塗黃，粉色凌寒透薄粧。詩句偶同，附載於此。**入骨濃薰賈女香。**晉賈謐傳：母賈午，充少女也，吏韓壽與女通，家中莫知。時西域貢奇香，一著人則經月不歇，帝以賜充。女密盜以遺壽，充寮屬與壽燕處，聞其芬馥，稱之於充云云。**日色漸遲風力細，倚欄偷舞白霓裳。**楚辭：青雲衣兮白霓裳，日出東方入西方，故用其色。今借使。楊太真外傳：進見日，奏霓裳羽衣曲。『偷』字如樂天詩『蘭偷荀令香』之類。

〔一〕『幽怪録……十二枝』按幽怪録即唐牛僧孺撰玄怪録，宋人題作幽怪録，蓋避始祖玄朗名諱而改。注所引出卷三巴邛人條。

元翁坐中見次元寄到和孔四飲王夔玉家長韻因次韻率元翁同作寄溢城

夔玉名球，太和人，侍郎王贄之子。

雨罷山澤明，日長花柳困。老杜：春光懶困倚微風。游絲上天衢，簡文帝春日詩：落花隨燕入，游絲帶蝶驚。老杜：落花游絲白日靜。觀物得無悶。易：遯世無悶。酒德頌云：俯觀萬物。時從顧曲人，周瑜傳：曲有誤，周郎顧。以言周元翁。笋饌酌春醞。季子未識面，想見眉目俊。新詩如鳴弦，快讀開鄙吝。後漢黄憲傳：時月之間，不見黄生，則鄙吝之萌復存乎心。銅官魯諸生，事道三無慍。見上〔二〕。比来工五字，句法妙何遜。梁記室兼水部郎何遜字仲言，有詩集。枯棋覆吴圖，文選博弈論云：夫一木之枰〔三〕，孰與方國之封？枯棋三百，孰與萬人之將？杜牧送國棋王逢云：别後竹窗風雪夜，一燈明滅覆吴圖。齊書曰：能棋人琅邪王抗為第一品，吴郡褚思莊、會稽夏赤松第二品。宋文帝世，羊玄保戲，因製局圖，還於帝前覆之〔三〕。青簡玩秦燼。後漢吴祐傳：殺青簡以寫書。葉暗黄鳥時，見上。風號報花信。東皐雜録云：江南自初春至初夏，有二十四風信，梅花風最先，楝花風最後。唐人詩曰：『楝花開後風光老，梅子黄時雨意濃。』晏元獻詩亦曰『二十四番花信風』，是也。遥仰吟思苦，江錦割向盡。南史江淹傳：夢一人自稱張景陽，謂曰：『前以一疋錦相借，今可見還。』探懷中，得數尺，與之。此人大恚曰：『那得割截都盡！』顧見丘遲曰：『餘此數尺，無所用，以遺君。』自是淹文章躓矣。應煩王公子，又破黃封印。宮酒以黃羅帕封之，東坡所謂『上尊日日寫黃封』是也。

〔一〕『見上』元至元本作『語：三已無愠色』。按：『語』指論語，引文出論語公冶長，作：『三已之無愠色。』

〔二〕『枰』原作『抨』，據文選卷五十二韋曜博弈論改。

〔三〕『宋文帝世……還於帝前覆之』按此處引文因刪削而致誤。據南齊書卷四十六蕭惠基傳：『宋文帝世，羊玄保為會稽太守，帝遣思莊入東與玄保戲，因製局圖，還於帝前覆之。』然則製局圖而覆之者為褚思莊。

再次孔四韻寄懷元翁兄弟并致問毅甫

書帙蠹魚乾，退之云：豈殊蠹書蟲，生死文字間。爐香眠鴨困。李義山云：舞鸞鏡匣收殘黛，睡鴨香爐換夕薰。佳人来無期，選詩：佳人殊未來。詩句且排悶。杜詩：排悶强裁詩。遥知烏衣游，劉夢得金陵五題云：朱雀橋邊野草花，烏衣巷口夕陽斜，舊時王謝堂前燕，飛入尋常百姓家。蓋江左諸王多居烏衣巷。建康圖經云：在上元縣東南四里。棋局具肴醖。爭道嘲不恭，漢吴王濞傳：吴太子入見，得侍皇太子飲博。吴太子素驕，博爭道不恭。鏖兵勞得儁。漢霍去病傳：合短兵鏖皋蘭下。師古曰：鏖謂苦擊而多殺也。左傳云：得儁曰克。頗尋文獻盟，『文獻』見論語。不落市井吝。揚子云：市井相與言，則以財與利。四月明朱夏，南風解人愠。帝王世紀曰：舜彈五絃琴，歌南風曰：『南風之薰兮，可以解吾民之愠兮。』風前懷二陸，家法窺抗遜。晉陸機傳：祖遜，吴丞相；父抗，吴大司馬。太康末，與弟雲俱入洛，范陽盧志於衆中問機曰：『陸遜、陸抗於君近遠？』機曰：『如君於盧毓、盧珽。』志默然。身有三尺桐，爨下得餘燼。焦尾琴見上。端可張洞庭，莊子：黄帝張樂於洞庭之野。謝玄暉詩：洞庭張樂地，瀟湘帝子遊。寥闊世未信。為我謝孔君，舉酒取快盡。世故安足存，文選潘正叔詩：世故尚未夷。青天飛鳥印。白樂天詩：更無尋覓處，鳥跡印空中。退之聯句云：沙篆印迴平。蓋言鳥跡印沙，今言印青天。

次韻元翁從王夔玉借書

為吏三年弄文墨，文選劉公幹詩：職事相填委，文墨紛消散。注云：漢書：『功臣皆曰：「蕭何文墨，顧居臣上。」』〔一〕草萊心徑失耕鋤。孟子：今茅塞子之心矣。常思天下無雙祖〔二〕，得讀人間未見書。後漢黄香傳：京師號曰：『天下無雙，江夏黄童。』肅宗詔香詣東觀，讀所未嘗見書。公子藏山真富有，言其藏書如老氏藏室、道家蓬萊山也。繫辭：富有之謂大業。司馬遷與任安書：僕誠已著此書，藏之名山。小儒捫腹正空虛。退之詩：詩書勤乃有，不勤腹空虛。何時管籥入吾手，為理籤題撲蠹魚？杜詩：書籤映隙曛。『蠹魚』見上。

〔一〕『漢書……顧居臣上』按文選卷二十九劉公幹雜詩注云：『漢書功臣皆曰：「蕭何徒恃文墨，顧居臣上。」』漢書卷三十九蕭何傳曰：『功臣皆曰：「……今蕭何未有汗馬之勞，徒恃文墨議論，不戰，顧居臣等上，何也？」』

〔二〕『常』樹經堂本作『嘗』。

學元翁作女兒浦口詩

五老峰見上。前萬頃江，女兒浦口鴛鴦雙。女兒浦隸江州德化。鶩飛何處沙上宿？夜雨釣船燈照窗。

去歲和元翁重到雙澗寺觀余兄弟題詩之篇總忘收録病中記憶成此詩

素琴聲在時能聽，陶潛傳：蓄素琴一張。白鳥盟寒久未尋。左傳：盟可尋也，亦可寒也。眼見野僧垂雪髮，養親元不顧朱金。史記聶政傳：嚴仲子具酒聶政母前，奉黄金百鎰為母壽。聶政固謝曰：『家貧養親，親供養備，不敢當仲子之賜。』列女傳〔一〕秋胡子之妻曰：妾採桑奉二親，不願人之金。法言曰：紆朱懷金之樂。開泉浸稻雙澗水，煨笋充盤春竹林。安得一廛吾欲老，孟子：願受一廛而為氓。君聽莊舃病時吟。史記陳軫傳：軫至，秦惠王曰：『子去寡人之楚，亦思寡人否？』對曰：『王聞夫越人莊舃乎？』莊舃仕楚執珪，有頃而病。楚王曰：「舃，故越之鄙細人也，今仕楚執珪，貴富矣，亦思越不？」對曰：「凡人之思故，在其病也。彼思越則越聲，不思越則楚聲。」使人往聽之，猶越聲也。今臣雖棄逐之楚，豈能無秦聲哉！』李白：笑吐張儀舌，愁為莊舄吟。

〔一〕『女』原作『子』，據元至元本改。

次韻周法曹遊青原寺〔一〕 即周元翁。

市聲故在耳，說苑：孔子謂弟子曰：違山千里，螻蛄之聲猶在耳。一原謝塵埃。乳竇響鍾磬，選詩：南鄰擊鍾磬。翠峰麗昭回。詩：倬彼雲漢，昭回于天。俯看行磨蟻，『磨蟻』見上〔二〕。車馬度城隈。水猶曹溪味，傳燈録：僧問清涼：『如何是曹溪一滴？』山自思公開。傳燈録行思禪師傳：師吉州安城人，聞曹溪法席，乃往參禮，問曰：『當何所務，即不落階級』云云。祖深器之。師既得法，住吉州清原山淨居寺，有沙彌希遷問曰：『曹溪大師還識和尚否？』師曰：『汝今識吾否？』曰：『識。又爭能識得？』師曰：『衆角雖多，一麟足矣。』浮圖湧金碧，『浮圖』，塔也。杜詩：潤聚金碧氣。文選陸機連珠曰：金碧之嵒，必辱鳳舉之使。廣厦構瓌材。蟬蛻三百年，史記屈原傳：蟬蛻於濁穢。至今猿鳥哀。祖印平如水，傳燈録初祖達磨傳師曰：內傳法印，以契證心；外付袈裟，以定宗旨。有句非險崖。心花照十方，圓覺經世尊告普覺菩薩云：心花發明，照十方刹。東坡嘗作偈云『心花發明照十方』，蓋本此。初不落梯階。『不落階級』，見此篇注。『步步踏佛階梯』，見傳燈録法融禪師傳。我行暝託宿，夜雨滴華榱。王仲宣詩：高會君子堂，並坐飲華榱〔三〕。殘僧四五輩，杜詩：野寺殘僧少。法筵歎塵埋。石頭麟一角，見上本傳云：師付法石頭。道價直九垓。相如封禪書云：上暢九垓。廬陵米貴賤，傳與後人猜。本傳云：僧問：『如何是佛法大意？』師曰：『廬陵米作麼價？』曉躋上方上，『上方』見上〔四〕。秋塍亂其荄。寒藤上老木，龍蛇委筋骸。禮記禮運云：肌膚之會，筋骸之束。魯公大字石，筆勢欲崩摧。德人曩来游，頗有嘉客陪。憶當擁旌旗，千騎相排陿。且復歌舞隨，絲竹寫煩哇。事如飛鴻去，杜牧詩：恨如春草多，事與孤鴻去。名與南斗偕。狄仁傑傳：北斗以南，一人而已。松竹吟高丘，何時更能來？顏魯公真卿貶吉州司馬，大字當是紀遊也。回首翠微合，爾雅：山未及上，翠微。于役王事催。詩：君子于役。又云：王事靡盬。猿鶴一日雅，孔德璋北山移文云：蕙帳空兮夜鶴怨，山人去兮曉猿驚。詩意謂：猿鶴既有一日之雅，再來尚可從容也。『一日之雅』見漢書谷永傳。重來尚徘徊。碑本『荄』字韻下有兩句云：蓮子委箭鏃，葵花仄金杯。

〔一〕『青原寺』元至元本同。嘉靖本、萬曆本及樹經堂本作『青原山寺』。

〔二〕『磨蟻見上』元至元本作『晉天文志：日月實東行而天牽之以西没，如蟻行磨石之上，磨左旋而蟻右去』。

〔三〕『榱』樹經堂本作『櫰』，形近而誤。按文選卷二十王粲公讌詩曰：『高會君子堂，並坐蔭華榱。』

〔四〕『上方見上』元至元本作『「上方」見維摩經。杜詩：上方樓閣晚』。

次韻曾都曹喜雨

都曹在郡中不應有『潔齋蘄得歲』之句，又集中有戲題曾處善尉廳，即此人，亦非都曹所居，而集中又有送時中攝東曹詩，恐是時中與之對攝。

水旱國代有，（左傳僖十三：天災流行，國家代有。）人神理本通。偏雩祠小大，（周禮春官：若國大旱，則帥巫而舞雩。禮記祭法：雩禜，祭水旱也。春秋書『大雩』。）敢指蜺雌雄。（郭璞云：雄曰虹，雌曰蜺，五歷、吾結反。南史王筠傳：沈約製郊居賦，示筠草，筠讀『雌霓（五的反）連蜷』，約撫掌曰：『僕常恐人呼為霓（五兮反）。』）地厭焚惔極，（詩雲漢：如惔如焚。）天回顧盼中。蛟龍起乖臥，星斗晦澄空。雲挾雷聲走，（西京雜記：淮南王著鴻烈，自言字中皆挾風霜。）江翻電腳紅。寵光歸稼穡，（老杜江雨詩：寵光蕙葉與多碧，點注桃花舒小紅。）滴瀝在梧桐。（孟浩然詩：疏雨滴梧桐。）詖訟猶相及，時霖恐未豐。潔齋蘄得歲，同病託諸公。

戲題曾處善尉廳二首

雞塒啄雁如鴐鵝，（詩：雞栖於塒。子虛賦：弋白鵠，連鴐鵝。揚雄反騷：豈鴐鵝之能捷。）萬里天衢且一波。宮錦絡衫弓石八，與人同狀不同科。（論語：為力不同科。）

右超然臺

茅茨中安一牀寂，退之送張道士云：臣有膽與氣，不能死茅茨。維摩經：維摩詰即以神力空其室，内唯置一床，以疾而卧。天女元非世間色。道人今日八關齋，南史袁粲傳：宋孝武即位，遷侍中。文帝諱日，羣臣並於中興寺八關齋中食竟，粲别與黃門郎張淹更進魚肉食。何尚之密以白孝武，並免官。南史又云：吳興有項羽神，太守到，必須祀以軛下牛。李安人不與，又於廳上設八關齋，俄而牛死。『道人』，山谷自謂也。按釋氏書，戒有八：一不殺，二不偷盜，三不邪淫，四不妄語，五不飲酒，六不坐高廣大牀，七不著花鬘瓔珞，不用香油塗身薰衣，八不自歌舞、不得輒往聽、不過中食。此『八戒』名『八關齋戒』，關者，閉也，禁也。白樂天詩：八關淨戒齋銷日，一曲狂歌醉送春。莫散花來染衣裓。天女散花見維摩經。裓，古得切，衣前襟也。彌陀經曰：西方聖衆以衣裓盛花奉諸佛。皎然詩：禪女來相試，將花欲染衣。禪心定不起，還捧舊花歸。

右不動菴

寄上高李令懷道 上高隸筠州。

李侯湖海士，魏志陳登傳：元龍湖海之士。瓜葛附婚友。『瓜葛』、『婚友』見上(二)。平生各轉蓬，『轉蓬』見上。未曾接樽酒。司馬遷報任安書云：未曾銜杯酒，接殷勤之歡。寄聲維勞勤，『寄聲』見上。江路常永久。節物居然秋，莊子山木篇：居然不免於患。蜕蟲悲高柳。謂蟬也。傳聞闢學館，鼓士薦豚韭。『鼓』字如李膺『鼓動流俗』之『鼓』。禮內則：豚，春用韭，秋用蓼。能使珥筆黔，『黔』謂黔首也。史記秦紀：更名民曰黔首。『珥筆』見上。稍知忠信有。論語：十室之邑必有忠信。驕虎縮爪距，李翰贊裴旻將軍射虎圖：戰羣虎之命，使鋸牙鉤爪戢而莫措。詩禮開戶牖。事勝感邦人，淵明詠二疏云：餘榮何足顧，事勝感行人。伐山謀不朽。漢地理志：以漁獵山伐為業。左傳襄二十四年：春，穆叔如晉，范宣子逆之，問焉，曰：『古人有言曰：「死而不朽」，何謂也？』穆叔曰：『魯有先大夫曰臧文仲，既沒，其言立，其是之謂乎？豹聞之：太上有立德，其次有立功，其次有立言，雖久不廢，此之謂不朽。』武功筆如椽，晉王珣傳〔二〕：夢人以大筆如椽與之。文字爛瓊玖。國風木瓜：報之以瓊玖。謂予有書癖，『書癖』見次韻答張沙河注〔三〕。摹篆寫科斗。不珍金石刻，陸士衡文賦：被金石而德廣。段墨卿平淮西碑：刻金石以揚休德。要我一揮肘。安知乃兒戲，漢周亞夫傳：鄉者霸上、棘門如兒戲耳！敢傳萬世後？摩拂『幼婦』篇，後漢蔡邕題曹娥碑云：黃絹幼婦，外孫齏臼。慚非換鵝手。見王羲之傳。李白詩：山陰道士如相見，為寫黃庭換白鵝。公其勤勞來，小雅鴻鴈，萬民離散，而能勞來還定，安集之。正義曰：『勞來』者，來勤也，殷勤於民。嘉政民父母。不用琢蒼崖，豐碑在人口。禮：公室視豐碑。詩意謂姓蘇人作碑，山谷為書，末章言但能勞來安定，則民事之如父母，所謂『道上行人口似碑』，無用此也。

〔一〕『瓜葛婚友見上』元至元本作『晉王導傳：相與有瓜葛。書盤庚：至于婚友』。

〔二〕『珣』原作『珉』，各本皆誤，據晉書卷六十五王珣傳改。

〔三〕『韻』原作『顔』，據樹經堂本改。元至元本『文字爛瓊玖』句下無注，『謂予有書癖』句下注云：『「瓊玖」、「書癖」見第一卷注。』

山谷外集詩注卷第十三

謝文灝元豐上文稾

虎豹文章非一斑，王獻之傳：管中窺豹，時見一斑。乳雉五色蜃胎寒。書：山龍華蟲。疏云：華蟲，雉也，雉五色象草華也。揚雄賦：剖明月之珠胎。吴都賦：蚌蛤珠胎。爾雅：蚌含漿。注：蚌即蜃也。天生材器各有用，太白將進酒云：天生我材必有用，千金散盡還復來！相如名獨重太山。藺相如傳：退而讓頗，名重太山。風流小謝宣城後，南齊書云：謝脁字玄暉，轉中書郎，出為宣城太守。而南史不載。太白宣州謝脁樓餞别詩：蓬萊文章建安骨，中間小謝又清發。少年如春膽如斗。見上。裕陵書稾公不朽，永裕乃神宗陵。持心鐵石要長久。魏武帝令長史王必曰：忠能勤事，心如鐵石，國之良吏也。

讀方言

揚雄著此書，名曰輶軒使者絶代語釋別國方言，其答劉歆書云：『成帝時，天下上計孝廉及內郡衛卒會者，雄常把三寸弱翰，賫油素四尺，以問其異方語，歸即以鉛摘次之於槧〔一〕』云云。

八月梨棗紅，杜詩：庭前八月梨棗熟。繞墻風自落。江南風雨餘，未覺衣衾薄。壁蟲憂寒來，催婦織衣去聲。著。音斫〔二〕。二字元注也。荒畦杞菊花，猶用充羹臛。招魂云：露雞臛蠵〔三〕。注云：有菜曰羹，無菜曰臛。齊民要術有羹臛法一門，大率以肉作羹臛耳。爾雅『蟋蟀、蛬』注云：促織也。陸龜蒙有杞菊賦。連日無酒飲，令人風味惡。頗似揚子雲，家貧官落魄。揚雄傳：何為官之拓落也！酈食其傳：家貧落魄。魄音薄。忽聞輶軒書，文選注：輶，軒，使者車。澀讀勞輔齶。柳子厚答韋珩書：雄之遺辭措意，頗短局澀滯。周易：咸其輔頰舌。注：輔，上頷也，講學根本。齶，齒斷也〔四〕，逆各反。虛堂漏刻間，九土可領略。宋玉登徒子賦云：少曾遠遊，周覽九土。李善曰：九土，九州之土也。頗多載酒人，喜我識字博。淵明詩云：子雲性嗜酒，家貧無由得。時賴好事人，載醪祛所惑。觴來為之盡，是諮無不塞。設心更自笑，欲過屠門嚼。文選曹子建書：過屠門而大嚼，雖不得肉，貴且快意。注云：桓子新論：人聞長安樂，則出門向西而笑；知肉味美，對屠門而大嚼。往時抱經綸，待價一丘壑。論語：我待價者也。班固叙傳云：漁釣於一壑，栖遲於一丘。夢卜師非熊羆，史記齊太公世家云：呂尚以漁釣干周西伯。西伯將出獵，卜之曰：『所獲非龍非彲，非虎非羆，所獲霸王之輔。』西伯獵，果遇太公，立為師。杜詩：燕王買駿骨，渭老得熊羆。夢所相解靡索。書：高宗夢得說，俾以形旁求于天下。說築傅巖之野，惟肖，爰立作相。疏曰：皇甫謐云：高宗夢天賜賢人，胥靡之衣，使百工寫其形像，求諸天下，果見築巖者胥靡衣褐帶索，執役于虞、虢之間。

欲吾未奢，史記淳于髡傳：所持者狹，而所欲者奢。儻使耕可獲。揚子法言：耕不獲，獵不享，耕獲乎？今年美牟麥，廚饌豐餅拓。歐陽公歸田録：湯餅，唐人謂之『不托』，今俗謂之『餺飥』矣。束晳餅賦有饅頭、薄持、起溲、牢九，惟饅頭至今存〔五〕，餘莫曉何物。摩莎腹中書，安知非糟粕？世說：郝隆曬腹中書。莊子：『所讀者，古人之糟粕』，已見上注。此篇言索寞無酒，因讀方言，頗多有好事者載酒肴來問奇字，因得大嚼耳。古者固有抱經綸之術而隱於築釣，後為師、為相，我則異於此，所望不奢也。若使麥田豐而富湯餅，足矣。

〔一〕『以鉛擿次之』『次』原作『決』，據至元本、弘治本、樹經堂本及揚雄答劉歆書（叢書集成本郭璞注方言注卷十三附）改。『擿』揚雄書作『摘』。

〔二〕『音斫』原作『斫音』，元至元本同。按『音斫』當為對『著』字之注音，故應緊接『著』字，依『衣』字下注音『去聲』之例。底本將此二字竄入史容注文。樹經堂本于『著』字下注『音斫』，當從，然以下注文又作：『音斫二字元注也。』實誤。『二字』實指句中『衣』與『著』二字之注音。

〔三〕『觿』楚辭招魂作『觽』，文選卷三十三招魂作『觿』。

〔四〕『斷』原作『斷』，據樹經堂本改。

〔五〕『今』原作『令』，據至元本、弘治本及樹經堂本改。

次韻秋郊晚望

道同一指馬，莊子齊物篇：以指喻指之非指，不若以非指喻指之非指也；以馬喻馬之非馬，不若以非馬喻馬之非馬也。天地一指也，萬物一馬也。心解廢耳目。短生行衰謝〔一〕，文選謝靈運詩：短生旅長世。黃落看草木。漢武秋風詞：秋風起兮白雲飛，草木黃落兮鴈南飛。見漢武故事〔二〕。月令：季秋之月，草木黃落。無懷世不知，有酒客可速。易需〔三〕：不速之客來。誰能縛詩書，用老杜『身猶縛禪寂』之意。閉門抱羈獨？披襟臨江皐，宋玉風賦：王乃披襟當之。萬籟發空谷。李白詩：一風鼓羣有，萬籟各自鳴。風力斜鴈行，山光森雨足。選詩：森森散雨足。杜詩：雨聲先已風，散足盡西靡。壁蟲先知寒，機織日夜促。『促織』見上〔四〕。居人思行人，裘褐誰結束？文選古詩：何為自結束？行人喜歸來，邂逅天從欲。左傳：人之所欲，天必從之。可奈甑生塵，後漢范丹傳：甑中生塵范史雲。嚴霜凍杞菊！見上〔五〕。

〔一〕『衰』元至元本作『長』。

〔二〕『漢』原作『光』，误，今據樂府詩集卷八十四雜歌謠辭二漢武帝秋風辭題解引漢武帝故事改。元至元本作『武帝故事』。

〔三〕『需』原作『蒙』，諸本皆误，今據周易正義卷二需卦改。

〔四〕『促織見上』元至元本作『爾雅「蟋蟀，蛬」注云：促織也』。

〔五〕『見上』元至元本作『陸龜蒙有杞菊賦』。

次韻周德夫經行不相見之詩

春風倚樽俎，綠髮少年時。歐陽詩：綠髮少年時，青衫喜從事。酒膽大如斗，蜀志：姜維膽大如斗。當時淮海知。醉眼概九州，何嘗識憂悲！看雲飛翰墨，老杜詩：明日看雲還杖藜。秀句詠蛛絲。杜詩：最傳秀句寰區滿。樂如同隊魚，退之詩：少小聚嬉戲，不殊同隊魚。游泳清水湄。波濤倏相失，歲月秣馬馳。詩：言秣其馬。李斯傳：時乎，時乎！贏粮躍馬〔一〕，唯恐後時。客事走京洛，鄉貢趨禮闈。艱難思一臂，唐薛元超傳：帝幸東都，留輔太子，曰：『朕留卿，若失一臂。』講學抱羣疑。易睽卦：羣疑亡也。邂逅無因得，詩：邂逅相遇，適我願兮。君居天南陲。誰言井底坐〔二〕，後漢馬援傳：子陽井底蛙也。韓文：坐井觀天。忽枉故人詩！清如秋露蟬，李白詩：白若白鷺鮮，清如清唳蟬。高柳噫衰遲。『大塊噫氣』見上注。子虛賦：榜人歌，聲流喝。郭璞曰：言悲嘶也。一介切。退之聯句云：騰口甚蟬喝。又云：蟬煩鳴轉喝。『噫』、『喝』音義同。感歎各頭白，民生竟自癡。晉王述排其子坦之曰：『汝竟癡耶！』見本傳。過門不我見，寧復論前期？文選沈休文詩：平生少年日〔三〕，分手易前期。注謂春秋富，前期非遠，分手之際，輕而易之；及年衰，則難別。今過門不相見，豈論此耶？杯酒良難必，況望功名垂。吉守鄉丈人，易師：貞丈人吉。政成犬生氂。後漢岑熙為魏郡太守，人歌曰：狗卧不驚，足下生氂。綠柳陰鈴閣，晉羊祜傳：祜都督荊州諸軍事，鈴閣之下，侍衛不過十數人。紅蓮媚官池。老杜有官池春鴈詩。『媚』字蓋用謝靈運詩：綠篠媚清漣。又云：孤嶼媚中川。山谷多用此字。開軒納日月，見上。高會無吏議〔四〕。琵琶二十四，前有詩言廬陵郡燕游寄郡僚，云：今夕傳杯定何處？應無二十四琵琶〔五〕。當是言吉州官妓琵琶之數，如東坡云『琵琶一抹四十絃』也。明粧百騎隨。鮑明遠詩：明粧帶羅綺。退之詩：淨濯明粧有所奉，顧我未肯寘齒牙。為公置樂飲，纔可慰路歧。列子：歧路又有歧焉。詩言分携也。矧公妙顧曲，周瑜傳：曲有誤，周郎顧。取同姓也。調笑才不羈。玉臺新詠馮子都詩：調笑酒家胡。鄒陽傳：不羈之士。司馬遷傳：僕少負不羈之才。幕中佳少年，多欲從汝嬉。人事喜乖牾〔六〕，淵明集：人事好乖，會當語離。班固賓戲：乖忤而不可通。老杜新婚別：人事多錯忤，對君永相忘。曾莫把一巵。朝雲高唐觀，高唐賦：襄王望高唐之觀。又云：妾在巫山之陽，高唐之阻，旦為朝雲，暮為行雨。客枕勞夢思。杜詩：雲雨荒臺豈夢思。主翁悲琴瑟，禮：有喪事，撤琴瑟而不御。丁晉公榴花詩：莫怪主翁相看好，舉家新自洞庭來。王荆公詩：日暮主翁投客轄。周與吉守同鄉，不知官於何郡，『主翁』蓋指其郡將，以悼亡不聽音樂也。生憎見蛾眉。杜詩：生憎柳絮白於綿。君亦晚坎坷，楚辭七諫云：年既過半百兮，愁轗軻而滯留。古詩：坎軻常苦辛。有句怨棄遺。退之詩：頻蒙怨句刺棄遺。夜光暗投人，見上。所向蒙詆嗤。相思秋日黃，杜詩：血戰乾坤赤，氛迷日月黃。又云：錦城曛日黃。西嶺含半規。謝靈運詩：密林含餘清，遠峰隱半規。白樂天悲清秋賦：西陽半規，映島欲没。老矣失少味，尚能詩酒為。忽解扁舟下，何年復來茲？寄聲緩行李，鮑明遠詩：願爾篤行李。此反其意。激箭無由追。賈誼傳：矢激則遠。白樂天詩：年光同激箭。

〔一〕『嬴』原作『羸』，據元至元本及史記卷八十七李斯列傳引趙高語改。
〔二〕『底』原作『裏』，據至元本、嘉靖本、萬曆本及樹經堂本改。
〔三〕『平生少年日』按文選卷二十一沈約別范安成詩云：『生平少年日。』
〔四〕『吏』元至元本作『使』。他本均作『吏』。作『使』亦通。
〔五〕『前有』元至元本作『此後又有』。按所言詩指八月十四日夜刀坑口對月奉寄王子難子聞適用詩，至元本稱『此後』，蓋因此詩載于次韻周德夫經行不相見之詩後（同在卷七），而編年本中此詩載于卷十一，故云『前有』，遂有此改動之跡。
〔六〕『牾』原作『梧』，據萬曆本、樹經堂本改。

歐陽從道許寄金橘以詩督之

元注云：從道參禪，嘗有言句來，頗聞數從歌舞飲，故及之。

禪客入秋無氣息，白樂天詩：掩鏡望東寺，降心謝禪客。想依紅袖醉毰毸。射雉賦：敷藻翰之陪鰓。上薄回反，下蘇來反，二字玉篇云鳳舞。霜枝搖落黃金彈，許送筠籠殊未來。西京雜記：韓嫣好彈，以黃金為丸。杜詩：西蜀櫻桃也自紅，野人相贈滿筠籠。

次韻吉老十小詩

十襲發硎刀，見上。無名自貴高。秋衣猶葛製，『重裘兼味養大賢，冰食葛製神所憐』：退之苦寒歌也。午飯厭溪毛。『澗溪沼沚之毛』〔一〕，見左傳。

萬木霜摇落，見上。山呈斧鑿痕。退之詩：徒觀斧鑿痕，不矚治水航。癡蠅思附尾，史記伯夷傳：顔淵雖篤學，附驥尾而行益顯。索隱曰〔二〕：蒼蠅附驥尾而致千里。後漢書：蒼蠅之飛，不過十步，若附驥尾，日馳千里。驚鶴畏乘軒。『衛懿公好鶴，鶴有乘軒者』，見左傳閔二年。

日短循除廡，溪寒出臼科。『臼科』見上〔三〕。官居圖畫裏，杜詩：飛閣捲簾圖畫裏。小鴨睡枯荷。謂熏爐也。李義山詩云：睡鴨香爐換夕薰。

眼看人换世，文選歎逝賦：川閱水以成川，水滔滔而日度；世閱人而為世，人冉冉而行暮。人何世而弗新？世何人之能故？歐公夢中詩：棋罷不知人换世。手種木成陰。杜牧之詩：緑葉成陰子滿枝。藏拙無三窟，見上。談禪劇七禽。談禪問答之間，譬若孔明之於孟獲，七縱七禽也。詳見寄謝外舅詩注〔四〕。

寒水幾痕落，秋山萬竅號。莊子齊物篇：大塊噫氣，其名為風，是唯無作，作則萬竅怒呺。紅梨啄烏鵲，殘菊掛蠨蛸。詩東山云：蠨蛸在户。柳子厚詩：庭除盛蓬艾，隙牖懸蠨蛸。

佳人斗南北，集中有詩云〔五〕：故人南箕與北斗。言離别也。美酒玉東西。酒杯名。王荊公詩：舞急錦腰迎十八，酒酣金盞照東西。夢鹿分真鹿，列子曰：鄭人有薪於野者，遇駭鹿，御之、擊之、斃之，恐人見之也，遽而藏之隍中，覆之以蕉。俄而遺其所藏之處，遂以為夢焉。順詠其事，傍人有聞者，用其言而取之。薪者之歸，不厭失鹿，其夜真夢藏之之處，又夢得之之主，爽旦，案所夢而尋得之，遂訟而爭之。歸之士師，士師請二分之。無雞應木雞。莊子達生篇：紀渻子為王養鬬雞，曰：『望之似木鷄矣，異雞無敢應者，反走矣。』

斵鼻昔常爾〔六〕，絶絃知者稀。無人與爭長，唯有釣魚磯。並見前注。

茵席絮剪氊，枕囊收决明。杜詩：階下决明顏色鮮。南風入書夢，起坐是松聲。夢中聞風起，及覺，乃松聲也，如楞嚴經云：如重睡人，其家有人擣練舂米，其人夢中聞舂擣聲别作他物，或為擊鼓，或為撞鐘。宋玉高唐賦云：俯視崢嶸，不見其底，虛聞松聲。

半菽一瓢飲，項籍傳：卒食半菽。論語：顏子一瓢飲。縣鶉百結衣。荀子曰：子夏家貧，衣若懸鶉。董京隱居白社，以殘絮縷帛為衣，號『百結衣』。杜詩：弊衣何啻聯百結。

蕭條鬼不瞰，『鬼瞰其室』見上〔七〕。聊可與同歸。揚雄逐貧賦其末云：貧遂不去，與我遊息。此用其意。白樂天詩：歲晚青山路，白首期同歸。

學似斲輪扁，見上。詩如飯顆山。本事詩：李白嘲杜甫詩：飯顆山頭逢杜甫，頭戴笠子日卓午。即問年來太瘦生，總為從前作詩苦〔八〕。室中餘一劍，無氣斗牛間。見上。

〔一〕『沚』原作『池』，據至元本、樹經堂本及左傳隱公三年改。

〔二〕『索』原作『素』，據至元本、弘治本、樹經堂本及史記伯夷列傳司馬貞索隱改。

〔三〕『臼科見上』元至元本作『「為我量度見臼科」，見退之石鼓歌』。

〔四〕『詳見』元至元本作『詳見第一卷』。按即卷二寄南陽謝外舅詩。

〔五〕『集中有詩』元至元本作『第一卷有詩』。按即卷一再答明略二首。

〔六〕『爾』原作『尒』，據至元本、弘治本、樹經堂本、嘉靖本及萬曆本改。

〔七〕『鬼瞰其室見上』元至元本作『揚雄解嘲賦云：高明之家，鬼瞰其室』。

〔八〕『本事詩……作詩苦』元至元本作：『李白嘲杜甫詩：飯顆山頭逢杜甫，頭戴笠子日卓午。即問年來太瘦生，總為從前作詩苦。見本事詩。』

次韻吉老寄君庸

何郎生事四立壁，見上。心地高明百不憂。杜詩：願聞第一義，迴向心地初。「心地」本出佛書。杜詩又云：吾知徐公百不憂。白眼醉來思阮籍，見上。碧雲吟罷對湯休。文選江文通擬休上人詩：日暮碧雲合，佳人殊未來。沙門惠休本姓湯。諸公著力書交上，尺璧深藏價未酬。空使君如巢幕燕，將雛處處度春秋。「燕之巢於幕上」，見左傳〔一〕。樂府有鳳將雛。

〔一〕「燕之巢於幕上見左傳」元至元本作：「左傳：燕巢於幕上。」

聞吉老縣丞按田在萬安山中

苦雨初聞喚婦鳩，左傳昭四申豐曰：春無淒風，秋無苦雨。歐陽公詩：天將陰，鳴鳩逐婦鳴中林，鳩婦怒啼無好音。天雨止，鳩呼婦歸鳴且喜，婦不亟還呼不已。紅粧滿院木蕖秋。「木蕖」即木芙蓉也，亦名拒霜花，韓、柳皆有木芙蓉詩。芙蓉亦曰芙蕖，韓詩又云：平鋪紅蕖蓋明鏡。此言水芙蓉，即荷花也。樽前不記崔思立，應在諸山最上頭。韓文有藍田縣丞廳壁記，云：博陵崔思立黜官，再轉而為丞茲邑。老杜詩：安得萬丈梯，為君上上頭。又詩：東山氣濛鴻，宮殿居上頭。

次韻喜陳吉老還家二絶

公庭無事吏人休，日至休吏，見上。垂箔寒廳對弈秋。孟子云：使弈秋誨二人弈。催織青籠篘白酒〔一〕，竹爐煨栗煮雞頭。

夜寒客枕多歸夢，歸得黄柑紫蔗秋。小雨對談揮麈尾，麈尾見上。青燈分坐寫蠅頭。南史：齊衡陽王巾箱五經，蠅頭細書。

〔一〕『籠』原作『龍』，『篘』原作『蒭』，據至元本、嘉靖本及萬曆本改。弘治本『蒭』作『篘』。

再次韻答吉老二首〔一〕

水宿風飡甚勞苦，文選升天行云：風餐委松宿〔二〕，雲卧恣天行。謝靈運詩：客游倦水宿，風潮難具論。勉旃吾子富春秋。漢楊惲書：願勉旃，毋多談。『富春秋』見上。

我愧疲民欲歸去，麥田春雨把鋤頭。傳燈録傅大士頌云：空手把鋤頭，步行騎水牛。山谷屢寫此頌。

賢勞王事一歸休，孟子萬章上：勞於王事而不得養父母也，曰『此莫非王事，我獨賢勞也』〔三〕。霜落園林失九秋。想得君家烏鵲喜，蛛絲縈繞玉搔頭。李固傳：搔頭弄姿。注引西漢雜記：武帝過李夫人，就取玉簪搔頭〔四〕。西漢雜記：目瞤得酒食，燈火花得錢財，乾鵲噪而行人至，蜘蛛集而百事喜。

〔一〕『答』嘉靖本、萬曆本及樹經堂本作『和答』。

〔二〕『餐』原作『湌』，據元至元本及文選卷二十八鮑照升天行改。按：『湌』亦可通『餐』，故正文不改。

〔三〕『孟子……我獨賢勞也』元至元本作：『見孟子。』按：語出孟子萬章：『是詩也，非是之謂也，勞於王事而不得养父母也，曰「此莫非王事，我獨賢勞也」。』蓋孟子評詩小雅北山語。

〔四〕『李固傳……玉簪搔頭』元至元本作『「玉搔頭」見上』。

太和奉呈吉老縣丞

山擁鳩民縣，左傳隱八年：君釋三國之圖，以鳩其民，君之惠也。注云：鳩，集也。江橫決事廳。土風尊健訟，吏道要繁刑。鮭鯱今無種，鮭，胡瓦切；鯱，除倚切。此兩姓今無人矣。按後漢儒林洼丹傳：時中山鮭陽鴻亦以孟氏易教授，有名。又按姓氏書，褫姓〔一〕，古有善聽者鯱俞。汲黯傳：公以此無種矣。蒲盧教未形〔二〕。禮中庸云：夫政者，蒲盧也。注云：蒲盧，蜾蠃〔三〕，謂土蜂也。詩云：螟蛉有子，蜾蠃負之。螟蛉，桑蟲也。蒲盧取桑蟲之子化之為己子，政之於民亦然。釋文云：爾雅：蜾蠃，蒲盧，今細腰蜂。里多齊瞷氏，元注云：瞷氏漢書音『閑』，而今濟南田家有此姓，音『諫』。材謝宋庖丁。『庖丁』莊子不言宋，當考。令尹三年課，斯人萬物靈。泰誓曰：惟人萬物之靈。吾方師豈弟，僚友助丹青。『丹青』謂緣飾吏事也。揚子：或問聖人之言，炳若丹青。

〔一〕『褫』樹經堂本作『褫』，二字可通，故不改。底本及元至元本『褫』作『褫』，誤，當從『衤』。

〔二〕『盧』弘治本、樹經堂本作『蘆』，至元本、嘉靖本及萬曆本作「盧」。按禮記中庸作『盧』，故仍其舊。注文中作『蘆』，則改為『盧』。

〔三〕『羸』原作『羸』，據樹經堂本改，下同。

次韻知命永和道中

靈骨閟金鏁，續玄怪録：延州有婦人，少年子悉與之狎昵，數歲而歿，葬於道左。大曆中，有胡僧敬禮其墓，曰：『此乃大慈悲喜捨，即鏁骨菩薩也。』衆開墓，視其骨鈎結如鏁狀。世傳觀音化身，所謂『金沙灘頭馬郎婦』類此。梵宫超玉繩。選詩：玉繩低建章。玉繩，星名。言超出星辰之上。道人住香火〔一〕，獨先開静行。柳子厚詩：始悟三空門，華堂開淨域。東坡云：酌茗開淨筵。山谷云：獨先開淨行。其意一也。又山谷為惠林冲禪師燒香頌：西瞿耶尼開靜。呼船久無人，月沉河漢傾。杜詩：七星在北户，河漢聲西流。謂天河也。虚舟不受怒，故在蓼灘横。莊子山木篇：方舟而濟於河〔二〕，有虚舟來觸舟，雖有褊心之人不怒。

〔一〕『住』原作『往』，據萬曆本及樹經堂本改。萬曆本篇末注：『「住」一作「往」。』

〔二〕『濟』原作『齊』，據元至元本及莊子山木改。

次韻吉老知命同遊青原二首〔一〕

洗鉢尋思去，傳燈録行思禪師傳：師得法於曹溪，住吉州青原山靜居寺。六祖將示滅，有沙彌，希遷問曰：『和尚百年後，希遷當依附何人？』祖曰：『尋思去！』及祖順世，遷每於靜處端坐，第一坐曰：『汝有師兄行思和尚，今住吉州。汝因緣在彼，師言甚直，汝自迷耳。』遷便禮辭，直詣靜居。論詩匡鼎來。見上。鵶窺錫處井，如羅浮山卓錫泉也，梁景泰禪師居此山，病無水，師卓錫於地，泉涌數尺，自是得井，唐子西作記。又如舒州三祖山飛錫泉，寶公自金陵飛錫而至，以相山谷寺基，泉為之湧出，見同安志。魚泳釣時臺。垂足收親子，師既付法希遷，垂一足，遷禮拜，尋辭往南嶽，即南嶽石頭和尚也。存身亘刼灰。漢武帝穿昆明池，悉是灰，有外國胡僧曰：『此天地刼灰之餘。』見高僧傳。李白詩：留歡若可盡，刼石盡成灰。僧雛手金鑰〔二〕，一為道人開。杜詩：不寢聽金鑰。

至人來有會，吾道本無家。莊子：至人無己。賈誼鵩賦：至人遺物，獨與道俱。閱世魚行水，遺書鳥印沙。見上齋〔三〕。盂香佛飯，法席雨天花。並見維摩經。時有清談勝，還同歎永嘉。晉書：不意永嘉之末，復聞正始之音。

〔一〕『二首』據嘉靖本、萬曆本及樹經堂本加。

〔二〕『手』樹經堂本作『守』。

〔三〕『見上』元至元本作：『退之聯句云：沙篆印迴平。言鳥跡印沙如篆文也。』

次韻知命入青原山口

坑路羊腸繞，魏武苦寒行：羊腸坂詰曲，車輪為之摧。注：太行、羊腸在太原。稻田棋局方。林間塔餘寸，風外竹斜行。吠客犬反走，驚人鳥坌忙。山形與祖印，岑絶雨相當。傳燈録中華初祖達摩傳慧可曰：諸佛法印可得聞乎？又云：內傳法印以契證心。漢衛、霍領兵與匈奴殺戮常相當。白樂天詩：窗與竹相當。

次韻吉老遊青原將歸

欣欣林皐樂，莊子知北篇：山林與，皐壤與，使我欣欣然而樂與！賞心天際翔。文選謝靈運詩序：賞心樂事。又詩：靈境信淹留，賞心非徒設。殷文仲詩：雲天亦遼亮，時與賞心遇。清樽鱠魴鯉，詩六月云：炰鼈膾鯉。采緑云：其釣維何？維魴及鱮。朱果實圓方。謝玄暉詩：夏李沈朱實。文選南都賦：珍羞琅玕，充溢圓方。王仲宣詩：嘉肴充圓方。醉罷聽疏雨，孟浩然詩：疏雨滴梧桐。衾寒夢國香。左傳宣三年：初，鄭文公有賤妾曰燕姞，夢天使與己蘭曰：『余為伯鯈，余而祖也，以是為而子，以蘭有國香，人服媚之如是。』既而文公見之，與之蘭而御之，生穆公，名之曰蘭。

雨餘山吐月，杜詩：四更山吐月。的皪滿簾霜。上林賦：明月珠子，的皪江靡。展轉復展轉，詩云：輾轉反側。張籍宛轉行云：宛轉復宛轉，憶憶更未央。鍾魚曉瑯瑯。思歸笑迎門，兒女相扶將。古詩：歸來兒女笑迎門。『扶將』、『出拜』見上。

喜知命弟自青原歸 知命諱叔達

為吏困米鹽，見上（一）。曲肱夢靈泉。諒非調鼎手，正覺荷鋤便。選詩：王生和鼎實（二）。淵明詩：帶月荷鋤歸。在公雖勤苦，詩：夙夜在公。歸喜叔山禪。莊子德充符篇：魯有兀者叔山無趾，踵見仲尼。知命，山谷弟也，足蹇，故比之叔山。去我忽數日，草蟲傍牀煎。詩：十月蟋蟀入我牀下。樂天聞虫詩：猶恐愁人暫得睡，聲聲移近卧牀前。屋角烏烏樂，見上。行輿響擔肩（三）。退之聯句：刈熟擔肩頳（四）。包解分柿栗，老杜北征詩：粉黛亦解包。兒女鬧樽前。白紵繞祖塔，知命布衣也，故稱『白紵』。鮑照集有白紵歌，沈約有四時白紵歌。思公塔見次韻周法曹游青原寺注（五）。香携青原煙。玄珠一百八，莊子：罔象得玄珠（六）。以言數珠也。夜紉湘縷穿。內則：紉箴請補綴。紉，女陳反；湘當作緗。按說文，緗，帛淺黃色也。高林風落子，老僧選霜堅。杜詩：葉裏松子僧前落。袖中出新詩，山水含碧解。五言吾老矣，佳句付惠連。謝靈運詩：山水含清暉。惠連，靈運弟也，事見南史本傳。

〔一〕『見上』元至元本作：『漢黃伯傳：米鹽靡密，初若煩碎。注：米鹽言雜而且細。』按『黃伯』即『黃霸』，見漢書卷八十九循吏傳。

〔二〕『王』原作『主』，據元至元本及文選卷二十潘岳金谷集作改，詩云：『王生和鼎實，石子鎮海沂。』

〔三〕『擔』原作『檐』，據四庫全書本山谷外集卷三及韓愈城南聯句改。此字諸本均误作『檐』。

〔四〕『擔』原作『檐』，據韓愈城南聯句改。

〔五〕『思公塔見次韻周法曹游青原寺注』元至元本作：『青原山思公塔詳見上注。』

〔六〕『罔象』至元本、弘治本、樹經堂本均作『象罔』。按語出莊子天地，郭象注本作『象罔』，成玄英疏作『罔象』，見郭慶藩、莊子集釋卷五。

寄張宜父

建德之國有佳人，莊子山木篇：市南宜僚謂魯君曰：『南越有邑焉，名為建德之國。其民愚而朴，少私而寡欲；知作而不知藏，與而不求其報；猖狂妄行，乃蹈乎大方。吾願君去國捐俗，與道相輔而行。』莊周蓋寓言也〔一〕。文選江文通雜擬詩云：幸遊建德鄉，亦用此事。而池州有建德縣，張宜父乃此縣人耶？明珠為佩玉為衣。去國三歲阻音徽，詩思齊：太姒嗣徽音。箋云：徽，美也。所種桃李民愛之。見前過太湖僧寺得宗汝為寄山蕷白酒寄答詩注〔二〕。射陽城邊春爛漫〔三〕，楚州山陽縣，本漢射陽縣地。張宜父當是建德人而仕於山陽，時已解去。柳暗學宮鳥相喚。追隨裘馬多少年，老杜壯遊詩：放蕩齊趙間，裘馬頗清狂。退之云：從茲富裘馬，寧復茹藜蕨！『肥馬輕裘』本出論語。**獨忍長飢把書卷。**秦韜玉貴公子行：却笑儒生把書卷，學得顏回忍飢面。**讀書萬卷不直錢，**一作『筆有神』。杜詩：讀書破萬卷，下筆如有神。漢灌夫傳夫曰：平生毀程不識不直一錢。此用其字。太白詩：吟詩作賦北窗裏，萬言不直一杯水。此用其意。**逐貧不去與忘年。**一作『交親』。揚雄有逐貧賦。莊子：忘年忘義。禰衡始弱冠，孔融年四十，為忘年友。南史江總傳：與張纘等為忘年友。杜詩：清談見滋味，爾輩可忘年。**虎豹文章被禽縛，**易：大人虎變，其文炳也。君子豹變，其文蔚也。**何如達生自娛樂？**莊子有達生篇。

〔一〕『莊子山木……蓋寓言也』元至元本作：『莊子山木篇市南宜僚謂魯君曰：南越有邑，名為建德之國云云。』

〔二〕『見前過太湖僧寺得宗汝為寄山蕷白酒寄答詩注』元至元本作：『說苑簡子謂陽虎曰：樹桃李者，夏得休息，秋得食焉；樹蒺藜者，夏不得休息，秋得其刺焉。』

〔三〕『邊』原作『變』，據至元本、弘治本及樹經堂本改。

送彥孚主簿

彥孚姓黃，故有『吾宗』之語。

斯文當兩都，江夏世無雙。後漢黃香傳京師號曰：天下無雙，江夏黃童。**叔度初不言，漢庭望風降。**黃憲傳：憲字叔度。論曰：『黃憲言論風旨，無所傳聞，然士君子見之者，靡不服深遠，去玭吝。』**中間眇人物，**王逸少帖云：當今人物眇然，而艱疾若此，令人短氣！**潛伏老崆谾。**元注云：許江切。

本朝開典禮，易繫辭云：觀其會通，以行其典禮。棫樸作株椿。大雅棫樸，文王能官人也：芃芃棫樸，薪之槱之。詩人謂小木可為薪，山谷以為可作株椿，皆言無棄材也。莊子：吾處也，若橛株拘。退之詩：寥豁斷株橜。又云：斬伐枿與椿。世父盛文藻，集中有豐城詩(一)，自注云：有世父長善石隄記。韓退之薦士詩云：國朝盛文章，本出宋玉神女賦：其盛飾也，則羅紈綺繢盛文章。如陸海潘江。鍾嶸詩品云：陸才如海，潘才如江。三戰士皆北，管仲曰：吾嘗三戰三北，鮑叔不以我為怯。今云『士皆北』，言其勝也。韔弓錦韜杠。檀弓下：射之，斃一人，韔弓。詩采緑云：之子于狩，言韔其弓。爾雅：素錦綢杠。注：旗之竿。白衣受傳詔，短命終螢窗。論語：顏回不幸短命。晉車胤傳：家貧，不常得油，練囊盛數十螢火以照書。退之詩：安居守螢窗。夢升卧南陽，耆舊無兩龐。謂龐德公及其從子士元也，見後漢德公傳及蜀志龐統傳。空鑱歐陽銘，松風悲隴瀧。音雙。退之詩：籍乃隴頭瀧(二)。又有瀧吏詩，亦音閭江切(三)。歐陽文忠集有黃夢升墓誌銘云：諱注(四)。四海羣從間，爾來頗琤士耕切(五)淙。士江切。退之聯句：泉音玉淙琤。淙兩音。主簿吾宗秀，李邑詩：吾宗固神秀，體物寫謀長。其能任為邦。論語：善人為邦百年。軀幹雖眇小，杜詩：子雖軀幹小，老氣橫九州。勇沉鼎可扛。項籍傳：力扛鼎。擇師別陳許，孟子云：陳相見許行而大悦，盡棄其學而學焉。取友觀羿逄。孟子離婁下：逄蒙學射於羿，盡羿之道，思天下惟羿為愈己，於是殺羿。孟子曰：『是亦羿有罪焉』云云。其取友必端矣。折腰佐髯令，陶潛傳：不能為五斗米折腰。邑訟銷吠尨。詩：無使尨也吠。時邀府中飲，下箔蠟燒釭。杜詩：銅盤燒蠟光吐日。謝希逸宋妃誄：金釭煖兮玉座寒。紅裳笑千金，異聞實録：揚續於昭應寺讀書，每見一紅裳女子，驗之乃經幢中燈。列女傳：楚成王夫人鄭瞀(六)。初，成王登臺，瞀直行不顧(七)。王曰：『顧，吾與汝千金。』瞀不一顧。鮑明遠詩：千金雇笑買芳年。太白詩：美人一笑千黃金。清夜酒百缸。同僚有惡少，嘲詼語亂哤。管子曰：四民雜處，則其言哤。注：哤，亂也。退之詩：子言得無哤？君但隱几笑，莊子：隱几而坐。諸老嘆敦厖。左傳成十六年：傳曰：『民生敦厖。』況乃工朱墨，見上。氣和信甚矼。莊子：德厚信矼。注云：慤實貌。持此應時須，杜詩：寶氏檢察應時須。十年擁麾幢。退之詩：不令見麾幢。相逢常鞅掌，詩北山：或王事鞅掌。衙鼓趨鼕鼕。詩靈臺：鼉鼓逢逢。簿書敗清談，王戎傳阮籍曰：俗物已復來敗人意。此摘其字。汗顏吏摐摐〔八〕。子虛賦：摐金鼓。退之詩：扶机導之言，曲節初摐摐（音窗）。臨分何以贈？退之云：臨分不汝誑，有路即歸田。要我賦蘭茳。子虛賦：茳蘺蘪蕪。黃華雖衆笑，莊子天地篇：大聲不入於里耳，折揚、皇華則嗑然而笑。注：折揚、黃華，古之俗中小曲。樂府解題有折楊柳、黃華子。舒元輿悲剡溪古藤文：使周南風骨折入於楊柳、黃華中。李白詩：折楊、黃華合流俗，晉君聽琴枉清角。白雪不同腔。陽春、白雪歌，見前寄李師載詩注〔九〕。野人甘芹味，文選嵇叔夜絶交書云：野人有快炙背而美芹子者，欲獻之至尊，亦已疏矣。事見列子。敢饋厭羊羫？退之云：酒壺綴羊羫。顧予百短拙，『百拙』見答魏道輔，詩注〔一〇〕。飽腹[illegible]胮音龐。肛。許江切。退之詩：連日挾所有，形軀頓胮肛。唯思解官去，一丘事耕稯。音窗。集韻云：不耕而種。君當取富貴，鐘鼓羅擊撞。漢田蚡傳：前堂羅鐘鼓，立曲旃。退之詩：金石日擊撞。伏藏鼪鼯徑，莊子徐無鬼篇：逃虛空者，藜藋柱乎鼪鼬之徑〔一一〕，聞人足音，跫然而喜矣。猶想足音跫。莊子音義云：跫，巨恭、曲恭反，又苦江反。

〔一一〕『集中有』元至元本作『第五卷』，按即卷十。

〔二〕『籍』至元本、弘治本、樹經堂本均作『藉』。按句出韓愈病中贈張十八詩，『籍』指張籍，即『張十八』。韓詩作：『籍乃嶺頭瀧。』

〔三〕『閭』原作『問』，據至元本、弘治本及樹經堂本改。

〔四〕『注』原作『江』，據弘治本、樹經堂本及歐陽文忠公集居士集卷二十八黄夢升墓志銘改。

〔五〕『士』原作『土』，據至元本、弘治本及樹經堂本改。下『士江切』同。

〔六〕『瞀』原作『瞀』，據至元本、弘治本及樹經堂本及劉向古列女傳（叢書集成本）卷五改。

〔七〕『直』原作『宜』，據至元本、弘治本、樹經堂本及古列女傳卷五楚成鄭瞀改。

〔八〕『摐摐』原作『樅樅』，據元至元本、文選卷七子虛賦及韓愈病中贈張十八詩改。注同。

〔九〕『陽春白雪歌見前寄李師載詩注』元至元本作：『文選宋玉對楚王問曰：客有歌於郢中者，其始曰下里、巴人，國人屬而和者數千人；其為陽阿、薤露，屬而和者數百人；其為陽春、白雪，屬而和者，數十人而已；引商刻羽，雜以流徵，屬而和者，不過數人：其曲彌高，其和彌寡。』

〔一〇〕『百拙見答魏道輔詩注』元至元本作：『百出（當為「拙」之誤）見此卷首答魏道輔詩注。』『卷首』云者謂元至元本卷七之首。送彦孚主簿載卷八。

〔一一〕『鼬』原作『鼯』，據元至元本及莊子徐無鬼改。

寄餘干徐隱甫 餘干縣屬饒州。

江行長邅回，楚辭：邅吾道兮洞庭。又云：固邅回而不息。風水憂索米。東方朔傳：無令但索長安米。相逢解人頤，匡衡傳：匡説詩，解人頤。豪士徐孺子。[後漢徐穉，字孺子。]鸕鷀葭葦間，煮茗當酌醴。[詩：以御賓客，且以酌醴。樂天詩：聊將茶代酒。]夜船餉蒸鵝，白髮厭甘旨。[禮記內則：慈以旨甘。]東江始分風，[廬山廟有神分風送客舟，見神仙傳。]苔網饋百紙。[後漢蔡倫傳：造意，用樹膚、麻頭及敝布、魚網以為紙。]遣兵夜賦詩，月冷石齒齒。[退之羅池廟碑：桂樹團團兮白石齒齒。]別來星環天，[左傳襄九年：是謂一終，一星終也。注：歲星十二歲一周天。韓文公詩：天星回環數纔周。謂周歲也。]再見艷桃李。[退之詩：偶逢明月曜桃李。選詩：艷陽桃李節。]寄聲良勞勤，[集中有答宗汝為詩〔二〕：寄聲甚勞苦，即『良勞勤』也。趙廣漢傳：寄聲謝我。張耳傳：勞苦如平生歡。師古曰：勞苦，相勞問其勤苦也。]報我闕雙鯉。[並見上。]但聞佳邑政，杻械生菌耳。[蓮經普門品云：或囚禁枷鎖，手足被杻械。]頗聞延諸儒，破訟作詩禮。顧予白下邑，[山谷先有詩：黃綬今為白下令。自注云：太和縣古白下。按寰宇記，太和漢為廬陵縣也，隋改為太和，唐貞元三年移歸白下驛西置，即今理也。]庭聚雨前蟻。[李義山詩：鬧若雨前蟻，多於秋後蠅。義山以言洞庭魚，山谷以言縣庭人聚。]珥筆誦漢章，錐刀爭未已。[『珥筆』、『錐刀』見上〔二〕。]初無得民具，[周禮太宰：一曰牧，以地得民。二曰長，以貴得民。言得民者九。]名實正爾爾。[『爾爾』，魏晉間語也。崔琰傳：生女耳耳。阮咸傳：聊復爾耳。]願聞庖丁方，江湖天到水。遥知解千牛，[『庖丁解牛』見上。]袖手笑血指。[退之祭柳子厚云：不善為斲，血指汗顔，巧匠旁觀，縮手袖間。]書來儻垂教，改事從此始。[左傳宣十二年：不泯其社稷，使改事君。退之詩：君其務貰過，我亦請改事〔三〕。]

〔二〕『集中有』元至元本作『第三卷』，按即卷六，有已未過太湖僧寺得宗汝為書寄山蕷白酒長韻寄答。

〔二〕『珥筆錐刀見上』元至元本作：『「珥筆之民」詳見第三卷注。「錐刀」見此卷上注。』『第三卷』即指卷六，己未過太湖僧寺……詩中有『珥筆之民』注。『此卷上』指卷七，按即全集本卷四之上，和孫公善李仲同金櫻餌喝酬二首中有『錐刀』之注。

〔三〕『請』原作『謂』，據元至元本及韓愈除官赴闕至江州寄鄂岳李大夫詩改。

奉答李和甫代簡二絶句

山色江聲相與清，杜詩：湖水林風相與清。卷簾待得月華生。歐陽公歌曲云：欄干倚徧，待得月華生。可憐一曲並船笛，説盡故人離别情。

夢中往事隨心見，醉裏繁華亂眼生。太白詩：不知繁華子，擾擾何所迫？長為風流惱人病，不如天性總無情〔一〕。

〔一〕『如』元至元本作『知』。

贈王環中

丹霞不蹋長安道，傳燈錄丹霞天然禪師：初習儒學，將入長安應舉，方宿逆旅，偶一禪客問曰：『仁者何往？』曰：『選官去。』客曰：『選官何如選佛？』遂直造江西，見馬大師。生涯蕭條破席帽。囊中收得刼初鈴，寶積經云：善順菩薩得刼初時閻浮金鈴於四衢中，高聲言：『此舍衛中誰最貧窮，當以此鈴而施與。』時有耆舊最勝長者云：『我於此城，最為貧窮，可施於我。』菩薩曰：『汝非貧者，有波斯匿王，最為貧者，而施與之。今齎此鈴，願以相奉。』復說偈言：『若人多貪求，積財無厭足，如是狂亂者，名為最貧人。』王聞斯語，內懷慚愧，曰：『仁者，汝雖善勸，我猶未信。為汝自說，為有證乎？』答曰：『汝不聞耶？如來至真等正覺，當證大王是貧窮人。』王言：『我願相與往見如來。』於是善順菩薩說偈，遥請如來從地湧出。爾時世尊告言：『大王當知：或有於法，善順貧窮，王當富貴；或有於法，王為貧窮，善順富貴。所以者何？身登王位，於世自在，王為富貴，善順貧窮。勤持梵行，樂持尸羅，善順富貴，王為貧窮。』夜靜月明師子吼。傳燈錄：釋迦牟尼佛生兜率天，分手指天地，作師子吼聲。那伽定後一爐香，譯梵曰：那伽，此云龍也。牛沒馬回觀六道。『牛頭沒，馬頭回，曹溪鏡裏絕塵埃』：山谷喜書此偈。傳燈錄寶誌十讚云：輪迴六道不停結。耆域歸來日未西，一鉏識盡婆娑草。高僧傳：耆域，天竺人，神奇任性，迹行不常，且善醫，見本傳。

戲和于寺丞乞王醇老米

君不見公車待詔老詼諧，幾年索米長安街。[謂東方朔，並見上。]君不見，杜陵白頭在同谷，夜提長鑱掘黃獨。[老杜集云：乾元中寓居同谷縣，作歌七首，其二云：長鑱長鑱白木柄，我生託子以為命。黃獨無苗山雪盛，短衣數挽不掩脛。山谷云：往時儒者不解『黃獨』義，改為『黃精』，學者承之，以予考之，蓋黃獨是也。本草：赭魁，肉白，皮黃，巴漢人蒸食之，江東謂之土芋，江西謂之土卵，蒸煮食之，類芋魁。]文人古來例寒餓，安得野蠶成繭天雨粟！[漢光武紀：野蠶成繭，被於山阜。淮南子：昔者倉頡作書而天雨粟。史記：天雨粟，鬼夜哭。]王家圭田登幾斛？[孟子：卿以下必有圭田，圭田五十畝。]于家買桂炊白玉。[戰國策蘇秦曰：使臣食玉炊桂。山谷前集又有詩云：薪桂炊白玉。]

答永新宗令寄石耳 [永新與太和皆吉州屬邑。]

飢欲食首山薇，[史記伯夷傳：義不食周粟，隱於首陽山，采薇而食之。]渴欲飲潁川水。[莊子讓王篇：故許由娛於潁陽。後漢逸民傳序云：堯稱則天，不屈潁陽之高。注云：潁陽謂巢、許。陸士衡猛虎行：渴不飲盜泉水，熱不息惡木陰。太白詩：有耳莫洗潁川水，有口莫食首陽蕨。]嘉禾令尹清如冰〔一〕，[文選白頭吟：清如玉壺冰。寰宇記：永新縣西北有禾山。寄我南山石上耳。筠籠動浮煙雨姿〔二〕，瀹湯磨沙光陸離。莊子云：疏瀹而心，澡雪而精神。上林賦：牢落陸離，爛漫遠遷。竹萌粉餌相發揮，爾雅：笋，竹萌。禮記内則：糗餌粉酏。劉夢得楊柳枝詞云：桃紅李白皆誇好，須得垂楊相發揮。芥薑作辛和味宜。禮記王制：中國、夷、蠻、戎、狄，皆有安居、和味、宜服。公庭退食飽下筯〔三〕，詩：退食自公。晉書：無下筯處。杞菊避席遺萍虀。陸龜蒙有杞菊賦。『韭萍虀』見石崇傳。借使孝經『曾子避席』字。鴈門天花不復憶，代州鴈門郡五臺山有天花蕈。況乃桑鵝與楮雞。『桑鵝』未詳。東坡和陶詩云：老楮生樹雞。當是黄耳菌之屬。小人藜羹亦易足，嘉蔬遺餉荷眷私。吾聞石耳之生常在蒼崖之絶壁，老杜：挂君高堂之素壁。此用其句律。苔衣石腴風日炙。『苔衣石髮』見上注。捫蘿挽葛採萬仞，文選謝靈運詩：薜蘿若在眼。又云：葛弱豈可捫！仄足委骨豺虎宅。莊子：側足而墊之及黄泉〔四〕。佩刀買犢劍買牛，漢龔遂傳：民有帶持刀劍者，使賣劍買牛，賣刀買犢，曰：『何為帶牛佩犢？』作民父母今得職。漢趙廣漢傳：盛制豪强，小民得職。注云：職，常也。閔仲叔不以口腹累安邑，後漢書：太原閔仲叔世稱節士，客居安邑，日買豬肝一片，屠者或不肯與，安邑令聞，敕吏常給焉。仲叔曰：『閔仲叔豈以口腹累安邑耶！』我其敢用鮭菜煩嘉禾？『鮭菜』見上。願公不復甘此鼎，免使射利登嵯峨。文選吴都賦：富中之甿，貨殖之選，乘時射利，財豐巨萬。司馬相如賦：坌入曾宮之嵯峩。

〔二〕『冰』樹經堂本作『水』，他本皆作『冰』。

〔二〕『筠籠動浮煙雨姿』元至元本句下有注：『杜詩：西蜀櫻桃也自紅，野人相贈滿筠籠。』按即杜甫野人送朱櫻詩。

〔三〕『筋』原作『筯』，據至元本、萬曆本改。注同。

〔四〕『側』原作『惻』，據至元本、弘治本及樹經堂本改。按莊子外物作『廁足而墊之』，『廁』通『側』。成玄英疏：『若使側足之外，掘至黄泉，人則戰慄不得行動。』（郭慶藩莊子集釋卷九）。

贈朱方李道人

顴骨横穿壽門過，年比數珠剩三顆。傳燈録趙州從諗禪師傳：俗壽一百二十歲，嘗有人問師年多少，師云：『一穿數珠數不足。』横吹鐵笛如怒雷，國初舊人唯有我。劉禹錫與歌者米嘉榮云：舊人唯有米嘉榮。

題前定録贈李伯牖

五賊追奔十二宫，維摩經云：樂離五欲，樂觀五陰如怨賊。『五陰』即多心經『五蘊皆空』也，色、受、想、行、識，是為五陰。東坡詩：君知五蘊都是賊。『十二宫』即十二辰也。白頭寒士黑頭公。晉王珣與謝玄俱為桓温所重，温曰：『王掾當作黑頭公。』明朝一飯先書籍，前定録：韓晉公滉在中書，嘗召一吏，不時至，將撻之。吏曰：『某不幸兼屬陰司，主三品以上食料。』公曰：『若然，吾明日當何食？』吏請疏於紙，明旦既對〔一〕，適太官進餅糜，上以半賜公，食之美，又賜焉。退而腹脹，進橘皮湯，夜啗漿水粥，及旦，視其書，皆如其說。因問以人間所食，皆有籍耶？對曰『然。三品以上日支，五品旬支，六品至九品季支，庶人歲支。』安用研桑作老翁？班固賓戲：研、桑心計於無垠〔二〕。研，計然；桑，桑弘羊。萬般盡被鬼神戲，看取人間傀儡棚。樂府雜録：傀儡起漢平城之圍，陳平訪知閼氏妬忌，造木偶，運機關，舞埤間。閼氏望見，謂是生人，慮下城冒頓必納之，遂退軍。後翻為戲。舊唐書樂志云：又有窟儡子等戲。煩惱自無安脚處，從他鼓笛弄浮生。傳燈録梁寶誌十讚云：衆生身同太虛，煩惱何處安脚。

〔一〕『旦』原作『晨』，據至元本、弘治本及樹經堂本改。

〔二〕『研桑心計於無垠』元至元本作：『研桑心計許見第四卷注。』『許』字誤。『第四卷注』即指第八卷二月二日曉夢會於廬陵西齋作寄陳適用詩注。

靜居寺上方南入一徑有釣臺氣象甚古而俗傳謬妄意嘗有隱君子漁釣其上感之作詩

吉州青原出靜居寺，行思禪師道場。

避世一丘壑，論語：且而與其從辟人之士也，豈若從辟世之士哉？『漁釣於一壑，栖遲於一丘』：見班固叙傳。似漁非世漁。柳子厚饒娥碑：世漁鄱水。獨吟嘉橘頌，屈原九章有嘉橘頌者。杜詩：向來嘉橘頌，誰欲討尊彛？不遺子公書。漢陳咸傳：予陳湯書曰：『即蒙子公力，得入帝城，死不恨。』筍蕨園林晚，絲緡歲月除。詩：其釣維何？維絲伊緡。安知冶容子，繫辭曰：冶容誨淫。紅袖泣前魚？文選阮嗣宗詩：昔日繁華子，安陵與龍陽。注云：說苑曰：『安陵纏得幸於楚恭王』云云。戰國策云：龍陽君釣十餘魚而泣下，王問之，對曰：『臣始得魚甚喜，後得益多，而直欲棄前所得也〔一〕。今臣得拂枕席，爵至人君，走人於庭，避人於途。四海之內，美人甚多矣，聞臣得幸於王，褰裳而趨王，臣亦曩之所得魚也，亦將棄矣。』陸韓卿詩云：子瑕矯後駕，安陵泣前魚。注云：泣魚是龍陽，非安陵。

〔一〕『直』原作『不』，諸本皆誤，據戰國策魏策四改，文云：『後得又益大，今臣直欲棄臣前之所得矣。』

高至言築亭於家圃以奉親總其觀覽之富退之南山詩：崎嶇上軒昂，始得觀覽富。命曰溪亭乞余賦詩余先君之弊廬左傳：猶有先人之弊廬在。望高子所築不過十牛鳴耳釋氏書：五里為一牛鳴。王荆公詩：潮溝直下兩牛鳴，十畝漣漪一草亭。又詩：京峴城南隱映深，兩牛鳴地得禪林。故余未嘗登臨而得其勝處

逸人生長在林泉，李白詩：遇憇裴逸人〔二〕，巖居陵丹梯。更築亭臯名意在。上林賦：亭臯千里，靡不被築。明月清風共一家，傳燈録張拙頌云：凡聖含靈共我家。南史謝譓傳：入吾室者，但有清風，對吾飲者，唯當明月。全以山川為眼界。多心經：無眼界，無意識界。鳥度雲行閲古

今，太白詩：人行明鏡中，鳥度屏風裏。易云：雲行雨施。溪濱木末聽竽籟。杜詩：萬籟真笙竽。本出高唐賦：纖條悲鳴，聲似竽籟。老夫平生行樂處，前漢楊惲傳：人生行樂耳。只今許公分一派。東坡集中文與可畫竹記云：余為徐州，與可以書遺余曰：『近語士大夫：吾墨竹一派，近在彭城，可往求之。』

〔一〕『遇』原作『愚』，據弘治本、樹經堂本及李太白全集卷二十夜泛洞庭尋裴侍御清酌改。

題息軒

僧開小檻籠沙界，金剛經：以恒河沙數三千大千世界。文選頭陁寺碑：演勿照之明，而鑒窮沙界。李善注亦引金剛經。鬱鬱參天翠竹叢。老杜古柏行：黛色參天二千尺。萬籟參差寫明月，一家寥落共清風。『萬籟』、『一家』並見上。蒲團禪板無人付，『過禪板來』、『過蒲團來』，見上注。茶鼎薰爐與客同。文選雪賦：燎薰爐兮炳明燭。萬水千山尋祖意，僧貫休詩：萬水千山得得來。『祖師意』，見上〔二〕。歸來笑殺舊時翁。

〔二〕『祖師意見上』元至元本作：『傳燈録：南岳讓禪師問嵩山安：「如何是祖師西來意？」安曰：「如何不問自己意？」』

題神移仁壽塔

十二觀音無正面，僧伽至臨淮，嘗卧賀跋氏家，現十二面觀音形，其家欣慶，遂捨宅焉，即今寺也，見宋僧傳。問十二面觀音阿那面正，見傳燈録義玄禪師傳。誰令塔户向東開？大醫禪師示寂後明年四月八日，塔户無故自開。定知四梵神通力，阿含經曰：世尊説四梵福，若能補理故寺，是謂二梵之福。見初學記。曾借六丁風雨摧。老君六丁符圖云：丁卯神司馬卿，丁丑神趙子玉，丁亥神張文通，丁酉神成文公，丁未神石叔通，丁巳神崔巨卿〔一〕。退之詩：天官勑六丁，雷電下取將。蠅説冰霜如夢寐，莊子秋水篇：井蛙不可以語於海，夏蟲不可以語於冰。鶂聞鐘鼓亦驚猜。達生篇：譬之若載鼷以車馬，樂鶂以鐘鼓也，彼又烏能無驚乎哉？從今不信維摩詰，斷取三千世界來。維摩經：斷取三千大千世界，如陶家輪著右掌中，擲過恒沙世界之外。

〔一〕『老君六丁符圖……崔巨卿』，按上清黄庭内景經二十二常念章務成子注引作『老君六甲符圖』，『丁酉神臧文公』，餘同（見浙江古籍出版社一九八九年版道藏精華録下册）。

題海首座壁

騎虎度諸嶺，天台豐干禪師居天台山國清寺，嘗誦唱道歌，乘虎入松門，衆僧驚畏：見傳燈録。杜詩：有時騎猛虎，虚室使仙童。入鷗同一波。王立之詩話云：方時敏言荆公云「鷗鳥不驚之類，如何作語則好」，故山谷有云「入鷗同一波」。香寒明鼻觀，楞嚴經云：世尊教我觀鼻端白。日永稱頭陀。文選頭陀寺碑李善曰：天竺言「頭陀」，此言「斗藪」，蓋斗藪煩惱也。白樂天詩：百衲頭陀任運僧。

題仁上座畫松

偃蹇松枝隔煙雨，知儂定是歲寒材。百年根節要老硬，傳燈録巖頭云：德山老人一條脊骨硬如鐵。將恐崩崖倒石來。太白詩：崩崖轉石萬壑雷。

摩詰畫

丹青王右轄，詩句妙九州。唐王維傳：維字摩詰，遷尚書右丞，畫思入神。至山水平遠，雲勢石色，繪工以為天機所到，學者不及也。別墅在輞川，賦詩為樂。物外常獨往，『物外』見上。淮南子：江海之士，山谷之人，輕天地，細萬物而獨往。人間無所求。袖手南山雨，輞川桑柘秋。胸中有佳處，涇渭看同流。詩谷風注云：涇、渭相入而有清濁。杜詩：濁涇清渭何當分？

追憶予泊舟西江事次韻

江西泊舟後作。注云：太和小舫板上壓土中得此詩。莆田李才甫：江水冥冥沙石陰，一舸行盡春已深。浪花綠蔓曳錦帶，短蘆刺水抽玉簪。飢魚未沉波面筒，小舫正橫溪上風。清輝濯淨遠山碧，白鳥飛入蒼煙叢。老大無機如漢陰，見前次韻答張沙河亦有此句〔一〕，已詳注。白鳥不去相知深。文選江文通詩：亹亹玄思清，胸中去機巧。物我俱忘懷，可以狎鷗鳥。李太白鳴臯歌云：白鷗兮飛來，與君兮相親。往事刻舟求墜劍，呂氏春秋察今篇〔二〕：楚人有涉江者，其劍自舟中墜於水，遽契其舟，曰：『是吾劍之所從墜。』舟止，從其契者入水求之，舟已行矣，而劍不可求。

懷人揮淚著直略反。亡簪。韓詩外傳：孔子出遊少源之野，有婦人中澤而哭甚哀，使弟子問焉，婦人曰：『向者刈薪亡吾蓍簪，是以哀也。』弟子曰：『亡蓍簪有何悲焉？』婦人曰：『非傷亡簪也，蓋不忘故也。』城南鼓罷吹去畫筒，城北歸帆落晚風。人煙犬吠西山麓，鬼火狐鳴春竹叢。杜詩：陰房鬼火青。漢陳勝傳：叢祠中夜篝火狐鳴。

〔一〕『見前』元至元本作『第一卷』，按即至元本卷一。

〔二〕『春秋』原作『秋春』，『今』作『令』，均誤，據元至元本改。

宮亭湖

尋陽志：江州德化縣東四十五里有彭蠡湖。荊州記曰：宮亭湖即彭蠡澤，又謂之彭澤，又謂之匯澤。山谷癸亥解太和，歸途作，蓋歸舟自湖濱入修江，由武寧而至分寧耳。

左手作圓右手方，史記龜策傳：人雖賢，不能左畫方，右畫圓。韓非子功名篇：右手畫圓，左手畫方，不能兩成。北史儒林傳：劉炫少以聰敏見稱，强記博識，莫與為儔，左畫圓，右畫方，口誦，目數，耳聽，五事同舉〔二〕，無所遺失。玉川詩：信手斫方圓，規矩一一中。世人機敏便可爾。一風分送南北舟，斟酌鬼神宜有此。江津留語同濟僧，他日求我於宮亭。吁嗟人蓋自有口，獨為欒公不舉酒。神仙傳曰：時廬山廟有神，於帳中與人言語，飲酒，能令宮亭湖中分風，船行者舉帆相逢。欒巴未到數日，廟中神不復作聲。高僧傳：安清字世高，自言前身已經出家，有一同學多嗔高，與訣云：『卿命過，當受惡形，我若得道，必當相度。』靈帝末，行過宮亭湖廟，廟甚靈，能分風送客。商旅三十餘船奉牲求福，乃降祝曰：『船有沙門，可呼上。』高入廟，請神出形，乃出大蟒頭，不知尾之長短。高向之胡語，蟒悲淚如雨，須臾還隱。後人於山西澤中見一死蟒，頭尾數里。今尋陽郡蛇村名曰蛇岡山。兩事相類，故摘其大概，兩存之。

欒公千歲湖冥冥，白茅縮酒巫送迎。左傳：爾貢苞茅不入，王祭不供，無以縮酒。朱轓皂蓋來託宿，杜詩：東藩駐皂蓋。後漢輿服志：中二千石、二千石皆皂蓋，朱兩轓。不聽靈君專此屋。雄鴨去隨鷗鳥飛，尋陽記曰：周訪與商人共入宮亭廟宿，明起如廁，見一白頭翁，訪逐之，化為雄鴨，還船欲煮之，商人爭奪，遂飛去。老巫莫歌望翁歸。貝闕珠宮開水府，九歌云：紫貝闕兮珠宮〔二〕，靈何為兮水中？文選海賦：水府之內，極深之處。雨棟風簾豈來處？滕王閣記：畫棟朝飛南浦雲，朱簾暮捲西山雨。平生來往湖上舟，一官四十已包羞。山谷自言平生來往於此，故經行詩難辨其歲月，惟『一官四十』粗可考見。山谷生於乙酉，至元豐七年甲子，恰四十歲，時移監德平鎮。易否卦：六三：包羞。靈君如願儻可乞，録異傳：廬陵歐明從賈客道經彭澤湖，每以舟中所有投湖中。後忽見一人來候明云：『青洪君感君前後有禮，故要君，必有重遺，君勿取，獨求如願爾。』明見青洪君，求如願，使逐明去。如願者，青洪君婢也，明將歸，所願輒得，數十年大富。收此桑榆老故丘。『桑榆』見上〔三〕。

〔一〕『五』原作『三』，元至元本作『二』。按北史卷八十二儒林傳劉炫傳作『五』，今據以改。

〔二〕『貝』原誤作『具』，據至元本、弘治本、樹經堂本及楚辭九歌河伯改。

〔三〕『桑榆見上』元至元本作：『後漢馮異傳云：失之東隅，收之桑榆。』

元豐癸亥經行石潭寺見舊和栖蟾詩甚可笑因削柎滅稿别和一章

癸亥乃元豐六年，是歲十二月自太和移德平，經塗所作〔一〕。又按纂異一本云：千里追奔兩蝸角，百年得意大槐宮。夢回身卧竹窗日，院静鴟啼柿葉風。世路侵人頭欲白，山僧笑我頰猶紅。壁間佳句多丘壠，問訊髑髏聊攓蓬。題云：癸卯歲過宿石潭寺得前朝詩僧栖蟾長句和之歲行二十一重來讀舊詩復用其韻。按長歷，嘉祐八年歲在癸卯，至元豐六年癸亥二十一年，前詩蓋嘉祐癸卯作。

千里追奔兩蝸角，『蝸角』見上〔二〕。百年得意大槐宮。見宿觀音院詩注〔三〕。空餘祇夜數行墨，涅槃經云：因本經以偈頌名祇夜。譯梵：祇夜，此云重頌。不見伽梨一臂風〔四〕。譯梵：僧伽梨，三衣也。俗眼只如當日白，我顔非復向來紅。言俗人猶以白眼相視，而吾亦老矣。『白眼』見阮籍傳。浮生不作游絲上，即在塵沙逐轉蓬。『游絲』『轉蓬』見上。

〔一〕『經塗所作』元至元本作：『自此以後皆赴德平經塗所作。』

〔二〕『蝸角見上』元至元本作：『莊子則陽篇：有國於蝸之左角者觸氏，有國於蝸之右角者蠻氏，時相與爭地而戰，伏屍數萬，逐北，旬有五日而後反。』

〔三〕『見宿觀音院詩注』元至元本作：『見第三卷宿觀音院詩注。』按即卷六庚申宿觀音院。

〔四〕『梨』嘉靖本、萬曆本及樹經堂本作『黎』，樹經堂本句下小字注：『「黎」一作「梨」。』

山谷外集詩注卷第十四

夜發分寧寄杜澗叟 山谷居雙井，隸分寧縣

陽關一曲水東流，『渭城微雨浥輕塵，客舍青青柳色新。勸君更盡一杯酒，西出陽關無故人』：此王維送元二使安西詩，遂為歌曲。燈火旌陽一釣舟。寰宇記：旌陽山在分寧縣東一里，旌陽許君曾遊，故以為名。

我自只如常日醉，歐陽公別滁州云：我欲秖如常日醉〔一〕，莫教絃管作離聲。滿川風月替人愁。杜牧詩：蠟燭有心還惜別，替人垂淚到天明。王介甫絕句：只有月明西海上，伴人征戍替人愁。

〔一〕『常』原作『當』，據至元本、弘治本、樹經堂本及歐陽修別滁詩改。按歐陽文忠公集居士集卷十一別滁作：『我亦且（一作秖）如常日醉。』

題杜槃澗叟冥鴻亭

按詩中語，亭在廬山。

少陵杜鴻漸，頗薰知見香。唐杜鴻漸傳：以宰相兼成都尹，性畏怯，無他遠略〔一〕，而溺浮圖道，畏殺戮。釋氏書有『解脱知見香』。風流有諸孫，結屋廬山陽。藉交游俠窟〔二〕，郭璞詩：京華游俠窟。杜詩：蕭條游俠窟。獵艷少年場。漢游俠傳：郭解以軀藉友報仇。尹賞傳：安所求子死？桓東少年場。光怪驚鄰里，收身反摧藏。『收身』見上〔三〕。選詩扶風歌云：抱膝獨摧藏。江湖拍天流，退之詩：海氣昏昏水拍天。羅網蓋稻粱〔四〕。安能衎衎飽？易漸卦：飲食衎衎，不素飽也。遂欲冥冥翔。『鴻飛冥冥』，見上。畏影走萬里，不如就陰涼。『就陰』見上〔五〕。亭東亭西渺煙水，稻田衲子交行李。『稻田衲』見和稚川詩注。又僧祇律云：佛住王舍城帝釋石窟前，經行見稻田畦畔分明，語阿難：『過去諸佛衣相如是，從今依此作衣相。』王摩詰詩：乞飯從香積，裁衣學水田。左傳：若舍鄭以為東道主，行李之往來，共其困乏。古靈庵下倚寒藤，莫向明窗鑽故紙。古靈禪師云：鑽他故紙去。

〔一〕『遠』原作『達』，據至元本、弘治、本樹經堂本改。

〔二〕『藉』原作『籍』，據至元本、弘治本、嘉靖本、萬曆本、樹經堂本改。

〔三〕『收身見上』元至元本作：『退之詩：收身歸關東，期不到死迷。』

〔四〕『粱』原作『梁』。

〔五〕『就陰見上』元至元本作：『莊子漁父篇：人有畏影惡迹而去之走者，舉足愈數而迹愈多，走愈疾而影不離身，不知處陰以休影，愚甚矣！』

過　家〔一〕

絡緯聲轉急，（炙轂子雜録云：莎雞，古今注一名促織，一名絡緯，一名蟋蟀。促織謂其聲鳴如急織也，絡緯謂其鳴如紡績織緯也。）田車寒不運。兒時手種柳，上與雲雨近。舍傍舊傭保，（司馬相如傳：與庸保雜作。）少換老欲盡。宰木鬱蒼蒼，（『宰木』見上〔二〕。）田園變畦畛。（周禮遂人：溝上有畛。）招延屈父黨，勞問走婚親。歸来翻作客，（唐劉長卿詩：舊業今已無，還鄉反為客。）顧影良自哂。一生萍託水，（劉伶酒德頌：俯觀萬物擾擾焉，如江海之載浮萍。）萬事雪侵鬢。夜闌風隕霜，（『隕霜』見上。）乾葉落成陣。燈花何故喜？（杜詩：燈花何太喜？酒醁正相親〔三〕。）大是報書信。親年當喜懼，（見論語）兒齒欲毀齔。（周禮司厲：未齔者不為奴。注：毀齒也，男八歲、女七歲，初覲切。）繫船三百里，去夢無一寸〔四〕。

〔一〕『過家』元至元本下注云：『自此以下皆吉州大和所作。有寄李公擇詩序云：元豐庚申得邑大和。庚申，元豐三年也。泊舟大孤山詩自注云：庚申十二月。則到官當是四年春。』按：『大和』即太和。下同。

〔二〕『辛木見上』元至元本作：『公羊春秋秦伯詔蹇叔曰：若爾之年者，冢上之木栱矣。』

〔三〕『醁』元至元本作『緑』。按杜甫獨酌成詩云：『酒緑正相親。』

〔四〕元至元本句下注：『當是謁告獨歸，不及將母，分寧至大和水道三百里也。』

上冢

自公返蓬蓽，詩羔羊云：自公退食。禮記儒行：篳門圭窬，蓬户甕牖。家語作『蓽』。税駕上丘壠。李斯傳：吾未知所税駕也。後漢岑彭傳：有詔過家，上冢。霜露此日悲，祭義曰：霜露既降，君子履之，必有悽愴之心。松楸十年拱。退之詩：深思罷官去，畢命依松楸。養雛數毛羽，初不及承奉。康州斷腸猿，山谷父庶，字亞夫，嘗攝康州。世説新語：桓公至三峽，有得猿子者，其母緣岸哀號，遂跳上船，即絶，破視其腹，腸寸寸斷。李白贈武諤云：余愛子伯禽在魯，許為冒胡兵致之〔一〕。其詩云：愛子隔東魯，空悲斷腸猿。風枝割永痛。一作：風樹終日痛。家語丘吾子曰：樹欲静而風不停，子欲養而親不待。少年不如人，左傳僖三十年燭之武曰：臣之壯也，猶不如人；今老矣，無能為也已！登仕無前勇。髮疏齒牙摇〔二〕，韓文云：而髮蒼蒼〔三〕，而齒牙動摇。鯨波怒號洶。徐陵：江行鯨鯢湧波，鼉蛟作浪。願為保家子，左傳昭二年：非保家之主也。敢議世輕重。稱觴太夫人，魚菜贍庖供。岑彭傳：大長秋以朔望問太夫人起居。退之詩：呼奴具盤飧，飣餖魚菜贍。

〔一〕李白贈武十七諤詩序『為』作『將』，序云：『門人武諤深於義者也……聞中原作難，西來訪余。余愛子伯禽在魯，許將冒胡兵以致之。』（李太白全集卷十一）

〔二〕『髮疏齒牙搖』樹經堂本句下注：『「齒牙」精華作「牙齒」。』

〔三〕『而』字原無，據至元本、弘治本、樹經堂本及韓愈祭十二郎文改。

明叔知縣和示過家上冢二篇復次韻

郭明叔名知章，治平二年進士，元豐中知分寧縣。詩中云『去國二十年』，蓋自太和還家赴德平所作。

敝邑荷佳政，文選曹子建書：在彼自有佳政。耕桑及時運。淵明有時運詩。令君平生歡，遠別喜親近。漢鄒陽傳云：而求親近於左右〔一〕。吾友徐光禄，死戰萬事盡。徐禧熙寧五年與沈括等建議城永樂，城成，虜騎圍之，禧及李舜舉、李稷闔城俱没。不見東陵侯，唯見瓜連畛。阮嗣宗詩，見上〔二〕。且當置是事，椎牛會賓親。百年共如此，破涕作嘲哂。『破涕』見都下見八叔父詩注。又李白送姪耑序：申悲道舊，破涕為笑〔三〕。枯荷野塘水，照影驚顔鬢。功名黄粱炊，成敗白蟻陣。呂公邯鄲道上炊黄粱事，已見餞薛樂道詩注〔四〕。此事與『南柯』事相類，皆出異聞集，大概言淳于棼夢入槐安國，其王妻以女，使為南柯太守。十年，有檀蘿國來伐，王命棼征之，敗績，及覺，見蟻穴云云。山谷多以此二事為一事，事雖不同，其義一也〔五〕。又按古今五行記，後魏顯宗時有黑蟻與赤蟻鬭〔六〕，赤蟻斷頭而死；東魏孝静帝時〔七〕，鄴下有黄蟻與黑蟻鬬，黄蟻盡死。少時無老境，身到乃盡信。曲禮：六十曰耆，指使。音義曰：耆，至也，至老境也。

淵明詩：嘗聞長者言，掩耳每不喜〔八〕。奈何五十年，忽已親此事！蓋用此意。此来見抱子，詩云：亦既抱子。別日多未亂。夜闌如夢寐，寒燭泣餘寸。杜詩：夜闌更秉燭，相對如夢寐。

女蘿上杉松，爾雅：唐、蒙，女蘿；女蘿，兔絲〔九〕。詩：蔦與女蘿，施于松柏。文選古詩：與君為新婚，兔絲附女蘿。注引詩傳云：女蘿，松蘿也。草木疏曰：今松蘿蔓松而生。菟絲蔓聯草上，與松蘿殊異。野葛蔓畦壟。詩：葛生蒙楚，蘞蔓于野。蛛絲網祠屋，芝菌生畫拱。老杜新樓成詩云：朱拱浮雲細細輕。太白登揚州西靈塔云：霞連繡栱張〔一〇〕。

去國二十年，雪涕夙嚴奉。杜甫八哀：不知萬乘出，雪涕風悲鳴。李白詩：有言不可道，雪涕惜蘭芳。更歷飽艱難，左傳僖二十八年楚子曰：晉侯在外十九年矣，而果得晉國，險阻艱難，備嘗之矣。抑搔知痒痛。內則：問衣燠寒，疾痛苛癢，而敬抑搔之。聞道下士笑，老子云：下士聞道，大笑之。轉物大人勇。楞嚴經：一切衆生，從無始來，迷己為物，失於本心，為物所轉。若能轉物，即同如來。

平生隨風波，歸来夢猶洶。持此寸草心，孟郊詩：誰言寸草心，報得三春暉！負荷九鼎重。史記平原君傳：使趙重於九鼎大呂。柔嘉無牛羊，保身以為供。詩烝民：仲山甫之德，柔嘉維則〔一一〕。又云：既明且哲，以保其身。『供』謂供養其母也。漢班倢伃傳：求供養太后長信宮。退之作歐陽詹哀辭，其序云：詹父母老矣，捨朝夕之養，以來京師，其心將以有得而歸為父母榮也。詹在側，雖無離憂，其志不樂也。詹在京師，雖有離憂，其志樂也。所謂以志養志者歟？其詞曰：以志為養兮，何有牛羊〔一二〕。又按晉周顗母絡秀傳：嘗置酒舉觴，賜三子曰：『吾本渡江，託足無所，不謂爾等並貴，列吾目前。』嵩起曰：『恐不如尊旨。伯仁志大而才短，非自全之道。嵩性抗直，不容於世。

唯阿奴碌碌，當在母目下
耳。』『保身』蓋用此事。

〔一〕『而』字原無，據至元本、樹經堂本及漢書鄒陽傳獄中上書加。

〔二〕『阮嗣宗詩見上』元至元本作：『文選阮嗣宗詩：昔聞東陵瓜，近在青門外。連畛距阡陌，子母相鉤帶。東陵事見上。』

〔三〕『破涕……破涕為笑』元至元本作：『文選劉越石詩序云：破涕為笑。』

〔四〕『已見餞薛樂道詩注』元至元本作：『已見上第一卷餞樂道詩注。』按即卷二薛樂道自南陽來入都留宿會飲作詩餞行。

〔五〕『其義一也』元至元本此句下多：『南柯事詳見卷末注。』

〔六〕『鬭』元至元本作『戰』。

〔七〕『静』原作『靖』，據樹經堂本改。

〔八〕『每不喜』元至元本作『不願聽』。按作『每不喜』是，見陶淵明雜詩十二首之六。

〔九〕『女蘿』原無，據元至元本及爾雅釋草第十三增補。

〔一〇〕『靈』樹經堂本作『臺』，誤。李太白全集卷二十一秋日登揚州西靈塔詩云：『霞連繡栱張。』『栱』原作『拱』，今據以改。

〔一一〕『詩烝民……柔嘉維則』，按元至元本無『烝民：仲山甫之德』。

〔一二〕『歐陽詹哀辭……何有牛羊』，按元至元本無『其序云』至『其詞曰』一段文字，『其詞曰』作『云』。

次韻郭明叔長歌

案山谷真蹟云：謹次韻上答知縣奉議惠賜長歌，邑子黄庭堅再拜上。其間不同者：「何如高陽酈生醉落魄」作「都不如」，「蚓食而蝎跧」，「蝎跧」作「蝸跧」，「自可老斲輪」作「自奇老斲輪」，「公直起」作「公且起」，「黄花零落」作「零亂」。此帖見藏泉江劉廌家。亦太和還家時作。

君不見懸車劉屯田，騎牛澗壑弄潺湲。楚辭：觀流水之潺湲。白樂天詩：搴芳蹋翠弄潺湲。八十唇紅眼點漆，金鍾舉酒不留殘。謂劉涣凝之也。詳見送劉道純詩注〔一〕。晉杜乂傳：眼如點漆。庾信詩：飲酒那得留殘？君不見征西徐尚書，為國捐軀矢石間！徐禧字德占，洪州分寧人，與山谷同鄉，死於永樂之禍：已見過家、上冢詩注。贈吏部尚書，謚忠愍。文選曹子建詩云：誰言捐軀易？殺身良獨難！龍章鳳姿委秋草，嵇康事，見上〔二〕。唐李揆傳：龍章鳳姿，士不見用；麞頭鼠目，子乃求官耶！天馬長辭十二閑。周禮校人曰：天子十有二閑，馬六種。王平甫詩：海鵬未擊三千里，天馬須歸十二閑。何如高陽酈生醉落魄，長揖輟洗驚龍顏。酈食其傳：陳留高陽人，落魄無衣食業，為里監門。沛公略地陳留，麾下騎士適食其里中子，從容言食其，食其入謁，沛公方踞床，令兩女子洗，食其長揖不拜，沛公輟洗〔三〕，起衣謝之。漢高紀：隆準而龍顏。丈夫當年傾意氣，太白豪士歌：意氣相傾山可移。安用蚓食而蝎跧〔四〕！孟子：夫蚓上食槁壤。蝎音歇〔五〕，又音曷，猶蠐也。古人已作泉下土，風義可想猶班班。後漢五行志童謠曰：車班班，入河間。郭侯忠信如古人，薦書飛名上九關。楚辭：虎豹九關，啄害下人。詩書自可老斲輪，「輪扁行年七十而老斲輪」，見莊子。智略足以解連環。莊子言惠施之辯曰〔六〕：連環可解也。銅章屈辛山水縣，『銅章』見上〔七〕。退之詩：出辛山水縣，讀書松桂林。友聲相求不我頑。詩：求其友聲。鵬翼垂天公直起，莊子：其名為鵬，翼若垂天之雲。燕巢見社身思還。文思舜禹開言路，杜牧詩：文思天子復河湟。字本出堯典，『思』息嗣反，又如字。即看承詔著豸冠。漢官儀：御史四人，持書，皆法冠，一名柱後，一名獬豸冠。尚趨手板事直指，『手板』見上注〔八〕。雋不疑傳：暴勝之為直指使者。少忍吏道之多艱。漢薛宣傳：吏道以法令為師。黃花零落一尊酒，別有天地非人寰。太白詩：問君何事棲碧山，笑而不答心自閑。桃花流水窅然去，別有天地非人間。

〔一〕『詳見送劉道純詩注』元至元本作：『詳見第二卷注。』按即至元本卷四。

〔二〕『嵇康事見上』元至元本作：『晉嵇康傳：人以為龍章鳳姿，天質自然。』

〔三〕『輟』原作『掇』，據至元本、樹經堂本及漢書卷四十三酈食其傳改。

〔四〕『跧』原作『蛀』，據元至元本及本詩題下注改。按『跧』作蜷伏或曲行解，與上『食』字均為動詞而對應，故從『跧』。

〔五〕『音』原誤作『普』，徑改。

〔六〕『惠』原誤作『志』，據至元本、樹經堂本改。

〔七〕『銅章見上』元至元本作：『漢官儀：縣令秩六百石，銅章墨綬。』

〔八〕『上』元至元本作『第一卷』。按即卷一還家呈伯氏詩注。

詠清水巖呈郭明叔 并序

清水巖號為天下勝處，去縣庭才二十里。一山空洞，如覆青玉盎也。寒泉在其間，甚壯急，至巖口，伏流入石鼻中。巖下有石鍾鼓磬，其聲清越不敞，衮衮跑跑，能警動人，世間金革聲，亦不足道也。巖前平衍，略可坐千人，不審旌旆，嘗因公事一游否？山海經：河水其源，渾渾泡泡。注云：水濆湧之聲。衮、咆兩音〔一〕。

嘗聞清水巖，空洞極明好。虎狼僊部曲〔二〕，仙傳拾遺：郭文字文舉，隱餘杭天柱山，虎常馴擾於左右，亦可撫而牽之，文出山，虎必隨焉，俛首隨行如羊犬耳。晉書有傳，事亦略同。李廣傳：行無部曲行陳。鍾鼓天擊考。唐國風：子有鍾鼓，弗鼓弗考。注：考，擊也。釋文曰：『鼓』本或作『擊』。雲生卧龍石，水入煉丹竈。李白謁老君廟詩：流沙丹竈滅，關路紫煙沉。有意携管絃，淵明詩：明朝有意抱琴來。山祇應洒掃。文選顏延年詩：山祇蹕嶠路。李善曰：山祇，山神也。

〔一〕『衮咆』原作『交泡』，各本皆誤，今據山海經西山經郭璞注改。

〔二〕『僊』原作『遷』，據至元本、嘉靖本、萬曆本、樹經堂本改。

次韻清水巖

西安封域中，案太平寰宇記：洪州分寧縣云：西安縣，故城在縣西二十里。按古今志云：漢獻帝建安中置，隋開皇元年廢。山谷所居雙井隸分寧。『且在邦域之中矣』，見論語。清水巖泉好。金堂茂芝朮，晉許邁傳：採藥於桐廬，餌朮涉三年，移入臨安西山，登嵓茹芝。遺王羲之書曰：『自山陰南至臨安，多有金堂玉室，仙人芝草，左元放之徒，漢末得道者多在焉。』仙吏書勳考。劉向列仙傳：邗子者〔一〕，上山，山上有臺殿宮府〔二〕，仙吏侍衛。桃源人已往，千古遺井竈。陶淵明歸田園詩云：徘徊丘壠間，依依昔人居。井竈有遺處，桑竹殘朽株。借問採薪者，此人皆焉如？『桃源』事亦見淵明集，已見上注。雙鳧能來游，俗子跡可掃。『雙鳧』謂郭令也，事見上。詩：豈弟君子，來游來歌。老杜雨過蘇端云：諸家憶所歷，一飯跡便掃。又詩：苦乏大藥資，山林迹如掃。

〔一〕『邗子』原作『邢子』，誤，今據列仙傳卷下邗子改。

〔二〕『宮』原作『官』，據列仙傳邗子改。

題章和甫釣亭 放言

斬木開亭，却倚石壁。文選西京賦：複陸重閣，轉石成雷。寒灘百雷，古木千尺。觀魚樂而相忘，『魚樂』見莊子。

聽鳥啼而自得。去而之京洛之間，數年猶常夢嶄巖之石。家語孔子謂弟子曰：違山千里，蟪蛄之聲猶在耳。

銅官縣望五松山集句

元注云：集句。西清詩話云：集句自國初有之，至石曼卿始大著，下第詩云：『一生不得文章力，欲上青雲未有因。聖主不勞千里召，常娥何惜一枝春！鳳凰詔下雖霑命，豺虎叢中也立身。啼得血流無用處，著朱騎馬是何人？』至元豐間，王荆公益工於此，人言起自公，非也。

北風無時休，退之詩：十月陰氣盛，北風無時休。老杜詩：烈風無時休。崩浪聒天響。淵明詩：崩浪聒天響，長風無息時。蛟鼉好為祟，老杜詩：舟楫無根蒂，蛟鼉好為祟。此物俱神王。老杜詩：天寒大羽獵，此物俱神王。我来五松下，太白遊五松詩：我來五松下。白髮三千丈。太白云：白髮三千丈，緣愁似箇長。松門閉青苔〔一〕，太白詩。惜哉不得往！退之詩：惜哉不得往，豈謂吾無能？今日天氣嘉〔二〕，淵明詩：今日天氣佳，清吹與鳴彈。清絕心有向。老杜云：殊姿各獨立，清絕心有向。子雲性嗜酒，淵明云：子雲性嗜酒，家貧無由得。况乃氣清爽。老杜八哀詩。此人已成灰，太白詩：吟詠思管樂，此人已成灰。懷賢盈夢想。太白詩：日夕聽猿愁，懷賢盈夢想。衣食當須幾？淵明詩：衣食當須幾？力耕不吾欺。吾得終疏放。老杜詩：中原未解兵，吾得終疏放。弱女雖非男，淵明詩：弱女雖非男，慰情良勝無。蓋山谷時未有男也。按遺文有乞奏補姪檏狀云：今遇明堂大禮，臣子相纔六歲。『明堂』乃元祐四年，逆數至元豐七年歲甲子，相始生。前一年十二月，自太和移德平，集句蓋經途所作。出處同世網。老杜八哀詩。搔背牧雞豚，太白詩：

閑時田野中，搔背牧雞豚。相見得無恙。退之詩：憐我竄逐歸，相見得無恙。

〔一〕『閉』原作『點』，據至元本、嘉靖本、萬曆本、樹經堂本改。

〔二〕『嘉』元至元本作『佳』。

自咸平至太康鞍馬間得十小詩寄懷晏叔原并問王稚川行李鵝兒黃似酒對酒愛新鵝此他日醉時與叔原所詠因以為韻

咸平、太康兩縣皆隸開封府。

詩入雞林市，唐白居易傳：最工詩，當時士人爭傳，雞林行賈售其國，相率篇易一金。書邀道士鵝。王羲之傳：山陰道士好養鵝，羲之固求市之，道士云：『為寫道德經，當舉羣相贈。』羲之欣然。寫畢，籠鵝而歸。雲間晏公子，風月興如何？晉陸雲傳：雲曰：『雲間陸士龍。』荀隱曰：『日下荀鳴鶴。』

春風馬上夢，樽酒故人持。猶作狂時語，鄰家乞侍兒。元注云：稚川醉時在傍，知狀。『侍兒』，婢也，見袁盎傳。

憶同嵇阮輩，醉臥酒家牀。今日壚邊客，初無人姓黃。『黃公壚』見上〔一〕。阮籍傳：鄰家有美色〔二〕，當壚沽酒，籍嘗詣婦飲〔三〕，醉便卧其側。

對酒誠獨難，論詩良不易。人生如草木，臭味要相似。並見上。

春色挾曙来，韓詩：威風挾惠氣。惱人似官酒。酬春無好語，懷我文章友。

紅梅定自開，有酒無人對。歸時應好在，常恐風雨晦。詩：風雨如晦。『定自』、『好在』並見上。

東南萬里江，緑盡一杯酒。王孫江南去，更得消息否？退之詩：水容與天色，此處皆緑淨。又云：瞰臨渺空闊，緑淨不可唾。樂天詩：澄鮮淨緑表裏光。

獻笑果不情，莊子大宗師篇：造適不及笑，獻笑不及排。唐魚朝恩傳：釋菜，執易升坐，言鼎有覆餗象，以侵宰相。王縉怒，元載怡然。朝恩曰：『怒者常情，笑者不可測也。』貌親初不愛。禮記：情疏而貌親，在小人則穿窬之道也與。誰言百年交，投分一傾蓋！『投分』、『傾蓋』見上。

四十垂垂老，山谷生於慶曆〔四〕五年乙酉，至元豐七年甲子，蓋四十矣。時自太和移監德平鎮。集中有代其母祭陳氏女云：『我徂江南，三年摇摇。元豐甲子，汝兄還朝。』可見是歲過汴京，故在咸平、太康之間作此詩。僧貫休詩：一瓶一鉢垂垂老。文章豈更新？鼻端如可斵，猶擬為揮斤。『斵鼻』、『揮斤』見上〔五〕。

土氣昏風日，人囂極鴈鵝。「衆口極鵝鴈」，見上。尋河著斫。繩墨，詩思略無多。

〔一〕『黄公壚見上』元至元本作：『王戎傳：嘗經黄公酒壚下，顧謂後車客曰：「吾昔與嵇叔夜、阮嗣宗酣暢於此，今日視之，雖近，邈若山河。」』

〔二〕『家』元至元本作『婦』。按晉書阮籍傳：『鄰家少婦有美色。』

〔三〕『詣』元至元本作『私』。按晉書阮籍傳：『籍嘗詣飲。』

〔四〕『曆』原作『歷』，據元至元本改。

〔五〕『斲鼻揮斤見上』元至元本作：『莊子徐无鬼篇：郢人堊漫其鼻端，若蠅翼，使匠石斲之，匠石揮斤成風，聽而斲之，盡堊而鼻不傷，郢人立不失容。』

寄家

近別幾日客愁生，固知遠別難為情。文選王昭君詩：傳語後世人，遠嫁難為情。退之詩：人間有累不可住，依然離別難為情。夢回官燭不盈把，後漢巴祇與客暗坐，不然官燭。杜詩：何須把官燭，似照鬢毛斑。又云：浩歌淚盈把。又云：盈把那須滄海珠。檀道鸞續晉陽秋曰：陶潛九月九日無酒，於宅邊菊叢中摘盈把，望見白衣人送酒。猶聽嬌兒索乳聲。退之詩：嬌女未絶乳，念之不能忘。忽如在我前，耳若聞啼聲。

古風次韻答初和甫二首

詩云『道人四十心如水』，山谷生於乙酉，至元豐甲子年四十，凡五詩，皆德平作。

飢思河鯉與河魴，詩：豈其食魚，必河之魴？豈其取妻，必齊之姜？豈其食魚，必河之鯉？豈其取妻，必宋之子？渴思蔗漿玉盌涼。楚辭招魂云：胹鱉炮羔有柘漿。前漢禮樂志歌：泰尊蔗漿析朝酲〔一〕。注：取甘蔗汁為飲，可解酲。杜甫入奏行蔗漿歸厨金盌凍。冬願純綿對陰雪，王褒頌云：荷旃被毳者，難與道純綿之麗密。夏願縐絺度盛陽。國風：蒙彼縐絺，是紲袢也。洪範五行傳：盛陰雨雪凝滯而冰寒，陽氣薄之，不相入，則散而為霰，盛陽雨水温暖而湯熱〔二〕，陰氣脅之，不相入，則轉而為雹。萬端作計身愁苦，王莽傳：所以誑耀媚事太后，下至旁側，方故萬端〔三〕。一事不諧鬢蒼浪。後漢宋弘傳：帝顧謂主曰：『事不諧矣。』『蒼浪』見上。調笑天街吟海燕，文選詩：調笑輒酬答；嘲謔無慚沮。李白詩：手把一枝菊，調笑二千石。晉天文志：昴、畢之間謂之天街。梁吴筠燕詩：一燕海上來。一燕高堂息。藜羹脱粟非公狂。孔子在陳，藜羹不糝。王褒頌云：羹藜唅糗者〔四〕，不足與論太牢之滋味。『脱粟』見公孫弘傳。

君吟春風花草香，杜詩：春風花草香。我愛春夜璧月涼。陳書后妃傳其曲云：璧月夜夜滿。美人美人隔湘水，杜詩：美人胡為隔秋水？貫休善哉行：有美一人兮，婉如青陽；久不見之兮，湘水茫茫。岑參春夢詩：洞房昨夜春風起，遥憶美人湘江水。柳子厚贈吴武陵：美人隔湘浦，一夕生秋風。其雨其雨怨朝陽。國風伯兮：其雨其雨，杲杲出日。阮籍詩：其雨怨朝陽。蘭茎盈懷報瓊玖，左傳：聲伯夢涉洹，或與己瓊瑰，食之，泣而為瓊瑰，盈其懷，歌曰：『濟洹之水，贈我以瓊瑰。歸乎，歸乎！瓊瑰盈吾懷乎！』

國風木瓜：報之以瓊玖。韓文公送靈師詩：逐客三四公，盈懷贈蘭荃。冠纓自潔非滄浪。『滄浪之水清兮，可以濯我纓』：見孟子及楚辭。白樂天詩：莫唱滄浪曲，無塵可濯纓。道人四十心如水，孟子：我四十不動心。漢鄭崇傳：臣門如市，臣心如水。那得夢為胡蝶狂！蝶夢見上〔五〕。

〔一〕『蔗』漢書作『柘』。『析』原作『相』，今據漢書卷二十二禮樂志載景星歌改。

〔二〕『湯』原作『陽』，據初學記卷二雹引洪範五行志改。

〔三〕『王莽傳……方故萬端』漢書卷九十九王莽傳作：『所以誑耀媚事太后，下至旁側長御，方故萬端。』『太』原作『大』，據漢書改。

〔四〕『唅糗』原作『含嗅』，今據文選卷四十七王褒聖主得賢臣頌改。元至元本作『含糗』。

〔五〕『蝶夢見上』元至元本作：『莊子齊物篇：莊周夢為胡蝶，栩栩然胡蝶也，自喻適志與，不知周也。俄而覺，則蘧蘧然周也。不知周之夢為胡蝶與，胡蝶之夢為周與？』

次韻答和甫盧泉水三首 并序

初虞世字和甫，善醫，有必用方行於世。盧泉其所居也，在東平府須城縣盧泉鄉〔一〕。

和甫作盧泉之水，不求於古樂府，而規摹暗合，余為和成三疊。自余官河外，罕得逆耳之言於朋友，和甫愛我也，居有藥言。吾不欲其思盧泉也，故作其一。父母之邦，有如仲尼、柳下惠而懷安之，以吾之樂雙井，知和甫之不忘盧泉也，故作其二。坐進此道者於物無擇，清漳之波、濁河之流、盧泉之水，求其異味而不得也。親樂之，身安之，斯可矣，故作其三。夫三言者雖不同，唯知言者領其不異也。

初侯不能六尺長，史記晏嬰傳云〔二〕：其御之妻謂其夫曰：『晏子長不滿六尺，身相齊國，顯名諸侯。』少日結交皆老蒼。杜詩：脱略小時輩，結交皆老蒼。勢利不可更炎涼，漢張耳陳餘贊：勢利之交，古人羞之。老杜詩：且復過炎涼。太白詩：榮枯異炎涼。解纓從我濯滄浪。『解纓』見上。與君論心松柏香，取『後凋』之義。樂天祭崔相羣文：玉德彌温，松心不凋。何為獨憶盧泉之上多緑楊？盧泉如練照秋陽，謝玄暉詩：澄江淨如練。泉上之人猶謗傷。退之詩：不知羣兒愚，那用故謗傷？此邦雖陋有佳士，勿厭風沙吹茫茫。願君不負上池水，史記扁鵲傳：長桑君呼扁鵲與語曰：『我有禁方，年老，欲傳與公。』乃出其懷中藥，予扁鵲曰：『飲是以上池之水，三十日當知物矣。』其後扁鵲過虢，虢太子死，扁鵲能生之，故天下盡以扁鵲為能生死人。扁鵲曰：『越人非能生死人也，此自當生者，越人能使之起耳。』囊中探丸起人死。漢尹賞傳：長安閭里少年相與探丸為彈，得赤丸者斫武吏，得黑者斫文吏。借此以言丸藥。杜詩：囊中藥未陳。又戲答趙伯充勸莫學書章：懷中探丸起九死，才術頗似宋太倉。詩意亦謂藥石之言。

盧泉之木百尺長，下蔭泉色如木蒼。蘋風荷雨洒面涼，倒影搖蕩天滄浪。漢郊祀志：登遐倒影則日月返從下照於上〔三〕。孫綽天台賦序：或倒影於重溟。樂天詩：倒影咫尺如千尋。杜詩：影動倒景搖瀟湘。網登錦鱗蒲荇香，李白詩：魯酒若琥珀，汶漁紫錦鱗。杜詩：渚蒲牙白水荇青。

何以貫之柳與楊。石鼓文：其魚維何？維鱮維鯉。何以貫之？維楊與柳。古來希價入咸陽，見上〔四〕。貪功害能相中傷。文選李陵答蘇武書：妒功害能之臣，盡為萬户侯。白樂天詩：自賢誇智惠〔五〕，相糾鬬功能。君今已出紛爭外，但思煙波春淼茫。奉親安樂一杯水，『啜菽飲水』見上。李白詩：萬言不直一杯水。此摘其字。盧泉之濱可忘死。説苑：楚昭王欲之荆臺，司馬子綦諫曰：『荆臺之遊，左洞庭，右彭蠡，其樂使人遺老而忘死。』

舍後鍾梵爐煙長，杜詩：梵放時出寺，鍾殘仍殷床。舍前簾影竹蒼蒼。事親暖席扇枕涼，東觀漢記曰：黄香躬執勤苦〔六〕，盡心供養，冬無被袴〔七〕，而親極滋味，暑即扇枕，寒即以身温席。陶淵明黄香贊其序云：九歲失母，思慕骨立。事父竭力以致養，暑則扇牀枕，寒則以身温席〔八〕。本傳不載。中有一士鬢蒼浪。同心之言蘭麝香，繫辭：同心之言，其臭如蘭。與游者誰似姓楊。朝發枉渚夕辰陽，屈原九章云：朝發枉渚兮夕宿辰陽。懷瑾握瑜祇自傷。左氏：握瑜而懷瑾。九章又云：懷瑾握瑜兮窮不知所示。東有濁河西清漳，漢高祖紀田肯曰〔九〕：夫齊西有濁河之限。胡為搔頭盧泉思茫茫。『玉搔頭』見上〔一〇〕。清明在躬不在水，禮孔子閒居云：『清明在躬，氣志如神。』此曹狡獪可心死。神仙傳王遠謂麻姑曰：吾老矣，不復作此狡獪變化也。列子云：心死形廢。莊子：心若死灰。杜詩：心死著寒灰。

〔一〕『在東平府須城縣盧泉鄉』元至元本作：『時在河北。』

〔二〕『嬰』元至元本作『氏』。

〔三〕『漢郊祀志……下照於上』按查漢書郊祀志，不載此文，不知其何從出。

〔四〕『見上』元至元本作：『史記呂不韋傳：不韋著呂氏春秋，布咸陽市門，懸千金其上，有能增損一字者，予千金。』

〔五〕『惠』元至元本作『慧』。

〔六〕『执』原無，諸本皆缺，今據初學記卷十七孝第四引東觀漢記補。

〔七〕『冬』初學記引作『體』。

〔八〕『陶淵明黃香贊……以身温席』按查陶淵明集不載此文。『寒則』元至元本作『寒即』。

〔九〕『祖』原無，據元至元本加。

〔一〇〕『玉搔頭見上』元至元本作：『李固傳：搔頭弄姿。注引西漢雜記：武帝過李夫人，就取玉簪搔頭。』

和甫得竹數本於周翰喜而作詩和之

初侯一畝宮， 禮記儒行云：儒有一畝之宮，環堵之室。 風雨到卧席。前日築短垣， 國語晉人謂吴曰：君有短垣而自踰之。 昨日始封植。平生歲寒心，樂見歲寒色。 見論語。 翩翩佳公子， 史記曰：平原君翩翩濁世之佳公子也。 為致一窗碧。憶公來相居，筮吉龜墨食。 洪範：相協厥居。洛誥云：召公既相宅。又云：惟洛食。注云：卜必先墨畫龜〔一〕，然後灼之，兆順食墨〔二〕。周禮春官：卜師揚火以作龜，致其墨。 人言『陋如何』，我自適其適。 莊子：適人之適，而不自適其適。論語：子欲居九夷，或曰：『陋如之何！』子曰：『君子居之，何陋之有！』柳子厚詩：我自適其適，非願為世儒。 白眼對俗徒，晉阮籍傳：見禮法之士，以白眼對之。醉帽坐攲側。北史：獨孤信在秦州，嘗因獵日暮馳馬入城，其帽微側，旦而吏人有戴帽者，咸慕而側帽焉。人知愛酒耳，不解心得得。莊子：吾所謂聰者，非謂其聞彼也，自聞而已矣；吾所謂明者〔三〕，非謂其見彼也，自見而已矣。夫不自見而見彼，不自得而得彼者，是謂得人之得而不自得其得者也。阿堵絕往還，晉王衍傳：衍口未嘗言錢，晨起見錢，謂婢曰：『舉阿堵物却！』蓋言將此物去耳，後人遂以錢為『阿堵』。顧愷之傳云：傳神寫照，正在阿堵中。蓋謂目睛也，然則目睛亦可稱『阿堵』乎？蓋相傳承誤耳。此君是賓客。王徽之傳：徽之指竹曰：『何可一日無此君！』清風吹月來，韓詩：清風吹空月舒波。歡甚齒折屐。謝安傳：既破苻堅，有驛書至，過户限，心喜甚，不覺屐齒之折。有節似見聖，書君陳篇：凡人未見聖，若不克見。既見聖，亦不克由聖。左傳成十五年：前志有之曰：『聖達節。』無言諒知默。揚雄解嘲云：知玄知默，守道之極。數回長者車，見上。猶恨地未僻。杜詩：地僻懶衣裳。又曰：幽棲地僻經過少。陰雨打葉時，白樂天詩：秋雨梧桐打葉時。曲肱自宴息。『曲肱』見論語。易：君子以向晦入宴息〔四〕。心游萬物初，莊子田子方篇老子曰：吾游於物之初。何處尋轍迹？老子云：善行無轍跡。劉伶酒德頌云：行無轍跡，居無室廬。從來修竹林，乃是逸民國。晉阮咸傳：與叔父籍為竹林之游。論語：逸民乃夷、齊、下惠之屬〔五〕。後漢逸民傳，蓋隱士耳。

〔一〕『墨』原無，據尚書正義卷十五洛誥『惟洛食』注補。

〔二〕『順』原作『須』，據尚書洛誥注改。

〔三〕『吾所謂明者』此句原無，據莊子駢拇補，否則文意斷裂。

〔四〕『以』字原無，據周易隨卦象傳加。

〔五〕『論語……下惠之屬』按論語微子：『逸民：伯夷、叔齊、虞仲、夷逸、朱張、柳下惠、少連。』

寄耿令幾父過新堂邑作廼幾父舊治之地〔一〕 堂邑隸博州〔二〕

呼船凌大河，驅馬踏平沙。退之詩：遂凌大江極東陬。道傍開新邑，千户有生涯。四衢平且直，爾雅：四達謂之衢。緑槐陰縣衙。古詩：縣古槐陰細，官清馬骨高。問誰作此邑？耆舊對予嗟。前日耿令君，遷民出坳窊。退之聯句：採月漉坳泓。東坡重九詩：惟有黄茆浪，堆壠生坳窊。窊，烏爪反，一高一下也。始遷民懷土，異端極紛拏。論語：小人懷土。攻乎異端。漢霍去病傳：漢、匈奴相紛拏。既遷人氣和，草木茂萌芽。桃李雖不言，見上。春風滿城花。陵陂青青麥，見上。煙雨潤桑麻。杜詩：桑麻深雨露。自非耿令君，大澤荒蒹葭。漢高帝紀：嘗息大澤之陂。爾雅『葭華』注云：即今蘆也。『蒹薕』注云：似萑。秦國風：蒹葭蒼蒼。毛云：蒹，薕；葭，蘆也。詩碩人云：葭菼揭揭。毛云：葭，蘆；菼，薍也。陸璣云：薍或謂之荻，至秋堅成，則謂之萑。白頭晏起飯，襁褓語嘔啞。見送吳彦詩云『伊啞弄文襁』注〔三〕。自非耿令君，漂轉隨魚鰕。豈弟民父母，詩：豈弟君子，民之父母。不專司斂賒。周禮：泉府斂市之不售，貨之滯於民用者，以其賈買之。凡賒者，祭祀無過旬日。令君兩男兒，有德必世家。問令今安在？解官駕柴車。韓詩外傳齊子曰：臣賴君之賜駑馬柴車。陶詩：日暮巾柴車。當時舞文吏，漢張湯傳：舞文巧詆。白璧强生瑕。藺相如傳：璧有瑕〔四〕，請指示王。令君袖手去，不忍試虎牙。見上『猛摩虎牙』注。人往惜事廢，感深知政嘉。我聞耆舊語，歎息至昏鴉。見上。定知循吏傳，來者不能加。今為將軍客，軒蓋湛光華。幕府省文書，漢李廣傳：幕府省文書。醉歸接䍦斜。晉山簡傳童兒歌曰：山公出何許？往至高陽池。日夕倒載歸，茗艼無所知。時時能騎馬，倒著白接䍦〔五〕。懷寶仁者病，論語：懷其寶而迷其邦，可謂仁乎？偷安道之邪。左傳閔元：管敬仲言於齊侯曰：『宴安酖毒，不可懷也。』僖二十三：晉公子重耳及齊，齊桓公妻之，有馬二十乘，公子安之，從者以為不可。姜氏曰：『行也！懷與安，實敗名。』勉哉思愛日，贈言同馬檛。見『折柳當馬策』注〔六〕。『愛日』見上。

〔一〕元至元本本題作：『寄耿令幾父過新堂邑作』，以下七字入題注中。

〔二〕『堂邑隸博州』元至元本題注作：『堂邑乃幾父舊治之地，隸博州。當是大名解官經行此地，解官是元豐二年，歲己未。』

〔三〕『見』元至元本作『見前卷』，按即卷二送吳彥歸番陽詩，本詩於至元本載卷三，故云。『注』字元至元本無。

〔四〕『璧有瑕』原作『白璧有瑕』，據元至元本及史記廉頗藺相如列傳删『白』。

〔五〕『倒著白接䍦』元至元本此下多：『北史：獨孤信在秦州，嘗因獵日暮馳馬入城，其帽微側，旦而吏人戴帽者亦咸慕而側帽焉。』

〔六〕『見』元至元本作『見第一卷』，按即卷二送張沙河遊齊魯諸邦詩注。元至元本此下多：『文選馬融笛賦云：「剡其上孔通洞之，裁以當簻便易符。」注云：「簻，馬策也。」』按：文選卷十八馬融長笛賦作：『裁以當簻便易持。』

放言十首

論語謂：虞仲、夷逸，隱居放言。

廢興宜有命，論語：道之將行也與？命也。道之將廢也與？命也。得失但自知。踽踽衆所忌，詩杕杜〔一〕：獨行踽踽。孟子曰：古之人，行何為踽踽涼涼〔二〕？悠悠誰與歸？詩：悠悠我思。檀弓云：死者如可作也，吾誰與歸？范文正岳陽樓記：微斯人，吾誰與歸？吾義苟不存，豈更月攘鷄？孟子曰：今有人日攘其隣之鷄者，或告之曰：『是非君子之道。』曰：『請損之，月攘一鷄，以待來年，然後已。』如知其非義，斯速已矣，何待來年？風清聞鶴唳，想見南山棲。晉謝玄傳：苻堅餘衆棄甲宵遁，聞風聲鶴唳，皆以為王師至。此借用。

匣中綠綺琴，文選張孟陽詩云：佳人遺我綠綺琴。注云：傅玄琴賦序曰：『齊桓公有琴曰號鍾，楚莊王有琴曰繞梁，司馬相如有綠綺〔三〕，蔡邕有焦尾〔四〕，皆名器也。』欲撫已絶絃。問絃何時絶？鍾期謝世年。見上。正聲不可聞，千載寂寞間。未有顏叔子，安知柳下賢？小雅巷伯云：哆兮侈兮，成是南箕。毛公云：哆，大貌。南箕，箕星也。侈之言是，必有因也。斯人自謂避嫌之不審也。昔者顏叔子獨處于室，鄰之嫠婦又獨處于室，夜暴風雨至而室壞。婦人趍而至，顏叔子納之而使執燭，放乎旦而蒸盡，縮屋而繼之，自以為避嫌之不審矣。若其審者，宜若魯人然。魯人有男子，獨處于室，鄰之嫠婦又獨處于室，夜暴風雨至而室壞，婦人趍而託之，男子閉户而不納。婦人自牖與之言曰：『子何為不納我乎？』男子曰：『吾聞之也：男子不六十不間居。今子幼，吾亦幼，不可以納子。』婦人曰：『子何不若柳下惠然？嫗不逮門之女，國人不稱其亂。』男子曰：『柳下惠固可，吾固不可；吾將以吾不可，學柳下惠之可。』孔子曰：欲學柳下惠者，未有似於是也。』

輕肥馬上郎，論語：乘肥馬，衣輕裘。老杜云：馬上誰家白面郎？枯槁林下士。屈原漁父篇：顏色憔悴，形容枯槁。聲名斲自然，『自然』見此章『華胥』注。勢利焚和氣。莊子外物篇：利害相摩，生火甚多，衆人焚和。權載之起居序：無耗氣，無焚和。智人不駭俗，同朝皆用事。物外有華胥，時時夢中至。列子黃帝篇：黃帝晝寢而夢遊於華胥氏之國，蓋非舟車之所及，神遊而已。其國無帥長，自然而已；其民無嗜慾，自然而已。云云。

蘭楫桂為舟，九歌云：沛吾乘兮桂舟。又云：桂櫂兮蘭枻〔五〕。權載之：有美一人兮，桂木為楫，蘭為舟。大江可遠游。堅車無良馬，西漢食貨志：乘堅策肥。後漢鄧太后詔：溫衣美食，乘堅驅良。出門敗吾輈。論語：出門如見大賓。柳子厚愚溪對云：吾盪而趨，不知太山之異乎九衢，以敗吾車；吾放而游，不知呂梁之異乎安流，以沒吾舟。

一身交萬物，用我未易周。安得柳下惠，窮年與之遊。

微雲起膚寸，大蔭彌九州。公羊春秋云：觸石而出，膚寸而合，不崇朝而徧雨乎天下者，唯泰山爾。『彌』字取『彌天』之意。晉習鑿齒傳：時桑門釋道安與鑿齒相見，道安曰：『彌天釋道安。』鑿齒曰：『四海習鑿齒。』石林詩話曰：舊不解『四海』『彌天』為何等語，因讀梁慧皎高僧傳載鑿齒與道安書云：『夫不終朝而雨六合者，彌天之雲也。弘淵源而潤八極者，四海之流也』因摘其語以為戲耳。至仁雖愛物，用舍如春秋。孟子云：是故孔子曰：『知我者，其惟春秋乎？罪我者，其惟春秋乎〔六〕？』晴空不成雨，遠岫行歸休。淵明歸去來辭云：雲無心而出岫。曹子建詩云：朝雲不歸山，暮雨成川澤。此反其意。何疑陶淵明，一去如驚鷗。淵明去官，如海上之狎鷗人欲取而玩之，則舞而不下。『鷗鳥』見列子。

黃鵠送黃鵠，中道言別離。漢西域傳烏孫公主作歌曰：願為黃鵠兮歸故鄉。文選蘇子卿答李少卿云：黃鵠一別遠，千里顧徘徊。又云：願為雙黃鵠，送汝俱遠飛〔七〕。送君不憚遠，愁見獨歸時。退之送李員外云：飲中相顧色，送後獨歸情。羅網翳稻粱，杜詩：君看隨陽鴈，亦有稻粱謀。江湖水彌彌〔八〕。行行不相見，勉哉冥冥飛。揚子云：鴻飛冥冥，弋人何篡焉？

蟬聲已紓遲，秋日行畹晚。宋玉九辯云：白日畹晚，其將入兮。長年困道路，驅馬方更遠。從事常厭煩，詩：黽勉從事。後漢書：閔仲叔世稱節士。注引高士傳云：周黨遺之生蒜，仲叔曰：『我欲省煩耳，今更作煩耶？』歸心自如卷。旨甘良未豐，安得懷息偃！詩：我心匪席，不可卷也。又云：或偃息在床。

月滿不踰望，日中為之傾。孔子傳易：日中則昃，月盈則食，天地盈虛，與時消息，而況於人乎。蔡澤傳語曰：日中則移，月滿則虧。李文饒欹器賦序：月滿而虧，日中而昃，彼天道而常然，欲久盛而焉得？天地尚乃爾，萬物能久盈？李白詩：天地有泰否，日月有盈虧。況爾悠悠人，安能久世間？明德忌暐暐，韓文公知名箴：勿病無聞，病其暐暐。高才貴冥冥。顏延年祭屈原文云：物忌堅芳，人諱明潔。『冥冥』見上。忽解扁舟去，懷哉張季鷹！晉張翰傳：字季鷹，齊王冏辟為大司馬東曹掾，因見秋風起，乃思吳中菰菜、蓴羹、鱸魚鱠，曰：『人生貴得適志，何能羈宦數千里以要名爵乎？』遂命駕而歸。謝玄暉詩：懷哉謝歡宴。『懷哉、懷哉』，本出詩。

榨床在東壁，『榨』玉篇作『醡』，又作『醯』，仄射反，切韻云：壓酒具也。病起繞壁行。新醅浮白蟻，白樂天詩：香醅淺酌浮如蟻。杜詩：蟻浮仍臘味。渴見解朝酲。劉伶傳：五斗解酲。小槽垂玉筯〔九〕，李賀云：小槽酒滴真珠紅。音響有餘清。疾風春雨作，靜夜山泉鳴。『雨作』及『泉鳴』以喻槽床滴聲也。安得朱絲絃，為我寫此聲？禮記：朱絃疏越，一唱而三歎，有遺音者矣。史記樂書：衛靈公將之晉，至於濮水之上，夜半聞鼓琴聲，召師涓曰：『為我聽而寫之。』想知舜南風，正爾可人情。禮記：舜作五絃之琴以歌南風。『正爾』見上。

弄水清江曲，采薇南山隅。詩：陟彼南山，言采其薇。史記伯夷傳：隱於首陽山，采薇而食之，及餓且死，作歌曰：『登彼西山，采其薇矣。』索隱曰：薇，蕨也。當吾無事時，此豈不我娛〔一〇〕？喬木好鳥音，詩：伐木丁丁，鳥鳴嚶嚶。出自幽谷，遷于喬木。天風韻虛徐。詩：其虛其邪。邪音徐。遐心游四海，詩：毋金玉爾音，而有遐心。陸機文賦：精騖八區〔一一〕心游萬仞。萬里不須臾。回首古衣冠，荊樊老丘墟。文選月賦曰：臣東鄙幽介，長自丘樊。注引爾雅：樊，藩也。郭璞曰：藩，籬也。回視古衣冠者，皆老於荊棘之籬、丘壑墟落之間。『古衣冠』謂背時也，不隨時俯仰，在熙寧間皆斥逐也。欲付此中意，歸翻蟲蠹書。退之詩：豈殊蠹書蟲，生死文字間。短生見上。憂不足，此道樂有餘。

〔一〕『杕』原誤作『杖』，據樹經堂本及詩經唐風杕杜改。

〔二〕『孟子曰古之人行何為踽踽涼涼』，按：注文此處稱引孟子斷章取義，不盡允當。孟子盡心下云：『言不顧行，行不顧言，則曰古之人，古之人。行何為踽踽涼涼？』謂『古之人』，乃鄉原批評狂者；『踽踽涼涼』乃其譏狷者。注文將二者捏合，故失當。

〔三〕『緑綺』原作『焦尾』，各本皆誤，今據文選卷三十張載擬四愁詩注改。

〔四〕『焦尾』原作『緑綺』，各本皆誤，今據文選改。

〔五〕『沛吾乘兮桂舟又云桂櫂兮蘭枻』原作：『木蘭為楫，桂為舟。』據元至元本及楚辭九歌湘君改。

〔六〕『孟子云……春秋乎』　按：注文此處引孟子語不妥。因詩意僅謂自然之新陳代謝如春秋之代序，與春秋一書了不相關，故正文中『春秋』不加書名號。

〔七〕『黄鵠一別遠……送汝俱遠飛』文選卷二十九蘇武詩四首之二作：『黄鵠一遠別』，『送子俱遠飛』。

〔八〕『瀰瀰』元至元本作『瀰瀰』。

〔九〕『筯』原作『筋』，據至元本、嘉靖本、萬曆本改。

〔十〕『我』元至元本作『可』，他本皆作『我』。

〔十二〕『精騖八區』按：文選卷十七陸機文賦作『精騖八極』。

送伯氏入都

貧賤難安處，別離更增悲。老杜云：乃知貧賤別更苦。孟郊詩：人言貧別易，貧別愁更重。經營動北征，詩：經之營之。杜詩：杜甫將北征。慈母待春衣。言母欲令待縫衣就乃行。孟郊詩：慈母手中線，游子身上衣。臨行密密縫，意恐遲遲歸。短箠驅瘦馬，青草牧中嘶。送行不知遠，可忍獨歸時？已見前篇『送君不憚遠，愁見獨歸時』注。太華物華春，街柳囀黄鸝。王維詩：陰陰夏木囀黄鸝。九衢生紫煙，退之詩：子雲秖自守，奚事九衢塵？三輔舊事云：長安城中，八街九陌。到家使人迷。知音者誰子？老杜詩：伐木者誰子？退之詩：訏謨者誰子？又聯句：喝道者誰子？倦客無光輝。王侯不可謁，易蠱：上九：不事王侯。戰國策：蘇秦之楚，三日乃得見乎王，談卒，辭而行曰：『楚國之食貴於玉，薪貴於桂，謁者難得見如鬼，王難得見如天帝。今令臣食玉炊桂，因鬼見帝。』秣馬興言歸。詩：之子于歸，言秣其馬。又云：興言出宿。又云：言旋言歸。豈無他人遊？不如我塤箎。詩：豈無他人？不如我同父〔一〕。又云：伯氏吹塤，仲氏吹箎〔二〕。陳書北窗下，陶淵明：高卧北窗之下。此自有餘師。孟子：子歸而求之，有餘師。

〔一〕『父』元至元本作『姓』。按：『同父』『同姓』句均出詩唐風杕杜，故皆通。

〔二〕『吹』原作『如』，據至元本、樹經堂本及詩小雅何人斯改。

渡河

客行歲晚非遠遊，河水無情日夜流。去年排堤注東郡，漢東郡治濮陽，今澶州所治縣也。詔使奪河還此州。憶昔冬行河梁上，文選李少卿詩：攜手上河梁，遊子暮何之？飛雪千里曾冰壯〔一〕。杜詩：交河幾蹴曾冰裂。又云：安得赤脚踏層冰。蓋取東方朔神異經云：北方有層冰萬里〔二〕。人言河源凍徹天，冰底猶聞沸驚浪。漢書贊：張騫窮河源。

〔一〕『曾』元至元本作『層』。按『曾』通『層』。故不改。

〔二〕『層』原作『曾』，據元至元本及神異經北荒經改。

送呂知常赴太和丞

我去太和欲朞矣，山谷在太和三年至元豐七年移監德州德平鎮，是年三月，過泗州僧伽塔，有發願文。八年四月，以校書郎召。今言『去太和欲朞』，猶在德平也。呂君初得太和官。邑中亦有文字樂，韓詩：不解文字飲，惟能醉紅裙。此反其意。惜不同君澗谷槃。見上。觀山千尺夜泉落，快閣六月江風寒。『觀山』、『快閣』在太和。白樂天噴玉泉詩：練垂青嶂上，珠寫緑盆中，溜滴三秋雨，寒生六月風〔一〕。往尋佳境不知處，掃壁覓我題詩看。退之詩：曲江山水聞來久，恐不知名訪倍難。願借圖經將入境，亦逢佳處便開看。『漸入佳境』，見晉書顧愷之傳。

〔一〕『觀山快閣……寒生六月風』元至元本作：『第七卷有登快閣詩，在太和作。』按即至元本卷十三。

別蔣穎叔

蔣之奇字穎叔，新法行，為福建通判，遷淮東運副，母喪服除，為江西運副，改河北。入奏計上，神宗獎諭之，移陝西，官制行，移淮南轉運使，擢江、淮、荆、浙等路發運副使。元豐六年五月奏計上，神宗勞問甚備，賜三品服。此據實録也。此詩云『三品衣魚人仰首』，當是六年以後作。山谷移監德平鎮，過泗州僧伽塔，作發願文，時元豐七年三月也。別蔣穎叔當是此時。

金城千里要人豪，張良傳：此所謂『金城千里，天府之國』。賈誼過秦論：金城千里，子孫帝王萬世之業也。理君亂絲須孟勞。左傳：猶理絲而棼之。漢龔遂曰：治亂民猶治亂絲，不可急也。北史齊文宣帝紀：神武嘗使諸子各理亂絲，文宣獨抽刀斬之，曰：『亂者當斬。』老杜大食刀歌云：得君亂絲與君理。孟勞者魯之寶刀也，見穀梁僖元年。文星合在天東壁，杜詩：北斗避文星。晉天文志：東壁二星主文章，天子圖書之秘府也。清都紫微醉雲璈。列子曰：穆王以為清都、紫微，鈞天廣樂〔一〕，帝之所居。漢武帝内傳：上元夫人自彈雲琳之璈。荆溪居士傲軒冕，胸吞雲夢如秋毫。司馬相如子虛賦：吞若雲夢者八九胸中，曾不芥蔕。三品衣魚人仰首，見題下注。又李翺撰韓文公行狀：賜三品衣魚。不見全牛可下刀。見上。秦川渭水森長戟，言為陝西轉運也。續本事詩：韋蟾題驛亭云：『渭水秦川豁眼明。』方壺蓬萊冠巨鼇。列子：無底之谷有五山，曰岱輿、員嶠、方壺、瀛洲、蓬萊，五山之根無所連著，帝使巨鼇十五舉首而戴之，五山始峙而不動。詩意言其負荷重也。萬釘寶帶琱狨席，隋楊素傳：賜萬釘寶帶。國朝侍從跨狨鞍。獻納論思近赭袍〔二〕。文選兩都賦序云：朝夕論思，日月獻納。杜詩：獻納司存雨露邊。又：獻納紆皇眷。唐王建詩曰：日色赭袍相似，不著紅鸞扇遮。杜光庭詩：曾上雲天侍赭袍。連營貔虎湛如水，尚書：如虎如貔。開盡西河擁節旄。謂移陝西漕也，時已復河湟。何時出入諸公間？漢晁錯傳云：顯諸公間。淮湖閱船今二毛。左傳：不擒二毛。鑿渠決策與天合，穎叔在淮南，始鑿泗州股渠，以避長淮之險，舟行自是無覆溺，下詔褒賞。之祈窘束縮怒濤〔三〕。異聞集載古嶽瀆經云：禹治水至桐柏山，獲淮渦水神，曰巫之祈，善應對，辨淮之淺深、源之遠近。禹鏁于龜山之足，淮乃安流。至唐有漁者釣得一古鏁，牽出，其末有獮猴，即支祈也。衣食京師看上計，漢武紀：令與計偕。注：計者，上計簿使也。陛下文武收英髦。退之詩：三公盡是知音人〔四〕，曷不薦賢陛下聖？春風淮月動清鑒，白拂羽扇隨輕舠。詩：誰謂河廣？曾不容刀。注：小船曰刀。下榻見賢傾禮數，陳蕃下榻詳見上。王勃滕王閣序云：徐孺下陳蕃之榻。後車載士回風騷。詩：命彼後車，謂之載之。文選魏文帝與吳質書云：從者鳴笳以啓路，文學託乘於後車。斵鼻於郢，『郢人堊漫其鼻端，使匠石斵之』：已見上注。又按揚子雲解難云：鍾期死，伯牙絶絃破琴，而不肯與俗人彈。僂人亡，則匠石輟斤而不敢妄斵。服虔曰：僂，古之善塗堊者也，施廣領大袖以仰塗，而領袖不污，有小飛泥誤著其鼻，因令匠石揮斤而斵，知匠石之善斵也。師古曰：堊，即今之仰泥也；僂，拉拭也。故謂塗者為『僂人』。僂，乃高反，又音乃回反。此段與莊子意同而事異，又非寓言。山谷喜用斵鼻事，故具列之。觀魚於濠。『濠梁』見上。小夫閱人蓋多矣，唐房玄齡傳高孝基曰〔五〕：僕觀人多矣，未有如此郎者。漢蓋寬饒傳：此如傳舍，所閱多矣。幾成季咸三見逃。莊子應帝王篇：鄭有神巫曰季咸，知人之死生禍福若神。列子與之見壺子，出曰：『子之先生死矣！』列子入，涕泣以告壺子，壺子曰：『是殆見吾杜德機也。嘗又與來。』明日又與之見壺子，出曰：『幸矣！子之先生遇我也，有瘳矣！』列子入以告壺子，壺子曰：『是殆見吾善者機也。嘗又與來。』明日又與之見壺子，出曰：『子之先生不齊，吾無得而相焉〔六〕。』列子入，以告壺子，壺子曰：『是殆見吾衡氣機也。嘗又與來。』明日又與之見壺子，立未定，自失而走。又家語：季羔謂刖者曰：『今吾在難，正子報怨之時，而逃我者三。』因併記之。

〔一〕『鈎』原作『鉤』，據至元本、樹經堂本及列子周穆王改。

〔二〕『近赭袍』四庫全書本外集卷五作『侍赭袍』，萬曆本作『赭黄袍』。

〔三〕『之祈窘束縮怒濤』，樹經堂本句下有小字注：『「之」一作「支」。』

〔四〕『音』原作『者』，元至元本作『哲』，誤。按：句出韓愈寒食日出游夜歸張十一院長見示病中憶花九篇因此投贈詩，今據以改。

〔五〕『基』原作『棋』，據元至元本及新唐書卷九十六房玄齡傳改。

〔六〕『相』原作『見』，諸本皆誤，今據莊子應帝王改。

平原宴坐二首

按蜀中刻山谷真蹟，題作平原郡齋，而詩句小異，云：平生浪學不知株，江北江南去荷鋤。窗風文字翻葉葉，猶似勸人勤讀書。成巢不處避歲鵲，得巢不安呼婦鳩。金錢滿地無人費，一斛明珠薏苡秋。平原郡，德州也。山谷元豐七年在太和移監德州德平鎮。此詩題下注『公擇』二字，詩意殊不相涉。蓋本注於舊集謝送宣城筆而後人誤置於此〔二〕，今去之。

江南有田歸荷鋤。北窗風來舉書葉，老作儒生不解事，文選楊德祖牋：修家子雲，老不解事，强著一書。唐婁師德傳云：解事僕射。猶自勸人勤讀書。謂風吹葉子册，如勸人讀書也。

黃落委庭觀九州，月令：草木黃落。杜詩：黃落驚山樹。蟲聲日夜戒衣裘。謂促織。金錢滿地無人費，謂黃葉。一斛明珠薏苡秋。以薏苡比明珠，蓋馬援傳：南方薏苡實大，援欲以為種，軍還載一車，譖之者以為所載皆明珠、文犀。

〔二〕『舊集』元至元本作『後篇』，按謝送宣城筆在至元本中即本詩之後第二詩，故云。

同劉景文遊郭氏西園因留宿

人居城市虛華館〔一〕，秋入園林著晚花。落日臨池見科斗，必知清夜有鳴蛙。劉景文有西園

和韻絶句云：雨過西園物物佳，柳風竹日掩葵花。更無人迹宜清睡，奈此池頭一部蛙！元符三年七月，山谷自戎州至青神省其姑，有和青神士人蒲志同字泰亨詩，其序云：伏承泰亨先輩和示東坡之友劉景文同不肖宿城西郭氏園七言小詩，且推不肖當與嶺南數公同時鵬鶱鳳舉，非所擬倫，輒用元韻上答，并叙東坡伯仲方來之意。其詩云：我已人間無所用，鬢飄霜雪眼生花。東坡兄弟來雖晚，折箭堪除蝕月蛙。　東坡海上無消息，想見驚帆出浪花。三十年來世三變，幾人能不化鶉蛙？　玉座天開旋北斗〔二〕，清班鳥散落餘花。有人難立百官上，不為廟中羔菟蛙。　栽竹養松人去盡，空聞道士種桃花。昨來一夜驚風雨，滿地殘紅噪暮蛙。　又謝泰亨送酒云：風掃三峩山外雨，霜催五柳宅邊花。非君送酒添秋睡，可耐東池到曉蛙！此詩真本尚存，而遺文不載，因附見於此。城西郭園不知何處。案前集有次韻劉景文登鄴王臺見思五首云：何時郭池晚，照影寫閑情。時正在德平也。按徽宗實録元符三年九月〔三〕：上謂輔臣韓忠彦曰：『章惇求去，朕不欲以定策貶惇，秖緣護哲宗靈駕不職。』累有彈章，惇於是遂出。故和章云：有人難立百官上，不為廟中羔菟蛙。霍光傳霍山曰：丞相擅減宗廟羔菟蛙，可以此罪也。言章丞相之罪，不獨如此耳。

〔一〕『城市』元至元本作『塵世』，他本均作『城市』。

〔二〕『玉』原作『王』，據至元本、弘治本、樹經堂本改。

〔三〕『徽宗實録』原作『宋徽宗實録』，據至元本、弘治本、樹經堂本删『宋』字。

山谷外集詩注卷第十五

奉送劉君昆仲

游子歸心日夜流，漢高祖紀謂沛父兄曰：游子悲故鄉。南陔香草可晨羞。束廣微補亡詩云：循彼南陔，言採其蘭。又云：馨爾夕饍，潔爾晨羞。平原曉雨半槐夏，汾上午風初麥秋。杜詩：麥秋晨氣潤，槐夏午風涼。歐陽公詩話云〔一〕：趙學士師民詩思尤精，如『麥天晨氣潤，槐夏午陰清』，前世名流皆所未到也。鴻鴈要須翔集早，脊鴒無憾急難求。詩鴻鴈云：鴻鴈于飛，集于中澤。常棣云：鶺鴒在原，兄弟急難。論語：翔而後集。欲因行李傳家信，姑射山前是晉州。劉君兄弟當自德州歸晉，故稱『平原』『汾上』，時山谷在德州德平也。按寰宇記，晉州所治臨汾縣有平山，一名壺口，禹貢所謂『壺口治梁及岐』也，今名姑射山，在縣西八里。莊子『藐姑射之山有神人焉』，即此。

〔一〕『話』原作『注』，據至元本、弘治本及樹經堂本改。

和答莘老見贈

往歲在辛丑，嘉祐六年辛丑，山谷時年十七，有溪上吟、春江引二詩。從師海瀕州。外家有行役，『外家』謂母家，見漢書。拜公古邗溝。『邗溝』謂揚州也，唐曰邗州，左傳『吴城邗溝以通江、淮』取此義也。兒曹被鑒賞，晉王戎傳：鑒賞先見如此。許以綜九流。見上。仍許歸息女，采蘋助春秋。後集黄氏二室墓銘云：庭堅之初室曰蘭溪縣君孫氏，故龍圖閣直學士孫公覺莘老之女。初庭堅年十七，從舅氏李公擇學於淮南，始識孫公，孫公憐其少立，以蘭溪歸之。『息女』見漢高祖紀，『采蘋』見詩。斯文開津梁，世説庾公見卧佛曰：此子疲於津梁。列子：體道窮宗，為世津梁。江文通詩：道喪涉千載，津梁誰能了！盛德見虚舟。『虚舟』見上〔一〕。杜詩：對君疑是汎虚舟。離合略十年，文選陸士衡詩：離合非有常，譬彼弦與栝。杜詩：人生有離合，豈擇貴賤端？每見仰清修。魏志陳登曰：清修疾惡，有識有義，吾敬趙元達。久次不進遷，揚雄贊：以耆老久次，轉為大夫。此言莘老。天禄勤校讎。文武修衮職，諫垣始登收。實録：治平四年正月丙子，秘書丞、館閣校勘孫覺直集賢院為昌王府記室參軍〔二〕。熙寧元年四月癸亥，太常博士、直集賢院孫覺為右正言。揚雄贊：校書天禄閣上。詩：衮職有闕，唯仲山甫補之。身趨鄴公城，『鄴』當作『葉』，傳寫誤耳。山谷初仕為汝州葉縣尉，葉本楚地，楚惠王以封沈諸梁，謂之葉公。逐臣既南浮。實録：熙寧元年八月癸卯，以太子中允、直集賢院同知諫院孫覺通判越州，以言事得罪也。詩意自言方之葉縣，而莘老已為逐臣南往矣。到官與莘老竄逐同是元年〔三〕。漢高祖紀云：南浮江漢以下。孌彼丞中饋，詩泉水云：孌彼諸姬。易：家人：無攸遂，在中饋。家庭供百羞。周禮天官内饔：選百羞、醬物、珍物以俟饋。堂堂來問寢，忽為雲霧休。遺玩猶在篋，汝水遶墳丘。二室墓誌云：孫氏年二十而卒，殯於葉縣者二十二年。文選潘安仁悼亡云：流芳未及歇，遺掛猶在壁。南箕與北斗，日月行置郵。『速於置郵』，見孟子。相逢輦轂下，存沒可言愁？元豐八年四月，山谷以校書郎召，時莘老為秘監。當年小兒女，杜詩：遙憐小兒女，未解憶長安。生子欲勝裘。『勝裘』見上〔四〕。甌越委琴瑟，江湖拱松楸。文選謝靈運游方山詩云：指期憩甌越。越州春秋時為越國所都，史記東甌王徐廣曰：今之永寧也。當是莘老在越州悼亡，返葬於江南，墓木拱矣，故有『存沒可言愁』之句。詩云：妻子好合，如鼓瑟琴。按秦少游集中與參寥簡云：莘老壽安君竟不起，子實遂丁憂遠方，罹此禍故，殊可傷也。莘老悼亡於此可見。越州今為紹興府。持節轉七郡，莘老自越倅徙知通州，召還，修起居注，又以言事黜知廣德軍，踰年徙湖州，又徙廬州，持祖母喪，服除知蘇州，徙福州、徐州，又南京，召為太常少卿，易秘書少監。哲宗即位，兼侍講，遷右諫議大夫。故言『七郡』。治功無全牛。見上。還朝蒙嗟識，明月豈暗投！見上。抱被直延閣，劉歆七略云：武帝廣獻書之路，書積如丘山，外有太常博士之藏，内則延閣廣内秘室之府。退之送殷侑序云：持被入直，三省丁寧。疏簾近奎鉤。書斷曰：蒼頡仰觀奎星圓曲之勢，合而為字。孝經援神契云：奎主文章，蒼頡文字，總而為言。晉天文志：鉤陳，後宮也，大帝之正妃也。時宣仁后御簾。三生石上夢，葛洪川畔牧童叩牛角而歌曰〔五〕：三生石上舊精魂，賞月吟風不要論。慚愧情人遠相訪，此身雖異性長存。此乃僧圓澤事，見於甘澤謠，東坡刪改作圓澤傳，見遺文。記是復疑不？隱几付天籟，莊子齊物篇：南郭子綦隱几而坐，仰天而噓云云。又曰：汝聞地籟，而未聞天籟。閱人如海鷗。列子云：海上之人有好鷗鳥者，每旦之海上，從鷗鳥游，鷗鳥之至者以百數而不止。其父曰：『吾聞鷗鳥從汝游，取來吾玩之。』明日之海上，鷗鳥舞而不下。襟懷俯萬物，顏鬢與百憂。長歌可當泣，短生等蜉蝣。古樂府王融悲歌云：悲歌可以當泣，遠望可以當歸。『短生』見上注。

詩：蜉蝣之羽。毛云：渠略也，朝生夕死。郭璞詩：借問蜉蝣輩，寧如龜鶴年？白樂天詩：長生無得者，舉世如蜉蝣。**悲歡令人老，**文選任彥昇詩：悲歡不自持。**萬世略同流。**書畢命：萬世同流。**軒冕來逼身，**『軒冕』見上。**白蘋晚滄洲。**柳惲江南曲云〔六〕：汀洲採白蘋，日落江南春。**履拂知道肥，**杜詩：巾拂香餘搗藥塵，階除灰死燒丹火。詩意言學道蕭散也。『子夏戰勝，故肥』，見上。淵明詩：貧富常交戰，道勝無慼顏。**淨室見天游。**莊子外物篇：室無空虛，則婦姑勃谿；心無天游，則六鑿相攘。**小人樂蛙井，**莊子：井蛙不可以語於道。**癡甚顧虎頭。**晉書：顧愷之癡絕、才絕、畫絕。或曰『小字虎頭』，或曰『虎頭將軍』。**世緣真嚼蠟，**楞嚴經：於橫陳時，味如嚼蠟。**骨相謝封侯。**後漢班超傳相者曰：此萬里侯相也。**松根養茯苓，**杜詩：知子松根養茯苓，遲暮有意來同煮。**歲晏望華輈。**考工記：輈人為輈。注：車轅也。謝玄暉詩：疊鼓送華輈。

〔一〕『虛舟見上』元至元本作『莊子山木篇：方舟而濟於河，有虛船來觸舟，雖褊心之人不怒。』

〔二〕『為昌王府記室參軍』原無，據元至元本補。

〔三〕『同是元年』元至元本此下多：『辨其到官歲月，詳見第一卷注。』按即至元本卷一還家呈伯氏詩注。

〔四〕『裘』至元本、弘治本作『衣』，樹經堂本作『裘』。

〔五〕『川』原作『州』，據元至元本及太平廣記卷三百八十七圓觀（出甘澤謡）改。

〔六〕『柳』原誤作『許』，據樹經堂本改。

以潞公所惠揀芽送公擇次舊韻

前集有謝公擇分賜茶三絶句，今次前韻。

慶雲十六升龍樣，前漢志：若煙非煙，若雲非雲，郁郁紛紛，蕭索輪囷，是謂慶雲。國老元年密賜來。左傳：國老皆賀子文。北苑貢茶録云：慶曆中〔一〕，蔡君謨造小鳳團，自小團出而龍鳳遂為次。元豐有旨造密雲龍，其品又加於小團之上。披拂龍紋射牛斗，外家英鑒似張雷。謂張華、雷煥也。

〔一〕「曆」原作「歷」，據元至元本改。

吏部蘇尚書右選胡侍郎皆和鄙句次韻道謝

不待烹茶喚睡回，天官兩宰和詩來。清如接筧以竹通水。通春溜，快似揮刀斫怒雷。

「天官」，吏部也；冢宰以喻尚書，其屬有太宰卿一人，比侍郎。

奉同公擇作揀芽詠

貢茶録云：茶芽最上曰小芽，如雀舌、鷹爪，次曰揀芽，乃一芽帶一葉者，號一槍一旗。一槍一旗號揀芽，最為挺特〔一〕。

赤囊歲上雙龍璧，元注云：囊貢小團，亦單叠，唯揀芽雙叠。曾見前朝盛事來。想得天香隨御所，延春閣道轉輕雷。元注云：元豐末作延春閣。張平子西京賦：複陸重閣，轉石成雷。複陸，複閣道也，於上轉石，以象雷聲。

〔一〕此段注文原有誤。「次曰揀芽」原作「次曰中芽」，今按宋熊蕃宣和北苑貢茶録改，其文云：「凡茶芽數品，最上曰小芽，如雀舌、鷹爪，以其勁直纖鋌，故號芽茶。次曰揀芽，乃一芽帶一葉者，號一鎗一旗。次曰中芽，乃一芽帶兩葉，號一鎗兩旗。……如一鎗一旗可謂奇茶也，故一鎗一旗號揀芽，最為挺特。」蓋因文中兩度「次曰」而改注誤。

今歲官茶極妙而難為賞音者戲作兩詩用前韻

雞蘇狗虱難同味，煎茶賦云：或濟以鹽，勾賊破家，滑竅走水，又況雞蘇之與胡麻！雞蘇俗呼紫蘇，胡麻一名狗虱，皆見本草。懷取君恩歸去來。青箬湖邊尋顧陸，箬溪在湖州。「顧陸」謂顧野王、陸羽。按寰宇記，湖州長興縣箬溪在縣南，一名顧渚。顧野王輿地志云：夾溪悉生箭箬，南岸曰上箬，北岸曰下箬，村人取下箬水釀酒醇美，俗稱「箬下酒」。陸鴻漸名羽，有顧渚山記二篇，盛言顧渚茶之美，為江左第一。陸龜蒙嗜茶，置園顧渚山下，歲取茶租，自判品第。張彥遠名畫記有論顧、陸、張、吳用筆一篇，謂顧愷之、陸探微，非此詩所引〔一〕。**白蓮社裏覓宗雷。**白蓮社在江州廬山，晉慧遠法師故事也。同社十八人，宗炳字少文、雷次宗字仲倫與焉。

乳花翻椀正眉開，時苦渴羌衝熱來。拾遺記：晉有羌人姚馥，但言渴於酒，羣輩呼為『渴羌』。初學記程曉伏日詩云：今世褦襶子，觸熱到人家，搖扇髀中疼，流汗正滂沱。『褦襶』謂不曉事，『渴羌』亦此流也。**知味者誰心已許，維摩雖默語如雷。**時維摩詰默然無言。文殊師利歎曰：善哉，善哉！乃至無有文字語言，是真入不二法門。莊子：淵默而雷聲。

〔一〕『非此詩所引』元至元本作：『與此詩不相涉，山谷特借使顧陸二字。顧野王有傳。』

公擇用前韻嘲戲雙井

萬仞峰前雙井塢，山谷所居雙井隸洪州分寧縣。**婆娑曾占早春來。如今摸索蒼龍璧，**許敬宗曰：若遇曹、劉、沈、謝，暗中摸索著亦可識。**沉井銅缾漫學雷。**老杜銅缾詩：亂後碧井廢，時清瑤殿深。銅瓶未失水，百丈有哀音。借用其字。

又戲為雙井解嘲

山芽落磑風回雪，曾為尚書破睡來。勿以姬姜棄顦顇，逢時瓦釜亦鳴雷。『雖有姬、姜，無棄顦顇』：見左傳。文選屈平卜居云：黃鍾毀棄，瓦釜雷鳴。

奉同六舅尚書詠茶碾煎烹三首

要及新香碾一盃，不應傳寶到雲來。見上。碎身粉骨方餘味，莫厭聲喧萬壑雷。李白蜀道難：砯崖轉石萬壑雷。『碎身粉骨』如老杜詠丁香云『晚墮蘭麝中，休懷粉身念』也。

風爐小鼎不須催，魚眼長隨蟹眼來。深注寒泉收第一，亦防枵腹爆乾雷。嵇康養生論：終朝未餐則囂然思食。『枵』、『囂』皆言空腹，『蟹眼』見上。

乳粥瓊糜霧脚回，色香味觸映根來。六根：眼、耳、鼻、舌、身、意，即色、聲、香、味、觸、法，見楞嚴經。茶録有色香味。『瓊糜』見上。睡魔有耳不及掩，石曼卿詩：更被陰晴長睡魔。唐李靖傳：兵機事以速為神，震霆不及掩耳。直拂繩床過疾雷。

與李公擇道中見兩客布衣班荆而坐對戲弈秋因作一絶

兩客班荆覆局圖，左傳襄二十六年：楚伍舉奔鄭，將遂奔晉，聲子將如晉，遇之於鄭郊，班荆相與食，而言復故。陶淵明詩：班荆坐松下，數斟已復醉。魏志王粲傳：觀人圍棋，局壞，粲為覆之，不誤一道。看人車馬溷泥塗。文昌八座鄰樞極，唐劉洎疏云：八座比於文昌。六曹尚書及令、僕為八座，見晉職官志。後漢梁統傳論：宰相運動樞極。天上歸來愧不如。

六舅以詩來覓銅犀用長句持送舅氏學古之餘復味禪悦故篇末及之

維摩經曰：雖復飲食，而以禪悦為味。

海牛壓紙寫銀鈎，『海牛壓紙』、『銀鈎』並見上(一)。阿雅元注：師奴僧號。守之索自收。長防玩物敗兒性，書云：玩物喪志。得歸老成散百憂。先生古心冶金鐵，魏武帝令長史王必曰：忠能勤事，心如鐵石。退之孟先生詩云：孟生江海士，古貌又古心。皮日休云：余常慕宋廣平鐵腸石心。堂堂一角誰能折？（犀，蓋一角獸也。漢朱雲傳云：五鹿嶽嶽，朱雲折其角。）兒言觳觫（見孟子。）持贈誰？外家子雲乃翁師。（『子雲』蓋比之揚雄也。）不着鼻繩袖兩手，古犀牛兒好看取。（傳燈録撫州石鞏慧藏禪師：一日在廚下作務，馬祖問曰：『作什麽？』曰：『牧牛。』祖曰：『作麽生牧？』曰：『一回入草去，便把鼻孔拽來。』福州大安禪師曰：『安在潙山三十年，只看一頭水牯牛。若落路入草，便牽出；若犯人苗稼，即鞭撻。調伏既久，可憐生如今變作露地白牛，常在面前，露逈逈地趁亦不去也。』）

〔一〕『海牛壓簾銀鈎並見上』元至元本作：『海牛，犀也。前集有詩云：「海牛壓簾風不開。」蓋用張君房脞説蕭學士夢中賦曉寒歌云：「海牛壓簾風不入。」前注偶不及此。晉索靖傳作草書狀曰：「婉若銀鈎。」』

奉和公擇舅氏送呂道人研長韻

奉身玉壺冰，立朝朱絲絃。（文選白頭吟云：直如朱絲絃，清如玉壺冰。）妙質寄郢匠，（『郢人堊漫其鼻端，使匠石斲之』：見莊子，已見上注。）素心乃林泉。力耕不罪歲，（孟子：王無罪歲。）嘉穀有逢年。（史記佞幸傳：力田不如逢年，善仕不如遇合。）校書天禄閣，（見揚雄傳。）藝竹老風煙。攜提寒泉泓〔一〕，（退之毛穎傳謂硯為陶泓〔二〕。）松煤厭磨研。（後漢蘇竟傳以磨研編削之才。）籍甚在臺省，六經勤傳箋。（毛氏注詩曰詁訓傳〔三〕，鄭氏曰箋。公擇有詩傳十卷。）諫草蠹穿穴，江湖渺歸船。（公擇熙寧初為右正言，論新法，謫通判滑州。元豐六年召為太常少卿，遷禮部侍郎，哲宗立，進吏侍。春官酌典禮，左太沖魏都賦：斟洪範，酌典憲。日月麗秋天。易離卦：日月麗乎天。按實録元豐八年四月，黃庭堅為秘書省校書郎，是年十二月，禮部侍郎李常為吏部侍郎，此時未遷吏侍也。少也長母家，學海頗尋沿。揚子學行篇：百川學海而至于海，丘陵學山而不至于山，是故惡夫畫也。諸公許似舅，『似舅』見上〔四〕。賤子豈能賢？杜詩：賤子請具陳。左傳云：豈曰能賢？轅駒蒙推挽，漢竇嬰田蚡傳云：今日廷論，局趣若轅下駒。山谷除校書郎，時孫莘老、李公擇皆在朝，故最先諸公收召，信推挽之力也。及元祐五年二月丁酉公擇卒，戊戌莘老卒，六年三月山谷除右史，中書舍人韓川有言，至六月遂居母憂，自此不復振矣。山谷遺文有祭莘老文云：二月丁酉，公擇去化。厥明戊戌，公亦命駕。官次奉丹鉛。退之秋懷詩：丹鉛事點勘。言作校書也。左傳襄二十三：閔子馬謂公鉏曰〔五〕：『若能孝敬，富倍季氏可也。』公鉏然之，敬共朝夕，恪居官次。新詩先舊物，包送比青氊。晉王獻之傳：青氊我家舊物。言以詩先研也。左傳僖末年：弦高以乘韋先，牛十二，犒師。注云：古者將獻遺於人，必有以先之。襄十九年享晉六卿于蒲圃，贈荀偃束錦、加璧，先吳壽夢之鼎。注：古之獻物必有以先之。柳子厚送濬上人序云：古之贈禮，必以輕先重，故鄭商之犒先乘韋，魯侯之贈後吳鼎。繆傳黃梅鉢，未印少林禪。『少林』謂達磨也，自南天竺國來，寓止于嵩山少林寺，面壁而坐，終日默然。後傳法與慧可，且付袈裟，慧可傳僧璨，僧璨傳弘忍。弘忍大師蘄州黃梅人也，黃梅傳盧行者慧能。有道明者〔六〕，聞五祖密付衣法與盧行者，即率同意數十人追逐至大庾嶺，盧行者擲衣鉢於磐石，曰：『此衣表信，可力爭耶？任君將去。』道明舉之如山不動，乃曰：『我來求法，非為衣也。願行者開示。』祖曰：『不思善，不思惡，正恁麼時，阿那箇是明上座本來面目！』明當下大悟，徧體汗流。維摩經言：若能如是坐者，佛所印可。汲井滌敗墨，謝靈運詩：激澗待汲井。蒼珪謝磨鐫。蓋以所送研比衣鉢，以墨比蒼珪也。玉蟾瀉明滴，西京雜記：晉靈公舊冢竅中有玉蟾蜍一枚，大如拳。要須筆如椽。見上。眷求盡耆德，元祐初多用故老。舅氏且進遷。山龍用補袞，書益稷帝曰：予欲觀古人之象，日、月、星辰、山、龍、華蟲，作會。『補袞』見毛詩。舟楫功濟川。說命云：若濟巨川，用汝作舟楫。當身任百世，『當』字去聲，見上注。舊學不虛捐。私持殺青簡，見上。緝綴報餐錢。漢高后紀：列侯幸得賜餐錢奉邑。屢書願無愧，儻繼麟趾篇。詩麟之趾，關雎之應也。退之答元稹書云：嗣德有繼，將大書特書，屢書不一書而已也。自『當身任百世』至篇末，皆言身為史官，書傳百世，殺青屢書皆史官事。而關雎之應，言宣仁后也。後漢郭泰傳：林宗卒，同志者共刻石立碑，蔡邕為其文，曰：『吾為碑銘多矣，皆有慚德，唯郭有道無愧耳。』

〔一〕『携提』嘉靖本、萬曆本、樹經堂本作『提携』，至元本、弘治本作『携提』。

〔二〕『陶』原作『淘』，據樹經堂本及韓愈毛穎傳改。

〔三〕『詁訓傳』原作『訓詁傳』，據樹經堂本及漢書藝文志改。

〔四〕『似舅見上』元至元本作：『晉何無忌傳桓玄曰：何無忌，劉牢之之甥，酷似其舅。』

〔五〕『馬』原作『騫』，據元至元本及左傳襄公二十三年改。按：閔子騫為孔子學生，見論語雍也。

〔六〕『道明』，按：法海本（即敦煌寫本）壇經作『惠順』，惠昕本、契嵩本壇經均作『惠明』，作『道明』不知何據，姑仍其舊。參見郭朋壇經對勘（齊魯書社一九八一年版）。

再和公擇舅氏雜言

外家有金玉，詩棫樸：追琢其章，金玉其相。我躬之道術，莊子天下篇：道術將為天下裂。又云：古之道術有在於是者。有衣食我家之德心。書：作德，心逸日休。使我蟬蛻俗學之市，後漢竇融傳論：蟬蛻王侯之尊。莊子繕性篇：俗學而求復其初。烏哺仁人之林。爾雅：純黑而反哺者，烏也。文選補亡詩：嗷嗷林烏，受哺於子。山谷有母在也。養生事親汔師古，炊玉爨桂能至今。見上。歲莫三十裘，食口三百指，寒不緝江南之落毛，『緝落毛』見上(二)。饑不拾狙公之橡子。莊子齊物篇：狙公賦芧。音義云：芧音序，橡子也。杜詩：有客有客字子美，歲拾橡栗從狙公。平生荆雞化黃鵠，『荆雞伏鵠卵』見上(三)。今日江鷗作樊雉。『江鷗』見上。莊子養生主篇(三)：澤雉十步一啄，百步一飲，不蘄畜乎樊中。人言無忌似牢之，見上。挽入書林覷文字。長楊賦：并包書林。退之詩：文字覷天巧。又云：不如覷文字。更蒙著鞭翰墨場，選詩：粲粲翰墨場。贈研水蒼珪玉方。玉藻云：大夫佩水蒼玉。蓬門繫馬晚色淨，杜詩：水花晚色淨。茅簷垂虹秋氣涼。澒拂見上。垢面生寒光，漢隸書呂規其陽。東坡云：呂道人沉泥硯，其首有『呂』字，非刻非畫，堅緻可以試金。呂翁之冶與天通，不但澄涅燒鉛黃。初疑蠻溪水中骨，山谷有帖云：嘉州峨眉縣中正寨之蠻溪出研石，青綠密緻，而宜筆墨。不見鸜鵒目突兀，端石有鸜鵒眼。但見受墨無聲松花發。頗似龍尾琢紫煙，歐陽公硯譜：歙石出於龍尾溪。端溪以北嵓為上(四)，龍尾以深溪為上。東坡龍尾硯歌：君看龍尾豈石材，玉德金聲寓於石。不見羅縠紋粼粼，唐積歙硯圖譜有羅紋石，出羅紋山。但見含墨不泄如寒淵。往在海瀕時，前篇云『從師海瀕州』。晨夕親几杖。恪居有官次，『恪居官次』見前篇。遣吏問無恙。戰國策齊語云：齊王使使者問趙威后，書未發，問使者：『歲無恙耶？民無恙耶？王無恙耶？』撫摩寶泓置道山，『寶泓』謂陶泓也，見前篇注。後漢竇章傳：是時學者稱東觀為老氏藏室、道家蓬萊山，遂薦章入東觀，為校書郎。鬱鬱秀氣似舅眉宇間。唐元德秀傳：見紫芝眉宇，使人名利之心都盡。其重可以回進躁之首，其溫可以解橫逆之顏。『橫逆』見孟子。烏虖端是萬乘器，『萬乘器』見感春詩『輪囷』注〔五〕。紅絲潭石之際知才難。硯録云：紅絲石出青州黑山，其理紅黃相參，二色皆不深，理黃者其絲紅，理紅者其絲黃。歐陽硯譜云：紅絲石硯君謨贈余，云此青州石也，得之唐彥猷，云須飲以水，使足乃可用。

〔一〕『緝落毛見上』元至元本作：『昭明太子作淵明集序云：或貨海東之藜草，或紡江南之落毛。蓋用列女傳楚老萊妻曰：鳥獸之解毛可緝而衣之，其遺粒可食也。庾信詩云：蒙史觀秋水，萊妻紡落毛。』

〔二〕『荆鷄伏鵠卵見上』元至元本作：『莊子庚桑楚篇：奔蜂不能化藿蠋，越鷄不能伏鵠卵。』

〔三〕『子』原誤作『生』，據至元本、樹經堂本改。

〔四〕『嵓』原作『品』，各本皆誤，今據歐陽修硯譜（歐陽文忠公集居士外集卷二十二）改。

〔五〕『萬乘器見感春詩輪囷注』元至元本作：『漢鄒陽傳：蟠木根柢，輪囷離奇而為萬乘器。』

次韻答王四

病懶百事廢，不惟書問疏。新詩苦招喚，是日鎖直廬。文選陸士衡詩：朝游游曾城〔一〕，夕息旋直廬。潢汙深一尺，左傳：潢汙行潦之水。大道覆行車。賈誼書：前車覆，後車戒。枚乘七發：車覆能起之。晴夜遥相似，秋堂對望舒。離騷：前望舒使先驅兮。注：月御也。謝玄暉詩：借問下車日，匪直望舒圓。

〔一〕『朝游游曾城』按文選卷二十四陸機贈尚書郎顧彥先詩云：『朝遊遊層城。』

戲答仇夢得承制

仇侯能騎矍鑠馬，後漢馬援傳：武威將軍劉尚擊武陵五溪蠻夷〔一〕，深入，軍没，援因請行。時年六十二，帝愍其老，未許。援自請曰：『臣尚能被甲上馬。』帝令試之，援據鞍顧盼，以示可用，帝笑曰：『矍鑠哉，是翁也！』席上亦賦競病詩。南史曹景宗傳：梁武帝宴連句，令沈約賦韻，唯景宗不得韻，意色不平。詔約與韻，時韻已盡，唯有『競』、『病』二字，景宗操筆便成，曰：『去時兒女悲，歸來笳鼓競。借問行路人，何如霍去病？』玄冬未雷蒼虵卧，玉山無年天馬饑。山海經：崑崙亦名玉山，上有玉禾，其修百尋。退之詩稱騏驥云：飢食玉山禾。鮑明遠詩：誠不及青鳥，遠食玉山禾。三年荷戈對搖落，十倍乞弟亦可縛。乞弟事見秦少游所作任師中墓表，甚詳，其大略云：元豐中朝廷治西南乞弟之罪，至於斬將帥、紬監司〔二〕，兩蜀騷然，四年而後定。實部使者為之，裔夷何足責也？劉備謂諸葛亮曰：君才十倍曹丕。何如萬騎出河西，捕取弄兵黃口兒。西夏自陷永樂城後為邊患，及秉常卒，子乾順立，元祐二年遣使册乾順，夏人以地界為詞，不入謝，且犯涇原鎮，戎軍又侵德靖砦，又犯塞門砦。『黃口兒』謂乾順也。家語：孔子見羅雀者所得皆黃口小雀〔三〕。『弄兵潢池』見龔遂傳。

〔一〕『尚』原作『向』，各本皆誤，據後漢書卷二十四馬援傳改。

〔二〕『絀』原作『縛』，據至元本、弘治本、樹經堂本及秦觀滬州使君任公墓志（徐培均淮海集箋注卷三十三）改。

〔三〕『小』原作『少』，據至元本、弘治本、樹經堂本及孔子家語卷四六本第十五改。

戲答仇夢得承制二首

結髮從征聽鼓鼙，李廣傳謂其麾下曰：廣結髮與匈奴大小七十餘戰。禮記：君子聽鼓鼙之聲則思將帥。未曾一展胸中奇。退之代張籍書：開口一吐胸中之奇。彎弓如月落霜鴈，誰道將軍能賦詩！李白幽州胡馬客歌：彎弓若轉月，白鴈落雲端。橫槊南史垣榮祖傳〔一〕：榮祖曰：『曹操、曹丕上馬橫槊，下馬談論，此可不負飲食矣。』元稹作老杜墓誌云：曹氏父子往往橫槊賦詩。不為萬騎先，傳杯把筆過年年。杜詩：傳杯不放杯。杜牧之詩：自說江湖不歸去，阻風中酒過年年。懷中黃石閑三略，兵書有黃石公三略三卷。道上青旗謾百篇〔二〕。『青旗』謂置筒上加旗也，元、白號『詩筒』。

〔一〕『垣』原作『桓』，各本皆誤，據南史卷二十五垣榮祖傳改。

〔二〕『謾』嘉靖本、萬曆本、樹經堂本作『漫』，元至元本作『謾』。按二字通。

和任夫人悟道

夫亡子幼如月魄，書武成：旁死魄。疏云：魄，形也，月之輪郭無光之處。朔後明生而魄死，望後明死而魄生。退之詩：維時月魄死，冬日朝在房。摧盡蛾眉作詩客。二十餘年刮地寒，見兒成人乃禪寂。杜詩：予亦師粲可，身猶縛禪寂。萬事新新不留故，瘦藤六尺持門户。玉臺新詠：健婦持門户，勝似大丈夫。煩惱林中即是禪，更向何門覓重悟？

暮到張氏園和壁間舊題

邵平不見見園瓜，三徑還尋二仲家。『邵平』、『二仲』見上。莫道暫來無所得，未秋先見碧蓮華。高僧傳：求郁跋摩於別室入禪〔一〕，累日不出，寺僧遣沙彌候之，亘室弥漫，生青蓮花。

〔一〕『求郁跋摩』按梁慧皎高僧傳卷三作『求那跋摩』。

從人求花

舍南舍北勃姑啼，柳子厚聞黄鸝詩：此時晴煙最深處，舍南巷北遥相語。杜詩：舍南舍北皆春水。『勃姑』見上。體中不佳陰雨垂。晉王湛傳：兄子濟嘗詣湛，見牀頭有周易，問：『何用此為？』湛曰：『體中不佳，脱復看耳〔一〕。』欲向黄梅問消息，背陰合有兩三枝。傳燈録慧能大師傳：智遠禪師謂曰：『西域菩提達磨傳心印於黄梅，汝當往彼參决。』師辭去〔二〕，直造黄梅之東禪。詩含此意。李白詩：聞道春還未相識，走傍寒梅訪消息。祖庭事苑曰：經律異相云：『有噉人鬼捉得一人，日方欲出，人謂鬼曰：「君何以面白背黑？」曰：「我鬼，性畏日也。」其人向日而走，既得脱，因説偈言：「勤學第一道，勤問第一方。道逢羅刹難，背陰向太陽。」』白樂天忠州桃花詩：長憶小樓風月夜，紅欄干上兩三枝。

〔一〕『復』原作『腹』，據至元本、弘治本、樹經堂本及晉書卷七十五王湛傳改。

〔二〕『去』原作『决』，蓋承上而誤，今據景德傳燈録卷五慧能大師改。

贈陳師道

元祐元年二月〔一〕，陳無己在京師，寓居陳州門。按實録二年四月乙巳，徐州布衣陳師道充徐州州學教授。贈此詩時未得官也。按黄㽦年譜，王景文質聞之榮茂世云：得之前輩言，山谷與後山相遇於潁昌，因及杜詩『客子入門月皎皎，誰家擣練風淒淒』，故此詩有云：『霜月入户寒皎皎，萬人叢中一人曉』。

陳侯學詩如學道，王立之詩話稱潘邠老云：陳三『學詩如學仙，時至骨自換』，自謂此語得意。然山谷有『學詩如學道』之句，陳三所得，豈其苗裔耶？今按張良傳：『乃學道，欲輕舉』，『學道』即學仙也。陳無己此語乃印山谷之言。此篇論詩固非王立之所及。苟非陳無己，山谷亦未嘗向人説此也，故云：『十度欲言九度休，萬人叢中一人曉。』又似秋蟲噫寒草。如蟋蟀俟秋吟也。『噫』見上。歐陽詩：下視區區郊與島，螢飛露濕吟秋草。日晏腸鳴不俛眉，盧仝月蝕詩：飢腸徹死無由鳴。揚雄解嘲云：羣卿不揖客，將相不俛眉。得意古人便忘老。君不見、向来河伯負兩河，觀海乃知身一蠡！河伯觀海見奉答子高見贈詩注〔二〕。按東方朔傳語曰：以管窺天，以蠡測海。注云：蠡，瓠瓢也，來奚切。今作『河』字韻，乃蚌屬也。疑别有所出，然山谷集中又有詩云：在公每懷歸，安得借明駝？畏塗失無鄉，酌酒持一蠡〔三〕。則是用東方朔語也，蓋文選『以蠡測海』，音力禾切。杜詩：且持蠡測海，況把酒如澠。旅床爭席方歸去，『爭席』見上〔四〕。秋水黏天不自多。退之祭文：洞庭汗漫，粘天無壁。秋水篇又云：北海若曰：『天下之水，莫大於海，吾未嘗以此自多。』王荆公詩：白浪黏天無限斷。春風吹園動花鳥，霜月入户寒皎皎。十度欲言九度休，雲居膺示衆云：『知有底人，終不取次，十度擬發言，九度却休去』，見祖庭事苑。萬人叢中一人曉。貧無置錐人所憐，窮到無錐不屬天。莊子云：堯、舜有天下，子孫無置錐之地。張良傳：無立錐之地。傳燈録潙山傳香嚴頌曰：去年貧，未是貧；今年貧，始是貧。去年貧，尚有卓錐之地，今年錐也無！呻吟成聲可管絃，能與不能安足言！莊子：呻吟裘氏之地。檀弓云：彈琴而不成聲。孔子世家：詩三百五篇，皆弦歌之，以求合韶武雅頌之音。詩意謂：吟詠之際而自成聲音，可被之管絃，不復有能否之念，如東坡南行集叙：『夫昔之為文者，非能為之為工，乃不能不為之為工也。』

〔一〕『月』原誤作『年』，據樹經堂本改。

〔二〕『河伯觀海見奉答子高見贈詩注』元至元本作：『莊子秋水篇：秋水時至，百川灌河，兩涘渚涯之間不辨牛馬。河伯欣然自喜，順流而東行，至於北海，不見水端。河北（按當為伯）望洋向若而嘆曰：「野語有之：聞道百，以為莫己若者。我之謂也。吾非至於子之門，則殆矣！長見笑於大方之家。」』

〔三〕『酒』至元本、樹經堂本作『海』。

〔四〕『爭席見上』元至元本作：『莊子寓言篇：其往也，舍者避席；其反也，與之爭席也。』

送六十五弟貢南歸

風驚鴻鴈行，吹落秋江上。為掃碧巖邊，問叔今無恙？史記范睢傳須賈曰：范叔固無恙乎？

贈吴道士

吴仙十二棋，一擊玄關應。探人懷中事，如月入清鏡。劉存事始云：世本曰：『烏曹作六博。』説文曰：『十二棋也。』御覽方術部異苑曰：十二棋卜出自張文成，受法於黄石公，行師用兵，萬不失一。至東方朔，密以占衆事，後秘不傳。晉寧康中，襄城寺法味道人遇一老公，著黄皮衣，竹筒盛此，以授法味，無何，失所在，遂復傳於世。山谷稱『十二棋』，蓋異苑所言者，非『六博』也。張文成蓋張良，謚文成侯。文選王簡栖碑云：玄關幽鍵。陸龜蒙詩：幽憂拂長劍，憔悴慚清鏡。

同謝公定携書浴室院汶師置飯作此

竹林風與日俱斜，細草猶開一兩花。天上歸来對書客，（客一作『卷』〔一〕。杜詩：天上張公子。韓詩：應知侍史歸天上。）愧勤僧飯更煎茶。

〔一〕『客』原無，據樹經堂本加。

謝人惠茶

一規蒼玉琢蜿蜒（此言龍團〔一〕。退之南海神碑云：蜿蜿蜒蜒，來慕飲食〔二〕。）藉有佳人錦段鮮。（張平子四愁詩云：美人贈我錦繡段。）莫笑持歸淮海去，為君重試大明泉。（唐張又新水記云：水之與茶宜者凡七品，淮南路揚州大明寺水第五。）

〔一〕『團』原作『圖』，據元至元本、樹經堂本改。

〔二〕『慕』元至元本作『享』。按：馬其昶韓昌黎文集校注卷七南海神廟碑作：『蜿蜿虵虵，來享飲食。』校記云：『「虵虵」或作「蜒蜒」。「享」或作「慕」。』故二字均可。

懋宗奉議有佳句詠冷庭叟野居庭堅於庭叟有十八年之舊故次韻贈之

庭叟有佳侍兒，因早朝而逸去，乃插椒藩甚嚴密。

城西冷叟半忙閑，湘山野録云：楊大年為閑忙令：「世上何人最號閑？世上何人最號忙？」人道王陽得早還。漢王吉字子陽，為諫大夫〔一〕，謝病歸琅邪〔二〕。四望樓臺皆我有，一原花竹住中間。初無狗盗窺籬落〔三〕，史記：孟嘗君客最下坐有能為狗盗者，入秦宮藏中取狐白裘。底事蛾眉失鎖關？每為朝天三十里，杜詩：汝陽三斗始朝天。時時驚枕夢催班。坡詩：曉風宮殿夢催班。

〔一〕『為諫大夫』元至元本作『諫議大夫』。按：作『諫大夫』是。諫大夫為西漢郎中令屬官，武帝時置，東漢改稱諫議大夫。王吉西漢人，據漢書本傳，宣帝時嘗為諫大夫。

〔二〕『琅邪』原作『琅耶』，據元至元本改。

〔三〕『窺』元至元本作『偷』。

古意贈鄭彥能八音歌〔一〕

前集有送鄭彥能宣德知福昌縣，山谷有此詩真蹟，跋云：『吾友鄭彥能今可為縣令師也。以予寒鄉士，不能重之於朝，故作詩贈行，以識吾愧。元祐元年壬寅黃庭堅題。』顏能名僅。今附此詩於元祐時。

金欲百鍊剛，柳子厚詩：幹有千尋竦，精聞百鍊剛。不欲繞指柔。劉越石詩：何意百鍊剛，化為繞指柔！石羊臥荒草，一世如蜉蝣。『石羊』塚間物也。王建詩：澗底盤陁石漸稀，盡向墳前作羊虎。蜉蝣朝生夕死。詩云：蜉蝣之羽。注：渠略也。絲成蠶自縛，白樂天詩：蠶繭自纏縈。智成龜自囚。莊子曰：楚有神龜，死已三千年，王巾笥而藏之。此龜者，寧其死為留骨而貴乎？寧其生而曳尾於塗中乎？竹箭天與美，爾雅：東南之美者，有會稽之竹箭焉。豈願作嚆矢？莊子在宥篇：不為桀、跖嚆矢〔二〕。匏枯中笙竽，不用繫墻隅。『匏瓜繫而不食』，見論語。土偶與木偶，未用相賢愚。孟嘗君傳：孟嘗君將入秦，蘇代謂曰：『今旦代從外來，見木偶人與土偶人相與語。木偶人曰：「天雨，子將敗矣。」土偶人曰：「我生於土，敗則歸土。今天雨流子而行，未知所止息也。」今秦虎狼之國，而君欲往，有如不得還，君得無為土偶人所笑乎？』乃止。『未用相賢愚』，退之語也〔三〕。革轍要合道，覆車還不好。木訥赤子心，百巧令人老。論語：剛毅木訥近仁。孟子曰：大人者，不失其赤子之心者也。注謂人能不失其赤子時心，則為貞正大人。

〔一〕『八音歌』至元本、嘉靖本、萬曆本題中無。

〔二〕『嚆』原誤作『篙』，據至元本、嘉靖本、萬曆本及樹經堂本改。

〔三〕『退之語也』元至元本此句下多：『第一卷已有詩云：未須相賢愚。』按即至元本卷一再和答為之。

子瞻題狄引進雪林石屏要同作

東坡集有狄詠石屏，考其歲月，蓋元祐元年作，時山谷在館中。

翠屏臨研滴，西漢雜記：廣川王發晉靈公冢，唯玉蟾蜍，腹空，容五合水，取以成書滴。明窗翫寸陰。帝王世紀：禹不重徑尺之璧而愛日之寸陰。吳都賦：責千里於寸陰。意境可千里，『意境』如劉夢得詩『腰斧上高山，意行無舊路』也。搖落江上林。百醉歌舞罷，四郊風雪深。將軍貂狐暖，見上。士卒多苦心。選詩：志士多苦心。

送張材翁赴秦簽〔一〕

金沙酴醾春縱横，荆公詩云：酴醾一架最先來，夾水金沙次第栽。又有詩云：故作酴醾架，金沙秪謾栽。似矜顏色好，飛度雪前開。提壺栗留催酒行。歐陽公啼鳥詩云：獨有花上提壺蘆，勸我酤酒花前傾。詩正義陸璣疏云〔二〕：黄鳥，黄鸝留也，或謂之黄栗留。公家諸父酌我醉，横笛送晚延月明。此時諸兒皆秀發，杜詩：平公今詩伯，秀發吾所羡。酒間乞書藤紙滑。北門相見後十年，謂北京教授時。醉語十不省七八。

吏事衮衮談趙張，廣漢、敞。張華説漢書，衮衮可聽。乃是樽前緑髮郎。『緑髮』見上。風悲松丘忽三歲，言其居憂也。更覺緑竹能風霜。前漢嚴助傳：不能其水土。師古曰：能，堪也。去作將軍幕下士，退之云：水北山人得聲名，去年去作幕下士。猶聞防秋屯虎兕。唐陸贄傳：西北邊歲調河南、江淮兵，謂之防秋。杜詩：聞道君牙帳，防秋近赤霄。『虎兕出於柙』，見論語。只今陛下思保民，所要邊頭不生事。此語可見元祐初作。短長不登四萬日，如太白云『百年三萬六千日』，人壽短長多不及此數也。南史袁峻傳：抄書自課，日五十紙，紙數不登則不止。此摘其字。愚智相去三十里。世説云：魏武過曹娥碑下，楊修見碑背上題作『黄絹幼婦，外孫虀臼』八字，魏武謂修曰：『解否？』答曰：『解。』魏武曰：『卿未可言，待我思之。』行三十里，曰：『吾已得之。』令修別記所知，修曰：『黄絹，色絲也，於字為『絶』。幼婦，少女也〔三〕，於字為『妙』。外孫，女子也，於字為『好』。虀臼，受辛也，於字為『辭』。所謂『絶妙好辭』也。』魏武亦記之，與修同，乃歎曰：『我才不及卿，乃較三十里。』百分舉酒更若為？古樂府隔谷歌：食糧乏盡若為活？太白詩：桃李今若為，當窗發光采。千戸封侯儻来爾。莊子繕性篇：軒冕在身，非性命也。物之儻來，寄也；寄之，其來不可圉，其去不可止。

〔一〕『材』原作『林』，據至元本、弘治本、嘉靖本、萬曆本、樹經堂本改。

〔二〕『璣』原作『機』，據至元本、弘治本及樹經堂本改。按『疏』指三國時吴陸璣撰毛詩草木鳥獸蟲魚疏。

〔三〕『少』原作『小』，據至元本、樹經堂本及世説新語捷悟改。

題陽關圖二首

斷腸聲裏無形影，畫出無聲亦斷腸。白樂天詩：一聲腸一斷，能有幾多腸！想得陽關更西路，北風低草見牛羊。高歡玉壁之敗，使斛律金作勅勒歌，其詞曰：『山蒼蒼，天茫茫，風吹草低見牛羊。』歡自和之，哀感流涕。

人事好乖當語離，淵明答龐參軍詩序云：人事好乖，便當語離。龍眠貌出斷腸詩。李伯時畫也。杜詩：貌得山僧及童子。坡詩：龍眠獨識慇懃意，畫作陽關意外聲。渭城柳色關何事？自是離人作許悲。『渭城柳色』見上。漢書：陽關去長安二千五百里。唐人送客西出都門三十里，曰渭城，今有渭城館。劉夢得詩：舊人惟有何戡在〔一〕，更與殷勤唱渭城。

〔一〕『惟』原誤作『帷』，據至元本、樹經堂本及劉禹錫與歌者何戡詩改。

題歸去来圖二首

日日言歸真得歸，迎門兒女笑牽衣。太白詩：兒女歌笑牽人衣。宅邊猶有舊時柳，陶潛：宅邊有五柳樹。漫向世人言昨非。詞云：覺今是而昨非。

人間處處猶崔子，論語：崔子弑齊君，陳文子有馬十乘，棄而違之，至於他邦，則曰：『猶吾大夫崔子也。』『崔子』以比劉裕篡晉也。豈忍更令三徑荒？歸去來辭：三徑就荒。誰與老翁同避世？桃花源裏捕魚郎。『桃花源』見上注。荆公詩：漁郎漾舟迷遠近。

題畫鵝鴈

駕鵝引頸回，子虛賦：弋白鵠，連駕鵝。似我胸中字。右軍數能来，杜詩：鄰家送魚鼈，問我數能來？不為口腹事。王立之詩話云：古人有詩：『駕鵝引頸回，似我胸中字。右軍數能來，不為口腹事。』或曰山谷詩，非也。王羲之傳：性愛鵝，會稽有孤居姥，養一鵝善鳴，携親舊就觀。姥聞羲之將至，烹以待之，羲之歎惜弥日。後漢書：閔仲叔豈以口腹累安邑哉！

水國鴻鴈秋，煙沙風日麗。莫遣弓角鳴，驚飛不成字。

題老鶴萬里心

老杜遣興云：蟄龍三冬卧，老鶴萬里心。

仙人駕飛騎，朝會白雲衢。文選別賦：駕鶴上漢。莊子：乘彼白雲，至于帝鄉。老驥不伏乘，曹孟德樂府云：老驥伏櫪，志在萬里。繫辭：服牛乘馬，引重致遠。清唳徹九虛。太白詩：清如清唳蟬〔一〕。野田篁竹底，淮南王書云：越處溪谷之間、篁竹之中。毰毸伴雞鳧。文選射雉賦：敷藻翰之陪鰓。毰毸，鳳舞張羽貌。時因長風起，猶欲試南圖。莊子：而後乃今將圖南。

〔一〕『清如清唳蟬』原作『清清如唳蟬』，據至元本、弘治本、樹經堂本及李白贈宣城宇文太守兼呈崔侍御（王琦注李太白全集卷十二）改。

題韋偃馬

韋侯常喜作羣馬，杜陵詩中如見畫。老杜戲為壁畫馬歌自注云：韋偃畫。忽開短卷六馬圖，想見詩老醉騎驢。杜詩：騎驢三十載。龍眠作馬晚更妙，謂李伯時。至今似覺韋偃少。老杜雙松圖歌：天下幾人畫古松，畢宏已老韋偃少。言晚歲筆畫老蒼，視韋偃如少年也。一洗萬古凡馬空，句法如此今誰工？老杜丹青引：須臾九重真龍出，一洗萬古凡馬空！

答王道濟寺丞觀許道寧山水圖

按外集十二卷又載一篇云：往逢醉許在長安，蠻溪大硯磨松煙。忽呼絹素翻硯水，久不下筆或經年。一日踏門撼門鈕，巾帽欹斜猶索酒。舉盃意氣欲翻盆，倒卧虛樽將八九。醉拈枯筆當墨色，暫若山崩不停手！數尺江山萬里遥，滿堂風物冷蕭蕭。山僧歸寺童子後，漁伯欲渡行人招。先君笑指溪上宅，鸕鷀白鷺如相識。許生再拜謝不能，迺是天機非筆力。自陳精力初未衰，八幅生絹作四時。蚤師李成最得意，十襲自藏人已知。貴人取去棄墻角，流落幾姓知今誰？大梁畫肆閲水墨，四圖宛然當物色。自言早過許史門，常賣一聲儻然得[一]。雨雪涔涔滿寺庭，四圖冷落讓丹青。往來睥睨誰比數？十萬酬之觀。客還次第閲春夏，坐見歲序寒峥嶸。王丞來觀歎唧唧[二]，亦如我昔初見日。新詩雌黄多得實，信知君家有摩詰。我持此圖二十年，眼見緑髮皆華顛。許生縮手入黄泉，衆史弄筆摩青天。君家枯松出老翟，頗似破屏有骨骼。一時所棄願愛惜，不誣方將有人識。比此篇多一韻，其間大同小異，恐此是改定本，因附見。

往逢醉許在長安，郭若虛圖畫見聞録云：許道寧，河間人，學李成山水，筆墨簡快，峰巒峭拔，自成一家。『醉許』如懷素世稱『醉素』。蠻溪大硯磨松煙。蠻溪硯見上[三]。忽呼絹素翻硯水，杜詩：詔謂將軍拂絹素。久不下筆或經年。異時踏門闖白首，退之詩：闖然入其户。又聯句云：儒門雖大啓，姦首不敢闖。闖，丑甚反。韻書注云：馬出門貌。巾冠欹斜更索酒。杜詩：不通姓字粗豪甚，指點銀瓶索酒嘗。舉杯意氣欲翻盆，倒卧虛樽將八九。張籍詩：酒盡卧空瓶。醉拈枯筆墨淋浪，杜詩：戲拈秃筆掃驊騮。勢若山崩不停手。退之進學解：手不停披於百家之編。數尺江山萬里遥，南史竟陵王傳：其孫賁字文焕，善畫，於扇上圖山水，咫尺之内，便覺萬里為遥。杜詩：咫尺應須論萬里。滿堂風物冷蕭蕭。杜詩：滿堂動色嗟神妙。退之詩：蕭蕭風景寒。山僧歸寺童子後，杜詩：貌得山僧及童子。漁伯欲渡行人招。莊子漁父篇：孔子鼓琴奏曲，未半，有漁父下船而來，曲終而招子貢。此反而用之。先君笑指溪上宅，鸕鷀白鷺如相識。許生再拜謝不能，項籍傳：陳嬰謝不能。元是天機非筆力。老杜山水障歌云：劉侯天機精，愛畫入骨髓。自言年少眼明時，手揮八幅錦江絲。贈行卷送張京兆，『京兆』不知謂誰，而言『錦江絲』，疑是張乖崖，蓋比之張敞云。心知李成是我師。圖畫見聞録云：李成字咸熙，家營丘，志尚冲寂，博涉經史，尤善畫山水寒林。開寶中，都下貴人、王公、貴戚爭馳書延請，成多不答。子覺職踐館閣，贈光禄丞。張公身逐銘旌去，流落不知今主誰？大梁畫肆閲水墨，我君槃礴忘揖客。『槃礴』見下注。汲黯曰：使大將軍有揖客，反不重耶？蛛絲煤尾意昏昏，集中有答郭英發書云：『蛛絲』，所謂『蟰蛸在户』者；『煤尾』，屋塵，屋塵合墨，醫方謂之『烏龍尾』。杜詩：頭白昏昏足醉眠。幾年風動人家壁。杜詩：掛君高堂之素壁。雨雪涔涔滿寺庭，老杜秦州雜詩：涔涔塞雨繁。四圖冷落讓丹青。笑酬肆翁十萬錢，卷付騎奴見上。市盡傾。司馬相如傳：一坐盡傾。王丞來觀皆失席，指點如見初畫日。四時風物入句圖，楊大年談苑云：李昉以司空致仕，畜五禽(四)，皆以客為名，各為詩一章，畫為圖，傳於好事者。『句圖』蓋此類也。信知君家有摩詰。王維字摩詰，唐書有傳，其詩云：宿世謬辭客，前身應畫師。我持此圖二十年，眼見緑髮皆華顛。『緑髮』見上。後漢崔駰傳：駰作達旨云：『唐且華顛以悟秦，甘羅童牙而報趙。』許生縮手入黄泉，韓文：巧匠旁觀，縮手袖間。左傳：不及黄泉，無相見也。衆史弄筆摩青天。莊子田子方篇：宋元君將畫圖，衆史皆至，受揖而立，舐筆和墨。有一史後至者，儃儃然不趨，受揖不立，因之舍。公使人視之，則解衣槃礴贏。君曰：『可矣，是真畫者也。』君家枯松出老翟，圖畫見聞録云〔五〕：翟院深，北海人，學李成山水，但自創意者格下，臨摹者奪真。風煙枯枝倚崩石。李白詩：枯松倒掛倚絶壁。蠹穿風物君愛惜，不誣方將有人識。言此畫雖蠹，而他日有識之者。按文選謝靈運擬鄴中詩，其序言：建安末，在鄴宫，究歡愉之極，古無此娱，何者？楚襄王有宋玉、唐、景，梁孝王有鄒、枚、嚴、馬，其主不文。漢武時，徐樂諸才，備應對之能，而雄猜多忌，豈獲晤言之適？不誣方將，庶必賢於今日耳。靈運之意謂：他日人必以今日之樂為賢於昔人。『不誣』之義，如嵇叔夜養生論云：『一溉之益，不可誣也。』五臣注：詞不達，故為箋云。

〔一〕『儻』樹經堂本作『偶』。

〔二〕『唧唧』樹經堂本作『嘖嘖』。

〔三〕『蠻溪硯見上』元至元本作：『山谷有帖云：嘉州峨眉縣中正寨之蠻溪出研石，青緑密緻而宜筆墨。』

〔四〕『禽』原作『琴』，據元至元本改。按：宋詩紀事卷二引李昉仙客詩，並云出青箱雜記：『昉所畜五禽，名五客：仙客鶴，雪客鷺，閑客白鷴，隴客南客孔雀，西客鸚鵡。但查吴處厚青箱雜記（中華書局一九八五年校點本）無此條，待考。

〔五〕『圖畫』原作『畫圖』，據至元本、弘治本及樹經堂本改。按圖畫見聞録即宋郭若虚圖畫見聞志，引文見卷四。

山谷外集詩注卷第十六

和劉景文

劉季孫字景文，父平與西夏戰於三川口，死焉。景文篤學能詩文，為兩浙兵馬都監。東坡知杭州，薦其才，除知隰州。

追隨城西園，殘暑欲退席。傳燈録云：六祖慧能答洪州法達云：『若不肯信者，從他退席。』借使此二字。夜涼雨新休，城譙掛蒼壁。『譙樓』見陳勝傳『譙門』注。佳人携手嬉，調笑忘日夕。樂天詩：打嫌調笑易，飲訝卷波遲。自注云：抛打曲有調笑，飲酒有卷白波。劉侯本將家，今為讀書客。詩名二十年，風雅自推激。杜詩：詞華傾後輩，風雅藹孤騫。又詩：陶謝不枝梧，風騷共推激。牛鐸調黄鍾，晉荀勖傳：初，勖於路逢趙賈人牛鐸，識其聲。及掌樂，音韻未調，乃曰：『得趙之牛鐸，則諧矣。』遂下郡國悉送牛鐸，果得諧者。北史長孫紹遠傳：聞浮屠上鐸鳴，雅合黄鍾。薪餘合琴瑟。蔡邕傳：吴人燒桐以爨，邕聞火烈之聲，因而裁為琴，果有美音，而尾猶焦，故時人名曰『焦尾琴』。食無千户封，漢貨殖傳：此其人皆與千户侯等。句有萬人敵。項羽傳：學萬人敵耳。兼用老杜『白也詩無敵』之意。頗類鄴侯家，連墻架書册。『鄴侯書』見上(二)。退之送石洪序云：戒行李，載書册。殘編汲縣冢，杜預經傳集解後序云：太康元年，汲縣有發其界內舊冢者，大得古書，皆簡編科斗文字。半隸鴻都壁。漢靈帝光和元年二月〔二〕，始置鴻都門學。法書要録載王逸少筆陣圖云：蔡尚書入鴻都觀碣，十旬不反，嗟其出羣〔三〕。退之石鼓歌云：觀經鴻都尚填咽。蓋熹平四年三月詔諸儒正五經文字〔四〕，命議郎蔡邕為古文、篆、隸三體書之，刻石于太學門外，使後生晚學咸取正焉。碑始立，其觀覽及摹寫者，車乘日千兩，填塞街陌。退之所云蓋出於此。按漢書初無『鴻都』字，山谷所引用又出於韓詩也。『半隸』謂三體書隸居其半。渠成亦秦利，漢溝洫志：韓聞秦之好興事，欲罷之，無令東伐，使水工鄭國間説秦，令鑿涇水以溉田，中作而覺。秦欲殺鄭國，鄭國曰：『始臣為間，然渠成亦秦之利也。』秦以為然，卒使就渠。願公多購獲。竟須卜比隣，左傳：匪宅是卜，唯鄰是卜。漢孫寶傳：祭竈請比鄰。勞苦相飲食。身有小醜女，諸葛亮擇婦，得阿承醜女。已自喜翰墨。要傳未見書，見上。遮眼差有益。傳燈録：僧問藥山：『為什麽看經？』師曰：『只圖遮眼。』人生但安樂，國語云：人生安樂，孰知其他〔五〕？券外豈吾力？莊子：券內者行乎無名，券外者志乎期費〔六〕。注云：券，分也。分鹿誰覺夢？『夢鹿』出列子，見上〔七〕。亡羊路南北。列子曰：楊子之鄰人亡羊，既率其黨，又請楊子之豎追之。楊子曰：『嘻！亡一羊，何追者之衆！』鄰人曰：『多歧路。』既反，問：『獲羊乎？』曰：『亡之矣！歧路之中，又有歧焉。吾不知所之，所以反也。』公今百寮底，杜詩：有才無命百寮底。雪髮不勝幘。愛公欲湔拂，顧我已頭白。見上〔八〕。

〔一〕『鄴侯書見上』元至元本作『退之詩：鄴侯家多書，插架三萬軸』。

〔二〕『光』原作『元』，據樹經堂本改。

〔三〕『出』原作『不』，據元至元本及唐張彥远法書要録卷一載晉衛夫人筆陣圖改。

〔四〕『熹平』原作『嘉平』，據元至元本改。

〔五〕『孰』原作『莫』，據至元本、弘治本、樹經堂本改。

〔六〕『費』原作『實』，據元至元本及莊子庚桑楚改。

〔七〕『夢鹿出列子見上』元至元本作『列子曰：鄭人有薪於野者，遇駭鹿，御而擊之，斃之，恐人見之也，遽而藏諸隍中，覆之以蕉。俄而遺其所藏之處，遂以為夢焉，順詠其事；傍人有聞者，用其言而取之。薪者之歸，不厭失鹿，其夜真夢藏之之處，又夢得之之主。爽旦，案所夢而尋得之，遂訟而爭之，歸之士師，士師請二分之』。

〔八〕『見上』元至元本作『文選廣絶交論：剪拂使其長鳴。注云：與湔祓同』。

奉謝劉景文送團茶

劉侯惠我大玄璧，上有雌雄雙鳳跡。鵝溪水練落春雪，蔡君謨茶録云：茶羅以絶細為佳，羅底用蜀東川鵝溪畫絹之密者，投湯中揉洗以羃之。詩意謂以白練為羅，茶如雪落也。粟面一杯增目力。『粟面』蓋茗花也〔一〕。孟子：既竭目力焉。劉侯惠我小玄璧，自裁半璧煮瓊糜。離騷經云：精瓊靡以為粻。靡音糜，借此以喻點茶，如茶録所謂『湯少茶多則粥面聚』。收藏殘月惜未碾，直待阿衡來説詩。匡衡傳：無説詩，匡鼎來。絳囊團團餘幾璧？因來送我公莫惜〔二〕。箇中渴羌飽湯餅，『渴羌』、『湯餅』見上〔三〕。雞蘇胡麻煮同喫。本草：水蘇一名雞蘇，胡麻一名巨勝，今油麻。

〔一〕『茗花』原作『名花』，據至元本、弘治本、樹經堂本改。

〔二〕『因來送我公莫惜』，按元至元本此句下注：『「因來」見第一卷末注。』按即至元本卷二寄南陽謝外舅『因來明月珠』句下注。

〔三〕『渴羌湯餅見上』元至元本作『拾遺記：晉有羌人姚馥，字世芬，充圉人，但言渴於酒，羣輩呼為渴羌。「湯餅」見上』。

謝景文惠浩然所作廷珪墨

廷珪鴈墨出蘇家，韓非子云：齊伐魯，索讒鼎，魯人以其鴈往。齊人曰『鴈也』，魯人曰『真也』。東坡嘗云：予蓄墨數丸，云是李廷珪墨，雖形色異衆，然歲久墨之亂真者多矣，疑而未决。今時多貴蘇浩然墨，浩然本用高麗煤雜遠煙作之。麝煤漆澤紋烏韡。柳枝瘦龍印香字，十襲見上。一日三摩挲。劉侯愛我如桃李，揮贈要我書萬紙。不意神禹治水圭，禹貢：禹錫玄圭。忽然入我懷袖裏。吾不能手抄五車書，『五車書』見上〔一〕。亦不能寫論付官奴。周越法書苑云：王獻之字子敬，羲之第七子，五、六歲時學書，右軍從後掣其筆，不脱，歎曰：『此兒後當有大名。』遂書樂毅論一篇與之，後題云『書賜官奴』。官奴，子敬小字也。劉夢得詩：日日臨池弄小雛，還思寫論付官奴。便當閉門學水墨，灑作江南驟雨圖。李成有驟雨圖。山谷跋郭熙山水云：熙因為蘇才翁家摹六幅李成驟雨〔二〕，從此筆法大進。按名畫記，李成營丘人。

〔一〕『五車書見上』元至元本作：『杜詩：男兒須讀五車書』。

〔二〕「為」原作「與」，據至元本、弘治本及山谷別集卷十一跋郭熙畫山水改。

同景文丈詠蓮塘

塘上鈎簾對晚香，半斜紅日已侵床。江妃羞出凌波韈，長在高荷扇影涼。吴都賦：江妃於是往來。洛神賦：凌波微步，羅韈生塵。

送劉道純

東坡與鮮于子駿簡云：故人劉格字道純，劉恕道原之親弟，讀書强記辯博，文詞粲然，而立節强鯁，吏事亦健〔一〕，君實頗知之，而餘人未識也。欲告子駿與一差遣，收置門下，敢保稱職也。且夕歸南康軍待闕，軾非私之，為時惜才也。

五松山下古銅官，太白銅官山絶句：我愛銅官樂，千年未擬還。要須回舞袖，拂盡五松山。又遊五松山詩自注云：山在南陵銅井西五里。按南陵縣今為銅陵縣，隸池州，在唐亦嘗為銅官縣。邑居褊小水府寬。文選西都賦：名都對郭，邑居相承。杜詩：吴吞水府寬。民安蒲魚少嚚訟，周禮職方氏：兖州，其利蒲魚。堯典帝曰：嚚訟可乎？簿領未減一丘槩。「簿領」見上。詩：考槃在澗。道純當是主銅陵簿〔二〕。胸中崢嶸書萬卷，簸弄日月江湖間。退之詩：婆娑海水南，簸弄明月珠。稠人廣衆自神王，灌夫傳云：稠人廣衆，薦寵後輩。莊子養生主篇：神雖王，不善也。世說新語：司馬太傅多名士，一時儁異。庾文康云：『見子嵩在其中，常自神王。』按劍之眼白相看。『按劍相眄』、『白眼視之』，並見上。老身風波諳世味，退之詩：吾老世味薄。如食橘柚知甘酸。麒麟圖畫偶然耳，漢書：甘露三年單于始入朝，上思股肱之美，圖畫其人於麒麟閣。後漢劉昆傳：帝問：『前在江陵，反風滅火，後守弘農，虎北渡河，何以致之？』昆對曰：『偶然耳。』半枕百年夢邯鄲。見錢薛樂道詩注〔三〕。平生樽俎宮亭上，宮亭湖屬江州及南康軍，荊州記曰：宮亭湖即彭蠡澤。涉世忘味皆朱顏。此時阿翁尚無恙，『阿翁』謂劉渙凝之也。廬山記云：凝之筠州人，天聖八年擢進士第，居官有直氣，不屑輒棄去，卜居落星渚，常乘黃犢往來廬山中。追琢秀句酬江山〔四〕。詩：追琢其章。『秀句』見上。堂堂今為蛻蟬去，史記屈原傳：蟬蛻於濁穢。五老偃蹇無往還。寰宇記：五老峰在江州德化縣，懸崖突出，如五人相對。大梁城中笏拄頰，『大梁城』，汴京也。『笏拄頰』用王徽之顧西山、言爽氣事。頷髭今成雪點斑。退之云：若摘頷底髭。青雲何必出公右？漢田叔傳：上召見與語，漢廷臣無能出其右者。亨衢在天無由攀。椎鼓轉船如病已，杜詩：打鼓發船何郡郎？夢想樓臺落星灣。寰宇記：落星石在江州廬山東，周迴一百五十步〔五〕，高丈許。圖經云：昔有星墜水，化為石，當彭蠡灣中，故名落星灣〔六〕。子政諸兒喜文史，阿秤亦聞有筆端。『子政』謂劉恕道原也，外集有過致政屯田劉公隱廬詩，亦云：憶昔子政在，為翁數解顏。元祐八年改葬道原，山谷誌之曰：初凝之忿世不容，棄官老於廬山之下，至道原而節愈高，又自以源出歆、向，務追配前人。則『子政』云者，比道原於劉向也。其誌又云：生三男：羲仲、和叔、秤，才器皆過人。和叔以文鳴，而秤篤行，不幸相繼死。韓詩外傳：君子避三端，避文士之筆端。丹徒布衣未可量，南史劉穆之傳謂所親曰：貧賤常思富貴，富貴必踐危機，今日思為丹徒布衣不可得也！此亦用劉家事。詩書且對藜藿盤。家語子路曰：常食藜藿，為親負米。鮑宣傳：漿酒藿肉。注云：藿，豆葉也。穴中生涯識陰雨，木末牖户知風寒。見上。我今四壁戀微禄，知公未能長挂冠。後漢逢萌傳：王莽殺其子，萌即解冠挂東城門歸，將家浮海。陶弘景挂冠神武門。

〔一〕『健』原作『建』，據元至元本、弘治本、樹經堂本及東坡七集續集卷五與鮮于子駿書改。

〔二〕『簿領……主銅陵簿』元至元本作『文選劉公幹雜詩云：沉迷簿領書。李善曰：簿領謂文簿而記録之。道純是銅陵簿』。

〔三〕『見』元至元本作『見第一卷』，按即至元本卷二薛樂道自南陽來入都留宿會飲作詩餞行詩。

〔四〕『山』原作『上』，據至元本、弘治本、嘉靖本、萬曆本、樹經堂本改。

〔五〕『石』原作『寺』，據元至元本改。弘治本、樹經堂本作『寺』。按：太平寰宇記卷一百十一作『山』。『一百五十步』原作『一百五步』，據寰宇記改。

〔六〕『名』原作『呼』，『灣』原作『彎』，據太平寰宇記卷一百十一改。寰宇記作『俗呼為落星灣』。

送薛樂道知鄖鄉〔一〕

黄山葉縣連墻居，汝州葉縣有黄成山，山谷為葉尉，同官也。謝公席上對樗蒲。雙鬟女弟如桃李，蚤許歸我舍中雛。詩：何彼襛矣(二)？華如桃李。箋云：興王姬與齊侯之子顏色俱盛也。漢張耳傳：舍中人皆笑。此摘其字。平生同憂共安樂，史記范蠡曰：越王可與共患難，不可與共樂。歲晚相望青雲衢。去年樽酒輦轂下，司馬遷書云：待罪輦轂下。曹子建表：出從華蓋，入侍輦轂。各喜身為反哺烏，『反哺烏』見上(三)。城頭歸烏尾畢逋。漢靈帝紀注云：桓帝之初，京都童謠曰：『城上烏，尾畢逋。』杜詩：城頭烏尾訛。春寒啄雪送行車，解珮我無明月珠，列仙傳：二女步游江濱，鄭交甫挑之，女解珮與之，數十步空懷無珮，女亦不見。詩曰：何以贈之？瓊瑰玉佩。漢鄒陽書曰：明月之珠。折柳不對千里駒。折柳贈行也，古歌曲有折楊柳。無玉佩以贈送而徒折柳，與千里馬不相稱也。『千里駒』見前漢宗室劉德傳。念君胸中極了了，作吏辦事猶詩書。濁酒挽人作年少，關防心地亦時須。楞嚴經：當平心地，則世界地一切皆平。杜詩：延州秦北户，關防猶未已。又詩：君臣各有分，管葛本時須。鄖鄉縣古民少訟，但問自己不關渠。杜詩：治生但耕鑿，只有不關渠。民之治否在長吏之邪正耳。登臨一笑雙白髮，宜城凍笋供行厨。鄖鄉屬均州，宜城屬襄陽府。人生此樂他事無，行李道出漢南都。寄聲諸謝今何如？文選張平子南都賦李善曰：南陽郡治宛，在京之南，故曰『南都』。翰曰：南都在南陽，光武舊里，以置都焉。桓帝時議欲廢之，故衡作是賦。漢之南都今鄧州也(四)。山谷繼室，南陽謝景初師厚之女也。自襄陽至鄖鄉必取道南陽，故詩云爾。左傳襄八：亦不使一介行李告于寡君。謝公書堂迷竹塢。莊子云：桓公讀書堂上。手種竹今青青否？『章臺柳，昔日青青今在否？』此以言竹。我思謝公淚成雨，詩：泣涕如雨。古樂府烏夜啼：停梭悵然憶遠人，獨宿孤房淚如雨。屬公去灑穰下土！鄧州治穰縣。

〔一〕元至元本題下有注云：『此詩云謝公已葬，而與謝師厚和答詩乃在其後，尤不倫，當別詮次。』

〔二〕『禯』原作『穠』，據元至元本及詩召南何彼禯矣改。

〔三〕『反哺烏見上』元至元本作『文選補亡詩：嗷嗷林為，受哺於子。注：爾雅：純黑而反哺者，烏也』。按：『為』當為『烏』，形近致誤，見文選卷十九束晳補亡詩。

〔四〕『都』原作『郡』，據至元本、弘治本改。按此句為詩注者語。上引『翰曰』云云指五臣注中李周翰語。

寄朱樂仲

故人昔在國北門，鄰舍杖藜見上。對樽酒。十五餘年乃一逢，黃塵急流語馬首。文選恨賦云：黃塵匝地。注：引山陽公載記云：鳴鼓雷震，黃塵蔽天。『急流』蓋用後漢馬后紀『車如流水馬如龍』也。左傳：唯予馬首是瞻。懶書愧見南飛鴻，君居三十六峰東。『三十六峰』謂嵩山，見上注〔一〕。白樂天詩：何似嵩峰三十六〔二〕，長隨申甫作家山。我心想見故人面，曉雨垂虹到望崧。洛陽嵩山，『嵩』亦作『崧』。

〔一〕『三十六峰謂嵩山見上注』元至元本作『李大（太）白贈嵩山焦練師序云：余訪道少室，盡登三十六峰。按河南志：河南府永安縣少室山在縣西南七十里，有三十六峰，具列其名』。

〔二〕『嵩峰』原作『峰嵩』，樹經堂本亦誤，今據白居易和裴令公南莊絕句（全唐詩卷四百五十六）改。

贈陳元輿祠部

武成園木鎖中秋，久得汀州刺史遊。招喚丁寧方邂逅，誰言天網漏吞舟？實録：元祐二年八月，祠部郎中陳軒為主客郎中。元輿，軒字也。武成王廟即考試院，陳祠部與山谷試幃中同事，前集亦有戲答陳元輿詩云：平生所聞陳汀州。此詩亦同時作。老子：天網恢恢，疏而不漏。漢酷吏傳叙：號為網漏吞舟之魚。曹子建牋：設天網以該之，頓八紘以掩之。

松下淵明老杜浣花谿圖引

此詩在前集已有注。晝本今藏眉山陳氏，與板本小異，今録於此：南渡誠草草，長沙濟艱難。夜半舟移岸，今無晉衣冠。松風自度曲，我絃不須彈。惠遠香火社，遺民文字禪。雖非老翁事，幽尚亦可歡。客來欲開說，觴至不得言。按蜀本詩集前一篇注云：皆試院作。後一篇載外集，當是初本。又按蜀本石刻真蹟題云：題李伯時所作松下淵明，而第三、第四句亦不同，云：平生夢管葛，把菊見南山。按金陵續帖，山谷有草書此詩，其間多不同，如『碧雞坊西結茅屋，百花潭水濯冠纓』作『浣花溪邊築茅屋，百花潭底濯冠纓』，『空蟠』作『獨蟠』，『探道』作『譚道』，『且眼前』作『但眼前』，『樂易』作『樂逸』，『園翁』作『田翁』，『皆去』作『皆出』，『酒船』作『江樓』，『無主看』作『爛漫列』，『解鞍脱』作『干戈解』，『不用』作『不願』，『平安報』作『平安信』，『鋪墻』作『鋪壁』，『常使』作『長使』，『千古無』作『古今無』〔一〕，因附于此。

拾遺流落錦官城，杜詩：花重錦官城。故人作尹眼為青。『故人』嚴武也，『眼青』見上。碧雞坊西結茅屋，杜詩：時出碧雞坊。坊名取『碧雞金馬』之義。百花潭水濯冠纓。杜詩：萬里橋西宅，百花潭北莊。百花潭事：蓋節度使崔寧妻冀國夫人，家于浣花溪上，夫人初為兒童，有異僧過其家，徧身瘡穢，夫人奉之甚謹，僧持弊衣謂曰：『為我濯此。』夫人即就溪浣之，蓮花隨出潭中，及貴，俗呼『百花潭』。故衣未補新衣綻，禮記內則：衣裳綻裂，紉箴請補綴。空蟠胸中書萬卷〔二〕。杜詩：讀書破萬卷。探道欲度羲皇前〔三〕，陶淵明與子儼等疏云：五六月中，北窗下卧，遇涼風至，自謂『羲皇上人』。南史王僧虔傳：駸駸常欲度驊騮前。摘此二字。論詩未覺國風遠。千戈崢嶸一作『終風且霾』。暗寓縣，文選謝玄暉詩：霸功興寓縣。注引說文曰：寓，籀文『宇』字。杜詩：宇縣復小康。杜陵韋曲無雞犬。老杜贈韋七詩云：時論同歸尺五天。自注云：俚語云：『城南韋、杜，去天尺五。』老妻稚子且眼前〔四〕，杜詩：老妻畫紙為棋局，稚子敲針作釣鉤。弟妹飄零不相見。杜詩：干戈猶未定，弟妹各何之？又云：喪亂聞吾弟，飢寒傍濟州。人稀書不到〔五〕，兵在見何由？此公樂易真可人，蜀志費禕傳：君信可人。『可』字本出禮記。園翁溪友肯卜隣。杜詩：溪友得錢留白魚。又園人送瓜詩：共少及溪老。又詩：王翰願卜隣。鄰家有酒邀皆去，杜詩：田父要皆去，隣家問不違。『要』、『邀』義同。得意魚鳥來相親。世說：簡文入華林園，顧謂左右曰：『會心處不必在遠，翳然林水，不覺鳥獸禽魚自來親人。』太白鳴臯歌曰：白鷗兮飛來，長與君相親。浣花酒船散車騎，野墻無主看桃李。杜詩：手種桃李非無主，野老墻低還是家。又云：桃花一簇開無主。宗文守家宗武扶，老杜云：熊兒幸無恙，驥子最憐渠。又有示宗文、宗武兩詩，宗武生日詩注云：宗武小字驥子。陳無己和饒節詠周昉畫李白真詩云：君不見浣花老翁醉騎驢，熊兒捉轡驥子扶。金華仙伯哦七字，好事不復千金摸。謂此詩也。『金華』謂山谷。落日蹇驢馱醉起。

杜詩：蹇驢破帽隨金鞍。顧聞解鞍脱兜鍪，書說命〔六〕：惟甲冑起戎。注：甲，鎧；冑，兜鍪也。漢韓延壽傳：披甲鞮鍪。注：即兜鍪也。退之詩：邊封脱兜鍪。老儒不用千户侯。老杜憶昔云：老儒不用尚書郎。樂府木蘭歌：木蘭不用尚書郎。中原未得平安報，杜詩：夕烽來不近，每日報平安。醉裏眉攢萬國愁。一作『清揚之間』。廬阜雜記：遠法師結白蓮社，以書招淵明，淵明造焉，遠因勉以入社，陶攢眉而去。杜詩：故國愁眉外，長歌欲損神。生綃鋪墻粉墨落〔七〕，老杜詠畫鶴：佳此志氣遠，豈惟粉墨新〔八〕。平生忠義今寂寞。兒呼不蘇驢失脚，猶恐醒來有新作。常使詩人拜畫圖，煎膠續絃千古無〔九〕。東方朔十洲記：煮鳳喙麟角，合煎作膠，名為『續絃膠』。博物志：漢武時，西海國獻膠五兩，以付外庫，餘半兩，使者佩以自隨。後從帝射於甘泉，帝弓絃斷，西使乞以所餘膠續之，弦遂相著。使力士各引一頭，終不相離，因名『續絃膠』。杜詩：麟角鳳觜世莫辨，煎膠續弦奇自見。杜牧之讀韓杜集云：杜詩韓筆愁來讀，似倩麻姑癢處抓。天外鳳凰誰得髓？無人解合續弦膠。

〔一〕『古今無』樹經堂本作『今古無』。

〔二〕嘉靖本、萬曆本『空蟠』下有小字注：『一作「淨（當為崢）嶸」。』

〔三〕『皇』原作『黄』，據至元本、嘉靖本、萬曆本改。下注同。按陶淵明與子儼等疏云：『自謂是羲皇上人。』

〔四〕『且』原作『具』，據至元本、嘉靖本、萬曆本、樹經堂本改。

〔五〕『書』至元本、弘治本、樹經堂本作『吾』。按二字均通。九家集注杜詩卷十九憶弟二首之一作：『人稀吾（一作書）不到。』

〔六〕『說命』原作『太甲』，誤，各本皆誤，今據尚書正義卷十說命改。

〔七〕『綃』樹經堂本作『絹』，他本均作『綃』。

〔八〕『惟』原作『推』，據弘治本、樹經堂本及杜甫通泉縣署屋壁後薛少保畫鶴詩改。

〔九〕『煎』四庫全書本外集卷四作『神』，萬曆本作『鳳』。

戲和舍弟船場探春二首

雨餘禽語催天曉，月上梨花放夜闌。莫聽遊人待姸暖，十分傾酒對春寒。李白詩：月上飛天鏡〔一〕。王荆公詩：娟娟月上初。百舌解啼泥滑滑，梅聖俞禽言四首，其一竹雞云：泥滑滑，苦竹岡，雨蕭蕭，馬上郎。『泥滑滑』蜀人號為『雞頭鶻』。東坡詩：泥深厭聽雞頭鶻。忽成風雨落花天。顏延年詩：寄語落花風，莫吹花落盡。城南一段春如錦，喚取詩人到酒邊。

〔一〕『月上飛天鏡』按李白渡遠荆門送別作：『月下飛天鏡。』

次韻舍弟題牛氏園二首

春與園林共晚，人將蜂蝶俱來。唐王駕詩：蛺蝶飛來過墻去。樽前鳥歌花舞，李太白詩：好鳥迎春歌後院，飛花送酒舞前簷。歸路星翻漢回。『明月清風，良宵會同。星河易翻，歡娛不終』：此廣記所載鬼詩也。蘇、黄皆喜為人書之。字本出文選鮑明遠舞鶴賦，云：星翻漢回，曉月將落。

春事欲了鶯催，主人雖貧燕來。武瓘詩：花開蝶滿枝，花謝蝶還稀。惟有舊巢燕，主人貧亦歸。王荆公詩：鶯猶求舊友，燕不背貧家。玉燭傳盃未厭，爾雅：四氣和謂之玉燭。此借使其字。杜詩：傳盃不放盃。金吾靜夜驚回。本或作『晝夜』或作『盡夜』，今定為『靜夜』。唐十六衛有左右金吾衛，蓋循漢執金吾之名，掌京城巡警。韋述西都新記云：京城街衢有金吾，曉暝傳呼，以禁夜行，惟正月十五日夜勅金吾弛禁，前后各一日。杜詩：醉歸應犯夜，可怕李金吾？

急雪寄王立之問梅花

王才元舍人名棫，立之其子也，字直方。是年出貢院作。

紅梅雪裏與蓑衣，莫遣寒侵鶴膝枝。吴都賦：家有鶴膝，户有犀渠。借此以言梅枝之瘦也。老子此中殊不淺，庾亮在武昌，諸佐吏乘秋夜共登南樓，俄而亮至，諸人將起避之，亮曰：『老子於此處，興復不淺！』尚堪何遜作同時。杜詩：東閣官梅動詩興，還如何遜在揚州。按三輔決録，何遜在揚州，見官梅亂發，賦四言詩，人得傳寫，遂有詩名，作揚州法曹，廨舍有梅花盛開，常吟詠其下，後居洛思梅花，再請其任。司馬相如傳上曰：朕獨不得與此人同時哉！

又寄王立之

南人羇旅不成歸，夢遶南枝與北枝。蜀州紅梅閣鬼詩：南枝向暖北枝寒。安得孤根連夜發？要當雪月並明時。『花須連夜發』，見上。

王立之以小詩送並蔕牡丹戲答

分送香紅惜折殘，邵堯夫謝寄梅花詩：太守分香及野人。韓魏公錦被堆詩：香紅不解知人意，睡取東君不放回。春陰醉起薄羅寒。不如王謝堂前燕，曾見新粧並倚欄。劉夢得詩：舊時王謝堂前燕，飛入尋常百姓家。唐王謝航海至一州，見翁媼皂服，引見王，王以女妻之。謝問曰：『此何所也？』女曰：『烏衣國也。』後王取飛雲軒，令謝入其中，閉目少頃，已至其家，梁上雙燕呢喃，下視謝，乃悟所止燕子國也。因併記之。露晞風晚別春叢，拂掠殘粧可意紅。王荊公詩：荷花稱意紅。多病廢詩仍止酒，可憐雖在與誰同？玉臺新詠有歌詞云：東飛伯勞西飛燕。其末云：空留可憐與誰同？

從王都尉覓千葉梅云已落盡戲作嘲吹笛侍兒

若為可耐昭華得，柳子厚詩：若為化作身千億，遍上峰巒望故鄉。駙馬都尉王晉卿家吹笛妓名昭華。脱帽看髮已微霜。杜詩：脱帽露頂王公前。催盡落梅春已半，樂府詩集漢橫吹曲有梅花落，其序云：梅花落本笛中曲，唐大角曲亦有大梅花、小梅花等曲，今其聲猶有存者。李太白詩：黃鶴樓中吹玉笛，江城五月落梅花。更吹三弄乞風光。晉桓伊傳：王徽之泊舟青溪側，伊於岸上過，令人謂伊曰：『聞君善吹笛，為我一奏。』伊踞胡床，為作三調弄。杜詩：風光草際浮。又云：傳語風光共流轉〔一〕。

〔一〕元至元本此句下多：『此詩乃元祐中在史局時作。此篇已前皆太和所作也。』

次韻李士雄子飛獨遊西園折牡丹憶弟子奇二首

按舊本共三首。前二首云：花開西寺十里雪，管領須傾三百盃。已撥春醅鬧如蟻，望君及得禁煙回。東陽瘦盡吟詩骨，冷落花前飲鳳團。魏紫姚黃滿京洛，大名城裏看山丹。而此本第一首却題作再和子飛寄子奇。

西園春色才桃李，蜂已成圍蝶作團。更欲開花比京洛，放教姚魏接山丹。歐陽公花品云：姚黃、魏紫以姓著。蘇門下種山丹詩云：淮陽千葉花，到此三百里。城中衆名園，裁接比桃李。乘秋種山丹，得雨生可喜。山丹非佳花，老圃有深意〔一〕。宿根已得土，絶品皆可寄。又種花詩云：山丹得春雨，艷色照庭除。末品何曾數，羣芳自不如。今秋接千葉，試取洛人餘。

桃李陰中五兄弟，扶將白髮共傳杯。風吹一鴈忽南去，空得平安書信回。『扶將』、『傳杯』見上。

〔一〕『圃』原作『團』，據至元本、弘治本、樹經堂本及蘇轍西軒種山丹詩（欒城集欒城三集卷三）改。

和曹子方雜言

曹輔字子方，為太僕寺丞。前集有次韻答曹子方雜言，此篇亦次韻也，而不言『次韻』，詩意略同，不應再出，又不稱『再和』，疑是先作此篇，後復竄易，故兩存耳。此詩蓋子方未出使以前所作也。

正月尾，垂雲如覆盂，鴈作斜行書。三十六陂浸煙水，王荆公詩：三十六陂煙水，白頭想見江南。想對西江彭蠡湖。三十六陂在揚州天長縣。此據實録蔣之奇傳。天長今屬盱眙軍，彭蠡湖在江州。人言春色濃如酒，楊文公談苑載鄭文寶詩：杜曲花光濃似酒，灞陵春色老於人。不見插秧吴女手。老杜補稻畦水詩云：插秧適云已。冷卿小塢頗藏春，語録：京師謂宗正為『冷卿』，謂其管玉牒。東坡詩：冷卿誰復温？刁景純有藏春塢。前集雜言云：往時盡醉冷卿酒。舊注謂『冷卿』如『冰廳』之類，恐未必然。外集有冷庭叟詩〔二〕，其序云：庭堅於庭叟有十八年之舊，庭叟有佳侍兒，因早朝而逸去。前集詩云：往時盡醉冷卿酒，侍兒琵琶春風手。又云：誰憐相逢十載後。其事跡及歲月皆相似，疑庭叟即『冷卿』也。張侯官居柳對門。『張侯』謂閻漕張仲謀〔二〕。當風横笛留三弄，見上。燒燭圍棋覆九軍。莊子德充符篇：勇士一人雄入於九軍。盡是向來行樂事，每見琵琶憶朝雲。李白詩：瑤姬天帝女，精彩化朝雲。洛陽伽藍記言：河間王有婢名朝雲，善吹篪，諸羌叛，令朝雲假為老嫗吹篪，羌皆流涕，復降。語曰：『快馬健兒，不如老婢吹篪。』只今不舉蛾眉酒，紅牙捍撥網蛛塵。曹侯東書丞太僕，見上。試說相馬猶可人。莊子徐無鬼：見魏文侯曰：『嘗語君：「吾相狗也。」吾相狗又不若吾相馬也〔三〕。』武侯大悅而笑。徐無鬼出，女商曰：『先生何以說吾君，使吾君悅若此乎？』曰：『吾直告之吾相狗馬耳。』照夜白，真乘黃，詩大叔于田：乘乘黃。老杜觀曹將軍畫馬圖云：將軍得名三十載，人間又見真乘黃。曾貌先帝照夜白，龍池十日飛霹靂。萬馬同秣隨低昂，楚辭：服偃蹇以低昂。一矢射落皂鵰雙。杜詩：皂鵰寒始急。漢李廣傳：是必射鵰者也。北齊書斛律光傳：嘗從世宗校獵，見一大鳥，雲表飛颺，光引弓射之，形如車輪，旋轉而下，乃大鵰也。張侯猶思在戎行，横山虎北開漢疆。横山隸西夏，虎北隸契丹。御史中丞呂誨上奏云：种世衡有復横山之意，而後保安軍宋迪言招横山之民，執政深信其說。歐陽文忠公集中有論塞垣云：晉高祖得戎主為援，乃以幽、薊、山後為耶律之壽，故契丹有幽陵，遂絕虎北之隘。冷卿智多髮蒼浪，牛刀發硎思一邦〔四〕。並見上。政成十綴舞紅粧，樂記云：其治民逸者，其舞行綴遠。兩侯不如曹子方。朵頤論詩蝟毛張，易頤卦：觀我朵頤。賈誼傳：高帝功臣反者如蝟毛而起〔五〕。魏志蘇則傳：則鬚髯悉張，欲正論以對，傅巽掐則乃止。退之書張巡傳後云：巡怒，鬚髯輒張。王摩詰送高判官詩：眼如紫石稜，鬚如蝟毛磔。龜藏六用中有光。祖庭事苑曰：雜阿含云：『有龜被野干所得，藏六不出，野干怒而捨去。佛告諸比丘：「汝當如龜藏六，自藏六根，魔不得便。」』楞嚴經云：塵既不緣，根無所偶，反流全一，六用不行。東坡詩：得如虎挾乙，失若龜藏六。龜首尾及四足凡六。何時端能俱過我？掃除北寺讀書堂。『北寺』即前集雜言所謂酺池寺也。山谷入館後寓居於此。『讀書堂上』，見莊子。菊苗煮餅深注湯，更碾盤龍不入香。蔡君謨茶録云：茶有真香，而入貢者微以龍腦和膏，欲助其香。建安民間試茶皆不入香，恐奪其真。

〔一〕『外集』元至元本作『外集第六卷』，按即至元本卷十二懋宗奉議有佳句詠冷庭叟野居庭堅於庭叟有十八年之舊故次韻贈之詩。

〔二〕『漕』原作『曹』，據至元本、弘治本、樹經堂本改。

〔三〕『不』字原無，諸本皆誤，據莊子徐無鬼補。

〔四〕『硎』原作『研』，據至元本、弘治本、樹經堂本、嘉靖本、萬曆本改。

〔五〕『帝』樹經堂本作『祖』。按漢書賈誼傳云：『高皇帝瓜分天下以王功臣，反者如蝟毛而起。』

謝曹子方惠二物二首

飛來海上峰，地理書云：錢塘縣郭下有靈隱山，昔梵僧云：自天竺鷲山飛來〔一〕。琢出華陰碧。華岳三峰也〔二〕。注香上褭褭，映我鼻端白。楞嚴經：世尊教我觀鼻端白。我初諦觀，經三七日，見鼻中氣出入如煙，身心內明，圓洞世界，徧成虛淨，猶如琉璃，煙相漸銷，鼻息成白，心開漏盡，諸出入息化為光明，照十方界，得阿羅漢。蘇養直詩：閉門聊想鼻端白，宴坐倐移窗日紅。聽公談昨夢，沙暗雨矢石。今此非夢耶？煙寒已無迹。博山爐。

短喙可候煎，枵腹不停塵。莊子言魏王大瓠非不呺然大也。注云：呺然，虚大貌。嵇康養生論：終朝未餐，則囂然思食。『呺』、『囂』皆言空腹。山谷屢用此，皆作『枵』字。柳子厚祭裴令文云：枵然其量，廓爾其宇。蟹眼時探穴，龍文已碎身。茶録云：候湯最難，未熟則沫浮，過熟則茶沉。前世謂之『蟹眼』者，過熟湯也。『龍文』謂龍團。茗椀有何好？孟嘉傳：酒有何好而卿嗜之？此摘其字。煮餅被寵珍。茶録又云：餅中煮之不可辯，故曰『候湯難』。文選劉公幹詩：北面自寵珍。言茶餅亦為人所貴也。石交諒如此，湔祓長日新。煎茶餅。蘇秦曰：此所謂棄仇讎而得石交者也。『湔祓』見上。

〔一〕『山』原作『下』，據元至元本改。

〔二〕『三』原作『山』，據至元本、弘治本改。

送高士敦赴成都鈐轄二首

東坡集中亦有此詩，乃元祐三年也〔一〕。

玉鈐淮南子云：通許由之論，金縢、豹韜廢矣。注云：金縢、豹韜，周公、太公陰謀圖王之書也。國朝置鈐轄，曰『鈐』、曰『縢』、曰『韜』，皆取秘密之義。王荊公詩：府謨資石畫，兵略倚珠鈐。注：珠鈐猶玉鈐，謂兵書也。歐陽詩：將論縱橫輕玉鈐。金印臨參井，太白蜀道難云：捫參歷井仰脅息〔二〕。控蜀通秦四十州。日下書來望鴻鴈，江頭花發醉貔貅。禮記曲禮：前有摯獸，則載貔貅。注：貔貅亦摯獸也。巴滇有馬駒空老，漢有巴郡，治江州，今重慶府所治巴縣也。後漢末分而為三，巴西郡治閬中，今閬州所治縣也；巴東郡治魚復，今夔州所治奉節也；與巴郡為三巴。蜀馬皆取之西南夷。史記西南夷傳云：西南夷君長以什數，夜郎為大；其西靡莫之屬以什數，滇為大。如淳曰：滇音顛，顛馬出其國。『駒空老』言不用兵也。林箐無人葉自秋。能為將軍歌此曲，嗚機割錦與纏頭。開元中富人王元寶會賓客，明日或問曰：『昨來有何高談？』元寶曰：『但費錦纏頭耳。』杜詩：罇前還有錦纏頭。

捧日高宣事，東京四姓侯。後漢紀：顯宗九年為四姓小侯開立學校，置五經師。注：外戚樊氏、郭氏、陰氏、馬氏也。『高』蓋宣仁后家。軍中聞俎豆，論語：俎豆之事則嘗聞之。廟勝脱兜鍪。退之詩：邊封脱兜鍪。燒燭海棠夜，香衣藥市秋。君平識行李，嚴君平見漢書。河漢接天流。

〔一〕『乃元祐三年也』元至元本此下多：『自此以前皆大（太）和作，此後元祐間作。』按此詩載至元本卷十四。

〔二〕『脅』原作『歇』，各本均誤，據李白蜀道難改。

次韻子瞻送穆父二絶

錢勰字穆父，元祐初知開封府，遷給事中，復以龍圖閣待制知開封，以繫囚別所遷就圄空，出知越州。越今為紹興府。

渺然今日望人材，『當今人物渺然』，見上。每見紫芝眉宇開。唐元德秀字紫芝，房琯每見，嘆曰：『見紫芝眉宇，使人名利之心都盡。』又觸惠文江海去，快帆誰與挽令回？漢張敞傳：弟武拜為梁相，曰：『梁國大都，吏民凋弊，當以柱後惠文彈治之。』秦時獄法吏冠柱後惠文，武意欲以刑法治梁。

謫官猶得住蓬萊，越州有蓬萊館。抱牘人稀書卷開。『牘』謂案牘。退之藍田丞廳記云：文書行吏抱成案詣丞。張敞嫵眉應急召，此用尹京事也。張敞治京兆，為婦畫眉，長安中傳張京兆眉嫵，有司以奏，上問之云云。董宣强項莫低回。揚雄解難：大語叫叫，大道低回。韓詩聯句：聖籍飽商榷，危行無低回。『强項令』見墨竹賦注。

和子瞻内翰題公擇舅中丞山房

幽人八座復中臺，東坡遷端明、翰林侍讀二學士，守禮部尚書，時公擇為御史中丞。想見書堂山杏開。四十餘年僧屈指，時因秋鴈寄聲來。東坡集有李氏山房藏書記，其略云：余友李公擇，少時讀書於廬山五老峰下白石庵之僧舍。公擇既去，而山中之人思之，指其所居為李氏山房藏書〔一〕。其後元豐七年東坡自黄移汝，因往筠，自筠遊廬山。書李公擇白石山房云：偶尋流水上崔嵬，五老蒼顔一笑開〔二〕，若見謫仙煩寄語〔三〕，匡山頭白早歸來〔四〕。『屈指』字見漢陳湯傳：詘指計其日，曰：『不出五日。』

〔一〕按『藏書』二字破句。蘇軾李氏山房藏書記（東坡七集前集卷三十二）云：『指其所居為李氏山房，藏書凡九千餘卷。』

〔二〕『顔』原作『頭』，『開』原作『問』，據元至元本及蘇軾書李公擇白石山房詩（蘇軾詩集卷二十三）改。弘治本與樹經堂本作：『五老蒼頭一笑開。』

〔三〕『煩』原作『還』，據元至元本及蘇軾書李公擇白石山房詩改。

〔四〕『匡山頭白早歸來』元至元本此下有：『山谷和章乃元祐七年作，蓋東坡是年自楊（揚）州召為兵部尚書也。』

題子瞻書詩後

詩就金聲玉振，見孟子。書成蠆尾銀鉤。見上。已作青雲直上，何時散髮滄洲？北山移文云：干青雲而直上。『散髮』見上注。

戲贈高述六言

江湖心計不淺，翰墨風流有餘。相期乃千載事，要須讀五車書。見上。

戲題大年防禦蘆鴈

揮毫不作小池塘，蘆荻江村落鴈行。雖有珠簾藏翡翠，不忘煙雨罩鴛鴦。詩話又云：宗室大年名令穰，喜微行而善畫小景，山谷詩云：『雖有珠簾籠翡翠，不忘煙雨罩鴛鴦』，蓋有所譏也。太白詩：玉樓巢翡翠，金殿鎖鴛鴦。

避暑李氏園二首

李侯別館鎖春陰，花徑吹香可細尋。杜詩：花徑不曾緣客掃。王荊公詩：隔壁吹香併是梅。又山櫻詩：賴有春風嫌寂寞，吹香渡水報人知。迸筍侵堦盧仝詩：攢迸溢林藪。藤倒架，主人重為費千金。用孫子『日費千金』字。

荷氣竹風宜永日，冰壺凉簟不能回。題詩未有驚人句，會喚謫仙蘇二來。王立之詩話曰：山谷嘗避暑城西李氏園，題兩詩，其一云：『題詩未有驚人句，喚取謫仙蘇二來。』秦少游言於東坡，曰：『以先生為蘇二，大似相薄。』少章為予言。

次韻胡彥明同年羇旅京師寄李子飛三章一章道其困窮二章勸之歸三章言我亦欲歸耳胡李相甥也故有檳榔之句

看除日月坐中銓，言坐待銓選，閱歲月之除去也。唐制：三銓選士，尚書為尚書銓，侍郎二人分為中銓、東銓。見德宗實録。今銓法有尚書左右選，侍郎左右選。胡彥明隸侍郎左選，故曰『中銓』。文選褚淵碑云：轉吏部郎，執銓以平。注云：韋昭漢書注曰〔一〕：『銓稱錘也。』聲類曰：『銓，所以稱物。』一歲應無官九遷。文選任彥升代范雲謝表云：千秋之一日九遷，荀爽之十旬遠至，方之微臣，未為速達。注云：千秋自寢園郎論戾太子事，一日超九級〔二〕，至大鴻臚。退之上張建封書：雖日受千金之賜，一日九遷其官。

葱韭盈盤市門食，『市門』見上。詩書滿枕客床氈。杜詩：坐客寒無氈。留連節物孤朋酒，豳七月：朋酒斯饗。杜詩：朋酒日懽會。惱亂鄰翁謁子錢。漢貨殖傳：吳、楚兵之起，長安中列侯封君行從軍旅，齎貸子錢家，子錢家以為關東成敗未決，莫肯予。唯母鹽氏出捐千金貸〔三〕，其息十之。誰料丹徒布衣得，困窮且忍試新年。南史劉穆之傳曰：今日思為丹徒布衣不可得也。穆之少時家貧，好往妻兄家乞食，食畢求檳榔，江氏兄弟戲侮之。按爾雅：妻之晜弟為甥。詩序『相甥』蓋謂此。

丁未同升鄉里賢，『丁未』治平四年同登第。別離寒暑未推遷。賈誼鵩賦：萬物變化，固無休息，斡流而遷，或推而還。太白詩：百齡何蕩漾，萬化相推遷。淵明詩序云：日月推遷。蕭條羇旅深窮巷，蚤晚聲名上細氈。漢王吉傳諫昌邑王疏曰：廣廈之下，細旃之上。注云：『旃』與『氈』同。碧嶂清江元有宅，白魚黃雀不論錢。杜詩：白魚如切玉，朱橘不論錢。檳榔一斛何須得，李氏弟兄佳少年。『斛貯檳榔』見上〔四〕。太白詩：何時黃金盤，一斛薦檳榔。

畏人重祿難堪忍，文選魏文帝詩：棄置勿復道，客子常畏人。閱世浮雲易變遷。徐步當車飢當肉，戰國策齊語云：齊宣王見顏蠋云云，蠋辭去曰：『蠋願得歸，晚食以當肉，安步以當車，無罪以當貴。』東坡答畢仲舉書云：偶讀戰國策，見處士顏蠋之語『晚食以當肉』，欣然而笑，若蠋者可謂巧於居貧者也。菜羹菽黍，差飢而食，其味與八珍等；而既飽之後，芻豢滿前，唯恐其不持去也。鋤頭為枕草為氈。元無上馬封侯骨，見上。安用人間使鬼錢！見上〔五〕。不是朱門爭底事？清溪白石可忘年。樂天詩：白石清泉就眼來。杜詩：爾輩可忘年。

〔一〕『昭』原作『照』，據元至元本及文選卷五十八王儉褚淵碑注改。

〔二〕『千秋自寢園郎論戾太子事一日超九級』按漢書卷六十六車千秋傳：『千秋為高寢郎。』文選卷三十八任昉為范尚書讓吏部封侯第一表李善注：『東觀漢記馬援與楊廣書曰：「車丞相高寢郎，一月九遷為丞相者，知武帝恨誅衛太子，上書訟之。」然「日」當為「月」字之誤也。』

〔三〕『母鹽氏』漢書卷九十一貨殖傳作『毋鹽氏』，『毋』或作『母』。故不改。

〔四〕『斛貯檳榔見上』元至元本作『穆之為丹陽尹，召妻兄弟，及醉，令厨人以金柈貯檳榔一斛進之』。

〔五〕『見上』元至元本作『杜恕體論曰：可以使鬼者錢。魯褒錢神論曰：錢无耳可以使鬼』。

與胡彥明處道飲融師竹軒

井寒茶鼎甘，竹密午陰好。文選謝靈運詩：密竹使徑迷。瓜嘗邵平種，見上。酒為何侯倒。晉何充字次道，能飲酒，雅為劉惔所貴，惔每云：『見次道飲，令人欲傾家釀。』言其能温克也。倦須棐礴羸，歸可倒著帽。欲去更少留，道人談藥草。『棐礴羸』見上。晉山簡云：日夕倒載歸，茗艼無所知。時時能騎馬，倒著白接籬。法華經有藥草喻。王績使奴婢自種黍〔一〕，蒔藥草自供。

〔一〕『王績』原誤作『玉績』，樹經堂本作『王績』，今據新唐書王績傳改，傳曰：『績有奴婢數人，種黍，春秋釀酒，養鳧雁，蒔藥草自供。」

謝送宣城筆

山谷草書此詩，又跋云：李公擇在宣城，令諸葛生作雞距法，題云『草玄筆』，以寄孫莘老。

宣城變樣蹲雞距〔一〕，白樂天雞距筆賦：足之健者有雞足，毛之勁者有兔毛。就足之中奮發者利距，在毛之內秀出者長毫，合為乎筆，正得其要矣。諸葛名家捋鼠鬚〔二〕。草書本作『援鼠鬚』〔三〕。法書要録云：右軍寫蘭亭序以鼠鬚筆。世說：王羲之得用筆法於白雲先生，遺之鼠鬚筆。又云：鍾繇、張芝皆用鼠鬚筆。一束喜從公處得，千金求買市中無。漫投墨客摹科斗，子墨客卿問於翰林主人，見揚雄長楊賦。勝與朱門飽蠹魚。愧我初非草玄手，不將閑寫吏文書。

〔一〕『蹲』嘉靖本、萬曆本下注：「一作『尊』。」

〔二〕『捋』嘉靖本、萬曆本下注：「一作『將』。」

〔三〕『援』弘治本、樹經堂本作『拔』。

王彥祖惠其祖黄州制草書其後

其祖禹偁字元之，咸平中自西掖謫知黄州。

脱略看時輩，江淹賦：脱略公卿，跌宕文史。老杜壯遊詩：脱略小時輩，結交皆老蒼。諸君等發蒙。汲黯傳：淮南王謀反，憚黯，曰：『黯好直諫，守節死義。至説公孫弘等，如發蒙耳。』董狐常直筆，左傳宣元：趙穿攻靈公於桃園，宣子未出山而復。太史書曰：『趙盾弑其君。』宣子曰：『不然。』對曰：『子為正卿，亡不越境，返不討賊，非子而誰？』孔子曰：『董狐，古之良史也！書法不隱。』修太祖實録，禹偁直書其事，執政以禹偁輕重其間，出知黄州〔一〕。汲黯少居中。黯傳：黯以數切諫不得久留内。袁盎傳：盎以數直諫，不得久居中。鵬入遷臣舍，漢賈誼為長沙傅，有鵩飛入誼舍，鵩似鴞，不祥鳥也，誼自傷悼，以為壽不得長。元之謫黄州，其事大類此。東坡在黄作五禽言，其一云：使君向蘄州，更唱蘄州鬼。自注云：王元之自黄移蘄州，聞啼鳥，問其名，或對曰：『此名蘄州鬼。』元之大惡之，果卒於蘄〔二〕。烏號厭世弓。言元之未謫黄州時，太宗已上仙矣。封禪書云：黄帝鑄鼎既成，有龍垂胡髯下迎黄帝，帝上騎，小臣不得上，乃悉持龍髯，髯拔，墮帝之弓，百姓乃抱其弓與龍髯而號，名其處曰鼎湖，弓曰烏號。莊子天地篇：千歲厭世，去而上仙〔三〕。平生有嘉樹，猶起九原風。左傳：韓宣子來聘，公享之。韓子賦角弓。既享，宴于季氏，有嘉樹焉，宣子譽之。武子曰：『宿敢不封殖此樹？以無忘角弓。』遂賦甘棠。詩意謂元之名德在人，如其宰上之木，人思之不忘也。檀弓：趙文子與叔譽觀乎九原云云。李白詩：更尋嘉樹傳，不忘角弓詩〔四〕。

〔一〕『左傳宣元……出知黄州』元至元本作：『左宣元孔子曰：董狐，古之良史也，書法不隱修。』按：孔子語當至『隱』字斷句，『修』當屬下句，底本『隱』字下作『修太祖實録』云云。

〔二〕『漢賈誼……果卒於蘄』元至元本作『賈誼有鵩鳥賦』。

〔三〕『言元之……去而上仙』元至元本作『封禪書有烏號弓云云』。

〔四〕『左傳韓宣子來聘……不忘角弓詩』元至元本作『檀弓：趙文子與叔譽觀乎九原云云』。

送徐景道尉武寧二首

李苦少人摘，見上。酒醇無巷深。古語：美酒無曲巷。當官莫避事，左傳：當官而行。為吏要清心。『清心』見上。葛藟松千尺，國風：緜緜葛藟。寒泉綆百尋。莊子：綆短者不可以汲深。公朝有汲引，漢劉向云：禹、稷、皋陶，轉相汲引。吾子茂徽音。詩：太姒嗣徽音。謝靈運詩：長絕子徽音。

黃綬補一尉，朱博傳：刺史不察黃綬。注：丞尉職卑皆黃綬。李太白：趙少翁才貌瓌雅，志氣豪烈，以黃綬作尉，泥蟠當塗，亦雞栖鶴籠，不足以窘束鸞鳳耳。還依水竹居。身隨南渡馬，晉五馬渡江，一馬化為龍。退之詩：一馬南渡開新主。此摘其字。書寄北來魚。風俗諳鄰並，艱難試事初。官閑莫歌舞，教子誦詩書。『鄰並』、『事初』使俗語，所謂『以俗為雅』也。

杜似吟院兩首

日長吟院無公事，燕入花開必有詩。莫道南風吹鴈去，春來亦有北風時。世說：鴻鴈知避陰陽寒暑者，春則避陽暑而北，秋則避陰寒而南。退之詩：嗷嗷鴻鴈鳴且飛，窮秋南去春北歸。

吟院虛明如畫舫，想成檻外是長江。杜郎忽作揚州夢，雨帶風沙打夜窗。唐杜牧之詩：十年一覺揚州夢，贏得青樓薄倖名。

歲寒知松柏

此詩效進士體，元祐間作，有兩篇，其一見前集。

松柏天生獨，青青貫四時。禮記：其在人也，如竹箭之有筠也，如松柏之有心也，貫四時而不改柯易葉。莊子：受命於地，唯松柏獨也，在冬夏青青。心藏後凋節，歲有大寒知。論語：歲寒然後知松柏之後凋也。慘淡冰霜晚，輪囷澗壑姿。『輪囷』見上。或容螻蟻穴，老杜古柏行：苦心豈免容螻蟻［一］？未見斧斤遲。搖落千秋靜，婆娑萬籟悲。鄭公扶正觀，已不見封彝。唐魏徵傳帝曰：此徵勸我行仁義，既效矣，惜不令封德彝見之！杜牧之題魏文貞詩：可憐貞觀太平後〔二〕，天且不留封德彝。

〔一〕『容』原作『通』，據元至元本及杜甫古柏行詩改。

〔二〕『觀』原作『勸』，據樹經堂本及杜牧題魏文貞詩（樊川詩集卷二）改。

效進士作觀成都石經

成都記：孟蜀時僞宰相毋昭裔以俸金刻九經於石，其毛詩、儀禮、禮記皆秘書郎張紹文書，周禮校書郎孫朋古書〔一〕，周易國子博士孫逢吉書，尚書校書郎周德政書，爾雅簡州平泉令張德昭書。題云『廣政十四年』，蓋孟昶所鐫。惟三傳至皇祐元年方畢工，後列知益州樞密直學士、右諫議大夫田况名。

成都九經石，歲久麝煤寒。『麝煤寒』見上。字畫參工拙，文章可鑒觀。危邦猶勸講，後漢楊秉傳：以明尚書，徵入勸講。注云：猶侍講也。相國校凋刊。劉向典校書籍，皆先書竹，改易刊定，可繕寫者以上帛：見御覽簡門。羣盜煙塵後，諸生竹帛殘。『王春』尊孔氏，孔子作春秋，首書『春王正月』。乙夜詔甘盤。漢官儀：中黃門持五夜，謂自甲夜至戊夜。杜陽雜編：文宗視朝後即閱羣書，謂左右曰：『若不甲夜視事，乙夜觀書，則何以為人君耶？』書說命：舊學于甘盤。頗比求諸野，漢藝文志：仲尼有言：『禮失求諸野。』成書上學官。尚書序：悉上送官，藏之書府。漢文翁為蜀郡守，起學官於成都市中，學官謂學舍也。劉歆移書讓責太常博士，欲建立左氏春秋、逸禮、毛詩、尚書，皆列於學官，為置博士。

〔一〕『書』原作『詩』，據弘治本及樹經堂本改。

送曹子方福建路運判兼簡運使張仲謀

此詩及前兩詩、後四五詩皆是元祐三年作。按實録，元祐三年九月，太僕寺丞曹輔權發遣福建路轉運判官。輔字子方。

曹侯黃須便弓馬，魏志：任城王彰，太祖之子，大破烏桓，歸功諸將。太祖喜持彰鬚曰：『黃須兒竟大奇也！』從軍賦詩橫槊間。『橫槊』見上。〔一〕阿瞞文武如兕虎，魏志帝紀注云：太祖一名吉利，小字阿瞞。詩云：匪兕匪虎，率彼曠野。遠孫風氣猶斑斑。上林賦：被斑文。昨解弓刀退之送鄭尚書序：大帥府或道過其府，府帥必戎服，左握刀，右屬弓矢，迎于郊。丞太僕，坐看收駒十二閑。杜詩：伊昔太僕張景順，監牧收駒閱清峻。一作『考牧攻駒』。周禮校人：天子十有二閑，邦國六閑。遠方不異輦轂下，司馬遷傳：待罪輦轂下。詔遣中使哀恫瘝〔二〕。康誥王曰：嗚呼！小子封，恫瘝乃身。注：恫，痛；瘝，病。吾聞斯民病鹽策，見上。天有雨露東南乾。謝君論河秉禹貢，用左傳『魯秉周禮』之義。『平當以明禹貢行河』：詳見上注。詰難蠭起安如山。杜詩：風雨不動安如山。老郎不作患失計，論語：苟患失之，無所不至矣。凜然宜著侍臣冠。願公不落謝君後，江湖以南尚少寬。百城閱人如閱馬，泛駕亦要知才難。漢武紀五年詔曰〔三〕：泛駕之馬，跅弛之士〔四〕，亦在御之而已。泛，方勇切。劉禹錫嘉話：石季龍少好挾彈，其父怒之，母曰：『健犢須走車破轅，良馬須逸鞅泛駕。』鹽車之下有絕足，戰國策云：汗明見春申君曰：『驥之齒長矣，服鹽車上太行，中坂遷延，負轅不能上。伯樂遭之，下車攀而哭之，解紵衣而冪之。於是俯而噴，仰而鳴，欣伯樂之知己也。』魏文帝與孫權書：中國雖多馬，其知名絕足亦少。敗羣勿縱為民殘。卜式傳：式言牧羊曰：『非獨羊也，治民亦猶是矣。以時起居，惡者輒去，毋令敗羣。』左傳：政寬則民慢，猛則民殘。官焙薦璧天解顏，『官焙』謂建安北苑所造茶也。瀹湯試春聊加飡。樂府詩：上言加餐食，下言長相憶。子魚通印蠔破山，遁齋閑覽云：莆陽通印子魚名天下〔五〕，蓋有通應侯廟，廟前有港，其魚最佳，今人必求其大可容印者，謂之『通印子魚』。荆公云：長魚俎上通三印。此傳聞之誤也。蠔相粘為山，見上注〔六〕。不但蕉黃荔子丹。退之羅池廟碑：荔子丹兮蕉葉黃，雜肴蔬兮進侯堂。道逢使者漢郎官，謂張仲謀。清溪弭節問平安。屈原九歌云：朝騁騖兮江皋，夕弭節兮北渚。枚乘七發：弭節乎江潯。天子命我參卿事，晉孫楚傳：為石苞參軍，初至曰：『天子命我參卿軍事。』杜詩：參卿休坐幄，蕩子不還鄉。注：老杜為劍南節度參謀，謂之『參卿』。奮髯相對亦可歡。迴波一醉嘲栲栳，本事詩：中宗朝裴談為御史大夫，妻悍妬，談畏之。內宴互唱迴波詞，有優人唱云：『迴波爾時栲栳，怕婦也是大好。外間只有裴談，內裏無過李老。』韋后意色自得。此句當有為。山驛官梅破小寒〔七〕。杜詩：梅蘂臘前破。又云：東閣官梅動詩興。

〔一〕『橫槊見上』元至元本作『南史垣榮祖傳榮祖曰：曹操、曹丕上馬橫槊，下馬談論，此可不負飲食矣。元稹作老杜墓誌云：曹氏父子往往橫槊賦詩』。

〔二〕『瘝』原作『鰥』，各本皆誤，據書周書康誥改。下注同。

〔三〕『漢武紀五年詔』，據漢書卷六武帝紀，當為『元封五年詔』，注文缺年號。

〔四〕「跅弛」原作「跅跑」，據樹經堂本及漢書卷六武帝紀改。

〔五〕「莆」原作「蒲」，據至元本、樹經堂本改。按：苕溪漁隱叢話前集卷三十四半山老人二引遯齋閑覽此段文字，作「莆陽」。莊綽鷄肋編卷中：「興化軍莆田縣去城六十里有通應侯廟，江水在其下……子魚出其間者，味最珍美。」又王得臣麈史卷中詩話：「閩中鮮食最珍者，所謂子魚者也……莆田迎仙鎮乃其出處。」說郛卷三十二引遯齋閑覽作「蒲陽」。

〔六〕「蠔相粘為山見上注」元至元本作「退之初南食云：蠔相粘為山，百十各自生。嶺表録異云：蠔即牡蠣也，初生海島邊，如拳石，漸長有高一二丈者。雜俎云：介蟲中惟牡蠣是鹹水結成」。

〔七〕「山驛官梅破小寒」樹經堂本此句下有：「方綱按：末句一作『小驛官梅初破寒』，末三字又作『破早寒』。」

山谷外集詩注卷第十七

戲贈曹子方家鳳兒

東芽入湯師子吼，按北苑貢茶録：一槍一旗號東芽上品。東芽，蠟茶名也。維摩經云：演法無畏，猶師子吼。此借用。荔子新剥女兒頰。鳳郎但喜風土樂，不解生愁山疊疊。目如點漆射清揚，晉杜乂傳：王羲之目之曰『膚若凝脂，眼如點漆，此神仙人也』。詩云：之子清揚。正義曰：眉之上下皆曰揚，目之上下皆曰清。歸時定自能文章。莫隨閩嶺三年語，轉却中原萬籟簧。『閩嶺』一作『阿囝』。通典樂門：凡簫一名籟。禮明堂位：女媧之笙簧。閩人謂父為『郎罷』，謂子為『囝』。唐顧況囝哀閩曰：郎罷别囝，吾悔生汝。囝别郎罷，心摧血下。隔地絶天，及至黄泉，不得在郎罷前！

次韻子瞻書黃庭經尾付蹇道士

東坡書黃庭經跋云：成都道士蹇拱辰翊之葆光法師將歸廬山，東坡居士蘇軾子瞻為書黃庭內景經一卷，龍眠居士李公麟伯時為畫經相贈之，元祐三年九月二十二日。時山谷正在史局，山谷和篇其序云十月四日。

琅函絳簡蘂珠篇，黃庭經云：玉書絳簡赤丹文。又云：閑居蘂珠作七言。注曰：秘要經云：仙宮中有陽寥之殿，蘂珠之闕。白樂天詩：斜支花石枕，臥詠蘂珠篇。又詩：八戒夜持香火印，三元朝念蘂珠篇。寸田尺宅可蘄仙。經云：寸田尺宅可理生。注謂：三丹田之宅各方一寸。『尺宅』謂面也。高真接手玉宸前，經云：燒香接手玉華前〔一〕。又云：太上大道玉宸君。女丁來謁粲六妍。經云：神華執巾六丁謁。注云：六丁，陰神玉女也。又引六甲符圖言：六丁名。韓文公陸渾山火詩：女丁婦壬傳世婚〔二〕。陰陽書：火畏水，以丁為壬妃。壬公言水，丁女言火。金鑰閉欲形完堅，經云：結珠固精養神根，玉筴金籥常完堅。萬物蕩盡正秋天。使形如是何塵緣，楞嚴經有『六塵』，謂地、火、水、風、空、見；又有『三緣』，謂世界、衆生、業果也。蘇李筆墨妙自然。萬靈拱手書已傳，漢郊祀志：黃帝接萬靈於明庭〔三〕。傳非其人恐飛騫〔四〕。當付驪龍藏九淵。賈誼賦：襲九淵之神龍。蹇侯奉告請周旋，緯蕭探手我不眠。左傳：奉以周旋。莊子：河上有家貧恃緯蕭而食者，其子沒於淵，得千金之珠。其父謂其子曰：『取石來鍛之。夫千金之珠，必在九重之淵，而驪龍頷下，子能得之，必遭其睡也。』莊子釋音：緯，織也；蕭，荻蒿也。織蕭以為畚而賣之。

〔一〕『華』原作『葉』，據至元本、弘治本、樹經堂本及上清黃庭內景經治生章第二十三注云『玉華即華蓋之前，謂眉間天庭也』改。

〔二〕『婦』原作『歸』，據樹經堂本及韓愈陸渾山火一首和皇甫湜用其韻詩改。

〔三〕『庭』原作『廷』，據元至元本及漢書郊祀志改。

〔四〕『鶱』元至元本作『騫』，亦通。

何氏悅亭詠柏

澗底長松風雨寒，岡頭老柏顏色悅。『澗底松』見上。文選歎逝賦：信松茂而柏悅，嗟芝焚而蕙歎。天生草木臭味同，見上。同盛同衰見冰雪。君莫愛清江百尺船，刀鋸來謀歲寒節。千林無葉草根黃，蒼髯龍吟送日月。東坡樂府詠松云：雙龍對起，白甲蒼髯煙雨裏。杜詩：非無江海志，蕭洒送日月。

次韻答少章聞鴈聽雞二首

平生絶少分甘處，司馬遷傳：與士大夫絶甘分少。師古曰：自絶旨甘而與人共其多少。身要從師萬事忘。霜鴈叫羣傾半枕，退之詩：一叫羣猿。夢回兄弟綵衣行。禮記王制：父之齒隨行，兄之齒鴈行。『綵衣』用老萊子事，見上。

朝士聞雞常半途，朱門擁被不關渠。秦郎五起聽三唱，李白白頭吟：五起雞三唱，清晨白頭吟。殘燭貪傳未見書。見上。

伯父祖善耆老好學於所居紫陽溪後小馬鞍山為放隱齋遠寄詩句意欲庭堅和之幸師友同賦率爾上呈

按黄罃年譜載山谷伯祖詩并序云：老伯行年七十有六，近築亭於馬鞍山，松聲泉溜，足以忘年。魯直九姪為我乞詩朝中諸公，要驚山祇突兀出聽耳。詩云：直木皆先伐，輪囷却歲寒。時霑病者粟，倒著掛時冠。人樂觀魚尾，山齋跨馬鞍。朝中乞佳句，留與子孫看。時山谷所求朝士和篇甚多，今張文潛集中有和篇，末句云：平生未識面，試作阿咸看。今言『師友同賦』，當是求東坡，明年東坡已在杭矣。

樵入千巖靜，松含萬籟寒。兒童給行李，藜蓧對衣冠。莊子徐無鬼篇：逃虛空者藜藋拄乎鼪鼬之徑。藋，徒弔反，藋、蓧同音。小檻聊防虎，時來即解鞍。阿翁吹笛罷，懷昔淚相看。晉向秀聞嵇康被誅，作思舊賦云：鄰人有吹笛，發聲寥亮，追思曩昔遊宴之好。

題李十八知常軒

身心如一是知常，老子：知常曰明。事不驚人味久長。史記淳于髡傳：齊威王喜隱，髡說之以隱曰：『國中有大鳥，三年不飛不鳴。王知此鳥何也？』王曰：『此鳥不鳴則已，一鳴驚人。』蓋世功名棊一局，幽閑鼓吹云：令狐相擬李遠為杭州，宣宗曰：『李遠曰「長日惟能一局棋」，豈可臨郡？』藏山文字紙千張。司馬遷自序云：整齊百家雜語，藏之名山，副在京師。坡詩：功名半幅紙，兒女浪苦辛〔一〕。無心海燕窺金屋，漢武故事：金屋貯阿嬌。有意江鷗傍草堂。驚破南柯少時夢，見上。新晴鼓角報斜陽。杜詩：不勞鐘鼓報新晴。

〔一〕『浪』原作『良』，據至元本、弘治本、樹經堂本及蘇軾贈月長老詩（蘇軾詩集第六冊卷三十四）改。

次韻奉答吉鄰機宜

黠虜乘秋屢合圍，禮記王制：天子不合圍，諸侯不掩羣。上書公獨請偏師。馮奉世子明討羌，願益兵，上讓之曰：『大將軍出必有偏將軍，何煩焉？』庭中子弟芝蘭秀，晉謝玄、謝朗為謝安所器，因戒子姪曰：『子弟何預人事？譬如芝蘭玉樹，欲使生於階庭。』塞上威名草木知。唐張萬福傳：德宗以萬福為濠州刺史，召謂曰：『先帝改爾名，正朕謂江淮草木亦知爾威名。若從所改，恐賊不知是卿也。』復賜舊名。千里折衝深寄此，晏子春秋范昭謂晉平公曰：『齊未可并。吾欲試其君，晏子知之。吾欲犯其樂，太師知之。』於是輟伐齊謀。孔子聞之曰：『不出樽俎之間，而折衝千里之外，晏子之謂也。』文選任彥升作齊竟陵行狀：深寄負圖。李白詩：寄深且戎幕，望重必台司。三衙虛席看除誰？『三衙』謂殿前都指揮使、侍衛馬軍都指揮使、侍衛步軍都指揮使。與公相見清班在〔一〕，仁祖重來築舊基。

〔一〕『公』元至元本作『君』。

題劉氏所藏展子虔感應觀音二首

張彥遠歷代名畫記云：展子虔歷北齊、周、隋，為朝散大夫、帳內都督，觸物留情，悉皆絕妙，尤善臺閣人馬。

人間猶有展生筆，佛事蒼茫煙景寒。退之詩：蕭蕭風景寒。常恐花飛胡蝶散，明窗一日百回看。恐歲久化為胡蝶也。杜陽雜編：穆宗殿前千葉牡丹始開，宮中夜有黃白蛺蝶萬數飛集花間，輝光照耀，達旦乃去。上令張密網於空中，遂得數百，皆金玉也。後開寶廚，覩金屑玉屑，錢內將有化為蝶者，迺覺焉。杜詩：自今以後知人意，一日須來一百回。東坡見吳道子畫佛碎爛詩：素絲斷續不忍看，已作胡蝶飛聯翩。

羣盜挽弓江簸船，杜詩：浪簸船應拆。丹青當在普通前。『普通』，梁武帝年號，時未有侯景之亂也。誰能與作赤挽板？

當是護衛之物，「赤挽」恐是「赤欄」。外集有詩云〔一〕：橫溪赤欄橋。晏元獻類要云：台州有赤欄橋，在州城臨江。老筆猶堪壽百年。

〔一〕「外集」元至元本作「第三卷」，按即至元本第六卷宿觀山詩。

李濠州挽詞二首〔一〕

循吏功名兩漢中，平生風義最雍容。魚游濠上方云樂，見上。鵬在承塵忽告凶。西漢雜記云：賈誼在長沙，鵩鳥集其承塵而鳴。長沙俗以鵩鳥至人家主人死。誼作鵩鳥賦，齊死生，等榮辱，以遣憂累焉。掛劍自知吾已許，吳世家：季札過徐君，徐君好季札劍，口弗敢言，季札心知之，為使上國，未獻。還至徐，徐君已死，乃解其寶劍，繫之徐君冢木而去，曰：「始吾心已許之，豈以死背吾心哉！」脱驂不為涕無從。檀弓云：孔子之衛，遇舊館人之喪，入而哭之哀。出，使子貢説驂而賻之〔二〕。子貢曰：「於門人之喪，未有所説驂，説驂於舊館，無乃已重乎？」夫子曰：「予向者入而哭之，遇於一哀，而出涕。予惡夫涕之無從也，小子行之。」百年窮達都歸盡，淮水空圍墓上松。

禮數最優徐孺子，見上。風流不減謝宣城。見上。老杜陪裴使君詩：禮加徐孺子，詩接謝宣城。那知此別成千古！未信斯言隔九京。禮記晉獻文子曰：從先大夫於九京。注謂晉卿大夫之墓地在九原，「京」蓋字之誤。落日松楸陰隧道，西風簫鼓送銘旌。善人報施今如此，隴水長寒嗚咽聲。史記伯夷傳：或曰：『天道無親，常與善人。』若伯夷、叔齊，可謂善人者非耶？積仁潔行而餓死，天之報施善人，其何如哉？』樂府有隴頭歌古詞云：隴頭流水，鳴聲幽咽。遥望秦川，心肝斷絶。

〔一〕『挽詞』元至元本作『挽詩』，『二首』據嘉靖本、萬曆本、樹經堂本增。

〔二〕『説』元至元本作『脱』，下同。按『説』通『脱』。

寄忠玉提刑

按實録：元祐五年六月己未，右宣德郎馬瑊提點淮南西路刑獄〔一〕，八月戊戌改兩浙提刑。山谷有真蹟藁本題云：贈送忠玉提刑朝奉。『市骨蕲千里』作『市骨收駬駿』，『别渭涇』作『有渭涇』，『喜劇部』作『宜劇部』，『稍衰息』作『頗衰息』，『眼終青』作『眼自青』，『紫微禁』作『太微垣』。又按黄㽦年譜載其族伯父仲賁跋承天塔記云：先生初自蜀出峽，留荆州待辭免乞郡之命，與府帥馬瑊忠玉相從歡甚。閩人陳舉自臺察出為運判，先生未嘗與之交也。承天寺僧智珠造七級浮圖，乞記於先生，一日記成，忠玉飵諸部使者，於浮圖下環視先生書碑，先生碑尾但云『作記者朝奉郎、新知舒州事、豫章黄庭堅，立石者承議郎、知府事、在平馬瑊』而已。舉與運判李植〔二〕、提舉常平林虞相顧，遽請於前曰：『某等願託名不朽，可乎？』先生不答，舉憾之，知先生昔在河北與趙挺之有怨，挺之執政，遂以墨本走介獻于朝廷，謂幸災謗國。先生遂除名，羈置宜州，忠玉亦以辰州猺賊寇邊，監察御史席震繼而劾之，奪官羈置海州，遂俱歿於貶所。不踰年，挺之去位，而舉因指青蟲為龍物，奏為祥瑞，遂坐欺罔。因備録，以見忠玉交於山谷坐累，而小人陷君子之深。其寓荆州蓋建中靖國辛巳也。因附見于此。

市骨蘄千里，戰國策郭隗對燕昭王曰：古之人君有以千金求千里馬者，三年不能得，涓人言於君曰：『請求之。』君遣之，三月得千里馬，馬已死，買其首五百金(三)，反以報君。君大怒曰：『安用死馬而捐五百金！』涓人對曰：『死馬且買之，況生者乎？馬今至矣。』於是不能期年，千里之馬至者三。量珠買娉婷。張平子思玄賦：斥西施而弗御兮，縶腰褭以服箱。司空圖擢英集序：當西施之翫鏡，不賞蛾眉，豈伯樂之停車，空收駿骨。山谷用此意。朝野僉載：喬知之有婢碧玉，武承嗣借而不還，知之作綠珠怨曰：『石家金谷重新聲，明珠十斛買娉婷』。嶺表錄異：梁氏女有容貌，石季倫為交阯採訪使，以真珠三斛買之，即綠珠也。劉夢得泰娘歌：斗量明珠鳥傳意，紺幰迎入專城居。杜詩：喚人看腰褭，不嫁惜娉婷。駑駘參逸駕，西子泣深屏。杜牧詩：西子下姑蘇，一舸逐鴟夷。吾人材高秀，胸次別渭涇。『渭涇』見上。嚴能喜劇部，持節按祥刑。書：監于茲祥刑。萑蒲稍衰息，左傳昭二十年：鄭子產卒，子太叔為政，不忍猛而寬，鄭國多盜，取人於萑苻之澤，太叔悔之，興徒兵以攻萑苻之盜，盡殺之，盜少止。郡縣或空囹。王褒得賢臣頌：故有囹空之隆。讀書頭愈白，見士眼終青。杜詩：別來頭併白，相對眼終青。王立之詩話云：『讀書頭欲白，相對眼終青』，『身更萬事已頭白，相對百年終眼青』，『看鏡白頭知我老，平生青眼為君明』，『故人相見尚青眼，新貴如今多白頭』，『江山萬里將頭白，骨肉十年終眼青』，此山谷詩也(四)。用『青眼』對『白頭』非一，而工拙有差。今時斤斧地，虛次待發硎。莊子：刀刃若新發於硎。漢賈誼傳上疏云：屠牛坦一朝解十二牛而芒刃不頓者，所排擊剝割皆衆理解也，至於髖髀之所，非斤即斧。夫仁義恩厚，人主之芒刃也；權勢法制，人主之斤斧也。今諸侯王皆衆髖髀也，釋斤斧之用而欲嬰以芒刃，臣以為不缺則折。杜詩：遣辭必中律，利物當發硎。早晚紫微禁，占來有使星。唐中書省開元中改曰紫微省，禁即省也。蔡邕獨斷云：門戶有禁，故曰『禁中』。孝元皇后父名禁，當時避之，故曰『省中』。詩意謂省中人占星而知其召歸也。『使星』蓋後漢李郃傳：郃漢中南鄭人，為幕門候吏。和帝分遣使者，微服單行，觀采風謠，使者二人到益部，投郃候舍。郃問曰：『二君發京師時，寧知朝廷遣二使耶？』二人驚相視，問：『何以知之？』郃指星示云：『有二使星向益部分野，故知之。』

〔一〕「瑊」原誤作「城」，樹經堂本作「珹」亦誤。按馬瑊字中玉，建中靖國元年至崇寧元年(一一〇一——一一〇二)知荆南，為荆湖北路安撫使，見吴廷燮北宋經撫年表卷五，今據以改。

〔二〕「運判」樹經堂本作「通判」。山谷年譜卷二十九崇寧二年引此跋作「轉運判官李植」，故仍其舊。

〔三〕「首」樹經堂本作「骨」。按：據戰國策燕策一，當作「首」，然後人傳此事每稱「市骨」，如文選卷四十一孔融論盛孝章書：「燕君市駿馬之骨，非欲以騁道里，乃當以招絶足也。」

〔四〕「山谷」原作「東坡」。按詩話總龜前集卷九及苕溪漁隱叢話前集卷四十八引王直方詩話此條均作「坡谷」。無論作「東坡」或「坡谷」，皆誤。所引詩句皆出山谷，故徑改。郭紹虞宋詩話輯佚卷上輯入此段文字，注云：「案「讀書」、「身更」二聯，任淵山谷詩注内集一送王郎詩注亦謂為東坡句，但不見東坡集中。」查任淵注引此段文字未注明為王直方詩話，不僅以「讀書」一聯屬東坡，且以下所引詩句均作「又曰」，似皆承上以為東坡之句，實則大謬。「讀書」一聯當即山谷此詩「讀書頭愈白，見士眼終青」二句，二者僅小有出入。「身更」一聯出南屏山(載全集本外集卷十四，或樹經堂本外集補卷四)。「看鏡」一聯出奉和答君庸見寄；「故人」一聯出次韻蓋郎中率郭郎中休官二首，作「故人相見自青眼，新貴即今多黑頭」；「江山」一聯出送王郎，作「江山萬里俱頭白，骨肉十年終眼青」。要之，作「東坡」為非，作「坡谷」亦不確，故改為「山谷」。又，元至元本注中引王立之詩話「相對眼終青」作「見士眼終青」，則與此詩相同。宋蔡正孫詩林廣記後集卷五黄山谷送王郎後附任淵注曰：「東坡云：讀書頭欲白，對面眼終青。」則文字又不同。

次韻元日

會朝四海登圖籍，東都賦：春王三朝，會同漢京。是日也，天子受四海之圖籍。絳闕清都想盛容。列子周穆王篇：王實以清都紫微，帝之所居。司馬子微身居赤城，名在絳闕。

春色已知回寸草，孟郊詩：誰言寸草心，報得三春暉！霜威從此霽寒松。『霜威』見上。

飲如嚼蠟初忘味，楞嚴經云：於橫陳時，味如嚼蠟。事與浮雲去絕蹤。選詩：雨絕無還雲。又云：風流雲散，一別如雨。李善曰：鸚鵡賦云：『何今日以雨絕？』陳琳檄吳將校曰：『雨絕于天。』諸人同有此言，未詳其始。

四十九年蘧伯玉，莊子則陽篇：蘧伯玉行年六十而六十化，未嘗不始於是之而卒詘之，以為非也。未知今之所謂是之，非五十九非也。駱賓王帝京篇：且論二十八年是，寧知四十九年非？李白紫極宮感秋：四十九年非，一若不可復。聖人門户見重重。

題大雲倉達觀臺二首

池州泝流四十里，至北岸蔣家沙，又四十里至大雲倉。按同安志此詩注云：大雲倉即今樅陽鎮，去舒州一百四十里；又云達觀臺在樅陽鎮東永利寺。按山谷有手書石刻跋云：永利禪寺東偏，遵微徑，攀古松，登高丘，四達而所瞻皆數百里間。其地主曰戴器之，因名曰達觀臺，而屬器之築屋於其上。器之忻然曰：『敢不諾？』因為作二詩。踰旬屋成，器之置酒，命歌舞者二三，時與鎮官蘇臺、范光祖同賞焉。余既去〔二〕，越三年，聞器之以疾不起，但增感歎耳。山徑荒蕪，好事者遠聞而來，或不得一登而去，問其故，曰：『更數尉，以為臺上窺見其室家，故鍵閉而藏其鑰。』余笑曰：『人家不過有五七婦女，亦當在室屋中作女工事，豈嘗鋤耘於後圃耶？州西醽池寺僧伽浮屠高三百六十尺，下見親賢宅，旁見禁中，游人以時登，未聞官典其鑰也。岳陽樓下瞰郡官數家，游者無虛日，特未之思耳。』余流落夔、梓間九年而歸，見智遠長老莊嚴此院，甚有意思，而詩以經元符掊擊不存。臺上石刻聞尉公密令彎生碎之，復來求，故書遺之，并紀述鍵閉游人之意，冀諸識者能思之耳。崇寧元年五月朔，黃庭堅書。蓋紹聖元年甲戌，以責命過池州作此詩，至崇寧壬午赴太平經行作此跋。自甲戌至壬午十九年。戴郎臺，『郎』戴器之也〔二〕。

戴郎臺上鏡面平，同安志獨無戴郎臺，疑是流俗所呼，山谷始易名，取賈誼賦『達人大觀』也〔三〕。石鼎聯句：下與鏡面平。『達人大觀』因我名。『達人大觀』見上。何時燕爵賀新屋？淮南子云：大廈成而燕雀相賀，湯沐具而蟣虱相弔。杜詩：樓上炎天冰雪生，高飛燕雀賀新成。喚取竹枝歌月明。劉夢得竹枝詞引云：余來建平，里中兒聯歌竹枝，吹短笛、擊鼓以赴節，音中黃鍾之羽。

瘦藤拄到風煙上，乞與遊人眼豁開。不知眼界闊多少？白鳥飛盡青天回。多心經：無眼界，無意識界。

〔二〕『去』字原無，據樹經堂本及黃㽦山谷年譜卷二十六所引此跋補。

〔二〕『郎』弘治本、樹經堂本均作『即』。按前稱『臺』後謂人，不當用『即』，『郎』字於義為勝。

〔三〕『達人大觀也』元至元本此下有：『戴郎當足戴將軍，將軍名珦，仕南唐，時多寇盜，乃與鄉鄰嚴武備，盜不敢犯，死後鄉人祠之，廟在樅陽鎮。』編年本不取此說，故刪。

送曹黔南口號

按實録：紹聖元年十二月甲午，黄庭堅謫涪州別駕、黔州安置。二年四月二十三日到黔州，見謝表。寓開元寺，寺有摩圍閣。黔守曹譜字伯達。山谷初到黔南，守待之甚厚，與大主簿三十三書云：太守曹供備譜，濟陽之姪〔一〕；通判張甡，張景倫孫公休之妻弟，皆賢雅，相顧如骨肉。

摩圍山色醉今朝，試問歸程指斗杓。荔子陰成棠棣愛，詩甘棠，美召伯也：蔽芾甘棠，勿翦勿伐。箋云：思其人，敬其樹，今以甘棠為棠棣。竹枝歌是去思謠。山谷嘗云：竹枝歌本出三巴，其流在湖湘耳。漢何武傳：所居無赫赫名，去後常見思。陽關一曲悲紅袖，巫峽千波怨畫橈。歸去天心承雨露，雙魚來報舊賓僚。

〔一〕『濟』原作『齊』，據弘治本、樹經堂本及黄㽦山谷年譜卷二十七引山谷與大主簿三十三書改。

十四弟歸洪州賦莫如兄弟四章贈行

『十四弟』即天民。此詩年月不可考，意在蜀中作，附之庚辰歲。

惱人自作樂，休休莫莫莫。司空圖集休休亭記謂其才一宜休，揣其分二宜休，且耄而聵三宜休。因為耐辱居士歌：咄諾休休莫莫，伎倆雖多性靈惡，賴是長教閑處著。相看將白頭，止有不如昨。樂天詩：今既不如昔，後當不如今。

北來哺慈烏，南歸護爾雛。林烏反哺見上〔一〕。退之詩：那暇更護雞窠雛？昨夜雲飛鴈，相隨我不如。退之詩：青青水中蒲，長在水中居。寄語浮萍草，相隨我不如。

志欲收九族，莊子列禦寇篇：澤及九族。本出堯典。別離乃同生。『同生』謂親弟兄。淵明送從弟詩：禮服名羣從，恩愛若同生。淳化帖王逸少書云：吾有七兒一女，皆同生。

誰能成此意？惟有孔方兄。言以貧而仕，兄弟相別也。晉魯褒傳：著錢神論云云：『親之如兄，字曰孔方。』

大夫無恙時，刻意教子弟。莊子刻意篇云：刻意尚行，離世異俗。歸掃松楸下，洒我萬里涕。退之詩：深思罷官去，畢命依松楸。

〔一〕『林烏反哺見上』元至元本作『束晳補亡詩云：嗷嗷林烏，受哺於子。注：爾雅：純黑而反哺者，烏也』。

以虎臂杖送李任道二首

走送書堂倚絳紗，後漢馬融傳：常坐高堂，施絳紗帳，前授生徒，後列女樂。瘦藤七尺走驚蛇。邵堯夫詩：古木參天羅劍戟，長藤垂地走龍蛇。晴沙每要交頭拄，尋徧漁翁野老家。

未衰筋力先扶杖，曲禮云：老者不以筋力為禮。漢賈山傳：雖老羸癃疾，扶杖而往聽之。能救衰年十二三。漢高祖紀：士卒墮指者十二三。注謂十人之中二三墮指。今以言十分救得二三分也。八百老彭嗟杖晚，可憐矍鑠馬征南。神仙傳：彭祖姓籛名鏗，至殷末已七百六十七歲而不衰。論語：竊比於我老彭。『矍鑠』見後漢馬援傳。

題王居士所藏王友畫桃杏花二首

山谷元符三年五月復宣德郎，自戎泝江，省其姑於青神尉廨。十一月復還戎，過嘉州，與至樂山王朴子厚題桃杏花，草書超逸，今藏於洪雅楊氏。戎今為叙州。

凌雲一笑見桃花，三十年來始到家。從此春風春雨後，亂隨流水到天涯。傳燈録福州靈雲志勤禪師：初在溈山，因桃花悟道，有偈曰：『三十年來尋劍客，幾逢落葉幾抽枝。自從一見桃花後，直至如今更不疑。』

凌雲見桃萬事無，我見杏花心亦如。從此華山圖籍上，更添潘閬倒騎驢。潘閬詩：高愛三峰插太虛，回頭仰望倒騎驢。傍人大笑從他笑，終擬移家向此居。魏野贈閬詩：昔賢放志多狂怪，若比而今總未如〔一〕。從此華山圖籍上，又添潘閬倒騎驢。

〔一〕『比』原作『此』，樹經堂本作『輩』。今據全宋詩卷七十八魏野贈潘閬改，詩云：『若比今來總未如。』（鉅鹿東觀集卷二）

碾建溪第一奉邀徐天隱奉議并效建除體

與晁無咎贈答詩雖同是『建除體』而非同時作，當是徽宗初即位時作也〔一〕。

建溪有靈草，能蛻詩人骨。北苑貢茶録以建溪所産為『靈芽』。陳無己云：學詩如學仙，時至骨自换。除草開三徑，為君碾玄月。滿甌泛春風，詩味生牙舌。平斗量珠玉，李白：吐言貴珠玉，落筆回風霜。又詩：將欲維風雅，豈徒清心魂？韋莊讀許渾詩：千斛明珠量不盡。劉夢得詩：斗量明珠鳥傳意。今以比詩句也。以救風雅渴。定知胸中有，璀璨非外物。執虎探虎穴，吴志吕蒙傳：不探虎穴，安得虎子？李白詩：萬里操戈探虎穴，三盃拔劍舞龍泉。斬蛟入蛟室。吴氏春秋：荆有佽飛者，得寶劍還，涉江，蛟夾繞其船。佽飛拔劍赴江斬蛟，殺之。文選海賦：其垠則有天琛水怪，鮫人之室。以『鮫』為『蛟』，借使其字耳。

破鏡挂西南，見上。夜闌清興發。危言諸公上，論語：邦有道，危言危行。殊勝弄翰墨。成仁冒鼎鑊，謂殺身以成仁。聞已歸諫列。此語當謂鄒志完。按實録：元符三年正月，徽宗即位。二月己未，上謂輔臣曰：『鄒浩敢言，旦夕當與召還。』癸亥除名勒停人鄒浩為宣德郎，三月辛未宣德郎、添差袁州酒稅鄒浩為右正言。收汝救月弓，蛙腹當拆裂。周禮：庭氏掌射國中之夭鳥，若不見其鳥獸，則以救日之弓、救月之矢夜射之。開元遺事：長安城中每當月蝕，即士女取鑑向日擊之，蓋云『救月』。退之月食詩：臣有一寸刃，可刳凶蟆腸。開雲照四海，黃道行堯日。晉天文志：黃道日之所行。杜詩：閶闔開黃道。劉禹錫望賦：日轉黃道，天開碧落。閉門斲車輪，出門同軌轍。傳燈録潭州鹿苑和尚：僧問：『如何是閉門造車？』師曰：『南嶽石橋。』又問：『如何是出門合轍？』師曰：『拄杖頭鞋。』言時政更新，不謀於衆而皆合人心也。

〔一〕元至元本此下多：『見下注。「天隱」不知何人，第三卷有以十扇送徐天隱詩，乃在太和詩中。』按：第三卷即至元本第六卷。編年本以十扇送徐天隱在本詩之下，同屬卷十七，故此注文刪去。

再作答徐天隱

建德真樂國，『建德之國』見上。萬里渺中州。相如大人賦：世有大人兮在乎中州。除蕩俗氛盡，心如九天秋。滿船載明月，見上。乃可與同游。平生期斯人，共挾風雅輈。左傳隱十一年：潁考叔挾輈以走。注：輈，車轅也。杜詩：風雅藹孤鶱。定知詩客來，夜虹貫斗牛。『白虹貫日』見鄒陽傳。執斧修月輪，酉陽雜俎：太和中有二人遊嵩山迷路〔二〕，見一人布衣，枕一襆物方眠。二人問其所自，其人笑曰：『君知有月七寶合成乎？月勢如丸，其影，日爍其凸處也〔二〕。常有八萬二千户修之，予即一數。』開幞，有斤鑿數事，言訖不見。鍊石補天䦱。見上〔三〕。破的千古下，乃可泣曹劉。子建、公幹也。老杜詩：破的由來事，先鋒孰敢爭？又寄李白云：筆落驚風雨，詩成泣鬼神。危柱鳴哀箏，知音初見求。『危柱』見上注。自喻其詩也，時以吏部郎召，故云『初見求』。成功在漏刻，光武紀：尋、邑自以為功在漏刻，意氣甚逸。堯舜去共吺。共工、驩兜也。古文尚書『驩兜』作『鴅吺』。言去章子厚、蔡卞也。收此文章戲，往作活國謀。文選孫楚與孫浩書：愛民活國。杜詩：活國名公在，拜壇羣寇疑。又：冀公柱石姿，論道邦國活。開納傾萬方，皇極運九疇。見洪範。閉姦有要道，新舊隨才收〔四〕。王立之詩話云：山谷元祐初詩云：『人材包新舊，王度濟寬猛。』至建中初，復有句云：『閉姦有要道，新舊隨宜收』〔五〕；又云：『不須要出我門下，實用人材即至公』。

〔一〕『太和』原作『大和』，諸本皆同，當為唐文宗年號『太和』。『二』原作『一』，元至元本作『二』，當從。按段成式酉陽雜俎前集卷一天咫：『太和中，鄭仁本表弟不記姓名，嘗與一王秀才遊嵩山。』（中華書局一九八一年校點本）

〔二〕『爍』原作『鑠』，『凸』原作『凹』，據酉陽雜俎改。按酉陽雜俎天咫作：『日爍其凸處也。』元至元本作：『日爍其亞處也。』

〔三〕『見上』元至元本作『列子曰：天地亦物也，物有不足，故女媧鍊五色石以補其闕』。

〔四〕『才』嘉靖本、萬曆本作『材』。

〔五〕『宜』樹經堂本作『才』，至元本、弘治本均作『宜』。按：内集注卷二次韻子由績溪病起被召寄王定國詩『人材包新舊，王度濟寬猛』句下注引王直方詩話作『新舊隨宜收』。

重贈徐天隱

建極臨萬邦，洪範：皇建其有極。當謂改元建中靖國，有合前篇『新舊隨才收』之意，故尤欣然，因再賡韻。稽古陛下聖。書：若稽古，帝堯。退之詩：曷不薦賢殿下聖？除書日日下，有耳家相慶。書：攸徂之民，室家相慶。滿意見升平，晉五行志：哀帝隆和初童謠曰：『升平不滿斗，隆和那得久？』此摘其字。父老扶杖聽。漢賈山傳云：山東吏布詔令，民雖老羸癃疾，扶杖而往聽之。平生所傳聞，似仁祖德性。定鼎百世長，左傳：王孫滿對楚子曰：『成王定鼎于郟鄏，卜世三十，卜年七百。』櫜弓四夷靜。詩：載櫜弓矢。執事當在朝，官冷殊未稱。杜詩：廣文先生官獨冷。破帽風欹欹，簡易不騎乘。史記商鞅傳趙良曰：五羖大夫，勞不坐乘，暑不張蓋。危顛相扶持，見論語。泉石供嘲詠。成樂澗阿中，衛國風：考槃在澗，考槃在阿。毛云：考，成；槃，樂也。傲世似未敬。收潦下秋船，楚辭：潦收而水清。期公拜嘉命。左傳：敢不拜嘉？陸士衡詩：匪願伊始，惟命之嘉。開元貞觀事，杜詩：憶昔開元全盛日。又云：眇然貞觀初。身得見全盛。閉門長蓬蒿，或許老夫病。三輔決錄：張仲蔚隱身不仕，所居蓬蒿沒人。文選詩：顧念張仲蔚，蓬蒿滿中園。此詩具言朝廷進賢黜姦，人心欣快，庶幾復見盛治如咸平、景德間，不啻唐之貞觀、開元也。

以十扇送徐天隱

前篇言『官冷』，此篇言『坐客有氈』，皆用廣文事，可見同時作。

人貧鵝鴈聒鄰墻，『鵝鴈聒墻』見上〔一〕。公貧琢詩聲繞梁。『繞梁』見上〔二〕。坐客有氈吾不愛，杜詩：坐客寒無氈。暑榻無扇公自涼。黨錮諸生尊孺子，徐孺子見上〔三〕。建安七人先偉長。『建安七人』，孔融自有傳，餘皆附魏志王粲傳後。徐幹字偉長，取同姓也。詳見『新詩凌建安』注〔四〕。又按文選典論曰：今之文人，魯國孔融、廣陵陳琳、山陽王粲、北海徐幹、陳留阮瑀、汝南應瑒、東平劉楨：斯七子者，於學無所遺，於辭無所假。退之詩：建安能者七，卓犖變風操。遣奴送箑非為好，恐有佳客或升堂。

〔一〕『鵝鴈聒墻見上』元至元本作『退之詩：有時未朝餐，得米日已晏，隔墻聞讙呼，衆口極鵝鴈』。

〔二〕『繞梁見上』元至元本作『列子湯問篇：昔韓娥東之齊，匱糧，過雍門，鬻歌假食，既去，而餘音繞梁欐，三日不絕』。

〔三〕『徐孺子見上』元至元本作『後漢徐穉字孺子』。

〔四〕『見』元至元本作『見第二卷』。按即至元本卷四賦未見君子憂心靡樂八韻寄李師載詩。

戲呈田子平六言

元符三年十二月，山谷發戎州，明年改建中靖國，四月至荊南，乞知太平州，留荊南待命，遂踰冬，有戲簡田子平詩，此詩蓋同時作。子平荊南人也。

茸割即非茸割，肥羊自是肥羊。老杜詩云：禮遇宰肥羊，愁當置青醥。老夫纔堪一筯，諸生贊詠甘香。却歎佳人纖手，晚來應廢紅粧。詩：纖纖女手，可以縫裳。古詩：娥娥紅粉粧，纖纖出素手。此言田家庖婢或其內子，如老杜所云『喚婦出房親自饌』也〔一〕。荊州衣冠千户，厚意獨有田郎。三輔決録云：田鳳為尚書郎，容儀端正，帝目送之，題柱云：『堂堂乎張，京兆田郎。』今以子平比田鳳。

〔一〕『饌』原作『撰』，據杜甫病後遇王倚飲贈歌（九家集注杜詩卷九）改。元至元本、樹經堂本均誤作『撰』。

荊州即事藥名詩八首

類格云：王融為此體。文選沈休文詩：即事既多美。注：即此山中之事。

四海無遠志，一溪甘遂心。牽牛避洗耳，卧著桂枝陰。藥名〔二〕：遠志、甘遂、牽牛子、葈耳、桂枝。世説：桓温問謝安：『遠志又名小草，何以一物而有二名？』郝隆曰：『處則為遠志，出則為小草。』蜀志姜維傳：但有遠志，不在當歸。『洗耳』用許由事。

前湖後湖水，初夏半夏涼。夜闌鄉夢破，一鴈度衡陽。前胡、半夏、蘭香、杜衡。

千里及歸鴻，半天河影東。家人森户外，笑擁白頭翁。半天河、人參、白頭翁。

天竺黄卷在，人中白髮侵。客至獨掃榻，自然同此心。天竹黄、人中白、自然銅。『天竺黄卷』謂佛書。

垂空青幕六，一一排風開。石友常思我，預知子能來。空青、預知子。屈原遠遊云：經營四荒兮周流六漠。補注云：漢樂歌作『六幕』，謂六合也〔二〕。

幽澗泉石緑，閉門聞啄木。運柴胡奴歸，車前挂生鹿。石緑、啄木、柴胡、車前。

雨如覆盆來，平地没牛膝。回望無夷陵，天南星斗濕。覆盆子、牛膝、蕪荑、天南星。峽州治夷陵，與江陵接境，自界首至夷陵七十里。言回首不見夷陵也。

使君子百姓，請雨不旋復。守田意飽滿，高壁挂龍骨。使君子、旋復花、半夏一名守田，龍骨。王荆公詩：龍骨長乾掛梁梠。又詩：翛翛兩龍骨，豈得長掛壁？前集詩云：壁挂蒼龍骨。意謂得雨應祈，不復車水溉田也。東南呼水車為龍骨車。

〔二〕『藥』原誤作『樂』，據至元本、弘治本、樹經堂本改。

〔二〕元至元本此句下多：『漢樂歌見上注。』

太平州作二首

崇寧元年春，自荆南歸洪州分寧，因往袁州萍鄉省其兄元明，還至江州，與其家相會，六月赴太平州，九日而罷。黄㽦有家藏山谷真蹟，前一首題云戲作觀舞絶句奉呈功甫兄，『片片梨花雨』作『細點梨花雨』。又按張于湖孝祥作高侍郎三大夫墓誌，侍郎諱衛，為太平州判官，山谷來為守，謫久貧甚，既入境矣，復坐黨事免。侍郎得堂帖〔一〕，不以告，迎候如禮。山谷既視印已，乃知之，侍郎為治歸裝甚飭備。觀此，則冷齋夜話載徐師川言東坡欲學長生，瑩中對日者談命，山谷赴官姑熟，聞罷而俯就，其説妄矣。

歐靚腰支柳一渦，白樂天詩：楊柳小蠻腰。小梅催拍大梅歌。此皆太平州官妓。舞餘片片梨花雨，言其泣下也。樂天詩：梨花一枝春帶雨。奈此當塗風月何！太平治當塗縣。

千古人心指下傳，楊姝煙月過年年。不知心向誰邊切？彈盡松風欲斷絃！楊姝善琴。古曲有風入松。李太白：琴松風兮寂萬壑。吴氏漫録云：豫章先生守當塗日，會上作木蘭花贈故人庾元規曰：『庾郎三韭常安樂，使有萬錢無處著。徐熙小鴨水邊花，明月清風都占却。朱顔老盡心如昨，萬事休休休莫莫。尊前健在不饒人，歐舞梅歌君更酌。』自注云：『歐、梅當時二妓也。』山谷評書云：按欲入木，彈欲斷絃，此用筆法也。

〔一〕『堂』原作『党』，據弘治本及于湖居士文集（四部叢刊本）卷二十九高侍郎墓志銘改。樹經堂本作『黨』。

送昌上座歸成都

昭覺堂中有道人，昭覺寺在成都，「道人」當是圓悟禪師克勤也，崇寧初歸蜀，住昭覺，一時叢林之盛，無與為比。山谷崇寧元年夏罷太平州，寓居鄂州，二年冬謫宜州。此詩當在鄂渚作。龍吟虎嘯隨風雲。易：雲從龍，風從虎。雨花經席冷如鐵，杜詩：布衾多年冷似鐵。一縢日轉十二輪。法華經化城品：世尊轉法輪，爾時大通智勝如來受十方諸梵天王及十六王子請，即時三轉十二行法輪。寶勝蓬蒿荒小院，按成都記：寶勝院在成都，蓋大慈寺諸院之數〔一〕。元豐間改作十方。昌上座必住此院也。埋沒醯羅三隻眼。傳燈録鄂州巖頭全豁禪師曰：吾教意如摩醯首羅，劈開面門，豎亞一隻眼。梵語「摩醯首羅」，此云「大自在」，又「威靈帝魔王」。按本行經云：太子初生，西國之法，合禮天神，其名摩醯首羅，極惡而有靈，抱太子至神所，神自離坐下階，先禮太子。蓋禪家以此借喻也。箇是江南五味禪，廣語云：有僧辭歸宗云：「諸方學五味禪去。」宗云：「我這裏有一味禪，為甚不學？」僧云：「如何是一味禪？」宗便打。更往參尋莫擔板。傳燈録趙州從諗傳云：只是箇擔板漢。又睦州龍興寺陳尊宿〔二〕：或見講僧，乃召云：「座主。」其僧應諾，師云：「擔板漢。」

〔一〕「慈」元至元本作「悲」。

〔二〕「睦」原作「陸」，「宿」原無。據景德傳燈録卷十二睦州隆興寺陳尊宿改。

長沙留別

崇寧二年謫宜州，三年二月過洞庭，歷潭、衡、永、桂，夏至貶所。長沙即潭州也。

折脚鐺中同淡粥，傳燈録：汾州無業禪師曰：『古得道人得意之後，茅茨石室，向折脚鐺子裏煮飯喫，過三十二十年。』又婺州招德謙禪師問僧〔一〕：『你什麽時離庵？』曰：『今朝。』師曰：『來時折脚鐺子分付與阿誰？〔二〕』僧無語。曲腰桑下把離杯。太白集中有魯城北郭曲腰桑下送張子還嵩陽一首。知君不是南遷客，魑魅無情須早回。左傳文十八：舜臣堯，流四凶族，投諸四裔，以禦魑魅。注：魑魅，山林異氣所生為人害者。老杜懷太白詩：魑魅喜人過。江淹別賦：遷客海上，流戍隴陰。東坡集中有送柳宜歸詩：拆脚鐺中煨淡粥，曲腰桑下飲離杯。書生不是南遷客，魑魅驚人須早回。未知孰是。

〔一〕『謙』原作『誦』，據弘治本及景德傳燈録卷二十八婺州明招德謙禪師改。

〔二〕『子』原作『了』，據弘治本、樹經堂本及景德傳燈録卷二十八婺州明招德謙禪師改。

贈花光老

浙江衲子靜無塵，『衲子』見傳燈録。箇箇莊嚴服飾新。何似乾明能效古，渠知北斗裏藏身。

傳燈録慧清禪師傳：僧問：『北斗裏藏身意旨如何？』師曰：『九九八十一。』又僧問文殊應真禪師云：『德山一曲師親唱，北斗藏身事若何？』答云：『日月同天照，何處不分明？』

題花光老為曾公卷作水邊梅

按王仲言揮麈後録云：崇寧三年，黄太史赴宜州貶所，是時外舅曾空青坐鉤黨，先徙衡州，太史留連，極其歡洽，相與酬唱，如江樾書事之類。率游浯溪，觀中興碑，太史賦詩，書姓名于左，外祖急止之曰：『公詩文一出，即日傳播，某方為流人，豈可出郊？公又遠從，蔡元長當軸，豈可不過為之防耶？』太史從之。詩中但言『亦有文士相追隨』，蓋為外祖設。空青即公卷，名紆〔一〕。

梅蘂觸人意，樂天榴花詩：香塵擬觸坐禪人。冒寒開雪花。遥憐水風晚，片片點汀沙。冷齋夜話云：衡州花光仁老以墨為梅，魯直觀之曰：『如嫩寒春曉行孤山籬落間，但欠香耳。』

〔一〕『紆』原作『紓』，據弘治本改。

山谷别集诗注

山谷別集詩注卷上

濂溪詩 并序 此篇前集已載〔一〕。

春陵周茂叔 濂溪先生姓周名敦頤，字茂叔，道州營道人也。 人品甚高，胸中灑落如光風霽月。『光風』和也，如顏子之春；『霽月』清也，如孟子之秋。合清和於一體，則夫子之元氣可識矣。李延平愿中嘗誦此語，以為善形容有道氣象。 好讀書，雅意林壑，初不為人窘束世故，權輿仕籍，不卑小官。孟子：柳下惠不卑小官。 職思其憂，詩蟋蟀：無已太康，職思其憂。 論法常欲與民，决訟得情而不喜。論語曾子曰：如得其情，則哀矜而勿喜。 其為少吏，前漢百官表：其縣百石以下有斗食、佐史之秩，是為少吏。 在江湖郡縣蓋十五年，所至輒可傳。任司理參軍，轉運使以權利變具獄〔二〕，茂叔爭之不能得，投告身欲去，使者斂手聽之。按先生年譜及朱文公事狀，慶曆五年任南安軍司理，有囚法不當死，轉運使王逵欲深治之，先生力爭之，不聽，則置手板，歸取告身，委之而去，曰：『如此尚可仕乎？殺人以媚人，吾不為也。』逵感悟，囚得不死。 趙公悅道趙清獻公抃，字悅道。 號稱好賢，人有惡茂叔者，趙公以使者臨之甚威，茂叔處之超然，其後乃寤曰：『周茂叔天下士也。』薦之於朝，論之於士大夫，終其身。按年譜，先生以嘉祐元年僉書合州判官，六年通判虔州。事狀云：先生在合州，趙公時為使者，人或讒先生，趙公臨之甚威，而先生處之超然，趙公疑終不釋。及守虔，先生適佐州事。趙公熟視其所為，乃寤，執其手曰：『幾失君矣！今日乃知周茂叔也。』其為使者，進退官吏，得罪者自以不冤。按年譜，熙寧元年先生為提點廣南東路刑獄。于定國傳：定國為廷尉，民自以不冤。中歲乞身，老於湓城，有水發源於蓮花峰下，潔清紺寒，下合於湓江。茂叔濯纓而樂之，築屋於其上，用其平生所安樂，媲水而成名曰濂溪。與之游者曰：『溪名未足以對茂叔之美。』春陵新志云：濂溪在營川門外二十里，周元公故居。又按何棄營道齋詩序：春陵郭縣曰營道，三十里而近有村落曰濂溪，周氏家焉。又按春陵舊志載章穎云：嘗以營道古碑大富橋記攷之，自有所謂濂水。又按朱文公濂溪先生事狀云：按張栻跋先生手帖，據先生家譜云：濂溪隱居在營道縣營樂鄉鍾貴里石塘橋西，而邵武鄒旉言：嘗至其處，溪之源委自為上下保，先生故居在下保，其地號樓田。又按春陵新志載熙寧中陳令舉作廬山記云：由江州之南出德化門五里，至延壽院，舊名羅漢壇，又五里至石塘橋，有濂溪，乃茂叔自名。然則春陵之濂溪，乃先生之故居也；九江廬山下之濂溪，則先生因其溪而名之，以識鄉國之思耳。又如石塘橋，恐亦同為寓名，此如東坡世居峨眉之下，而因汝州峨眉山以寄意焉。鄒旉又云：近世士大夫又謂先生子求其詩於山谷，避其叔父諱，遂加以水，此尤臆說。今山谷詩序謂先生『用其平生所安樂，媲水而成名，曰濂溪』，恐非事實，故備論之。若謂『溪名未足以對茂叔之美』，則亦東坡詩中『柳州柳，愚溪愚』之意也。雖然，茂叔短於取名而惠於求志，薄於徼福春秋左傳屈完對齊侯曰：君惠徼福於敝邑之社稷。而厚於得民，菲於奉身而燕及煢嫠，陋於希世而尚友千古。孟子：以友天下之善士為未足，又尚論古之人。聞茂叔之餘風，猶足以律貪，則此溪之水配茂叔以永久，所得多矣。茂叔諱敦實，避厚陵奉朝請名，改敦頤，二子壽、燾，皆好學承家，求予作濂溪詩，思詠潛德。韓退之答崔立之書：發潛德之幽光。壽字元翁，登元豐五年第，終司封員外郎。燾字次元，登元祐三年第，終徽猷閣待制。按先生年譜，以熙寧六年卒。元豐間山谷知太和縣，壽為吉州司法，因同官而遊從甚熟，是詩必太和所作，故有『潛德』之語云。茂叔雖仕宦三十年，而平生之志終在丘壑。按事狀云：先生襟懷飄灑，雅有高趣，尤樂佳山水，遇適意處，或徜徉終日。故余詩詞不及世故，猶仿佛其音塵。

溪毛秀兮水清，左氏傳：澗溪沼沚之毛。詩伐檀：河水清且漣猗。可飯羹兮濯纓。漢書翟方進傳：飯我豆食羹芋魁。孟子：滄浪之水清兮，可以濯我纓。不漁民利兮又何有於名？漢景帝後二年詔(三)：漁奪百姓，侵牟萬民。禮坊記：諸侯不下漁色。莊子楊朱曰：不矜貴，何羨名？弦琴兮觴酒，舜作五弦之琴，以歌南風。山濤舉嵇康自代，康告絕曰：『濁酒一盃，彈琴一曲，志願畢矣。』寫溪聲兮延五老以為壽。詩：以寫我憂。歐陽永叔詩：携琴寫幽泉。五老峰在廬山，五峰相連。論語讖云：仲尼曰：『堯舜觀河洛，有五老，飛為流星，上入于昴，故河洛間有五老峰，此峰以其峭拔而效其名焉。』詩：如南山之壽。蟬蛻塵埃兮玉雪自清，史記屈原傳：蟬蛻於穢濁，以浮游塵埃之外。韓退之馬少監墓誌：幼子立側，肌肉玉雪可怜。聽潺湲兮鑒澄明。謝靈運詩：乘月弄潺湲。宋之問遊江南靈隱寺，夜月澄明，獨行廊下。激貪兮敦薄；孟子：聞伯夷之風者，頑夫廉，懦夫有立志。聞柳下惠之風者，鄙夫寬，薄夫敦。非青蘋白鷗兮誰與同樂？宋玉風賦：風起於青蘋之末。杜詩：白鷗没浩蕩。晉謝安傳簡文帝曰：安石既與人同樂，不得不與人同憂。津有舟兮蕩有蓮，韓退之鄆州溪堂詩：淺有蒲蓮，深有蒹葦。勝日兮與客就閒(四)。晉書衛玠傳：遇有勝日，親友時請一言。人聞挈音兮不知何處散髮醉，莊子漁父篇：孔子至於澤畔，方將杖拏而引其船。又曰：刺船而去，延緣葦間，孔子待水波定，不聞拏音而後敢乘。晉書：阮孚為安東參軍，蓬髮飲酒，不以王務嬰心〔五〕。文選張茂先詩：散髮重陰下。注引鍾會遺榮賦云：散髮抽簪。高荷為蓋兮倚芙蓉以當伎。離騷經：製芰荷以為衣，集芙蓉以為裳。青箱雜記曹修古詩〔六〕：荷葉罩芙蓉，圓清映嫩紅。佳人南陌上，翠蓋立春風。東坡詩：貪看翠蓋擁紅粧。霜清水寒兮舟著平沙，韓退之詩：山淨江空水見沙。唐李遐叔文：碧水連漪，淺深見沙。八方同宇兮雲月為家。尸子：四方上下曰宇。荀子富國篇：萬物同宇而異情。淮南子：天地之間，九州八極。注：八方之極也。班孟堅東都賦：總八方而為極。張拙頌：凡聖合靈共我家。懷連城兮佩明月，用史記藺相如懷趙璧易秦十五城事。文選魏文帝書：價越萬金，貴重連城。東坡詩：自當出懷璧，往取連城價。漢書鄒陽傳：明月之珠，夜光之璧。魚鳥親人兮野老同社而爭席。世説簡文帝曰：鳥獸禽魚，自來相親。韓退之詩：願為同社人，鷄豚燕春秋。東坡次聰上人見寄韻：前身本同社。注引陶潛與廬山遠師結白蓮社事。莊子：舍者與之爭席矣。白雲蒙頭兮與南山為伍，東坡留別王子立詩：聞道年來丹伏火，不愁老去雪蒙頭〔七〕。漢書韓信傳：笑曰：『生乃與噲等為伍。』非夫人攘臂兮誰余敢侮！左氏傳：非夫人之力，不及此。又正考父鼎銘曰：循墻而走，亦莫余敢侮。孟子：馮婦攘臂下車。詩：今此下民，或敢侮予。二章因言以見先生山水之樂，得之於心，至於人與我相忘，此東坡所謂『與造物為徒』與？

〔一〕樹經堂本此句下有：『方綱按：今所行前集内無此詩。』按：題注所云『前集』乃指全集本之前集，即内集，此篇載内集卷一楚辭。

〔二〕『權利』樹經堂本作『利權』。『具』原作『其』，據嘉靖本、萬曆本、四部叢刊本内集改。

〔三〕『二』原作『元』，據漢書景帝紀改。

〔四〕『閒』原作『間』，據樹經堂本及嘉靖本改。

〔五〕『務』原作『發』，據弘治本、樹經堂本及晉書卷四十九阮孚傳改。

〔六〕『古』原作『已』，據宋詩紀事卷八改。今本青箱雜記（中華書局一九八五年校點本）卷八作『曾修古』，誤。按曹修古，字述之，建安人，大中祥符元年進士，官至監察御史，宋史卷二百九十七有傳。

〔七〕『去』原作『來』，『雪』原作『雲』，據樹經堂本改。按：此詩不見蘇軾詩集，作『去』、『雪』於義為勝，姑從。

牧童

西清詩話云：世傳山谷七歲作。

騎牛遠遠過前村，後漢光武紀：光武初騎牛。杜少陵詩：前村山路險。吹笛風斜隔壠聞。馬融去京踰年，有洛客逆旅吹笛，聞之甚悲壯。晉王徽之令人謂桓伊曰：聞君善吹笛，試為我一奏。杜少陵詩：愁連吹笛生。又：吹笛秋山風月清。又：高樓夜吹笛。歐公詩：夜涼吹笛千山月。東坡詩：鄰人吹笛不堪聞。杜詩：輕燕受風斜。邵康節牧童詩：數聲牛背笛，一曲隴頭歌。王介父詩：臢水翻溝隔隴分〔一〕。多少長安名利客，長安前漢所都，在國朝為永興軍，後人稱帝都者皆例呼為『長安』。林和靖詩：不知何止長安客。戰國策：爭名者於朝，爭利者於市。蓋爭名利者必於帝都也。白樂天詩：皇皇名利客，白首千百輩。機關用盡不如君。白樂天詩：應須墨繩機關外〔二〕。意謂用盡機關以爭名利，反不若牧童之安逸也。李義山悶賦：那心思之機關兮，還競巧於蛛鳴。丁晉公詩：欺天行當吾何有，立地機關子太乖。邵康節詩：爭先徑路機關惡。亦此意也。

〔一〕『臢』原作『[illegible]』，『翻』原作『播』，據樹經堂本及王安石東坡詩（王文公文集卷七十一，上海人民出版社一九七四年版）改。『臢』或作『塍』。

〔二〕『墨繩』樹經堂本作『繩墨』。

送人赴舉

西清詩話云：魯直少警悟，八歲能作詩。送人赴舉，此已非髫稚語矣。

送君歸去明主前，江文通賦：春草碧色，春水緑波，送君南浦，傷如之何！李白詩：送君此時去，回首淚成行。若問舊時黄庭堅，謫在人間今八年。漢武内傳王母曰：汝侍郎東方朔，昔為太上仙官，謫斥使在人間。列仙傳許碏詩：羣仙拍手嫌輕薄，謫向人間作酒狂。白樂天酬吴七詩：不知有何過，謫作人間仙。湘山野録潘佑詩：只因騎折玉龍腰〔一〕，謫向人間三十六。詩最多體製，每句自三字抵于七字，每章自兩韻極于百韻，未可槩舉。近世詩格必欲合聯以成章，三句者蓋亦罕見，周詩則亦有之，麟趾、甘棠等篇是也。山谷此詩，蓋捨近例而援古法。由是推之，山谷不特平生句法奇妙，早年詩格已高古矣〔二〕。

〔一〕『玉』原作『王』，據樹經堂本及釋文瑩湘山野録（中華書局一九八四年校點本）卷中改。

〔二〕按史季温此注不確。其詩録自蔡絛西清詩話。據宋吴坰五總志，此詩云：『青衫烏帽蘆花鞭，送君直至明君前。若問舊時黄庭堅，責在人間十一年。』山谷非有意『援古法』而成三句之詩，季温實强作解人。

嗣深尚書弟晬日

山谷叔父諱廉，字夷仲，終于給事中，幼子叔敖字嗣深，丙午生，終于户部尚書。建炎間，山谷之兄大臨嘗跋此詩云：嗣深弟初生，骨爽神秀，氣已萬里，故山谷有此佳句。黄䈗年譜繫此詩於治平四年丁未，時山谷初登第。

骨秀已知騏驥子，袁宏三國名臣贊：天骨秀朗。老杜八哀詩云：復見秀骨清。桓譚新論曰：善相馬者薛公得馬，惡貌而正走，其名驥子。東方朔曰：騏驥、緑耳，天下良馬也。北齊裴景鸞、景鴻並有逸才，河東呼景鸞為驥子。杜少陵詩：別養驥子稱神俊。性仁端是鳳凰雛。易林曰：鳳生五雛。龐統傳：統，德公從子也，德公謂統為『鳳雛』。陸雲幼時，吴尚書閔鴻見之，甚奇之，曰：『此兒若非龍駒〔一〕，當是鳳雛。』老杜入奏行：竇侍御〔二〕，驥之子，鳳之雛。又詩：先拂鳳凰雛。東坡詩：鳳雛驥子日相高。不騰渥水稱神俊，漢史武帝紀元鼎四年，馬生渥洼水中，作天馬之歌。高僧傳：支遁字道林，嘗養馬，人有譏之者，曰：『愛其神俊。』杜少陵詩：可憐九馬爭神俊。又送李校書詩：渥洼騏驥兒。應出岐山作瑞符。岐山屬鳳翔。寰宇記載地志云：周文王時，鳳凰鳴於岐山，故亦曰鳳凰堆。春秋元命包曰：鳳凰游文王之都。老杜鳳凰臺詩：所重王者瑞。韓文公岐山詩：丹穴五色羽，其名為鳳凰。昔周有盛德，此鳥鳴高岡。漸指家人知姓字，李義山嬌兒詩：文葆未周晬，固已知六七。四歲知姓名，眼不視梨栗。子生一歲為晬。試看屏上識之無。唐史：白居易始生六七月，乳母抱弄於書屏下，指『之』『無』二字，雖百十其試，指之不差。乃翁斷獄多陰德，往往高門待汝車。漢史項羽傳曰：今不急下，吾烹乃翁。于公曰：少高大門閭，令容駟馬高蓋車。吾治獄多陰德，子孫必有興者。

〔一〕『駒』樹經堂本作『驥』。按：晉書卷五十四陸雲傳作『駒』，當從。

〔二〕『侍』原誤作『御』，據弘治本、樹經堂本及杜甫入奏行贈西山檢察使竇侍御詩改。

讀謝安傳

年譜：熙寧戊申葉縣尉時作。

傾敗秦師琰與玄，矯情不顧驛書傳。持危又幸桓温死，論語：危而不持，顛而不扶。太傅功名亦偶然。

晉史謝安傳：桓温請為司馬〔一〕，將發新亭，朝士咸送，高崧戲之曰：『卿高卧東山，人言安石不肯出，將如蒼生何？蒼生今亦將如卿何？』簡文帝疾篤，温上疏薦安宜受顧命。帝崩，温入赴山陵，止新亭，大陳兵衛，將移晉室，呼安及王坦之〔二〕，欲於坐害之。坦之汗流霑衣，倒執手板，安從容謂温曰：『諸侯有道，守在四隣，明公何須壁後置人耶？』孝武帝富於春秋，政不自己〔三〕，温威振内外，安與坦之盡忠匡翼。温病篤，諷朝廷加九錫，使袁宏具草，安見輒改之，由是歷旬不就，會温薨，錫命遂寢。時苻堅强盛，疆場多虞，諸將敗退相繼。安遣弟石及兄子玄隨機征討，所在克捷。堅後率衆百萬，次於淮淝，京師震恐，加安征討大都督。玄入問計，安夷然無懼色，答曰：『已別有旨。』遂命駕游山墅。玄等既破苻堅，有驛書至，安方對客圍棋，看書既竟，便攝放，了無喜色，棋如故，客問之，徐答云：『小兒輩遂已破賊。』既罷還内，過户限，心甚喜，不覺屐齒之折〔四〕。其矯情鎮物如此。後贈太傅。安有二子：瑶、琰。按琰傳，苻堅之役，安以琰有軍國才用，出為輔國將軍，以精卒八千人與玄破堅。

〔一〕『桓』原作『恒』，『請』原作『諸』，據弘治本、樹經堂本及晉書卷七十九謝安傳改。

〔二〕『及』原作『見』，據樹經堂本及晉書謝安傳改。

〔三〕『己』原作『巳』，據晉書謝安傳改。

〔四〕「屐」原作「屣」，據晉書謝安傳改。

酌姨母崇德君壽酒

外集有聽崇德君鼓琴詩。米元章畫史云：朝議大夫王之才妻，南昌縣君李氏尚書公擇之妹，能臨松竹木石等。山谷之姨母也。年譜：熙寧辛亥葉縣作。

日月行當壽星紀，尚書釋文堯典云：日月所會者，謂日月交會於十二次，辰曰壽星，丑曰星紀。晉天文志曰：老人一星在弧，一曰南極，常以秋分之旦見於景，春分之夕没於丁，見則治平，主壽昌。仙人初出閬風時。神仙傳：崐崙一曰玄圃，一曰積石瑶房，一曰閬風臺，一曰華蓋，一曰天柱。增城、縣圃、閬風，崐崙之山三重也。水經注曰〔一〕：崐崙之山三級：下曰樊桐，一名板松〔二〕；二曰玄圃〔三〕，一名閬風；上曰層城，一名天庭。東方朔十洲記：崐崙山有三角：一角正北，名閬風顛；一角正西，名玄圃臺；一角正東，名崐崙宮。南都賦：崐崙無以侈，閬風不能踰。杜詩：閬風玄圃與蓬壺。欲將何物獻壽酒？歐公詩：欲將何物招佳客？唯有新秋一味涼。晉郤詵對武帝曰：臣舉賢良對策，為天下第一，猶桂林一枝，崐山片玉也。天上千秋桂一枝。

〔一〕「水經注」原作「穆天子傳」，各本皆誤。按以下引文實出水經注卷一河水一，故據以改。

〔二〕「板」原作「拔」，據王國維校水經注箋卷一河水一（水經注校，上海人民出版社一九八四年版）改。「板松」或作「板桐」。嵇康游仙詩：「結友家板桐。」

〔三〕「圃」原作「囿」，據樹經堂本及水經注卷一河水一改。

謝五開府番羅襖

熙寧中，山谷為宮教，五開府者，酒餘脱淺色番羅襖衣之。山谷醉中作此。

疊送香羅淺色衣，杜少陵詩：香羅疊雪輕。白樂天與元微之詩：淺色縠衫輕似霧。着來春色入書帷。漢史：董仲舒下帷講誦。到家慈母驚相問，曾子問：外有傅，内有慈母。後漢馬皇后紀：違慈母之拳拳。杜少陵詩：家貧仰母慈。為説王孫脱贈時。楚辭：王孫游兮不歸。杜詩：王孫若箇邊。

雜吟

城中蛾眉女，毛詩碩人：螓首蛾眉。珂佩響珊珊。鸚鵡花間弄，唐明皇雜録：廣南有白鸚鵡，養之宮中，曉人言，號雪衣娘，一日飛上妃子糚臺曰：『夢為鷹鸇所搏。』妃子授以多心經，持誦甚悲，後妃子携之弄於花間，果為鷙鳥所斃，葬之，號鸚鵡塔。琵琶月下彈。釋名曰：推手前曰琵，引手卻曰琶。張籍詩：為出二侍女，合箏彈琵琶。白樂天送客湓浦口，聞舟中夜彈琵琶，為作琵琶行。東坡詩：取琴月下彈。長歌三日繞，蘇武詩：長歌正激烈。沈約詩：輕歌易繞，弱舞難持。唐史薛仁貴傳：將軍三箭定天山，將士長歌入漢關。杜少陵詩：長歌激梁屋。又：長歌意無極。又：吾醉亦長歌。又：樂助長歌送。高適詩：長歌達者杯中物。李太白詩：清風吹歌入空去，歌曲自繞行雲飛。列子：韓娥東之齊，匱粮，過雍門，鬻歌假食，既去，而餘音繞梁欐，三日不絶。短舞萬人看。陶岳零陵記：長沙定王入朝，於上前自為短舞，曰：『臣國地狹，不足以回旋。』未必長如此，陶淵明詩：但願長如此。盧照隣詩：願得長如此。東坡詩：未必長如此。芙蓉不耐寒。西京雜記：卓文君臉際常若芙蓉。此詩亦見寒山子詩集中，恐非山谷作。

海棠〔一〕

年譜：元豐戊午北京作。

海棠院裏尋春色，薛能詩：獨尋春色上高臺。日炙嫣紅滿院香〔二〕。李太白詩：日炙錦嫣王未醉。王建牡丹詩：且願風流著，唯愁日炙銷。杜牧詩：蔫紅半落平池晚〔三〕。李義山詩：側近嫣紅伴柔綠。老杜詩：婆娑一院香。不覺風光都過了，東窗渾為讀書忙。

〔一〕『海棠』嘉靖本、萬曆本題為『海棠花』。

〔二〕『嫣』嘉靖本、萬曆本、樹經堂本作『蔫』。作『嫣』於義為勝。

〔三〕『蔫』原作『嫣』，據樹經堂本及杜牧春晚題韋家亭子詩（樊川詩集卷二）改。

壓沙寺梨花

趙舜欽茅齋詩話云：大名壓沙寺梨花之盛，聞於天下，魯直為國子監教授日，曾有詩一絶。外集十二卷又有次韻晉之五丈賞壓沙寺梨花一首，年譜繫元豐戊午歲。

壓沙寺後千株雪，昌黎聞梨花發贈劉師命詩：聞道郭西千樹雪，欲將君去醉何如？又雪詩：千株照耀開。東坡詩：普慈寺後千竿竹。此句相類。長樂坊前十里香。梁任昉述異記：千年松香聞十里之外。東坡詩：裊裊爐煙十里香。寄語春風莫吹盡，夜深留與雪爭光。宮詞：梨花白雪香。

和早秋雨中書懷呈張鄧州 年譜：元豐己未北京作。

喜聞三徑被恩書， 按三輔決録，蔣詡字元卿。嵇康高士傳曰：蔣元卿還杜陵，荆棘塞門，舍中有三徑，不出。 五馬來歌塞里閭。 墨客揮犀：世謂太守為『五馬』。詩曰：孑孑干旟，在浚之都。素絲組之，良馬五之。鄭注謂：周禮州長建旟，漢太守比州長法，御五馬。古樂府陌上桑曰：使君從南來，五馬立踟蹰。南齊柳元伯之子五人，皆領郡，號『五馬』。殷文圭云：柳氏亭邊，參差五馬。杜詩：人生五馬貴。韓昌黎詩：車馬僕從塞里閭。 天上日清消螮蝀， 詩：蝃蝀在東，莫之敢指。注：虹也。 海濱風靜復爰鶋。 國語：海鳥曰爰居，止於魯東門外。展禽曰：『今茲海其有災乎？』是歲海多大風。韓詩：風靜爰鶋去。左氏：臧文仲不知者三，其一祀爰鶋。莊子至樂篇：昔者海鳥止于魯郊，魯侯御而觴之于廟。杜詩：鶢鶋至魯門。 龜逢衔骨方為鶻，蘭不當門亦見鋤。 蜀先主云：芳蘭當門〔一〕，不得不鋤。李太白詩：蘭生不當户，別是閑庭草。 已發覆盆瞻睿聖， 莊子田子方篇：丘之於道也，其猶醯雞與？微夫子之發吾覆也，吾不知天地之大全也。司馬遷傳：戴盆何以望天？尚書洪範：睿作聖。 何因猶著故溪魚？

〔一〕『芳』弘治本作『若』。按語出三國志蜀書周羣傳：先主（劉備）欲誅張裕，諸葛亮表請其罪，先主答曰：『芳蘭生門，不得不鋤。』

絶句 年譜：元豐己未北京作。

富貴功名繭一盆，繰車頭緒正紛紛。禮記曰：夫人繰三盆手。太白詩：繰絲憶君頭緒多。歐陽公詩：問其別後學，初若繭抽絲。肯尋冷淡做生活，摭言曰：裴度夜宴聯句：白樂天曰：笙歌鼎沸，勿作此冷淡生活。坡詩：冷淡誰能用許功？又：莫笑吟詩淡生活。定是著書揚子雲。文選楊修答臨淄王牋云：修家子雲老，强著一書，悔其少作。

臨河道中

臨河屬開德路，由河堤。外集中有曹村道中詩，云『瓜田餘蔓有荒壟，梨子壓枝鋪短墻。明月風煙如夢寐，平生親舊隔湖湘』是也。蓋經行先曹村，後臨河，故此詩有『覺來去家三百里』之句，指大名也。年譜：元豐己未作。

村南村北禾黍黄，古詩：蔌蔌衣中落棗花，村南村北響繰車。杜詩：西嶺紆村北。白樂天折臂翁詩：村南村北哭聲哀。東坡食荔丹詩：南村諸楊北村盧。史記：鄭國渠、白渠成，人歌之曰：『鄭國在前，白渠起後，長我禾黍。』王介甫詩：欲收禾黍善，先去蒿萊惡。穿林入塢岐路長。列子：楊子之隣人亡羊，既率其黨，又請楊子之豎追之。楊子曰：『噫，亡一羊，何追者之衆！』鄰人曰：『多岐。』既反，問：『獲羊乎？』曰：『亡之矣！』曰：『奚亡之？』曰：『歧路之中，又有歧焉。吾不知所之，所以反也。』文選孫子荊詩：晨風飄歧路。謝玄暉詩：歧路多徘徊。據鞍夢歸在親側，後漢劉尚擊五溪蠻,伏波將軍馬援年六十二,據鞍顧眄,以示可用。老杜詩：蘇侯據鞍喜。樂府飲馬長城窟行：夢見在我旁,忽覺在他鄉。**弟妹婦女笑兩廂。**『兩廂』字見毛詩注〔一〕：兩廂,廡也。韓詩：兩廂鋪氍毹。白樂天詩：仙仗環雙闕,神兵闢兩廂。**甥姪跳梁暮堂下,惟我小女始扶床。**白樂天詩：惟弄扶床女,時時强展眉。杜牧之詩：扶床乳女午啼飢。賀方回詞：何物繫人心?三歲扶床女。韓退之盧君夫人墓銘：扶床坐膝,嬉戲歡爭。**屋頭撲棗爛盈斗,**詩豳風：八月剥棗。河東人以杖擊棗謂之撲。**嬉戲歡爭挽衣裳。**昌黎詩：少長聚嬉戲,不殊同隊魚。太白詩：兒女歌笑牽人衣。又：出門妻子强牽衣。杜少陵詩：短衣數挽不掩脛。**覺來去家三百里,**陸士衡飲馬長城窟行：冬來秋未返,去家邈以綿。**一園兔絲花氣香。**淮南子説山訓曰：千年之松下有茯苓,上有兔絲。注云：茯苓千歲松脂也,兔絲生其上而無根,一名女蘿。毛詩頍弁篇：蔦與女蘿,施于松柏。注云：女蘿,兔絲松蘿也。杜詩：名園花草香。**可憐此物無根本,**韓昌黎詩：浮雲柳絮無根本,天地闊遠隨飛揚〔二〕。**依草着木浪自芳。風煙雨露非無力,**白樂天詩云：等閑栽樹木,隨分占風煙。**年年結子飄路傍。**老杜詩：卑枝低結子。晉史：王戎不趣道傍苦李。杜詩：今日飢寒趨路傍。東坡詩：全生依路傍。南豐詩：已覺路傍行似鑑。**不如歸種秋柏實,**莊子：闔胡嘗視其良〔三〕,既為秋柏之實矣。東坡歲寒知松柏詩：永無秋實悲。**他日隨我到冰霜。**王介甫詩：曾與蒿藜同雨露,終隨松柏到冰霜。杜少陵詩：老樹飽經霜。山谷意謂如草木之依附,隨即飄零;不若慕秋柏之梗介,以閲冰霜也。

〔一〕『注』原無,據樹經堂本補。

〔二〕『韓昌黎詩……隨飛揚』按語出韓愈聽穎師彈琴詩,韓詩上句作:『浮雲柳絮無根蒂。』下句『隨飛揚』樹經堂本作『隨飄揚』。

〔三〕『闔』原誤作『彫』，據莊子列禦寇改。闔，何不。一說『胡』字衍。

和范廉

年譜：元豐己未解北京教授後作。

一代功名醉，斯人尚獨醒。史記屈原曰：衆人皆醉，惟我獨醒。風霜寒慘淡，松柏後凋零。劉公幹詩：風聲一何盛，松枝一何勁！冰霜正慘凄，終歲常端正。豈不罹凝寒〔一〕，松柏有本性。老杜詩：慘澹風雲會。魯論：歲寒然後知松柏之後凋也。歲晚虛前席，老杜詩：歲晚仍分袂。漢史：文帝徵賈誼入見，帝方受釐宣室，問鬼神之本，夜半前席。天涯作使星。後漢和帝遣使者二人當到益部，皆微服單行，李郃指星云：『有二使星向益州分野。』老杜詩：喧呼閱使星。百城同綏帶，東漢賈琮為冀州刺史，百城聞風，自然竦震。前漢匈奴傳：父兄綏帶，稚子咽哺。晉羊祐在軍不親戎服，常輕裘綏帶。列校聽橫經。漢史韓信傳：諸校皆賀。師古曰：諸校，諸部也。後漢儒林傳：明帝為功臣子孫、四姓末屬別立校舍，自期門羽林之士悉令通孝經章句。韓詩：簷際聽橫經。東坡詩：春夢猶橫經。汲直非刀筆，漢史汲黯傳：淮南王謀反，憚黯曰：『黯好直諫，守節死義，至說公孫弘〔二〕等，如發蒙爾。』張湯深文苛刻，黯罵曰：『天下謂刀筆吏不可為公卿，果然，必湯也。』賈捐之傳：置之爭臣則汲直。注：汲黯方直，故世謂『汲直』。山公識寧馨。晉史：王衍字夷甫，總角嘗造山濤〔三〕，濤嗟嘆良久，既去，目而送之，曰：『何物老嫗，生此寧馨兒！』愁思理前語，祠下柳陰庭。潘安仁閑居賦：柳垂陰，車結軌。

〔一〕『罹』樹經堂本作『惟』。按文選卷二十三劉楨贈從弟作『羅』，當為『罹』字傳寫之訛。

〔二〕『弘』原作『宏』，弘治本作『洪』，樹經堂本作『宏』，今據漢書卷五十汲黯傳改。

〔三〕『嘗』原作『當』，據弘治本、樹經堂本及晉書卷四十三王衍傳改。

從舅氏李公擇將抵京輔以歸江南初自淮之西猶未秋日思歸

年譜：此詩當是元豐庚申歲山谷自京師改官，復往北京挈家歸江南作。

歸心摇摇若鞦帶，杜詩：歸心折大刀。王介甫詩：不奈歸心日日歸。史記蘇秦傳齊王曰：寡人心摇摇然如懸旌。柳子厚詩：摇心劇懸旌。謝玄暉辭隨王牋：歸志莫從，邈若墜雨，翩似秋蔕。注：秋蔕去於樹，喻已別王也。恐『鞦帶』字誤。哀操切切如蟬吟。鮑明遠蕪城賦：抽琴命操。李善注曰：琴有伯夷之操，窮則獨善其身，故謂之操。潘安仁秋興賦：蟬嘒嘒以寒吟。百年雙鬢欲俱白，杜少陵詩：百年雙鬢白，一別五秋螢。千里一書真萬金。李太白詩：相思千萬里，一書直千金。杜少陵詩：家書抵萬金。

翌日阻雨次前韻

愁雲垂垂雨滛滛，楚辭嚴忌哀時命〔一〕：夕滛滛而淋雨。野館重賦思歸吟。老杜詩：那堪野館疏。琴操曰：楚龍丘高出游三年，思歸故鄉，望楚而長歎，故曰『楚引』。張平子思玄賦：情悁悁而思歸。白樂天和思歸樂詩云：似道思歸樂，行人掩泣聽。東坡詩：謳吟思歸出無計，坐想蟋蟀空房語。老農那問客心苦，『老農』字見魯論。謝靈運詩：大江流日夜，客心悲未央。任彥昇詩：客心幸自弭，中道遇心期。杜詩：故國移居見客心。高適詩：旅館寒燈獨不眠，客心何事轉凄然。靈運詩：如何乘苦心，矧復值秋晏。韓文公河之水詩〔二〕：三年不見兮使我心苦。

但喜栗粒如黃金。杜詩：園柑長成時，三寸如黃金。

〔一〕『命』原無，據王逸楚辭章句卷十四補。

〔二〕『韓文公』樹經堂本作『昌黎』。

五老亭 并序

東坡作李公擇山房藏書記載：五老峰在廬山。按寰宇記，廬山屬江州。年譜：元豐庚申自汴京歸江南經行作。

知郡大夫改築射亭，與五老峰晤對，極為勝賞，輒以長句詠歎。

白髮蒼髯五老人，歐陽公醉翁亭記：蒼顏白髮，頹然其間者，太守醉也。東坡詩：山中只有蒼髯叟，數里蕭蕭管送迎。又和海州石室詩：手植數松今偃蓋，蒼髯白甲低瓊户。又：鬱鬱蒼髯真道友。又中山松醪：鬱鬱蒼髯千歲姿。太白詩：白髮四老人。德雖不孤世無鄰。魯論：德不孤，必有鄰。晉史：轅門之德不孤。文選劉琨答盧諶詩：既孤我德，又闕我鄰。松風忘味同戴舜，左傳文公十八年：天下如一，同心戴舜。梅雨蒙頭非避秦。周處風土記云：夏至前雨名黃梅雨。埤雅云：今江湘、二浙，四五月間梅欲黃落，則水潤土溽，柱礎皆汗，蒸鬱成雨，謂之『梅雨』。東坡：梅雨翛翛荔子然。桃花源記：晉太康中，武陵人捕魚，緣溪行，忘路，忽逢桃花夾岸，窮源得一山，捨船從口入，屋舍儼然。人見漁父，大驚，問所從來，便邀還家，為設酒食，自云先世避秦亂，率妻子邑人來此絕境，不復出，不知有漢，無論魏晉。數日辭去，及郡詣太守說，遣人隨往，迷不復得路。華山南有川，廣袤數百里，連山洞，不知其淺深，人有登蓮花峰，見人煙屋舍，疑是仙窟，或云秦人避難居此，其後裔也。東坡詩：當時依山來避秦。

築亭風流二千石，此老入謁官不嗔。一樽相對是賓友，謝惠連雪賦：乃置旨酒命賓友。韋應物詩：賓友仰稱嘆，一生何所求。學得養生通治民。莊子文惠君曰：吾聞庖丁之言，得養生焉。

答余洪範

洪範名卞。元豐四年，山谷自太和考試舉人于南安軍，時為贛州郡掾，歸途相見，嘗和其二絶句，有『南康郡下參軍耳』，『南康』即贛之郡名也。詩見外集。

倒海弄明月，李太白詩：倒海索明月。又云：回山倒海不作難。韓昌黎詩：婆娑海水南，簸弄明月珠。太平廣記鬼詩：還山弄明月。伐山茹芝英。揚雄太玄經：茹芝英以禦飢兮。杜詩：吾慕漢初老，時清猶茹芝。婆娑一世間，答賓戲曰：婆娑乎術藝之場。班彪北征賦：登障隧而遥望兮，聊須臾以婆娑〔一〕。晉史陶侃傳：老子婆娑，正坐諸君輩。王述亦曰：致仕之年，不為此公婆娑之事。宋玉神女賦：婆娑乎人間。漢史魏豹傳：人生一世間，如白駒過隙。吕后强食張良曰：人生一世間，如白駒過隙，何自苦如此！韓詩：人生一世間，不自張與施〔二〕。浩蕩懷友生。楚辭：志浩蕩而懷傷。張平子思玄賦：志浩蕩而不嘉。詩伐木：不如友生。宋玉九辯曰：廓落兮羇旅而無友生。潘安仁笙賦：爾乃促中筵，携友生。李太白詩：落帽醉山月，空歌懷友生。杜甫詩：途窮仗友生。佳人貂襜褕，張平子四愁詩：美人贈我貂襜褕，何以報之明月珠。注引蔡邕獨斷曰：侍中、中常侍加貂蟬。說文曰：直裾謂之襜褕。李白詩：披君貂襜褕，對君白玉壺。眉宇秋江晴。枚乘七發曰：陽氣見於眉宇之間。唐元德秀字紫芝，房琯見而歎息曰：『見紫芝眉宇，使人名利之心都盡。』杜詩：眉宇真天人。東坡詩：眉宇秀發如春巒。胸懷府萬物，莊子内篇：而況官天地，府萬物，而心未嘗死者乎！器識謝羣英。江文通别賦：金閨之諸彦，蘭臺之羣英。贈我白雪弦，此意少人明。張平子四愁詩：美人贈我錦繡段，何以報之青玉案。宋玉云：有歌於郢中者，陽春白雪，國中屬而和之者數十人；引商刻羽，雜以流徵，屬而和之者，不過數人。是以曲彌高則和彌寡。老杜詩：哀弦繞白雪。別懷數弦望〔三〕，相思何時平！後漢律曆志：舒先速後，近一遠三，謂之弦；相與為衡，衡分天之中，謂之望。李陵詩：行人難久留，各言長相思。安知非日月，弦望自有時。韋應物詩：況茲晝方永，展轉何由平！猶憶把樽酒，杜甫詩：何時一樽酒，重與細論文！夜談盡傳更。東觀漢記曰：尹敏與班彪相厚，每相與談，嘗晏暮不食，晝即至冥夜徹旦。韓詩：對食每不飽，共言無倦聽。連延二十日，晨坐達五更。世說：衛玠與謝琨連旦微言。

〔一〕『臾』原作『史』，據弘治本、樹經堂本及文選卷九班彪北征賦改。

〔二〕『自』原作『似』，弘治本及樹經堂本同。按句出韓愈送李翺詩，韓昌黎詩繫年集釋卷六作『人生一世間，不自張與施』，今據以改。全唐詩卷三百三十九『施』作『弛』。按『施』通『弛』，詩意謂人生之張弛不能自我作主。

〔三〕『懷』嘉靖本、萬曆本、樹經堂本均作『離』。

即來

先去豈長別，後來非久親。新墳將舊塚，相次似魚鱗。李郢寒食詩：舊墳新壠哭多時。漢史劉向傳：子弟鱗集於朝。師古曰：言其相次如魚鱗。韓文公詩：府西三百里，候館同魚鱗。東坡詩〔一〕：城中樓閣似魚鱗。茂陵誰辨漢，漢武帝葬茂陵，在長安北。驪山詎識秦？咸陽驪山，始皇葬所也。千里與昨日，一種併成塵。陸士衡挽歌詩：昔為七尺軀，今成灰與塵。寒山子詩：始憶八尺漢，俄成一聚塵。定知今世士，還是昔時人。烏用取他骨，復持埋我身！晉劉伶嘗乘鹿車，攜一壺酒，使人荷鍤隨之，曰：『死便埋我。』

〔一〕『詩』原無，據樹經堂本補。

奉答固道

年譜：元豐癸亥太和作。

平生湖海魚竿手，杜牧之詩：惆悵江湖釣竿手，却遮西日向長安。老杜詩：獨把魚竿終遠去。强學來操製錦刀。左氏：鄭子皮欲使尹何為邑，子產曰：『猶未能操刀而使割也，子有美錦，不使人學製焉。大官、大邑，身之所庇也，而使學者製焉，其為美錦，不亦多乎？』末俗相看終眼白，晉阮籍青白眼。古人不見想山高。毛詩：高山仰止。未乘春水歸行李，『行李』字見左傳。杜詩：行李須相問。又：行李淹吾舅。儻得閑官去坐曹。韓詩：豈有閑官敢推引。又云：得就閑官即至公。漢史薛宣傳：日坐曹治事。曾南豐詩：坐曹風義動江淮。自是無能欲樂爾，漢史楊惲傳：人生行樂爾。煩君錯為歎賢勞。毛詩北山：我獨賢勞。東坡詩：主人獨賢勞。

奉答聖思講論語長句

年譜：元豐癸亥太和作。

簿領文書千筆禿，文選詩：沉迷簿領間。東坡詩：一笑簿領間。又云：十年簿領催衰白。元稹詩：滿眼文書堆桉過〔一〕。王羲之贊：雖禿千兔之翰，聚無一毫之筋〔二〕。老杜詩：戲拈禿筆掃驊騮。太白詩：書禿千兔毫。韓文公毛穎傳：後因進見，上將有任使，拂拭之，因免冠謝，上見其髮禿。梅聖俞詩：諸公醉時索筆吟，吾兒暗寫千毫兔。公庭囂訟百蟲鳴。曲禮：公庭不言婦女。李太白詩：秋浦舊蕭索，公庭人吏稀。堯典：放齊曰：『胤子朱啓明。』帝曰：『吁！嚚訟可乎？』謝靈運詩：虛館絶爭訟，空庭來鳥雀。此反其意。東坡詩：吟詩莫學秋虫鳴。時從退食須臾頃，毛詩：退食自公。中庸：道不可須臾離。喜聽鄰家諷誦聲。觀海諸君知浩渺，孟子盡心：觀於海者難為水。東坡詩：江湖涉浩渺。歐公詩：江海淮濟暨漢沔，豈不浩渺注而大。學山他日看崇成。揚子學行篇：丘陵學山而不至於山。暮堂吏退張燈火，南史韋叡傳：張燈達曙。杜詩：皁鴈宿張燈。韓昌黎詩：燈火稍可親。抱取魯論來講評。此蓋以講學為急，為政次之。

〔一〕『桉』原作『按』，據樹經堂本改。『桉』即『案』。按：此句不見于元稹詩集，不知何從出。

〔二〕『筋』原作『筯』，據晉書卷八十王羲之傳贊改。

題學海寺〔一〕

『學海』字疑是『覺海』。年譜有題覺海寺詩，元豐癸亥太和作。

爐香滔滔水沉肥〔二〕，『滔滔』見魯論。唐本草注曰：沉水香出天竺、單于二國，木似櫸柳，重實黑色沉水者是。水遶禪床竹遶溪。王荊公詩：芭蕉一枕西窗雨，復似當年水遶床。一段秋蟬思高柳，夕陽原在竹陰西。法眼禪師金剛經四時般若頌曰：理極忘情謂〔三〕，如何有喻齊。到頭霜夜月，任運落前溪。果熟兼猿重，山高似路迷〔四〕。擧頭殘照在，原在住居西。杜枚之詩：斜陽竹西路，歌吹是揚州。

〔一〕嘉靖本、萬曆本題作『題覺海寺』。

〔二〕『爐香滔滔水沉肥』嘉靖本、萬曆本作『爐烟鬱鬱水沉肥』。樹經堂本此句下小字注：『方綱按：上四字一本作「爐烟鬱鬱」』。

〔三〕『理』原作『埋』，據弘治本、樹經堂本改。

〔四〕『高』弘治本作『長』。

梅　花

年譜：元豐間太和作。

障羞半面依篁竹，漢史張敞傳：自以便面拊馬。師古曰：便面所以障面。劇談録〔一〕：唐長安唐昌觀玉蘂花發，元和中，有女子以白角扇障面，直至花所。此用徐妃半面粧、壽陽公主宮粧二事。嚴助傳：越處篁竹之間。王介甫詩：荒茅篁竹間。

隨意淡粧窺野塘。東坡詞：淡糚濃抹總相宜。飄泊風塵少滋味，老杜詩：即今漂泊干戈際。韓昌黎詩：今旦胡為却惆悵？萬片飄泊隨東西。陸機詩：京洛多風塵。高適為封丘尉詩：寧堪作吏風塵下。杜少陵詩：薄宦走風塵。又：清談見滋味。一枝猶傍故人香。荊州記：陸凱寄早梅詩〔二〕：『江南無所有，聊贈一枝春。』此言雖飄泊風塵而清香不改，山谷蓋以自況也。

〔一〕『録』原作『傳』。按：唐康駢有劇談録，所引載卷下玉蘂院真人降條。今據以改。

〔二〕『凱』原作『開』，據太平御覽卷九百七十引荊州記改。

題太和南塔寺壁

熏爐茶鼎暫來同，文選江文通擬古詩云：膏爐絶沉燎。注云：爐是熏爐也。寒日鵶啼柿葉風。藝文類聚載梁庾仲容詠柿詩：發蘂臨層檻，翻英揉花蘂。風生樹影移，露重新枝弱。萬事盡還杯酒裏，晉史張翰傳：使我有身後名，不如即時一杯酒。百年俱在大槐中。異聞集載淳于棼事云：棼夢見入宅南古槐穴中，行數十里，有大城門樓，題曰『大槐安國』，其王以女妻生，使為南柯太守，在郡二十年。發悟，呼二客尋古槐下穴，有蟻數斛，中有小臺，二大蟻處之，即槐安國也。又窮一穴，直上南枝，即有土城，小樓，即南柯郡也。山谷平生薄名利、輕富貴之心，於此可見。

和答君庸見寄別時絶句

何君庸，太和簿，可見太和作。

看鏡白頭知我老，杜甫詩：勳業頻看鏡。平生青眼為君明。晉史：阮籍常作青白眼。青箱雜記范諷詩：惟有南山與君眼，相逢不改舊時青。杜少陵詩：別來頭併白，相對眼終青。東坡詩：讀書頭欲白，相對眼終青。又曰：看鏡白頭知我老，平生青眼為君明。其餘使『白頭』『青眼』甚多，惟此聯與蘇黄句法相似。舞姝別後閑珠履，毛詩邶國風：靜女其姝。箋云：姝，美好之子。太白詩：魏姝弄鳴絲。春申君客三千人，皆躡珠履。吴都賦：出躡珠履，動以千百。老杜詩：欲向何門躧珠履。已報絲蟲網玉笙。玉臺新詠徐悱贈内詩曰：網虫生錦薦。文選張景陽詩曰：蜘蛛網四屋。江淹擬張司空詩曰：蘭徑少行迹，玉臺生網絲。杜少陵詩：書籤藥裹封蛛網。

寄劉泗州

寄泗州凡二首，前篇載外集第十四卷，後篇載此。元豐甲子歲赴德平鎮經途所作。

生天生地嘗為主，此事惟應作者知。康濟小民歸一臂，屈伸由我更由誰？書：康濟小民。東坡詩：康濟此身殊有道。十六觀行經：譬如壯士，屈伸臂項，即生西方。東坡詩：生死猶如臂屈伸。邵康節思慮吟：不由乎我，更由乎誰？

平原郡齋二首〔一〕

此詩監德州德平鎮時作。平原屬德州。外集有平原宴坐詩二首：老作儒生不解事，江南有田歸荷鋤。北窗風來舉書葉，猶似勸人勤讀書。黄落委庭觀九州，虫聲日夜戒衣裘。金錢滿地無人費，一斛明珠薏苡秋。與此不同。又按蜀本詩刻有山谷真蹟，題云『平原郡齋〔二〕』。

生平浪學不知株，江北江南去荷鋤。文選謝靈運詩：江南倦歷覽，江北曠周旋。杜少陵詩：瀼東瀼西一萬家，江南江北春冬花。江文通詩：雖有荷鋤倦。淵明詩：帶月荷鋤歸。老杜詩：方春獨荷鋤。又：荷鋤功易止。眷言終荷鋤。又云：細雨荷鋤笠。窗風文字翻葉葉，猶似勸人勤讀書。

成巢不處避歲鵲，酉陽雜俎：鵲巢避太歲。得巢不安呼婦鳩。詩鵲巢：維鵲有巢，維鳩居之。歐陽公詩：天雨止，鳩呼婦歸鳴且喜。金錢滿地無人費，一斛明珠薏苡秋。朝野僉載綠珠怨：石家金谷重新聲，明珠十斛買娉婷。

〔一〕『二首』據詩意增。

〔二〕『齋』原作『齊』，據弘治本及樹經堂本改。

題邢敦夫扇

邢居實字敦夫〔一〕，河間人，邢恕和叔之子，早有文稱。東坡云：敦夫自為童子，所與交皆諸公長者，不待年而卒。有呻吟集行於世。王直方詩話云：秦少游嘗以『真』字題一絶於邢敦夫扇上，云：月團新碾瀹花甆，飲罷呼兒課楚辭。風定小軒無落葉，青虫相對吐秋絲。山谷見之，復作小草，題此一絶，皆所自作詩也。少游後見之，復云：逼我太甚。與平原郡齋詩大同小異。

黄葉委庭觀九州，太白詩：坐來黄葉落四五。禹貢：禹别九州。小蟲催女獻功裘。周禮有司裘。春秋考異郵曰：立秋促織鳴。宋均曰：促織，蟋蟀也。立秋女功急，故促之。

金錢滿地無人費，唐人詩：細雨濕衣看不見，閑花滿地落無聲。王介甫詩〔二〕：雨後餘花滿地存。百斛明珠薏苡秋。盧綝四王遺事曰〔三〕：張方刼晉帝西遷，輦真珠百餘斛。後漢馬援傳：援在交趾，常餌薏苡實，用能輕身省欲。軍還，載之一車，欲以為種，及卒，人有譖之者，以為前所載還皆明珠、文犀。邢敦夫有和黄魯直平原郡齋秋懷二首云：木落天高憶舊居，幾時歸去帶經鋤？黄花爛漫無人折，柿葉翻紅正好書。目送愁雲盡日愁，寒來著破舊貂裘。憑誰説與西風道？留取花間點綴秋。

〔一〕『實』原誤作『寶』，據樹經堂本改。

〔二〕『甫』原作『父』，據樹經堂本改。下同。

〔三〕『四王遺事』原作『四註起事』，殊不倫。按晉盧綝著有四王遺事，已佚，有輯本，見中國叢書綜録，今據以改。

絶句贈初和甫

初虞世字和甫，家於盧溪，嘗為主簿。山谷有盧泉詩并酒渴愛江清五詩兼簡和甫。年譜：元豐甲子德平鎮作。

處士孤懷少往還，孟子：處士橫議。荀子：古之所謂處士者，德盛者也。後漢：禰衡為黄祖作書記，輕重疏密各得體，祖曰：『處士正得祖意。』平時一刺字多漫。禰衡傳：陰懷一刺，既無所之適，至刺字漫滅。李義山詩：刺字從漫滅。東坡詩：唱酬往復字應漫。能容著帽揮譚拂，晉桓温請謝安為司馬，温詣安，值其理髪，久之方罷，使取幘，温見，留之曰：『令司馬著帽進。』其重安者如此。可見高人禮數寬。杜詩：自識將軍禮數寬。

次韻清虚同訪李園

『清虚』謂王定國，見後注。四詩皆元豐乙丑作。

年來高興滿蓴絲，殷仲文詩：能使高興盡。杜詩：高興潛有激。又：高興激荆衡。晉史張翰傳：齊王冏辟為掾〔一〕，因見秋風起，乃思吴中菰菜、蓴羹、鱸膾，曰：『人生貴得適志，何能羈宦數千里，以要名爵乎！』遂命駕東歸。本草：七八月以前曰絲蓴。寒薄春風駘蕩時。文選謝玄暉詩：春物方駘蕩〔二〕。稍見燕脂開杏蕚，王介甫詩：燕脂洗出杏花匀。已聞香雪爛梅枝。王介甫詩：遥知不是雪，為有暗香來。老逢樂事心猶壯，王羲之蘭亭記：良辰美景、賞心樂事，四者難并。病得新詩和更遲。何日聯鑣向金谷？晉石崇有別舘在河陽之金谷。裴度居守東洛，夜宴半酣，度索聯句，元、白有得色，度為破題，至楊汝士曰：昔日蘭亭無艶質，此時金谷有高人。居易知不能加，遽裂之曰：笙歌鼎沸，勿作此冷淡生活。韓退之詩：即是連鑣向闕時。擬追仙翼到瑤池。列子：周穆王駕八駿之乘，升崐崙之丘，賓于西王母，觴於瑤池之上。

〔一〕『掾』原作『椽』，據弘治本、樹經堂本及晉書卷九十二張翰傳改。

〔二〕『物』樹經堂本作『風』，按文選卷三十謝朓直中書省詩作『物』。

次韻清虛

地遠城東得得來，貫休詩：一瓶一鉢垂垂老，萬水千山得得來。東坡詩：知是多情得得來。正如湖畔昔銜盃。漢史司馬遷書曰〔一〕：未嘗銜杯酒、接殷懃之歡。劉伶酒德頌：銜盃漱醪。李太白詩：銜盃大道邊。李適之詩：樂聖且銜盃。杜少陵詩：銜盃樂聖稱避賢〔二〕。又：生前相遇且銜盃。眼中故舊青常在，鬢上光陰綠不回。東坡詩：霜蓬已枯不再綠。歸去汴橋三鼓月，崔塗詩：胡蝶夢中家萬里，子規枝上月三更。東坡詩：令嚴鍾鼓三更月。相思梁苑一枝梅。說苑曰：越使諸發執梅一枝，以遺梁王，梁臣韓子曰：『烏有以一枝梅遺列國之君者乎〔三〕？』『梁苑』指汴京，梁孝王兔園所在。我閑時欲從君醉，為備芳醪更滿罍。

〔一〕『書』原誤作『詩』，據弘治本、樹經堂本及漢書卷六十二司馬遷傳載報任安書改。

〔二〕『避』原作『世』，據樹經堂本及杜甫飲中八仙歌改。

〔三〕『烏』原作『鳥』，據弘治本、樹經堂本及劉向說苑卷十二奉使改，『烏』說苑作『惡』。

次韻清虛喜子瞻得常州

東坡自元豐二年十二月謫黄州，居黄五年，至元豐七年八月量移汝州，八年得請居常州。蘇子由為王定國作清虛堂記，『清虛』即定國也。

喜得侵滛動搢紳，史記五帝本紀太史公曰：薦紳先生難言之。徐廣曰：『薦紳』即搢紳也。杜詩：東方領搢紳。高適詩：遑遑隨搢紳。歐公詩：風猷藹搢紳。曾子固詩：驚傳動搢紳。俞音下報謫仙人。唐史李白傳、賀知章歎曰：子謫仙人也。山谷嘗呼東坡、李太白為『兩謫仙』。杜甫贈李白詩：昔年有狂客，號爾謫仙人。驚回汝水間關夢，東坡嘗欲居汝潁。乞與江天自在春。老杜詩：恣意買江天。罨畫初游冰欲泮，罨畫屬常州。古稱陽羨『三湖九溪』。地理志云：今只有六溪，其三溪不知其處，而六溪之中有荆溪，則首受蕪湖，東至陽羨入海，俗呼為罨畫溪也。邵康節詩：罨畫溪深方誤入。張師正倦游録云：能罨畫乃今之生色也。毛詩：迨冰未泮。昌黎聯句：離思春冰泮。王介甫詩：歸期只待春冰泮。浣花何處月還新？浣花溪在成都。此言東坡未有還蜀之日。凉州不是人間曲，『凉州』，曲名。蓋唐以州名曲，如『伊凉』、『甘凉』之類。鄭棨開天傳信記：西凉州製新曲曰：凉州。寧王曰：斯曲也，宫離而少徵，商亂而加暴，恐有播越之禍。及安史亂，始驗寧王審音之妙。明皇雜録：明皇自蜀回，乘月登樓，命歌凉州。凉州即貴妃所製，親御玉笛，為倚樓曲，因廣其曲，傳於人間。東坡詩：歸來羯鼓打凉州。白樂天集載盧貞和永豐坊園柳詩〔二〕：玉皇曾採人間曲，應逐歌聲入九重。佇見君王按玉宸。唐史禮樂志：康崐崙奏琵琶於玉宸殿。宋次道東京記：後苑有玉宸殿。此言東坡非久外者。樂天詩：借問晨霞子，何如朝玉宸？

〔一〕『盧貞』句，白居易集卷三十七（中華書局一九七九年校點本）楊柳枝詞即咏永豐坊柳之作，其後附盧貞和詩，題曰：『永豐坊西南角園中有垂柳一枝，柔條極茂，白尚書曾賦詩，傳入樂府，遍流京都。近有詔旨取兩枝植於禁苑，乃知一顧增十倍之價，非虛言也，因此偶成絶句，非敢繼和前篇。』全唐詩卷四百六十三載盧貞此詩，題曰『和白尚書賦永豐柳』，白居易集所載詩題則成為詩序。

次韻公秉子由十六夜憶清虛 元豐乙丑作。

九陌無塵夜際天，三輔舊事：長安城中八街九陌。韓退之詩：雖有九陌無塵埃。韓偓詩：輕寒著背雨淒淒，九陌無塵未有泥。兩都風物各依然。班固有兩都賦。國朝以東汴西洛為兩都。車馳馬逐燈方鬧，後漢馬后紀：車如流水，馬如游龍。地靜人閑月自妍。佛館醉談懷舊歲，齋宮詩思鎖今年〔一〕。漢宣紀：神光燭耀齋宮。後漢周澤為太常〔二〕，嘗卧疾齋宮。權德輿詩：看花詩思發，對酒客愁輕。杜荀鶴詩：窗風從此冷，詩思當時清。但聞公子微行去，博物志：『王孫』『公子』皆古人相推敬之辭。始皇三十一年，始為微行咸陽。張晏注：若微賤之所為，故曰『微行』也。史記范雎傳：雎微行見須賈。西漢武帝、成帝紀並載『微行』。門外驊騮立繡韉。劉向新序：驊騮、緑驥，天下之駿馬也。杜甫詩：馬寒防失道，雪没錦鞍韉。

〔一〕『鎖』原作『瑣』，據嘉靖本、萬曆本、樹經堂本改。

〔二〕『澤』原誤作『漢』，據後漢書卷七十九儒林列傳周澤改。『嘗』後漢書作『常』。

訪趙君舉

年譜：元豐八年臘雪時在館中作。

朔風吹雪滿都城，謝玄暉詩：朔風吹飛雨。老杜詩：朔風鳴淅淅。鮑照效劉公幹體云：一風吹朔雪，千里度龍山。左傳隱公二年，祭仲曰：都城過百雉，國之害也。歐陽公詩：日久都城車馬喧。曉踏驊騮訪玉京。靈樞金景内經曰：下離塵境，上界玉京。史記：天上白玉京，五城十二樓〔一〕。相引槽頭看春酒，李賀詩：小槽酒滴真珠紅。毛詩曰：為此春酒，以介眉壽。杜詩：春酒盃濃琥珀薄。細流三峽夜泉聲。杜子美詩：詞源倒流三峽水。又：泉聲帶玉琴。李太白詩：彈為三峽流泉音。又：響入百泉去，聽如三峽流。

〔一〕『史記』句，按此語不見于史記。僅史記孝武本紀謂『方士有言黄帝時為五城十二樓』。又李白經亂離後天恩流夜郎憶舊遊書懷贈江夏韋太守良宰詩云：『天上白玉京，十二樓五城。』蓋以李白詩誤作史記語，且文字有舛訛。

和王明之雪

按吳曾漫録云：歐陽季默問東坡：『山谷詩何處好？』東坡不答，但稱重黄詩。季默云：『如「夜聽疏疏還密密，曉看整整復斜斜」，豈是佳耶？』東坡云：『正是佳處。』此詩賦元祐丁卯春雪，時在館中，『奉呈廣平公』，『廣平』即宋盈祖，此篇次前韻。

金母紫皇開壽域，東方朔神異經：揖金母，拜木公。漢史王吉傳：驅一世之民，躋之仁壽之域。杜甫詩：八荒開壽域。杜牧之詩：生人但食眠，壽域富農桑。煉成天地一爐沙。莊子：子犂曰〔一〕：『今一以天地為大爐，造化為大冶。』賈誼鵩賦：天地為爐兮，造化為工。千花亂發春無耐，萬井交光月未斜。貧巷有人衣不纊，左氏：楚子一言，而三軍之士如挾纊。陳平傳：家貧，居陋巷，以席為門。北窗驚我眼飛花。華嚴經：如目翳人，見空中花。圓覺經：譬如病目，見空中花。老杜詩：來歲還舒滿眼花。韓文公詩：眼知別後自添花。陸暢詩：天人寧底巧，剪水作飛花。歌樓處處催沽酒，誰念寒生泣白華？毛詩：白華，孝子之潔白也。

〔一〕『犂』原作『黎』，據莊子大宗師改。

題子瞻墨竹

年譜：元祐間館中作。山谷嘗有跋云：東坡畫竹數本，筆墨皆挾風霜，真神仙中人，惜無賀監賞之，但有衆人皆欲殺之耳。

眼入毫端寫竹真，梁簡文帝詠美人看畫詩：可憐俱是畫，誰能辨寫真？杜詩：必逢佳士亦寫真。李後主竹詩：傳真無好筆，寫影有橫塘。東坡詩：花心起墨暈，春色入毫端。又詩：老可能為竹寫真。又詩：寫真賴有文夫子。枝掀葉舉是精神。昌黎竹詩：風枝未飄吹，露粉先含淚。柳詩：風枝陳散葉。因知幻物出無象〔一〕，楞嚴經云：一切浮塵，諸幻化相。傳燈録七佛偈曰：身從無相中受生，猶如幻出諸形象。問取人間老斲輪。莊子曰：齊桓公讀書於堂上，輪扁斲輪於堂下，曰：『以臣之事觀之，斲輪徐則甘而不固，疾則苦而不入〔二〕。不徐不疾，得之於手，應之於心，口不能言，有數存焉於其間。古之人與其不可傳也死矣。然則君之所讀者，古人之糟粕也。』

〔一〕「物」嘉靖本、萬曆本、樹經堂本作「化」。
〔二〕「入」原作「甘」，據弘治本、樹經堂本及莊子天道篇改。

山谷別集詩注卷下

觀秘閣蘇子美題壁及中人張侯家墨跡十九紙率同舍錢才翁學士賦之〔一〕

元祐元年丙寅，山谷為校書郎所賦。

仁祖康四海，按國史，仁宗慶曆四年，朋黨滋盛，參政范仲淹不自安，出為陝西河東路宣撫使，樞密副使富弼出為河北宣撫使，劉巽、蘇舜欽並除名勒停。王洙、刁約、江休復、王益柔、周延雋、章岷、呂溱、周延遜、宋敏求、徐綬，並皆斥逐。先是，杜衍、范仲淹、富弼等同執政，多引用一時聞人，欲更張庶事。御史中丞王拱辰等不便其所為，諷其屬魚周詢、劉元瑜劾奏舜欽等，同時斥逐者多知名士。上以為過薄，而拱辰等方自喜曰：『吾一舉網盡矣！』歐陽公誌蘇子美墓銘曰：君諱舜欽，字子美，開封人，少好古，工為文章，官于京師。位雖卑，數上疏論朝廷大事，敢道人之所難言，范文正公薦君召試，得集賢校理。自元昊反，兵出無功，天下殆於久安而困兵事，天子奮然用三四大臣，欲盡革衆弊，以紓民。是時范文正公與富丞相多所設施，而小人不便，顧人主方信用，思有以撼動，未得其根。以君文正公之所薦，而宰相杜公婿也，乃以事中君，坐監進奏院祠神，奏用市故紙錢會客，自為盜，除名。君名重天下，所會客皆一時賢俊，悉坐貶逐。然後中君者喜曰：『吾一舉網盡之矣！』其後三四大臣繼罷去，君携妻子居蘇州，買水石作滄浪亭，日益讀書，時發其憤悶於歌詩，至其所激，往往驚絶。又喜行草書，皆可愛，雖短章，醉墨落筆，争為人所傳。本朝盛文章。孟子曰：立乎人之本朝。杜詩：本朝再樹立。韓詩：國朝盛文章，子昂始高蹈。蘇郎如虎豹，孤嘯翰墨場。文選謝宣遠詠張子房詩：粲粲翰墨場。杜詩：出游翰墨場。柳子厚：鋒摇翰墨場。風流映海岱，書禹貢：海岱及淮惟徐州〔二〕。桓彝謂庾亮曰：徐寧真海岱清士。李太白詩：歷詆海岱豪，結交魯朱家。俊鋒不可當。陳孔璋檄：天威不可當。岑參詩：鼓怒不可當。學書窺法窟，項羽傳：學書不成，去，學劍。南代見崔張。崔瑗字子玉，善草書，王隱謂之『草賢』。張芝字伯英，性好書，其草急就章字，皆一筆而成。張伯英自稱『上比崔杜不足，下方羅趙有餘』，『崔』乃崔瑗，『張』即伯英也。銀鉤刻琬琰，法書苑：索靖草書絶代，名曰『銀鉤蠆尾』。晉史索靖草書狀曰：草書之為狀也，婉若銀鉤〔三〕，漂若驚鸞。杜詩：龍蛇動篋蟠銀鉤。又詩：拜舞銀鉤落。又詩：頭陀琬琰鐫。蠆尾回縑緗〔四〕。歐公詩：收愚老縑緗〔五〕。擢登羣玉府，穆天子傳曰：羣玉山先王之所謂『策府』。柳子厚文：森然炳然，若開羣玉府。臺閣自生光。韋應物詩：英聲久籍籍，臺閣多故人。岑參詩：高價振臺閣，清詞出應、徐。春風吹曉雨，禁直夢滄浪。東坡詩：禁林夜直鳴江瀨。孟子離婁上：滄浪之水清兮，可以濯我纓。人聲市朝遠，謝玄暉詩：寂寞市朝變。陸士衡詩：日中市朝滿，車馬若川流。簾影花光凉〔六〕。韋應物詩：思逐花光亂，賞餘山景多。秋河澒筆研，怨句挾風霜。西京雜記：淮南王著鴻烈，自云：『字中皆挾風霜。』〔七〕韓文公詩：頻蒙怨句刺棄遺。東坡詩：怨句寫余恨。不甘老天禄，天禄閣漢世以藏秘書，揚雄校讎天禄閣，天禄，獸也，因以為名。試欲叫未央。漢有未央宫。小臣膽如斗，禮運：大臣法，小臣廉。左傳僖公四年：太子祭于曲沃，歸胙于公，與小臣，小臣亦斃。成公十年：小臣有晨夢負公以登天。劉公幹詩：小臣信頑魯。杜詩：亦如小臣媚至尊。太白詩：小臣拜獻南山壽。東坡詩：小臣願對紫薇花〔八〕。蜀志姜維傳：世語曰：維死時見剖，膽如斗大。

侏儒俸一囊。

西漢東方朔上書，上偉之，令待詔公車，俸祿薄，朔紿侏儒曰〔九〕：『上欲盡殺若曹。』上問朔何恐侏儒，對曰：『侏儒長三尺餘，俸一囊粟，錢二百四十；朔長九尺餘，亦俸一囊粟，錢二百四十。侏儒飽欲死，臣朔飢欲死。無令但索長安米。』上大笑，因使待詔金馬門。

請提師十萬，

韓昌黎詩：提師十萬餘，四海欽風稜。前漢史：樊噲言：『願得十萬衆，橫行匈奴中。』季布曰：『噲可斬也。夫以高帝兵三十萬餘，困於平城，噲時亦在其中。今噲奈何以十萬衆橫行匈奴中哉！』

奉辭問犬羊。

大禹謨：肆予以爾衆士〔一〇〕，奉辭伐罪。潘安仁西征賦：異奉辭以伐罪，初垂翅於回谿。

歸鞍飲月支，

漢張騫傳：匈奴破月支王，以其頭為飲器。

伏背笞中行。

漢史賈誼傳：陛下試以臣為典屬國，請必繫單于之頸而制其命，伏中行說而笞其背。

人事多乖迕〔一一〕，

陶潛答龐參軍詩序：人事好乖，便當語離。杜詩：人事多錯迕。東坡詩：人事固多乖。

南遷浮夜航。此時調玉燭，日行中道黃。柄臣似牛李，〔一二〕傾奪謀未臧。魯酒圍邯鄲〔一三〕，

莊子外篇：魯酒薄而邯鄲圍。莊子注：楚宣王朝諸侯，魯恭公後至而酒薄，宣王怒，發兵攻魯。梁惠王嘗欲擊趙而畏楚救，楚以魯為事，故梁得圍邯鄲。許慎注淮南子：楚會諸侯，魯、趙俱獻酒於楚王，魯酒薄而趙酒厚，酒吏易魯薄酒，故楚王圍邯鄲。

老龜禍枯桑。

異苑：孫權時，永康有人入山，遇一大龜，即束之歸，龜便言曰：『游不良時，為君所得。』人甚怪之，載出欲上吳王。夜泊越里，纜船於大桑樹，宵中樹呼龜曰：『勞乎元緒，奚事爾耶？』龜曰：『我被拘縶，方見烹臛，雖盡南山之樵，不能潰我。』樹曰：『諸葛元遜博識，必致相苦，令求如我之徒，計將安出？』龜曰：『子明無多詞，禍將及汝。』樹寂而止。既至，權命煮之，焚柴萬車，語猶如故。諸葛恪曰：『然以老桑乃熟。』獻者仍說龜樹共言。權命使伐樹，煮龜立爛。白樂天詩：老龜烹不爛，延禍及枯桑。

兼官百郡邸，

漢成紀：封舅諸吏光祿大夫王崇為安成侯。應劭曰：諸吏武帝初置，皆兼官所加。史記：諸侯朝天子，於天子之所立宅舍曰邸。漢文紀：至邸議之。師古曰：郡國朝宿之舍在京師者，率名邸。邸，至也。

報賽用歲常。招延青雲士，

伯夷傳：閭巷之人欲砥行立名者，非附青雲之士，烏

能施於後代哉！盧象、杜甫、包佶、李紓，劉禹錫武陵集紀云：嘗所與游〔一四〕，皆青雲之士，聞名如盧、杜，高韻如包、李。韓詩：朝為青雲士，暮作白首囚。

共醉椒糈觴。離騷：巫咸將夕降兮，懷椒糈而要之。四民月令云：元日進椒柏酒。

俗客避白眼，傲歌舞紅裳。王益柔字勝之，與蘇子美祠神會為傲歌者。

謗書動宸極，史記甘茂傳：魏文侯使樂羊伐中山，返而論功，文侯示之謗書一篋。詩話載蘇子美勾當進奏院〔一五〕，因賽神會召館中同列，時洪州李中舍因梅聖俞願與此會，子美答曰：『食中不設饅羅饆夾，坐上安有國舍虞此也？』李衜之，暴揚其事，子美坐責。聖俞有客至詩云：客有十人至，共食一鼎珍。一客不得食，覆鼎傷衆賓。蓋指李也。杜詩：聲華夾宸極。

牢户繫桁楊。莊子：桁楊椄槢〔一六〕。音義云：械夾頸及脛者。

一網收冠蓋，左太冲詩：冠蓋蔭四術。曹子建詩：冠蓋相追隨。

九原人走藏〔一七〕。禮記晉獻文子曰：從先大夫於九京。注謂晉卿大夫之墓地在九原，『京』蓋字誤。老杜詩：婦女行泣夫走藏〔一八〕。

庖丁提刀立，莊子内篇：庖丁為文惠君解牛，提刀而立，四顧，為之躊躇，善刀而藏之。文惠君曰：『善，吾聞庖丁之言，得養生焉。』

滿志無四旁。論罪等饕餮，左傳文公十八年：縉雲氏有不才子貪于飲食，冒于貨賄，天下之民以比三凶，謂之『饕餮』。舜臣堯，流四凶族：渾敦、窮奇、檮杌、饕餮，投諸四裔，以禦螭魅。東京賦：滌饕餮之貪慾。善曰：杜預左氏傳注：『貪財曰饕，貪食曰餮。』

囚衣禦方良。夏官方相氏：以戈擊四隅，敺方良。注：方良音罔兩，又如字。張平子東京賦：斬蜲蛇，腦方良。注：向曰：並惡鬼名。綜曰：方良，草澤之神。

姑蘇麋鹿畽，詩：町畽鹿場。注：鹿跡也。畽，宅短反。伍被諫淮南王曰：昔子胥諫吳王，吳王不聽，迺曰：『臣今見麋鹿遊於姑蘇之臺，宮中生棘荊，露沾衣也。』李太白詩：棘生白虎殿，鹿走姑蘇臺。白樂天詩：姑蘇臺下草，麋鹿暗生麑。

風月在書堂。永無湔祓期，曹子建應詔詩表：永無執珪之望。漢史昌邑王賀傳曰：以湔洒大王。退之詩云：懼終莫湔洗。

山鬼共幽篁。『山鬼』字見史記秦始皇紀，楚辭九歌有山鬼詩。鮑明遠蕪城賦：水魅山鬼，野鼠城狐，風嗥雨嘯，昏見晨趨。杜詩：山鬼幽憂雪霜逼。

萬户封侯骨，漢史李廣傳文帝曰：惜廣不逢時，令當高祖世，萬户侯豈足道哉！後漢班超傳相者指超曰：生燕頷虎頸，飛而食肉，此萬户侯相也。翟方進傳：從蔡父相，蔡父謂曰：『小史有封侯骨。』**今成狐兔岡。**桓子新論雍門周見孟嘗君曰：臣竊悲千秋萬歲後，墳墓生荆棘，狐兔穴其中。張孟陽七哀詩：狐兔窟其中，蕪穢不復掃。**邇來四十年，**諸葛亮出師表：爾來二十有一年矣。太白蜀道難：爾來四萬八千歲。歐公詩：邇來不覺四十年。**我亦校書郎。**山谷元豐八年四月除校書郎，恰四十年。**雄文終膾炙，**歐公祭蘇子美云：子於文章，雄豪放肆。孟子曰：膾炙哉。邵康節詩：言味止如甘膾炙。**妙墨見垣墻。**費誓無敢寇攘，踰垣墻。**高山仰豪氣，**毛詩：高山仰止。『豪氣』見上注。**崢嶸乃不亡。**吴都賦：南北嶸崢。注：險峻貌。李白大鵬賦：吐崢嶸之高論。郭璞方言注：崢嶸，高峻也。老子曰：死而不亡曰壽。**張侯開詩卷，詞意尚軒昂。**韓退之聽穎師彈琴詩：劃然變軒昂。**草書十紙餘，雨漏古屋廊。**周越法書苑：顔魯公與懷素同學草書于鄔兵曹，或問：『張長史見公孫大娘舞劍，始得低昂回翔之狀，兵曹有之乎？』懷素以『古釵脚』對，魯公曰：『何如屋漏痕？』杜少陵詩：床頭屋漏無乾處〔一九〕。**誠知千里馬，不服萬乘箱。**戰國策郭隗謂燕昭王曰：古人君遣使者賫千金市千里馬於他國。賈捐之傳：孝文帝時有獻千里馬者。毛詩：睆彼牽牛，不以服箱。張平子思玄賦：縶腰褭以服箱。東坡詩：空飛不服箱。**遂令駕鼓車，**後漢循吏傳：建安十三年，有獻名馬，日行千里，詔以馬駕鼓車。老杜詩：吾聞駕鼓車，不合用騏驎。又：今日翔麟馬，先宜駕鼓車。東坡詩：汗血駕鼓車。**此豈用其長？事往飛鳥過，**文選張景陽詩：忽如鳥過目。杜少陵詩：餘生如過鳥。樂天詩：生猶鳥過目。杜牧之詩：長空碧杳杳，萬古一飛鳥。**九原色莽蒼。**莊子逍遥篇：適莽蒼者三飡而返〔二〇〕，腹猶果然。王介甫詩：武昌山川今可想，緑水逶迤煙莽蒼。**敢告大鈞手，**賈誼賦：大鈞播物，坱圠無垠。李太白詩：存亡任大鈞。**才難幸扶將。**魯論曰：才難不其然乎？漢孝景王皇后傳：女逃匿，扶將出拜。樂府木蘭歌：爺娘聞女來，出郭相扶將。是篇始則美蘇公之才，中則伸蘇公之冤，終則嘆人才之難，謂當愛護詩人，箴規美刺之體備矣。

〔一〕『秘閣』嘉靖本、萬曆本詩作『秘閣西』，無『中人』二字。
〔二〕『惟』原作『為』，據樹經堂本及書禹貢改。
〔三〕『婉』原作『琬』，據弘治本、樹經堂本及晉書卷六十索靖傳改。
〔四〕『緗』原作『湘』，據嘉靖本、萬曆本、樹經堂本改。
〔五〕『收』原作『牧』，『緗』原作『湘』，據歐陽修鎮陽讀書詩（歐陽文忠公集居士集卷二）改。樹經堂本作『緗』。
〔六〕『光』嘉靖本、萬曆本作『竹』。
〔七〕『風霜』之下原有『之句』二字，為衍文，今據西京雜記（中華書局一九八五年版）卷三刪。
〔八〕小臣願對紫薇花『薇』原作『微』，據樹經堂本改。
〔九〕『給』原作『紿』，據弘治本、樹經堂本及漢書卷六十五東方朔傳改。
〔一〇〕『士』原缺，據尚書虞書大禹謨補。
〔一一〕『多』嘉靖本、萬曆本作『喜』。『迕』樹經堂本作『忤』，二字通。
〔一二〕『浮夜航……柄臣似牛李』以下原缺，據嘉靖本、萬曆本、樹經堂本補。
〔一三〕『魯』嘉靖本、萬曆本作『薄』。
〔一四〕『嘗』原作『常』，據弘治本及劉禹錫董氏武陵集紀（劉禹錫集卷十九，上海人民出版社一九七五年版）改。
〔一五〕『勾』原作『句』，據宋史職官志改。按『勾當』為使職之名，即權委辦理。『句』可通『勾』。
〔一六〕『椄槢』原作『接摺』，形近而誤，據莊子在宥篇改。
〔一七〕『九原人走臧』嘉靖本、萬曆本作『九衢人走藏』。樹經堂本作『九京人走藏』，句下注：『「九京」一作「九衢」。』
〔一八〕『藏』原作『臧』，據樹經堂本及杜甫大麥行詩改。

〔一九〕『頭』原誤作『床』，據杜甫茅屋為秋風所破歌改。

〔二〇〕『返』原作『還』，據樹經堂本改。按莊子逍遥游此句作『反』，通『返』。

題文潞公黄河議後

詳見遺老傳。

蘇子由遺老傳云：元豐中河決大吴，神宗知故道不可復，因導之北流，水性已順。至元祐初，文潞公、吕汲公主回河之議，勞民費財，竟無益也。

澶淵不作渡河梁，九域志：河北東路開德府本曰澶淵，即澶州。由是中原府庫瘡。白首丹心一元老，杜少陵詩：北闕丹心在。毛詩：方叔元老。歸来高枕夢河隍。史記張儀傳：大王高枕而卧。又楚辭：故高枕而自適。

題宗室大年畫二首

米芾書畫史：宗室令穰字大年，作小軸甚清麗。陳後山詩云『今代風流數大年』是也。此詩洪景盧夷堅志所載。山谷嘗跋大年畫云：大年學東坡先生作小山叢竹，殊有思致，但竹石皆覺筆意柔嫩，蓋年少喜奇故耳。又云：荒遠閑暇，亦有自得意處，比之古人，但少豪壯及餘味耳。年譜：元祐間館中作。

水色煙光上下寒，李太白詩：山光水色緑如藍。忘機鷗鳥恣飛還。文選江文通雜體詩曰：亹亹玄思清，胸中去機巧。物我俱忘懷，可以狎鷗鳥。列子：海上有人好鷗鳥，至者以百數，其父曰：『吾聞鷗從汝游，試取來，吾從玩之。』曰：『諾。』明旦之海上，鷗鳥舞而不下。李太白詩：白鷗兮飛來〔一〕，長與君相親。年来頻作江湖夢，對此身疑在故山。坡詩：江湖來夢寐。謝靈運詩：故山日月還。杜詩：故山多藥物。輕鷗白鷺定吾友，杜少陵詩：鷗輕故不還。東坡赤壁賦：侶魚蝦而友麋鹿。韓昌黎詩：吾友柳子厚。山谷前集詩兩用『吾友陳師道』。翠柏幽篁是可人。韋應物詩：清晨上亭下，獨愛此幽篁。『可人』字見蜀志費禕及晉史桓温傳。海角逢春知幾度，范文正公海陵西溪牡丹詩：陽和不擇地，海角亦逢春。憶得上林色，相看如古人。卧遊到處總傷神。杜詩：回首一傷神。王荆公詩：山林投老一傷神。

〔一〕『飛』樹經堂本作『歸』。

題燕邸洋川公養浩堂畫

此詩洪景盧夷堅志表出之。年譜：元祐間館中作。按容齋紀異云：燕邸萊州洋川公家有古今畫十冊，東坡過之，為書籤題其後云：『高堂素壁，無舒卷之勞；明窗凈几，有坐卧之安。』又按容齋紀異上載蕭寺吟雙竹及題大年畫二篇，夷堅志方載後一聯，今併録之。

蕭寺吟雙竹，秋醪薦二螯。破塵歸騎速〔一〕，横日鴈行高。昌黎詩：歸騎得相收。歐公詩：天街緑樹騰歸騎。東坡詩：遥知寒食催歸騎。白樂天詩：鴈點青天字一行。東坡詩：碧天無際鴈行高。擁膝度殘臘，樂天詩：度臘都無苦霜霰。攀條驚早春。謝靈運詩：攀條摘蕙草。文選古詩：攀條折其榮，將以遺所思。李太白詩：攀條摘朱實。柳子厚詩：攀條何所歎。歐詩：攀條驚雪盡。陳郎浮竹葉，着我北歸人。

〔一〕『速』嘉靖本、萬曆本作『遠』。樹經堂本于詩末注云：『「速」一作「遠」。』嘉靖本、萬曆本詩後注云：『又一首云：擁膝度殘臘，攀條驚早春。』按即下一首之首二句，三四句全集本失載。

題劉法直詩卷

年譜：元祐間館中作。

往日劉隨州，作詩驚諸公。唐人劉長卿字文房，嘗為隨州刺史，有詩集行於世。杜甫詩：語不驚人死不休。老兵睨前輩，晉謝奕嘗逼桓溫飲，溫避之，奕遂引一兵帥共飲，曰：『失一老兵，得一老兵。』後漢孔融論盛孝章書曰：今少年喜謗前輩。欺詆阮嗣宗。嵇康絶交書：阮嗣宗口不論人過，吾每師之。才卿望長卿，歲數未三百。豈其苗裔耶？項羽贊：豈其苗裔歟？何其興之暴也〔一〕？詩句侵唐格。名賢詩話云：黄魯直自黔南歸，詩變前體，且云：要須唐律中作活計，乃可言詩。此所以有取於法直也。慨然古人風，魏志毛玠傳：太祖以素屏風、素憑几賜玠，曰：『君有古人之風，故賜君古人之服。』乃在逐客篇〔二〕。『逐客』見史記李斯傳。東坡詩：逐客何人著眼看。朝廷重九鼎，史記：毛先生一行，使趙重九鼎大吕。政欲多此賢。虎豹九關嚴，楚辭招魂曰：虎豹九關，啄害下人。漂零落閑處。空餘三百篇，詩三百，一言以蔽之，曰『思無邪』。不隨夜臺去。劉禹錫酬樂天詩曰：華屋坐來能幾日，夜臺歸去便千秋。

〔一〕『何其興之暴也』原作『何其若興之暴也』，據漢書項羽傳贊删『若』，史記項羽本紀太史公曰作『何興之暴也』。弘治本作『何其若是之暴也』，樹經堂本作『何興之暴也』。

〔二〕『在』原作『作』，據嘉靖本、萬曆本、樹經堂本改。

送莫郎中致仕歸湖州 并引

世傳霅上多高士，今莫公其人哉？公為刑部郎中，一旦浩然思歸，遂奏乞謝事。朝廷深惜其人材，重違其高致，即以本曹郎致仕，考之近歲，未有此例也。是時公方中年，擺落顯仕如遺芥，考之近歲，未見其人也。凡朝廷之士大夫，至於府史閭巷之人，莫不咨嗟歎息，曰：賢乎哉，莫公！然予嘗觀之，士風之零替，未有如今日之甚也！非特士風之尤，乃法令致使然爾。異日三丞致仕，得官一子，今則不得也，至朝奉郎乃得之。及朝奉郎，年及格不得也，不躬受不得也。至則有耄老而不去，既去而復来；自列其年，歸過乃父疾亟方請命，至已亡，哭扶尸以紿，將命使者不授，牒訟紛紛，逾時不決。古人以致仕為榮，交親畢賀。今人以致仕為病，子弟交諱。嗚呼！天下士風，一至於此。由是觀之，莫公其賢者乎？天下之人，聞其風者可以興起矣。余雖於公不深，獨喜而樂道之。霅上多高士，寰宇記云：苕、霅二溪屬湖州，『霅』者四水激射之聲，蓋四水合為一溪也，曰苕溪，曰前溪，曰餘不溪，曰霅溪。東漢有高士傳。張志和自稱『煙波釣徒』，往來苕、霅間，亦名元真子。君今又乞身。後漢李通傳：時天下略定，通思欲避榮寵，以病乞身。歐陽永叔詩：晚節恩深許乞身。東坡詩：粗報君恩便乞身。中年謝事客，晉王羲之傳謝安曰：中年以來傷於哀樂，與親友別，輒作數日惡。白日上昇人。神仙傳：蜀女謝自然師司馬承禎，後白日上昇。洞仙傳：茅濛字初成，師鬼谷先生，乘雲駕龍，白日升天。邵康節詩：靈丹換骨還知否？白日昇天似得麼。珠囊十六云：馳騁龍駕，白日登晨。酉陽雜俎曰：白日去曰上解。崔居士唐中岳韓尊師碣文曰：嘗覽鏡自贊曰：我瞳正方，可白日升天。靜泛苕溪月，閑嘗顧渚春。按輿地廣記：顧渚隸湖州，地有進茶品甚珍。劉夢得試茶歌：何況蒙山顧渚春。東坡詩：千金買斷顧渚春。滔滔夜行者，論語：滔滔者，天下皆是也。漢史朱買臣傳：富貴不歸故鄉，如衣錦夜行〔一〕。能不愧清塵？楚辭：聞赤松之清塵。謝靈運述祖德詩：遙遙播清塵。杜詩：前後間清塵。曾子固詩：郎位襲清塵。山谷因莫公以起當世之痼疾也。

〔一〕『如衣錦夜行』據漢書卷六十四朱買臣傳，此為漢武帝謂朱買臣言，『錦』作『綉』。史記項羽本紀中項羽已有此感嘆，亦作『綉』。

雜　詩

年譜：紹聖元年夏，山谷與佛印相遇，當是此時作。

迷時今日如前日，韓詩外傳云：昨日何生，今日何成？悟後今年似去年。隨食隨衣隨事辦，誰知佛印祖師禪？觀佛三昧經云：住念佛者，心印不壞乎？傳燈録：慧光問達麼曰：『諸佛法印，可得聞乎？』師曰：『諸佛法印，匪從人得。』又仰山謂香嵓禪師曰：汝只得如來禪，未得祖師禪。東坡詩：後來薝葡祖師禪〔一〕。

〔一〕『薝』原作『簷』，誤。薝葡（蔔），花名，梵語，義譯為鬱金花。亦作瞻蔔。

明叔惠示二頌

年譜：紹聖丁丑謫黔南，作其序云：明叔惠示三頌，云見七佛偈，似有警覺，乃是見道之端發於此，故以二頌為報。楊皓字明叔，眉州丹稜人，官於黔中，時山谷遷謫，與之游從。山谷和楊明叔『隅』字韻七詩，皆謂之頌。前集載其五，叙州墨妙亭碑刻其二，即此是也。彭山黄氏舊藏山谷墨蹟七首並録。

山川圍宴坐，東方朔外傳：武帝宴坐，朔執戟在殿階旁。唐貫休諸距羅贊：鴈蕩經行雲漠漠，龍湫宴坐雨濛濛。東坡詩：持頤宴坐不出門。又徑山詩：結茅宴坐荒山顛。又：宴坐林間時有虎。又：幽人宴坐處。又：宴坐柳生肘。山谷題胡逸老致虚菴亦云：山圍宴坐畫圖出。日月轉庭隅。杜甫詩：野月滿庭隅。東坡詩〔一〕：明月豈肯留庭隅。般若尋常事，般若經：須菩提宴坐嵓中，帝釋散花曰：『我聞尊者善談般若。』須善提曰：『我於般若未嘗談著一字。』帝釋曰：『尊者無説，我亦無聞，無説無聞，是名般若。』如来卧起俱。佛書雜説：『如』者『來』之體，『來』者『如』

之用，湛然常自在而如如者，謂之如，應物而來者，謂之來。**多聞成外道，**（楞嚴經：阿難見佛，頂禮悲泣，恨無始來，一向多聞，未全道力。傳燈録：外道問佛，不問有言，不問無言。）**只是守凡夫。**（金剛經：凡夫者，如來説即非凡夫。東坡詩：要知盃渡是凡夫。）**欲聽虚空教，**（楞嚴經第六卷偈：迷妄有虚空。老杜詩：虚空不離禪。）**須彌作鼓桴。**（禮運云：蕢桴而土鼓。疏云：桴謂擊鼓之物。史記：司馬穰苴援枹而鼓之〔二〕。『枹』作桴。寶積經須菩提言：世尊，我若入定，正使有人具大神力，以百億四天下為一大鼓，取須彌山為一大椎，於我定時，令一大人住在我前，執彼大椎，撾擊大鼓。雪竇後録載鹽官齊安和尚示衆云：虚空為鼓，須彌為椎，甚麽人打得？）

平生討經論，苦行峻廉隅。（文選石闕銘：人識廉隅，家知禮義。王子淵洞簫賦：故貪饕者聽之而廉隅。）**偽契已無分，買山雲自如。**（世説：支遁就深公買印山〔三〕，公曰：『未聞巢、由買山而隱。』王介甫詩：天空雲自如。）**身為廊廟宰，**（李少卿答蘇武書：親戚貪佞之類，悉為廊廟宰。）**夢作種田夫。**（東坡詩〔四〕：我是識字耕田夫。）**欲辨身兼夢，還如鼓與桴。**（前漢李尋傳：和氣可立致，猶桴鼓之相應也。）

〔一〕『詩』字原無，據樹經堂本補。

〔二〕『枹』原作『桴』，據史記卷六十四司馬穰苴列傳改，以與下注文一致。

〔三〕『印』原作『仰』，據世説新語排調改。按：『印山』當作『岬山』。世説新語言語：『支公好鶴，住剡東岬山。』又高僧傳卷四竺道潛傳：『支遁遣使求買岬山之側沃洲小嶺，欲為幽棲之處，潛答云：「欲來輒給，豈聞巢由買山而隱？」』

〔四〕『詩』字原無，據樹經堂本補。

與黔倅張茂宗

按蜀本詩集注云：山谷初到黔南，守曹譜伯達、倅張兟茂宗待之頗厚。山谷與大主簿三十三書云〔一〕：太守曹供備譜，濟陽之姪，通判張兟，張景儉孫公休之妻弟，皆賢雅，相顧如骨肉。年譜：元符初元遷戎州作。

静居門巷似烏衣，楞嚴經云：譬如人静居。王逸九思：静居兮自娛。孟東野詩：問禪徒静居。王介甫詩：禪天好静居。老杜詩：故鄉門巷荊棘底。世説王導曰：元規若來，吾角巾還烏衣。注引丹陽記曰：烏衣起吴時烏衣營處所也，江左初立，琅琊諸王所住。按寰宇記，烏衣巷在今建康上元縣。劉禹錫詩：朱雀橋邊野草花，烏衣巷口夕陽斜。文采風流衆所歸。杜甫詩：文采風流今尚存。別乘来同二千石，晉史庾亮曰：別駕舊與刺史別乘同流，宣王化，任居刺史之半〔二〕。歐陽公詩：玉麈高談別乘賢〔三〕。化民曾寄十三徽〔四〕。樂書曰：琴一也，或謂伏羲作，或謂神農作，上圓下方，象天地，徽十有二，象十二律。寒香亭下方遺愛，吏隱堂中已息機。李白送賀監詩：曾問長生説息機。白樂天詩：功名已息機。韓偓詩：爭敢當年便息機。暫與許司參婉畫，文選謝宣遠詩曰：婉婉幕中畫。百城官吏借光輝。杜甫詩：擁別借光輝。李適之送賀知章詩：行路滿光輝。李諒詩：篇章時到借光輝。

〔一〕『簿』原作『薄』，據弘治本、樹經堂本改。

〔二〕『晉史庾亮曰』云云，引文不見于晉書，且因删削而文句舛訛。今據杜佑通典卷三十二職官十四引庾亮集答郭豫書改補。底本『同流』之後接『王化』，語不連屬，今據庾書補『宣』。庾書原作：『宣王化於萬里』。

〔三〕『麈』原作『塵』，據樹經堂本及歐陽修聞潁州通判國博與知郡學士唱和頗多因以奉寄知郡陸經通判楊褒詩（歐陽文忠公集　居士集卷十四）改。

〔四〕『曾』原作『魯』，據嘉靖本、萬曆本、樹經堂本改。

次韻任道雪中同游東皐之作〔一〕

山谷與王觀復書云：有李仔任道，本梓人而寓江津二十餘年，其人言行有物，參道得其要〔二〕，老成人也。集中有答任道諸詩，元符二年自黔移戎至江津作。

四方民嗷嗷〔三〕，詩鴻鴈：哀鳴嗷嗷。搜神記：萬物焦枯，百姓嗷嗷。老杜詩：萬户哀嗷嗷。我奔走獨勞。詩：我從事獨賢。停舟近北渚，楚辭：帝子降兮北渚。陸士龍詩：北渚無河梁。扶杖步東皐。前漢賈山至言：山東吏布詔令，民雖老羸癃疾，扶杖而往聽之。陶淵明歸去來詞：登東皐以舒嘯。江文通雜擬詩：種苗在東皐。霜落瘦石骨，韓昌黎詩：巧匠斵山骨，河圖括地象。曰地以石為骨。水漲腐溪毛。左傳隱公三年：澗溪沼沚之毛。更有山陰興，晉史王徽之嘗居山陰，夜雪初霽，忽憶戴逵，逵時在剡溪，便夜乘小船詣之，經宿方至，造門不前而返。人問其故，徽之曰：『本乘興而來，興盡而返，何必見戴安道耶？』杜詩：山陰野雪興難乘。東坡詩：忽起山陰興。能無秦復陶？左傳昭十二年：楚子狩于州來，雨雪，王皮冠，秦復陶。注：秦所遺羽衣也。

〔一〕『次韻』句，嘉靖本、萬曆本題下有注：『任道有園曰東皋。』

〔二〕『參』前原有『則』，衍，據山谷内集卷十九與王觀復書删。

〔三〕『四方民嗷嗷』，弘治本作『四海方嗷嗷』。

戲用題元上人此君軒詩韻奉答周彦起予之作病眼空花句不及律書不成字〔一〕

詩後題云：此詩如元公欲刻之此君軒，可聽渠摹本也。王庠字周彦，榮州人。山谷前集有寄題榮州祖元大師此君軒詩，詩中有『公家周彦筆如椽』之句。榮州嘉祐寺此君軒詩刻又有山谷跋云：余既追韻作此詩寄周彦，周彦鈔本送元師，元師得余手墨，因為作草。草書近時士大夫罕得古法，但弄筆左右纏紉，遂號為草書爾。不知與科斗、篆、隸同法同意，數百年來惟張長史、永州狂僧懷素及余三人悟此法爾〔二〕。蘇才翁有悟處而不能盡其宗趣，其餘碌碌爾。江安城北灘上作茅亭，尉李相如為余開兩窗，極明暖，故能戲弄筆墨可意。墨蹟今藏於前忠南劉守子暉家。元符二年自黔移戎留江安作。

此道沉霾多歷年，尚書君奭篇：故殷禮陟配天，多歷年所。孟子萬章上：歷年多，施澤於民久。喜君占斗斫龍泉。晉張華傳：斗牛之間常有紫氣。雷焕曰：『此寶劍之精，上徹于天，當在豫章豐城。』華即補焕為豐城令，焕到縣，掘獄屋基，得一石函，中有雙劍：一曰龍泉，一曰太阿。我學淵明貧至骨，杜甫詩：已訴徵求貧到骨。東坡詩：先生年來窮到骨。君豈有意師無弦？陶淵明傳：不解音律，常蓄無弦素琴一張〔三〕，每酒酣，即撫弄以寄意。李太白詩：崔令學陶令，北窗常晝眠。抱琴時弄月，取意任無弦。瀟灑侯非貪爵命〔四〕，道人胸中有水鏡。東坡詩：道人胸中水鏡清。蜀志龐統傳注：司馬德操為水鏡。晉史樂廣傳衛瓘曰：此人之水鏡也。霜鍾堂下明月前，山海經：豐山有鍾九耳，霜降則鳴。元以『霜鍾』名其堂。枝枝雪壓如懸磬。昌黎喜雪獻裴尚書詩：欺梅併壓枝。左氏：室如懸磬，野無青草。敝帚不掃舍人門，魏文帝論文曰：里語曰：『家有弊帚，享之千金。』漢史高五王傳：魏勃常獨掃齊相舍人門。如願不謁青洪君。録異傳曰：廬陵歐陽明從賈客道經彭澤湖〔五〕，每以船中所有投湖中，後忽見一人來候明，云是青洪君使〔六〕。明甚怖。『青洪君感君前後有禮，故要君，必有重遺，君勿取，獨求如願爾。』明既見青洪君，乃求如願。使逐明去。如願者，青洪君婢也。明將歸，所願輒得。来聽道人寫風竹，杜甫詩：嗜酒愛風竹。東坡詩：衆賓起舞風竹亂。手弄霜鍾看白雲。平生竊聞公子舊，今日誰舉賈生秀？漢史賈誼傳：河南守吳公聞誼秀才，召至門下。文帝立，聞吳公治為天下第一，徵為廷尉，吳公乃言誼年少通書，上召以為博士。未知東帛何當來？但有一筇相倚瘦。欲截老龍吟夜月，無人處為江山說。中郎解賞柯亭椽，張隲高士傳蔡邕告吳人曰：吾嘗經會稽高遷亭，見屋東間第十六椽竹可以為笛，取用，果有異聲。伏滔長笛賦叙曰：蔡邕避難江南，宿於柯亭，柯亭之館以竹為椽，邕仰而盼之，曰：『良竹也！』取以為笛，奇聲獨絶，歷代傳之。晉史桓伊傳：伊善音樂，盡一時之妙，有蔡邕柯亭笛，常自吹之。王徽之赴召，泊舟青溪，令人謂伊曰：『聞君善吹笛，試為我一奏。』伊素聞徽之名，便下車，踞胡床，為作三調。邕嘗為中郎將。玉局歸時君為傳。『玉局』蓋指東坡，意欲待東坡之賞音，如蔡之賞柯亭椽也。

〔一〕『周彥』嘉靖本、萬曆本作『周彥公』，『病眼空花』嘉靖本、萬曆本作『病眼皆花』。

〔二〕『三』原作『二』，據樹經堂本改。

〔三〕『常』樹經堂本作『嘗』。按：諸家陶淵明傳均無『常』或『嘗』字。蕭統陶淵明傳作『而蓄無絃琴一張』，宋書陶潛傳作『而蓄素琴一張』，南史陶潛傳同宋書。

〔四〕『侯』原作『候』，據弘治本改。四庫全書全集本、萬曆本、樹經堂本作：『瀟灑侯王非爵命。』

〔五〕『客』原誤作『容』，據弘治本、樹經堂本及初學記卷十八富第五引録異傳改。此事又載太平廣記卷二百九十二，謂『出博異録』。明鈔本作出録異傳』。『歐陽明』二書所引均作『歐明』。

〔六〕『使』字原無，作『青洪君』不通，據太平廣記補。

和蒲泰亨四首

泰亨青神人。元符庚辰徽宗即位，山谷自戎州放還，省其姑張祉介卿之母於青神。是詩此時所和，墨迹今藏于秘撰楊公家。

我已人間無所用，鬢飄霜雪眼生花。東坡兄弟來雖晚，折箭堪除蝕月蛙。盧仝月蝕詩：傳聞古老説，蝕月蝦蟆精。東坡送三掾罷官詩〔一〕：月啖蝦蟆行復皎。

東坡海上無消息，老杜夢李白詩：金瓶落井無消息。李義山詩：丹丘萬里無消息。想見驚帆出浪花。東坡詩：驚帆度海風掣回。劉禹錫詩：無端陌上狂風急，驚起鴛鴦出浪花。杜甫詩：閃閃浪花翻，幔卷浪花浮。又：正憐日破浪花出。東坡詩：樽酒那能泛浪花。又虎跑泉詩：龍作浪花供撫掌。又八月十五日看潮詩〔二〕：欲識潮頭高幾許，越山渾在浪花中。又詩云：篙師酣寢浪花中。三十年来世三變，沈約宋書謝靈運傳論：自漢至魏，四百餘年，詞人才子，文體三變。『三變』蓋指熙豐、元祐、紹聖也。幾人能不變鶉蛙！列子天瑞篇：若蛙為鶉。注：事見墨子。

玉座天開旋北斗，謝玄暉銅雀臺詩：玉座猶寂寞。老杜詩：玉座應悲白露團。獨孤及風后八陣圖：若星馳天旋，雷動山破。時徽廟登極，故有『玉座天開』之句。清班烏散落餘花。白樂天詩：早接清班登玉陛。東坡：珪璋滿清班。謝玄暉詩：魚戲新荷動，鳥散餘花落。有人難立百官上，杜甫詩：每於百寮上。不為廟中羔菟蛙。漢史霍光傳山曰：丞相擅減宗廟羔、菟、鼃，此可罪也。師古曰：羔、菟、蛙所以供祭。「難立百官上」指章惇，言惇罪不特羔、菟、蛙耳。

栽竹養松人去盡，空聞道士種桃花。劉夢得元和十年自朗州召至京師〔三〕，戲贈看花諸君子詩：紫陌紅塵拂面來，無人不道看花回。玄都觀裏桃千樹，盡是劉郎去後栽。大和二年三月，復來游，作絶句并引曰：予貞元二十一年為尚書屯田員外郎，時此觀中未有花木，是歲出牧連州，尋貶朗州司馬，居十年，召至京師，人皆言有道士植仙桃滿觀，如爍晨霞，遂作詩以志一時之事。旋又出牧，于今十有四年，得為主客郎中，重遊茲觀，蕩然無復一樹，惟兔葵、燕麥動摇春風耳，因再題二十八字。詩云：百畝中庭半是苔，桃花净盡菜花開。種桃道士歸何處？前度劉郎今又來。昨来一夜驚風雨，滿地殘紅噪莫蛙。蜀僧遠國詩：兩朝基業都成夢，林木蒼蒼噪暮鴉。

〔一〕「掾」原誤作「椽」，樹經堂本亦誤，據蘇軾詩集卷十送杭州杜戚陳三掾罷官歸鄉詩改。
〔二〕「日」原無，據樹經堂本及蘇軾詩集卷十八月十五日看潮五絶補。
〔三〕「朗」原作「郎」，據樹經堂本及劉禹錫集卷二十四詩改。下同。

奉謝泰亨送酒

風掃三峨山外雨，東坡：峨眉翠掃雨餘天。霜摧五柳宅邊花。陶潛，宅邊種五柳，自號為「五柳先生」〔一〕。非君送酒添秋睡，可耐東池到曉蛙。

〔一〕『自號為』樹經堂本作『自稱』。

和東坡送仲天貺王元直六言韻

山谷自序云：王元直惠示東坡先生與景文老將唱和六言十篇，感今懷昔，似聞東坡已渡瘴海來歸，而景文墓木已拱，仲天貺之壟亦有宿草，猶喜元直尚健，能道錢塘舊事，故追韻作此五篇。只今眼前無景文輩人，故詩語及之尤多。　此詩山谷留青神時所作，墨跡今藏秘撰楊公家。按坡詩序云：仲天貺、王元直自眉山來見予錢塘，留半歲，既行，作絕句五首送之。　詩見前集。劉景文和東坡詩序云：季孫惶恐，伏蒙判府，內翰寵示送仲天貺、王元直詩五首，仰同嚴韻，不勝狂妄之罪。　誰懷二子千里，公賦五篇六言。月底飛雲西去，山頭歸鴈雙騫。　小艇辭公晚發，高齋記客初來。耿耿不忘歸路，阻修萬折千回。　府下莫非羣雋，坐中不見三明。（秦少章秀才同行）遠意關河馬首，靜吟筆硯泉聲。　雖到蜀都有日，却逢謝傅何年？歷歷林溪勝處，想君把酒依然。　樂事莫如飲酒〔一〕，休官自是高人。紅帶鼇頭寄與〔二〕，是翁矍鑠尋春。『紅帶』謂王慶源老人也，因附于此。

仲子隕霜殺草，春秋僖公二十三年：隕霜不殺草。漢武紀元光四年夏四月：隕霜殺草。風流無地寄言。屈原懷沙：願寄言於浮雲兮。宋玉九辯：願寄言夫流星兮。嵇叔夜琴賦叙：吟詠之不足，則寄言以廣意。王君攀鱗附翼，揚子淵騫篇：攀龍鱗，附鳳翼。禮義端能不騫。左氏：禮義不愆，何恤於人言？『騫』字當考。不怨子堂堂去，『堂堂』字本論語。薛能詩：青春背我堂堂去。蓋念君得得來。僧貫休詩：萬水千山得得來。家藏會稽妙墨，晚歲喜識方回。山谷自注云：郄方回，王右軍妻弟。山谷以王元直東坡妻弟，故引此為喻。兩公六字語妙，韓詩：六字常語一字難。獨我一雙眼明。貫休古意詩：只應天上人，見我雙眼明。杜甫：吾與汝曹俱眼明。韓昌黎城南聯句：遥岑出寸碧，兩目增雙明。筆似出林鳥翼〔三〕，懷素草書，飛鳥出林，驚蛇入草。東坡王逸少帖詩：出林飛鳥一掃空。詩如落澗泉聲。杜詩：藍水遠從千澗落。山谷前集寄題此君軒詩：響如清夜落澗泉。

老憶夷門老将，指劉景文也。當年許我忘年。文士傳：禰衡與孔融作爾汝交，衡年二十餘，融年五十，敬衡秀才而忘年也。南史江總傳：張纘等雅相推重，為忘年友。博學似劉子政，漢史：劉向字子政，通達能屬文，詔向領校中五經秘書，專積思於經術。劉歆傳：父子俱好古，博見強志。司馬遷贊劉向博極羣書。清詩如孟浩然。杜甫解悶詩：復憶襄陽孟浩然，清詩句句盡堪傳。

天子文明濬哲，尚書舜典：濬哲文明，温恭允塞。今年不次用人。九原埋此佳士，百草無情自春。韋應物金谷園歌：百草無情春自緑。寒山子詩：黄泉無曉日，青草自知春。或用王胄『庭草無人隨意緑』之義。唐崇陽公主詩：行路至今空嘆息，嵒花澗草自春秋。王荆公破冢詩：埋没殘碑草自春。時徽廟嗣位，復用元老大臣，故山谷有是詩。

〔二〕『莫』樹經堂本作『無』。

〔二〕『鼈』樹經堂本作『遨』。

〔三〕『筆』樹經堂本作『書』。

元師自榮州來追送余於瀘之江安綿水驛因復用舊所賦此君軒詩韻贈之并簡元師法弟周彦公

按黃㽦年譜云：此詩山谷跋云：余舊得東坡所作醉翁操善本〔一〕，嘗對元道之，元欣然曰：『往歲從成都通判陳君頎得其譜〔二〕，遂促琴彈之，詞與聲色相得也〔三〕。蜀人由是有醉翁操，然詞中之微旨，弦外之餘韻，俗指塵耳豈易得之！』建中靖國元年正月辛未，江安水次偶住亭書。故詩有『醉翁』之語。王周彦此君軒和詩附。庠竊觀學士九丈題此君軒詩謹次元韻因以求教下情愧悚之至：竹君久要已忘年，臨風相語葉響泉。休學我圓中似璧〔四〕，莫師我直勁如絃。勸人達節通天命，舒卷若繩明若鏡。尺無枉已空宿書，聖豈有心猶擊磬。歲寒來伴老柴門，我豈好靜為躁君？惟有青青四時性，笑殺千載空浮雲〔五〕。平安為報春依舊，珍重道人憐特秀。忍飢寧可食無肉，相對忘形笋黑瘦。更有涪翁心似月，平生相照何勞說！不為煎茶不作椽，清風萬壑到處傳。庠拜手頓首啓：伏蒙學士九丈再賜詩章，庠僭率繼和，尚覬采覽。庠再拜。　鳴鳳覽德來紀年，要知聖澤如流泉。霜鍾堂前飽竹實，道人娛鳳撫舜絃。敲門剝啄誰傳命？淡雲磨丹開天鏡。明朝相約送涪翁，夜靜林深遶清磬。涪翁萬里離鬼門，竹枝莫惱白使君。欲試剛腸置冰炭，抱琴遠別衡行雲。邂逅東坡應話舊，但說海山千萬秀。道庠問訊今何如？自笑儂還空鶴瘦。我不愧天欺日月，何須更扣杯校說！玉局洞天雲遶椽，漁竿遠信煩公傳。

歲行辛巳建中年，諸公起廢自林泉。韓退之別知賦：余取友於天下，將歲行之兩周。建中靖國元年，歲在辛巳，徽宗改元大赦，諸老擯斥者皆復起廢。王師側聞陛下聖，列子：吾仄聞之，試以告汝。老杜詩：側聞夜來寇。坡詩：仄聞長者言。又：仄聞頓夫子。漢史高帝紀：大王陛下。應劭曰：陛者，堂陛，陳階陛之側〔六〕。羣臣與至尊言，不敢指斥，故呼『陛下』者而告之，因卑以達尊之意。韓詩：曷不薦賢陛下聖。抱琴欲奏南風弦。舜彈五弦之琴以歌南風。韓昌黎詩：欲和薰風琴。東坡：不須寫入薰風弦。又：欲和南風琴。孤臣蒙恩已三命，孟子：孤臣孽子。韓昌黎詩：孤臣昔放逐。柳子厚詩：孤臣淚已盡。東坡詩：刻畫愧孤臣。又：孤臣南游墮黃菅〔七〕。左傳昭七年宋正考父鼎銘曰：一命而僂，再命而傴，三命而俯。按山谷辭免恩命狀：臣昨於元符三年五月蒙恩，自責授涪州別駕，復宣義郎，監鄂州在城鹽稅。又：准告復奉議郎，簽書定國軍節度判官廳公事。建中靖國元年，又准告復朝奉郎，權知舒州。所謂『三命』也。望堯如日開金鏡。史記堯紀：望之如日。洛書曰：秦失金鏡。鄭玄曰：金鏡，喻明道也。絶交論：握金鏡，闡風烈。注：金鏡，喻明道也。但憂衰疾不敢前，眼前黑花耳聞磬。老杜詩：時因問衰疾。王禹偁表云：早年多病，眼有黑花。晚歲多憂，頭生白髮。東坡詩：前年黑花生。豈如道人山繞門，東坡野人廬詩：剛壓青山繞故居。開軒友此歲寒君！老杜詩：開軒納微涼。能來作詩賞勁節，家有曉事揚子雲。文選楊修答臨淄王牋云：修家子雲，老不曉事，强著一書，悔其少作。籜龍森森新間舊，盧仝詩：籜龍正稱寃。荆公詩：籜龍名為道人留。東坡詩：斤斧何曾赦籜龍？詩人以竹為龍，祖出費長房以青竹投葛陂化為龍事。東坡詩：兒子森森如立竹。左傳隱公三年石碏諫曰：賤妨貴，少陵長，遠間親，新間舊，小加大。邵康節詩：世態不堪新間舊。父翁老蒼孫子秀。鄭玄周禮注：孫竹，枝根之末生者也。韓文公詠笋詩：竹亭人不到，新笋滿前軒。成行齊婢僕，環立比兒孫。但知戰勝得道肥，韓非子：子夏肥，或有問之者，子夏曰：『吾戰勝。』曰：『何為戰勝？』曰：『吾入見夫子之義則榮之，出見富貴又榮之。二者戰於胸臆，而夫子之義勝。』謝玄暉觀雨詩：方同戰勝者，去剪北山萊。陶淵明詩：貧富常交戰，道勝無戚容。山谷答王雩書曰：想以道義敵紛華之兵，戰勝久矣。莫問無肉令人瘦。東坡緑筠軒詩：可使食無肉，不可使居無竹。無肉令人瘦，無竹令人俗。是師胸中抱明月，東坡赤壁賦：抱明月而長終。醉翁不死起自說。歐陽文忠公自號為醉翁。竹影生涼到屋椽，老杜詩：發地扶屋椽。又：卑枝成屋椽。此聲可聽不可傳。

〔一〕「余」原無，據嘉靖本、萬曆本別集卷一及黃㽦山谷年譜卷二十八建中靖國元年辛巳加。「得」原作「時」，據嘉靖本、萬曆本、樹經堂本及山谷年譜改。

〔二〕「往歲」嘉靖本、萬曆本別集卷一作「往嘗」。

〔三〕「色」嘉靖本、萬曆本別集卷一及樹經堂本無。

〔四〕「圓」原作「圖」，據弘治本、樹經堂本改。

〔五〕「殺」原作「發」，據弘治本、樹經堂本改。

〔六〕「應劭曰」云云，引文出漢書卷一下高帝紀下引應劭注。引文删簡後已不連屬，應劭語原作：「陛者，升堂之陛。王者必有執兵陳於階陛之側。」

〔七〕「菅」原作「管」，據弘治本、樹經堂本及蘇軾詩集卷三十九追餞正輔表兄至博羅賦詩為別詩改。

木龜亭留題

年譜編在建中靖國初元自蜀至江陵詩後，未詳地名。

南臺西路木龜坊，乃是靈蛙贔屭藏。吳都賦：巨鼇贔屭，首冠靈山。注云：作力貌。韓昌黎效盧仝月蝕詩〔一〕：寒氣贔屭頑無風。坡詩：不知贔屭舞鈞天〔二〕。從此改名杉蚵蚾，玉篇：蚵，胡多反。蚵，蠪蜥蜴。蚾，薄碑反，蟲。今當從惻音。馬令南唐書：汪台符貽書誚宋齊丘〔三〕，齊丘使人誘台符，乘舟飲醉，推沉石頭城下蚵蚾磯。恐『木龜』名亭如『蚵蚾』之名磯也。

恐來吞月直須防。盧仝月蝕詩：奈何萬里光，受此吞吐厄。又云：此時怪事發，有物吞食來。

〔一〕『仝』原作『全』，據弘治本、樹經堂本改。

〔二〕『鈎』原作『鈎』，據弘治本及樹經堂本改。

〔三〕『汪』原誤作『注』，據弘治本及馬令南唐書（四部叢刊續編本）卷十四儒者傳汪台符改。

題羅公山古柏菴二首 同前注。

塵埃奔走尚飄蓬，文選曹子建詩：轉蓬離本根，飄飄隨長風。想聽菴頭老柏風。會向天階乞衰晚，楚辭曰：攀天階而下視。

住菴長作主人翁。韓昌黎詩：來報主人翁〔一〕。劉禹錫紇那歌曰：願郎千萬壽，長作主人翁。

千年鹿死尚精神，左氏：鹿死不擇音。睡足蒼龍半屈伸。百年妖狐住不得，東坡詩：眼看百藥走妖狐，妖狐莫誇智有餘。

箇中曾卧謫仙人。南史會稽山有人姓蔡，不知名，時人謂之『謫仙』。李白答湖州迦葉司馬問白是何人詩曰：青蓮居士謫仙人。

〔一〕『來』樹經堂本作『未』，誤。按句出韓愈詠燈花同侯十一詩（全唐詩卷三百四十四），作『來報主人公』。

書東坡畫郭功父壁上墨竹

東坡與郭功父唱酬見坡集中。黃䇲年譜載家藏山谷此詩真蹟題云次韻東坡先生屏間墨竹，止此六句，惟『草木春』作『草偃風』，『一棋』作『一壺』，『瓊房』作『琳房』，并有功甫跋語云：東坡作於予家漆屏之上。觀魯直之詩，可以見其彷彿矣。功甫蓋太平州人，可見在太平作。

郭家髹屏見生竹，髹音休，漆赤多黑少也〔一〕。漢史昭陽舍中庭彤朱而殿上髹漆。景福殿賦：列髹彤之繡桷。注：髹漆，丹漆也。惜哉不見人如玉。『惜哉』字本史記宓不齊傳。文選王仲宣詩：惜哉空爾為。老杜詩：惜哉結實小。惜哉功名忤。惜哉李蔡不復得。惜哉形勝地。東坡：惜哉此清景。惜哉不可致。後漢徐穉傳郭林宗曰：詩不云乎，生芻一束，其人如玉。凌厲中原草木春，歲晚一棋終玉局。按東坡年譜：紹聖元年自定州貶英州，再貶惠州，再謫昌化軍，元符三年移廉州，又改永州，復朝奉郎，提舉成都府玉局觀，建中靖國元年五月至常州，七月卒。巨鼇首戴蓬萊山，李白懷仙歌：巨鼇莫戴三山去，吾欲蓬萊頂上行。列子：歸墟中有五山，帝使巨鼇十五戴之，五山始峙而不動。龍伯國之大人，一釣連六鼇，於是二山流於北極。吳都賦：巨鼇贔屭，首冠靈山。史記封禪書曰：自威、宣、燕昭使人入海求蓬萊、方丈、瀛洲，此三神山者，昔傳在海中，諸仙人及不死之藥皆在。曹子建詩：靈鼇戴方丈，神岳儼嵯峩。仙人翔其隅，玉女戲其阿。今在瓊房第幾間？此言東坡乃歸蓬萊也。

〔一〕『黑』樹經堂本作『墨』。

史天休中散挽詞

年譜：崇寧癸未作。按史氏譜系，史利用贈銀青光禄大夫，生九男，第二曰祥，字天休，贈太中大夫，三子：約、綱、維，故有「光禄九男」之語。

光禄九男君獨秀，賦名幾與景仁班。范鎮字景仁，封蜀郡公。淹留州縣看恬默，出入風波笑險艱〔一〕。左傳僖公二十八年：險阻艱難，備嘗之矣。遺愛蜀中三郡有，左氏昭公十年：子産卒，仲尼聞之，出涕曰：「古之遺愛也。」東坡詩：不見鐫碑頌遺愛。退身林下十年閑。老子曰：功成，名遂，身退，天之道也。杜詩：身退豈待官？東坡詩：便從洛社休官去，猶有閑居二十年。又：「幾人林下是真休？僧靈澈詩：相逢盡道休官去〔二〕，林下何曾見一人？」白樂天詩：一坐十五年，林下春復秋。山川英氣消磨盡，昨日華堂作土山。曹子建詩：生存華屋處，零落歸丘山。山谷蓋倣此意。吴志吕蒙傳：治土山必歷日乃成。文選張孟陽七哀詩：昔為萬乘君，今作丘山土。

〔一〕「風波」弘治本作「風流」。「險艱」原作「險難」，據嘉靖本、萬曆本、樹經堂本改。

〔二〕「澈」原作「徹」，據全唐詩話（歷代詩話本）卷三韋丹條及全唐詩卷八百十改。「相」原作「指」，據弘治本、樹經堂本及全唐詩話改。全唐詩作「相逢盡道休官好」。

宋夫人挽詞

年譜：崇寧癸未作。

往歲塗宮暗碧沙，傾城出祖路人嗟。文選孫子荆詩：傾城遠追送，餞我千里道。烝民：仲山甫出祖。前漢史臨江王榮傳：榮行，祖於江陵北門。師古曰：祖者，送行之祭。陸士衡挽歌詩：死生各異倫，祖載當有時〔一〕。東坡挽姚屯田：高人淪喪路人悲〔二〕。松柟峰下遷華寢，謝惠連七夕詩：留情顧華寢。雪月光中咽曉笳。李義山詩：如何雪月光交映。有子今為二千石，前漢百官表：郡守，秦官，掌治其郡，秩二千石。同州才數兩三家。老杜詩：江深竹靜兩三家。又：此地兩三家。退之詩：哀猿啼處兩三家。兒孫滿地歛衣舉，邵康節詩：兒孫滿眼愛無涯。周禮司服：歛衣服，皆掌其陳序。不見歸時桃李華。漢史文帝紀：六年冬十月，桃李華。東坡鄧忠臣母挽詩：慈顏如春風，不見桃李實。

〔一〕『載』原作『戴』，據弘治本、樹經堂本及文選卷二十八陸機挽歌詩三首之一改。

〔二〕『喪』原作『落』，據弘治本及蘇軾詩集卷七姚屯田挽詞改。

贈法輪齊公

『法輪』即南嶽岣嶁峰龍雲寺〔一〕。山谷有重書法輪古碑跋云：大明本名惠遠，思大禪師之孫，與虞世南、李百藥、岑文本為方外之友，三人皆為作碑銘，幸岑中書之文僅存，又為不解事僧傳於石刻，敗剥之後，幾不可讀矣。而法輪寺住持禪師景齊來求予刊定，且乞書而刊之。師金陵蔣山中人，嘗入予方外之師晦堂心公之室，謂我為同門，蓋嘗參字說於王荆公，其人通達辨識，欲有所立，人不能傾也，故欣然為之書。法輪寺自晉至唐貞觀中雖既廢復興，昔號龍雲寺，中間改號金輪而無文記可尋，意武后時所改耳。其號法輪，則太平興國五年勑書也。崇寧三年二月丙寅修水黄庭堅書。即貶宜州經行時也。

法輪法眷有齊公，曾探班班虎穴中。漢史：班氏之先與楚同姓，令尹子文之後。子文初生，棄於夢澤中〔二〕，虎乳之。楚人謂虎『班』，其子以為號。東漢班超傳：不探虎穴，安得虎子？文選七命曰：拉虎摧班。注：班，虎文。杜少陵寄贊上人詩：徘徊虎穴上〔三〕。又：虎穴連里閭。東坡作王大年哀詞曰：驥墮地走，虎生而班。不必老夫親到也，自然千里便同風。傳燈録玄沙傳雪峰曰：君子千里同風。東坡詩：東軒長老未相逢，已見黄州一信通。何必揚眉資目擊，須知千里事同風。

〔一〕『岣』原作『峋』，據樹經堂本改。

〔二〕『棄於夢澤中』『漢書』卷一百上叙傳作：『棄於瞢中。』

〔三〕『徘徊』原作『徊徘』，據弘治本、樹經堂本及杜甫寄贊上人詩改。

與成之書并二詩 并引

余之竄嶺南，道出衡陽，見主簿君益陽黃成之，問宗派，乃同四世祖兄也，於是出嫂氏子婦相見，喟然念高祖父之兄弟未遠也，而殊鄉異井，六十歲然後相識，亦可悲也！益陽兄弟之叔父晦夫侍御，在家著孝友之譽，立朝有忠鯁之名，不幸五十有四被召而歿於道上，將啓手足，自力作疏，極論濮園事，所謂歿猶不忘諫君以德。其枝葉必將豐茂有赫赫於世者，故作詩遺之。

兩祖門中種陰德，唐憲宗欲庶幾二祖風烈。尚書：皐陶邁種德。『陰德』見上注。名塞四海世有人。諸兒莫斷詩禮種，解有無雙聳搢紳。前漢蕭何薦韓信：如信，國士無雙。後漢黃香傳京師號曰：天下無雙，江夏黃童。

人間卿相何足道，胸次詩書要不忘。男兒邂逅起屠釣，毛詩：邂逅相遇。老杜詩：邂逅豈即非良圖。唐裴度傳：成湯起伊尹於庖厨，文王用吕望於屠釣。杜詩：賢名隱屠釣。何如林下日月長。杜詩：提携日月長。

題周昉畫美人琴阮圖

高子勉詩序云：龍眠李亮功家藏周昉畫美人琴阮圖，兼有宮禁富貴氣象，旁有竹馬小兒，欲折檻前柳者。亮功官長沙，山谷謫宜州過之，嘆愛彌日，大書一詩於黃素上：丹青有神藝，周郎獨能兼。圖畫絶世人，真態不可添。却憐如畫者，相與落誰手？想象猶可言，雨重煙籠柳。此畫後歸禁中，胡馬驚塵，流落何許，而詩亦世不傳，獨僕舊見之，位置猶可想象。病中追和其詩，當令善工細圖之。亮功，伯時弟，見東坡詩中，名寅。

周昉富貴女，畫斷云：周昉畫美人子女，為古今冠絶。衣飾新舊兼。鬠重髮根急，東坡詩：鬠重不嫌黃菊滿。粧薄無意添。「紅嫩妖饒臉薄妝」，見王荆公詩。琴阮相與娱，唐史元行冲傳：有人破古冢，得銅器似琵琶，身正圓。行冲曰：「此阮咸所作器也。」命易以木，弦之，其聲清亮，樂部遂謂之「阮琴」。聽弦不觀手。敷腴竹馬郎，杜詩：得我色敷腴。跨馬欲折柳。古樂府有折楊柳曲。

信中遠來相訪且致今歲新茗又枉任道寄佳篇復次韻呈信中兼簡任道

成都范寥字信中，山谷乙酉家乘載：崇寧四年三月十五日，范寥來相訪；五月七日癸卯，自此宿南樓，范信中同之。是詩即此年作，時貶宜州。

安坐一柱觀，渚宮故事：宋臨川王義慶代江夏王鎮江陵，於羅公洲上立觀，甚大而惟一柱。復齋漫録載張華博物志曰：江陵有臺甚大而惟有一柱，衆梁皆共此柱，故土人呼為「木履觀」。梁劉孝綽江津寄劉之遴云：經過一柱觀，出入三休臺。杜子美泊松滋江亭詩云：一柱全應近。又下峽云：船經一柱過，留眼共登臨。送李功曹之荆州云：孤城一柱觀，落日九江流。又所思云：九江日落醒何處，一柱觀頭眠幾回？夔府詠懷云：音徽一柱數。又送弟赴齊州：江通一柱觀。立遣十年勞。玄珪於我厚，書禹貢：禹錫元圭。千里來江皐。謝靈運歌：白日麗江皐。杜詩：江皐已仲春。松風轉蟹眼，東坡煎茶詩：蟹眼已過魚眼生，颼颼欲作松風鳴。乳花明兔毛。曹鄴茶詩：碧波霞脚碎，香泛乳花輕。林和靖詩：石碾輕飛瑟瑟塵，乳花烹出建溪春。宋景文詩：甌泛乳花勻。梅聖俞和歐詩：兔毛紫盞自相稱，清泉不必求蝦蟆。東坡詩：忽驚午盞兔毛班。蔡君謨北苑試茶詩：兔毫紫甌新，蟹眼清泉煮。何如浮大白，說苑曰：魏文侯與大夫飲酒，使公乘不仁為觴政，曰：『飲不嚼者，浮以大白。』東坡詩：欲浮大白追餘賞〔一〕。又云：喜氣到君浮白裏。一舉醉陶陶。劉伯倫酒德頌：無思無慮，其樂陶陶，兀然而醉，怳然而醒。此詩蓋和江津任道雪中游東皐韻。

〔一〕『餘』原作『余』，據樹經堂本及蘇軾詩集卷三十四聚星堂雪詩改。

和柳子玉官舍十首

東坡破琴詩引：柳瑾字子玉，善作詩及行草。洪駒父詩話云：山谷父名庶，字亞夫，能詩，其怪石絕句云：山鬼水怪著薜荔，天祿辟邪眠莓苔。鉤簾坐對心語口，曾見漢家池館來。或疑此十首亞夫作〔二〕，今兩存之，以見山谷詩句得之家傳，猶杜子美於審言也。

心適堂

一屏一榻無俗塵，左置枯桐右開易。晉嵇康集序：孫登不知何許人，無家，於汲郡北山上窟放情自適，夏則編草為裳，冬則披髮自覆，好讀周易，鼓一絃琴，常不離左右。柳子厚贈吴武陵詩：朱絃緪枯桐。坡詩：梧桐得雲和。白樂天詩：周易休開卦，陶琴不上絃。皇甫謐高士傳陳仲子妻謂曰：左琴右書，樂在其中矣。白樂天詩：誰伴寂寥身？無絃琴在左。**重門不閉誰往還？**周易：重門擊柝，以待暴客。漢史原涉傳〔二〕：周閣重門。左太冲蜀都賦：重門洞開。杜少陵詩：延客已曛黑，張燈啓重門。昌黎詩：重門限禁扃。東坡詩：重門休上鑰。**明月清風是相識。**南史謝譓曰：入吾室者，但有清風，對吾飲者，惟當明月。集仙傳黄鶴樓詩：黄鶴樓前吹笛時，白蘋紅蓼映江湄。衷情欲訴誰能會？惟有清風明月知。貫休詩：是何清風清？凜然似相識。此即『洞門無鎖鑰，俗客不曾來』之意。

思山齋

吴兒心着吴山深，晉史隱逸傳：賈充令夏統歌小海唱，統以足扣船，引聲清激，風起晝冥，衆皆恐，充令妓女盛服金翠，繞其船三匝，統若無所聞，充曰：『此吴兒是木人石心也。』風俗記：南人謂北人為『傖父』，北人謂南人為『吴兒』。杜詩：解水乞吴兒。李太白詩：春氣變楚關，秋聲落吴山。東坡詩：朝見吴山横，暮見吴山從。**滿目終南不開慰。**毛詩：終南何有？有條有枚。毛萇曰：終南，周之名山中南也，在長安之南，一名太一。地理志：扶風武功縣東有大山，古文以為終南。五經要義云：終南山，長安南山也，一名太一。漢史曰：太一山，古文以為中南山。潘岳關中記曰：其山一名中南，言在天之中，都之南，故曰中南。西都賦：帶以洪河、涇渭之川，表以太華、終南之山。杜詩：錯磨終南翠。又云：終南在日邊。**有時蟬蛻書几邊，**史記屈原傳曰：蟬蛻於濁穢。淮南子：蟬飲而不食，三十日而蛻。班孟堅幽通賦：飄颽風而蟬蛻兮。張平子思玄賦：欻神化而蟬蛻兮。夏侯湛東方朔畫像贊曰：蟬蛻龍變，棄俗登仙。後漢逸民傳論曰：蟬蛻於囂埃之中。**夢到五湖千里外。**李太白詩：西憶故人不可見，東風吹夢到長安。白樂天寄行簡詩云：渴人多夢飲，飢人多夢餐〔三〕。春來夢何處？合眼到東川。此蓋倣其意也。又東坡詩云：江湖來夢寐。家語孔子曰：折衝千里之外。鮑明遠蕪城賦：直視千里外，惟見起黄埃。是詩言子玉湖山之興濃，宦遊之念薄也。

小池

清泉數斛關幽事(四)，成公子安嘯賦：坐盤石，漱清泉。杜詩：吾亦沼清泉。韓文公詩：清泉百丈化為土。歐陽公詩：暫照白髮臨清泉。抱朴子：葛稚川祖為臨沅縣，有廖氏世年百歲云：井水色赤，葛濬井得丹砂數斛。唐杜甫詩：幽事頗相關。又：幽事供高卧(五)。稠疊多幽事。坐見鏡中魚往來。沈雲卿詩：船如天上去，魚似鏡中懸。東坡詩：鳥落魚動鏡。浮萍蝕盡秋月面，論語曰：君子之過也，如日月之蝕焉。歐陽公五代史詩：仲尼日月也，薄蝕為之既。寒山子詩：吾心似秋月，碧潭清皎潔。霜為一磨如匣開。庾信鏡詩：玉匣聊開鏡。杜少陵詩：塵匣元開鏡。意謂用心既剛，斷不為利欲所蔽。

新泉

牆根新冽寒泉眼，韓詩：牆根菊花好沽酒。周易井卦：井冽寒泉食。毛詩凱風：爰有寒泉，在浚之下。左太冲：前有寒泉井，聊可瑩心神。李白詩：石甃吟蒼苔，寒泉湛孤月。杜少陵有太平寺泉眼詩。東坡詩：又聞緱氏好泉眼。風廊一股來泠泠。昌黎詩：風廊折談僧。莊子：列子御風而行，泠然善也。楚辭七諫：下泠泠而來風。老杜詩：泠泠風有餘。東坡『寒衾虛幌風泠泠』，見芙蓉城詩。燈花夜半知我喜，杜少陵詩：燈花何太喜。恰是舊山穿石聲。西漢史枚乘傳：太山之霤穿石。

竹塢

筍随人意疏處生，清風如歸自來去。王荆公書一絶於壁間云：竹裏編茆倚石根，竹莖疏處見前村，閑眠盡日無人到，自有清風為掃門。蓋僧顯中詩也。毛詩烝民：吉甫作頌，穆如清風。何劭詩：穆若灑清風〔六〕。左氏閔公二年傳：僖之元年，齊桓公遷邢於夷儀〔七〕，二年封衛於楚丘，邢遷如歸，衛國忘亡。時定鄂州詩：白雲黄鶴自來去。雖然不與俗子期，陰過隣家亦銷暑。杜詩：色侵書帙晚，陰過酒樽涼。東坡詩：泉井分西隣，竹陰借東家。蓋借竹陰銷暑，以喻子玉之善政，謂其非俗吏伍也。

土榻〔八〕

榻前鼓吹蛙一部，南史孔珪傳：門庭内草萊不剪，中有蛙鳴，曰：『我以此當兩部鼓吹。』榻上古木吟風雨。杜少陵詩：檻林礙日吟風葉。東坡詩：長松吟風晚雨細。又：孤松吟風細泠泠。客來相倚竹根眠，杜少陵詩：傾銀注瓦驚人服，共醉終同卧竹根。東坡詩：歸卧竹根無遠近。免令不解陳登去。三國志：陳登字元龍，在廣陵有威名。卒後，許汜與劉備並在荆州牧劉表坐，共論天下人。汜曰：『陳元龍湖海之士，豪氣不除。昔遭亂過下邳，見元龍，元龍無主客意，久不相與語，自上大牀卧，使客卧下牀。』劉備曰：『君有國士之名，今天下大亂，帝王失所，宜憂國忘家，有救世之意，乃求田問舍，言無可採，是元龍所諱也。何緣當與君語！如我，自卧百尺樓上，卧君于地，何但上下床之別耶〔九〕！』

怪石

山阿有人著薜荔，楚辭：若有人兮山之阿，披薜荔兮帶女蘿。又：貫薜荔之落蘂。注：薜荔，香草，緣木而生。文選嵇康叔夜養生論：採薇山阿，散髮巖岫。謝靈運詩：想見山阿人，薜荔若在眼。柳子厚詩：密雨斜侵薜荔墻。庭下縛虎眠莓苔。東坡詩：醜石半蹲山下虎。莓苔，草名。天台賦：踐莓苔之滑石。柳子厚詩：莓苔侵標榜。又：莓苔插瓊英。手磨心語知許事，韓詩：手磨袖拂心語口，慢膚多汗真相宜〔一〇〕。南史：王融嘗遇沈昭略，昭略謂主人：『是何年少？』融殊不平。昭略曰：『不知許事。』曾見漢唐池館來。此言怪石閱世多也。曾慥端伯云：世傳『山鬼水怪著薜荔，天祿辟邪眠莓苔』，此句嘗見魯直手書云：『山阿有人著薜荔，庭下縛虎眠莓苔。鉤簾坐對心語口，曾見漢唐池館來』。兩本互有不同，未知孰是。

茴香

鄰家爭插紅紫歸，詩人獨行嗅芳草。韓詩：氣寒鼻莫嗅。西都賦：茂樹蔭蔚，芳草被隄。叢邊幽蠹更不凡，韓詩：幽蠹落書棚。胡蝶紛紛逐花老。『胡蝶』字見莊子。

蜜蜂

秋成想見香租入，堯典：平秩西成。孔安國曰：秋，西方，萬物成也。老杜詩：秋成玄圃外。菊露楓膠蜜幾脾。李義山柳枝詞：花房與蜜脾，蜂雄蛺蝶雌。同時不同類，那復更相思。歐詩：樹陰初合苔生暈，花蘂新成蜜滿脾。東坡詩：蜜脾已滿黃蜂靜。日日山童掃紅葉，蜂衙知是主人歸。爾雅：蜂有兩衙應潮。錢昭度詩：黃蜂銜退海潮上，白蟻戰酣山雨來。

芭蕉

有底春風能好事，解持刀尺翦青天。張衡髑髏賦：飛鋒曜景，秉尺持刀。古詩：良工秉刀尺。老杜詩：寒衣處處催刀尺。劉禹錫詩：仙人衣裳棄刀尺。東坡詩：封題不敢妄裁剪〔一二〕，刀尺自有佳人能。

知君新得草書法，旋卷碧雲供小牋。法書苑陸羽作懷素傳曰：貧無紙可書，常於故里種芭蕉萬餘株，以供揮灑。李義山詩：芭蕉斜卷牋，辛夷低過筆。於此可見東坡謂子玉善草書尤信。

〔一〕按此十首詩為山谷父黃庶作品，載伐檀集卷上。據宋史藝文志著録，庶有集六卷，已佚，今僅存伐檀集二卷，卷上為詩，附刻于山谷全集。

〔二〕『原』原作『源』，據弘治本、樹經堂本及漢書卷九十二游俠傳原涉傳改。

〔三〕『餐』原作『食』，據全唐詩卷四百三十三白居易寄行簡詩改。樹經堂本作『飱』。按『飱』為『飧』之異體字，可通『餐』。

〔四〕『關』原作『開』，據弘治本、樹經堂本及伐檀集改。

〔五〕『供』原誤作『洪』，據弘治本、樹經堂本及杜甫屏迹詩改。

〔六〕『劭』原作『邵』，據樹經堂本及文選改。按：何劭字敬祖，晉武帝至惠帝時人。詩句出張華答何劭二首之一（文選卷二十四），作『穆如灑清風』，作何劭詩誤。

〔七〕『桓』原作『威』，『夷』字原缺，各本皆訛，據左傳閔公二年改正。

〔八〕『榻』原作『塌』，據樹經堂本改。下同。

〔九〕『别』弘治本作『意』。按三國志魏書吕布傳作『間』。

〔一〇〕『慢』弘治本作『搜』。按：錢仲聯撰韓昌黎詩繫年集釋卷四鄭郡贈簟作『慢』。注引王元啓曰：『楚辭天問：「平脅曼膚。」注云：「肥澤之貌。」此慢字恐即曼字之誤。』

〔一一〕『裁』原作『成』，據弘治本、樹經堂本及蘇軾詩集卷三十一東川清絲寄魯冀州戲贈詩改。

宋本豫章黄先生别集二十卷黄子耕跋

先太史别集皆今豫章前後集未載，蓋李氏所編多循洪氏定次舊本，故毁壁序所以不録，而承天塔院記實兆晚年之禍，亦復遺逸。㽦不肖，竊聞先訓，用是類次家所傳集，博求散亡，得詩七十六首云云。嗣是有得，當附益之。淳熙壬寅二月旦諸孫㽦謹識。

楊守敬跋

右山谷内集詩二十卷，任淵注；外集詩十七卷，史容注；别集詩二卷，史季温注。内集為日本古時翻雕宋本（今日本亦罕見。）前有任淵序、鄱陽許尹序，蓋合陳后山詩注序本也。末有紹定壬辰山谷孫黄埒跋（此跋各本皆無之。）稱其以蜀本重刊于延平者，又云憩寂圖二詩舊亦僅有其目，參考家集，遂成全書。今按第九卷末有此詩，注云：『任氏舊注元無此詩，但存其目爾，今以楊氏補注增入』。而翁本目録則次于題伯時畫松之後，而第九卷亦無此詩，然則黄坪所云蜀本有題無詩，驗矣。考明嘉靖全集本有此詩，翁刻缺之而無説，何耶？唯此本所稱楊氏補注，不詳為何人，宋人著録皆無之。其外集、别集則朝鮮活字本，行款稍異，然遇宋帝皆空格，亦原于宋本也。今校第五卷粲字詩韻、第七卷贈張仲謀詩，翁刻皆有脱文，通校三集注中，翁本誤字不可勝舉，良由覃侯所得是傳鈔本雖較勝明刊，而與宋本固不可同日語也。黎公使以山谷集宋刻久絶，擬刻入叢書中，會余差滿，不果，叔公使於叢書叙後深致慊焉。光緒甲申九月宜都楊守敬記於黄岡學舍。

山谷詩外集補

山谷詩外集補卷第一

流　水　三章，章四句。熙寧元年赴葉縣作。

一溪之水，可涉而航。人不我直，我猶力行。　一溪之水，不杠而涉。濡首中流，汝嗟何及！　湯湯流水，可以休兮！嗟行之人，則濯足兮。

虎號南山　二章章八句，一章十句。

虎號南山，民怨吏也。

虎號南山，北風雨雪。百夫莫為，其下流血。相彼暴政，幾何不虎？父子相戒：『是將食汝！』伊彼大吏，易我鰥寡。矧彼小吏，取桎梏以舞。念昔先民，求民之瘼。今其病之，言置于壑。出民于水，惟夏伯禹。今俾我民，是墊平土〔二〕。豈弟君子，伊我父母。不念赤子，今我何怙？嗚呼旻天，如此罪何苦！

〔二〕『是』四庫本山谷詩外集卷十一作『昏』。

采菊 三章，章八句。

采菊，傷君子也。君子將有為，獨立而無佽助，是故傷之。

南山有菊，于采其英。誰從汝往，視我惸惸？伊時之人，誰適有比？不與我謀，不如其已。薄言采之，遵彼山曲。汝來遲遲，去我何速！伊時之人，誰適與同？不與我好，殆其覯凶。江漢滔滔，有楫有杭。誰以濟此，中流且風。嗟爾君子，時處時默。微雲反覆，無傷爾足。

新涼示同學 治平三年作。

西風先自無消息，忽上青林報秋色。天高月明露泥泥，團扇已從蛛網織。恐蛩何苦不自聊，入我夜牀鳴唧唧。似言冰雪催授衣，今者不樂君髮白。春深花落病在牀，永夏過眼等虛擲。卷簾昨莫得新涼，空堂呼燈照几席。豈無熟書試一讀，欲似平生不相識。今日明日相尋來，百年青天過鳥翼。夜闌歎息仰屋梁，廢棄寢膳思無益。吾徒奈何縱嫚遊，君不見禹重寸陰輕尺璧！

宿山家效孟浩然 元豐六年太和作。

秋陽沈山西，委照藩落下。霧連雲氣平，濛濛翳中野。空村晚無人，一二小蝸舍。老翁止客宿，喬木縻我馬。松爐依稀烟，槁竹照清夜。幽泉抱除鳴，生涯渺瀟灑。翁家炊黄粱，殺雞延食罷。問余所從誰，庸詎學丘也？投身解世紛，恥問老農稼。予生久邅回，百累未一謝。斑斑吾親髮，弟妹逼婚嫁。無以供甘旨，何緣敢閑暇！安得釋此懸，相從老桑柘。

病　懶　治平四年作。

病懶不喜出，收身卧書林。縱觀百家語，一作『治』。浩渺半古今。空蒙象外意，高大且閑深。聞有居覆盆，豈能逃照臨？一馬統萬物，八還見真心。廼知善琴瑟，先欲絶絃尋。

宿靈湯文室　元祐八年丁母喪居家作。

臨池濯吾足，汲水濯吾纓。塵埃一謝去，神與體俱清。月明漸映一作『隱』。簷東出，置枕東床夜蕭瑟。更無俗物敗人意，唯有清風入吾室。

戲贈諸友 時詔下。治平三年作。

駑駘無長途，一月始千里。騂騮嘶清風，秖在一日耳。詩酒廢書史，諸友勿自疑。寧為駑駘懶，當效騂騮嘶。疏水必有源，析薪必有理。不須明小辨，所貴論大體。生死命有制，富貴天取裁。儻能領真意，何有於我哉？討論銷白日，聖知在黃卷。自此宜數來，作詩情繾綣。

午寢 戊申作。方綱按：熙寧元年戊申，先生年二十四，不應云二十二年，非也。此蓋題下『戊申』有誤。子耕譜中元未的指在何年也。

讀書常厭煩，燕處意坐馳。動靜兩不適，塵勞敗天倪。目昏生黟花，耳聵喧鼓鼙。沈憂愁五神，倦劇委四支。不聊終日堪，況乃久遠期。投書曲肱臥，天游從所之。是身入華胥，仿佛勝初時。春蠶眠巨箔，夏蜩化枯枝。今之隱几者，豈有異子綦？覺寐須臾間，良亦休我疲。迺知大覺夢，蓋此德之歸。誰為今日是，二十二年非。

題徐氏姑壽安君壽梅亭 元豐六年赴德平作。

大雛銜枚來作亭，小雛銜實來種花。兩雛反哺聲查查，慈烏髮白爾成家。梅梁丹青射寒日，梅英飛雪點親髮。二雛同味如春酒，壽親一笑宜長久。金玉滿堂空爾為，有親舉酒世上稀。生育劬勞安可報，折梅傾酒著斑衣。

次韻叔父臺源歌 治平三年作。

吾家叔度天與閑，晚喜著書如漆園。臺平舊基水發源，但聞淙淙下林巒。一朝斬木見萬象，吞若雲夢胸中寬。漱滌泥沙出山骨，混沌鑿竅物狀完。茶甘酒美汲雙井，魚肥稻香派百泉。暑風披襟著菡萏，夜月洗耳聽潺湲。時從甥姪置樽俎，此地端正朝諸山。除書謗書兩不到，紫烟白雲深鎖關。鄉人訟争請來決，到門懷慚相與還。呼兒理琴蕩俗氣，果在巢由季孟間。

息暑巖

水墨古畫山石屏，雷起龍蛇枯木藤。石囊嵌空自宫室，六月卷簟來曲肱。松風琴瑟心可寫，水寒瓜李嚼明冰。卻登夏畦視耘耔，烘顔炙背棲蒼蠅。聞道九衢塵作霧，烏靴席帽如饋蒸。歸嘗玉粒不敢飽，高車駟馬何能乘？

博山臺

宫亭只説香爐峰，此地今見博山臺。紫烟孤起麗朝日，定是海山飛得來。化工造物能神奇，不必驚世出蓬萊。千年隱淪被昭洗，博山我勸爾一杯。先生髮白足力强，遥思秋風醉幾回。童兒數修掃洒職，莫使石面沾塵埃。

潯陽江口阻風三日 元豐三年改官太和作。

枯桑最知天風高，旅人更覺時序迫。去年解官出北門〔一〕，猶纜江船依賈客。狙公七茅富貴天，喜四怒三俱可憐。湖口縣前教戰鼓，聲到潯陽渡頭船。

〔一〕『出』萬曆本作『國』。

過百里大夫冢 熙寧四年葉縣作。冢在南陽縣界，公往鄧州經此。

行客抱憂端，一作『客行感時節』。況復思古人！何年一丘土，不見石麒麟。斷碑略可讀，大夫身霸秦。虞公納垂棘，將軍西問津。安知五羊皮，自粥千金身。末俗工媒蘖，浮言妬道真。幸逢孟軻賞，不愧微子魂。按吕氏童蒙訓云：或稱魯直『桃李春風一杯酒，江湖夜雨十年燈』以為極至，魯直自以此猶砌合，須『石吾甚愛之，勿使牛礪角。牛礪角尚可，牛鬬殘我竹』，此乃可言至耳。然如百里大夫冢與快閣詩，已自見成就處也。

蒲城道中寄懷伯氏

北征無百里，日力不暇給。山重鳥影盡，露下月華濕。寒憶共被眠，屢成回馬立。豈如同巢鳥，莫夜得安集？

舟　子 并序

熙寧四年葉縣作。

予自大梁過汝，求荷擔者，有舟子來應，傭行二日，釋負謝去，曰：『吾雅善操舟，甚不樂荷負之役，頳肩而汗垢，豈所久堪，歸且返吾故矣！因遣之而作詩。

黄須客子居水濱，水行水宿忘冬春。莽渺三江五湖外，短船無地不知津。弓彎夜月射鳴鴈，舷繫曉風歌采蘋。時望青旗沽白酒，醉煮白魚羹紫蓴。平生未識州縣路，鷗鳥蒹葭成四鄰。市人誘我利三倍，輟棹一出幾危身。古來有道處漁釣，豈與荷擔為僂臣！欲論舊業誰知者，滿地車輪來往塵。言歸明月滄波上，依舊操舟妙若神。

思賢 并序

思賢，感楊文公遺事也。公事章聖，以直筆不得久居中。詔欲命公作某氏册文，公不聽，卒以命陳公彭年。命下之日，全家逃歸陽翟。今者道出故邑，冢木合抱，想見風烈，故作是詩。

楊家事業絶當時，百家疏通問不疑。高文大册書鴻烈，潤色論思禁林傑。堂堂司直社稷臣，諫有用否不辱身。勁氣坐中掩虎口，忠言天上嬰龍鱗。忍能持禄保卒歲，歸去求田問四鄰。今時此事久索漠，吾恐九原公可作。我來回首行路難，城郭參差夕照間。風急饑烏噪喬木，孤墳牢落具茨山。

漫尉 并序 熙寧三年葉縣作〔一〕。

庭堅讀漫叟文，愛其不從於役，而人性物理淵然詣於根理，因戲作漫尉一篇，簡舞陽尉裴仲謨，兼寄贈郝希孟胡深夫二同年，為我相與和而張之，尚使來者知居厚為寡悔之府。然知我罪我，皆在此詩。

豫章黄魯直，既拙又狂癡。往在江湖南，漁樵乃其師。腰斧入白雲，揮車棹清溪。虎豹不亂行，鷗鳥相與嬉。遇人不崖異，順物無瑕疵。不知愛故猒，不悔為人欺。晨朝常漫出，莫夜亦漫歸。漫尉葉公城，漫撫病餘黎。不簒非己事，不趨非吾時。人駡狂癡拙，魯直更喜之。或請陳漫尉，壽尉蒲萄巵。酒行激懦氣，攘袂起哨規。君子守一官，烏肯苟簡為？奈何如秋葮，信狂風離披。漫行恐汙德，漫止將敗機。漫默買猜謗，漫言來詬譏。漫尉謝答客，願客深長思。漫行無軌躅，漫止無畢鞿。漫默怨者寡，漫言知者希。吾生漫叟後，不券與之齊。於戲獨如子，因使目為眉。强顔不計返，乾坤一醯雞。崑崙視糟垤，既化不自知。悔吝雖萬塗，直道甚坦夷。覆轍索孤竹，奔車求仲尼。以旌招虞人，賤者不肯尸。玉潤安可涸，日光安可緇？斯言出繫表，當以罔象窺。賦分有自然，那用時世移？吾漫誠難改，盡醉不敢辭。

〔一〕『熙寧三年葉縣作』嘉靖本、萬曆本作『庚戌為葉縣尉時作』。

按田 并序 熙寧四年葉縣作。

余與晁端國思道奉檄按馬鞍山東淃音倦河稻田陂。官丁誤引道，左次水澤，山深徑危，泥潦堅冰，長幹挾馬，僅可以度。行五十里，遂不容馬，步沮洳，虎迹新往來，烏鳥叢噪荆榛。盡日出入，乃至河上，集近山之農，告以獻利者皆以為瀕水為舍，居旁治新田，果蓏有畦，桑棗成行。自山之東西，皆不可為陂。淃河原出四頭山，支分為三：其一盡南出，少折而東，入舞陽；其一稍西流，又折而北，入石塘河；其一滍河也，出山而東流，卒與二水合而入汝河。汝河今漕河也。吾二人既臨河，具知獻利者之狀，而余獨有感焉。頃歲肉食者以羌胡為憂，師老西鄙，而士大夫知與不知，爭道孫吳覆軍殺將，開虜之輕量中國心而富貴者，今日比肩。近者朝言多在民事，欲化西北之麥隴，皆為東南之稻田。良吏攘臂起，郡有召信臣，縣有史起矣。夫土性者，自先王所不能齊，而一切不問，薅夫故苗，灌為新田，茫茫水陂，邱壟平盡。其君子威以法刑，其小人毒以鞭朴，有舉斯有功，有功斯有賞。作者之議曰：前日吏持印相授，以媮眼前，而厚利棄於蒼烟野草之間，是豈不可笑？以余觀之，恐是非特未定也。觀朝廷之意，初不責必成，奉承者要必有功，遂失之耳。語曰：『事傳三人，輒失其真。』詩曰：『周爰咨謀。』蓋使指也。今也咨謀者不慘怛以告者，未忠信歟？夫聽言之道，必以事觀之，奪民之故習而强以所未嘗，其利安在？興利者受實賞，力田者受實弊，郡縣行空文，朝廷收虛名，名為利民，其實害之。議者謂之有意於民乎？吾不知也。以為有功於民乎？今既若是矣。予既有是言，思道屢歎而已。是日所至已遠，不能歸，遂宿水濱民家。北風黄草，破屋見星月，與晁五引酒相酌，忽然已醉，不知跋涉之勞也。綴以詩，强思道和之。

河冰積崢嶸〔一〕，山雪晴索寞。幽齋怯寒威，况復出城郭！馬為蝟毛縮，人歎狐裘薄。淤泥虎跡交，叢社烏聲樂。橋經野燒斷，崖值天風落。洩雲迷鴻濛，戴石瘦犖确。音殼。攀緣若登天，扶服如入橐。窮幽至河麋，落日更槃礴。新民數十家，飄寓初棲託。壯產無惰農，荒榛盡開鑿。臨流遣官丁，悉使呼老弱。恩言諭官意，鄣水陂可作。春秧百頃秔，秋報千倉穫。掉頭笑應儂，吾麥自不惡。麥苗不為稻，誠恐非民瘼。不知肉食者，何必苦改作！我行疲鞍馬，且用休羈絡。艱難相顧歎，共道折腰錯。勢窮不得已，來自取束縛。月明夜蕭蕭，解衣寬帶索。卧看雲行天，北斗掛屋角。析薪爨酒鼎，興至且相酌。

〔一〕「冰」原作「水」，據嘉靖本、四庫本改。

送蘇太祝歸石城

蘇侯恃才頗跌宕，常欲立談取將相。風期家世非一朝，於我今為丈人行。偶然把酒葉公城，胸懷披盡能謔浪。晝燭如椽吐白虹，花枝圍坐紅相向。夜如何其不忍起，風吹日照離筵上〔一〕。醉中一笑揮萬金，眼前快意誠為當。僕夫結束底死催，馬翻玉勒嘶歸鞅。南驅面有千里塵，道遠回首幾惆悵。漢陽津上游女多，何日石城蕩兩槳？莫倚盧家有莫愁，便成翻手辜前賞。

〔一〕「風吹」四庫本作「旭窗」。

寄季張

園中看笋已成竹，堦下種槐還得陰。出門望君車馬絶，臨水問信鯉魚沉。贈君以匠石斸泥之利器，淵明無絃之素琴。此書到日可歸來，思子妙質為知音。

贈陳公益 并序

官於葉城之下，士之久遊而寡過者無若陳公益，言中權衡，行應繩墨，中心誠樂其為人。曾子曰：『目者心之浮也，言者行之指也。』公益眸子睟清，言寡而理贍，其行於是乎可攷。予嘗有窮谷蒼烟寂寞之約，唯公益共之，故系之以詩。

陳子善學問，正色鉏其驕。束身居言前，析理在意標。心隨出處樂，性與寂寞超。安安而雅雅，不以行險徼。王良馭驥子，冉弱六轡調。自吾與之遊，忘味如聞韶。志道斯近神，莊生説承蜩。顧恐陳子止，誰能中道要？我求一飯飽，黄綬强折腰。取舍不由己，悲哉馬銜鑣！長嘯天地間，搔首獨無聊。雅約青山雲，伊人與逍遥。有如渝此盟，白日尚昭昭！平時多英豪，楚楚在本朝。吾徒固長物，分當老簞瓢。

將歸葉先寄明復季常 熙寧三年葉縣作。

初日照屋山，好鳥哢簷角。卷簾吏卻掃，齋舍寒蕭索。呼兒篘春醪，期與夫子酌。簡書驅我出，衝雪凍兩脚。莫行星輝輝，曉起雞喔喔。青烟過空村，商旅無遠橐。豈不欲少留？王事苦敦薄。平生白眼人，今日折腰諾。可憐五斗米，奪我一溪樂！公等何逍遥，睥睨寄講學。談犀振清風，棋局落秋雹。雲陰愁濛鴻，山路險犖确。慎無告歸軒，使我數日惡。羸驂逆歸心，旋濘蹶霜濼。悲嘶惜鄣泥，短箠冷難捉。南征喜氣動，迎面蛛絲落。買網鱠金橙，歸償炊黍約。分寧本云：按㽦注：公雖作尉而沿檄不時，如蒲城佚盜，以校見督之類。此詩雖題『將歸葉，寄明復、季常』，然有『簡書催我去，衝雪凍兩脚』之句，必是因校出而歸無疑。

送張仲謀

竹雞相呼泥滑滑〔一〕，夜雨連明溪漲濁。門前馬作遠行嘶，迺是張侯來訪別。入門下馬未暖席，猛如秋鷹欲飛掣〔二〕。黄花可浮惜别杯，官沽苦酸不堪設〔三〕。張侯少年氣高秀，太華孤峰帶冰雪。袖中日日有新詩，正與秋蟲同一律。吏曹不能弄以事，太尉家兒盡英哲。窮愁寂寞雙凫縣，唯子可輸肝膽説。遊君宫室如芝蘭，於我弟兄比瓜葛。相親更覺相去難，一作「相從未覺歲時久」〔四〕。挽斷衫袖不忍訣。一作「言别奈何腸胃熱」。緬懷君家方盛時，廼翁屢把連城節。北使初隨富亳州，萬死弗顧探虎穴〔五〕。煌煌忠概奬王命，汝等於今仕朝列。稍聞塞上秋草黄，螗螂怒臂當車轍。將軍西擁十萬師，謀士各伸三寸舌。胡不還家讀父書，上疏論兵款天闕？燕然山石可磨鐫，誰能禦子勒勳伐〔六〕？功業未成且自愛，早寄書來慰饑渴。

〔一〕「相」嘉靖本、四庫本下注云：「一作『爭』。」
〔二〕「鷹」嘉靖本、四庫本下注云：「一作『隼』。」
〔三〕「堪」四庫本作「可」。
〔四〕「相從」嘉靖本、四庫本作「從來」。
〔五〕「弗」四庫本作「不」。

〔六〕『勤』原作『勸』，據四庫本改。

擬君子法天運 熙寧四年葉縣作。

君子法天運，不言行四時。提提無近功，成歲乃可知。明窺秋毫端，耳察穴蟻爭。羣材極為力，陰拱收視聽。三辰從昏明，萬物安性命。因時有更張，斟酌如斗柄。細人趨眼前，翻手覆手間。狂風吹長林，何枝鳥能安？須臾誠快意，狼籍不可言。

傷歌行四首

草木摇落天沉陰，蟋蟀為我商聲吟。高明從來畏鬼瞰，貧賤不能全孝心。蚤知義利有輕重，積羽何翅一鈎金！莫悲歸妹無錦繡，但願教兒和瑟琴。

其　二

孟氏至誠通竹笋，姜詩純孝感淵魚。古人常欲養志意，君子不唯全髮膚。有妹言歸奉箕箒，仰誰出力助蒹莩？等閑親鬢貧中白，自悔從來色養疏。

其　三

諸妹欲歸囊褚單，值我薄宦多艱難。為吏受賕恐得罪，啜菽飲水終無懽。永懷遂休一夜夢，誰與少緩百憂端？古人擇婿求過寡，取婦豈為謀饑寒？

其　四

伯夷不食周武粟，程嬰可託趙氏孤。死者復生欲無愧，受遺歸妹況在予。經營百事失本意，跬步尋常畏簡書。人間若有不税地，判盡筋力終年鋤。

行行重行行贈别李之儀

元豐三年改官太和作。端叔名之儀，寓居蕪湖。

行行重行行，我有千里適。親交愛此别，勸我善眠食。惟君好懷抱，高義動顔色。贈子青琅玕，結以永弗諼。拭目仰盛德，洗心承妙言。子道甚易行，易行乃難忘。虚名織女星，不能成文章。微君好古學，尚誰發予狂？事親見不足，擇友知無方。大聖急先務，君其愛頽光。外將周物情，中不敦己道。以客從主人，辨之苦不早。行身居言前，悟理在意表。苟能領斯會，大自足諸小。勿念一朝患，勿忘終身憂。忠誠照屋漏，萬物將自求。此道不予欺，實吾聞之丘。羣居行小慧，宴笑奉樽俎。益友來在門，疏拙不見取。誰不聞此風，去君鴻鵠舉。

春思 熙寧四年葉縣作。

花柳事權輿，東風剛作惡。啟明動鐘鼓，睡著初不覺。簡書催秣馬，行路如徇鐸。閑尋看雲野思亂，遇雨春衫薄。今日非昨日，過眼若飛雹。光陰行晼晚，吾事益落莫。西城道，倚杖俯墟落。村翁逢寒食，士女飛綵索。平生感節物，始悟身是客。搔首念江南，挐船趁鸂鶒。夷猶揮釣車，清波舉霜鯽。黄塵化人衣，此計誠已錯。百年政如此，豈更待經歷！

戲答公益春思二首

能狂直須狂，會意自不惡。蚤知筋力衰，此事屬先覺。公詩應鍾律，豈異趙人鐸？我為折腰吏，王役政敦薄。文移亂似麻，期會急如雹。賦斂及逋逃，十九被木索。公思當此時，清興何由作？前日東山歸，花如萎莎落。徑欲共公狂，知命知此樂。公家胡蜀葵，雖晚尚隱約。晴明好天氣，覩對亦愜適。妝恨朱粉輕，舞憐衫袖窄。衣襦相補紉，天吳亂瀾鵝。草茅多奇士，蓬蓽有秀色。西施逐人眼，稱心最為得。食魚誠可口，何苦必魴鯽！清狂力能否？人生天地客。不者尚能來，南窗理塵迹。草玄續周書，揲策定漢歷。有意許見臨，為公酤一石。

其二

昔人有真意，政在無美惡。微言見端緒，垂手延後覺。大聲久輟響，誰繼夫子鐸？長笑二南間，斯道公不薄。性懷如珮環，詩筆若隕雹。前篇戲調公，深井下短索。子雲最清淨〔二〕，亦動解嘲作。光塵貴和同，玉石尚磊落。衆人開眼眠，公獨寤此樂。昔在西宮遊，初非朝夕約。邂逅二三子，蛾眉能勸客。坐嫌席間疏，酒恨盞底窄。驪駒我先返，看朱已成碧。況聞公等醉，歌舞恣所索。舞餘必纏頭，歌罷皆舉白。清狂稍稍出，應節自不錯。譬如觀俳優，誰能不一噱？何為苦解紛？適似自立敵。人生忽遠行，車馬無歸迹。黄粱一炊頃，夢盡百年歷。棄置勿重陳，虚心待三益。

〔一〕『淨』四庫本作『靜』。

衆人觀俳優

衆人觀俳優，誠有可笑時。侏儒笑人後，所笑動未知。非桀是堯舜，諸生同一詞。不能解其會，何笑侏儒為？桓公方讀書，輪扁釋斧鑿。借問作書人，已歸蒿里宅。至精固不傳，所説乃糟粕。使道如懷珍，分我贍人貧。人將遺朋友，誰不獻君親？喁喁來噍食，泯泯去游魂。昭穆才弟兄，愚智已子孫。愚游智者籠，智受萬物役。奔奔相後先，成則自為德。勞神不知疲，求所不能知。深心著文字，有如鳥粘黐。敗新為故袴，何獨鄭人妻？鴟卵待啄抱〔一〕，自憐非荆雞。誰能起千載，化此故紙癡？

〔一〕「抱」四庫本作「菢」。按「啄抱」與「啄菢」通。

次韻任公漸感梅花十五韻

花信風來自伊洛，稍稍花光上林薄。經年病骨怯輕寒，裁就春衫不勝著。纍纍墻底卧虚樽，醉鄉何處尋城郭？小軒假寐遊華胥，萬籟無聲燈寂寞。落梅新詩入吾手，驚起詩魔如發愕。高文逸氣天馬趨，尾端尚許青蠅託。坐恐勾芒棄我歸，看花不及空紫萼。生前常苦不自閑，芻豢縻人受羈絡。我嗟卒歲敝鞍韉，風敗衣裾塵滿橐。輕裘緩帶多公暇，公獨奈何猶不樂？公言少年豈易知，鳳屏翠幔愁蕭索。蚤從琪樹折春飈，每見新詩淚雙落。勸公且共飲此酒，酒令雖嚴莫嗔虐。時翻舞袖間清歌，日薦南蓴羹北酪。花開莫問醜與妍，隨分眼前罄杯酌。不須憔悴減腰圍，也學東陽沈侯約。

答王晦之見寄

臨西風，動商歌，故人別來少書信，為問故人今若何，白雲濛濛迷少室。明月耿耿照秋河，可憐此月幾回缺？空城每見傷離別。郵筒朝解得君詩，讀罷凉飈奪炎熱。嗟乎，晦之遺詞長於猛健，故意淡而孤絶。有如怒流雲山三峽泉，亂下龍山千里雪。大宛天馬嘶青芻，神俊照人絶世無，自言欲解羈銜去，不能帖耳駕鹽車。朝登商山采三秀，暮上緱嶺追雙鳧。紛紛黄口爭粟粒，君用此策固未疏。但恐高才必為一世用，雖有潺湲不得釣，空曠不得鋤。西風酌酒遥勸君，好去齊飛鸞鳳羣。窮山遠水迺是我輩事，荷鋤把釣聽子入青雲。

寄懷藍六在延平 崇寧二年赴宜州作。

貧賤相知若吾友，取端於此能更求。德性委蛇結緑佩，文章璨爛珊瑚鉤。與君千里共明月，思子一日如三秋。願學延平兩龍劍，風波際會永同遊。

送焦浚明 熙寧四年葉縣作。

西瞻岷山兮東望峨眉〔二〕，錦江清且漣漪。地靈山秀誕豪傑，來入中州振羽儀。相如傲萬物，子雲窮一經，黃金賣賦聘私室，白頭大夫不公卿。窮閻卜肆間，十步一豪英，竟無人識李仲元，不可屈致嚴君平。四君德音閉黃壤，只今壟頭松柏聲。我住葉公城，常如井底坐，不謂焦夫子，聞風肯來過。焦子初見我，如蘭生幽林，春風為披拂，始得香滿襟。中懷坦夷眉宇靜，外慕淡薄天機深。花開鳥啼晝寂寂，酒闌燭明夜沈沈。人皆扶牽爛漫醉，子更把書求本心。二年與燈火，琢子之玉鍊我金。焦夫子，我以陋邦無人把書策，邂逅逢君得三益，胡為棄我忽遠行？手捧嘉陽從事檄，焦夫子，君起為我舞，我其為君歌。君方跨馬涉遠道，湖外地少山川多。霜秋摇落天日遠，西風翻翻水驚波。一筵談笑遂相失，兩地離愁各奈何！焦夫子，酒行君定起，此盃須百分，少别遂萬里。歸尋所種樹，應已數千尺。試照嘉陽水，君髮猶未白。古人不朽事，所願更勉力。别後相逢豈在言？拭目看君進明德。

〔二〕『峨』原誤作『蛾』，據四庫本改。

新寨餞南歸客

初更月蝕缺半璧，三更北風雪平屋。夜寒置酒送歸客，長歌燕鴈燈前落。故園無書已十月，目極千里雲水隔。客方有行乃未已，歸且經予江上宅。比隣諸老應相問，為道於今不如昔。新知翻手覆手間，故人江南與江北。有時日高天氣清，炙背南軒把書策。可憐斯人巧言語，今已埋没黄土陌。乃知生前傾意氣，不用身後書竹帛。往在江南最少年，萬事過眼如鳥翼。夜行南山看射虎，失脚墜入崖底黑。卻攀荆棘上平田，何曾悔念身可惜？辭家上馬不反顧，談笑據鞍似無敵。邇來多病足憂虞，平地進寸退數尺。意氣索然成老翁，所有鬢髪猶未白。閑居為婦執薪爨，宿處野人爭卧席。昔壯今衰殆不如，吾恐未必不為福。寄聲諸老善自愛，客行努力更强食。門前種柳今幾長？戒兒勿令打瀉鵴。早晚歸來躑躅間〔一〕，為公置酒臨江閣。

〔一〕「早」原作「不」，據四庫本改。聚珍本外集補卷一作「春」。

曉起臨汝

缺月欲崢嶸，鳴雞有期信。征人催夙駕，客夢未渠盡。野荒多斷橋，河凍無裂璺。音問。

羸馬踏冰翻，疑狐觸林遁。清風蕩初日，喬木囀幽韻。崧高忽在眼，岌峩臨數郡。玄雲默垂空，意有萬里潤。寒暗不成雨，卷懷就膚寸。觀象思古人，動靜配天運。物來斯一時，無得乃至順。凉暄但循環，用捨誰喜愠？安得忘言者，與講齊物論。

答閻求仁

暮天攜手步河梁，把酒淹留斜日光。生當有别各異方，古人嗟此樂難當。大梁嬉遊少年場，春風花枝囀鸝黄。節物謝徂歲渠央，來自江南登君堂。秋氣欲動聞寒蛩，會幾何日今别長。與子觀化言兩忘，浩歌放船入莽蒼。緑藻刺眼紅蕖香，湖月夜飛衣袂凉。相從宴坐歌胡床，贈言錦繡邀報章。君心温良志則剛，不能牛下學歌商。欲謝世紛自翱翔，果行此策無乃良。昔人所學浩渺茫，海涵地負無抵當。棄捐及人其粃糠，帝王之功一豪芒。既趨世故自遐邊〔一〕，一作「疆」。何異臧穀俱亡羊。以生隨之中道傷，止吾已知終必亡。我亦聞之未能行，慨今無策可伏藏。身隨衣食葉南陽，脱身自當及康强，不待齒疏髮蒼浪。優游濠上如惠莊，論交莫逆與子相。

〔二〕『邊』萬曆本作『遠』。四庫本『遐邊』作『暇遑』。

送陳季常歸洛

人生俱行役，何能如聚鹿？浮楂在江湖，邂逅一相觸。天邊數年別，故人有陳叔。誰云區區葉，車馬肯來辱。清樽聽夜語，常炧一作『燒』三四燭〔一〕。劇談連古今，天漢瀉崖谷。高材歎加壯，所向動乖俗。我官塵土間，强折腰不曲。飽飯逐人行，君來方拭目。汝潁無奇士，僕夫催結束。嗟如秋窗暉〔二〕，來少去苦速。蚤吾接雍容，愛德心不足。歲晚託懿親，清義廼愈篤。落日送河梁，鳴蟬度喬木。歲寒贈君何？唯有南溪竹。

〔一〕『一作燒』萬曆本與四庫本此小字注作：『音謝，燭貌。』

〔二〕『秋』萬曆本、四庫本作『愁』。

雨晴過石塘留宿贈大中供奉

長虹垂地若篆字，晴岫插天如畫屏。耕夫荷耡解襏襫，漁父曬網投笭箵。子期聞笛正懷舊，車胤當窗方聚螢〔一〕。獨卧蕭齋已無月，夜深猶聽讀書聲。

〔一〕『胤』原作『允』，據萬曆本、四庫本、聚珍本改。

次韻答薛樂道

薛侯筆如椽，崢嶸來索敵。出門決一戰，莫見旗鼓迹。令嚴初不動，帳下聞吹笛。乍奔水上軍，拔幟入趙壁。長驅劇崩摧，百萬俱辟易。子於風雅間，信矣强有力。天材如升斗，吾恨付與窄。攬物能微吟，假借少儲積。山城坐井底，聞見更苦僻。子非知音耶，何不指瑕謫？

戲贈陳季張

氣清語不凡，郭與陳季優〔一〕？季子有美質，明月懸高秋。詞談貫百家，炙轂出膏油。放聲寄大塊，肆情無去留。方圓付自爾，規矩為瘡疣。當其說荒唐，衆口莫能咻。書案鼠篆塵，銜蔬滿床頭。居不省家舍〔二〕，那問犬馬牛！吾嘗觀聖人，與世為獻酬。道通衆人行，智欲萬物周。微言觀季子，頗亦有意不？季子捧腹笑，吾豈搢紳囚？我將乘扶摇，南與大鵬遊。相羊九萬里，厭則下滄洲。黄子失所答，如耕不能耰。井蛙延海鼈，樂事擅一丘。束牲盟伯夷，固自取揶揄。音由。無心以觸物，愛子如虛舟。維楫苟不存，傾覆當誰尤？尚思濟來者，非但自為謀。

〔一〕『郭』疑為『孰』之誤，否則於義不通。今姑仍其舊。

〔二〕『省』四庫本作『肖』。

寄别陳氏妹

西風吹天雲，頃刻異秦越。叔子從天東，忽與同姓别。餞行在半塗，一食三四噎。遥遥馬嘶斷，芳草迷車轍。引襟滿眼淚，回首寸心折。母氏孝且慈，愛養數毛髮。諸兒恩至均，如指孰可齕？汝今始歸人，綿綿比瓜瓞。中畦不灌溉，芳意還銷歇。黄鳥止桑楚，南山采薇蕨。擇歸既甚明，寡取廼為悦。我開賢女傳，須已為汝説。在宋有伯姬，潔身若冰雪。下堂失傅母，上堂就焚爇。吾嘗嘉惠康，有婦皆明哲。戮力事耦耕，甘貧至同穴。彼於視三公，其猶吹一吷。雍容二南間，此婦真豪傑。男兒何有哉！今壯而善耋。逢時秉鈞軸，邂逅把旄鉞。富貴多禍憂，朋黨相媒蘖。等之彀中遊，巧者未如拙。勿以貧賤故，事人不盡節。母儀尊聖善，婦道尚曲折。葛生晚萋萋，絺綌代裘褐。女工既有餘，枕簟清煩暍。誰言淮蔡遠？曾不以日月。跂予升高丘，佇望飛鳥滅。善懷詩所歌，行矣勿惜別。皇皇太史筆，期汝書英烈。

戲贈王晦之

故人邇在登封居，折腰從事意何如？月明曾聽吹笙否？我亦未見緱山鳧。棲苴世上風波惡〔一〕，情知不似田園樂。未知嵩陽禪老之一言，何似黃石仙翁之三略？

〔一〕「棲」四庫本作「萋」。

觀崇德墨竹歌 并序

姨母崇德君贈新墨竹圖，且令作歌。

夜來北風元自小，何事吹折青琅玕？數枝灑落高堂上，敗葉蕭蕭烟景寒。廼是神工妙手欲自試，襲取天巧不作難。行看歎息手摩拂，落勢夭矯墨未乾。往往塵晦碧紗籠，伊人或用姓名通。未必全收俊偉功，有能藝事便白首〔一〕，不免身為老畫工。豈如崇德君，學有古人風。揮毫李衛言神筆，衛夫人，尚書郎李充母，母以夫姓，自稱李衛。彈琴蔡琰方入室。道韞九歲能論詩，龍女早年先悟佛。弈棋樵客腐柯還，吹笙仙子下緱山。更能遇物寫形似，落筆不待施青丹。尤知賞異老蒼節，獨與長松凌歲寒。世俗寧知真與僞，揮霍紛紜鬼神事。黄塵汙眼輕白日，卷軸無人得覘視。見我好吟愛畫勝他人，直謂子美當前身。贈圖索歌追故事，才薄豈易終斯文？所愛子猷發嘉興，不可一日無此君。吾家書齋符青壁，手種蒼琅十數百。一官偶仕葉公城，道遠莫致心慘戚。我方得此興不孤，造次卷置隨琴書。思歸才有故園夢，便可呼兒開此圖。

〔一〕『藝』原缺，據聚珍本補。

送陳蕭縣

欲留君以陳遵投轄之飲，不如送君以陶令無絃之琴。酒嫌别後風吹醒，琴為無絃方見心。去夏雨餘清夜醉，黄鸝不覺報春深。花枝柳色競鮮好，廼是前日枯朽林。人生用捨四時可，壯士憔悴非獨今。大夫黄綬領垂素，二十餘年走塵土。盈車載書遺兒讀，不悔早為文墨誤。治聲翕然先向東，古蕭子國今萬户。德性忠純吏不欺，閨門孝友民所慕。麥隴童兒憐雉乳，冰天窮子兼襦袴。愔愔琴意如温風，廼知不必徽絃具。明月清河佳可遊，官倉縻我不得去。白露為霜水一篙，秋香蓮蕩浮輕舠。此中亦有無絃意，相憶樽前把蟹螯。

致政王殿丞逍遥亭

漆園著書五十二，致意最在逍遥遊。後來作者逐音響，百一未必知莊周。幽人往往泥出處，俗士不可與莊語。逍遥如何？一蛇一龍。以無為有，當以守雌為雄。與物無對，無内無外，與民成功。有物有對〔一〕，左肘生楊觀物化，右臂為雞即時夜。果若乘氣有待游，如何六氣無窮謝？天之蒼蒼非正色，道真微妙安可得？利害叢中火甚多，此心寂寞誰能識？文人春秋誠未高，視聽聰明齒牙牢。所為淳拙有深越，持置酷似巨山陶。平生剛直折不得，目送飛鴻向賓客。早束衣冠林底眠，非關暮年俗眼白。種田百畝初為酒，買地一區今有宅。家人歲計不嬰心，兩兒長不能措畫。邇來信己不問天，萬事逍遥只眼前。何必讀書始曉事，此翁暗合莊生意。

〔一〕「物」原缺，據四庫本補。

送何君庸上贛石 醉中作。時元豐五年，君庸太和簿。

臘梅開盡欲凋年，痛飲千江壁底眠。江寒山瘦思親友，歸守平生二頃田。西昌萬户深篁竹，楚國無人知白玉。欲附絃歌慰寂寥，絃斷枯桐誰識曲？樽前顧曲客姓周，學問東山繼先流。梅花惱人已落盡，真成何遜醉揚州。我今領底髭半白，背世□□學春秋。此書百年鎖蛛網，亦謂歲晚逢何休。荀侯畫謀取垂棘，之奇貪賢無處適。大庾嶺頭烟雨中，萬峰插天如劍直。苦懷行李冰繞須，野店酒旗可試沽。只今人才不易得，儻逢滁器試相如〔一〕。

〔一〕「試」嘉靖本、萬曆本、四庫本作「識」。

寄懷趙正夫奉議 元豐八年德平作。

春皇撫宇宙，仁氣被園林。草木懷元寵，松柏抱常心。攬觀萬物表，有覺詠時禽。一勸君沽酒，一起予投簪。小人畏罪罟，澡雪奉官箴。雞鳴風雨晦，鶴鳴澗谷陰。維此方寸寶，日月所照臨。澤蒲漸緑弱，山桃破紅深。永懷寂寞人，黄卷事幽尋。虚窗馳野馬，宴坐醉古今。鴛鴦求好匹，笙磬和同音。何時聞笑語，清夜對横琴？分寧本云：按譜注載公有題絳本法帖云：元豐八年夏五月戊申，趙正夫出此書于平原官舍。又題樂府木蘭詩後云：元豐乙丑五月戊申，會食于趙正夫平原監郡西齋。二詩蓋當時作。又譜按國史元祐三年十月己丑，蘇軾言御史趙挺之在元豐末通判德州，而著作黄庭堅方監本州德平鎮。挺之希合提舉官楊景棻之意，欲于本鎮行市易法，而庭堅以為鎮小民貧，不堪誅求，若行市易，必致星散。公文往來，士人傳笑云云。公他日宜州之禍，亦基於此。故因備載。

四月丁卯對雨寄趙正夫 方綱按：一本無此題而前題云二首。

公家常怱務，退食用寢訛。相思雖勞勤，書問不能多。時雨光萬物，開雲見羲和。乾坤有美意，畎澮未盈科。凱風吹南榮，官槐緑婆娑。鷦鷯將其匹，來巢自成家。於物無譏嫌，人亦不誰何。眷言生理拙，無地牧雞鵝。丈人春秋高，雛轂勤摩挲。在公每懷歸，安得借明駝？畏塗失無鄉，酌海持一蠡。平生朱絲繩，寂寞長絲窠〔一〕。故人纍纍去〔二〕，宰木上女蘿。生存半白首，會面阻山河。趙侯秉金玉，不與世同波。從容覺差晚，鄙心寄琢磨。外物良難必，歲寒不改柯。

〔一〕『絲』四庫本作『生』。
〔二〕『纍纍』嘉靖本、萬曆本、四庫本作『疊疊』。

山谷詩外集補卷第二

賦陳季常北軒杏花 得『酒』字。熙寧四年葉縣作。

青春不揀勢薄厚，春到人家盡花柳。杏園主人殊未來，豈謂一枝先入手。天晴日暖籠紫煙，鏡裏紅粧猶帶酒。江梅已盡桃李遲，此時此花即吾友。欄邊漸滿一作『雨』。枝上空〔一〕，歎息躊躇為之久。榮衰何異人一生？少壯蹔時成老醜。狂癡未解惜光陰，不飲十人常八九。豈如大醉升糟丘，太古乾坤隨處有。更當種子如董仙，摶米誰能問升斗〔二〕？

〔一〕『滿』嘉靖本、萬曆本、四庫本作『雨』，下注：『一作滿。』

〔二〕嘉靖本、萬曆本、四庫本詩後有注：『董奉事見葛洪神仙傳。』

送蒲元禮南歸 熙寧四年葉縣作。

元禮佳少年，俊氣欲無敵。文章詩最豪，溟漲助筆力。三年葉公城，於我固多益。恨無荆鷄材，使君有羽翼。此行省親闈，綵服耀春色。從容文字間，固未曠子職。蘄春向鄂渚，曾不三四驛。吾師李武昌，金聲而玉德。誠能勇一往，所進豈寸尺。江南後生秀，居多門下客。願君從之遊，琢磨就圭璧〔一〕。斗酒清夜闌，缺月挂屋壁。雞鳴馬就轡，少別安足惜！人生共一世，誰能無行役？

〔一〕『璧』原作『壁』，據萬曆本、四庫本改。

即席

落葉不勝掃，月明樹陰疏。親鄰二三子，樽酒相與俱。霜栗剥寒棗，晚菘煮青蔬。解官方就門，敦薄無簡書。純益氣蕭蕭，未羈天馬駒。元禮喜作詩，豪氣小未除。大薛知力學，日來反三隅。小薛受善言，如以柳貫魚。天民嘗逸駕，近稍就橛株。知命雖畸人，清談頗有餘。阿盧快犢子，規矩尚小殊。不材於用少，我則澗底樗。會合只偶然，等閑異秦吴。人生一世間，何異樂出虛？過耳莫省領，披懷使恢疏。買網尚可鱠，倒壺更遺沽。不當愛一醉，倒倩路人扶。

贈李彦深

元豐元年北京作。李原字彦深，厚之弟，居南陽。

瓊枝雖療渴，萱草忘人憂。李君氣蕭蕭，翠竹摇清秋。步竹來過門，日色在簾鈎。開雲覩白雉，臨水對虚舟。言少常造極，色夷似無求。醉尉廳索寞，寒泉沃茶甌。四坐愁水厄，井瓶猶屢投。蔪錫碎玉札，間薦當衆羞。微物不足貴，且延君少留。行役阻相見，心如旆悠悠。春魚出清涔，社酒欲勝篘。時來得晤語，呼客盡更籌。

再和答張仲謀陳純益兄弟

渡江羈宦襄江北，紅塵染盡春衫色。春畬輟耕草苒苒，瘦妻病餘廢組織。官倉得粟何常飽〔一〕，清夜飢腸吟唧唧。西風吹夢到故鄉，千里關山雲水白。可憐奪却田園樂，何異萬金輸一擲！亂轍曾無長者車，經年不造先生席。張侯少年二陳俊，傾蓋能如舊相識。凉秋夏日數來過，要與六經生羽翼。貧家雖無樽酒歡，小徑曾鉏待三益。劇談莫問井闌干〔二〕，坐須山月吐半璧〔三〕。

〔一〕『常』四庫本作『嘗』。

〔二〕『井』萬曆本作『斗』。

〔三〕『壁』原作『璧』，據萬曆本、四庫本改。

飲城南即事　元豐二年北京作。

陰陰花柳一百五，吹空白綿亂紅甫。已看燕子飛入簾，未有黄鶯學人語。鬭雞走狗輕薄兒，衣裾相鮮氣相許。半是墦間醉飽人，還家驕色羞婦女。顧侯邀客出城南，曉蹋天街已塵土。春風遊絲人到狂，何況客醉日當午〔一〕。著作文章名譽早，不愧漢庭御史祖。元城茂宰民父母，境不飛蝗河渡虎。何侯家世看豐碑，墨摹萬卷心奇古。潁陰從事江左賢，八詠樓高風月苦。劉郎曾眠武陵源，好在桃花迷處所。鄙夫漫有腹便便，懶書欲眠誰比數？一笑相歡自難得，看朱成碧更起舞。任他小兒拍手笑，插花走馬及嚴鼓。顧侯三酌似已多，明日花飛奈老何！

〔一〕『當』四庫本作『卓』。

宣九家賦雪

元豐八年秘書省作。『宣九』謂宗室宣州院第九家者。

都城窮臘月半破，晚來雪雲應朝課。虛簷稍聞飄瓦聲，六花連空若推墮。翩翩恐逐歌吹來，皎皎不受塵泥涴。試尋高處望雙闕，佳氣葱葱寒貼妥。遥知萬馬駕紫宸，把燭天街聽宫鎖。吾人豈解占豐年，但喜酒樽宜附火。石鼎香浮北焙茶，洪爐殼爆宣城果。陸珍海異厭下筯，别索百種煩烹和。僕奴睥睨費呼叱，主人愛客無不可。馮向江船問子猷，山陰夜醉何如我。北鄰長吉最能詩，怯寒正想重裘坐。故遣長須屢送來，猶得王孫嘲飯顆。

和舍弟中秋月

元豐二年北京作。方綱按：元豐二年先生年三十五，此首句與題注不合，必有一誤，蓋注誤也。

高秋摇落四十五，清都早霜凋桂叢。纖塵不隔四維淨，寒光獨照萬象中。少年氣與節物競，詩豪酒聖難争鋒。桓伊老驥思千里，尚能三弄當清風。廣文陋儒嬾於事，浩歌不眠倚梧桐。百憂生火作内熱，何時心與此月同？後生晚出不勉學，從漢至今無揚雄。天馬權奇大宛種，吾家阿熊風骨聳。言詩已出靈運前，行身未聞孟軻勇。明窗文字不取讀，蜘蛛結網塵堆壅。少壯幾時夏已秋，待而成人吾木拱。憐汝起予秋月篇，我衰安得筆如椽！但使樽中常有酒，不辭坐上更無氈。把詩問字為汝説，便當侯家歌舞筵。

和世弼中秋月詠懷 熙寧八年北京作。

一年中秋最明月，也照貧家門户來。清光適從人意滿，壺觴政為詩社開。秋空高明萬物靜，此時乃見天地性。廣文官舍非吏曹，況得數子發嘉興。千古風流有詩在，百憂坐忘知酒聖。露華侵衣寒耿耿，絶勝永夏處深甑。人生此歡良獨難，夜如何其看斗柄。王甥俊氣横九州，樽前為予商聲謳。松煙灑落成珠玉，溪藤卷舒爛銀鉤。北門樓鹵地險壯〔一〕，金堤濁河天上流。離宫殿閣礙飛鳥，霸業池臺連秃鶖。當日西園湛清夜，冠蓋追隨皆貴游。使臣詞句高突兀，慷慨悲壯如曹劉。我於人間觸事懶，身世江湖一白鷗。空餘詩酒興不淺，尚能呻吟卧糟丘。偶然青衫五斗米，奪去黄柑千户侯。永懷丹楓樹微脱，洞庭瀟湘晚風休。晴波上下掛明鏡，棹歌放船空際浮。不須乞靈向沈謝，清興自與耳目謀。江山於人端有助，君不見至今宋玉傳悲秋。期君異時明月夜，把酒岳陽黄鶴樓。

〔一〕「鹵」四庫本作「櫓」，二字通，亦作「樐」，大盾。

次韻答常甫世弼二君不利秋官鬱鬱初不平故予詩多及君子處得失事 熙寧八年北京作。

鵬翼將圖南，垂天上扶摇。飛飛尋常間，深樹乘風蜩。大觀與小智，從事不同條。揚雄老執戟，金張珥漢貂。松柏有本心，蒲柳望秋凋〔一〕。久矣結舌瘖，狂言始今朝。崔王兩驥子，神俊萬里超。驚人吐嘉句，拔俗振高標。頻來草玄宅，共語清入寥。處己願如舜，致君敢不堯？回觀勢利場，内熱作驚潮。趨時愧才全，敖世迺士驕。一生浪許可，彈炙則求鴞。園棋飯後約，煨栗夜深邀。爾來數到門，玉趾不憚遥。相期淡薄處，行樂亦云聊。甘泉沸午鼎，茗椀方屢澆。昏鴉相送歸，風枝撼調調。男兒强飲食，九鼎等一瓢。富貴但暫熱，名聲適為妖。世事寒暑耳，四時旋斗杓。勿學懷沙賦，離魂不可招。

〔一〕「蒲」四庫本作「楊」。

送魏君俞知宿遷

魏侯得名能治劇，江湖作吏聲籍籍。人言才似鉅鹿公，詔書擢守二千石。前日見賢後得罪，艾封霅襟復自悔。牛刀割雞不作難，看公來上宿遷最。

秋懷二首 熙寧八年北京作。

秋陰細細壓茅堂，吟虫啾啾昨夜凉。雨開芭蕉新間舊，風撼篔簹宫應商。砧聲已急不可緩，簷景既短難為長。狐裘斷縫棄墻角，豈念晏歲多繁霜！

其　二

茅堂索索秋風發，行遶空庭紫苔滑。蛙號池上晚來雨，鵲轉南枝夜深月。翻手覆手不可期，一死一生交道絶。湖水無端浸白雲，故人書斷孤鴻没。

和李文伯暑時五首 文伯字去華，公之婿李粢德素之子。雖納婿在後，而公與龍眠李氏為素交。

團扇如明月，動摇微風興。屏去坐上熱，袪逐盤中蠅。有用何提挈，無心分愛憎。炎炎雖可貴，棄置奈寒冰！右扇。

其　二

麈髦副白玉，揮弄柔毿毿。不獨效擊拂，與君為指南。諸生臨廣坐，辯口劇春蠶。此物為解紛，吾常見不談。右麈尾。

其　三

沈埋寒泉骨，成器世乃重。賢於曲肱樂，輾轉不傾動。六月塵埃間，頭為涔涔痛〔一〕。一卧洗煩勞，華胥直通夢。右石枕。

其　四

吾家笛竹簟，舊物最所惜。當年楚山秋，林下千金得。寒光不染著〔二〕，復與塵泥隔〔三〕。落日照江波，依稀比顔色。右蘄簟。

其　五

飛蚊遠床帷，來傍青燈集。微凉忽透隙，如帶驚雷人。念彼無幮者，中夜何嘆及！天下同安眠，西風向秋急。右葛幮。

〔一〕『涔涔』四庫本作『慘慘』。嘉靖本、萬曆本作『滲滲』。
〔二〕『著』原作『簟』，據嘉靖本、萬曆本、四庫本改。萬曆本作『着』，同『著』。
〔三〕『復』原作『舊』，據嘉靖本、萬曆本、四庫本改。

送錢一杲卿

杲卿乃穆父内翰長子，黄師是之妹夫。時師是為河北漕，錢時在外舍。師是名實。

錢君佳少年，濯濯春月柳。開談屢逼人〔一〕，落筆若揮帚。鳧鴈菰蒲中，英材頗時有。同聲傾夙期，異姓接婚友。冷官國北門，會面始八九。時時過薄飯，卯坐常至酉。今日得休沐，方醺步兵酒。聞子車馬南，欲餞輒掣肘。温風媚行色，緑淨無塵垢。魚軒迎少婦，能獻二親壽。到家春已融，柔條可結紐。菱藻蔓平湖，釣船先入手。南鴈正北來，蚤寄詩千首。

〔一〕「逼」四庫本作「邀」。

觀道二篇

聖人用仁心，惻傷路傍兒。虎狼舐吻血，自哺胄與妃〔一〕。同在天地間，六鑿相識知。父母臨萬物，大道甚坦夷。百年修不善，一日許知非。虎狼有悛心，還與聖人齊。

其　二

廉藺向千載，凜凜若生者。曹李雖無恙，如沈九泉下。短長略百年，共是過隙馬。事來磨其鋒，意氣要傾瀉。風雲滅須臾，草木但春夏。唯此一物靈，不可藉外假。譽髦天下才，西伯本心化。君無誚斯文，可以觀大雅。

〔二〕『胄與妃』原作『胃與肌』，據嘉靖本、四庫本改。

送朱暀中允宰宋城

元豐元年北京作。宋城屬南京。

鄴王臺邊春一空，但有雪飛楊柳風。我從南陽解歸橐，重簾複幕坐學宮。酒材苦責公醸薄，欲經醉鄉無路通。奈何當此意緒惡，僚友決去如飛鴻。朱侯官居鄴城下，不脱轡銜秣征馬。緑槐陰陰門對街，唯我知君少閑暇。新從天上拜書回，去效割雞宋之野。宋城萬家有和氣，明府豈弟心傾寫。愧君乞言極忠厚，安得瓊瑶贈盈把？古來為縣有盛名，不遛墾田歸桑柘〔一〕。欲蘇濁水赬尾魚，舞文吏胥無假借。朝廷本意在治安，外論不然可驚啃。豈如規摹跨三代，首聽官師困鰥寡。簿書期會可半功，區别枉直教刑中。杜光作刑至載割，及民無辜受笞駡。權衡此心坐堂奥，草木遂生蟲蟻化。朱侯明日君定行，行李觸熱時已夏。我官雀鼠盜太倉，欲去猶須畢婚嫁。幾時可上君政成，即買扁舟極東下。

〔一〕『遛』萬曆本、四庫本作『過』。

送醇父歸蔡 熙寧三年葉縣作。

北風飄飄天作惡，枯林已無葉可落。寒溪濺濺聲迫人，歲聿云莫慘不樂。此時陳子迺棄我，歸將索綯亟乘屋。吾室尚潭潭，留君欲晤談。掉頭去不顧，明發解征驂。君來久相從，知我無所堪。好學勇如虎，讀書青出藍。有疑必考擊，無奥不窮探。愧無洪鍾響，十不答二三。慨予方食貧，予腹豈屢厭？藜羹稀糝芼，寒葅薄醯鹽。雖欲苦留君，俎豆無加添。從來婚友間，恩義亦云兼。草枯方兀兀，麥秀待漸漸。緑髮佳少年，回首垂白髯。進德失盛時，時寧為人淹？經綸自封植，豈不如春蠶？此行決矣戒童僕，歸旁南陔種蘭菊。旅床夜夜悲蛩螿，行色村中異風俗。青燈白酒留故人，莫愛一醉至曉角。

次韻七兄青陽驛西阻水見寄 元豐元年北京作。

挽船逆牽九牛尾，寸步關梁論萬里。淮山終日只對面，與船低昂如角抵。水工爬涉未曾去，遠者盈尋近盈咫。長堤夜射千丈潭，疾雷不及先掩耳。吾人猶困坎井泥，何算鮭蝦著塵滓〔二〕。我家詩翁坐長歌，險阻艱難實經履。稍尋牛豕畦疃行，始得村落魚菜市。風榆雨柳愁殺人，日西月東若流水。忽然槌鼓催發船，入門驩甚折屐齒。道逢耦耕試借問，往往見謂知悖矣。十年奔走營曉炊，家居暖席能得幾？此行幹蠱維叔父，功苦食辛等醇醴。官筒之詩鄴城下，孝友懇惻見表裏。强哦竹間惜寡和，如以罷兵取堅壘。何當車馬城南來，壽親一樽開宴喜？

〔一〕『鮭』原作『鮏』，據四庫本改。

酌別世弼　熙寧八年北京作。

王郎婚友平生期，學問文章過吾黨。一見懸知白璧奇，三年未負青雲賞。蘇秦六印自多金，陶朱再相宜藏鏹。貧賤相知乃為貴，功名所在何須枉。鄴王城下倒清樽，子雲書中羃蛛網。樽前惜別語萬千，門外催發人三兩。自從相見開青眼，無處會面如天上。傾壺倒榼駐車馬，豈但呼燈照罍旒？平生相從忘歲月，手足割裂誠迷惘。譬如旁人看疥癩，未易能去膚髮痒。但願自思恩愛間，勿以眼前劇愁想。

庭誨惠鉅硯 熙寧八年北京作。

郭君大硯如南溟，化我霜毫作鵬翼。安得剡藤三千尺，書九萬字無渴墨！

叔誨宿邀湖上之遊以故不果往

芰荷採盡荇田田，湖光價當酒十千。主人邀客殊未來，西風枕簟廢書眠。睡罷書窗翻墨汁，龍蛇起陸雲雨濕。晚筵紅袖勸傾盃，公榮坐遠酌不及。章臺柳色未知秋，折與行人鞭紫騮。金城手種亦如此，今日摇落令人愁。雙飛鴛鴦一朝隻，春鉏欲匹畏白鷗。風標公子誠自多，波淨月明如鷗何！

次韻子真會靈源廟下池亭（元豐元年北京作。）

繫馬著堤柳，置酒臨魏城。人賢心故樂，地曠眼為明。十年風烟散，邂逅集此亭。悲歡更世故，談話及平生。折腰督郵前，勉强不見情。世味曾淡薄，心源留粹精。晴雲有高意，澗水無湍聲。誰言王安豐，定識阮東平？

幾復讀莊子戲贈（治平三年作。）

蜩化槍榆枋，鵬化摶扶摇。大椿萬歲壽，糞英不重朝。有待於無待，定非各逍遥。譬如宿舂糧，所詣豈得遼？漆園槁項翁，聞風獨參寥。物情本不齊，顯者桀與堯。烈風號萬竅，雜然吹籟簫。聲隨器形異，安可一律調？何嘗用吾私〔二〕，總領使同條。惜哉向郭誤，斯文晚未昭。胡不棄影事，直以神理超。木資不才生，鴈得不才死。投身死生中，未可優劣比。深藏無所用，一寓不得已。逍遥同我誰？歲莫於吾子。

〔一〕「嘗」四庫本作「當」。

次韻坦夫見惠長句熙寧二年葉縣作。

温風撩人隨處去，欲如羶羊蟻旋慕。落英馬前高下飛，牽挽一作「引挽」。忽與樽酒遇。令行如水萬夫長，傾蓋不減平生故。素衣成緇面黧黑，笑説塵沙工點汙。王事賢勞尚有詩，自卷溪藤染霜兔。桃李清陰坐未移，走送雄篇疲健步。張侯先不露文章，十年深深豹藏霧。欻來聽訟小棠陰，千里鳴弦舞韶濩。我名最落諸人後，頓使漂山由衆呴。伐木丁丁愧友聲，食苹呦呦懷野聚。谷陽舊壘一片春，勤我引領西南傃。遥知紅紫能亂眼，錦衾作夢高唐賦。簡書留拘四十里，夢魂明明識歸路。公才富比滄海宫，明珠珊瑚凡幾庫。惠連宰上麥纖纖〔一〕，予早與仲和遊，仲和才甚秀。喜公猶得春草句。明朝折柳作馬箠，想見杯盤咄嗟具。

風光暫來不供翫，大似横塘過飛鶩。甕面浮蛆暖更多，氣味煩公卒調護。樹頭樹底勸提壺，南岡北岡教脱袴。春衣可著愜醉眠，急觴催傳莫論數。

〔一〕「宰」四庫本作「原」，聚珍本作「冢」。

奉和慎思寺丞太康傳舍相逢并寄扶溝程太丞尉氏孫著作二十韻

元豐元年北京作。

扶亭大夫伯淳父，平生執鞭所欣慕。蚤年學問多東南，形阻江山想神遇。阮籍臺邊有一人，愛歎非為婚姻故。民言令君明且清，玉壺寒冰不受污。我從王事驅傳馬，落日東走駭麞兔。問知鄰境欲過之，簡書有程嚴寸步。胸懷作惡無處説，天氣昏昏月含霧。故人如從空中落，逼耳好鳥鳴韶濩。野桃窈窕風剪拂，官柳低昂春燠昫。政由人好景亦好，燒燭續書笑言聚〔二〕。同懷兩賢孤此樂，無物可寫心傾倸。鄧侯詩成錦繡段，浣花屑玉邀我賦。今年病起疏酒盃，醉鄉荆棘歸無路。詩窮淨欲四壁立，奈何可當杜武庫？不似灞橋風雪中，半臂騎驢得佳句。濟時之才吾豈敢？樗櫟初無廊廟具。上車不落强顔耳，伏食官倉等雞鶩。只欲苦留公把酒，都畿千里勤督護。及得歸時穀雨餘，已剪輕衣换袍袴。春色衰從一片飛，况迺紛紛不知數！

〔一〕『續』四庫本作『讀』。

次韻晉之五丈賞壓沙寺梨花 元豐元年北京作。

沙頭十日春，當日誰手種？風飄香未改，雪壓枝自重。看花思食實，知味少人共。霜降百工休，把酒約寬縱。

答王道濟寺丞觀許道寧山水圖 元祐二年秘書省作。

往逢醉許在長安，蠻溪大硯磨松烟。忽呼絹素翻硯水，久不下筆或經年。一日踏門撼門鈕，巾帽欹斜猶索酒。舉杯意氣欲翻盆，倒卧虚樽將八九。醉拈枯筆嘗墨色〔一〕，勢若山崩不停手。數尺江山萬里遥，滿堂風物冷蕭蕭。山僧歸寺童子後，漁伯欲渡行人招。先君笑指溪上宅，鸕鷀白鷺如相識。許生再拜謝不能，迺是天機非筆力。自陳精力初未衰，八幅生絹作四時。畨師李成最得意，十襲自藏人已知。貴人取去棄墻角，流落幾姓知今誰？大梁畫肆閲水墨，四圖宛然當物色。自言早過許史門，常賣一聲偶然得〔二〕。雨雪涔涔滿寺庭，四圖冷落讓丹青。往來睥睨誰比數？十萬酬之觀者驚。客還次第閲春夏，坐見歲序寒崢嶸。王丞來觀嘆唧唧，亦如我昔初見日。新詩雌黄多得實，信知君家有摩詰。我持此圖二十年，眼見緑髪皆華顛。許生縮手入黄泉，衆史弄筆摩青天。君家枯松出老翟，頗似破屏有骨骼。一時所棄願愛惜，不誣方將有人識。分寧本云：按此詩前篇載外集二十二韻，而此篇比前多一韻，其間大同小異，恐前篇乃改定本。今照舊刻並録之。

〔一〕「嘗墨色」四庫本作「墨淋浪」。

〔二〕「偶」嘉靖本、萬曆本、四庫本作「儻」。

觀王熙叔唐本草書歌

少時草聖學鍾王，意氣欲齊韋與張。家藏古本數十百，千奇萬怪常搜索。今得君家一卷書，始覺辛勤總無益。移燈近前拭眼看，精神高秀非人力。北風古樹折巔崖，蒼烟寒籐掛絶壁。逸氣崢嶸馳萬馬，隻字千金不當價。想初槃礴落筆時，毫端已與心機化。主人知是希世奇，但見姓氏無標題。自非高閑懷素不能此，何必更辨當年誰〔一〕！

〔一〕「年」四庫本作「是」。

擬古雜言 元豐元年北京作。

鴈鴈隨春風過鄉縣，烟雨昏，行不亂。同安樂，共憂患，雲重重，不相見。日昳音迭，日昃也。晡，下平湖，十十五五依黄蘆，得粒不啄鳴相呼。新婦見鴈懷征夫，上堂曳袑韶上聲，衣襟也。裾，四拜啟阿姑。一作『下堂勞苦鴈，上堂問阿姑』。『人言鴈寄書，審能寄書無？』阿姑語新婦：『古來無此事，今安得此語？』新婦祝鴈好自去，勿學水中戀涔魚。寄汝尺素上有書，塞北春寒用當襦。寄書與阿誰？我家蘇校尉，海上牧羊兒。為言妾能事君母，勿負漢恩作降虜。

古豪俠行贈魏鄰幾 元豐元年北京作。

翩翩魏公子，恐是信陵君。高義動衰俗，孤標對層雲。風吹棠棣花，一枝落夷門。俯仰少顔色，蕭蕭烟景昏。已朽朱亥骨，侯嬴無子孫。衆中氣軒昂，把臂論肺肝。沃之紅鸚鵠，載以烏賀蘭。門前馬嘶急，我弟忽扣關。謂言空中落，逆旅有仁人。老母一解顔，萬金難報恩。琅玕迺未贈，交好如弟昆。

拘士笑大方

拘士笑大方，俗吏縛文律。當其擅私智，轍覆千里失。鳥飛與魚潛，明哲善因物。欣然領斯會，千百無十一。蒯緱裝太阿，付鷵斬芻秣。風雨晦冥時，中夜鳴不歇。張公下世久，安得歎埋没？齊王好吹竽，楚客善鼓瑟。衞婦新上車，戒御無笞服。教母滅竈突〔一〕，徙薪始入室。三言至丁寧，於理蓋已密。主人皆笑之，迺在未適節。莊生亦有言，外物不可必。無地與揮斤，眷然思郢質〔二〕。

〔一〕『突』嘉靖本、四庫本作『火』。
〔二〕『眷』四庫本作『悄』。

擬古樂府長相思寄黃幾復 治平三年作。

江南江北春水長，中有一人遥相望。字曰金蘭服衆芳，妙歌揚聲傾滿堂。滿堂動色不入耳，四海知音能有幾？惟予與汝交莫逆，心期那間千萬里〔一〕！欲憑緑水之雙魚，為寄腹中之素書。溪回嶼轉恐失路，夜半不眠起躊躇。

〔一〕『間』原作『問』，據萬曆本、聚珍本改。聚珍本作『閒』，通『間』。四庫本作『迺間』。

古樂府白紵四時歌

桃李欲開一作『在時』。風雨多，籠絃束管奈春何！一作『關鑠管絃絶經過』。風休雨靜花滿地，一作『落花著地深一尺』。時節去我如驚波。一作『安用風日更妍和』。少年志願一作『燕燕作巢』。不成就，日月星辰役昏晝。一作『故年主人且恩舊』。俟河之清未有期，一作『及河之清八月來』。斗酒聊為社公壽。

其二

日晴桑葉一作「柔桑日長」。緑宛宛，春蠶忽忽都成繭。繰車宛轉頭緒多，相思如此心亂何。少年志願一作「燕燕作巢」。不成就，故年主人且恩舊。及河之清八月來，斗酒聊為社公壽。

其三

絡緯驚秋鳴一作「草根風裏蟲」。唧唧，美人停一作「張」。燈中夜一作「夜半」。織。回文中有白頭吟，人生難得相知心。少年志願一作「燕燕作巢」。不成就，故年主人且恩舊。及河之清八月來，斗酒聊為社公壽。

其四

北風降霜松柏彫，一作「休」。天形慘澹一作「濯瘦」。光景銷。一作「愁」。山河夜半失故處，一作「冰底長河日夜流」〔二〕。何地藏舟無動搖？一作「美人贈我狐白裘」。少年志願一作「燕燕作巢」。不成就，故年主人且恩舊。及河之清八月來，斗酒聊為社公壽。

〔二〕「流」字原缺，據四庫本補。

韓信 治平三年。元注：為黃幾復作。

韓生高才跨一世，劉項存亡翻手耳。終然不忍負沛公，頗似從容得天意。成皋日夜望救兵，取齊自重身已輕。躡足封王能早寤，豈恨淮陰食千户？雖知天下有所歸，獨憐身與噲等齊。蒯通狂説不足撼，方綱按：精華作「不可撼」。陳豨孺子胡能為！予嘗貰酒淮陰市，韓信廟前木十圍。千年事與浮雲去，想見留侯決是非。丈夫出身佐明主，用舍行藏可（精華作「要」）。自知？功名邂逅軒（精華作「掀」）。天地，萬事當觀失意時。

淮陰侯（精華無此題，而前題下云「韓信二首」）。

韓生沈鷙非悍勇，笑出跨下良自重。滕公不斬世未知，蕭相自追王始用。成安書生自聖賢，左仁右聖（精華作「義」）兵在咽。萬人背水亦書意，獨驅市井收萬全。功成廣武坐東向，人言將軍真漢將。兔死狗烹姑置之，此事已足千年垂。君不見丞相商君用秦國，平生趙良頭雪白。

分寧本云：按畨注載蜀本云：韓生沈鷙非悍勇，俛身跨下真自重。滕公不斬人未知，蕭相自追王始用。從來儒者溺所聞，奇兵果斬成安君。功成千金購降虜，東面置坐師廣武。軍前定策收萬全，燕齊爭下如風旋。雖云晚計大疏略，此事已足垂千年。君不見秦丞相衛公子，立法治秦薄如紙。法行投鼠不忌器，乃是天資少恩爾。白頭故人一趙良，忠言過耳棄路傍。吾固知功名成敗不足據，直觀古人用心處。王直方立之云：元豐初，山谷過下邳淮陰廟作以示孫莘老，言其太過，無含蓄。山谷然之，遂改今詩。

顔闔 治平三年作。

顔闔無事人，躬耕自衣食。翩翩魯公子，要我從事役。軺軒來在門，駟馬先拱璧。出門應使者，隴上不謀國。心知誤將命，非敢憚行役。使人返錫命，户庭空履跡。中隨衛侯書，起作太子客。誰能明吾心？君子蘧伯玉。

贈希孝 熙寧元年葉縣作。

金玉雖滿堂，一去誰能守？石交千秋期，程嬰報杵臼。絲隨丹青染，變態非復舊。竹杖寒蒼蒼，草木黄落後。匏從曲沃來，管是汶陽有。土性本高明，天材更渾厚。革之成國器，實假匠伯手。木平非斧斤，是事公信否？

侯元功問講學之意

治平三年作。元功名蒙，政和六年為中書侍郎。

金聲而玉振，從本明聖學〔一〕。古師所未講〔二〕，赤子有先覺。絲直則為絃，可射可以樂。竹笋不成蘆，白珪元抱璞。匏瓜不能匏，其裔猶為瓟。音薄，小瓜也。土俗頗暖姝，西笑長安樂。革無五聲材，終然應宮角。木人得郢工，鼻端乃可斵。

〔一〕『明』原作『用』，據四庫本改。

〔二〕『古』原作『石』，於義不通，據萬曆本改。

戲贈張叔甫

集句　熙寧元年葉縣作。

團扇復團扇，因風託方便。銜泥巢君屋，雙燕令人羨。張公子，時相見，張公一生江海客，文章獻納麒麟殿。文采風流今尚存，看君不合長貧賤。醉中往往愛逃禪，解道澄江靜如練。淮南百宗經行處，攜手落日回高宴。城上烏，尾畢逋，塵沙立暝途，惟有摩泥珠〔一〕。雲夢澤南州，更有赤須胡。與君歌一曲，長鋏歸來乎！出無車，食無魚，不須聞此意慘愴，幸是元無免破除。脱吾帽，向君笑，有似山開萬里雲，論心何必先同調？河之水，去悠悠，將家就魚米，四海一扁舟。頭陀雲外多僧氣，直到湖南天盡頭。潭府邑中甚淳古，還如何遜在揚州。但得長年飽喫飯，苦無官況莫來休〔二〕。

〔一〕『泥』四庫本作『尼』。

〔二〕『莫』四庫本作『算』。

以右軍書數種贈丘十四 元豐三年太和作。

丘郎氣如春景晴，風暄百果草木生。一作『桃李之下巽自成』。眼如霜鶻齒玉冰，擁書環坐愛窗明。松花泛硯摹真行，字身藏穎秀勁清。問誰學之果蘭亭。我昔頗復喜墨卿，銀鈎蠆尾爛箱籯，贈君鋪案黏曲屏。小字莫作癡凍蠅，樂毅論勝遺教經。大字無過瘞鶴銘，官奴作草欺伯英。隨人作計終後人，自成一家始過真。卿家小女名阿潛，眉目似翁有精神。試留此書他日學，往往不減衞夫人。

李君貺借示其祖西臺學士草聖并書帖一編二軸以詩還之

當時高蹈翰墨場，一作『籍甚翰墨場』。江南李氏洛下楊。一作『天下最數沈與楊』。二人歿後數來者，一作『去後文在誰』。西臺唯有一作『今見』。尚書郎〔一〕。篆科草聖凡幾家，奄有漢魏跨兩唐。紙摹石鏤見仿佛，曾未得似君家藏。側釐數幅冰不及，字體欹傾墨猶濕。明窗棐几開卷看，坐客失床皆起立。新春一聲雷未聞，一作『曾未聞霜聲』。何得一作『事』。龍蛇已驚蟄。仲將伯英無後塵。一作『縱橫渾脱若有神』。邇來此公下筆親。一作『意匠直與真宰親』。使之一作『公』。早出見李衞，不獨右軍能逼人。枯林棲鴉滿僧院，一作『書家每欲焚筆硯』。秀句爭傳兩京遍。一作『詩就爭傳兩都遍』。文工墨妙九原荒，伊洛氣象今凄涼。夜光入手愛不得，還君復入古錦囊。此後臨池無筆法，時時夢到君書堂。

〔一〕『今』原作『天』，據四庫本改。

三至堂 元豐三年太和作。

楊公父子孫，俱出文昌宮。朱轓與别駕，同最治民功。當年竹馬兒，市上白鬢翁。相語府門前，郎君有家風。築室俯飛鳥，我來歲仲冬。人烟空橘柚，梅蘤破榛叢。延客煮茶藥，使君語雍容。疇昔識二父，只今天柱峰。故開堂北門，突兀在眼中。千秋萬歲後，野人猶致恭。借問經始誰？開國華陰公。

玉照泉 玉照泉與灊山之玉照峰相直，舅氏李公擇始坎石采□而名之〔一〕。

仙人持玉照，留在灊西峰。一往不返顧，塵痕廢磨礱。想當光溢匣，雲山疊萬重。有井洌寒泉〔二〕，照影互相容。得名未覺晚，學士古人風。持節按九城，樂此水一鐘。税車東上飯〔三〕，談笑考百工。金瓶煮山腴，茗椀不暇攻。蘇侯亦静者，疏鑿濟成功。排遣塵滓行，石奩清如空。能令水源濁，魚蝦來其中〔四〕。生子歲月多，往往隱蛟龍。玉照不見影，盤桓蝸螺宫〔五〕。一朝揭源去，枯瀆草蒙茸〔六〕。

〔一〕『始坎石采□而名之』四庫本作『始坎石因采而名之』。
〔二〕『井』原作『門』，據四庫本改。
〔三〕『束上飯』四庫本作『來井上』。
〔四〕『其』萬曆本作『寄』。
〔五〕『桓』原作『柏』，據四庫本改。
〔六〕『蒙茸』四庫本作『茸茸』。

延壽寺僧小軒極蕭灑予為名曰林樂取莊生所謂林樂而無形者并為賦詩 元豐六年太和作。

積雨靈香潤，晚風紅藥翻。盥手散經帙，烹茶洗睡昏。野僧甚淳古，養拙賁丘園。風懷交四境，蓬藋底百椽。山林皐壤歟，可為知音言。而我與人樂，因之名此軒。孟夏嫗萬物，正晝晦郊原。隔墻見牛羊，定知春笋繁。俄頃倒干戈，水攻仰翻盆。地中鳴鼓角，百萬薄懸門。部曲伏床下，少定未寒暄。疾雷將雨雹，破柱取蛟蚖。我初未知爾，宴坐漱靈根。諒知岑寂地，竟可安元元。

吉老許惠李北海石室碑以詩促之〔一〕元豐六年太和作。

往時李北海，翰墨妙天下。石室蒼苔世未知，公獨得本今無價。肉字不肥藏兔鋒，郎官壁刊佳處同。願公倒篋速持贈，免斷銀鈎輸蠹蟲。

〔一〕『促』原作『及』，據四庫本改。

吉老兩和示戲答

欲聘石室碑，小詩委庭下。頗似山陰寫道經，雖與群鵞不當價。畫沙無地覓錐鋒，點勘永和書法同。人言外論殊不爾，勿持明冰照夏蟲。

題羅山人覽輝樓 元豐八年德平作。

鳳凰山人開竹徑，樓成溪山深照映。眉間鬱鬱似陰功，壺中有丸續人命。勸公洗竹買梧桐，鳳何時來駕歸鴻？思齊大任政勤苦，來聽天子歌南風。

古風寄周元翁 三言 元豐六年太和作。

周元翁，古人風。讀書苦〔一〕，作字工。允有德，自琢礱。觀古人，怨慧聰。眼欲盲，耳欲聾。黄落後，期君同。

〔一〕「讀」原作「詩」，據四庫本改。聚珍本作「誦」。

西禪聽戴道士彈琴 熙寧八年北京作。

靈宮蒼烟蔭老柏，風吹霜空月生魄。群鳥得巢寒夜靜，市井收聲虚室白。少年抱琴為予來，乃是天台桃源未歸客。危冠匡坐如無傍，弄絃鏗鏗燈燭光。誰言伯牙絶絃鍾期死？泰山峩峩水湯湯。春天百鳥語撩亂，風蕩楊花無畔岸。微雰愁猿抱山木(二)，玄冬孤鴻度雲漢。斧斤丁丁空谷樵，幽泉落澗夜蕭蕭。十二峰前巫峽雨，七八月後錢塘潮。孝子流離在中野，羈臣歸來哭亡社。空牀思婦感蟰蛸，莫年遺老依桑柘。人言此曲不堪聽，我憐酷解寫人情。悲歌浩歎絃欲斷，翻作恬淡雍容聲。五絃横坐嵩廊靜，薰風南天厚民性。人言帝力何有哉？鳳凰麒麟舞虞詠。我思五代如探湯，真人指揮定四方。昭陵仁心及蟲蟻，百蠻九譯覘天光。極知功高樂未稱，誰能持此獻樂正？賤臣疏遠安敢言，且欲空江寒灘靜。漁艇幽人知我心，悠哉，更作嚴陵在釣臺。吾知之矣師且止，安得長竿入手來！

〔二〕『霧』萬曆本作『霰』。

題安石榴雙葉 元豐五年太和作。

紅榴雙葉元自雙，誰能一朝使渠隻？如何陳張刎頸交，借兵相亡不餘力？有情著物指死爭，誰能有形而無情？

絶句 元豐五年太和作。

春風一曲花十八，拚得百醉玉東西。露葉烟叢見紅藥，猶似舞餘和汗啼。

題虔州東禪圓照師新作御書閣（元豐四年太和作。）

城東寶坊金翠重，道人修惠翦蒿蓬。一瓶一鉢三十年，瓊榱碧瓦上秋空。稻田磨衲擁黄髮，更築書閣諸天中。三后在天遺聖墨，百神受職扶琳宫。文思帝澤餘温潤，雨露下國常年豐。章川貢川結襟帶，梅嶺桂嶺來朝宗。參旗斗柄略欄楯，清坐耳聞河漢風。道人飽參口掛壁，頗喜作詩如己公。家風秀句刻琬琰，邀我落筆何能工？安得雄文壓勝境，九原喚起杜陵翁？

送權郡孫承議歸宜春〔一〕（元豐五年太和作。）

宜春别駕鄉丈人，來假廬陵二千石。虚舟無事鷗與遊，良賈深藏客爭席。諸公鞭朴立威名，公獨愛民如父兄。諸公馭吏如束濕，公使人人得盡情。人情居官若郵傳，假守攝丞尤自便。憂念公家眉不開，誰能勤民廢寢膳？贈行欲借筆如椽，公不肯留鼓催船。歸到宜春問春事，斑斑笋竿蕨破拳。廖侯為邦用詩禮，府中無事多燕喜。看公談笑面生春，更為鄉園藝桃李。

〔一〕「郡」原作「群」，據嘉靖本、萬曆本、四庫本改。

戲題

平生性拙觸事真，醉裏笑談多忤人。安得眼前只有清風與明月，美酒百船酬一春！

戊午夜宿寶石寺視寶石戲題

石形卧蒼牛，贔屓古松陰。松風與溪月，相守歷古今。初無廊廟姿，又不能礎砧。呈文謝珉光，撫質愧球琳。金馬與碧雞，光景動照臨。圯橋授書老，陳倉雊時禽。是皆為國器，不爾事陸沉。浮雲有儻來，得名豈其心？諒如曲轅社，長免斧斤尋〔一〕。智士貽美謚，自珍非世琛。不材以為寶〔二〕，吾與汝同音〔三〕。

〔一〕「免」原作「存」，據嘉靖本、萬曆本、四庫本改。
〔二〕「寶」四庫本作「幸」。
〔三〕「汝」四庫本作「石」。

戲題承天寺法堂前柏 元豐四年太和作。

樹底蒲團禪老家，高僧倚坐日西斜。有人試問西來事，無處安排玉如意。方者風旛動不同〔一〕，不道風幡境亦空。開口已非無問處，高僧不語人歸去。

〔一〕「同」嘉靖本、萬曆本、四庫本作「問」。

陳吉老縣丞同知命弟游青原謁思禪師予以簿領不得往二公雨久不歸戲作百家衣一首二十韻招之〔一〕

天高萬物肅，虛寂在川岑。肅此塵外軫，隨山上嶇嶔。列宿正參差，凝霜露衣襟。驚鳥縱横去，孤猿擁條吟。不覩白日景，惟覩松柏陰。南州實炎德，肴羞香森沈〔二〕。芳草亦未老〔三〕，黄花如散金。中有冥寂士，上有嘉樹林。遺掛猶在壁〔四〕，靡靡如面命〔五〕。阿閣三重階，曠望何（一作『極』）。高深。能使高興盡，山水有清音。所在可遊盤，春醞時獻斟。玄雲拖朱閣，小雨遂成霖。挾纊如懷冰，夕息憶重衾。簪夫違盛觀，何用慰我心？孤燈曖幽幔，願言思所欽。良游常蹉跎，賤與老相尋。佳人殊未來，忽忘逝景侵。南榮戒其多，離思故難任。明月難暗投，聊欲投吾簪。

〔一〕嘉靖本、萬曆本、四庫本題下有注：『生（按此字嘉靖本、萬曆本缺）曰百家衣，命小兒女婦也。』

〔二〕『看羞』原作『看差』，據四庫本改。
〔三〕『老』萬曆本作『歇』。
〔四〕『猶』原作『拂』，據四庫本改。
〔五〕『如面命』四庫本作『遂至今』。

同吉老飲清平戲作集句 即普覺。

飛蓋相追隨，攜手共行樂。我有一樽酒，聊厚不為薄。珍木鬱蒼蒼，衆鳥欣有託。密竹使逕迷，初篁包緑籜。有渰興南岑，森森散雨足。萬物生光輝，夕陽曖平陸〔一〕。蠶月觀時暇，振衣聊躑躅。沉迷簿領書，未嘗廢丘壑。王度日清夷，鎮俗在簡約。人生非金石，親友多零落。漆園有傲吏，君平獨寂寞。所願從之遊，逝者如可作。

〔一〕『陽』嘉靖本、四庫本作『陰』。

效孔文舉贈柳聖功三首 元豐四年太和作。

武庫五兵森森，名駒萬里駸駸，英風爽氣如林。讀書鑿井欲深，學道却要無心。

其　二

妙言玉質金相，學問日月悠長，良賈故要深藏。屈體下心堂堂，灰頭土面輝光。

其　三

王良終日馳驅，曹商百乘從車，七茅鼓舞群狙。學問聖處功夫，千古與我友俱。

藥名詩奉送楊十三子問省親清江 元豐五年太和作。

楊侯齊比使君子〔一〕，幕府從容理文史。府中無事吏蚤休，陟釐秋兔寫銀鉤。駝峰桂蠹樽酒緑，槫蒲黄昏唤燒燭。天南星移醉不歸，愛君清如寒水玉。葳蕤韭虀煮餅香，別筵君當歸故鄉。諸公為子空青眼，天門東邊虚薦章。為言同列當推轂，豈有妬婦反專房！射工含沙幸人過，水章獨摇能腐腸。山風轟轟虎須怒，千金之子戒垂堂。壽親頰如木丹色，胡麻炊飯玉為漿。婆娑石上舞林影，付與一世專雌黄。寂寥吾意立奴會，可忍冬花不盡觴？春陰滿地膚生粟，琵琶催醉喧啄木。艷歌驚落梁上塵，桃葉桃根斷腸曲。高帆駕天衝水花，灣頭東風轉柁牙。飛廉吹盡别時雨，江愁新月夜明沙。

〔一〕「齊比」四庫本作「濟北」。

次韻舍弟喜雨 元豐六年太和作。

時雨真成大有年，斯民溝壑救將然。麥根肥潤桑葉大〔一〕，春壠未鉏蠶未眠。奔走風雨連曉色，起尋佳句寫田拳。李成六幅驟雨筆，掛在東南樓閣前。

〔一〕「麥」、「潤」二字原缺，據四庫本補。

答何君表感古冢 元豐四年太和作。

墨頭萬蟲地上行〔一〕，大鈞鉅冶之化生〔二〕。反復生没如車軫，直與歲月為將迎。至人獨解諸物攖，鍊神含嚼太和精。不取造化相經營，三天八景遂飛昇。何郎少年毛骨清，天機純粹氣坦平。子有青簡當刊名，應知鍊修未易成。一世危脆無堅凝，外慕掩襲真氣零。朝花薄莫不能榮，琳宮金書有丹經。胡不還魂游黄庭，何為臨冢惋枯形，使予丹元童子驚？

〔一〕『墨』嘉靖本、四庫本作『黑』。

〔二〕『鈞』原作『鈎』，據四庫本、聚珍本改。『鉅』四庫本作『鎔』。

會稽竹箭為蘄春傅尉作〔一〕

會稽竹箭天下聞，青嶺霜笴搖紫雲。金作僕姑如鳥翼，壯士持用橫三軍。邇來場師無遠慮，剪伐柔萌薦葅茹。人間禦武急難才，不得生民飽霜露。嘉瓜美果無他長，取升俎豆獻壺觴。奈何生與此等伍，大器小用良可傷。吾聞先王用人力，不足有餘無損益。碩人俣俣舞公庭，長詠國風三歎息。

〔一〕『箭』四庫本作『萌』。

還深父同年兄詩卷 元豐四年太和作。

四體懶不佳，百蟲夜相煎。呼燈探床頭，忽得故人編。一哦肺渴減，再讀頭風痊。清切如其人，石齒漱潺湲。園林秋郊静，桃李春晝妍。雍容比興體，百物落眼前。仍仍愁時語，聽猿三峽船。梅黄雨撲地，水白鴈横天。歎息夜渠央，屋角月上弦。把卷著床頭，我知其人賢。昨日河間令，横胥不顧錢。如臂使十指，從我伸與拳。淹留落閑處，坐研考二篇。更使有閑日，歌嘲拾蘭荃。何時造化手，端為鑄龍泉？

次韻答宗汝為初夏見寄 元豐六年太和作。

官蛙無時休，不知憂復樂。天日半規黄〔一〕，冉冉納莫壑。烏棲松隕花，風下竹解籜。南箕與北斗，磊磊貫纓絡。懷我隣邦友，賢義本不薄。箕斗常相望，江含霧冥漠。忽烹雙鯉魚，中有初夏作。詩詞清照眼，明月麗珠箔。間出句崛奇，芙渠依緑蒻。雄辨箇色空，韓盧逐東郭。終篇談不二，自脱世纏縛。此道久陸沉，喜公勤博約。盈籠惠石芝，烏皮剥猿玃。野人烹嘉蔬，回首葵莧惡。勸鹽殊未工，追呼聯纆索。聞君欲課最，豈有不龜藥？我民六萬户，過半客棲泊。棘端可沐猴，且願觀其削。官符晝夜下，朝播責莫穫。射利者誰其？登隴彎繁弱。昨聞數邦貢，曲禮賦三錯。恭惟廊廟上，獻納及新瘼。繡衣城南來，免冠謝公作。歸乘下澤車，絶意麒麟閣。田園蒙帝力，仰以萬壽酢。公材横太阿，越砥斂霜鍔。智囊無遺漏，膽量包空廓。行當治狀聞，雄飛上碧落。我材甚不長，有地愧槃礴。平陸非距心，滕薛困公綽。看人取卿相，妄意亦饞嚼。終不作湘纍，憔悴吟杜若。一心思傾寫，何時叩扃鑰？

〔一〕『天日』聚珍本作『夕暉』。

答周德夫見寄

自我官東南，久無西北書。周郎縱橫才，欬唾落明珠。寄聲相勞苦，敦厚不忘初。窮山江莽蒼，胸次亦寬舒。念君懷白璧，故作裋褐趨。秋官方按劍〔一〕，不與計吏俱。驚嗟相見晚〔二〕，天子識嚴、徐〔三〕。想當蒐逸民，耕釣起海隅。鶴翎需啄抱〔四〕，龜尾且泥塗〔五〕。功名好采來，五白成一呼。小人丘壑心，日月半謝除。何時真得歸，猿鳥為先驅？投身嬰世故，葛蔓恐難圖。相思欲寫寄，滴盡玉蟾蜍。

〔一〕「劍」原作「斂」，據四庫本改。

〔二〕「見」四庫本作「遇」。

〔三〕「天子」四庫本作「羨子」。

〔四〕「抱」四庫本作「飲」。

〔五〕「且」四庫本作「自」。

招隱寄李元中 元豐四年太和作。元中名沖元。

吾聞李元中，學為古人青出藍。眉目之間如太華，一段翠氣連終南。我欲從之路阻長，朱顏日夜驚波往。蒼梧玉瑄生蛛網，老翁忘味傾心賞。眼前記一不識十，谷中白駒閟音響。灊山南間卧青牛，萬壑松聲不得游。願君為阿閣之紫鳳，莫作江湖之白鷗。

送晁道夫叔姪 元豐五年，時公到太和已二載。

晁氏出西鄂，世家多藝文。文莊和鼎實，尚書亦大門。簡編自襁褓，簪笏到仍昆。向來映軒冕，頗據要路津。恩勤均骨肉，四海一堯民。無咎晚相見，實惟諸晁孫。智囊似內史，筆力窺漆一作「文」。園。詞林少根蔕，斯人今絶倫。我為折腰吏，緑綺網蛛塵。傾心得僚友，燕及脊令原。嘉肴味同和，絃誦聲相聞。如人逃空虛，見似已解顏。何況金石交，酒其骨肉親。二年吟楓葉，忘我木索勤。行行不忍别，共醉古柳根。樽前猶講學，夏夜衆星繁。念當侍白髮，甘旨共蘭蓀。帆檣灑風雨，浪波出蛟黿。持一作『侍』。親慎一作『偵』。行李，强學加飯飧。革囊走官郵，寄書遠相存。阿四去大農，六典與討論。君到輦轂下，為問平生言。儻登鄴王臺，多話歸參軍。

戲贈潘供奉 熙寧四年葉縣作。

潘郎小時白如玉〔一〕，上學覓歸如杜鵑。當年屢過乃翁家，沽酒煮蟹不論錢。大梁相逢初不識，黄塵漬面催挽船。不如去作萬騎將，黑頭日致青雲上。

〔一〕『白如玉』聚珍本作『如白玉』。

次韻惜范生

范侯軀幹小，實有四海心。稍腥疑内熱，不怒見勇沉。沽玉市無價，汲泉井方深。得失有毫末，明年斧可尋〔一〕。

〔一〕「可」四庫本作「相」。

和晁仲觀試進士

元祐二年秘書省作。

人圍廟垣重，鼓作宫漏曉。晨門傳放鑰，坌入荒庭杪〔一〕。初如求木猿〔二〕，稍若安巢鳥。黄鑪答拜辱，月淡秋天杳。發題疏疑經，按劍或驚矯。官曹嚴坐起，迾卒禁紛擾。偎趨蟻爭丘，癡坐鷺窺沼。江淮有名輩，專場或孤鶱。袖手深槃礴，乞靈頗環繞。稚旄半父子，相面多中表。鴻將鴈行□，牛舐犢小。墨泓馳寒雲，筆尾撼叢篠。雕蟲寄鼻詠，攘略傾耳剽。剖蚌得珠難，揚沙見金少。遺形欹冠屨，忘味棄眴麨。雖揮魯陽戈，餘勇事未了。喧鬨遂一空，星河明木杪。

〔一〕「杪」原作「秒」，據嘉靖本、四庫本改。

〔二〕「求」四庫本作「失」。

山谷詩外集補卷第三

漁父二首 熙寧元年葉縣作。

秋風淅淅蒼葭老，波浪悠悠白鬢翁。范子幾年思狡兔，吕公何處兆非熊？天寒兩岸識漁火，日落幾家收釣筒〔一〕？不困田租與王役，一船妻子樂無窮。

其　二

草草生涯事不多，短船身外豈知他？蒹葭浩蕩雙蓬鬢，風雨飄零一釣蓑。春鮪出潛留客鱠，秋蕖遮岸和兒歌。莫言野父無分别，解笑沉江捐汨羅。

〔一〕「家」四庫本作「人」。

古漁父

窮秋漫漫蒹葭雨，裋褐休休白髮翁。范子歸來思狡兔，吕公何意兆非熊？漁收亥日妻到市，醉卧水痕船信風。四海租庸人草草，太平長在碧波中。

題楊道人默軒

崇寧二年戎州作。

炙手權門烈火炎，冷溪寒谷反幽潛。輕塵不動琴横膝，萬籟無聲月入簾。秋後絲錢誰數得？春餘蒼竹自知添。客星異日乘槎去，會訪成都人姓嚴。

用幾復韻題伯氏思堂 治平三年作。

夫子勤於蘧伯玉，洗心觀道得靈龜。開門擇友盡三益，清坐不言行四時。風與蛛絲遊碧落，日將槐影下隆墀〔一〕。天空地迥何處覓？歲計有餘心自知。

〔一〕「隆」四庫本作「瑶」。

贈別幾復

風驚鹿散豫章城，邂逅相逢食楚苹。佳友在門忘燕寢，故人發藥見平生。只今滿坐且樽酒，後夜此堂還月明。契濶愁思已知處，西山影落莫江清。

趙令許載酒見過 熙寧元年葉縣作。

玉馬何時破紫苔？南溪水滿緑徘徊。買魚斫鱠須論網，撲杏供盤不數枚。廣漢威名知訟少，平原樽俎費詩催。草玄寂寂下簾幙，稍得閑時公合來。

和答趙令同前韻

人生政自無閑暇，忙裏偷閑得幾回？紫燕黄鸝驅日月，朱櫻紅杏落條枚。詩成稍覺嘉賓集，飲少先愁急板催。親遣小童鋤草徑，鳴騶早晚出城來。

趙令答詩約攜山妓見訪

晴波瀲鷁漾潭隈，能使遊人判不回。風入園林寒漠漠，日移宫殿影枚枚。未嘗緑蟻何妨撥，宿戒紅粧莫待催。缺月西南光景少，仍須挽一作『擔』取燭籠來。

謝趙令載酒熙寧元年葉縣作。

邂逅相將倒一壺，看朱成碧倩人扶。欲眠甚急須公去，能略陶潛醉後無？

次韻賞梅

安知宋玉在隣墻，笑立春晴照粉光。淡薄似能知我意，幽閑原不為人芳。微風拂掠生春思，小雨廉纖洗暗粧。只恐濃葩委泥土〔一〕，誰令解合返魂香？

〔一〕『葩』嘉靖本、萬曆本、四庫本作『而』，下注：『一作葩。』

次韻答李端叔 元豐三年太和作。

喜接高談若飲冰，風騷清興坐來增。重尋伐木君何厚？欲賦驪駒我未能。山影北來浮淮澤，松行東望際鍾陵。相期爛醉西樓月，緩帶憑欄濯鬱蒸。

春近四絶句 熙寧二年葉縣作。

閏後陽和臘裏回，濛濛小雨暗樓臺。柳條榆莢弄顔色，便恐入簾雙燕來。

其二

亭臺經雨壓塵沙〔一〕，春近登臨意氣佳。更喜輕寒勒成雪，未春先放一城花。

其三

小雪晴沙不作泥，疏簾紅日弄朝暉。年華已伴梅梢晚〔二〕，春色先從草際歸。

其四

梅英欲盡香無賴，草色才蘇緑未勻。苦竹空將歲寒節，又隨官柳到青春。

〔一〕『臺』原作『亭』，據萬曆本、四庫本改。
〔二〕『梢』原作『稍』，據嘉靖本、四庫本、聚珍本改。

戲題葆真閣 熙寧元年葉縣作。

真常自在如來性，肯綮修持祇益勞。十二姻緣無妙果，三千世界起秋豪。有心便醉聲聞酒，空手須磨般若刀。截斷衆流尋一句，不離兔角與龜毛。

戲贈惠南禪師

惠南即江西老禪，號積翠菴清隱，亦在分寧。

佛子禪心若葦林，此門無古亦無今。庭前柏樹祖師意，竿上風幡仁者心。草木同霑甘露味，人天傾聽海潮音。胡床默坐不須說，撥盡寒灰刼數深〔一〕。

〔一〕『寒』萬曆本、四庫本作『爐』。

寄新茶與南禪師

熙寧元年葉縣作。

筠焙熟香茶，能醫病眼花。因甘野夫食，聊寄法王家。石鉢收雲液，銅瓶煮露華。一甌資舌本，吾欲問三車。

讀晉史 熙寧元年葉縣作。

天下放玄虛，誰知與道俱？唯餘范武子，乃是晉諸儒。〔一〕

〔一〕四庫本詩末注：『范甯』。

讀書呈幾復二首 治平三年作。

身入群經作蠹魚，斷編殘簡伴閑居。不隨當世師章句，頗識揚雄善讀書。

其二

得君真似指南車，杖策方圖問燕居。吾欲忘言觀道妙，六經俱是不完書。

阻水戲呈幾復二首

秋風落木秋天高，月入金樽動酒豪。過眼衰榮等昏曉，勿嗟遲速把心勞。

其　二

月明遥夜見秋高，桂影依稀數兔豪。散髮行歌野田上，一樽可慰百年勞。

寄別說道 熙寧三年葉縣作。

數行嘉樹紅張錦，一派春波緑潑油。回望江城見歸鳥，亂鳴雙櫓散輕鷗。柳條折贈經年別，蘆箎吹成落日愁。雙鯉寄書難盡信，有情江水尚回流。

學許氏説文贈諸弟 治平四年北京作。

六書章句苦支離，非復黄神太古時。鳥跡蟲紋皆有法，猶勝雙陸伴兒嬉。

李大夫招飲 元祐三年秘書省作。

欲遣吟人對好山，莫天和雨醉憑欄。座中雲氣侵人濕，砌下泉聲逼酒寒。紅燭圍棋生死急，清風揮塵笑談閑。更籌報盡不成起，車從厭厭夜已闌。

南康席上贈劉李二君 元豐三年改官太和作。

伯倫酒德無人敵，太白詩名有古風。浪許薄才酬大雅，長愁小户對洪鍾。月明如晝九江水，天静無雲五老峰。此賞不疏真共喜，登臨歸興尚誰同？

問漁父 熙寧元年葉縣作。

白髮丈人持竹竿，繫船留我坐柴關。偶然領會一談勝，落日使人思故山。

光山道中 治平四年赴葉縣作。

客子空知行路難，中田耕者自高閑。柳條鶯囀清陰裏，楸樹蟬嘶翠帶間。夢幻百年隨逝水，勞歌一曲對青山。出門捧檄羞閑友，歸壽吾親得解顏。

過方城尋七叔祖舊題 元豐元年北京作。祖諱注，字夢升，終南陽主簿。方城屬唐州。

壯氣南山若可排，今為野馬與塵埃。清談落筆一萬字，白眼舉觴三百盃。周鼎不酬康瓠價，豫章元是棟梁材。眷然揮涕方城路，冠蓋當年向此來。

早行 熙寧元年赴葉縣作。

失枕驚先起，人家半夢中。聞雞憑早晏，占斗辨西東。辔濕知行露，衣單覺曉風。秋陽弄光影，忽吐半林紅。

新息渡淮 治平四年，公是歲得官葉縣。新息屬蔡州，渡淮乃自京回江南之路。

京塵無處可軒眉，照面淮濱喜自知。風裏麥苗連地起，雨中楊樹帶煙垂。故林歸計嗟遲暮，久客平生厭別離。落日江南采蘋去，長歌柳惲洞庭詩。

初望淮山

風裘雪帽別家林，紫燕黄鸝已夏深。三釜古人干禄意，一年慈母望歸心。勞生逆旅何休息，病眼看山力不禁。想見夕陽三徑裏，亂蟬嘶罷柳陰陰。

宿廣惠寺 元豐七年赴德平作。

鵶啼殘照下層城，僧舍初寒夜氣清。風亂竹枝垂地影，霜乾桐葉落堦聲。不遑將母傷今日，無以為家笑此生。都下苦無書信到，數行歸鴈月邊橫。

初至葉縣 熙寧元年作。

白鶴去尋王子晉，真龍得慕沈諸梁。千年往事如飛鳥，一日傾愁對夕陽。遺老能名唐郡邑，斷碑猶是晉文章。浮雲不作包桑計，只有荒山意緒長。

觀化十五首 并序

熙寧元年罷太平州後自荆州居家作。

南山之役，偶得小詩一十五首，書示同懷，不及料簡銓次。夫物與我若有境，吾不見其邊；憂與樂相過乎前，不知其所以然：此其物化歟？亦可以觀矣。故寄名曰觀化。

柳外花中百鳥喧，相媒相和隔春煙。黄昏寂寞無言語，恰似人歸鎖管絃。

其　二

生涯蕭灑似吾廬，人在青山遠近居。泉響風摇蒼玉佩，月高雲插水晶梳。

其三

山回路轉水深深，欲問津頭谷鳥吟。隔岸野花隨意發，小蹊猶憶去年尋。

其四

風煙漠漠半陰晴，入道春歸不見形。嫩草已侵冰面緑〔二〕，平蕪還破燒痕青。

其五

一原風俗異衣裘，流落來從綿上州。未到清明先禁火，還依桑下繫千秋。事具王延壽千秋賦。

其　六

故人去後絶朱絃，不報雙魚已隔年。鄰笛風飄月中起，碧雲為我作愁天。

其　七

菰蒲短短未出水，渺渺春湖如凍雲。安得酒船三萬斛〔二〕，棹歌長入白鷗羣。

其　八

不知喜事在誰邊，風結燈花何太妍！恐是鄰家醅甕熟，竹渠今夜滴春泉〔三〕。

其九

柳似羅敷十五餘，宮腰舞罷不勝扶。年年折在行人手，為問春風管得無〔四〕？

其十

紅羅步障三十里，憶得南溪躑躅花〔五〕。馬上春風吹夢去，依稀人摘雨前茶。

其十一

竹笋初生黄犢角，蕨芽已作（精華作『新長』）。小兒拳。試挑野菜炊香飯〔六〕，便是江南二月天。

其十二

身入醉鄉如避秦，醒時塵事百端新。塞鴻過盡無家信，海燕歸來思故人。

其十三

身前身後與誰同？花落花開畢竟空。千里追奔兩蝸角，百年得意大槐宫。

其十四

淘沙邂逅得黄金，莫使沙中着意尋。指月向人人不會，清霄印在碧潭心。

其十五

花開歲歲復年年，病眼看花隔晚煙。春去明明紅紫落，清風明月是春前。

〔一〕『冰』聚珍本作『氷』。嘉靖本、四庫本作『冰』。

〔二〕『三』嘉靖本、萬曆本、四庫本作『二』，聚珍本作『三』。

〔三〕『竹渠今夜滴春泉』四庫本作『槽渠今夜響春泉』。

〔四〕『為』四庫本作『借』。

〔五〕『憶』四庫本作『擄』。

〔六〕『挑』嘉靖本、萬曆本、四庫本作『尋』。

和答王世弼 熙寧八年北京作。

文章年少氣如虹，肯愛閑曹一禿翁？紘上深知流水意，鼻端不怯運斤風。燕堂淡薄無歌舞，鮭菜清貧只韭葱。慚愧伯鸞留步履，好賢應與孟光同。

朱道人下世 元豐六年太和作。

桑户居然同物化，青燈猶在讀書檠。身如陌上狂風過，心似夜來新月明。

陳氏園詠竹 熙寧四年葉縣作。

不問主人來看竹，小溪風物似家林。春供饋婦幾番筍？夏與行人百畝陰。直氣雖衝雲漢上，高材終恐斧斤尋。截竿可舉北溟釣，欲贈溪翁誰姓任？

和裴仲謀雨中自石塘歸 熙寧二年葉縣作。

裴友西來詠古風，驅馳萬象筆端空。尚將物色留分我，遠近青山烟雨中。

次韻裴尉過馬鞍山

青山如馬怒盤旋，錯認林花作錦韉。君不據鞍朝玉帝，豈宜長作市門仙？

題蘇才翁草書壁後 并序

才翁題保安寺云：『寺前有古松，是數百年物。余嘗納涼其下。』松今翦伐殆盡。因感以作詩。

老松不得千年壽，何況高材傲世人。唯有草書三昧法，龍蛇夭矯鎖黃塵。

哀逝 熙寧三年葉縣作。

玉堂岑寂網蜘蛛，那復晨妝覯阿姑？緑髮朱顔成異物，青天白日閉黃壚。人間近別難期信，地下相逢果有無？萬化途中能邂逅，可憐風燭不須臾。

迎醇甫夫婦

公之妹適陳槩〔一〕，醇甫其字也。

陳甥歸約柳青初，一作「飲屠蘇」。麥隴纖纖忽可鋤。望子從來非一日，因人略不寄雙魚。園中鳥語勸沽酒，窗下日長宜讀書。策馬得行休更秣，一作「遠嫁蕭感親髮白」。已令僮稚割生芻。一作「平安行李莫徐徐」。

〔一〕「槩」原作「塑」。按山谷别集卷九黄氏夫人墓銘：「夫人豫章黄亞夫之女……年二十……嫁進士陳槩叔武。」今據以改。

河舟晚飲呈陳説道

西風脱葉静林柯，淺水扁舟閣半河。落日游魚穿鏡面，中秋明月漲金波。由來白髮生無種，豈似青山保不磨？勝事只愁樽酒盡，莫言爭奈醉人何！

次韻任君官舍秋雨

墻根戢戢數蝸牛，雨長垣衣亭更幽。驚起歸鴻不成字，辭柯落葉最知秋。菊花莫恨開時晚，穀穗猶思晴後收。獨立搔頭人不解，南山用取一樽酬。

題樊侯廟二首

漢興豐沛開天下，故舊因依日月明。拔劍一卮戲下酒，剖符千户舞陽城。鼓刀屠狗少時事，排闥諫君身後名。異日淮陰儻相見，安能鞅鞅似平生！

其二

門掩虛堂陰窈窈，風摇枯竹冷蕭蕭。丘墟餘意誰相問〔一〕？豐沛英魂我欲招。野老無知惟卜歲，神巫何事苦吹簫？人歸里社黄雲莫，只有哀蟬伴寂寥。

〔一〕『丘墟』原作『邱虛』，據嘉靖本、萬曆本、四庫本改。

題南寺王髯題名處 熙寧三年葉縣作。

日華長在紅塵外，春色全歸緑樹中。花發鳥啼常走馬，故人不見酒樽空。

和答任仲微贈别 元豐五年太和作。

任君洒墨卽成詩，萬物生愁困品題。清似釣船聞夜雨，壯如軍壘動秋鼙。寒花籬脚飄金鈿，新月天涯掛玉篦。更欲少留觀落筆，須判一飲醉如泥。

和仲謀夜中有感 熙寧二年葉縣作。

紙窗驚吹玉蹀躞，竹砌碎撼金琅璫。蘭釭有淚風飄地〔一〕，遥夜無人月上廊。愁思起如獨緒蠒，歸夢不到合歡床。少年多事意易亂，詩律坎坎同寒螿。

〔一〕『釭』原作『缸』，據嘉靖本、四庫本改。

睡起二首 熙寧三年葉縣作。時蒲城佚盗，郡以校見督。

簾幕陰陰不見人，日斜窗影弄遊塵。風和睡起鳥聲樂，天地無私花柳春。

其　二

古來志士願不辱，少在朝廷多在山。寄食生涯無定止，此心長到白雲間。

書睢陽事後 熙寧四年葉縣作。

莫道睢陽覆我師，再興唐祚匪公誰？流離顛沛義不辱，去就死生心自知。政使賀蘭非長者，豈妨南八是男兒！乾坤震蕩風塵晦，愁絶宗臣陷賊詩一作『時』。

漫書呈仲謀 熙寧二年葉縣作。

漫來從宦著青衫，秣馬何嘗解轡銜。眼見人情如格五，心知外物等朝三。經時道上衝風雨，幾日樽前得笑談？賴有同僚慰羈旅，不然吾已過江南。

登南禪寺懷裴仲謀

茅亭風入葛衣輕，坐見山河表裏清。歸燕略無三月事，殘蟬猶占一枝鳴。天高秋樹葉公邑，日莫碧雲樊相城。别後寄詩能慰我，似逃空谷聽人聲。

次韻答任仲微 元豐五年太和作。

邂逅相逢講世盟，諸任尊行各才名。交情吾子如棠棣，酒椀今秋對菊英。高論生風摇麈尾，新詩擲地作金聲。文章學問嗟予晚，深信前賢畏後生。

夏日夢伯兄寄江南 熙寧四年葉縣作。

故園相見略雍容，睡起南窗日射紅。一作「相携猶聽隔溪春，睡起開書見手封」。詩酒一年談笑隔〔一〕，江山千里夢魂通。河天月暈魚分子，槲葉風微鹿養茸。幾度白砂青影裏，審聽嘶馬自搘筇。一作『白髮倚門愁絶處，可堪衣斷去時縫』。

〔一〕『年』原作『言』，據嘉靖本、萬曆本、四庫本改。

同孫不愚過昆陽

昆陽正屬葉縣，即光武破王尋之地。

田園恰恰值春忙，驅馬悠悠昆水陽。古廟籐蘿穿户牖，斷碑風雨碎文章。真人寂寞神為社，堅壘委蛇女採桑。拂帽村帘誇酒好，為君聊解一瓢嘗。按『昆陽』，公自注云：今昆陽有水，俗號灰河，圖經乃以為瀼河，予考之皆不然，正在昆陽城南，恐是昆水。地理志言：昆水出南，儻是乎？

寄頓二主簿時在縣界首部夫鑿石塘河

楊柳青青春向分，遥知河曲萬夫屯。侵星部曲隨金鼓，帶月旌旗宿渚亹。畚鍤如雲聲洶洶〔一〕，風埃成霧氣昏昏。已令訪問津頭路，行約青帘共一樽。

〔一〕「鍤」原作「插」，據萬曆本、四庫本改。

次韻答蒲元禮病起

暖律温風何處饒？莫言先上緑楊條。梢頭紅糝杏花發，甕面浮蛆酒齊銷。吏事困人如縛虎，君詩入手似聞韶。直須扶病營春事，老味難將少壯調。

春祀分得葉公廟雙鳧觀 廟觀皆在葉縣。

春將祠事出門扉，宮殿參差繚翠微。清曉風煙迷部曲，小蹊桃杏掛冠衣。葉公在昔真龍去，王令何時白鶴歸？糟魄相傳漫青史，獨懷千古對容徽。

戲招飲客解醒 熙寧四年葉縣作。

破卯扶頭把一盃，燈前風味喚仍回。高陽社裏如相訪，不用閑攜惡各來。不飲者為惡客，見元次山集。

送陳氏女弟至石塘河

富貴常多覆族憂，賤貧骨肉不相收。獨乘舟去值花雨，寄得書來應麥秋。行李淮山三四驛，風波春水一雙鷗。人言離別愁難遣，今日真成始欲愁。

戲贈頓二主簿不置酒。

桐植客亭欣款曲，一作「四海聲名習主簿」。歌傾家釀勿徘徊。一作「相逢未見酒樽開」。百年中半夜分去，一歲無多春暫來。落日園林須秉燭，能言桃李聽傳盃。紅疏緑暗明朝是，公事相過得幾回？

孫不愚引開元故事請為移春檻因而贈答

南陌東城處處春，不須移檻損天真。鬢毛欲白休辭飲，風雨無端只誤人。鳥語提壺元自好，酒狂驚俗未應嗔。稍尋緑樹為詩社，更藉殘紅作醉茵。

陳説道約日送菜把 熙寧三年葉縣作。

南山疇昔從諸父，雨甲烟苗手自鋤。三徑就荒歸計拙，溷煩僚友送園蔬。

答和孔常父見寄

孔氏文章冠古今，君家兄弟況南金。為官落魄人誰問？從騎雍容獨見尋。旅館別時無宿酒，郵筒開處得新吟。黄山依舊寒相對，豈有愁思附七林？按「七林」句公自注云：傅子集古今事號七林。來詩云：黄公山下官悰冷，應有新吟續七哀。

次韻伯氏謝安石塘蓮花酒

花蘂芙蕖拍酒醇，浮蛆相亂菊英新。寒光欲漲紅螺面，爛醉從歌白鷺巾。行樂銜盃

常有意，過門問字久無人。王孫欲遣雙壺到，如入醉鄉三月春

題雙鳧觀

飄蕭閲世等虚舟，一作『人世若虚舟』。歎息眼前無此流。滿地悲風盤翠竹，半叢寒日破紅榴。青山空在衣冠古，一作『不逐市朝改』。白鶴不歸一作『歸來』。宫殿秋。王令平生樽酒地，千年萬歲想來游。

從陳季張求竹竿引水入厨

井邊分水過寒廳，斬竹南溪仗友生。來釀百壺春酒味，怒流三峽夜泉聲。能令官舍庖厨潔，未減君家風月清。揮斧直須輕放手，却愁食實鳳凰驚。

呈王明復陳季張

倦客西來厭馬鞍，爲予休轡小長安。陳遵投轄情何厚，王粲登樓興未闌。雪壓羣山晴後白，月臨千里夜深寒。少留待我同歸去，洛下林中斫釣竿。

曉從任大夫祖行過石橋寄粹甫 熙寧四年葉縣作。

令尹鳴騶過石橋，想君寒夢正飄摇。追思轉覺年來劇，亂似春風柳萬條。

飲南禪梅下戲題〔一〕 熙寧二年葉縣作。

新春江上使星回，不爲離人寄早梅。愛惜幽香意如此，一樽豈是等閑來！

〔一〕『飲』原作『歛』，據萬曆本、四庫本、聚珍本改。

次韻邵之才將流民過懸帛嶺均田 熙寧四年葉縣作。

獨賢從是出荒城，下馬攜筇上石層。幽洞尋花疑阮肇，斷崖長嘯想孫登。欲超浮世掛冠紱，未決重雲撫劍稜。經雨曉煙寒索寞，順風樵叟震硋磳〔一〕。山形春到添高秀，瀑溜冰消轉沸騰。行有流移攜襁褓，坐看憔悴拾薪蒸。素餐每愧斯民病，改作常為法吏繩。官小責輕須自慰，得逢佳處幾人曾？

〔一〕「磳」嘉靖本、四庫本作「磷」。

陳季張有蜀芙蓉長飲客至開輒剪去作詩戲之

剪花莫學韓中令，投轄惟聞陳孟公。客興不孤春竹葉，年華全屬拒霜叢。玄子蹙迫三秋盡〔一〕，青女摧殘一夜空。著意留連好風景，非君誰作主人翁？

〔一〕『玄』原作『元』，據嘉靖本、萬曆本、四庫本改。

再贈陳季張拒霜花二首

鼓盆莊叟賦情濃，天遣霜華慰此公。想見尚能迷蝶夢，移栽聞説自蠶叢。酒傾玉醆垂蓮盡〔一〕，鱠簇金盤下筯空。秉燭欄邊連夜飲，全藤折與賣花翁〔二〕。

其二

倒著接䍦吾素風，當時酩酊似山公。且看小檻新花蘂，休泥他家晚菊叢。雇笑千金延客醉〔三〕，解酲五斗為君空。歡娛盡屬少年事，白髮欺人作老翁。

〔一〕『蓮』嘉靖本、萬曆本、四庫本作『連』。
〔二〕『藤』四庫本作『勝』。
〔三〕『雇』四庫本作『顧』。

送杜子卿歸西淮

雪意涔涔滿面風，杜郎馬上若征鴻。樽前談笑我方惜，天外淮山誰與同？行望酒帘沽白蟻，醉吟诗句入丹楓。一时真賞無人共，尚憶江南把釣翁。

雪中連日行役戲書簡同僚

簡書催出似驅雞，聞道飢寒滿屋啼。炙背宵眠榾柮火，嚼冰晨飯薩波虀。風如利劍穿狐腋，雪似流沙飲馬蹄。官小責輕聊自慰，猶勝擐甲去征西。

離汝寄張子

熙寧四年葉縣作。

草枯木落晚淒淒，目斷黄塵聽馬嘶。想子重行分首處，荒凉巢父井亭西。

次韻元禮春懷十首

漸老春心不可言，亦如琴意在無絃。新花準擬千場醉，美酒經營一百船。

其　二

春心分付酒盃銷，勿為浮雲妄動搖。試覓金張池館問，幾人能插侍中貂？

其　三

故園春色常年早，紅紫知他破幾苞？壓帽花枝如可折，折花手版直須抛。

其四

久無長者回車轍，仲蔚門墻映野蒿。稍覺春衣生蟣蝨，南窗晴日照爬搔。

其五

春來問字有誰過？頗覺閑銷日月多。醉裏乾坤知酒聖〔二〕，貧中風物似詩魔。

其六

春風也似江南早，梅與辛夷鬭著花。自是無言桃李晚，莫嗔榆柳更萌芽。來詩有「春晚」之嘆。

其七

穿花蹴踏千秋索，挑菜嬉遊二月晴。已被風光催我老，懶隨兒輩遶春城。

其八

老杜當年鬢髮華，尚言春到酒須賒。不堪詩思相料理，惱亂街頭賣酒家。

其九

冉冉光陰花柳場，紅飄紫落便蔫黄。都無畔岸隨風去，却是游絲意思長。

其十

聞道隣家有酒瓶，三更不卧叩柴扃。我身便是鴟夷榼，肯學離騷要獨醒？按公送蒲元禮南歸詩有『三年葉公城』之句，又云：『吾師李武昌，金聲而玉德』，蓋元禮居蕲州，以史考之，公擇自滑復職知鄂州耳。

〔一〕『酒』四庫本作『清』。

再和元禮春懷十首 并序

元禮蒲君，成都之佳少年，風調清越，好狎使酒。頃嘗下三峽，窺九疑，探禹穴，觀濤江，故其詩清壯崛奇，一揮毫數千字，澡雪塵翳，動摇人心。然錢塘，江東一都會，風煙花月，不知其幾坊幾曲，變否一作『態』。恍惚，使少年心醉而忘反。元禮蓋入其鄉，啗其炙者也。今已折節自苦，恂恂退避，從容學問文章，然時時酒後耳熱，稍出其故態，而又激於聲詩。夫不塞不流，不止不行，此物之情也，故極道狹邪游冶之樂、江湖契闊之愁，至蕭然疲役，不可支持，乃反之以正云。

回腸無奈別愁煎，待得鸞膠續斷絃。最憶錢塘風物苦，西湖月落採菱船。

其　二

吳中風物最嬌饒，百里春風酒旆摇。往往貴人留騎從，少年叢裏貰金貂。

其　三

行雲行雨迷三峽，歸鳳求凰振九苞〔一〕。月白花紅傾酒滿，不將春色等閑拋。

其　四

紅紫欲疏啼百勞，洞宫春色醉蟠桃。虚窗酒病扶頭起，强取金釵癢處搔。

其五

抹莫八切裙彩鳳盤宮錦，插鬢真珠絡貝多。酒惡花愁夢多魘，靈砂犀角費頻魔。一作「磨」。

其六

玉壺虩虩音儋。浸晴霞〔二〕，庭有三春接續花。準擬只無難白髮，金爐誰為煮黄芽〔三〕？

其七

雨餘花色倍鮮明，最是春深多晚晴。美酒壯人如敵國，千金一笑買傾城。

其八

風光琰琰動春華，回首烟波萬里賒。山似翠屏西子國，溪如罨畫越王家。

其九

雙盤錦帶丁香結，窄袖春衫甘草黄。舊贈恐能開寶匣，新年時候夢殘粧。

其十

滯夢停愁亂性靈，安眠滅念閉幽扃。體中忽覺有佳處，讀易一篇如酒醒。

〔一〕『歸鳳求凰振九苞』，嘉靖本、萬曆本、四庫本句下有注：『鳳尾也。』
〔二〕『儋』原作『儋』，據聚珍本改，四庫本作『擔』。按『儋』即『擔』之古體。
〔三〕『黄芽』四庫本作『金芽』。

次韻奉和仲謨夜話唐史 熙寧四年葉縣作。

貞觀規摹誠遠大，開元宗社半存亡。才聞冠蓋遊西蜀，又見干戈暗洛陽。哲婦乘時傾嫡后，大閹當國定儲皇。傷心不忍前朝事，願作玄龜獻未央。

書舞陽西寺舊題處 并序 熙寧二年葉縣作。

己酉二月按鬭死者於舞陽，授館在縣西浮圖，食罷，解衣盤礴，壁間得往歲書，思拂塵落筆之時，觀者左右，便似數百年事，信今夢中强記昔夢耳。新物代故物，如十指相為倚伏，抵掌而談，縮手入袖，遂成前塵，造形乃悟已非其會，矢貫其首，方且睨引弓者誰。故古人嘗眇萬物以為言，以謂樞始得其環中，以應無窮。嗟乎！浩浩七年，其間興廢成壞，所更多矣！自其究竟言之，誰廢誰興？誰成誰壞？非見無我，非我無見，故曰：無所見見，去言以觀吾言，後當有知言者。

萬事紛紛日日新，當時題壁是前身。寺僧物色來相訪，我似昔人非昔人。

飲李氏園三首 元豐元年北京作。

小摘來禽興未厭，蔬畦經雨緑纖纖。坐分紫石蒲萄下，不怕龍須胸帽簷。

其二

日莫涼風特特來，醉呼紅燭更傳杯。歌闌興盡須歸去，不用繁蟬抵死催。

其三

手挼紅杏醉繁香，回首春前夢一場。便與經營百船酒，再來應是菊花黃。

宿黄山 熙寧四年葉縣作。

平時遊此每雍容，掩袂今來對晚風。白首同歸人不見，黄山依舊月明中。

題季張竹林村

百畝清陰十萬竿，一溪流水四圍山。太平無用經綸者，乞與閑身向此閑。

次韻答邵之才

文章真向古人疏，聊有孤懷與世殊。陋質不堪華衮贈，可能薏苡似明珠？

呈李卿

歌舞如雲四散飛，東園籃輿醉歸時。細看春色低紅燭，仰折花枝墜接䍦。仙李回風轉長袖，野桃侵雨浸燕脂。夜長晝短知行樂，不負君家樂府詩。

六月閔雨

熙寧七年北京作。

湯帝咨嗟懲六事，漢庭災異劾三公。聖朝罪己恩寬大，時雨愆期早蘊隆。東海得無冤死婦？南陽疑有卧雲龍。傳聞已減大官膳，肉食諸君合奏功。

既作閔雨詩是夕遂澍雨夜中喜不能寐起作喜雨詩

南風吹雨下田塍，田父伸眉願力耕。麰麥明年應解好，簾櫳今夜不勝清。直須洗盡焦枯意，不厭屢聞飄洒聲。黄卷腐儒何所用，惟將歌詠報昇平。

公益嘗茶 元豐元年北京作。

子雲窗下草玄經，寒雀爭喧户晝扃。好事應無攜酒榼，相過聊欲煮茶瓶。

予既不得葉遂過洛濱醉遊累日 熙寧四年葉縣作。

瘿民見我亦悠悠，瘿木累累滿道周。飛烏已隨王令化，真龍寧為葉公留？未能洗耳箕山去〔一〕，且復吹笙洛浦遊。舍故趨新歸有分，令人何處欲藏舟？

〔一〕『未』嘉靖本、四庫本作『不』。

雜詩 元豐二年北京作。

迷情淡蕩不知津，老却平生夢幻身。滿眼紛華心寂寞，長安市上酒家人。

曹村道中 元豐二年北京作。

嘶馬蕭蕭蒼草黄，金天雲物弄微凉。瓜田餘蔓有荒壠，梨子壓枝鋪短墻。明月風烟如夢寐，平生親舊隔湖湘。行行秋興已孤絶，不忍更臨山夕陽。

漫書呈幾復三首 治平三年作。

古人踽踽已先登，後學蕭蕭不再興。顧我尫羸君勉强，百年漂忽甚風燈。

其　二

空名不繫身輕重，此道當如命廢興。髣髴古人前日事〔一〕，解衣捫蝨對青燈。

其　三

秋蟲振羽驚寒夢，河漢西斜夜獨興。欲罷不能呼子起，新涼宜近讀書燈。

〔一〕「前日事」四庫本作「如可作」。

留幾復飲治平三年作。

幾復平生好，能來屈馬蹄。愈風觀草檄，刮膜受金篦。藏器時難得，忘言物已齊。買書聊教子，讓粟不謀妻。碧草迷寒夢，丹楓落故溪。爾時千里恨，且願醉如泥。

再留幾復

客輿敝鵜衣〔一〕，囊金罄褭蹄。羸驂多斷轡，垢髮不勝篦。道德千年事，窮通一理齊。晚田猶溉種，稺子且歸妻。徑欲眠漳浦，幾成訪剡溪。鄙心須澡雪，蓮藕在淤泥。

〔一〕「敝」四庫本作「蔽」。

謝陳正字送荔支三首（元豐四年太和作。）

十年梨棗雪中看，想見江城荔子丹。贈我甘酸三百顆，稍知身作近南官。

其二

齋餘睡思生湯餅，紅顆分甘愜下茶。如夢泊船甘柘雨，芭蕉林裏有人家。

其　三

橄欖灣南遠歸客，煩將嘉菓送蓬門。紅衣襞積鑾烟潤，白曬丁香之子孫。

山谷詩外集補卷第四

答龍門潘秀才見寄 熙寧四年葉縣作。

男兒四十未全老，便入林泉真自豪。明月清風非俗物，輕裘肥馬謝兒曹。山中是處有黄菊，洛下誰家無白醪？想得秋來常日醉，伊川清淺石樓高。

寄張仲謀次韻

風力蕭蕭吹短衣，茅簷霜日淡暉暉。天寒塞北鴈行落，歲晚大梁書信稀。湖稻初春雲子白，家雞正有藁頭肥。割鮮炊黍尋前約〔一〕，公事可來君不違。

〔一〕「尋」原作「庚」，據四庫本改。

客自潭府來稱明因寺僧作静照堂求予作

客從潭府渡河梁，籍甚傳誇静照堂。正苦窮年對塵土，坐令合眼夢湖湘。市門曉日魚蝦白，隣舍秋風橘柚黄。去馬來舟争歲月，老僧元不下胡床。

雜詩七首 熙寧四年葉縣作。

此身天地一蘧廬，世事消磨緑鬢疏。畢竟幾人真得鹿，不知終日夢為魚〔一〕。

其　二

營巢燕燕幾時休？在處成家春復秋。歲歲自來還自去，主人無厭客無求。

其　三

館甥宫裏歎才難，當日同朝聽百官。光武早知堯舜事，只今那得子陵灘！

其　四

少年不愛萬金身，歌舞尋春愁送春。滿眼紛華心寂寞，長安市上酒家人。

其　五

薰爐茶鼎偶然同，晴日鴉啼柿葉風。萬事盡還麴居士，百年常在大槐宫。

其六

古屋清寒雪未消，小窻晴日展芭蕉。酸甘茘子嘗春酒，更碾新芽薦菊苗。

其七

碧窗涼簟唯便睡，露井無塵蔭緑槐。夢入醉鄉猶病渴，轆轤聲到枕邊來。分寧本云：按㽦注載第六首公有真蹟云：比見師川録示諸賢和南塔題壁詩，甚愧老拙，簸秕在前也。歸閲計草中有一篇與壁題異，不知壁間字是拙筆否？今録上邠老，刮去手寫此篇：薫爐茶鼎暫時同，寒日鴉啼柿葉風。萬事須還麴居士，百年只在槐安宮。而第八首元載第六卷，題作武陵，今詳録之，以備觀覽。

〔一〕「知」四庫本作「如」。

飲韓三家醉後始知夜雨

醉臥人家久未曾，偶然樽俎對青燈。兵厨欲罄浮蛆甕，饋婦初供醒酒冰。予嘗醉後字，「水晶鱠」為「醒酒冰」，酒徒皆以為知言。只見眼前人似月，豈知簾外雨如繩？浮雲不負青春色，未覺新詩減杜陵。

張仲謨許送河鯉未至戲督以詩

浮蛆琰琰動春醅，張仲臨津許鱠材。鹽豉欲催蓴菜熟，霜鱗未貫柳條來。日晴魚網應曾晒，風軟河冰必暫開。莫誤曉窗占食指，仍須持取報章回。

和答張仲謨泛舟之詩

雲容天影水中搖，分坐船舷似小橋。聯句敏於山吐月，舉觴疾甚海吞潮。興來活臠牛心熟，醉罷紅鑪鴨脚焦。公子翩翩得真意，馬蹄塵裏有嘉招。

食瓜有感

暑軒無物洗煩蒸，百菓凡材得我憎。藓井筠籠浸蒼玉，金盤碧筯薦寒冰。田中誰問不納履，坐上適來何處蠅？此理一杯分付與，我思明哲在東陵。

道中寄公壽 熙寧五年，自葉赴北京作。

坡陀贏馬莫雲昏，苦憶兔園高帝孫。子舍芝蘭皆可佩，後房桃李總能言。鞦韆門巷火新改，桑柘田園春向分。病酒相如在行役，梁王誰與共清樽？

行邁雜篇六首

簇簇深紅間淺紅，苦才多思是春風。千村萬落花相照，盡日經行錦繡中。

其　二

白白紅紅相間開，三三五五踏青來。戲隨蝴蝶不知遠，驚見行人笑却回。

其　三

村落人家桃李枝，無言氣味亦依依。可憐憔悴蓬蒿底，蜂蝶不知春又歸。

其　四

杏村桃塢春三月，少有人家不出遊。一顧雖無傾國色，千金肯為使君留？

其　五

滿院青楊吐白綿，未多柳絮解漫天。野人豈會斷優劣，只問床頭沽酒錢。

其　六

十日狂風桃柳休〔一〕，常因酒盡覺春愁。泰山為肉釀滄海，料得人間無白頭。

〔一〕『柳』萬曆本、四庫本作『李』。

去賢齋 熙寧四年葉縣作。

争名朝市魚千里，觀道詩書豹一斑。末俗風波尤浩渺，古人廉陛要躋攀〔一〕。螗螂怒臂當車轍，鸜鵒能言著鏁關。顧我安知賢者事？松風永日下簾間。

〔一〕『廉』原作『簾』，據嘉靖本、四庫本改。廉，堂屋之側邊，作『廉』是。

粹老家隔簾聽琵琶 元豐二年北京作。

馬卿勸客且無喧，請以侍兒臨酒樽。粧罷黄昏簾隔面，曲終清夜月當軒。一作『一曲明妃愁夜月〔一〕，數聲啄木響春山』，借一韻。絃絃不亂撥來往，字字如聞人語言。千古胡沙埋妙手，一作『質』。豈如桃李在中園？

〔一〕『夜月』四庫本作『絶塞』。

江　南　元豐元年北京作。

夢寐江南未得歸〔一〕，清波鷗子上鈎肥。五年身屬官倉米，輸與漁人坐釣磯。

〔一〕「寐」原作「寂」，據嘉靖本、萬曆本、四庫本改。

道中寄景珍兼簡庾元鎮　熙寧五年北京作。

傳語濠州賢刺史，隔年詩債幾時還？因循樽俎疏相見，棄擲光陰只等閑。心在青雲故人處，身行紅雨亂花間。遥知别後多狂醉，惱殺江南庾子山。

次韻景珍酴醿

莫惜金錢買玉英，擔頭春老過清明。天香國艷不著意，詩社酒徒空得名。及此一時須痛飲，已拚三日作狂酲。濠州園裏都開盡，腸斷蕭蕭雨打聲。

呈馬粹老范德孺　元豐二年北京作。

潁上相逢杏始青，爾來瓜壟有新耕。四時為歲已中半，萬物得秋將老成。日永清風搖麈尾，夜闌飛雹落棋枰。兩廳未覺過從數，政以頑疏累友生。

謝張仲謀端午送巧作　熙寧四年葉縣作。

君家玉女從小見，聞道如今畫不成。剪裁似借天女手，萱草石榴偏眼明。

送張子列茶

齋餘一椀是常珍，味觸色香當幾塵？借問深禪長不卧，何如官路醉眠人？

三月壬申同堯民希孝觀净名寺經藏得弘明集中沈炯同庾肩吾諸人游明慶寺詩次韻奉呈二公

鷲道三層塔〔一〕，菴固一重堂。馴鳥逐齋磬〔二〕，狎獸繞禪床。摘菊山無酒，然松夜有香。幸得聞高勝，於此憲空王〔三〕。元豐二年北京作。

秘藏開新譯，天花雨舊堂。證經多寶塔，寢疾净名床。鳥語雜歌頌，蛛絲凝篆香。『凝』一作『疑』。同游得趙李〔四〕，談道過何王。按：此詩題下小字俱係舊本，其中似有舛訛，未敢妄易。

〔一〕『鷲』原作『就鳥』二字，據四庫本改。

〔二〕『馴』原作『副』，『齋』原作『猷』，據四庫本改。

〔三〕『空』原缺，據四庫本補。按：題下引詩舛訛，今姑依四庫本。查廣弘明集卷三十沈炯同庾中庶肩吾周處士弘讓遊明慶寺詩云：『鷲嶺三層塔，菴園一講堂。馴鳥逐飯磬，狎獸繞禪牀。摘菊山無酒，燃松夜有香。幸得同高勝，於此瑩心王。』

〔四〕『趙』原作『是』，據四庫本改。

雨過至城西蘇家 元祐元年秘書省作。

飄然一雨灑青春，九陌净無車馬塵。漸散紫烟籠帝闕，稍回晴日麗天津。花飛衣袖紅香濕，柳拂鞍韉緑色勾。管領風光唯痛飲，都城誰是得閑人？

謝仲謀示新詩 熙寧四年葉縣作。

贈我新詩許指瑕，令人失喜更驚嗟。清於夷則初秋律，美似芙蓉八月花。采菲直須論下體，鍊金猶欲去寒沙。唐朝韓老誇張籍，定有雲孫作世家。

十月十五早飯清都觀逍遥堂

心遊魏闕魚千里，夢覺邯鄲黍一炊。蔬食菜羹吾亦飽，逍遥堂下葉辭枝。

紅蕉洞獨宿 熙寧三年葉縣作。

南床高卧讀逍遥，真感生來不易銷。枕落夢魂飛蛺蝶，燈殘風雨送芭蕉。永懷玉樹埋塵土，何異蒙鳩掛葦苕！衣笐粧臺蛛結網，可憐無以永今朝。分寧本云：按畲注此詩别本多有不同，其詩云：重簾複幕夜蕭蕭，真感生懷不自聊。枕落夢魂飛蛺蝶，燈殘風雨碎芭蕉。瓊枝玉樹埋黄土，衣笐妝臺閟絳綃。故物盡能回白首，斯人無以永今朝。

春雪呈張仲謀 熙寧四年葉縣作。

莫雪霏霏若撒鹽〔一〕，須知千隴麥纖纖。夢闌半枕聽飄〔二〕瓦，曉起高堂看人簾〔三〕。剩與月明分夜砌，即成春溜滴晴簷。萬金一醉張公子，莫道街頭酒價添。

〔一〕「撒」嘉靖本、萬曆本、四庫本作「散」。

〔二〕「闌」嘉靖本、萬曆本作「閑」。

〔三〕「曉」嘉靖本、萬曆本、四庫本作「睡」。

和答劉太博攜家遊廬山見寄　元豐三年，赴太和道中作。黄按：目録中「太博」作「太傅」。

緩轡松陰不起塵，嵐光經雨一番新。遥知數夜尋山宿，便是全家避世人。落日已迷烟際路，飛花還報洞中春。可憐不更尋源人，若見劉郎想問秦。

次韻伯氏戲贈韓正翁菊花開時家有美酒　熙寧四年葉縣作。

鬢髮斑然潘騎省，腰圍瘦盡沈東陽。茶甌屢煮龍山白，酒椀希逢若下黄。烏角巾邊簪鈿朵，紅銀盃面凍糖霜。會須著意憐時物，看取年華不久芳。

答李康文　元豐二年北京作。

才甫經年斷來往，逢君車馬慰秋思。幽蘭被逕聞風早，薄霧乘空見月遲。每接雍容端自喜，交無早晚在相知。深慚借問談經地，敢屈康成入絳幃？

送彭南陽

南陽令尹振華鑣，三月春風困柳條。携手河梁愁欲別，離魂芳草不勝招。壺觴調笑平民訟，賓客風流醉舞腰。若見賢如武侯者，為言來仕聖明朝。

送鄧慎思歸長沙〔一〕熙寧四年葉縣作。

鄧侯過我解新機，潦倒猶能似舊時。西邑初除折腰尉，南陔常詠采蘭詩。姓名已入飛龍榜，書信新傳喜鵲知。何日家庭供一笑，緑衣便是老萊衣。

〔一〕題下四庫本有『覲省』。

從時中乞蒲團 元豐五年太和作。

織蒲投我最宜寒，正欲陰風雪作團。方竹火爐趺坐穩，何如矍鑠跨征鞍！分寧本云：按此詩一題二首，前篇載外集，首句云：撲屋陰風雪作團。後篇即此本。是一首而句法改換不同，今仍其舊分編。

戲答諸君追和予去年醉碧桃

當時倒著接䍦回，不但碧桃邀我來。白蟻撥醅官酒滿，紫綿揉色海棠開。

雪後登南禪茅亭簡張仲謀二首 熙寧四年葉縣作。

雪後憑高望洛都，萬峰遮眼白模糊。相將閬苑樓臺上，展盡山陰水墨圖。

其二

風入村墟搖酒旆，雲埋行徑罷樵蘇。狐裘年少宜追獵，正有飢鷹待一呼。

景珍太傅見示舊倡和蒲萄詩因而次韻

熙寧五年北京作。景珍名令嬪。

映日圓光萬顆餘，如觀寶藏隔蝦須。夜愁風起飄星去，曉喜天晴綴露珠。宫女揀枝模錦繡，論一作「包」。師持味比醍醐。欲收百斛供春釀，放出聲名壓酪奴。

喜念四念八至京

元豐八年都下改官作。「念四」即非熊，「念八」諱仲堪，字覺民，公從弟。

朔雪蕭蕭映薄幃，夢回空覺淚痕稀。驚聞庭樹烏烏樂，知我江湖鴻鴈歸。拂榻喜開姜季被，上堂先着老萊衣。酒樽烟火長相近，酬勸從今更不遲〔一〕。

〔一〕『遲』四庫本作『違』。

次韻伯氏寄贈蓋郎中喜學老杜詩 元豐二年北京作。

老杜文章擅一家，國風純正不欹斜。帝閽悠邈開關鍵，虎穴深沉探爪牙〔二〕。千古是非存史筆，百年忠義寄江花。潛知有意升堂室，獨抱遺編校舛差。

〔二〕『探』原作『様』，據四庫本改。

蓋郎中惠詩有二强攻一老不戰而勝之嘲次韻解之

詩翁琢句玉無瑕，淡墨稀行秋鴈斜。讀罷清風生麈尾，吟餘新月度簷牙。自知拙學無師匠，要且强一作『狂』。言遮眼花。筆力有餘先示怯，真成勾踐勝夫差。

和呂秘丞 元豐二年北京作。

北海樽中忘日月，南山霧裏晦文章。清朝不上九卿列，白髮歸來三徑荒。車轍馬蹄疏市井，花光竹影照門墻。人間榮辱無來路，萬頃風烟一草堂。

雜詩四首 元豐二年北京作。

扁舟江上未歸身，明月清風作四鄰。觀化悟來俱是妄，漸疏人事與天親。

其　二

佛子身歸樂國遥〔一〕，至人神會碧天寥。刼灰沉盡還生妄，但向平沙看海潮。

其　三

小德有為因有累，至神無用故無功。須知廣大精微處，不在存亡得失中。

其　四

黄帝煉丹求子母，神農嘗藥辨君臣。如何苦思形中事，憂患從來為有身。

〔一〕『遥』四庫本作『遊』。

次韻子高即事 熙寧八年北京作。

詩禮不忘它日問，文章未覺古人疏。青雲自致屠龍學，白首同歸種樹書。緑葉青陰啼鳥下，游絲飛絮落花餘。無因常得杯中物，願作鴟夷載屬車。

次韻寄藍六在廣陵 崇寧二年，自鄂赴宜州作。

聖學相期滄海頭，當時各倚富春秋。班揚文字初無意，滕薛功名自不優。焦尾朱絃非衆聽，南山白石使人愁。傳聲為向揚州問，相憶猶能把酒不？

再和寄藍六

南極一星淮上老，承家令子氣横秋。萬端只要稱心耳，五鼎何如委吏優？海燕催歸人作社，江花欲動雨含愁。追思二十年前會，棠棣飄零歎鄂不。『歎鄂不』一作『歎白頭』。頃從廉叔諸兄游〔一〕，今皆凋落。

〔一〕『從』原作『賊』，據四庫本改。

戲書效樂天 熙寧四年葉縣作。

造物生成嵇叔嬾，好人容縱接輿狂。鳥飛魚泳隨高下，蟻集蜂衙聽典常。母惜此兒長道路，兄嗟予弟困冰霜。酒壺自是華胥國，一醉從他四大忙。

余成詩 并序 熙寧四年葉縣作。

役者余成，忠信不二，執鄙事八年，未嘗見其過。其畏得而好德，畏不善而慎罰，躬行而心安樂。問其部伍，蓋自其少時至於今，行年六十矣，猶一日也。察其私，持廉甚謹而遠名。吾嘗與僚友論其人，雖古之學問士大夫，木强而厚於德如第五公胡威，未能遠過也。此其人豈子夏所謂『雖曰未學，吾必謂之學矣』者乎？吾貧不能脱其役，與之同歸江湖之上，作詩以識愧。

丹籍生涯無列鼎，白頭忠信可專城。自非車騎將軍勢，愧使王尼常作兵。分寧本云：按原注，晉王尼為兵，大將軍幕府，洛中，名士王澄胡母輔之皆與尼交〔一〕。將軍聞之，因與尼長假〔二〕，遂得離兵。尼字孝孫〔三〕。

〔一〕『澄』原作『憕』，據四庫本、聚珍本及晉書卷四十九王尼傳改。

〔二〕『長』原作『表』，據四庫本及晉書改。

〔三〕『孝』原作『季』，據晉書改。

寄張仲謀 熙寧四年葉縣作。

好在張公子，清秋應苦吟。衣穿慈母線，囊罄旅人金。早晚辭天闕，歸來慰陸沉。黄花一樽酒，期與爾同斟。

次韻春遊別説道二首 熙寧三年葉縣作。

愁眼看春色，城西醉夢中。柳分榆莢翠，桃上竹梢紅。燕濕社翁雨，鶯啼花信風。別離感貧賤，殷子正書空。

其　二

青春倚江閣，萬象客愁中。江水不勝緑，簷花無賴紅。欹斜半簾日，留滯一帆風。携手離筵上，清樽不易空。

講武臺南有感 元豐二年北京作。

月明猶在搭衣竿，曉踏臺南路屈盤。騶子雨中先馬去，村童烟外倚墻看。鴉啼宰木秋風急，鷺立漁船野水乾。花似去年堪折贈，插花人去淚闌干。

孫不愚索飲九日 二字一作『有』 酒已盡戲答一篇 熙寧四年葉縣作。

滿眼黄花慰索貧，可憐風物逐時新。范丹出後塵生釜，郭泰歸來雨墊巾。偶有清樽供壽母，遂無餘瀝及他人。年豐酒價應須賤，爲子明年作好春。

辱粹道兄弟寄書久不作報以長句謝不敏

病癖無堪吾懶書，交親情分豈能疏？深慚烟際兩鴻鴈，遺我罾中雙鯉魚。故國青山長極眼，今年白髮不勝梳。幾時得計休官去，笋葉裹茶同趁虛？

和知命招晁道夫叔姪 元豐五年太和作。

過我諸公子，寂寥非世娛。茶須親碾試，酒可倩行沽。日永烏皮几，窗寒竹火爐。不來尋翰墨，僮僕解吴歈〔一〕。

〔一〕「吴歈」四庫本作「揶揄」。

再次韻戲贈道夫

名教自樂地，思君相與娱。囊錐見末疾，櫝玉待時沽。雨歇鳴鳩樹，薰銷睡鴨爐。不來應夢起，子學□廞歈〔一〕。

〔一〕「子學□廞歈」四庫本作「子學□□揄」。嘉靖本、萬曆本作「子學揶□廞」。

秋思

椎牛作社酒新篘，扶老將兒嬉隴頭。木落人家見雞犬，曉寒溪口在汀洲。無功可佩水蒼玉，卒歲空思狐白裘。身到楚傖非屈宋，顧慚疏懶作悲秋。

希仲招飲李都尉北園 元豐二年北京作。

曉踏驊騮傍古墻，北園同繫紫游韁。主人情厚杯無算，別館春深日正長。楊柳陰斜移坐晚，酴醾花暗染衣香。夜深恐觸金吾禁，走馬天街趁夕陽。

過西山

新春木葉未蒙籠，西望天涯幾日通？商洛山間白雲起，行歌思見採芝翁。

夜聞鄰舟崔家兒歌

半夜聞歌客寢驚，空餘縹緲渡江聲。湘妃舞罷波紋冷，月欲銜山天未明。

重答

莫怪東墻擲果頻，沈郎眉宇正青春。自言多病腰圍減，依舊瓊林照映人。

鴻溝

此詩止子産廟，乃和李秀才四絶句，山谷晚年獨取楊朴墓一首。

英雄並世不相容，割據山川計亦窮。溝水已東全入漢，淮陰誰復議元功？

裴晉公書堂

裴公入相便論兵，躍馬淮西一戰平。黄閤不須金印好，却來山下作書生。

子產廟

區區小鄭多君子，誰若公孫用意深？監巫執節誅腹誹〔一〕，不除鄉校獨何心？

〔一〕『巫』原缺，據四庫本補。

見二十弟倡和花字漫興五首

落絮遊絲三月候，風吹雨洗一城花。未知東郭清明酒，何似西窗穀雨茶？

其二

官駝鳴鐸逐鹽車，只見風塵不見花。空作江南江北夢，辛夷躑躅倚山茶。

其　三

睡起草玄三畝宅，無人載酒眼昏花〔一〕。不知誰勸路門講，天上日長□一作「為」賜茶〔二〕。

其　四

鄴城也似洛城闊，□□園林學養花。欲把一樽隨飲處，□□處處鎖官茶。

其　五

池面白魚吹落絮，□□□□退枯花。無因光禄賜官酒，且學潞公灌蜀茶。

〔一〕「載」四庫本作「送」。
〔二〕「為」四庫本作「坐」。

九日對菊有懷粹老在河上四首後二首為琵琶女奴作。

月邀棋約屢登臺，學省公廳只對街。九日菊花孤痛飲，百端人事可安排。

其　二

黃花節晚猶可惜，青眼故人殊未來。金蘂飛觴無計共，香鈿滿地始應回。

其　三

憶得舊時重九日，紫萸黃菊壓梳釵。寒花有意催垂淚，喜鵲無端屢下階。

其四

碧窗閑殺春風手，古柳堤鶯幾日回〔一〕？縱有黄花堪對酒，應無紅袖與傳杯。

〔一〕「堤」四庫本作「啼」。

贈謝敞王博喻 元豐二年北京作。

高哉孔孟如秋月，萬古清光仰照臨。千里特來求驥馬〔一〕，兩生於此敵南金〔二〕。文章最忌隨人後，道德無多只本心。廢軫斷弦塵漠漠，起予惆悵伯牙琴。

〔一〕「特」原作「持」，據嘉靖本、四庫本、聚珍本改。
〔二〕「南」四庫本作「黄」。

和答郭監簿詠雪 元豐元年北京作。

細學梅花落晚風，忽翻柳絮下春空〔一〕。家貧無酒願鄰富，官冷有田知歲豐。夜聽枕邊飄屋瓦，夢成江上打船篷〔二〕。覺來幽鳥語聲樂，疑在白鷗寒葦中。

〔一〕『忽』四庫本作『輕』。

〔二〕『篷』原作『蓬』，據四庫本、聚珍本改。

直舍寄陳子惠

廣文賓退下簾重，凉氣微生筆硯中。不得朱絃寫流水，緑槐陰合鳥呼風。

和庭誨雨後 熙寧八年北京作。

小霽卧觀書，凉軒夏簟舒。天青印鳥跡，雲黑卷犀渠。新月來高樹，清風轉廣除。雨師真解事，一為洗空虚。

和庭誨苦雨不出

端居廣文舍，暑服似純綿。緑竹塵蒙合，紅榴日炙蔫。披襟風入幌，灑面雨連天。莫惜角巾墊〔一〕，勤來坐馬韉。老杜有「兒去看魚笱，人來坐馬韉」之句。

〔一〕「惜」原作「借」，據四庫本改。

次韻庭誨按秋課出城

風鳴落意地，露著晚瓜田。官道奔車氣，經家煮棗烟。穫人歌挃挃，公子騎翩翩。旁舍未隱舉〔二〕，明秋願有年。

〔一〕『末隱舉』四庫本作『來高隱』。

大風 熙寧八年北京作。

霜重天高日色微，顛狂紅葉上階飛。北風不惜江南客，更入破窗吹客衣。

題司門李文園亭 熙寧八年北京作。

白氏草堂元自葺，陶公三徑不教荒〔一〕。青蕉雨後開書卷，黃菊霜前碎鵠裳。落日看山凭曲檻，清風談道據胡床。此來遂得歸休意，却莫翻然起相湯。

〔一〕『公』萬曆本、四庫本作『家』。

次韻和臺源諸篇九首 治平三年作。

南屏山

襞積藍光刻削成，主人題作正南屏。身更萬事已頭白，相對百年終眼青。烟雨數峰當隱几，林塘一帶是中庭。紅塵車馬無因到，石壁松門本不扃。

七臺峰

欲雕佳句累層巒，深愧揮斤斲鼻端。作者七人俱老大，昂藏却立古衣冠。千年避世朝市改〔二〕，萬籟入松溪澗寒。我有號鍾鎖蛛網，何時對汝發清彈？

七臺溪

先生行樂在清溪，滿世功名對畫脂。一道寒波隨眼净，百年高柳到天垂。昔人無處問誰氏，遺礎有情猶舊基。猿鶴至今烟慘淡，賢愚俱盡水漣漪。四時相及漏催滴，萬事不疑冰泮澌。聊欲烹茶羹杞菊，身如桑苧與天隨。

疊屏巖

篁竹參天無人行，來游者多蹊自成。石屏重疊翡翠玉，蓮蕩宛轉芙蓉城。世緣遮盡不到眼，幽事相引頗關情。一爐沉水坐終日，喚夢鵓鴣相應鳴。

靈壽臺

藤樹誰知先後生，萬年相倚共枯榮。層臺定自有天地，鼻祖已來傳父兄。虎豹文章藏霧雨，龍蛇頭角聽雷聲。何時暫取蒼烟策，獻與本朝優老成？

仙橋洞

橫閣晴虹渡石溪，幾年鑰鎖鎮瑤扉。洞中日月真長久，世上功名果是非？叱石元知牧羊在，爛柯應有看棋歸。若逢白鶴來華表，識取當年丁令威。

靈椿臺

固蔕深根且一丘，少時嘗恐斧斤求。何人比擬明堂柱，幾歲經營江漢洲。終以不才各四海，果然無禍閲千秋。空山萬籟月明底，安得閑眠石枕頭！

雲濤石

『濤』一作『溪』。

造物成形妙畫工，地形咫尺遠連空。蛟鼉出没三萬頃，雲雨縱横十二峰。清坐使人無俗氣，閑來當暑起清風。諸山落木蕭蕭夜，醉夢江湖一葉中。

羣玉峰

洞天名籍知第幾，洞口諸峰蒼翠堆。彫虎嘯風斤斧去，飛廉吹雨曉烟回。日晴圭角升虹氣〔二〕，月冷明珠割蚌胎。種玉田中飽春笋，仙人憶得早歸來。

〔一〕『朝市』四庫本作『市朝』。

〔二〕『虹』原作『雲』，據嘉靖本、萬曆本、四庫本改。

寄題瑩中野軒

元豐六年太和作。瑩中係陳瓘。

開軒城市如村落，人似往時陳太丘。暄景半窗行野馬，雨寒疏竹上牽牛。平生江海心猶在，退食詩書吏罷休。□□□□□□力，必知耆舊想風流〔一〕。

〔一〕「耆」原作「書」，據四庫本改。

觀叔祖少卿弈棋

治平二年作。少卿諱淳，字元之，官太常少卿。

世上滔滔聲利間，獨憑棋局老青山。心遊萬里不知遠，身與一山相對閑。夜半解圍燈寂寞，樽前翻却酒闌珊。因觀勝負無常在，生死□□□不關。

窗日 元祐八年，丁母艱家居作。

歎息西窗過隙駒，微陽初至日光舒。□□□長宫中線，添得思堂一卷書。

次韻郭明叔登縣樓見思長句 元豐六年赴德平作。

令尹登臨多暇日，杖生芝菌筆生埃。溪横鳳尾寒光去，山擁旌陽翠氣來。晚市張燈明遠近，□□留客舞徘徊。紅裳珠履知多在，點檢惟無□秀才。

銅官僧舍得尚書郎趙宗閔墨竹一枝筆勢妙天下為作小詩二首 元豐三年改官太和經途作。

省郎潦倒今何處？敗壁風生霜竹枝。滿世□□專翰墨，誰為真賞拂蛛絲？

其　二

獨來野寺無人識，故作寒崖雪壓枝。想得平生藏妙手，只今猶在鬢如絲。

曉出祥符趨府 熙寧八年北京作。

朝霞藻繪舜衣裳，天碧山青認赭黄。憶得御爐烟直下，紫宸辭罷過宫廊。

夜觀蜀志 熙寧八年北京作。

蓋世英雄不自知，暮年初志各參差。南陽隴底卧龍日，北固樽前失箸時。霸主三分割天下，宗臣十倍勝曹丕。寒爐夜發塵書讀，似覆輸籌一局棋。

戲答龍泉余尉問禪二小詩 元豐五年太和作。龍泉，太和鄰邑。

重簾複幕鎖蛾眉，銀燭金荷醉舞衣。長為扶頭欠斗酒，不關禪病減腰圍。

其二

翻頭作尾掉枯藤，臘月花開更造冰。何似清歌倚桃李，一爐沉水醉紅燈。

戲贈元翁 元豐六年太和作。

從來五字弄珠璣，忍負僧床鎖翠微。傳語風流三語掾，何時綴我百家衣？

行役縣西喜雨寄任公漸大夫 熙寧四年葉縣作。

行役勞人望縣齋，心如枯井喜塵埃。青燈簾外蕭蕭雨，破夢山根殷殷雷。新麥欲連天際好，濃雲猶傍日邊來。田歌已有豐年意，令尹眉頭想豁開。

戲贈水牯菴 元豐五年太和作。

水牯從來犯稼苗，著繩只要鼻穿牢。行須萬里無寸草，卧對十方一作「千峰」。同一槽。租稅及時王事了，雲山横笛月輪高。華亭浪説吹毛劍，不見全牛可下刀。

癸亥立春日煮茗於石屯寺見庚戌中盛二十舅中叔為縣時題名歎此寺不日而成哀縣學弊而不能復〔一〕 元豐六年太和作。

中叔風流映江左，當年桃李自光輝。看成佛屋上雲雨，不忍學宮荒蕨薇。人物深藏青白眼，中叔胸中人物了了而未嘗危言劇論。官聯曾近赭黃衣。蛛絲柱後惠文暗，憔悴今乘別駕歸。

〔一〕『屯』原作『池』，據嘉靖本、萬曆本、四庫本改。

招戴道士彈琴 熙寧八年北京作。

春愁如髮不勝梳，酒病綿綿困未蘇。欲聽淳音消妄想，抱琴端為一來無？

延壽寺見紅藥小魏揚州號為醉西施 元豐六年太和作。

醉紅如墮珥，奈此惱入香。政爾無言笑，未應吴國亡。

臨江寺僧以金線猿皮蒙棐几 元豐四年太和作。

蒙茸冒枯几，想像掛霜枝。永失金衣友，文章安用為！

送君庸 元豐五年太和作。

北風吹雨薄寒生，人與蠟梅相照明。恨君草草渡江去，重約歸時舞鳳笙。

北園步折梅寄君庸

林中破笑派雪雨，不著世間笑粉塵。覆入曉風香滿袖〔一〕，無人同詠一枝春。「入」一作「立」。

〔一〕「入」嘉靖本、萬曆本、四庫本作「立」。作「立」于義為勝，但為與詩末注統一，姑仍其舊。

一夕風雨花藥都盡唯有豨薟一叢〔一〕濯濯得意戲題〔二〕元豐六年太和作。

紅藥山丹逐曉風，春榮分到豨薟叢。朱顔頗欲辭鏡去，煮葉掘根儻見功。

〔一〕『薟』原作『簽』，據四庫本、聚珍本改。下同。按豨薟爲草藥名，見政和證類本草卷十五草四。
〔二〕嘉靖本、萬曆本、四庫本題下注云：『是日丙午四月朔。』

漫興 元豐五年太和作。

肉食傾人如出凡，藜羹賦我是朝三。曉來不倦聽衙鼓，雲裏捲簾山正南。

寄劉泗州 元豐七年德平作。

萬馬千艘要路津，禪翁新畫兩朱輪。行春定得忘言對，金碧浮圖何姓人。一作『國人』。

次韻答任仲微 元豐五年太和作。

伯氏文章足起家，鴈行唯我乏芳華。不堪黄綬腰銅印，只合清江把釣車。縮項魚肥炊稻飯，扶頭酒熟卧蘆花。吴兒何敢當倫比，或有離騷似景差。

何主簿蕭齋郎贈詩思家戲和答之〔一〕

善吟閨怨斷人腸，二妙風流不可當。傅粉未歸啼玉筯，吹笙無伴澀銀簧。睡添鄉夢客床冷，瘦盡腰圍衣帶長。天性少情詩亦少，羡他蕭史與何郎。

〔一〕『戲和答之』嘉靖本、四庫本題中無，萬曆本、聚珍本有。

次韻和魏主簿 元豐五年太和作。

梅蘂觸人意，繞枝三四旋。玄冥與之笑，青帝不争權。簾晚壽陽醉，雲深姑射眠。愁蛾英半落，嬌靨菂初圓。短簿吹羌笛，諸郎宴洞天。官棲仇覽棘，才拍翰林肩。風力能冰酒，霜威欲折綿。錦衾寒有恨，花信遠難傳。飲罷鐘催曉，詩成律换年。餘香勤管領，莫厭屢中賢。

南安試院無酒飲周道輔自贛上携一榼時時對酌惟恐盡試畢僕夫言尚有餘樽木芙蓉盛開戲呈道輔 元豐四年太和作。

聞説君家好弟兄，窮鄉相見眼俱青。偶同一飯論三益，頗為諸生醉六經。山邑已催乘傳馬，曉窗猶共讀書螢。霜花留得紅粧面，酌盡齋中竹葉瓶。

贈清隱持正禪師 熙寧元年葉縣作。

清隱開山有勝緣，南山松竹上參天。擗開華岳三峰手，參得浮山九帶禪。水鳥風林成佛事，粥魚齋鼓到江船。異時折脚鐺安穩，更種平湖十頃蓮。

次韻公擇雨後 元豐三年，改官太和道中作。

二聖勤民損膳羞，雨餘今見角田秋。碧酒尚堪遮眼醉，紅榴不解替人愁。

山谷詩別集補

山谷詩别集補

四月末天氣陡然如秋遂御裌衣游北沙亭觀江漲 熙寧元年葉縣作。

沙岸人家報急流，船官解纜正夷猶。震雷將雨度絶壑，遠水粘天吞釣舟。甚欲去揮白羽箑，可堪更着紫茸裘！平生得意無人會，浩蕩春鉏且自由。

同宋景瞻分題汴上行 熙寧五年，國子監教授作。

東風何時來？隄柳芳且柔。河冰日已銷，漫漫春水流。寒梅未破萼，芳草緑猶稠。歲月不我還，念此人生浮。高車無完輪，積水有覆舟。鹿門不返者，誰得從之游？

梨　花 元豐二年北京作。

巧解逢人笑，還能亂蝶飛。清風時入户，幾片落新衣。

題醒心軒 元豐六年太和作。慈恩寺清山主開窗于碾坊竹陰，余命曰『醒心』。

盡日竹風談法要，無人竹影又斜陽。他時若有相應者，莫負開軒人姓黄。

承示中秋不見月及憫雨連作恐妨秋成奉次元韻 元豐七年。

秀稻秋風喜太平，獨疑連雨未全晴。銀蟾似亦無聊賴，默度寒宵嬾吐明。

書王氏夢錫扇 元祐二年秘書省作。

壓枝梅子大於錢，慚愧春光又一年。亭午無人初破睡，杜鵑啼在柳梢邊。

謝王炳之惠茶 元祐二年秘書省作。

平生心賞建溪春，一丘風味極可人。香包解盡寶帶胯，黑面碾出明窗塵。家園鷹爪改嘔冷，官焙龍文常食陳。於公歲取壑源足，勿遣沙溪來亂真。

和答劉中叟殿院 元祐二年秘書省作。

平生劉宗正，聞有湖海氣。黄石與兵書，雷震鎖胸次〔一〕。跨馬開武溪，韔弓作文吏。守祧仁九族，瑑玉詔萬世。去乘御史驄，權貴斂手避。時時侵諫草，頗用文章戲。風人託草木，騷客拾蘭蕙。傾懷謝僚友，句法何壯麗！諸公遊蓬壺，賤子濫末至。風流餘翰墨，想見經行地。烏啼霜臺柏，岑絶不可詣。峩峩觸邪冠，此中有餘事。醫國妙藥石，立朝極涇渭。餘子蠹青簡，走亦行幞被。

〔一〕『震』嘉靖本、四庫本山谷别集卷一作『霆』。

伯時彭蠡春牧圖 元祐三年秘書省作。

岳陽樓上春已歸，湖中鴻鴈拍波飛。布帆天濶隨鳥道，石林風晚吹人衣。春水初生及馬腹，浮灘欲上西山麓。遥看絶嶺秀雲松，上有垂蘿暗谿谷。沙眠草嚙性不驕，側身注目鳴相招。林間瞥過星爍爍，原上獨立風蕭蕭。君不見中原真種胡塵没，南行市骨何倉卒！秖收力健載征夫，肯向時危辨奇骨？即令貢馬西北來，東西坊監屯雲開。紛然駑驥同一秣，爾可不憂四蹄脱。

題伯時馬 元祐三年秘書省作。

我觀李侯作胡馬，置我敕勒陰山下。驚沙隨馬欲暗天，千里絶足晷眼跨。一作『過』。自當初駕沙苑丞，豈復更數將軍霸？李侯今病廢右臂，此圖筆妙今無價。

題東坡竹石 元祐三年秘書省作。

怪石岑崟當路，幽篁深不見天。此路若逢醉客，應在萬仞峰前。

觀劉永年團練畫角鷹 元祐三年秘書省作。

劉侯才勇世無敵，愛畫工夫亦成癖。弄筆掃成蒼角鷹，殺氣稜稜動秋色。爪拳金鈎嘴屈鐵，萬里風雲藏勁翮。兀立槎枒不畏人，眼看青冥有餘力。霜飛晴空塞草白，雲垂四野陰山黑。此時軒然盍飛去，何乃巑岏立西壁。祇應真骨下人世，不謂雄姿留粉墨。造次更無高鳥喧，等閑亦恐狐狸嚇〔一〕。旁觀不必窮神妙，乃是天機貫胸臆。瞻相突兀摩空材，想見其人英武格。傳聞揮毫頗容易，持以與人無甚惜。物逢真賞世所珍，此畫他年恐難得。

〔一〕『嚇』原作『赫』，據嘉靖本、四庫本別集卷一及聚珍本別集補改。

題王晉卿平遠　元祐三年秘書省作。

風流于晉罷吹笙，小筆溪山刮眼明。相倚鴛鴦得偎暎，一川風雨斷人行。

大暑水閣聽晉卿家昭華吹笛　元祐三年秘書省作。

蘄竹能吟水底龍，玉人應在月明中。何時為洗秋空熱，散作霜天落葉風？

癸酉八月同百丈肅禪師温湯作小詩呈九仙舜公長老〔一〕元祐八年丁母喪歸家作。

九仙漚和湯，浴此二水牯。主人無施心，冷暖各得所。道途開十方，瓢杓汲萬古。欲問源從來，大雄山有虎。

〔一〕『癸酉』嘉靖本、四庫本别集卷一作『癸亥』，聚珍本别集補作『癸酉』。

竹枝詞二首 紹聖二年。

三峽猿聲淚欲流，夔州竹枝解人愁。渠儂自有回天力，不學垂楊繞指柔。

其二

塞上柳枝且莫歌，夔州竹枝奈愁何！虚心相待莫相誤，歲寒望君一來過。按紹聖二年公在夔州，故詩中皆有夔中竹枝語。

詠子舟小山叢竹元符二年戎州作。

病竹猶能冠叢，夏篁解籜忽忽。細草因依岑寂，小山紫翠嵌空。

次韻斌老冬至書懷示子舟篇末見及之作因以贈子舟歸元符二年戎州作。

二宗性清真，俱抱歲寒節。常思風雲會，為國奮忠烈。道方滄波穨，位有豺虎竊。夫婦相魚肉，闗中一丈雪。北風夜涔涔，竹枯松柏折。泰來拔茅連，井收寒泉洌。天地復其所，我輩皆慰愜。何為對樽壺，似見小敵怯。大宗垂紫髯，貴氣已森列。小宗新換骨，健啗頗腴悦。昨宵連環夢，秣馬待明發。寒日一線長，把酒相喻説。人生但安樂，逢世無巧拙。斑衣戲親庭，不作經年別。猶有未歸心，遠寄丁香結。

戲題斌老所作兩竹梢 元符二年戎州作。

老竹帖妥不作奇，嫩篁翹翹動風枝。是中有目世不知，吾宗落筆風烟隨。

奉次斌老送癭木棋局八韻 元符二年戎州作。

竘工運斤斧，蟠木破權奇。離離稻田畦，日静波文稀。居然有心作，箇是偶爾為。正當合戰地，仍有曳尾龜。膠漆與顔色，金銅利關機。抱器心自許，成功世乃知。吾宗為湔祓，枯木更生輝。背城儻借一，觀我凱旋歸。

題石恪畫機織圖 元符三年。

荷鋤郎在田，行餉兒未返。終日弄鳴機，恤緯不思遠。

以皮韈底贈石推官三首 元符三年戎州作。

道人不凋瑑，萬鏡自明已。願公勤此履，深徹法源底。

其　二

毗盧足趺光，照耀世界海。旋嵐黑風起，到岸得自在。

其　三

鼻孔隨人走，日中忽見斗。踏定太衝脉，壁上挂着口。

次韻錢德循鹿苑灘艤舟有作 建中靖國元年荆南作。

鹿苑灘頭秋月明，使君輟棹愛江清。塵埃一段思歸路，已聽荆州漁鼓鳴。

范德孺須筆裒諸工佳者共成十枝分送 崇寧三年鄂州作。

臨池聞道學書成，已許家雞勝伯英。雪竹霜毛分一束，開包何異五侯鯖？

予去歲在長沙數與處度元實相從把酒自過嶺來不復有此樂感歎之餘戲成一絶 崇寧四年宜州作。處度名湛，元實名温。

玄霜搗盡音塵絶，去作湖南萬里春。想見山川佳絶地，落花飛絮轉愁人。

謝啓昆跋

按此别集詩與史季温注者不同，今以任史注三集所無者二十八首抄為一卷，其題下注依分寧新刻本。謝啓昆識。

附录

豫章黄先生退聽堂録序

（宋）洪炎

炎元祐戊辰、辛未歲兩試禮部，皆寓舅氏魯直廨中。魯直出詩一編，曰退聽堂録，云：『余作詩至多，不足傳，所可傳者，皆（案：緝香堂本作『僅』）百餘篇而已。』魯直時為校書郎，稍選佐著作，修神宗實録，與翰林學士蘇公子瞻游最密，賦詩無或輟。炎既手抄退聽録矣，隨抄録評論，因見魯直昔嘗作退聽序云：『詩非苦思不可為，余得第後始知此。今世所傳録他詩，乃未第時為之者。』及後一歲，魯直丁母夫人憂，絶不作詩，服除，以修史事罷，遷黔州、戎州（案：原作『宜州』，據緝香堂本改）。蜀士流相勸就學，以詩教諸生焉。北歸寓荆渚，罷太平，寓江夏，皆踰歲，後進生慕學者益衆，故詩益多。炎每省覲，輒抄所見，遂盈卷帙矣。然當是時，文學有禁，不敢出也。魯直竟投宜州，自鄂道潭、衡、永州、静（案：原作『靖』，誤，徑改。静江府，南宋紹興三年升桂州置）江、宜，皆有詩，没後盡得之親友間，而時禁益厲，又客宦卒卒少暇日，欲稍倫類叙次之，亦未遑也。靖康丙午歲，前禁始除。建炎戊申歲，時魯直之故人洪府連帥胡公少汲始屬炎撰次，以刻板傳世。撰次既契夙心，而外家所記，他人或不預聞，故不復辭。

初魯直為葉縣尉、北京教授、知太和縣、監德平鎮，詩文已無慮千數，退聽所録，太和止數篇，德平十得四五，入館之後不合者蓋鮮。竊意少時所作，雖或好詩，傳播尚多，不若入館之後為全粹也。今斷自退聽而後，雜以他文，得一千三百四十有三首：為賦十，楚辭五，詩七百，銘、贊、頌二百四十，序、記、書八十，表狀文雜著四十九，墓誌、碑碣四十一，題跋一百一十八，合為三十帙，分别部類，各以倫類。嗚呼，亦可謂富矣！凡詩斷自退聽始，退聽以前蓋不復取，獨取古風二篇冠詩之首，以見魯直受知於蘇公，有所自也。他文雜前後十取八九，獨去其可疑與不合者，亦魯直之本意也。

大抵魯直於文章，天成性得，落筆巧妙，他士莫逮，而尤長於詩。其發源以治心修性為宗本，放而至於遠聲利，薄軒冕，極其致，憂國愛民，忠義之氣，藹然見於筆墨之外。凡句法置字律令，新新不窮，增出增奇，所謂包曹、劉之波瀾，兼陶、謝之宇量，可使子美分座，太白却行者耶？蘇公嘗評魯直曰：『讀魯直詩，如見魯仲連、李太白，不敢復論鄙事，頗若不適用，然不為無補於世。』蘇公知魯直者，然此評則未盡。夫詩人賦詠於彼，興託在此，闡繹優游而不迫切，其所感寓常微見其端，使人三復玩味之，久而不厭，言不足而思有餘，故可貴尚也。若察察言如老杜新安、石壕、潼關、花門之什，白公秦中吟、樂遊園、紫閣村詩，則幾於罵矣，失詩之本旨也。舉世雷同，未必皆知魯直；蘇公真知魯直者，又可嘆如此：信乎知我之難值也！

魯直嘗遊灊（案：原作『濁』，據緝香堂本改）皖，愛山谷石牛洞，意若將老焉，故自號山谷道人。謫黔、戎時假涪州别駕，故又號涪翁，或曰涪皤。在黔中又號黔安居士，至宜州又號八桂老人，皆班班見於詩文。然世士言魯直者但曰山谷，蓋以配東坡云。

建炎二年十月十日中奉大夫提舉西京嵩山崇福宫洪炎序。

（録自乾隆五十四年樹經堂本黄詩全集）

閩憲刊山谷外集詩注跋

（宋）史季温

先大父薌室先生所注山谷外集詩，脱槀之日，永嘉白石錢先生文季為之序引，鋟木於眉，蓋嘉定戊辰歲也。是書已行於世。其後大父優游林泉者近十年，復參諸書，為之增注，且細考山谷出處歲月，别行詮次，不復以舊集古律詩為拘。考訂之精，十已七八，其間不可盡知者附之本年。蜀板已毁，遺槀幸存，今刻之閩憲治，庶與學者共之，并以大父實録、本傳附見。淳祐庚戌嘉平旦日，孫朝請大夫、福建路提點刑獄公事季温百拜謹跋。

（録自武英殿聚珍版書本山谷外集詩注卷首。）

豫章外集詩注序

（宋）洪咨夔

天降時雨，山川出雲，故嵩高、烝民之咏，不于人物之盛而于其生。我朝列聖以人文陶天下，學問議論文章之士，莫盛於熙、豐、元、紹間，其生也類。在神文朝，如詩家曰蘇、黄，曰黄、陳。蘇公生於景祐，陳公生於皇祐，而豫章生於慶曆。天地清寧，日月正明，稟於氣者全也。公得清寧正明之全氣，氣全而神王，挾豐隆，騎倒景，飄飄乎與造物者游；放為篇章，超軼絶塵，獨立萬物之表，坡翁蓋心服之，而後山師焉。其集嘗擬莊子分内、外篇，外集如韓淮陰驅市人背水而戰，暗與兵法合；内集如諸葛武侯八陣，奇正相生，鬼神莫窺其奥，彙分之意嚴矣。君子之學日進而日新，日新而日化，進則人，新則道，化則天。逝者如斯，不舍晝夜，正以是也，文與詩亦然。論詩者不泝其始，無以知其進而新；不極其終，無以知其新而化。内集斷自入館以後，極其終矣；外集起初年溪上吟，泝其始也。眉山任處士驥天成，擺落科舉之累，真積於學，書無不覽，愛公詩若嗜欲然。以内集有任子淵注，因注外集十二卷，攷年譜以推出處，用事必求其意，用字必探其原，勤且博至矣。或以詩嘗經公手删，而疑其多愛；然使學者盡見前輩少壯至老之作，以觀日新日化之功，雖多不厭也。子逢博習有家法。方注詩時，兩髦耽耽，檢書捧研，領『退而學詩』之意。今以名卿守蜀，白首矣，懼父書無傳，力自讎校，鋟而公諸世。萬里信來，俾序之。某晚出，未闖其樊，何敢贅？樓攻媿謂宋宗儒摘阮歌、戴道士彈琴詩，不知何以分内、外，當有能辨之者。余聞李衛公好惠山泉，置驛取水，有僧言長安昊天觀井水與惠山泉通，雜它水十餘缶試之，僧指其二曰：『此惠山泉也。』文饒為罷水驛。欲知内、外之辨者，請以是觀之。

（録自四部叢刊續編影印宋本平齋文集卷十）

注黄詩外集序

（宋）魏了翁

鄧公立注釋黄公詩，前劉後李既為識所以作，厥子震龍又求予申其義，予無所措辭矣。予嘗讀三禮，於『生子』曰『詩負』，於『祝嘏』曰『詩懷』。乃知詩之為言，承也，情動於中，而言以承之，故曰詩非有一豪造作之工也。而後世顧以纂言比事為能，每字必謹所出，此詩注之所以不可已。姑識其説，以明世道之升降云。

（録自四部叢刊影印宋本鶴山先生大全文集卷五五）

弘治刊本黄文節公詩注序

(明)張元禎

先生魯直,庭堅,名字也;山谷,宋到今即其自號而尊稱之者。嘗與張耒、晁補之、秦觀四人同游蘇東坡門,號四學士,然士論特舉先生以媲蘇,曰『蘇黄』。其為人慈祥,其德行於孝友殊篤,其節操不以夷險貳,吾晦菴朱子稱以『粗為向上』在此。其識詣多得之釋氏,其文章則尤長於詩,觀之斯集可知。東坡譽以『超軼絶塵,獨立萬物之表』,陳師道後山評以『得法杜甫,學杜而不為』;又論詩者謂詩各有派,先生則江西詩祖也。寧,南昌屬縣,先生其縣人。縣閭右有陳鳳岐者,知重先生,圖刻其詩文,以諗於予,予遍為訪之莫得。斯集乃今提學僉憲莆田黄未齋仲昭家故所有者,未齋愛之,每笥以自隨,行縣次寧,勸督暇,因出之示諸生。時鳳岐已物故,其沛、沾二子躍然跽請:『兹先人嘗圖刻於張東白内翰,弗得而卒。公幸賜焉,一以彰先正久晦之遺文,一以終先人之志而瞑其目於地下。』公喜而亟與之,更躬為校正,以成二美。刻既,沛來謁序,序以歸之。弘治丙辰春三月既望,賜進士出身、南京翰林院侍讀學士、奉訓大夫、前經筵官、兼修國史郡人張元禎序。

(録自弘治刊本山谷黄先生大全詩注)

山谷黄先生詩集後序

（明）楊廉

涪翁先生之詩，世多好之，而得見其集者少也，近時間有寫本出焉，復有得而刻之者，然非其集之全也。此編有内集、外集、别集。或謂其詩乃洪駒父輩删集，或謂其自分爲内、外集，外集即焦尾、敝帚兩編，或謂李彤再爲外集，黄罃爲别集，而其詩益全於此矣。此乃江右提學僉憲莆田黄君仲昭家藏舊物，而寧之邑校生陳氏沛、沾兄弟之所刻者也。

先生所爲詩文與其爲人，其出於一時師門朋友之所推重者，姑置勿論，至於卓哉大儒之言、足以取信於後世者，則有延平李子、晦庵朱子焉。延平稱其謂濂溪周子『人品甚高，胸中灑落如光風霽月』，爲善形有道者氣象。晦庵稱其慈祥孝友，復稱其詩精絶，巧好無餘，自成一家。合而觀之，而世之論先生者於是乎定矣。先生嘗遭章惇、蔡卞中傷實録之罪，貶涪州别駕、黔州安置，移戎州。嘗與趙挺之有隙，轉運判官陳舉承風旨捃摭，羈管宜州。所至輒治畦灌園，爲終焉之計，泊然不以遷謫介意，非其了死生、脱世累、輕患難，頹然與造物者遊，惡能以至是哉？先生每教人治經乃文字之根，治心養性之鑒，又數與高僧游，究竟禪悦，其所得於儒釋，未知其孰深，然使其親見所謂灑落光霽之人，而得尋仲尼、顔子之樂，自壯至老，一意於主敬窮理之學，其視伊川程子之歸自涪州而容貌髭髮皆勝平昔者，又未知如何也。

沛一日寓書留都告廉曰：『沛等所刻山谷集已得東白張先生序諸首，執事其無靳一言』，且謂其先君鳳岐嘗以涪翁邑前賢圖刻其集而未遂，故其成此也，勇之甚是皆可書也。書之俾置於三集之後。山谷，先生初號；涪翁，則居涪州所更號，姓黄氏。其出處梗概則載之宋史。

弘治己未夏五中澣徵仕郎南京兵科給事中豐城楊廉序。

（録自樹經堂本黄詩全集）

嘉靖刊黄詩内篇序

（明）蔣　芝

宋之詩以蘇、黄盛，故黄詩多傳。其始集者，有任淵氏、洪炎氏、王子飛氏、黄㽦氏，凡四家。建中靖國以後，山谷將命其平生著作曰内、外篇，内篇取合周孔者也。嗟夫！傳山谷之詩非一世，尚論者又非一賢，至曰上軋魏、晉，兼沈、謝，包曹、劉，而反遺登山觀海之志，豈理也乎？古之君子以身寄斯文者，不益於治，則益於教。山谷在二三真儒中，志與學蓋的然向周孔者，故内篇有風人之遺教焉。何也？本之有孝愛，宣之有忠誠，樹之有風節，居之有義命，由是發於聲詩，則機籟之鳴，性情之會，中和懿秀之微也，有弗可以興乎？最其直道，仕不逢辰，斂而俛焉，入乎窮荒，大難不疑而自得，以没齒焉，忘其境履之危也。其為詞蹶而肆，窮而愈工，和平婉厚之氣，想味猶見，有弗可以興乎？故曰風人之遺教也，惡得而無傳？分寧後人查子學夫得蜀本，出而不私，用山谷初意正名是集，以成四家所未就，又以濂溪詩冠之，可謂有見乎此者矣。詩在元祐戊辰後者曰退聽堂録，初在太和（按：原作『平』，據洪炎退聽堂録序改）者録數篇，在德平者半之。建炎戊申，洪炎氏撰次刻本，又自鄂、道、潭、衡以後盡得之。蓋斷自退聽堂始，亦既入史館後也，視全集才十之三。要之四家親炙詩教，凡所編會，於是乎為精為要，得是篇而全集可略矣。夫全集多真贋龐贅，至精華録則復恨太簡，内篇其庶矣乎！余蜀産，夙飲涪翁風澤，又幸守其鄉，與處其後人，思廣其教，傳美之役，豈異人任邪？用託之梓氏以傳，悉如查子。存考證四條，字校句正，為詩七百一十二首，卷十四。續二太常謚議、史傳、周公儀氏別傳，庶徵者足以興、興者足以徵也云爾。成都蔣芝序。

（樹經堂本黄詩全集之年譜後附）

四庫全書山谷集詩注提要

臣等謹案：山谷詩内集注二十卷、外集注十七卷、别集注二卷，宋任淵、史容、史季温所注黄庭堅詩也。任淵所注者内集，史容所注者外集，其别集注則容之孫季温所補。内集一稱正集，其又稱前集者，蓋内集編次成書在外集前，故注家相承謂為前集。外集詩起嘉祐六年辛丑，庭堅時年十七，而内集起元豐元年戊午，庭堅時年三十四，故外集諸詩轉在内集之前。黄𤈶所編庭堅年譜云：『山谷以史事待罪陳留，偶自編退聽堂詩，初無意盡去少作。胡直孺少汲，建炎初帥洪，并類山谷詩文為豫章集，命汝陽朱敦儒、山房李彤編集，而洪炎玉甫專其事，遂以退聽為斷。』史容外集注序亦云：『山谷自言欲倣莊周，分其詩文為内、外篇，意固有在，非欲去此取彼也。』譜又云：『洪氏舊編，以古風二篇為首。今任淵注本亦云東坡報山谷書推重此二詩，故置諸編首。』是淵所注内集即洪炎編次之本。史季温外集注跋云：『細攷出處歲月，别行詮次，不復以舊集古律詩為拘。』再攷李彤外集跋云：『彤聞山谷自巴陵取道通城，入黄龍山，為清禪師遍閲南昌集，自有去取，仍改定舊句。彤後得本，用以是正。其言「非予詩者」五十餘篇，彤亦嘗見於他人集中，輒已除去。』又云：『前集内木之彬彬諸篇，皆山谷晚年删去。』其去取據此而已。然季温跋稱其大父為增注攷訂，在嘉定戊辰後，又近十年。則上距庭堅之殁已百有十年，而外集原本卷次至是始經史容更定，則所謂外集者，併非庭堅自删之本矣。然則是三集者，皆賴注本以傳耳。趙與旹賓退録嘗論淵注送舅氏野夫之宣城詩不得『春網薦琴高』出典。然注本之善，不在字注之細瑣，在於攷核出處時事。淵注内集，容注外集，其大綱皆繫於目録每條之下，使讀者攷其歲月，知其遭際，因以推求作詩之本旨，此斷非數百年後以意編年者所能為。外集有嘉平元年晉陵錢文子序，而内集鄱陽許尹序，世傳抄本皆佚之，惟劉壎水雲村泯稿載其大略，目録亦多殘缺。此本獨有尹序全文，且三集目録犂然皆具，可與注相表裏，尤足尚也。淵字子淵，蜀之新津人，紹興元年乙丑，以文藝類試有司第一，仕至潼川憲，其稱『天社』者，新津山名也。容字公儀，號薌室居士，青衣人，仕至太中大夫。其孫季温，字子威，舉進士，寶祐中官秘書少監。淵又嘗撰山谷精華録，詩賦銘贊六卷，雜文二卷，自序謂『節其要而注之』，然原本已佚，今所傳者出明人僞託。獨此注則昔人所謂獨為其難者，與史氏二注本藝林寶傳，無異辭焉。乾隆四十七年十二月恭校上。

（録自文淵閣四庫全書本山谷集詩注）

刻黄詩全集序

（清）翁方綱

乾隆壬寅冬，方綱校黄詩三集注上之，詔刊入聚珍板，於是數百年未合之足本，廣布藝林矣。後四年，奉命視學江西，攜其草稿於篋。而寧州新刻本外集之後八卷，即舊本豫章先生外集之四卷也；又其别集與史季温注者不同，而寧新刻分體，失其舊式。爰合寫爲一本，附以黄子耕譜，通爲五十八卷，時時與學官弟子論證其所以然。蓋自方綱髫齡時誦浙湑陳蘇庵所評漢書，輒奉山谷先生『以質厚爲本』一語爲問學職志，今四十餘年，所與學侣敬申『修辭立誠』之訓者，一仍不外乎此。書諸卷端，以俟稍有解會處，當略疏數語爲之序，然每一念及，輒復立愢焉汗洽衿也。乾隆五十三年冬十月朔北平翁方綱。

（録自樹經堂本黄詩全集）

山谷詩注外集補跋

(清)孫星華

按山谷詩注四庫著録者,内集、外集係兩淮鹽政採進本,别集係編修翁方綱家藏本;據總目標注如此。此聚珍本亦從此出也。逮乾隆四十九年,南康謝藴山中丞啓昆取翁氏充全書纂修官時手抄校進底本刻於江右,較此本多外集補四卷、别集補一卷,不知係翁本所原有,或謝氏重刻時所增入,序跋中亦未説明原委,惟别集補目録後,謝氏有跋文數行,謂此别集詩與注本不同,今以三家注本所無者二十八首,抄為一卷云云。據此,則所補外集、别集,似皆出謝氏手也;其實此五卷,任、史三家既未加注,似可不必補於注本之後,况閣本既收無注之山谷詩文内、外、别集全本,自更無容重出。兹取謝刻本與此本參校,凡内、外、别三集中正文、注文,均無甚異同,惟題目字數間有長短。又謝本改夾注為大字,故每題下所注山谷事迹,與此本或偶易先後;而史注外集,謝本以劉明仲墨竹、放目亭兩賦冠首,為此本所無,或係當時館臣以詩注内不必雜以賦注,因而删薙,抑係所據之本各有不同,此則無可稽考。特謝刻所附之外集、别集補五卷,既有流傳,姑依式刻補,作為拾遺,冀他日或有援任、史之例以注之者。若内、外、别集中所列各詩題字之長短,及題下注文之偶易先後,皆屬無關宏旨,即史注外集卷端所列兩賦,為此本向所未有,故均未改訂增刻,庶免更動,且亦藉留聚珍舊本之面目耳。光緒甲午孟冬,會稽孫星華憙蓀識。

(録自福建本聚珍版書山谷詩注外集補)

四部叢刊續編影印元本山谷外集詩注跋

張元濟

此日本帝室圖畫寮藏元至元乙酉建安重雕蜀本也，首錢文子序，次史容引，次總目，引後有元羅嘉績刻書識語木記八行，目後有『建安熊氏萬卷書堂』牌子一方。自明以來不見著録，蓋即今行四庫十七卷本容孫季温跋中所云嘉定戊辰鋟梓眉山之蜀本。蜀版毁於宋世，當時傳本已罕，此為至元翻刻，世無人知，字畫縝密，真所謂元初刊本比於宋本者也。書凡十四卷，詩注二卷約當外集原本之一卷，取勘明本外集，適盡於卷七而止，首尾起訖，一一符合，悉依李彤原編古律分體之舊。原本卷八至十為文，十一至十四為山谷晚年自删之詩，彤所附存者，此皆未録。明本外集卷二當詩注卷三末和甫得竹數本後。有寄題欽之草堂一首、和答梅子明一首，卷四當詩注卷八贈陳師道後。有松下淵明一首，卷六當詩注卷十一池口風雨留三日後。有揚州戲題一首，卷七當詩注卷十四送高士敦赴成都鈐轄後。有次韻子瞻元夕扈從端門三首，此本詩注皆無之，或宋時外集傳本有異，未必容所删落也。

黄罃山谷年譜載趙伯山中外舊事云：『山谷生平得意之作及嘗手寫者，多在外集。』葉夢得避暑餘話載黄元明之言，謂山谷中年自焚少作三之二，存焦尾、敝帚二編。此本首載史容引，謂秦少游簡李德叟云，魯直焦尾、敝帚兩編，文意高古，邈然有二漢之風，即外集詩文也。任淵注山谷内集詩而不及外集，史容起而續之，不收自删之作，蓋皆山谷所自定外集之菁英。今見蜀本，方悉源流。世行十七卷，出自季温重刻閩本，即以此本分年改編，全失李彤分體舊第，不復可窺見根源，宜乎今本提要有『史容增注考訂，在嘉定戊辰後十年，上距庭堅之没已百有十年，外集原本至是始經史容更定，併非山谷自删之本』云云之貶詞也。書中文字足訂今本訛異者，難以縷舉。書貴初刻，得此益信。十七年冬，偕中華學藝社社友東渡訪書，始獲見之，因從借印，以彌中土書林之缺憾焉。民國二十年三月，海鹽張元濟。

（録自四部叢刊續編本山谷外集詩注）

《中國古典文學叢書》已出書目

詩經今注	高亨注
楚辭今注	湯炳正、李大明、李誠、熊良智注
司馬相如集校注	[漢]司馬相如著　金國永校注
揚雄集校注	[漢]揚雄著　張震澤校注
張衡詩文集校注	[漢]張衡著　張震澤校注
阮籍集	[魏]阮籍著　李志鈞等校點
陶淵明集校箋(修訂本)	[晉]陶潛著　龔斌校箋
世説新語箋疏(修訂本)	[南朝宋]劉義慶撰　余嘉錫箋疏　周祖謨等整理
世説新語校釋	[南朝宋]劉義慶撰　[南朝梁]劉孝標注　龔斌校釋
鮑參軍集注	[南朝宋]鮑照著　錢仲聯增補集説校
謝宣城集校注	[南朝齊]謝朓著　曹融南校注集説
文心雕龍義證	[南朝梁]劉勰著　詹鍈義證
詩品集注(增訂本)	[梁]鍾嶸著　曹旭集注
文選	[梁]蕭統編　[唐]李善注
玉臺新咏彙校	吴冠文　談蓓芳　章培恒彙校
王梵志詩集校注(增訂本)	[唐]王梵志著　項楚校注
盧照鄰集箋注	[唐]盧照鄰著　祝尚書箋注
駱臨海集箋注	[唐]駱賓王著　[清]陳熙晉箋注
王子安集注	[唐]王勃著　[清]蔣清翊注
陳子昂集(修訂本)	[唐]陳子昂撰　徐鵬校點

孟浩然詩集箋注（增訂本）	[唐]孟浩然著　佟培基箋注
王右丞集箋注	[唐]王維著　[清]趙殿成箋注
李白集校注	[唐]李白著　瞿蜕園、朱金城校注
高適集校注（修訂本）	[唐]高適著　孫欽善校注
杜詩趙次公先後解輯校	[唐]杜甫著　[宋]趙次公注　林繼中輯校
杜詩鏡銓	[唐]杜甫著　[清]楊倫箋注
錢注杜詩	[唐]杜甫著　[清]錢謙益箋注
岑參集校注	[唐]岑參著　陳鐵民、侯忠義校注
戴叔倫詩集校注	[唐]戴叔倫著　蔣寅校注
韋應物集校注（增訂本）	[唐]韋應物著　陶敏、王友勝校注
權德輿詩文集	[唐]權德輿撰　郭廣偉校點
韓昌黎詩繫年集釋	[唐]韓愈著　錢仲聯集釋
韓昌黎文集校注	[唐]韓愈著　馬其昶校注　馬茂元整理
劉禹錫集箋證	[唐]劉禹錫著　瞿蜕園箋證
白居易集箋校	[唐]白居易著　朱金城箋校
柳宗元詩箋釋	[唐]柳宗元著　王國安箋釋
柳河東集	[唐]柳宗元著　[宋]廖瑩中輯注
元稹集校注	[唐]元稹著　周相録校注
長江集新校	[唐]賈島著　李嘉言新校
三家評注李長吉歌詩	[唐]李賀著　[清]王琦等評注
樊川文集	[唐]杜牧著　陳允吉校點
樊川詩集注	[唐]杜牧著　[清]馮集梧注
温飛卿詩集箋注	[唐]温庭筠著　[清]曾益等箋注
玉谿生詩集箋注	[唐]李商隱著　[清]馮浩箋注　蔣凡校點

樊南文集	[唐]李商隱著　[清]馮浩詳注 錢振倫、錢振常箋注
皮子文藪	[唐]皮日休著　蕭滌非、鄭慶篤整理
鄭谷詩集箋注	[唐]鄭谷著 嚴壽澂、黄明、趙昌平箋注
韋莊集箋注	[五代]韋莊著　聶安福箋注
張先集編年校注	[宋]張先著　吴熊和、沈松勤校注
二晏詞箋注	[宋]晏殊、晏幾道著　張草紉箋注
梅堯臣集編年校注	[宋]梅堯臣著　朱東潤編年校注
歐陽修詩文集校箋	[宋]歐陽修著　洪本健校箋
蘇舜欽集	[宋]蘇舜欽著　沈文倬校點
嘉祐集箋注	[宋]蘇洵著　曾棗莊、金成禮箋注
王荆文公詩箋注	[宋]王安石著　[宋]李壁箋注 高克勤點校
王令集	[宋]王令著　沈文倬校點
蘇軾詩集合注	[宋]蘇軾著　[清]馮應榴注 黄任軻、朱懷春校點
東坡樂府箋	[宋]蘇軾著　[清]朱孝臧編年 龍榆生校箋
欒城集	[宋]蘇轍著　曾棗莊、馬德富校點
山谷詩集注	[宋]黄庭堅著　[宋]任淵、史容、 史季温注　黄寶華點校
山谷詩注續補	[宋]黄庭堅著　陳永正、何澤棠注
山谷詞校注	[宋]黄庭堅著　馬興榮、祝振玉校注
淮海集箋注	[宋]秦觀撰　徐培均箋注
淮海居士長短句箋注	[宋]秦觀著　徐培均箋注
清真集箋注	[宋]周邦彦著　羅忼烈箋注

石林詞箋注	[宋]葉夢得著　蔣哲倫箋注
樵歌校注	[宋]朱敦儒著　鄧子勉校注
李清照集箋注(修訂本)	[宋]李清照著　徐培均箋注
陳與義集校箋	[宋]陳與義著　白敦仁校箋
蘆川詞箋注	[宋]張元幹著　曹濟平箋注
劍南詩稿校注	[宋]陸游著　錢仲聯校注
放翁詞編年箋注(增訂本)	[宋]陸游著　夏承燾、吴熊和箋注　陶然訂補
范石湖集	[宋]范成大撰　富壽蓀標校
于湖居士文集	[宋]張孝祥著　徐鵬校點
稼軒詞編年箋注(定本)	[宋]辛棄疾撰　鄧廣銘箋注
姜白石詞編年箋校	[宋]姜夔著　夏承燾箋校
後村詞箋注	[宋]劉克莊著　錢仲聯箋注
雁門集	[元]薩都拉著　殷孟倫、朱廣祁校點
揭傒斯全集	[元]揭傒斯著　李夢生標校
高青丘集	[明]高啓著　[清]金檀注　徐澄宇、沈北宗校點
唐寅集	[明]唐寅著　周道振、張月尊輯校
文徵明集(增訂本)	[明]文徵明著　周道振輯校
震川先生集	[明]歸有光著　周本淳校點
海浮山堂詞稿	[明]馮惟敏著　凌景埏、謝伯陽標校
滄溟先生集	[明]李攀龍著　包敬第標校
梁辰魚集	[明]梁辰魚著　吴書蔭编集校點
沈璟集	[明]沈璟著　徐朔方輯校
湯顯祖詩文集	[明]湯顯祖著　徐朔方箋校

湯顯祖戲曲集	[明]湯顯祖著　錢南揚校點
白蘇齋類集	[明]袁宗道著　錢伯城校點
袁宏道集箋校	[明]袁宏道著　錢伯城箋校
珂雪齋集	[明]袁中道著　錢伯城點校
隱秀軒集	[明]鍾惺著　李先耕、崔重慶標校
譚元春集	[明]譚元春著　陳杏珍標校
張岱詩文集(增訂本)	[明]張岱著　夏咸淳輯校
陳子龍詩集	[明]陳子龍著 施蟄存、馬祖熙標校
牧齋初學集	[清]錢謙益著　[清]錢曾箋注 錢仲聯標校
牧齋有學集	[清]錢謙益著　[清]錢曾箋注 錢仲聯標校
牧齋雜著	[清]錢謙益著　[清]錢曾箋注 錢仲聯標校
牧齋初學集詩注彙校	[清]錢謙益著　[清]錢曾箋注 卿朝暉輯校
李玉戲曲集	[清]李玉著 陳古虞、陳多、馬聖貴點校
吴梅村全集	[清]吴偉業著　李學穎集評標校
歸莊集	[清]歸莊著
顧亭林詩集彙注	[清]顧炎武著　王蘧常輯注 吴丕績標校
安雅堂全集	[清]宋琬著　馬祖熙標校
吴嘉紀詩箋校	[清]吴嘉紀著　楊積慶箋校
陳維崧集	[清]陳維崧著　陳振鵬標點 李學穎校補

秋笳集	[清]吴兆骞撰　麻守中校點
漁洋精華録集釋	[清]王士禛著 李毓芙、牟通、李茂肅整理
聊齋志異會校會注會評本	[清]蒲松齡著　張友鶴輯校
敬業堂詩集	[清]查慎行著　周劭標點
納蘭詞箋注	[清]納蘭性德著　張草紉箋注
方苞集	[清]方苞著　劉季高校點
樊榭山房集	[清]厲鶚著　[清]董兆熊注 陳九思標校
劉大櫆集	[清]劉大櫆著　吴孟復標點
儒林外史彙校彙評	[清]吴敬梓著　李漢秋輯校
小倉山房詩文集	[清]袁枚著　周本淳標校
忠雅堂集校箋	[清]蔣士銓著　邵海清校 李夢生箋
甌北集	[清]趙翼著　李學穎、曹光甫校點
惜抱軒詩文集	[清]姚鼐著　劉季高標校
兩當軒集	[清]黄景仁著　李國章校點
惲敬集	[清]惲敬著　萬陸、謝珊珊、林振岳 標校　林振岳集評
茗柯文編	[清]張惠言著　黄立新校點
瓶水齋詩集	[清]舒位著　曹光甫點校
龔自珍全集	[清]龔自珍著　王佩諍校點
龔自珍詩集編年校注	[清]龔自珍著　劉逸生、周錫䪖校注
水雲樓詩詞箋注	[清]蔣春霖著　劉勇剛箋注
人境廬詩草箋注	[清]黄遵憲著　錢仲聯箋注
嶺雲海日樓詩鈔	[清]丘逢甲著　丘鑄昌標點

篇目索引

一　畫

一夕風雨花藥都盡唯有𥢆薟一叢　1336
乙未移舟出　740
乙卯宿清泉寺　822

二　畫

二十八宿歌贈別無咎　688
二月二日曉夢會於廬陵西齋作寄陳適用　796
二月丁卯喜雨吴體為北門留守文潞公作　562
十二月十九日夜中發鄂渚曉泊漢陽親舊携酒追送聊為短句　463
十月十三日泊舟白沙江口　728
十月十五早飯清都觀逍遥堂　1302
十四弟歸洪州賦莫如兄弟四章贈行　1047
丁巳宿寶石寺　825
八月十四日夜刀坑口對月奉寄王子難子聞適用　842
八音歌贈晁堯民　669
　671
入窮巷謁李材叟翹叟戲贈兼簡田子平三首　374
九日對菊有懷粹老在河上四首　1321
又和二首　317
又借前韻見意　426
又借答送蟖韻并戲小何　425
又寄王立之　1014
又答斌老病愈遣悶二首　318
又戲呈康國　372
又戲為雙井解嘲　976
又戲題下巖　352

三　畫

三月乙巳來賦鹽萬歲鄉且蒐獮匿賦之家晏飯此舍遂留宿是日大風自採菊苗薦湯餅二首　814
三月壬申同堯民希孝觀净名寺經藏得弘明集中沈炯同庾肩吾諸人游明慶寺詩次韻奉呈二公　1301
三至堂　1214
大風　1325
大暑水閣聽晉卿家昭華吹笛　1348
大雷口阻風　737
上大蒙籠　821
上南陵坡　295
上冢　938
上蕭家峽　767
上權郡孫承議　810
乞姚花二首　222
乞猫　701
乞鍾乳於曾公衮　495
小鴨　178
己未過太湖僧寺得宗汝為書寄山蕷白酒長韻寄答　827
子産廟　1319
子範徼巡諸鄉捕逐羣盗幾

盡輒作長句勞苦行李　860
子瞻以子夏丘明見戲聊復戲答　139
子瞻去歲春夏侍立邇英子由秋冬間相繼入侍作詩各述所懷予亦次韻四首　169
子瞻詩句妙一世乃云效庭堅體蓋退之戲效孟郊樊宗師之比以文滑稽耳恐後生不解故次韻道之　117
子瞻題狄引進雪林石屏要同作　992
子瞻繼和復答二首　68

四　畫

王才元舍人許牡丹求詩　225
王文恭公挽詞二首　45
王立之以小詩送並蔕牡丹戲答　1014
王立之承奉詩報梅花已落盡次韻戲答　221
王充道送水仙花五十枝欣然會心為之作詠　378
王彥祖惠其祖黄州制草書其後　1027
王聖美三子補中廣文生　203
王稚川既得官都下有所盼未歸予戲作林夫人欸乃歌二章與之竹枝歌本出三巴其流在湖湘耳欸乃湖南歌也　11
元師自榮州來追送余於瀘之江安綿水驛因復用舊所賦此君軒詩韻贈之并簡元師法弟周彥公　1117
元翁坐中見次元寄到和孔四飲王夔玉家長韻因次韻率元翁同作寄溢城　888
元豐癸亥經行石潭寺見舊和栖蟾詩甚可笑因削柎滅稿别和一章　934
木龜亭留題　1119
五老亭　1079
太平寺慈氏閣　481
太平州作二首　1056
太和奉呈吉老縣丞　910
午寢　1143
今歲官茶極妙而難為賞音者戲作兩詩用前韻　974
公益嘗茶　1285
公擇用前韻嘲戲雙井　975
六月十七日晝寢　277
六月閔雨　1284
六舅以詩來覓銅犀用長句持送舅氏學古之餘復味禪悦故篇末及之　977
文安國挽詞二首　442
以十扇送徐天隱　1053
以小團龍及半挺贈無咎并詩用前韻為戲　49
以天壇靈壽杖送莘老　250
以古銅壺送王觀復　355
以右軍書數種贈丘十四　1212
以皮韈底贈石推官三首　1352
以同心之言其臭如蘭為韻寄李子先　640

以虎臂杖送李任道二首 1048
以金沙酴醾送公壽 545
以峽州酒遺益修復繼前韻 368
以酒渴愛江清作五小詩寄廖明略學士兼簡初和父主簿 459
以梅饋晁深道戲贈二首 268
以椰子小冠送子予 371
以椰子茶缾寄德孺二首 491
以團茶洮州緑石研贈無咎文潛 150
以潞公所惠揀芽送公擇次舊韻 973
以雙井茶送孔常父 141
予去歲在長沙數與處度元實相從把酒自過嶺來不復有此樂感歎之餘戲成一絶 1353
予既不得葉遂過洛濱醉遊累日 1285
予既作竹枝詞夜宿歌羅驛夢李白相見於山間曰予往謫夜郎於此聞杜鵑作竹枝詞三疊世傳之不予細憶集中無有請三誦乃得之 290

五　畫

玉芝園 484
玉京軒 758
玉照泉 1214
去歲和元翁重到雙澗寺觀余兄弟題詩之篇總忘收録病中記憶成此詩 891
去賢齋 1298
世弼病方家不善論蛤蜊之功戲答 622
世弼惠詩求舜泉輒欲以長安酥共泛一盃次韻戲答 621
古風次韻答初和甫二首 950
古風寄周元翁 1217
古詩二首上蘇子瞻 7
古意贈鄭彦能八音歌 991
古豪俠行贈魏鄰幾 1204
古漁父 1237
古樂府白紵四時歌 1206
丙申泊東流縣 741
丙辰仍宿清泉寺 824
丙寅十四首效韋蘇州 570
戊午夜宿寶石寺視寶石戲題 1221
平原郡齋二首 1087
平原宴坐二首 967
平陰張澄居士隱處三詩 25
北窗 277
北園步折梅寄君庸 1335
史天休中散挽詞 1122
史彦升送春花 339
四月丁卯對雨寄趙正夫 1178
四月末天氣陡然如秋遂御裌衣游北沙亭觀江漲 1343
四月戊申賦鹽萬歲山中仰懷外舅謝師厚 817
四休居士詩 462
代二螯解嘲 425
代書 783

代書寄翠巖新禪師 487
用明發不寐有懷二人為韻寄李秉彝德叟 581
用前韻戲公静 575
用前韻謝子舟為予作風雨竹 312
用幾復韻題伯氏思堂 1238
外姪李光祖往見尚垂髫今觀寄嗣直小詩已可愛因次韻 295
外舅孫莘老守蘇州留詩斗野亭庚申十月庭堅和 727
立春 883
司馬文正公挽詞四首 113
出迎使客質明放船自瓦窑歸 793
出城送客過故人東平侯趙景珍墓 281
出禮部試院王才元惠梅花三種皆妙絕戲答三首 220

六　畫

寺齋睡起二首 265
吉老兩和示戲答 1216
吉老受秋租輒成長句 858
吉老許惠李北海石室碑以詩促之 1216
考試局與孫元忠博士竹間對窗夜聞元忠誦書聲調悲壯戲作竹枝歌三章和之 215
吏部蘇尚書右選胡侍郎皆和鄙句次韻道謝 973
再用前韻詠子舟所作竹 313
再用前韻贈子勉四首 396
再用舊韻寄孔毅甫 795
再加寄子瞻聞得湖州 646
再次孔四韻寄懷元翁兄弟并致問毅甫 889
再次前韻 428
再次韻 303
885
再次韻四首 170
再次韻呈明略并寄無咎 679
再次韻呈廖明略 675
再次韻奉答子由 779
再次韻和吉老 859
再次韻兼簡履中南玉三首 329
再次韻寄子由 780
再次韻答吉老二首 909
再次韻戲贈道夫 1316
再作答徐天隱 1050
再和元禮春懷十首 1277
再和公擇舅氏雜言 980
再和寄藍六 1311
再和答為之 693
695
再和答張仲謀陳純益兄弟 1183
再留幾復 1288
再答元興 200
再答明略二首 681
再答冕仲 198
再答景叔 211
再贈陳季張拒霜花二首 1272
西禪聽戴道士彈琴 1218
有惠江南帳中香者戲答六

言二首	67	延壽寺見紅藥小魏 揚州號為醉西施	1334
有聞帳中香以為熬蝎者戲用前韻二首	69	延壽寺僧小軒極蕭灑予為名曰林樂取莊生所謂林樂而無形者并為賦詩	1215
有懷半山老人再次韻二首	87	自巴陵略平江臨湘入通城無日不雨至黄龍奉謁清禪師繼而晚晴邂逅禪客戴道純款語作長句呈道純	403
百花洲雜題	587	自門下後省歸卧酺池寺觀盧鴻草堂圖	234
光山道中	1247	自咸平至太康鞍馬間得十小詩寄懷晏叔原并問王稚川行李鵝兒黄似酒對酒愛新鵝此他日醉時與叔原所詠因以為韻	947
早行	1248	行行重行行贈别李之儀	1159
同子瞻韻和趙伯充團練	208	行次巫山宋楙宗遣騎送折花廚醖	293
同王稚川晏叔原飯寂照房	716	行役縣西喜雨寄任公漸大夫	1333
同元明過洪福寺戲題	267	行邁雜篇六首	1296
同世弼韻作寄伯氏在濟南兼呈六舅祠部	578	舟子	1147
同吉老飲清平戲作集句	1224	次元明韻寄子由	778
同宋景瞻分題汴上行	1343	次以道韻寄范子夷子默	157
同孫不愚過昆陽	1264	次盱眙同前韻	727
同堯民游靈源廟廖獻臣置酒用馬陵二字賦詩	666	次前韻謝與迪惠所作竹五幅	363
同景文丈詠蓮塘	1004	次浮塘驛見張施州小詩次其韻	297
同劉景文遊郭氏西園因留宿	968	次蘇子瞻和李太白潯陽紫極宫感秋詩韻追懷太白	
同錢志仲飯籍田錢孺文官舍	79		
同謝公定携書浴室院汶師置飯作此	989		
同蘇子平李德叟登擢秀閣	743		
同韻和元明兄知命弟九日相憶	782		
竹下把酒	587		
竹枝詞二首	289 1349		
竹軒詠雪呈外舅謝師厚并調李彦深	633		
朱道人下世	1256		

子瞻 412
次韻十九叔父臺源 512
次韻七兄青陽驛西阻水見寄 1195
次韻子由績溪病起被召寄王定國 54
次韻子真會靈源廟下池亭 1198
次韻子高即事 1310
次韻子實題少章寄寂齋 269
次韻子瞻子由題憩寂圖二首 241
次韻子瞻以紅帶寄王宣義 231
次韻子瞻武昌西山 115
次韻子瞻和子由觀韓幹馬因論伯時畫天馬 166
次韻子瞻和王子立風雨敗書屋有感 244
次韻子瞻春菜 567
次韻子瞻送李豸 227
次韻子瞻送穆父二絶 1020
次韻子瞻送顧子敦河北都運二首 159
次韻子瞻書黄庭經尾付蹇道士 1035
次韻子瞻與舒堯文禱雪霧豬泉唱和 626
次韻子瞻題郭熙畫山 172
次韻子瞻題無咎所得與可竹二首粥字韻戲嘲無咎人字韻詠竹 180
次韻子瞻贈王定國 74
次韻王定國揚州見寄 184
次韻王荆公題西太一宫壁二首 86
次韻王炳之惠玉版紙 190
次韻王稚川客舍二首 10
次韻元日 1044
次韻元翁從王夔玉借書 890
次韻元實病目 469
次韻元禮春懷十首 1274
次韻少激甘露降太守居桃葉上 335
次韻中玉水仙花二首 376
次韻中玉早梅二首 376
次韻公秉子由十六夜憶清虚 1092
次韻公定世弼登北都東樓四首 607
次韻公擇雨後 1339
次韻公擇舅 17
次韻文少激推官祈雨有感 327
次韻文安國紀夢 441
次韻文潜 421
次韻文潜立春日三絶句 427
次韻文潛同遊王舍人園 152
次韻文潛休沐不出二首 181
次韻孔四著作北行滹沱 707
次韻孔著作早行 705
次韻正仲三丈自衡山返命舍驛過外舅師厚贈答 565
次韻石七三六言七首 348
次韻外舅喜王正仲三丈奉詔相南兵回至襄陽捨驛馬就舟見過三首 563
次韻吉老十小詩 905
次韻吉老知命同遊青原二

首　912
次韻吉老寄君庸　908
次韻吉老遊青原將歸　913
次韻仲車因婁行父見寄之詩　419
次韻仲車為元達置酒四韻　419
次韻任公漸感梅花十五韻　1163
次韻任君官舍秋雨　1259
次韻任道食荔支有感三首　331
次韻任道雪中同游東皐之作　1110
次韻向和卿行松滋縣與鄒天錫夜語南極亭二首　400
次韻杜仲觀二絶　884
次韻李士雄子飛獨遊西園折牡丹憶弟子奇二首　1015
次韻李之純少監惠硯　57
次韻李任道晚飲鎖江亭　328
次韻吴可權題餘干縣白雲亭　431
次韻吴宣義三徑懷友　36
次韻伯氏長蘆寺下　731
次韻伯氏寄贈蓋郎中喜學老杜詩　1308
次韻伯氏戲贈韓正翁菊花開時家有美酒　1304
次韻伯氏謝安石塘蓮花酒　1268
次韻宋楙宗三月十四日到西池都人盛觀翰林公出遨　228
次韻宋楙宗僦居甘泉坊雪後書懷　135
次韻君庸寓慈雲寺待韶惠錢不至　863
次韻邵之才將流民過懸帛嶺均田　1271
次韻奉和仲謨夜話唐史　1281
次韻奉送公定　597
次韻奉答文少激紀贈二首　326
次韻奉答吉老并寄何君庸　808
次韻奉答吉鄰機宜　1038
次韻奉答存道主簿　864
次韻奉答廖袁州懷舊隱之詩　809
次韻奉酬劉景文河上見寄　144
次韻坦夫見惠長句　1199
次韻雨絲雲鶴二首　307
次韻叔父夷仲送夏君玉赴零陵主簿　722
次韻叔父聖謨詠鶯遷谷　510
次韻叔父臺源歌　1144
次韻叔原會寂照房　717
次韻知命入青原山口　913
次韻知命永和道中　911
次韻和答孔毅甫　793
次韻和臺源諸篇九首　1326
次韻和魏主簿　1338
次韻舍弟喜雨　1227
次韻舍弟題牛氏園二首　1013
次韻周法曹游青原寺　892
次韻周德夫經行不相見之詩　902
次韻定國聞蘇子由卧病績溪　52
次韻春遊别説道二首　1313
次韻柳通叟寄王文通　193

次韻胡彥明同年羇旅京師寄李子飛三章一章道其困窮，二章勸之歸三章言我亦欲歸耳胡李相甥也故有檳榔之句　1023
次韻秋郊晚望　900
次韻庭誨按秋課出城　1324
次韻秦少章晁適道贈答詩　259
次韻秦觀過陳無己書院觀鄙句之作　146
次韻馬荆州　372
次韻晉之五丈賞壓沙寺梨花　1201
次韻時進叔二十六韻　532
次韻晁元忠西歸十首　874
次韻晁補之廖正一贈答詩　673
次韻師厚五月十六日視田悼李彥深　672
次韻師厚雨中晝寢憶江南餅麴酒　589
次韻師厚食蟹　623
次韻師厚病間十首　592
次韻師厚萱草　590
次韻師厚答馬著作屢贈詩　625
次韻徐文將至國門見寄二首　195
次韻徐仲車喜董元達訪之作南郭篇四韻　418
次韻郭右曹　658
次韻郭明叔長歌　942
次韻郭明叔登縣樓見思長句　1330
次韻高子勉十首　390
次韻益修四弟　367
次韻陳榮緒同倚鍾樓晚望別後明日見寄之作　464
次韻孫子實寄少游　271
次韻黄斌老所畫横竹　309
次韻黄斌老晚游池亭二首　319
次韻崔伯易席上所賦因以贈行二首　206
次韻冕仲考進士試卷　201
次韻章禹直開元寺觀畫壁兼簡李德素　764
次韻章禹直魏道輔贈答之詩　850
次韻清水巖　945
次韻清虛　1090
次韻清虛同訪李園　1089
次韻清虛喜子瞻得常州　1091
次韻惜范生　1234
次韻寅菴四首　638
次韻寄上七兄　780
次韻寄李六弟濟南郡城橋亭之詩　579
次韻寄晁以道　155
次韻寄潤父　791
次韻寄藍六在廣陵　1311
次韻寄滑州舅氏　526
次韻張仲謀過酺池寺齋　128
次韻張昌言給事喜雨　162
次韻張秘校喜雪三首　637
次韻張詢齋中晚春　76
次韻喜陳吉老還家二絶　909
次韻景珍酴醿　1299
次韻無咎閻子常携琴入村　684

次韻答王四	982
次韻答王眘中	168
次韻答少章聞鴈聽雞二首	1036
次韻答邢敦夫	95
次韻答任仲微	1263
	1337
次韻答李端叔	1241
次韻答邵之才	1283
次韻答叔原會寂照房呈稚川	714
次韻答和甫盧泉水三首	951
次韻答宗汝為初夏見寄	1229
次韻答柳通叟求田問舍之詩	713
次韻答秦少章乞酒	260
次韻答馬中玉三首	375
次韻答晁無咎見贈	77
次韻答黄與迪	361
次韻答曹子方雜言	242
次韻答常甫世弼二君不利秋官鬱鬱初不平故予詩多及君子處得失事	1187
次韻答清江主簿趙彦成	299
次韻答張文潛惠寄	78
次韻答張沙河	660
次韻答堯民	648
次韻答斌老病起獨游東園二首	316
次韻答楊子聞見贈	772
次韻答蒲元禮病起	1265
次韻答薛樂道	1170
次韻斌老冬至書懷示子舟篇末見及之作因以贈子舟歸	1350
次韻曾子開舍人游籍田載荷花歸	81
次韻曾都曹喜雨	894
次韻道輔旅懷見寄	852
次韻道輔雙嶺見寄三疊	849
次韻游景叔聞洮河捷報寄諸將四首	204
次韻幾復和答所寄	212
次韻幾復答予所贈三物三首	846
次韻楊君全送春花	338
次韻楊君全送酒	337
次韻楊明叔四首	300
次韻楊明叔見餞十首	342
次韻楙宗送别二首	294
次韻蓋郎中率郭郎中休官二首	657
次韻感春五首	650
次韻稚川得寂字	718
次韻裴仲謀同年	524
次韻裴尉過馬鞍山	1257
次韻廖明略同吴明府白雲亭宴集	433
次韻漢公招七兄	836
次韻聞善	384
次韻賞梅	1240
次韻德孺惠貺秋字之句	453
次韻德孺感興二首	452
次韻德孺新居病起	451
次韻劉景文登鄴王臺見思五首	32
次韻錢德循鹿苑灘艤舟有	

作 1353
次韻錢穆父贈松扇 186
次韻韓川奉祠西太一宫四首 84
次韻戲答彦和 523
次韻謝子高讀淵明傳 552
次韻謝公定王世弼贈答二絶句 607
次韻謝外舅食驢腸 624
次韻謝外舅病不能拜復官夏雨眠起之什 590
次韻謝黄斌老送墨竹十二韻 310
次韻題粹老客亭詩後 699
江南 1299
池口風雨留三日 735

七　畫

杜似吟院兩首 1029
走答明略適堯民来相約奉謁故篇末及之 676
走筆謝王朴居士拄杖 341
花光仲仁出秦蘇詩卷思兩國士不可復見開卷絶歎因花光為我作梅數枝及畫煙外遠山追少游韻記卷末 471
李大夫招飲 1246
李右司以詩送梅花至潞公予雖不接右司想見其人用老杜和元次山詩例次韻 563
李君貺借示其祖西臺學士草聖并書帖一編二軸以詩還之 1213
李宗古出示謝李道人苕幕杖從蔣彦回乞葬地二頌作二詩奉呈 478
李濠州挽詞二首 1040
求范子默染鴉青紙二首 454
别蔣穎叔 964
呈王明復陳季張 1270
呈外舅孫莘老二首 249
呈李卿 1284
呈馬粹老范德孺 1300
呈楊康國 371
吴君送水仙花并二大本 379
吴執中有兩鵝為余烹之戲贈 456
見二十弟倡和花字漫興五首 1319
見子瞻粲字韻詩和答三人四返不困而愈崛奇輒次韻寄彭門三首 642
見諸人唱和酴醾詩輒次韻戲詠 145
何氏悦亭詠柏 1036
何主簿蕭齋郎贈詩思家戲和答之 1337
何造誠作浩然堂陳義甚高然頗喜度世飛昇之説築屋飯方士願乘六氣遊天地間故作浩然詞二章贈之 519
何蕭二族 767
伯父祖善耆老好學於所居

紫陽溪後小馬鞍山為放隱齋遠寄詩句意欲庭堅和之幸師友同賦率爾上呈 1037
伯氏到濟南寄詩頗言太守居有湖山之勝同韻和 578
伯時彭蠡春牧圖 1346
余成詩 1312
希仲招飲李都尉北園 1317
飲南禪梅下戲題 1270
迎醇甫夫婦 1258
辛酉憇刀坑口 833
汴岸置酒贈黃十七 724
宋夫人挽詞 1123
宋本豫章黃先生別集二十卷黃子耕跋 1134
宋楙宗寄夔州五十詩三首 299
社日奉寄君庸主簿 885
初至葉縣 1249
初望淮山 1248
即來 1081
即席 1182
阻水泊舟竹山下 735
阻水戲呈幾復二首 1245
阻風入長蘆寺 730
阻風銅陵 734

八　畫

奉同子瞻韻寄定國 183
奉同公擇作揀芽詠 974
奉同六舅尚書詠茶碾煎烹三首 976
奉次斌老送癭木棋局八韻 1351
奉和王世弼寄上七兄先生用其韻 553
奉和公擇舅氏送吕道人研長韻 978
奉和文潛贈無咎篇末多以見及以既見君子云胡不喜為韻 91
奉和孫奉議謝送菜 811
奉和慎思寺丞太康傳舍相逢并寄扶溝程太丞尉氏孫著作二十韻 1200
奉送周元翁鎖吉州司法廳赴禮部試 788
奉送時中攝東曹獄掾 865
奉送劉君昆仲 969
奉答子高見贈十韻 549
奉答李和甫代簡二絶句 921
奉答茂衡惠紙長句 867
奉答固道 1082
奉答聖思講論語長句 1083
奉答謝公定與榮子邕論狄元規孫少述詩長韻 107
奉謝泰亨送酒 1114
奉謝劉景文送團茶 1002
武昌松風閣 420
武陵 547
林為之送筆戲贈 691
松下淵明老杜浣花谿圖引 1009
卧陶軒 154
直舍寄陳子惠 1323
范蜀公挽詞二首 279
范德孺須筆哀諸工佳者共成十枝分送 1353

長句謝陳適用惠送吴南雄所贈紙 799
長沙留别 1058
東觀讀未見書 255
雨中登岳陽樓望君山二首 402
雨過至城西蘇家 1302
雨晴過石塘留宿贈大中供奉 1170
拘士笑大方 1205
招子高二十二韻兼簡常甫世弼 550
招吉老子範觀梅花 859
招隱寄李元中 1232
招戴道士彈琴 1334
到官歸志浩然二絶句 770
到桂州 490
叔父釣亭 513
叔父給事挽詞十首 284
叔誨宿邀湖上之遊以故不果往 1197
虎號南山 1139
呻吟齋睡起五首呈世弼 547
明叔知縣和示過家上冢二篇復次韻 939
明叔惠示二頌 1107
明遠庵 483
牧童 1067
和七兄山蕷湯 781
和子瞻内翰題公擇舅中丞山房 1021
和子瞻戲書伯時畫好頭赤 236
和王明之雪 1093
和王觀復洪駒父謁陳無己長句 354
和中玉使君晚秋開天寧節道場 373
和文潛舟中所題 423
和世弼中秋月詠懷 1186
和外舅夙興三首 618
和邢惇夫秋懷十首 97
和吕秘丞 1309
和早秋雨中書懷呈張鄧州 1074
和仲謀夜中有感 1261
和任夫人悟道 985
和李才甫先輩快閣五首 840
和李文伯暑時五首 1189
和甫得竹數本於周翰喜而作詩和之 954
和范信中寓居崇寧遇雨二首 494
和范廉 1077
和東坡送仲天貺王元直六言韻 1115
和知命招晁道夫叔姪 1315
和舍弟中秋月 1185
和柳子玉官舍十首 1127
和庭誨苦雨不出 1324
和庭誨雨後 1323
和師厚郊居示里中諸君 614
和師厚秋半時復官分司西都 613
和師厚栽竹 589
和師厚接花 588
和涼軒二首 440
和高仲本喜相見 382
和陳君儀讀太真外傳五首 707

和孫公善李仲同金櫻餌唱酬二首	811
和曹子方雜言	1016
和冕仲觀試進士	1234
和張仲謀送別二首	298
和張沙河招飲	665
和答子瞻	138
和答子瞻和子由常父憶館中故事	136
和答王世弼	1255
和答元明黔南贈別	292
和答外舅孫莘老	50
和答任仲微贈別	1260
和答李子真讀陶庾詩	569
和答君庸見寄別時絶句	1086
和答莘老見贈	970
和答師厚黄連橋壞大木亦為秋雹所損	620
和答郭監簿詠雪	1323
和答孫不愚見贈	528
和答張仲謨泛舟之詩	1294
和答登封王晦之登樓見寄	528
和答趙令同前韻	1239
和答劉太博攜家遊廬山見寄	1304
和答劉中叟殿院	1345
和答錢穆父詠猩猩毛筆	88
和答魏道輔寄懷十首	853
和游景叔月報三捷	206
和甯子與白鹿寺	458
和蒲泰亨四首	1113
和裴仲謀雨中自石塘歸	1256
和劉景文	1000
和謝公定征南謡	609
和謝公定河朔漫成八首	604
往歲過廣陵值早春嘗作詩云春風十里珠簾卷髣髴三生杜牧之紅藥梢頭初繭栗揚州風物鬢成絲今春有自淮南來者道揚州事戲以前韻寄王定國二首	185
所住堂	473
金刀坑迎將家待追漿坑十餘户山農不至因題其壁	835
金陵	732
命曰溪亭乞余賦詩余先君之弊廬	927
采菊	1140
放目亭賦	506
放言十首	958
夜發分寧寄杜澗叟	935
夜聞鄰舟崔家兒歌	1317
夜觀蜀志	1331
庚申宿觀音院	831
庚寅乙未猶泊大雷口	739
河舟晚飲呈陳説道	1258
泊大孤山作	754
宗室公壽挽詞二首	280
定交詩效鮑明遠體呈晁無咎	685
宜陽別元明用觴字韻	493
承示中秋不見月及憫雨連作恐妨秋成奉次元韻	1344

九　畫

春近四絶句	1241
春祀分得葉公廟雙鳧觀	1266
春思	1160
春雪呈張仲謀	1303
春遊	649
柳閎展如蘇子瞻甥也其才德甚美有意於學故以桃李不言下自成蹊八字作詩贈之	119
故余未嘗登臨而得其勝處	
胡朝請見和復次韻	882
荆州即事藥名詩八首	1054
荆南簽判向和卿用予六言見惠次韻奉酬四首	398
南安試院無酒飲周道輔自贛上携一榼時時對酌惟恐盡試畢僕夫言尚有餘樽木芙蓉盛開戲呈道輔	1338
南康席上贈劉李二君	1246
南樓畫閣觀方公悦二小詩戲次韻	436
砌臺晚思	588
按田	1150
省中烹茶懷子瞻用前韻	140
思賢	1148
思親汝州作	522
拜劉凝之畫像	410
秋冬之間鄂渚絶市無蟹今日偶得數枚吐沫相濡乃可憫笑戲成小詩三首	456
秋思	1316
秋思寄子由	19
秋聲軒	415
秋懷二首	1189
重答	1318
重贈徐天隱	1052
信中遠來相訪且致今歲新茗又枉任道寄佳篇復次韻呈信中兼簡任道	1126
侯元功問講學之意	1211
侯尉之吉水覆按未歸三日泥雨戲成寄之	805
侯尉家聽琵琶	806
追和東坡題李亮功歸來圖	418
追憶予泊舟西江事次韻	931
食瓜有感	1295
食笋十韻	879
急雪寄王立之問梅花	1013
哀逝	1257
弈棋二首呈任公漸	540
庭堅以去歲九月至鄂登南樓歎其制作之美成長句久欲寄遠因循至今書呈公悦	437
庭堅得邑太和六舅按節出同安邂逅於皖公溪口風雨阻留十日對榻夜語因詠誰知風雨夜復此對床眠别後更覺斯言可念列置十字字為八句寄呈十首	747
庭誨惠鉅硯	1197
送人赴舉	1068
送王郎	30

送少章從翰林蘇公餘杭	275
送六十五弟賁南歸	988
送石長卿太學秋補	334
送吕知常赴太和丞	964
送朱晛中允宰宋城	1193
送杜子卿歸西淮	1273
送李德素歸舒城	163
送吴彦歸番陽	559
送何君庸上贛石	1177
送伯氏入都	962
送君庸	1335
送范德孺知慶州	60
送昌上座歸成都	1057
送彦孚主簿	916
送莫郎中致仕歸湖州	1105
送晁道夫叔姪	1232
送徐景道尉武寧二首	1028
送徐隱父宰餘干	861
送高士敦赴成都鈐轄二首	1019
送酒與周法曹用前韻	792
送酒與畢大夫	848
送陳氏女弟至石塘河	1266
送陳季常歸洛	1169
送陳蕭縣	1175
送曹子方福建路運判兼簡運使張仲謀	1031
送曹黔南口號	1046
送密老住五峰	408
送張子列茶	1300
送張天覺得登字	194
送張仲謀	1155
送張材翁赴秦簽	992
送張沙河遊齊魯諸邦	664
送彭南陽	1305
送蛤蜊與李明叔諸公	621
送焦浚明	1165
送楊瓘鴈門省親二首	659
送蒲元禮南歸	1181
送舅氏野夫之宣城二首	59
送碧香酒用子瞻韻戲贈鄭彦能	71
送鄭彦能宣德知福昌縣	72
送鄧慎思歸長沙	1305
送醇父歸蔡	1194
送劉士彦赴福建轉運判官	83
送劉季展從軍鴈門二首	37
送劉道純	1004
送薛樂道知鄖鄉	1006
送錢一杲卿	1192
送魏君俞知宿遷	1188
送謝公定作竟陵主簿	106
送蘇太祝歸石城	1153
送權郡孫承議歸宜春	1220
送顧子敦赴河東三首	111
洪範以不合俗人題廳壁二絶句次韻和之	776
宣九家賦雪	1185
宫亭湖	932
客自潭府來稱明因寺僧作静照堂求予作	1291
神宗皇帝挽詞三首	43
既作閔雨詩是夕遂澍雨夜中喜不能寐起作喜雨詩	1284
姨母李夫人墨竹二首	240
姪相隨知命舟行	326
癸丑宿早禾渡僧舍	819

癸亥立春日煮茗於石屯寺見庚戌中盛二十舅中叔為縣時題名歎此寺不日而成哀縣學弊而不能復	1333
癸酉八月同百丈肅禪師溫湯作小詩呈九仙舜公長老	1349
紅蕉洞獨宿	1303

十　畫

酌別世弼	1196
酌姨母崇德君壽酒	1071
都下喜見八叔父	719
袁州劉司法亦和予摩字詩因次韻寄之	808
馬上口號呈建始李令	296
夏日夢伯兄寄江南	1263
辱粹道兄弟寄書久不作報以長句謝不敏	1315
致政王殿丞逍遥亭	1176
晁張和答秦觀五言予亦次韻	148
秘書省冬夜宿直寄懷李德素	252
借景亭	335
息暑巖	1145
徐孺子祠堂	521
倉後酒正廳昔唐林夫謫官所作十一月己卯余納秋租隔墻芙蓉盛開	858
留王郎世弼	28
留幾復飲	1287
效王仲至少監詠姚花用其韻四首	223
效孔文舉贈柳聖功三首	1225
效進士作觀成都石經	1030
記夢	266
郭明甫作西齋于潁尾請予賦詩二首	543
高至言築亭於家圃以奉親總其觀覽之富	927
病來十日不舉酒二首	434
病起次韻和稚川進叔倡酬之什	723
病起荆江亭即事十首	356
病懶	1142
浯溪圖	480
酒	712
海棠	1073
流水	1139
流民歎	524
被褐懷珠玉	256
書王氏夢錫扇	1345
書石牛溪旁大石上	742
書東坡畫郭功父壁上黑竹	1121
書扇	713
書睢陽事後	1262
書舞陽西寺舊題處	1281
書磨崖碑後	478
陳氏園詠竹	1256
陳吉老縣丞同知命弟游青原謁思禪師予以簿領不得往二公雨久不歸戲作百家衣一首二十韻招之	1223
陳季張有蜀芙蓉長飲客至開輒剪去作詩戲之	1271

陳留市隱　147
陳説道約日送菜把　1268
陳榮緒惠示之字韻詩推獎過實非所敢當輒次其韻三首　447
陪謝師厚遊百花洲槃礴范文正祠下道羊曇哭謝安石事因讀生存華屋處零落歸山丘為十詩　584
孫不愚引開元故事請為移春檻因而贈答　1267
孫不愚索飲九日　1314

十一畫

梅花　1084
黄雀　770
黄幾復自海上寄惠金液三十兩且曰唯有德之士宜享將以排蕩陰邪守衛真火幸不以凡物畜之戲答　844
黄潁州挽詞三首　282
曹村道中　1286
雪中連日行役戲書簡同僚　1273
雪後登南禪茅亭簡張仲謀二首　1306
常父惠示丁卯雪十四韻謹同韻賦之　131
常父答詩有煎點徑須煩緑珠之句復次韻戲答　141
晚泊長沙示秦處度湛范元實温用寄明略和父韻五首　466
鄂州南樓書事四首　435
鄂州節推陳榮緒惠示沿檄崇陽道中六詩老懶不能追韻輒自取韻奉和　444
過土山寨　465
過方城尋七叔祖舊題　1247
過平輿懷李子先時在并州　545
過西山　1317
過百里大夫冢　1146
過洞庭青草湖　465
過致政屯田劉公隱廬　759
過家　937
梨花　1344
從人求花　986
從王都尉覓千葉梅云已落盡戲作嘲吹笛侍兒　1015
從丘十四借韓文二首　745
從時中乞蒲團　865
　1306
從陳季張求竹竿引水入厨　1269
從張仲謀乞蠟梅　124
從斌老乞苦笋　309
從舅氏李公擇將抵京輔以歸江南初自淮之西猶未秋日思歸　1078
彫陂　843
訪趙君舉　1093
望高子所築不過十牛鳴耳　927
清人怨戲效徐庾慢體三首　247
清江引　510
清明　518
淮陰侯　1209
深明閣　288
寄上叔父夷仲三首　213

寄上高李令懷道	895
寄朱樂仲	1008
寄杜家父二首	224
寄李次翁	816
寄别陳氏妹	1172
寄别説道	1245
寄忠玉提刑	1041
寄季張	1153
寄南陽謝外舅	614
寄耿令幾父過新堂邑作題幾父舊治之地	956
寄袁守廖獻卿	806
寄晁元忠十首	869
寄家	949
寄陳適用	801
寄黄從善	535
寄黄幾復	42
寄黄龍清老三首	492
寄張仲謀	1313
寄張仲謀次韻	1290
寄張宜父	915
寄尉氏倉官王仲弓	66
寄傅君倚同年	516
寄舒申之户曹	883
寄賀方回	442
寄頓二主簿時在縣界首部夫鑿石塘河	1265
寄新茶與南禪師	1243
寄裴仲謀	40
寄餘干徐隱甫	919
寄劉泗州	1086
	1336
寄題安福李令先春閣	837
寄題安福李令愛竹堂	838
寄題安福李令適軒	836
寄題滎州祖元大師此君軒	323
寄題瑩中野軒	1329
寄懷元翁	803
寄懷公壽	546
寄懷趙正夫奉議	1178
寄懷藍六在延平	1165
寂住閣	288
宿山家效孟浩然	1141
宿黄山	1283
宿黄州觀音院鍾樓上	424
宿廣惠寺	1249
宿舊彭澤懷陶令	15
宿觀山	820
宿靈湯文室	1142
張仲謀家堂前酴醿委地	527
張仲謨許送河鯉未至戲督以詩	1294
問漁父	1247
將次施州先寄張十九使君三首	297
將歸葉先寄明復季常	1155
翌日阻雨次前韻	1078

十二畫

博士王揚休碾密雲龍同事十三人飲之戲作	196
博山臺	1145
款塞來享	257
喜太守畢朝散致政	848
喜知命弟自青原歸	914
喜念四念八至京	1307

萬州下巖	351
萬州太守高仲本宿約游岑公洞而夜雨連明戲作二首	350
跋子瞻和陶詩	416
景珍太傅見示舊倡和蒲萄詩因而次韻	1307
貴池	736
短韻奉乞蠟梅	459
答王晦之見寄	1164
答王道濟寺丞觀許道寧山水圖	997
	1202
答永新宗令寄石耳	923
答李任道謝分豆粥	325
答李康文	1304
答何君表感古冢	1227
答余洪範	1080
答余洪範二首	813
答明略并寄無咎	678
答和孔常父見寄	1268
答周德夫見寄	1231
答黄冕仲索煎雙井并簡揚休	197
答許覺之惠桂花椰子茶盂二首	490
答德甫弟	517
答龍門潘秀才見寄	1290
答閻求仁	1168
衆人觀俳優	1162
飲李氏園三首	1282
飲城南即事	1184
飲潤父家	790
飲韓三家醉後始知夜雨	1294
勝業寺悦亭	470
鄒松滋寄苦竹泉橙麴蓮子湯三首	360
詠子舟小山叢竹	1350
詠史呈徐仲車	14
詠李伯時摹韓幹三馬次蘇子由韻簡伯時兼寄李德素	164
詠伯時畫太初所獲大宛虎脊天馬圖	237
詠伯時畫馮奉世所獲大宛象龍圖	238
詠雪奉呈廣平公	134
詠清水巖呈郭明叔	944
勞坑入前城	822
道中寄公壽	1295
道中寄景珍兼簡庾元鎮	1299
湖口人李正臣蓄異石九峰東坡先生名曰壺中九華并為作詩後八年自海外歸過湖口石已為好事者所取乃和前篇以為笑實建中靖國元年四月十六日明年當崇寧之元五月二十日庭堅繫舟湖口李正臣持此詩來石既不可復見東坡亦下世矣感	411
渡河	963
游愚溪	486
窗日	1330
閏月訪同年李夷伯子真於河上子真以詩謝次韻	568

登快閣	840
登南禪寺懷裴仲謀	1263
發白沙口次長蘆	729
發舒州向皖口道中作寄李德叟	746
發贛上寄余洪範	777
絶句	1075
	1219
絶句贈初和甫	1089
幾復寄檳榔且答詩勸予同種復次韻寄之	844
幾復讀莊子戲贈	1198
幾道復覓檳榔	845

十三畫

楊朴墓	704
楊守敬跋	1134
蓋郎中惠詩有二强攻一老不戰而勝之嘲次韻解之	1308
夢中和觴字韻	430
蒲城道中寄懷伯氏	1147
賈天錫惠寶薰乞詩予以兵衛森畫戟燕寢凝清香十字作詩報之	125
聖柬將寓于衛行乞食於齊有可憐之色再次韻感春五首贈之	653
歲寒知松柏	253
	1029
睡起	529
	787
睡起二首	1261
睡鴨	177
嗣深尚書弟晬日	1069
稚川約晚過進叔次前韻贈稚川并呈進叔	723
傕公静碾茶	574
傷歌行四首	1157
與成之書并二詩	1125
與李公擇道中見兩客布衣班荆而坐對戲弈秋因作一絶	977
與胡彦明處道飲融師竹軒	1025
與黔倅張茂宗	1109
會稽竹箭為蘄春傅尉作	1228
新息渡淮	1248
新涼示同學	1141
新喻道中寄元明用觴字韻	409
新寨餞南歸客	1166
慈孝寺餞子敦席上奉同孔經父八韻	161
溪上吟	507
甯子與追和予岳陽樓詩復次韻二首	457

十四畫

酴醿	887
壽聖觀道士黄至明開小隱軒太守徐公為題曰快軒庭堅集句詠之	762
暮到張氏園和壁間舊題	985
趙子充示竹夫人詩蓋涼寢竹器憇臂休膝似非夫人之職予為名曰青奴并以小詩取之二首	278
趙令許載酒見過	1239

趙令答詩約攜山妓見訪　1239
裴晉公書堂　1318
對酒次前韻寄懷元翁　804
對酒歌答謝公静　575
種决明　577
僧景宣相訪寄法王航禪師　158
銅官僧舍得尚書郎趙宗閔墨竹一枝筆勢妙天下為作小詩二首　1330
銅官縣望五松山集句　946
廖袁州次韻見答并寄黄靖國再生傳次韻寄之　807
廖致平送緑荔支為戎州第一王公權荔支緑酒亦為戎州第一　332
粹老家隔簾聽琵琶　1298
養鬬雞　438
漫書呈仲謀　1262
漫書呈幾復三首　1286
漫尉　1149
漫興　1336
漁父二首　1236
演雅　21
聞吉老縣丞按田在萬安山中　908
聞致政胡朝請多藏書以詩借書目　773

十五畫

醇道得蛤蜊復索舜泉舜泉已酌盡官醞不堪不敢送　10
駐輿遣人尋訪後山陳德方家　763
歐陽從道許寄金橘以詩督之　904
碾建溪第一奉邀徐天隱奉議并效建除體　1049
嘲小德　245
賦未見君子憂心靡樂八韻寄李師載　634
賦陳季張北軒杏花　1180
罷姑熟寄元明用觴字韻　412
樂壽縣君吕氏挽詞二首　283
德孺五丈和之字詩韻難而愈工輒復和成可發一笑　450
衝雨向萬載道中得逍遥觀遂戲題　406
衝雪宿新寨忽忽不樂　541
衛南　711
劉邦直送早梅水仙花四首　379
劉明仲墨竹賦　502
劉晦叔洮河緑石研　149
摩詰畫　931
潯陽江口阻風三日　1146

十六畫

静居寺上方南入一徑有釣臺氣象甚古而俗傳謬妄意嘗有隱君子漁釣其上感之作詩　926
頤軒詩六首　262
薛樂道自南陽來入都留宿會飲作詩餞行　536
薄薄酒二章　628
蕭子雲宅　769
蕭巽葛敏修二學子和予食

筭詩次韻答之 880
曉出祥符趨府 1331
曉放汴舟 726
曉起臨汝 1167
曉從任大夫祖行過石橋寄粹甫 1270
還家呈伯氏 529
還深父同年兄詩卷 1229
學元翁作女兒浦口詩 891
學許氏說文贈諸弟 1246
濂溪詩 1063
憶邢惇夫 258
避秦十人 770
避暑李氏園二首 1023
隱梅福處 768

十七畫

臨江寺僧以金線猿皮蒙棐几 1335
臨河道中 1075
韓信 1208
韓獻肅公挽詩三首 229
懋宗奉議有佳句詠冷庭叟野居庭堅於庭叟有十八年之舊故次韻贈之 990
壓沙寺梨花 1073
擬古樂府長相思寄黃幾復 1206
擬古雜言 1204
擬君子法天運 1157
戲用題元上人此君軒詩韻奉答周彥起預之作病眼空花句不及律書不成字 1111
戲呈孔毅父 143
戲呈田子平六言 1054
戲呈聞善 388
戲呈聞善二兄 383
戲招飲客解酲 1266
戲和于寺丞乞王醇老米 923
戲和文潛謝穆父松扇 187
戲和舍弟船場探春二首 1012
戲和答禽語 24
戲效禪月作遠公詠 416
戲書秦少游壁 272
戲書效樂天 1312
戲答王子予送凌風菊二首 370
戲答王定國題門兩絕句 246
戲答王居士送文石 341
戲答王觀復酴醾菊二首 369
戲答仇夢得承制 983
戲答仇夢得承制二首 984
戲答公益春思二首 1160
戲答史應之三首 321
戲答李子真河上見招來詩頗誇河上風物聊以當嘲云 569
戲答荊州王充道烹茶四首 401
戲答俞清老道人寒夜三首 251
戲答晁深道乞消梅二首 267
戲答陳元輿 199
戲答陳季常寄黃州山中連理松枝二首 226
戲答張秘監饋羊 246
戲答趙伯充勸莫學書及為席子澤解嘲 208
戲答歐陽誠發奉議謝余送茶歌 488

戲答劉文學 294
戲答諸君追和予去年醉碧桃 1306
戲答龍泉余尉問禪二小詩 1332
戲詠子舟畫兩竹兩鸜鵒 315
戲詠江南土風 539
戲詠高節亭邊山礬花二首 474
戲詠猩猩毛筆 89
戲詠零陵李宗古居士家馴鷓鴣二首 477
戲詠暖足瓶二首 383
戲詠蠟梅二首 123
戲題 1221
戲題大年防禦蘆鴈 1022
戲題小雀捕飛蟲畫扇 176
戲題巫山縣用杜子美韻 353
戲題承天寺法堂前柏 1222
戲題葆真閣 1242
戲題斌老所作兩竹梢 1351
戲題曾處善尉廳二首 894
戲簡朱公武劉邦直田子平五首 366
戲贈王晦之 1173
戲贈元翁 1332
戲贈水牯菴 1333
戲贈世弼用前韻 622
戲贈米元章二首 389
戲贈南安倅柳朝散 774
戲贈彥深 630
戲贈高述六言 1022
戲贈家安國 336
戲贈陳季張 1171
戲贈曹子方家鳳兒 1034
戲贈張叔甫 1211
戲贈惠南禪師 1243
戲贈頓二主簿 1267
戲贈諸友 1143
戲贈潘供奉 1233
魏夫人壇 768
龜殼軒 415
講武臺南有感 1314
謝人惠茶 989
謝人惠貓頭筍 459
謝王子予送橄欖 370
謝王仲至惠洮州礪石黄玉印材 151
謝王舍人剪送狀元紅 225
謝王炳之惠石香鼎 192
謝王炳之惠茶 1345
謝五開府番羅襖 1072
謝公定和二范秋懷五首邀予同作 103
謝公擇舅分賜茶三首 70
謝文灝元豐上文稟 898
謝仲謀示新詩 1302
謝何十三送蟹 424
謝周文之送貓兒 701
謝胡藏之送栗鼠尾畫維摩二首 399
謝送宣城筆 1026
謝送碾壑源揀牙 47
謝益修四弟送石屏 369
謝陳正字送荔支三首 1288
謝黄從善司業寄惠山泉 144
謝曹子方惠二物二首 1018
謝啓昆跋 1354

謝張仲謀端午送巧作	1300
謝張泰伯惠黃雀鮓	702
謝景文惠浩然所作廷珪墨	1003
謝景叔惠冬笋雍酥水梨三物	210
謝答聞善二兄九絶句	385
謝楊景山送惠酒器	338
謝楊履道送銀茄四首	333
謝趙令載酒	1240
謝鄭閎中惠高麗畫扇二首	188
謝榮緒惠貺鮮鯽	454
謝榮緒割麠見貽二首	455
謝曉純送衲韈	541
謝檀敦信送柑子	381
謝應之	340
鴻溝	1318

十八畫

瓊芝軒	414
藥名詩奉送楊十三子問省親清江	1226
豐城	766
題大雲倉達觀臺二首	1044
題山谷大石	743
題山谷石牛洞	16
題也足軒	322
題小景扇	435
題小猿叫驛	296
題子瞻寺壁小山枯木	235
題子瞻枯木	236
題子瞻書詩後	1022
題子瞻畫竹石	388
題子瞻墨竹	1094
題王仲弓兄弟巽亭	64
題王居士所藏王友畫桃杏花二首	1048
題王晉卿平遠	1348
題王黃州墨跡後	62
題太和南塔寺壁	1085
題仁上座畫松	930
題文潞公黃河議後	1102
題石恪畫嘗醋翁	339
題石恪畫機織圖	1351
題司門李文園亭	1325
題邢敦夫扇	1088
題吉州承天院清凉軒	771
題老鶴萬里心	995
題竹石牧牛	239
題竹尊者軒	407
題安石榴雙葉	1219
題安福李令朝華亭	839
題杜槃澗叟冥鴻亭	936
題花光老為曾公卷作水邊梅	1059
題花光畫	472
題花光畫山水	473
題李十八知常軒	1038
題李夫人偃竹	763
題李亮功戴嵩牛圖	417
題伯時天育驃騎圖二首	239
題伯時馬	1347
題伯時畫松下淵明	218
題伯時畫揩痒虎	217
題伯時畫嚴子陵釣灘	218
題伯時畫觀魚僧	217
題伯時頓塵馬	217

題君子泉　424
題東坡竹石　1347
題季張竹林村　1283
題周昉畫美人琴阮圖　1126
題宗室大年畫二首　1102
題宛陵張待舉曲肱亭　38
題胡逸老致虛庵　405
題南寺王髯題名處　1260
題前定録贈李伯牖　925
題神移仁壽塔　929
題韋偃馬　996
題馬當山魯望亭四首　751
題晁以道雪鴈圖　180
題息軒　928
題徐氏姑壽安君壽梅亭　1144
題徐氏書院　404
題郭熙山水扇　173
題高君正適軒　815
題海首座壁　930
題章和甫釣亭　945
題淡山巖二首　482
題陽關圖二首　994
題落星寺四首　755
題惠崇畫扇　174
題畫孔雀　176
題畫鵝鴈　995
題楊道人默軒　1237
題槐安閣　775
題蓮華寺　406
題鄭防畫夾五首　174
題樊侯廟二首　1259
題劉氏所藏展子虔感應觀音二首　1039
題劉法直詩卷　1104
題劉將軍鴈二首　178
題劉將軍鵝　179
題醒心軒　1344
題燕邸洋川公養浩堂畫　1103
題默軒和遵老　440
題學海寺　1084
題歸去来圖二首　994
題雙鳧觀　1269
題蘇才翁草書壁後　1257
題蘇若蘭回文錦詩圖　300
題羅山人覽輝樓　1217
題羅公山古柏菴二首　1120
題灊峰閣　17
題驢瘦嶺馬鋪　293
題虔州東禪圓照師新作御書閣　1220
題淨因壁二首　276
雙井茶送子瞻　137
雙澗寺二首　787
謫居黔南十首　304
顏徒貧樂齋二首　438
顏闔　1210
雜吟　1072
雜言贈羅茂衡　868
雜詩　711
　1107
　1286
雜詩七首　1291
雜詩四首　1309
離汝寄張子　1273
離福嚴　470

十九畫

勸交代張和父酒	544
蟻蝶圖	399
贈王環中	922
贈元發弟	518
贈石敏若	404
贈朱方李道人	925
贈花光老	1058
贈李彦深	1182
贈李輔聖	381
贈别李次翁	19
贈别李端叔	733
贈别幾復	1238
贈吴道士	988
贈希孝	1210
贈知命弟離戎州	325
贈法輪齊公	1124
贈送張叔和	109
贈秦少儀	274
贈高子勉四首	395
贈陳元興祠部	1009
贈陳公益	1154
贈陳師道	986
贈清隱持正禪師	1339
贈張仲謀	699
贈惠洪	476
贈無咎八音歌	687
贈答晁次膺	703
贈趙言	697
贈鄭交	24
贈黔南賈使君	306
贈謝敞王博喻	1322

廿一畫

蠟梅	124

廿二畫

聽宋宗儒摘阮歌	233
聽崇德君鼓琴	542
巖下放言五首	514
讀方言	899
讀晉史	1244
讀書呈幾復二首	1244
讀曹公傳	709
讀謝安傳	1070

廿三畫

顯聖寺庭枸杞	73

廿四畫

觀王主簿家酴醾	886
觀王熙叔唐本草書歌	1203
觀化十五首	1250
觀伯時畫馬禮部試院作	216
觀叔祖少卿弈棋	1329
觀秘閣蘇子美題壁及中人張侯家墨跡十九紙率同舍錢才翁學士賦之	1096
觀崇德墨竹歌	1173
觀道二篇	1192
觀劉永年團練畫角鷹	1347
靈龜泉上	744
贛上食蓮有感	18